HEYNE <

Das Buch

Der Frühling naht und mit ihm halten Furcht und Verzweiflung Einzug. Eine unheilbare Seuche, das Weiße Fieber, wütet im Reich von Dahl, das seine Opfer in lebende Tote verwandelt. In der von Flüchtlingen überfüllten Stadt Riem unterrichtet der weise Daimon Lutzold seinen Schüler Xander im Umgang mit Geistern und allen anderen Künsten, die ein Daimon beherrschen muss. Lutzold weiht Xander auch in das Geheimnis der fünf Schlüssel ein, magische Kristalle, die der Legende nach den Schrein der Wahrheit erschließen und ihrem Besitzer ungeheure Macht verleihen. Doch mit Schrecken stellt Xander fest, dass die Jagd nach den Schlüsseln schon lange begonnen hat: Im Hintergrund zieht der unberechenbare Schaaraoch die Fäden, König des Landes Kelrun, den Lutzold einst zu seinen Freunden zählte.

Gemeinsam mit seinem Bruder Haldur, Prinzessin Doran und dem Tagelöhner Wolf wird Xander im Strom der Ereignisse um die magischen Schlüssel mitgerissen und schon bald spielen die Gefährten im Kampf der Mächtigen eine größere Rolle, als ihnen lieb ist.

»Ein wahrlich beeindruckendes Debüt!«

Phantastik.de

»Prachtvoll, intelligent, philosophisch, bizarr.«

Neue Zürcher Zeitung

Die Autorin

Micha Pansi, 1964 in Österreich geboren, wuchs in der Schweiz und in Österreich auf. Neben ihrer schriftstellerischen Arbeit ist sie als Malerin und Musikerin tätig und arbeitet als Kulturredakteurin bei einer Wochenzeitung. Die Autorin lebt in Zürich.

Mehr zu Autorin und Werk:
www.pansi.ch

MICHA PANSI

Der fünfte Stein

Die Daimonen-Trilogie

Drei Romane in einem Band

WILHELM HEYNE VERLAG
MÜNCHEN

FSC
Mix
Produktgruppe aus vorbildlich
bewirtschafteten Wäldern und
anderen kontrollierten Herkünften

Zert.-Nr. SGS-COC-1940
www.fsc.org

Verlagsgruppe Random House FSC-DEU-0100
Das für dieses Buch verwendete
FSC-zertifizierte Papier *München Super*
liefert Mochenwangen.

Taschenbuchausgabe 02/2007
Redaktion: Angela Kuepper

Printed in Germany 2007
Umschlaggestaltung: Nele Schütz Design, München
Umschlagillustration: Steve Stone/Artist Partners
Satz: Schaber Satz- und Datentechnik, Wels
Druck und Bindung: GGP Media GmbH, Pößneck

ISBN: 978-3-453-52242-8

www.heyne.de

»Der Garten der Wahrheit blüht im Verborgenen.«

Ardakisches Sprichwort

INHALT

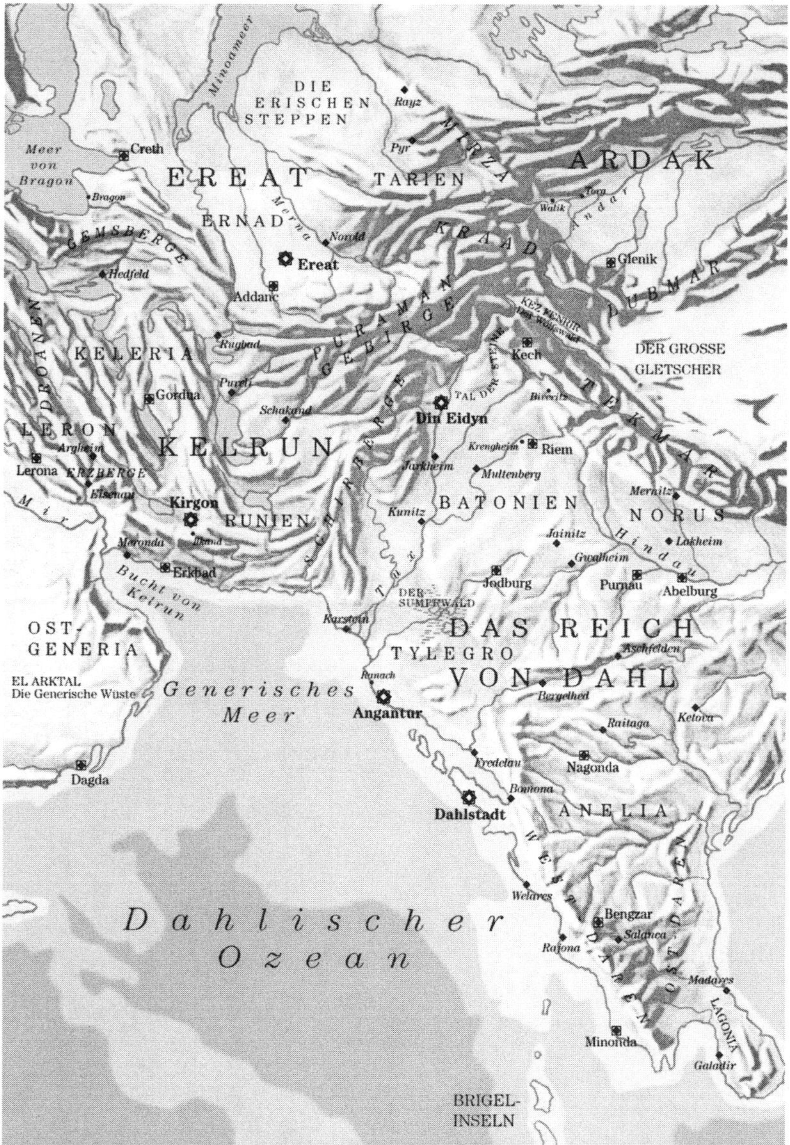

Minoameer
DIE ERISCHEN STEPPEN
Rayz
MIRZA
Pyr
ARDAK
Meer von Bragon
Creth
EREAT
TARIEN
Bragon
Torn
Walik
Andar
Merna
ERNAD
Norold
KRAAD
GEMSBERGE
Ereat
Glenik
Hedfeld
PURAMAN GEBIRGE
DUBMAR
Addanc
DROANEN
Rugbad
KEZ KENUR
Kech
DER GROSSE GLETSCHER
KELERIA
Gordua
Purri
TAL DER STEINE
Schakand
Din Eidyn
TEKMAR
LERON
Argheim
KELRUN
Krengheim
Riem
Lerona
ERZBERGE
Jarkheim
Multenberg
Elsenau
Mir
Kirgon
SCHIRBERGE
BATONIEN
Mernitz
NORUS
Kunitz
RUNIEN
Jainitz
Hindau
Lakheim
Meronda
Gwalheim
Erkbad
Jodburg
Purnau
Abelburg
Bucht von Kelrun
Tax
DER SUMPFWALD
Karstein
DAS REICH VON DAHL
OST-GENERIA
TYLEGRO
Aschfelden
EL ARKTAL
Die Generische Wüste
Ranach
Generisches Meer
Angantur
Bergelhed
Ketova
Raitaga
Fredelau
Nagonda
Dagda
Dahlstadt
ANELIA
Welares
OSTDAREN
Bengzar
Dahlischer Ozean
Salanca
Rajona
WESTDAREN
Madares
LAGONIA
Minonda
Galattir
BRIGEL-INSELN

Das Buch der
Schlüssel

INHALT

KAPITEL 1 Krengheim

Erstarrt in einem Traum aus Stille, zog sich der Wald über die Hügel. Schnee lastete schwer auf den Ästen der Bäume. Nebelschwaden verschmolzen mit dem Weiß zu einer unwirklichen Welt ohne Anfang und ohne Ende.

Kein Laut war zu hören. Die Bäche und Weiher waren zugefroren und dort, wo in wärmeren Tagen die Wasser über Felsen in die Tiefe stürzten, türmten sich Eiszapfen.

Ein Knacken ertönte, danach ein Rascheln. Vögel flatterten erschreckt aus den Bäumen hoch. Darunter ritten zwei vermummte Gestalten auf Pferden durch die Schneemassen. Der erste Reiter bückte sich unter einem tiefhängenden Ast, der hinter ihm streifte einen Zweig. Schnee schüttete auf ihn herab.

»Die Sehenden mögen die Blinden führen, doch können sie ihnen das Augenlicht schenken?«

Irkit Tashu, Reisen mit meinen Jüngern: von Bengzar bis Pyr.
Bibliothek der zeitgenössischen Kulte, Ereat, Reg. 483.67C.

»Verdammt!«, fluchte Xander.

Er nahm die Pelzmütze ab und klopfte sie aus, dann setzte er sie wieder auf. Schweiß juckte auf seiner Stirn, gefror mit dem Haar zu eisigen Spitzen. Besorgt blickte er hoch, betrachtete den bleichen Himmel zwischen den Wipfeln. Die Abenddämmerung war nah.

Endlos erstreckten sich die Reihen von Kiefern auf allen Seiten, ein Meer riesenhafter Speere, die Stämme kahl, die Kronen schneebedeckt. Wacholder und Brombeerstauden wucherten im Unterholz.

»Lutz!«, rief er.

Der drehte sich um.

»Ist es noch weit?«, fragte Xander.

Lutz schüttelte den Kopf.

»Nein.«

Vor einem steilen Hügel stiegen sie ab und führten die Pferde am Zügel bergauf. Felsbrocken, dorniges Gestrüpp und umgestürzte Bäume erschwerten ihnen den Weg. Auf der Kuppe der Anhöhe blieben sie keuchend stehen.

»Dort drüben ist es«, verkündete Lutz und deutete mit gestrecktem Arm zu einer Lichtung im Tal, auf der die Überreste einer Siedlung zu erkennen waren.

Eine Straße, die von Norden nach Süden den Wald durchschnitt, lief mitten durch die Ortschaft. Am nördlichen Ende des Dorfes, direkt neben der Straße, erhob sich ein Turm als einziges noch heiles Bauwerk, alle anderen Gebäude lagen in Schutt und Asche. Die Reste von Gehöften mit Scheunen und Ställen umstanden vereinzelt die Trümmer von einigen Dutzend Häusern. Verkohlte Pfeiler ragten wie schwarze Gerippe aus dem Schnee.

»Wie lange ist es her, seit sie Krengheim niedergebrannt haben?«, fragte Xander.

»Etwa eine Woche«, erwiderte Lutz.

Schweigend stapften sie langsam und vorsichtig den Hügel hinunter, dann saßen sie wieder auf. Nach einem kurzen Ritt querfeldein erreichten sie die Straße und folgten ihr nach Krengheim.

Hausrat und Bruchstücke von Möbeln lagen verstreut umher, fast ganz unter dem Schnee verborgen. Nur die aus Stein errichteten Fundamente standen noch. Da und dort lehnte eine halbe Wand an versengten Stützpfeilern, die Türen aus den Angeln gerissen. Leere Fensterrahmen zeigten ins Nichts.

Der Anblick des verlassenen Dorfes rührte Xander, als ob etwas Namenloses machtvoll die Hand nach ihm ausstreckte, und er vermeinte, die Geister der an der Seuche Zugrundegegangenen in den Ruinen zu spüren, leise und wachsam, ihn verstohlen beobachtend. Er erschauerte.

Vielleicht waren sie gar nicht alle tot, es konnten noch Kranke und Verwundete in den verschütteten Kellern liegen, so unwahrscheinlich das auch sein mochte. Die Seuchenräumer leisteten ganze Arbeit. Trotzdem glaubte er fast, ein klagendes Stöhnen zu vernehmen.

»Xander!«

Er zuckte zusammen.

»Komm, wir müssen uns beeilen! Es wird bald dunkel.«

Xander nickte und folgte Lutz, der ihm voraus zum Festungsturm ritt.

Früher, als Krengheim zu Kech gehört hatte, diente der Turm als Grenzposten. Tag und Nacht hatten Soldaten die einzige ausgebaute

Straße bewacht, die bis nach Kech führte, der Stadt im Gebirge des Nordens. Händler, die den Norden und den Süden mit Waren belieferten, mussten dort Zoll entrichten.

In einem kurzen und blutigen Krieg war das Königtum von Kech vor zwanzig Jahren untergegangen. Das ganze Hochland wurde Teil des Staates von Dahl. Dessen Kaiser, Alrich, hatte die Stadt Kech und alle ihre Besitztümer seinem Reich einverleibt und so die Grenzen von Dahl bis weit in den Norden ausgedehnt. Zwei Jahrzehnte lang herrschte Frieden.

Die Einwohner von Krengheim hatten aus dem Festungsturm eine Herberge gemacht, als die Soldaten daraus abgerückt waren, und das Geschäft mit den Händlern, die wieder die Straße benützten, hatte dem Dorf bescheidenen Reichtum beschert, bis mit den Reisenden auch der Tod gekommen war.

Seit einigen Wochen bahnte sich nun ein neuer Krieg an, ausgelöst von Herzog Lodur, dem von Kaiser Alrich berufenen Statthalter von Kech.

Da im gesamten nördlichen Hochland die Seuche wütete, konnte Dahl keine der dort stationierten Truppen entbehren, um den abtrünnigen Herzog zur Ordnung zu rufen. Bis die Hauptstreitmacht aus dem fernen Süden anrückte, mochten noch Monate vergehen. Lodur hatte alle Zeit, die er wollte, um seine Armee aufzustellen.

Vom Feuer zerstörte Stallungen und die ehemalige Kaserne der Soldaten umgaben den Fuß des Turms. Dessen steinernes Rund war bis auf Schmauchspuren unversehrt, fünf Stockwerke hoch ragte es weit über die Baumwipfel empor. Die dunklen Rechtecke von Fenstern durchbrachen in regelmäßigen Abständen die Steinquader der Mauer.

Lutz und Xander stiegen von den Pferden und banden sie an ein Gatter. Xander zog die Handschuhe aus, dann löste er die Axt vom Sattel und klemmte sie in den Gürtel, den er über der Schaffelljacke trug. Lutz lächelte ihm aufmunternd zu. Sein grauer Schnurrbart war voll Eis, das Gesicht von der Kälte gerötet. Freudig rieb er sich die Hände.

»Zwei Wochen habe ich auf diesen Augenblick gewartet und jeder Tag davon ist mir vorgekommen wie ein Jahr.«

Über den Vorplatz gingen sie zum Turm. Eine steinerne Treppe mit drei Stufen führte hinauf zum Tor. Der Wind riss an den beiden offenen Torflügeln. Knarrend schwangen sie weiter auf und wieder zurück. Schwarz wie ein leerer Schlund gähnte der Eingang. Schnee wirbelte im Luftzug.

Zögernd betraten sie die Halle, ängstlich, etwas aufzuscheuchen. Sie horchten. Nichts rührte sich. Feiner Schnee überzog den mit Unrat übersäten Boden. Die Säulen des Saales glänzten schmierig vom Rauch längst erloschener Fackeln. Im Kamin steckten Knochen in einem Haufen Asche.

Außer Abfall befand sich nichts im Erdgeschoss. Sämtliche Schränke, Regale, Tische und Stühle des Gasthofs waren fort. Alle Pfannen, Kessel, Tassen und Teller fehlten. Braune Ränder an den kahlen Wänden zeigten, wo einst Jagdtrophäen gehangen hatten.

Diebe hatten die Herberge ausgeräumt. Es musste ein paar Tage her sein, denn der Schnee auf dem Steinboden verdeckte die Spuren.

»Die Plünderer haben gründliche Arbeit geleistet«, staunte Xander.

Lutz nickte nachdenklich. Er blickte sich um, dann schlenderte er zur Mitte der Wirtsstube, wo eine Treppe in die Höhe reichte und durch eine aufgeklappte Falltür in der Decke verschwand.

»Schau du oben nach«, sagte er, »ich werde mir den Keller vornehmen.«

»Glaubst du, wir werden hier noch etwas finden?«

»Das will ich hoffen!«

Xander stieg die hölzernen Tritte hinauf und erreichte einen von sechs Türen gesäumten Vorraum. Die gelbe Stoffbespannung der Wände hing in Fetzen herunter. Schimmel wuchs auf den entblößten Mauern. Auf dem Fußboden lag ein abgewetzter Teppich unbestimmbarer Farbe, verdreckt von den Spuren schmutziger Schuhe.

Die Türen standen offen, aufgebrochene Schlösser in den zersplitterten Rahmen. Seine Axt brauchte er hier nicht mehr. Die staubigen Zimmer dahinter waren leer, ausgeräumt bis auf das letzte Möbelstück. Sogar die Fenster hatten sie gestohlen. Der Wind fegte eisig herein, trieb Schnee mit sich.

Nacheinander schritt er jeden Raum ab. Überall bot sich ihm dasselbe Bild. Bis auf die Scherben zerbrochener Becher und Krüge hatten andere hier alles mitgenommen, was sie tragen konnten.

Ratlos setzte er sich auf ein Fenstersims. Nicht weit vom Turm sah er drei niedergebrannte Scheunen. Weiter hinten verdeckte der Wald als grünweißes Band den Horizont. Als schmaler Einschnitt darin verlief die Straße in einem weiten Bogen nach Norden. Nebel stieg von den Bäumen auf, verschmolz mit den tiefhängenden Wolken. Die Luft roch nass und bitter nach verkohltem Holz.

Wo sollte er weitersuchen? Über ihm lagen noch drei Stockwerke, aber was konnte er dort schon finden? Er überlegte. Lutz hatte von einem ledernen Reisekoffer gesprochen, auf dem Deckel in Gold das

Wolfswappen von Kech. Kein Plünderer würde den zurücklassen, zumindest nicht ohne ihn vorher zu öffnen. Warum glaubte Lutz, dass der Koffer unversehrt hier sein musste? Er schien überzeugt davon.

Als er sich vorbeugte, um die Ruinen von Krengheim zu betrachten, zuckte er erschrocken zurück. Aus dem nahen Wald stürmten Reiter. Xander schnellte neben das Fenster und presste sich an die Wand. Vorsichtig spähte er hinaus. Ein gutes Dutzend Soldaten näherte sich. Helme glänzten auf den Köpfen, um die Schultern hingen weiße Mäntel. Die Männer lenkten ihre Pferde zum Turm, trabten durch den Schnee auf ihn zu. Wortfetzen und gellendes Gelächter schallten über die Lichtung.

Xander rannte aus der Kammer und hastete die Wendeltreppe hinunter. In der Halle angelangt, vernahm er bereits das Schnauben der Pferde. Er drehte den Kopf in alle Richtungen. Auf der linken Seite entdeckte er die eisenbeschlagene Tür in den Keller. Er riss sie auf, stürzte hindurch und zog sie sofort hinter sich zu. Mit einem leisen Klacken schnappte das Schloss ein.

Stille. Undurchdringliche Finsternis. Sein Fuß tastete den Boden ab. Nicht weit entfernt spürte er eine Kante. Xander fasste unter die Jacke, fischte eine Kerze heraus und zündete sie mit einem Schwefelholz an, den Schein schirmte er mit der Hand ab. Gelbes Licht leckte über die Wände, erhellte den Treppenabsatz, auf dem er stand, und die steinernen Stufen, die in die Tiefe führten.

Eilig stieg er sie hinab bis in den Keller. Dicke Mauern reflektierten das Kerzenlicht. Entlang des breiten Mittelganges, der den Turm umrundete, erstreckte sich ein Durcheinander von kleineren und größeren Kammern, manche vergittert, andere durch gewölbte Tunnel miteinander verbunden. Spinnennetze glänzten auf. Der modrige Geruch von Kohlen, verfaulten Kartoffeln und Staub stieg ihm in die Nase.

Weiter vorn, hinter der Biegung des Ganges, schimmerten Streifen von Tageslicht durch das Gitter eines Kellerfensters. Xander blies die Kerze aus und steckte sie ein.

Dann vernahm er die Stimmen von Männern in der Halle über ihm. Zuerst wurden sie lauter, dann verstummten sie.

Stiefel scharrten auf dem Steinboden der Halle, Schritte knirschten draußen im Schnee. Auf der Kellertreppe näherte sich niemand. Er verharrte lautlos. Sehen konnten ihn die Soldaten nicht, selbst wenn er unmittelbar vor ihnen stand, so viel hatte ihm Lutz bereits beigebracht, doch hören würden sie ihn.

Wo steckte Lutz nur? Er musste hier irgendwo sein.

Plötzlich lief ein kalter Schauer Xanders Rücken hinab. Seine Haare sträubten sich. Ein Sinn, den Lutz in ihm geschult hatte, alarmierte ihn. Er nahm die Anwesenheit eines anderen wahr, der sich in der Nähe des Turms aufhielt. Gleich einer Veränderung in der Luft fühlte er ihn, klar und deutlich. Das war kein Soldat, sondern einer von ihresgleichen.

Einem Instinkt folgend, wich Xander zurück, als aus dem Nichts eine Hand kam und sich eisern auf seinen Mund presste. Kaltes Grausen schüttelte ihn. Ein Schrei blieb ihm im Halse stecken.

Lutz' hagere Gestalt beugte sich über ihn. Er legte einen Finger an die Lippen.

»Leise!«

Xander stieß erleichtert den Atem aus. Angsterfüllt horchte er in die Dunkelheit. In der Halle erklangen wieder Schritte.

»Ein Daimon ist hier!«, wisperte er.

»Das ist kein Daimon, sondern bloß ein Schüler, genau wie du. Kein Meister ließe dich seine Anwesenheit spüren. Die Soldaten bereiten mir mehr Kopfzerbrechen.«

Mit einem einladenden Winken eilte Lutz voraus. Als das Tageslicht des Fensters im Keller zurückblieb, holte Xander die Kerze hervor und zündete sie an.

Sie betraten eine langgezogene Kammer, einen Vorratsraum. Links stand ein leeres Weinregal und weiter hinten drei von Spinnweben bedeckte Eichenfässer. Daneben stapelten sich schimmlige Wolldecken. Eingetrocknete Flecken sprenkelten die Decken, das rötlich glänzende Braun von verkrustetem Blut, eingerahmt vom verwischten Weißgrau des Schimmels. Gegenüber lagen zerfetzte Weidenkörbe auf einem Haufen, im Geflecht ein paar verschrumpelte Äpfel. Ein süßlich fauler Duft ging davon aus.

»Komm, sieh dir das an!«, flüsterte Lutz.

Verborgen von den Körben, lehnte ein Koffer an der Wand. Xander beleuchtete den Deckel. Tatsächlich! Er konnte es kaum fassen. In dem dunklen Leder prangte der Kopf eines Wolfes, eingerahmt von sieben Sternen. Der Wolf zog die Lefzen hoch, fletschte lange, spitze Zähne. Das Wappen von Kech.

»Ich hatte ihn eben entdeckt«, erklärte Lutz.

Er stocherte mit einem Stück Draht im Schloss, bis es aufsprang, dann klappte er den Deckel hoch. Zerknüllte Kleidungsstücke, einige Bücher und ein kurzes Hanfseil kamen zum Vorschein. Lutz wühlte im Koffer, tastete die Kleider ab, leerte die Taschen der Hosen und Jacken.

Schließlich fand er einen kleinen braunen Lederbeutel, der in einen seidenen Schal eingewickelt war. Er blickte hinein.

»Endlich!«, seufzte er und drückte ihn fest in der Faust.

»Das war alles, was wir hier gesucht haben?«

Mit einem wissenden Lächeln verstaute Lutz den Beutel in einer Innentasche seiner wuchtigen Schaffelljacke.

»Jetzt ist keine Zeit für Erklärungen. Lass uns von hier verschwinden!«

Angestrengt horchten sie auf Geräusche. Es war merkwürdig still im Turm.

»Was haben die bloß vor?«, murmelte Xander.

»Durch unsere Fußspuren wissen die Soldaten, dass jemand hier ist. Sie werden unsere Pferde und alle Ausgänge überwachen und dann den Turm durchkämmen, ein Zimmer nach dem anderen, bis sie uns gefunden haben.«

»Wir könnten doch behaupten, zwei Reisende zu sein, die hier übernachten.«

»Die Soldaten und der Schüler sind nicht zu ihrem Vergnügen hier. Die suchen das, was ich eben an mich genommen habe.«

»Was sollen wir tun, Lutz?«

Der rieb sich das unrasierte Kinn.

»Geh du voraus. Ich werde hier unten einigen Lärm veranstalten, um die Soldaten in den Keller zu locken. Das wird sie aufhalten. In der Zwischenzeit kannst du dich zu den Pferden schleichen. Dort wartest du auf mich. Du weißt, wie du dich unsichtbar machen kannst. Glaubst du, du schaffst das?«

»Natürlich!«

Xander nickte bestimmt. Er wollte sich seine Furcht nicht anmerken lassen.

Lutz klopfte ihm auf die Schulter.

»Gut. Dann fort mit dir. Beeil dich!«

Durch den stickigen Gang rannte Xander zur Treppe und dann die Stufen hinauf. Er löschte die Kerze. Mit klopfendem Herzen öffnete er die Tür einen Spalt. Aus der Tiefe hinter ihm erklangen ein lautes Krachen und das Bersten von Holz, als das schwere Weinregal auf dem Boden zerschellte. Stimmen zerrissen die Stille. Das Trampeln von Stiefeln dröhnte von oben herab. Xander schlüpfte durch die Tür, hastete zu einer Säule und tauchte in deren Schatten. Kaum war er in Deckung, stürzten vier Soldaten an ihm vorbei in den Keller. Der Luftzug, der ihnen folgte, verursachte ihm eine Gänsehaut. Schweiß trat ihm auf die Stirn.

Vorsichtig lugte er hinter der Säule hervor. Zwei Soldaten bewachten den Haupteingang. Sein Atem stockte. Auf den ledernen Rüstungen unter den weißen Mänteln erkannte er das Wolfswappen von Kech. Sie blickten zur Kellertür, lauschten dem Tumult, der von dort erklang.

In den eigenen Fußspuren rückwärts laufend, pirschte sich Xander an das Tor heran. So leise wie möglich schritt er zwischen den Soldaten durch. Sie bemerkten ihn nicht. Vorsichtig tappte er über die vereisten Stufen ins Freie. In genügender Entfernung vom Tor drehte er sich um. Xander blinzelte in der ungewohnten Helligkeit und erstarrte.

Kaum eine Armeslänge von ihm entfernt stapfte ein schmächtiger, kleiner junger Mann ziellos durch den Schnee. Gespannt beobachtete der den Eingang des Turms. Er trug einen hellgrauen Mantel mit einem breiten, pelzbesetzten Kragen. Ein silberbeschlagener Gürtel schloss sich eng um seine Mitte. Grüne Edelsteine glitzerten auf dessen Schnalle. Er hatte Handschuhe und Stiefel aus glänzendem braunem Leder an, dazu einen kecken, federgeschmückten Hut, der ihm schief auf dem Kopf saß. Darunter hervor quollen seidige, dunkelbraune Locken bis auf seine Schultern.

Verwundert gaffte Xander die geckenhafte Gestalt an. Der junge Mann wandte den Kopf und schaute herüber. Er schien ihn nicht wahrzunehmen. Xander blickte in dessen große, mandelförmige Augen. Verträumt und dunkel waren sie, fast gänzlich schwarz, von langen Wimpern umrahmt. Er hatte ein schmales, zartes Gesicht mit einer kleinen spitzen Nase. Der weiche Mund schimmerte feucht. Er kaute auf seiner Unterlippe. Der leere Blick seiner Augen schärfte sich und traf genau diejenigen Xanders. Triumph leuchtete in dem mädchenhaften Gesicht auf.

Xander zuckte zusammen. Dies war der andere, dessen Anwesenheit er gefühlt hatte! Der andere! Und er konnte ihn sehen!

Laut gellten die Schreie nach den Wachen in Xanders Ohren. Soldaten stürmten aus dem Turm, zogen im Lauf die Schwerter. Der ausgestreckte Arm des Jungen zeigte auf ihn. Er brüllte: »Haltet ihn!«

Xander gab alle Vorsicht auf und rannte zu den am Gatter angebundenen Pferden. Der Soldat, der die Tiere bewachte, blickte erstaunt auf seine Kameraden, die ohne ersichtlichen Grund auf ihn zugerannt kamen. Verstört ging er ihnen einige Schritte entgegen. Xander nutzte die Gelegenheit, löste die Zügel seines Pferdes und sprang in den Sattel. Der Soldat drehte sich um und griff nach dem Geschirr des Tieres. Xander riss die Axt aus dem Gürtel und hieb nach dem Arm des Mannes. Blut spritzte auf. Schreiend ließ der Soldat los und presste die Hand auf die klaffende Wunde.

Wutentbrannt trieb der andere die Männer an. Als Xander davonreiten wollte, legten sie Pfeile in die Bogen und schossen auf das Pferd. Getroffen bäumte es sich rasend vor Schmerz auf und warf ihn ab. Der Schnee dämpfte den Sturz, Xander überschlug sich und richtete sich sofort wieder auf. Sein roter Hengst lag zuckend auf der Seite, Blut strömte dampfend aus den Wunden. Nach einem letzten Zittern blieb er reglos liegen. Lutz' Tier, ein großer Schimmel, zerrte laut wiehernd am Zügel. Die hölzernen Pflöcke des Gatters wankten.

Der andere jagte auf ihn zu, die Schöße des langen grauen Mantels flatterten wie Flügel hinter ihm her. Ein Dolch blitzte in seiner Hand auf. Xander suchte verzweifelt nach der Axt, die er beim Sturz verloren hatte. Dort lag sie. Er griff in den Schnee.

Ein Tritt beförderte ihn zu Boden und ein Körper warf sich auf ihn. Er spürte den Pelzkragen an seinem Gesicht. Der Dolch fuhr auf ihn nieder. Im letzten Moment packte Xander das Handgelenk und hielt es von sich weg. Wut verlieh dem schmächtigeren und kleineren Angreifer ungeahnte Kraft. Xander keuchte vor Anstrengung, als er ihn von sich stoßen wollte. Es gelang ihm nicht. Er drehte dem anderen das Handgelenk herum, bis er schreiend das Messer fallen ließ. Sofort versetzte der ihm mit seiner freien Hand einen Kinnhaken. Xander tastete vergeblich nach der Axt. Nochmals schlug ihm der Junge mit der Faust ins Gesicht.

Flammender Zorn ergriff Xander. Er bekam einen Stein zu fassen. Sein Arm fuhr hoch und der Stein traf den anderen an der Schläfe. Weit riss er die Augen auf, dann schloss er sie und fiel schlaff auf ihn. Die braunen Locken gerieten in Xanders Mund. Sie rochen nach Jasmin. Er spuckte und drückte den leblosen Körper von sich weg.

Soldaten hasteten zu dem Bewusstlosen. Sie redeten aufgeregt durcheinander, konnten nicht verstehen, mit wem oder was der Junge gekämpft hatte und warum er sich jetzt nicht mehr rührte. Verwirrt blickten sie sich um, in der Hoffnung, eine Erklärung zu entdecken. Da war nichts, außer einem toten Pferd, einem zweiten, das sich gerade vom Gatter losgerissen hatte, und dem jungen Daimon, der sich vorhin wie ein Verrückter in den Schnee geworfen hatte.

Ein spöttisches Lächeln glitt über Xanders Gesicht.

Der Schimmel schritt auf ihn zu. Ein Arm packte ihn und half ihm hoch, bis er hinter Lutz auf dem Sattel zu sitzen kam, dann ritten sie los.

Verblüfft blickten die Soldaten dem reiterlosen Tier nach, das offensichtlich in blinder Panik die Straße hinab galoppierte.

Als sie Krengheim hinter sich ließen, senkte sich Dunkelheit herab. Grau wie Blei hing der Himmel über dem Wald. Der Nebel zwischen den Bäumen reckte ihnen seine Schwaden entgegen. Lutz lenkte das Pferd von der Straße.

»Was hast du vor?«, fragte Xander.

»Nicht weit von hier gab es einmal einen Pfad, der zu einer Jagdhütte führte. Die Hütte ist schon lange verlassen. Hoffentlich finde ich sie, wir brauchen einen Unterschlupf, bei dieser Kälte können wir nicht im Freien übernachten.«

Xander tastete nach seinem Kinn. Der Kiefer schmerzte von den beiden Fausthieben. Im Mund schmeckte er Blut.

Bei Einbruch der Nacht begann es heftig zu schneien. Xander konnte in der Finsternis keinerlei Pfad entdecken, doch Lutz ritt unbeirrt einen flach ansteigenden Hügel hinauf. Außer dem Knacken von Zweigen unter den Hufen des Pferdes vernahmen sie keinen Laut. Blinzelnd blickte Xander in das Schneegestöber. Dicke Flocken klebten an seinen Wimpern, flogen ihm in die Nase. Er fühlte sich unendlich müde.

Schließlich tauchte zwischen den Tannen eine einsame Holzhütte auf. Die Fensterläden und Türen waren mit Balken verriegelt. Sie stiegen ab und brachten das Pferd in den Stall. Lutz zündete eine Kerze an. Er schritt den Raum ab, leuchtete in jeden Winkel. An einer Wand lehnte ein leerer Futtertrog. Tannenzapfen lagen auf dem Boden aus festgetretener Erde. Durch ein Loch im Dach rieselten Schneeflocken.

Erschöpft zog Xander die Mütze und die Handschuhe aus, dann öffnete er die Felljacke. Eine dunkelgraue Strickjacke mit Hirschhornknöpfen kam darunter zum Vorschein, ein zerknittertes braunes Wollhemd und eine speckige Hirschlederhose. Das rotblonde Haar stand ihm zerzaust vom Kopf ab. Unter den zahllosen Sommersprossen war sein Gesicht kreideweiß. Verkrustetes Blut klebte an der aufgeplatzten Lippe und dem von einem Bluterguss verfärbten Kinn.

»Ist alles in Ordnung mit dir?«, fragte Lutz besorgt.

»Ja. Ein paar blaue Flecken, sonst habe ich mir nichts getan.«

»Bist du sicher?«

»Aber ja.«

»Gut.«

Durch eine niedrige Tür gelangte Lutz in den Wohnraum der Hütte. Xander sattelte das Pferd ab und rieb es mit einem Tuch vom Schweiß trocken, dann hängte er ihm den Hafersack um. Er nahm das Gepäck mit und folgte Lutz.

In einer Ecke lagerte ein Stapel Holzscheite. Lutz machte damit im Kamin ein Feuer. Die Hütte besaß außer dem Stall nur einen einzigen Raum, ausgestattet mit einem aus Ästen und Zweigen grob zurechtgezimmerten Bett, einem Tisch und zwei Schemeln, bedeckt von Staub. Xander warf die in Öltuch verpackten Wolldecken auf die Pritsche, die Satteltaschen legte er auf den Tisch. Auf dem Kaminsims fand er eine Blechpfanne, säuberte sie, füllte sie mit Schnee und hängte sie über das Feuer.

Lutz setzte sich auf einen Schemel und wärmte die Hände an den lodernden Flammen.

»Hast du keinen Hunger?«, fragte Xander. »Mir knurrt der Magen.«

»Der meiste Proviant ist leider bei deinem Pferd zurückgeblieben. In meiner Satteltasche ist noch etwas Brot und Käse. Bedien dich!«

»Willst du nichts?«

»Gib mir bitte die Feldflasche. Sie müsste noch Tee enthalten.«

Nach einem prüfenden Schütteln reichte Xander Lutz die Feldflasche. Er setzte sie an die Lippen und trank, dann benetzte er ein Taschentuch und tupfte damit das Blut von Xanders Kinn. Allmählich kehrte Farbe in dessen Gesicht zurück.

»Sind deine Zähne noch ganz?«

»Ja.«

»Warum hast du dich dem anderen Schüler gezeigt? Das war gefährlich.«

»Ich habe mich ihm nicht gezeigt!«, rief Xander entrüstet. »Er hat mich einfach gesehen!«

»Zuerst hat er dich doch gar nicht bemerkt. Du hast ihn getäuscht wie die Soldaten. Weshalb sollte er dich ohne dein Zutun plötzlich wahrnehmen?«

»Ich weiß nicht. Vielleicht war er besser als ich.«

Lutz schüttelte den Kopf.

»Wohl kaum.«

Traurig zuckte Xander die Schultern. Als er die Satteltasche aufklappte, schlug ihm der strenge Geruch von Schafskäse entgegen. Er nahm den Brotsack und den in ein Tuch gewickelten Käse heraus. Mit dem Taschenmesser schnitt er zwei Scheiben Schwarzbrot ab und gab eine davon Lutz.

»Ärgere dich nicht«, sagte der. »Es ist ein langer Weg und es erfordert viel Arbeit, ein Daimon zu werden. Du bist ein begabter Schüler.«

Verlegen senkte Xander den Blick.

»Das kommt mir nicht so vor.«

»Du fühlst dich überfordert, weil ich dir Aufgaben stelle, die du glaubst nicht lösen zu können. Wäre es dir lieber, wenn ich dich nur Arbeiten verrichten ließe, die du schon beherrschst?«

Xander seufzte.

»Nein, natürlich nicht.«

Lutz schnitt ein Stück Käse ab, legte es auf die Brotscheibe und biss hinein. Er kaute, schluckte und spülte mit einem Schluck Tee nach.

»Was ist dir an dem anderen Schüler aufgefallen?«, fragte er.

»Er war sehr jung, vielleicht achtzehn Jahre alt. Den Kleidern nach zu schließen muss er reich sein oder von jemandem bezahlt werden, der reich ist. Ein Wappen oder etwas Ähnliches habe ich nicht an ihm entdeckt.«

»Hast du seinen Namen gehört?«

»Nein.«

»Schade.«

»Lutz, diese Soldaten trugen die Uniformen des Herzogs von Kech!«

»Wir wissen nicht, ob diese Leute wirklich Herzog Lodur dienen. Uniformen sind leicht zu bekommen.«

Xander nickte.

»Trotzdem, warum schickt jemand einen ganzen Trupp Soldaten nach Krengheim?«

Lutz klopfte auf seine Brust, wo er den Lederbeutel verstaut hatte.

»Die wollten dort dasselbe wie wir.«

Neugierig trat Xander auf ihn zu.

»Was ist in diesem Beutel?«

»Sein Inhalt ist wertvoll genug, eine Armee dafür in den Kampf zu schicken. Ich werde ihn dir zeigen, wenn wir zurück in Riem sind.«

»Wieso nicht jetzt?«

»Dies ist nicht der richtige Ort dafür.«

Behutsam biss Xander in den Käse, dann schob er ein Stück Brot in den Mund. Das Kauen tat ihm weh. Er setzte sich an den Kamin. Lutz holte den Tabaksbeutel und die Pfeife aus einer Tasche seiner Jacke, dann begann er sie zu stopfen. Helle Flecken vom Staub des Turmkellers bedeckten seine schwarze Hose. Sein dunkles Gesicht glühte im Schein des Feuers.

»Leg dich schlafen«, sagte er. »Ich werde Wache halten. Du kannst mich später ablösen.«

»Glaubst du, sie verfolgen uns?«

»Ja, aber nicht mehr heute Nacht. Der Mond scheint nicht und die meisten unserer Spuren hat der Neuschnee zugedeckt. Ich werde trotzdem aufbleiben. Wir sind hier mitten im Seuchengebiet. Vielleicht streunen Fieberopfer umher.«

Xander fielen vor Müdigkeit beinahe die Augen zu. Er war zu schläfrig, um sich zu fürchten. Eine Wolldecke legte er auf der Pritsche aus, die andere breitete er darüber, dann zog er die Stiefel aus und kroch in den Kleidern in das behelfsmäßige Bett. Aus halb geschlossenen Lidern betrachtete er Lutz, der reglos vor dem Kamin saß. Er zündete die Pfeife an. Rauch stieg aus seinem Mund, vermischte sich mit dem Qualm des Feuers. Seine Hakennase hob sich scharf vor dem Leuchten der Flammen ab.

»Gute Nacht!«, rief er.

»Gute Nacht«, erwiderte Xander und schlief im selben Augenblick ein.

Erst lange nach Mitternacht rüttelte ihn Lutz wach. Benommen richtete sich Xander auf und schälte sich aus den Decken.

»Weck mich vor dem Morgengrauen«, befahl ihm Lutz, dann legte er sich nieder.

Schlaftrunken taumelte Xander zum Kamin. Das Feuer brannte noch. Hunger und Durst plagten ihn. Er schöpfte einen Becher Wasser aus dem Kessel, den wenigen Proviant wollte er für den kommenden Tag aufsparen.

Ächzend streckte er sich. An seiner linken Körperhälfte schmerzten mehrere Prellungen von dem Sturz. Er knöpfte die Strickjacke auf und kratzte sich. Die verschwitzte wollene Unterwäsche juckte. Allmählich konnte er wieder klarer denken. Er lauschte dem Heulen des Windes. Eisig fegte er um die Blockhütte, zog pfeifend durch die schmalen Spalte der Fensterläden herein. Draußen ertönte ein leises Knacken. Xander horchte auf. Das Geräusch wiederholte sich nicht. Lutz murmelte im Schlaf, drehte sich auf den Rücken und begann zu schnarchen.

Das Feuer knisterte. Funken stoben auf. Xander setzte sich nah davor und blickte in die lodernden gelben Flammenzungen. Beklemmung ergriff ihn. Nur vier hölzerne Wände trennten sie von der Wildnis. Einzig das spärliche Feuer bannte die stockfinstere Nacht. Fremd und bedrohlich erschien ihm der Wald.

Beim Ruf eines Kauzes fuhr er zusammen. Der Becher fiel ihm beinahe aus der Hand. Im gleichen Moment schämte er sich für seine Schreckhaftigkeit. Er wünschte, Haldur wäre hier. Sein Bruder kannte keine Furcht. Doch er lebte weit von ihm entfernt. Seit zwei Jahren schon hatte er ihn nicht mehr gesehen.

Unruhig wälzte sich Lutz herum. Er seufzte, dann setzte er sich auf.

»Xander!«, rief er. »Wir müssen fort von hier!«

»Warum? Es ist noch dunkel draußen.«

»Hilf mir die Sachen packen!«

Mit einem Schulterzucken tat Xander, wie Lutz ihn geheißen hatte. Während er die Wolldecken zusammenrollte, löschte Lutz das Feuer. Bald hatten sie das Pferd gesattelt und traten aus dem Stall ins Freie. Klirrende Kälte schlug ihnen entgegen. Das erste Morgenlicht tauchte den Wald in mattes Grau. Es hatte aufgehört zu schneien. Frost knirschte unter ihren Sohlen.

»Schau, dort drüben!«, flüsterte Lutz und deutete in die Richtung, aus der sie gekommen waren.

Tanzende Lichter wanderten auf der Straße nach Krengheim, gingen vor und zurück, hielten einen Augenblick inne und bewegten sich dann weiter auf die Anhöhe zu, auf der die Jagdhütte stand. Die Soldaten verfolgten mit Fackeln ihre Spur.

»Wie können die uns so schnell finden?«, wunderte sich Xander.

»Der Daimon wird sie führen«, antwortete Lutz.

»Sie werden gleich hier sein!«

»Uns werden sie nicht mehr antreffen.«

Zu zweit saßen sie auf dem Pferd auf und ritten den Hügel hinab, eine Spur aus Hufabdrücken hinter sich zurücklassend.

Die Sonne ging unsichtbar hinter den dichten Wolken auf. Dämmerlicht herrschte. Der beißend kalte Wind stach wie mit Nadeln in die Haut. Xander wickelte den Wollschal um sein Gesicht, sodass nur noch ein Schlitz für die Augen frei blieb.

Am Mittag rasteten sie im Schutz einiger Felsen, die den Wind von ihnen abhielten. Mit klammen Fingern verzehrten sie den Rest des Proviants und tranken Wasser.

Gedankenvoll blickte Lutz in die Ferne. Er legte den Kopf in den Nacken, als lausche er einem Geräusch.

»Was ist?«, fragte Xander. »Hörst du etwas?«

Lutz musterte ihn.

»Wie fändest du den Heimweg, wenn ich nicht hier wäre?«

Schlotternd vor Kälte verschränkte Xander die Arme vor der Brust.

»Gar nicht, vermutlich. Ich habe keine Ahnung, wo wir sind. In diesem Teil des Waldes war ich noch nie. Die Sonne lässt sich auch nicht blicken, wie könnte ich da die Himmelsrichtung bestimmen? Nein, ich würde mich hoffnungslos verirren.«

»Was meinst du denn, wie ich mich zurechtfinde?«

»Nun, ich denke, du kennst dich hier aus.«

»Eigentlich nicht.«

»Aber …«

»Es gibt andere Möglichkeiten, sich zu orientieren, als eine Landkarte zu gebrauchen oder sich auf seine Erinnerung zu verlassen. Im Wald leben Geister, wie überall. Die kannst du fragen.«

Xander lachte auf.

»Ich soll einen Geist nach dem Weg fragen? Das ist nicht dein Ernst!«

Lutz grinste breit.

»Los! Versuch es!«

Das Lachen blieb Xander im Halse stecken.

»Wir sollten uns besser beeilen. Schließlich sind uns die Soldaten dicht auf den Fersen.«

»Die verfolgen uns nicht mehr. Sie scheinen bei der Hütte umgekehrt zu sein.«

»Weshalb denn das? Unsere Fährte könnte ein Blinder finden!«

»Ich weiß nicht, warum sie aufgegeben haben. Vielleicht wagen sie es nicht, sich in diesen Uniformen Riem zu nähern. Je weiter wir an die Stadt herankommen, desto größer ist die Wahrscheinlichkeit, auf Patrouillen zu treffen.«

Nervös trat Xander von einem Fuß auf den anderen.

»Wir müssen uns trotzdem sputen, wenn wir Riem vor Sonnenuntergang erreichen wollen.«

»Dann trödle nicht. Das ist eine gute Gelegenheit für dich, etwas davon anzuwenden, was ich dir zu Hause beigebracht habe.«

Der Umgang mit Geistern war Bestandteil von Xanders Ausbildung. Lutz hatte ihm schon oft welche gezeigt. Nie zuvor hatte er ihm befohlen, einen etwas zu fragen.

Angestrengt versuchte Xander sich zu konzentrieren. Seine Hände zitterten und er ballte sie zu Fäusten. Endlich kam Ruhe über ihn. Versunken blickte er in die Dunkelheit zwischen den Bäumen. Kälte kroch durch die Ritzen seiner Kleider, tastete sich auf der Haut voran. Die rotbraunen Stämme verschwammen vor seinen Augen. Schemenhaft erhoben sie sich als stumme Wächter in der weißen Welt. Das Zwielicht zwischen den Bäumen zog ihn an. Schwärzer und schwärzer wurden die Schatten, bekamen eine beinahe greifbare Stofflichkeit.

Deutlich fühlte er, wie dort etwas lauerte. Er spürte Aufmerksamkeit, die sich auf ihn richtete. Im Herz der Schatten glaubte er eine Bewegung zu erkennen. Ein Hauch von Finsternis umwehte sein Gesicht.

Dunkelheit umfing ihn, stieg ihm in die Nase, die Ohren und den Mund und plötzlich konnte er den ganzen Wald hören und riechen wie nie zuvor, den herben Geruch von Harz, das aus den Poren der Bäume quoll, und den kalten Duft des Schnees. Getier raschelte im modernden Laubwerk. Tausend Augen begegneten seinem Blick.

Seine Haare sträubten sich. Mit einem Aufschrei taumelte er zurück. Sogleich verschwand die Erscheinung.

»Ich kann es nicht!«

Den Rücken an einen Baumstamm gelehnt, sank Xander auf die Knie. Er vergrub das Gesicht in den Händen. Der Dampf seines Atems stob wie Rauch in die Luft.

Lutz schüttelte den Kopf.

»Dein eigener Verstand erschafft den Schrecken, den du empfindest. Das hat nichts mit Geistern zu tun. Eines Tages wirst du deine Angst besiegen müssen.« Er seufzte. »Heute wohl nicht mehr.«

Verärgert über sich selbst betrachtete Xander die Stelle, wo er vorhin den Schatten wahrgenommen hatte. Tränen der Enttäuschung stiegen in ihm auf. Er schluckte sie hinunter und biss die Zähne zusammen.

So rasch es der Schnee und das Unterholz zuließen, setzten sie ihren Weg fort.

Das Keckern eines Vogels riss Xander aus seinen Gedanken. Der Wind blies ihm ins Gesicht. Er musste die Pelzmütze festhalten, damit sie ihm nicht vom Kopf geweht wurde. Verwirrt blickte er um sich.

Vor ihnen tat sich der Wald auf. Verschneite Felder erstreckten sich bis zum Horizont. Der Schnee leuchtete bläulich unter dem Abendhimmel. Hochnebel lag über dem Land und verdeckte die untergehende Sonne, die als matte orangefarbene Scheibe durch den Dunst schimmerte.

In der weißen Ebene erhob sich ein entwaldeter Hügel. Wie die Nieten einer Rüstung ragten abgeschlagene Baumstrünke aus dem Schnee. Auf der Kuppe der Anhöhe thronten die Festungsmauern von Riem. Pechschwarz ragten die Zinnen der Wachttürme in den Himmel. Rauch stieg von den unzähligen Häusern auf, die sich im Schutz der Mauern aneinander drängten.

Riem. Endlich. Sie würden bei Einbruch der Nacht zu Hause sein.

Mit schweißbedeckten Flanken stapfte der Schimmel den Feldweg entlang und dann die gepflasterte Straße zum Osttor hinauf. Beim Tor stiegen sie ab. Sie grüßten die Wächter und gingen zu Fuß weiter durch den breiten Gang in den Außenmauern. Das letzte Licht des Tages schwand, als die Soldaten die eisernen Flügel hinter ihnen verriegelten. Die stählernen Spitzen des Tores ragten jetzt von der Festung weg, wehrten der Bedrohlichkeit des Landes, als könnten sie durch ihr abweisendes Äußere alles Übel von Riem fern halten.

Ein Labyrinth von Gassen erstreckte sich vor ihnen. Enge Durchgänge mündeten in breite, von Karren befahrene Wege. Steinerne Häuser säumten die verwinkelten Straßen, die Fenster und Türen mit Brettern vernagelt. Schuppen und Ställe schmiegten sich an die zerfallenden Mauern. Dachbalken ragten aus den eingestürzten Schindeldächern. Die ausgebrannten Gebäude zogen sich den Hügel innerhalb der mächtigen Festungsmauern bis zum Palast des Statthalters hoch, dessen einst prachtvolle Hallen sich zu einer verkohlten Ruine türmten.

Die Seuche hatte ganz Riem heimgesucht, doch nicht alle Viertel waren gleich stark davon betroffen worden. Einige Glückliche hatten nicht nur ihr Leben gerettet, sondern auch ihr Zuhause behalten.

Obwohl Ströme von Flüchtlingen Riem überfüllten, wäre es niemandem eingefallen, die verlassenen Gebäude aufzubrechen. Das Grauen, das sich dort abgespielt hatte, entsetzte die Menschen noch zu sehr.

Zu ihrer Linken, inmitten einer bewohnten Häuserzeile, tauchte der Gasthof *Roter Eber* auf. Gelb glühten die erleuchteten Fenster in der Nacht. Gedämpftes Gelächter drang durch die Tür, über der ein Eber aus Blech hing. Das Schild schwang quietschend hin und her, als ein Gast heraustorkelte. Er drohte dem Abendhimmel mit der Faust, dabei lallte er Unverständliches. Nach ein paar Schritten erbrach er sich auf das Pflaster.

Eine Gruppe von Kindern rannte johlend die Gasse herunter. Der Betrunkene fluchte, brüllte sie an. Lachend hüpften sie um ihn herum, ihre schmutzigen Mäntel flogen auf und nieder.

Zwei der Gören sausten zu Lutz und Xander, zupften an ihren Ärmeln und streckten bettelnd die Hände aus. Sie klagten über Hunger. Lutz griff in die Hosentasche, holte ein paar Münzen hervor und gab sie ihnen. Mit einem Freudenschrei sprangen die beiden zu ihren Kameraden. Als sich eine Patrouille von drei Soldaten näherte, suchten die Kinder das Weite.

Die Soldaten marschierten vorbei, widmeten ihnen kaum einen Blick. Sie unterhielten sich über ihren Dienstplan. Lutz und Xander gingen weiter.

Sie kamen zum Marktplatz, den kampierende Flüchtlinge bis in den letzten Winkel belegten. Dutzende kleiner Kochfeuer flackerten im Wind. Der scharfe Geruch von Tierkot stieg ihnen in die Nase. Zelt reihte sich an Zelt, mit Planen bedeckte Wagen standen an den Mauern der leeren Häuser um den Platz. An die Karren gebundene Ziegen meckerten. Die meisten der Geflohenen hatten ihre Höfe verloren und bebauten jetzt das Land um Riem.

»Warte hier«, sagte Lutz und drückte Xander die Zügel in die Hand. »Ich bin gleich wieder da.«

Er wand sich zwischen Zelten durch, umrundete ein Schafgehege und verschwand dann hinter einem Wagen.

Erschöpft lehnte Xander an einer Hausmauer. Mit gesenkten Schultern kratzte er sich, ohne den Blick vom Marktplatz zu wenden. In der Stadt bedrückte ihn die Dunkelheit weniger als in den Wäldern, wo er sich letzte Nacht als Eindringling in eine fremde Welt gefühlt hatte. Er konnte sich nicht an das Leben in der Wildnis gewöhnen, ganz im Gegensatz zu seinem Bruder Haldur.

Die Schatten gebückter Gestalten wanderten zwischen den Zelten und Wagen hin und her, hoben sich schwarz vor den Feuern ab. Manche der Flüchtlinge saßen in Gruppen am Boden und spielten Karten, andere tätigten Geschäfte oder schimpften mit ihrem plärrenden Nachwuchs.

Xander und Haldur hatten hier gelebt, in einem jener stinkenden Zelte aus Tierhäuten und Leinwand. Die Seuche hatte sie hierher getrieben, hungrig und müde, wie so viele andere. Haldur hatte die verlassenen Häuser des Nachts nach brauchbaren Habseligkeiten durchsucht, die sie dann verkauft hatten. Eine gefährliche Tätigkeit, die kaum genug eingebracht hatte, um sie beide zu ernähren. Nach einigen Wochen hatten sie Lutz kennen gelernt, der Verwendung für ihre Dienste fand. Er hatte sie gut bezahlt, wenn sie ihm das Gewünschte beschaffen konnten. Zumeist hatten sie Bücher für ihn besorgt.

Der Anflug eines Lächelns huschte über Xanders Gesicht. Er verstand bis heute nicht, weshalb ihm Lutz damals angeboten hatte, bei ihm die Daimonologie zu erlernen. Das großzügige Angebot hatte er sofort angenommen, obwohl er nicht begriff, was Lutz dazu veranlasst hatte. Er mochte Lutz und es erfüllte ihn mit Stolz, sein Schüler zu sein.

Dann, vor zwei Jahren, war Haldur nach Ereat zurückgekehrt, um dort wieder als Söldner zu dienen. Xander hatte versucht, ihn zum Bleiben zu überreden, aber Haldur hatte abgelehnt.

Das Leben in Riem gefiel Xander. Flüchtlinge, die aus allen Himmelsrichtungen zusammenströmten, verwandelten die Stadt in ein Chaos, doch die Nähe von so vielen Menschen gab ihm ein gewisses

Wohlbefinden. Sie alle versuchten, irgendwie über die Runden zu kommen und nicht an den Tod in den steinernen Häusern zu denken.

Geistesabwesend blickte Xander in den Schein der Lagerfeuer. Er sah wieder das Gesicht seines Bruders vor sich, der ihm von Ereat erzählte. Im Schein der Flammen hatte er jeden Abend Schlachten, Siege und Niederlagen auferstehen lassen und in Gedanken hatte Xander an den Abenteuern teilgenommen.

In seiner Kindheit hatte ihm Haldur bloß eine blasse Erinnerung bedeutet, der ältere Bruder, der fortgezogen war. Seine Tante Ada, neben Haldur und Xander die einzige Überlebende einer einstigen Großfamilie von Bauern, hatte Xander aufgezogen. Verwahrlost war ihr Hof gewesen, die Ställe verlottert, das Gras ungemäht. Ada hatte sich um nichts mehr gekümmert. Die Schrecken der Seuche hatten sie gebrochen. Tagaus, tagein hatte sie mit verstorbenen Freunden und Angehörigen gesprochen, als ob sie immer noch da wären. Ohne die Hilfe der Nachbarn im Dorf wären sie beide verhungert.

Sobald er alt genug gewesen war, hatte Xander die Tiere versorgt und die Felder bestellt. Einsam hatte er sich gefühlt. Verzweifelt hatte er davon geträumt, dass Haldur eines Tages zurückkommen werde, um ihn mitzunehmen. Er hatte seinen Bruder um dessen aufregendes Leben unendlich beneidet.

Eigentlich wusste er wenig von ihm. Aber schließlich waren sie nicht zusammen aufgewachsen. Wie ein Sturm war Haldur damals in sein Leben getreten und ebenso plötzlich hatte er ihn wieder verlassen. Er vermisste ihn.

Söldner hatten einen schlechten Ruf. Man sagte, dass ihnen das Töten allzu leicht fiel. Xander hatte schon manche Geschichte gehört und auch selbst üble Erfahrungen mit denen gemacht, die sich in den Wirtshäusern von Riem herumtrieben, doch seines Bruders schämte er sich nicht.

Mit eiligen Schritten kam Lutz zurück, nahm die Zügel und ging weiter. Xander riss sich vom Anblick der Zelte los und trottete neben ihm her. Die Stimmen der Flüchtlinge blieben zurück, erstarben in der Dunkelheit.

»Eine Kompanie Soldaten aus der Hauptstadt ist gestern in Riem eingetroffen«, sagte Lutz. »Weitere Truppen werden in den nächsten Wochen erwartet.«

»Vielleicht nimmt Dahl die Bedrohung durch Herzog Lodur ernster, als wir geglaubt haben.«

»Vielleicht«, murmelte Lutz nachdenklich.

Vier Straßen weiter erreichten sie ein breites, zweigeschossiges Haus, eines der wenigen, die das Feuer nicht einmal angesengt hatte. Der blassgrüne Verputz bröckelte ab, entblößte den rohen Stein der Mauern. Schlösser und Riegel sicherten die hölzernen Läden im Erdgeschoss, eiserne Bänder verstärkten die Eingangstür. Hinter den Fenstern im ersten Stock schimmerte Licht.

Bevor sie die Klinke berührten, schwang die Tür nach innen auf. In der erleuchteten Öffnung stand ein untersetzter Mann, mit einer dunkelbraunen Hose und einer blau-rot karierten Schürze bekleidet. Die Hemdsärmel aufgerollt, trocknete er sich die Hände an einem Küchentuch. Eine Stirnglatze verlängerte seine von Falten zerfurchte Stirn. Erleichtert kniff er die Augen zu.

»Endlich!«, rief Friedel.

Nachdem sie ihn begrüßt hatten, traten Xander und Lutz in die Eingangshalle. Wärme schlug ihnen entgegen. Aus der geschlossenen Küchentür drang der verlockende Duft gedünsteter Zwiebeln. Ihre Stiefel hinterließen feuchte Spuren auf den sauber gefegten Tonplatten des Bodens.

Friedel warf sich das Handtuch über die Schulter.

»Ich dachte schon, ihr kommt nicht mehr!«

»Wir haben eines der Pferde verloren«, erwiderte Lutz. »Das andere steht draußen. Bitte kümmere dich darum.«

»Ja, sicher, gleich.« Er blickte zwischen Lutz und Xander hin und her. »Wir haben gestern Besuch bekommen. Er ist oben in der Bibliothek.«

Fassungslos starrte Lutz ihn an. Der Schnurrbart in seinem unrasierten Gesicht zuckte.

»Du hast jemanden ins Haus gelassen?«

»Ich hatte keine andere Wahl.« Friedel schnaufte. »Schaut selbst nach! Ich versorge jetzt das Pferd.«

Die Tür schnappte hinter ihm zu. Sie hängten ihre Jacken an Wandhaken neben dem Eingang. Die Halstücher, Mützen und Handschuhe warfen sie auf die Truhe darunter, dann streiften sie die schmutzigen Stiefel ab und schlüpften in Hausschuhe.

Xander lief hinter Lutz die geschwungene Treppe hoch, die von der Eingangshalle in den ersten Stock führte. Seine Augen folgten Lutz' ausgetretenen braunen Pantoffeln, die behende vor ihm die Stufen erklommen. Der smaragdgrüne Teppich auf der Treppe und dem Gang schluckte ihre Schritte.

In der Mitte des Korridors erreichten sie ein geräumiges, spärlich beleuchtetes Zimmer. Ein Feuer brannte im Kamin, warf zitternde Schatten auf überladene Bücherregale und einen mit Papieren übersäten Schreibtisch. Gegenüber der Tür befand sich eine Reihe hoher Fenster, die Scheiben zeigten trübe in die Finsternis.

In einem Sessel vor dem Feuer schlief ein Mann. Seine langen Beine steckten in Stiefeln. Er trug eine abgewetzte schwarze Hose und ein ebensolches Hemd, darüber eine Lederweste voller Metallbeschläge. Ein karierter Mantel hing an der Sessellehne. Als er sich bewegte, glitt dieser zu Boden. Er wachte nicht auf. Sein Kopf sackte auf die Brust.

Xander blieb wie angewurzelt im Türrahmen stehen.

»Haldur!«, hauchte er.

Der Mann im Stuhl zuckte, hob den Kopf und blinzelte sie verschlafen an.

»Xander?«

Seine Hände umklammerten die Armlehnen des Sessels, dann stemmte er sich hoch und kam ihnen entgegen.

Nach einem Augenblick des Zögerns stürzte Xander auf ihn zu und fiel ihm um den Hals.

»Haldur!«, rief er freudestrahlend.

Er trat einen Schritt zurück, um seinen Bruder zu betrachten.

Unter Haldurs Wangen lagen Schatten, die seinem Gesicht eine Schärfe verliehen, die es früher nicht besessen hatte. Seine Haut glänzte wächsern und sein Atem stank nach Schnaps. Er schwankte, als ob er sich kaum noch auf den Beinen halten könne.

»Was ist los mit dir? Warum bist du hier?«, fragte Xander.

Mürrisch verschränkte Haldur die Arme vor der Brust.

»Ich habe meinen Dienst in Ereat quittiert.«

»Weshalb denn das?«

Er wandte sich an Lutz.

»Kann ich ein paar Tage hier bleiben?«

»Ja, natürlich.« Lutz musterte ihn überrascht. »Warum hast du deinen Dienst aufgegeben?«

»Ich möchte nicht darüber sprechen.«

Lutz' und Xanders Blicke trafen sich.

»Ich brauche frische Luft«, brummte Haldur, hob seinen Mantel auf und wankte mit unsicheren Schritten aus dem Raum.

»Haldur!«

Xander wollte ihm nachlaufen. Lutz hielt ihn zurück.

»Lass ihn!«

Schritte polterten die Treppe hinunter, dann fiel die Haustür ins Schloss.

»Was hat er, Lutz? Wieso ist er hier? Er wollte doch bis zum Frühjahr in Ereat bleiben!«

Nachdenklich trat Lutz zum Kamin. Er schob mit dem Schürhaken die brennenden Scheite zusammen.

»Die Priesterkönigin von Ereat setzt ihre Truppen seit mehr als einem Jahr nur noch zur Seuchenbekämpfung ein. Eine wichtige Aufgabe, ich weiß nicht, was wir ohne diese Männer und Frauen getan hätten, aber eine schmutzige Arbeit. Tagaus, tagein Dörfer und Menschen verbrennen zu müssen und sei es aus einem noch so guten Grund, macht einen nicht gerade fröhlich. Vielleicht konnte er es nicht mehr ertragen.«

»Die Seuchenräumungen können ihn nicht so verändert haben! Hast du bemerkt, wie er aussah?«

Lutz nickte.

»Merkwürdig ist es.«

»Was sollen wir jetzt tun, Lutz?«

»Wasch dich und zieh dir frische Kleider an. Ich bitte Friedel, dass er uns etwas zum Abendessen zubereitet.«

Kurze Zeit später saßen sie im Esszimmer neben der Küche. Die mit Außenläden verschlossenen Fenster spiegelten in ihren Glasvierecken den holzgetäfelten Raum. In einer Ecke war ein grüner Kachelofen mit einer Liegebank eingebaut, der angenehme Wärme verströmte. Auf der Bank schlief, eingerollt auf einer Wolldecke, Friedels rot-weiß gefleckter Kater Mauser.

Der lange Esstisch mit den zwölf Stühlen war für zwei gedeckt. Ein achtarmiger Kerzenleuchter aus Eisen verbreitete Licht. Silbernes Besteck funkelte in dem Schein. Gegenüber den Fenstern, hinter dem Esstisch, stand ein hüfthoher, sechstüriger Schrank vor der Wand, auf dem eine Ansammlung menschlicher und tierischer Schädel aufgestellt war, verankert auf beschrifteten Podesten. Darüber hing ein einzelnes Gemälde, das eine herbstliche Landschaft zeigte. Als Xander einmal bemerkt hatte, dass die Schädel nicht in ein Speisezimmer passten, hatte Lutz gemeint, er halte es durchaus nicht für geschmacklos, in einem Essraum auf die Vergänglichkeit des Lebens hinzuweisen.

Friedel brachte eine Kupferpfanne voll mit aufgewärmtem Eintopf, einen halben Laib Brot, eine Schale Äpfel und eine Kanne Bier. Er lud das Essen auf dem Tisch ab, klemmte sich Mauser unter den Arm und verließ mit ihm den Raum.

Sie füllten die Teller und aßen sich schweigend satt. Der Gemüseeintopf schmeckte köstlich. Eine scharfe Soße mit Knoblauch und Pfefferschoten verband Sellerie, Kohl, Karotten und Kartoffeln. Selbstvergessen kaute Xander auf einer gekochten Karotte. Er schmeckte ihre Süße und die Kräuter, mit denen Friedel das Gericht gewürzt hatte, Kerbel und Majoran. Das knusprige Schwarzbrot hatte Friedel selbst gebacken. Es war vorzüglich wie immer.

Wohlig seufzend schob Lutz den Teller von sich. Er holte Tabak und die Pfeife aus den Taschen seines tannengrünen Hausmantels. Im Ausschnitt blitzte der Kragen eines schneeweißen Hemdes. Sein frisch gewaschenes, kurzes graues Haar war glatt zurückgekämmt.

»Ich mache mir Sorgen um Haldur«, murmelte Xander zwischen zwei Bissen.

»Dein Bruder ist alt genug, um zu wissen, was er tut. Er wird seine Gründe haben.«

Xander schnitt ein Stück Brot ab und tunkte damit die Soßenreste auf.

»Er sah so ... bedrückt aus.«

»Er sah vor allem betrunken aus. Lass ihn zur Ruhe kommen. Man kann niemandem helfen, der sich nicht helfen lassen will.«

Nachdem Xander den Teller und die Pfanne säuberlich mit dem Brot ausgewischt hatte, griff er nach einem Apfel. Er verzehrte ihn mitsamt dem Kerngehäuse, den Stiel legte er auf den Tellerrand.

Lutz zündete die Pfeife mit einem Kienspan an. Die Flamme erhellte seine dunkle Haut, spiegelte sich in den grauen Augen. Er goss sich einen Becher Bier ein und nippte daran. Feiner Schaum blieb in seinem Schnurrbart hängen, den er mit dem Handrücken wegwischte. Genüsslich blies er eine Wolke Rauch aus. Die weißen Schwaden kräuselten sich im Licht. Er schnaufte vernehmbar durch die Nase und klemmte die Pfeife zwischen die Lippen.

»Ich werde dir jetzt etwas zeigen.«

Er versenkte die Hand in einer Tasche des Hausmantels und förderte den Lederbeutel zutage, den er in Krengheim an sich genommen hatte, dann schnürte er ihn auf und schüttelte den Inhalt heraus. Eine Kugel rollte auf seine Handfläche. Er fasste sie mit Daumen und Zeigefinger und hielt sie nah an den Schein der Kerzen.

Ihre Oberfläche war unregelmäßig, von verschiedenen Wölbungen bedeckt und matt. Sie hatte die Größe einer Walnuss und war von durchscheinender goldgelber Farbe mit einer eigentümlichen grasgrünen Fluoreszenz.

»Was ist das?«, fragte Xander verwundert.

»Das ist ein Schlüssel«, erwiderte Lutz.

»Ein Schlüssel?«

»Man kann einen ganz besonderen Geist damit rufen.«

»Lebt dieser Geist in der Kugel?«

»Nein, natürlich nicht! Er weilt wie alle anderen im Reich der Geister.«

»Aber wie kannst du ihn dann mit diesem Ding rufen? Das ist unmöglich! Man kann keine Geister zu sich befehlen. Entweder sie zeigen sich oder nicht.«

Mit einem amüsierten Lächeln umschloss Lutz die Kugel mit der Faust. Die Muskeln seines Gesichts entspannten sich. Konzentriert blickte er auf die Hand.

»Warte!«, rief Xander.

Die Sehnen und Muskeln von Lutz' Hand zuckten, drängten wie von eigenem Leben erfüllt hervor. Lutz öffnete die Faust. Er hielt die Augen geschlossen, den Kopf gerade, die Hand wie eine Schale vor seiner Brust.

Fünf Spitzen stachen aus der Kugel heraus, erst breit, dann immer schmaler werdend, angeordnet wie die Finger von Lutz' Hand. Die Auswüchse lagen unter der Haut; dünnen gelbgrünen Venen gleich drangen sie voran zu allen fünf Fingerspitzen. Man konnte Lutz' blaurote Adern über und unter den dickeren gelblichen Strängen sehen, die sich in der Mitte der Handfläche in einem münzgroßen Rund trafen, wie Strahlen aus einem Stern.

Kaum sichtbar begann die Kugel zu pulsieren, ein Netzwerk feiner Adern durchzog sie, gleich Sprüngen in Glas. Ein phosphoreszierendes Licht schien von ihr auszugehen.

Das grünliche Leuchten gemahnte Xander an Verwesung, Krankheit und Verderben. Er fühlte Übelkeit in sich aufsteigen und bereute bitterlich, dass er das Essen so hinuntergeschlungen hatte.

Das Pulsieren beschleunigte sich. Xander glaubte ein dumpfes Brummen zu hören, ohne sagen zu können, ob er das Geräusch wirklich vernahm oder woher es kam. Der Klang und das Leuchten verursachten ihm rasende Kopfschmerzen. Er krümmte sich. Sein Magen wollte sich umstülpen. Entsetzt sprang er auf. Der Sessel fiel mit betäubender Lautlosigkeit zu Boden. Er taumelte rückwärts, bis ihm eine Wand den Weg versperrte.

Der Klang verstummte. Die Luft wurde warm und feucht. Xander roch Blüten, Blätter und Moos. Ein Sumpfwald im Sommer, heiß und unerträglich schwül. Warmer Dunst hüllte ihn ein. Grünlich schimmernd umwaberte er ihn, schien ihn abzutasten. Ein prickelndes Gefühl glitt ihm über die Haut und Hitze durchflutete ihn. Unwillkürlich streckte er die Hand aus. Fasziniert beobachtete er, wie sich Nebel auf seiner Handfläche sammelte, dann im Ärmel seines Hemdes verschwand.

Er blinzelte, ein Schleier trübte seinen Blick. Ein Zittern schüttelte ihn, und dann fühlte er, wie das Blut durch seine Adern floss, vor und zurück in jeden Teil seines Körpers gepumpt wurde, spürte, wie der Atem seine Lungen dehnte. Dröhnend laut pochte sein Herz. Für den Bruchteil eines Augenblicks vermeinte er über sich zu schweben, dann löste er sich gleichsam auf, wurde eins mit dem Dunst, der das Zimmer erfüllte. Ohne dass er es merkte, rutschte er an der Wand hinab und kauerte sich hin.

Versunken in einem Traum, blickte er die Schädelsammlung auf der Anrichte an und bemerkte plötzlich, wie sich ein Schein fahlen Nebels um die Schädel wand, durch die Münder und Augenhöhlen kroch, bis sie dunstig-gelbgrün erstrahlten.

Die Schädel überzogen sich mit Fleisch und Haut, Haar spross, Ohren wuchsen. Der Kopf eines Kindes schlug die Augen auf, sein Mund klappte auf, als wolle es sprechen. Die Lefzen eines Hundes erbebten, entblößten speicheltriefende Fänge. Wütend starrte er Xander an. Der war einer Ohnmacht nahe.

Lutz schloss die Hand. Der Nebel versiegte und mit ihm auch das Leben der Schädel. Als er die Faust wieder öffnete, hatten sich die Auswüchse der Kugel zurückgezogen. Er ließ die Kugel in den Beutel gleiten, dann stand er auf, ging zu Xander und beugte sich über ihn.

»Bist du in Ordnung?«

Xander rang nach Luft.

»Was bei den Göttern der Untoten war das?«, stotterte er.

Mit einem Taschentuch wischte Lutz Blut von der verletzten Hand ab. Er bewegte die Finger, als wolle er in einen Handschuh schlüpfen, und die Wunden schlossen sich.

»Steh auf und setz dich!«

Taumelnd ging Xander zum Tisch zurück, hob den Sessel auf und ließ sich darauf nieder.

»Was ist das für ein Ding? Woher kommt es? Noch nie habe ich etwas Ähnliches gesehen!«

»Es ist ein Schlüssel, wie ich dir schon sagte. Mein alter Meister hat ihn mir hinterlassen, als er starb. Ich besitze ihn seit Jahrzehnten. Vor zwei Wochen wurde er mir gestohlen. Zehn Tage lang versuchte ich vergeblich, seine Spur zu finden, dann erhielt ich Nachricht, er sei in Krengheim aufgetaucht und dort in der Herberge zurückgelassen worden, als die Gäste vor der Seuche flohen.«

»Vor zwei Wochen wurde er dir gestohlen? Du hast mir kein Wort davon gesagt!«

»Du hättest nichts tun können. Zum Teil war ich selbst mit schuld daran. Ich bin unvorsichtig gewesen.«

Stirnrunzelnd lehnte Xander sich zurück.

»Was ist das für ein merkwürdiger Geist, den der Schlüssel ruft? Ich dachte, Geister haben keine Form.«

»Das ist richtig.«

»Aber das ganze Zimmer war erfüllt von grünem Nebel! Der Dunst kam auf mich zu und dann begannen die Schädel auf der Anrichte zu leben!«

Gelassen griff Lutz nach dem Bier und trank einen Schluck.

»Man nennt ihn den Geist der Wahrnehmung. Tausende von Jahren ist er alt. Er hat keine Gestalt. Manche Menschen erleben ihn als flammendes weißes Licht, andere als grünes Leuchten. Er verändert die Art und Weise, wie wir die Welt erfahren. Deshalb sind dir vorhin die Schädel lebendig erschienen, du konntest sie anders betrachten. Der Geist hat eine besondere Bedeutung und einen eigenen Namen. Er ist sehr gefährlich.«

»Dir scheint er nichts anzuhaben.«

»Nicht mehr«, antwortete Lutz.

Verblüfft musterte Xander seinen Lehrer.

»Erzähl mir mehr darüber!«

»Das ist eine lange Geschichte. Ich erzähle sie dir ein andermal.«

Zögernd verließ Xander den Tisch. An der Tür des Esszimmers drehte er sich um.

»Du hast gesagt, der Geist hat einen Namen?«

Lutz nahm die Pfeife auf und führte sie an die Lippen. Er blies Rauch aus einem Mundwinkel.

»Er heißt Uran«, sagte er.

KAPITEL 2 Die Besucherin

»Die Dinge sind meist das, was sie scheinen.«

Eldred M., 99 Regeln für den angehenden Daimon. Jubiläumsausgabe mit zahlreichen Farbtafeln und Erläuterungen. Ges. Werke, Ausg. Stift. von Angantur, Nr. 5785, 2268 n. A. D.

Gedankenverloren starrte sie auf den Tisch. Die klebrigen Flecken verschütteten Bieres breiteten sich darauf aus wie eine Landkarte. Zahllose Ränder von eingetrocknetem Wein übersäten das zerkratzte Holz, blaurote Kreise, gespickt mit Brotkrumen. In den Tischrand hatte jemand mit einem Messer Kerben geritzt.

Lautes Stimmengewirr dröhnte im *Roten Eber.* Späte Gäste belegten das Wirtshaus bis auf den letzten Platz.

Der Wirt stellte wortlos einen Krug Bier vor ihr ab. Diese Frau hatte er in Riem noch nie gesehen. Ihre Haut war dunkel, zu dunkel für den Norden, von einer heißen Sonne verbrannt. Die kalten grünen Augen blickten ausdruckslos. Kastanienbraunes Haar fiel in dichten Wellen auf ihre Schultern, an einem Ohr glänzte ein goldener Ring. Das breite Gesicht mit dem eckigen Kinn und den weit auseinander stehenden Augen erinnerte ihn an jemanden, aber es wollte ihm nicht einfallen, an wen. Eilig lief der Wirt zurück zum Ausschank. Er hatte keine Zeit, sich aufzuhalten. Händlerinnen, Bauern, Flüchtlinge, Diebe und Huren saßen dicht gedrängt auf den Bänken und Stühlen. An jedem zweiten Tisch hoben sich Hände und verlangten nach ihm und seinem wenigen Personal. Seine Gäste tranken viel.

Die Fremde griff nach dem vollen Bierkrug. Eine sonnengebräunte Hand mit einem hellen Fleck am rechten Mittelfinger, wo einmal ein Ring gesteckt hatte, umschloss den Henkel. Mit hochgezogenen Augenbrauen musterte sie den bunt glasierten Tonkrug. Auf lapisblauem Grund prangte ein orangeroter Eberkopf. Dann schweiften ihre Blicke durch die Wirtsstube.

Fackeln in schmiedeeisernen Halterungen beleuchteten mit flackerndem Schein die Nischen des Raumes. Im Saal hingen Öllampen aus durchbrochenem Messing von der Decke, an denen rostrote Troddeln baumelten. Die Wände waren mit vergilbten Malereien von Jagdszenen geschmückt: eine Meute von Hunden, die einen Eber umringten, Reiter auf sich aufbäumenden Pferden und schließlich das Bildnis des von Pfeilen durchbohrten Ebers, geschwärzt vom Ruß verbrannten Öls. Über der Eingangstür thronte ein Hirschgeweih. Aus der Küche drang der salzige Duft von Bohnensuppe und Speck.

Eine kleine Frau mit einem bis auf die Knochen abgemagerten Gesicht trat an den Tisch der Fremden. Sie war ein grotesker Anblick, vom Hals an aufwärts wirkte sie hager und in entgegengesetzter Richtung war sie füllig. Sie trug eine graue Kaninchenfelljacke und einen grünschwarz karierten Rock, der um ihren Bauch spannte. Schütteres weißes Haar hing ihr ins Gesicht, in dem helle Augen fiebrig glitzerten. Alkoholdunst umgab sie wie eine Wolke. Sie klappte eine Seite der Jacke auf. Im Innern steckten goldenes Besteck, Hornkämme und zerfledderte Bürsten in Lederschlaufen. Als die Fremde den Kopf schüttelte, zottelte sie mit einem Schnauben davon.

Viele dieser Händlerinnen huschten zwischen den Tischen umher und zeigten den Gästen ihre meist bei Plünderungen gestohlenen Waren. Sobald ein Gast Interesse zeigte, war er gleich von mehreren umringt. Die Händlerinnen bevorzugten von allen Wirtshäusern in Riem den *Roten Eber,* weil sich hier selten Soldaten aufhielten. Diese besuchten lieber die friedlichere Herberge am Burgtor. Es war in der Stadt bekannt, dass es im *Eber* alles zu kaufen gab. Der Eberwirt kassierte seinen Anteil und die Händlerinnen machten gute Geschäfte.

Die Armee sah sich außerstande, den Schwarzmarkt zu unterbinden. Nachdem das Weiße Fieber den Statthalter dahingerafft hatte, versuchten die verbliebenen Truppen Kaiser Alrichs, zu dessen Reich Riem gehörte, so etwas wie Ordnung aufrechtzuerhalten. Die unzähligen Flüchtlinge, Kriegsgewinnler und Durchreisenden machten es ihnen schwer.

Seit ein paar Wochen ging das Gerücht um, dass Herzog Lodur von Kech die Stadt bald einnehmen wolle. Die Bewohner von Riem fürchteten den Krieg. Viele Opfer hatte die Seuche gefordert, die Bevölkerung hatte genug gelitten. Niemand war dazu bereit, freiwillig sein Blut für Alrich zu vergießen. Überleben war das einzige Gebot.

Böse Zungen verbreiteten, Herzog Lodur habe selbst das Weiße Fieber nach Riem gesandt. Wollte man nur der Hälfte allen Geflüsters Glauben schenken, so schreckte der Herzog vor nichts zurück, um seinen Machthunger zu stillen.

Die Fremde beobachtete den Eingang des Wirtshauses. Sie saß schräg gegenüber der Tür in einer der vielen Nischen an den Mauern, die rot bemalte Holzwände voneinander trennten. In einem Zug trank sie die Hälfte des Bierkrugs aus, dann wischte sie mit dem Handrücken den Schaum vom Mund und lehnte sich an die Bank zurück.

Der Gedanke, dass Lodur Riem verseucht haben könnte, erschien ihr lächerlich. Sie kannte Lodur persönlich. Bestimmt begehrte er Riem, doch sie hielt ihn nicht für fähig, die Stadt mit dem Weißen Fieber zu verseuchen.

Bei der Erinnerung an Lodur schmunzelte sie. Der Bursche hatte alle um den Finger gewickelt. Er war ausgesprochen gut aussehend. Seine Schönheit schien so vollkommen, dass man an eine Sinnestäuschung glaubte. Er strahlte von innen, voll solcher Freude am Leben selbst, als hätte er sich sein Aussehen mühselig erwerben müssen und wisse um dessen vergängliche Macht. Er leuchtete und dieses Leuchten ließ ihn fern von anderen stehen, es machte ihn unantastbar.

Damals, als Lodur noch in Dahlstadt als Hauptmann diente, war auch Cousine Sigyn seiner erstaunlichen Anziehungskraft erlegen. Sie hatte sich in ihn verliebt. Immer hatte sie sich bei den Soldaten herumgetrieben, in der Hoffnung, ihren Geliebten zu treffen, und jeder hatte gewusst, weshalb sie kam, und insgeheim über sie gelacht.

Rücksichtslos hatte Lodur für seine Ziele gefochten, hatte die Intrigen im Palast von Dahlstadt genutzt. Für einen von so niedriger Herkunft hatte er es weit gebracht. Alrich machte nicht jeden zum Herzog. Ja, sicherlich würde Lodur Riem einnehmen, wenn er die Möglichkeit dazu erhielt.

Die Tür des *Roten Ebers* schwang auf und ein Schwall Gäste stürzte in die Wirtschaft, darunter drei Soldaten, die allgemeines Raunen auslösten. Unsicher stolperten sie die kurze Treppe am Eingang hinunter und verharrten ratlos in dem tieferliegenden, vollen Saal, als ob sie sich plötzlich in Feindesland verirrt hätten. Der Wirt wackelte ihnen entgegen und reckte entschuldigend die Hände vor seinem gewaltigen Leib. Er gestikulierte und hob seufzend die Augen zur Decke, um ihnen klarzumachen, dass, so Leid es ihm auch tat, er keinen einzigen Stuhl mehr frei hatte.

Die drei Soldaten gafften ihn an. Bestimmt gehörten sie zu der Truppenablösung, die erst gestern in Riem eingetroffen war, und ahnten nicht, dass sie im *Roten Eber* nicht willkommen waren. Der Wirt deutete zur Tür, verneigte sich und nickte unaufhörlich, um die Soldaten voranzutreiben. Die drei Männer zuckten mit den Schultern, blickten sich gegenseitig an und gingen schließlich hinaus. Die Tür fiel hinter ihnen ins Schloss. Erleichtert widmete sich der Wirt weiter seinen zwielichtigen Kunden.

Einige Frauen und Männer, die zusammen mit den Soldaten gekommen waren, fielen durch ihre reich bestickten, pelzbesetzten Jacken auf. Sie sahen aus wie Jäger aus Ardak, dem Land im Norden. Ledrige Haut spannte sich über vorstehenden Backenknochen. Ihre schmalen blassblauen Augen waren gewöhnt an die blendende Helligkeit von Schnee und Eis. Die kantigen Gesichter wirkten gutmütig. Sie drängten sich um einen runden Tisch in der Mitte des Raumes, an dem bereits zwei betrunkene Bauern saßen, die trübe und leicht schwankend vor sich hin starrten.

Die Jäger des hohen Nordens waren berühmt für ihre Zähigkeit. Wie weit mochte sich die Seuche schon ausgebreitet haben, wenn selbst sie bis nach Riem flohen? Seit Generationen hatte das Weiße Fieber nicht mehr so gewütet. Lodur würde bald über ein totes Reich herrschen.

Wieder öffnete sich die Tür. Ein auffallend großer, kräftiger Mann mit kurzgeschorenem blondem Haar trat ein. Er stakste gemächlich die wenigen Stufen hinunter und blieb hoch aufgerichtet im Saal stehen, als ob er sich hier völlig zu Hause fühle, doch seine Blicke flogen misstrauisch hin und her, straften sein sorgloses Benehmen Lügen. Ein mehrfach geflickter, karierter Mantel hing um seine Schultern. Als er ihn zurückschlug, kam eine Lederweste zum Vorschein, deren Metallbeschläge im Licht der Fackeln glitzerten. An seiner Seite hing ein Schwert in einer abgewetzten Lederscheide. Er setzte sich an den Tisch der Jäger, die ihn in ihrer eigenen Sprache begrüßten.

Seltsam, dass die Jäger einen Söldner kannten und dieser die Sprache von Ardak verstand – er sah nicht aus wie ein Eiskrieger.

Einer der Kellner, ein grobschlächtiger Bursche mit kurzem schwarzem Haar, das ihm wie der Kamm eines Hahns vom Kopf abstand, trat hinter den Söldner und haute ihm mit seiner schaufelgroßen Hand auf den Rücken.

»He Haldur, du Ratte!«, brüllte er, um den Lärm im Gasthof zu übertönen. »Bist wieder in Riem. Hoffst wohl auf den Krieg, was?«

Der Söldner warf dem Burschen einen bösen Blick zu. Der Kellner entblößte in einem Grinsen zwei Reihen fauler Zähne, in denen mehrere Lücken klafften. Seine Nase war platt und schief, als ob er sie sich schon mindestens einmal gebrochen hätte. Er zuckte mit den Schultern und eilte zum Ausschank, wo eine neue Ladung Bier und Wein für die durstigen Gäste des *Ebers* bereitstand.

Die Fremde winkte dem Wirt, der gerade mit einer Gruppe von Mönchen sprach, die zu zehnt an einem kleinen Tisch saßen. Leergegessene Tonschüsseln stapelten sich vor ihnen. Offenbar wollten sie nicht bezahlen und versuchten den Wirt zu überzeugen, das Mahl ihrem Gott Herion zu stiften. Der Wirt teilte ihre Meinung nicht.

Schadenfroh verfolgte die Fremde den Streit. Die blauen Kutten der eigensinnigen Jünger Herions verhießen selten Gutes. Ihr Gott erlaubte ihnen, zu stehlen und zu betrügen, er predigte Eigennutz und Selbstsucht. Jeder, der nicht ihrem Glauben angehörte, hatte von ihnen Übles zu erwarten. Angeblich wollten sie den Menschen durch ihr Betragen den Spiegel vorhalten, um sie so zu bekehren und ihnen den rechten Weg zu weisen.

Wütend drohte der Eberwirt den Mönchen mit der Faust, dann winkte er seinen kräftigsten Gehilfen herbei, sich um die unliebsamen Gäste zu kümmern.

Zwei der Jünger standen auf und strichen sich ruhig die weichen kobaltblauen Kutten glatt.

»Ich fühle den drängenden Wunsch zu gehen, Bruder«, sagte der größere der beiden.

»Ich fühle mit dir, Bruder«, erwiderte der andere und warf sein dünnes, aschblondes Haar geziert zurück.

Der Kellner, der vorhin den Söldner begrüßt hatte, trat zu ihnen, packte die beiden am Kragen und schüttelte sie so grob, dass die langen Amulette um ihre Hälse klingelten. Die Mönche fluchten, schlugen auf ihn ein und der mit dem strähnigen Haar spuckte. Der Kellner ließ den einen los, holte mit einer Hand weit aus und versetzte dem Blonden eine Ohrfeige, die ihn polternd umwarf. Der Mönch rappelte sich auf, stolperte wutschnaubend auf den Kellner zu und trat ihm ans Schienbein. Der zuckte nicht mit der Wimper. Mit zornglühendem Gesicht reckte er das Kinn und mahlte mit den Zähnen. Er packte den Jünger Herions an der Kutte, zog ihn hoch und rammte ihm die Faust in den Magen. Der Mönch japste nach Luft. Winselnd krümmte er sich und sank zu Boden.

Als hätte er sich schmutzig gemacht, rieb der Kellner die Hände an den Hosen.

»Los, Geld her!«, bellte er.

Eine der Blaukutten zückte den Geldbeutel und zahlte mit zitternden Fingern das Mahl. Die anderen Mönche erhoben sich und stützten ihren gefallenen Bruder. Als sie am Wirt vorbeigingen, murmelte einer: »Nichts als Gewalt und Hass auf dieser Welt, Brüder! Wann werden die Menschen einander je lieben und verstehen?«

»Ja, Bruder«, näselte ein zweiter und warf dem Eberwirt einen gehässigen Blick zu, »lasst uns beten für diese armen Seelen!«

Der Wirt stemmte beide Arme in die Seiten. Was war nur los heute? Nichts als Ärger bis jetzt! Fluchend trottete er zu der Fremden, über die er sich vorhin schon gewundert hatte.

»Womit kann ich dienen?«, keuchte er.

Sie knöpfte den sandfarbenen Mantel auf, zog ein Goldstück aus der Innentasche und hielt es hoch, dann legte sie es vor sich auf den Tisch.

»Ich suche jemanden, vielleicht könnt Ihr mir behilflich sein?«

Beunruhigt wischte der Wirt die plumpen Finger an der Schürze. Er neigte den kahlen Schädel und studierte das breite, kupfern schimmernde Gesicht der Fremden. Der weiche, singende Akzent der Frau konnte Schwierigkeiten bedeuten, sicher kam sie aus dem Süden, vielleicht gar aus Dahlstadt. Unwillkürlich fiel sein Blick auf die Kleidung unter ihrem Mantel. Er stutzte. Sie trug eine Ordenstracht: eine lange weite Hose und eine hochgeschlossene braune Samtjacke, verziert mit dem Wappen Kaiser Alrichs. Eine Tritonin. Das hatte ihm gerade noch gefehlt.

»Viele Leute suchen hier jemanden«, murmelte er. »Ich weiß nicht, ob ich da helfen kann.«

»Er ist ein Daimon, er heißt Lutzold von Angantur.«

Erleichtert lachte der Eberwirt auf.

»Lutz? Der alte Quacksalber?«

»Habt ihr denn mehrere?«

»Nein, den gibt's nur einmal. Er wohnt oben am Hügel.«

»Ich bin fremd hier. Könnte mich jemand hinbringen?«

Der Wirt kratzte sich das Doppelkinn.

»Von meinen eigenen Leuten kann ich niemanden entbehren, wir haben wieder einmal Hochbetrieb, aber seht Ihr den Mann dort drüben?«

Er deutete zum Tisch mit den Jägern.

»Den Söldner?«

»Ja. Er wohnt bei Lutz. Ich werde ihn fragen, ob Ihr mit ihm gehen könnt.«

Mit einem Nicken warf sie dem Wirt die Münze zu, die dieser geschickt auffing und in der Hosentasche verschwinden ließ. Er schlurfte zum Tisch mit den Ardakern und begann auf den Söldner einzureden. Der betrunkene Krieger hob kaum den Kopf, seine Augen glotzten stumpf in den leeren Bierkrug. Eine junge Frau in einem langen dunkelblauen Kleid, wie es Bäuerinnen trugen, trat von hinten an ihn heran und legte ihm behutsam eine Hand auf die Schulter. Er wandte sich um. Freudig überrascht rief er etwas. Sie lächelte, holte einen Schemel und setzte sich neben ihn. Die beiden schienen sich gut zu kennen. Angeregt unterhielten sie sich.

Die Fremde presste die Lippen aufeinander. Der Söldner schien fest entschlossen, noch eine Weile hier zu bleiben. Eile tat Not. Sie wollte gerade aufstehen, um den Kerl zum Gehen zu bewegen, als plötzlich ein Trupp Soldaten mit gezückten Schwertern in das Wirtshaus stürmte. Erschrocken rannte der Eberwirt ihnen entgegen.

»Was ist geschehen?«

Drohend zeigte der Hauptmann der Soldaten mit dem Schwert auf den Wirt.

»Eine Gruppe von Mönchen hat sich bei uns beschwert. Sie sollen hier von einem Kellner brutal zusammengeschlagen worden sein. Ich habe sie gesehen, einer von ihnen war übel zugerichtet! Konnte kaum mehr laufen.«

Der Wirt schnaubte entrüstet und rang die Hände.

»Diese Mönche wollten ihre Zeche nicht bezahlen!«

»Genug!«, brüllte der Hauptmann. »Schweig! Wir haben lange genug tatenlos zugesehen, wie Hehler und Diebe im *Roten Eber* ganz nach Belieben ein und aus gehen. Ich habe den Auftrag, alle verdächtigen Personen zu verhaften.«

Entsetztes Aufstöhnen und Gemurmel schwollen in der Gaststube an.

»Ihr feigen Dreckschweine!«, rief eine Frau. »Schert euch zurück in eure Baracken! Wir wollen euch hier nicht haben.«

Ein Soldat rannte auf sie zu. Die Frau zückte einen Dolch aus ihrem Kleid, die Züge von Hass verzerrt. Die Gäste sprangen von den Stühlen und Bänken auf. Tische wurden umgeworfen. Becher und Krüge zerschellten am Boden. Wein ergoss sich auf die Steinplatten. Jemand warf einen Bierkrug in die Soldatentruppe und traf einen der Männer an der Schläfe. Der sank blutüberströmt zu Boden. Seine Kameraden schrien auf und mischten sich unter die Gäste. Sie packten jeden, dessen sie habhaft wurden, beutelten und prügelten ihn. Die Händlerinnen kramten eilig ihre Waren zusammen und versuchten, sich in dem Durcheinander aus dem Staub zu machen. Der Kellner mit dem schwarzen Haar warf drei Soldaten um, die den Hinterausgang versperren wollten. Einer der drei hieb mit dem Schwert nach ihm und schlitzte ihm den Arm auf. Brüllend streckte der Kellner ihn mit einem Fausthieb nieder.

Die Fremde packte ihre Satteltasche und kämpfte sich durch das Handgemenge zum Tisch mit den Jägern. Die Ardaker und die Frau waren verschwunden, der Söldner saß noch immer gelangweilt vor dem Bierkrug. Er schien so betrunken zu sein, dass er sich nicht mehr rühren konnte.

»Gehen wir!«, sagte sie scharf und fasste ihm unter den Arm, um ihm hochzuhelfen.

Wütend stieß Haldur die Hand weg.

»Ich mag es nicht, wenn Fremde mich betatschen. Nimm deine Pfoten weg!«

Sie funkelte ihn zornig an. Ein Soldat krachte rücklings auf den Tisch und kippte mit ihm um. Haldurs Bierkrug zerbrach am Boden. Ein Bauer hechtete zu dem Soldaten, der sich gerade benommen aufrichtete, und versetzte ihm einen Kinnhaken. Haldur sprang auf. Ein anderer Soldat raste brüllend an ihm vorbei und haute dem Bauern einen Schemel über den Schädel.

Entschlossen bahnte sich Haldur einen Weg zum Ausgang des *Roten Ebers.* Die Fremde hastete ihm nach. Sorgsam wich sie den Kämpfenden aus, die der Söldner vor ihr zur Seite stieß. Über mehrere bewusstlose Gäste und Soldaten, umgestürzte Tische und zerbrochene Stühle hinweg erreichten sie den Eingang, der jetzt nicht mehr bewacht wurde. Sie flüchteten hinaus und warfen die Tür hinter sich ins Schloss.

Reste von Schnee klebten auf dem Pflaster. Dünner Eisregen fiel als silberner Schleier vom Himmel. Die Eistropfen glänzten wie Kristalle im Licht, das aus den Fenstern des *Roten Ebers* auf die Gasse fiel.

»Ich bin Doran, Tritonin von Dahl«, stellte sie sich vor.

»Mein Name ist Haldur«, murmelte er. »Der Eberwirt sagte, dass du zu Lutz willst.«

»Ja, das ist richtig. Ich muss deinen Herrn sofort sprechen.«

Haldurs Augen blitzten auf.

»Ich habe keinen Herrn«, zischte er.

Er musterte sie argwöhnisch. Auf der braunen Samtjacke prangte das Wappen von Dahl, ein sich aufbäumender Löwe unter einer gelben Sonne. Über dem Löwen glitzerte die Stickerei einer goldenen Krone, was bedeutete, dass diese Doran von adliger Abstammung war. Haldur verzog das Gesicht. Er konnte nur eines noch weniger ausstehen als diese heuchlerischen Tritoninnen, die so taten, als ob sie jedem helfen wollten, und das waren verzärtelte Adlige, die in ihrem ganzen Leben nie um ein Stück Brot hatten kämpfen müssen.

»Ich wollte dich nicht beleidigen«, erwiderte Doran.

Haldur bemerkte den hochmütigen Ausdruck in ihren jadegrünen Augen. Es wunderte ihn nicht. Er wusste, was die Dienerinnen Tritons von Söldnern hielten.

»Was willst du von Lutz, *Tritonin?* Es ist nicht unbedingt die richtige Tageszeit für einen Höflichkeitsbesuch.«

Ungerührt begegnete Doran dem herablassenden Blick ihres Gegenübers. Bei Marx, dem Gott der Aufrechten, sie kannte dieses zerlumpte Söldnerpack! Wenn man nicht aufpasste, stießen sie einem für ein Goldstück ein Messer in den Rücken.

»Meine Angelegenheiten sind meine Sache. Bring mich zu Lutzold und ich werde dich nicht weiter belästigen.«

Haldur runzelte die Stirn.

»Na gut, gehen wir.«

Doran nickte ihm zu und so stapften sie die Gasse hinauf. Das Klicken der Stiefel auf dem Pflaster hallte laut in den stillen Straßen wider. Die grauen Steinhäuser waren so finster wie der Himmel über ihnen und rochen in der Nacht noch mehr nach Tod als am Tage. Ein blasser, schmaler Mond glomm am Firmament. Wolken verbargen die untere Hälfte seiner Sichel. Auf die mit Holzbrettern vernagelten Fenster und Türen hatte jemand mit Kreide Totenköpfe gezeichnet.

Schaudernd wandte Doran den Blick von den verlassenen Gebäuden ab. Sie war froh, dass sie das Ausbrennen der Seuche in den Städten nicht miterlebt hatte. Seit einigen Jahren diente sie in Generia, dem fernen Wüstenstaat, der westlichsten Provinz von Kaiser Alrichs Reich. Die glühende Wüste mit den kleinen Siedlungen von Lehmhäusern, die die Bewohner als Städte bezeichneten, hatte das Weiße Fieber noch nicht heimgesucht.

Sie erreichten Lutz' Haus. Hinter den oberen Fenstern brannte Licht. Haldur klopfte ungeduldig an. Friedel öffnete ihnen, in der Hand eine Kerze. Sein weißes Nachthemd schleifte am Boden, verdeckte seine kurzen Beine.

»Ist Lutz oben?«, fragte Haldur.

»Ja, er ist in der Bibliothek, aber es ist schon spät.«

»Ich weiß. Geh wieder ins Bett. Wir finden den Weg allein.«

Friedel warf der Tritonin einen missbilligenden Blick zu, überließ Haldur die Kerze und tappte zurück in sein Zimmer neben der Küche.

Doran folgte Haldur die Treppe hinauf. Erstaunt betrachtete sie die herrlichen Bilder und Teppiche an den Wänden, die im Kerzenschein aufleuchteten. Sie entdeckte sogar ein Gemälde des berühmten Velan, der das Kloster von Bomona ausgemalt hatte, eine sommerliche Waldlichtung, für das jeder Sammler ein Vermögen geboten hätte. Daneben hing ein geknüpfter Seidenteppich aus Bengzar mit den typischen Blumenranken und geometrischen Ornamenten. Dieser Daimon musste weit herumgekommen sein. Das ganze Haus schien überzuquellen von Kostbarkeiten: aufwendig mit Schnitzereien verzierte Kommoden und Sessel, erlesene Gemälde, bemaltes Porzellan und Vasen aus Glas. Dieser Lutzold war ein gebildeter Mann mit einem Sinn für Kunst. Außerdem hatte er eine Vorliebe für Grün. Die Wände bedeckte eine moosgrüne Stofftapete, den Boden ein smaragdgrüner Läufer. Sicherlich war er mehr als nur ein ›alter Quacksalber‹, obwohl er die Bewohner von Riem offenbar gern in diesem Glauben ließ.

In der Bibliothek saß Lutz hinter dem Schreibtisch, in einen Berg von Papieren vertieft. Er fuhr mit dem Finger über die aufgeschlagene Seite eines Buches, schrieb etwas ab und klappte es zu. Überrascht blickte er auf. Er schenkte Haldur ein knappes Nicken, dann widmete er sich der unerwarteten Besucherin.

Diese verneigte sich tief.

»Ich bin Doran, Tritonin von Dahl. Die edle Bregunda, Hofdaimonin von Dahl, lässt Euch, Lutzold von Angantur, durch mich ihre besten Wünsche übermitteln. Dieses Schreiben, das sie mir mitgegeben hat, wird Euch meinen wichtigen Auftrag erklären.«

Sie überreichte ihm einen versiegelten Brief. Lutz brach das rote Siegel, das das Zeichen der Daimonin trug, einen Halbmond in einem Kreis, breitete das Blatt vor sich aus und las, dann faltete er den Brief wieder zusammen und legte ihn beiseite.

»Du bist sicher müde, Doran«, murmelte er. »Deine Mission ist zwar dringend, aber heute können wir nichts mehr tun. Wir werden uns morgen darüber unterhalten. Du kannst hier übernachten. Haldur, zeig ihr das Gästezimmer, wir wollen Friedel nicht ständig wecken.«

Nach diesen Worten beugte er sich wieder über die Papiere. Haldur brummte etwas und verließ mit der verblüfften Doran den Raum. Ihr Mund zuckte, als ob sie protestieren wolle, aber sie schien sich nicht zu trauen.

Das Gästezimmer lag am rechten Ende des Ganges auf demselben Stockwerk wie die Bibliothek. Haldur stieß die Tür auf.

Durch drei kleine Fenster, die aus zusammengelöteten grünen und blauen Glasstücken bestanden, fiel schwach und bunt das Mondlicht.

Ein geschnitztes Bett, eine Kommode mit einer Waschschüssel und zwei Stühle warfen lange Schatten, als Doran mit der Kerze in den Raum trat. Sie warf die Satteltasche über einen Stuhl, zündete eine Lampe neben dem Bett an und gab Haldur die Kerze zurück. Er raunte »Gute Nacht« und schloss die Tür hinter sich. Doran wartete, bis sich Haldurs Schritte entfernt hatten, dann sank sie auf die Kante des Betts.

Lutz arbeitete noch immer, als Haldur in die Bibliothek zurückkehrte. Haldur nahm sich einen Stuhl, setzte sich rittlings darauf und wartete. Um sich die Zeit zu vertreiben, musterte er die Bücher, mit denen sich der Daimon beschäftigte. Er war stolz darauf, dass er in Ereat lesen und schreiben gelernt hatte. Auf einem dicken Wälzer mit braunem Ledereinband stand in goldenen Lettern: ›Der Krieg um die Seelen. Religiöse Kulte im Wandel der Geschichte.‹ Auf einem kleinen mattschwarzen Band las er: ›Herion. Prophet oder Scharlatan?‹ Ein wertvoll aussehendes feuerrotes Buch mit Silberbeschlägen trug den Titel: ›Das Vermächtnis. Objekte der Anbetung.‹ Seit wann kümmerte sich Lutz um Glaubensfragen? Haldurs Gedanken schweiften ab.

Den Kopf auf die Arme gelegt, schnarchte er leise, als Lutz endlich von den Papieren aufsah. Schmunzelnd betrachtete er seinen schlafenden Gast.

»Ich nehme an, du bist die bequemen Betten nicht mehr gewöhnt und möchtest deshalb lieber auf dem Stuhl schlafen.«

Haldur schreckte auf.

»Tut mir Leid, ich bin eingenickt. Ich wollte dich fragen, was die Tritonin hier zu suchen hat.«

»Du kannst sie wohl nicht leiden?«, fragte Lutz.

Haldur zuckte die Schultern.

»Diese Tritoninnen sind alle gleich! Beten, legen ihren Eid ab, und dann stehen sie edel im Weg herum und erteilen anderen nutzlose Ratschläge. Wenn du mich fragst, ist der Orden Tritons nichts weiter als eine Zuflucht für die überzähligen Kinder der Reichen und Adligen, die sonst nichts mit sich anfangen können.«

Lutz lächelte amüsiert.

»*Diese* Tritonin ist die leibliche Nichte Kaiser Alrichs.«

Ein verächtliches Schnauben entfuhr Haldur.

»Von mir aus kann sie die Tante König Schaaraochs sein! Ich kann diese verwöhnten Weiber nicht ausstehen. Was will sie von dir?«

»Sie braucht Hilfe.«

»Das habe ich mir auch gedacht, als ich sie gesehen habe.«

Lutz zog eine Augenbraue hoch.

»Du hast mich soeben auf eine Idee gebracht. Hättest du nicht Lust, Doran nach Kech zu begleiten?«

»Nach Kech? In Kech herrscht Krieg!«

»In Kech *herrscht* kein Krieg, Kech *führt* Krieg, das ist ein Unterschied.«

»Für mich nicht! Kech ist ein ungesundes Pflaster für alle, die Herzog Lodur nicht ergeben sind. Was will diese Tritonin überhaupt dort?«

»Sie sucht ihre Cousine.«

»So, ihre Cousine, und was hat die in Kech verloren?«

»Sie ist die Tochter des Kaisers, Prinzessin Sigyn von Dahl. Sie und Lodur waren einmal für kurze Zeit verlobt, allerdings ohne die Zustimmung des Hofes. Lodur diente als Hauptmann bei den kaiserlichen Truppen. Es gab einen Skandal. Aus der Hochzeit wurde nichts, Alrich verhinderte die ungleiche Verbindung. Er verbot Sigyn jeden Umgang mit Lodur und ihm drohte er mit dem Ausschluss aus der Armee. Danach ging Lodur zu Akàra, um sich als Daimon ausbilden zu lassen. Akàra ist die rechte Hand Schaaraochs von Kelrun, obwohl Lodur das damals vermutlich nicht wusste.«

Haldur pfiff leise durch die Zähne.

»Als er zurückkam, konnte ihm keiner mehr Befehle erteilen«, erzählte Lutz weiter, »Akàra hatte ihm eine Menge beigebracht. Kaiser Alrich beförderte Lodur zum Herzog und schickte ihn als Statthalter nach Kech, in der Hoffnung, die barbarischen Stämme des Nordens würden ihn genug beschäftigen.«

»Da lag er wohl falsch.«

»Ja, bald wurde offensichtlich, dass Lodur Kaiser Alrich herausforderte und schließlich erklärte er ihm unumwunden den Krieg. Der undankbare Statthalterposten in Kech hatte Lodur eine Möglichkeit geboten, mit der niemand gerechnet hatte. Irgendwie hat er es geschafft, Arngrim von Glenik als Verbündeten zu gewinnen. Arngrim gelang es als erstem Fürsten von Ardak, die nördlichen Stämme unter sich zu einen. Lodur konnte sich keinen besseren Zeitpunkt aussuchen, um die wildesten aller Krieger für seine Sache zu begeistern. Die Barbaren von Ardak hassen die Kaiser von Dahl, seit es deren Reich gibt, und Lodur hat die günstige Gelegenheit wahrgenommen, sie gegen Alrich aufzuwiegeln. Keine schlechte Strategie, das muss man ihm lassen.«

Lutz kaute an der Pfeife, griff in den Mantel und holte den Tabaksbeutel heraus.

»Vor ein paar Monaten reiste Prinzessin Sigyn aus Dahlstadt ab, ohne jemandem ein Wort zu sagen; alles, was sie hinterließ, war eine knappe

Nachricht, wohin sie ging. Seither hat niemand mehr etwas von ihr gehört. Sie kam nicht zurück und hat sich auch nicht gemeldet. Der Hof fürchtet, Lodur könnte sie als Geisel benutzen.«

»Die wollte ihren Verlobten zurückhaben!«, grinste Haldur.

Sorgenvoll blickte Lutz in die Nacht hinaus.

»Verliebtheit treibt die Menschen zu den ungewöhnlichsten Taten. Ich glaube, die Prinzessin unterschätzt den Herzog von Kech. Er ist kein kleiner Hauptmann mehr, er lernte lange Jahre bei Akàra, und ich weiß, was sie von ihren Schülern fordert. Sigyn kann Lodur nichts mehr bieten.«

Haldur gähnte. Lutz starrte in die Dunkelheit, seine Gedanken schienen um Erinnerungen zu kreisen. Schließlich begann er die Pfeife zu stopfen.

»Kaiser Alrich schickte Doran aus, um herauszufinden, was mit Sigyn geschehen ist. Man hielt es für das Klügste, nur eine Person zu entsenden, die mit etwas Glück unbemerkt Nachforschungen anstellen kann. Es gilt festzustellen, ob Sigyn freiwillig bei Lodur geblieben ist oder ob er sie gefangen hält. Bregunda ist eine alte Freundin von mir, sie hat Doran dieses Schreiben mitgegeben, in dem sie mich bittet, ihr zu helfen.«

Er tippte mit den Fingerspitzen auf den Brief.

»Ich möchte, dass du Doran begleitest, Haldur. Wenn es jemand schafft, sie heil nach Kech und wieder heraus zu bringen, so bist du es.«

Gleichmütig begegnete Haldur Lutz' Blick. Er stand auf und streckte sich.

»Ich weiß nicht, Lutz. Ich und dieses adlige Töchterchen?«

»Eine Veränderung wird dir gut tun, Haldur. Und eine neue Aufgabe auch. Schau dich an! Du lässt dich gehen! Stellst du dir so deine Zukunft vor? Außerdem würde ich dich gut bezahlen, wenn du die Tritonin heil nach Kech und zurück bringst.«

»Bezahlen? Du?«

Misstrauisch kniff Haldur die Augen zusammen. Wieso sollte ausgerechnet Lutz ihn für diese Reise bezahlen?

»Ja, weshalb nicht ich?«, erklärte Lutz. »Es kann dir doch gleichgültig sein, woher dein Gold kommt. Überleg es dir, Haldur. Es kann nicht so schwer sein, Doran nach Kech zu begleiten.«

»Du verschweigst mir doch etwas!«

»Vertrau mir! Es ist außerordentlich wichtig, dass Doran von Dahl heil nach Riem zurückkehrt. Du kannst dir nicht vorstellen, wie wichtig es ist.«

»Ich frage dich nochmals, Lutz: Was verschweigst du mir? Ich will wissen, worauf ich mich einlasse.«

Er schüttelte den Kopf.

»Ich habe dir alles Nötige erzählt. Vertrau mir!«

Haldur begriff, dass es keinen Zweck hatte, Lutz weiter zu bedrängen.

»Ich werde es mir überlegen. Gute Nacht!«

»Gute Nacht!«, erwiderte Lutz. Er blickte Haldur nach, als der den Raum verließ, dann zündete er die Pfeife an und beugte sich über seine Arbeit.

Nachdenklich ging Haldur ins Zimmer seines Bruders, wo er sich einquartiert hatte. Eine Ahnung kommenden Unheils befiel ihn. Er konnte diese Doran von Dahl nicht ausstehen, doch das Geld, das Lutz ihm in Aussicht gestellt hatte, brauchte er dringend. Er würde die Reise wohl antreten.

Xander schlief bereits. Haldur strich ihm mit einer Hand über das Haar. Müde zog er sich aus und legte sich in sein kaltes Bett.

Er fiel in einen bleiernen Schlaf. Feuer loderten in seinen Träumen auf und er weilte wieder in Bragon, wohin ihn das Schicksal vor einigen Wochen geführt hatte.

Stinkender, dichter Rauch hing über dem schmutziggrünen Binnenmeer. Der Qualm wallte über dem Wasser, getrieben vom Wind. Gellende Schlachtrufe erhoben sich aus dem Chaos, das um Haldur herrschte. Er saß zu Pferd und hielt einen Säbel in der schweißnassen Hand. In der Morgendämmerung eines sonnenlosen Tages hoben sich seine Kameraden seltsam fahl vor den brandgeschwärzten Mauern der Höfe und Stallungen ab. Schatten, die er nicht benennen konnte.

Drei Männer rannten mit gezückten Schwertern in der einen und Fackeln in der anderen Hand zu einer hohen Scheune. Sie legten Feuer an das verriegelte Tor und an die hölzernen Wände. Die Flammen leckten gierig über die trockenen Balken, verzehrten sie mit sengender Hitze. Entsetzte Schreie brandeten auf. Fäuste schlugen wild von innen gegen das Tor. Die Männer hetzten weiter zur nächsten Scheune.

Eine Frau zu Pferd winkte Haldur und rief etwas Unverständliches. Sie trug ein langes violettes Gewand, auf dem ein weißer Stern prangte. Ein runder, goldbeschlagener Schild schützte ihren linken Arm. Sie hob das Schwert und brüllte den Kriegern Befehle zu. Haldur beobachtete sie reglos. Plötzlich erinnerte er sich, wo er sich befand.

In der Morgendämmerung waren sie unter der Führung von Reneda, der Priesterin, die er eben gesehen hatte, nach Bragon geritten. Seit drei Monaten durchkämmten sie Westereat und säuberten täglich Dörfer. Bragon lag am Binnenmeer des gleichen Namens. Dieses letzte Kaff noch mussten sie abbrennen und am nächsten Tag, so hatte man ihnen versprochen, konnten sie in die Stadt der Priesterinnen zurückkehren und sich dort eine Woche lang erholen.

Haldur ächzte vor Müdigkeit und Erschöpfung. Er fühlte sich so ausgebrannt und leer wie all die Dörfer, die er hinter sich gelassen hatte.

Der Dienst in Ereat hatte ihm früher gut gefallen, aber seit bald einem Jahr setzte man sie bloß noch als ›Seuchenräumer‹ ein. Die Priesterinnen des Tempels behandelten die Krieger anständig, sie bezahlten ehrlich und gut. Trotzdem quälte es auch den unerschrockensten Krieger, immer nur Kranke und Tote verbrennen zu müssen. Sie alle litten unter Schwermut, die ihnen die Kraft nahm. Ihr Durchhaltewille schwand von Tag zu Tag.

In der Stadt Ereat lebten Frauen, die sich als Priesterinnen des Orakels ausbilden ließen. Diejenigen von ihnen, die kämpfen wollten, dienten als Hauptleute der Söldnertruppe. Die Priesterinnenstadt hielt sich ein Söldnerheer zu ihrer Verteidigung und um besondere Aufgaben zu erledigen, die Kaiser Alrich ihr übertrug. Nur die besten Kämpfer und die viel versprechendsten Talente wurden in Ereat angestellt. Die Söldner von Ereat hatten einen guten Ruf und mancher Fürst und manche Stadt kauften ihre Hilfe.

Haldur wanderte mit vierzehn Jahren in die Stadt der Priesterinnen, weil er davon gehört hatte, dass man dort eine Ausbildung bekommen konnte, wenn man sich anstrengte. Nachdem sie seine Geschicklichkeit geprüft hatten, stellten sie ihn als Schildknecht an und machten im Lauf der Jahre einen Krieger aus ihm. Oft dachte er an diese Zeit zurück. Er hatte viele Wunden und Rückschläge einstecken müssen. Mehr als einmal wollte er aufgeben und anderswo sein Glück versuchen. Aber er hielt durch und fand schließlich nicht nur eine Tätigkeit, die ihm entsprach, sondern auch Freundschaft.

Skoldi, einer seiner beiden besten Freunde, fiel vor zwei Wochen in der Nähe von Creth. Ein vor Angst verrückter Bauer stieß ihm von hinten eine Heugabel in den Rücken, weil er ihn für ein Seuchenopfer hielt. Haldur wollte ihn dafür umbringen, aber die Priesterin ließ es nicht zu und versuchte ihn nach Kräften zu beschwichtigen.

Söldner! dachte Haldur bitter. Wir sind Söldner, wir werden dafür bezahlt, zu töten und getötet zu werden.

Er schüttelte den Kopf. Als ob ihm dieser Gedanke je Trost gebracht hätte.

Skoldi stammte aus Angantur, der Hafenstadt weit im Süden. Er hatte Boote und das Wasser geliebt und sich gefreut, am Binnenmeer von Bragon Dienst zu tun. Trotz der hässlichen Aufgabe, die sie hier erledigten, hatte er nie den Mut verloren. Immer hatte er alle mit seinen Scherzen aufgemuntert.

›Aus dummem Zufall krepiert!‹, hätte Skoldi wohl zu seinem Tod bemerkt, wenn er noch die Gelegenheit zu einer Äußerung gehabt hätte. ›Es war nicht persönlich gemeint.‹

Haldurs anderer Freund, Klaad, versah seinen Dienst ebenfalls in der Seuchentruppe der Priesterin Reneda. Er musste hier irgendwo sein. Haldur reckte sich auf dem Pferd und suchte den Qualm der Feuer zu durchdringen. Er entdeckte ihn nicht.

Klaad kam aus Ardak, von den Jägern der Eissee. Er hatte Haldur die Sprache des Nordens beigebracht und ihm viel von seiner Heimat erzählt, den endlosen Eiswüsten. Nur die zähesten Krieger überlebten in den kalten Ländern. Das harte Dasein, das die Menschen dort fristeten, bot ihnen ein karges Auskommen. Viele zogen fort und verdingten sich als Söldner, obwohl das Heimweh sie plagte und sie die Hitze der südlichen Länder schlecht ertrugen.

Erst seit es Arngrim gelungen war, die Stämme des Nordens unter sein Banner zu scharen, hatte sich die Lage zum Guten gewandelt. Klaad hatte erfahren, dass der mächtige Herr von Glenik eine Armee der Eiskrieger aufstellte, jeden heimkehrenden Söldner in seine Dienste nahm und ausreichend bezahlte. Klaad wollte bald nach Ardak zurückkehren, das ihm nun endlich eine Zukunft bot. Haldur überlegte, mit ihm zu gehen. Er beherrschte die Sprache der Eiskrieger und neue Erfahrungen konnten ihm nicht schaden. Die Krieger von Ardak hatten den Ruf, die unbarmherzigsten Kämpfer jenseits des Reiches von Dahl zu sein, und er wollte gern sehen, wie sie lebten.

Klaad erzählte ernst und langsam, er überlegte jedes Wort, das er sagte. Nur wenn die Sprache auf Ardak kam, ereiferte er sich und seine blassblauen Augen strahlten vor Begeisterung.

Haldur mochte seine ruhige Art. Neben Klaad konnte man einen Abend lang schweigend am Feuer sitzen. Ganz im Gegensatz zu Skoldi. Der musste immer einen blöden Spruch von sich geben, tat dauernd etwas und schien nie müde zu sein. Haldur konnte ihm nicht böse sein. Er hatte ihn geliebt, wie er war, und hätte alles für ihn getan. Vor zwei Wochen hatte er ihn begraben.

Reneda, die Priesterin, galoppierte auf ihrem Rappen den staubigen Feldweg entlang. Sie hielt bei einem niedergebrannten Stall an. Haldur fühlte sich elend. Er hustete. Ihm war übel vom Rauch, der den Himmel verdüsterte wie ein gewaltiges Gewitter und dessen bestialischer Gestank von verkohltem Fleisch und Haar jeden Atemzug verpestete. Die Priesterin vor ihm preschte davon. Haldur drückte die Fersen in die Flanken des Pferdes und folgte ihr.

Sie ritten zum Dorfplatz. Den von Staub und Asche weißen Boden durchzogen dunkle Rinnsale gleich Erzadern im Gestein. In der Mitte des Platzes stand ein aus Feldsteinen und Lehm errichteter Ziehbrunnen. Seine runde Öffnung hatte man mit Brettern vernagelt. Ein mit weißer Kreide gezeichneter Schädel drohte warnend auf dem Holz.

Reneda wendete den Rappen. Dunkelrotes Haar umwehte ihr Gesicht. Ein blutiger Kratzer lief ihre Wange hinab. Ihr Priesterinnengewand hatte die Glut versengt.

Nicht weit vom Brunnen legten Männer Feuer an das letzte unversehrte Haus des Dorfes. Die Türen und Fenster hatten sie von außen verbarrikadiert. Klagelaute und Gepolter drangen aus dem Innern. Die Söldner beachteten die Geräusche nicht, drehten sich um und schritten ihnen entgegen.

Haldur erkannte die große, schlanke Gestalt von Klaad. Seine weißblonden Zöpfe glühten im Schein der Flammen. Pern, der dunkelhäutige Krieger aus Generia, stützte ihn. Klaad schien verwundet. Er hinkte, schleppte sich mit schmerzverzerrtem Gesicht voran.

Zu Haldurs Entsetzen erbebte im Rücken der beiden eine Luke im Boden, die sie offenbar übersehen hatten, der Einstieg in den Keller. Graue Hände stießen die Flügel auf. Fünf verwahrloste Gestalten stürzten sich mit gefletschten Zähnen und zu Klauen verkrümmten Händen auf die Krieger. Einige der verseuchten Bauern schwangen eiserne Stangen.

Haldur trieb das Pferd an, um seinen Kameraden zu Hilfe zu eilen. Plötzlich umklammerten die zerfressenen Hände einer Bäuerin seinen Stiefel. Sie öffnete den fauligen Mund, um ihr Gebiss in sein Bein zu vergraben. Ihr Gesicht bestand aus grauem Fleisch, das einen widerwärtigen Verwesungsgeruch ausströmte. Der säuerliche, kriechende Gestank der Fieberopfer, der ihn seit Monaten verfolgte. In den trüben Augen der Frau stand der Irrsinn. Halb wahnsinnig vor Angst um seine Freunde, riss Haldur den Säbel hoch und spaltete ihr den Schädel. Aus dem klaffenden Spalt sickerte gelber Eiter. Ihr Augenlicht brach und sie fiel um wie ein Sack Kohlen.

Haldur schwang sich aus dem Sattel und eilte zu Klaad, der sich mehr durch seinen Willen als durch seine Kraft noch auf den Beinen hielt. Das Schwert des Eiskriegers durchbohrte den letzten der Dorfbewohner; Blut bespritzte sein bleiches Gesicht und die weißen Zöpfe. Pern stand neben ihm, keuchend vor Erschöpfung. Er warf eine Eisenstange weg, die er einem der Bauern aus den Händen gewunden hatte. Haldur fing Klaad auf, als dieser taumelte, und lud ihn auf die Schulter.

Die Häuser des Dorfes und seine Kameraden schienen hinter einer Wolke aus Schmerz zu verschwinden, als Haldur Klaad mit dem Rücken zum Brunnen auf den aschebestäubten Boden legte. Der Eiskrieger zeigte ihm seine linke Hand, die Fingernägel und Zähne zerfetzt hatten. Er umklammerte das blutige Handgelenk, krümmte den Körper. Sein Mund zitterte von der Anstrengung, einen Schrei zu unterdrücken.

Tröstend klopfte Haldur Klaad auf die Schulter, als die Priesterin und der Rest der Söldner zu ihnen stießen. Haldur sah nur einen Kreis aus schwarzen Stiefeln, die die enge Grenze seiner Welt markierten.

Reneda zog ihr Schwert. Sie sagte: »Es tut mir Leid, Klaad.«

Der Eiskrieger hob den Kopf und starrte sie an. Seine geweiteten Augen brannten in kaltem blauem Feuer. Die Tränen in ihnen versiegten. Klaad saß ganz still. Er sah sehr jung aus und seltsam verwundbar.

Haldur blickte zu der Priesterin auf und brüllte: »Nein, Reneda! Nicht! Er wird wieder gesund, ich weiß es!«

Sie schüttelte den Kopf.

»Es tut mir Leid, Haldur. Selbst wenn sein Leben zu retten wäre, wenn wir nur die Hand abschneiden – es wäre zu gefährlich für uns alle.«

Langsam zog Klaad sich an den Steinen des Brunnens hoch.

»Der Tod kommt zu jedem von uns«, flüsterte er, »wenn der Tod zu mir kommt, so muss er mich erst besiegen!«

»Klaad …«, sagte Reneda.

Er schaute Haldur an und reichte ihm sein Schwert.

»Leb wohl, Bruder.«

Unter den entsetzten Blicken seiner Kameraden schob sich Klaad am Brunnen entlang, dann schleppte er sich in Richtung der Häuser.

Mit eiligen Schritten setzte Reneda ihm nach. Er stolperte. Mit der gesunden Hand tastete er nach dem Dolch an seinem Gürtel und zückte ihn. Blut tropfte von dem verletzten Arm, der schlaff an seiner Seite hing. Der Dolch fiel ihm herunter und er bückte sich, um ihn aufzuheben. Reneda holte ihn ein. Klaad reckte ihr den Dolch entgegen. Mit einem raschen Hieb schlug sie ihm die Waffe weg. Er blieb stehen, einen undeutbaren Ausdruck im Gesicht. Haldur rannte zu ihm. Reneda trat auf Klaad zu und stieß ihm das Schwert in die Brust. Er kippte auf die Knie. Ein blutiger Strom schoss aus seinem Leib, tränkte den Boden. Mit einem Hauchen erschlaffte Klaad und sank in sich zusammen.

Haldur sagte nichts. Er ließ sich neben Klaad nieder, legte die Hand auf dessen Rücken. Dort, wo Renedas Schwert ihn durchbohrt hatte, breitete sich ein dunkler Fleck aus. Er befühlte Klaads Blut, das seine schmutzigen Hände befeuchtete, und rieb die Fingerspitzen aneinander.

Etwas in ihm zerbrach mit berstender Kraft, zerstob in tausend Stücke, die sich wie eisige Nägel in seine Seele bohrten. Das Bersten füllte ihn bis zum Hals, schlug ihn mit Stummheit und mit Taubheit. Nur seine Augen sahen noch, hielten Klaads leblose Gestalt fest, die wie das weggeworfene Spielzeug eines Kindes am Boden lag, das Gesicht unter weißen Zöpfen verborgen, die kraftlosen Arme und Beine verkrümmt, als enthielten sie keine Knochen mehr. Er sah Klaads Blut, das im Staub träge versickerte. Der Mund des Eiskriegers stand offen, ein dünner roter Faden rann über das Kinn. Seine Augen blickten weit aufgerissen ins Nichts.

Haldur erhob sich und stolperte wie betäubt von Klaad weg. Das bebende Gefühl des Berstens in ihm hielt an, als würde ein schwerer Glaskelch auf einem Steinboden zerschellen und die scharfen Splitter flögen endlos durch die Luft.

Die Priesterin winkte ihren Männern und die Söldner saßen auf die Pferde auf.

»Wir warten auf dich, Haldur!«, rief sie und wendete den Rappen.

Er blickte seinen Kameraden nach, als sie aus dem Dorf ritten, eine sich rasch entfernende Aschewolke, fort zum nahen Wald, wo sie das Lager aufgeschlagen hatten, dann packte er Klaads Leichnam unter den Achseln und schleifte ihn zum nächsten Gehöft, einer verbrannten Ruine, deren rauchende Balken gerade krachend in sich zusammenstürzten. Klaads Stiefelspitzen zeigten nach innen, die flachen Absätze zogen eine schmale Rinne in die festgetretene Erde.

An den Resten eines Gartenzauns lehnten eine Hacke und eine Schaufel. Haldur legte seinen Freund sachte nieder und hob im Vorgarten, der mit versengtem Gras bewachsen war, eine Grube aus.

Als diese ihm tief genug erschien, zerrte er Klaad mit den Schultern voran hinein, die Beine des Eiskriegers folgten mit einem dumpfen Aufschlag dem Oberkörper. Haldur bettete die Leiche in die Erde, als müsse er um deren Bequemlichkeit besorgt sein. Er kauerte breitbeinig über Klaads Hüfte und kreuzte dessen Arme vor der Brust, dann sprang er aus dem Grab und legte sich bäuchlings flach auf den Boden. Das von der Hitze ausgedörrte Gras stach und raschelte wie Heu. Er griff mit einem Arm hinunter und drückte Klaads Augen und den offenen Mund zu.

Lange blieb Haldur so liegen und betrachtete seinen toten Freund. Zögernd betastete er dessen kaltes Gesicht. Die Wangen des Eiskriegers fühlten sich glatt an, sehr weich. Haldur wischte das rote Rinnsal auf dem Kinn weg.

Beinahe erwartete er eine Regung von Klaad. Gleich würden seine Glieder zucken. Die Augen würden sich öffnen und ihn erstaunt anblicken, erwachend aus einem verwirrenden Traum. Sein Mund würde Atem in sich hineinsaugen, mit kratzendem nördlichem Akzent leise fragend Haldurs Namen rufen, sodass es klänge wie ›Kaldur‹.

Plötzlich wurde Haldur bewusst, dass es endgültig Abschied zu nehmen galt. Ungläubig starrte er die weiße Gestalt in der Erde an und für einen Augenblick überwältigte ihn der Zorn.

Mürrisch wischte er sich das Gesicht ab. Er stand auf und schaufelte das Grab zu.

Im Schneidersitz ließ er sich neben der frisch aufgeworfenen Erde nieder. Seine Hände glitten über die feuchten Krumen. Sie hinterließen dunkle Ränder unter den Fingernägeln. Die Ellenbogen auf die Knie gestützt, blickte Haldur die von verkohlten Gehöften gesäumte Dorfstraße hinab.

Die Stille des Todes lag über Bragon, nicht ein Vogel regte sich in den Lüften. Dünne Rauchschwaden stiegen von den verbrannten Holzpfeilern auf, verschmolzen mit dem steingrauen Himmel, der weder Regen noch Sonne brachte.

Er wusste, dass sich sein Leben veränderte, von diesem Moment an. Die trotz der Seuchenräumungen immer noch sorglosen Zeiten als Söldner waren vergangen. Er mochte keine Befehle mehr entgegennehmen und anstandslos tun, was man ihm sagte. Dieser Teil seines Lebens verrann mit Klaads Blut im Staub.

Sein Traum verschwamm zu einer undeutbaren Bilderflut aus Hass und Schmerz. Schweiß drang aus seinen Poren, durchtränkte die Laken.

Xander wachte unruhig auf und sah, dass Haldur sich in bösen Träumen wand. Er stand auf und kroch in das Bett seines Bruders. Er tastete nach Haldurs Schulter. Die Haut fühlte sich dampfend heiß an. Xander drängte sich an den Rücken, Haldur beruhigte sich, und so schliefen sie, bis der Morgen dämmerte.

KAPITEL 3 Geheimnisse

»Am Mutigen rächt sich die Welt.«

Herionsbuch der Weisheit, Psalm 4786, ca. 1390 n. A. D.
Bibliothek der zeitgenössischen Kulte, Ereat, Reg. 523.E.

Die Sonne ging auf, brach gleißend in das dämmrige Land. Frühnebel hing über den eingeschneiten Feldern. Als der Dunst sich auflöste, funkelte Frost wie ein Meer aus Kristall. Kalt glitt das Licht über Riem. Die Stadt erwachte.

Über die Waschschüssel auf der Kommode gebeugt, wusch sich Doran prustend. Das eisige Wasser verursachte ihr eine Gänsehaut. Sie zog die Hose, Stiefel und ein frisches langärmliges Unterhemd an, dann öffnete sie ein Fenster und blickte auf die Gasse hinunter.

Schmutziger Schnee bedeckte das Pflaster. Im Rinnstein floss dampfend schaumiges Abwasser, das jemand auf die Straße geschüttet hatte. Seifige Regenbogen glänzten darin. Die Luft stank nach Urin. Aus einer Querstraße erklang das Poltern von Karrenrädern und das Geschrei der Fuhrleute, die ihre Gäule antrieben.

Direkt gegenüber von Lutz' Haus lag ein Trümmerfeld eingestürzter Mauern. Der noch stehende Kamin eines Hauses ragte inmitten rauchgeschwärzter Bruchstücke wie ein Altar empor. Zwei Mädchen krochen über die Steine und durchwühlten sie nach verwendbarer Habe. Lachend unterhielten sie sich, erfreut über den Sonnenschein.

Doran schlüpfte in die braune Samtjacke, knöpfte sie zu und strich sie glatt. Mit klopfendem Herzen trat sie aus dem Zimmer. Sie fühlte sich unbehaglich fremd in dem großen alten Haus. Der Geruch von Wachs stieg ihr in die Nase. Der Korridor war verlassen. Aus dem Erdgeschoss ertönte leise das Klappern von Geschirr.

Jemand trällerte ein Lied. Der weiche smaragdgrüne Teppich schluckte ihre Schritte. Lautlos ging sie zur Bibliothek und spähte vom Türrahmen aus in den Raum. Ein Feuer knisterte im Kamin. Eines der hohen Fenster war offen. Weiße Staubflocken gaukelten in dem Streifen Sonnenlicht, der auf das Parkett fiel.

Hinter dem Schreibtisch saß Lutz, ein halb verzehrtes Frühstück vor sich. Eine mit roter Marmelade bestrichene Brotscheibe lag angebissen auf einem Teller. Er trug denselben dunkelgrünen Hausmantel, den er gestern Abend angehabt hatte, darunter ein blaues Hemd. An der Pfeife rauchend, blickte er erwartungsvoll zur Tür. In einem Lächeln entblößte er seine vom Tabak gelben Zähne.

»Komm herein!«, rief er. »Eine Tasse Tee?«

Zögernd trat Doran näher. Sie schloss die Tür hinter sich.

»Ja, gern.«

Er goss Tee aus einer Porzellankanne in einen ebensolchen Becher und stellte ihn vor sich auf den Tisch. Sie nahm ihn und setzte sich.

»Ihr habt mich erwartet?«

»Ja. Wir müssen uns über deine Reise nach Kech unterhalten.«

Lutz blies Rauch aus, dessen Schwaden sich im Licht kräuselten. Er kniff die Augen zu, damit ihn der Qualm nicht brannte.

»Ich habe Haldur gestern gefragt, ob er dazu bereit wäre, dich zu begleiten. Er ist ein fähiger Krieger und kennt sich aus im Norden, er spricht sogar die Sprache von Ardak. Obwohl eure Reise nicht so weit führen wird, mag es nützlich sein. Ich bin sicher, dass du in ganz Riem keinen besseren Fährtensucher findest. Bist du damit einverstanden, falls Haldur zusagt?«

Doran stellte den Tee ab und verschränkte die Arme vor der Brust. Sie schnaubte abschätzig.

»Haldur? Ihr verkennt die Wichtigkeit meines Auftrags. Bei Marx, er ist ein Söldner! Diesen käuflichen Mördern kann man nicht vertrauen.«

Eindringlich musterte Lutz seine Besucherin. Deren jadegrüne Augen glänzten kalt in dem sonnenverbrannten Gesicht. Sie strich sich das Haar hinter ihre leicht abstehenden Ohren.

»Du magst ihn wohl nicht?«, fragte er.

Voller Unbehagen rieb sich Doran mit den Fingerknöcheln das Kinn, dann begann sie mit dem goldenen Ohrring zu spielen. Sie hängte den Zeigefinger in dessen Kreis und kratzte mit dem Daumennagel über das glatte, polierte Gold.

»Ich kenne seinesgleichen. Junge Burschen, die aus ihren Dörfern aufbrechen, um zu Geld und Ehre zu gelangen. Sie verdingen sich als Söldner, an jeden, der sie bezahlt. Ein paar Jahre später kehren sie zurück, meist verstümmelt und verbittert, falls sie überhaupt noch leben, denn im Töten von Menschen für Geld liegt keine Ehre!«

Lutz gab ein ungehaltenes Brummen von sich.

»Im Töten von Menschen liegt ohnehin keine Ehre, ob man es für Geld oder für eine Überzeugung tut. Stolz ist ein Luxus, den man sich leisten können muss. Haldur hatte niemals die Wahl. Mit vierzehn Jahren musste er sich selbst seinen Lebensunterhalt verdienen und als Bauernsohn hatte er nichts anderes gelernt, als mit schwieligen Händen die Felder zu bearbeiten. Ein Leben als Knecht bietet einem Mann mit seinen Qualitäten keine Zukunft. Die Priesterinnen von Ereat machten einen Krieger aus ihm. Eine Ausbildung, die nicht jedem zuteil wird. Unterschätz ihn nicht! Nicht jeder Söldner ist ein Verräter und nicht jede Tritonin über alle Zweifel erhaben.«

Die Gedanken jagten in Dorans Kopf. Vielleicht hatte der Alte Recht und der Söldner konnte ihr nützlich sein. Sie besaß zwar eine Landkarte des Nordens, doch die würde ihr nach Riem nicht viel helfen. In den Wäldern lauerten rücksichtslose Banditen, es gab ausgehungerte Wölfe, Bären, zugefrorene Teiche, die man mit bloßem Auge nicht erkannte. Und wenn einen die Gesetzlosen nicht ausraubten, die wilden Tiere verschonten und man die Tücken des Landes mied, so brauchte man Schlupfwinkel, die einen vor der Kälte schützten, und diese verzeichnete die beste Karte nicht. Ja, der Söldner mochte die Reise vereinfachen, wenn er sich im Norden tatsächlich so gut auskannte. Und er musste ja nichts über ihre Pläne erfahren.

»Ihr habt Recht«, antwortete sie. »Er soll mich begleiten.«

Lutz nickte.

»Deine Mission ist gefährlicher, als du dir vorstellen kannst. Die Prinzessin ist nicht der eigentliche Grund für diese Reise, nicht wahr?«

Er lächelte milde.

»Ich habe Kenntnis darüber, weshalb man ausgerechnet dich, Doran, für diesen Auftrag ausgewählt hat und nicht jemanden, der mehr Erfahrung in solchen Dingen hat. Ich weiß, unter welchem Titel du in ganz Dahl bekannt – oder soll ich besser sagen ›berüchtigt‹ – bist.«

Eisiges Schweigen breitete sich in der Bibliothek aus. Reglos starrte Doran ihren Gastgeber an. Dessen bleifarbene Augen durchbohrten sie, suchten sie förmlich festzunageln. Dorans Blick gefror. Sie nahm den Teebecher auf und trank einen Schluck. Betont gelangweilt schlug sie die Beine übereinander

»Der Kaiser hat viele Töchter«, sagte sie.

»Mir ist bekannt, was sie bei sich trägt«, erklärte Lutz. »Eine Halskette mit einem roten Anhänger, der mehr ist als ein Schmuckstück. Ich kenne seine Bedeutung und seinen Namen.«

Unmerklich zuckte Doran zusammen. Ihre Hände begannen zu zittern, schüttelten den Tee so heftig, dass die glasigbraune Flüssigkeit an den Rändern emporschwappte. Ärgerlich zwang sie sich zur Ruhe.

»Woher *glaubt* Ihr das zu wissen?«

»Bregunda hat mir vor Jahren davon berichtet. Ich besitze ein ähnliches Stück. Man könnte behaupten, dass ich ein Kenner und Sammler solcher Kostbarkeiten bin.«

Doran stellte den Becher ab und stützte den Kopf in eine Hand. Das Haar fiel ihr strähnig ins Gesicht.

»Was wollt Ihr als Gegenleistung für Eure Hilfe und Euer Schweigen?«

»Die Kette«, antwortete Lutz, »als zeitweilige Leihgabe natürlich.«

»Dazu bin ich nicht ermächtigt!«

»Doch, das bist du.«

Lutz holte Bregundas Brief hervor und legte ihn offen auf den Tisch. Doran griff danach und las ihn aufmerksam.

»Gut«, sagte sie schließlich, »Ihr sollt die Kette haben, falls es mir gelingt, sie an mich zu bringen und hierher zu schaffen. Ich mische mich nicht in Dinge ein, die ich nicht verstehe.«

»Eine weise Haltung.«

Doran stand auf, trat zum offenen Fenster und lehnte sich auf das breite Sims. Wind strich kühl über ihr Gesicht. Sie blinzelte.

Die Sonne schien mit dem blendend grellen Licht des Winters, einem eisigen Licht, das nichts erwärmte. Der Himmel hing trübe über der Stadt, blau in grau, mit Streifen heller Wolken, die nach Westen zogen.

Voll Wehmut gedachte sie der Wärme in Dahlstadt, wo goldgelbe Sonnenstrahlen den weißen Stein der Häuser erhitzten, und die Erinnerung an ihren letzten Abend in der Stadt des Kaisers holte sie ein. Bregunda, die Daimonin, hatte sie auf dem schnellsten Weg aus Generia zurückbeordert.

Zwei Wochen lang war sie mit einer Karawane durch die sengende Wüstenglut geritten. Eine stürmische Fahrt über das Generische Meer hatte sie nach Dahlstadt gebracht.

Den tiefblauen Abendhimmel übersäten glitzernde Sterne, als sie im Hafen anlegten. Die Terrassen der Häuser erstreckten sich als breite

Stufen bis zu den palmenbewachsenen Hügelkuppen. Hoch über dem Hafen ragte der hell erleuchtete Palast des Kaisers auf. Der Anblick weckte Sehnsucht in ihr.

Durch Dahlstadt wollte sie streifen, durch die gepflasterten Gassen schlendern, den sanften, nach Blüten duftenden Wind in der Nase. Sie wollte sich an den prächtigen weißen Häusern satt sehen. Drei Jahre lang hatte sie in Lehmhütten und Zelten gehaust. Sie sehnte sich nach etwas Gutem zu essen und zu trinken, etwas anderem als zähem Ziegenfleisch, bitterem Tee und klebrig-süßen Datteln. Fröhlicher Musik wollte sie zuhören und sich bedienen lassen, wie es ihr, der Nichte des Kaisers, zustand.

Als sie an Land ging, wurde sie von zehn Männern der Leibwache des Kaisers am Hafen abgeholt. Diese brachten sie ohne Umweg zum Tempel des Mondes am Meer.

Bregunda hatte ihre massige Gestalt, die die meisten Männer sowohl an Gewicht wie an Körpergröße übertraf, in ein langes wallendes Gewand gehüllt. Goldene Fäden durchzogen dessen violette Seide. Kohlenbecken verbreiteten einen roten Schein in der von alabasternen Säulen getragenen Halle.

Von der Terrasse her drang Meeresrauschen. Der Geschmack von Salz und Algen hing in der Luft. Doran konnte das Wasser sehen und riechen, seine Wellen wogten pechschwarz unter den Sternen. Die Dunkelheit rollte endlos heran, überschlug sich in schäumender Gischt, leckte über den Sand des Strandes.

Ihr Vater hockte in einem Sessel, das Schwert wie immer griffbereit über den hageren Knien. Die silbernen Strähnen in seinem Haar schienen sich vermehrt zu haben. Sein strenges Gesicht sah müde, misstrauisch und alt aus. Dagolan, Fürst von Dahl, der Bruder und Vertraute des Kaisers – in Alrichs Schatten führte er das kaiserliche Heer. Als Untergebener seines geistreicheren, schillernden Bruders lebte er, als Hund, an dessen Leine. Er glaubte fest daran, dass es für jeden Menschen eine Bestimmung gab und die Pflicht, diese zu erfüllen. Wie früher, als er mit dem wilden, vor Kraft strotzenden Alrich in den Krieg gezogen war. Die Grenzen des alten Kaiserreichs hatten sie gesprengt, es in nie dagewesene Dimensionen ausgedehnt.

Seit Jahrhunderten herrschte die kaiserliche Familie über Dahl, dessen Reich bei Alrichs Krönung die Länder von Norus, Anelia und den Süden von Tylegro umfasst hatte. Alrich eroberte ganz Batonien, Kech und den Norden von Tylegro, trug das Banner von Dahl bis nach Generia.

Lange her das alles, die Jugend der siegreichen Brüder vergangen. Die Helden von Dahl hatten sich in grauhaarige Greise verwandelt, die, durch ihre große Macht argwöhnisch geworden, ihre Schätze und ihr Reich mit kalten Augen bewachten.

Bregunda stolzierte mit weit ausholenden Schritten die Marmorbrüstung entlang. Ihre goldenen Sandalen scharrten auf dem Boden. Sandkörner kratzten unter den Sohlen.

»Du musst die Kette zurückbringen!«, rief sie und ruderte mit den wuchtigen Armen. »Lodur kennt ihre Bedeutung noch nicht, aber er wird sie herausfinden, wenn wir uns nicht beeilen!«

Doran verzog den Mund. Nichts lag ihr ferner als Pflichtgefühl. Wie sie diese ganze Sippe hasste!

Den Eid als Tritonin ablegen oder gehängt werden, das war die einzige Wahl, die man ihr nach der geheimen Gerichtsverhandlung am Hof gelassen hatte. Sie hatte sich für den Eid entschieden. Sechs qualvolle Monate hatte sie im Kloster von Bomona verbracht, um die heiligen Regeln der Dienerinnen Tritons zu erlernen. Später, als Alrich sie zur Tritonin ernannt hatte, sandte dieser sie nach Generia, als Statthalterin nach Dagda, dem verlassensten Außenposten der Provinzen des Kaisers.

Nur ein östlicher Teil von Generia gehörte zum Reich von Dahl; im Rest des gewaltigen Landes herrschten uneingeschränkt die Generier. Trotz ihrer hochstehenden Kultur bekämpften sie sich in nie endenden Stammesfehden. Kaiser Alrich betrachtete die unversöhnliche Feindschaft der generischen Fürsten mit Wohlwollen. Solange sie sich gegenseitig umbrachten, konnten sie die Truppen von Dahl nicht aus ihrem Land werfen.

Die von Alrich unterworfenen Generier behielten ihre Traditionen bei; sie weigerten sich, die ihnen unverständlichen Sitten von Dahl anzunehmen. Als Büttel ihres fremden, ungeliebten Kaisers behandelten sie Doran kaum besser als einen Hund.

In Dahlstadt kannte man die Verhältnisse im befriedeten Teil von Generia nur zu gut. Eine Versetzung dorthin kam einer Kerkerstrafe gleich.

Gemäß Alrichs Urteilsspruch durfte sie niemals zurückkehren, lebenslange Verbannung hatte er über sie verhängt. Aber jetzt brauchte der Hof sie wieder, sie und ihre besondere Begabung, und wenn sie ihren Auftrag erfüllte, konnte ihr Alrich die Begnadigung nicht verwehren.

»Leb wohl«, sagte ihr Vater. »Du wirst uns nicht enttäuschen.«

Nicht enttäuschen! Bei diesen Worten hätte sie vor Zorn fast aufgeheult. So etwas brachte nur ihr verknöcherter Vater über die Lippen, der immer noch überzeugt davon war, dass eine letzte glorreiche Schlacht seiner harre!

»Ja«, antwortete Doran eilig, nickte und kaute gereizt auf den Lippen. »Ich werde die Sache erledigen. Ihr könnt Euch darauf verlassen!«

Am selben Abend hatte man sie ausgerüstet, mit einem Pferd versorgt und ihr eine Landkarte und das Empfehlungsschreiben an Lutz in die Hand gedrückt. Kaum graute der Morgen, führten sie die Soldaten unter Bewachung vor die Stadttore. Sie gingen sicher, dass sie nach Norden ritt. Weiter und weiter. Bis nach Riem. Und weiter bis nach Kech.

Dorans Gedanken kehrten in die Bibliothek zurück. Sie betastete das Wappen auf ihrer Jacke, fühlte die Umrisse des Löwen unter der Sonne. Wann hatte sie, Doran, jemals die Wahl gehabt?

Sie drehte sich zu Lutz um, der nichtssagend lächelte, die Hände auf dem Schreibtisch verschränkt.

Weshalb befahl Bregunda, sie solle die Kette Lutz überlassen? Vielleicht hatte der Alte das Schreiben gefälscht. In dem Brief berichtete die Hofzauberin nur andeutungsweise, worum es ging. Bregunda würde sie kreuzigen lassen, wenn sie sich betrügen ließe.

»Ich muss sicher sein, dass Ihr wisst, wovon Ihr sprecht. Nennt mir den Namen der Kette oder, besser gesagt, ihres Anhängers, denn der Schmuck selbst ist bedeutungslos!«

Erstaunt nahm Lutz die Pfeife aus dem Mund. Er runzelte die Stirn.

»Diese Dinge sind nicht für die Öffentlichkeit bestimmt. Es ist gefährlich, den Namen eines Geistes zu nennen. Sie hören! Sie antworten!«

Triumphierend schaute Doran auf ihn hinab.

»Also wisst Ihr es doch nicht.«

Seufzend schüttelte Lutz den Kopf.

»Wenn du unbedingt willst, so werde ich es sagen.«

Er zögerte und holte Luft. Presste die Lippen aufeinander und sprudelte schließlich hervor: »Sein Name lautet ... Islam!«

Wortlos wandte sich Doran ab und ging, mit einem letzten Blick auf Lutz, der wie eine große Spinne hinter dem Schreibtisch lauerte.

»In der Küche gibt es Frühstück«, rief er ihr müde nach, »die Treppe hinunter und links.«

Haldur und Xander saßen neben dem Herd und aßen Schwarzbrot mit Käse. Den Hartkäse kaufte Friedel bei einer Bäuerin aus Multau, die gelegentlich ihre Erzeugnisse auf dem Markt in Riem verkaufte. Lutz' Haushalt gehörte zu ihren besten Kunden. Ein Krug mit heißer Milch und eine Blechkanne voll Malzkaffee standen dampfend auf dem Tisch. Friedel hantierte mit den Kochtöpfen, in einer Eisenpfanne über dem Feuer brutzelten verquirlte Eier, in einer anderen röstete er sein selbstgebackenes Brot. Haldur leckte sich die Finger.

»Und was machen deine Studien?«, fragte er.

»Nicht so schlecht«, antwortete Xander. »Lutz ist ein guter Lehrer. Ich begreife nur recht langsam.«

»Mir hat er aber etwas anderes erzählt!«

»Was sagt er denn über mich?«

»Er meinte, dass du …«

Doran betrat die Küche.

»Guten Morgen!«, begrüßte Haldur sie, dann neigte er sich zu seinem Bruder. »Das ist Tritonin Doran von Dahl.«

Xander nickte ihr zu.

»Ich bin Haldurs Bruder, Xander. Nehmt Platz! Friedel, bring uns bitte noch ein Gedeck.«

Sie setzte sich zu ihnen und griff nach dem Milchkrug. Friedel schaufelte ihnen Rührei aus der Pfanne auf die Teller, worüber sie sich hungrig hermachten.

»Ausgezeichnet!«, lobte Doran.

Friedel lächelte zufrieden und schob ihr eine zweite Portion auf den Teller.

Doran musterte Xander, der nah neben Haldur am Tisch saß und mit einem Stück Brot die Reste des Rühreis auftunkte. Ein gut aussehender junger Mann, vielleicht zwanzig, kaum älter. Seine blasse, fast durchscheinende Haut war von feinen Sommersprossen bedeckt, die zu seinem rotblonden Haar passten. Die tiefliegenden Augen unter den geraden, scharf gezeichneten Brauen waren von einem ungewöhnlich leuchtenden, hellen Blaugrün. Seine Nase war schmal, der Mund sanft geschwungen. Er glich Haldur. Sie waren unverkennbar Brüder, obwohl Haldur dunkleres goldfarbenes Haar hatte, fleckenlose Haut und ein breiteres Gesicht. Man merkte den unterschiedlichen Lebenswandel. Haldurs narbenbedeckte Hände waren grob neben denen von Xander. Xanders schlanke Gliedmaßen wirkten geradezu zerbrechlich neben Haldurs Körper, der nur aus Muskeln und Sehnen zu bestehen schien.

»In Kech wird es schwierig sein, vernünftiges Essen zu bekommen«, sagte Haldur beiläufig. »Wie ich hörte, hat der Herzog die Lebensmittel rationiert, um seine Armee versorgen zu können.«

»Du kommst also mit?«

»Ich denke schon. Ich habe im Moment ohnehin nichts anderes vor.«

»Gut! Das freut mich!«

Haldur beäugte misstrauisch seine Tischnachbarin. Woher kam deren plötzliche Begeisterung für ihn? Erst gestern noch hatte dieses hochwohlgeborene Töchterchen die Nase über ihn gerümpft.

»Wenn wir heute aufbrechen wollen, sollten wir das gleich nach dem Frühstück tun. Ich kenne einen guten Lagerplatz, den wir sonst nicht mehr vor Einbruch der Dunkelheit erreichen.«

Doran suchte auf dem Tisch vergeblich nach einer Serviette. Sie wischte sich den Mund an der Hand ab.

»Von mir aus können wir sofort losreiten. Mein Pferd ist beim Eberwirt eingestellt, sonst habe ich alles, was ich brauche.«

»Xander, hol du das Pferd beim *Roten Eber.* Friedel, wir brauchen Proviant für zwei Wochen, kannst du uns etwas zurechtmachen?«

»Natürlich.«

Haldur stand auf.

»Gut! Gehen wir packen!«

Die Sonne empfing sie mit unerwarteter Wärme, als sie vor die Ställe traten. Wasser tropfte von den Dächern, vereinte sich mit den Pfützen aus halb geschmolzenem Schnee auf den Straßen.

Haldur tätschelte den Hals seines Pferdes. Er überprüfte den Sattelgurt und das Gepäck, dann warf er sich den Mantel um die Schultern. Xander hielt fröstelnd seine Jacke zu. Trotz der Sonne blies der Wind eisig kalt.

Friedel hatte Dorans Pferd gesattelt und bepackt an ein Gatter gebunden. Das seidige Fell des rotbraunen Hengstes schimmerte im Licht. Ohne Zweifel ein edles Tier aus einer edlen Zucht. Haldur ritt eine gescheckte Stute von kräftigem Körperbau, deren Herkunft unbestimmbar war.

Enttäuscht betrachtete Xander seinen Bruder.

»Ich hoffe, du bleibst nächstes Mal länger.«

Haldur lehnte am Gatter.

»Du kennst mich doch, wenn ich nichts zu tun habe, werde ich trübsinnig.«

Er grinste, als ob er den Schrecken der vergangenen Wochen gänzlich vergessen hätte. Xander senkte den Blick. Er wusste nicht, was er sagen sollte.

Haldur überprüfte den Sitz des Schwerts, das in der dunkelbraunen Lederscheide an seiner Linken steckte. Eiserne Zierbeschläge vernieteten die beiden Schalen der Scheide. Zwei nach unten geschwungene Parierstangen schützten den schweren Griff der Waffe. Es war Klaads Schwert. Auf dem flachen, runden Knauf prangte das Fenrirszeichen, ein rennender Wolf, das Siegel der Schmiede von Ardak. In Ardak galt der Brauch, das Schwert eines gefallenen Kriegers an dessen Bruder weiterzugeben, und so hatte Haldur nach Klaads Tod die Waffe behalten.

An seiner rechten Seite baumelte ein Säbel in einer Lederhülle. Seine alte Waffe. Zwei Trageringe befestigten sie an seinem Gürtel. In den gekreuzten Bändern, die über seine Schultern liefen, klemmten zwei Dolche in robusten, mit Silbernieten beschlagenen Scheiden.

»Ich habe ein ungutes Gefühl, Hal«, raunte Xander, »mehr eine Vorahnung. Hat wohl nichts zu bedeuten.«

Ein bekümmerter Ausdruck schlich sich in seine Augen, die in der Sonne wie Türkise glitzerten. Das rotblonde Haar stand ihm ungekämmt vom Kopf ab. Er sah verschlafen aus.

»Mach dir keine Sorgen«, antwortete Haldur.

Doran kam mit Lutz aus dem Haus. Sie trug eine knielange braune Pelzjacke unter ihrem Mantel. Ein Schwert mit flachem Knauf hing an ihrer Seite. Das kastanienbraune Haar hatte sie zu einem Zopf geflochten, den ein schwarzes Samtband zusammenhielt.

»Bist du bereit?«, fragte Haldur.

Sie band ihr Pferd los.

»Ja.«

Lutz schüttelte ihnen die Hand zum Abschied. Haldur umarmte seinen Bruder. Xander presste das Gesicht an Haldurs Brust. Er atmete den herben Geruch von Leder ein.

»Leb wohl!«, flüsterte er.

»Lebt wohl!«, erwiderte Haldur.

Sie blickten den beiden nach, bis sie um die nächste Straßenbiegung verschwanden. Das Klappern der Hufe auf dem Pflaster wurde leiser und schließlich hörten sie es nicht mehr.

»Komm«, brummte Lutz, »wir haben viel zu tun.«

Sie gingen in das Haus zurück. Aus der Küche erklang das vertraute Klappern von Töpfen, als sie die Treppe in den ersten Stock hinaufstiegen. Über eine weitere Treppe, die hinter einer niedrigen Tür verborgen war, gelangten sie in das Dachgeschoss, das Lutz als Studierzimmer und Labor ausgebaut hatte.

Ein großer Holztisch, mit dutzenden von Büchern beladen, nahm die Mitte des Raumes ein. Regale, angefüllt mit den unterschiedlichsten Gerätschaften, standen bis auf Hüfthöhe vor den Wänden, dann neigten sich die Innenseiten des Dachs zu einem spitzen, hohen Giebel. Durch schmale Fenster zwischen den Dachbalken fielen Rechtecke von Sonnenlicht auf die Dielen.

Lutz setzte sich in den Lehnsessel vor dem Kamin und wärmte die Hände an den knisternden Flammen. Friedel heizte jeden Morgen in den Öfen der Arbeitsräume Feuer an, um die nagende Kälte zu vertreiben, die im Gemäuer des alten Gebäudes saß.

Auf einem runden Tisch neben dem Sessel stand ein Messingtablett mit einer Teekanne und zwei Bechern. Nach Minze duftender Dampf entströmte dem Ausguss der Kanne.

Xander schloss die Tür und trat vor Lutz. Der zwinkerte ihm zu.

»Ich habe eine interessante Übung für dich vorbereitet.«

Er stemmte sich aus dem Lehnsessel hoch.

»Du musst lernen, deine Angst zu überwinden. In den letzten Monaten hast du große Fortschritte gemacht. Du kannst jetzt Geister erkennen, du fühlst ihre Kraft. Jeder, der sich darum bemüht, kann diese Fähigkeit erlangen. Ein Daimon aber kann mehr als das. Etwas zu spüren, zu erkennen, ist eine verhältnismäßig einfache Sache. Die Wirklichkeit existiert, gleichgültig, ob wir sie sehen wollen oder nicht. Kräfte wirken um uns, ob wir es möchten oder nicht. Es erfordert nur einen kleinen Schritt, sich dies einzugestehen. Doch was geschieht, wenn wir etwas wahrnehmen, das unser Verständnis übersteigt? Wir fürchten uns davor! Sofort suchen wir nach einer ›vernünftigen‹ Erklärung. Wir tun alles, um unsere gewohnte Sichtweise von der Welt beizubehalten, denn unser ganzes Leben hängt daran wie an einem seidenen Faden.«

Enthusiastisch gestikulierte er mit den Händen in der Luft.

»Sieh dich um! Dieser Tisch hier, der Sessel, du und ich, wir sind Energie. Die Stofflichkeit, die unsere Sinne wahrnehmen, ist bloß ein Teil der Wirklichkeit und es ist immer nur unsere Wirklichkeit. Friedels Katze erlebt diesen Tisch ganz anders, als wir es tun. Wir Daimonen entwickeln unsere Sinne weiter, wir lernen, ihre Schranken auszudehnen. Wir sind Sender und Empfänger von Signalen. Unsere Energie beeinflusst die der Welt um uns und umgekehrt. Das Ziel deiner Ausbildung ist es, diesen Vorgang steuern zu können.«

Xander nickte. Er starrte eines der aufgeschlagenen Bücher an. Eine der Seiten lag im Sonnenlicht, die andere im Schatten. Auf der dunklen Seite entdeckte er die Abbildung eines Hauses, dessen Bauweise ihn unangenehm berührte. Es war grau und hoch, mit unzähligen viel zu kleinen Fenstern. Der dazugehörende Text fing mit einem Totenkopf an. Er klappte das Buch zu. Staub wirbelte in einer Wolke hoch.

Lutz betrachtete seinen Schüler, der mit gesenkten Schultern am Tisch in der Mitte des Dachzimmers lehnte.

»Die Furcht ist jetzt dein Feind, Xander, denn sie überwältigt dich. Sie lähmt deine Wahrnehmung. Versuch, die Angst als eine Warnung zu begreifen, und überleg dir in Ruhe, ob du sie befolgen musst oder nicht. Keine Furcht zu empfinden kann sich als ebenso gefährlich erweisen, wie in Panik zu geraten. Die Erfahrung wird dich lehren, die richtige Entscheidung zu treffen. Je härter du an dir arbeitest, umso stärker wirst du werden. Deine Fähigkeiten werden dich beschützen wie ein Schild und eines Tages wirst du glauben, unbesiegbar zu sein. Das ist der Moment, in dem du am verletzlichsten bist, denn so wie dich jetzt die Furcht blendet, wird dich dann die Macht blenden. Aber der Tag liegt noch in weiter Ferne.«

Xander blickte in die Augen seines Lehrers. Sie glänzten wie poliertes Eisen.

Er besann sich darauf, wie Lutz ihm beigebracht hatte, sich unsichtbar zu machen. Ein Kunststück, das ihm leicht fiel und das er gerne ausübte.

»Wenn du in einem stockfinsteren Raum stehst und ein anderer tritt hinzu – selbst wenn du gar nichts hörst, fühlst du seine Anwesenheit«, hatte Lutz ihm erklärt. »Obwohl deine Augen nichts sehen, spürst du die Veränderung in der Energie des Raumes. Um unsichtbar zu sein, kehrst du diese Kraft einfach um, wie wenn du einen Handschuh umstülpst. Du gibst keine Energie, du ziehst sie ab, wie Wasser, das in einem Ausguss abfließt. So wirst du zu einem leeren Fleck in der Wahrnehmung der anderen, du bist unsichtbar für jeden, außer für einen anderen Daimon. Sollte ein Daimon dich entdecken, wird er dich nicht nur sehen, sondern auch wissen, dass du von seinesgleichen bist. Es dauert Jahre, bis man das Unsichtbarsein gut genug beherrscht, um einen Daimon zu täuschen.«

Stolz dachte Xander daran zurück, wie ihm der Trick auf Anhieb gelungen war.

»Bist du bereit?«, fragte Lutz.

Xander nickte.

Die Hände hinter dem Rücken verschränkt, schlenderte Lutz durch den Raum.

»Durch unseren Willen und unsere Gefühle können wir die Energie von Lebewesen wie auch von Gegenständen beeinflussen. Ein Gärtner, der einer Pflanze besondere Aufmerksamkeit und Zuneigung widmet, wird feststellen, dass sie schneller und schöner wächst als alle anderen, die er pflegt. Dies ist ein einfaches Beispiel dafür, was Energie bewirken kann, selbst wenn sie unabsichtlich eingesetzt wird. Ein Daimon ist sich seiner selbst und seiner Umgebung bewusst. Er durchschaut die Kräfte, die um ihn walten, denn er weiß, dass er bloß Energie inmitten eines unermesslich großen Ganzen ist. Wir sind Wanderer im Land des Lebens. Manche Menschen verharren so lange an einem Ort, bis sie glauben, der sei das ganze Land. Andere irren umher, wissen nicht, wonach sie suchen. Einige folgen blind einem Pfad und laufen dabei in einem Kreis. Ein Daimon will sich frei bewegen. Er versucht, ein guter Wanderer zu sein. Viele Gefahren lauern in dem wilden Land, morsche Brücken, Sümpfe und Abgründe. Wunder gibt es zu entdecken, herrliche Schätze an unerwarteten Orten. Unsere Fähigkeiten sind die Kleidung, die uns vor der Witterung schützt; die Seile, die uns Schluchten überwinden lassen; die Boote, die uns über Flüsse tragen.«

Ein Lächeln erhellte Lutz' Gesicht. Er genoss es, Xander zu unterrichten. Er sprach weiter:

»Ein Daimon erkennt Kraft, er lässt sich davon leiten, sie ist sein Meister. Auch Gegenstände können zu bestimmten Zwecken mit fremder Energie versehen werden. Ein solches Objekt will ich dir heute zeigen. Zuerst musst du jedoch selbst feststellen, was es ist. Konzentriere dich und vereine dich mit diesem Raum. Spüre ihn, durchforsche ihn! Ich habe etwas versteckt, das nicht hierher gehört. Es ist ein Gegenstand, den jemand absichtlich mit einer besonderen Eigenschaft versehen hat. Finde ihn!«

Xander schloss die Augen und konzentrierte sich. Alle Gedanken fielen von ihm ab. Tief und regelmäßig atmete er ein und aus. Ein Gefühl von Hitze erfasste ihn und er tauchte ein in die Welt der Daimonen. Er schmeckte die schwere Süße des Holzes der Möbel, warm schimmerten Fingerabdrücke von ihm und Lutz auf den Regalen und auf dem Tisch, sie dufteten nach Öl und Schweiß. Alles hier war Lutz' Besitz. Alles bis auf etwas.

Silbernes Licht drang durch die Ritzen einer Kommode. Nebelhaft quoll es aus einer geschlossenen Schublade. Xander ging darauf zu und öffnete die Lade. Sie war leer bis auf eine kleine Lotosblüte. Die Blume leuchtete so eisig und rein wie Schnee. Dort, wo die mit Tau bedeckten weißen Blätter das Holz berührten, färbte es sich schwarz und roch bitter. Sollte dies das Ding sein, das Lutz gemeint hatte?

Neugierig hob er die Lotosblüte auf. Kälte biss in seine Fingerspitzen und er ließ vor Schreck und vor Schmerz die Blume beinahe fallen. Er wollte Gewissheit und konzentrierte sich. Ihre Blätter luden ihn zu sich ein. Bilder strömten in seinen Verstand, rissen ihn fort. Er konnte sich gegen den Sog nicht wehren. Eine Ohnmacht überkam ihn. Mit einem stummen Schrei sank er zu Boden.

Ein Guss kaltes Wasser brachte ihn wieder zur Besinnung. Eine blechern klingende Stimme rief »Xander!«

Er schlug die Augen auf. Lutz beugte sich über ihn, in der Hand einen tropfenden Becher. Wie lange war er bewusstlos gewesen? Lutz musste das Wasser aus der Küche geholt haben.

»Es war doch nur eine Blume!«, stammelte er.

Bestürzt schüttelte Lutz den Kopf.

»Bei allen Göttern, ich wollte, dass du die Lotosblüte entdeckst, nicht dass du dich hineinversenkst!«

Xander richtete sich auf. Er musterte die Kommode, die jetzt ganz harmlos wirkte. Abgegriffenes Holz mit glänzenden Messinggriffen. Die Schublade war geschlossen.

»Wo ist sie?«

»Die Lotosblüte?«

»Ja.«

Lutz deutete zum Kamin.

»Ich habe sie ins Feuer geworfen. Das war der schnellste Weg, dich zurückzuholen.«

»Zurückholen? Was ist denn passiert?«

»Was hast du gesehen?«, fragte Lutz.

»Ich sah einen See, sein Wasser war wunderschön. Es bestand aus Farben, die aus der Tiefe emporleuchteten, sich bewegten und miteinander verschmolzen in weichen, kreisenden Formen. Hoch über dem Ufer stand ein Tempel, von welchem Wasserrinnen zum See hinab führten. Kahlköpfige Mönche in blauen Kutten polierten den Marmor der Rinnen. Der See lockte mich zu sich, ich wäre am liebsten hineingesprungen, wollte in seinen glühenden Farben versinken bis auf den Grund. Dann spürte ich einen Ruf. Ein Wesen im Tempel befahl mich zu sich. Zwei schwarze Augen schauten mich an. Eine freundliche weibliche Stimme fragte: ›Wer bist du?‹ Ich wollte herausfinden, wer dieses Geschöpf war, und trat näher, dann wurde alles finster.«

»Du musst lernen, auf dich Acht zu geben, Xander. Zieh dich sofort zurück, wenn du das nächste Mal ein solches ›Wesen‹ spürst!«

»Was war das, Lutz?«

»Was du gesehen hast, ist der See der Träume. Er liegt in der Nähe von Bengzar, weit im Süden von Dahl. Der Tempel steht an seinen Ufern und das ›Wesen‹, dessen Präsenz du gefühlt hast, lebt dort. Es ist gut, dass ich dich rechtzeitig zurückgeholt habe. Du bist nicht stark genug, um eine solche Begegnung auszuhalten.«

Xander stieß geräuschvoll den Atem aus. Weshalb war Lutz so erschüttert? Er hatte schon Schlimmeres angerichtet, wobei Lutz bloß gelacht hatte.

»Wer war das?«

»Du hast soeben Akàra getroffen. Sie ist eine mächtige Daimonin und ehemalige Schülerin Schaaraochs von Kelrun. Die Lotosblüte ist ihr Zeichen, sie benützt diese Blumen, um Nachrichten zu senden und zu empfangen.«

Der Name Schaaraoch jagte Xander einen Schauer über den Rücken. Es gab wohl keinen Daimon, der den grausamen König von Kelrun nicht fürchtete, der selbst einer der größten unter ihnen war.

»Woher kennst du sie?«

Lutz seufzte. Er rieb sich mit einer Hand die stoppeligen Wangen.

»Es wäre schwierig, sie nicht zu kennen. Daimonen hinterlassen Spuren in der Welt der Geister. Ihre sind nicht zu übersehen.«

Xander klopfte den Staub aus der Hose, stopfte das Hemd in den Bund und rückte den Gürtel zurecht.

»Wenn sie mit Schaaraoch zu tun hat, muss sie eine bösartige Kreatur sein.«

»Was heißt ›bösartig‹? In ihren Augen sind wir böse, weil wir nicht die gleichen Ziele verfolgen wie sie. Solltest du Akàra eines Tages leibhaftig begegnen, so erschiene sie dir als die schönste und liebenswerteste Frau, die du jemals getroffen hast. Dein einziger Wunsch wäre, ihr als Jünger dienen zu dürfen. Nein, ›böse‹ ist nicht das richtige Wort, sie ist gefährlich, sehr gefährlich!«

»Trotzdem, Schaaraoch führt eine Schreckensherrschaft in Kelrun. Er soll mit Menschen grauenhafte Versuche anstellen. Keiner wagt es, gegen ihn aufzubegehren.«

»Ja, diese Gerüchte sind wohl wahr. Schaaraoch verfolgt seine Ziele mit großem Willen.«

Entsetzen weitete Xanders Augen.

»Mit großem Willen? Welch ein Ausdruck für Folter und Mord!«

Lutz runzelte die Stirn. Er starrte traurig zu Boden, als suche er etwas, das er nicht finden konnte. Erschöpft ließ er sich in den Lehnsessel fallen.

»Ich möchte dir eine Geschichte erzählen. Ein Geheimnis, das nicht viele Menschen kennen.«

Xander setzte sich auf den Stuhl gegenüber von Lutz. Der stopfte Tabak in die Pfeife. »Hast du schon jemals vom Schrein der Wahrheit gehört?«

»Ja, natürlich. Angeblich steht er in Kirgon, in den Gewölben unter Schaaraochs Palast. Deshalb ist die Stadt das Ziel so vieler Pilgerfahrten. Angehörige aller Religionen wandern dorthin.«

Lutz nickte.

»Tausende von Gläubigen reisen jedes Jahr nach Kirgon. Sie hoffen, dass sich ihr jeweiliger Gott ihnen dort offenbart. Kirgon ist ein machtvoller Ort. Man sagt, ein Besuch der Stadt verändere die Menschen für immer. Es kommt oft zu Tumulten unter den Pilgern. Ein ständiger Glaubenskrieg tobt in Kirgon, weil jede Religion den Schrein für sich beansprucht.«

»Ich dachte, dieser so genannte ›Schrein der Wahrheit‹ sei bloß eine Erfindung. Schaaraoch soll ihn entdeckt haben. Eine geschickte Lüge, um Jünger anzulocken! Schließlich kennt man diesen ›Schrein der Wahrheit‹ erst, seit Schaaraoch seinen Palast in Kirgon errichtet hat. Das ist ein merkwürdiger Zufall.«

»Das stimmt nicht ganz. Der Schrein ist tausende von Jahren alt. Einige wenige wussten seit langem, dass es ihn gibt.«

»Man sagt, manche, die den Schrein besuchen, kehren nicht mehr zurück. Wahrscheinlich werden sie ausgeraubt und umgebracht. So kommen sie ihrem Gott wohl tatsächlich näher!«

Ein mattes Lächeln huschte über Lutz' Gesicht.

»Glaubst du, dieser Schrein ist das, wofür man ihn hält?«, fragte Xander.

»Ja, und ich will dir erklären, warum.«

Er zündete die Pfeife an, schmauchte und paffte und blies schließlich, zufrieden mit dem Glühen, eine Wolke Rauch aus.

»In meiner Jugend, Xander, lange bevor du geboren wurdest, hatte ich einen guten Freund. Er hieß Barnas. Wir fingen zur selben Zeit an, die Daimonologie zu studieren. Ein paar Jahre teilten wir uns eine Dachkammer in Angantur. Wir gingen beide in die berühmte Schule von Marech Eldred, wo wir uns kennen gelernt hatten.«

Lutz ergriff die Kanne und goss grasgrünen, siedend heißen Tee in die beiden Becher.

»Schöne Zeiten verlebten wir damals. Barnas besaß das größte Talent, das ich je angetroffen habe, bis heute. Trotz dir, Xander.«

Er warf ihm einen aufmunternden Blick zu, in dem mehr Sorge lag, als er beabsichtigt hatte.

»Barnas überflügelte mich bald bei unseren Studien. Fähigkeiten, für die ich hart arbeiten musste, hatte ihm ein guter Gott einfach in die Wiege gelegt. Er verfügte über Kräfte, die selbst unsere Lehrer in Erstaunen versetzten. Sein überragender Verstand speicherte Wissen in atemberaubender Geschwindigkeit. In den Übungen übertraf er unsere erfahrensten Meister. Alle waren sich einig, dass eine glänzende Zukunft vor ihm liege, eine großartige Laufbahn, vielleicht sogar als Hofdaimon in Dahl. Mir bedeutete er mehr als ein Kollege, den ich bewunderte; ich liebte ihn wie einen Bruder, als meinen besten, größten und einzigen wahren Freund! Sie nannten uns die ›Unzertrennlichen‹. Barnas und Lutzold, die besten Studenten von Marech Eldred!

Barnas und ich stritten uns nur ein einziges Mal, und zwar wegen einer Frau, in die wir uns beide verliebt hatten. Sie studierte auch in Angantur, besuchte dort die Abschlussklasse. Ihr kurzgeschorenes schwarzes Haar und ihr listiges Gesicht strahlten eine sinnliche Schönheit aus. Barnas und mich faszinierten ihr Humor und ihr großes Talent. Eine wunderbare Frau!«

Verträumt blickte Lutz in die flackernden Feuerzungen des Kamins.

»Mein Freund Barnas zog sich zurück und ich verlebte ein paar sehr glückliche Monate, bevor meine Geliebte nach Dahlstadt zurückkehrte. Ihr Name lautete Bregunda.«

»Bregunda«, murmelte Xander. »Ein schöner Name. Hasste Barnas dich nicht, weil du sozusagen an seiner statt glücklich warst?«

»Nein, es schien ihn nicht zu kümmern. Oft gingen wir zu dritt aus und tranken uns durch die Hafenkneipen von Angantur. Auf diese Weise genoss Barnas Bregundas Gesellschaft, ohne sich weiter bemühen zu müssen. Er widmete seine Zeit lieber den Studien. Ich zog zu Bregunda, die in einem angenehmen Haus mit Dienstboten lebte – ihre Eltern verfügten über die Mittel, sie reichlich zu unterstützen –, und Barnas hauste fortan allein in der Dachkammer. Es schien ihm zu gefallen.

Barnas und ich hatten noch eine andere gemeinsame Leidenschaft. In unserer freien Zeit erkundeten wir zusammen die Bibliotheken. Ein einziges Thema fesselte uns, nämlich die Geschichte unserer Ahnen. Wir lasen alles, was wir finden konnten. Barnas' Ehrgeiz trieb uns beharrlich voran. Er glaubte, dass unsere Vorfahren uns das Weiße Fieber als übles Erbe hinterlassen hätten und man deshalb das Mittel zur Heilung nur in der Vergangenheit finden könne.«

Ungläubig starrte Xander Lutz an. Der schnaufte.

»Unsere Lehrer hatten uns beigebracht, dass die Heilung von Krankheiten das höchste Ziel der Daimonologie bedeute. Damals hatte sich das Weiße Fieber noch nicht so stark ausgebreitet wie heute, aber die Seuche forderte jedes Jahr einige Menschenleben und galt als absolut unheilbar. Das Weiße Fieber stellte eine unlösbare Aufgabe für jeden Arzt dar, eine Aufgabe, die Barnas begierig zu der seinen machte. Er wollte der Erste sein, dem es gelang, die tödliche Seuche zu besiegen.«

Lutz nahm den Teebecher auf und führte ihn an die Lippen. Er trank ein paar Schlucke und setzte ihn wieder ab.

»Wir forschten weit zurück in die Vergangenheit, in eine Welt, aus der fast nichts mehr bekannt ist. Wie du weißt, beginnt unsere Zeitrechnung mit dem Tod des großen Propheten Anno Domini. Er verbreitete als erster die Lehre der Daimonen. Die Angantier verbrannten ihn für seine damals als ketzerisch geltenden Reden. Ironischerweise entwickelte sich ausgerechnet das spätere Angantur zu einer Hochburg der Daimonologie. Auch Marech Eldred, der die beste Schule des Kontinents gründete, gilt als Jünger Anno Dominis. In gewisser Weise sind das alle Daimonen.«

Xander nickte. Er kannte die Legende vom Prediger der Geister, der der Geschichte nach die Gabe der Weissagung besessen hatte und als erster Meister sieben Jüngern und Jüngerinnen die Daimonenlehre beibrachte.

»Vor Anno Domini liegt ein Schatten über der Zeit«, erzählte Lutz weiter. »Viele Religionen liefern Erklärungen dafür, woher wir kommen, welcher Gott uns geschaffen hat. Manche Kulte verbieten die Daimonologie noch immer. Die Priesterinnen behaupten, ihr jeweiliger Gott habe die Menschen aus einer großen Dunkelheit erweckt. Keine Religion konnte ihre Annahme je beweisen.«

»Konnten die Daimonen denn beweisen, dass es einen Propheten gegeben hat?«

»Ja, vor mehr als zweitausend Jahren hat jemand namens Anno Domini gelebt, das ist erwiesen. Ein Mann oder eine Frau hat uns Aufzeichnungen hinterlassen, die mit einer unerklärlichen Zahl und diesen beiden Worten unterschrieben sind. Ob das der wirkliche Name des Propheten war, weiß niemand. Zweitausend Jahre sind eine lange Zeit und Überlieferungen verändern sich, besonders wenn es nur Fragmente sind.«

»Gab es vor Anno Domini noch keine Menschen? Zumindest keine vernunftbegabten?«

Entrüstet schüttelte Lutz den Kopf.

»Es muss eine versunkene Kultur geben. Vor Anno Domini haben Menschen die Erde bevölkert, deren Zivilisation aus irgendeinem Grunde untergegangen ist. Nur wenige merkwürdige Dinge sind erhalten geblieben, ein paar fast zu Staub zerfallene Ruinen und einige unterirdische Anlagen, die dem Alter getrotzt haben. Die Führerinnen der Religionen fürchten sich vor diesen Relikten und wollen ihre Jünger glauben machen, diese seien uns von Göttern, Geistern oder sonst welchen seltsamen Geschöpfen hinterlassen worden. Sie sagen, die Ruinen seien heilig und unberührbar für die Sterblichen. Wie viel Wissen, wie viele Kostbarkeiten gingen durch diese Dummköpfe verloren!«

Lutz ballte die Hände zu Fäusten. Er schnaubte zornig.

»Anno Domini sei Dank gelang es Generationen von Daimonen, viele Überreste der Vergangenheit in den Archiven von Angantur zu sichern, bevor sie in irgendeinem Tempel verrotteten, verborgen vor den Lebenden, damit diese nichts damit anstellen konnten, was die Herrschaft der Priesterinnen gefährdet hätte!

Marech Eldred strengte als erster Forschungen über diese versunkene Kultur an. Er sammelte wichtiges Material, gründete vor bald fünfhundert Jahren die Bibliotheken von Angantur und archivierte es dort.

In den umfangreichen Schriften, die Marech Eldred verfasst hat, machten Barnas und ich unerwartet eine Entdeckung. In einem seiner Tagebücher berichtet er von einem ›Schrein der Wahrheit‹. Er soll eine Brücke zwischen unserer Welt und dem Jenseits sein. Die alleinige Wahrheit wird dem zuteil, der ihn durchschreitet. Fünf Schlüssel, so genannte ›Paralle‹, sind nötig, um ihn zu öffnen. Jeder dieser Schlüssel besitzt einen geheimen Namen, den Namen des Geistes, den er ruft. Nur die Kräfte aller fünf Geister zusammen können den Schrein erschließen. Eldred fand in vorzeitlichen Aufzeichnungen Hinweise darauf. Er hielt das Ganze für eine Legende.

Barnas und mich packte der Eifer. Ein ›Schrein der Wahrheit‹! Kein Geheimnis wäre mehr vor uns verborgen. Wir brauchten bloß den Schrein zu finden und die Schlüssel zu beschaffen. Der Schrein konnte uns die Heilung des Weißen Fiebers offenbaren und mehr noch als das! Wir zwei, Barnas und ich, würden die Rätsel des Universums lösen.«

Lutz lachte.

»In unserem jugendlichen Ungestüm sahen wir uns schon am Ziel aller Wünsche. Zuerst wollten wir herausfinden, ob die fünf Schlüssel wirklich existierten und was damit geschehen war. Der Beschreibung nach mussten sie die Verbindung zu machtvollen Geistern ermöglichen. Solche Gegenstände konnten nicht einfach verschwunden sein. Sie mussten ihre Spuren in der Geschichte hinterlassen haben.«

Eine Gänsehaut lief Xander über den Rücken. Mit Beklemmung erinnerte er sich an die Übelkeit erregende Kraft von Uran.

»Der Schlüssel, den wir in Krengheim geholt haben!«, rief er. »Ist Uran einer dieser Paralle?«

»Ja, das ist er.«

Stirnrunzelnd lehnte sich Xander zurück.

»Lutz, was sind Geister eigentlich?«

Er stutzte.

»Was sie sind? Energie natürlich, wie du und ich auch.«

»Sind sie denn Lebewesen?«

»Nein, sonst nähmen wir sie als solche wahr. Geister existieren in ihrem eigenen Reich. Manche zeigen sich uns durch Gegenstände oder eben Lebewesen. Sie sind Ansammlungen von Kraft.«

»Wie haben Barnas und du herausbekommen, dass der Schrein der Wahrheit mehr als eine Legende ist?«

In Gedanken versunken führte Lutz die Pfeife an die Lippen, ohne daran zu ziehen.

»Eines Abends, als Barnas und ich uns ganz verzweifelt fühlten, weil wir den ganzen Tag nichts Brauchbares gefunden hatten, entdeckten wir in einem staubigen Archiv eine Schriftrolle, die unsere Neugier weckte. Sie berichtete von einem jahrhundertealten Kult, in dessen Mittelpunkt eine Reliquie stand, die ihren Hüterinnen offenbar erstaunliche Kräfte verlieh. Die Priesterinnen nannten sie ›Donos Gretal‹, das bedeutet ›Herz aus Stein‹. Es musste sich dabei um einen Gegenstand handeln, der Jahrhunderte, vielleicht sogar Jahrtausende unversehrt überdauert hatte.

Bei dem Kult handelte es sich um die ersten bekannten Aufzeichnungen der Jünger des Gottes Elvis, der in ländlichen Gebieten verehrt wird. Was aber hatten die Priesterinnen mit diesem ›Herz aus Stein‹ zu schaffen? Woher hatten sie es? Begründete es den Kult um Elvis, oder beherbergte es sogar diesen ›Gott‹ selbst?«

Er stützte die Ellenbogen auf die Armlehnen des Sessels und rutschte zurück.

»Im Lauf der Zeit stießen wir auf Beschreibungen von weiteren Religionen, die ein Objekt anbeteten, das mit den Priesterinnen sprach, Wunder tat, Sachen veränderte. Die unterschiedlichen Schilderungen der Kräfte verwirrten Barnas und mich, ließen uns fast aufgeben. Wie konnte derselbe Geist Frieden bringen und Hass schüren? Wie konnte der gleiche Gegenstand Liebe wecken und nichts als die Wahrheit zeigen? Schließlich stießen wir auf des Rätsels Lösung: Es handelte sich nicht um ein und denselben Kultgegenstand, sondern um mehrere ähnlicher Art.«

Lutz klopfte die Pfeife auf den Rand des Messingtabletts. Das Metall schepperte. Krümel von verbranntem Tabak fielen aus dem erloschenen Pfeifenkopf. Er zündete ein Schwefelholz am Kaminsims an und hielt die Flamme an die Öffnung.

»Wir sortierten unser Material und gelangten zu der Einsicht, dass es nicht mehr und nicht weniger als fünf davon geben musste. Wir kamen darauf, weil die Beschreibungen vom Aussehen stark voneinander abwichen. Dies mussten die fünf Paralle sein, von denen Eldred einst berichtet hatte. Offensichtlich hatten die Paralle über die Jahrhunderte hinweg unter anderem den Grundstein für unzählige Religionen gelegt. Sagen rankten sich um die wundersamen Kräfte, die sie verliehen.

Die Schlüssel sind so verschieden wie die Geister, zu denen sie gehören. Sie besitzen andere Farben und Formen. Alle fünf sind vermutlich zur selben Zeit in derselben Absicht geschaffen worden. Sie dienen als Tore, durch die sich gewaltige Geister manifestieren, Geister, die uns vollkommen fremd sind. Deren Macht ist ganz unterschiedlich; man sagt, dass sie sich gegenseitig abstoßen. Es gibt eine Verbindung zwischen den Schlüsseln und den Geistern, vielleicht entstammen sie derselben Epoche.«

»Und was geschah dann?«

»Trotz all unserer Mühen fanden wir damals nicht heraus, wo sich die Schlüssel befanden. Ihre Existenz stand für uns ohne Zweifel fest. Dennoch lag ein Mantel des Schweigens über ihrem Schicksal, als hätte es sie nie gegeben.

Die Monate gingen ins Land und nichts geschah. Barnas und ich kümmerten uns um unser Studium und durchstöberten weiterhin die Archive. Schließlich hörte ich von einem alten Daimon namens Mog Ruith, der als größter Kenner der Naturkräfte angesehen wurde. Er konnte Unwetter voraussagen und heilte Kranke durch Kräuter und Handauflegen. Manche der Genesenen erzählten von einem brennenden grünen ›Geist‹, den sie bei Mog Ruith gesehen hatten.«

Lutz riss die Augen auf. Er grinste.

»Du kannst dir meine Erregung vorstellen, als ich die Gerüchte vernahm. Jeder andere hätte sich nichts dabei gedacht, aber Barnas und ich frohlockten, nachdem wir so sehr auf eine solche Nachricht gehofft hatten. Endlich, so schien es, hatten wir ein Ende des Fadens in der Hand, der uns auf die Spur der Paralle führen würde.

Barnas steckte gerade in den Abschlussprüfungen, also pilgerte *ich* zu Mog Ruith, der am Rand des Sumpfwaldes lebte. Ich traute mich nicht, ihn unvermittelt auf den Parall anzusprechen, aber ich riss mich geradezu darum, bei ihm zu arbeiten, um meine Ausbildung zu vollenden. Nachdem er mit mir gesprochen hatte, blickte er mich lange an. Ich fühlte, dass er ahnte, weshalb ein so vielversprechender junger Student wie ich ausgerechnet zu ihm gekommen war. Nach einigem Hin und Her nahm er mich als Schüler an. Ich musste jedoch warten, bis ich mein Studium in Marech Eldred abschließen konnte. Als Barnas die Schule verließ, lag noch ein ganzes Jahr vor mir.

Kaum war ich zurück in Angantur, kam eines Abends Barnas in Bregundas Haus. Er eröffnete mir, dass er abreisen werde, um nach Kirgon zu gehen.«

»Nach Kirgon!«, rief Xander. »Wollte er zu Schaaraoch?«

»Damals stand Schaaraochs Palast noch nicht dort«, murmelte Lutz, den Pfeifenstiel zwischen den Lippen. Er legte die Hand in den Schoß und umschloss den qualmenden Pfeifenkopf mit den Fingern.

»Kirgon kannte man als verlassene Ruinenstadt, die die Einwohner von Kelrun fürchteten. Nichts lebte dort außer Ratten und Mäusen und Dingen unter der Erde, über die niemand sprach. Barnas und ich hatten bei unseren Nachforschungen herausbekommen, dass die toten Bewohner von Kirgon ihre Stadt auf einem unvorstellbar alten Labyrinth von Gängen errichtet hatten. Ohne es zu wollen, bauten die Siedler auf weit verzweigten unterirdischen Anlagen. Eines Tages fanden sie heraus, dass unter ihrer Stadt eine noch viel ältere lag, und erkundeten die Gänge. Alle starben an einer seltsamen Krankheit. Die Bürger von Kirgon flohen. Seither galt der Platz als von bösen Geistern vereinnahmt, die jeden vernichteten, der sich in ihr Reich wagte.«

»Davon hatte ich keine Ahnung.«

»Die Geschichte liegt mehr als ein Jahrhundert zurück. Vor Schaaraochs Herrschaft lebte niemand mehr in der Stadt Kirgon. Die Häuser der Siedler zerfielen. Die Daimonen erzählten sich die Legende der angeblichen Geister unter der Erde. Manche versuchten, das Labyrinth zu erkunden, obwohl offenbar keiner Erfolg dabei hatte. Unendliche Schätze mussten dort unten liegen, die seit tausenden von Jahren auf einen warteten, der sie ans Licht holte.«

»Und dann?«, fragte Xander.

Seufzend blies Lutz Rauch aus dem Mund. Die Pfeife erlosch wieder.

Er klopfte sie aus. Gemächlich stopfte er neuen Tabak hinein und zündete ihn an. Der Qualm roch nach verbranntem Gras und süßen Hölzern, vermischte sich mit dem Duft der verkohlten Scheite im Kamin.

»Ich bat Barnas, mich mitzunehmen, damit wir gemeinsam die Ruinen erkunden konnten. Es machte mir nichts aus, die Schule zu unterbrechen. Barnas hatte ein untrügliches Gespür. Ich glaubte ihm jedes Wort, als er mir erklärte, er erwarte in Kirgon viel über die Paralle in Erfahrung zu bringen. Er wollte mehr, als nur einen zu Gesicht bekommen, er wollte ihr Geheimnis lüften. Aus irgendeinem Grunde war er sich sicher, dass er in Kirgon Antworten auf seine Fragen finden würde.«

»Bist du etwa mit ihm gegangen?«, fragte Xander bestürzt.

Die Frage schien Lutz zu amüsieren. Er schmunzelte.

»Nein. Barnas lehnte mein Angebot ab, ihn zu begleiten. Er wollte in einem Jahr nach Angantur zurückkehren und mir von seinen Forschungen berichten. Dazu kam es nicht mehr. Einige Monate nach seiner Abreise brach die größte Epidemie von Weißem Fieber aus, die diese Welt je gesehen hat. Das Zentrum der Seuche schien die Stadt Kirgon zu sein. Das umliegende Land erklärte der damals noch junge Kaiser Alrich für verboten. Seine Soldaten errichteten einen Wall aus Baumstämmen, Wachen patrouillierten ohne Unterlass. Sie bemühten sich zu spät, die Seuche hatte sich schon weiter ausgebreitet. Viele starben.«

»Und sterben immer noch«, flüsterte Xander.

Lutz nickte.

»Niemand außer mir wusste, dass Barnas kurz zuvor nach Kirgon gereist war. Er hatte mir das Versprechen abgenommen, es niemandem zu erzählen. Als ich von der Epidemie hörte, erschrak ich zutiefst. Mein Freund musste etwas in den unterirdischen Gängen aufgestöbert haben, das diese Katastrophe zur Folge hatte. Ich hielt ihn für tot und trauerte bitterlich um ihn.«

»Was heißt, du hieltst ihn für tot? Lebte er noch?«

»Ja, er lebte, aber das erfuhr ich erst Jahre später. Was er sich erträumt hatte, erfüllte sich zum Teil. Es gelang ihm, seine Macht und sein Wissen zu vergrößern. Viele Anhänger folgten seinem Ruf. Er scharte Jünger um sich, die ihn anbeteten wie einen Gott. Er kaufte sich die brutalsten Söldner und ließ sie für sich kämpfen. Er baute den Palast von Kirgon wieder auf und forderte Tribut. Er versklavte die, die ihm nicht gehorchten, ließ sie Fronarbeit leisten, bis sie daran zugrunde gingen. Schreckliche Gerüchte von lebenden Toten machten die

Runde. Untote, die nur ihrem einen Meister gehorchten, der sich Schaaraoch nannte und doch einmal Barnas geheißen hatte!«

Xander hielt den Atem an.

»Barnas und Schaaraoch von Kelrun sind ein und dieselbe Person!?«

»Ja.«

»Schaaraoch ist dein Jugendfreund!?«

Lutz nickte. Xander starrte ihn entgeistert an.

»Weshalb bist du dir so sicher?«

»Als die ersten Jünger nach Kirgon pilgerten, machte auch ich mich auf den Weg dorthin. Ich wollte herausfinden, was mit Barnas geschehen war. Als ich nach Kirgon kam, bat ich um eine Audienz bei Schaaraoch, um mir die Erlaubnis einzuholen, mich umzusehen. Zu meinem Erstaunen wurde ich sofort zu ihm vorgelassen und dann sah ich ihn, wie er dort auf seinem Thron saß. Ich habe lange mit ihm gesprochen, schließlich war er einmal mein bester Freund. Ich kann mich noch an seine Worte erinnern.

Er sagte: ›Kirgon ist mein, Lutz. In dem Labyrinth unter der Stadt fand ich alle Schätze, die ich mein Leben lang suchte. In diesen Gewölben steht der Schrein der Wahrheit. Die Legenden von Anno Domini sind wahr!‹

›Die Welt unserer Ahnen ist untergegangen‹, antwortete ich. ›Lass sie ruhen! Der Schrein ist auf ewig verschlossen.‹

›Nein, Lutz‹, sagte er, ›so schnell gebe ich nicht auf. Mit dem Wissen unserer Vorfahren werde ich der König eines unendlichen Reiches sein!‹

›Du verschwendest deine Zeit. Wolltest du nicht das Weiße Fieber besiegen? Wolltest du nicht der größte aller Heiler sein?‹

Er lachte.

›Ich arbeite daran.‹

›Du wirst der König der Toten sein‹, sagte ich.

›Da hast du gar nicht so Unrecht‹, antwortete er.«

Xanders Mund stand offen vor Staunen.

»Er hat also tatsächlich in Kirgon den Schrein der Wahrheit gefunden. Und du besitzt einen der Schlüssel.«

»Ja, er hat den Schrein entdeckt, aber er kann nichts damit anfangen. Niemand kann das. Vielleicht wird er durch die fünf Paralle zu einem Tor zu allen Geheimnissen, aber ohne sie ist er nur ein Relikt der Vergangenheit.«

»Wo sind die anderen vier Schlüssel?«

»Die meisten sind verschollen. Sie sind über die ganze Welt verstreut. Ein Menschenleben würde nicht ausreichen, sie alle zu finden.«

Ein Stöhnen stieg aus Lutz' Kehle auf. Seine Finger gruben sich in die gepolsterten Lehnen des Sessels.

»Bald vierzig Jahre ist es her, seit Barnas nach Kirgon reiste und damit die erste große Epidemie auslöste. Damals war er nicht viel älter, als du es jetzt bist, Xander. Nach einiger Zeit gelang es, die Seuche einzudämmen. Menschen kehrten zurück nach Kelrun und mussten sich ihrem neuen König unterwerfen. Vor fünf Jahren brach ein neuer Schub des Weißen Fiebers aus und wieder schien das Zentrum des Übels die Stadt Kirgon zu sein. Ich frage mich, was Schaaraoch vor fünf Jahren in seinem Palast getan hat!«

Xander wollte etwas sagen. Lutz hob abwehrend die Hand. Er schüttelte den Kopf.

»Bitte lass mich jetzt allein. Es ist schon spät und ich bin müde. Wir können nach dem Abendessen weiterreden.«

Die untergehende Sonne schien durch die Westfenster. Ein goldener Strahl traf Xanders Hände, die seine Knie umklammerten. Sein Gesicht lag im Dunkel, ein schattiges Feld voll Sommersprossen.

»Falls du mich brauchst, ich bin in der Küche«, murmelte er. »Ich helfe Friedel beim Kochen.«

Er verließ die Dachkammer. Die Holztür schloss sich mit einem Schnappen hinter ihm. Knarrend entfernten sich seine Schritte auf den Stufen der Treppe.

Lutz blickte in das Feuer. Er konnte nicht aufhören, an Barnas zu denken. Könnte er nur die Zeit zurückdrehen, mit seinem jungen Freund am Hafen von Angantur entlangspazieren! Sein kluger Freund Barnas. Er vernahm wieder dessen Lachen, wie eine Glocke klang es, hell und klar.

Wie stolz und unnahbar hatte Barnas ausgesehen, mit dem selbst abgeschnittenen dunkelbraunen Haar, dem geflickten Mantel und den löchrigen Schuhen. Seine Armut kümmerte ihn nicht. Er wusste, dass ihm keiner gleichkam.

Xander erinnerte ihn an Barnas, obwohl äußerlich kaum Ähnlichkeit zwischen den beiden bestand. Xander besaß eine Kraft, die er seit Barnas' Zeiten nicht mehr angetroffen hatte, und er konnte ebenso launisch und unbeherrscht sein.

Aber sein Schüler sollte kein zweiter Schaaraoch werden! Von allem Schlechten wollte er ihn fern halten. Die gefährlichen Abgründe der Daimonenlehre, die Barnas damals nicht mehr lassen konnte, würde er Xander niemals zeigen. Das Unwissen würde ihn vor der Versuchung bewahren.

Einzig um das Reich der Geister war es Barnas gegangen. All die Jahre an der Schule hatte er darauf gewartet, dass die Lehrer ihn endlich einweihten.

»Ein ganzes Universum zu entdecken«, hatte er sie verhöhnt, »und ihr wollt, dass wir Schnupfen und Durchfall kurieren!«

Xander würde nicht erfahren, dass Daimonen das Reich der Geister betreten konnten, er sollte es nicht einmal erahnen. Niemals sollte er in die Klüfte steigen, wo das Innere auf das Äußere traf, wo die mächtigsten Geister herrschten in ihrer gesetzlosen Welt jenseits von Leben und Tod. Nicht wie Schaaraoch, der als Jüngling zeitweise nur noch mit den Geistern gesprochen hatte, süchtig nach ihren fleischlosen Berührungen, nach dem Klang ihrer tonlosen Stimmen! Geliebt hatten sie ihn, die atmenden Schatten, wie keinen anderen zuvor.

Mit gewaltigen Schritten war er durch ihre fleckigen Nebel gestapft, hatte weit die Arme gestreckt, damit die Geistheiten ihn durchdrangen. Sie hatten ihn aufgenommen, sein Inneres zu den Pechsternen ihres gleißenden Himmels gedreht.

Die Geister hatten sich an ihm ergötzt, dem jungen Barnas, der mit ihnen lebte und sie durch sich leben ließ. Und in Kirgon hatten sie ihm seine Liebe vergolten, hatten ihr gieriges Kind beschützt. Zum Schrein der Wahrheit hatten sie ihn geführt, der mehr in ihr Reich gehörte als in das der Sterblichen, und sie ließen zu, dass er sich einen Namen aus ihrer Welt nahm, Schaaraoch: der Befreier.

KAPITEL 4 Kech

»Der Tapfere gehoeret den Maechtigen.«

Inschrift des hl. Ringes von Marx, Rel. ca. 370 n. A. D. Privatsammlung, Greghard, Herzog zu Angantur, 2292 n. A. D.

Nördlich von Riem, der Hauptstadt der Provinz Batonien, lagen die spärlich besiedelten Gebiete des gleichnamigen Hochlandes. Dicht bewaldete Hügel zogen sich bis zum Tekmar, der riesenhaften Gebirgskette des Nordens. Berg an Berg ragte von ewigem Schnee bedeckt in den Himmel, als unüberwindliche Grenze zu den kalten Ländern von Ardak, die sich karg und weit zu den schroffen Küsten der Eissee erstreckten.

Die einzige Straße, die Batonien mit Ardak verband, wand sich die Berge hinauf zum Flammenpass und dann hinunter in das Tal der Steine, wo sie zum Fuß des Kad Fenrir, des Wolfsbergs, führte. Von dort schlängelte sie sich nach Glenik, der größten Siedlung Ardaks, Heimat und Sitz von Arngrim, dem Fürsten der Eiskrieger.

Hoch auf dem Flammenpass, auf einem Plateau zwischen den Gipfeln des Kad Mak und des Kad Ruk, befand sich die Festungsstadt Kech. Kech lebte vom Handel und vom Krieg zwischen Nord und Süd. Gewaltige Mauern versperrten den Pass, schlossen die Stadt in den Bergen ein. Das Bollwerk besaß nur zwei Tore, eines im Norden und eines im Süden. Wer den Pass überqueren wollte, musste sie passieren und Kech seinen Tribut entrichten.

Der steinernen Stadt kam innerhalb von Kaiser Alrichs Reich eine strategisch bedeutsame Rolle zu. Sie stellte den nördlichsten Außenposten seiner Ländereien dar. Im Kriegsfall sollte Kech den Flammenpass gegen die Barbaren von Ardak halten.

Als Wahrzeichen der Stadt galt die Flammenburg,

der Sitz der toten Könige Kechs. Ein Relikt verflossener Glanzzeiten. Die Burg lehnte sich innerhalb der Schutzwälle an die Ostwand des Kad Mak und reichte, von außen nicht erkennbar, tief in den Fels hinein. Halb in den Stein versenkt, stießen unzählige Türme und Terrassen aus dem Berg, deren geschwungene Dächer an die Flügel von Fabelwesen erinnerten. Selbst den Fenstern hatten ihre Erbauer bizarre Formen verliehen, die sich von weitem betrachtet zu einem Muster fügten. Je nach Blickwinkel glaubte man einen Stern oder ein Auge zu erkennen. Niemand wusste, wer diesen Palast ersonnen hatte und weshalb man ihn so verwinkelt errichtet hatte. Seit Menschen in Kech lebten und das Hochplateau über die Jahrhunderte hinweg zu einer Festung aufstockten, hatte die Burg dort gestanden und immer hatten die wechselnden Herrscher der Stadt von ihren Gebäuden Besitz ergriffen.

Den meisten Reisenden, die die Flammenburg zum ersten Mal sahen, erschien sie wie ein Gebilde aus einem Traum. Ihr Anblick verwirrte, zeigte das Bild einer fremdartigen Zeit, einer rätselhaften Welt aus Fels und reglosen, steinernen Gedanken, die Drachen oder andere ausgestorbene Untiere empfinden mochten, aber sicherlich keine Menschen.

Besonders eindrucksvoll ragte der höchste der Türme empor. Auf seinem kupfernen Dach breiteten zwei geflügelte Wölfe aus Bronze die Schwingen aus. Zu Ehren des ersten Königs von Kech hatte man die Statuen dort angebracht. Ihre Augen starrten über das Land, eine der Pranken hatten sie erhoben. Die Zähne gebleckt, bewachten sie das Heiligtum der Stadt, das goldene Abbild Fenrirs in der Kuppel unter ihnen. Feuer brannten in der obersten Halle des Turmes, Schnee und eisige Winde fegten durch den offenen Raum, doch die Flammen erloschen niemals, leuchteten weit in die Nacht.

Früher kamen oft Pilger in die Halle des Wolfes, um zu beten und Fenrirs Rat zu suchen. Seit Herzog Lodur die Stadt befehligte, hielt er diesen Teil der Burg geschlossen. Einzig die Feuer ließ er unterhalten, denn sie galten als das Symbol der Macht von Kech.

Alrichs Statthalter regierten erst seit zwanzig Jahren in der Flammenburg, hunderte von Jahren hatten die Nachfahren Fenrirs die Stadt als unabhängiges Königreich beherrscht, das Nordbatonien und Teile von Ardak umfasst hatte.

Nachdem der letzte König von Kech, Theoniel, bei der Schlacht von Biveritz gefallen und die steinerne Stadt an Kaiser Alrich von Dahl übergegangen war, hatte man die Feuer in Fenrirs Halle gelöscht. Nicht ein einziger der vielen Statthalter hatte es gewagt, sie wieder anzuzünden. Erst Lodur besaß die Unverschämtheit, das Leuchten im Wolfsturm zu entfachen, die heiligen Flammen, die dem wahren König vorbehalten waren.

Unter seinen ihn ohnehin hassenden Untertanen brach offene Revolution aus. Lodurs Soldaten hatten alle Hände voll zu tun, ihren Führer zu verteidigen. Nach ein paar Monaten gelang es, einige der Rädelsführer zu verhaften. Lodur ließ sie auf den Festungsmauern pfählen. Der Anblick der verwesenden Leichname kühlte den Volkszorn und Friede kehrte wieder ein. Obwohl die Bürger von Kech ihren Statthalter nicht achteten, so fürchteten sie ihn jetzt zumindest.

Lodurs Unverfrorenheit trug ihm das Wohlwollen Arngrims ein, des Führers der Stämme von Ardak. Arngrim gefiel der junge Herr von Kech, der die stolzen Könige der steinernen Stadt beleidigt hatte, indem er die Feuer entzündete, sich keinen Deut um deren ruhmreiche Geschichte scherte und mit dieser Geste jedem zu verstehen gab, dass er in Kech zu herrschen und nicht bloß seine Zeit abzusitzen gedachte. Zähneknirschend mussten die traditionsbewussten Einwohner den respektlosen Herzog erdulden.

Die Stammeshäuptlinge von Ardak verachteten Kech, denn die Bewohner der Grenzstadt in den Bergen behandelten sie herablassend, bezeichneten sie als Barbaren, während sie sich selbst als zivilisiert betrachteten. Dabei stammte der erste König von Kech, der Große Fenrir, von den Eiskriegern ab.

Trotz der alten Fehde blühte der Handel. In Kech konnten die Ardaker Waren kaufen, für die sie sonst weit in den Süden reisen mussten. Die Bürger von Kech tätigten gute Geschäfte mit den Pelzen und Waffen aus Ardak. Die Eiskrieger hatten die Könige von Kech als Nachfahren Fenrirs geduldet. Kaiser Alrichs Statthalter konnten sie nicht leiden. Sie vertrauten ohnehin niemandem außer ihresgleichen.

In Arngrim fand Lodur einen unerwarteten Verbündeten. Der mächtige Arngrim verfügte über eine der stärksten Truppen außerhalb von Kaiser Alrichs Reich. Und Arngrim hegte keinerlei Wunsch, sich mit diesem zu vereinen.

Der Herr der Eiskrieger hatte Lodurs Vorgänger mit Übergriffen und Raubzügen schikaniert. Das Land zwischen Kech und dem Kad Fenrir war offiziell Teil von Alrichs Reich. Arngrim jedoch übersah diese Tatsache geflissentlich. Er jagte die Soldaten aus den Wäldern, sobald sie sich hineinwagten. Er trieb böse Scherze mit den Statthaltern, lud sie unter dem Vorwand der Versöhnung zur Wolfsjagd ein und ließ sie dann mit den in die Enge getriebenen Bestien allein. Später holte er sie unter brüllendem Gelächter von den Bäumen herunter, auf die sie sich vor dem bissigen Jagdgut geflüchtet hatten.

Es bereitete dem Fürst von Ardak Freude, Alrichs Herzöge, die meist aus dem Süden kamen und nach Kech strafversetzt wurden, in die Verzweiflung zu treiben. Es gefiel ihm, wenn sie sich geschlagen gaben und zurück in ihre wärmeren Heimatgefilde krochen, zutiefst erschrocken über die barbarischen Sitten des Nordens, bestürzt über die Gnadenlosigkeit der Eiswüste, wo alles Schwache zwangsläufig zugrunde ging. Ihren Kaiser Alrich flehten sie um Vergebung an, bettelten darum, irgendwo anders hin geschickt zu werden, nur fort aus dieser freudlosen Stadt aus Stein, an die das hässliche Ardak grenzte und unterhalb der Passstraße hockte wie ein hungriger Wolf, der sich geifernd nach ihnen die Lippen leckte.

In einem fensterlosen Saal aus schwarzem Basalt, tief im Innern des Berges unter der Flammenburg, brüllte ein Mann mit vor Zorn sich überschlagender Stimme. Flehend antwortete ein anderer. Ein dumpfer Schlag, dann ein Aufschrei. Der erste zischte grollend:

»Du räudiger Hund, unfähiger Bastard einer seuchenzerfressenen Hure, du Wurm unter meinem Stiefel! Du hast versagt und wagst es hier zu erscheinen? Ich werde dich mit Genuss zertreten.«

Wutentbrannt lief Vector hin und her. Der polierte Fußboden spiegelte seine große, ranke Gestalt. Er bewegte sich mit bedrohlicher Kraft, schritt in weiten, federnden Schritten aus. Seine langen Beine steckten in kniehohen schwarzen Stiefeln. Gelbe Samthosen umschlossen eng seine Schenkel. Er griff an seine hüftlange Jacke aus violettem, mit goldenem Brokat üppig verziertem Samt und zog sie stramm. Mit angewidertem Blick bemerkte er einen Blutfleck am rechten Ärmel.

Kupferrotes Haar umloderte wie ein Feuerkranz sein eckiges Gesicht, fiel glatt und glänzend auf den Rücken. Eine grobgliedrige Goldkette hing um seinen Hals. Die runde Goldplakette an ihrem Ende zierten der Wolfskopf und die sieben Sterne von Kech. Das Medaillon bezeugte seinen Status als Haushofmeister. An seinen knochigen Fingern blitzte ein gutes Dutzend goldener Ringe, mit funkelnden Edelsteinen verschiedener Farbe besetzt. Diejenigen der rechten Hand waren blutbespritzt.

Zu seinen Füßen lag der verkrümmte Körper eines Mannes. Schützend hielt er den Kopf in den Armen geborgen.

Vector versetzte dem Mann am Boden einen Tritt. Der jaulte und blickte zögernd auf. Seine bläulich verfärbte Nase war zu einer formlosen Knolle angeschwollen. Zwei rote Rinnsale liefen aus den blutverkrusteten Nasenlöchern in einen silbergrauen Schnurrbart. Er trug die Uniform eines Hauptmanns der Truppen von Herzog Lodur, auf der Rüstung prangte das Wolfswappen.

Starr vor Furcht verfolgte der Soldat jede Bewegung seines Peinigers. Der zog eine Peitsche aus dem Gürtel und schlug ihm damit ins Gesicht. Der Hauptmann schrie auf, riss die Hände hoch. Scharf sog er die Luft ein und wimmerte unverständliche Wortbrocken.

»Du mieses Stück Dreck!«, knurrte Vector. »Antworte, wenn ich mit dir spreche! Ich werde mein Messer in dir drehen und dir das Herz bei lebendigem Leibe aus der Brust schneiden, ich werde es den Hunden bringen lassen und mich daran weiden, wie sie es verschlingen.«

Der Soldat kauerte sich auf die Knie. Er spuckte Blut.

»Gnade, Herr!«, keuchte er. »Es war nicht meine Schuld, ich schwöre es Euch. Dieser neue Daimon, verflucht sei seine stinkende Seele, hat alles verdorben!«

Mit dem Stiefel trat Vector nach dem Kinn des Soldaten. Etwas knackte mit einem feuchten Schnappen. Der Hauptmann gab einen Schmerzenslaut von sich.

»Anarion hat mir etwas ganz anderes erzählt. Er sagte, es sei allein die Schuld der Soldaten gewesen.«

Der Hauptmann röchelte, rote Blasen zerplatzten auf seinen Lippen. Er beugte den Kopf und spuckte. Drei herausgebrochene Schneidezähne fielen in seine Hand.

»Ich diene dem Herffog fon länger alf diefer Rotfflümmel, der glaubt, ein Daimon ffu fein! Ich verlange ihn ffu fprechen!«

»Es ist meine Pflicht, dem Herzog lästige Arbeiten abzunehmen«, grinste Vector. »Er wird dich anhören. Nachdem ich die Wahrheit aus dir herausgekriegt habe.«

Er zückte ein langes Messer aus einer mit Rubinen besetzten Goldscheide an seiner Seite. Zufrieden wiegte er es in der Hand. Die Schneide der Klinge funkelte, warf Licht auf ihn. Seine Augen brannten. Bernsteinfarben glommen sie unter gelblichen Brauen, die so farblos waren wie seine durchsichtigen Wimpern. Lüstern glitt seine Zunge über die dünnen Lippen. Er lächelte.

Dem Hauptmann sträubten sich die Haare. Er gab ein leises Heulen von sich und kroch langsam außer Reichweite.

»T..t.ut mir nichtf«, lispelte er, »e..e.ef war nicht fo gemeint! Bitte, Herr! Ihr habt Recht, wirklich! Allef, waf Ihr wollt! Ficher, vielleicht warf meine Ffuld in Krengheim. Ja, beftimmt, fo warf!«

Gemächlich verfolgte ihn Vector.

Ein Faden Speichel rann über das Kinn des Soldaten, die verbliebenen Zähne klapperten.

»Was ist denn hier los?«, ertönte plötzlich eine dritte Stimme.

Abrupt drehte Vector sich um.

Die Wächter beim Eingang salutierten. Der Herzog von Kech näherte sich gemessenen Schrittes, begleitet von zwei Leibwachen, die mit grimmigem Blick den Raum überprüften. Er trug ein schlichtes dunkelblaues Hemd, das lose über seine schmalen Hüften fiel und eine weite dunkelgraue Hose. Seine Haut schimmerte leicht gebräunt, ebenso weich und samten wie seine Stimme.

»Amüsierst du dich gut, Vector?«, fragte er und musterte das Messer in dessen Hand.

»Verzeiht, ich wusste nicht, dass Ihr aus Ardak zurück seid!«, stieß dieser hervor. »Ich vernehme Hauptmann Sebert wegen der Sache in Krengheim.«

»Krengheim? Was ist mit Krengheim?«

»Anarion hat es Euch nicht …?«

Vector verstummte. Seine lange Gestalt schien zusammenzuschrumpfen. Kleinlaut blickte er seinen Herrn an.

Neugierig betrachtete Lodur den am Boden knienden Krieger. Sebert wischte sich mit dem Ärmel über das blutverschmierte Gesicht und schnatterte los:

»O Gebieter def Meeref und def Himmelf, habt Erbarmen mit Eurem unwürdigften Diener, der fich keiner Ffuld bewufft ift!«

»Was hast du hier zu suchen, Sebert?«, fragte Lodur. »Hast du nicht Dienst in Batonien?«

Der Soldat warf dem Haushofmeister einen hasserfüllten Blick zu.

»Der edle Vector hat mich ffu fich befohlen, nachdem ef Eurem edlen Ffüler Anarion nicht gelungen war, daf Gefuchte im Turm an fich ffunehmn.«

»Weshalb habe ich davon noch nichts erfahren?«

Vector erblasste.

»Herr, ich ahnte nicht, dass es so dringend war. Anarion hat gesagt …«

»Schweig!«, unterbrach ihn Lodur. »Du kommst mit mir, Sebert, und erzählst mir, was geschehen ist. Vector, hol Anarion und bring ihn in die Halle der untergehenden Sonne!«

»Sofort, Herr.«

Lautlos fluchend stolzierte Vector an den Wachen vorbei.

Die Halle der untergehenden Sonne befand sich im obersten Stockwerk des äußersten Westturms der Burg. Kunstvoll ziselierte Öllampen aus Messing beleuchteten kostbare Teppiche an den Wänden, die die Heldentaten der vergangenen Gebieter der Flammenburg darstellten. Die Längsseite des Raumes, gegenüber den beiden Türflügeln vom Gang her, durchbrachen sieben große, kreisrunde Fenster. Mit Blei aneinander gefügte blaue und gelbe Glasstücke fügten sich darin zu blitzenden Sternen. Jeder der sieben Sterne symbolisierte früher eine der Provinzen des Königreichs von Kech.

An der linken Wand des Raumes erhob sich ein breiter Kamin, in dem ein Feuer brannte. Über dem Sims hingen zwei gekreuzte Kriegsäxte, mit denen der Sage nach einst Fenrir gekämpft hatte. Davor gruppierten sich sechs mit feinen weißen Pelzen gepolsterte Sessel um einen mit Perlmutt und Silber eingelegten Tisch. Auf diesem standen eine Karaffe Wein und goldene Schalen mit Gebäck und kandierten Früchten. Bärenfelle lagen auf dem Boden aus grauen und weißen Steinquadern.

Lodur hielt sich gerne hier auf. Vor allem abends, wenn die untergehende Sonne die Berggipfel in rotes Licht tauchte und die Sternfenster in dem Schein aufglühten. Inmitten des Prunks dieses Raumes vergaß er manchmal für kurze Zeit die Unzulänglichkeiten von Kech.

»Setz dich!«, befahl er Sebert und ließ sich selbst in einem der Stühle nieder.

Der Hauptmann nahm Platz. Beklommen rutschte er auf dem weichen Sessel hin und her. Er presste ein Taschentuch unter die tropfende Nase. Mühsam hielt er ein Stöhnen zurück, als er damit über die Peitschenschramme auf der Wange tupfte. Lodur füllte zwei Zinnbecher mit Wein und stellte einen vor den Soldaten.

»Trink und berichte mir, was geschehen ist!«

Sebert hob den Becher an die schmerzenden Lippen. Er nippte. Seine Augen flohen Lodurs Blick, starrten angestrengt in den tiefroten Wein. Er überlegte, was er dem Herzog erzählen sollte. In Kech konnte man leicht hingerichtet werden. Er entschied sich dafür, die Wahrheit zu sagen, und fing an zu sprechen:

»Meine Männer und ich warn für einen Monat in Batonien ftationiert, um wie üblich die Wälder nach Feuchnopfern ffu durchkämmn. Wir fandn nich viel und wollten daf Hochland früher alf geplant wieder verlaffen. Einef Abendf kam fo'n Junge ffu unf inf Lager. Er fagte, fein Name wär Anarion. Er hielt unf Euren Fiegelring unter die Nafe, Herr, um fich auffuweifen. Er bat um Begleitffutff nach Krengheim.

Ich konnt mir nich vorftellen, wiefo jemand Begleitffutff braucht, um nach Krengheim ffu gehen, aber er hatte daf Wolffiegel, alfo war fein Wunff unf Befehl.«

Die Zahnlücke, die Vector ihm geschlagen hatte, gähnte wie ein schwarzes Loch in Seberts Mund. Das Sprechen fiel ihm sichtlich schwer. Blutiger Speichel troff auf seine geschwollenen Lippen. Er wischte ihn ab.

»Meine Jungf und ich ritten mit ihm nach Krengheim, wo er ffum Turm wollte. Wir ftiegen ab und gingen hinein, alf einer meiner Männer Fufffpuren in der Halle fah. Diefer Anarion bekam ef gleich mit der Angft. Er wollt drauffen warten, während wir den Turm ficherten. Ich fagte ihm, daff diefe Fpuren ffon alt fein konnten, ffliefflich hatte ef lange nicht mehr geffneit. Aufferdem ftammten fie nich von Feuchnopfern, fie liefen gerade in eine Richtung. Die Füffe warn präffife aufgefetfft. Die Feuchntoten ftolpern dauernd. Der Junge wollt nich auf mich hörn und ftapfte drauffen im Ffnee rum, während wir den Turm durchfuchten.«

Der Hauptmann hob den Becher und trank ihn in einem Zug aus.

»Einer meiner Jungf ging den Fufffpuren nach und fiehe da, er fand ffwei Ferde, die am Gatter vor den Ftällen angebundn warn. Daf war vielleicht 'ne Überraffung! Ef muffte alfo tatfächlich jemand hier fein. Wir fahen aber nichtf, bif der Kleine drauffen plöfflich ffu kreiffen anfing: ›Hier ift er! Hier ift er! Haltet ihn! Haltet ihn!‹ Wir rannten hinauf. Da war nichtf! Einfach gar nichtf! Der Junge ffrie die nackte Luft an.«

Lodur spitzte die Ohren.

»Ihr habt also nichts gesehen und gehört außer Fußspuren und zwei Pferden am Waldrand?«

»Nein, da war auch nichtf! Auffer im Keller, da if mal waf umgefallen. Wenn ffon, dann war dort jemand. Troffdem hörte diefer Anarion nich auf ffu plärren. Er deutete auf den Ftall, alf hätt er n'Geifd gefehen. Plöfflich rennt er lof, direkt auf die Ferde ffu, wir hinterher. Einef der Viecher riff fich lof. Rudger, der dort geblieben war, packte daf Bieft, alf ihn auf dem Nichtf ein Hieb traf, daff daf Blut fpritffte. Er lieff lof. Die Mähre trabte davon. ›Ffiefft! Ffiefft!‹, ffrie der Kleine und deutete auf daf Ferd. Wir ffoffen unfere Feile ab. Daf Bieft ging ffu Boden. Der Junge rannte weiter, den Dolch in der Hand, dann warf er fich wie'n Verrückter in den Ffnee. Ich dachte, jetfft fpinnt er! Ffuerft wältfft er fich herum, dann kippt er um und bleibt einfach liegen. Jetfft reifft fich daf andere Ferd lof. Durchgedreht vor Panik. Ef galoppiert allein die Ftraffe runter. Dann kommt der Junge wieder ffu fich, ftarrt unf an, alf wär er nicht ganff richtig im Kopf. ›Waf jetfft?‹ frach ich ihn. ›Ihr Dummköpfe!‹, ffreit er. ›Ihr habt ihn verfehlt!‹ ›Wen denn?‹, frach ich. Er antwortete nich und ftapfte ffurück ffum Turm.«

Der Hauptmann nickte bedächtig, um sich selbst beizupflichten.

»Wir haben drauffen Rudgerf Wunde verbunden, während der Junge den Turm durchwühlte. Waf immer er wollte, ef war wech. Ganff weiff vor Fforn kam er wieder rauf und fagte: ›Verfolgt den Dieb, ihr könnt feinen Fpuren im Ffnee nachgehen!‹«

Der Soldat schnaufte. Entschuldigend zuckte er die Schultern.

»Ef war ffon dunkel und ef fing an ffu ffnein. Wir rafteten eine Weile, dann verfolgten wir mit Fackeln die Fpuren def durchgegangenen Ferdef auf der Ftraffe, waf immer davon noch ffu fehen war. Diefer Anarion führte unf quer durch den Wald ffu einer verlotterten Jagdhütte. Fie war leer. Ich fachte ihm, daff daf Bieft ffon längft über alle Berge war. F'war völlig finnlof, weiter ffu fuchen. Er ffeigte mit dem Finger auf mich. ›Wir reiten ffurück nach Kech. Du meldeft dich dort fofort bei Vector. Daf ift ein Befehl!‹ Alfo kehrte ich mit meinen Männern nach Kech ffurück, wie man ef mir befohlen hatte.«

Lodur stützte das Kinn in eine Hand, mit der anderen winkte er ab, als der Hauptmann weitererzählen wollte.

»Danke, das genügt. Du hast mir sehr geholfen, Sebert. Melde dich beim Quartiermeister, er soll dir einen Arzt besorgen.«

Unter zahllosen Verneigungen verließ Sebert die Halle. Als sich die Türe hinter ihm geschlossen hatte, hob sich einer der Wandteppiche. Ein kleiner, schmal gebauter junger Mann mit dunklem, lockigem Haar trat ein.

Ruhelos drehte Lodur den Weinbecher in den Händen.

»Komm her, Anarion! Ich nehme an, du hast gehört, was Sebert erzählt hat?«

»Ja.«

Schuldbewusst blickte Anarion zu Boden. Er fingerte unruhig an seinem schwarzen Samtmantel. Verschämt betrachtete er Lodur, starrte schmachtend dessen ebenmäßiges Gesicht an. Lodurs Mund war zusammengepresst vor Ärger. Hitze breitete sich in Anarions Leib aus.

»Es tut mir Leid, Lodur. Bitte verzeih mir!«

»Mehr als dein Versagen enttäuscht mich deine Anmaßung, Anarion! Weshalb hast du mir keine Nachricht zukommen lassen, als du den Schlüssel nicht gefunden hast? Du wusstest, dass ich in Ardak war. Es wäre ein Leichtes gewesen, mich zu informieren. Stattdessen wolltest du die Zeit meiner Abwesenheit dazu nutzen, die Schuld auf Sebert zu lenken. Sein erzwungenes Geständnis hätte er kaum überlebt, nicht wahr?«

Anarion schwieg. Sein Mund bebte.

»Glücklicherweise gingen die Verhandlungen in Ardak schneller voran, als ich gedacht hatte, und ich konnte früher als erwartet zurückreisen. Das hat deine Pläne wohl vereitelt.«

Eine Träne sickerte unter Anarions langen Wimpern hervor und fiel in den Pelz eines Bärenfells. Sein Blick richtete sich in die Ferne. Er glaubte, aus großer Höhe zu stürzen, zu fallen, ohne jemals den Boden zu erreichen. Lodur beobachtete ihn ungerührt.

»Durch deine eigenmächtigen Handlungen haben wir mehr als eine Woche verloren. Zeit, die wir hätten nutzen können, um den Dieb zu verfolgen.«

Er schüttelte den Kopf.

»Ich schätzte dich als begabten Schüler, Anarion. Ja mehr noch, ich liebte dich wie einen Sohn.«

Ein Schluchzen ließ Anarion erzittern. Er schlug die Augen nieder.

»Diese Angelegenheit war so wichtig. Ich dachte, ich dürfe einfach nicht versagen.«

»Ich muss dich bestrafen, Anarion. Du lässt mir keine andere Wahl.«

»Tu, was du willst! Lass mich auspeitschen, ich habe es verdient!«

Das Lachen des Herzogs klirrte kalt. Es hing im Raum wie eine unausgesprochene Drohung.

»Für wie dumm hältst du mich? Ich weiß schon lange von deiner allzu engen Freundschaft mit Vector, die ich nur aus Nachsicht geduldet habe. Als Vectors Geliebter bereiten dir Prügel doch gewiss Vergnügen.«

Schamesröte überzog Anarions Wangen.

»Ich …«, stotterte er.

»Deine Rechtfertigungen kümmern mich nicht«, unterbrach ihn Lodur. »Ich kann dich nicht länger als Schüler behalten. Deine Lehre ist hiermit beendet. Ich werde dir eine Stellung als Schreiber bei Herzog Greghard von Angantur besorgen.«

Anarion schnappte nach Luft. Sein Magen krampfte sich zusammen. Nur wegen Lodur hatte er beschlossen, die Daimonologie zu erlernen. Er war von zu Hause ausgerissen, von der unbedeutenden Burg seiner Eltern im Hinterland. Den vierten und jüngsten Sohn eines verarmten Landadligen hatte in Batonien eine nicht gerade glorreiche Zukunft erwartet. Seit er den Herzog von Kech vor drei Jahren auf dem Erntedankfest in Multenberg kennen gelernt hatte, hatte er ein Ziel in seinem Leben angestrebt und sich bemüht, in die Flammenburg aufgenommen zu werden. Er erinnerte sich an jenen Tag, als wäre es gestern gewesen. Lodur hatte auf der Tribüne gesessen, neben den Bürgermeistern, Adligen und Ehrwürdigen der umliegenden Gemeinden. Jung und unerschrocken hatte er ausgesehen neben den satten alten Männern und Frauen. Da war endlich einer, der keine Hochachtung heuchelte, nichts zu heucheln brauchte und dennoch mehr erreicht hatte, als die anderen auch nur zu träumen wagten. Lodurs Schönheit hatte Anarion erschüttert. Die Knie hatten ihm gezittert, als er ihn angesprochen hatte. Bei Lodur wollte er bleiben. Vector bedeutete ihm nichts, trotz der vielen Gefälligkeiten, die dieser ihm erwiesen hatte.

»Als Schreiber? Ich soll als lächerlicher Sekretär dienen? Bei Herzog Greghard? Vector war in seinen Diensten. Er hat mir alles über ihn erzählt. Herzog Greghard ist hässlich und grausam.«

»Herzog Greghard ist ein fähiger Mann. So wie er Vector Gehorsam beigebracht hat, wird er auch dir deine Grenzen zeigen. Ich will nur dein Bestes, Anarion.«

Lodur stand auf, schlenderte zu den Fenstern und blickte hinaus in die vom bunten Glas verfremdete Landschaft. Blaue Berge unter dem ockergelben Firmament.

»Mein Bestes?«, brüllte Anarion. »Lass mich bei dir bleiben, Lodur! Niemals wollte ich etwas anderes sein als dein Schüler. Gib mir eine Gelegenheit, dir meine Treue zu beweisen! Du sollst es nicht bereuen.«

»Gute Nacht, Anarion!«

Anarion starrte Lodurs Rücken an, wartete, dass er sich umdrehte und ihm die Hand zur Versöhnung reichte. Lodur rührte sich nicht. Gebückt schlich Anarion davon.

»Ach, Anarion«, rief ihm Lodur nach, »bevor ich es vergesse, gib mir meinen Siegelring zurück!«

Verzagt zog Anarion eine lederne Schnur hervor, die unter dem Mantel um seinen Hals hing, und ließ sie auf den Tisch gleiten. Mit einem leisen Klingen fiel ein goldener Ring auf die Platte.

Die Strahlen der untergehenden Sonne tanzten über das Mosaik der Terrasse vor der Halle, tauchten den Himmel über Kech in sengendes Rot. Wolken hingen wie Rauchschwaden über den Bergen. Wolken, die zur selben Zeit von zwei Reisenden auf der Passstraße beobachtet wurden.

Elf Tage unterwegs, elf Tage Kälte. Jeden Tag waren sie auf ausgebrannte Gutshöfe gestoßen. Aufgeschichtete Leichen, zur Unkenntlichkeit verkohlt, hatten sie mit leeren Augenhöhlen angeblickt, die Kiefer wie in einem Lachen erstarrt. Seuchenräumer hatten sie als Mahnmale unbegraben am Weg zurückgelassen. Halb von Schnee bedeckt, stapelten sich die Toten als Haufen brüchiger Knochen vor den verlassenen Häusern. Kein Vogel sang, kein Fuchs raschelte in den Büschen. Die Höhen und Wälder lagen in einem bösen Traum darnieder, der keinen Laut duldete.

Haldur rang mit seiner Schwermut. Innere Erschöpfung plagte ihn heftiger als die Kälte und die schmerzenden Glieder. Das Hochland von Batonien roch nach Verwesung, wohin man sich wandte. Es erinnerte ihn an seine letzten Monate in Ereat. Eine Kälte wallte über den verschneiten Hügeln, die das Herz mehr als den Körper lähmte.

Feuchtkalter Wind fegte über die Straße. Doran ritt neben Haldur, den Kopf gesenkt. Die Kapuze des Mantels verbarg ihr Gesicht. Der Wind blähte die Kapuze auf, zog sie mit einem Ruck zurück. Sie blickte auf, dunkle Ringe unter den Augen. Der Wind riss an ihrem strähnigen Haar, peitschte es an die Wangen.

Sie sprachen nicht. Das monotone Klappern der Hufe und das gelegentliche Schnauben der Pferde durchbrachen als einzige Geräusche die Ruhe der Berge.

Zehn Tage lang waren sie beinahe ununterbrochen geritten, hatten nur geschlafen, wenn es unbedingt sein musste. Eine innere Unrast hatte sie zur Eile getrieben. Sie redeten kaum miteinander. Wenn ein Wortwechsel sich nicht vermeiden ließ, hatten sie sich meist gestritten, uneinig über die kleinsten Aufgaben. Wer sammelte das Holz? Wer hielt die erste Wache?

Gestern Abend hatten sie endlich den Fuß des Tekmar erreicht. Das bedrohliche, von düsteren Wäldern bedeckte Hochland hinter sich zu haben, erfüllte sie mit Erleichterung, obwohl die Felsen keine angenehmere Umgebung darstellten. Zumindest brauchten sie auf der Passstraße nicht zu befürchten, von verschont gebliebenen Seuchenopfern überrascht zu werden.

Die Nacht hatten sie in einer kleinen Höhle verbracht. Am frühen Morgen brachen sie zum Flammenpass auf. Den ganzen Tag über ritten sie schon und die Straße wand sich noch immer in endlosen Schleifen vor ihnen den Berg hinauf.

»Glaubst du, wir schaffen es heute bis Kech?«, fragte Doran.

Haldur reckte sich im Sattel. Er schaute sich um. Die Passstraße beschrieb vor ihnen einen engen Bogen. Rechts hob sich der senkrechte Fels des Berges, aus dem man die Straße wie mit einem scharfen Spachtel gekratzt hatte. Zu ihrer Linken fiel die Felskante steil ab. Unten erstreckte sich ein flaches Tal bis zum grauen Horizont. Fast zwei Tage hatten sie benötigt, um es zu durchqueren. Ein Meer schneebehangener Fichten sammelte sich darin wie in einem Kessel. Wacholderbüsche wucherten an den Ausläufern. Weiter oben klammerten sich vereinzelte Kiefern in die steinige Erde, reckten die knorrigen Äste wie schwarze Finger in die Kälte. Die untergehende Sonne färbte die Wolken rosa. Das Licht des Tages schwand rasch.

»Wir müssen es schaffen, Tritonin! Ich habe keine Lust, hier zu übernachten. Es kann nicht mehr weit sein.«

»Nenn mich nicht ›Tritonin‹! Ich habe einen Namen, ich heiße Doran.«

»In Ordnung, Tritonin. Du hast also einen Namen.«

Übelgelaunt verzog er das Gesicht. Dieses verfluchte Aristokratentöchterchen zehrte an seiner Geduld. Die brauchte keinen Fährtensucher, sondern einen Diener. In jeder Geste drückte sich ihre Überheblichkeit aus. Lutz konnte ihn gar nicht hoch genug für diese Strapazen bezahlen.

Nachdem sie die Biegung hinter sich gelassen hatten, sahen sie zum ersten Mal das Ziel ihrer Reise. Sie zügelten die Pferde und hielten ehrfürchtig inne. Eine Festung aus Stein lag in einem Einschnitt zwischen zwei Gipfeln. Steinerne Wälle wuchsen fugenlos aus dem Fels empor. Kantige Vorsprünge, die wie Sicheln nach unten ragten, vereitelten jeden Kletterversuch an den Außenmauern. Auf den geschützten Brüstungen wanderten die Lanzenspitzen von Wachen entlang. Ein breites Eisentor schluckte die Passstraße. Zu seinen Seiten ragten zwei Wachttürme in die Höhe, in deren obersten Kammern Feuer brannten. Weiter hinten entdeckten sie ein weiteres Licht in den Bergen.

»Du warst doch schon einmal hier, *Söldner.* Werden wir am Tor Schwierigkeiten bekommen?«

»Ich weiß es nicht, ich hoffe nicht. Sollte etwas schiefgehen, kenne ich noch einen anderen Weg nach Kech, aber der ist gefährlich.«

»Erzähl mir von diesem Weg.«

Auf den Sattelknopf gestützt, beugte sich Haldur vor. Er deutete mit gestrecktem Arm zu den Stadtmauern.

»Die Stadt ist auf ein Labyrinth von unterirdischen Gängen gebaut. Diese Berge sind unterhöhlt wie ein Dachsbau. Manche Wege durch die Gewölbe sind verschüttet, andere zugemauert. Einige sind durchaus begehbar.«

Doran runzelte die Stirn.

»Ich habe diese Gerüchte gehört. Ich konnte sie nie ganz glauben.«

»Vielleicht ist nicht alles wahr, was man sich erzählt. Ich bin sicher, dass es einen Geheimgang gibt, der bis in die Nähe der Passstraße führt. Ich habe ihn vor Jahren selbst benützt, als ich mit Freunden unbemerkt aus Kech verschwinden musste.«

»Du glaubst, diesen Gang gibt es noch?«

»Keine Ahnung. Möglich wäre es. Vielleicht haben sie ihn inzwischen zugemauert. Das kann man nur herausfinden, wenn man nachschaut, *Tritonin.*«

»Meinst du nicht, wir sollten es gleich mit dem Gang versuchen?«

»Nein, das wäre gefährlich. Wenn uns die Wachen in dem unterirdischen Labyrinth schnappen, glaubt uns kein Mensch, dass wir nur zwei harmlose Reisende sind. Den Gang können wir uns als Notlösung aufsparen, falls wir beim Tor nicht eingelassen werden.«

Als sie das Stadttor von Kech erreichten, hatte sich Dämmerung über die Berge gesenkt. Die Feuer der beiden Wachttürme glühten gelb im Dunkel des Festungswalls. Zackig hoben sich die Berggipfel vor dem tiefblauen Firmament ab. Haldur sprang vom Pferd, fasste die Zügel und ging zum Tor. Er schlug mit der Faust an einen der eisernen Flügel.

»Macht auf!«, brüllte er. »Hier sind zwei Reisende, die nach Kech wollen!«

Schritte tappten auf der Brüstung heran. Der Oberkörper eines Mannes schob sich vor die Lichter aus den Türmen. Sein Gesicht konnten sie nicht erkennen. Er lehnte über die Mauer, schien sie zu betrachten. Schließlich rief er:

»Was wollt ihr so spät in Kech? Die Tore sind nach Sonnenuntergang geschlossen, Befehl des Herzogs!«

»Wir sind auf dem Weg nach Ardak«, antwortete Haldur. »Wir brauchen ein Quartier für die Nacht. Lasst uns ein!«

Der Wächter schwieg. Er neigte den Kopf.

»Ich kenne diese Stimme«, zischte er. »Komm näher, damit ich deine Visage sehen kann!«

Haldur gab Doran ein Zeichen, sich zur Flucht bereit zu halten. Er trat in den Lichtschein, der aus den beiden Türmen auf die Passstraße fiel, und streifte die Kapuze des Umhangs ab.

»Das glaube ich nicht!«, staunte der Wächter. »Du Hurensohn traust dich hierher?«

Haldur stutzte jetzt ebenfalls. Er versuchte, den Schatten über der Brüstung zu durchdringen. Das Licht blendete ihn.

»Fenald?«, fragte er. »Bist du es?«

Eilig kehrte der Mann über dem Tor zurück zum Wachtturm. Er verschwand. Doran zupfte Haldur am Ärmel.

»Lass uns abhauen!«

Er schüttelte den Kopf.

»Warte!«

Schritte knirschten. Die Torflügel erbebten und schwangen einen Spalt weit auf. Dahinter stand ein untersetzter Soldat, in der Hand eine Fackel. Um seine Schultern lag ein Bärenfell. Auf dem Kopf trug er einen Helm. Zwei Säbel und ein Dolch hingen an seinem Gürtel.

»Du Bastard!«, brummte er. »Ich hätte nicht geglaubt, dich wiederzusehen!«

Haldur strahlte.

»Was tust du hier, Fenald!?«

»Ich bin der Kommandant des Südtores!«, antwortete er und klopfte sich stolz auf die Brust.

»Ich hätte eher geglaubt, dich an den Toren zum Totenreich anzutreffen!«

Fenald lachte.

»Du bist so liebenswürdig wie früher. Kommt herein!«

Er stieß den Torflügel weiter auf und trieb sie zur Eile.

Der Weg unter der Brüstung schien verlassen. Fenald schloss den Eingang und legte die Balken vor. Am Ende des Ganges befand sich ein zweites Eisentor. Es stand offen. Die stählernen Spitzen eines hochgezogenen Fallgitters ragten in den Bogengang.

»Wo sind die anderen Wachen?«, fragte Doran.

Der Soldat zwinkerte ihr zu.

»Sie sind im Turm beim Kartenspielen. Ich habe ihnen gesagt, dass ich mich persönlich um euch kümmere. Hab keine Angst!«

Sie brummte verärgert.

»Darf ich vorstellen«, sagte Haldur, »das ist Tritonin Doran von Dahl. Das ist Fenald.«

Sie schenkte ihm ein knappes Nicken.

»Ist Walonia auch in Kech?«, fragte Haldur.

»Walonia und ich haben geheiratet«, antwortete Fenald. »Ich bin inzwischen der Vater von zwei Töchtern.«

»Nein, das kann ich mir nicht vorstellen!«

Fenald grinste.

»Wenn ihr wollt, könnt ihr bei mir wohnen, solange ihr in Kech seid.«

»Danke für das Angebot«, erwiderte Haldur. »Es ist nicht möglich. Wir …«

Augenblicklich winkte Fenald ab.

»Ist schon recht. Ich kann mir vorstellen, dass ihr kein Aufsehen erregen möchtet. Ich will gar nicht wissen, was du hier treibst, Haldur. Besuch mich ein anderes Mal!«

»Das werde ich tun.«

Er führte sie durch den Gang bis zum Innenhof hinter den Festungsmauern. Weiter vorn erblickten sie die ersten Häuser der Stadt. Lichter brannten hinter den Ritzen der mit Läden verrammelten Fenster. Dünner Rauch stieg von den Schornsteinen auf. Karg säumten die unverputzten Fassaden die Gassen.

»Seid vorsichtig in Kech«, raunte Fenald, »die Stadt ist voll von Soldaten. Das Heer soll bald nach Süden abrücken. Herzog Lodur kam heute früh aus Ardak zurück, wo er mit Arngrim verhandelt hat. Dessen Truppen werden jeden Tag hier erwartet. Haltet euch von ihnen fern! Diese Eiskrieger sind gefährlich!«

Haldur nickte.

»Danke für den Rat. Wir werden vorsichtig sein.«

Er schüttelte ihm die Hand.

»Pass auf dich auf, Fenald! Und grüß Walonia von mir!«

»Ich werde sie grüßen. Passt auf *euch* auf!«

Die Hand zum Gruß erhoben, kehrte er schleunigst zurück zu den Toren. Der Schatten seiner Gestalt tanzte über die Mauer des Bogenganges, dann verschwand das Flammen der Fackel, ließ sie allein in der klaren Nacht. Sie bestiegen die Pferde und ritten weiter.

»Woher kennst du ihn?«, fragte Doran.

»Fenald diente früher als Söldner bei den Truppen von Ereat. Ich war damals in meiner Lehrzeit. Die Priesterinnen teilten mich ihm als Schildknecht zu. Er führte eine Söldnertruppe, die vor Lodurs Zeiten in Kech stationiert war, als wieder einmal ein Statthalter fehlte, weil der Letzte die Flucht ergriffen hatte. Die Söldner von Ereat haben oft Aufgaben für Alrich erledigt, besonders die unangenehmen. Hier in Kech mussten wir die Amtsgewalt aufrechterhalten, bis der neue Statthalter ankam.«

»Und diese Walonia? Ist sie auch eine Söldnerin?«

»Nein. Wir lernten sie eines Abends in einem Wirtshaus kennen. Sie trieb sich in den Gasthöfen herum, soff jeden unter den Tisch, der sich mit ihr darauf einließ. Wir merkten bald, dass sie ihren Lebensunterhalt mit Diebstählen bestritt. Fenald kümmerte sich nicht darum, er hatte sich in sie verliebt. Kurz darauf wurde Walonia von einem Soldaten erwischt, als sie ihm den Geldbeutel klaute, und sie spaltete ihm kurzerhand den Schädel. Fenald und ich beobachteten das Ganze. Er wollte ihr den Galgen ersparen und ließ sie laufen, anstatt sie festzunehmen. Wir mussten eine Zeit lang von hier verschwinden und flohen durch diesen Gang, von dem ich dir erzählt habe. Ich kehrte zurück nach Ereat. Fenald konnte sich in der Priesterinnenstadt nicht mehr blicken lassen, nachdem er seinen Posten verlassen hatte. Er beschloss, in der Nähe von Kech zu bleiben. Seither hatte ich nichts mehr von ihm gehört.«

»Es ist merkwürdig, dass er uns einfach eingelassen hat. Schließlich bekleidet er hier eine verantwortungsvolle Stellung.«

»Was meinst du damit?«

»Ich finde es sonderbar, dass er uns nicht ausgefragt hat. Nein, er hat sogar gesagt: ›Ich will gar nicht wissen, was du hier treibst, Haldur!‹«, äffte Doran den Wächter nach. »Außerdem standen keine anderen Soldaten am Tor. In einer Festungsstadt wie Kech sollte man mindestens ein Dutzend beim Eingang erwarten. Mir kam es so vor, als wolle dieser Fenald selbst möglichst keinen Ärger riskieren.«

»Fenald ist mein Freund!«

»Er *war* dein Freund, meinst du wohl!«

Haldur überlegte.

»Vielleicht hast du Recht. Es ging alles zu einfach. Außerdem glaube ich ihm die Geschichte mit Walonia nicht. Seine Schwärmerei für sie beruhte nicht auf Gegenseitigkeit. Walonia hasste Soldaten. Fenald dient jetzt bei den Truppen von Lodur. Da stimmt etwas nicht!«

»Weshalb sollte er dich angelogen haben?«

»Keine Ahnung, aber wenn er es getan hat, muss es einen Grund dafür geben.«

Matschiger Schnee, von Hufen zu einer schmutzigen graubraunen Masse zerstampft, bedeckte das Pflaster der Straße. Er besaß dieselbe trostlose Farbe wie die gleichförmigen Steinhäuser am Weg. Die Fenster und Türen waren verrammelt. Kein einziger der Bewohner zeigte sich.

In einigen Gassen herrschte trotz der späten Stunde reger Betrieb. Söldner aller Hautfarben lungerten vor den Eingängen der Gasthöfe herum, schlenderten weiter, bereit, ihren Sold in einem der vielen Bordelle auszugeben. Der Geruch von gedünsteten Zwiebeln und scharfen, süßlichen Gewürzen drang aus den Wirtshäusern. Die Hinterhöfe und dunklen Durchgänge zwischen den Gebäuden stanken nach Kot, faulem Gemüse und sauer nach Erbrochenem. In der Ferne ertönte Hundegekläff, ein wütender Schrei und dann ein Aufjaulen.

»Lass uns eine Bleibe suchen«, stöhnte Doran, »ich bin am Ende meiner Kräfte.«

»Wir müssen weiter nach Norden«, entgegnete Haldur, »dort gibt es weniger Soldaten in den Gasthöfen.«

Argwöhnisch betrachtete Doran die rauen Fassaden, die schmierigen alten Türen, das vollkommene Dunkel der engen Gänge zwischen den Häusern, in denen manchmal ein Tier hungrig im Müll raschelte. Abweisend wirkten die verlassenen Vorplätze der größeren und besser instand gehaltenen Gebäude, kahl vom Winter. Zäune umgaben die Grundstücke. Warntafeln machten jedem Söldner klar, dass man augenblicklich die Hunde auf ihn hetzen würde, falls er es wagte, sich zu nähern.

»Eine schreckliche Stadt!«, flüsterte sie. »Dagegen ist Riem geradezu einladend.«

Haldur nickte knapp. Er konnte sich vorstellen, welches Entsetzen die steinerne Stadt bei einer Besucherin aus dem Süden hervorrufen musste.

»Kech ist eine Stadt des Krieges. Ihre Bürger sind nicht sehr gastfreundlich. Besonders seit man Kech zu einer Provinz von Alrichs Reich degradiert hat.«

Der halb volle Mond glomm am Himmel. Unter dem Gipfel des Kad Mak leuchtete der Wolfsturm der Flammenburg; die Schatten der beiden Statuen auf dem Dach wachten über die Stadt.

Der Tumult auf den Straßen ließ nach, je weiter sie sich vom Südtor entfernten. Die Bewohner hielten die Häuser verdunkelt. Es gab weniger Gasthöfe, die zudem schäbiger aussahen. Sie erreichten eine verwaiste Gasse, in der ein einziges Wirtshaus stand. Ein Holzschild, dessen Aufschrift sie nicht entziffern konnten, hing neben dem Haus. Bloß die Tafel wies darauf hin, dass es sich überhaupt um einen Gasthof handelte. Die Fensterläden waren verrammelt wie die der übrigen Häuser.

»Das sieht angemessen aus«, sagte Haldur.

Doran zuckte mit den Schultern. Ihr war es gleichgültig, wo sie übernachteten, sie wollte nur in ein Bett fallen und schlafen.

Sie stiegen von den Pferden und banden sie an ein Gatter. Der Stallknecht sollte sich später um sie kümmern. Sie gingen zum Eingang. Haldur legte die Hand auf die Klinke, als plötzlich die Tür mit einem lauten Krachen aufflog. Erschrocken warfen sie sich zur Seite und duckten sich.

Aus dem Eingang wurde der Körper eines Mannes herausgeschleudert. Mit einem Platschen fiel er in den Schmutz der Straße. Er kugelte im dreckigen Schnee, setzte sich auf und rutschte hastig auf dem Hosenboden vom Gasthof weg. Er war verkrüppelt, das rechte Bein fehlte ihm vom Knie ab. Ein schmutziger grauer Lumpen umwickelte den Stumpf. Er tastete nach den hölzernen Krücken, die neben ihm auf die Gasse geflogen waren, dann schmiegte er sich verschüchtert an die Mauer des gegenüberliegenden Hauses.

Zerrissene, von klumpigem Dreck verfleckte Kleider klebten ihm am Leib. Fettige braune Haarsträhnen hingen ihm ins Gesicht. Sicher verdiente er sich sein Brot mit Betteln. Hinter ihm stürzten zwei Soldaten aus dem Wirtshaus. Sie warfen die Tür hinter sich ins Schloss und stapften drohend auf ihn zu.

Breitbeinig bauten sie sich vor dem zitternden Häufchen Elend auf. Der größere der beiden packte den Krüppel und zerrte ihn hoch, dann begann er ihn mit Schlägen und Tritten zu bearbeiten. Mit geballten Fäusten feuerte der kleinere Soldat ihn an:

»Mach die Laus fertig! Schlag ihn zu Brei!«

Der Bettler stöhnte unter den Prügeln. Er hob nicht einmal die Arme zum Schutz. Geduldig nahm er die Strafe entgegen, wusste wohl, dass sie ihn so lange schlagen würden, bis er besinnungslos zusammenbrach. Der Soldat versetzte ihm einen Haken in den Magen. Der Krüppel sackte in sich zusammen. Seine Krücken plumpsten in den Matsch. Blut lief ihm aus einem Mundwinkel über das Kinn.

Doran griff an ihr Schwert und rief:

»Lasst sofort diesen Mann los! Schämt ihr euch nicht, auf einen Wehrlosen einzuschlagen?«

Haldur hielt sie am Arm zurück.

»Bist du verrückt?«

Sie riss sich los.

»Ich habe als Tritonin einen Eid geleistet, den Schwachen zu helfen!«

Verzweifelt hob Haldur die Augen zum Himmel. Er rang die Hände.

»Nein, nein, nein! O ihr Götter, sagt mir, dass das nicht wahr ist!«

Mit gezücktem Schwert rannte Doran auf die Soldaten zu, die sie erstaunt anglotzten. Der Große keifte:

»Misch dich nicht ein, Mädchen, wir haben unsere Gründe dafür, diesen Mistkerl zu verdreschen!«

Doran funkelte ihn an.

»Lasst ihn sofort los! Was immer dieser Mann getan hat, ihr dürft ihn nicht so zurichten! Verhaftet ihn, wenn er ein Unrecht begangen hat, stellt ihn vor Gericht, aber schlagt ihn nicht zu Tode!«

»Also gut«, schrie der kleine Soldat, »du hast es nicht anders gewollt!«

Er zog die Waffe und ging damit auf Doran los. Sein Kumpan drückte den Bettler an die Wand.

»So eine Scheiße!«, fluchte Haldur.

Doran und ihr Gegner umkreisten sich. Der Soldat war ihr an Körpergröße unterlegen, bewegte sich jedoch geschmeidig und flink, mit der Sicherheit eines erfahrenen Kämpfers. Sie kreuzte die Waffe mit ihm.

Aufmerksam verfolgte Haldur die Auseinandersetzung. Er hielt sich bereit, um einzugreifen, vorerst wollte er jedoch nur zuschauen. Das Vergnügen, dabei zuzusehen, wie sich die Tritonin mit dem kampferprobten Recken abplagte, ließ er sich nicht nehmen.

Schwerter klirrten. Hoffentlich übertönte der Lärm im Wirtshaus die Kampfgeräusche! Haldur warf dem zweiten Soldaten einen prüfenden Blick zu, der gespannt das Gefecht verfolgte, den Krüppel fest im Griff. Dessen Kamerad schien die Tritonin mühelos zu besiegen. Er bedrängte sie mit schnellen Hieben, ein schadenfrohes Lächeln im Gesicht. Doran taumelte. Sie ließ den Schwertarm sinken. Ihr Gegner sprang vor, hieb sofort nach der ungeschützten Brust. Sie vollführte eine Drehung nach links und der Soldat lief in ihr hochgerissenes Schwert. Er stürzte. Nach einem letzten Aufbäumen blieb er schlaff liegen.

Verblüfft gaffte Haldur Doran an. Diese Finte hatte er genauso wenig erwartet wie der tote Krieger.

Der Soldat an der Mauer ließ den Krüppel los. Er zog das Schwert und stapfte auf Doran zu, erpicht, seinen Freund zu rächen. Keuchend betrachtete sie den Erschlagenen, bemerkte die Bewegung in ihrem Rücken nicht. Haldur seufzte. Lautlos zückte er einen Dolch. Er setzte dem Angreifer nach, riss dessen Kopf am Haar zurück und schnitt ihm im gleichen Moment die Kehle durch. Der Soldat sank mit einem überraschten Ausdruck auf die Knie und kippte vornüber in den Schnee.

»Bist du jetzt zufrieden?«, zischte Haldur wütend.

Doran musterte ihn abschätzig.

»Ich bin kein Söldner wie du. Ich habe einen Eid abgelegt; wenn ich kämpfe, dann um der Gerechtigkeit willen!«

»Und was haben wir von deiner edlen Gesinnung? Nichts als Ärger! Glaubst du, wir können uns jetzt noch irgendwo in Kech blicken lassen oder gar hier übernachten?«

Sie säuberte das Schwert am Mantel des Toten, dann steckte sie es zurück in die Scheide. Ihr Mund zuckte von unterdrücktem Groll.

»Den Göttern sei Dank sind nicht alle Menschen käuflich wie du! Diese Soldaten begingen ein Unrecht!«

Haldur verengte die Augen. Hoch aufgerichtet stand er im Schnee, die Arme vor der Brust verschränkt.

»Ein Unrecht? Es ist wohl Gerechtigkeit, wenn diese Soldaten jetzt niedergemetzelt im Matsch liegen. Wer weiß, was der Bettler ihnen angetan hat! Vielleicht hat er seine Prügel mehr als verdient. Woher nimmst du das Recht, dich als Richterin aufzuspielen? Deine so genannte Gerechtigkeit ist nichts als Selbstgefälligkeit! Du aufgeblasene Gans! Lern zuerst, auf dich selbst aufzupassen!«

Bebend vor Wut, fasste Doran an das Heft des Schwerts. Haldur beobachtete sie angespannt, bereit, einer Attacke auszuweichen.

Plötzlich erklang ein leises Klappern. Der Krüppel zog die Krücken aus dem Dreck. Frech glotzte er sie an, sah, wie sie sich gegenseitig belauerten. Er prustete los und schüttelte sich vor Lachen. Doran stolperte auf ihn zu. Der Bettler wischte sich die Tränen aus den Augen. Beschwichtigend hob er die Hand.

»Halt, lass deinen Ärger nicht an mir aus! Der Blonde hat Recht, ihr solltet aus Kech verschwinden. Ich kenne einen Weg aus der Stadt, wo euch niemand sieht. Folgt mir!«

»Wir können hier nicht weg!«, rief Doran. »Wir haben eine Aufgabe zu erledigen!«

»Später«, erwiderte der Bettler. »Zuerst müssen wir von hier verschwinden. Kommt!«

Hastig banden sie die Pferde los. Er winkte sie in eine Nebenstraße. Trotz seiner Behinderung bewegte er sich erstaunlich schnell, schwang sich geschickt mit den Krücken voran. Sie hetzten weiter, durch zahllose Gassen und mit Bogen überdachte Durchgänge, bis sie bald jede Orientierung verloren hatten.

Schließlich hielten sie vor einem verdunkelten Haus an. Der Krüppel legte einen Finger an die Lippen, um sie zur Ruhe zu ermahnen. Er klopfte. Ein vergittertes Fenster im ersten Stock öffnete sich. Der Umriss eines Kopfs tauchte auf und die Stimme einer Frau wisperte:

»Wolf! Was ist los? Bist du verletzt?«

»Nein«, hauchte er. »Ich brauche deine Hilfe. Kannst du zwei Pferde bei dir im Stall aufnehmen und versorgen?«

»Sicher! Warte, ich komme hinunter!«

Schritte näherten sich. Die Tür öffnete sich und ein junges Mädchen spähte vorsichtig heraus. Unter ihrem Mantel blitzte ein weißes Nachthemd.

»Gebt ihr die Pferde!«, drängte der Krüppel. »Nehmt nur mit, was ihr unbedingt braucht. Wir werden die Tiere morgen abholen.«

Zögernd lösten Haldur und Doran die Satteltaschen und warfen sie sich über die Schulter. Das Mädchen nahm ihnen die Zügel aus der Hand. Sie verschwand mit den Pferden im Stall und kam nicht zurück. Rasch gingen sie weiter.

»Dein Name ist also Wolf?«, fragte Haldur.

»Ja«, flüsterte er. »Seid jetzt still! Wir können uns nachher unterhalten.«

Wolf führte sie zu einem baufälligen, ganz mit Brettern vernagelten Haus. Er zog einen Schlüssel aus der Hose und sperrte auf. Hinter der Pforte erstreckte sich ein modrig riechender, stockfinsterer Gang. Er trieb sie hinein und verriegelte den Eingang, dann zündete er eine Kerze an. Für einen kurzen Moment spiegelte sich das Licht in seinen Augen wie bei einem Tier.

Haldur horchte auf Geräusche.

»Woher können wir wissen, dass deine Kumpane hier nicht auf uns warten, um uns auszurauben?«, fragte er.

Ein Grinsen ging über Wolfs Gesicht.

»Ich fürchte, ihr habt keine andere Wahl, als mir zu vertrauen.«

Sie folgten dem Lichtschein der Kerze durch den Korridor. Zersplittertes Holz und Bruchstücke von Mobiliar bedeckten den Fußboden. Vorsichtig tasteten sie sich voran, bis sie einen Raum erreichten, der einmal als Küche gedient hatte. Ein rußschwarzer Ofen stand in einer Ecke. Löchrige Pfannen und Kessel türmten sich vor einem schiefen Tisch. Wolf humpelte zu einer in den Boden eingelassenen Falltür und zog sie auf. Er pfiff leise nach Haldur und Doran.

»Hopp, hinunter geht's!«

Mit einem mulmigen Gefühl stiegen sie die ausgetretenen Stufen in den Keller hinunter. Umgeworfene Holzregale lagen auf dem mit Scherben übersäten Boden. Die Luft schmeckte stickig, stank übel nach zu Essig vergorenem Wein. Wolf zog eine Laterne aus einer Nische und zündete sie an, die Kerze blies er aus. Schatten flohen über die Wände, als er das Licht hochhielt. In den Nischen raschelte es wie von vielen kleinen Pfoten. Die Schaben und Mäuse und was sonst in dem Gewölbe leben mochte, flitzten in ihre Verstecke, um zu warten, bis das unangenehme Licht und die bedrohlichen Gestalten wieder verschwanden.

Wolf stapfte zwischen den umgestürzten Regalen bis zu der Wand, die am weitesten von der Treppe entfernt war. Die Scherben zerbrochener Weinkrüge knackten unter den Stümpfen seiner Krücken. Er hebelte an der Mauer. Plötzlich schwang eine Tür auf, wo sie vorher keinerlei Pforte gesehen hatten. Der Schein der Laterne fiel in einen engen Durchgang. Frische Luft drang an ihre Gesichter.

»Kommt!«, flüsterte er und ging voraus.

Haldur und Doran folgten ihm. Wolf schloss sorgfältig den geheimen Eingang. Vor ihnen drohte undurchdringliche Finsternis. Er leuchtete ihnen mit der Laterne den Weg.

Der Gang war aus einem Fels gehauen, wie sie ihn nie zuvor gesehen hatten. Die Wände hoben sich gleichmäßig grau zu einem kaum mehr als mannshohen Tunnel, beschaffen wie getrockneter Lehm. Als sie die Hände nach den Mauern ausstreckten, fühlten diese sich unvermutet hart und rau an. Der Boden schimmerte matt, von vielen Füßen glattgeschliffen. Er führte stetig leicht bergab.

Wolf humpelte voraus. Das Licht der Öllampe flackerte bei jedem Aufsetzen der Krücken, ergoss sich hin und her schwingend als gelbe Feuerwelle über die Wände.

Sie überquerten unzählige Verzweigungen, in die andere Gänge mündeten. Manchmal wandten sie sich nach rechts und manchmal nach links. Bald verloren sie jede Ahnung, woher sie gekommen waren.

Der abfallende Weg ebnete sich und sie betraten einen hohen Raum. Der Schein der Laterne erfasste breite, glatte Wände, durchbrochen von den schwarzen Öffnungen weiterer Gänge. Die Decke der Halle verblieb im Dunkel. Ein eisiger Luftzug prickelte auf ihren verschwitzten Gesichtern.

Stöhnend zog Doran die Satteltasche von der Schulter und ließ sie auf den Boden gleiten.

»Ist es noch weit? Meine Füße können mich kaum mehr tragen.«

Haldur griff sich an den schmerzenden Rücken.

Wolf drehte sich um und musterte sie.

»Ihr seht müde aus. Ich wollte eigentlich noch weiter, aber wir können genauso gut hier bleiben. Kommt mit!«

Sie durchquerten die Halle und betraten einen Tunnel. Nach einem kurzen Stück Weg gelangten sie zu einer Tür aus Holz. Wolf zog einen Schlüssel hervor und sperrte auf.

Vor ihnen lag ein geräumiger Saal, auf der linken Seite stand ein langer Tisch mit einem guten Dutzend Stühlen, an der gegenüberliegenden Wand eine Reihe von Feldbetten. In Nischen am entfernten Ende lagerten ausgedehnte Vorräte. Fässer, Säcke und Kisten waren aufeinander gestapelt. Sie rochen Äpfel. Irgendwo tropfte Wasser.

»Setzt euch!«, rief Wolf. »Ich hole uns etwas zu essen.«

Erschöpft zogen sie die Mäntel aus und warfen sie über eine Stuhllehne, dann ließen sie sich nieder. Haldur streifte die Stiefel ab. Wohlig seufzend streckte er die Füße auf dem kühlen Boden.

Doran schnüffelte.

»Du könntest ein Bad gebrauchen.«

»Danke, gleichfalls.«

Wolf stellte einen Kerzenleuchter auf den Tisch, dann brachte er Brot, Käse und einen Krug Wein. Er setzte sich zu ihnen. Hungrig begannen sie zu essen.

Haldur beobachtete den Krüppel. Der strich sich das kinnlange Haar hinter die Ohren und kaute lustlos an einem Stück Hartkäse. Bei Licht besehen wirkte er jünger, als Haldur vermutet hatte. Er mochte höchstens ein, zwei Jahre älter sein als er selbst oder Doran. Das stumpfe fahlbraune Haar durchzogen feine weiße Strähnen, aber die konnten nicht vom Alter herrühren. Seine Haut hatte keinerlei Falten, soweit man das durch die Dreckschicht auf seinem Gesicht beurteilen konnte.

Unter dichten dunklen Brauen lagen listige mausgraue Augen. Sie schienen alles wahrzunehmen, was um sie herum geschah, obwohl sie sich kaum bewegten. Eine gewisse Verschlagenheit leuchtete darin, die durch das verschmitzte Lächeln von Wolfs schmalem Mund gemildert wurde. Die dünnen schwarzen Winkel seiner Lippen schienen beständig über etwas zu grinsen.

Die dämmrigen Augen zogen Haldur in ihren Bann. Ein nebliger Schleier verbarg die Iris, er glaubte fast, dass dieses matte Rauchgrau nicht ihre eigentliche Farbe sein konnte. Helle Sprenkel tauchten flüchtig auf, umkreisten wie die Strahlen eines Sterns die schwarzen Pupillen. Ein dunkelblauer Kreis drängte schwach das Mausgrau zurück, dann blinzelte der Krüppel und die Erscheinung verflüchtigte sich.

Wolf lächelte.

Schwindlig schüttelte Haldur den Kopf. Es mußte die Müdigkeit sein, die ihm diese Sinnestäuschungen bescherte. Er räusperte sich.

»Wir haben uns noch nicht vorgestellt. Mein Name ist Haldur und das ist Tritonin Doran von Dahl.«

»Eine Tritonin«, murmelte ihr Gastgeber und griff gelangweilt nach einem weiteren Stück Käse, »das habe ich mir gedacht. Nun, man nennt mich Wolf, wie ihr schon gehört habt.«

»Und wie lautet dein richtiger Name?«, fragte Doran.

»Meinen Namen habe ich zusammen mit meinem Bein verloren. Ihr könnt mich auch ›Krüppel‹ nennen, wenn euch Wolf nicht gefällt.«

»Wir wollten dich nicht beleidigen«, sagte Haldur.

»Das habt ihr nicht getan«, antwortete Wolf. »Ich *bin* ein Krüppel. Weshalb soll man mich nicht so rufen?«

»Was ist das für eine Halle?«, fragte Doran.

»Ein Unterschlupf.«

»Ein Unterschlupf für wen?«

»Leute.«

»Leute?«

»Freunde von mir. Es ist nicht wichtig, ihr seid hier in Sicherheit. Fürchtet euch nicht!«

Wolf schob den Holzteller von sich und stand auf. Er presste die Krücken unter die Achseln.

»Ihr müsst mich entschuldigen, ich habe etwas zu erledigen. Dort, hinter der Wand, findet ihr Wasser und frische Tücher, um euch zu waschen. Ich wünsche eine gute Nacht.«

Bevor sie etwas erwidern konnten, hatte sich die Pforte hinter ihm geschlossen.

»Verdammt«, fluchte Haldur, »dieser Wolf weiß, wann er verschwinden muss! Ich wollte ihn eben fragen, weshalb ihn die Soldaten verprügelt haben.«

»Ein seltsamer Kerl«, erwiderte Doran. »Ich wette mit dir, dass er alles andere ist als ein Bettler.«

»Was immer er ist, für heute ist es mir gleichgültig. Ich bin todmüde.«

»Ich auch«, ächzte sie.

Sie räumten das Geschirr ab. Doran verschwand hinter der Wand, um sich zu waschen, Haldur legte sich auf eine der Holzpritschen. Als sie zurückkam, schlief er bereits. Doran deckte ihn mit einer Wolldecke zu, dann löschte sie alle Kerzen bis auf eine und legte sich in das Bett, das neben dem von Haldur stand.

Das leise Tropfen des Wassers lullte sie ein. Doran betrachtete aus halb geschlossenen Lidern das Flackern der Kerze, dann fielen ihr die Augen zu und sie schlief ein.

Als draußen über der steinernen Stadt der Morgen dämmerte, blickten aus dem Schatten der Halle zwei flammende eisigblaue Augen zu den liegenden Gestalten herüber. Das Augenpaar reflektierte das Licht der niederbrennenden Kerze. Die Schlafenden bemerkten es nicht.

KAPITEL 5

Eine Stimme aus der Vergangenheit

»Danger Toxic Waste«

Geprägte Schriftzeichen auf einem Metallbehälter,
gef. in Din Eidyn, ca. 230 n. A. D.,
vermutlich religiösen Ursprungs.
Archiv von Angantur, Fach Nr. 2657.3.1.

Nachdenklich lehnte sich Lodur auf die Brüstung der Terrasse vor seinem Schlafgemach. Frost knirschte unter den Sohlen seiner Pantoffeln. Den Boden des Söllers schmückte ein Mosaik, bedeckt von dünnem, brüchigem Eis. Die bunten Steine stellten ein Rudel von Wölfen dar, das mit riesigen rot-schwarzen Schlangen kämpfte. Lodur legte den Kopf in den Nacken. Der Wind blies ihm ins Gesicht, erfasste sein dunkles Haar. Fröstelnd raffte er die Wolldecke, die um seine Schultern hing, enger um sich. Er blickte hinaus auf die Berge und das in der Kälte erstarrte Land.

Die Felsmassive des Tekmar dräuten als graue Giganten im Morgendunst. Die entrückte Stille des Winters machte die Landschaft unwirklich. Beinahe durchsichtige Schichten schoben sich übereinander, bildeten Berge und Wolken, silbern und schiefergrau. Nicht weit im Norden erhob sich der Kad Fenrir, der Wolfsberg. Seine gezackten Hänge stachen spitz aus dem Nebel.

Lodur dachte an Ardak und an den Wolfswald, der sich hinter diesem Berg erstreckte. Fern des Waldes begann die weiße Wüste, zog sich zu den Buchten der Eissee, gleißend von ewigem Schnee.

Ardak, das karge Land. Verschlossen waren die Menschen, die dort lebten, abgehärtet vom täglichen Überlebenskampf. Die Jäger mit ihren runzligen, wettergegerbten Gesichtern. Die erbarmungslosen Eiskrieger mit den langen weißen Zöpfen, der totenbleichen Haut und den wässrig blauen Augen, die ihm jedes Mal, wenn er ihrem Blick begegnete, einen Schauer über den Rücken jagten. Angesichts der gewalttätigen Mutproben, mit denen sie sich die Zeit vertrieben, gefror jedem gewöhnlichen Menschen das Blut in den Adern. Die Barbaren von Ardak kannten außer ihren strengen Stammesriten nur ein Gesetz: das des Stärkeren.

Lodur seufzte. Ein Diener hatte ihn eben benachrichtigt, dass Arngrim mit seinem Gefolge in der Flammenburg eingetroffen sei. Er musste gleich mit ihm sprechen, ihn begrüßen.

Arngrim, der Herr von Glenik, der gnadenloseste und der gierigste aller Eiskrieger, nicht ohne Grund hatte er sich zu ihrem Führer aufgeschwungen. Wie ein Geist des Wolfswaldes sah er aus mit seinem offen flatternden schlohweißen Haar, dem von Narben entstellten Gesicht und der mit Trophäen behängten, aus Leder und Pelzen zusammengestückelten Rüstung. Wie alle Eiskrieger liebte Arngrim edle Waffen und goldene Geschmeide und zierte seine furchteinflößende Gestalt reichlich damit. Ein Auge und drei Finger der linken Hand fehlten ihm. Lodur wagte sich nicht vorzustellen, bei welchem Kampf dieser Koloss von einem Mann sie verloren hatte.

Sicher begleitete ihn Skarg, sein junger Kronprinz. Der Emporkömmling besaß das liebenswerte Gemüt einer Giftschlange. Und bestimmt hatte Arngrim seine zwei Köter bei sich, seine Lieblingsjagdhunde, Zim und Kam, Blitz und Donner hießen sie. Groß wie Kälber reckten sie die gewaltigen runden Schädel, mit dolchscharfen Gebissen bewehrt, glotzten jeden Besucher Arngrims mit fühllosen braunen Augen an. Neben den Füßen ihres Herrn trotteten sie, die massigen Muskeln spannend unter den schwarzen Fellen, lauernd auf einen Befehl von ihm. Außer zur Bären- und Wildschweinjagd konnte man diese bissigen Viecher nicht gebrauchen und ganz gewiss hielt man sie sich nicht als Schoßtiere.

Lodur bewunderte Arngrim, dessen Kraft und dessen scharfen Verstand, den man bei einem solchen Herrn kaum erwartete. Der Fürst würde ihm den Weg seiner Zukunft ebnen und die Eiskrieger für ihn kämpfen, bis nach Dahlstadt.

Er sehnte sich nach den Orangenhainen von Dahl, dem Meer, den Zedernwäldern von Anelia. Kech konnte ihm keine Heimat sein. Er wollte zurück in den Süden.

Verblasste Erinnerungen an vergangene Feste in den Hallen Kaiser Alrichs überfielen ihn. Er schmeckte wieder den Geruch der See auf den blumengeschmückten Wegen, den lauen Abendwind, der herrliche Musik aus dem Palast herübertrug. Der von Lichtern glühende Hof Kaiser Alrichs, wo die Edlen und Reichen des Landes sich im Tanze drehten. Den Stimmen der Sänger lauschend, neigten sie die edelsteinbehangenen Hälse, katzbuckelten vor ihrem Herrscher, wenn er ihnen die Gnade erwies, sich zu zeigen.

Hineingespäht hatte er in die prunkvollen Hallen, hatte ihnen heimlich zugesehen. Lodur, der junge Hauptmann, einer von vielen Befehlsempfängern. Er wurde zu keinem Fest eingeladen, weil er keiner noblen Familie entstammte. Damals hatte er sich geschworen, dass die Adligen eines Tages den Rücken vor *ihm* beugen sollten.

Kaiser Alrich alterte. Seine verwöhnten, halb schwachsinnigen Kinder hatten nicht einen Funken seines Willens und seines Geistes. Alrichs Thron stand und fiel mit seiner Person, in den eigenen Reihen gab es keinen, der ihn ersetzen konnte. Die Zeit für einen wie Lodur nahte.

Tief im Osten hob sich die Sonne. Die Strahlen schälten die Berggipfel wie mit Messern aus dem Dunst, holten sie in die Welt des Lichts.

Lodur betrat seine Gemächer. Im Ankleidezimmer empfing er den Barbier. Der rasierte ihn, kämmte sein Haar und massierte seine Haut mit parfümiertem Öl. Der Leibdiener kleidete ihn in eine lange schwarze Robe und einen pelzbesetzten schwarzen Mantel. Prüfend betrachtete Lodur sich im Spiegel. Das schulterlange haselnussbraune Haar mit den beiden hellen Strähnen am Scheitel glänzte. Dunkelbraune Augen blickten ihn müde an. Endlich hatte er etwas an Gewicht zugenommen. Die Robe saß besser als sonst. Lodur zog die Stiefel an, gürtete das Schwertgehänge und verließ eilig den Raum.

Begleitet von seiner Leibwache, lief er durch die Korridore der Burg in den Thronsaal. Vector wartete schon. Er beugte das Knie vor ihm. Lodur stieg die sieben Steinstufen des Podests zum Thron hinauf und setzte sich. Die Enden der Armlehnen des Sessels aus Ebenholz schmückten Wolfsköpfe. Smaragde füllten die Höhlen ihrer Augen. In die Rückenlehne des Throns war das Wappen von Kech geschnitzt.

Kupferne Kohlenbecken auf dreibeinigen Ständern glommen zwischen den Marmorsäulen des Saales. Durch hohe rechteckige Fenster, die zum Thron hin immer schmaler und kleiner wurden, fiel Morgenlicht. Die genau symmetrischen Fensterreihen auf beiden Seiten der Halle verzerrten die Perspektive, ließen den Thron fern und erhaben erscheinen.

Vector richtete sich steif auf. Um seinen Hals wand sich eine Peitschenstrieme, die vorn im Kragen der Jacke verschwand. Die prunkvollen Samtkleider von gestern hatte er mit moosgrünen Lodengewändern vertauscht. Seine flammend roten Haare waren im Nacken zusammengebunden.

Lodur musterte ihn.

»Wie ich sehe, bist du wieder zur Vernunft gekommen, Vector.«

Der starrte in die Augen des Herzogs. Sie glänzten dunkel, zwei Teiche schwarzen Wassers. Vector verneigte sich nochmals schweigend.

Gestern Nacht war Anarion zu ihm gekommen, in sein Bett gekrochen wie ein verschrecktes Kind. Ausgeweint hatte er sich, gebrüllt vor Wut über die Unnachgiebigkeit Lodurs. Vector hatte bloß gelacht, als Anarion ihn gefragt hatte, ob er mit ihm aus Kech fliehen wolle. Nein, er würde nicht von hier weggehen. Einen Herrn wie Lodur verließ man nicht. Vielleicht würde der Herzog eines Tages Kaiser Alrich vom Thron stoßen und er, Vector, würde mit ihm wachsen, groß und endlich mächtig werden.

Eine Stellung bei Herzog Greghard hatte Lodur dem hübschen Anarion besorgt. Vector kannte den Herrn von Angantur gut. Nach außen wahrte der Herzog der Hafenstadt eine Fassade der Anständigkeit, man kannte ihn als Kunstsammler und Wohltäter der Armen. Er vergab Stipendien an die weniger begüterten Studenten der Schule von Marech Eldred und unterstützte die Archivare der berühmten Bibliotheken. Den Hafen hatte er als wichtigen Warenumschlagplatz ausgebaut und der Stadt dadurch Glanz und Reichtum beschert. Die Bürger von Angantur schätzten ihn als umsichtigen Statthalter, der sich um die Einhaltung der Gesetze kümmerte.

Seinen eigenen Haushalt führte er mit grausamer Willkür. Hinter den Türen seines Schlosses über der Bucht herrschte er als Tyrann. Er liebte es, seine Sklaven, und alle seine Angestellten lebten als Sklaven, ganz nach seiner Stimmung zu quälen und zu erniedrigen. Seine bevorzugten Opfer waren Jünglinge, je knabenhafter sie aussahen, desto mehr reizten sie ihn. Bestimmt gefiel ihm Anarion.

Vectors Mutter hatte ihn mit zwölf Jahren als Küchenjungen an Herzog Greghard verkauft. Vector war in den ärmlichen Hafenvierteln von Angantur als unehelicher Sohn eines Seefahrers aufgewachsen. Seine Mutter hatte es schwer, sie verdiente gerade genug mit ihrem Wirtshaus, um sich selbst und ihre zwei Töchter zu ernähren. Vector hatte sie nie gewollt.

Er hatte seine Mutter seit damals nicht mehr gesehen. Hoffentlich war sie inzwischen an der Krätze eingegangen.

Kaiser Alrich hatte die Sklaverei verboten. Eltern gaben ihre ungeliebten oder überzähligen Kinder für ein kleines Entgelt als ›Lehrlinge‹ irgendwelchen Herren, vielleicht sogar in der Hoffnung, sie bekämen eine Ausbildung. Das schmutzige Wort ›Sklaven‹ nahm niemand in den Mund.

Sechs Jahre lang hatte Vector im Schloss von Angantur in der Küche geschuftet, mit schmerzenden Gliedern vom Schleppen der Waren, jeden Tag den Launen Herzog Greghards ausgeliefert. Sein Meister, der Hofkoch, behandelte ihn anständig, er bedauerte seine jungen Knechte, die unter Greghard am ärgsten zu leiden hatten. Er brachte Vector Lesen und Schreiben bei und Vector lernte schnell. Eines Tages drang die Kunde an Greghards Ohr, dass in der Küche einer arbeitete, der mehr Verstand besaß, als alle Schläge ihm austreiben konnten.

Der Herzog von Angantur beförderte ihn zum Sekretär. Der Götter Gnade wollte es, dass er mit achtzehn Jahren schon zu sehr in die Höhe geschossen war, um den Herzog noch zu betören. Prügel waren die einzigen Unannehmlichkeiten, die er erdulden musste.

Zwölf Jahre lang diente er als Schreiber im Schloss, begleitete Greghard auf dessen Reisen, organisierte Vergnügungen, verhörte Gefangene, kümmerte sich um die Buchführung des Haushalts. Viel lernte er von seinem Herrn, machte sich unbewusst Greghards Schlauheit und Gier zu Eigen, obwohl er dessen Grausamkeit verachtete und jeden Tag verfluchte, an dem er Schläge bezog.

Zwei Wochen nach Vectors dreißigstem Geburtstag kam Herzog Lodur in Greghards Schloss. Der Ruf eines klugen Kriegsherrn und eines mächtigen Daimons eilte ihm voraus, obwohl er erst achtundzwanzig Jahre alt war. Alrich hatte ihn vor kurzem zum Herzog von Kech ernannt. Er besuchte die anderen Statthalter im Reich von Dahl.

Greghard zeigte sich angetan von dem jungen Herzog und verehrte ihm Vector als Geschenk. Lodur konnte einen vertrauenswürdigen Diener gut gebrauchen. Vector frohlockte. Er mochte Lodur auf Anhieb. Der gutaussehende Daimon stellte eine willkommene Abwechslung zum abstoßenden, von schleichenden Krankheiten geplagten Greghard dar, der in letzter Zeit seine Angestellten – wegen seiner eigenen schlechten Verfassung – übel misshandelte.

Im Vergleich zum Herrn von Angantur ging Lodur weichherzig mit seinen Dienern um, ließ sie nur schlagen, wenn er nicht anders konnte. Heute Morgen hatten sie ihn aus der Kammer geholt, um ihn zu bestrafen. Vector hatte damit gerechnet, nachdem Anarions Ränke fehlgeschlagen waren. Er ließ es über sich ergehen. Es sollte ihm eine Lehre sein; niemals wieder durfte ihn jemand so ausnutzen wie Anarion.

»Vector, bitte Arngrim zu mir!«, rief Lodur, als sich Schritte näherten.

Drei Krieger eilten herbei. Sie verbeugten sich vor dem Thron. Der mittlere der drei trug den Harnisch eines Heerführers. Ein dichter grauer Schnurrbart verschönerte seine von einer Narbe gespaltene Oberlippe.

»Ich habe dich nicht gerufen, Wilmund«, sagte der Herzog. »Was gibt es?«

»Zwei meiner Männer sind gestern vor einem Wirtshaus erschlagen worden. Ihre Kameraden, die mit ihnen Ausgang hatten, sagten aus, dass sie sich mit einem Bettler stritten und ihn zur Gaststube hinausprügelten. Als draußen Lärm erklang, dachten sie sich nichts dabei. Erst als der Krach verstummte und ihre Kameraden nicht zurückkamen, schauten sie nach und fanden deren Leichen. Beide mit Klingen getötet, dem einen war die Kehle aufgeschlitzt, der andere starb an einem Stoß ins Herz.«

»Nicht schlecht für einen Bettler!«

»Es soll ein Krüppel gewesen sein, dem ein Bein vom Knie an fehlte.«

Lodur ballte die Hände zu Fäusten.

»Wolf!«, presste er zwischen den Zähnen hervor.

»Ja, Herr«, erwiderte Wilmund, »das habe ich mir auch gedacht und bin sofort hierher gekommen.«

Vector blickte den Heerführer, dann Lodur an, der ungeduldig mit den Fingern auf den Armlehnen des Thrones trommelte.

»Damit setzt er uns auf seine Spur! Weshalb sollte er so dumm sein, zwei Soldaten zu töten?«

Nachdenklich schüttelte Lodur den Kopf.

»Entweder konnte er nicht anders, oder er hat es gar nicht selbst getan.«

Wilmund verneigte sich.

»Wir drehen jeden Stein um, bis wir ihn finden!«

»Ja, tut das. Dieser verdammte verlorene Prinz tanzt mir schon zu lange auf der Nase herum. Was will er überhaupt hier? Der Thron seiner Väter ist bei der Schlacht von Biveritz an Kaiser Alrich von Dahl gegangen.«

»Ein furchtbares Gemetzel war das damals in Biveritz«, erklärte Wilmund, »niemals wieder habe ich etwas Ähnliches erlebt. Alle glaubten, König Theoniel von Kech sei mit seiner gesamten Sippe umgekommen. Die Leiche seines Sohnes Tyr hat man jedoch nie gefunden.«

»Und zwanzig Jahre später taucht ein Krüppel auf, der dem toten König wie aus dem Gesicht geschnitten gleicht, der behauptet, er sei sein Sohn, und der die nördlichen Provinzen gegen mich aufhetzt.«

»Man sagt, er sei die Wiedergeburt Fenrirs – er soll übernatürliche Kräfte besitzen!«

»Er soll seine Kräfte mit mir messen! Dann werden wir sehen, wer der Herr der Flammenburg ist!«

Lodur bohrte die Fingernägel in die Handflächen.

»Ich will den fauligen Balg dieses Bastards auf der höchsten Festungsmauer gepfählt sehen! Haben wir uns verstanden, Wilmund?«

Der nickte.

»Wir werden ihn finden.«

»Das hoffe ich für dich, denn du wirst mich hier vertreten. Ich werde mit dem Heer von Kech und mit Arngrims Armee nach Riem vorrücken, sobald seine Truppen bereit sind.«

»Wie Ihr befiehlt, Herr.«

Wilmund verließ mit seiner Leibwache den Saal.

Argwohn stieg in Vector auf.

»Weshalb vertritt Euch Wilmund? Das war bisher meine Aufgabe. Ich dachte, Ihr hättet mir verziehen!«

»Vector, wenn ich dir nicht vergeben hätte, wärst du nicht mehr hier. Mein Vertrauen musst du dir wieder verdienen. Du wirst mit mir nach Riem reiten.«

Gerade als Vector seinen Protest kundtun wollte, eilte ein Diener in den Saal.

»Entschuldigt die Störung, Herr! Ein Bote ist hier. Er lässt sich nicht abweisen! Ich soll Euch dies zeigen.«

Er streckte den Arm aus und hielt mit zwei Fingern einen goldenen Siegelring hoch. Eine kleine Blüte war in den flachen Kopf geprägt. Lodur erbleichte.

»Bring ihn herein!«

Der Bote betrat den Saal. Ein langfelliger silbergrauer Pelzmantel schleifte hinter dem auffallend kleinen, mageren Mann her, darunter trug er bauschige korallenfarbene Kleider voll bunter Blumenstickereien. Er warf sich vor Lodur zu Boden.

Graziös stand er auf, faltete die Hände vor der Brust und verneigte sich. Ein unbewegliches Lächeln verzog die ledrig gelbe Haut seines Gesichts. Er sprach mit einem südlichen Akzent, der seine Worte zu einem monotonen Singsang dämpfte.

»Ich grüße Euch, edler Herr von Kech. Die Herrin der Blüten schickt mich, o Erhabener. Als ihr unwürdiger Diener entbiete ich Euch die besten Wünsche der großen Meisterin. Sie bittet Euch, in Eurer unendlichen Geduld eine kurze Nachricht von ihr anzunehmen.«

Er zog eine Schatulle aus der Manteltasche und streckte sie Lodur hin. Blumenranken waren in das Elfenbein geschnitzt. Den Deckel zierte eine einzelne Lotosblüte in einem Kreis. Dieselbe Blüte, die Lodur auf dem Siegel des Ringes wiedererkannt hatte. Er nahm das Kästchen an sich.

»Ich danke Euch«, erwiderte er. »Entbietet der Herrin meine besten Wünsche und meine immerwährende Zuneigung.«

Der kleine Mann verbeugte sich tief und verließ rückwärts gehend den Thronsaal.

Stirnrunzelnd betrachtete Lodur die Schatulle. Sie strömte Kälte aus.

»Was ist, Herr?«, fragte Vector.

»Nichts. Sieh zu, dass dem Boten eine Erfrischung gebracht wird. Ich bin für niemanden zu sprechen. Arngrim muss warten, entschuldige mich bei ihm.«

Vector ging mit einem letzten Blick auf den Herzog, der, die Kassette umklammernd, bedrückt auf dem Thron saß.

Als Vector fort war, erhob sich Lodur und eilte aus der Halle. Zielstrebig lief er durch die Gänge der Burg in die Bibliothek im Ostflügel. Er wies die Wachen barsch an, ihn nicht zu stören, dann warf er die Türen hinter sich zu und schloss ab.

Er stieß den Atem aus und schlenderte, als sei keinerlei Eile mehr vonnöten, zum Schreibtisch. Verzagt sank er in den Sessel, die Schatulle stellte er vor sich auf die Tischplatte. Seine Hände fühlten sich ganz blutleer an. Lodur vergrub die Finger im Haar. Ein Seufzen löste sich aus seiner Kehle.

Was konnte sie diesmal von ihm wollen? Warum ließ sie ihn nicht in Ruhe?

Akàra die Große, die Eine, in deren Verliesen Götter auferstanden und wieder vergingen, wenn sie ihrer nicht mehr bedurfte. Sie würde ihn niemals in Frieden lassen, so viel war sicher!

Lodur stützte das Kinn in eine Hand. Mit glasigem Blick starrte er das weiße Kästchen an.

Er musste an die vier nicht enden wollenden Jahre zurückdenken, die er als Akàras Schüler verbracht hatte. Mit dreiundzwanzig hatte er als jüngster Hauptmann bei den Truppen Kaiser Alrichs gedient. Er hatte die Soldatenlaufbahn aufgegeben, die ihm nie oder erst im hohen Alter den Reichtum und die Ehre beschert hätte, die er für sich angemessen glaubte. Nach Bengzar war er gepilgert, an den See der Träume, und hatte Akàra gebeten, ihn als Schüler anzunehmen.

Die meisten Daimonen arbeiteten als Heiler, beschäftigten sich nicht mit der Geisterwelt. Von Akàra erzählte man, dass sie sich mit den gefährlichen Bereichen der Daimonologie befasse. Er wollte das sagenumwobene Reich der Geister sehen, von dem selbst Eingeweihte bloß munkelten.

Viel hatte er damals gelernt bei Akàra, viel erfahren, was er nicht für möglich gehalten hatte, und manches getan, das er zuerst nicht gewollt hatte. Zuweilen glaubte er, seine Jugend für einen schalen Traum der Macht verkauft zu haben, etwas von sich selbst in den Gewölben der Daimonin verloren zu haben, das er niemals wieder finden würde.

Aber woraus bestand dieses Etwas? Warum empfand er einen Verlust? Unschuld gab es nicht, nur Unwissen, und dennoch hatte er mehr bei Akàra verloren als dies. Dieses Mehr, dieses Etwas verstand er nicht, er konnte es nicht fassen.

Lodur riss sich zusammen. Er musste die Nachricht von Akàra anhören. Er öffnete die Schatulle, nahm die kleine Blüte, die darin lag, heraus und murmelte leise:

»Om ajnana-timirandhasya jnananjana-salakaya
caksur unmilitam yena tasmai sri-gurave namah.«

Dann warf er die Blume auf den Boden.

Die Bibliothek verdunkelte sich, als verdränge eine andere, schwerere Materie das Licht. Ein goldener Schein breitete sich aus. Über der Blüte entstand ein Wesen.

Es besaß den Körper eines Mannes. Seine Haut leuchtete lavendelblau bis auf seine Handflächen und Fußsohlen, die korallenrot strahlten. Der Geist trug eine weite orangefarbene Hose. Eine Kette aus Blüten hing um den Hals auf die nackte Brust. In seinen kohlschwarzen Augen war kein Weiß. Das Wesen sprach mit leiser, melodischer Stimme:

»Sie dankt für Eure Ehrerbietung. Ich bin Krischna, der Mund der Meisterin.«

»Seid mir gegrüßt«, erwiderte Lodur und neigte den Kopf.

Das Wesen faltete die Hände und schloss die Augen. Es bewegte kaum die Lippen, als es redete.

»Sie möchte wissen, wo der Schlüssel ist.«

»Ich weiß es nicht«, antwortete Lodur. »Er war fort, als meine Leute ihn im Turm holen wollten. Jemand ist uns zuvorgekommen.«

»Sie fragt, ob Ihr die Spur aufgenommen habt.«

»Nein. Meine ... Ich habe zu spät davon erfahren! Zwei Personen waren vor uns dort, wahrscheinlich ein Daimon und sein Schüler. Sie täuschten meine Leute, indem sie sich unsichtbar machten.«

Der Geist schwieg. Die Bücherregale der Bibliothek schimmerten durch seine verblassenden Umrisse. Ein Zittern lief durch die Gestalt und sie stand wieder da wie zuvor.

»Sie hatte vermutet, dass es Schwierigkeiten geben würde. Jemand hat ihren Kurier in Krengheim mit Zwang aufgehalten. Er musste den Koffer mit dem Schlüssel zurücklassen. Sie hatte gehofft, Ihr würdet unter diesen Umständen schneller handeln.«

»Ich schickte sofort meinen Schüler los, als der Befehl von ihr kam. Am gleichen Tag musste ich nach Ardak abreisen. Ich kehrte erst gestern nach Kech zurück, ich konnte nicht mehr tun!«

»Sie ist nicht zufrieden. Sie hegt eine Vermutung, wer es tat. Er wird es bereuen.«

Neugierig horchte Lodur auf.

»Wer war der Dieb?«

Krischnas Leib wand sich wie eine Schlange.

»Ein alter Bekannter«, erwiderte er. »Sie kennt ihn seit langem und sieht seine Handschrift in den Taten.«

»Kann ich helfen?«

Der Bote wiegte den Kopf.

»Nein. Sie wird sich selbst mit ihm befassen. Bald.«

»Gut. Wie geht es Prinzessin Sigyn?«

»Sie ist auf dem Weg nach Kirgon.«

Ein ärgerliches Funkeln trat in die Augen des Herzogs.

»Nach Kirgon? Ist das nötig?«

Krischna riss den Mund auf. Wellen liefen durch seine Umrisse. Er gestikulierte, als wolle er einen unsichtbaren Feind abwehren.

»Es ist nicht Eure Sorge«, antwortete er.

Das blaue Geschöpf spannte die Gesichtszüge an. Es schien einer fernen Stimme zu lauschen, die es nur noch schwer verstehen konnte.

»Sie sagt, Eure Seele ist eine Kerze und *sie* ist die Hüterin des Lichts. Ihr sollt nicht vergessen.«

Der Bote verneigte sich. Sein Leib flackerte und verging. Er verschwand, bis nichts zurückblieb außer der Blüte am Boden. Der goldene Schein verblasste. Im Raum herrschte wieder das frostige Licht des Wintermorgens.

Lodur hob die Blüte auf und legte sie zurück in die Schatulle, dann schloss er diese und schob sie in eine Schublade, die er verriegelte.

Er rieb die Fingerspitzen aneinander. Dort, wo sie die Lotosblüte berührt hatten, schmolz Reif an ihnen. Gedankenverloren musterte er seine zitternden Hände und plötzlich sah er sie im Geiste in Blut getränkt. Blut, warm unter den Fingernägeln, dunkel in jeder Falte der Haut. Das eigene Blut hatte damals seine Hände befleckt, als Akàra ihn Schaaraoch vorgestellt hatte.

Akàra wählte ihre Schüler nach deren äußeren Reizen aus. Sie kümmerte sich mehr um ihre eigenen Neigungen als darum, Kenntnisse zu vermitteln. Ein Lehrling musste sie von seinen Fähigkeiten überzeugen, wollte er Unterricht erhalten. Um deren Tauglichkeit herauszufinden, sandten sie und Schaaraoch die Schüler ohne Vorbereitung in das Reich der Geister.

Viele hatten auf diese Weise ihr Leben vorzeitig ausgehaucht. Er besann sich, wie er selbst zuckend am Boden gelegen hatte. Geheult hatte er, vor Schmerz und vor Entsetzen.

Er erinnerte sich an das Grauen, das er empfunden hatte, als er das Reich der Geister zum ersten Mal betrat, als wäre es gestern gewesen.

Verschieden beschaffene Schichten, die sich wie rauchige Scheiben gegeneinander und ineinander drehten, erstreckten sich in die Unendlichkeit. Schwarze Blitze durchzuckten die gleißende Weite. Nebel wallten über einem unsichtbaren Grund.

Wesen tauchten in den Dünsten auf, beobachteten ihn. Sie wisperten. Er verstand nicht, was sie sagten. Ihre Sprache bestand aus Lauten, die für ihn keinen Sinn ergaben. Undeutliche Schatten erkannte er, die sich regten. Lautlos und weich fiel er zu Boden, sank in den Nebel, ohne ihn aufzuwirbeln. Die Wesen hielten ihn fest. In seinen Körper drangen sie ein, wollten alles von ihm erfahren, begreifen, was er war.

Die Geister, die ihn betasteten, erhielten sein Gesicht, seine Gestalt, manche verkrüppelt und verwachsen, doch unverkennbar Lodur. Jeden Makel, den er trug, jede Träne, die er jemals vergossen hatte, sogen sie in sich auf, führten sie ihm vor wie ein kurioses, ungeheuerliches Tier.

Wahnsinnig vor Furcht, rang er mit ihnen, kämpfte gegen die missgestalteten Abbilder seiner selbst. Seine Wut nahm Form an und wandte sich gegen ihn. Messerscharfe Tentakel wuchsen aus dem Dunst, schnellten vor, banden ihn ein. Brennend schnitten sie in sein Fleisch. Er brüllte. Flecken übersäten die Nebel wie ein fauliger Pilz, ein Abglanz seines Blutes, berstend vor Krankheit und Übel.

Die Geister lachten ihn aus. Sie zischten: »Welch garstiges Geschöpf es ist!« Durch ihre eitrigen Leiber hielten sie ihm den Spiegel hin, flüsterten: »Das bist du!« Sie zeigten mit schwammigen Fingern auf ihre Monstrosität und er begriff, dass er selbst das Abscheuliche schuf.

Als er sterben zu müssen glaubte, hörte er aus weiter Ferne die

Stimme Schaaraochs, der sagte: »Er wird es ertragen.« Undeutlich erkannte er Akàras weißes Gesicht, das sich über ihn beugte. Sie begutachtete ihn mit kalter Neugier.

Erst später hatte sie ihm beigebracht, wie man sich im Reich der Geister bewegte, ohne von seinem eigenen Irrsinn vernichtet zu werden. Die Nebel, die er gesehen hatte, stellten nur einen kleinen Teil ihrer Welt dar.

Hass stieg in Lodur auf, geweckt durch die Erinnerung an seine Lehrjahre. Gleich einer Flamme der Kraft brannte der Zorn in ihm, als sei es der Lebenswille selbst. Tief in der Mitte seines Körpers begann die Glut, breitete sich als sengender Strahl in seine Glieder aus.

Wieder betrachtete er seine Hände. Sie zitterten nicht mehr. Entschlossen ballte er sie zu Fäusten.

Er trat an eines der ovalen, mit violetten und weißen Glasrauten eingelegten Fenster und blickte hinaus. Drei Stockwerke weiter unten lag einer der quadratischen Innenhöfe der Flammenburg. Sonnenlicht bestrahlte die Steinplatten des Platzes. Zwei Eiskrieger wachten auf der gegenüberliegenden Seite. Sie unterhielten sich grinsend, klopften sich gegenseitig auf die Brust. Hinter ihnen befand sich der Eingang in den Turm mit den Gästezimmern. Arngrim musste dort das luxuriöseste Gemach bezogen haben. Vermutlich vertrieb er sich jetzt mit etwas Unaussprechlichem die Zeit.

Die Tür öffnete sich und heraus trat Skarg. Die beiden Eiskrieger verstummten. Skarg rief ihnen etwas zu. Sie lachten. Er schlenderte über den Platz. Die Augen von der Hand beschattet, schaute er hoch, unmittelbar zu Lodurs Fenster. Rasch trat er einen Schritt zurück, damit Skarg ihn nicht hinter dem Fenster bemerkte.

Lodur dachte über sein Gespräch mit Krischna nach, dem Mund Akàras. Der Dieb des Schlüssels tat ihm Leid. Bei allem Hass, den er auf Akàra empfand, hätte er trotzdem nicht gewagt, sich mit ihr anzulegen, zumindest jetzt noch nicht.

Wer war dieser bedauernswerte Kerl? Und was mochte Akàra mit ihm vorhaben?

Fröhlich pfeifend verließ Lodur die Bibliothek. Der Herr der Eiskrieger wartete nicht gerne und er wollte ihn bei Laune halten.

KAPITEL 6

Im Tal der Steine

Das Tappen von Schritten riss Haldur aus dem Schlaf. Er schlug die Augen auf. Wo war er? Weit oben wölbte sich eine Hallendecke wie das Innere eines versteinerten Brustkorbs. Ein gleichmäßig vorstehender Grat teilte den Stein der Decke in zwei Hälften. Die Ausbuchtungen des Felsens neben dem gemeißelten Kamm bargen Schatten, die weit hinabreichten, bis sie vom Licht aus der Halle vertrieben wurden. Eine Reihe von Fackeln brannte an den Wänden. Aus Schächten entlang des Grats wehte kalte Luft.

Er erinnerte sich. Das Tor von Kech, das Wiedersehen mit Fenald, der Kampf mit den Soldaten und das Zusammentreffen mit dem Bettler, der sich Wolf nannte. Der hatte sie in diese Halle unter dem Berg geführt.

»Die Beharrlichen wissen wenig.«

Herionsbuch der Weisheit, Psalm 7364, ca. 1390 n. A. D.
Bibliothek der zeitgenössischen Kulte, Ereat, Reg. 523.E.

Vom anderen Ende des Raumes erklangen zwei Stimmen herüber. Eine war diejenige von Wolf, die andere kannte Haldur nicht. Sie klang rau und tief, musste einem älteren Mann gehören.

»Sie müssen sofort von hier verschwinden!«, drängte der. »Fenald kam heute Morgen zu mir. Er kennt den Blonden. Der Bursche ist ein Söldner, war früher mit ihm befreundet. Er und diese Frau können uns nur schaden. Schaff sie fort aus Kech! Du solltest auch aus der Stadt abhauen, solange du noch Gelegenheit dazu hast. Seit dem Mord an den Soldaten gestern durchkämmen sie jeden Winkel nach dir!«

»Sie werden mich nicht aufspüren«, entgegnete Wolf, »und selbst wenn es ihnen gelingt, werde ich niemanden verraten!«

»Mach dich nicht lächerlich! Du kennst den Herzog.

Er würde selbst dich zum Sprechen bringen. Sobald sie dich im Kerker eingelocht haben, kommst du nie wieder heraus. Nach dem Verhör werden sie dich mit Genugtuung umbringen!«

Wolf seufzte bekümmert.

»Was soll ich tun, Marwig? Was soll ich mit den beiden machen?«

Schritte scharrten auf dem Steinboden. Ein Stuhl wurde gerückt.

»Bring sie weg aus Kech! Sofort! Die Halle unter dem Berg ist nicht mehr sicher, für niemanden von uns. Du darfst dich in den nächsten Monaten in der Stadt nicht mehr blicken lassen. Außer dem Herzog hat keiner etwas davon, wenn sie dich hinrichten! Du weißt ganz genau, dass ...«

»Schscht!«, zischte Wolf. »Der Söldner ist wach! Er hört uns!«

Haldur kniff die Augen zu. Als er sie wieder öffnete, stand Wolf neben der Pritsche. In einem verlegenen Lachen zeigte er eine Reihe funkelnd weißer Zähne, zwischen denen schmale Spalte klafften, als sei sein Mund zu groß für sie. Das braune Haar hatte er hinter die Ohren gekämmt. Er trug einen dicken dunkelgrauen Pullover, darüber eine schwarze Lederweste mit Hornknöpfen und eine knielange Hose aus hellgrauem Loden. Das linke Bein steckte in einem Reitstiefel, am rechten hatte er ein Holzbein befestigt. Sein glatt rasiertes Gesicht glänzte vor Sauberkeit.

»Sieh an, Wolf!«, murmelte Haldur. »Kaum wiederzuerkennen. Heute gehst du wohl nicht betteln?«

Wolf grinste.

»Steht auf! Wir haben etwas zu besprechen!«

Mit steifen Armen schlug Haldur die Decke zurück und schwang sich aus dem Bett. Bis auf die Stiefel und den Mantel trug er noch seine gesamte Kleidung, nicht einmal die Weste hatte er ausgezogen.

Auf einen geschnitzten Gehstock gestützt, humpelte Wolf zu Doran, die keine drei Schritte entfernt auf einem Feldbett lag. Sie wälzte sich in der Wolldecke herum, in die sie sich gänzlich eingewickelt hatte. Wolf stieß sie sachte mit dem Stock an. Sie zuckte und setzte sich auf.

»Was ist?«, brummte sie schlaftrunken, dann bemerkte sie ihren Gastgeber. Erstaunen weitete ihre Augen. »Wolf!«

Ein Lächeln huschte über sein Gesicht.

»Macht, dass ihr hochkommt!«

Er kehrte zum Tisch am entfernten Ende der Halle zurück.

Haldur und Doran zogen die Stiefel an, dann folgten sie ihm. Ein Mann hockte mit dem Rücken zu ihnen auf einem Schemel. Er unterhielt sich leise mit Wolf. Als sie näher kamen, drehte er sich bedächtig um.

Krauses silbernes Haar stand wirr von seinem Kopf ab, ein dichter Vollbart verbarg die untere Hälfte seines runden Gesichts. Kohlenstaub hatte sich in jeder Falte seiner Haut und in jeder Locke seines Haares festgesetzt. Unter seinen Fingernägeln lagen breite pechschwarze Ränder. Seine gerötete Nase und die geplatzten Adern auf seinen Wangen deuteten darauf hin, dass er gern dem Rotwein zusprach. Er trug eine Jacke aus grobem, ungebleichtem Leinen und eine ebensolche Hose, die ein Muster von Flicken und teerigen Flecken überzog.

»Guten Morgen«, begrüßte er sie, »mein Name ist Marwig. Ich bin Kohlenhändler.«

Verwirrt nahm Haldur einen Becher und füllte ihn mit Wasser. Er hatte sich den Besitzer der resoluten Stimme, die Wolf vorhin Ratschläge erteilt hatte, anders vorgestellt. Den Becher trank er in einem Zug leer. Ein bitterer Geschmack blieb in seinem Mund.

Doran setzte sich neben Wolf. Hungrig fasste sie nach dem Brot und der Wurst auf dem Tisch. Haldur verschränkte die Arme vor der Brust.

»Also gut, wer bist du wirklich, ›Wolf‹, oder wie sollen wir dich nennen?«

»Ich bin das, was ihr seht. Ein Bettler und ein Krüppel.«

»Ja, das stimmt«, pflichtete ihm Marwig bei.

Er lächelte amüsiert.

»Setz dich doch, Krieger! *Dein* Name ist Haldur, nicht wahr? Ich soll dich von Fenald grüßen.«

»Was hast du mit Fenald zu schaffen? Kennst du Walonia etwa auch?«

»Ja, ich kannte sie. Walonia ist tot.«

»Tot? Fenald sagte mir gestern, er sei mit ihr verheiratet.«

»Das tat er, damit du ihn nicht nach ihr ausfragst. Schon die Erwähnung ihres Namens kann ihn in große Schwierigkeiten bringen. Walonia beteiligte sich an der Revolte gegen Herzog Lodur vor zwei Jahren. Sie wurde hingerichtet.«

»Hingerichtet?«

»Die Soldaten haben alle Aufrührer, die sie fassen konnten, auf den Festungsmauern gepfählt. Monatelang ließen sie die Leichen dort verfaulen. Als warnendes Beispiel für die Bevölkerung von Kech.«

»Bei allen Göttern!«

Geistesabwesend stützte sich Haldur auf eine Stuhllehne.

»Hast du sie gut gekannt?«, fragte Marwig.

»Ja«, murmelte er. »Sag, was hat Fenald mit euch zu tun?«

»Nichts Besonderes, man könnte sagen, wir verfolgen die gleichen Ziele.«

Haldur schnaubte ärgerlich.

»Was soll diese Geheimniskrämerei? Glaubt ihr, wir sind Spione von Lodur?«

Der Kohlenhändler neigte neugierig den Kopf.

Doran deutete auf Haldur.

»Keine Angst, so tief sänke nicht einmal *er.*«

»Halt den Mund!«, keifte Haldur. »Dieses Gerede ist mir ein Gräuel. Ich gehe mich waschen und rasieren.«

»Das ist ein guter Einfall!«, rief Doran mit einem Stück Wurst zwischen den Zähnen. »Du stinkst wie ein Ziegenbock.«

»Und wenn schon! Hätte ich mich etwa für dich hübsch machen sollen, *Tritonin?*«

»Was bildest du dir ein!«, donnerte Doran und warf Haldur einen vernichtenden Blick zu. »Du anmaßender …«

»Ach, halt den Mund!«, grollte er.

Marwig schmunzelte. An Wolf gewandt flüsterte er: »Ein reizendes Paar.«

Haldur ging zum Waschraum, den man in einer Nische der Halle eingerichtet hatte. Eine türlose Öffnung im Fels führte in eine enge Kammer. Auf einem Steinsims standen eine Waschschüssel und ein Krug aus glasiertem Ton. Er erleichterte seine Blase. An der Mauer hing ein verfleckter Silberspiegel. Haldur zog sich aus. Die Kleider warf er über einen Holzschemel.

Nackt goss er Wasser in die Schüssel, bückte sich und tauchte den Kopf hinein. Er hielt ihn so lange unter der eisig kalten Flüssigkeit, bis er keine Luft mehr bekam. Prustend streckte er sich. Er nahm einen Lumpen, wrang ihn aus und rieb sich damit sauber. Die Brühe goss er in den Abfluss im Steinboden, der als Abort benützt wurde. Gurgelnd verschwand das Waschwasser im Loch. Er füllte die Schüssel wieder, schäumte die Wangen mit Seife ein und schabte die Bartstoppeln mit dem Dolch ab.

Er wusch das Gesicht und das Messer, dann trocknete er sich mit einem zerknüllten Leinentuch ab, das vor ihm schon jemand anders gebraucht hatte. Der Stoff scheuerte auf der Haut, kratzte über die Narben. Haldur betastete die dünne Naht an seiner linken Hüfte. Ein Dolchhieb hatte ihm diese jüngste Verletzung beschert. Sie war gut verheilt. Er schlüpfte in die Kleider und gürtete die Waffen. Aus der Halle drangen aufgeregte Stimmen an sein Ohr.

»Nein!«, schrie Doran. »Seid Ihr sicher? Ich muss sicher sein, begreift Ihr das?«

In leisem Tonfall erwiderte Marwig:

»Es ist so, wie Wolf sagt, Tritonin. Sie ist fort. Unsere wenigen Spione in der Burg sind sehr zuverlässig. Außerdem habe ich ihre Abreise selbst gesehen. Wenn Ihr meinem Wort nicht glaubt, könnt Ihr gerne zu Lodur gehen und ihn fragen.«

»Ich wollte Euch nicht beleidigen. Ihr müsst verstehen, dass ich Euch kaum kenne, und diese Angelegenheit ist sehr wichtig.«

»Haldur!«, rief Doran. »Komm endlich!«

Gemächlich schlenderte er zurück in den Saal.

»Was ist los?«

Doran trommelte mit den Fingern auf dem Tisch.

»Ich erzählte, welcher Auftrag uns nach Kech geführt hat. Wolf behauptet, Prinzessin Sigyn sei nicht mehr hier.«

Haldur blickte Wolf fragend an.

»Soll das ein Scherz sein?«

»Nein, Ihr könnt uns glauben. Wir wussten, dass sich die Prinzessin in der Flammenburg aufhielt, obwohl niemand sagen konnte, ob als Gast oder als Gefangene. Vor etwa sechs Tagen kamen Fremde in die Stadt, kahlköpfige Mönche in blauen Kutten. Einen Tag später verschwanden sie wieder – mit der Prinzessin. Sie trugen sie in einer Sänfte davon. Marwig hat es gesehen.«

Der Kohlenhändler nickte zustimmend. Doran schüttelte den Kopf.

»So etwas täte Sigyn niemals!«

Marwig schnaubte durch seine knollige Nase.

»Sie reist nicht freiwillig mit diesen Mönchen! Ich habe sie beobachtet. Die Sänfte war mit Vorhängen geschlossen, aber der starke Wind wehte sie zur Seite. Ich sah die Prinzessin auf seidenen Kissen sitzen, ihre Augen schimmerten glasig, starrten ins Leere. Sie stand unter einem Zauber oder war betäubt!«

Doran dachte nach. Akàras Jünger hatten Sigyn also aus Kech fortgebracht. Wenn sie doch nur gewusst hätte, ob sich die Kette noch in der Flammenburg befand oder ob sie die auch mitgenommen hatten! Lodur konnte ihren Wert nicht erkannt haben. Im Gegensatz zu Akàra. Sie hätte dem Herzog bestimmt nicht erzählt, worum es sich dabei handelte. Nein, sie hätte die Kette sofort wegschaffen lassen, am besten zusammen mit Sigyn, für die sie ein beachtliches Lösegeld fordern konnte.

»Verdammt!«, fluchte sie. »Es ist fast eine Woche her, seit diese Mönche von hier aufgebrochen sind. Wir können sie niemals einholen!«

»Das ist nicht so sicher«, meinte Marwig. »Sie sind zu Fuß unterwegs und sie kennen das Gelände nicht. Ein paar Reiter mit guten Pferden und einem kundigen Führer könnten sie einholen.«

»Diese Mönche gehören zu Akàras Leuten«, erklärte Wolf.

»Akàra die Daimonin?«, murmelte Haldur. »Sie lebt doch weit im Süden von Dahl, in Bengzar. Was tun ihre Leute in Kech?«

»Sie ist Lodurs Meisterin«, erwiderte Wolf. »Ihre ekelhaften Jünger sind oft in Kech anzutreffen, sie reisen in die Flammenburg. Fenrir allein weiß, was sie dort wollen.«

»Wohin sind sie wohl mit Sigyn gegangen?«, fragte Doran.

»Da gibt es keine große Auswahl«, antwortete Marwig. »Sie sind durch das Nordtor verschwunden, also müssen sie in das Tal der Steine gelaufen sein. Ich glaube nicht, dass sie weiter nach Norden gewandert sind. Was könnten sie schon in Ardak zu schaffen haben? Nein, sie haben den Weg nach Westen eingeschlagen! Nach Din Eidyn, wo sie ein Schiff nach Süden erwartet.«

Verzweifelt rang Haldur die Hände.

»Das könnte schon sein. Ich bezweifle trotzdem, dass wir sie einholen können. Wir haben zwar gute Pferde, aber ich kenne das Tal der Steine kaum und Doran kennt es überhaupt nicht.«

Die Blicke von Wolf und Marwig trafen sich. Der Kohlenhändler nickte ihm zu.

»Erinnere dich daran, was ich dir geraten habe.«

Ein tiefer Seufzer entrang sich Wolf.

»Du hast Recht, Marwig, wie meistens. Ich werde euch begleiten, ich kenne mich gut aus im Norden. Wir werden keine Schwierigkeiten haben, den Spuren zu folgen.«

Haldur runzelte die Stirn.

»Du bist ein Krüppel! Wie willst du mit nur einem Bein reiten? Vom Wandern ganz zu schweigen?«

Diese Bemerkung löste Gelächter bei ihren Gastgebern aus. Doran und Haldur schauten sich fragend an. Sie zuckte ratlos mit den Schultern.

»Keine Angst«, sagte Marwig, »Wolf kann reiten und er besitzt Fähigkeiten, die die körperliche Behinderung mehr als wettmachen!«

»Zum Beispiel?«, fragte Haldur.

»Das wirst du sehen, wenn die Zeit dafür gekommen ist«, antwortete Marwig. »Vielleicht wird es gar nicht nötig sein.«

»Ich weiß gern, mit wem ich reise!«

»Mit dem besten Fährtensucher des Nordens, einschließlich ganz Batonien und Ardak!«

Haldur starrte den Kohlenhändler an – der schien diese Bemerkung tatsächlich ernst zu meinen.

»Nun gut«, raunte er, »wir sind einverstanden. Aber wie kommen wir aus Kech hinaus?«

»Könnten wir nicht durch diese unterirdischen Gänge fliehen?«, fragte Doran. »Es gibt sicherlich einen Tunnel, der ins Tal der Steine mündet.«

Marwig schüttelte den Kopf.

»Nein, das empfehle ich euch nicht. Die Soldaten des Herzogs patrouillieren auf der Passstraße im Norden und im Süden, sie überwachen alle Ausgänge des Labyrinths. Die unterirdischen Anlagen sind dem Herzog längst bekannt; bis jetzt hat er bloß noch keinen Anlass gefunden, seine Truppen hineinzuschicken. Für den Unkundigen ist es gefährlich hier unten. Außerdem gibt es keinen Gang, der bis ins Tal der Steine führt, zumindest soweit wir davon Kenntnis haben.«

»Was soll das heißen? Sind wir in Kech eingeschlossen? Was können uns die Soldaten überhaupt anhaben? Niemand hat uns gestern bemerkt.«

»Bist du sicher?«, fragte Marwig.

Haldur überlegte, dann verneinte er mit einem Kopfschütteln.

Bitterkeit drängte sich in Wolfs Stimme.

»Mich haben sie im Wirtshaus auf jeden Fall erkannt. Besonders viele einbeinige Bettler gibt es in Kech nicht. Lodur wird alle verhaften lassen, die mir auch nur im Geringsten gleichen, dazu alle Reisenden, die nicht klar nachweisen können, was sie in Kech tun.«

»Ich kann euch helfen«, verkündete Marwig. »Meine Tochter Mara fährt alle paar Tage mit unserem Wagen in den Wolfswald, um beim Köhler neue Ware zu kaufen. Wir werden euch unter die leeren Kohlensäcke packen. Keiner wird Verdacht schöpfen.«

»Mara ist das Mädchen, bei dem ihr gestern die Pferde gelassen habt«, erklärte Wolf.

»Das ist einen Versuch wert«, meinte Haldur.

Marwig stand auf.

»Ich gehe voraus. Wir werden eure Pferde vor den Kohlenwagen spannen und in der alten Scheune auf euch warten. Bis gleich!«

Er verschwand durch die einzige Tür der Halle.

»Wir müssen uns beeilen«, sagte Wolf, »Mara fährt immer morgens aus der Stadt. Wir wollen die Torwächter nicht misstrauisch machen.«

»Und wie kommen wir *hier* hinaus?«, fragte Haldur.

Wolf grinste.

»Ganz einfach: auf demselben Weg, auf dem wir gekommen sind!«

Sie packten Proviant von den Vorräten ein, unverderbliche Lebensmittel von geringem Gewicht: verschiedene Dörrfrüchte, Nüsse, drei Sorten Hartkäse, dazu Bohnen und Linsen, die sie kochen konnten. Außerdem nahmen sie Schwarzbrot mit und eine Art salziger Kekse, auf denen Wolf bestand. Nachdem sie das Gepäck gleichmäßig in den Satteltaschen verstaut hatten, warfen sie sich die Mäntel über die Schultern und machten sich schwer beladen auf den Weg. Wolf trug einen knöchellangen grünen Lodenumhang, der sein Holzbein fast ganz verbarg. Niemand, der nicht auf seine Füße achtete, konnte es erkennen. Er zündete die Laterne an und löschte die Lichter im Saal.

Als sie den Raum verließen und Wolf die Tür hinter ihnen verriegelte, wurde ihnen mit Beklemmung wieder bewusst, wo sie sich befanden. In ihrer Erschöpfung hatten sie sich in der Geborgenheit der Halle in Sicherheit gewiegt, hatten das Labyrinth einfach vergessen.

Ein finsterer Irrgarten aus Fels erstreckte sich endlos vor ihnen. Eng wanden sich die Gänge durch die Steinriesen des Tekmar, bohrten sich bis zu deren eisigen Kronen; in ferne Täler mochten sie münden oder sich weiter, immer tiefer in die Eingeweide der Erde nagen. Und über dieser schwarzen Leere aus Tunneln und Schächten lag Kech, eine Stadt über der lichtlosen Welt, die die Berge unterhöhlte.

Dicht hintereinander marschierten sie durch die kanalartigen Tunnel, vorbei an verriegelten Türen, kleineren und größeren Räumen, herabgestürzten Mauern und verschütteten Gruben. Ohne Wolf hätten Haldur und Doran den Rückweg nicht gefunden.

Ihr Weg führte stetig bergauf, bis sie zu einer Sackgasse kamen. Eine fugenlose Wand versperrte vor ihnen den Gang. Wolf machte sich an dem Mauerwerk zu schaffen. In der glatten Fläche schwang eine Tür auf.

»Geht voraus!«, flüsterte er. »Nimm die Laterne, Haldur! Ich kann die Treppe nicht so schnell hinaufsteigen wie ihr. Wartet in der Küche auf mich!«

Zögernd betraten Doran und Haldur den Keller, durch den sie gestern in das Labyrinth gelangt waren. Sie drehten sich um und hielten das Licht hoch. Wolf stapfte zielsicher über die umgeworfenen Regale.

»Ich brauche das Licht nicht. Geht nur!«

Weiter vorn führte die schmale Kellertreppe in das Haus. Haldur und Doran erklommen die Stufen. Haldur stieß die Falltür in die baufällige Küche auf. Wolf folgte ihnen. Sein Stock klapperte auf der Treppe.

Haldur beugte sich mit der Lampe hinunter, um ihm den Weg zu leuchten. Für einen kurzen Moment reflektierte ein eisigblaues Augenpaar das Licht. Der Eindruck schwand sofort wieder und ehe er sich darüber wundern konnte, tauchte Wolfs Oberkörper auf. Er humpelte in die Küche. Einen Finger auf den Lippen, flüsterte er:

»Seid leise! Draußen ist heller Tag. Man könnte uns auf der Straße hören.«

Sie schlossen die Kellerklappe so lautlos wie möglich und schlichen durch den Flur zur Eingangstür. Wolf schob den Fetzen Sackleinen zur Seite, der vor dem vergitterten Fenster hing. Ein Streifen Tageslicht fiel in den Korridor, beleuchtete grell den Schmutz, der auf den morschen Dielen lag. Doran wich aus dem Licht an die Wand zurück. Sie trat in eine löchrige Bettpfanne. Das Blech schepperte.

Wolf warf ihr einen tadelnden Blick zu und wedelte mit der Hand, um sie zur Ruhe zu gemahnen. Er spähte auf die Straße.

»Fünfzig Schritte von hier, auf der gleichen Straßenseite, steht ein verlassener Stall. Dorthin müssen wir.«

Er sperrte die Tür auf.

»Ihr geht zuerst. Los!«

Doran und Haldur schlüpften hinaus.

Die schneidende Kälte im Freien verschlug ihnen den Atem. Dichter Schnee fiel aus dem blendend weißen Himmel. Große, weiche Flocken sanken auf sie nieder, hüllten ihr Haar und ihre Mäntel ein. Die frische Schneeschicht auf dem Pflaster und auf den Dächern schien alle Geräusche zu schlucken. Kein Ton drang aus den Häusern auf beiden Seiten der Gasse. Sie gingen rasch weiter.

Verstohlen schaute sich Haldur um. Dies musste eines der ärmsten Viertel von Kech sein. Die Gebäude besaßen nicht einmal Fenster aus Glas; hölzerne Läden und gewachstes Tuch dichteten die Öffnungen ab. Nur aus jedem vierten oder fünften Kamin stieg der Rauch eines beheizten Ofens.

Eine Frau trat aus einer Tür. Ihr zerrissener schwarzer Rock, den ein Dutzend Unterröcke aufbauschten, schleifte im Schnee. Unter dem Kopftuch hervor musterte sie argwöhnisch die beiden Fremden, dann klemmte sie ihren Korb unter den Arm und schlurfte vorbei.

Zu ihrer Rechten tauchte die Scheune auf, von der Wolf gesprochen hatte. Die Pflöcke eines Gatters, aus dem man die Querbalken herausgerissen hatte, ragten schief aus dem Schnee. Dahinter befand sich eine verwahrloste Bretterbude. Doran und Haldur huschten hinein.

Entlang den Seitenwänden standen leere Futtertröge und die zerbrochenen Reste eines Tiergeheges. Auf dem Boden aus festgetretener Erde lagen einzelne Strohhalme. Eingetrockneter Hühnerkot befleckte eine Reihe von Stangen an der Wand. Die Hütte stank durchdringend nach Schweinemist.

Unruhig lugte Haldur hinter der Bretterwand hervor. Die Gasse war menschenleer. Eine Tür knarrte. Wolf sprang aus dem Haus. Er humpelte hastig weiter. Als er die Hälfte des Weges hinter sich hatte, näherten sich Gelächter und das Stampfen von Stiefeln von einer Querstraße. Haldur winkte ihm drängend, dann zog er den Kopf zurück und legte vorsorglich die Hand an das Heft des Schwerts.

Wolf hatte die Schritte auch vernommen. Eilig schwang er sich mit dem Stock voran. Mit einer letzten Anstrengung hechtete er hinter die Holzwand der Scheune. Schweiß lief ihm übers Gesicht. Er schluckte ein Keuchen hinunter und hielt die Luft an. Das Stapfen der Stiefel erreichte ihre Höhe. Eine Patrouille von vier Soldaten marschierte vorbei.

»Dieses Drecksviertel!«, schimpfte einer. »Nachts ist man hier als Soldat seines Lebens nicht mehr sicher. Diese schmutzigen Hungerleider, jetzt verschanzen sie sich in ihren Hütten. Alles Tagelöhner, dieses Gesindel, wenn sie überhaupt etwas arbeiten.«

»Der Winter setzt ihnen zu«, entgegnete ein anderer, »überall klauen sie Holz, wo sie es kriegen können. Habe ich euch erzählt, was meinem Schwager passiert ist? Die haben doch tatsächlich …«

Die Stimmen erstarben.

Wolf stieß pfeifend die Luft aus.

»Bei Fenrir! Das war knapp!«

»Wo bleibt nur der Wagen?«, seufzte Doran. »Er müsste längst hier sein.«

»Du hast Recht«, pflichtete ihr Wolf bei, »Marwig sollte eigentlich hier auf uns warten. Hoffentlich ist nichts geschehen.«

Haldur brummte nachdenklich.

»Können wir ihm trauen? Ich meine, ein Händler ist ein Händler, das Verkaufen ist sein Geschäft. Vielleicht hat er unsere Haut auch verkauft.«

Wolf grinste wie von Sinnen. Er musste sich beherrschen, um nicht laut herauszulachen.

»Marwig? Sag das niemals, wenn er zugegen ist. Er war nicht immer Kohlenhändler, er hatte früher bei meinem Vater eine ganz andere Stellung.«

»Dein Vater? Wer ist dein Vater?«

»Das ist unwichtig. Er ist tot.«

»Jetzt fängt das schon wieder an!«, grollte Haldur. »Was müssen wir tun, damit du uns vertraust? Sollen wir uns die Kleider vom Leib reißen und uns die Haare raufen?«

Wolf lächelte.

»Ich glaube, das ist nicht nötig.«

Sie setzten sich auf den Rand eines Futtertrogs.

»Wo bleibt nur Marwig?«, murmelte Doran.

Die Zeit verging. Der Kohlenhändler ließ sich nicht blicken. Durch die Ritzen der Scheune blies eisig der Wind. Doran stand auf und stampfte mit den Füßen, um sich aufzuwärmen.

»Was tun wir jetzt?«, fragte Haldur. »Sollen wir nicht in das Haus zurückkehren? Dort könnten wir uns wenigstens frei bewegen.«

Wolf schüttelte den Kopf.

»Wir warten.«

Die Frau, der sie vorhin begegnet waren, kämpfte sich durch den Schneesturm zurück zu ihrem Haus. Ein Laib Brot stach aus ihrem Korb hervor. Die Tür der Hütte fiel hinter ihr ins Schloss.

»Mir reicht es langsam«, murrte Haldur.

Er hauchte die Hände an und rieb sie aneinander. Sein Blick fiel auf Doran. Mürrisch kniff er die Augen zusammen.

»Wieso soll ich überhaupt in das Tal der Steine mitkommen? Meine Aufgabe war es, dich nach Kech zu bringen. Das habe ich getan. Sobald der Wagen kommt, nehme ich mir mein Pferd und reite zurück nach Riem.«

Sie starrte ihn verärgert an.

»Das sieht dir ähnlich! Machst dich aus dem Staub, sobald Schwierigkeiten auftauchen. Deine Aufgabe ist nicht erledigt, das kann ich dir sagen! Du hast mir zu helfen, die Prinzessin zu finden, deine Arbeit ist erst dann zu Ende! Ich werde dafür sorgen, dass du kein Kupferstück als Entgelt bekommst, wenn du mich jetzt im Stich lässt.«

Haldur zog verächtlich die Mundwinkel herab.

»Du fürchtest dich wohl! Du zimperliche Ziege! Ich habe es satt, den Diener für dich zu spielen! Ich muss überhaupt nichts, wenn ich nicht will. Ich ›habe‹ dir nicht zu helfen, hast du mich verstanden, *Tritonin!*«

»Ja, ja«, zischte Doran böse, »wahrscheinlich verrätst du uns an den nächsten Soldaten, der dir über den Weg läuft, um eine Belohnung zu kassieren. Ein Söldner ist schließlich ein Söldner, nicht? Wer mehr bezahlt, befiehlt. Du würdest wahrscheinlich sogar deinen besten Freund ans Messer liefern!«

Das Blut wich aus Haldurs Gesicht, seine Haut nahm einen frostigbleichen Farbton an. Blinde Wut packte ihn.

»Jetzt reicht es! Ich werde dir Respekt beibringen, du verwöhnte Göre! Du blöde Gans!«

Mit langen Schritten stapfte er auf Doran zu. Er packte sie mit beiden Händen am Kragen und zog sie nahe zu sich heran. Sein Mund verkniff sich zu einem Schlitz. Doran funkelte ihn an.

»Du fühlst dich wohl stark, was? Schlag mich doch! Hau zu! Verprügle mich! Zu etwas anderem seid ihr Söldnergesindel sowieso nicht fähig!«

Die Muskeln in Haldurs Leib spannten sich. Seine Lippen bebten.

»So, ich wäre also fähig, meinen besten Freund zu verraten! Du weißt gar nicht, was das ist, ›ein Freund‹. Für eine wie dich gibt es nur Lakaien, *Tritonin,* weil es keiner mit dir aushält, den du nicht dafür bezahlst.«

Kalter Hass erfüllte Doran.

»Auf deine edle ›Freundschaft‹ kann ich jedenfalls verzichten! In meiner Heimat nennt man Söldner ›die Huren des Krieges‹, ich habe erst durch dich begriffen, wie treffend dieser Ausdruck ist!«

Haldur holte mit einem Arm weit aus, um ihr ins Gesicht zu schlagen. Wolf drängte sich dazwischen und packte ihn am Handgelenk.

»Hört auf! Seid ihr verrückt? Was soll dieser Streit?«

Grob stieß Haldur Doran von sich weg. Sie stolperte und fiel hin. Schnaufend rappelte sie sich hoch. Wolf schenkte den beiden ein verständnisloses Kopfschütteln.

»Jetzt ist nicht der Moment, um sich zu prügeln!«

Er fasste Haldurs Schulter, drehte ihn zu sich um.

»Wir brauchen dich, Haldur. Ich bitte dich, uns zu begleiten. Du bist der beste Kämpfer von uns, wir benötigen deine Hilfe!«

Haldur glotzte Doran an, die ihm einen giftigen Blick zuwarf.

»Also gut«, schnaubte er, »ich komme mit. Aber deine Prügel sind nur aufgeschoben, du verhätscheltes Töchterchen! Wenn du es noch einmal wagst, meine Freunde auch nur zu erwähnen, schlage ich dich grün und blau!«

Drohend stolzierte Doran auf ihn zu. Sie ballte die Hände zu Fäusten.

»Für wen hältst du dich eigentlich, du stinkender, geldgieriger Scheißkerl? Ich brauche mir deine Beleidigungen nicht anzuhören! Lass uns doch herausfinden, wer der bessere Kämpfer von uns beiden ist! Du wirst dich noch wundern, du aufgeblasener Trottel! Solche wie du taugen nicht einmal zu Lakaien!«

Haldur führte die Hand an das Schwert. Er beobachtete Doran, die darauf lauerte, dass er endlich die Waffe zog.

Karrenräder quietschten vor der Scheune. Marwig sprang vom Kutschbock, schaute herein und nickte ihnen zu. Mit einigen Schwierigkeiten führten er und seine Tochter den Wagen rückwärts durch das Tor. Die vier davor gespannten Pferde bewegten sich unwillig.

Die beiden hinteren Tiere gehörten Doran und Haldur; eines der beiden vorderen, ein großer Schimmel, schien ebenfalls ein Reitpferd zu sein, für das das Ziehen eines Wagens eine ungewohnte Arbeit bedeutete. Das vierte Pferd, eine stämmige rote Stute mit breitem Rücken, trabte als einziges folgsam im Geschirr.

Als es endlich gelungen war, den Karren in die Scheune zu manövrieren, tätschelte Marwig die Hälse der Tiere und redete beruhigend auf sie ein. Seine Tochter Mara betrachtete neugierig die zwei Fremden im Stall. Sie strich mit ihren in Fäustlinge gepackten Händen über den dicken Wollmantel. Schneeflocken schmolzen auf ihrer von der Kälte geröteten Nase. Eine Haube aus Schnee türmte sich auf ihrer braunen Strickmütze. Die junge Frau glich verblüffend ihrem Vater.

Wolf strahlte sie an.

»Danke, dass du die Pferde versorgt hast, Mara. Wieso habt ihr so lange gebraucht? Ich habe mir Sorgen gemacht.«

Marwig grunzte missmutig. Er steckte die Lederhandschuhe in die Seitentasche der abgewetzten Jacke und begann damit, die leeren Kohlensäcke abzuladen.

»Diese verfluchten Soldaten!«, wetterte er. »Gleich vor unserem Laden haben sie uns angehalten und durchsucht. Sie kontrollieren jeden und fragen ihn nach dir aus, Wolf. Je eher ihr aus Kech verschwindet, desto besser!«

»Arngrim soll heute Morgen mit seinem Gefolge in der Flammenburg eingetroffen sein«, erzählte Mara. »Seine Truppen werden in den nächsten Tagen erwartet. Es ist gut, wenn ihr fort seid, bevor sie kommen.«

Der Kohlenhändler öffnete die Klappe der Ladefläche. Unter dem Kutschbock sahen sie ihre Sättel, verborgen von einer Wolldecke auf dem Sitz.

»Steigt ein! Legt euch flach hin, dann decken wir euch mit den leeren Säcken zu. So Fenrir will, werden uns die Soldaten nicht noch einmal filzen. Macht schnell! Wir haben nicht den ganzen Tag Zeit.«

Sie lehnten die prall mit Lebensmitteln gefüllten Satteltaschen an den Rand der Ladefläche, dann setzten sie sich auf die Kante und rutschten vor. Mara und Marwig deckten sie mit mehreren Schichten Kohlensäcken zu, bis nichts mehr von ihnen zu sehen war. Die beiden sprangen auf den Kutschbock und trieben die Pferde an. Mit einem Ruck setzte sich das Gefährt in Bewegung.

Haldur krallte sich mit beiden Händen an den Brettern fest. Jeder Stein, über den die Räder hüpften, versetzte ihm einen schmerzhaften Stoß in den Rücken. Trotz der vielen Säcke froren sie durch die Bewegungslosigkeit. Sie fürchteten sich, auch nur die Zehen zu krümmen.

Nach einer Weile bremste der Wagen.

»Na, Marwig«, brüllte eine Stimme von oben, »wohin soll's gehen?«

»Kohlen kaufen«, erwiderte er, »wird alles gleich verheizt bei dieser Kälte.«

»Bist spät dran heute. Ihr müsst euch sputen, wenn ihr vor Einbruch der Dunkelheit bei den Köhlern sein wollt.«

»Eure Kollegen in der Stadt haben uns aufgehalten. Den ganzen Karren haben sie durchwühlt!«

»Ja, wir suchen einen flüchtigen Mörder. Er hat zwei Kameraden von uns auf dem Gewissen. Ein Bettler soll es gewesen sein, mittelgroß, schlank, das halbe rechte Bein fehlt ihm. Du hast so jemanden nicht zufällig gesehen?«

»Nein, hab ich nicht.«

»Wir müssten deinen Wagen auch durchsuchen, aber ich glaube, wir lassen's bleiben. Sonst schafft ihr es nicht mehr in den Wolfswald.«

»Vielen Dank!«, flötete Mara. »Das ist nett von euch!«

»Für dich tun wir doch alles!«

»Was hast du denn da für ein komisches Gespann, Marwig?«, grölte eine andere Stimme. »Diese Pferde waren wohl noch nie zusammen vor einen Wagen gespannt!«

Die Torwächter lachten schallend.

»Will sie verkaufen. Muss die Kohlen schließlich bezahlen.«

»Du hast doch Geld wie Heu. Kohlen gehen gut diesen Winter.«

»Wenn man mich anständig bezahlen würde, hätte ich Geld. Ein feiner Herr aus der Stadt hat mir die Biester in Zahlung gegeben. Der hatte wohl nichts mehr anderes.«

»Ist schon recht, Alter. Fahrt weiter! Gebt Acht, dass ihr nicht von der Straße abkommt bei diesem Sauwetter!«

Marwig ließ die Zügel knallen. Der Wagen fuhr los.

»Wir kommen morgen wieder!«, rief er. »Passt auf, dass ihr nicht vom Tor fallt!«

Das Gelächter der Soldaten begleitete sie ein Stück, dann verstummte es. Eilig holperten sie die Passstraße entlang, wanden sich entlang unzähliger Kurven den Berg hinunter. Ab und zu grüßte Marwig Patrouillen. Jedes Mal zuckten sie zusammen, ängstigten sich, dass sie entdeckt werden könnten und ihre Flucht zu Ende wäre, aber der Wagen rollte stetig weiter. Die Soldaten schienen Marwig und seine Tochter zu kennen und ihnen zu vertrauen. Erst als sie beinahe den Fuß des Tekmar erreicht hatten, befahl ein Trupp ihnen anzuhalten. Die drei Passagiere getrauten sich kaum mehr zu atmen.

»Fährst in den Wolfswald, Marwig?«, fragte eine tiefe Stimme.

»Ja. Kohlen kaufen. Gehen schnell weg, wenn's so kalt ist.«

»Du kennst doch den Weiler am Wolfswald.«

»Fochstein meinst du? Ja, den kenn ich. Wieso?«

»Die Höfe sind alle verlassen. Keine Spur mehr von den Bewohnern. Wir haben keine Ahnung, wo sie hin sind. Vielleicht hat das Weiße Fieber an ihre Tür geklopft und sie sind in den Wald geflüchtet. Seid vorsichtig, wenn ihr zu den Köhlern fahrt!«

»Danke für den Rat. Wir werden wachsam sein.«

Sie rollten weiter. Bald fuhren sie nicht mehr bergab, sondern auf ebener Straße. Mara zügelte die Pferde und der Wagen kam zum Stillstand. Marwig zerrte die Kohlensäcke fort.

»Keine Angst!«, flüsterte er. »Ihr habt's geschafft.«

Sie richteten sich auf, streiften das Sackleinen ab. Verwundert schauten sie sich um.

Der Wagen stand im südlichsten Ausläufer des Wolfswaldes, unter dem Schutz der ersten Bäume. Hinter ihnen erhoben sich schroff die Berge des Tekmar. Die Passstraße zog sich als dünne Rinne in endlosen Schleifen nach Kech hinauf. Weiter vorn, im Wald, verschwand der Pfad zwischen Tannen, deren Äste sich unter der Last des Schnees bogen. Jenseits der Bäume reckte sich eine weitere Gebirgskette riesenhaft empor. Zu ihrer Linken, zwischen dem Wolfswald und dem Fuß des Tekmar, erstreckte sich eine kahle Ebene. Das Tal der Steine.

Am Rand des Waldes, ein Stück im Tal, reihten sich mehrere Häuser aneinander. Die Türen der Höfe hingen schief in den Angeln oder waren ganz herausgerissen. Von den schneebedeckten Schindeldächern stieg kein Rauch auf. Schneeverwehungen schmiegten sich an die Fassaden der Hütten, krochen durch alle Ritzen in die schwarze Leere ihres Innern.

»Das ist Fochstein«, brummte Marwig. »Sieht wirklich verlassen aus. Wo die Bewohner wohl stecken mögen? Na, was soll's, wir können ihnen nicht helfen, wenn keiner da ist.«

Mara befreite die drei Pferde aus dem Gespann und legte es allein dem roten Gaul an.

Haldur tätschelte seine gescheckte Stute und blies ihr seinen Atem in die Nüstern. Das Pferd schnaubte und scharrte mit einem Huf am Boden. Neben der Stute standen Dorans Hengst und der große Schimmel, der sie aus schwarzen Augen beobachtete. Wolf flüsterte ihm etwas ins Ohr, worauf das Pferd die Mähne schüttelte. Sie sattelten die Tiere. Nachdem sie das Gepäck verstaut hatten und aufgesessen waren, lenkte Mara den Karren in Richtung Wald. Marwig hob die Hand.

»Gebt auf euch Acht! Ich werde an dich denken, Wolf.«

»Danke!«, riefen sie ihnen nach, als der Wagen zwischen den Tannen verschwand. »Lebt wohl!«

Mara drehte sich um und winkte. Die Holzräder des Karrens knirschten. Sie wandte sich ab und trieb das Pferd an, die Wollmütze zog sie tief in die Stirn.

Das Tal der Steine machte seinem Namen alle Ehre. Anstelle von Bäumen und Sträuchern durchsetzten Felsgruppen der unterschiedlichsten Größe die Ebene. Einige wiesen eckige Formen auf, mussten demnach von Menschen bearbeitet worden sein. Manche ragten so groß wie Türme aus dem Schnee. Rostige Eisenstangen stachen aus den zerbrochenen Steinblöcken. Die kahle Talsohle verbarg eine Schneedecke. Sie wandten sich nach Westen, vorbei an dem verlassenen Weiler.

»Was bedeuten diese Steine?«, fragte Doran und zeigte auf die eisenbewehrten Würfel.

»Das weiß keiner«, erwiderte Wolf. »Man sagt, das Tal sei vor ewigen Zeiten bewohnt gewesen. Die Alten erzählen den kleinen Kindern Schauergeschichten, dass hier einst Drachen lebten, die sich Paläste aus Fels und Stahl bauten und sich die Menschen als Haustiere hielten. Die Ungeheuer sollen jetzt unter der Erde wohnen, weil es für sie im Tal zu kalt geworden ist. Immer bei Vollmond spuken sie und zerren jeden unachtsamen Reisenden mit in die Tiefe.«

»So ein Blödsinn!«, lachte Haldur.

Wolf grinste.

»Es sind tatsächlich schon Menschen im Tal der Steine verschwunden, aber an das Märchen von den Drachen glaube ich auch nicht. Eher an ein Wolfsrudel, das sich auf der Suche nach Nahrung hierher verirrt.«

Der Wind fegte durch das Tal, zerrte wild an ihren Mänteln. Schneeflocken wirbelten ihnen in Augen und Nasen. Pulvrige Wolken schwebten über dem Boden, sanken in eisigen Wellen nieder. Dampfender Atem stob aus den Nüstern der Pferde. Die Tiere stampften in die unberührte Schneedecke, darunter kratzten die Hufe auf Kieselsteinen. Außer dem Heulen des Windes vernahmen sie keinerlei Geräusche und nirgends entdeckten sie Spuren von anderen Reisenden, die vor ihnen das Tal durchquert hatten.

Eiskristalle bedeckten die Stiefel und Kleider. Haldur wickelte sich eng in den karierten Mantel. Schneeflocken verklebten ihm die Wimpern, als er in den Himmel blickte. Die Helligkeit hatte sich zu einem rauchigen Grau gewandelt. Zu ihrer Rechten zog sich der Wolfswald die Berge entlang. Schwärze lauerte zwischen den Tannen, wartete stumm auf die Nacht.

»Wir müssen uns nach einem Lagerplatz umsehen«, sagte er.

Wolf nickte.

»Es ist bald so finster, dass wir die Hand vor Augen nicht mehr sehen können. Ich kenne einen Unterschlupf in der Nähe. Dort sind wir vor dem Wind und dem Schnee geschützt.«

Sie erreichten eine Felsgruppe, in der sich eine Höhle gebildet hatte. Dutzende der bröckeligen Würfel türmten sich aufeinander oder lagen herabgestürzt im Tal, umgaben einen riesigen Findling, dessen runde Kuppe schneebedeckt emporragte. Sie stiegen von den Pferden und führten sie durch die Öffnung zwischen den Felsen. Der Raum erwies sich als groß genug, um auch die Tiere unterzustellen.

Im letzten Tageslicht sammelten Haldur und Doran Holz im Wald und bald brannte in der Höhle ein qualmendes, zischendes Feuer. Die allzu feuchten Äste hatten sie an der Wand zum Trocknen aufgestellt. Sie hockten sich mit angezogenen Beinen auf den Boden, die Rücken an den Sätteln und wärmten die klammen Glieder an den Flammen. Die Höhlendecke verlor sich jenseits des Feuerscheins im Dunkel. Gemeinsam verzehrten sie ein dürftiges Abendessen aus Käse, Dörrfrüchten und Brot.

Der mit Schnee gefüllte Kessel über dem Feuer kochte. Wolf leerte einen Teil des Wassers in die blecherne Teekanne, in die er Kräuter geworfen hatte, dann stellte er den Kochtopf wieder über die Flammen und schüttete einen Beutel getrocknete Bohnen hinein.

»Fürs Frühstück«, erklärte er.

Nacht senkte sich über das Tal. Wehklagend pfiff der Wind um die Steine, trieb Schnee über den Boden und verwischte so alle Spuren, ihre eigenen und die der Mönche, die sie verfolgten.

Müde legte sich Haldur auf die Seite, stützte sich mit einem Arm auf. Er betrachtete seine Reisegefährten, deren Gesichter sich rot glühend von den Felswänden abhoben. Doran hielt die Augen geschlossen. Wolf stocherte mit einem Stück Holz in der Glut. Haldur goss sich einen Becher Tee ein und nippte daran. Heiß brannte er an den Lippen. Er blies, um ihn abzukühlen.

»Wolf«, flüsterte er.

»Ja?«

»Sag mir, was Marwig gemeint hat.«

»Womit gemeint hat?«

»Diese Fähigkeiten, die du besitzen sollst.«

»Marwig hat auch gesagt, dass die Zeit dafür kommen wird.«

Gekränkt schwieg Haldur. Doran kreuzte die Beine zum Schneidersitz.

»Habe ich etwas Angenehmes verpasst?«, fragte sie, als sie Haldurs verkniffenes Gesicht sah.

Haldur beobachtete Wolf. Der strich sich eine Haarsträhne aus der Stirn und stocherte gleichmütig weiter im Feuer. Das Holz rauchte und brutzelte vor Nässe, aber es brannte. Über dem Tal der Steine tauchte der Mond zwischen den Wolken auf, warf Licht in die Finsternis. Seine Strahlen ließen den Schnee eisig glitzern, zeichneten den Felsen lange blaue Schatten. Die spärlicher fallenden Schneeflocken leuchteten in dem bleichen Schein.

Wolf zog sein gesundes Bein an und stützte das Kinn auf das Knie. Die gelben Zungen des Lagerfeuers spiegelten sich in seinen Augen.

»Also gut«, begann er, »wir brauchen uns nicht anzuschweigen. Ich kann euch etwas über die Geschichte von Kech erzählen, wenn ihr mögt.«

Haldur setzte sich auf, Doran beugte sich vor und sie lauschten gespannt ihrem Begleiter.

»Das Herz der alten Stadt waren zwei Tempel. Einen hatte man in den Gipfel des Kad Mak und einen in den Gipfel des Kad Ruk hineingebaut. Priesterinnen unterhielten nie erlöschende Feuer, die man weithin sehen konnte. Daher stammt der Name des Flammenpasses.

Der Gott, dem man diese Tempel geweiht hatte, trug keinen Namen, denn er stand über allen Namen, die man ihm hätte geben können. Er verkörperte das Universum selbst. Als die Welt jung war und dort nichts als Stürme und Nebel herrschten, nahm einer seiner Gedanken Gestalt an. Ein Funke seines Wesens glomm auf, verwandelte sich und schuf zwölf Tiere, die das Leben auf der Erde begründeten. In deren Adern floss das Wasser des ersten Meeres, das so dunkel und schwer wie Blut war. Die Berührung mit der Erde umschloss ihre Gliedmaßen mit Fleisch und Haut, das erste Licht, das sie traf, hinterließ klare Augen in ihren Gesichtern.

Diese Wesen, so erzählten die Gelehrten von Kech, begründeten die Gesetze der Natur, denn in ihnen lebten gleichzeitig der Geist des Gottes und die Bedürfnisse des Fleisches. Durch diese beiden Gegensätze entstand Bewusstsein; sie dachten, atmeten, vermehrten sich und wandelten sich in andere Tiere. Manche schätzten ihren Körper höher als ihren Geist. Sie sprachen nicht mehr mit ihren Brüdern und Schwestern, sondern nur noch mit ihresgleichen und lebten in der Welt, die sie sich ausgesucht hatten, sei es das Wasser, die Erde oder die Lüfte. Andere werteten ihren Verstand höher als ihren Leib. Sie dachten über das Meer, die Berge und den Himmel nach. Weil sich ihr Blick auf der Suche nach ihrem Gott immer in die Höhe richtete, gingen sie bald nur noch auf zwei Beinen und schließlich verloren sie das Fell, das ihre Haut schützte. Sie bauten sich Häuser, um nicht zu frieren. Dann begannen sie sich zu bekämpfen, weil sie niemals die gleichen Antworten auf die gleichen Fragen fanden.

Der Gott fühlte Mitleid mit den zweibeinigen Wesen, die immerzu suchten und niemals fanden. Aus Erbarmen gab er ihnen einen Namen, er hieß sie Menschen und verlieh ihnen die Kraft, allen anderen Geschöpfen selbst Namen zu geben, damit sie sich nicht vor ihnen fürchten mussten.

Zu Ehren ihres gnädigen Gottes und der Lebewesen, die er geschaffen hatte, gossen die Priesterinnen von Kech vor hunderten von Jahren zwölf Statuen aus reinem Gold, von denen jede die Gestalt eines Tieres erhielt. Sechs der Figuren befanden sich im östlichen und sechs im westlichen Tempel von Kech. Die schönste von ihnen war das Bildnis des Wolfes. Er stand mit hochgezogenen Lefzen vor einem imaginären Feind, Diamanten zierten seine Zähne, in den Augen funkelten kostbarste Smaragde.«

Doran unterdrückte ein Gähnen. Sie rüttelte die Knie, damit ihr die Beine nicht einschliefen.

»Stammt daher das Wappen von Kech?«

Er nickte.

»Die Priesterinnen wählten den Wolf zu ihrem Wappen. Sie beteten ihn mehr an als die anderen Tierstatuen, von denen manche auch einfache Geschöpfe verkörperten. Den Wolf stellten sie in den höchsten Turm des westlichen Tempels und umgaben ihn mit einem Ring aus Feuer, die anderen Standbilder verbannten sie in den östlichen Tempel. Man sagt, Gott zürnte, als er sah, dass die Menschen von Kech den

Wolf allen anderen Geschöpfen vorzogen. Eines Tages bebte die Erde, eine gewaltige Macht erschütterte den Kad Ruk, flüssiger Stein ergoss sich aus ihm, Feuer und Asche regneten auf die Stadt herab. Den östlichen Tempel begruben Steinlawinen, bis nichts mehr von ihm zu sehen war.«

»Und der andere?«, fragte Haldur.

»Den westlichen Tempel gibt es heute noch. Man nennt ihn die Flammenburg. Die heilige Wolfsstatue steht im höchsten Turm, erneut umgeben von einem Ring aus Feuer.«

»Von Lodur angezündet«, hauchte Doran.

Haldur stützte den Kopf in die Hand. Er runzelte die Stirn. Sein blondes Haar schimmerte golden im Flackern des Lagerfeuers.

»Was ist mit den anderen Statuen? Man hat doch bestimmt danach gesucht.«

»Die elf anderen Statuen sind seit damals verschollen. Aus Kech wurde eine Stadt des Krieges, eine Stadt, die auf ewig den Wolf als ihr Wahrzeichen anbeten muss. Die Priesterinnen, die die Katastrophe überlebten, bereuten ihren Hochmut nicht, sie zwangen die Einwohner von Kech, in den Bergen zu graben, um die anderen Tierfiguren zu finden. Sie versklavten Eiskrieger aus Ardak, ließen sie im Kad Ruk schuften, bis sie vor Erschöpfung starben. Einer von ihnen begehrte auf gegen die Tyrannei; er scharte die Bürger von Kech um sich und stieß die Priesterinnen von ihrem blutigen Thron. Dieser Eiskrieger wurde der erste König von Kech, sein Name lautete Fenrir. Er befreite die Menschen aus der Knechtschaft und beendete die vergebliche Suche nach den Statuen.

Fenrir bezog die Flammenburg als sein Heim. Der Legende nach erfüllte Leben die Wolfsstatue, als der erste König von Kech vor sie trat. Man sagt, der Wolf habe sein Haupt geneigt und dem König so sein Wohlwollen bezeugt. Fenrir soll seit jenem Tag die Augen und die Sinne eines Wolfes besessen haben. Er herrschte als gerechter König und als großer Heerführer. Ganz Batonien und Ardak waren Teil seines Reichs. Obwohl sein Imperium später zerfiel, hat ihn mein Volk niemals vergessen.«

»Nennt man dich aus Erinnerung an diesen Fenrir ›Wolf‹?«, fragte Haldur.

»In gewisser Weise ja.«

»Schscht!«, zischte Doran. »Seid still! Habt ihr nichts gehört?«

»Was denn?«

»Ein leises Poltern von Steinen!«

Ratlos zuckte Wolf die Schultern.

»Sicher ein paar verirrte Drachen!«, spottete Haldur.

Beleidigt stemmte sich Doran hoch. Mit einem brennenden Holz als Fackel schlich sie in den hinteren Teil der Höhle. Sie verschwand hinter einem Felsvorsprung. Der Schein des Holzscheits flackerte über die Wände.

Plötzlich schrie Doran gellend auf. Steine krachten. Das Licht der Fackel erlosch. Haldur sprang auf, fasste ein Scheit aus dem Feuer und rannte ihr nach. Wolf zog sich am Stock hoch und folgte ihm.

Hinter dem Vorsprung schwebte eine Staubwolke in der Luft. Im Höhlenboden gähnte ein Loch. Kleine Steine kullerten über die Kante des Abgrunds in die Tiefe, schlugen weiter unten auf Fels. Haldur tastete sich voran, beugte sich vor und leuchtete mit der Fackel in die Schwärze.

»Tritonin!«, rief er. »Wo bist du? Wir sehen dich nicht!«

Ein klagendes Seufzen drang aus der Tiefe.

»Hier unten!«

Steine kugelten, dann brüllte Doran vor Pein.

»Ich glaube, mein Fuß ist gebrochen!«, heulte sie.

»Keine Angst! Wir holen dich heraus! Hab einen Augenblick Geduld!«

Haldur reichte Wolf die Fackel, dann lief er zurück zum Feuer, um weitere Scheite zu holen. Er legte sie rund um das Loch. Sie erhellten eine quadratische Kammer, deren Wände aus den seltsamen Würfelsteinen bestanden, die sie im Tal gesehen hatten. Der glatte, ebene Boden schien in ein tiefer liegendes Geschoss eingestürzt zu sein.

Wolf humpelte zum Lager, löste ein Seil vom Sattel und schleppte es zum Abgrund.

»Könnt ihr mir eine Fackel herunterlassen?«, rief Doran. »Hier unten ist irgendetwas!«

Eilig band Haldur ein Ende des Seils um das längste der brennenden Holzstücke und ließ es in die Grube hinunter. Als ihre Blicke dem Leuchten folgten, bemerkten sie, dass sie tatsächlich auf der Decke eines tiefer liegenden Raumes standen. Das Licht der Flamme erreichte kaum dessen Wände. Doran packte die Fackel, band sie vom Strick los und leuchtete den Boden um sich ab. Sie schrie auf.

Wolf und Haldur lehnten sich über die Kante. Doran hockte auf einem Berg von Totenschädeln. Hunderte menschlicher Knochen stachen aus dem Haufen heraus. Sie versuchte, sich aufzurichten und schrie erneut, diesmal vor Schmerz wegen ihres verletzten Fußes. Jammernd stützte sie sich auf den Schädeln ab und streckte das Bein in die Luft.

»Ruhig!«, rief Haldur. »Gleich befreien wir dich!«

Wolf band das Seil um einen Felsen, der in die Kammer ragte.

»Ich möchte mir den Raum unten ansehen, ich lasse mich hinunter.«

»Na gut«, brummte Haldur, »aber dann komme ich mit. Hält das Seil?«

Energisch zerrte Wolf an dem Strick.

»Es hält.«

Haldur warf ein paar der brennenden Scheite in die Tiefe. Wolf steckte den Gehstock in den Gürtel, hielt sich am Seil fest und schwang sich über den Abgrund, dann hangelte er sich an den Händen hinunter. Haldur tat es ihm gleich.

Doran empfing sie mit schmerzverzerrtem Gesicht. Blutige Kratzer übersäten ihre staubbedeckte Haut. Wolf klopfte ihr auf die Schulter.

»Lass mich nach deinem Bein sehen.«

Er kniete sich neben sie.

»Wir müssen dir den Stiefel ausziehen. Beiß die Zähne zusammen!«

Er winkte Haldur. Der stellte sich rittlings über Doran. Mit einem Ruck zog er ihr den Reitstiefel vom rechten Bein. Sie wimmerte. Tränen liefen ihr über die Wangen, hinterließen blanke Streifen im Schmutz. Wolf befühlte den Fuß und den Knöchel.

Haldur nahm eine Fackel und stakste vorsichtig den Berg aus Totenschädeln hinab. Er hielt das Licht hoch. Sie befanden sich in einer großen quadratischen Kammer. Die finsteren Öffnungen von drei Gängen durchbrachen die Mauern. Die glatten grauen Wände erinnerten ihn an das unterirdische Labyrinth von Kech.

In einer Ecke lagen völlig vermoderte Kleidungsstücke auf einem Haufen. Der Stoff zerbröckelte unter seinen Fingern, als Haldur hineinfasste. Er zog einen Gürtel heraus. Das morsche Leder brach, die Schnalle hatte die Zeit überdauert. Ein fünfzackiger kleiner Stern war in die flache Platte aus dunkel verfärbtem Stahl geprägt. Er steckte die Gürtelschnalle in die Hosentasche.

Weiter vorn türmten sich Zylinder aus Eisenblech aufeinander. Haldur wiegte einen davon prüfend in der Hand. Der hermetisch verschlossene Behälter fühlte sich leicht an, als ob er gänzlich hohl wäre. Die Aufschrift der Dosen konnte er nicht entziffern.

»Fenrir sei Dank!«, flüsterte Wolf. »Ich glaube, es ist nichts gebrochen. Der Fuß ist verstaucht. Das Gelenk schwillt schon an. Wir müssen den Knöchel sofort in Schnee packen. Du hast unwahrscheinliches Glück gehabt, bei diesem Sturz!«

Haldur schlenderte zurück zu dem Berg aus Gebeinen, der fast die Hälfte des Raumes für sich beanspruchte. Er stieg über die Trümmer der herabgefallenen Decke, hob einen der Schädel auf und betrachtete ihn. Er legte ihn nieder und nahm einen anderen in die Hand. Verblüfft hielt er die Fackel näher an den Knochenhaufen.

»Seht euch das an! Diese Schädel haben alle kleine Löcher.«

Wolf bückte sich.

»Tatsächlich!«

Er begutachtete einen der Totenköpfe und legte den Finger an die runde Öffnung in dessen Stirn.

»Sieht aus, als ob sie daran gestorben sind.«

Die meisten Schädel wiesen nur ein einziges Loch auf, manche auch zwei Löcher. Die Öffnungen zeigten sich nie an der genau gleichen Stelle, aber alle durchbohrten das Stirnbein.

»Was immer sie umgebracht hat, es ist selbst schon lange tot«, raunte Haldur.

Ein leises Rascheln ertönte in einem der Gänge und sie zuckten zusammen.

»Da ist etwas!«, zischte Doran angsterfüllt.

Drückende Stille senkte sich herab, dann vernahmen sie wieder ein Scharren wie von Füßen, die über den steinigen Boden schlurften. Das Geräusch kam näher.

Eine Gänsehaut lief über Haldurs Rücken. Er griff an das Heft des Schwerts. Das schleifende Tappen weckte grauenvolle Erinnerungen in ihm. Er lauschte. Diese unsicher wankenden Schritte konnten nur eines bedeuten.

»Raus hier!«, schrie er. »Schnell! Klettert das Seil hinauf!«

Wolf fasste Doran unter den Arm, um ihr hochzuhelfen. Er packte den Strick, der von der Decke baumelte, als sie über sich ein Poltern hörten. Die Pferde wieherten in panischer Angst. Hufe schlugen auf Fels. Die Tiere gaben schrille Laute von sich.

Unbeirrt überwachte Haldur den schwarzen Ausgang des Korridors, aus dem das Scharren kam. Er zog das Schwert.

Seine Gefährten lauschten dem Tumult in der Höhle und starrten zum Loch in der Decke hinauf. Das Wiehern der Pferde und das Trommeln der Hufe verstummten. Das Seil in den Abgrund bewegte sich. Schritte schlurften über den Boden.

Am Rand des Abgrunds tauchten Füße auf, manche in zerfetzte Lumpen gewickelt, andere in dreckigen Stiefeln. Gestalten beugten sich nieder und glotzten zu ihnen herunter.

Die sabbernden Mäuler der Kreaturen verzerrten sich, stießen klagende Laute aus. Sie reckten die Arme mit zu Klauen verkrümmten Fingern, als könnten sie die drei in der Kammer damit erreichen. Aufgeschwemmte, gräulich verfärbte Gesichter glühten im Schein der Fackeln. Stumpfe Augen betrachteten sie gierig, Wahnsinn flackerte darin.

»Fieberopfer!«, stöhnte Wolf.

Das Kratzen im Korridor klang sehr nahe. In der Dunkelheit tauchte eine zerlumpte Gestalt auf, torkelte in die Kammer. Die Kreatur trug die Kleidung eines Jägers; ein Köcher und ein Pfeilbogen baumelten hinter ihrem Rücken. Eine Hälfte des Gesichts hing blutig zerfetzt herunter, eine Augenhöhle gähnte leer. Der Untote wankte auf sie zu. Er schnüffelte. Ein glänzender Speichelfaden troff ihm vom Kinn.

»Macht schon!«, brüllte Haldur seine vor Schreck gelähmten Gefährten an. »Kommt von dem verdammten Seil weg! Wir können nicht zurück, dort oben lauern mindestens zwanzig von denen. Sie werden uns einzeln abschlachten, wenn wir da hinaufklettern.«

Wolf packte Doran und zog sie mit sich. Die Fieberopfer in der Höhle kläfften übellaunig, als sich ihre Beute entfernte. Eine der Kreaturen griff nach dem Seil, versuchte, daran entlang zu kriechen, und fiel kopfüber in den Abgrund. Das Geschöpf schlug hart auf dem Knochenhaufen auf, dann rührte es sich und robbte auf allen vieren auf sie zu. Der tote Jäger griff nach Haldur, versuchte ihn zu fassen. Der riss das Schwert hoch und spaltete dem Angreifer den Schädel. Der Untote sackte zu Boden, blieb mit weit aufgerissenem Auge liegen.

Haldur rannte zu dem zweiten Fieberopfer in der Kammer, einem jungen Mädchen in langem Rock und Schürze. Sie griff nach seinem Reitstiefel. Mit einem Schwerthieb trennte er ihr den Kopf vom Rumpf. Der Schädel rollte den Knochenhaufen hinunter und blieb zwischen den anderen fleischlosen Totenköpfen liegen.

Doran verfolgte das Geschehen mit offenem Mund. Sie hatte oft von der Seuche gehört, doch noch nie hatte sie deren Opfer leibhaftig gesehen.

Wolf warf einen letzten Blick hinauf an den Rand der Decke. Die Untoten gaben ihrem Missmut darüber Ausdruck, was mit ihren Kameraden geschehen war. Wolf schaute genauer hin und stutzte. Haldur rüttelte ihn an der Schulter.

»Komm endlich! Es ist nur eine Frage der Zeit, bis die anderen auch hier herunterpurzeln!«

Er legte sich Dorans Arm um den Hals und schleppte sie mit sich.

Wolf packte eine Fackel und humpelte voraus durch den ihnen am nächsten liegenden Tunnel. Doran stützte sich auf Haldur, hüpfte auf einem Bein neben ihm her.

Dutzende anderer Gänge kreuzten ihren Weg. Wolf führte sie geradeaus. Von Grauen ergriffen, hasteten sie durch den stickigen Korridor.

In unregelmäßigen Abständen zeigten sich Türen in der Mauer des Tunnels. Haldur fragte sich, was hinter ihnen eingeschlossen sein mochte. Sie nahmen sich keine Zeit, um nachzusehen, sondern hetzten weiter, bis sie wieder in einen größeren Raum gelangten.

Atemlos rannten sie in eine gewaltige Halle, die ungefähr zehnmal so groß sein musste wie die erste Kammer. Eine dicke, modrig stinkende Staubschicht bedeckte den Boden.

»Wohin jetzt?«, keuchte Haldur.

»Ich weiß nicht«, schnaufte Wolf, »ich bin zum ersten Mal hier unten! Ich hatte keine Ahnung, dass sich im Tal Gänge unter der Erde befinden!«

»Was! Du weißt es nicht? Wir dachten, du kennst dich hier aus!«

»Nein, verdammt!«

Dorans Wangen waren vor Anstrengung gerötet. Sie zitterte.

»Das Poltern! Ich hatte Recht. Da war tatsächlich etwas.«

Haldur tätschelte ihre Schulter.

»Ja, du hattest Recht. Bloß nützt uns diese Erkenntnis jetzt nichts mehr!«

»Seid einmal ruhig!«, zischte Wolf.

Sie lauschten. Aus dem Gang, durch den sie geflohen waren, erklang das Schlurfen von Füßen. Ein leises Heulen wehte durch die Gänge. Haldur öffnete den Mund, um etwas zu sagen. Wolf legte den Finger auf die Lippen.

Das Scharren drang nicht nur aus einem Tunnel. Es schien sich aus mehreren Korridoren gleichzeitig zu nähern. Die Schächte und Gänge hallten wider vom Tappen ungeschickter Füße. Sie konnten unmöglich sagen, woher die Geräusche wirklich kamen.

»Bei allen Göttern!«, seufzte Doran. »Wie viele von denen gibt es hier unten? Das ganze Labyrinth ist voll mit diesen abscheulichen Kreaturen.«

»Das Licht der Fackeln muss sie anlocken«, erwiderte Haldur, »hat sie wahrscheinlich schon zu unserem Lager geführt.«

Ein verzweifeltes Schluchzen entrang sich Doran.

»Wir können das Feuer nicht ausmachen! Wir haben wenig genug davon!«

Wolf betrachtete das rasch niederbrennende Holzscheit in seiner Hand. Bald würde das letzte Licht sie verlassen, sie dem Vergessen überantworten, allein mit den Untoten, fern jeder Hilfe.

Wut breitete sich in Haldur aus. Kaum hatten sie die Reise begonnen, waren sie an ihrer eigenen Unachtsamkeit gescheitert. Die Opfer des Weißen Fiebers ließen sich nicht einschüchtern. Sie würden nicht eher ruhen, bis sie die ihnen Fremden umgebracht hätten. Gegen eine solche Anzahl Untote, noch dazu in einem unterirdischen Labyrinth, dessen Tücken sie nicht kannten, hatten sie nicht die geringste Aussicht auf ein Entkommen.

Doran bewegte ihren fast um das Doppelte geschwollenen Fuß. Ihre Wangen glühten.

»Wie kommen wir jemals wieder von hier weg?«, wisperte sie.

Starr vor Furcht horchten sie auf das hungrige Knurren der Seuchenopfer. Bald wären die ersten bei ihnen.

KAPITEL 7

Die Vision

»Kein Licht ohne Schatten, kein Schatten ohne Licht. Hinter jeder bösen Tat steckt eine gute Absicht.«

Alma Benero, Die 3. Dahlskriege im Spiegel der Geschichte. Historische Bibliothek von Ereat, Reg. 8248.H, 2247 n. A. D.

Wie schwarze Adern durchzogen Risse das ausgedörrte Land. Die Erde brach in verästelte Klüfte, dürstend nach Regen. Orangerote Staubwolken wirbelten in der Luft. Gedärme des Windes.

Ein Tierkadaver gleißte in der kahlen Ebene. Die sengende Sonne blich die Knochen zu Kalk. Ein Schwarm Fliegen surrte über dem ledrigen Schädel, kroch in dessen Augenhöhlen.

Ein schrilles Pfeifen dröhnte in Xanders Ohren. Er hielt schützend die Hände an den Kopf und krümmte sich. Grelles Licht zerbarst mit einem Knall, zerstob in tausend Blitze. Die Helligkeit schwand. Eine Frau stand mit bloßen Füßen auf der glühenden Erde.

Erschrocken starrte Xander sie an. Ein kobaltblaues Samtkleid schlotterte an ihren knochigen Gliedern. Kaum mehr als faltige Haut bedeckte das Skelett des Körpers. Dichtes blauschwarzes Haar wallte bis an die Hüften. Die Strähnen regten sich, wanden sich um den Schädel wie Schlangen. Anstelle von Augen flammten zwei schwarze Lichter in dem runzlig-fahlen Gesicht.

Die Beine gaben ihm nach. Er fiel auf die Knie. Die Muskeln gehorchten ihm nicht mehr. Verzweifelt versuchte er davonzukriechen. Er kam nicht vom Fleck. Unsichtbare Bande beraubten ihn seiner Kraft.

Die Frau stapfte auf ihn zu. Dampfend flimmerte die Luft bei jedem ihrer Schritte. Metallische Kälte ging von ihr aus, als ob sie in einem ewigen Winter gefangen wäre, dem die Hitze der Wüste nichts anhaben konnte. Xander kämpfte gegen seine Reglosigkeit. Weder seine Arme noch die Beine wollten sein Gewicht tragen. Sand brannte auf seiner Haut.

Der staubbedeckte Saum ihres Kleides tauchte vor ihm auf. Eine knochige Hand packte ihn am Hals, zog ihn mühelos hoch, bis seine Füße in der Luft hingen. Er blickte in die schwarzen Höhlen des Schädels. Die Lichter in dessen Innerem hüllten ihn in bittere Kälte.

Das Funkeln verblasste und Xander sah die Augen, die das stechende Glitzern verursachten. Sie glänzten tiefschwarz, die Pupillen weißlich gelb, wie Eiter. Abschätzig musterten sie ihn.

Der von dürrer Haut bedeckte Schädel neigte sich und grinste. Angesichts gebleckter gelber Zähne vergaß Xander sämtliche Fähigkeiten, die Lutz ihm beigebracht hatte. Sein Herz leerte sich bis auf das eine, alles beherrschende Gefühl der Furcht.

Er vernahm eine Stimme, obwohl sich die Lippen der Frau nicht bewegten. Sie klirrte:

»Wie schön, dass du meinem Ruf gefolgt bist. Ich habe dich gesucht. Du wirst mir jetzt einiges erzählen.«

Xander wand sich in dem eisernen Griff. Er versuchte, die Finger von seinem Hals zu lösen. Als er die Haut der Frau berührte, schienen Dolche seine Hand zu durchbohren. Schreiend ließ er augenblicklich los. Die Klauen drückten ihm die Gurgel noch fester zu.

»Verdammt! Lass mich los!«, röchelte er und strampelte mit den Beinen.

Seine Gegenwehr beeindruckte die Frau nicht im Mindesten.

Mit einem Aufflammen der Lichter in den Augenhöhlen drang ein unbeugsamer Wille in seinen Kopf ein. Die fremde Gewalt stieß in seine Erinnerungen vor, blätterte in ihm wie in einem Buch. Sie entblößte seinen Verstand, zerpflückte ihn und je mehr er sich gegen das Eindringen aufbäumte, desto leichter fiel es ihr, von ihm Besitz zu ergreifen.

Xander konzentrierte sich. Er musste sie vertreiben. Der kalte Schweiß brach ihm aus.

Da! Die Kraft prallte an ihm ab!

Plötzlich schien ein Eispflock seinen Schädel zu durchdringen. Rasender Schmerz durchzuckte ihn bis in die Zehenspitzen. Er brüllte.

Die Frau lächelte mitleidig.

»Sei brav, Junge! Nützt dir nichts.«

Tränen liefen über Xanders Gesicht. Starr vor Schrecken, wehrte er sich nicht mehr.

Nachdem er den Widerstand aufgegeben hatte, empfand er die Kälte, die von der Frau ausging, als unerwartet angenehm. Sie linderte den Schmerz, hielt die Hitze von ihm fern. Die fremde Macht durchsuchte weiter seinen Geist, tastete sich in seinem Gehirn voran, berührte dessen Tiefen mit schlüpfrig-kalten Fühlern. Rotz und Wasser rannen in Xanders trockenen Mund.

Als sie endlich seinen Verstand freiließ, war er einer Ohnmacht nahe. Die Frau sprach wieder und diesmal öffnete sie die zerknitterten Lippen.

»Du kannst jetzt gehen, ich brauche dich nicht mehr. Sag Lutz, dass ich bereits besitze, was er begehrt. Seine Unternehmungen sind zwecklos. Der Rote ist mein und der Grüne wird auch bald den Weg zu seinem König finden.«

Die Hand lockerte sich, dann schien es sich die Frau anders zu überlegen.

»Ein Andenken noch, bevor du mich verlässt.«

Die Klauen, die seinen Hals umklammerten, bohrten die scharfen Nägel in sein Fleisch. Xander rang nach Luft. Seine Haut spannte, gab nach und riss. Die andere Hand zerrte sein Hemd auf. Ein Fingernagel stach in seine Kehle, trennte seine Brust bis zum Nabel auf. Blut rann ihm warm die Beine hinab.

Der unbarmherzige Griff löste sich und Xander fiel auf die brennende Erde, wo er sich im Staub krümmte. Dem Ersticken nahe, sog er den Atem ein, füllte begierig seine leeren Lungen.

»Vielleicht habe ich das nächste Mal mehr Zeit für dich«, grinste die Frau. »Bei den Göttern der Sümpfe! Hat dir Lutz überhaupt nichts beigebracht? Du siehst wirklich zu komisch aus, wie du da auf allen vieren durch den Dreck kriechst.«

Sie kicherte.

»Besuch mich einmal, Junge. Bei mir kannst du mehr lernen als vom alten Lutz. Meine Schüler lassen sich nicht so leicht überrumpeln wie du.«

»Wer bist du?«, keuchte Xander.

Sie lachte, dann schnippte sie mit den Fingern.

Ruckartig setzte sich Xander im Bett auf. Er bebte am ganzen Körper, die Finger in das Laken gekrallt. Seine Brust hob und senkte sich heftig. Er wischte sich den Schweiß von der Stirn. Welch ein Traum!

Seine Blicke schweiften durch das Zimmer. Das Fenster leuchtete bleich vom ersten Licht des Morgens, die Scheiben waren beschlagen.

An der gegenüberliegenden Wand stand ein leeres Bett, in dem Haldur schlief, wenn er in Riem war, daneben der Kleiderschrank und drüben, links vom Fenster, die Kommode mit den beiden Waschschüsseln. Er roch das Leder seiner Stiefel am Boden, den modrigen Dunst des Juchtenfetts, mit dem er sie eingerieben hatte.

Allmählich entspannte er sich und sank zurück auf das Kissen. Geistesabwesend betastete er den schmerzenden Hals. Seine Finger glitten über etwas Feuchtes, das sich klebriger und dicker anfühlte als Schweiß. Es rann aus Vertiefungen, bei deren Berührung er vor Pein zusammenzuckte. Er rieb die Fingerspitzen aneinander, senkte sie auf die Brust, spürte auch dort ein Brennen und stöhnte auf. Etwas Dunkles tropfte auf die Bettwäsche. Hastig schlug er die Decke zurück und stürzte zur Kommode. Mit zitternden Händen zündete er eine Kerze an und hielt den Spiegel hoch.

Entsetzen überkam ihn. Am Hals entdeckte er den roten Abdruck einer Hand. Dort, wo die Nägel seine Haut durchbohrt hatten, zeichneten sich kleine, schwarz verkrustete Halbmonde ab, aus denen Blut bis auf seine Brust rann. Es verband sich dort mit einer Schramme, die senkrecht zu seinem Bauchnabel verlief.

Xander legte die Hand an die Male. Vielleicht hatte er sich selbst im Traum verletzt. Er drückte zu. Seine kurzgeschnittenen Fingernägel reichten kaum bis an die Haut. Die Wunden stammten von langen, gefeilten Nägeln.

Ein kalter Schauer lief ihm den Rücken hinab. Schlotternd schüttelte er sich. Er legte den Spiegel beiseite und stützte sich auf die Kommode. Vorsichtig berührte er das Blut am Hals. Es war noch warm. In jeder Einzelheit kehrte die Erinnerung an seinen Traum zurück.

Die Kerze gepackt, hastete er aus dem Zimmer und rannte den Gang entlang. Ohne anzuklopfen, stürzte er in Lutz' Schlafzimmer. Der wälzte sich leise schnarchend im Bett. Als Xander zu ihm trat, schlug Lutz die Augen auf.

»Was …?«, brummte er.

Das Licht der Kerze fiel auf Xanders Hals. Rote Streifen glitzerten auf der Haut, verschwanden in dunklen Flecken auf dem Nachthemd. Lutz setzte sich auf.

»Was ist geschehen?«

»Ich hatte einen fürchterlichen Albtraum. Dann merkte ich, dass es gar kein Traum war! Wir sind in Schwierigkeiten! Jemand weiß jetzt mehr über uns, als gut für uns ist!«

»Beruhige dich!«

Lutz schwang die Beine aus dem Bett und griff nach dem Hausmantel.

»Geh dich anziehen und komm nachher in die Bibliothek! Ich versorge dir die Wunden.«

Nach Sonnenaufgang saßen sie am lodernden Kamin. Lutz desinfizierte Xanders Verletzungen. Der krallte die Hände in die gepolsterten Sessellehnen. Die Tinktur brannte wie Säure.

»Lass die Wunden an der Luft und tupfe sie mehrmals täglich ab, sonst eitern sie.«

Xander knöpfte sein blaues Flanellhemd zu und stopfte die Schöße in den Hosenbund. Er blickte zum Fenster hinaus in das trübe Morgenlicht. Nebel lag über den Dächern von Riem, verwischte deren Umrisse. In der Ferne erklang das Hämmern eines Schmiedes. Mit rhythmischem Klingen schlug dessen Hammer auf den Amboss, dann verstummte das Geräusch, um nach kurzer Zeit wieder zu beginnen.

Lutz räumte das Verbandszeug weg. Er setzte sich und goss zwei Tassen Tee ein.

»Du brauchst dir keine Vorwürfe zu machen, Xander, in dieser Situation konntest du dich nicht wehren. Es war mein Fehler, die Gefahr zu unterschätzen, die uns drohte. Von nun an werden wir deine Ausbildung vorantreiben, ich werde dafür sorgen, dass sich so etwas nicht wiederholt.«

»Was ist überhaupt geschehen?«

»Die Frau in deinem Traum muss Akàra gewesen sein. Sie hat deine Schwäche erkannt und ausgenutzt. Vielleicht hat sie dich schon bemerkt, als du dich damals in die Lotosblüte versenkt hast. Sie wollte herausbekommen, ob ich Uran habe. Das hat sie von dir erfahren und vieles andere dazu.«

»Was meinte sie damit, dass sie ›bereits besitzt, was du begehrst‹? Weshalb hat sie mir diese Nachricht mitgegeben?«

»Sie kann nur die Kette damit gemeint haben, die Prinzessin Sigyn bei sich trug. Deren roter Anhänger ist einer der fünf Paralle. Akàra spürt sie für ihren Meister Schaaraoch auf.«

»Du hast mir doch erzählt, Haldur und Doran seien wegen Prinzessin Sigyn nach Kech gereist. Hast du Haldur etwa mitgeschickt, damit er dir den Parall bringt?«

Lutz seufzte tief.

»Doran hatte den Auftrag, den Parall zurückzuholen. Koste es, was es wolle. Der Hof von Dahlstadt hoffte, es werde Doran gelingen, die

Kette wiederzubeschaffen, bevor Akàra oder Lodur ihre wahre Bedeutung erahnten. Wie es scheint, war alles umsonst. Akàra muss sie bereits an sich gebracht haben.«

»Wie sieht der rote Parall aus? Worin bestehen seine Kräfte?«

»Ich durfte ihn in Dahlstadt einmal besichtigen. Er gehört zum Kronschatz von Dahl. Wunderschön ist er, wahrhaft königlich. Er hat die Form eines Tropfens, ist etwa daumengroß und in Gold gefasst. Blutrot leuchtet er, wie gefangenes Feuer. Er heißt Islam. Niemandem wurde es jemals erlaubt, seinen Geist zu rufen, und das mit gutem Grund. Er ist der Schlüssel der Handlung, er verleiht Macht über die Taten der Menschen. Es ist nicht auszudenken, welches Unheil man mit ihm anrichten könnte.«

»Weshalb hat Prinzessin Sigyn eine solche Kostbarkeit mitgenommen?«

»Ich habe keine Ahnung. Der Parall wurde in der Schatzkammer des Palastes aufbewahrt, verschlossen und gut bewacht. Keiner außer einem Mitglied der königlichen Familie konnte überhaupt in seine Nähe gelangen. Irgendetwas muss Sigyn damit vorgehabt haben, sonst hätte sie sich kaum die Mühe gemacht, ihn zu entwenden.«

»Du sagst mir, dass Schaaraoch die Paralle sucht. Du selbst willst sie auch, Lutz. Ich möchte erfahren, was hier vor sich geht!«

»Du hast keine Ahnung, welch ein Mensch Schaaraoch ist, falls man ihn überhaupt noch als Menschen bezeichnen kann. Wenn er etwas mit so viel Beharrlichkeit sucht, ist das Grund genug, es vor ihm zu schützen. Er kann uns großen Schaden zufügen, sollte ein Parall in seine Hände gelangen.«

Xander beugte sich vor. Seine Miene verfinsterte sich.

»Hast du mir nicht erklärt, so etwas wie ›das Böse‹ gebe es nicht? Als du mir vor zwei Wochen zum ersten Mal von Schaaraoch erzählt hast, hast du ihn verteidigt. Ich glaube, du hast behauptet, dass nur andere Ziele und Wertvorstellungen die Menschen voneinander unterscheiden.«

»Eben«, stimmte Lutz zu. »Auch ich habe meine Wertvorstellungen gewählt, und die meinen sind nicht dieselben wie die von Schaaraoch und seinen Anhängern.«

Ein missbilligendes Schnauben entfuhr Xander.

»Sind wir nicht alle, was das Leben aus uns gemacht hat?«

»Um Marechs willen! Das ist Unfug! Es liegt nicht an uns, die Wege des Schicksals zu bestimmen, doch die Entscheidung, wie wir mit unserem Leben umgehen, nimmt uns niemand ab, jeder muss sie für sich allein treffen. Wenn das Schicksal uns Steine in den Weg legt, so können wir uns dem Selbstmitleid hingeben, oder wir können uns der Herausforderung stellen und daran wachsen. Glück ist kein Zufall, es ist das Ergebnis von Arbeit an sich selbst.«

»Das ist nicht wahr! Manche haben Glück und andere nicht. Wenn jemand reich und adlig geboren wird, kann er schließlich nichts dafür. Er muss im ganzen Leben nie arbeiten und alle sagen ›Herr‹ zu ihm und lauschen andächtig seinen Worten, auch wenn er der größte Trottel ist.«

»Würdest du mich auch als ›Trottel‹ bezeichnen?«

»Das würde ich mich nicht getrauen!«, grinste Xander.

Lutz lachte schallend.

»Im Laufe der Zeit bin ich zu einem wohlhabenden Mann geworden«, erklärte er, »und wenn ich wollte, könnte ich einen Adelstitel führen.«

»Das wusste ich nicht.«

»Es ist vollkommen unwichtig. Ich stamme ursprünglich aus Mernitz. Seit Jahrhunderten herrscht meine Familie dort über umfangreiche Ländereien; sie gehört dem alteingesessenen Adel an. Meine Eltern missbilligten meinen Wunsch, ein Daimon zu werden, und stellten mich vor die Wahl, entweder fortzugehen und mein Erbe zu verlieren oder mich endlich so zu benehmen, wie es meinem Stand entsprach. Das ist schon so lange her, es erscheint mir wie das Leben eines mir nur flüchtig bekannten Menschen.«

»Hast du dich nie mit deiner Familie versöhnt?«

»Nein. Meine Mutter war eine strenge Frau, sie hat mir nie verziehen und mein Vater hätte es nicht gewagt, das Wort gegen sie zu erheben. Ich habe eine jüngere Schwester, Leonda, sie hat die Ländereien geerbt. Angeblich hat sie nie geheiratet; unser Geschlecht wird mit ihr aussterben. Wie du siehst, hat mir meine edle Herkunft keinen Vorteil gebracht, im Gegenteil, mein Titel war mir eine Last. Ich habe ihn seit damals nicht mehr verwendet. Ohne Zögern habe ich unser Gut in Mernitz verlassen und machte mich voller Tatendrang auf nach Angantur, um Marech Eldreds Schule zu besuchen. Die ersten Schwierigkeiten ergaben sich, als ich mir selbst meinen Lebensunterhalt verdienen wollte. Ich kannte diese Art von Dasein nicht. Es war, als ob ich eine gänzlich fremde Kultur betreten hatte, mit rätselhaften Gebräuchen, die ich erst erlernen musste. Barnas hat mir geholfen. Er war arm geboren worden und schlug sich mit viel Einfallsreichtum durchs Leben.«

»Das ist *deine* Geschichte. Andere genießen das Glück, reich und adlig zu sein, sich um nichts sorgen zu müssen und auf ihre Untertanen hinabschauen zu können.«

»Das nennst du Glück? Die Steine, die das Schicksal dem Reichen in den Weg legt, sind die Lüge und die Bequemlichkeit. Als fast unüberwindliche Berge liegen sie vor ihm.«

Xander rutschte auf dem Stuhl hin und her.

»Ist es so schrecklich, in Bequemlichkeit und vielleicht Lüge zu leben, wenn man dafür reich ist? Was ist schlimm daran, wie ein großer Herr behandelt zu werden?«

»Das Leben duldet keinen Stillstand, das ist das Gesetz der Kraft. Das Wirken der Welt wird deinen reichen Herrn mit Verblendung und unsäglicher Langweile quälen. Der Hochmut wird ihn heimsuchen wie ein Fluch, bis er lernt, die Lüge zu erkennen und die Bequemlichkeit abzuschütteln. Es ist nicht einfach, das ist es für niemanden. Du brauchst deine Mitmenschen weder zu beneiden noch zu bemitleiden. Es gibt kein gutes oder böses Schicksal, es gibt nur diese eine Welt, in der wir leben. Eine Welt voller Kraft, voller Wunder!«

»Du sagst, es sei alles einerlei! Was ist mit den Armen, den Bettlern, den Kranken? Jenen, denen der Krieg oder die Seuche die ganze Familie raubte? Verdienen sie nicht unser Mitgefühl?«

»Damit hilfst du ihnen nicht. Beschenke die Armen, heile die Kranken, tröste die Verlassenen! Sei mildtätig und großzügig! Aber versuch nicht, etwas aus ihnen zu machen, was sie nicht sind. Auch du sahst halb verhungert aus, als ich dich kennen lernte. Weißt du das nicht mehr? Wäre es dir lieber gewesen, ich hätte dich bedauert, anstatt dir und Haldur Aufträge zu geben, die euch ein Einkommen sicherten?«

»Nein, natürlich nicht!«

»›Oh, du armer Junge!‹ hätte ich sagen können«, jammerte Lutz klagend. »Geht es dir schlecht? Nein, wie ist die Welt grausam!«

Lachen schüttelte Xander.

»Ja, ich erinnere mich, was ich von Leuten hielt, die mich bemitleideten. Trotzdem, muss ich denn alles einfach hinnehmen? Soll ich wegsehen, wenn ich einem Unrecht begegne? Was tue ich, wenn ich zum Beispiel auf einen Mann treffe, der gerade einen anderen bestiehlt? Kann ich einfach weitergehen, weil es ohnehin nicht darauf ankommt, ob ich etwas unternehme?«

»Nein, Xander, wenn du einem solchen Mann begegnest, musst du handeln. Nimm ihm das Gestohlene weg und gib es dem Besitzer zurück. Alles, was du wahrnimmst, ist das Wirken der Kraft dieser Welt.

Es wäre sträflicher Leichtsinn, dieses Wirken zu missachten. Der Dieb wäre ein Zeichen für dich. Ein Daimon sieht die Zeichen der Welt und handelt danach.«

Verständnislos schüttelte Xander den Kopf.

»Ich verstehe kein Wort von dem, was du sagst.«

»Es ist ganz einfach: Du kannst die Menschen nicht ändern, aber deswegen brauchst du nicht so zu tun, als gäbe es sie nicht. Manchen verleiht es ein Gefühl von Macht, Leid zuzufügen. Andere denken, ein edles Ziel rechtfertige alle Mittel. Gegen diese Leute muss man sich zur Wehr setzen. Niemand hat das Recht, Schaden anzurichten.«

»Aber wenn ich den Dieb aufhalte, dann schade ich ihm doch!«

»Nein, das tust du nicht. Du bist bloß ein Stein auf seinem Weg, ein Zeichen für ihn, dass er vielleicht seinen Lebenswandel überdenken muss oder doch wenigstens seine Arbeitsweise verbessern sollte. Alle Lebewesen bestehen aus Energie, die sich beständig ändert. Ein Daimon trachtet danach, seine Energie zu vermehren. Ließest du den Dieb laufen, müsstest du dir selbst Feigheit und Gleichgültigkeit eingestehen, das würde dich Energie kosten, also musst du ihn aufhalten. Wenn du selbst auch ein Dieb wärst, könntest du die Methode des anderen studieren und deine Lehren daraus ziehen, du gewännest dadurch Energie.«

»Welchen Unterschied macht es dann, ob ich den Dieb stelle oder seine Technik studiere?«

»Dein Ziel ist es, ein Daimon zu werden. Du musst diesen Weg unbeirrbar verfolgen und deine gesamte Kraft dafür aufwenden. Von deinem Weg abzuweichen bedeutet, deine Energie zu vergeuden. Ein Daimon verschwendet seine Energie nicht, sie ist ihm viel zu kostbar. Er weiß, wie kurz sein Leben ist, er vertrödelt es nicht mit Sinnlosigkeit.«

»Wie kann ich wissen, ob ich den für mich richtigen Weg gehe?«

»Jeder, der ehrlich ist, kann diese Frage für sich beantworten. Auf dem richtigen Weg entwickelst du dich weiter. Ein falscher Weg raubt dir Kraft, das kann zu Krankheit oder gar zum vorzeitigen Tod führen. Außerdem weisen Zeichen dir den Weg. Du musst sie nur wahrnehmen. Ein Daimon ist aufmerksam und versucht, alle Zeichen zu erkennen.«

»Wäre es denn nicht besser, gar nicht zu handeln, um möglichst wenig in das Wirken der Welt einzugreifen?«

»Wir sind Menschen, wir müssen handeln. Wir sind alle Teil dieser Welt. Welchen Nutzen sollte es bringen, diese Tatsache zu verleugnen?«

»Weshalb bekämpfst du dann Schaaraoch? Ist er nicht auch Teil dieser Welt?«

Lutz lehnte sich zurück.

»Natürlich ist er das. Sieh mal, es gibt keinen Unterschied im Wert zwischen Lachen und Weinen, beides ist ein Ausdruck von Empfindungen, dennoch lache ich lieber, als ich weine. Das liegt an meinem Charakter. Ich liebe das Leben. Schaaraoch misst weder Freude noch Leid irgendeine Bedeutung bei, er ist stark und sehr gefährlich, deshalb schütze ich mich vor ihm.«

Mit einem Schulterzucken schlug Xander die Beine übereinander. Sein Hals schwoll an. Er griff sich an die Kehle.

»Wieso hat Akàra mich verletzt, Lutz? Wäre es nicht klüger gewesen, mich im Glauben zu lassen, nur geträumt zu haben?«

Stirnrunzelnd öffnete Lutz den Mund, als suche er nach den richtigen Worten.

»Mit dieser Tat will sie mich beleidigen. ›Sieh her‹, sagt sie damit, ›du kannst nicht einmal deinen eigenen Schüler beschützen!‹ Vielleicht habe ich wirklich einen großen Fehler begangen …«

»Was tun wir jetzt? Sie hat von mir alle unsere Pläne, alle unsere Geheimnisse erfahren.«

Nachdenklich blickte Lutz ihn an.

»Sie kann uns hier nichts anhaben. Dich im Schlaf zu überraschen, wird ihr nicht mehr gelingen und das weiß sie auch. Wir müssen abwarten, bis Haldur und Doran aus Kech zurückkommen, sie werden den Parall dort nicht mehr finden. Hoffentlich kehren sie so bald wie möglich um!«

»Es wird ihnen nichts anderes übrig bleiben. Glaubst du, es droht ihnen Gefahr?«

»Mach dir keine Sorgen. Dein Bruder kann auf sich und Doran Acht geben.«

Xander sank in die Polster des Sessels und faltete die Hände im Schoß.

»Diese Wüste geht mir nicht aus dem Sinn. Wie konnte ich im Traum einen Ort sehen, an dem ich nie gewesen bin, und weshalb traf ich Akàra dort?«

Lutz erblasste unmerklich.

»Du hast die Wüste nicht geträumt. Akàra hat sie aus dem Reich der Geister geschaffen und dann dort auf dich gewartet. Sie hat dich zu sich gerufen, als du geschlafen hast.«

»Wie meinst du das?«

Gemächlich holte Lutz die Pfeife und den Tabaksbeutel aus dem

Hausmantel. Mit unendlich langsamen Bewegungen stopfte er sie. Xander ließ die Augen nicht von ihm. Schließlich hob Lutz zu einer Antwort an.

»Ein Daimon lernt durch harte Arbeit seine Sinne auszudehnen, seine Wahrnehmung wird immer besser und dadurch wird die Welt immer größer und wunderbarer. Eines Tages ist er stark genug, um das Reich der Geister zu betreten. Die Dinge verlieren dort die stoffliche Form, die wir zu sehen gewohnt sind. Sie werden zu dem, was sie in Wahrheit sind: Energie. Das Reich der Geister ist die Wirklichkeit, es ist hier und jetzt. Dir, Xander, fehlen nur die Fähigkeiten, es zu erleben. Ein erfahrener Daimon kann gewisse Kräfte im Reich der Geister nach seinem Willen formen, er kann ungeahnte Taten darin vollbringen. Deine Wüste ist der Vorstellungskraft von Akàra entsprungen, sie hätte dich genauso gut in einer Blumenwiese empfangen können. Auch ihre Gestalt, dieses Skelett, von dem du berichtet hast, hat sie gewählt, um dich einzuschüchtern. Im Traum sind wir dem Reich der Geister näher als im Wachzustand; deshalb hat sie gewartet, bis du geschlafen hast, um dir diese Szene vorzuspielen.«

»Ich dachte, Geister halten sich an bestimmten Orten auf, zum Beispiel im Wald.«

»Das Reich der Geister ist ihre Umgebung. Manche benützen Gegenstände oder besondere Orte als Tore in unsere Gedanken. Wie du weißt, erfordert es große Anstrengung, in unserer Welt Geister wahrzunehmen, und einen Geist zu rufen ist sehr schwierig. Im Reich der Geister sind wir ihnen viel näher.«

Xander setzte sich aufrecht. Er traute kaum seinen Ohren.

»Daimonen können sich in diesem Geisterreich bewegen? Du hast mir niemals davon erzählt! Wie sehen Daimonen dort aus? Sind sie auch Geister?«

Eine Wolke aus Tabakqualm umgab Lutz. Er blies das Streichholz aus, mit dem er sich die Pfeife angezündet hatte.

»Nein. Daimonen sind Menschen, sie sind Licht und Farbe. Geister haben ein anderes Leuchten und einen anderen Schatten als Menschen.«

»Wieso hast du mir nie etwas davon erzählt? Die Sache mit Akàra wäre nicht passiert, wenn du mich darauf vorbereitet hättest!«

»Doch, Xander, genau dasselbe wäre geschehen. Du besitzt noch nicht die Fähigkeiten, die nötig sind.«

»Aber du hast mir doch schon beigebracht, Energie wahrzunehmen! Wie oft habe ich geübt!«

»Du vermischst zwei verschiedene Dinge miteinander. Wenn du sagst, du siehst Energie, dann *siehst* du nicht wirklich, du fühlst etwas. Du, Xander, bist immer noch du selbst, in der Welt, an die du dich gewöhnt hast, wie viel du davon auch wahrnehmen willst oder kannst. Es ist die Welt, die alle anderen Menschen mit dir teilen, die andere genauso erleben wie du. Das Reich der Geister ist etwas anderes und das macht es so gefährlich. Es ist mehr als eine Form der Wahrnehmung, es ist ein Zustand, in den du eintrittst. Im Reich der Geister befindest du dich nicht mehr in deiner gewohnten Welt.

Unsere Orientierung stützt sich darauf, die Umgebung in Objekte einzuteilen, die wir bewerten können, als gefährlich oder harmlos begreifen, für uns nutzen oder beiseite lassen. Im Reich der Geister gelten diese Gesetze nicht mehr. Materie, Zeit, alle unsere so genannten Naturgesetze verlieren dort ihre Bedeutung als Orientierungshilfen. Entfernungen spielen keine Rolle mehr. Deshalb verleiht das Reich der Geister solche Macht: Daimonen, die stark genug sind, können aus dem Reich der Geister heraus in die Welt der Menschen eingreifen. Genau das hat Akàra in deinem Traum getan.«

»Wie lange dauert es, bis ich das Reich der Geister betreten kann?«

»Ein ganzes Leben.«

»Was? Wieso hat Akàra nicht ein ganzes Leben dafür gebraucht?«

Lutz blies Rauch aus dem Mund. Er seufzte.

»Es gibt noch einen anderen Weg in das Reich der Geister, einen einfachen und umso gefährlicheren Weg. Akàra ist ihn gegangen, genau wie Schaaraoch und auch Lodur.«

»Wie viel können wir im Reich der Geister lernen!«, murmelte Xander. »Welche Geheimnisse müssen dort verborgen sein!«

Verdutzt musterte Lutz seinen Schüler. Bedauern ergriff ihn, als er die Begeisterung in dessen Stimme bemerkte.

»Ich werde nicht zulassen, dass du denselben Weg wie Schaaraoch beschreitest, Xander! Ich habe miterlebt, was das Reich der Geister aus ihm gemacht hat. Die Macht, über die er plötzlich verfügte, hat ihn verdorben und beinahe vernichtet. Das Reich der Geister ist kein Spiel! Du kannst nicht nur körperlich Schaden nehmen, wie du am eigenen Leib erfahren hast, auch dein Verstand kann darunter leiden. Der einfache Weg bereitet dich nicht darauf vor, du wirst hineingeworfen!«

»Wieso soll ein Daimon bloß ein Arzt sein? Die Welt ist da und wir verfügen über die Mittel, sie zu erforschen! Akàra, Schaaraoch, Lodur, sie alle kennen das Reich der Geister! Ich werde es niemals mit ihnen aufnehmen können, wenn ich mich nicht dort bewegen kann!«

Lutz runzelte die Stirn.

»Vertrau mir, Xander! Du brauchst das Reich der Geister nicht zu kennen, um ein Daimon zu werden. Im Augenblick kommst du gut ohne diese Erfahrung aus. Lern tüchtig und du erblickst jeden Tag mehr davon; langsam gewöhnst du dich daran und irgendwann wirst du stark genug sein, um ganz darin einzutreten, das verspreche ich dir.«

Schmollend verzog Xander den Mund.

»Na gut!«, murmelte er schließlich und lächelte matt.

Erleichtert atmete Lutz auf.

»Es freut mich, dass du vernünftig bist.«

Xander legte die Hände auf die Oberschenkel und rieb den Schweiß daran an den Hosen ab. Seine Gedanken kreisten um Geister.

»Wenn du mir das Reich der Geister nicht zeigst, dann erzähl mir wenigstens, wie man dorthin gelangt. Den einfachen Weg meine ich, der nicht ein ganzes Leben lang dauert.«

Lutz erhob sich, ging zum Fenster und schloss es.

»Na schön, Xander, ich kann dir erklären, was es damit auf sich hat.«

Xander schenkte Tee nach, führte den Becher an die Lippen und trank. Lutz sog an der Pfeife. Rauchwolken umnebelten ihn.

»Marech Eldred selbst fand einst vor vielen hundert Jahren in einem abgelegenen Tempel in der Nähe des heutigen Fredelau acht Metallkisten. Als er diese aufbrach, entdeckte er – in gepolsterten Halterungen geschützt und aufgereiht – fingerhohe Glasröhrchen. Auf dem durchsichtigen Glas befanden sich Zahlen und Schriftsymbole, die er zwar nicht verstand, jedoch als die Zeichen unserer Vorfahren erkannte, mit denen er sich sein ganzes Leben lang befasst hatte. Die Röhrchen waren gefüllt mit einer klaren Flüssigkeit, durch Metallplomben luftdicht verschlossen. Da unsere Ahnen die Ampullen derart sorgfältig aufbewahrt hatten, musste ihr Inhalt kostbar und wichtig sein. Marech Eldred durchsuchte die Kisten und stieß auf ein Bündel halb vermoderter Manuskripte. Monatelang mühte er sich ab, diese zu entziffern. Schließlich folgerte er, dass die Flüssigkeit für den menschlichen Gebrauch bestimmt sein müsse, und zwar zur Einnahme. In einem Selbstversuch trank er den Inhalt eines Röhrchens.«

Xander horchte auf.

»Er schluckte dieses Zeug, ohne etwas darüber zu wissen? Das nenne ich mutig.«

»Zu Eldreds Zeiten bedeutete Forschung ein großes Wagnis.«

Ein Lächeln glitt über Lutz' Gesicht. Er sprach weiter:

»Die Flüssigkeit in den Glasröhrchen schadete ihm nicht. Er spürte überhaupt keine Wirkung. Dann grub einer seiner Assistenten an der Fundstelle der Kisten einen weiteren Metallbehälter voll mit seltsamem medizinischem Gerät aus, darunter Spritzen, wie wir sie zur Versorgung von Kranken brauchen. Endlich begriff Marech Eldred die Anweisungen in den Manuskripten: Die Lösung in den Ampullen musste man nicht schlucken, sondern spritzen.«

»Bei allen Göttern! Hat er das etwa getan?«

»O ja, er tat es und diesmal erfuhr er eine Wirkung. Marech Eldred betrat als erster Mensch der Neuzeit auf diesem Weg das Reich der Geister und nach ihm folgten viele andere. Lange war es Teil der Abschlussprüfung als Daimon, sich diese Spritze zu verabreichen, und sobald man bestanden hatte, bekam man ein oder zwei der Glasröhrchen, um sie eigenen Schülern weiterzugeben. Kurz nach meiner Ausbildung schaffte man diese Verfahrensweise Anno Domini sei Dank ab. Die Meister der Schule von Angantur und Hüter des Erbes von Marech Eldred erkannten endlich, welchen Schaden die Ampullen anrichteten. Die Restbestände der Glasröhrchen lagern jetzt verschlossen in den Archiven von Angantur.«

»Woraus besteht diese Flüssigkeit?«

»Es ist ein Gift. Es setzt sich im Körper fest und verlässt nie mehr die Blutbahnen. Wer es einmal zu sich genommen hat, kann sich jederzeit in das Reich der Geister begeben.«

»Ist dieses Gift eine Droge?«

»Es ist mehr als das. Wenn du eine Droge zu dir nimmst, bist du in deinem Rausch allein, du phantasierst höchstens. Wer das Gift in sich trägt, betritt die Wirklichkeit. Für einen unvorbereiteten Besucher kann der plötzliche Eintritt tödlich sein. Unser Verstand versucht sich mit allen Mitteln davor zu schützen, eine andere Sichtweise zu akzeptieren. Wahnvorstellungen sind die Folge, die unser eigenes Gehirn ausbrütet, um im Reich der Geister ›Dinge‹ zu schaffen, die ihm vertraut sind. Wir brauchen unsere gewohnte Umgebung, unser geregeltes Leben; ohne dies verlieren wir uns und sterben, doch im Reich der Geister ist diese Sichtweise fehl am Platz. Einzig unsere Kraft und unser Wille zählen, damit wir uns zurechtfinden können. Viele Daimonen sind durch Marechs Gift wahnsinnig geworden und starben daran.«

»Das hört sich furchtbar an!«

»Das Reich der Geister ist nicht furchtbar, es ist wunderbar für den, der damit umgehen kann. Du siehst die Essenz der Dinge, du kannst mit Geistern sprechen, die verborgensten Geheimnisse werden dir offenbar. Doch es hat keinen Sinn, in einen Fluss zu springen, wenn du nicht schwimmen kannst. Lern zuerst die Gesetze des Wassers kennen und dann steig langsam an einer seichten Stelle hinein! Stürz dich nicht kopfüber in eine Untiefe!«

Xander stemmte sich aus dem Sessel hoch. Ihm knurrte der Magen, er hungerte nach einem Frühstück.

»Ich danke dir, Lutz. Danke, dass du es mir erzählt hast.«

Lutz schenkte ihm ein freundliches Nicken.

»Lass dir von Friedel etwas zu essen geben. Ich muss heute ein paar dringende Arbeiten erledigen, der Unterricht fällt aus. Hilf Friedel am Vormittag einkaufen, den Rest des Tages kannst du dir freinehmen. Wird dir gut tun, Xander, vielleicht kommst du auf andere Gedanken.«

Bedrückt verließ Xander die Bibliothek. Er wandelte in die Küche und setzte sich an den Tisch. Mauser, der Kater, lag auf der Eckbank. Wohlig schnurrend rollte er sich auf den Rücken und drückte den Kopf an seinen Arm. Xander streichelte ihn.

Friedel stand vor dem Herd. Er trocknete die Finger an der Schürze ab. Sorgenvoll betrachtete er Xander.

Elend sah er aus. Die dunklen Ringe unter seinen Augen zeugten von einer schlaflosen Nacht. Blutige Schrammen verunzierten seinen Hals, rote Striemen auf der bleichen Haut. Friedel fragte nicht, woher sie stammten. In den Jahren bei Lutz hatte er gelernt, einem Daimon keine Fragen zu stellen, wenn er nicht von sich aus sprach.

Er servierte Xander Schwarzbrot, Käse und einen Krug heiße Milch. Es schien ihm nicht zu schmecken. Lustlos kaute er das Brot. Jeden Bissen würgte er mühselig hinunter, als ob er sich dazu zwingen müsse.

Durch das Küchenfenster fielen Sonnenstrahlen herein, trafen Xanders schlanke Hände, die auf dem Holztisch ruhten.

»Wird ein schöner Tag heute!«, murmelte Friedel.

Xander glotzte ihn verständnislos an.

»Was?«

»Ich sagte, es wird ein schöner Tag heute.«

»Ach so. Lutz wünscht, dass ich dir beim Einkaufen helfe.«

»Schön, dann gehen wir nachher zusammen auf den Markt. Bin froh, wenn ich nicht alles allein schleppen muss!«

Nach dem Frühstück half Xander Friedel beim Abwaschen, dann holte er den Mantel. Gemeinsam verließen sie das Haus. Xander trug zwei große Weidenkörbe. Friedel lief ihm voraus.

Zwischen den Zelten und Karren auf dem Marktplatz hatten die Bauern und Händler ihre Stände aufgereiht. Die Waren türmten sich am Boden oder stapelten sich auf grob gezimmerten Tischen, die von

Planen überdacht waren. Ganz Riem schien auf dem Markt unterwegs zu sein. Ein Gewimmel von Menschen schob sich zwischen den Ständen hin und her, von einem Verkäufer zum nächsten.

Der Morgennebel hatte sich aufgelöst. Die Sonne strahlte am stahlblauen Himmel, erwärmte langsam die frostig-kalte Luft.

Laut priesen die Bauern ihre Waren an, streckten den Kunden Kohlköpfe und Rettiche entgegen. Eifrig betonten sie die besonderen Vorzüge ihres Gemüses. Metzger deuteten auf frisch geschlachtete, gerupfte Hühner, lobten deren jugendliche Zartheit. Händlerinnen wogen Gewürze ab, boten Tee, Heilkräuter und Öle an.

Friedel betastete fachmännisch sämtliche Lebensmittel, die er vielleicht zu kaufen beabsichtigte, dann feilschte er jeweils ausgiebig um den Preis.

Xander hörte kaum hin. Er schlich hinter Friedel her, schleppte gleichmütig die immer schwerer werdenden Körbe. Als keine Mohrrübe mehr darin Platz fand, kehrten sie um.

Zurück in Lutz' Haus, hievte Xander die Einkäufe auf den Tisch in der Vorratskammer. Das Auspacken überließ er Friedel.

»Magst mir kochen helfen?«, fragte er.

»Nein. Ich bin zu müde. Muss etwas schlafen.«

Kopfschüttelnd blickte ihm Friedel nach. Xander kehrte in sein Zimmer zurück. Er zog die Stiefel aus und legte sich in den Kleidern auf das Bett.

Die Hände im Nacken verschränkt, starrte er an die Decke. Die Wunden an seinem Hals brannten. Er löste das Tuch, das er darum gewickelt hatte, bevor sie das Haus verlassen hatten, dann fielen ihm die Augen zu.

Den ganzen Nachmittag verschlief er und kein einziger böser Traum störte seine Ruhe. Als er wieder erwachte, hatte sich Dunkelheit herabgesenkt. Das Fenster glänzte schwarz, glühte kalt vom Mondschein. Mit einem schweren Schlucken presste Xander die Hand auf die heiße Stirn.

Die Erinnerung an die letzte Nacht quälte ihn.

Wehrlos hatte er Akàras Verhör über sich ergehen lassen müssen. Vielleicht sollte er dankbar sein, sie hätte ihn übler misshandeln können. Doch die Erkenntnis, dass sie ihn geschont hatte, spendete ihm nicht den geringsten Trost.

Lutz tat unrecht, ihm das Reich der Geister vorzuenthalten. Er behauptete, es geschehe zu seinem Besten, befahl ihm einfach, sich damit abzufinden! Wie konnte er das? Die Ereignisse ließen sich nicht rückgängig machen.

Nein, er wollte nicht bloß ein Arzt werden! Ein Daimon zu sein bedeutete mehr. Das Reich der Geister versetzte ihn in Spannung, es war aufregender als alles, was er bisher gesehen hatte. Seine schillernden Gefilde schmeckten nach Abenteuer. Und er durfte sich nicht damit befassen! Abenteuer erlebte er wenig genug. Lutz behütete ihn sorgsam.

Vielleicht barg Marech Eldreds Gift tatsächlich große Gefahr, aber der Wahnsinn hatte weder Schaaraoch noch Akàra oder Lodur befallen, im Gegenteil, das Reich der Geister hatte ihnen unglaubliche Macht verliehen. Und Lutz? Nach seinen Erzählungen zu schließen, musste auch er Erfahrung damit haben. Was hatte er gesagt?

»Lange war es Teil der Abschlussprüfung als Daimon, sich diese Spritze zu verabreichen, und sobald man bestanden hatte, bekam man ein oder zwei der Glasröhrchen, um sie eigenen Schülern weiterzugeben. Kurz nach meiner Ausbildung schaffte man diese Verfahrensweise Anno Domini sei Dank ab.«

Nach Lutz' Ausbildung hatte man in Angantur dieses Vorgehen abgeschafft. Nachher!

Unvermittelt hatte Xander eine Eingebung. Ruckartig setzte er sich auf. Lutz musste mindestens eine dieser Ampullen besitzen! Er hatte das Gift sicherlich nicht an einen Schüler weitergegeben. Vernichtet hatte er es auch kaum; seine Hochachtung Relikten gegenüber hätte das nicht zugelassen. Eine einzige Frage blieb: Wo bewahrte er das Gift auf?

Lautlos erhob sich Xander, tappte durch das Zimmer und trat hinaus. In der Eingangshalle unten brannten Öllampen, deren gedämpfter Schein bis an das Ende des Ganges drang. Die Tür der Bibliothek weiter vorn war zu. Aus dem Spalt am Boden fiel ein Streifen Licht. Lutz arbeitete also noch immer. Die geschlossene Tür bedeutete, dass er nicht gestört werden wollte. Das konnte bis spät in die Nacht dauern. In der Küche im Erdgeschoss klapperte Geschirr. Demnach war Friedel auch beschäftigt.

Von einem Sims an der Wand nahm Xander eine Kerze in einem Zinnständer mit und schlich den Gang entlang. Als ein Schatten über den Teppich huschte, zuckte er zusammen. Mit grün leuchtenden Augen lugte Mauser hinter einer Kommode hervor. Xander atmete auf. Der Kater fand ihn keiner weiteren Beachtung wert und trippelte davon.

Verstohlen schlich Xander an der Bibliothek vorbei. Das leise Rascheln von Papier erklang, dann knarrte ein Stuhl. Er hielt inne. Ein Husten ertönte, danach das Klopfen der Pfeife im Aschenbecher. Lutz hatte ihn nicht gehört. Vorsichtig öffnete er den Aufgang in das Dachgeschoss und blieb horchend auf der ersten Treppenstufe stehen. Niemand im Haus schien ihn bemerkt zu haben. Er zog langsam die Tür hinter sich zu und stieg hinauf, darauf achtend, dass die Tritte nicht knarrten.

Im Dachzimmer angelangt, zündete er die Kerze an. Licht flackerte über die schiefen Wände, erhellte den Tisch in der Mitte, die niederen Regale und die beiden Sessel am kalten Kamin.

Er schloss die Augen, befreite sich von allen Gedanken. Sein Geist wanderte durch den Raum. Er erkannte die Möbelstücke, beladen mit Erinnerungen, Spuren von Händen, die sie berührt hatten, sich auf sie gelehnt, sie mit Wünschen, Träumen und Ängsten befrachtet hatten.

In einer staubigen Ecke stand ein schlichter kleiner Schrank. Unscheinbar wirkte er, bedeutungslos inmitten der gewichtigen Bücher und kostbaren Geräte. Ein karger Schatten nur.

Unverzüglich schlug Xander die Augen auf und marschierte zielstrebig auf das Möbelstück zu. In der hüfthohen, zweitürigen Anrichte bewahrte Lutz persönliche Dinge auf. Nie hatten sie etwas daraus für den Unterricht verwendet.

Er zog an den Griffen. Die Türen schwangen auf. Ein durchtriebenes Lächeln flog über Xanders Gesicht. Es sah Lutz ähnlich, seine Schätze unverschlossen aufzubewahren, getreu der Devise, dass man an einem solchen Ort nicht danach suchen werde.

Auf den Knien rutschend, durchstöberte er die Fächer. Er holte dutzende von Tabakdosen hervor, in denen ein ganzer Jahresvorrat an Pfeifenkraut lagerte. Er fand drei ungebrauchte Pfeifen, aromatisch duftendes Bergamottöl, zwei Aschenbecher aus Messing, einige frische Taschentücher und eine Schachtel mit einzelnen Knöpfen. Nichts, was ihm geheimnisvoll erschien.

Enttäuscht leuchtete er mit der Kerze die mittlerweile leeren Schrankbretter ab. Er sprang auf. Verzagt starrte er das Möbelstück an. Er stutzte und betrachtete die Wand hinter dem Schrank, dann beugte er sich vor und studierte das Innere. Die Rückwand stimmte nicht mit der Hausmauer überein, sie war eine Handbreit vorversetzt. Er grinste. Fast hätte er an seinen Fähigkeiten gezweifelt!

So leise wie möglich schob er den Schrank vor und tastete die Rückwand ab. Ein Riegel war in das Holz eingelassen. Als er ihn betätigte, sprang ein Türchen auf. Aus dem Geheimfach förderte er mehrere Rollen Manuskripte und eine mit Leder bezogene schwarze Schatulle zutage. Die Schriftrollen legte er zurück, die Kassette nahm er mit zum Arbeitstisch.

Gespannt klappte er sie auf. Gepolstert auf schwarzem Samt steckten darin zwei Glasröhrchen in Vertiefungen. Er wollte lachen vor Freude. Wer hätte gedacht, dass es so einfach wäre! In einer Ampulle glitzerte eine klare Flüssigkeit, durch eine Metallplombe versiegelt, die andere war leer. Auf dem Glas befanden sich Schriftzeichen, wie er sie nie zuvor erblickt hatte.

Der Atem stockte ihm. Das Reich der Geister war in greifbare Nähe gerückt.

Rasch holte er Lutz' Medizinkoffer vom Regal. In einer Blechschachtel fand er in reines weißes Tuch verpackt die Spritze, die er gesucht hatte. Er stieß deren Nadel in die Plombe der Ampulle, sog jeden Tropfen der Flüssigkeit heraus. Entschlossen rollte er den linken Ärmel hoch, zog den Gürtel aus und band sich damit den Oberarm ab. Mit den Fingern fühlte er nach einer geeigneten Vene, tauchte einen Lappen in Alkohol und rieb seine Armbeuge aus. Das leere Röhrchen und den Koffer ließ er auf dem Tisch zurück, dann setzte er sich auf einen Stuhl am Kamin.

Er klopfte an das Glas der Spritze, presste die Luft heraus und legte sie an die richtige Stelle. Die Nadel kratzte kalt an der Haut, bereit, sie zu durchbohren. Seine Hand zitterte. Verblüfft über seinen eigenen Mut, hielt er inne. Plötzlich fragte er sich, ob er noch bei Verstand war.

Selten hatte ihm Lutz etwas verboten. Dieses Mal hatte er ihm ausdrücklich befohlen zu gehorchen.

Marech Eldred hatte einst dieses Gift verwendet, ohne zu ahnen, was es ihm antun würde. Auch er, Xander, wusste es nicht.

Doch was Marech Eldred getan hatte, konnte er auch. Der Weg eines Daimons führte unweigerlich durch das Reich der Geister. Nein, er mochte nicht ein ganzes Leben lang warten. Akàra, Schaaraoch, Lodur und viele andere hatten diesen Schritt unternommen und ihn überlebt. So schlimm konnte es nicht sein.

Er starrte die Spritze an, unfähig, sich zu entscheiden. Lutz hatte gesagt, er solle seine Zeit nutzen, keinen Augenblick vergeuden. Er wollte das Reich der Geister sehen, mit all seiner Kraft. Wer sich nach Abenteuern sehnte, durfte nicht zaudern. Wie könnte er sich selbst jemals wieder in die Augen blicken, wenn er jetzt zurückwich?

Eisig spürte er die Spitze der Nadel an der empfindsamen Haut der Armbeuge. Fest kniff er die Lippen zusammen und stach die Spritze ein. Die Nadel traf die Vene. Er fühlte den Schmerz des Stiches, die Härte der Spitze in seinem Innern. Der glänzende Stahl reichte in sein Blut. Er löste den Gürtel.

Verwunderung und Entsetzen überkamen ihn. Er drückte die Pumpe der Spritze. Die Flüssigkeit verschwand in seinem Leib. Brennend zog sie durch seine Blutbahnen, erfüllte sie mit sengender Hitze. Xander biss die Zähne aufeinander. Er bohrte die Fingernägel in die Handflächen. Die leere Spritze fiel zu Boden. Das Feuer wollte ihn verbrennen, ließ ihn verglühen in einem Meer von Schmerz. Stöhnend versuchte er, sich von dem Stuhl zu erheben. Er konnte nicht mehr gehen. Undurchdringliche Schwärze kam über ihn. Bewusstlos sank er auf den aschebestäubten Teppich vor dem Kamin.

»Xander?«

Lutz polterte die Treppe zum Dachzimmer hinauf.

»Bist du da oben?«

Dunstiges Morgenlicht strahlte durch die schrägen Fenster. Feine Staubflocken flirrten wie Mücken im Sonnenschein.

»Xander?«

Besorgt horchte Lutz auf Geräusche. Wo steckte Xander nur? Im Bett hatte er nicht geschlafen, dort hatte er schon nachgesehen.

»Xander!«

Er hastete zum Kamin. Zwischen den beiden Sesseln lag Xanders verkrümmte Gestalt. Lutz drehte ihn auf den Rücken. Der linke Hemdsärmel war hochgerollt, ein loser Gürtel schlang sich um den Oberarm. In den Sonnenstrahlen blinkte eine Spritze auf dem Teppich auf. Eines der Glasröhrchen aus Angantur stand leer auf dem Tisch. Xanders Haut leuchtete kalkweiß. Unter den geschlossenen Lidern breiteten sich bläuliche Flecken aus. Seine Gliedmaßen waren eisig kalt. Er regte sich nicht.

»Xander!«, keuchte Lutz. »Was hast du getan?«

Verbissen tastete er Xanders Hals nach einem Pulsschlag ab.

»Was hast du getan!«

KAPITEL 8 Das Ende der Jagd

»Fürchtet euch nicht!«, flüsterte Haldur, »Ich werde so viele von diesen Fieberopfern niederstrecken wie möglich. Vielleicht könnt ihr euch den Weg hinaus freikämpfen, wenn ich die Kreaturen auf mich lenke.«

Dorans Arm lag um seinen Nacken. Der verletzte Fuß zwang sie, sich auf Haldur zu stützen. Sie mühte sich, Abstand zu halten.

»Der Weg ist nicht das Ziel.«

Eldred M., 99 Regeln für den angehenden Daimon. Jubiläumsausgabe mit zahlreichen Farbtafeln und Erläuterungen. Ges. Werke, Ausg. Stift. von Angantur, Nr. 5785, 2268 n. A. D.

»Welch edle Worte! *Du* würdest dein Leben für uns opfern? Das glaubst du selbst nicht!«

Er brummte grimmig.

»Der Tod bedeutet mir nichts.«

Schmerzgepeinigt kniff Doran die Augen zu.

»Erzähl keinen Unsinn!«

»Ach, halt den Mund!«

Wolf stieß ein ungeduldiges Knurren aus.

»Hört auf, euch zu streiten! Wir müssen hier hinaus, und zwar schnell!«

Sie horchten auf die schleppenden Schritte, die sich aus den unzähligen Korridoren der Halle näherten.

Haldur schüttelte den Kopf.

»Wir können nicht blindlings in irgendeinen Tunnel rennen! Wir werden uns in diesem unterirdischen Irrgarten verlaufen. Ich sage, wir suchen den Weg zurück zum Lager.«

Doran stöhnte gepeinigt.

»Wie stellst du dir das vor? In der Richtung lauern die meisten Untoten auf uns. Selbst wenn es uns gelingt, die erste Kammer zu erreichen, werden uns die Kreaturen hinschlachten, sobald wir versuchen, am Seil hinauf in die Höhle zu klettern!«

Nachdenklich musterte Wolf den düsteren Saal.

»Ich habe ein paar der Fieberopfer erkannt, die unser Lager überfallen haben. Es waren Fochsteiner, Bewohner des verlassenen Weilers, an dem wir vorbeigeritten sind.«

»Ich glaube, es ist ebenfalls klar, wohin alle die vermissten Reisenden verschwunden sind«, seufzte Haldur. »Das hilft uns nicht weiter!«

»Doch das hilft uns! Die Untoten gehen hier unten offensichtlich nach Belieben ein und aus. Also schaffen wir das auch! Es muss Wege geben, die sie benützen!«

»Sollen wir vielleicht einen fragen?«, fauchte Haldur.

»Natürlich nicht! Es gibt eine andere Lösung«, flüsterte Wolf. »Ich war euch bis jetzt als Fährtensucher eine Enttäuschung. Ich werde es gutmachen.«

Zwei eisig blaue Augen leuchteten auf, die Augen eines Raubtiers. Sie reflektierten das schwindende Licht der Fackel, die Pupillen öffneten sich groß und dunkel, ein saphirblauer Kreis umringte deren glänzende Schwärze. Im letzten Glimmen des Holzscheits sahen sie Wolfs Gesicht.

Haldur zuckte zusammen, das Herz pochte ihm wild in der Brust. Nie zuvor hatte er ein so fremdartiges Geschöpf erblickt! Dieses Wesen spottete allen Naturgesetzen. Dies war kein Mensch mehr!

Ihr Reisegefährte hatte sich in eine Kreuzung zwischen einem Wolf und einem Mann verwandelt, ein halbes Tier, vielleicht ein Gott, ein gänzlich anderer als der Krüppel, der sie seit Kech begleitet hatte. Das Wesen hob eine Hand, um das Gesicht vor dem Licht zu schützen. Lange, durchsichtige Krallen blitzten auf, dann erlosch das letzte Flackern der Fackel. Dunkelheit senkte sich über sie. Sie hörten ein erleichtertes Seufzen.

»Habt keine Angst!«, raunte er. Ein tiefes Grollen schwang in Wolfs Stimme, als hätte sich auch sein Rachen verändert. »Kaum ein Geschöpf sieht im Dunkeln schärfer als ich. Ich höre und rieche so gut wie ein Wolf. Jetzt werde ich euer Führer sein. Vielleicht kann ich einen Weg in die Freiheit finden.«

Er schnüffelte.

»Gib mir die Hand, Haldur!«

Der tastete im Leeren. Wolf ergriff seine Finger. Widerwillig packte Haldur die knochige Hand. Glasige Fingernägel schabten über seine Haut. Ihn schauderte bei der Berührung.

Wieder vernahmen sie ein Schnuppern, als ob ein Hund die Fährte aufnahm.

»Die Untoten sind überall«, knurrte Wolf. »Auf allen Wegen werden wir kämpfen müssen. Gehen wir! Rasch!«

Doran legte ihr Gewicht auf Haldurs Schultern. Der fasste sie um die Hüfte. Wolf zog sie in die Finsternis, leitete sie durch die Halle in einen der vielen Tunnel. Sie hetzten den stickigen Gang entlang, der in einer weiten Kurve anstieg.

Unzählige andere Gänge kreuzten ihren Weg, deren Mündungen sie durch den Luftzug spürten, der aus ihnen wehte. In jedem Tunnel scharrten Füße auf dem steinernen Boden. Ein stetes Heulen trieb in der Luft, schwoll an, verebbte klagend. Die entsetzlichen Laute erklangen im ganzen Labyrinth, hallten wider in den endlosen Tunneln, den lichtlosen Kammern und Schächten.

Unvermittelt blieb Wolf stehen. Seine Krallen drückten Haldurs Hand. Er witterte.

»Wolf!«, rief Haldur, so leise er konnte. »Verdammt, bring uns von hier weg! Du vermagst im Dunkeln zu sehen, wir aber nicht! Wir können keinem Angriff standhalten!«

»Ich weiß! Ich suche!«

Luft zischte säuselnd zwischen seinen Zähnen.

»Ich glaube, es gibt einen Weg. Wir müssen hier entlang!«

Er zerrte sie hinter sich her. Sie hasteten nach links, in einen Korridor, der steil bergauf führte. Nach kurzer Zeit ebnete sich der Gang.

»Ich rieche Kälte«, keuchte Wolf, »Kälte von frostigem Schnee.«

Von neuem Mut erfüllt, rasten sie weiter, bis Wolf plötzlich innehielt. Haldur prallte gegen seinen Rücken. Doran jammerte, als sie sich den Fuß anstieß.

»Was ist?«, zischte Haldur.

»Wir sind verloren!«, seufzte Wolf. »Hier ist eine Tür! Wir sind eingeschlossen!«

Im Tunnel ertönte ein Scharren. Sie hielten den Atem an. Das schlurfende Geräusch bewegte sich in ihre Richtung.

»Sie kommen!«, flüsterte Doran.

»Bis jetzt nur zwei oder drei«, erklärte Wolf, »nehmt eure Schwerter!«

Doran verschränkte den rechten Arm in Haldurs linkem und lehnte sich mit der Schulter an ihn. Sie reckten ihre Waffen in die Schwärze. Stöhnen und ein feuchtes Tappen kamen näher. Haldurs Schwertspitze traf auf einen Widerstand, etwas wollte daran vorbei. Er riss die Waffe hoch und ließ sie mit aller Kraft niedersausen. Ein Schädel knackte. Eine unsichtbare Masse stürzte schwerfällig zu Boden. Ein zweites der

Geschöpfe stolperte über den Kadaver, fiel um und kroch auf allen vieren weiter.

Eine schmierige Hand griff nach Dorans gesundem Bein. Weiche Finger schlossen sich um den Knöchel. Die Haare sträubten sich ihr. Sie hieb mit dem Schwert aufs Geratewohl nach unten. Die Klinge traf auf einen Körper, trennte ihm den Kopf vom Rumpf. Der Schädel kollerte dumpf an eine Wand.

Haldur führte die Waffe waagerecht durch die Dunkelheit, in der Hoffnung, etwas damit aufzuspüren. Plötzlich reckte sich eine Kreatur unmittelbar neben ihm empor, klamme Hände legten sich eisern um seinen Hals. Ein faulig stinkender Kopf drängte an seine Kehle, stieß ein hungriges Kläffen aus und öffnete den verwesten Mund, um die Zähne in seinem Fleisch zu vergraben. Haldur ließ das Schwert fallen, packte den Untoten und suchte verzweifelt, ihn von sich weg zu stoßen.

Doran sprang einen Schritt zur Seite und bohrte ihr Schwert in den Leib der Kreatur. Das Fieberopfer torkelte zurück. Heulend spuckte es einen Sprühregen von Blut aus. Sie riss die Waffe aus dem Brustkorb des Geschöpfs, holte aus und spaltete ihm den Schädel. Der Untote gab ein gurgelndes Geräusch von sich und sackte schlaff zusammen.

»Das war vorerst der Letzte«, flüsterte Wolf. »Andere sind nahe.«

»Kannst du diese verdammte Tür denn nicht öffnen?«, fluchte Haldur. »Im Labyrinth von Kech hast du gewusst, wie das geht!«

Schweiß rann in Dorans Augen. Sie wischte sich mit dem Handrücken übers Gesicht.

»Wir sind aber nicht in Kech! Ich wünschte, wir wären dort!«

»Ich will es versuchen«, erwiderte Wolf.

Seine Hände glitten über Fels, betasteten den Metallrahmen der Pforte, die vor ihnen den Gang verschloss. Die Tür selbst bestand aus Stein, massig und unbeweglich stellte sie sich ihnen in den Weg. Wolf suchte nach einem Mechanismus, der die Sperre beseitigen würde. Er fand nichts.

»Dies ist keine Geheimtür. Sie hat eine Klinke und ein Schloss, für das man einen Schlüssel braucht. Ich glaube, wir müssen umkehren!«

Haldur seufzte. Das Glück war nicht mit ihnen. Der Rettung so nahe, sollten sie zurück in das Labyrinth.

»Wartet!«, rief Doran. »Vielleicht kann ich helfen. Eine Tür, die ein Schloss hat, kann man aufschließen.«

Sie machte sich von Haldur los und hüpfte auf einem Bein zur Tür, dann stützte sie sich daran ab und fühlte nach der Klinke.

Im Tunnel machte sich wieder ein Kratzen bemerkbar. Der scheußliche Gestank von verwestem Fleisch wehte zu ihnen herüber.

»Was immer du vorhast«, drängte Haldur, »beeil dich damit!«

»Ja, ja«, brummte Doran, »ich brauche etwas Zeit!«

Sie berührte mit den Fingerspitzen die Kanten des Schlosses. Das Steckschloss besaß einen einfachen Stahlriegel, der im Türrahmen verankert war; mit dem richtigen Schlüssel hätte es sich ohne weiteres öffnen lassen. Die Pforte schien tatsächlich keinen Geheimmechanismus in sich zu bergen. Doran knöpfte ihre Jacke auf. Sie griff nach den Werkzeugen, die sie auf der Innenseite verstaut hatte. Verschiedene Metallstifte und Eisendrähte waren sorgsam geordnet in engen Schlaufen eingenäht. Sie holte einen zu einem Winkel gebogenen Stahlstift hervor und stocherte damit im Schloss herum. Sie zog ihn heraus, fasste einen größeren und versuchte es wieder.

»Die Tür klemmt! Haldur, du hast vorhin in der Kammer eine Gürtelschnalle mitgenommen. Gib sie mir, schnell!«

Eilig kramte er die Schnalle aus der Hosentasche und drückte sie Doran in die Hand. Er und Wolf lehnten sich mit dem Rücken an die Wand. Haldur hielt sein Schwert kampfbereit hoch, Wolf zückte einen Dolch. Angestrengt lauschten sie dem Schlurfen der Fieberopfer im Aufgang zu ihrem Tunnel.

Hunderte von Untoten mussten in dem unterirdischen Labyrinth lauern und alle schleppten sich in diese Sackgasse, die ihre Opfer vom Entkommen abhielt.

Doran klopfte das gebogene Metall der Schnalle mit dem Schwertknauf flach. Sie stieß die Platte in den Spalt des Türrahmens und zog sie nach unten, bis sie auf den Riegel traf. Hartnäckig hämmerte sie mit dem dünnen Stahl auf den Bolzen ein und drehte gleichzeitig den Eisenstift im Schloss. Die Pforte bewegte sich nicht.

»Mach schon!«, rief Haldur.

Wolf schnupperte.

»Diesmal sind es mehr! Sieben oder acht kommen den Korridor herauf!«

Entschlossen packte Haldur das Heft des Schwerts.

»Könnten wir doch nur etwas sehen!«

Mit aller Wucht warf sich Doran gegen die Tür. Diese erbebte kaum. Sie schlug heftig mit der Gürtelschnalle auf den Riegel ein. Der Schweiß brach ihr aus. Sie rang nach Luft. Enttäuscht zog sie den Eisenstift aus dem Schloss und wählte nochmals einen anderen.

»Lasst uns von hier verschwinden!«, knurrte Wolf. »Wir müssen in

Bewegung bleiben, dürfen nicht lange an einem Ort verweilen. Die Kreaturen wittern uns!«

»Ich gehe voraus«, entgegnete Haldur. »Bleibt hinter mir! Sag mir, wo die Untoten sind, Wolf! Mein Schwert wird uns einen Weg bahnen.«

»Wartet!«, schnaufte Doran. »Ich hab's gleich, nur noch einen Augenblick!«

Haldur packte sie am Kragen.

»Wir haben keinen Augenblick mehr! Los! Wir müssen hier weg!«

»Seid ruhig!«, befahl Wolf. »Sie kommen! Fünf Schritte vor dir, Haldur, etwas rechts. Es streckt die Arme nach dir aus!«

Er hielt die Waffe in die angegebene Richtung. Mit einem Schrei stürzte er vor. Die Klinge traf auf weiches Fleisch, durchschnitt es wie Butter. Die getroffene Kreatur stolperte wimmernd zur Seite. Haldur hackte mit dem Schwert auf seinen unsichtbaren Feind ein, bis dessen Jaulen verstummte.

Wolf legte Haldur die Hand auf die Schulter und zerrte ihn zurück.

»Bei Fenrir! Es sind mehr geworden, da kommen nicht nur sieben, sondern dreißig oder vierzig! Die Luft füllt sich mit ihrem faulen Gestank.«

Haldur schluckte leer. Rasch wich er zurück zur Tür. Er brauchte Schutz im Rücken, wenn diese Schlacht länger dauern sollte als nur einen Atemzug.

Ungeschickte Füße tappten im finsteren Korridor, schlichen näher und näher. Die Geschöpfe heulten, sogen die warmen Körperdünste der Eingeschlossenen in die toten Nasen. Die speicheltriefenden Mäuler winselten hungrig.

»Ihr verfluchten Kreaturen!«, brüllte Haldur wutentbrannt. »Ich werde euch alle endgültig ins Jenseits befördern!«

Die Untoten erstarrten bei dem ungewohnten Lärm. Nach einem Moment der Verwirrung rückten sie unbeeindruckt weiter vor.

Verrottete Arme griffen nach ihnen. Schlüpfrige Hände zupften kalt an ihrer Haut, zerrten an ihren Kleidern. Faulige Finger wollten sich in ihrem Fleisch vergraben, sie packen und zu Boden reißen.

Wolf und Haldur teilten mit ihren Waffen Hiebe in alle Richtungen aus. Sobald sie einen Fiebertoten trafen, schlugen sie auf ihn ein, bis er zurücktaumelte. Doch sobald sie eine Kreatur verdrängt hatten, tauchten sofort zwei neue auf. Der erbittertste Widerstand konnte ihr Leben nicht retten. Übelriechendes schwarzes Blut bespritzte sie, verschmierte den Boden. Die Untoten drangen unaufhörlich auf sie ein. Weder Schmerz noch Furcht machten sie wankend.

Flammender Zorn ergriff Haldur. So wollte er nicht sterben, übermannt von diesen abscheulichen Kreaturen, die hier unten seit unzähligen Jahren in ihrem eigenen Schmutz hausten. Hitze stieg in ihm auf. Verbissen wehrte er sich gegen den übermächtigen Ansturm der Untoten. Er stellte sich schützend vor Doran, die an der Tür hantierte. Lange würden er und Wolf die Stellung nicht halten können.

Weit riss Doran die Augen auf, obwohl sie in der Dunkelheit ohnehin nichts sehen konnte. Mit schweißnassen Fingern führte sie den abgewinkelten Stift in das Schloss, fasste die Klinke, drückte und drehte ihn gleichzeitig.

»O ihr Götter!«, flehte sie. »Verlasst mich nicht!«

Mit einem knirschenden Krachen flog die Tür auf. Doran stolperte in den dahinterliegenden Raum. Mit einem Satz sprangen Wolf und Haldur ihr nach. Schnell schoben sie die Pforte zu. Einer der Untoten klammerte sich an Haldurs Bein fest. Zwei andere Kreaturen drängten sich in den Türrahmen, reckten die Arme durch den offenen Spalt. Doran schlug auf die modrigen Gliedmaßen ein, trennte sie von den Leibern. Wolf warf sich gegen die Steintür, bis sie ins Schloss fiel. Durch den Aufprall schnappte der Bolzen vor und verkeilte sich. Selbst wenn sie wollten, sie konnten nicht mehr zurück, die Pforte war verriegelt.

Das Fieberopfer an Haldurs Bein erschlaffte, rollte blutig niedergestreckt zu Boden. Er stieß es mit dem Fuß weg.

Mit schlotternden Knien lehnten sie an der Tür und wischten sich den Schweiß von der Stirn. Ihre Bewegungen gefroren. Sie hielten den Atem an. Graues Morgenlicht erhellte den Raum, in den sie sich geflüchtet hatten.

»Das darf nicht wahr sein!«, stöhnte Doran.

Sie befanden sich in einer Kammer, deren Boden an einer Stelle eingestürzt war. Ein Seil baumelte von einem Felsvorsprung in die Tiefe. Zu ihrer Linken führte ein Durchgang in eine Höhle. Dort lagen drei Sättel um ein erloschenes Lagerfeuer.

»Wir sind die ganze Nacht im Kreis gelaufen«, stellte Wolf bestürzt fest.

Haldur drehte sich um. Die Pforte in ihrem Rücken war gänzlich im Fels verschwunden. Nicht die kleinste Ritze wies auf ihr Vorhandensein hin.

»Jetzt wird mir einiges klar. Die Tür ist von hier aus nicht zu erkennen. Es muss andere verborgene Öffnungen geben, die nicht verriegelt sind. Auf diesem Wege schlichen die Untoten gestern in die Höhle. Bestimmt werden sie auch heute wieder kommen.«

Erschöpft schleppten sie sich zum Lagerplatz. Das Gepäck lag in der ganzen Höhle verstreut. Pferdehufe hatten die Satteltaschen zertrampelt, der Proviant quoll daraus hervor und bedeckte den Boden. Der abgerissene Kochtopf steckte in der Asche des Feuers, eine schmierige Suppe klumpiger Bohnen ergoss sich daraus. Mindestens ein Drittel der Vorräte konnten sie nicht mehr verwenden.

Von den Fieberopfern, die gestern Nacht in die Kammer eingedrungen waren, entdeckten sie keine Spur mehr, ebenso wenig von den Pferden. Den Schnee beim Höhleneingang übersäten Hufabdrücke, im Tal hatten frisch gefallene Flocken die Fährte der Tiere unter sich begraben.

Wolf säuberte den Blechtopf, legte Holz nach und entfachte das Feuer. Im Schein der ersten Flammen trug er wieder das gewohnte Antlitz zur Schau, nichts erinnerte mehr an das Wesen, das sie durch das Labyrinth geführt hatte. Er packte Schnee in den Topf und warf eine Hand voll Kräuter in die Teekanne.

»Was tust du da?«, fragte Doran.

»Ich koche Tee.«

»Spinnst du? Wir müssen von hier verschwinden!«

»Wir brauchen eine Rast«, brummte Wolf. »Wozu sollen wir erschöpft und hungrig in das Tal hinaushetzen? Es wird eine Weile dauern, bis die Untoten den Weg zu uns finden.«

»Na schön, wie du meinst.«

Haldur zog das Seil aus dem Abgrund hoch und rollte es auf. Er horchte auf Schritte. Die Fieberopfer ließen nichts von sich hören, schienen wie vom Erdboden verschluckt. Er warf das Seil über Wolfs Sattel und schlenderte zu Doran hinüber, die am Höhleneingang kauerte. Sie steckte ihren bläulich geschwollenen Knöchel in den Schnee.

Dünner Nebel wallte über dem Tal, schwebte über dem vereisten Boden. Der von Wolken verhangene Himmel brach auf und die Sonne strahlte auf die Ebene. Der Dunst löste sich auf, gab den Blick frei auf das verschneite Land. Einzig die Gipfel des Tekmar verbarg eine dichte Nebelwand.

Doran befestigte ein mit Schnee gefülltes Halstuch um ihren Fuß, dann humpelte sie auf Haldur gestützt zum Lagerfeuer und setzte sich. Den rechten Stiefel, den sie die ganze Zeit im Gürtel mitgeschleppt hatte, stellte sie neben sich. Ängstlich blickte sie zurück in die finstere Kammer. Die Kreaturen schwiegen still, irrten wohl tief unter der Erde durch die Gänge, auf der Suche nach ihrer entflohenen Beute.

»Ich möchte weg von hier! Ich traue diesem Frieden nicht.«

Haldur nickte. Er hatte sich umgesehen und nichts gefunden, womit sich der Durchgang zur Höhle verbarrikadieren ließ, um den Fieberopfern den Zutritt zu versperren.

Wolf schüttete kochendes Wasser in den Teekrug. Nach Kamillenblüten duftender Dampf stieg aus der Kanne auf. Einen Teil des restlichen Wassers leerte er in einen anderen Topf um. Er tauchte ein Tuch ein und rieb sich den Schmutz aus dem Gesicht und von den Händen, dann reichte er den Lumpen weiter. Nacheinander reinigten sie sich vom Blut und von dem Staub des Labyrinths.

Haldur nahm einen Becher und ließ sich am Feuer nieder. Wolf schenkte ihm und Doran ein. Goldgelber Tee erhitzte die Blechnäpfe. Sie schüttelten die brennenden Hände. Der Tee kühlte rasch ab und in ihrem gewaltigen Durst tranken sie den ganzen Krug augenblicklich leer. Wolf goss frisches Wasser auf, dann holte er ein Paket aus dem Proviant und verteilte salzige Kekse, die sie heißhungrig verschlangen. Das fettige Gebäck aus Korn stillte nach kurzer Zeit den Appetit, doch sie aßen weiter.

»Was macht dein Fuß?«, fragte Wolf schmatzend.

»Ist nicht so schlimm«, antwortete Doran, »aber allzu weit laufen kann ich damit nicht.«

»Du wirst es müssen«, murmelte Haldur. »Wir können nicht hier bleiben.«

Wolf wischte sich Krümel aus den Mundwinkeln.

»Ohne Pferde kommen wir nicht weit. Ich habe auch nur ein Bein zur Verfügung, vergiss das nicht.«

»Also, was schlägst du vor?«

»Wir ruhen uns ein wenig aus und dann kehren wir um.«

»Umkehren? Willst du etwa zurück nach Kech?«

»Nein, wir marschieren Richtung Ardak. Die Köhler im Wolfswald werden uns helfen.«

Doran rieb sich die öligen Finger an der Hose ab.

»Wir haben keine andere Wahl.«

Gesättigt lehnte sich Haldur zurück. Er konnte den Blick nicht von Doran wenden. Während des ganzen Frühstücks hatte er sie beobachtet.

»Deine Arbeit an der Tür hat mich beeindruckt. Du hast uns das Leben gerettet. Es tut mir Leid, dass ich dich beschimpft habe. Du hast Mut bewiesen. Woher kannst du das? Ein verrostetes Schloss ohne Schlüssel zu öffnen, ist nicht einfach.«

»Ja, wirklich!«, pflichtete ihm Wolf bei. »Das hast du großartig gemacht. Ohne deine geschickten Finger hätten uns die Fieberopfer überwältigt.«

Doran lächelte beschämt.

»Das war nicht so schwierig. Ich habe schon ganz andere Schlösser aufbekommen! Am meisten hat mir der klemmende Riegel zu schaffen gemacht.«

Verwundert runzelte Haldur die Stirn.

»Was soll das bedeuten? Weshalb bist du derart geschickt mit Schlössern?«

Sie presste den Mund zu, als sie begriff, was sie von sich gegeben hatte. Geschmeichelt durch das Lob, hatte sie ihr Geheimnis unabsichtlich ausgeplaudert. Zurücknehmen konnte sie die Worte nicht.

»Nun, was soll ich sagen?«, wand sie sich. »Das habe ich nur so dahergeredet.«

»Das glaubst du doch selbst nicht!«, lachte Wolf, als er ihren zerknirschten Gesichtsausdruck bemerkte.

Dorans grüne Augen glühten erregt. Fieberhaft suchte sie nach Ausflüchten. Es fielen ihr keine glaubhaften Erklärungen ein.

»Na schön, ich werde es euch erzählen«, stieß sie widerwillig hervor. »Ich bin eigentlich keine Tritonin, das heißt, ich bin jetzt durchaus eine Tritonin, aber ich bin es noch nicht lange. Ich wollte dem Orden nicht beitreten.«

»Ja, und?«, ermunterte sie Wolf.

Ruhelos zupfte Doran an der Bandage um ihren Fuß. Sie seufzte tief.

»Also gut: Ich bin eine Diebin! Eine Einbrecherin, verdammt! Deshalb weiß ich, wie man Schlösser ohne Schlüssel öffnet.«

Haldur glotzte sie entgeistert an.

»Du bist *was?* Eine Diebin? Du wurdest doch mit einem goldenen Löffel im Mund geboren. Wofür braucht eine wie du zu stehlen?«

Sie strich sich das Haar mit beiden Händen straff aus der Stirn.

»Ihr könnt euch nicht vorstellen, was es bedeutet, in einem Palast aufzuwachsen, als einziges Kind des gestrengen Heerführers des Kaisers.«

»Mir kommen die Tränen!«, spottete Haldur.

Doran warf ihm einen bösen Blick zu und sprach weiter:

»Für meinen Vater zählen einzig Pflichterfüllung und Disziplin. Ich wollte ein eigenes Leben haben, mir meine eigenen Maßstäbe setzen! Seit ich denken kann, habe ich mich mit meinem Vater gestritten. Zu seinem großen Kummer gelte ausgerechnet ich, seine eigene Tochter, als missratenstes Mitglied der Familie. Ich war die geschickteste Einbrecherin im ganzen Kaiserreich. Nur die Reichen und die Mächtigen habe ich beraubt. Je sorgsamer sie ihre Schätze bewachten, desto mehr reizte es mich, diese zu stehlen. Man nannte mich ›die Eidechse‹, weil ich so flink war, dass mich niemand fangen konnte. Soldaten suchten mich im ganzen Land, ich war eine Geächtete, eine gefährliche Verbrecherin, und das gefiel mir großartig! Bis sie mich eines Tages doch geschnappt haben.«

»*Du* bist die Eidechse von Dahl?«, rief Haldur. »Ich habe von dir gehört. Sogar in Ereat haben sie nach dir gefahndet, glaubten wohl, der Einbrecher habe sich zu den Söldnern geflüchtet. Ich weiß noch, wie wir gelacht haben, als wir von deinen ›Gräueltaten‹ erfuhren. Wir beschlossen, diesen Dieb mit offenen Armen zu empfangen, falls er tatsächlich nach Ereat kommen sollte. Doch eines Tages erzählte man uns, die ›Eidechse‹ sei bei einem ihrer Raubzüge getötet worden.«

»Nein, ich lebe noch«, erwiderte Doran. »Als meine Familie erfahren hat, dass ich der Dieb bin, der sämtliche Fürsten des Reiches in Angst und Schrecken versetzt, haben sie mich in einer geheimen Gerichtsverhandlung verurteilt. Sie stellten mich vor die Wahl, entweder das Ordensgelübde als Tritonin abzulegen und ein anständiges Leben zu beginnen oder unter Ausschluss der Öffentlichkeit gehängt zu werden.«

»Und dann bist du eine Tritonin geworden«, sagte Wolf.

»Ja, eine Tritonin, die dem Kaiser die Treue geschworen hat. Nach sechs Monaten Haft im Kloster von Bomona – ›Ausbildung‹ nannten sie das – verbannte mich Alrich auf Lebenszeit nach Generia: als Statthalterin in die verlassenste Gegend des ganzen Reiches. Selbst wenn ich gewollt hätte, dort gab es nichts zu stehlen.«

Ein Grinsen breitete sich auf Haldurs Gesicht aus.

»Eine Tritonin, die Einbruchswerkzeug mit sich trägt! Feste Eisendrähte, um Türen zu öffnen, und wer weiß, was sonst noch alles!«

Er konnte sich nicht mehr beherrschen. Lachen schüttelte ihn. Doran presste verärgert die Lippen zusammen. Haldurs Hohn schmerzte sie. Die Tatsache, dass sein Spott sie kränkte, machte sie noch wütender.

Vergnügt lächelnd stemmte er sich hoch und streckte ihr die Hand hin.

»Komm, steh auf!«

Verblüfft musterte Doran die vernarbte Hand, die ihr aufhelfen wollte. Argwöhnisch blickte sie Haldur an. In dessen mitleidlosen dunkelblauen Augen glomm so etwas wie Wärme. Unerwartet heftig stieg ein Gefühl der Freundschaft in ihr auf. Sie unterdrückte die peinliche Regung. Fest ergriff sie die Hand und ließ sich hochziehen.

»Auch ich möchte mich bei dir entschuldigen, Haldur. Ich hielt dich für einen käuflichen Mörder. Im Labyrinth hast du dich wie ein verlässlicher Krieger verhalten. Es tut mir Leid.«

Er grinste frech.

»Macht nichts! Vielleicht kann ich dir eines Tages verzeihen!«

Doran funkelte ihn an. Gerade als sie ihm eine passende Antwort erteilen wollte, horchten sie erschreckt auf.

»Wolf!«, erschallte eine Stimme im Tal.

Sie trug weit und langgezogen über die Hügel.

»Wolf!«

»Das ist Marwig!«, rief Wolf voll Freude.

Eilig humpelte er aus der Höhle. Haldur und Doran stürzten ihm nach. In der sonnendurchfluteten Ebene trabte ein Mann auf einem breiten Gaul, hinter ihm stapften drei reiterlose Pferde. Wolf ließ den Stock fallen und winkte mit beiden Armen.

»Marwig! Hier sind wir!«

Der Kohlenhändler trieb das Pferd an. Kurze Zeit später stand er leibhaftig vor ihnen. Die drei Tiere, die er mit sich führte, waren ihre eigenen.

»Marwig!«, strahlte Wolf. »Fenrir sei Dank! Ich freue mich unendlich, dich zu sehen! Wie hast du unsere Pferde gefunden?«

»Was treibt ihr denn?«, krächzte Marwig. »Ich habe mir entsetzliche Sorgen gemacht. Mein Freund Konhard fand eure Viecher heute früh im Stall, von den Reitern keine Spur. Die Pferde sind wohl gescheiter als ihr! Sie müssen das Heu in Konhards Scheune gerochen haben, schlugen sich damit die Bäuche voll, als er sie im Morgengrauen entdeckte. Ich machte mich sofort auf, euch zu suchen, dachte mir, ihr steckt in Schwierigkeiten, seid vielleicht verwundet oder gar tot!«

»Wir sind dem Tod auch nur knapp entronnen«, entgegnete Wolf. »Hier unter der Erde erstrecken sich Gänge, ein riesiges Labyrinth, voller Seuchenopfer, zu Dutzenden schleichen die Untoten herum! Gestern Nacht haben sie uns überfallen, als wir eine Kammer unter dieser Höhle untersuchten. Doran ist eingestürzt und hat sich den Fuß verstaucht. Wie du siehst, konnten wir ihnen entwischen.«

»Langsam! Unterirdische Gänge sagst du? Das habe ich seit längerem vermutet. Doch wer hätte geahnt, dass diese grässlichen Kreaturen hier hausen? Ich glaube, ihr habt das Rätsel der verschwundenen Fochsteiner gelöst.«

»Ja«, nickte Wolf, »ich habe sie gesehen. Die Einwohner des Weilers sind hier. Tot wie die anderen.«

Marwig nieste. Er putzte sich die Nase mit einem zerknüllten Taschentuch.

»Ja, meint ihr, die Untoten kommen nicht wieder? Ihr sitzt hier am Feuer und frühstückt in aller Ruhe. Seid ihr verrückt geworden? Der Schrecken hat euch wohl den Verstand verwirrt!«

»Wir wollten eben aufbrechen«, raunte Haldur mürrisch.

»Dann tut das sofort. Packt euer Zeug und schwingt euch auf die Pferde!«

Doran entfernte den Umschlag vom Knöchel und mühte sich, den Stiefel wieder anzuziehen. Sie stöhnte vor Schmerz, als es ihr gelang, den geschwollenen Fuß in den engen Schaft zu pressen. Marwig half Haldur, die Pferde zu satteln und zu bepacken. Wolf löschte das Feuer, säuberte und verstaute das Geschirr.

Sie saßen auf. Marwig winkte zum Abschied. Er wandte sich in die entgegengesetzte Richtung, zurück zum Wald.

»Danke, Marwig!«, rief Wolf ihm nach. »Vielen Dank für deine Hilfe!«

»Ist gern geschehen. Jagt mir nie mehr einen solchen Schrecken ein! Ich werde zu alt für diese Späße. Gehabt euch wohl!«

Den ganzen Tag ritten sie nach Westen. Kleine weiße Wolken durchsetzten den strahlend blauen Himmel. Die Sonne begleitete sie, wanderte über ihre Köpfe hinweg, bis sie sich vor ihnen zum Horizont neigte. Das Licht färbte sich golden, wandelte sich in glühendes Orange, dunkelte schließlich zu tiefem Rot. Das Leuchten entflammte den glitzernden Schnee, tauchte den Abendhimmel und das erkaltende Land in Feuer.

»Ich kenne einen Unterschlupf, wo wir die Nacht verbringen können«, murmelte Wolf müde. »Eine Höhle in den Felsen da vorn, ohne gefährliche Nebenräume, soweit ich mich entsinne.«

»Wir werden trotzdem abwechselnd Wache halten«, entgegnete Haldur.

Der riesenhafte Findling, auf den sie zuritten, erweckte sein Misstrauen, obwohl diesmal keine behauenen Würfel zu sehen waren, die auf verlassene Bauten hindeuteten.

Kleinere Felsen, die dennoch mehr als mannshoch emporragten, umringten verstreut ihren turmhohen Bruder. Wind und Schnee hatten den Stein unterhöhlt, seine Oberfläche glatt geschliffen.

Sie stiegen von den Pferden. Durch eine schmale Öffnung gelangten sie in eine geräumige Höhle, deren natürlich entstandene Decke sich rund über ihnen wölbte. Wolf hieß sie warten, ging vorsichtig ein paar Schritte und bückte sich.

Auf dem Boden lagen die verkohlten Reste eines Lagerfeuers. Sorgfältig suchte er die Höhle nach weiteren Spuren ab, dann fasste er in den Aschehaufen und zerrieb ein Stück verbrannten Holzes zwischen den Fingern.

»Die Asche ist drei, vier Tage alt, mindestens. Menschen hielten sich in der Höhle auf, Menschen ohne Pferde.«

»Die Mönche!«, rief Doran.

Wolf hielt eine verwelkte Lotosblüte hoch, die er in einer Nische gefunden hatte. Er drehte sie am Stiel.

»Das vermute ich auch.«

»Wir sind also auf der richtigen Fährte«, seufzte Haldur erleichtert.

»Ja«, erwiderte Wolf. »Der Weg stimmt, aber die Zeit nicht. Wir müssen uns beeilen. Wenn ich die Spuren richtig lese, haben die Mönche hier gerastet, jedoch nicht übernachtet. Sie hasten, als ob ihnen Akàra persönlich auf den Fersen wäre! Ich möchte wissen, weshalb sie so in Eile sind. Sie können nicht ahnen, dass sie verfolgt werden.«

Ruhelos streiften Dorans Blicke durch die Höhle.

»Ich muss euch ein Geständnis machen«, verkündete sie.

Haldur, der eben die Pferde absattelte, hielt inne.

»Ja? Heraus damit!«

»Ich bin eine Einbrecherin. Unerkannt zu stehlen ist mein größtes Talent. Weshalb hat man wohl ausgerechnet mich für diese Aufgabe ausgesucht?«

»Nun, um etwas zu stehlen, möchte ich meinen«, antwortete Wolf.

»Genau! Prinzessin Sigyn hat eine Halskette bei sich, die mehr ist als ein Schmuckstück. Ihr roter Anhänger soll dem, der damit umzugehen versteht, unglaubliche Kräfte verleihen. Angeblich ruft er einen mächtigen Geist. In den falschen Händen kann er zu einer vernichtenden Waffe werden. Deshalb darf ihn Akàra auf keinen Fall bekommen.«

»Weshalb hat die Prinzessin eine solche Kostbarkeit aus Dahlstadt mitgenommen?«, fragte Haldur.

»Ich habe nicht die leiseste Ahnung, was Sigyn zu dieser Tat getrieben hat. Die Kette gehört zum Kronschatz von Dahl. Nicht einmal unsere Hofdaimonin durfte sie berühren.«

Er pfiff leise durch die Zähne.

»Woher willst du wissen, dass die Kette nicht in der Flammenburg geblieben ist?«

»Lodur kann ihren Wert nicht erkannt haben und Akàra hat ihm das

Geheimnis bestimmt nicht anvertraut. Nein, sie wird versuchen, die Kette auf schnellstem Wege in Sicherheit zu bringen. Deshalb die Eile der Mönche. Außerdem möchte ich Sigyn retten. Die einzige Möglichkeit, sie zu befreien, besteht darin, ihre Entführer zu verfolgen. Die Kette kann ich später noch stehlen, falls sie wider Erwarten in der Flammenburg sein sollte.«

Ein Lächeln glitt über Haldurs Gesicht.

»Du scheinst deine Cousine zu mögen.«

»Sigyn mochte das Hofleben ebenso wenig wie ich. Auf ihre Weise hat auch sie ihr vorgezeichnetes Leben abgelehnt. Es erfordert viel Mut, sich Alrichs Willen zu widersetzen.«

Haldur hängte den Pferden die Hafersäcke um. Das Futter machte das größte Gewicht des Gepäcks aus. Die Tiere vergruben die Mäuler in den Leinensäcken und bemühten sich, dass es weniger wurde.

»Ich bin gespannt darauf, die Prinzessin kennen zu lernen.«

Doran mühte sich mit dem Stiefel ab, der wie angegossen am verletzten Fuß saß.

»Du willst Sigyn kennen lernen? Ich werde ein gutes Wort für dich einlegen, Haldur, du wirst es nötig haben.«

»Wieso, ist sie auch so überheblich wie du?«

»Sigyn ist die Tochter des Kaisers!«

Er grinste.

»Na und? Eine entführte Prinzessin und ich als ihr unerschrockener Retter ...«

»Was bildest du dir ein?«, fiel ihm Doran ins Wort.

»Schon gut! Vergiss es! Hauptsache, wir holen diese Mönche so bald wie möglich ein. Ich bin froh, dass wir einen guten Fährtensucher bei uns haben.«

Wolf machte Feuer aus dem Brennholz, das sie vom letzten Lager mitgenommen hatten. Er schenkte ihnen ein belustigtes Nicken.

Bald saßen sie um das Lagerfeuer, tranken Tee und aßen Trockenfleisch, Ziegenkäse und Dörrpflaumen.

Haldur stützte das Kinn in eine Hand. Die Hitze der Flammen rötete sein Gesicht. Die dünne Narbe auf seiner Stirn leuchtete als einzige weiße Stelle auf der Haut.

»Wolf, ich verstehe, weshalb dich Marwig den besten Fährtensucher genannt hat. Wie kannst du dich so verwandeln? Gestern hast du uns die Sage von Fenrir erzählt. Du hast gesagt, Fenrir habe die Sinne eines Wolfes besessen, genau wie du. Wie kommt das? Was hat die Geschichte von Fenrir mit dir zu tun?«

»Meine Geschichte begann viele Generationen später«, erklärte Wolf. »Ich war damals sechzehn Jahre alt und zog als Schildknecht meines Vaters in die Schlacht von Biveritz.«

»Du warst in Biveritz?«, rief Doran. »Ich dachte, es hätte keine Überlebenden auf der Seite von Kech gegeben!«

»Ich war auch der Einzige, soviel ich weiß.« Er schluckte ein letztes Stück Käse und wischte sich den Mund am Jackenärmel ab. »Ja, ich erinnere mich gut. Die Getreuen König Theoniels von Kech kämpften gegen die Invasoren Kaiser Alrichs, der damals sein Reich bereits bis Batonien ausgedehnt hatte. Er musste den Flammenpass erobern, wenn er das Hochland vor einem neuen Krieg schützen wollte. Sobald er den Pass in der Hand hatte, brauchte er keine überraschenden Überfälle der Eiskrieger oder gar ein Bündnis zwischen Kech und Ardak mehr zu befürchten.

Die Einwohner von Kech hielten sich für ein Volk von Kriegern, doch die Zeiten Fenrirs, des großen Eroberers, lagen weit zurück, eine verklärte Legende. Der Blutrausch des Kampfes galt als heilig, der Tod im Gefecht als ehrenhaft. Ein großer Krieg hatte die Bürger von Kech lange nicht mehr bedroht. Die Truppen Kaiser Alrichs lernten unsere Krieger in kleineren Gefechten fürchten. Im Wald und in den Bergen unterlagen sie uns. Wir machten uns einen Spaß daraus, sie in Hinterhalte zu locken und mit unserem Gebrüll zu erschrecken.

Was wussten wir schon von dieser Armee und ihren klugen Strategen? Wir kannten einzig die verschüchterten Soldaten, die sich in den Wäldern nicht zurechtfanden, beim Kampf im Unterholz behindert von ihren Rüstungen. Niemals hätten wir es zu einer offenen Schlacht kommen lassen dürfen! Aber was sollten wir tun? Kaiser Alrich hatte unsere Ehre herausgefordert.

Ich erinnere mich gut an jenen Tag, als wir über die grünen Hügel von Batonien in die Schlacht zogen. Unsere Männer trugen Wolfsfelle über den nackten Oberkörpern, wie es der Brauch verlangte. Allen voran schritten die Bläser und Trommler, entfesselten einen ohrenbetäubenden Lärm. Ihnen folgten die Reiter auf kräftigen, gefleckten Pferden. Den jungen Männern, die ihren ersten Kampf bestritten, wallte das Blut heiß in den Adern. In ihren Augen stand der Tod, kalt wie das ewige Eis. Stolz erfüllte meine Brust, dass auch ich dabei sein durfte, obwohl ich erst sechzehn Jahre alt war. Ich ritt hinter meinem Vater, begierig darauf, die Schädel der Eindringlinge mit meinem unbesiegbaren Schwert zu spalten!

Die Sonne schien hell über Biveritz an jenem Frühlingsmorgen. Ein lauer Wind wehte. Die Luft duftete nach Harz. Ich glaubte, die ganze Welt besiegen zu können. Alrichs Truppen hatten sich in der Ebene gesammelt. Welch eine Überraschung erwartete uns! Anstelle der unsicheren Soldaten, die sich in den Bergen verirrten, empfing uns eine Armee überlegener Krieger, die genau wussten, wie sie gegen uns vorgehen mussten. Stählerne Panzer und Helme schützten ihre Körper, wo die Klingen unsere Männer schonungslos durchbohrten. Sie brauchten nicht gegen uns zu kämpfen, sie konnten uns einfach abschlachten wie Vieh! Das Blut unserer Männer floss in Strömen.

Das Gras färbte sich schwarz, der Boden tränkte sich. Pferdehufe zermalmten die Erschlagenen. Die Hörner von Kech bliesen zum Rückzug, doch Alrichs Truppen versperrten den Weg. Keine Überlebenden wollten sie dulden! Die Hörner erstarben. Nur noch Schreie und das Klirren von Waffen füllten die Luft.«

Wolf sog tief den Atem ein. Er beschattete mit einer Hand das Gesicht.

»Dutzende von gefiederten Pfeilen durchbohrten mein Pferd. Mitten im Kampfgetümmel stürzte mein Hengst und begrub mich unter sich. Mein Fuß hatte sich im Steigbügel verfangen und so klemmte der Rumpf des Tieres mein Bein zwischen sich und einen Felsen. Ich schrie unaufhörlich. Niemand erlöste mich. Mein Gebrüll ging im Schlachtlärm unter. Roter Nebel tanzte mir vor den Augen. Als mir die Sinne schwanden, zogen zwei fremde Arme den Kadaver von mir fort. Mein Vater ragte vor mir auf. Die Kleider hingen in Fetzen an seinem Leib, er blutete aus unzähligen Wunden. Verzweiflung lag in seinem Blick. Er wusste um die Hoffnungslosigkeit des Gefechts.

Wenigstens mich, seinen jüngsten Sohn, wollte er retten aus dem Wahnsinn dieser ungleichen Schlacht. Er bückte sich, um mich über die Schulter zu laden, als ihn von hinten ein Schwert durchbohrte. Er fiel auf die Knie. Der Soldat, der ihn getroffen hatte, kreischte triumphierend auf und rannte fort zu seinem Hauptmann. Mein Vater presste die Hand auf die Wunde. Verstört starrte er auf das viele Blut, das zwischen seinen Fingern hervorquoll, als könne er nicht glauben, dass es wirklich das seine war.

›Tyr!‹, rief er. ›Verschwinde von hier! Sie werden bald zurückkommen. Du kannst hier nichts mehr tun, der Kampf ist vorüber. Rette dich!‹

›Nein, Vater!‹, schrie ich. ›Ich bleibe bei dir!‹

›Geh!‹, keuchte er. ›Ich befehle es dir! Du musst leben, für mich! Rette dich!‹

Schluchzend kroch ich von ihm fort. Die Geräusche der Schlacht dröhnten in meinen Ohren. Ich schleppte mich durch das blutverschmierte Gras, eine rote Spur hinter mir lassend. Erschlagene türmten sich zu allen Seiten, die Augen weit aufgerissen in Entsetzen. Aasgeier kreisten am Himmel. Verletzte wälzten sich jammernd auf der Erde, in Erwartung des Gnadenstoßes.

Es ist mir unbegreiflich, wie ich es geschafft habe, aber ich ließ das Schlachtfeld hinter mir und erreichte eine Höhle, wo ich mich versteckte. Drei Tage und zwei Nächte verbrachte ich dort, halb wahnsinnig vor Durst und Schmerzen. Ich hatte kein Wasser, rühren konnte ich mich auch nicht mehr. Ich wartete auf den Tod. Als ich im letzten Delirium vor mich hinsiechte, fand mich ein Bauer, der mit einer Ziegenherde auf dem Weg in sein Dorf war. Er gab mir zu trinken und nahm mich mit zum Heiler seines Stammes.

Der konnte mein Bein nicht mehr retten, der Aufprall hatte die Knochen völlig zersplittert und die Wunde war vereitert. Der Arzt nahm mir das Bein ab und pflegte mich nach besten Kräften. Kaum einer glaubte, dass ich überleben würde. Wochenlang lag ich im Fieber darnieder. In den wenigen wachen Momenten sah ich immer wieder den Tod meines Vaters vor mir und ich erkannte mich selbst, mit meinem zerschmetterten Bein, unfähig, ihm zu helfen.

Mein junger Körper genas erstaunlich rasch. Bald lernte ich, mit einem Holzstumpf und einem Stock zu gehen. Ich gab den Bauern, die mir geholfen hatten, alles, was ich noch besaß, und verließ ihr Dorf.

Mit niemandem mochte ich mehr reden, ich hatte genug von den Menschen, genug von Königen und Daimonen, die von Ruhm und Ehre sprachen und dabei den Tod meinten, genug von Gelehrten, die Weisheit predigten und bloß ihr eigenes Wohlergehen im Sinn hatten! Ich fühlte mich wie ein Geist aus dem Jenseits, für den unter den Lebenden kein Platz mehr war. Die Welt, die ich gekannt hatte, war verloren und ihre Werte erschienen mir bedeutungslos. So wanderte ich in die Wälder des Nordens.

Ich ernährte mich von Wurzeln und Beeren und allem, was der Wald mir bot. Mit der Zeit lernte ich die Pflanzen und Tiere besser kennen und verstehen. Die Natur ist eine Welt ohne Moral. Sie ist Wahrheit. Es gibt keinen tieferen Sinn, den wir Menschen derart krampfhaft suchen.

Wie sehr liebte ich die Wälder! Die Bäume, die Geräusche des Windes! Kein Menschenleben kann reicher sein, als meines es damals war.

Unbemerkt erholte ich mich. Ich schloss sogar Freundschaft mit einem alten Wolf, den sein Rudel ausgestoßen hatte. Ich nannte ihn Gero. Er wurde mein ständiger Begleiter.

Auf diese Weise lebte ich etwa zwei Jahre und ich hätte noch länger so gelebt, wenn nicht an einem Sommerabend etwas geschehen wäre.

Die Luft war drückend heiß. Ein Gewitter drohte. Mein Freund Gero hatte sich den ganzen Tag über seltsam benommen. Während ich die Wälder durchstreifte, um Nahrung zu beschaffen, blieb er in unserer Höhle, was er nie zuvor getan hatte. Besorgt kehrte ich von meiner Wanderung zurück. Ich hatte ein Kaninchen gefangen und versuchte, ihn damit zu füttern. Er nahm nichts an. Der Himmel verdunkelte sich. Donner grollte. Ich kauerte mich neben Gero, der sich am Boden zusammengerollt hatte. Als ich in seine Augen blickte, wusste ich, dass er sterben würde.

Traurig streichelte ich seinen Kopf. Plötzlich biss er mich. Er schnappte nicht bösartig zu, sondern eher sanft. Tief vergrub er die Zähne in meinem Handgelenk. Ich wollte den Arm zurückziehen. Er ließ nicht los. Das Blut aus meinen Adern lief in seinen Mund und er trank es! Eigentlich hätte ich mich fürchten müssen, aber ich verspürte keine Angst. Es erschien mir ganz natürlich, dass dieser alte Wolf mich aussaugte!

Endlich löste er die Fänge. Ich hatte den Eindruck, er nicke mir zu, dann schloss er die Augen. Sein Kopf sank zur Seite. Ich erfüllte, wie ich glaubte, seinen letzten Wunsch. Ich schnitt ihm den Hals auf und trank sein Blut, so wie er meines getrunken hatte, damit wir auf ewig vereint sein sollten.

Was danach geschah, begreife ich bis heute nicht.

Donner krachte. Blitze entzündeten den Himmel. Regen ergoss sich in Strömen. Mir war furchtbar übel, mein Körper bebte, erhitzte sich, bis er fast glühte. Ohnmächtig fiel ich auf mein Lager.

Am nächsten Morgen quälten mich rasende Schmerzen. Ich wusch das Blut von meinem Körper ab und begrub Gero. Danach legte ich mich hin und schlief den ganzen Tag.

Am Abend entdeckte ich die ersten Veränderungen an meinem Körper, ich wandelte mich langsam zu dem, was ihr letzte Nacht gesehen habt. Ein Mensch mit den Sinnen und der Kraft eines Wolfes. Ich besann mich auf die Legende von Fenrir und in meinen Fieberträumen stellte ich mir vor, Fenrir habe mir meinen Wolf Gero gesandt oder gar er selbst sei dieser Wolf gewesen. Ich fragte mich: Weshalb? Wozu sollte ich ein halber Wolf sein? Warum hatten die Götter ihre Hand nach mir ausgestreckt?«

»Was hast du danach getan?«, fragte Doran.

»Nach meiner Verwandlung fand ich meinen inneren Frieden nicht wieder. Ich kehrte zurück in die bewohnte Welt, ohne zu ahnen, welchen Schwierigkeiten ich begegnen würde. Damals konnte ich mein Äußeres nicht ändern wie jetzt. Die Menschen rannten schreiend vor mir davon. Die mutigsten zogen bei meinem Anblick zitternd die Schwerter. Mit Knüppeln und Steinen vertrieben sie mich aus den Dörfern.«

Wolf lachte leise.

»Eines Tages wäre ich beinahe verbrannt worden. Ich stand schon gefesselt auf dem Scheiterhaufen, als ein alter Daimon vorbeikam. Er betrachtete mich lange, dann lachte er und schwatzte mich den Dorfbewohnern ab, indem er ihnen erzählte, ich sei ein Geist, der ihm entflohen sei, und er müsse mich selbst dafür bestrafen. Danach blieb ich eine Weile bei ihm. Wir zogen gemeinsam durch das Land. Er brachte mir vieles bei, unter anderem wie ich mein Äußeres wieder menschlich machen konnte. Von ihm habe ich meinen Namen, er rief mich ›Wolf‹, weil er mich in dieser Gestalt das erste Mal gesehen hatte. Der Daimon riet mir schließlich, nach Kech zurückzukehren, ›wo ich hingehöre‹, wie er sagte.«

»Wer war dein Vater, Wolf?«, fragte Doran.

»Ist das wichtig?«

»Er hieß König Theoniel von Kech, nicht wahr?«

»Ja.«

»Dann bist du tatsächlich der letzte Nachfahre Fenrirs!«, staunte Haldur.

»Das bin ich, tatsächlich!«, grinste Wolf.

»Sind wir Freunde?«, fragte er. »Versprecht ihr, euch nicht vor mir zu fürchten?«

»Freunde!«, sagte Haldur.

»Freunde!«, antwortete auch Doran.

Sie schüttelten seine ausgestreckten Hände.

Wolf übernahm die erste Wache, dann weckte er Haldur und zuletzt passte Doran auf, dass sich niemand unbemerkt dem Lager näherte.

Kaum graute der Morgen, packten sie ihre Sachen.

»Wir haben gestern zu viel gegessen«, brummte Wolf, »von heute an müssen wir den Proviant einteilen.«

Doran gähnte.

»Herrlich, kein Schlaf und zu wenig Nahrung.«

Während der nächsten Tage ritten sie fast ohne Unterbruch, rasteten und schliefen kaum. Sie eilten durch das Tal der Steine, um die Mönche, die sie verfolgten, möglichst rasch einzuholen.

Das Wetter war ihnen wohlgesinnt. Meist ritten sie unter einem wolkenlosen Himmel, wenig Schneefall und kein einziger Sturm erschwerten ihren Weg. Die Luft war warm für die Jahreszeit.

Mit der Dauer der Reise wuchs ihre Freundschaft. Sie genossen ihre gegenseitige Gesellschaft und trotz der Mühsal und Eile fühlten sie sich fast unbeschwert. Bald empfanden sie ihre unterschiedliche Herkunft nicht mehr als unüberbrückbare Kluft, sondern als anregenden Gesprächsstoff.

Doran berichtete von ihren Abenteuern als Diebin und von der Zeit in Generia. Der Sitz des Statthalteramtes von Generia befand sich in Dagda, einer Stadt an der Küste. Dem Hochmut der Einwohner von Dagda überdrüssig, hatte sie sich den Nomadenstämmen der Wüste angeschlossen. Sie hatte deren freies Leben geliebt. Wochenlang war sie mit ihnen durch die gleißenden Dünen gezogen. Nach Dagda war sie nur zurückgekehrt, wenn unaufschiebbare Pflichten sie riefen. Die Krieger der Nomaden waren alle Männer, aber regiert wurden die Stämme von Frauen. Doran hatte sich bei ihnen weitaus heimischer gefühlt als in Dagda, wo man ihr, als Vertreterin Kaiser Alrichs, mit unverhohlener Feindseligkeit begegnete. Sie lernte den Dialekt der Dahiri, eines zahlreichen kriegerischen Stammes, und wurde schließlich in dessen Reihen aufgenommen. Nachdem sie eine Prüfung durch den Rat der Frauen bestanden hatte, galt sie als deren Blutsverwandte. Sie hätte bei den Dahiri jederzeit ein Zuhause gefunden und doch wünschte sie sich nichts sehnlicher als eine Begnadigung, denn sie wollte selbst entscheiden, wohin sie gehen durfte und wohin nicht. Alrich allein konnte ihre Verbannung aufheben.

Haldur erzählte von seinem Leben als Söldner bei den Priesterinnen von Ereat. Das wichtigste Heiligtum der Stadt war das berühmte Orakel. Nur die Priesterinnen durften dessen Halle betreten. Viele Ratsuchende pilgerten nach Ereat und mussten oft lange warten, bis sie von der Hohepriesterin empfangen wurden, die das Orakel befragte. Dessen Sprüche galten als unfehlbar, obwohl sie meist schwer zu entschlüsseln waren. Dankbare Gönner schenkten der Stadt hohe Summen. Ereat war reich und konnte es sich leisten, eine Söldnerarmee zu unterhalten. Haldur hatte das Orakel nie gesehen und hatte es auch nie befragen lassen. Niemand außer den Priesterinnen wusste, was es eigentlich war und weshalb es die Fähigkeit der Weissagung besaß.

Wolf sprach viel von seinem Vater, von seiner Kindheit in der Flammenburg und davon, was es bedeutete, ein Ausgestoßener zu sein. Als jüngster Sohn von König Theoniel hatte er ein herrliches Leben gehabt. Er musste nicht dieselbe harte Ausbildung durchlaufen wie seine vier Brüder. Während sie Staatsrecht, Kriegskunst und Gerichtskunde lernten, hatte er sich beim Bogenschießen und beim Wandern vergnügt. Keiner glaubte, dass er für die Thronfolge infrage kam, schließlich waren vier ältere Brüder vor ihm an der Reihe. Sie waren bei der Schlacht von Biveritz gefallen.

Am Morgen des elften Tages verschleierte zum ersten Mal seit ihrer Abreise dichter Nebel das Tal. Die klammen Schwaden raubten ihnen die Sicht, bis sie kaum mehr die Hand vor Augen erkennen konnten. Einzig Wolf fand sich einigermaßen zurecht.

»Seht euch das an!«, rief er und glitt vom Rücken des Schimmels.

Er kratzte mit dem Stock den Schnee in einer Mulde beiseite und deutete auf einen dunklen Fleck am Boden.

»Hier hat jemand ein Feuer gemacht und die Überreste fein säuberlich aufgeklaubt.«

Haldur sprang vom Pferd. Er scharrte mit dem Stiefel in den Rußspuren.

»Wieder nichts, was uns weiterhilft! Zumindest haben wir die Spur nicht verloren.«

Der Nebel drängte sich immer dichter, verband sich mit dem Land zu einheitlichem Grau, in dem finster die Umrisse der Felsen dämmerten. Die ersten blattlosen Bäume des nahen Waldes durchbohrten schwarz den kalten Dunst, reckten spindeldürre Zweige ins Nichts. Wolf blickte um sich, suchte mit seinen scharfen Augen die Schwaden zu durchdringen. Doran stützte sich müde auf den Sattel.

»Bloß zehn Tage haben wir gebraucht, um das Tal der Steine hinter uns zu bringen, und noch immer sind uns diese Mönche voraus. Wie sollen wir sie jemals einholen?«

Wolf streifte die Kapuze des Mantels zurück und strich sich das verschwitzte Haar aus der Stirn, dann stieg er wieder auf.

»Sie können nicht weit sein. Hinter der nächsten Hügelkette fließt der Fluss Tux. Etwas weiter südlich liegt Din Eidyn. Selbst wenn die Mönche die ganze Strecke von Kech aus gerannt sind, können sie die Stadt nicht vor mehr als ein oder zwei Tagen erreicht haben. Ich vermute, sie sind erst heute dort angekommen. Im Tal konnten wir sie nicht einholen, in Din Eidyn werden wir sie finden. Bald ist die Jagd zu Ende!«

Haldur atmete tief die feuchte Luft ein. Von fern erklang das Rauschen von Wasser, das Tosen eines gewaltigen Stromes. Er schwang sich auf das Pferd.

»Dann lasst uns reiten.«

Gegen Mittag wich der Nebel, hob sich wie ein Vorhang über dem hügeligen Land. Das Brüllen des Flusses drang jetzt klar an ihre Ohren und wenig später sahen sie ihn auch. Die Wassermassen des Tux waren von der einsetzenden Schneeschmelze angeschwollen. Wild rissen die trüben Fluten an den Ufern, brausten tobend nach Süden.

Niemand konnte den Strom hier überquert haben. Die Mönche mussten sich am Ostufer entlang nach Din Eidyn gewandt haben.

»Da!«, rief Wolf und deutete mit ausgestrecktem Arm zum Fluss. »Die Straße nach Din Eidyn!«

Über dem Ufer erhob sich ein breit aufgeschütteter Damm. Auf der abgeflachten Kuppe erkannten sie eine Straße. Karrenräder hatten Rinnen in den Schnee gepflügt, den Pferde- und Ochsenmist mit braunen Flecken sprenkelte.

Weiter südlich, in einigem Abstand vom Fluss, durchsetzten vereinzelte Gehöfte das weiße Land. Aus den Schornsteinen stiegen dünne Rauchfahnen. Sonst bemerkten sie keinerlei Anzeichen von Bewohnern.

Besorgt betrachtete Haldur den Himmel. Schwarzgraue Wolken türmten sich im Westen zu einer finsteren Wand.

Doran ritt mit gesenkten Schultern neben ihm. Der Kopf sackte ihr auf die Brust. Oft fielen ihr die Augen zu, dann zuckte sie zusammen und richtete sich erschrocken wieder auf. Haldur fühlte sich nicht besser. Er sehnte sich nach einer warmen Mahlzeit und einer Nacht ruhigen Schlafs in einem Bett. Doran rückte die Pelzjacke zurecht und wickelte sich eng in den Mantel.

»Hal«, fragte sie, »kennst du Din Eidyn?«

Er nickte.

»Ich war ein paarmal hier. Wenn ich von Riem nach Ereat oder zurück ritt, reiste ich über Din Eidyn. Die Stadt gehört zu Kaiser Alrichs Reich, aber besonders viele Truppen hat er dort nicht stationiert.«

»Din Eidyn ist vor allem eine Hafenstadt«, erklärte Wolf. »Der wichtigste Umschlagplatz für Waren des Nordens, die mit dem Schiff nach Süden transportiert werden und umgekehrt. Nach Din Eidyn fließt der Tux durch Dahl geradewegs nach Süden, bis er bei Karstein ins Generische Meer mündet. Früher trieb man auch regen Handel mit den Ländern des Westens jenseits der Schirberge. Seit Schaaraoch ganz Kelrun unterworfen hat, ist es Feindesland. Die Geschäfte sind zurückgegangen, wenn auch weniger, als man vermuten sollte.«

»Gold ist eine Sprache, die jeder spricht«, raunte Doran.

»In Din Eidyn merkt man kaum etwas davon, dass das Angebot abgenommen hat«, sagte Haldur. »Die Händler bieten alle Waren an, die du dir vorstellen kannst, und auch solche, die du nie zuvor gesehen hast. Viele Kaufleute reisen von weit her nach Din Eidyn, um Pelze, Edelsteine und Gewürze zu kaufen. Der Reichtum der Stadt zieht viele Diebe und Abenteurer an, die hier leicht zu Geld zu kommen hoffen. Manch einer endet als Galeerensklave. In Din Eidyn wird man schnell reich und noch schneller arm. Die Händler regieren die Stadt, Alrichs Soldaten haben dort nichts zu sagen.«

»Ich werde meinen Onkel bei Gelegenheit darauf aufmerksam machen«, grinste Doran.

Haldur lächelte verlegen.

»Ich vergesse dauernd, dass Kaiser Alrich dein Onkel ist.«

»Das macht nichts. Ich fühle mich ihm nicht sonderlich verbunden.«

Wolf zwinkerte ihr zu.

»Vielleicht wirst du selbst eines Tages Kaiserin von Dahl! Dann kannst du mich und Haldur zu Herzögen befördern!«

Doran schnaufte.

»Ich als Kaiserin? Das ist nicht dein Ernst! Seit meinen jugendlichen Fehltritten bin ich aus der Thronfolge gestrichen.«

»Schade«, murmelte Haldur, »ich wollte schon immer einmal einen Palast von innen sehen.«

»Das kannst du! Du und Wolf, ihr müsst mich in Dahlstadt besuchen, wenn wir unseren Auftrag erledigt haben. Vorher sollte mein Onkel mich allerdings begnadigen, sonst landen wir im Kerker.«

»Großartig!«, brummte Haldur. »Einen Kerker habe ich auch noch nie von innen gesehen.«

Wolf lachte auf.

»Dafür müssen wir nicht bis Dahlstadt reisen. Wir brauchen bloß an die Tür der Flammenburg zu klopfen!«

»Hör auf!«, kicherte Haldur. »Das ist nicht komisch!«

»Nein«, grinste Doran, »doch ich würde zu gerne Lodurs Gesicht sehen, wenn wir an seine Tür pochen und ihm sagen, er möge sich aus Wolfs Räumlichkeiten entfernen.«

Sie brachen in Gelächter aus.

»Bei Fenrir«, keuchte Wolf, »es wäre schön, das zu erleben!«

Schwere Wolken zogen sich am Horizont zusammen, verdunkelten den Himmel. Als sie die Stadttore von Din Eidyn passierten, senkte sich Dämmerung herab. Die Wachen widmeten ihnen lediglich einen gelangweilten Blick, fragten nicht, woher sie kamen und wohin sie wollten.

Sie ritten zum Hafen, wo eine Brücke aus roten Marmorquadern den Tux überspannte. Geflügelte Drachenstatuen schmückten die massigen Pfeiler. Die Untiere reckten sich auf den Hinterbeinen, drohend hoben sie die Klauen in das Zwielicht, breiteten steinerne Schwingen vor dem Gewitterhimmel aus.

Die Wolken ballten sich zu einem Unwetter. Der erste Regen nach dem langen Winter sollte über Din Eidyn herniederprasseln, den Schnee davonspülen und die Hochwasser führenden Fluten des Tux noch steigen lassen.

Zwei Seeleute stützten sich gegenseitig und torkelten über den Hafenplatz. Sie verschwanden in einem der Wirtshäuser rund um den gepflasterten Platz. Musik und Gelächter erklangen für einen Moment in der Stille, dann fiel die Tür hinter ihnen zu.

Sie saßen von den Pferden ab. Neugierig betrachteten sie die vielen Schiffe, die an der Hafenmauer vertäut im Tux schwammen. Einfache Segelboote schaukelten neben prachtvollen Galeeren. An einigen Schiffen hingen brennende Laternen, andere dümpelten dunkel im schwarzen Wasser. Seile knirschten in den Takelagen, Gebälk ächzte unter der Gewalt der Fluten.

Gegenüber dem Kai, am Rand des Hafenplatzes, stand ein Wirtshaus neben dem anderen. Grell bemalte Schilder hingen an den steinernen Fassaden, die geschwungene Schrift darauf konnten sie nicht lesen. Sie gingen in Richtung der Kneipen.

Hinter der Reihe von Gasthöfen erstreckten sich die Gassen des Händlerviertels. Vor den geschlossenen Geschäften und Ständen flatterten bunte Fahnen im Wind. Kahle Holzgerüste lehnten an den Mauern, den verriegelten Türen und Läden. Zwei Frauenarme leerten einen Kübel Abfall aus dem Fenster. Der Müll platschte in den offenen Abflusskanal. Streunende Hunde balgten sich kläffend um die Reste. Magere Katzen strichen um die Ecken, beobachteten die Köter mit bleichen Augen.

Angeekelt rümpfte Doran die Nase.

»Ein herrlicher Duft!«

Die Straßen stanken nach Fischabfällen und Hundekot, der überall als braunes Geschmier das Pflaster besudelte.

»Wir müssen versuchen, die Spur der Mönche aufzunehmen«, raunte Wolf. »Sie können nicht weit sein.«

»Ich schlage vor, wir stellen die Pferde unter und suchen zu Fuß weiter«, meinte Haldur. »Am besten fragen wir uns durch die Gasthöfe. Mit etwas Geld lassen sich dort leicht Informationen beschaffen. Außerdem könnten wir etwas essen und vor allem trinken!«

Doran und Wolf stimmten zu. Sie steuerten auf eines der hell erleuchteten Wirtshäuser zu und führten die Pferde in die Scheune. Nachdem sie dem Stallburschen ein aufmunterndes Trinkgeld in die Hand gedrückt hatten, kümmerte er sich voll Eifer um die erschöpften Tiere.

Im Gasthof mussten sie auf einen freien Platz warten. Im unteren Teil der Wirtsstube drängten sich Matrosen an den Tischen; auf der Estrade, die sich an den Seitenmauern entlangzog, hockten Kaufleute und Händler auf weichen Damastkissen. Dort erhoben sich die Tische kaum mehr als handbreit über den Boden. Oft standen Wasserpfeifen aus ziseliertem Messing darauf, an denen die Gäste rauchten. Nach fremden Gewürzen duftende Schwaden trieben in der Luft.

Leicht bekleidete Mädchen trippelten zwischen den Tischen mit den Seeleuten umher, warfen sich denjenigen auf den Schoß, die noch Geld in den Taschen hatten. Gegenüber der Eingangstür durchtrennte eine brusthohe Theke den Gasthof. Hinter der Holzwand befanden sich der Ausschank und der Durchgang in die Küche. Eine fettleibige Frau mit einer goldbestickten gelben Mütze trocknete Geschirr. Kinder servierten Getränke und Essen. Viele hatten blaue und grüne Flecken im Gesicht und an den Armen. Gehetzt blickten sie zu den älteren Kellnern, ängstlich, weitere Schläge einzufangen, wenn sie sich nicht genügend beeilten.

»Kinder als Sklaven!«, zischte Doran. »Es ist eine Schande! Die Gesetze von Dahl verbieten das!«

»Dahl ist weit«, entgegnete Wolf. »Die Gesetze Kaiser Alrichs kümmern hier keinen.«

Ein Kellner trottete auf sie zu. Seine nach oben gebogenen Pantoffeln schlurften über den Boden. Eine weite violette Hose schlotterte an seinen krummen Beinen. Weiße Pelzbänder hielten sie um die Taille und die Fußknöchel. Er trug die gleiche gelbe Mütze wie die Frau hinter der Theke.

»Willkommen, edle Gäste!«, säuselte er mit fremdem Zungenschlag. »Bald wir haben Tisch.«

Ein gewinnendes Lächeln vertiefte die Falten seines braunen Gesichts. Er winkte sie auf die Estrade, wo eine Gruppe von Kaufleuten aufstand.

Seinem drahtigen, fast ausgemergelten Aussehen nach zu schließen, musste der Kellner ein Puramane sein. Die Bergbewohner waren in Din Eidyn als Arbeitskräfte beliebt, denn sie galten als zuverlässig und geschickt. Die Löhne und Trinkgelder in Din Eidyn bedeuteten ein Vermögen für sie, das sie sich beflissen verdienten. Als stolzes Zeichen selbst erworbenen Wohlstands hing ein gutes Dutzend Silberketten um den dünnen Hals des Kellners.

Sie ließen sich auf den Kissen nieder, bestellten einen Krug Wein, Wasser und reichlich zu essen.

Eines der Kinder brachte ihnen die Getränke und kleine Schalen mit Gemüsesuppe als Vorspeise. Danach folgten Lammeintopf an einer scharfen Soße aus roten Pfefferschoten, süßsauer eingemachter Blumenkohl, ein schmackhafter Brei aus schwarzen Linsen, frisch gebackenes Fladenbrot, Reis und Joghurt aus Schafmilch, eine Spezialität von Din Eidyn. Ausgehungert verschlangen sie das Mahl.

»Ich platze gleich«, stöhnte Doran. »Noch nie hat mir eine Mahlzeit so gut geschmeckt.«

Wolf kratzte die Reste zusammen. Er allein hatte so viel gegessen wie Haldur und Doran zusammen. Sein Magen schien unerschöpflich.

»Reisen macht Appetit«, schmatzte er.

Haldur lehnte sich seufzend zurück. Staunend musterte er Wolf, der genüsslich Dorans Teller ausputzte.

Kaum hatten sie alle Schüsseln geleert, trat der Kellner an ihren Tisch.

»Vielmals Entschuldigung für Störung! Ein Gast fragt, ob Frau mit besticktem Wams aus Dahlstadt kommt. Er sie möchte höflich zu ein Getränk einladen.«

Er zeigte auf das Löwenwappen und verneigte sich.

Doran stutzte.

»Wer will das wissen?«

»Herr dort hinten. Da!«

Der Kellner deutete quer durch das Lokal. Gegenüber erhoben sich einige Seeleute und wankten betrunken zur Tür. Doran reckte sich und musterte die hinteren Tische, die zuvor ihren Blicken entzogen gewesen waren. Sie versteifte sich.

»Bei allen Göttern! Ein Dahiri!«

Haldur folgte Dorans Blick und entdeckte einen runden Tisch, an dem zwei Männer saßen. Einer hatte kohlschwarze Haut. Sein kantiger Schädel war kahlgeschoren. Breite, mit Nieten beschlagene Lederbänder glitzerten an den muskulösen Armen. Der hagere Mann an seiner

Seite trug lange Gewänder aus dunkelblauem Stoff. Den Kopf hatte er mit ebensolchen Tüchern umwickelt, von denen ein Teil die untere Gesichtshälfte verdeckte. Ein edelsteinbesetzter Dolch steckte in gekreuzten Gürteln vor seiner Brust. Er war derjenige, dessen Anwesenheit Doran in Aufregung versetzte.

»Du hast Recht, er sieht aus wie ein Dahiri. War das der Mann, der sich nach uns erkundigt hat?«

Diensteifrig nickte der Kellner.

»Sag ihm, dass ich die Einladung annehme«, befahl Doran.

Der Kellner huschte davon.

»Was tut ein Wüstennomade so weit im Norden?«, fragte Wolf.

Doran erhob sich nachdenklich.

»Das frage ich mich auch. Ich kenne diesen Stamm. Sie verlassen kaum ihre Heimat. Es grenzt an ein Wunder, außerhalb von Generia einen zu treffen.«

»Was hast du vor?«, rief Haldur.

»Ich werde ihn fragen, was er hier tut. Wenn er mit einem Schiff aus Süden gekommen ist, wird er auch wieder dorthin zurückfahren. Vielleicht weiß er von anderen Reisenden, die nach Süden unterwegs sind. Im Übrigen habe ich lange in der Wüste gelebt, ich spreche die Sprache seines Stammes. Er hat das Wappen von Dahl erkannt, er wird mit mir reden.«

»Nein, Doran«, zischte Haldur, »lass es bleiben! Diesen Wüstennomaden kann man nicht trauen, Verrat gilt bei denen als eine Tugend. Und sieh dir seinen Kumpan an: ein Söldner aus Nordgeneria, wenn ich je einen gesehen habe! Diese Krieger machen sich einen Spaß daraus, ihre Opfer lebendig zu häuten.«

Schulterzuckend wandte sich Doran ab. Sie marschierte zielstrebig durch das Lokal. Haldur und Wolfs besorgte Blicke trafen sich. Zwei Kinder räumten den Tisch ab und brachten ihnen eine neue Kanne Wein. Wolf nippte an der tiefroten Flüssigkeit. Der Wein schmeckte herb und kühl, hatte wenig Alkohol, dennoch fühlte er, wie er ihm die Sinne umnebelte. Er stellte den Becher weg.

Sie beobachteten Doran, die mit dem Rücken zu ihnen dem Wüstennomaden gegenübersaß. Angeregt unterhielt sie sich mit ihm. Der schwarze Krieger neben der vermummten Gestalt sprach kein Wort. Ein Messer blitzte in seinen Händen, mit dem er sich gelangweilt die Fingernägel säuberte. Ab und zu glotzte er zu ihnen herauf, bemerkte ihr Misstrauen und grinste breit. Sein Schädel glänzte im Schein der Öllampen.

Doran stand auf. Sie gestikulierte mit den Fingern. Der Dahiri nickte unmerklich. Sie drehte sich um und lief durch die Gaststube zurück auf die Estrade. Sie strahlte übers ganze Gesicht.

»Wir haben großes Glück!«, erklärte sie. »Er heißt Gilgam und ist Kapitän eines Schiffes, das morgen nach Süden ablegt. Er sagt, dass sich unter seinen Passagieren neun Mönche befinden, die ihm nicht ganz geheuer sind. Ob sie eine Frau bei sich haben, weiß er nicht. Er hält es für möglich.«

Haldur kniff die Augen zusammen.

»Das gefällt mir nicht. Ein Dahiri als Kapitän eines Schiffes? Diese Wüstennomaden sind Krieger und manchmal sogar Händler, aber Seefahrer? Niemals! Zudem kann ich mir nicht vorstellen, dass die Mönche, die wir suchen, ausgerechnet auf seinem Schiff sein sollen. So viel Glück gibt es gar nicht!«

»Das stimmt«, meinte Wolf. »Trotzdem, wir können es uns nicht leisten, diese Spur außer Acht zu lassen.«

Doran nickte.

»Wir haben keine andere Wahl als zu überprüfen, was der Dahiri sagt, aber wir sollten vorsichtig sein.«

»Na gut«, gab Haldur nach, »und wie weiter?«

Sie warf sich den Mantel über die Schulter.

»Wir können mit ihm zu seinem Schiff gehen. Er lässt uns einen Blick auf die Passagiere werfen. Gegen eine gewisse Bezahlung natürlich.«

Erleichtert stieß Haldur den Atem aus.

»Das klingt schon eher nach einem Wüstennomaden.«

Der dunkelhäutige Krieger und der Dahiri verließen das Wirtshaus. Ohne den Blick zu wenden, stapften sie hinaus.

»Kommt!«, drängte Doran.

Sie winkten dem Kellner und bezahlten das Essen, dann eilten sie den beiden Männern nach. Die Pforte fiel hinter ihnen zu und sie traten in die stockfinstere Nacht hinaus. Wolken verdeckten die Sterne und den Mond. Die Laternen der Schiffe am Kai schwebten wie Irrlichter im Nichts, die Lampen der Gasthöfe glühten schummrig gelb im Nebel.

Außerhalb des Lichtscheins der Fenster wartete der Dahiri, neben ihm lehnte der Generier mit verschränkten Armen an der Mauer. Als sie näher kamen, neigte der Nomade leicht den Kopf.

Doran begrüßte ihn und redete in einer leisen, melodischen Sprache auf ihn ein. Wolf und Haldurs Namen fielen.

»Ich bin Gilgam«, erwiderte er mit kaum hörbarem Akzent. Er wies auf seinen Begleiter. »Das ist Bertien.«

Ein starres Grinsen verzerrte den Mund des Nordgeneriers. Sein Blick glitt kalt über ihre Gesichter, ein stechendes Glitzern funkelte in seinen Augen. Er schwieg. Die Flügel seiner fleischigen Nase zuckten, als der Wüstenkrieger seinen Namen nannte.

»Gehen wir!«, flüsterte dieser.

Zügig liefen sie zum Fluss. Wellen schlugen an die Hafenmauer. Sie gingen an der Brücke vorbei nach Süden, wo die größten Schiffe lagen. Die erhellten Wirtshäuser blieben hinter ihnen zurück, verschwanden im Nebel.

Der Dahiri führte sie am Kai entlang zu einer riesigen Galeere mit hochgestellten Rudern. Das Wasser des Tux spiegelte sich in dem aus dunklen Edelhölzern gefertigten Rumpf des Schiffes. Goldene Laternen beleuchteten die mit reichem Schnitzwerk verzierte Reling. Drei mit aufgerollten Segeln bestückte Masten ragten in den Nachthimmel. Solch eine Galeere erwartete man eher in einem der großen Häfen am Generischen Meer anzutreffen als auf einem Fluss so weit im Norden. Auf Deck patrouillierten Wachen.

»Das ist dein Schiff?«, staunte Doran.

Gilgam nickte. Er schlug das Tuch vor dem Gesicht zurück, damit ihn die Wachen erkannten. Haldur beobachtete ihn. Die geröteten Augen des Wüstennomaden glühten entzündet, ein Netz von Adern durchzog das feuchte Weiß. Sein knochiges Gesicht wirkte eingefallen, als ob eine Krankheit an ihm zehrte. Unruhig rieb er sich die Hakennase und winkte sie an Bord.

Verstohlen erklommen sie den Landungssteg. Die Wachen grüßten Gilgam und Bertien, deren drei Begleiter beachteten sie nicht. Sie überquerten das Deck und kletterten durch eine Luke ins Innere des Schiffes. Über eine schmale, steile Treppe erreichten sie einen von Öllampen erhellten Gang, gesäumt von verschlossenen Türen mit polierten Messingklinken. Der Duft von Jasmin und Weihrauch schwängerte die Luft. Eine einzelne Pforte schloss den Korridor ab. Die Schnitzerei einer Lotosblüte in einem Kreis zierte deren dunkles Holz.

»Wartet hier!«, befahl Gilgam und verschwand durch eben diese Tür.

Haldur, Wolf und Doran verharrten im Korridor. Bertien lehnte gleichgültig an der Wand, eine Hand wie unabsichtlich am Heft des Säbels.

Sogleich öffnete sich die Tür wieder. Der Kopf von Gilgam tauchte auf.

»Kommt!«, hauchte er.

Sie traten in eine weitläufige Kabine, die das ganze Heck der Galeere einnahm. Weiche Seidenteppiche voll bunter Blumenmuster bedeckten den Boden. Eine Reihe quadratischer Riegelfenster zeigte auf den Fluss. Darunter erstreckte sich ein breites Sims, das mit samtenen Kissen und kostbaren Pelzen gepolstert war. Zu ihrer Linken stand ein üppig mit Intarsien aus Perlmutt verzierter Schreibtisch. Darauf ausgebreitet lagen Seekarten und schimmernde nautische Messgeräte. Zwei Verbindungstüren zu beiden Seiten des Eingangs führten in benachbarte Gemächer.

Bertien folgte in die Kajüte. Er warf die Tür zu, dann baute er sich breitbeinig davor auf. Unruhig blickten sie sich um.

»Wo sind die Mönche?«, fragte Doran. »Wir hatten eine Vereinbarung!«

Die linke Verbindungstür öffnete sich und ein dunkelhaariger Jüngling schlenderte herein. Ein um die Hüften geschlungenes seidenes Tuch verhüllte spärlich seinen schlanken, nackten Körper, der überall stark von der Sonne gebräunt war. Um den Hals hing ihm eine grobgliedrige Goldkette. Der Junge musterte sie spöttisch aus großen rehbraunen Augen, dann ließ er sich geschmeidig auf dem Sims nieder und rekelte sich auf den Pelzen. Hinter ihm folgte eine hoch gewachsene Frau.

»Geduld!«, rief sie. »Kein Grund zur Eile.«

»Was!?«, stammelte Haldur.

»Wer seid Ihr?«, donnerte Doran. »Was hat das zu bedeuten?«

Verblüfft starrten sie die Frau an. Sie trug ein bodenlanges rubinrotes Kleid. Durch zwei Schlitze in dessen Mitte waren ihre schneeweißen Beine zu sehen. Glänzendes blauschwarzes Haar wallte ihr bis an die Hüften. Zwischen ihren vollen roten Lippen blitzten perlweiße Zähne. Das ebenmäßige Gesicht wies keinerlei Falten auf und dennoch konnte sie kein junges Mädchen mehr sein. Ihre Schönheit war vollkommen. Die Makellosigkeit ihrer Züge verlangte nach Bewunderung, ja nach Anbetung.

Sie nahm eine kleine Glocke vom Schreibtisch und läutete damit.

»Gilgam ist der Kapitän dieses Schiffes. Ich bin die Eignerin. Mein Name ist Akàra.«

Alles Blut wich aus Haldurs Gesicht. Ein kalter Schauer ließ ihn erzittern. Rückwärts schreitend griff er nach dem Schwert. Doran stand wie festgefroren im Raum. Wolfs Blicke flogen hin und her, auf der Suche nach einem Fluchtweg.

Zwei Dutzend Wachen stürzten in die Kabine und kreisten sie ein. Haldur und Doran zogen die Schwerter. Wolf zückte den Dolch.

Die meisten von Akàras Söldnern stammten aus Nordgeneria. Die riesenhaften, dunkelhäutigen Krieger überragten selbst Haldur. Sie waren in schwarze Lederrüstungen gekleidet, an denen als Wappen die Lotosblüte prangte. Einige der Krieger trugen die Lotosblüte als Brandzeichen auf den Armen. Diese befahlen den anderen, genossen demnach offenbar Vorrechte.

Unmerklich näherte sich Akàra Doran. Gerade als diese den Kopf wandte, berührte sie deren Hand. Rasender Schmerz durchfuhr Dorans Arm, als trieb ihr jemand einen eisigen Nagel von den Fingern bis zum Ellenbogen. Aufschreiend ließ sie das Schwert fallen und krümmte sich. Akàra riss Dorans Kopf an den Haaren zurück und hielt ihr einen Dolch an den Hals, drückte dessen Spitze in die Haut über der Kehle.

»Lasst die Waffen fallen, oder sie stirbt!«

Wolfs und Haldurs Waffen fielen auf die Teppiche. Wachen fesselten ihre Handgelenke, dann beförderte sie ein Tritt in die Kniekehlen zu Boden.

Akàra nahm den Dolch von Dorans Hals. Die rieb sich den vor Schmerz tauben Arm. Ein Krieger kam, um auch sie zu fesseln, als Gilgam vortrat und sagte:

»Herrin, diese ist befreundet mit meinem Stamm. Bitte unterstellt sie meiner Obhut!«

»Nein«, antwortete Akàra, »ich weiß, wer sie ist. Sie wird ein beachtliches Lösegeld einbringen. Dein Gewissen ist deine Sache, Gilgam.«

Mit einer knappen Verbeugung trat der Dahiri zurück. Schweiß glänzte auf seiner Stirn.

Den Kopf triumphierend in den Nacken geworfen, stolzierte Akàra zu den Gefangenen.

»In Din Eidyn geschieht nichts, wovon ich nicht erfahre. Wir haben euch beobachtet, seit ihr die Stadttore passiert habt. Habt ihr etwa geglaubt, ich wusste nicht, dass ihr meine Leute seit Kech verfolgt habt?«

Maßlose Wut erfüllte Haldur.

»Ihr habt kein Recht, uns hier festzuhalten!«

Der Tritt eines Söldners brachte ihn zum Schweigen. Akàra lächelte amüsiert.

»Du musst Haldur sein! Ich habe viel von dir gehört.«

»Von wem?«

Ein Wächter packte Haldur am Kragen, hielt ihn fest. Akàra grinste.

»Von deinem Bruder. Ein reizender Junge, sehr gesprächig.«

»Xander? Was ist mit ihm?«

Strahlend wandte sich Akàra Doran zu.

»Doran von Dahl! Ich freue mich sehr, dich kennen zu lernen. Dein Vater oder gar dein Onkel werden eine ansehnliche Summe für dich auslegen müssen.«

Doran warf ihr einen hasserfüllten Blick zu. Akàra beachtete sie nicht. Sie musterte Wolf. Verwundert betrachtete sie seinen Beinstumpf.

»Du bist ja ein Krüppel! Von dir habe ich nichts erfahren. Wie lautet dein Name?«

Stumm presste Wolf die Lippen zusammen. Sobald Akàra seinen Namen erführe, wäre sein Schicksal besiegelt. Lodur würde ihn mit Freuden hängen.

»Ich heiße Gero«, murmelte er.

»Gero? Das ist wohl eher ein Name für einen Hund. Ich werde schon herausfinden, wer du wirklich bist. In der Zwischenzeit kannst du die Reise in Gesellschaft der Galeerensklaven verbringen. Wachen, schafft ihn weg!«

Zwei Generier packten Wolf und schleiften ihn fort.

»Bringt die anderen beiden in die Zellen«, befahl sie.

»Die Zellen?«, zirpte die freudig erregte Stimme des Jünglings auf dem Sims. »Darf ich dabei sein?«

»Natürlich.«

Neckisch strich sich der Junge die kurzen braunen Locken aus dem Gesicht. Er sprang von den Pelzdecken hoch.

Die Wachen führten Doran und Haldur zur Kabine hinaus, geleiteten sie über mehrere Treppen tiefer in den Rumpf des Schiffes. Verzweifelt hielten sie nach einer Fluchtmöglichkeit Ausschau, doch die Söldner drängten sich von allen Seiten an sie heran, bohrten ihnen die Schwerter in den Rücken, bereit, beim geringsten Widerstand zuzustechen.

Sie erreichten eine eisenbeschlagene Tür, die einer der Wächter aufschloss. Dahinter lag ein finsterer Korridor, dem ein unangenehmer Geruch anhaftete. Die Söldner nahmen Fackeln aus Halterungen an den Wänden mit. An dem Gang lagen mehrere schmale Eisentüren, mit vergitterten Öffnungen in Augenhöhe. Hinter den Gitterstäben lauerte undurchdringliche Schwärze.

Einer sperrte eine Zelle auf und stieß Doran hinein. Sofort schloss sich die Tür hinter ihr. Die Schritte auf dem Gang führten von ihr fort und eine andere Pforte fiel mit Getöse ins Schloss. Ein Riegel schnappte ein. Dann kamen die Schritte zurück. Die Tür von Dorans Gefängnis öffnete sich. Vier der Söldner blieben im Korridor zurück, zwei bedrohten sie mit Schwertern, ein dritter, ein Nordgenerier mit Akàras Brandzeichen auf dem linken Oberarm, durchtrennte ihre Fesseln.

»Zieh dich aus!«, befahl er ihr.

Doran rieb sich die Handgelenke. Sie glotzte ihn ungläubig an.

»Was?«

Eine Schwertspitze trieb sie an.

»Los, mach schon! Entweder du ziehst dich selbst aus, oder wir tun es für dich. Du kannst es dir aussuchen.«

Leise fluchend entledigte sich Doran der Kleider und des Messers, das sie im Stiefel versteckt hatte. Sie tastete nach dem Einbruchswerkzeug, das auf der Innenseite der Samtjacke eingenäht war. Ein Metalldraht glitt unauffällig in ihre Hand. Nackt scheuchten die Wachen sie in eine Ecke und ketteten sie dort an den Hand- und Fußgelenken an. Unter ihr türmte sich ein Haufen schmutzigen Strohs. Einer der Männer nahm das Kleiderbündel unter den Arm, dann verließen sie die Wachen. Der große Kerl, der den anderen die Befehle erteilt hatte, blieb zurück.

»Zeig mir deine Hände!«, flüsterte er heiser.

Doran ließ den Eisendraht hinter sich ins Stroh fallen und streckte ihm die Hände hin. Er packte ihr linkes Handgelenk und drehte es herum. Stöhnend sank sie auf die Knie.

»Die Herrin hat gesagt, wir dürfen dich nicht beschädigen. Bei deinem Freund sieht das anders aus. Mach keine Dummheiten, sonst wird er für dich leiden. Und jetzt gib mir, was du hereingeschmuggelt hast!«

»Ich weiß nicht, was du meinst«, keuchte sie.

Ihre Hand drehte sich weiter bis zum Anschlag des Gelenks.

»Hör auf!«, ächzte sie.

»Ein gebrochenes Handgelenk ist sehr schmerzhaft. Wir werden trotzdem finden, was wir suchen.«

»In Ordnung! Hör auf!«

Ihre freie Hand fühlte im Stroh nach dem Drahtstück. Als sie es gefunden hatte, hielt sie es mit zitternden Fingern dem Krieger hin.

»Na also. Es tut mir Leid um deinen Freund.«

»Was soll das? Ich habe euch alles gegeben! Lasst ihn in Ruhe!«

Der Söldner verließ das Gefängnis. Hinter ihm fiel die Tür zu. Der Riegel klackte.

»Warte!«, schrie Doran.

Schritte entfernten sich. Eiserne Angeln quietschten. Wahrscheinlich wiederholten sie jetzt bei Haldur die Prozedur des Ausziehens und Ankettens.

Doran sank auf das Stroh. Sie umfing die Knie mit den Armen. Die Ketten klirrten, als sie daran zerrte. Langsam gewöhnten sich ihre Augen an die Dunkelheit. Vom Gang her fielen durch das Gitter matte Lichtstreifen in die Zelle. Nach einer Weile vernahm sie wieder Schritte. Wachen marschierten vorbei. Das Flackern von Fackeln wanderte durch den Korridor, dann klappte eine Tür und die Männer verschwanden.

Der Fluss rauschte. Das Holz des Schiffes knarrte in der reißenden Strömung, der massige Rumpf regte sich kaum im Wasser. Doran presste die Stirn auf die Knie und barg den Kopf in den Armen. Strohhalme stachen sie. Sie drückte sie nieder. Vom Lager stieg ein beißender, feucht organischer Geruch auf. Die Luft, die vom Gang hereinquoll, roch nach Wachs und Rauch, hier drinnen stank es nach Schweiß und etwas Totem. Doran durchwühlte vorsichtig das Stroh. Sie fand nichts darin.

Was sollte sie tun? Nach Haldur rufen, mit ihm zu sprechen versuchen? Was konnte sie ihm sagen? Wie Leid es ihr tat?

Tränen des Zorns traten ihr in die Augen, rollten ihr heiß die Nase hinab. Rotz und Wasser rannen ihr in den Mund, schmeckten warm und salzig. Doran rang nach Luft. Sie wischte sich das Gesicht ab und betastete prüfend die Fesseln. Solide Eisenmanschetten umschlossen ihre Glieder, dicke Bolzen verankerten die Ketten daran in Metallplatten am Boden. Ohne Werkzeug konnte sie ebenso gut gleich aufgeben.

Die Wut verließ sie und machte der Angst Platz. Wie ein stilles, dunkles Tier kroch Furcht in ihr Herz, nagte an ihrem Gemüt. Nicht um ihr eigenes Leben bangte sie, sondern um das ihrer Freunde. Sie würde nicht getötet werden. Zu wertvoll war sie als Geisel.

Schritte im Gang rissen sie aus ihren Gedanken. Das Licht mehrerer Fackeln zog am Gitter der Zelle vorbei. Die Stimme von Akàra erschallte. Sie unterhielt sich mit einem Mann, der Worte in einem Dialekt von Süddahl gebrauchte; vermutlich stammte er aus Bengzar oder Rajona.

Schlagartig wurde Doran bewusst, dass Sigyn wohl ebenfalls auf diesem Schiff reiste. Vor lauter Verzweiflung hatte sie gar nicht mehr an ihren Auftrag gedacht.

Ausgerechnet jetzt, da sich die Prinzessin in Reichweite aufhielt, war sie, Doran, am weitesten davon entfernt, ihr zu helfen.

Die Schatten verschwanden. Eine Tür quietschte, die Schritte gingen weiter, dann schnappte ein Schloss ein. Durch die vergitterten Öffnungen der Gefängnisse hörte Doran die Stimmen fast genauso laut wie im Gang. Sie konnte sie unterscheiden, aber sie verstand nicht, was gesagt wurde.

Akàra sprach leise und eindringlich. Ein Mann antwortete entrüstet, zornig stieß er ein paar Worte hervor. Doran zuckte zusammen, sie erkannte die Stimme: Es war unzweifelhaft die von Haldur.

Die Daimonin redete wieder, diesmal drängender. Ein tiefes Summen erklang, ein auf- und abschwellender Singsang, dazwischen Gemurmel. Das waren Mönche.

Nach einer Weile ließ sich Akàra wieder vernehmen, knapp und befehlend, dann Haldur, kurz und bestimmt. Einen Moment lang herrschte angespannte Stille, dann folgte ein leises, feuchtes Geräusch. Akàra schrie wutentbrannt auf.

Was hatte Haldur getan? Hatte er sie etwa angespuckt?

Angestrengt lauschte Doran in die Dunkelheit. Sie legte die kalten Hände an ihre brennenden Wangen. Ihre Augen starrten ins Nichts.

Der monotone Gesang hob erneut an, vermischte sich mit Akàras drohender Stimme. Ein Rascheln und das Knirschen von Metall. Schließlich ein scharfes Zischen, dann schrie Haldur auf. Er brüllte, als ob er entsetzliche Schmerzen litte.

Doran biss sich auf die Unterlippe. Sie ballte die Hände zu Fäusten. Ihre Fingernägel bohrten sich in die Handflächen. Sie kniff die Augen zu.

Das Rasseln von Eisenketten hallte durch den Korridor. Haldur sprach, keuchend und abgehackt. Ein abscheulicher, säuselnder Klang schwoll an, setzte sich in quälender Langsamkeit fort. Haldur brüllte vor Pein. Fürchterlich hallten seine Schreie in dem finsteren Gang. Akàra sprach. Er antwortete undeutlich. Sie konnte seine Stimme kaum erkennen. Wieder ein Rasseln.

Von Grauen ergriffen, zerrte Doran an den Ketten, versuchte, mit Gewalt die Hände aus den eisernen Manschetten zu winden. Sie erreichte einzig, die Handgelenke wund zu scheuern.

Draußen rollte der Donner. Rauschend prasselte der Regen herab, ergoss sich auf Din Eidyn. Sturzbäche wuschen den Schmutz von den Straßen, spülten ihn in den Fluss.

KAPITEL 9 Schlechte Nachrichten

Xander krempelte die Hemdsärmel hoch und lehnte sich aus dem geöffneten Fenster. Die Sonne schien warm auf seine Arme.

Von den Bergen her blies ein schneidend kalter Wind, doch der konnte über das Nahen des Frühlings nicht hinwegtäuschen. Vereinzelte Schneekrusten säumten die Gasse, das Pflaster glänzte nass im Sonnenlicht. Tauwasser tropfte von den Regenrinnen. Aus einem Nachbarhaus erklang Geschrei. Ein Mann und eine Frau stritten sich heftig. Eine Tür knallte, dann verstummte das Gezeter.

»In der Stille erhebt sich der unsterbliche Geist und wortlos kommt die Wandlung.«

Irkit Tashu, Bewusstsein leicht gemacht. Konzentrationsübungen für den Anfänger. Volksbibliothek von Angantur, Reg. 4569.

Den Besen hatte Xander an die Wand gelehnt, daneben stand der Kübel. Ein Wischlumpen schwamm im trüben Wasser. Es war Teil seiner Pflichten, Friedel beim Putzen zu helfen. Er verabscheute Hausarbeit.

Was mochte Haldur jetzt so treiben? Bestimmt reinigte er keine Böden, sondern kämpfte heroisch gegen irgendwelche Bösewichte, die edle Tritonin Doran an seiner Seite!

Ein Lächeln breitete sich auf Xanders Gesicht aus. Um seinen Bruder brauchte er sich keine Sorgen zu machen. Wie Lutz einmal gesagt hatte, konnte Haldur auf sich Acht geben. Trotzdem, die beiden hätten längst wieder in Riem sein müssen. Fast sechs Wochen lag der Tag zurück, als sein Bruder mit Doran die Stadt verlassen hatte. Jeden Augenblick erwartete er, das Klappern von Hufen vor dem Haus zu hören, ein Klopfen an die Haustür und dann Haldur, der mit polternden Schritten die Treppe heraufkam, aber die Tage vergingen ereignislos einer nach dem anderen und sein Bruder blieb fort.

Die vier Wochen, seit er Lutz das Gift der Geister gestohlen und sich selbst verabreicht hatte, erschienen ihm wie eine Ewigkeit. Er hatte sich verändert und nichts konnte diese Wandlung rückgängig machen. Das Gift hatte ihn beinahe umgebracht. Drei Tage hatte Lutz gebraucht, um ihn zurückzuholen, so hatte er ihm erzählt. Drei Tage lang war er bewusstlos gewesen. Er konnte sich nicht entsinnen, was er während dieser Zeit im Reich der Geister erlebt hatte. Die Lücke in seinem Gedächtnis jagte ihm Furcht ein.

An sein Erwachen konnte er sich gut erinnern. In einem Bottich voll eisigen Wassers war er zu sich gekommen. Lutz hatte ihn am Haar gepackt und untergetaucht. Hustend hatte Xander Wasser gespuckt, nach Luft gerungen und endlich die Augen aufgeschlagen. Lutz hatte ihm aus der Wanne geholfen und eine Decke um die nackten Schultern gelegt, dann hatte Xander sich erbrochen. Der Schwall einer bitteren gelblichen Flüssigkeit war ihm aus dem Mund gestürzt und sein Magen hatte sich gewunden, bis er keinen Tropfen mehr enthielt.

Lutz hatte übernächtigt ausgesehen, beinahe eingefallen, den Blick voll Sorge. Ins Bett hatte er Xander getragen und in ein Laken gewickelt.

Ein Dutzend Kerzen brannten im Zimmer, deren mit Öl versetztes Wachs einen herben Geruch verströmte. Nach Kampfer duftender Rauch stieg von den Dochten auf. Der Fußboden und das Bett waren mit Kräutern bestreut, dazwischen standen flache Schalen mit Wasser.

»Was ist passiert?«, fragte Xander.

»Du warst drei Tage lang bewusstlos«, antwortete Lutz. »Ich hatte große Schwierigkeiten, dich aufzuwecken.«

»Weshalb war ich bewusstlos?«

»Weißt du das nicht mehr? Du hast dir das Gift in die Adern gespritzt, um das Reich der Geister zu sehen.«

Benommen schüttelte Xander den Kopf. Das Nachdenken wollte ihm nicht gelingen. Der Duft der Kerzen machte ihn schläfrig.

»Ja«, murmelte er, »ich habe die Ampulle gefunden, dann nahm ich die Spritze. Was ist danach geschehen?«

Lutz deckte Xander mit einer Wolldecke zu.

»Versuch jetzt zu schlafen. Wir können uns morgen unterhalten.«

Er wandte sich zum Gehen. Xander blickte ihm nach.

»Lutz!«, rief er leise.

»Ja?«

»Bist du wütend auf mich?«

»Nein. Es war deine Entscheidung, ich muss sie hinnehmen, genauso wie du selbst auch. Ich wollte dir die Mühsal ersparen, die jetzt vor dir liegt.«

»Wie meinst du das?«

»Es ist unbedingt notwendig, dass du dich erinnerst. Du musst das Reich der Geister bezwingen, bevor es dich bezwingt. Viel Zeit bleibt uns nicht!«

»Bezwingen? Was soll das heißen?«

»Du lebst jetzt in zwei Welten gleichzeitig und in keiner von beiden findest du dich zurecht. Wenn du das nächste Mal das Reich der Geister betrittst, musst du selbst den Rückweg finden und dazu muss dir klar sein, was du dort tust. In den letzten drei Tagen warst du schon sehr weit fort. Dein Wille muss wach bleiben, wenn du dich im Reich der Geister aufhältst, sonst kannst du nicht zurück. Dann wird dein Geist ein Teil der Schatten, gefangen in Schwärze und Vergessen. Daran stirbt man.«

Xander blickte in das flackernde Leuchten der Kerzen, das zerrissene Schatten auf die Wände warf, schwarz und gelb. Traurigkeit drohte ihn zu überwältigen.

»Ich habe mir das alles anders vorgestellt!«, flüsterte er. »Ich dachte, wenn ich die Spritze überlebe, dann habe ich es geschafft.«

Ein mattes Lächeln glitt über Lutz' Gesicht.

»Du hast nichts im Reich der Geister gelernt. Wie könntest du auch? Du bist in den Fluss gesprungen, ohne schwimmen zu können. Im Augenblick ist dein Körper dabei, Wasser zu treten, und kämpft wild darum, nicht unterzugehen. Das kostet dich unglaublich viel Kraft, bald wirst du nicht mehr genug davon haben. Du musst jetzt schwimmen lernen, und zwar schnell und gut, sonst wirst du ertrinken. Viele, die das Gift nahmen, dachten, sie würden Meister in einem Tag. Die Arbeit, die nötig ist, um ein Meister zu werden, bleibt immer gleich. Wer das Gift einnimmt, muss sie bloß schneller erledigen, weil das Gift ihn sonst vernichtet. Das Gift ist der schwere Weg, nicht der leichte!«

Die vier Wochen seit jener Nacht hatte Xander mit Arbeit zugebracht. Jeden Tag stand er bei Morgengrauen auf, dann lernte er unter der Anleitung von Lutz, bis er glaubte, vor Erschöpfung umzufallen. Anschließend ging er seinen Pflichten nach: Er säuberte das Haus, half Friedel in der Küche, erledigte Besorgungen. Nach dem Abendessen ging es weiter mit Übungen, meist bis nach Mitternacht.

»Du musst Disziplin lernen«, hatte Lutz gesagt. »Welches Ausmaß an Fähigkeiten du erlangst, wird darüber entscheiden, wie lange dein

Leben noch währt. Für dich gibt es kein Spiel mehr, kein Herumalbern. Ein Versagen kannst du nicht mehr mit einem Schulterzucken abtun.«

Welche Wunder hatte er erlebt! Am Tag nach seinem Erwachen hatte Lutz ihn vor den Kamin gesetzt und ihm befohlen, in das Feuer zu schauen, bis dessen Geist sich ihm zeigte. Lange hatte er dort gekniet und in die Flammen geblickt.

Die flackernden Feuerzungen faszinierten ihn. Er fühlte ihre sengende Hitze, ihren Hunger nach Luft und Nahrung. Das blaue Herz der Flammen zog ihn an, er glaubte darin eine Bedeutung zu erkennen und plötzlich verschob sich seine Wahrnehmung und er sah nicht mehr das Rot und Gelb des Feuers, sondern eine blaue und schwarze Kraft, gleich einer Wolke der Finsternis, in der bläuliche Schatten waberten. Die Flammen waren nicht Licht, sie waren Dunkelheit.

Nachdem er Lutz von seinem Erlebnis erzählt hatte, hatte der gemeint: »Du hast das Feuer als Energie gesehen, dies ist sein Gesicht im Reich der Geister. Feuer ist eine Kraft, deshalb ist es Schwärze, nicht Licht. Die bläulichen Schatten besitzt es, weil es einer stofflichen Form bedarf, um zu existieren.«

»Was habe ich davon, wenn ich das Feuer als Energie sehe?«

»Nur wer die Dinge in ihrer wahren Form erkennt, kann sie beherrschen. Versuch es nochmals und werde jetzt eins mit der Kraft. Gebrauche deinen Willen und lösch die Flammen!«

»Das ist unmöglich!«

»Im Reich der Geister ist nichts unmöglich. Versuch es!«

Wieder blickte er in das Feuer und bald darauf sah er die Energie wieder, als falle es ihm dieses Mal leichter, weil er wusste, wonach er Ausschau hielt. Staunend betrachtete er die Dunkelheit, die er mehr durch sein Inneres als mit den Augen wahrnahm. Er ließ sich davon umhüllen. Ein Prickeln glitt über seine Haut und er vernahm ein Geräusch, wie er es nie zuvor gehört hatte, ein zischendes Wispern wie von einer hohen Stimme, die der Wind mit sich trug. Angestrengt versuchte er, die Schwärze mit seinem Willen zu vertreiben. Die Dunkelheit schien vor ihm zu weichen, eine Welle der Finsternis, um gleich darauf zurückzukehren. Mit jeder Woge schwoll das Wispern an, als ob es ihn auslache. Schweiß trat auf seine Stirn. Sosehr er sich auch mühte, es gelang ihm nicht, die Kraft zu bannen.

Ein Lachen riss ihn aus der Konzentration. Lutz klopfte ihm grinsend auf die Schulter.

»Du hast das Feuer auflodern lassen! Ich dachte, du wolltest es löschen.«

»Ich konnte es nicht löschen, seine Kraft war zu groß für mich!«

»Harte Übung ist nötig, um ein Feuer mithilfe des Willens zu vertreiben. Selbst die Daimonen, die es können, nehmen lieber einen Kübel Wasser dazu, denn das ist einfacher. Feuer ist schwer zu beherrschen. Ich wollte dir nur zeigen, dass es möglich ist, Energie zu beeinflussen, und das ist dir gelungen.«

Während der nächsten Wochen zeigte ihm Lutz andere Geister, führte ihn Schritt für Schritt durch ihr Reich. Er lehrte ihn, zu beobachten und zu handeln. Xander lernte rasch, getrieben von der Furcht, die ihm seine mangelnde Erinnerung an jene ersten drei Tage im Reich der Geister einflößte. Er glaubte, nein wusste, dass in dem leeren Fleck seines Gedächtnisses etwas Tödliches seiner harrte. Lutz war hocherfreut von Xanders Fortschritten. Wenn Xander ihm von seiner Angst erzählte, suchte er ihn zu beruhigen. Lutz schien voller Vertrauen.

Draußen stapfte eine Marktfrau die Gasse entlang. Ihr gestreifter Rock schwang hin und her. Am Arm hielt sie einen zugedeckten Korb. Ihr kirschrotes Kopftuch leuchtete in der Sonne. Ein junger Bursche mit einem Hund bog um die Ecke einer Querstraße und stieß mit der Frau zusammen. Sie brüllte wüste Flüche, der Köter sprang kläffend um sie herum, der Junge duckte sich, murmelte eine Entschuldigung und trottete weiter.

Xander kümmerte sich wieder um seine Arbeit. Erschöpft schob er den Besen über den Fußboden.

Die Hausglocke läutete. Jemand pochte energisch an die Eingangstür. Xander ließ den Besen fallen und rannte ans Fenster. Draußen wartete ein fremdländisch aussehender Mann. Eine hohe, spitz zulaufende Pelzmütze mit Ohrenklappen und schwere, bestickte Pelzkleidung, wie man sie in Ereat oder Din Eidyn trug, vermummten seine Gestalt. Sein schaumbedecktes Pferd hatte er an das Gatter des Stalles gebunden. Eine bunte Ansammlung von Quasten baumelte am Sattel.

Friedel öffnete. Der Fremde deutete auf ein Paket, das er unter den Arm geklemmt hatte, und fragte nach Lutz. Friedel wollte ihn hereinbitten. Der Mann schüttelte den Kopf. Die Tür schloss sich. Schritte knarrten die Treppe zum ersten Stock herauf.

Eilig durchquerte Xander das Zimmer und spähte auf den Gang. Aus der Bibliothek drang die Stimme von Lutz. Der trat heraus und bemerkte seinen Schüler.

»Guten Morgen!«, brummte er.

»Guten Morgen!«, erwiderte Xander.

Lutz stieg in die Eingangshalle hinunter und öffnete die Tür. Xander blieb oben am Geländer stehen. Lutz sprach mit dem Fremden. Er redete ihn in einer Sprache an, die Xander nicht kannte, und der Mann antwortete ihm mit wenigen Worten. Schließlich schien Lutz zufrieden gestellt und verabschiedete sich. Das Paket nahm er entgegen.

»Wer war das?«, rief Xander.

»Das war ein Bote«, erwiderte Lutz, während er die Treppe heraufkam. »Er hatte den Auftrag, das Paket von Din Eidyn hierher zu schaffen und es mir persönlich zu übergeben. Ein dunkelhäutiger Krieger soll es ihm anvertraut haben, der seinen Namen nicht genannt hat.«

In der Bibliothek legte Lutz das verschnürte und versiegelte Bündel auf den Schreibtisch. Xander folgte ihm. Sorgfältig untersuchte Lutz das Paket, dann brach er das Siegel und löste die Schnur. Gelbliches Wachstuch umhüllte einen weichen Inhalt. Er wickelte ihn aus. Etwas Dunkles blitzte auf. Lutz erbleichte und faltete das Wachstuch rasch wieder zusammen, bevor Xander einen Blick hineinwerfen konnte.

»Ich glaube, du gehst besser wieder«, sagte er leise.

Xander runzelte fragend die Stirn.

»Was ist los?«

»Nun gut, du wirst es ohnehin erfahren.«

Lutz entfernte das Wachstuch. Kleidungsstücke und ein versiegelter Brief kamen zum Vorschein. Xander hastete zum Schreibtisch. Er griff nach der ledernen Weste, die sich in dem Paket befunden hatte. Metallbeschläge verstärkten das abgewetzte Leder, gesprenkelt von eingetrocknetem Blut. Entgeistert zog Xander den karierten Mantel hervor, der unter der Weste lag, und hielt ihn hoch. Risse zerfetzten den Wollstoff. Verkrustete, dunkle Flecken übersäten den ganzen Mantel. Jemand musste einen See voll Blut damit aufgewischt haben.

»Haldurs Sachen!«, stöhnte Xander.

Verstört betastete er die Blutflecken, als zweifle er an deren Echtheit.

Lutz setzte sich hinter den Schreibtisch, nahm den Brief und öffnete ihn. Er las vor:

Lieber Lutzold,
Kollege und Freund!
Lange haben wir uns nicht mehr gesehen und dennoch habe ich dich niemals vergessen. Beiliegend sende ich dir etwas, das einem der deinen gehört. Er braucht es im Moment nicht mehr, da er sich meiner uneingeschränkten Gastfreundschaft erfreut. Er lebt, sei unbesorgt. In letzter Zeit wirkt er jedoch etwas kränklich. Vielleicht könntest du ihn

abholen? Ich fürchte, er, Haldur lautet sein Name, ist etwas ermüdet von meiner Zuneigung. Stell dir vor, er spricht kaum noch mit mir, obwohl er am Anfang so viel Bemerkenswertes zu erzählen wusste! Aber so ist es im Leben, die Flamme, die am hellsten brennt, erlischt am ehesten. Ich erwarte dich zur Frühlingswende in Kirgon bei unserem gemeinsamen alten Freund. Es scheint mir dies der geeignete Ort, dich von allfälligen ›Plänen‹ abzuhalten. Du verstehst mich sicherlich! Als kleines Entgelt für meine so überaus großzügig gewährte Gastfreundschaft erwarte ich von dir die Rückgabe des grünen Schlüssels, den du widerrechtlich an dich genommen hast. Bring ihn mit, wenn du deinen Freund wiedersehen willst.

Deine dich liebende und verehrende
Akàra

Übrigens, dein Schüler – Xander, nicht wahr? – ist uns auch herzlich willkommen.

Lutz ließ den Brief sinken. Sorgenfalten zerfurchten sein Gesicht. Xander setzte sich vor den Schreibtisch, Haldurs Weste im Schoß umklammert.

»Wie konnte das geschehen?«

»Die Spur von Prinzessin Sigyn muss Haldur und Doran geradewegs zu Akàra geführt haben. Vermutlich sind sie in Din Eidyn in eine Falle geraten, da das Paket von dort kam.«

»Wie konnte sie von ihnen wissen?«

»Dein Traum, Xander! Hast du ihr nicht unsere Pläne verraten?«

Xander vergrub das Gesicht in den Händen.

»Das wollte ich nicht, Lutz! Bei allen Göttern, das wollte ich nicht!«

Eine Welt brach für ihn zusammen. Er hatte angenommen, Haldur werde unverrichteter Dinge aus Kech zurückkehren, vielleicht enttäuscht, doch wohlauf. Schluchzend rang er nach Luft.

»Es ist alles meine Schuld! Vielleicht hat sie ihn umgebracht! Vielleicht hat sie Haldur getötet!«

Lutz seufzte.

»Beruhige dich! Es ist unwahrscheinlich, dass sie Haldur umgebracht hat, schließlich will sie ihn gegen den Schlüssel tauschen. Lass uns überlegen! Der Kurier kam aus Din Eidyn, wenn er schnell geritten ist, hat er etwa zehn, zwölf Tage nach Riem gebraucht. Akàra reist vermutlich mit einem Schiff, das heißt, Haldur und Doran dürften sich jetzt auf dem Tux etwa in der Nähe von Kunitz befinden. In gut drei

Wochen werden sie Erkbad erreichen, die Hafenstadt in der Bucht von Kelrun. Von dort brauchen sie auf dem Landweg höchstens eine Woche nach Kirgon. Das bedeutet leider, dass wir sie nicht einholen können.«

»Warum schreibt sie, du hättest den Schlüssel ›widerrechtlich‹ an dich genommen?«

»Ich habe dir doch erzählt, dass er gestohlen wurde.«

»Ja.«

»Akàra hatte den Auftrag dazu gegeben. Offensichtlich betrachtet sie ihn jetzt als ihr Eigentum. Als ihr Kurier ihn nach Kelrun schaffen sollte, habe ich ihn aufgespürt und zurückgehalten. Akàra wusste als Einzige von dem Schlüssel.«

»Wie kommst du darauf?«

»Sie war früher meine Schülerin, sie hat Uran bei mir gesehen.«

Xander blickte auf.

»Sie war *was*?«

»Meine Schülerin. Vor vielen Jahren habe ich sie einige Monate lang unterrichtet. Ich nahm Akàra mit nach Kirgon. Ich selbst habe sie Schaaraoch vorgestellt. Als sie ihn kennen gelernt hatte, beschloss sie, bei ihm zu bleiben. Er konnte ihre Neigungen besser fördern als ich.«

Lutz schlenderte ans Fenster. Die Hände hinter dem Rücken verschränkt, schaute er auf die sonnendurchfluteten Dächer der Stadt hinunter.

»Akàra hat mich damals überredet, ihr das Reich der Geister zu zeigen. Ich gewährte ihr diesen Wunsch.«

Deshalb war eine der Ampullen leer gewesen. Lutz hatte sie für Akàra verwendet! Xander starrte ihn an.

»Weshalb hast du mir das nie erzählt?«

»Ich wollte nicht, dass du denselben Weg beschreitest.«

»Nun habe ich es doch getan.«

»Nein. Du bist nicht wie Akàra oder Schaaraoch, Xander. Ich dachte, es sei das Reich der Geister, das die beiden zu dem gemacht hat, was sie sind, aber das ist nicht wahr. Du hast mir das Gegenteil bewiesen.«

Xander biss sich auf die Lippen.

»Ich muss dich sehr enttäuscht haben, als ich dir das Gift gestohlen habe.«

Lutz trat zu ihm. Er legte ihm eine Hand auf die Schulter.

»Das hast du nicht.«

Xander konnte kein Wort mehr herausbringen.

»Pack deine Sachen!«, rief Lutz. »Wir reisen heute ab nach Kirgon. Ich werde dich auf der Fahrt weiter unterrichten.«

KAPITEL 10

Gefangen

Leere. Ferne Erinnerungen durchzuckten funkengleich die lichtlose Schwärze.

Teilnahmslosigkeit krallte sich mit Widerhaken in sein Gemüt. Sein Wille verging.

Die Ruderer schlugen regelmäßig im Takt seines Herzens, bewegten die Galeere stetig voran. Wie viele Wochen mochten sie schon unterwegs sein?

Das sengende Feuer der Wunden, die Haldurs Rücken bedeckten, war erloschen und einem dumpfen Schmerz gewichen, der ihn beständig einhüllte und an seinem Körper zehrte. Die Verbrennungen auf dem geschwollenen Arm hatten sich mit einer schwarzen Kruste überzogen. Die Schrunden schmerzten heftig, wenn er sie berührte.

»Vielleicht ist der Tod der Götter einziges Geschenk. Weshalb fürchten wir ihn?«

Karanov der Wahnsinnige, Genie oder Ketzer? Biographie von Etzel Toran, Philosophische Bibliothek von Norold. Ausg. 2273 n. A. D., Reg. 659-1.

Das Atmen fiel ihm schwer in der stickigen Zelle. Nach Luft ringend drehte er sich auf die Seite. Das feuchte Stroh stach in seine bloße Haut. Ein Fieberschub schüttelte ihn, bis seine Zähne klapperten. Schlotternd rollte er sich eng zusammen.

Durch das Gitter des Gefängnisses fiel ein mattes Licht von einer Fackel auf dem Gang. Durstig tastete er nach der Schale mit Wasser vor sich auf dem Boden, dann schien es ihm zu mühselig. Keuchend vor Anstrengung senkte er die Hand. Die Wächter hatten ihn nicht angekettet. Er war ohnehin zu schwach, um zu fliehen.

Täglich kam eine Wache, brachte ihm frisches Wasser und eine Schüssel mit mehligem Brei als Nahrung. Man wollte ihn am Leben erhalten. Haldur fragte sich, weshalb. Bei dem Verhör hatte er Akàra alles erzählt.

Er musste noch einen Wert für sie besitzen, sonst hätten sie ihn längst umgebracht.

Schritte näherten sich. Sie hielten vor der Zelle inne. Ein Schlüsselbund klirrte und der Bolzen schob sich mit einem Klacken zurück.

Fackellicht blendete Haldur. Er blinzelte. Ein Soldat ragte hoch vor ihm auf, sein Gesicht leuchtete rot, Flammenzungen schienen brennend über seine Haut zu lecken. Unter dem Arm trug er ein Bündel, das er dem Gefangenen vor die Füße warf.

»Zieh dich an! Die Seereise ist zu Ende.«

Taumelnd setzte Haldur sich auf. Mit fiebrigen Fingern griff er nach den Kleidern, breitete sie Stück für Stück vor sich aus. Der Stoff fühlte sich angenehm weich an. Es waren seine eigenen Kleider, die man ihm weggenommen hatte; einzig die Lederweste, der Mantel und die Waffen fehlten.

Unendlich langsam zog er die Hose an, ohne sich aus dem Sitzen zu erheben. Er hatte nicht die Kraft, um aufzustehen. Als er nach den Stiefeln griff, senkte sich Dunkelheit über seine Augen. Eisiger Schweiß badete ihn.

Der Wächter hielt die Fackel tiefer und musterte den Gefangenen. Den hatten sie übel zugerichtet, der sah krank aus.

»Los, beeil dich!«, brüllte er seltsam beschämt.

Haldur hörte ihn nicht mehr. Das Bewusstsein entglitt ihm. Er fiel in den ohnmachtähnlichen Schlaf, der ihn in den vergangenen Wochen oft überkommen hatte. Besinnungslos sank er auf das Stroh.

Als er aufwachte, lag er in einem Wagen. Räder holperten über einen steinigen Weg. Jemand hatte sich die Mühe gemacht, ihm das Hemd und die Stiefel anzuziehen. Seine Hände waren angekettet. Durch eine vergitterte Öffnung über ihm fiel Sonnenlicht.

Von draußen drang Waldluft herein. Haldur roch Moos und Harz und manchmal beackerte Felder. Der lehmige Geruch von Erde brachte eine Erinnerung aus seiner Kindheit zurück. Er musste damals etwa zehn Jahre alt gewesen sein.

Im Spätsommer, nach der arbeitsreichen Ernte, hatten er und seine Freunde auf dem kahlen Acker gesessen. Ein kleiner Kreis von Kindern, die sich des Nachts um ein Feuer scharten, in den Händen Stecken, an denen Kartoffeln brieten. Groß und weit hatten sich die Felder um sie erstreckt, grenzenlos wie der Sternenhimmel.

Damals erschien ihnen das Leben gewaltig und wichtig, ein unbekanntes Land. Köstlich hatten die verbrannten Kartoffeln geschmeckt, als sie die Kruste aufgebrochen hatten und das süße Fleisch daraus aßen. Er hatte sich lebendig und frei gefühlt und er erinnerte sich an den lauen Wind, der ihm über das Gesicht strich, an den Geschmack von Kohle, als er sich die Finger leckte, und an die stechenden Spitzen des vertrockneten, abgemähten Grases unter seinen nackten Füßen, aber an die Namen seiner Freunde erinnerte er sich nicht mehr, nicht an einen einzigen.

Er besann sich auf einen anderen Tag, viele Jahre später. Sein erstes Gefecht als Söldner stand bevor. Todesfurcht hatte ihn gequält, von dem Moment an, als er erfahren hatte, dass er mit der Truppe kämpfen würde, anstatt wie bisher mit der Nachhut Rückendeckung zu leisten. Er, Haldur, ein Junge von achtzehn Jahren, sollte an seiner ersten Schlacht teilnehmen.

Eine ganze Woche lang hatte ihm die Angst den Schlaf geraubt. Die Priesterinnen hatten beschlossen, ihn kämpfen zu lassen, und er fragte sich, ob dies ein weiser Entscheid war. Als der Tag kam, verließ ihn die Furcht nicht, vor Aufregung zitterten ihm die Hände. Dann stand er einem Feind gegenüber und wusste nicht recht, was er tun sollte. Erst als der ihn angriff, wehrte er sich entschlossen.

Im Nachhinein hatte er begriffen, wie ungefährlich der Einsatz gewesen war. Die Truppe musste eine Räuberbande verhaften, die sich im Wald verschanzt hatte. Die vom Hunger geschwächten Banditen konnten gegen keinen einzigen Söldner bestehen.

An jenem Tag hatte er Klaad kennen gelernt. Der Eiskrieger focht schon seit einem halben Jahr mit der Kampfeinheit, obwohl er nicht älter war als Haldur. Nie zuvor hatte er sich mit einem Eiskrieger unterhalten. Die Ardaker, die in Ereat dienten, blieben unter sich, redeten wenig mit den anderen Söldnern.

Bewundernd hatte er Klaad beobachtet, das lange schneeweiße Haar, das sich leuchtend vom Grün des Waldes abhob, die fast durchsichtigen hellblauen Augen, funkelnd und kalt. Von Kindesbeinen an war Klaad zum Kämpfen ausgebildet worden; er führte die Waffe so geschmeidig, als wäre sie ein Teil von ihm. Der Eiskrieger hatte seine forschenden Blicke bemerkt, ihn angesehen und gelacht.

»Kommst du aus Ardak?«, hatte Haldur ihn wie ein Dummkopf gefragt, um ein Gespräch zu beginnen.

»Ardak, ja«, hatte Klaad mit seinem durchdringenden Akzent geantwortet und gegrinst. »Sieht man das?«

Nach dem Gefecht hatte Haldur sich großartig gefühlt, stark und frei. Die Hitze der Schlacht hatte ihn trunken gemacht. Zum ersten

Mal seit seinen Kindertagen berauschte ihn das Leben und er empfand sich ganz und gar der Gegenwart verhaftet, ohne einen Gedanken an die Zukunft oder die Vergangenheit zu verschwenden. Einzig das Jetzt zählte und vielleicht die Freude auf den nächsten Kampf und die Glut, die dieser in ihm auslöste, als ob Feuer in seiner Brust zerbarst und der Sturm ihn mit sich trug.

Seine Ausbilderin Reneda hatte ihn gelobt:

»Du hast gut gekämpft, Haldur. Bewahr dir deinen kühlen Kopf, bleib immer besonnen. Manche Krieger geraten durch eine Schlacht in Raserei, dann empfinden sie weder Schmerz noch Furcht. Doch der Tod macht keinen Unterschied, er kennt keine Freunde.«

Haldur sog tief die Luft ein.

Der Tod musste wundervoll sein, befreiend, wie nach einem anstrengenden Tag in ein frisch gemachtes Bett zu sinken. Das einzige unbekannte Land. Im Totenreich würde er Klaad wiedersehen, in dessen eisblaue Augen blicken.

Ein Gesicht schob sich vor das sonnige Quadrat des Eisengitters. Ein verschwommenes Oval beugte sich über ihn. Eine Stimme rief leise:

»Haldur!«

Eine andere Stimme murmelte:

»Lass ihn in Ruhe, Doran!«

Ein zweiter Kopf verdrängte das Licht. Die nebligen Züge schärften sich. Haldur erkannte das Gesicht von Wolf. Dunkle Streifen überzogen dessen Haut mit einem Netz von Schatten. Er wollte ihm etwas sagen. Seine Zunge vermochte keine Worte zu formen. Ein Krächzen löste sich aus seiner Kehle, dann schloss er die Augen und schlief ein.

Bedrückt kroch Doran in eine Ecke des Wagens. Sie setzte sich und schlang die zusammengeketteten Arme um die Knie. Wolf blieb bei Haldur. Er legte ihm eine Hand auf die Stirn.

»Das Fieber ist gesunken.«

»Glaubst du, er wird durchkommen?«

»Er wird nicht sterben, er ist zäh. Beim nächsten Halt werde ich nochmals versuchen, Kräuter in den Wagen zu schmuggeln, um seine Wunden zu behandeln.«

Doran strich sich einige lose Haarsträhnen hinter die Ohren. Die fettigen stumpfbraunen Wellen des langen Haares hatte sie im Nacken zu einem Zopf geflochten. Eine schwarzgraue Schmutzschicht bedeckte sie vom Scheitel bis zur Sohle.

»Und du, Wolf?«

Er zuckte mit den Schultern. Die Aufseher der Galeerensklaven hatten ihn als unliebsamen Gefangenen behandelt. Nachdem Akàra von Haldur erfahren hatte, wer er war, hatte man dafür gesorgt, dass er keinen bleibenden Schaden litt.

»Die paar Kratzer machen mir nichts aus. Wenn sie mich Lodur ausliefern, wird es mir weitaus schlechter ergehen.«

Doran seufzte. Müde rieb sie sich die geschwollenen Augen.

»Lodur wird dich umbringen.«

»Natürlich. Ich bin das schönste Geschenk, das Akàra Lodur machen kann. Welch ein Triumph für ihn, den rechtmäßigen Erben der Flammenburg über die Zinnen der Stadt hängen zu dürfen!«

»Wenn wir nur fliehen könnten! Jetzt wäre die Gelegenheit günstig.«

»Und Haldur zurücklassen? Er kann nicht einmal aufstehen, geschweige denn zu Fuß durch Kelrun marschieren. Willst du ihn etwa tragen?«

Seit fünf Tagen fuhren sie über das Land. Jeden Abend hatte man ihnen gestattet, angekettet den Wagen zu verlassen. Wolf nützte diese Aufenthalte, um Heilkräuter für Haldur zu suchen, die er auf dessen Wunden legte. Falls Akàra dies bemerkt hatte, schien sie es zu dulden. Sie sahen ohnehin nicht viel von ihr.

Der Tross bestand aus zwei Wagen und etwa dreißig berittenen Kriegern. Tagsüber eilten sie auf einer schmalen Straße nach Norden, des Nachts lagerten sie abseits vom Weg.

Der zweite Wagen beförderte den Proviant. Die Prinzessin, nach der sie so lange gesucht hatten, befand sich nicht bei ihnen. Wolf hatte beobachtet, wie kurz nach ihrer Ankunft in Erkbad, der Hafenstadt am Generischen Meer, neun Mönche und eine verhüllte Gestalt das Schiff verlassen hatten. Sie selbst brachen zwei Tage später zusammen mit Akàra auf. Ob die Prinzessin auf derselben Strecke vorausreiste oder an einen anderen Ort gebracht wurde, konnten sie nur vermuten.

Doran begutachtete den Bau des fahrenden Gefängnisses. Die Wände bestanden aus soliden Holzbrettern. Ein massiver Riegel und zwei Schlösser versperrten die enge Tür ins Freie. Das Gitter in der Decke des Wagens war von vernieteten Scharnieren und Bolzen gesichert. Die eisernen Manschetten um ihre Handgelenke waren mit Ketten verbunden. Eine andere lange Kette daran fesselte sie an Ringe in den Seitenwänden.

»Natürlich dürfen wir Haldur keine solche Anstrengung zumuten, solange er krank ist, aber vielleicht könnten wir mit dem Wagen verschwinden.«

Wolf schnaufte.

»Verdammt, wir sind hier in Kelrun! Was meinst du, wie lange es dauert, bis sie uns mit dem Wagen wieder eingefangen haben? Vermutlich nicht mal einen Tag! Hier gibt es keine hilfsbereiten Bauern, die uns vor den Häschern verstecken. Schaaraoch regiert dieses Land und er herrscht mit eiserner Hand! In ganz Kelrun gibt es keinen, der ihm die Stirn bietet. Alle zittern vor ihm!«

Sie nickte.

»Ja, Schaaraoch der Mächtige, eine Legende zu Lebzeiten. Glaubst du, sie bringen uns zu ihm in die Stadt Kirgon?«

»Bestimmt. Was hätten wir sonst hier zu suchen?«

Wütend kratzte sich Doran unter der Jacke. Sie verwünschte alles Ungeziefer, das sich bei ihr eingenistet hatte.

»Ich frage mich, ob die rote Kette bei Akàra geblieben ist oder ob sie die auch mit Sigyn vorausgeschickt haben. Ich glaube eher, die Kette ist bei uns. Vielleicht könnten wir sie stehlen. Sie könnte uns helfen.«

»Vielleicht, vielleicht! Wir sind keine Daimonen, Doran! Wie sollen wir mit diesem Ding umgehen? Nach allem, was ich bisher gehört habe, muss diese Kette außerordentlich gefährlich sein. Und was wird mit uns geschehen, wenn sie dich beim Stehlen erwischen? Fenrir allein kann uns dann noch helfen!«

Ein bitteres Lächeln glitt über Dorans Gesicht.

»Da hast du Recht. Trotzdem, ich werde darüber nachdenken.«

Ein Wächter brüllte Befehle. Der Kutscher lenkte den Wagen nach rechts. Sie holperten über den Straßenrand, dann einen Waldweg entlang. Die Räder sprangen über Steine und vorstehende Wurzeln, schüttelten die Gefangenen durch. Schließlich hielt das Gefährt an. Die Pferde schnaubten, als die Söldner sie ausspannten und absattelten.

Die Tür des Gefängnisses öffnete sich. Ganz in der Nähe rauschte ein Bach. Vögel zwitscherten. Ein Soldat kletterte herein und schloss Wolfs und Dorans Ketten von den Ringen los. Sie stiegen aus. Haldur schlief und machte keinerlei Anstalten aufzuwachen.

Andere Krieger warteten draußen, die Hand am Schwert. Derjenige, der sie befreit hatte, kettete sie an den Wagen, sodass sie sich im Umkreis von etwa zehn Schritten bewegen konnten. Zwei Wachen blieben in ihrer Nähe, die anderen verstreuten sich und halfen ihren Kameraden, das Lager aufzubauen.

Wolf und Doran blickten sich um. Eine mit kniehohem Gras bewachsene Lichtung erstreckte sich hügelig bis zum nahen Waldrand. Wilde Blumen sprenkelten die Wiese mit blauen und scharlachroten Flecken. Im Licht der untergehenden Sonne schwirrten Insektenschwärme in der Luft. Schwarze Schmetterlinge mit gelb getupften Flügeln flatterten über den Blüten. Es duftete nach Lavendel.

Zu ihrer Rechten erhob sich eine schroffe Felswand. Ein Bach stürzte über die zerklüfteten Felsen, ergoss sich unten in ein rund ausgewaschenes Becken und floss weiter in ein steiniges Bett, das zwischen den Bäumen verschwand. Nicht weit vom Wasserfall entfernt ragte ein einzelner mannshoher Felsblock aus der Wiese empor. Struppige Grasbüschel wucherten an seinen glatten Flanken.

Der Himmel verdunkelte sich. Soldaten sammelten Holz, mit dem sie ein Lagerfeuer aufschichteten. Neben dem Proviantwagen tauchte Akàra auf. Sie warf sich einen grauen Umhang über die Schultern. Unruhig spazierte sie zum Waldrand, wartete, kehrte um und lief geradewegs zu dem hohen Felsen. Sie betrachtete ihn von allen Seiten und tastete ihn mit den Händen ab.

»Sieh dir das an!«, zischte Doran und stieß Wolf an.

Dort, wo die Finger der Daimonin den Felsen berührten, entdeckten sie Inschriften und Zeichen, die kaum mehr zu erkennen waren.

Wolf sog schnüffelnd die Luft ein. Er erblasste.

»Etwas stimmt hier nicht! Ich wittere einen ganz und gar ... *fremden* Geruch.«

Haldur träumte. Leichtfüßig lief er durch den dichten Wald. Das Laubwerk der Bäume schimmerte in sattem Grün. Sonnenstrahlen tanzten zwischen den Blättern. Zweige zerbrachen unter seinen Fersen, als er über Wurzeln sprang. Er blieb stehen, um ein Spinnennetz zu betrachten, in dem Tautropfen glitzerten. Sanfter Wind kühlte sein Gesicht.

Er rannte immer schneller, bis seine bloßen Füße den Boden kaum mehr berührten. Jeder Baum und jeder Strauch erfüllten ihn mit tiefer Freude. Er wollte lachen vor Glück. Der Wind zog ihn mit sich durch die Wildnis, er trug sein Gewicht, machte ihn federleicht.

Auf der Kuppe eines Hügels hielt er inne und ließ sich auf dem weichen Moos unter einer Tanne nieder. Die tiefhängenden Äste des Baumes bildeten ein angenehm schattiges Dach. Haldur starrte in die fein verästelten Zweige. Die Tannennadeln begannen gelb zu glimmen. Zuerst glitzerten sie nur am Rande, dann breitete sich das Licht aus, wuchs zu einem gleißenden Strahlen.

Die Tannenzweige hoben sich. Ein Mann trat zu ihm in den Schatten. In der Hand hielt er etwas, das er fest mit den Fingern umschloss. Ein Schnurrbart zierte sein unrasiertes Gesicht.

»Lutz!«, rief Haldur. »Was tust du hier?«

Er schritt näher. Dieselbe Glückseligkeit, die dem Wald innewohnte, schien auch Lutz zu umgeben. Gelbgrüne Lichter blitzten zwischen seinen Zähnen.

»Ich versuche dein Leben zu retten, du Dummkopf!«

Er beugte sich nieder.

»Wie geht es dir?«

Bleierne Müdigkeit kam über Haldur. Er wollte schlafen.

»Ich weiß nicht.«

»Wo bist du? Denk nach!«

Haldur überlegte. Er fand keine Antwort.

»Wir sind schon lange unterwegs. Ich bin müde.«

Gehetzt blickte Lutz um sich.

»Noch eine Frage, dann lasse ich dich schlafen. Wer ist bei dir? Bist du allein?«

»Wolf und Doran sind bei mir.«

»Wolf? Wer ist das?«

»Wir haben ihn in Kech getroffen, er führte uns nach Din Eidyn. Sein richtiger Name lautet Tyr.«

Lutz fluchte lautlos.

»Wie konnte …«, begann er und hörte mitten im Satz auf zu sprechen.

Er horchte.

»Sie sind nahe!«, flüsterte er. »Ich muss jetzt gehen, Haldur, aber ich werde wiederkommen, das verspreche ich dir. Leb wohl!«

Die Zweige schoben sich zur Seite und Lutz verschwand. Zurück blieb ein grüner Schimmer, der die Bäume umkreiste, sie aufzulösen schien. Haldur gähnte. Der Wald verschwamm vor seinen Augen zu bunten Flecken.

»Was ist los?«, wisperte Doran.

Wolf legte den Kopf in den Nacken und sog tief die Abendluft ein. Mit jedem Atemzug wurde er blasser. Unruhig stocherte er mit dem Stock im Gras herum.

»Fünf Reiter. Sie kommen von Westen. Sie riechen nicht wie Menschen. Etwas ist bei ihnen, viele weiche Füße, ich weiß nicht, was es ist.«

Doran starrte ihn verblüfft an. So angestrengt sie auch lauschte, sie vernahm bloß das Rauschen des Wasserfalls, das Zwitschern von Vögeln und die Stimmen der Soldaten auf der Lichtung. Den Rücken an ein Wagenrad gelehnt, kauerte sie sich ins Gras. Wolf entfernte sich, so weit es die Ketten zuließen, und suchte den Boden nach Kräutern ab.

Die zwei Wachen in ihrer Nähe unterhielten sich leise, warfen ab und zu einen prüfenden Blick herüber. Die anderen saßen am Feuer oder holten sich beim Proviantwagen ihre Essensrationen. Die Speere hatten sie in einem Kreis aufgereiht, die Schwerter abgelegt. Ein Soldat stapfte, mit Blechnäpfen und einem Krug beladen, durch das hohe Gras. Er brachte den Wächtern das Essen.

Die Gefangenen bekamen nichts. Morgens, bevor sie weiterreisten, gab man ihnen die Reste des vorhergehenden Tages, zumeist einen Brei aus geschrotetem Korn, etwas Brot und Wasser.

Doran betrachtete den Waldrand. Die Bäume ragten riesenhaft in den Abendhimmel, ehrwürdig wirkten sie, als ob sie seit Anbeginn der Zeit ihre Kronen in die Wolken reckten. Moos und Flechten bedeckten die Stämme und die weit verzweigten Wurzeln. Die Blätter an den äußeren Ästen leuchteten im schwindenden Sonnenschein. Mückenschwärme trieben in der Luft, schwebten wie Schleier über den Büschen. Zwischen den Baumstämmen wurde es finster. Die Nacht senkte sich herab, tauchte den Wald in samtene Dunkelheit.

Jähes Hufgetrappel riss Doran aus ihren Gedanken. Ein Reiter brach durch das Dickicht. Die Soldaten am Lagerfeuer sprangen hoch, hasteten zu den Waffen. Akàra blieb beim Felsblock. Gelassen mahnte sie die Krieger zur Ruhe. Sie schien zu wissen, wer da kam.

Der Reiter zügelte den Schritt des Pferdes. Unter einem schwarzen Mantel trug er eine schwarze Lederrüstung, die seinen ganzen Körper verhüllte. Schnallen und Bänder hielten sie eng am Leib. Die Rüstung verdeckte selbst die Hände und den Hals. Das Gesicht war hinter einer Eisenmaske verborgen, mit Öffnungen für die Augen und einem Schlitz für den Mund. Rillen und Zeichen waren in das matte Metall geprägt.

Wolf legte eine Hand auf Dorans Schulter. Sie zuckte erschrocken zusammen.

»Das ist einer der Reiter, die ich gewittert habe. Ich verstehe das nicht, er riecht nicht wie ein Mensch. Zumindest nicht wie ein lebender. Er riecht nach Tod!«

Mit geweiteten Augen beobachtete Doran die große Gestalt, die gemächlich über die Lichtung ritt, ohne die Krieger zu beachten.

Wolf verfolgte jede Bewegung des Fremden. Er bohrte die Finger in Dorans Schulter.

»Nichts Böses geht von ihm aus. Es ist mir unbegreiflich! Jeder Krieger in diesem Land muss zu Schaaraoch gehören!«

Gerade als Doran etwas erwidern wollte, brachen vier weitere Reiter aus dem Wald. Sie trugen ebenfalls schwarze Rüstungen und Masken vor den Gesichtern. Sie ließen das Dickicht hinter sich. Plötzlich verstanden Wolf und Doran, weshalb sie länger gebraucht hatten, um die Lichtung zu erreichen.

An den Sätteln hatten sie Ketten befestigt, an denen etwa zehn Menschen durch das Unterholz strauchelten. Die Ketten endeten in breiten Halsringen aus Eisen. Wie eine Meute Hunde trabten die Gefangenen neben den Pferden her. Die Kleider hingen ihnen in schmutzigen Fetzen herunter. Das Dornengestrüpp im Wald hatte ihre Glieder und die nackten Füße blutig zerkratzt. Ihr jämmerlicher Zustand kümmerte sie nicht. Wahnsinn entstellte ihre aschgrauen Gesichter. Speichel troff aus den Mündern. Fieberopfer stolperten neben den Pferden der Reiter her.

Die Kreaturen entdeckten die Soldaten auf der Lichtung. Wild heulend rissen sie an den Ketten. Die Reiter zogen sie ruhig zurück, als könne ihnen die unbändige Wut der Toten nicht das Geringste anhaben. Tatsächlich begannen die Wesen zu winseln und duckten sich, als sie in die Nähe ihrer Bewacher gerieten. Sie schienen sich vor den Reitern zu fürchten. So wie sie von den Menschen auf der Lichtung angezogen wurden, mieden sie jede Berührung mit ihren Begleitern.

Sehr zur Erleichterung der Gefangenen und der Soldaten blieben die Reiter am Waldrand zurück und bewachten die Seuchenopfer.

Der Mann mit der verzierten Maske stieg vom Pferd. Akàra musterte ihn aus zusammengekniffenen Augen.

»Hallo, Akàra!«, begrüßte er sie.

Sie schnaubte missbilligend.

»Äneas! Ich hatte nicht erwartet, *dich* hier zu treffen!«

KAPITEL 11

Geister

»Zweifel ist der Feind der Erkenntnis.«

Eldred M., 99 Regeln für den angehenden Daimon. Jubiläumsausgabe mit zahlreichen Farbtafeln und Erläuterungen. Ges. Werke, Ausg. Stift. von Angantur, Nr. 5785, 2268 n. A. D.

Xander schlenderte über den Dorfplatz. Er blieb bei einem Gemüsehändler stehen, der gerade eine leere Kiste ins Haus räumte, und nahm sich einen Apfel aus einem halbvollen Korb. Da er den Dialekt dieser Menschen schlecht verstand, musste er die Finger zu Hilfe nehmen, um den Preis zu erfragen. Nachdem er bezahlt hatte, biss er in die gelbe Frucht und setzte seinen Spaziergang zum Hafen fort.

Der Hafen von Ranach besaß weder eine strategische noch eine kaufmännische Bedeutung. Neben abgenutzten hölzernen Stegen trieben einfache Fischerboote und einige wenige Segelschiffe im Generischen Meer, wie die *Mirza,* die sie von Multenberg auf dem Tux nach Süden befördert hatte.

Lutz hatte ihm gesagt, er wolle auf dem Weg nach Kirgon einen alten Freund besuchen, der an der Küste von Tylegro wohne. Die dicht besiedelte Provinz lag am Generischen Meer. Mildes Klima herrschte dort, brachte eine liebliche Natur hervor. Fruchtbare Erde begünstigte die Landwirtschaft. Fischfang, Ackerbau und Viehzucht sicherten den Menschen ein gutes Auskommen. Die meisten lebten in Fischerdörfern und in zahllosen Weilern auf dem Lande. In Tylegro gab es nur zwei größere Ortschaften. Im Norden, nahe der Grenze zu Batonien, lag Jodburg, bekannt für seine Salzminen, weit im Süden, direkt an der Küstenstraße, stand das berühmte Angantur, das zu den bedeutendsten Städten von ganz Dahl zählte.

Regiert wurde die Provinz von Herzog Greghard, dem von Alrich berufenen Statthalter. Die Einwohner von Tylegro liebten ihren Herzog für seine Klugheit, seinen viel gerühmten Kunstverstand und die Güte, mit der er allen Untertanen begegnete. Auf gewisse Gerüchte über Vorkommnisse bei seinem Personal gab man nicht viel. Neider setzten diese in die Welt, um das Ansehen des edlen Herzogs zu beflecken. Ein Aufruhr wäre die Folge gewesen, hätte Alrich jemals versucht, ihn durch einen anderen zu ersetzen. Doch Alrich dachte gar nicht daran. Herzog Greghard genoss sein volles Vertrauen. Seit sechsundzwanzig Jahren schon residierte er in dem prächtigen weißen Schloss über der Bucht von Angantur, das Alrich ihm als Wohnsitz zur Verfügung gestellt hatte.

Ranach lag nur zwei Tagesritte von Angantur entfernt. Zu Xanders Enttäuschung verfügte das Fischerdorf über keinerlei Sehenswürdigkeiten, geschweige denn interessante Bibliotheken. Es gab in Ranach überhaupt nichts Aufregendes zu entdecken und die Zeit drängte zu sehr, um ihm einen Ausflug nach Angantur zu erlauben. Gerne hätte er gesehen, wo Lutz früher gelebt hatte.

Xander setzte sich auf die Kaimauer und blickte auf das Wasser hinaus. Das Meer glänzte in finsterem Grün, Wellen brandeten an die Steine zu seinen Füßen. Am Horizont türmten sich schwarzgraue Wolken, die im Abendlicht wie ferne Berge aufragten. Die untergehende Sonne entzündete den Himmel, leuchtete rot zwischen Wolkenrissen. Die Luft roch nach Regen.

Zwei Fischer rannten über den Steg, ein heftiger Windstoß zerrte an ihren grob gewebten Leinenkleidern. Ihre Sandalen klapperten auf den Planken. Sorgenvoll betrachteten sie den düsteren Horizont. Nachdem sie ihr Boot mit einer Plane aus Öltuch zugedeckt hatten, verschwanden sie wieder.

Der Wind blies Xander das Haar aus dem Gesicht. Die Wellen wogten höher, schlugen stärker gegen den Kai. Die Schiffe schaukelten. Xander warf den Stiel des Apfels ins Wasser und beobachtete, wie die Gischt ihn mit sich trug. Er trieb auf den schwarzen Fluten, drehte und wendete sich. Kreischende Möwen flatterten zwischen den Masten der Schiffe umher, flogen landeinwärts.

Er dachte an Haldur, wie meistens, wenn Lutz ihn nicht mit Übungen beschäftigte. Die Sorge um seinen Bruder verursachte ihm einen beinahe körperlichen Schmerz. Wäre es nach ihm gegangen, hätten sie den Umweg über Ranach bleiben lassen, obwohl es keinen großen Zeitverlust bedeutete. Bald schon sollte sie die *Mirza* über das Meer tragen, bis an die Küste von Kelrun, nach Erkbad, von wo aus sie ins Landesinnere vorstoßen würden. Falls ihnen das Wetter keinen Streich spielte, konnten sie auf jeden Fall eher in Kirgon eintreffen, als wenn sie die mühselige und gefahrvolle Reise über die Schirberge angetreten hätten.

Heinard, Lutz' Freund, hatte sie gestern voll Herzlichkeit aufgenommen. Er besaß einen Gutshof in Ranach, etwas außerhalb des Dorfes, den er zusammen mit vier Knechten und einer Magd bewirtschaftete.

Heute morgen hatte ihm Lutz erzählt, dass Heinard ebenfalls die Schule von Angantur besucht hatte. Xander fragte sich, warum er kein Daimon war. Heinard lebte als Bauer; nichts an ihm verriet seine Vergangenheit.

Offenbar hatte Lutz ihm vor vielen Jahren etwas zur Aufbewahrung überlassen, das er jetzt wieder abholen wollte. Für welchen Gegenstand sie eigens nach Ranach gekommen waren, wollte er ihm nicht verraten. Lutz hatte bloß gegrinst, als er ihn gefragt hatte, und gemeint, er solle nicht so neugierig sein.

Lutz und Heinard hatten sich gleich nach dem Frühstück in den alten Getreidespeicher zurückgezogen. Sie hatten ihm befohlen, nach Sonnenuntergang zur Stelle zu sein. Wahrscheinlich schwelgten die beiden in Erinnerungen. Etwas gekränkt, weil sie ihn nicht bei sich haben wollten, war Xander schließlich in das Dorf gewandert.

Das Kinn in eine Hand gestützt, starrte er die Felsen der Küste an, an denen die Wellen sich brachen. Bartstoppeln stachen ihm in die Finger. Er rieb sich die ungewohnt rauen Wangen. Das Meer wogte höher, noch weit draußen beobachtete er den weißen Schaum der Wellenkämme. Die drückende Luft versprach ein Gewitter. Ein Sturm zog auf.

Xander schwang die Beine über die Mauer. Die Hände in den Hosentaschen vergraben, kehrte er zurück zu den Häusern. Der Wind presste ihm die Kleider an den Leib. Ein Fensterladen riss sich los, knallte an die Fassade. Staubwirbel fegten durch die menschenleeren Straßen. Er wunderte sich, weshalb Lutz und Heinard ihn ausdrücklich abends wieder auf dem Hof wünschten.

Die Bewohner von Ranach verrammelten die Türen und Fensterläden. Ein Blitz zuckte über dem Wasser. Donner rollte. Xander marschierte durch das Dorf zum Feldweg, der zu Heinards Gut führte. Auf den Äckern sprossen bereits erste Pflanzen. Der Sturm riss an den Trieben, drückte sie auf die Erde nieder. In wenigen Monaten sollten hier Weizenfelder stehen, wenn das Unwetter die Saat nicht vernichtete.

Dicke Tropfen fielen dunkel in den Staub. Die schwüle Luft schmeckte salzig. Xander stellte den Kragen der Jacke hoch, zog den Kopf ein und beschleunigte seine Schritte. Als Heinards Gutshof zwischen den

Obstbäumen auftauchte, erreichte ihn das Gewitter. Bleiern legte sich der Himmel über das Land und öffnete krachend die Tore. Der Wind peitschte ihm Regen ins Gesicht. Der Feldweg weichte auf. Zwischen Pfützen hin und her springend, legte Xander das letzte Stück Weg in raschem Lauf zurück.

Keuchend warf er die Eichentür des Wohnhauses hinter sich ins Schloss. Das Unwetter hatte ihn bis auf die Haut durchnässt. Die Kleider klebten ihm am Leib. Er setzte sich auf die Truhe neben dem Eingang und zog die schlammverschmierten Stiefel aus. Heinards Magd Gitta spähte aus der Küche hervor. Sie schüttelte den Kopf.

»Was machst du draußen, bei diesem Wetter? Dein Freund hat nach dir gefragt. Du sollst zu ihm kommen.«

Er strich sich das triefende Haar aus der Stirn.

»Wo ist er?«

»Im Getreideturm, mit Heinard. Sie haben ihn den ganzen Tag nicht verlassen.«

»Ich muss mich erst umziehen.«

Mit bloßen Füßen stieg er die schmale Holztreppe in den ersten Stock hinauf. Im Gästezimmer zog er die Tür hinter sich zu und zündete eine Kerze an. Gitta hatte während seiner Abwesenheit aufgeräumt. Glattgestrichene, weiß bezogene Daunendecken wölbten sich in den beiden geschnitzten Betten. An der weiß getünchten Wand dahinter hingen kleine Bündel getrockneter Veilchen, Glücksbringer und Beschützer der Träume nach dem Glauben der hier ansässigen Landbevölkerung, dazwischen ein ovales, holzgerahmtes Bild, das eine sprudelnde Quelle zeigte, das Symbol des Gottes Elvis, des Herrn der Erde und der Fruchtbarkeit.

Regen klatschte an die Scheiben der Riegelfenster, verwischte den Ausblick auf den Garten hinter dem Haus. Ein Blitz erhellte die Dunkelheit. Die Obstbäume neigten sich unter den Fluten, die aus dem schwarzen Himmel strömten. Aus den tiefhängenden Ästen spritzte Wasser wie Gischt.

Xander stellte seine Reisetasche auf die Kommode. Unwillkürlich blickte er in den Spiegel an der Wand. Sein rotblondes Haar glänzte vor Feuchtigkeit. Die Sonne hatte seine Haut gebräunt und die unregelmäßigen Bartstoppeln zu einem hellen Gold gebleicht. Schatten lagen unter seinen Augen. Der letzte Anflug von Kindlichkeit in ihnen schien geschwunden zu sein und hatte einem Selbstbewusstsein Platz gemacht, das er sich durch die harte Arbeit der letzten vier Wochen erworben hatte.

Seit sie von Riem aufgebrochen waren, hatte er an jedem Tag mehr gelernt als manche Monate zuvor. Lutz forderte ihn bis an die Grenzen seiner Kraft.

An seine Erlebnisse im Reich der Geister konnte er sich noch immer nicht erinnern. Jene drei Tage fehlten in seinem Leben, als hätte es sie nie gegeben. In letzter Zeit hatte er nur noch selten darüber nachgedacht.

Mit klammen Fingern zog er die Kleider aus, holte ein Handtuch aus der Schublade und trocknete sich damit ab. Die nassen Sachen warf er über eine Stuhllehne. Er klappte die Schnallen der Tasche hoch und nahm eine sandfarbene Hose, ein weißes Hemd und seine dicke graue Strickjacke mit den Hornknöpfen heraus. Unter der Wäsche lag Haldurs Weste, die er in Riem mit eingepackt hatte. Traurig befühlte er das Leder und die beschädigten Metallbeschläge. Die Blutflecken hatte er entfernt, die Risse genäht. Er würde sie seinem Bruder zurückgeben.

Rasch zog er sich an, schloss die Reisetasche, blies die Kerze aus und verließ das Zimmer. In der Halle fand er hinter der Treppe ein Paar Filzpantoffeln, die er sich unter den Arm klemmte. Er stieg in die dreckigen Stiefel, die er beim Eingang zurückgelassen hatte, und öffnete die Tür. Ein Schwall feuchtkalter Luft schlug ihm entgegen. Dämmerung hatte sich über das Land gebreitet. Das düstere Schiefergrau des Gewitterhimmels ging in die Schwärze der Nacht über.

In der obersten Kammer über den Speichern des Getreideturms brannte Kerzenlicht. Xander rannte quer über den Hof durch den Regen, der unvermindert auf die Häuser und Wiesen trommelte. Matsch spritzte auf, seine Stiefel sanken in die Erde ein. Er hastete durch das Tor. Mit einer Hand abgestützt, stieß er die Stiefel von sich, dann schlüpfte er in die Pantoffeln und kletterte die Holzleitern bis unter das Dach hinauf. Am Ende eines schmalen Ganges erreichte er die Tür des beleuchteten Zimmers. Er klopfte.

»Komm herein!«, erschallte Lutz' Stimme.

Er trat in einen behaglich möblierten Raum, fast überfüllt von Kommoden, Schränken und Stühlen. Bunt gestreifte Webteppiche bedeckten die Dielen. Lutz saß gegenüber von Heinard in einem mit abgewetztem rostrotem Stoff bezogenen Lehnsessel. Beide Männer hielten kostbare, kunstvoll geschliffene Kristallgläser in den Händen. Auf einer flachen Holztruhe zwischen ihnen stand eine halbvolle Korbflasche. Lutz schmauchte zufrieden an der Pfeife. Seine Hakennase glühte gerötet.

»Nimm dir einen Stuhl!«, forderte er Xander auf.

»Was trinkt ihr da?«, fragte dieser.

»Birnenschnaps«, sagte Lutz. »Er ist ausgezeichnet. Willst du auch ein Glas?«

»Danke, vielleicht später.«

Heinard blickte ihn ernst an. Er musste etwa gleich alt sein wie Lutz. Dünnes graues Haar umkränzte die Stirnglatze, die weit über sein Haupt reichte. Die erschlafften Wangen waren glatt rasiert. Er trug die Kleidung eines wohlhabenden Bauern. Die Silberknöpfe der rotbraunen Jacke spannten sich über seinem Bauch.

»Wir haben dir einiges zu erklären«, raunte er.

Xander setzte sich zu ihnen.

Lutz stellte das Glas ab und nahm die Pfeife aus dem Mund.

»Xander, in den letzten Wochen habe ich versucht, dir so viel wie möglich beizubringen. Bestimmt hast du es nicht leicht gehabt. Trotz der widrigen Umstände hast du schneller gelernt, als ich jemals erwartet hätte. Ich bin sehr stolz auf dich und deshalb möchte ich dir etwas schenken. Heinard, bitte!«

Schwerfällig stemmte sich der Bauer aus dem Sessel hoch.

»Überleg es dir gut, Lutz! Es wäre schade um deinen Schüler.«

Mit einem Nicken musterte Lutz Xander.

»Du musst selbst entscheiden, ob du es annimmst oder nicht. Zuerst möchte ich dir von einem Geschenk erzählen, das ich einst erhalten habe.

Nach meiner Ausbildung in Angantur lernte ich beim Daimon Mog Ruith. Tag und Nacht ließ er mich üben, bis mir der Schädel brummte. Ich verstand nicht, weshalb er mich so streng behandelte, und hasste ihn dafür.

Eigentlich arbeitete ich bei ihm, weil ich vermutete, dass er einen der fünf Schlüssel besaß, auf deren Spur Barnas und ich bei unseren Forschungen gestoßen waren. Alles hätte ich dafür gegeben, einen Blick auf einen dieser sagenumwobenen Paralle werfen zu dürfen. Doch Mog Ruith hütete das Kleinod achtsam vor meinen Augen. Bald bezweifelte ich, ob er es überhaupt hatte.

Eines Nachts rief er mich zu sich, ich hatte schon geschlafen. Krank und bleich hockte er hinter dem Arbeitstisch des Behandlungszimmers. Mit zitternden Händen schluckte er Medikamente. Die brachten ihm keine Erleichterung mehr. Nie zuvor hatte ich ihn in diesem Zustand gesehen. Plötzlich verstand ich, weshalb er mich so gedrängt hatte. Er hatte gewusst, dass ihm nicht mehr viel Zeit blieb. Ich würde der letzte seiner Schüler sein. Mog Ruith lag im Sterben und ich hatte nichts davon gemerkt! Vor mir, einem Daimon, hatte er seine Krankheit verborgen.«

Erschrocken starrte Xander Lutz an. Der lächelte.

»Keine Angst, meine Zeit ist noch nicht abgelaufen! Ich habe dich aus einem anderen Grund zur Eile getrieben.«

Lutz nahm das Glas auf, hielt es bewundernd vor das Kerzenlicht und trank einen Schluck. Genüsslich leckte er sich die Lippen. Er erzählte weiter:

»An jenem Abend schämte ich mich vor meinem Meister für meine Faulheit. Ich glaubte, er wolle mir ins Gewissen reden, doch er machte mir keine Vorwürfe. Feierlich drückte er mir einen Lederbeutel in die Hände und sagte: ›Das ist das Wertvollste, was ich besitze. Ich will es dir vermachen, Lutzold. Deshalb bist du doch zu mir gekommen.‹

In dem Beutel lag der grüne Parall. Niemals hätte ich gedacht, dass mein Meister ihn mir schenken würde! Bloß sehen hatte ich ihn gewollt, um endlich zu wissen, ob die Legenden der Wahrheit entsprachen.

Voll Ehrgeiz brannte ich darauf, den Schlüssel zu gebrauchen. Mog Ruith sagte mir nichts über die Gefahr, der ich mich aussetzte. Er wollte mich prüfen. Ich rief den Geist des Paralls und er ließ es mich wortlos ausführen. Diese erste Begegnung mit Uran hätte mich fast umgebracht.

Als es vorüber war, sagte Mog Ruith: ›Es gibt fünf dieser Schlüssel, einer so gefährlich wie der andere. Sei vorsichtig! Trag niemals mehr als einen auf dir! Benütze nie zwei gleichzeitig! Die Geister geben dir Macht und sie gewinnen Macht über dich. Die fünf stoßen sich ab, es sind entgegengesetzte Kräfte.‹«

Xander runzelte die Stirn.

»Entgegengesetzte Kräfte? Was bedeutet das?«

»Das werden wir dir später erklären«, antwortete Heinard.

Er öffnete die Faust. Ein grauer Lederbeutel lag auf seiner Handfläche.

»Zuerst musst du uns sagen, ob du dein Geschenk annimmst.«

Verblüfft musterte Xander das Ledersäckchen. Schlagartig begriff er, weshalb ihm Lutz die Geschichte von Uran erzählt hatte.

»Ein Parall!? Für mich?«

Lutz nickte.

»Ja. Ich gelangte vor vielen Jahren in seinen Besitz. Da ich damals bereits Uran hatte, gab ich ihn Heinard zur Aufbewahrung. Ich wartete auf eine Gelegenheit, ihn zu verwenden. Willst du ihn haben, Xander?

Überleg es dir gut, er kann dich töten, wenn du seiner nicht würdig bist.«

Heinard stieß ein missbilligendes Brummen aus. Besorgt blickte er Lutz an.

»Das ist sträflicher Leichtsinn! Bist du sicher, dass dein Schüler über ausreichende Fähigkeiten verfügt?«

»Ich habe getan, was ich konnte, um mir Gewissheit zu verschaffen. Du weißt, worin die letzte Probe besteht, Heinard. Die Entscheidung muss Xander allein treffen.«

Der starrte gebannt den unscheinbaren Beutel an. Er fühlte das glühende Verlangen, den Parall zu besitzen. Furcht ergriff ihn. Er hatte kaum das Abenteuer im Reich der Geister überwunden. Es hatte ihn Respekt gelehrt. Xander seufzte.

»Ich möchte ihn haben.«

Der Beutel fiel in seine ausgestreckte Hand. Ehrfürchtig umschloss er ihn. Er spürte einen harten Kern im Innern, rund und leicht.

»Was soll ich jetzt tun?«, fragte er.

»Setz dich mit gekreuzten Beinen auf den Boden«, erwiderte Lutz.

»Eine Beschwörung?«

»Nein, so tust du dir am wenigsten weh, wenn du hinfällst.«

Xander ließ sich nieder. Lutz schob die Möbel um ihn herum zur Seite.

»Öffne den Beutel.«

Er knüpfte die Lederschnur auf und zog eine Silberkette hervor. An ihr hing ein fleckiger und zerkratzter silberner Anhänger. Gekreuzte Silberdrähte und -bänder fügten sich zu einem Behälter, dessen zwei ovale Schalen durch einen Riegel miteinander verschlossen waren. Darin lag, schimmernd in dem Netz aus altem Silber, ein gänzlich durchsichtiges, glattes Objekt von der Form und Größe eines Flusskiesels. Es besaß nicht die Spur einer Farbe. Eine sanfte Welle krümmte seine Oberfläche. Xander drückte mit einiger Mühe den Riegel auf und den festsitzenden Behälter auseinander. Der Parall fiel auf seine Hand. Er fühlte sich kühl an und glatt.

»Wie lautet sein Name?«

Lutz starrte ihn durchdringend an.

»Der Schlüssel, den du in den Händen hältst, ruft den Geist des Wissens. Er verleiht Erkenntnis. Sein Name lautet Zen.«

Als Lutz den Namen ausgesprochen hatte, vermeinte Xander ein Funkeln im Innern des Paralls zu entdecken. Er ballte die Hand zur Faust.

Zen. Der Name hallte in seinen Gedanken wider. Xander konzentrierte sich. Plötzlicher Schmerz durchzuckte seine Hand. Er spreizte die Finger.

Der Parall hatte seine Form verändert. Fünf Zacken wuchsen aus ihm hervor, die sich spitz in die Haut bohrten. Ein Licht schien im Innern zu flackern. Entsetzen überkam Xander. Sein eigener Leib löste die Kraft aus, der Parall benützte ihn, bezog Leben aus ihm. Der Schlüssel stach ihm tief in die Hand. Er fühlte dessen zitternde Tentakel, die etwas aus ihm heraussogen, was er nicht benennen konnte.

Heinard sagte etwas, seine Stimme war ein dumpfes Grollen, wie das Tosen von Wasser.

Weiße Funken tanzten vor Xanders Augen. Er sah nichts mehr. Stechender Schmerz raste durch seine Glieder. Sein Kopf drohte zu zerspringen. Der Parall pulsierte, schwoll an bis zum Bersten. Er krallte die Finger um das Handgelenk. Ein Netzwerk tausender dünner Adern zeigte sich in der durchsichtigen Masse.

Stille. Der Schmerz verebbte.

Ein Blitz zerbarst in seiner Brust. Xander schrie. Er hörte sich nicht. Sengendes weißes Feuer entlud sich in ihn, dessen Gewalt ihn flach zu Boden warf. Was der Parall aus ihm gesogen hatte, schickte er zurück in seinen Körper.

Vor seinen aufgerissenen Augen zogen Bilder vorbei, Erinnerungen an eine unbekannte Zeit. Er erblickte grüne Hügelketten und seltsam geformte Berge, hölzerne Häuser mit spitzen Giebeln, unzählige Gesichter mit geschlossenen Augen; die Münder bewegten sich, als ob sie beteten. Die Bilder verschwanden. Schwärze tat sich vor ihm auf, Unendlichkeit, in der er als unscheinbares Staubkorn trieb. Grenzenlose Kälte umfing ihn. Ein Strahl aus Licht schien aus seinem Körper emporzusteigen, eine weiße Lichtsäule, in der er immer schneller um eine unsichtbare Achse zu kreisen vermeinte, und in der Dunkelheit sah er Zen, gewaltig, unfassbar in der Leere, und er selbst war Teil des Lichts, das aus ihm und in ihn strömte.

Die Kraft verbrannte ihn. Wie ein Magnet zog Zen ihn zu sich, verband sich mit ihm. Er verspürte ein stummes Drängen. Zen wollte mit ihm sprechen, ihm *selbst* seinen Namen nennen. Forschend tastete er sich voran, als suche er nach Worten, die Xander begreifen konnte. Wahnsinn lauerte in den Tiefen, die Zen freilegte. Xander konnte die Verbindung nicht ertragen. Unter Aufbietung seines gesamten Willens zwang er sich, die Faust zu öffnen. Seine Hand verglühte. Er vermochte kaum die Finger zu bewegen. Ein Stöhnen entrang sich seiner Kehle.

Widerstrebend zog sich das Licht zurück und die Umrisse des Dachzimmers formten sich undeutlich aus dem Nichts.

Seine Augen schmerzten, sie schienen die Umgebung zu durchdringen. Das unerträgliche Feuer des Paralls glomm in ihnen, als ob es sie versengt hätte. Tränen liefen ihm über die Wangen. Er fühlte sich wie ein Blinder, der durch ein Wunder das Augenlicht wiedererlangt hatte. Die Welt war ihm fremd. Lutz und Heinard beugten sich über ihn.

»Ist alles in Ordnung mit dir?«, fragte Lutz.

»Ja.«

Unbeholfen setzte Xander sich auf. Er musterte den Schlüssel auf seiner Handfläche. Er hatte wieder die Form eines Kiesels angenommen. Einzig größer wirkte er. Aus fünf Einstichen in seiner Haut perlten Blutstropfen. Vorsichtig verstaute er den Parall im Beutel.

Lutz half ihm aufzustehen.

»Das hast du gut gemacht. Du wirst die Kräfte von Zen schätzen lernen.«

»Gib auf ihn Acht!«, meinte Heinard wehmütig.

Xander nickte, ohne die beiden anzusehen. Er fühlte sich verändert, obwohl er nicht sagen konnte, worin dieser Wandel bestand. Müde ließ er sich im Sessel nieder, den Heinard ihm anbot.

»Erzähl mir von den anderen vier Parallen, Lutz.«

Dieser griff nach der Korbflasche und füllte die Gläser auf. Die Flüssigkeit schwappte wie Öl an den Rändern. Lutz nippte. Der süße Geschmack von Birnen breitete sich in seinem Mund aus, erfüllte den Gaumen. Hitze rollte seinen Schlund hinab.

»Du darfst keinem Menschen jemals anvertrauen, welchen der Paralle du besitzt, denn wer ihre Namen kennt, kann sie rufen. Ihre Macht ist unvorstellbar groß.«

»Weshalb besitzt ausgerechnet du, Lutz, gleich zwei Paralle, nachdem es im Ganzen bloß fünf davon gibt?«

»Fast niemand weiß von ihnen, außer mir und Schaaraoch, und auch wir haben eigentlich nur durch Zufall von ihnen erfahren. Die Schlüssel galten als eine Legende. Erst seit Schaaraoch den Schrein der Wahrheit entdeckt hat, beschäftigen sich die Daimonen mit ihnen. Wir haben noch nicht damit begonnen, sie zu erforschen.«

»Wo sind die anderen?«

»Islam dürfte sich jetzt bei Schaaraoch befinden. Wie ich dir erzählte, wurde er ursprünglich in Dahlstadt aufbewahrt. Prinzessin Sigyn hat ihn mit nach Kech genommen. Er ist der Schlüssel der Handlung, er herrscht über die Taten von Menschen. Uran ist mein Eigentum. Er ist der Schlüssel der Wahrnehmung. Zen, der Schlüssel des Wissens, gehört jetzt dir, Xander. Von diesen drei ist der Aufenthalt bekannt. Die anderen zwei sind bis heute verschollen. Einer ist gelb, er wird Jahwe genannt. Kreisrund ist er, geformt wie eine Münze. Er verleiht die Kraft des Glaubens. Der fünfte ist blau, sein Geist heißt Elvis Christus. Angeblich sieht er aus wie ein Keil oder wie eine Pfeilspitze. Die Aufzeichnungen streiten sich darüber. Er ist der Schlüssel der Empfindung.«

»Und diese fünf Schlüssel erschließen den Schrein der Wahrheit?«, fragte Xander.

Ein leises Seufzen entrang sich Lutz.

»Marech Eldred berichtete davon. Ich denke, es stimmt. Wir werden es leider nie herausfinden, denn in unserer Zeit wird es keinem gelingen, sie alle zu vereinen.«

Xander stand auf. Schwindlig hielt er sich an der Lehne fest, Schweiß brach ihm aus. Lutz sprang auf, um ihn zu stützen.

»Komm, ich bringe dich ins Haus!«

Erschöpft rieb Xander sich die Schläfen. Sein gewohntes Augenlicht kehrte zurück.

»Es geht schon wieder. Ich möchte allein sein. Bitte entschuldigt mich.«

An der Tür des Turmzimmers drehte er sich um.

»Ich danke euch.«

Lutz und Heinard schenkten ihm ein Lächeln.

»Gute Nacht! Ruh dich aus!«

Nachdenklich trat Xander auf den finsteren Gang und schloss die Tür hinter sich. Der Turm roch nach nassem Holz. Das leise Gemurmel der beiden Männer erklang hinter ihm. Als er die Leiter hinuntersteigen wollte, erhob sich laut Heinards Stimme.

»Dieser Bastard!«, brüllte er.

Die Hand an der obersten Sprosse, hielt Xander inne und lauschte. Gespannt spitzte er die Ohren.

»Er ist ein Schwachkopf!«, schrie Heinard zornentbrannt.

»Der Ärger hilft uns nicht weiter«, antwortete Lutz.

»Er wird sich ins Verderben stürzen, was kein großes Unglück wäre, wenn er nicht andere mit sich reißen würde.«

»Als ›Schwachkopf‹ würde ich ihn nicht bezeichnen.«

»Das ist Ansichtssache. Dieser Hochmut, diese Gleichgültigkeit! So war er schon früher. Verflucht soll er sein! Niemals werde ich vergessen, was er mir angetan hat!«

»Die Geschichte liegt vierzig Jahre zurück!«, rief Lutz beschwörend. »Wie lange lässt du dich noch von der Erinnerung quälen?«

»Mit der Erinnerung kann ich leben. Du hast ganz Recht, wir müssen uns jetzt um die Zukunft kümmern. Ich habe da eine Idee. Hör zu, wir …«

Die Stimmen wurden leiser, bis Xander die Worte nicht mehr unterscheiden konnte. Er kletterte die Leiter hinab. Im Erdgeschoss zog er die Pantoffeln aus und zwängte seine Füße in die Stiefel.

Draußen, vor dem Getreidespeicher, prasselte sanft der Regen auf ihn nieder. Der Sturm hatte nachgelassen, nur noch kleine, kühle Tropfen benetzten die Erde. Der Wind trieb das Gewitter nach Norden, Wolkenfetzen zogen vor dem Mond vorbei, gaben den Blick auf die Sterne frei. Ein erleuchtetes Fenster des Gutshofs glühte gelb in der tiefblauen Nacht. Pechschwarz hoben sich die Umrisse des Wohnhauses vor dem offenen Land ab. Die Luft stank nach Jauche. Vom Stall her erklangen das Gebimmel von Glocken und ein dumpfes Knallen, als eine Kuh ihre Hörner an die Wand stieß.

Den Kopf in den Nacken gelegt, ließ sich Xander den Regen aufs Gesicht fallen, dann ging er über den Hof. Lautlos öffnete er die Tür des stillen Hauses. Heinards Bedienstete schliefen. Das Licht, das er gesehen hatte, brannte in der Eingangshalle. Er streifte die Stiefel ab, tappte auf Zehenspitzen die Treppe in den ersten Stock hinauf und verschwand im Gästezimmer.

In dem finsteren Raum öffnete er ein Fenster. Wasser rann vom Rahmen, tropfte auf die Dielen. Im Garten quakten Frösche. Er warf sich in den Kleidern aufs Bett, die Beine baumelten an der Seite hinab. Die weichen Federdecken dufteten nach Sonne, die leinenen Bezüge raschelten. Mit geschlossenen Augen lauschte er dem Gluckern des Wassers in den Regenrinnen am Dach. Kalte Luft wehte herein. Fröstelnd kreuzte er die Arme vor der Brust.

Einen Parall besaß er nun. Er, Xander, der Bauernsohn aus Brigelbach.

»Aus dir wird nie etwas werden«, hatte ihm Tante Ada versichert, bei der er gelebt hatte, bis er fünfzehn Jahre alt war. Die Erinnerung machte ihn zornig.

Die Seuche hatte sein Heimatdorf ausgelöscht, die Eltern und viele Verwandte getötet. Die im Nachbarort lebende Ada, die Schwester des Vaters, hatte den siebenjährigen Xander bei sich aufgenommen. Haldur war fortgezogen. Damals hatte Xander ihn kaum gekannt. Meist hatte Haldur auf dem Feld gearbeitet, als sie auf dem Hof der Eltern gewohnt hatten, und Xander war zu jung gewesen, um ihm zu helfen.

Erst Jahre später hatte Xander erfahren, dass Haldur nicht freiwillig gegangen war. Tante Ada hatte den damals Vierzehnjährigen dazu gezwungen. Nicht mehr als einen zusätzlichen Mund wollte sie stopfen.

Trauer überkam Xander. Er empfand keine Bitterkeit, einzig ein gewisses Entsetzen über die Unwiederbringlichkeit seiner Kinderjahre.

Kurz nach Adas Tod war ein neuer Schub des Weißen Fiebers in Westbatonien ausgebrochen, schlimmer noch als die erste Epidemie. Als Haldur hörte, dass die Seuche wieder in seiner Heimat wütete, machte er sich auf den Weg nach Brigelbach, um Xander zu suchen. Der irrte mit einer Gruppe verwaister Kinder in den Dörfern umher. Sie plünderten die verlassenen Höfe, um an Nahrung zu kommen. Durch ihre Flinkheit gelang es ihnen, den Fiebertoten zu entwischen.

Sein Leben änderte sich grundlegend, als er Haldur wieder traf. Er erkannte ihn sofort, denn Haldur sah genauso aus, wie er ihn sich vorgestellt hatte. Ein Freund war bei ihm, ein Söldner namens Skoldi, mit rotbraunen Locken und schwarzen Knopfaugen, der dauernd Witze erzählte, um sie aufzumuntern.

Skoldi hatte die Kinder nach Jarkheim ins Flüchtlingslager gebracht. Xander war mit Haldur nach Riem geritten, wo dieser Freunde zu treffen hoffte, die sich um ihn kümmern sollten. Die Freunde fanden sie nicht, dafür lernten sie Lutz kennen.

Xander schlief ein, in der Hand den Lederbeutel mit Zen. Sein Kopf sank zur Seite auf das Kissen.

Morgensonne strahlte durch die offenen Fenster. Schlaftrunken schlug Xander die Augen auf. Vögel zwitscherten im Garten. Jemand hatte ihn in der Nacht zugedeckt. Seine Stiefel standen geputzt neben der Tür. Das Bett neben seinem war zerwühlt; Lutz hatte demnach hier geschlafen. Er hatte das Zimmer verlassen, ohne ihn zu wecken.

Gähnend schlug Xander die Decke zurück. Er brauchte einige Zeit, um sich zu rasieren, die Übung fehlte ihm, dann zog er ein frisches Hemd an und schlüpfte in die Stiefel. Im Haus polterten Schritte, im Erdgeschoss dröhnten Stimmen. Er verließ das Gästezimmer und sprang zwei Stufen auf einmal nehmend die Treppe hinunter.

Eilig benützte er den Abort in einem Holzverschlag hinter dem Haus. Am Brunnen wusch er sich. Die Luft war klar und frisch, kühl so früh am Morgen, doch die gleißende Sonne versprach einen warmen Tag.

Im Wohnraum des Hauses brannte ein Feuer im Kamin. Heinard und drei Knechte frühstückten am Esstisch. Ihren staubigen Kleidern nach zu schließen, hatten sie schon einige Arbeit hinter sich gebracht. Gitta trug eine mit Wurst und Käse beladene Platte aus der Küche herein und stellte sie zwischen die Krüge mit Malzkaffee und heißer Milch auf den Tisch. Auf einem runden Schneidbrett lag ein großer Laib Brot.

Lutz saß auf einer Truhe unter dem Fenster und packte Proviant in eine Tasche: Gläser mit eingemachtem Gemüse und eine Dose Aniskekse, die Gitta ihm geschenkt hatte, nachdem er sich besonders lobend darüber geäußert hatte.

»Guten Morgen!«, begrüßte er ihn. »Ich wollte eben nach dir sehen. Wir müssen los!«

»Wir reisen?«

»Natürlich! Hast du gedacht, wir überwintern hier?«

»Nein, aber …«

»Beeil dich mit dem Frühstück, wir wollen mit der *Mirza* noch vor dem Mittag auslaufen!«

»Was ist los, Lutz?«, fragte Xander verwundert.

»Das erzähle ich dir später. Iss jetzt und dann pack deine Sachen!«

Xander ließ sich neben Heinard nieder. Er schnitt ein Stück Schwarzbrot ab, belegte die tellergroße Scheibe mit reichlich Käse, klappte sie zusammen und biss hungrig hinein. Heinard zwinkerte ihm zu. Er unterhielt sich mit den Knechten über eine Kuh, die bald kalben sollte.

Gitta schenkte allen Kaffee mit Milch ein. Xander trank den Becher in einem Zug leer. Gesättigt stand er auf und verabschiedete sich, um wieder nach oben zu gehen.

Bereits im Mantel und in den Schuhen, wartete Lutz auf ihn. Xander packte die Reisetasche und warf sie auf das Bett.

»Was ist los, Lutz? Weshalb diese Eile? Ich dachte, du wolltest noch einen Tag hier bleiben.«

Lutz seufzte. Dunkle Ringe lagen unter seinen Augen. Er schien kaum geschlafen zu haben.

»Ich sage es dir, sobald wir uns eingeschifft haben. Komm, lass uns gehen! Gib mir Zen!«

»Zen? Wieso? Was willst du mit ihm?«

»Er bleibt hier. Heinard wird ihn weiterhin für dich verwahren. Versteh doch, es ist zu gefährlich, ihn mitzunehmen! Wir reisen nach Kirgon. Falls uns etwas zustoßen sollte, könnte er in falsche Hände fallen. Glaub mir, es ist besser so. Du kannst ihn auf dem Rückweg abholen.«

»Vielleicht könnte er uns davor bewahren, dass uns etwas zustößt!«

Energisch schüttelte Lutz den Kopf.

»Nein, er bleibt hier! Es dauert Jahre, bis man die Kräfte eines Paralls beherrscht. Du könntest gar nichts mit ihm anfangen.«

Xander zuckte die Schultern.

»Wie du meinst.«

Er fasste unter die Strickjacke, holte den grauen Lederbeutel hervor und gab ihn Lutz.

»Gut, es freut mich, dass du einsichtig bist. Komm jetzt!«

Vor dem Stall wartete Heinard. Er hatte eine lange Schürze aus Öltuch umgebunden. Die Ärmel seines blauen Arbeitshemdes waren hochgekrempelt. Lutz umarmte ihn.

»Leb wohl.«

Heinard warf ihm einen sorgenvollen Blick zu. Er sagte nichts, als könne er die Worte des Abschieds nicht über die Lippen bringen. Lutz drückte ihm den Beutel mit Zen in die Hand.

»Bitte verwahr ihn für uns, bis wir zurückkehren. Danach brauchst du ihn nicht mehr zu hüten, das verspreche ich dir.«

Mit einem knappen Nicken steckte Heinard den Beutel in die Hosentasche. Xander fiel ihm um den Hals.

»Danke!«, strahlte er.

Verblüfft glotzte Heinard ihn an. Er hatte von Lutz' Schüler keinen derartigen Gefühlsausbruch erwartet.

»Ist schon recht. Passt auf euch auf!«

Gitta kam aus dem Haus und rieb sich die Hände am Rock. Xander winkte ihr zu. Sie erwiderte den Gruß.

Laut nach Heinard rufend, rannte ein Knecht aus dem Stall. Offenbar kalbte die Kuh, über die sie sich beim Frühstück unterhalten hatten. Heinard verabschiedete sich hastig und seine beiden Gäste gingen los, ohne sich umzuwenden.

Sie marschierten den Feldweg entlang bis zur Kreuzung, wo eine Straße nach Ranach führte und die andere nach Süden abzweigte, sich oberhalb der Küste nach Angantur wand. Der südliche Pfad verschwand weiter vorn in einem Steineichenwald. Zwei der Eichen überspannten mit ihren gewundenen Ästen den Weg wie ein Tor. Sonnenstrahlen tanzten in den Blättern, warfen durchbrochene Schatten auf das Unterholz.

Die ergiebigen Regenfälle der letzten Nacht hatten den Boden aufgeweicht. Wagenräder hatten darin eine Spur aus Löchern und Klumpen hinterlassen. Beerensträucher am Wegrand glänzten nass im Sonnenschein. Goldfliederbüsche blühten. Der Winter hatte sich am Generischen Meer schon vor Wochen zurückgezogen. Blumen und Gräser sprossen üppig in der neu erwachten Wärme.

Am Hafen von Ranach erwartete sie die *Mirza.* Sie hatten das Segelschiff samt Mannschaft in Multenberg gemietet. Es hatte Lutz einiges Gold gekostet, den Kapitän zu überreden, sie bis an die Küste von Kelrun zu bringen. Seit gestern früh harrte die *Mirza* ihrer Rückkehr.

Über den Landungssteg stiegen sie an Bord. Xander brachte das Gepäck in ihre Kabine. Die *Mirza* legte augenblicklich ab. Der Wind blähte die Segel, trug sie auf die offene See hinaus. Xander kletterte wieder an Deck. Das Schwanken des Schiffes ließ ihn stolpern. Er wankte zu Lutz, der an die Reling gelehnt auf das Meer blickte.

»Also, sagst du mir jetzt endlich, was dich so aufgebracht hat?«

Der Wind griff in Lutz' weite Kleider, presste sie an die hageren Glieder.

»Eine Katastrophe.«

Er kniff die Augen zu.

»Gestern erhielt ich eine Nachricht von Friedel. Lodurs Heer ist nach Süden vorgerückt und lagert im Norden von Batonien. Das war zu erwarten. Nun berichtete mir Friedel aber, dass Lodur selbst mit seiner Leibwache die Schirberge überquert hat. Skarg begleitet ihn, Arngrims rechte Hand. Die beiden müssen jetzt in Kelrun sein. Friedel weiß dies aus sicherer Quelle.«

»In Kelrun!? Was hat Lodur in Kelrun zu suchen? Und warum ist ein Eiskrieger bei ihm?«

»Das habe ich mich auch gefragt. Deswegen suchte ich den Menschen in Kelrun auf, der am engsten mit uns verbunden ist: Haldur.«

Entgeistert starrte Xander Lutz an.

»Du hast mit Haldur gesprochen? Wie ist das möglich?«

»Durch das Reich der Geister können wir uns an jeden Ort der Welt bewegen. Es war schwer, Haldur zu finden. Ich brauchte lange dazu.«

»Wie geht es ihm?«

»Er lebt, sei unbesorgt, aber er ist krank. Leider konnte er mir wenig erzählen. Sie sind unterwegs nach Kirgon. Lodur und Skarg reisen nicht mit ihnen. Etwas Nützliches hat mir Haldur berichtet, nämlich dass nicht nur er und Doran gefangen sind, sondern noch jemand. Der dritte Gefangene hat sie seit Kech als Fährtensucher begleitet. Ich kenne ihn. Er heißt Tyr, obwohl er sich jetzt Wolf nennt. Er ist der Sohn König Theoniels von Kech und der Führer der Rebellion gegen Herzog Lodur.«

»Glaubst du, Lodur ist deshalb in Kelrun?«

»Das wäre möglich, doch es kann kaum der Grund für eine so weite Reise sein und es würde auch nicht erklären, weshalb Skarg ihn begleitet. Wolf könnte genauso gut mit einer bewaffneten Eskorte nach Kech geschickt werden. Nein, da ist etwas anderes und je mehr ich darüber nachdenke, desto mehr schaudert mich. Gestern konnte ich nicht lange mit Haldur sprechen, weil die Keren unterwegs waren.«

»Keren? Wer ist das?«

»Es sind Männer, die Schaaraoch absichtlich mit dem Weißen Fieber infiziert hat. Sie besitzen keine eigene Persönlichkeit, sie sind bloß bewegliche Puppen. In Kelrun nennt man sie Keren: Totengötter. Die Reiter, die ich gestern sah, waren ohne Zweifel Keren, aber sie benahmen sich anders. Diese dachten und fühlten auf eine ihnen eigene, merkwürdige Weise. Schaaraoch muss einen Weg gefunden haben, seine Krieger zu töten und ihnen dennoch einen Teil ihres Geistes zu lassen.«

»Aber die Opfer des Weißen Fiebers sind tot! Ihr Atem ist versiegt, ihr Herz schlägt nicht mehr. Alles an ihnen ist fauliges Fleisch!«

»Vielleicht irren wir uns.«

»Ein so mächtiger Daimon wie Schaaraoch mag den Untoten seinen Willen aufzwingen können, aber dass sie selbst denken, das ist wider jede Vernunft!«

»Außer wenn sie in einer Daseinsform leben, die wir nicht kennen.«

»Lodurs Heer! Er wird ihm dieses Mittel – oder was immer es ist – geben! Eine Armee aus gehorsamen Seuchenopfern wäre unschlagbar.«

»Schaaraoch würde Lodur niemals eine solche Macht anvertrauen. Er würde sich selbst damit gefährden. Nein, er muss etwas anderes vorhaben. Wenn er eine Armee von Fiebertoten aufstellen will, dann wird es seine eigene sein.«

Xander schwieg. Welchen Schrecken würde eine Armee der Toten verbreiten! Königreiche würden erbarmungslos in die Knie gezwungen werden. Gegen die Fieberopfer konnte keiner bestehen.

»Aber warum sind dann Lodur und Skarg in Kelrun?«

»Ich vermute, Schaaraoch will mit ihnen über ein Bündnis verhandeln. Der Ausgang des Krieges gegen Dahl ist mehr als ungewiss; Kaiser Alrich verfügt über die größere Streitmacht als Lodur und Arngrim. Falls sich jedoch Schaaraoch ihnen anschließen sollte, verschiebt sich das Schwergewicht auf die andere Seite. Ganz besonders dann, wenn Schaaraoch tatsächlich Fiebertote für sich kämpfen lässt. Vielleicht wurde ein solches Bündnis schon lange geplant.«

»Dieser Skarg«, murmelte Xander, »weshalb begleitet er Lodur? Ich dachte, Lodur habe den Oberbefehl über die Truppen der Eiskrieger.«

Lutz schüttelte den Kopf.

»Sicherlich nicht. Die Eiskrieger gehorchen keinem Fremden. Sollte Schaaraoch etwas von den Eiskriegern wollen, so muss er mit einem ihrer eigenen Abgesandten sprechen, und keiner wäre dafür besser geeignet als Skarg, Arngrims engster Vertrauter.«

»Bringt dieser Skarg sich damit nicht in Gefahr? Schaaraoch könnte ihn doch gefangennehmen lassen und Arngrim erpressen.«

»Die Eiskrieger lassen sich nicht erpressen. Schaaraoch gewönne gar nichts, im Gegenteil, er zöge sich Arngrims Feindschaft zu.«

Die Ellenbogen aufgestützt, lehnte Xander mit dem Rücken zum Meer an der Reling. Der Wind straffte die weißen Segel der drei Masten. Die Takelagen knarrten. Die *Mirza* wogte auf und nieder; schnell durchschnitt der Bug die aufgewühlten Wellen. Er blickte zurück. Die Küste von Tylegro war nur noch ein dunkler Streifen am Horizont. Gischt spritzte in Xanders Gesicht. Er trocknete sich am Jackenärmel ab.

»Lutz! Wie sollen wir dieses Bündnis verhindern?«

In Gedanken versunken schaute Lutz auf das Wasser. Trotz der Wärme zog er den ockergelben Mantel eng an sich, als ob er friere.

»Wir können den schwarzen Palast nicht vor Lodur und Skarg erreichen«, erklärte er, »aber vielleicht sind wir dort, bevor sie ihn wieder verlassen. Ich werde Schaaraoch töten, das ist die einzige Möglichkeit, die wir haben. Ohne Schaaraoch wird es kein Bündnis geben und keine Armee der Fieberopfer. Falls mir etwas zustoßen sollte, kannst du dich an Heinard wenden, der meinen Nachlass verwaltet. Er wird dir helfen, Xander.«

»Du redest ja, als ob du schon tot wärst!«

»Fürchte dich nicht! Heinard und ich haben einen Plan ausgearbeitet, wie wir Schaaraoch überlisten können. Ich werde dir erklären, was du zu tun hast.«

Das heftige Auf und Ab des Schiffes machte Xander schwindlig. Er klammerte sich am Geländer fest. Kopfschmerzen quälten ihn.

»Mir ist furchtbar übel, Lutz!«

Der musterte ihn.

»Das nennt man Seekrankheit.«

Xander hielt sich den Bauch. Sein Gleichgewichtssinn schien sich zu drehen. Er heftete die Augen an den Horizont, um sich zu orientieren. Während der Flussfahrt nach Ranach hatte er keine Übelkeit verspürt, erst jetzt, auf dem Meer, machte ihm das Segeln zu schaffen.

»Mir ist schlecht.«

Lutz lächelte matt.

»Ich litt früher auch unter Seekrankheit. Man kann nicht viel dagegen tun. Bist du das erste Mal auf dem Meer?«

»Ja«, röchelte Xander.

»Ruh dich aus und versuch dich an das Schaukeln zu gewöhnen! Wir reden später weiter. Ich gehe in die Kabine. Ruf mich, wenn du etwas brauchst!«

Mit sicheren Schritten lief Lutz über das Deck, grüßte den Steuermann und verschwand durch eine Luke in das Schiffsinnere.

Das Wasser glitzerte in der Sonne, wogte smaragdgrün unter dem lichtblauen Himmel. Aus der Kombüse drang der Geruch von gedünstetem Lauch. Der Schiffskoch bereitete das Mittagessen zu. Die *Mirza* hob und senkte sich mit den Wellen und dem Wind. Über die Reling gebeugt, erbrach sich Xander in die Fluten.

Als das Frühstück den Magen wieder verlassen hatte, sank er nieder auf die warmen Planken. Er kauerte sich hin, zog die Beine an den Leib. Erschöpft legte er den Kopf in den Nacken. Ein Matrose schlenderte grinsend an ihm vorbei.

Xander wischte sich den kalten Schweiß von der Stirn. Er atmete tief ein und aus. An das Geländer gelehnt, blinzelte er in die Sonne. Hoffentlich hielt das gute Wetter an, er erflehte den Tag, an dem sie wieder an Land gehen konnten.

Er fasste unter die Jacke und tastete nach dem kleinen Lederbeutel in der Innentasche. Verstohlen zog er ihn hervor und schnürte ihn auf. Zen funkelte wie ein Stern, als ein Sonnenstrahl ihn traf. Blendend klar lag er in dem silbernen Anhänger.

Es hatte ihm keine Schwierigkeiten bereitet, den Schlüssel aus Heinards Hosentasche zu zupfen, als er sich von ihm verabschiedet hatte. Er hatte ihn nicht zurücklassen können. Das wäre ihm unmöglich gewesen, seit er die Macht von Zen erfahren hatte. Der Parall sollte ihm als Waffe dienen, die er in Kelrun sicherlich bitter nötig brauchte.

Aus irgendeinem Grund glaubte Lutz, dass er Kelrun nicht mehr lebend verlassen würde. Und er, Xander, sollte dabei tatenlos zusehen. Da irrte Lutz.

Xander verstaute den Beutel. Sein Magen krampfte sich zusammen. Stöhnend schloss er die Augen.

KAPITEL 12 Eine Frage der Macht

»Wie auf den Tag die Nacht folgt,
auf das Leben der Tod,
so ist jede Strafe auch Gnade,
jeder Fluch eine Gabe.«

Inschrift des hl. Schwertes von Fenrir dem Großen.
Historisches Museum von Dahlstadt, Ausstellung: Schätze aus Ardak.
Leihgabe mit freundl. Genehmigung der Flammenburg, Kech.

Der Abend dämmerte in jenem tiefen Blau, das die Umrisse und Farben schärfer hervorhebt, kurz bevor sich die Nacht herabsenkt und das Land in Finsternis versinkt. Mit gelben Funken durchsetzter Rauch stieg vom Lagerfeuer auf. Der scharfe Geruch nach verbranntem Holz hing in der Luft.

Die große Gestalt neben dem Stein auf der Lichtung sah wie ein Vorbote der Nacht aus. Gleich einem erstickenden Nebel schien sie Dunkelheit auszuströmen. Die schwarze Rüstung des Mannes umschloss seinen Körper eng wie eine zweite Haut. Er fasste an seine Seite, als empfinde er Schmerzen oder taste nach einer unverheilten Wunde, dann streckte er den Rücken und hielt sich angestrengt aufrecht. Seine Eisenmaske schimmerte in den Flammen des Feuers, glühte wie geschmolzener Stahl.

Akàra wirkte seltsam zerbrechlich neben dem hoch gewachsenen Mann, der den Kopf neigen musste, um mit ihr zu sprechen.

»Wen hast du denn erwartet? Etwa den Meister selbst?«

»Hüte deine Zunge, Äneas!«, zischte sie. »Die unverschämten Bemerkungen kannst du dir sparen; deine Frechheit beeindruckt mich nicht!«

»Beruhige dich! Ich hielt mich zufällig mit meinen Leuten in der Nähe auf, als dein Ruf erklang. Wir werden heute Nacht nach Kirgon zurückreiten. Du kannst uns begleiten oder warten, bis dich jemand abholt, der dir genehmer ist als ich.«

»Wir kommen mit euch. Glaubst du, wir fürchten uns?«

»Schon gut.«

Er hob beschwichtigend die Hand. Akàra wandte sich zum Gehen, besann sich dann eines Besseren und blieb stehen. Sie bebte vor Zorn.

»Eines Tages werde ich dafür sorgen, dass man dir den Hauptmannsrang aberkennt! Ich hätte dich schon längst bestraft, wäre ich an des Meisters Stelle! In den Kerker sollte man dich werfen, Äneas, und wenn es nach mir ginge, könntest du dort bleiben bis in alle Ewigkeit!«

»Das ließe der Meister niemals zu.«

»Vielleicht. Deine Launen scheinen ihn zu amüsieren.«

»Ich bin sein Werk. Er sagt, er liebt mich wie einen Sohn.«

»Ja, das stimmt«, schnaubte Akàra, »und seine Zuneigung macht ihn blind. Ich begreife nicht, weshalb er deinen Ungehorsam duldet!«

»Meine menschlichen Regungen faszinieren ihn und solange das der Fall ist, tue ich, was ich für richtig halte!«

»Nicht, wenn ich dabei bin!«

Die Hände in die Hüften gestützt, baute sich Äneas drohend vor Akàra auf. Er schwieg. Die Flammen des Feuers leuchteten auf der Eisenmaske. Zwei silberne Augen glommen wie Irrlichter hinter deren Öffnungen. Die Maske tauchte sie in Schatten, nur von nahem waren sie zu erkennen.

Gleich blanken Spiegeln reflektierten sie die Umgebung, verzerrten sie nach einem ihnen eigenen Gesetz, ließen sie in metallischem Glanz zerfließen. Einem Betrachter zeigten sie sein eigenes Antlitz und gleichzeitig dessen Auflösung.

Bleich vor Wut, funkelte Akàra ihn an.

»Du wirst nie ein lebender Mensch sein, wie sehr du dich auch bemühst. Spiel nur den Tugendhaften, den edlen Äneas! Merkst du nicht, wie lächerlich du dich machst? Für die Bauern, denen du so großmütig geholfen hast, bist du bloß ein Ungeheuer. Die Menschen ekeln sich vor dir und deinesgleichen.«

Er erwiderte ihren Blick.

»Und du wirst niemals die Dinge schauen, die meine Augen sehen, und nie wirst du die Stimmen der Geister hören, wie ich sie vernehme, obwohl du so viele in deinen Verliesen geknechtet hast. Wenn ich dich betrachte, so frage ich mich, ob ich überhaupt ein Mensch sein wollte.«

»Sprich nur weiter«, murmelte sie, doch Äneas hatte sich bereits umgedreht und ging wortlos zurück zu seinem Pferd.

Er musterte das Lager, dann stieg er auf und ritt zum Waldrand, wo seine Gefährten auf ihn warteten.

Misstrauisch starrte ihm Akàra nach.

Schaaraoch betrachtete Äneas tatsächlich als sein größtes Werk, aber bei den Göttern des Totenreichs, der wusste nicht weshalb!

Äneas besaß die Qualitäten eines Anführers, seine Männer gehorchten ihm nicht nur, sie liebten ihn. Die Einwohner von Kelrun vertrauten ihm. Er hatte Fähigkeiten entwickelt, die kaum mehr abzuschätzen waren, und dennoch gab es einen anderen Grund für Schaaraochs tiefe Befriedigung und Freude.

Als der Daimon mit seinen Anhängern den Palast von Kirgon wieder aufbaute und die Länder von Kelrun unterwarf, stieß er auf den erbitterten Widerstand der einheimischen Bevölkerung, die ihn ohnehin hasste, weil er sich erdreistet hatte, die heiligen Ruinen zu betreten und deren Schrecken zu überleben.

Schaaraoch rechnete damit, dass die Bauern und Händler es nicht wagen würden, ihn weiter zu bekämpfen, sobald er deren Fürsten aus dem Weg geräumt hatte. So raffte nach und nach, wie durch Zufall, das Weiße Fieber den Großteil seiner Widersacher dahin. Die Überlebenden schworen ihm Gehorsam oder starben unter den Schwertern seiner Krieger.

Einzig Fürst Virgil von Leron gelang es, seine Burg zu halten und Getreue um sich zu scharen, als Schaaraoch in ganz Kelrun die Macht ergriffen hatte. Leron verfügte über zahlreiche Bergwerke, in denen Eisenerze gewonnen, verhüttet und zum berühmten Leronerstahl verarbeitet wurden. Seine Einwohner schätzten ihre Freiheit hoch; sie glaubten fest an ihren Fürsten und waren bereit, ihm in den Tod zu folgen, um die Unabhängigkeit zu verteidigen.

Schließlich eroberten Schaaraochs Truppen Leron. Eine Spur der Verwüstung hinterließen sie, richteten ein Blutbad unter der unbeugsamen Bevölkerung an. Allzu lange hatte Schaaraoch darauf warten müssen, das blühende Land an der westlichen Grenze seinem Reich einzuverleiben. Er wollte es endlich haben, gleichgültig welche Verluste es kosten würde. Der Fürst von Leron stellte sich ihm entgegen, kämpfte mit einer Hand voll Unerschrockener gegen die Armee von Kelrun. Er wurde besiegt und Schaaraoch ritt im Triumphzug durch die vom Krieg zerstörten Dörfer, die eiserne Krone von Leron mit dem berühmten ›Auge der Sonne‹ auf seinem Haupt. Wie ein Auge des Zorns hatte der gelbe Stein über seiner Stirn gestrahlt.

Endgültig gebrochen war der Widerstand, als man den Fürsten bestattet hatte. Dem Brauchtum entsprechend wurde der Leichnam dem Feuer übergeben. Den geschundenen Leib, in gelbe Tücher gebunden, bahrte man auf einem Scheiterhaufen auf, der eine ganze Nacht lang brannte. Viele weinten um ihn, das ganze Land trauerte. Seine Vertrauten waren gefallen, die Familie war ermordet worden. Das Geschlecht derer von Leron gab es nicht mehr. Ein Tempel wurde zu ihrem Gedenken errichtet, die Asche darin aufbewahrt. Menschen brachten Blumen und Opfergaben, beteten in stiller Andacht, als könne der Geist Virgils die vergangenen Zeiten noch einmal heraufbeschwören.

Doch er lebte noch. Ungeahnt und unerkannt hatte man an seiner Statt den im Kampf gefallenen Bruder, Ern, verbrannt. Ein Axthieb hatte Erns Schädel gespalten, das Gesicht furchtbar entstellt. Keiner sah genau hin, als man den Toten für die Bestattung vorbereitete. Schaaraoch hatte Virgil von Leron gefangen genommen.

Akàra konnte sich gut an ihn erinnern, wie er im Verlies des Palastes von Kirgon eingekerkert war. Empört hatte er jede Nahrung verweigert, sprach kaum ein Wort, als kümmere ihn sein Schicksal nicht. Bis zuletzt lehnte er es ab, sich Schaaraoch zu unterwerfen. ›Lieber sterben‹ wollte er.

Es ging Schaaraoch nicht darum, ihn zu verhören oder etwas von ihm zu verlangen. Er hatte andere Pläne.

Der Meister benützte den stolzen jungen Fürsten für seine Versuche. Seit langem experimentierte er mit der Seuche, träumte davon, sie zu heilen oder wenigstens die Auswirkungen der Krankheit zu lindern. Virgil von Leron überstand die grausame Prozedur und rettete seinen Geist über das Weiße Fieber hinaus. Vielleicht hatte ihm sein unbändiger Hass geholfen, die Qualen zu ertragen, die man ihm antat.

Nach dem geglückten Experiment mit dem Fürsten verfeinerte Schaaraoch seine Methoden und schuf andere, die ihm glichen. Er kleidete seine Geschöpfe in schwarze Rüstungen, um ihre ansteckenden Leiber zu bedecken, und gab ihnen eiserne Masken, damit sie die fahlen Gesichter mit den spiegelnden Augen dahinter verbargen.

Die Einwohner von Kelrun nannten sie Keren: Totengötter.

Im Gegensatz zu den anderen Seuchenopfern dachten und fühlten sie. Die Keren existierten als selbstständige Wesen in einer eigenen, anderen unzugänglichen Welt. An ihr vergangenes Leben konnten sie sich nicht erinnern. In gewisser Weise kam ihr Erwachen nach dem Tod einer Geburt gleich.

Schaaraoch betrachtete es als gewaltigen Vorteil, dass die Keren im Laufe der Behandlung das Gedächtnis verloren. Der Fürst sollte als Prüfstein dienen, wie lange und in welchem Ausmaß diese Wirkung anhielt. Keiner hatte ihn zu Lebzeiten so gehasst wie Virgil von Leron.

Er gab ihm den Namen ›Äneas‹, was in der Sprache der Geister ›der Unbeugsame‹ bedeutete; dann machte er den ehemaligen Fürsten von Leron zu einem seiner Krieger, und später, als er sich bewährt hatte, ernannte er ihn zum Hauptmann der Keren.

Akàra beobachtete den nahen Wald. Laub raschelte, Zweige brachen, als die Reiter die Pferde wendeten.

Wahrhaftig, Äneas hatte sich bewährt, er galt als bester Kämpfer von Kirgon, treu dem König ergeben. Doch was mochte geschehen, wenn er jemals die Maske abnahm und ihn einer der Bauern erkannte, die ihn so bewunderten, und ihm seinen wahren Namen nannte? Was, wenn er sich jemals selbst erinnerte?

Akàra stapfte durch das hohe Gras zu den Feuern. Missgelaunt befahl sie den Kriegern, das Lager aufzulösen.

Es gefiel ihr nicht, dass Schaaraoch mit Äneas ein solches Wagnis einging. Dieser würde sich bitter rächen, sollte er jemals das Gedächtnis zurückerlangen.

Schaaraoch war kein zaghafter Mensch. Seine Bereitschaft, Gefahren zu bestehen, hatte ihn zum mächtigsten lebenden Daimon gemacht, sein Mut hatte ihn auf den Königsthron von Kelrun gehoben. Sie liebte ihn wie keinen anderen. Obwohl er ihre Gefühle nicht erwiderte, schmälerte dies ihre Zuneigung nicht, ihre Wertschätzung wuchs. Schaaraoch war keiner von jenen Männern, die vor ihrer Schönheit in den Staub sanken, bereit waren, ihr jeden Gefallen zu erweisen. Seine Gedanken weilten in anderen Sphären, unerreichbar für Akàra und alle, die sich ihm näherten.

Doran und Wolf lehnten an der Außenwand des Wagens. Angestrengt beobachteten sie den Waldrand.

»Er hat uns gesehen«, flüsterte Wolf.

»Wie denn? Es ist viel zu dunkel.«

»Er hat uns trotzdem gesehen.«

Sie runzelte die Stirn.

»Hast du verstanden, was sie gesprochen haben?«

Wolf nickte.

»Manches. Er ist der Hauptmann dieser Reiter. Sie sollen uns heute Nacht nach Kirgon bringen. Akàra nannte ihn ›Äneas‹ und sie kann ihn offensichtlich nicht ausstehen.«

»Das habe sogar ich gemerkt, obwohl meine Sinne nicht halb so gut entwickelt sind wie deine.«

Die Soldaten packten die Ausrüstung ein und sattelten die Pferde.

Zwei Männer löschten die Feuer. Akàra hastete umher, trieb die Krieger zur Eile.

Doran betrachtete die finsteren Gestalten zwischen den Bäumen. Die fremden Reiter regten sich, schienen sich miteinander zu unterhalten. Die Ketten, an denen sie die Seuchenopfer führten, klirrten leise. Die Kreaturen winselten ängstlich.

»Weshalb tun ihnen die Fiebertoten nichts? Ich verstehe das nicht!«

Ratlos zuckte Wolf die Schultern. Er schüttelte den Kopf.

»Ich habe keine Ahnung. Die Opfer des Weißen Fiebers lassen sich nicht einschüchtern. So etwas wie diese Reiter habe ich noch nie erlebt!«

»Was sie wohl mit ihnen vorhaben?«

Der Gedanke ließ Wolf schaudern.

Wächter kamen und trieben sie in den Wagen. Die Tür wurde verriegelt, Schlösser schnappten ein. Zügel klatschten auf die Rücken der Pferde. Der Wagen rollte an.

Doran kroch zu Haldur und legte ihm eine Hand auf die Stirn. Benommen öffnete er die Augen.

»Wo bin ich?«, krächzte er.

Wolf füllte den einzigen Becher, den sie besaßen, mit dem Rest Wasser und führte ihn an Haldurs Lippen. Der trank, schluckte schwer und hustete. Doran wischte ihm das feuchte Kinn ab.

»Sie bringen uns nach Kirgon.«

Vergeblich versuchte Haldur aufzusitzen. Er sank zurück auf die Wolldecken, die sie unter und über ihn gebreitet hatten.

»Wie geht es dir? Hast du noch Schmerzen?«, fragte Wolf.

»Das Brennen lässt nach und der Nebel vor meinen Augen lichtet sich langsam.«

Haldur tastete nach seinem verwundeten Arm. Wolf entfernte den blutverkrusteten Verband, füllte ihn mit frischen Heilkräutern und band den Stoffstreifen wieder um die Wunden.

»Vorhin habe ich von Lutz geträumt«, murmelte Haldur. »Wir waren in einem Wald. Er sprach mit mir und er …«

Wolf krallte die Finger in Dorans Schulter.

»Lutz wie Lutzold? Der Daimon?«

»Ja, wieso …?«

»Er war derjenige, der mich damals vom Scheiterhaufen rettete! Ich habe euch davon erzählt!«

»Das gibt es nicht!«, rief Doran.

»Woher kennt ihr ihn?«

»Ich habe Lutz vor ein paar Jahren in Riem getroffen«, antwortete Haldur. »Mein jüngerer Bruder Xander und ich erledigten einige Aufträge für ihn. Später nahm er Xander als Schüler bei sich auf. Ich wohne bei ihnen, wenn ich in der Stadt bin.«

»Bregunda, die Hofdaimonin von Dahlstadt, schickte mich mit einer Botschaft für ihn nach Riem«, erklärte Doran. »Sie hoffte, dass Lutz mir helfen würde, und das hat er auch getan.«

»Was hast du von ihm geträumt, Haldur?«

»Ich rannte durch einen merkwürdigen Wald, den ein grünes Leuchten erfüllte. Als ich mich unter einer Tanne ausruhte, trat er zu mir und fragte mich aus, wo ich sei und mit wem, dann wurde er sehr unruhig und sagte etwas wie: ›Sie sind nahe, ich muss jetzt gehen.‹ Er versprach wiederzukommen, dann verschwand er.«

»Die Reiter«, raunte Wolf. »Deshalb konnte er nicht länger mit dir sprechen, er hat sie ebenso gespürt wie ich.«

Doran runzelte die Stirn.

»Du glaubst, diese Begegnung war mehr als ein Traum?«

»Bestimmt! Lutz muss auf dem Weg zu uns sein. Vielleicht kann er uns helfen!«

»Was soll er gegen Akàra ausrichten?«, fragte Haldur.

Schweigen senkte sich über die Gefährten. Doran griff nach Haldurs Hand. Dessen Finger glühten vor Hitze.

»Wir dürfen die Hoffnung nicht aufgeben. Du solltest versuchen, wieder auf die Beine zu kommen, Hal. Eines Tages wird sich eine Gelegenheit zur Flucht bieten.«

Wolf seufzte.

»Das Hoffen fiele mir leichter, wenn wir uns nicht auf direktem Weg zu Schaaraoch befänden.«

Die Wagenräder ratterten über Steine, schüttelten die Gefangenen durch. Haldur schlug gegen die Wand und stieß den Arm an. Er krümmte sich fluchend. Wasser stieg ihm in die Augen.

Mit einem Ruck hob sich der Wagen, polterte über eine Unebenheit und rollte auf die Straße. Die Baumwipfel blieben zurück. Zwischen den Stäben des Eisengitters tauchte der Nachthimmel auf.

Doran kauerte sich in eine Ecke.

»Wie nahe sind wir wohl schon Kirgon?«

Schnüffelnd sog Wolf die kühle Luft ein.

»Der Wald liegt hinter uns, vor uns kommen Wiesen und Felder. Ich rieche und höre keine Stadt.«

Der Wagen holperte weiter. Das eintönige Rattern der Räder machte sie immer schläfriger, bis sie endlich eindösten. Sie fanden Vergessen in Träumen, die nichts von Gefangenschaft wussten.

Wolf rüttelte Doran an der Schulter.

»Wach auf!«

Nebliges Morgenlicht fiel durch das Gitter. Doran streckte die klammen Glieder. Ihr Rücken schmerzte, Hände und Füße fühlten sich taub an vor Kälte.

»Steine und Rauch!«, wisperte er. »Eine Stadt, nahe im Westen.«

»Kirgon?«

»Vermutlich.«

Bald fuhren sie auf einer gepflasterten Straße. Die Sonne strahlte mit frühlingshafter Wärme. Von fern erklangen Stimmen, das Hämmern eines Schmiedes und das Knirschen von Rädern, die nicht zu ihren beiden Wagen gehörten. Die Luft schmeckte nach Abfällen und nach Kochdünsten.

Pferde schnaubten. Die Soldaten sprachen aufgeregt. Akàra brüllte Befehle. Ein Tor knirschte in den Angeln. Begrüßungen erschallten; sie galten den fremden Reitern, die sie begleiteten. Deren Hauptmann rief etwas. Ketten rasselten. Die Seuchenopfer heulten klagend, als man sie antrieb. Als das Jaulen verstummt war, setzte sich der Tross wieder in Bewegung. Draußen murmelten Akàras Soldaten; irgendein Vorgang schien sie erschreckt zu haben.

Eine Zeit lang fuhren sie bergauf, dann durchquerten sie ein weiteres Tor und rollten durch einen überwölbten Gang. Als sie einen offenen Platz erreicht hatten, hielten sie an. Die Soldaten saßen ab. Der Kutscher sprang vom Bock, lief um den Gefängniswagen herum und sperrte die Tür auf. Ein Wächter stieg herein und schloss die Ketten der Gefangenen von den Ringen los. Sie krochen hinaus. Grelles Sonnenlicht blendete sie. Staunend betrachteten sie den Innenhof und die gewaltigen Umrisse des Palastes von Kirgon.

Vor ihnen erstreckte sich ein kreisrunder Platz aus ziegelroter Erde. In dessen Mitte stand ein Brunnen aus weißem Marmor. Fratzenhafte Gesichter aus Stein spien in einem steten Fluss Wasser aus, das in ein rundes Becken sprudelte. Die Bildwerke zierten einen Zylinder in der Mitte, um den sich marmorne Schlangen und Drachen wanden. Das Wasser umfloss die Glieder und gezackten Schwänze der Untiere, benetzte feucht glänzende Leiber mit einem Sprühregen silberner Tropfen. Auf dem Podest selbst hob die Statue eines mit einem Lendentuch bekleideten Mannes sehnsüchtig den Blick zum Himmel. Unerklärlicherweise trug er zwei große Flügel auf dem Rücken; in den Händen hielt er eine Art Saiteninstrument. Ein Schwert hing an seiner Seite, als brauche er es nicht, um sich der Ungeheuer zu seinen Füßen zu erwehren. Der Brunnen wirkte sehr alt, geschaffen in einer längst vergangenen Zeit, aber er konnte sich noch nicht lange auf dem Innenhof befinden, der Marmor war kaum verwittert.

Der Palast begrenzte auf allen Seiten den runden Platz. Er reckte sich als riesiger Turm empor, der sich nach oben hin verengte und dann ein kurzes Stück wieder verbreiterte. Durch die Schleuse des düsteren Trichters schien die Sonne beinahe widerwillig herab, um den wunderbaren Brunnen mit ihren Strahlen zu treffen.

Die Fundamente und Teile der einzelnen Stockwerke bestanden aus glattem hellgrauem Stein, ähnlich wie der des unterirdischen Labyrinths von Kech. Der Rest des Palastes war aus einem fein gemaserten schwarzen Stein neu erbaut worden. Hohe Fenster mit eisernen Kreuzverstrebungen zeigten auf den Innenhof. Ein Fenster, das bis auf den Boden des dazugehörigen Raumes reichte, lag genau gegenüber dem Eingangstor im zweiten Stockwerk. Es führte auf einen Balkon, von dem aus man den gesamten Hof überblicken konnte. Vorhänge verdunkelten das Glas.

Der Palast von Kirgon erinnerte an kein anderes Bauwerk. Auch die Flammenburg von Kech konnte man nicht mit ihm vergleichen. Die Flammenburg hatten Künstler als ein Kunstwerk geschaffen, wie eigenartig deren Absichten auch gewesen sein mochten. Der schwarze Palast gehorchte einer klaren, sichtbaren Gesetzmäßigkeit, er verlangte nach einem Zweck.

Irgendwo tief in Ruinen verborgen, musste Schaaraoch die Abbildung dieses monströsen Bauwerks gefunden haben. Man erzählte sich, er habe den Palast nach alten Plänen erstellt. In grauer Vorzeit musste der sich nach oben verengende Turm eine ungeahnte Arbeit verrichtet haben.

Die sich nähernden Wachen unterbrachen ihr Staunen. Soldaten packten die Gefangenen an den Ketten ihrer Handgelenke und führten sie quer über den Platz. Haldur schleppte sich mühselig voran, er konnte sich kaum auf den Beinen halten. Doran stützte ihn. Wolf humpelte neben ihnen her.

Etwas abseits zu ihrer Rechten entdeckten sie Akàra, umgeben von mehreren ihrer Krieger. Sie unterhielt sich mit einem fettleibigen Mann in einer langen weißen Robe. Sie deutete zu ihnen herüber, er nickte und verbeugte sich. Akàra verschwand mit den Soldaten durch den Eingang unter dem Balkon im Palast; der dicke Mann kam mit kurzen plumpen Schritten auf sie zu.

Die Überquerung des Platzes verursachte ihm einen Schweißausbruch. Er tupfte sich mit einem Tuch die Stirn.

»Ich bin Bertland, der Hausverwalter. Die Gefangenen sollen in den Thronsaal kommen.«

Sie gingen zu einem von zwei Säulen flankierten Tor. Bertland zupfte einen Schlüsselbund aus den Falten des Gewandes und öffnete. Einer der Flügel schwang lautlos nach innen. Sie traten in einen hohen Saal aus schwarzem Stein. Der spiegelblanke Boden glänzte im Licht der Öllampen, die die fensterlose Halle beleuchteten. Der Gang setzte sich auf beiden Seiten unendlich fort, verlor sich um die Rundung des Palastes. Eine Reihe massiger schwarzer Säulen trug die Decke. Der Duft von Gewürzen und welken Blüten hing in der Luft, trieb schwül durch den menschenleeren Raum.

Bertland eilte voraus, Akàras Krieger mit den Gefangenen folgten ihm.

Angst ergriff Doran, schien ihr lähmend in die Glieder zu kriechen. Das Fieber verlieh Haldur eine kränkliche Blässe, taumelnd schleppte er sich voran. Einzig Wolf bewegte sich flink und sicher, er blickte aufmerksam um sich, prägte sich jedes Detail des Weges ein.

Nachdem sie etwa ein Fünftel des Palastes umrundet hatten, erreichten sie eine breite Treppe. Sie stiegen bis in den zweiten Stock hinauf, dann marschierten sie nach rechts den Gang entlang. Türen säumten in weiten Abständen beide Seiten des Korridors. Sie hielten vor der größten Tür an, die vermutlich zum Raum mit dem Balkon gehörte, den sie vom Hof aus gesehen hatten.

Aufgeregt wies Bertland die Soldaten an zu warten, klopfte dreimal und trat ein. Für einen Augenblick dröhnten Stimmen. Als die Tür sich schloss, verstummten sie.

Sie warteten geraume Zeit. Doran zitterten die Knie. Ein flaues Gefühl schlich sich in ihren Magen. Heute früh hatten sie nichts zu essen bekommen. Schließlich tauchte Bertland wieder auf. Die Wachen stießen sie voran.

Wie sie vermutet hatten, betraten sie den Raum mit dem Balkon. Schlichte eiserne Öllampen und Kohlenbecken verbreiteten dämmriges Licht, durch die verhängten Fenster drang kein Schimmer. Auf der rechten Seite des langgezogenen Saals befand sich ein fünfstufiges Podest mit einem schmucklosen Thron aus schwarzem Stein, am anderen Ende der Halle ein Eichentisch mit zwölf Stühlen. Weder dort noch auf dem Thron saß jemand. Auf dem blank polierten Boden aus dunkelgrauen und silbergrauen Steinquadern lagen keine Teppiche, nicht ein einziges Gemälde hing an den kahlen Wänden. Es gab keinerlei Zierde.

Zwei Bahnen aus schwerem schwarzem Tuch, die von der Decke bis auf den Boden wallten, verdeckten den Balkon. Davor standen Akàra und neben ihr ein Mann, der ihnen den Rücken zuwandte. Mit einer Hand schob er die Vorhänge einen Spalt auf, betrachtete den Innenhof.

In der Nähe warteten zwei weitere Männer. Einer trug kostbar gearbeitete, mit silbernen Nieten beschlagene Kleider aus zimtbraunem Leder. Sein dunkles Haar war in der Mitte gescheitelt und sorgfältig aus der Stirn gekämmt. Mürrisch klopfte er sich mit den Handschuhen ein wenig Staub ab, als komme er gerade von einer beschwerlichen Reise. Die Lippen aufeinander gepresst, blickte er sie mit glänzenden braunen Augen gleichgültig an.

Unmittelbar neben ihm lehnte ein hagerer Rothaariger gelangweilt an einer Säule. In seinem Gürtel steckte eine aufgerollte Peitsche.

Doran zuckte zusammen, als sie die beiden Gestalten entdeckte.

»Du Verräter!«, fauchte sie.

Der Dunkelhaarige lächelte.

»Doran von Dahl! Welch angenehmes Wiedersehen! Ich könnte mir keinen besseren Ort dafür wünschen.«

Sie ballte die gefesselten Hände zu Fäusten.

»Du wirst immer ein Niemand bleiben, Lodur, welchen Titel du dir auch aneignest!«

Wolf erbleichte, als er den Herzog von Kech erkannte. Er hatte nicht erwartet, ihn hier anzutreffen.

Akàra stolzierte auf die Gefangenen zu und warf sich vor ihnen in Positur, als wären sie Schaustücke, die sie anpreisen wollte.

»Meister! Habe ich da keinen guten Fang gemacht? Jeder von ihnen ist sein Gewicht in Gold wert!«

Der Mann am Fenster nahm die Hand vom Vorhang, drehte sich um und schlenderte herüber. Ein verwaschenes graues Hemd, das schon bessere Tage gesehen hatte, fiel über seine Hüften, er trug eine abgewetzte schwarze Hose und ausgetretene Stiefel. Die sorgenvolle Zurückhaltung seines ernsten Gesichts verblüffte sie. Akàras prahlerisches Gehabe schien ihm peinlich zu sein. Für einen Moment zeigte sich Mitleid in seinem Antlitz, dann verflüchtigte sich dieser Eindruck. Sprachlos starrten sie ihn an.

Weder eine Krone noch ein Schmuck wiesen ihn als Schaaraoch aus, den gefürchteten König von Kelrun. Ein kurzgeschnittener Bart, den silberne Streifen durchzogen, verbarg seine untere Gesichtshälfte, kurzes graues Haar bedeckte seinen Schädel. Falten übersäten seine pergamentdünne Haut. Eine Narbe zog sich wie eine Naht die Wange und den Hals hinab, verschwand in dem hochgeschlossenen Hemd.

Er wirkte ausgemergelt, als gönne er sich von all dem zu wenig, wonach sein Körper verlangte. Früher musste er ein gut aussehender Mann gewesen sein. Er sah aus wie jemand, der an einer unheilbaren Krankheit litt, ein Schatten seiner selbst.

Den befremdlichsten Eindruck hinterließen seine Augen. Sie schienen keine bestimmbare Farbe zu besitzen oder diese dauernd zu wechseln. Das Schillern der Iris machte es unmöglich zu erkennen, ob sie gütig oder bösartig, wütend oder gleichgültig blickten. Ihr undeutbarer Ausdruck flößte Furcht ein.

Schweigend musterte er die Gefangenen. Sie konnten den Blick nicht von ihm lassen, obwohl sie sich durch ihre Neugier selbst entblößt fühlten. Das Schillern seiner Augen zog ihre Gedanken an sich, enthüllte ihnen ihre eigene Bedeutungslosigkeit. Sosehr sie sich auch bemühten, es wollte ihnen nicht gelingen, seine Stimmung zu ergründen.

Schaaraoch wandte sich an Haldur.

»Haldur, Lutz ist auf dem Weg hierher. Er besitzt etwas, das ich haben möchte, und wird deine Freiheit damit erkaufen.«

Er drehte sich zu Doran.

»Ein Bote ist unterwegs zu deinem Vater, Tritonin. Er wird dich loskaufen, oder wir werden eine andere Verwendung für dich finden.«

»Prinz Tyr«, sagte er schließlich zu Wolf, »deine Hinrichtung lässt sich leider nicht vermeiden. Lodur wird dich mitnehmen, sobald er abreist.«

Wütend schrie Doran Lodur an.

»Du mieser kleiner Emporkömmling! Wenn du Wolf nur ein Haar krümmst, bringe ich dich um, und wenn es das Letzte ist, was ich vollbringe! Dir werde ich das Handwerk legen! Wo ist Sigyn? Hast du sie auch hierher schaffen lassen?«

Haldur stieß sie an.

»Verdammt, halt den Mund!«

Der Rothaarige legte die Finger um die Peitsche und blickte seinen Herrn fragend an. Der schüttelte den Kopf.

»Dein Hochmut wird dir noch Leid tun, Doran. Sigyn ist hier. Sie hat …«

Plötzlich schwang die Tür der Halle auf. Ohne sich anzumelden, kamen drei beeindruckende Gestalten herein. Männer mit langem schlohweißem Haar, gekleidet in Leder und Pelze. Breite silberne Armreifen, verschiedenste Fingerringe, Halsketten und zahllose Ohrringe glitzerten im Schein der Lampen. In den bleichen Gesichtern funkelten hellblaue Augen. Der mittlere der drei schien der Anführer zu sein, er ging einen Schritt vor den anderen beiden. Seine lange Jacke war ganz aus grauem Wolfspelz gefertigt. Er bewegte sich geschmeidig, wie jemand, der es gewohnt war, nicht nur von seinen Muskeln, sondern auch von seiner Geschicklichkeit Gebrauch zu machen. Seine hünenhaften Begleiter wirkten plump neben ihm.

»Das ist Skarg!«, flüsterte Wolf verblüfft.

Von nahem betrachtet war Skargs zu einem Zopf geflochtenes Haar eher silbern als weiß und seine Brauen und Wimpern wirkten nicht so farblos wie die seiner Leibwächter. Auch seine Augen waren dunkler, kornblumenblau.

»Ich wollte mir nur die Gefangenen ansehen«, erklärte er.

»Skarg!«, strahlte Schaaraoch. Er schien hocherfreut. »Bist du zufrieden mit den Quartieren?«

»Natürlich. Barbaren wie wir sind schnell zufrieden.«

Er schenkte Lodur ein spöttisches Lächeln, das dieser mit einem frostigen Blick erwiderte.

Die Arme in die Hüften gestützt, schaute Skarg sich um. Eine Kette aus Wolfszähnen, das Symbol eines Stammesfürsten von Ardak, schmückte seinen Hals. Darunter hing an einer Lederschnur ein großer blauer Stein, gefasst in zwei Bänder aus Gold, die ein Kreuz bildeten.

»Das sind also die Gefangenen«, stellte er fest.

Schaaraoch nickte. Skarg schritt sie der Reihe nach ab. Ein Schauer lief über Dorans Rücken, als er vor ihr stehen blieb. Sein Geruch stieg ihr in die Nase, Fellgeruch von der Wolfsjacke, vermischt mit Schweiß und etwas Unbestimmbarem, einer Art von Salbe. Unter der Jacke trug er ein weites graues Wollhemd. Es war halb aufgeknöpft, als sei es ihm zu warm. Auf der bloßen schneeweißen Haut waren Teile einer Tätowierung zu sehen, die sich auf seiner Brust befand, verschlungene schwarze Rauten. Doran hob den Kopf und blickte in seine Augen.

Er rührte etwas in ihr an, das sie nicht benennen konnte. Der Atem stockte ihr. Er schien ihr so vertraut, als ob sie ihn lange und gut kannte, und doch wusste sie, dass sie ihn nie zuvor getroffen hatte. Der blaue Stein an seinem Hals schimmerte in unirdischem Glanz. Er besaß genau dieselbe Farbe wie seine Augen, ein tiefes, fast violettes Blau. Ihr Herz wollte aufhören zu schlagen.

Seine scharf geschwungenen Brauen in dem blassen, schlauen Gesicht zogen sich zusammen. Doran schüttelte sich unmerklich. Skarg ging weiter.

»Du kommst mir bekannt vor«, sagte er zu Wolf. »Habe ich dich nicht schon einmal gesehen?«

»Das ist Prinz Tyr von Kech«, erklärte Schaaraoch. »Lodurs Gefangener.«

»Tyr von Kech?«, staunte Skarg. »Ich kenne dich, aber nicht unter diesem Namen.«

»Ich kenne dich auch, Skarg«, antwortete Wolf. »Im Haus eines Freundes von mir haben wir uns getroffen, in Fenkards Haus.«

Verblüffung breitete sich auf Skargs Gesicht aus, dann grinste er.

»Ja, ich erinnere mich!«

Nach einem Wink von Schaaraoch verließen die Wachen zusammen mit den Gefangenen den Thronsaal. Die Tür fiel hinter ihnen zu, das Klacken hallte laut in den endlosen Gängen wider.

Bertland führte sie ins Erdgeschoss und weiter zu einer schmalen steinernen Treppenflucht. Nachdem sie dort hinuntergestiegen waren, erreichten sie eine eisenbeschlagene Tür. Bertland klopfte. Nach einer Weile klappte eine Sichtluke auf.

»Ja?«, knurrte eine mürrische Stimme.

»Wir bringen die drei Gefangenen.«

Rostige Angeln knirschten. Im Türrahmen tauchte der Kerkermeister auf. Seine Hände steckten in festen, mit Metallschuppen verstärkten Handschuhen. Am breiten Gürtel hing eine Peitsche mit stählernen Spitzen, an denen etwas Dunkles klebte. Er war in eine unförmige, aus allen Nähten platzende Rüstung gezwängt. Kein Teil der Kleidung passte zum anderen, als hätte er sie sich auf einem Schlachtfeld von den Toten zusammengestohlen. Peitschennarben übersäten sein aufgeschwemmtes Gesicht, wie man sie bei ehemaligen Galeerensklaven sah.

Er stieß die Tür auf und ließ sie hinunter in sein Reich. Bis zum ersten Quergang unter der Erde wurden sie von Akàras Söldnern begleitet, dann kehrten diese zusammen mit Bertland um. Sie schienen sichtlich froh, ihre Bürde loszuwerden, und beeilten sich, wieder an das Tageslicht zu kommen. Sogleich schloss sich die obere Tür hinter ihnen. Die Männer des Kerkermeisters trieben sie durch einen finsteren Korridor, den dutzende eiserner Türen säumten. In den Boden des Ganges waren in regelmäßigen Abständen schwere Gitter eingelassen, die sich zu einem tiefer liegenden Geschoss öffneten. Dumpfes rötliches Licht schimmerte zwischen den Stäben hindurch.

Als sie über das erste Gitter schritten, starrten sie in die Tiefe und wünschten, sie hätten es nicht getan. Dort unten, im Zwielicht, hockten zusammengekauert unzählige Seuchenopfer. Manche waren an den Wänden angekettet, andere an eisernen Ringen im Boden. Fast alle dieser Toten wiesen grässliche Verstümmelungen auf, einigen fehlten ganze Gliedmaßen. Unter den gepeinigten Leibern breitete sich ein schmieriger See aus halb getrocknetem Blut aus. Der Gestank von Verwesung schwängerte die Luft.

Einige der Kreaturen, die noch stehen konnten, sprangen auf, als sie die Menschen über sich bemerkten, versuchten verzweifelt, mit ihren zerfressenen Händen die Gitterstäbe zu erreichen. Grausiges Geheul drang zu ihnen herauf.

»Bei allen Göttern!«, keuchte Doran.

Der Kerkermeister grinste.

»Dort unten befindet sich das Labor des Königs. Wenn wir hier oben Schwierigkeiten haben, öffnen wir die Türen und lassen die Toten in die Gänge. Den Gefangenen, der dann zu fliehen versucht, möchte ich sehen!«

Er klopfte auf die Peitsche, die in seinem Gürtel steckte.

»Ich habe immer meinen Freund dabei, wenn ich dort unten zu tun habe.«

Die anderen Wächter lachten.

Doran räusperte sich.

»Ist Prinzessin Sigyn von Dahl auch hier?«, fragte sie.

Das Lachen der Wächter verstummte.

»Was geht dich das an?«

»Ich würde mich erkenntlich zeigen, wenn ihr mich zu ihr bringt. Ich könnte euch gut bezahlen!«

Nachdenklich rieb sich der Kerkermeister das Kinn.

»Bestechen willst du uns? Schaaraochs Soldaten lassen sich nicht kaufen! Wenn du das noch einmal versuchst, nehmen wir dich mit zu einem Besuch im Stockwerk unter uns. Und jetzt mach, dass du weiterkommst!«

Die Wachen trieben sie den Gang entlang. Bald befanden sich keine Gitter mehr im Boden, doch auf beiden Seiten tauchten weiterhin eiserne Zellentüren auf. Platten verschlossen die Sichtluken, sodass nicht zu erkennen war, welche der Gefängnisse belegt waren.

Endlich hielten sie an. Der Kerkermeister sperrte eine Tür auf.

»Ihr habt großes Glück, ihr müsst wertvolle Geiseln sein. Dies sind unsere besten Zellen. Der König gab persönlich die Anweisung, euch gut unterzubringen.«

Sie betraten eine Kammer aus grauem Stein. Durch einen schmalen Lüftungsschacht gegenüber dem Eingang fiel Tageslicht. An beiden Seitenmauern hingen je zwei Holzpritschen übereinander, auf denen Matratzen, weiß bezogene Kissen und saubere, zusammengefaltete Leintücher und Wolldecken lagen. Unter dem Schacht stand ein mit Lebensmitteln beladener Tisch. Sie entdeckten einen Teller mit gebratenen Hühnerkeulen und Scheiben von gekochtem Schinken, eine Schale mit Früchten, goldgelbe Brötchen, ein ganzes Schwarzbrot, einen Laib Käse und vier große Krüge Wasser; allerdings fehlte jegliches Besteck. Sogar an Kerzen und Schwefelhölzer hatten die Wächter gedacht, damit sie des Nachts nicht im Dunkeln sitzen mussten.

»Was soll das?«, brummte Haldur verblüfft. »Ist das unsere Henkersmahlzeit?«

Der Kerkermeister wies mit ausgestrecktem Arm in ihr behagliches Gefängnis.

»Aber nicht doch! Betrachtet euch als unsere Gäste!«

Einer der Wächter nahm ihnen die Ketten ab, dann schloss sich die Tür hinter ihnen, zwei Riegel schnappten ein. Die Schritte der Soldaten entfernten sich.

Haldur sank stöhnend auf eine der Pritschen.

»›Gäste‹ sollen wir sein! Ich wünschte, sie würden uns prügeln und in ein finsteres Loch stecken, damit wir uns nicht so unfähig vorkämen!«

Wolf humpelte zum Tisch. Er untersuchte den Lüftungsschacht. Obwohl kein Mensch durch die enge Öffnung kriechen konnte, hatte man ihn weiter oben auch noch vergittert.

Doran schlug mit beiden Fäusten gegen die Eisentür.

»Verdammt!«, fluchte sie.

Mit hinter dem Rücken verschränkten Händen lief Schaaraoch im Thronsaal auf und ab. Er kaute auf seiner Unterlippe. Akàra beobachtete ihn angespannt.

»Meister, Ihr müsst vorsichtig sein! Er hat sich verändert, ich fühlte es, als ich ihn im Wald traf. Ihr müsst ihn vernichten, bevor es zu spät ist!«

Schaaraoch blickte sie erstaunt an.

»Äneas vernichten? Du bist nicht ganz bei Trost! Die Eifersucht plagt dich, meine Liebe. Dein Lodur bereitet mir im Moment größere Sorgen.«

Akàras Stimme überschlug sich.

»Lodur? Weshalb?«

»Bist du blind? Ist dir nicht aufgefallen, dass er sich von dir gelöst hat?«

»Lodur?«

Kalter Schweiß sammelte sich unter dem langen Haar in Akàras Nacken. Sie krallte die Nägel in die Handflächen, als hoffe sie, durch den Schmerz aufzuwachen.

»Das kann er nicht!«

Schaaraoch lächelte milde.

»Du glaubst, meine Zuneigung zu Äneas habe mich ihm gegenüber nachsichtig gemacht. Falls dies jemals so wäre, würde ich es sicherlich bereuen. Ein noch größerer Fehler ist es, den eigenen Schüler zu verlieren, weil man sich seiner zu sicher wähnt. Das ist unverzeihlich!«

Akàra schien unter Schaaraochs Blicken in sich zusammenzusinken.

»Was soll ich tun?«

»Wir brauchen einen vertrauenswürdigen Mann in Kech. Einen Mann, der unsere Wünsche respektiert.«

»Lodur hat immer getan, was ich von ihm verlangte.«

»Ja, mit Widerwillen und weil er nicht anders konnte. Er schmiedet Pläne über Pläne und kommt sich ungeheuer klug dabei vor. Dieser größenwahnsinnige Narr! Er sieht sich schon auf dem Thron von Dahl. Du hast deinen Einfluss auf ihn verloren!«

»Lasst mich mit ihm sprechen! Gebt mir eine letzte Gelegenheit! Er wird auf mich hören.«

»Nun gut, tu das, und zwar sofort!«

Sie nickte.

»Und schick Äneas zu mir!«

Eilig verließ Akàra den Thronsaal. Ihre Finger krampften sich in den weichen Samt des langen dunkelroten Kleides, das sie für das Nachtmahl mit ihrem König angezogen hatte. Um den Hals hing ihr eine goldene Kette mit einem blutroten Anhänger. Schaaraoch hatte ihr erlaubt, den Parall von Dahl zu tragen. Sie würde dieses Privileg wieder verlieren, wenn sie sich gegen Lodur nicht durchsetzen konnte. Dem ehrgeizigen Herzog würde sie eine Lehre erteilen, die er nicht so schnell vergessen sollte!

Sie wies einen der Wächter an, nach dem Hauptmann der Keren zu schicken, dann hastete sie in ihre Gemächer.

Äneas lehnte am Rahmen des einzigen, in eine Nische eingelassenen Fensters seines Zimmers. Die eisernen Verstrebungen zwischen den Scheiben bildeten ein hohes Kreuz, dessen Schatten auf den blanken Holzboden fiel. Weder eine Lampe noch eine Kerze hatte er angezündet, da er Licht als etwas eher Schmerzhaftes denn Angenehmes empfand und er es nicht brauchte, um sich zurechtzufinden.

Er stieß einen Fensterflügel auf und blickte hinaus. Der Mond bestrahlte den verlassenen Innenhof des Palastes, tauchte den Brunnen mit der Statue in silbernen Schimmer. Schwarz glänzte das Wasser im Becken, metallisch funkelnde Lichter tanzten auf der Oberfläche.

Gerüche der Nacht drangen herein, trugen Geheimnisse mit sich. So viele Düfte, die seine Sinne anregten und ihm ihre Geschichte erzählen wollten. Er witterte die Menschen in den Häusern von Kirgon, er schmeckte Kupfer, Salz und Eisen. Ferne Stimmen vernahm er, die unter den Sternen verklangen. Außerhalb der Stadt spürte er den Wald von Kelrun, der sich weit über die Hügel breitete, dessen unzählige Geschöpfe unter dem Nachthimmel atmeten.

Äneas liebte diese stillen Nächte allein, wenn er sich ganz eins mit der Welt fühlte und seine Gedanken groß und klar waren. Manchmal wollte sein Herz bersten von Empfindungen und die Gewalt der Eindrücke, die auf ihn einstürmten, drohte ihn zu ersticken. Dann begannen seine Hände zu zittern und er konnte lange mit niemandem mehr sprechen.

Er zog die Handschuhe aus und nahm die eiserne Maske ab, legte beides auf das breite Sims unter dem Fenster. Seine Hände leuchteten weiß. Blaue Adern zeichneten sich unter der Haut ab. Er rieb die Fingerspitzen aneinander, an denen Lederfasern von den Handschuhen hafteten, dann fuhr er sich über die Stirn und strich das schulterlange aschblonde Haar aus dem Gesicht.

In einer Fensterscheibe tauchte sein Spiegelbild auf. Er tastete nach der schlecht verheilten Narbe, die über die Wange und den Hals lief. Getrocknetes Blut klebte am Kragen, wo die Wunde oft wieder aufbrach. Sein Mund zuckte vor Schmerz, als er die Naht berührte. Er blickte in seine Augen. Die kalten Lichter darin erschienen ihm fremd.

Den Kopf gesenkt, stützte er sich mit beiden Händen auf das Sims. Er roch das Wasser des Brunnens, es schwebte neblig feucht in der Luft, schmeckte nach tiefen Flüssen, nach Steinen, Staub und Regen.

Mit geschlossenen Augen lauschte er den Stimmen, die er nachts wahrnahm. Er ahnte nicht, woher sie kamen. Zuweilen erschienen ihm Farben, die formlos ineinander flossen, bis sie endlich tiefes Rot tränkte, dann erklang ein dumpfes Pochen in seinem Innern, das er sich nicht erklären konnte. In diesen Momenten empfand er entsetzliche Furcht. Am meisten quälte ihn, dass er nicht wusste, wovor er solche Angst hatte. Wenn er dieses Grauen endlich fassen, es greifbar machen könnte!

Vielleicht nannte man dies ›Erinnerung‹. *Erinnerung.* Er kannte das Wort, aber er verstand es nicht. Es bedeutete, sich auf vergangene Erlebnisse zu besinnen. Welches Ereignis mochte solchen Schrecken in ihm ausgelöst haben? Er konnte sich keines ins Gedächtnis rufen. Schon immer diente er dem König, lebte allein in diesem Zimmer im Palast von Kirgon. Hinter ihm an der Wand stand sein selten benütztes Bett, weiter vorn der Schreibtisch, und drüben auf der Truhe lagen seine zwei schwarzen Mäntel, von denen er jeweils einen trug. *Schon immer.* Die beiden Worte hallten in ihm wider, doch sie zeitigten keine Wirkung.

Die Keren liebte er als seine Brüder. Er war ihr Hauptmann, weil er sich am besten dafür eignete. Sie erfüllten eine wichtige Aufgabe für die Einwohner von Kelrun und für ihren Herrn, den König. Schon immer hatten sie ihre Arbeit getan. Niemand mochte die Keren missen.

Schon immer. Die Worte hakten sich in Äneas' Gedanken fest, als hätte er sie nie zuvor gehört. Das Denken tat ihm weh.

Sein Kopf sank auf die Brust. Dichte Haarsträhnen fielen über seine Wangen. Plötzlich stieg ein Bild in ihm auf, das ihm die Kehle zuschnürte. Das Gesicht eines Mädchens mit sonnengebräunter Haut und einem federgeschmückten Hut auf dem langen braunen Haar. Ihre Lippen bewegten sich, sie sprach mit ihm.

Erschrocken riss er die Augen auf. Dieses Bild hatte er so deutlich gesehen wie kein anderes zuvor. Er kannte diese Frau oder hatte sie gekannt.

Eine brennende Frage bildete sich in seinem Verstand. Er musste mit Schaaraoch sprechen, ihn fragen, wer oder was er war!

Es klopfte an die Tür. Äneas drehte sich um.

»Ja?«

Eine leise Stimme antwortete:

»Ich bin es Herr, Menzel! Ihr sollt sofort zum König!«

»Ich komme.«

Er legte Handschuhe, Maske und den Mantel an, dann trat er auf den Gang. Menzel wartete, eine Fackel in der Hand, deren unstetes Flackern über die Wände tanzte. Äneas war froh, dass er die Maske angelegt hatte, obwohl er dies im Palast nicht musste. Sie schützte ihn vor dem grellen Licht, das er jetzt kaum ertragen konnte.

Menzel eilte voraus. Äneas folgte ihm mit langen Schritten.

Am Thronsaal klopfte Menzel vorsichtig an, horchte, öffnete die Tür und verneigte sich. Äneas trat ein. Die Pforte schloss sich hinter ihm, Menzel blieb draußen.

In der Halle herrschte beruhigende Dunkelheit. Die Kohlenbecken verbreiteten ein angenehmes Glühen. Schaaraoch saß auf dem Thron, die Arme auf die Lehnen gestützt. Äneas verbeugte sich.

»Herr, ich …«

Schaaraoch gebot ihm mit einer Hand zu schweigen, erhob sich vom Thron und stieg die Stufen herunter. Langsam schritt er auf Äneas zu, löste dessen eiserne Maske und nahm sie ihm ab. Tastend ließ er die Finger über das Metall gleiten, berührte fast zärtlich die schlichten Verzierungen. Er gab ihm die Maske zurück.

»Äneas, Akàra hat sich über dich beklagt.«

»Akàra? Meine Abneigung gegen sie ist kein Geheimnis.«

»Weshalb hegst du derartige Gefühle, Äneas?«

»Ihre Anwesenheit ist mir unangenehm. Sie ist eine herrschsüchtige und boshafte Frau.«

»Mir gegenüber verspürst du keinen solchen Widerwillen?«

»Nein.«

Mit einem Ruck zog Schaaraoch die Vorhänge des Balkons auf.

»Komm her zu mir!«

Zögernd trat Äneas näher. Schaaraoch deutete auf dessen Spiegelbild im schwarzen Glas.

»Ich habe dich geschaffen, Äneas, und die Götter mögen mir helfen, ich liebe dich wie einen Sohn! Du bist mir unentbehrlich geworden. Ich und mein Reich brauchen dich. Stets ließ ich dich deine Aufgaben so erledigen, wie es dir richtig erschien, nie habe ich mich eingemischt, auch wenn ich nicht immer deiner Meinung war. Wer herrscht, darf keine Schwäche zeigen. Oft warst du zu barmherzig, gabst Gnade vor Recht den Vorzug. Das hat mir Nachteile gebracht, doch ich ließ dich gewähren, denn ich vertraue dir. Akàra wirft mir vor, dass meine Liebe mich blind macht!«

Kälte kroch über Äneas' Haut, er senkte den Blick, als könne er die Spiegelung im Fenster nicht ertragen, nicht in seine eigenen Augen sehen, in denen silberne Lichter glühten.

»Woraus habt Ihr mich geschaffen, Herr? Was war ich, bevor Eure Hände mich ins Dasein holten? Ich kann mich nicht erinnern.«

»Ist das so schlimm?«

»Manchmal sehe ich Bilder, höre Stimmen in mir. Sie lassen eine Leere zurück, die mich schmerzt.«

Schaaraoch packte ihn an der Schulter und drehte ihn zu sich herum. Nach Weihrauch duftender Atem blies heiß über Äneas' Gesicht, Schaaraochs Blicke durchbohrten ihn. Die schillernden Farben in dessen Augen wollten ihn verzehren.

»Bitte …«, flüsterte er.

»Was ist mit deinen Brüdern, den Keren? Bedeuten sie dir nichts?«

»Doch, natürlich! Alles gäbe ich für sie.«

»Und dein König? Hast du ihm nicht die Treue geschworen?«

Äneas krümmte sich stumm.

»Hör mir gut zu«, zischte Schaaraoch, »als ich dich ins Leben rief, warst du so tot, wie man nur sein kann. Ich glaube nicht, dass du in diesen Zustand zurückkehren möchtest. Du wirst …«

Die Tür des Thronsaals wurde aufgerissen. Rasend vor Zorn stürzte Lodur in die Halle. Ein Diener stellte sich ihm in den Weg. Lodur stieß ihn mit einem Arm zur Seite. Der Mann fiel hin. Soldaten von Schaaraochs Leibgarde rannten mit gezogenen Schwertern herbei, um den Eindringling aufzuhalten. Schaaraoch wies sie an zu warten. Wachsam zogen sie sich zurück.

Lodur widmete Äneas einen kurzen Blick, dann trat er vor Schaaraoch. Wut verzerrte sein Gesicht. Er streckte den Arm aus.

In seiner Hand lag eine goldene Kette mit einem roten Anhänger, gefasst in ein Oval aus Gold. Er warf sie Schaaraoch vor die Füße. Der starrte Lodur an. Sein Ausdruck wechselte von Staunen zu Neugier.

»Lass uns allein!«, befahl er Äneas. »Wir werden unsere Unterhaltung später fortsetzen.«

»Ich verlasse den Palast im Morgengrauen. Meine Männer und ich übernehmen die Ostpatrouille.«

»Dann leb wohl und denk nicht an deine Träume!«

»Wie Ihr wünscht!«

Äneas verließ die Halle, sein Gesicht hart wie Stein. Wieder hatte ihn Schaaraoch ohne Antwort abgespeist.

»Wo ist Akàra?«, fragte Schaaraoch, als er mit Lodur allein war.

»In meinen Gemächern. Meine Leibwache hält sie fest. Sie wollte mich bestrafen, das ist ihr gründlich misslungen! Ich bin der Herzog von Kech, ich lasse mich nicht wie ein Knecht behandeln!«

Schaaraoch musterte ihn.

»Du hast dich verändert, Lodur. Was ist aus dem neugierigen jungen Mann geworden, den Akàra vor fünf Jahren nach Kirgon mitbrachte?«

»Ich bin darüber hinausgewachsen, Akàras Schüler zu sein, ich bin es leid, mich von ihr herumkommandieren zu lassen! Meine Fähigkeiten übersteigen die ihren bei weitem. Ich erwarte nicht mehr als den Respekt, der mir zusteht!«

»Trag deine strenge Behandlung Akàra nicht nach. Es geschah auf meine Anweisung.«

»Dennoch fällt es mir leichter, Euch zu verzeihen, Herr, als Akàra!«

»Verzeihen? Was willst du denn verzeihen, Lodur? Ich erinnere mich, wie du warst, als du damals zu mir kamst. Du wolltest Macht. Genug Macht, all jene in den Schatten zu stellen, die dich wie einen Lakaien behandelt hatten! Genug Macht, ein Kaiser zu werden! Alles hat seinen Preis.«

Lodur atmete schwer. Er zitterte.

»Ich will niemandes Diener mehr sein. Ihr habt mir die Kraft gegeben, meine Wünsche zu verwirklichen, doch die Hände, die das Schwert führen, sind die meinen! Ihr braucht mich, Ihr könnt mich nicht durch einen anderen ersetzen. In wenigen Jahren werde ich Alrich vom Thron stoßen und über das Reich von Dahl herrschen. Ich kann Dahl in Eurem Sinne regieren. Akàra altert, ihre Fähigkeiten schwinden. Bald wird sie nutzlos für Euch sein.«

Schaaraoch lachte schallend.

»Wahrhaftig! Die Worte eines Gebieters über Menschen.«

Misstrauisch beobachtete ihn Lodur. Er kannte Schaaraochs Kräfte. Grund genug, sich zu fürchten. Die Worte, die er ausgesprochen hatte, konnten ihn den Kopf kosten. Aber Schaaraoch brauchte ihn als Verbündeten, er *musste* ihm die Freundschaft anbieten. Der Zeitpunkt war günstig. Schaaraoch durfte es sich nicht erlauben, den zukünftigen Kaiser von Dahl zu verärgern.

»Also gut«, flüsterte Schaaraoch mit einem amüsierten Lächeln. »Ich werde dir Gelegenheit geben, deine Fähigkeiten unter Beweis zu stellen. Heb die Kette auf!«

Lodur bückte sich und steckte sie ein.

Sie gingen durch die Halle bis hinter den Thron. Schaaraoch zog einen versteckten Hebel. Eine schmale Tür schwang auf, an der sich weder eine Klinke noch ein Schloss befand. Dahinter lag ein finsterer Schacht, durch den eine steile Wendeltreppe in die Tiefe führte. In einer Halterung an der Wand brannte eine Fackel. Schaaraoch nahm sie mit und eilte voraus. Lodur folgte ihm.

Lange stapften sie die hohen Stufen hinunter, bis tief unter die Erde. Durch eine Eisentür, die Schaaraoch mit einem Schlüssel aufsperrte, gelangten sie in einen unbeleuchteten, übelriechenden Gang. Von weiter vorn erklangen Stimmen.

Eine klebrige Flüssigkeit bedeckte den Steinboden. Lodurs Stiefel gerieten ins Rutschen. Er stützte sich mit einer Hand an der Wand ab, um nicht auszugleiten. Der widerwärtige Gestank schien von unten zu kommen, gleichsam aus der Tiefe emporzuquellen. Am Ende des Tunnels tauchte ein Licht auf.

Sie betraten einen rechteckigen, von Öllampen erhellten Raum. An einem Tisch in der Mitte saßen zwei Karten spielende Wachen, deren Unterhaltung sie gehört hatten. Als sie den König entdeckten, sprangen sie auf. Schaaraoch nickte ihnen zu.

Mit Hebeln verriegelte eiserne Türen waren auf den Längsseiten in die Mauern eingelassen. Neugierig blickte Lodur sich um. Sie mussten sich in den Verliesen befinden. Nie zuvor hatte er die sagenumwobenen Gewölbe von Kirgon gesehen.

Vorsichtig klappte Schaaraoch die Sichtluke einer der Zellen auf. Mattes rötliches Licht schimmerte zwischen einem Gitter hervor. Ein klagendes Heulen erklang.

Lodur trat näher, er wollte wissen, was in dem Gefängnis eingeschlossen war. Er beugte sich vor. Als er durch die Luke spähen wollte, traf ihn von hinten ein Schlag auf den Kopf. Augenblicklich sackte er ohnmächtig zu Boden.

Die Lider des Herzogs flatterten. Zögernd schlug er die Augen auf. Eine Lampe direkt über ihm blendete ihn. Das grelle Licht schnitt ihm wie mit Messern in die Augen. Er blinzelte. Sein Schädel dröhnte vor Schmerz. Er wollte nach der Beule an seinem Hinterkopf tasten. Seine Hände rührten sich nicht. Er versuchte, sich aufzusetzen. Einzig ein Zucken der Finger brachte er zustande. Stöhnend streckte er sich. Man hatte ihn auf einen Steintisch gefesselt. Lederne Gürtel banden Handgelenke, Brust, Beine und Knöchel darauf fest. Die engen Bänder schnürten ihm das Blut ab.

Er drehte den Kopf, so weit er konnte. Zu seiner Rechten reckte sich eine graue Wand empor, zu seiner Linken erstreckten sich drei Reihen viereckiger Säulen, die sich jenseits des Lichtscheins im Dunkel verloren. In den Wänden gähnten schwarz die Schlitze von Lüftungsschächten. Am Fußende entdeckte Lodur zwei Holztische, übersät mit medizinischem Gerät. Dahinter lehnte ein Regal an der Wand, das mit Metallkisten vollgestopft war. Prüfend zerrte er an den Fesseln. Sie lockerten sich nicht.

Schaaraoch beugte sich über ihn. Erschrocken zuckte Lodur zusammen, er hatte ihn nicht gehört. Mit einer ausdrucksvollen Geste deutete Schaaraoch auf die Arbeitstische und das Regal.

»Wie du siehst, bin ich ein Sammler. Weißt du, was du vorhin so achtlos auf den Boden geworfen hast?«

Lodur mühte sich, Schaaraochs Frage zu verstehen. Das Herz schlug wie eine Trommel in seiner Brust.

»Die Kette? Ich nehme an, sie ist sehr wertvoll.«

Ein Lächeln glitt über Schaaraochs Gesicht.

»Kennst du die Legende von den fünf Schlüsseln der Geister?«

»Ja, natürlich. Marech Eldred hat in seinen Tagebüchern darüber geschrieben. Viele Daimonen haben sie gesucht, aber keiner hat sie jemals gefunden.«

Mit einem Nicken zog Schaaraoch die goldene Kette aus Lodurs Jacke. Bewundernd betrachtete er den roten Anhänger, gefasst in massives Gold. Dessen glatte Oberfläche leuchtete im Schein der Lampe, er strahlte voll glühendem Feuer, badete Lodur in brennend roten Schein. Als Schaaraochs Finger darüber glitten, flackerte er unmerklich auf. Ein merkwürdiges, pulsierendes Glitzern umgab ihn.

»Fünf Schlüssel, die die mächtigsten Geister rufen. Paralle hat Marech Eldred sie einst genannt. Man kann sie in der Faust verbergen oder um den Hals hängen wie ein eitles Schmuckstück.«

Zum ersten Mal fiel Lodur die sonderbare Beschaffenheit des Anhängers auf. Dies war kein Edelstein, er bestand aus einem ihm unbekannten Material. Der Anhänger hatte keinerlei geschliffene Facetten, um Licht einzufangen. Er konnte nicht so strahlen, denn kein Goldschmied hatte ihn jemals bearbeitet und dennoch leuchtete er mit blendender Kraft.

»Dieser ist mir vielleicht der liebste von allen fünf«, erklärte Schaaraoch. »Er ist sehr schwer zu beherrschen, er verleitet zu Rücksichtslosigkeit. Das ist einer der Gründe, weshalb ihn in Dahlstadt niemand verwendet hat. Er ist der Schlüssel der Handlung, Herr über Taten, das flammende Schwert des Zorns, das die Ungerechten hinwegfegt.«

Er lächelte.

»Für einen kurzen Moment hieltst du mehr Macht in den Händen, als du dir jemals erträumt hast, Lodur. Du hast sie nicht erkannt.«

Behutsam legte Schaaraoch die Kette auf einen Tisch.

»Ich machte es mir zur Aufgabe, die Paralle wieder zu vereinen, jetzt sind zwei von ihnen mein Eigentum, der dritte ist nahe und der vierte ist auf dem Weg zu mir.«

Lodur schluckte leer.

»Was ist mit dem fünften?«

»Der fünfte ist verschollen. Niemand benützt ihn, sonst hätte ich ihn aufgespürt! Ich habe einen Traum, Lodur, und wenn ich alle fünf Schlüssel besitze, werde ich ihn mir erfüllen können!«

Schweiß trat auf Lodurs Stirn. Welche Gräueltat Schaaraoch mit den Parallen auch plante, er wollte es nicht erfahren! Er wollte zurück nach Kech, zurück in die Flammenburg, nur fort aus Kirgon.

»Was habt Ihr mit mir vor? Weshalb die Fesseln?«

»Mit diesen Schlüsseln kann man die Menschen prüfen. Sie sind sehr gefährlich. Ich habe nie verstanden, weshalb man nur einen besitzen und niemals zwei gleichzeitig anwenden durfte. Ich erfuhr weshalb und auch du wirst es bald erfahren. Ich dachte, du wolltest ein Kaiser werden?«

Zorn erfüllte Lodur. Schaaraoch log ihn an. Er wollte ihn nicht prüfen, dazu brauchte er ihn nicht zu fesseln.

»Ich will nichts von diesen Schlüsseln wissen!«

Sanft fuhr Schaaraochs Hand über Lodurs Hals. Dessen Haare sträubten sich vor Grauen. Ein Schrei wollte sich aus seiner Kehle lösen. Voll Spott legte Schaaraoch den Finger auf die Lippen. Lodur verstummte.

»Du hast dich schon immer von anderen benützen lassen, Lodur, und wenn man einmal damit anfängt, sich lenken zu lassen, kann man nicht mehr aufhören. Daran ist gar nichts auszusetzen. Doch deine Selbstüberschätzung hat dich zu einem stumpfen, einem unbrauchbaren Werkzeug gemacht. Ich will dich neu schleifen.«

»Weshalb?«, keuchte Lodur. »Warum kann ich Euch nicht genauso dienen wie Akàra?«

»Akàra dient mir nicht. Es ist ihr freier Wunsch, mir nahe zu sein. Sie liebt mich.«

»Ich sehe keinen so großen Unterschied zwischen Euch und mir!«

Schaaraoch ergriff ein langes, dünnes Messer, das auf einem der Tische lag.

»Ich sehe einen Unterschied. Du liegst gefesselt in meinem Arbeitszimmer und ich halte ein Messer in den Händen.«

Lodur bäumte sich auf, riss an den Fesseln. Schaaraoch kümmerte sich nicht um seine Klagen.

KAPITEL 13

Kelrun

Xander spuckte in das niederbrennende Feuer. Sein Speichel verdunstete zischend auf den glühenden Kohlen. Gähnend streckte er sich. Er musterte die dünnen Nebelschwaden, die wie Rauch zwischen den Bäumen hingen. Die Arme verschränkt, klemmte er die Hände unter die Achselhöhlen, um sie zu wärmen.

»Die Geister der Rache fürchten sich vor sich selbst.«

Schuld und Vergebung.
Die Herrschaft durch Gewalt.
Historische Abhandlung von
Hedgitta Kort.
Volksbibliothek von Ereat, Reg. 7681.H.

Langsam gewöhnte er sich daran, unter freiem Himmel zu übernachten. Schließlich hatte er während der letzten Tage genügend Gelegenheit dazu gehabt. Frühmorgens, wenn die Vögel in den Ästen zwitscherten, den dunstig hereinbrechenden Tag lärmend begrüßten, gefiel ihm der Wald am besten. Dennoch hätte er die harte Schlafmatte gern gegen ein richtiges Bett eingetauscht.

Sie lagerten unter Buchen, über sich ein Segeltuch gespannt, das sie an den Stämmen befestigt hatten. Das dichte Geäst schützte sie ein wenig vor dem unablässig fallenden Regen. Klamme Rinnsale troffen von der Plane auf den feuchten Waldboden, über den Buschwindrosen einen weißen Teppich breiteten. Ein Eichhörnchen sprang einen Stamm hinauf und verschwand in den Ästen. In der Nähe sang ein Vogel, der mit seinem Lied die Klänge seiner Artgenossen übertönte.

Müde warf Xander Holz in die Glut. Funken stoben auf, wirbelten durch die Luft, sanken als Ascheflocken nieder. Flammenzungen leckten über die Zweige, nährten sich an ihnen und wuchsen zu einem knisternden Feuer. Der Qualm zog durch ein Loch in der Segeltuchplane ab. Dämmerlicht herrschte unter dem niederen Dach. Dicht erstreckte sich der Wald auf allen Seiten, die Bäume beengend nahe nebeneinander. Buchen, Eichen und einige, deren Gattung er nicht kannte.

Lutz lag eingerollt in eine Decke neben dem Steinkreis, der das Lagerfeuer eingrenzte. Die Kapuze des Mantels beschattete sein abgewandtes Gesicht. Stöhnend murmelte er im Schlaf. Xander ließ ihn ruhen. Die Reise hatte Lutz erschöpft. Obwohl er sich nicht beklagte, fühlte er doch die Last seiner Jahre.

Acht Tage lang hatte sie die *Mirza* über das Meer getragen. Vor fünf Tagen waren sie in Erkbad an Land gegangen. Dort hatten sie zwei Pferde, Sättel und wasserfeste Umhänge aus Öltuch gekauft. Das grüne, dicht bewaldete Kelrun war berüchtigt für sein feuchtes Wetter zu dieser Jahreszeit. Ein eiliger Ritt nach Norden hatte sie in die Nähe der Hauptstadt Kirgon gebracht.

Bald würden sie Schaaraoch gegenübertreten. Diese Begegnung würde ihre Kräfte fordern. Welch ein Mensch mochte er sein? Er musste gleich alt sein wie Lutz, sie hatten zusammen studiert. Ob sich Akàra auch im Palast von Kirgon aufhielt? Und wie ging es Haldur? Kaum ein Augenblick verging, da er nicht an ihn dachte.

Geistesabwesend griff Xander unter die Jacke und tastete nach dem Lederbeutel, den er ohne Lutz' Wissen aus Ranach mitgenommen hatte. Er spürte die feinen Glieder der silbernen Kette und das Netzwerk des Anhängers, der den Parall enthielt. Er hatte kaum Zeit gefunden, sich mit ihm zu beschäftigen.

Seit sich Zen damals in seine Hand gebohrt und die gleißende Kraft ihn fast verbrannt hatte, empfand er eine Verbindung mit ihm, die andauerte. Zen war ein Teil von ihm geworden.

Lutz hatte ihm Verwirrendes über die Paralle erzählt; die drängendsten Fragen konnte er nicht beantworten. Was sie waren, woher sie kamen. Wer über die Macht verfügt hatte, diese Schlüssel zu erschaffen.

Die ebenbürtigen Kräfte ihrer Geister äußerten sich auf ganz unterschiedlichen Gebieten. Durch Zen, so hatte Lutz ihm erklärt, sehe und wisse er manches, das anderen verborgen bleibe. Zen verlieh Erkenntnis; alle Täuschung, jede Lüge verging durch ihn. Zen konnte Visionen aus der Zukunft und Bilder aus der Vergangenheit zeigen. Erst die Erfahrung werde ihn lehren, mit dieser Macht umzugehen.

Verträumt spielte Xander mit einem Grashalm. Einer Eingebung folgend, wischte er die vom Tau benetzten Finger an der Hose ab, holte den Lederbeutel hervor und schnürte ihn auf. Mit einem raschen Blick vergewisserte er sich, dass Lutz noch schlief, dann hängte er sich die

Kette um den Hals. Der Anhänger verschwand unter den Schichten der Kleider, kühl lag er auf der bloßen Haut seiner Brust. Wohlige Wärme durchflutete ihn.

Lutz murmelte etwas, seufzte und setzte sich auf. Eilig ließ Xander den leeren Beutel verschwinden.

»Guten Morgen!«, rief er.

Widerwillig brummend stand Lutz auf. Die Decke um seine Schultern glitt zu Boden. Er kroch unter der Plane hervor, ordnete den Mantel und stapfte hinter einen Baum. Es hatte aufgehört zu regnen, zum ersten Mal seit Tagen. Xander schlenderte zum nahen Bach, um die Wasserflaschen aufzufüllen. Als er zurückkam, saß Lutz am Feuer. Er rauchte. Aus der Blechkanne goss er sich einen Becher lauwarmen Tee ein. Entrückt starrte er in das Dickicht des Waldes. Nebel stieg vom schwarzgrünen Blättermeer auf, vermischte sich mit dem Silbergrau des verhangenen Morgens.

Xander ließ sich neben Lutz nieder. Der blickte ihn an.

»Lösch das Feuer!«

»Was ist denn?«

»Fühlst du nicht, wie still der Wald ist? Als warte er?«

Ratlos sah Xander sich um.

»Ich weiß nicht, was du meinst.«

»Lass uns von hier verschwinden.«

Lutz packte die Sachen ein, Xander trat das Feuer aus und sattelte die Pferde. Sie lenkten die Tiere in den Wald. Blätter raschelten unter den Hufen. In der Ferne hämmerte ein Specht auf einen Baumstamm ein. Die Luft roch nach wilden Kräutern.

Sie ritten ohne Unterlass, bis die Sonne ihren höchsten Punkt erreichte. Nach einem kalten Mittagessen und einer kurzen Rast machten sie sich wieder auf den Weg. Am Nachmittag ballten sich die steingrauen Wolken zusammen. Nieselregen fiel.

Vor ihnen bahnte sich ein mit Wurzeln und Unkraut überwachsener Pfad durch das Unterholz. Lutz zügelte das Pferd, hob lauschend den Kopf und legte einen Finger an die Lippen. Xander spitzte die Ohren. Er hörte einzig das Rauschen eines Baches in der Nähe und das eintönige Säuseln von Wind und Regen.

Schweigend ritten sie den Pfad entlang, der in nordwestlicher Richtung den Wald durchschnitt. Er stieg stetig an, wand sich in weiten Schleifen einen Hügel hinauf. Nach einem letzten steilen Stück endete er und sie traten aus dem Wald auf eine kreisrunde, grasbewachsene Lichtung. Wilde blaue Blumen durchsetzten das kniehohe Gras. Riesige Kiefern säumten auf allen Seiten die Wiese, umkränzten die Kuppe des Hügels.

In der Mitte der Lichtung ragte ein einzelner mannshoher Felsblock empor. An seinen Flanken schien das Gras verkümmert und ausgedörrt, als ob es ein Feuer versengt hätte. Eingemeißelte Figuren und Schriftzeichen bedeckten den Felsen, die der Regen unzähliger Jahre beinahe ausgewaschen hatte.

Lutz und Xander stiegen von den Pferden, führten die Tiere über die Lichtung zu dem Monolithen und betrachteten ihn von allen Seiten.

»Verstehst du, was diese Zeichen bedeuten?«, fragte Xander.

»Nein.«

Lutz betastete die eingekerbten Schriftzeichen.

»Halt!«, schrie Xander. »Fass ihn nicht an!«

Erschrocken zog Lutz die Hand zurück.

»Was hast du?«

»Ein Ruf erklang, als du den Stein berührt hast. Ein Ton, der von hier ausging und im ganzen Wald erschallte!«

Erstaunt runzelte Lutz die Stirn.

»Ein Ton, sagst du? Weshalb vernimmst du ihn und ich nicht?«

Xander zuckte die Schultern.

»Ich weiß es nicht. Hauptsache, ich habe ihn gehört, oder?«

»Na schön, wir werden das später ergründen. Komm, wir müssen weiter!«

Er musterte den Waldrand.

»Dort drüben führt der Pfad weiter nach Norden.«

Sie saßen auf und ritten über die Lichtung in den Wald. Das unwegsame Gelände ließ ihnen keine andere Wahl, als den steilen Weg zu benützen. Dornengestrüpp überwucherte den mit herabgefallenen Ästen übersäten Waldboden. Zwischen umgestürzten Bäumen breiteten sich dichte Brombeerhecken aus. Tiefhängende Äste und stachelige Ranken überspannten den Pfad wie ein Baldachin, ließen kaum Licht durch. Ein Netzwerk von Wurzeln durchbrach die schlammige Erde, in deren Krümmungen sich Pfützen aus braunem Wasser sammelten.

Lutz und Xander hielten mit einer Hand die Zügel, mit der anderen hoben sie die tiefsten Äste an. Ein Zweig peitschte Xanders Gesicht, kratzte über seine Stirn und riss ihm die Kapuze vom Kopf. Fluchend betastete er die Schramme. Ein Tropfen Blut haftete an seinen Fingern. Er leckte es ab.

Der Pfad endete. Über eine schmale Grasnarbe erreichten sie ebenes Land. Vor ihnen erstreckte sich Wald, so weit sie blickten. Seine Bäume standen weniger dicht, Licht fiel auf den mit Bärlauch und Moos bewachsenen Boden. Lutz drehte sich um. Das Gestrüpp hatte ihm weder das Gesicht noch die Hände verletzt. Schweigend lenkte er den roten Hengst nach Norden. Xander trabte auf dem Rappen hinter ihm her. Er trieb das Pferd an, bis er auf gleicher Höhe ritt.

»Werden wir heute den Palast erreichen?«, fragte er.

»Nein, es sei denn, du möchtest nach Mitternacht bei Schaaraoch anklopfen. Wir reiten heute bis Ilkand, das liegt etwa einen Tagesritt vom schwarzen Palast entfernt. Ilkand war früher ein berühmter Ort; es gab ein Orakel und einen Tempel. Daimonen lebten dort, die die Kunst der Weissagung beherrschten. Jetzt sind alle fort. Wir werden im Dorf übernachten. Das letzte Stück Weg nehmen wir morgen Früh in Angriff.«

»Lutz, was erwartet uns im schwarzen Palast? Wird Schaaraoch uns gefangen nehmen lassen? Wird er versuchen, uns zu töten?«

»Das glaube ich nicht. Er hat keinen Grund dazu, solange wir ihm bringen, was er haben will. Nur wenn er Haldur umgebracht hätte, dann müsste er uns auch töten, um an den Parall zu kommen, aber das kann ich mir nicht vorstellen. Schaaraoch zieht seit Jahrzehnten seinen Nutzen daraus, Geiseln gegen Dinge auszutauschen, die er besitzen will. Dieses einträgliche Geschäft wäre erschwert, wenn bekannt würde, dass er eine Geisel und die Unterhändler ermordet hat.«

»Ein tröstlicher Gedanke.«

»Xander«, sagte Lutz eindringlich, »du wirst im Palast nichts auf eigene Faust unternehmen. Bleib an meiner Seite und tu, was ich dir sage! Hast du mich verstanden?«

»Weshalb? Ich …«

»Schaaraoch ist ein mächtiger Daimon, du kannst nichts gegen ihn ausrichten. Ich muss mich selbst mit ihm befassen und will nicht die ganze Zeit auf dich aufpassen müssen.«

Xander nickte.

»Ja, ich verstehe.«

»Im Übrigen bleibt unser Plan wie besprochen.«

»Lutz, darf ich dich etwas fragen?«

»Ja?«

»Was ist Schaaraoch für ein Mensch? Ihr wart sehr eng befreundet, seid gemeinsam zur Schule gegangen, habt sogar zusammen gelebt. Jetzt ist er König dieses Landes und alle fürchten ihn. Wie konnte er sich so verändern?«

Nachdenklich blickte Lutz ihn an.

»Die Freundschaft unserer Jugend liegt lange zurück. Natürlich hat er sich seit damals verändert, wie ich auch. Ehrgeizig war er schon immer. Ich dachte, er würde ein berühmter Arzt werden, er besaß alle dazu nötigen Voraussetzungen. Er war gewissenhaft, lernbegierig und hatte einen untrüglichen Instinkt. Die Geheimnisse des menschlichen Körpers fesselten ihn wie kaum etwas anderes.«

»Nun hat er einen anderen Weg gewählt.«

Lutz lächelte bitter.

»Ja, das Schicksal hat einen König aus ihm gemacht. Er wäre vielleicht sogar ein guter König geworden, wenn er mehr Achtung vor dem Leben empfände.«

»Wie hätte er denn ein Arzt werden können, wenn er keine Achtung vor dem Leben empfindet?«

»Den Krankheiten, die Menschen heimsuchen, widmet er mehr Aufmerksameit als den Menschen selbst, das ist wahr. Dennoch hätte er der Heilkunst unschätzbare Dienste erweisen können. Unersättliche Neugierde war eine seiner hervorstechendsten Eigenschaften. Die Früchte seiner Arbeit hätten vielen helfen können.«

Xander zügelte das Pferd. Vor ihnen durchtrennte eine Straße den Wald. In der aufgeweichten Erde waren frische Karrenspuren zu sehen.

»Der Weg nach Ilkand«, erklärte Lutz. »Die Bauern benützen ihn.«

Sie ritten zwischen den Bäumen hindurch auf die Straße. Xander wischte sich Blätter und kleine Zweige vom Mantel, dann zog er die Kapuze wieder über das strähnige Haar.

Der Weg führte aus dem Wald hinaus. Beackerte Felder säumten ihn, die umgegrabenen Schollen waren vom Regen durchtränkt. Schwarzweiß gefleckte Kühe grasten auf einer umzäunten Weide zu ihrer Linken, die Felle von Schlamm und Kotflecken gesprenkelt. Einige Tiere lagen widerkäuend im nassen Gras, eine einzelne Kuh trank Wasser aus einem Holztrog am Zaun.

Nicht weit entfernt durchsetzten vereinzelte Gehöfte die grünen Hügel. Rauch stieg aus den Schornsteinen. Hinter den Fenstern brannten Lichter, leuchteten wie ferne Feuer in dem dunkelnden Land. Bald würde die Nacht die Dämmerung ablösen.

Gemächlich trabten Lutz und Xander den Feldweg entlang. Linker Hand tauchte das erste Bauernhaus auf. Ein Zaun aus zugespitzten Baumstämmen umgab das Gehöft, das Tor stand weit offen. Dahinter lag ein breites hölzernes Gebäude mit Schindeldach, eine mit Schnitzwerk verzierte Galerie an der Vorderfront, daneben ein Stall und eine Scheune. Brennholz stapelte sich unter dem vorstehenden Dach des

Wohnhauses. In einem Gehege neben der Scheune scharrte ein gutes Dutzend braungefiederter Hühner in der Erde.

Krachend schlug eine Tür zu. Geschrei erklang auf dem Innenhof. Die Hühner gackerten aufgeregt. Ein Mann rannte durch das Tor zum Feldweg herab. Er war barfuß. Ein Paar Bergschuhe, an den Schnürsenkeln zusammengeknotet, hing um seinen Hals. Er trug ein kariertes Hemd, eine abgewetzte braune Strickjacke und eine braune Hose, die er bis zu den Waden aufgerollt hatte. Sein regenfeuchtes graues Haar war zu einem dünnen Zopf geflochten. Auf der Straße blieb er wie angewurzelt vor den beiden Reitern stehen. Schweiß benetzte sein vor Angst aschfahles Gesicht. Er gaffte sie entgeistert an, als könne er nicht glauben, dass tatsächlich zwei Fremde hier entlangritten.

»Guten Abend«, sagte Lutz.

»Seid Ihr ein Daimon?«, keuchte der Mann mit heiserer Stimme. »Ihr seht aus wie einer. Die Götter müssen Euch schicken!«

»Braucht Ihr Hilfe?«

»Meine Tochter, sie ist sehr krank! Bitte kommt mit auf meinen Hof! Ich wollte ins Dorf, den Heiler holen.«

»Gehen wir«, erwiderte Lutz.

Der Bauer trottete vor ihnen zum Haus zurück.

»Was fehlt Eurer Tochter denn?«, fragte Xander.

Der Mann drehte sich um und blickte mit übernächtigten Augen zu ihnen auf.

»Der Heiler meinte, es sei das Fieber, aber das ist unmöglich! Wo sollte Hedi sich angesteckt haben? Hedi ist meine Tochter. Der Heiler sagte, er werde die Keren schicken. Das will ich nicht! Sie werden sie mitnehmen, meine kleine Tochter!«

Schluchzend lehnte er sich an ein Gatter. Lutz und Xander saßen ab und banden die Pferde an. Aus dem Wohnhaus trat eine schlanke Frau mit grauweißem Haar, das ihr offen auf die Schultern fiel. Ein braunes Kleid aus grobem Tuch wallte ausgefranst bis an ihre Knöchel. Ihre Füße steckten in Holzpantoffeln. Sie trocknete sich aufgeregt die Hände an einer fleckigen, karierten Schürze ab.

»Das ist Resa, meine Frau«, murmelte der Bauer. »Resa, das sind zwei Daimonen, sie werden Hedi helfen.«

Sie nickte ihnen unmerklich zu. Wortlos ging sie voraus zur Scheune und stieß das Tor auf. Licht schimmerte aus dem Innern. Die Bäuerin versperrte mit ihrem Arm den Weg.

»Hanold, es hat keinen Zweck! Lass mich Hedi festbinden.«

»Nein!«, brüllte der Mann. »Gegen meinen Willen hast du sie in den

Schuppen gebracht. Mehr erlaube ich nicht. Der Daimon soll sie jetzt untersuchen! Sie hat nicht das Fieber, du wirst schon sehen!«

Resa trat zur Seite, Lutz und Xander gingen hinein.

»Was auch geschieht, ihr seid heute an unserem Tisch willkommen.«

Lutz nickte.

»Danke. Wir werden unser Möglichstes tun, um eurer Tochter zu helfen.«

Ein Haufen Stroh, in dem zwei Heugabeln steckten, türmte sich zu ebener Erde. Eine schmale Leiter führte zum Heustock unter dem Dach hinauf. Neben dem Heuhaufen standen ein Ochsenpflug und eine Schubkarre, an der eine Schaufel lehnte. Leere Hanfsäcke stapelten sich davor. Auf der rechten Seite befand sich der Durchgang in den Geräteschuppen, Kerzenlicht erhellte den Türrahmen.

Die Werkzeuge in der Kammer hatte man beiseite geräumt, um Platz für ein Feldbett, einen Tisch und zwei Stühle zu schaffen. Ein weißer Lumpen schwamm in einer Schüssel voll Wasser, die auf dem Holztisch stand. Auf einem Schemel neben dem Bett saß in sich zusammengesunken eine junge Magd. Sie hielt die Hände im Schoß gefaltet. Als sie hereinkamen, blickte sie auf. Ein wirrer Busch matter brauner Locken umkränzte ihr vom Weinen verschwollenes Gesicht.

Auf der Pritsche an der Wand ruhte ein Mädchen mit langem schwarzbraunem Haar, das sich seidig schimmernd über das weiße Kopfkissen ergoss. Blaue Schatten umgaben die geschlossenen, tief in die Höhlen gesunkenen Augen. Ihr eingefallenes Gesicht war bleich wie die Laken, in denen sie lag. Der magere Körper zeichnete sich steif unter der braunen Wolldecke ab. Ihre Brust hob und senkte sich heftig. Schweißperlen glänzten auf ihrer Stirn.

»Das ist meine Tochter Hedi«, erklärte Hanold. »Bitte helft ihr!«

Lutz holte die linke Hand der jungen Frau unter der Decke hervor. Mit Daumen und Zeigefinger fühlte er ihr den Puls. Lange schwieg er.

»Xander, komm her!«

Er legte den dünnen Arm des Mädchens in Xanders Hände. Der tastete nach dem Puls. Nach den Bewegungen des Brustkorbes zu schließen, musste er sehr schnell sein. Xander suchte angestrengt. Er fühlte nichts. In diesem Leib schlug kein Herz mehr. Lutz hob die Lider der Frau. Milchig trüber Schleim überzog ihre Augen.

»Sie ist tot!«, rief Xander. Entsetzt ließ er den Arm los.

»Ja«, sagte Lutz. »Es tut mir Leid, Hanold. Wir müssen sie sofort festbinden und einsperren. Deiner Tochter kann niemand mehr helfen.«

»Nein!«, schrie der Bauer. »Sie ist nicht tot! Seht ihr nicht, wie sie atmet?«

Er beugte sich nieder, legte den Kopf an ihre Brust. Er weinte.

»Hedi!«, flehte er. »Wach auf!«

Als hätte sie ihn gehört, schlug Hedi plötzlich die Augen auf. Ihr Mund bebte. Ein Faden Speichel rann ihr aus dem Mundwinkel.

»Zurück!«, rief Lutz und packte den Bauer am Kragen.

Hedi schloss beide Hände um den Hals ihres Vaters. Ein grunzendes Geräusch drang aus ihrer Kehle. Nach Luft ringend, glotzte Hanold sie an, starrte verständnislos in ihre leeren Augen, unfähig zu begreifen, dass dieses Wesen, das einst seine Tochter gewesen war, ihn erdrosseln wollte.

»Hilfe!«, ächzte er und wand sich unter dem unerbittlichen Griff.

Das Mädchen zog den Kopf ihres Vaters an die Lippen. Voll Wut biss sie ihm in die Wange. Ein Strom von Blut spritzte auf ihr kalkweißes Gesicht. Hanold brüllte auf vor Pein und Grauen. Lutz wich zur Seite. Er zückte den Dolch. Aufspringend warf die Magd den Stuhl um, auf dem sie gesessen hatte, und rannte schreiend aus der Scheune. Xander hetzte entschlossen zu dem Strohhaufen im Vorraum. Er riss eine der Heugabeln heraus.

Auf dem Rückweg überholte ihn Resa, die von den Schreien alarmiert in die Kammer stürzte. Sie hielt inne, als sie entdeckte, was mit ihrem Mann geschehen war. Bestürzt schlug sie die Hände vor den Mund. Xander stieß sie beiseite. Mit einem Satz sprang er zum Feldbett. Er riss die Heugabel hoch und rammte sie mit aller Kraft in Hedis Schädel. Einer der Zinken durchdrang das Auge. Sie bäumte sich auf. Ihre Hände gaben Hanolds Hals frei. Schaumiges Blut quoll gurgelnd aus ihrem Mund, die Arme und Beine schlugen wild auf die Matratze ein. Mit einem letzten Zucken erschlaffte ihr Körper. Hanold röchelte. Er blickte sie an, dann sank er tot zu Boden.

»Nein!«, stöhnte Resa.

Tränen strömten ihr über das Gesicht. Sie schüttelte unentwegt den Kopf. Lutz legte den Arm um ihre Schultern, redete beruhigend auf sie ein und führte sie aus der Kammer. Er verharrte stockstill.

Im offenen Tor der Scheune stand stumm eine große dunkle Gestalt.

Ein hochgewachsener, breitschultriger Mann in einem schwarzen Umhang schritt auf sie zu. Eine schwarze Lederrüstung, Stiefel und Handschuhe verhüllten vollständig seinen Leib, das Gesicht war von einer Eisenmaske verborgen. Er musterte Lutz und die Bäuerin, dann eilte er an ihnen vorbei zum Geräteschuppen. Xander lehnte an der Wand, die blutige Heugabel umklammernd.

»Hab keine Angst«, sagte der Fremde leise. Er wand Xander die Heugabel aus den Fingern und stellte sie weg, dann untersuchte er die beiden Leichen.

Xander stolperte wie betäubt aus der Kammer. Der Fremde verriegelte die Tür des Schuppens.

»Mein Name ist Äneas«, verkündete er, »ich bin der Hauptmann der Keren. Der Heiler von Ilkand hat uns gerufen.«

»Nehmt sie nur mit!«, zischte Resa bitter. »Niemand kann meinem Mann und meiner Tochter noch helfen!«

»Der Tochter nicht«, erwiderte Äneas, »wir müssen sie verbrennen. Den Mann werden wir mit uns nehmen, der König kann vielleicht etwas für ihn tun.«

»Nie ist jemand zurückgekehrt, den ihr mit in den Palast genommen habt!«, schluchzte die Bäuerin.

»Ich verstehe Euren Schmerz. Wir versuchen wenigstens zu helfen.«

»Ich weiß«, flüsterte Resa. »Verzeiht mir! Niemand im Land spricht schlecht von Euch, Hauptmann.«

Äneas ging auf den Hof voraus. Dort waren fünf Pferde angebunden, vier Keren warteten bei ihnen. Äneas gab ihnen ein Zeichen. Sie verschwanden in der Scheune, Ketten mit Halsringen in der Hand.

Resa führte sie zum Wohnhaus in eine warm beleuchtete Stube. Ein Feuer brannte im Kamin aus grauen Feldsteinen. Davor stand eine mit abgewetztem weinrotem Samt gepolsterte Liege. Dicke weiße Kerzen flackerten in einem eisernen Leuchter, der über dem großen Esstisch hing. Die Magd, die bei Hedis Bett gewacht hatte, lehnte zitternd am Türbogen zur Küche.

»Mach den Herren etwas Gutes zu essen, Gundel!«, befahl ihr die Bäuerin.

Gundel lief in die Küche. Resa ließ sich müde auf einem Holzschemel am Tisch nieder und bot ihnen ebenfalls Platz an.

»Ich wusste, es würde ein schlechtes Ende nehmen«, seufzte sie, »Hanold hat seine Tochter abgöttisch geliebt, er wollte nicht wahrhaben, was geschehen ist. Ihr konntet es nicht verhindern.«

Sie wischte sich die Tränen mit der Schürze ab, dann stemmte sie sich hoch und folgte der Magd in die Küche. Gleich darauf kam sie mit einem Tablett zurück. Sie lud Teller, Besteck, Becher und einen Krug aus gelb glasiertem Ton auf dem Tisch ab, dann goss sie Apfelwein ein. Lutz und Xander nahmen an, Äneas winkte ab. Der Hauptmann fühlte sich sichtlich unwohl. Er rückte den Stuhl zurück und lief mit hinter dem Rücken verschränkten Händen auf und ab; gelegentlich spähte er durch die Riegelfenster auf den Hof hinaus. Schließlich wandte er sich an Lutz und Xander.

»Wer seid ihr? Ihr stammt doch nicht aus der Gegend.«

»Wir sind Daimonen. Mein Name ist Lutz, dies ist mein Schüler Xander. Hanold, den Ihr vorhin tot aufgefunden habt, hat uns um Hilfe für seine Tochter gebeten. Wir kamen zu spät.«

»Ihr hättet ihr ohnehin nicht helfen können.«

»Wir wussten zuerst nicht, ob sie am Weißen Fieber litt.«

Schnaufend schleppte Gundel eine zugedeckte Schüssel, aus der ein hölzerner Schöpflöffel ragte, aus der Küche herein und stellte sie auf dem Tisch ab. Der Duft von gekochtem Huhn breitete sich aus.

»Du kannst zu Bett gehen«, murmelte Resa.

Wortlos eilte die Magd aus dem Zimmer.

»Was tun zwei Daimonen in Ilkand?«, fragte Äneas argwöhnisch. »Ihr reist doch nicht zum Vergnügen durch Kelrun.«

Lutz räusperte sich.

»Wollt Ihr uns vielleicht entschuldigen?«, sagte er zu Resa. »Ihr könnt sicherlich Ruhe brauchen und wir haben etwas zu besprechen.«

Langsam, als koste es sie unendliche Anstrengung, erhob sich die Bäuerin. Im Hinausgehen deutete sie auf die Schüssel.

»Bedient euch, wenn Ihr Hunger habt. Ihr könnt hier schlafen. Die Gästekammer liegt im oberen Stock, links am Ende des Ganges.«

»Danke«, erwiderte Lutz, »wir nehmen die Einladung gern an.«

»Meine Männer und ich brechen bald auf«, erklärte Äneas, »wenn Ihr Euren Mann und Eure Tochter nochmals sehen wollt, müsst Ihr es jetzt tun.«

Resa schüttelte den Kopf.

»Ich möchte sie so in Erinnerung behalten, wie ich sie zu Lebzeiten gekannt habe.«

Ihre Schritte stapften die Treppe hinauf, die schweren Holzpantoffeln klapperten auf den Stufen. Eine Tür fiel ins Schloss. Stille kehrte ein.

»Macht es euch etwas aus, wenn ich die Kerzen lösche?«, fragte Äneas. »Das Licht schmerzt meine Augen.«

»Nur zu«, antwortete Lutz.

Der Hauptmann blies die Lichter aus. Das Feuer im Kamin warf Schatten über die Wände. Äneas setzte sich.

»Könntet Ihr die Maske abnehmen?«, fragte Xander. »Ich sehe gern, mit wem ich spreche.«

»Selbst wenn ich wollte, ich darf es nicht«, erwiderte Äneas.

»Weshalb?«

»Der König befahl es. Die Toten sollen ihre Gesichter den Sterblichen nicht zeigen.«

»Ihr wisst also, dass ihr tot seid?«, fragte Lutz.

»Ja.«

»Habt ihr euch niemals gefragt, wer ihr wart, bevor ihr gestorben seid?«

»Die beiden in der Scheune sind reglos und man sagt, sie sind tot. Wir Keren bewegen uns, denken, fühlen und man sagt, wir sind tot. Viele Fragen bleiben ohne Antwort. Wir sind die Söhne des Königs. Er hat uns geschaffen.«

»Woraus geschaffen?«

»Hört auf! Ihr seid nicht hier, um mich auszufragen. Woher kommt ihr und wohin wollt ihr?«

»Wir kommen aus Riem«, antwortete Lutz, »wir reisen zum König von Kelrun, Eurem Herrn.«

»Dann seid froh, dass ihr mich getroffen habt. Niemand darf den Palast von Kirgon ohne Begleitung der Keren betreten.«

»Uns wäre es gelungen«, brummte Lutz.

Xander nahm kaum wahr, was die beiden miteinander sprachen. Er konnte den Blick nicht von Äneas wenden. Die Eisenmaske des Hauptmanns schimmerte in den Flammen des Kaminfeuers, glühte, wie von eigenem Leben erfüllt. Die Lederrüstung und der Mantel schienen alles Licht zu schlucken, waren finsterer als die schwärzesten Schatten. Äneas rührte etwas in ihm an: einen vergessenen Gedanken, der ins Bewusstsein drängte. Seine Brust füllte sich mit einem ihm unbekannten Gefühl, einer Empfindung von Not, von entsetzlicher Enge.

Äneas wandte ihm das Gesicht zu und Xander sah die Augen hinter den Öffnungen der Maske. Beim Anblick der silbernen Spiegel, die Äneas anstelle einer Iris besaß, zuckte er zusammen. Unabsichtlich tastete seine Hand nach dem Anhänger, der ihm um den Hals hing, und er umschloss ihn fest.

Etwas an dem jungen Daimon erschien Äneas äußerst sonderbar. Dieser betrachtete ihn anders als der ältere. In der Hand, die jener in die Jacke krallte, glomm eine gleißende Kraft, wie er sie nie zuvor erblickt hatte. Ein Brennen, das eher in seine eigene Welt gehörte als in die der Menschen.

Lutz musterte abwechselnd Äneas und Xander, die sich gegenseitig anstarrten. Er fragte sich, was vor sich ging.

Versunken blickte Xander in Äneas' Augen und plötzlich verstand er das Geheimnis jener silbernen Spiegel. Dieselbe Macht, die auch dem Parall innewohnte, schenkte dem Hauptmann Leben. Zen brannte unter Xanders Fingern, begrüßte Äneas als *seinesgleichen.*

Xander wollte den Anhänger loslassen. Er konnte es nicht. Genauso wenig fand er die Kraft, sich von Äneas abzuwenden. Der Parall knüpfte ein Band zwischen ihm und dem Untoten. Die silbernen Scheiben von Äneas' Augen wurden seine Augen, der Schmerz in Äneas' Brust wurde sein Schmerz und Beklemmung und Fremdheit schlugen wie eine Woge über ihm zusammen. Für einen Moment sah er die Welt, wie Äneas sie erlebte.

Ein schrecklicher Verdacht stieg in Lutz auf.

»Xander, nicht!«, rief er.

Er sprang hoch. Xander hob abwehrend die Hand, um Lutz am Eingreifen zu hindern. Er brachte keine Silbe hervor. Seine Kehle war wie zugeschnürt.

Lutz wich vom Tisch weg. Äneas stapfte auf Xander zu, packte ihn am Kragen und zog ihn zu sich heran. Xander streckte den Arm aus und berührte ihn. Ein Strahl sengenden weißen Feuers schien sich aus seinem Leib zu lösen. Er schrie auf. Die Macht vereinte ihn mit Äneas.

Vor seinem geistigen Auge schwand die Maske des Hauptmanns und Xander erkannte das Gesicht unter dem Eisen. Das Gesicht eines jungen Mannes, dem nichts Totes anhaftete. Äneas' Augen verloren den spiegelnden Glanz. Er sah den Hauptmann der Keren, doch der war ein anderer.

Äneas wehrte sich nicht. Zen sollte sich mit ihm verbinden. Er verstand das Wesen dieser Macht. Die gleißende Kraft waren Wissen und Erkenntnis; keine Lüge konnte in ihrem Feuer bestehen.

»Der Name!«, drängte er. »Sag mir meinen Namen!«

Xander starrte ihn an. Die letzten Reste der Eisenmaske des Hauptmanns vergingen. Die schwarze Rüstung löste sich auf. Er sah einen Mann auf den Zinnen einer Burg. Ein blaues und gelbes Banner wehte über dem Turm. Das Banner von … Leron. Ja, so lautete der Name: Leron.

Der Mann blickte auf die sonnendurchflutete Ebene hinaus. Das heiße Licht des Sommers hatte seine Haut gebräunt. Die Hitze trieb ihm den Schweiß auf die Stirn. Er reckte das Gesicht in den Wind, um sich abzukühlen. Dichtes aschblondes Haar fiel ihm auf die Schultern. Sein linker Arm hing in einer Schlaufe, geronnenes Blut drückte durch eine dicke Bandage. Prellungen und Schnittwunden übersäten seine Hände. Ein Bluterguss verfärbte sein Kinn.

Der Krieg tobte in Kelrun, bescherte dem Land einen bitteren Sommer. Ein neuer König hatte sich in Kirgon erhoben, ein König, der Tod und Verderben brachte. Feuer brannten am Horizont, Rauch stieg wie eine Wand in den Himmel.

Eine Frau tauchte auf dem Wehrgang auf. Der Mann hinkte ihr entgegen.

»Verola!«, rief er. »Ich habe dir gesagt, du sollst dich mit den anderen in Sicherheit bringen!«

»Nein«, antwortete sie bestimmt, »ich will mich nicht mit den Alten und Schwachen verstecken.«

Er stritt nicht mit ihr.

»Verola«, seufzte er, »noch nie habe ich eine Schlacht verloren.«

Xander ließ den Parall los. Zen erlosch. Die dunkel vermummte Gestalt des Hauptmanns der Keren beugte sich über ihn.

»Der Name!«, zischte er. »Sag mir den Namen!«

»Ihr wart Virgil von Leron.«

»Was?«, keuchte Lutz.

Er stürzte auf Äneas zu und musterte ihn eingehend.

»Ich kannte Virgil von Leron. Er war der Sohn eines Freundes und fiel im Krieg mit Kelrun. Nehmt die Maske ab und ich sage Euch, ob es wahr ist!«

Äneas streifte die Kapuze des Mantels zurück. Strähniges aschblondes Haar kam zum Vorschein. Er löste die Lederbänder der Eisenmaske und nahm sie ab.

»Bei allen Göttern!«, rief Lutz. »Kaum mehr wiederzuerkennen, aber er ist es! Virgil! Erinnerst du dich nicht an mich?«

Äneas blickte ihn verblüfft an. Virgil von Leron? Der Name sagte ihm nichts. Schweigend trat er an eines der Fenster. Er betrachtete die Spiegelung seines Gesichts. Hinter ihm flackerte das Kaminfeuer, gelb und rot. Äneas betastete die schmerzhafte Narbe, die an seiner Wange hinablief. Seine silbernen Augen glühten.

Virgil. Der Name schlug etwas in ihm an. Er starrte in das Fenster, sah die krankhafte Blässe seiner Haut, seiner Haut, die einmal dunkler gewesen war und narbenlos, damals, als er mit seiner Frau Verola in den Wäldern gejagt hatte. Ja, er erinnerte sich an diesen Sommer. Die Hitze hatte das Land ausgedörrt, der Himmel strahlte so blau wie das Banner von Leron. Verola. Erst vier Monate waren sie verheiratet gewesen, als sie sie umgebracht hatten. Sie und sein ungeborenes Kind.

Die Knie gaben unter ihm nach. Er musste sich am Fenstersims abstützen.

Die Burg. Schaaraochs Krieger hatten sie eingenommen und bis auf die Grundmauern niedergebrannt. Sie nahmen ihn gefangen. Er kam ins Verlies von Kirgon. Akàra sprach mit ihm. Das Verlies von Kirgon. Sie hatten ihn …

Er glitt am Sims hinab und sank bewusstlos zu Boden.

»Xander«, rief Lutz, »schnell, hilf mir!«

Die beiden packten die leblose Gestalt und schleiften sie zu der Liege beim Kamin. Gemeinsam hoben sie den Hauptmann hinauf.

»Bei allen Göttern«, schnaufte Xander, »glaubst du, er hat sich erinnert?«

»Ja. Ich frage mich, ob es ihm oder uns oder überhaupt jemandem nützt! Weshalb hast du das getan?«

»Er wollte es.«

»Er wollte es?«

»Aber ja!«

Mit vor der Brust verschränkten Armen funkelte Lutz Xander an. Er rang nach Worten.

»Du hast also den Parall aus Ranach mitgeschmuggelt, obwohl ich es dir ausdrücklich verboten hatte! Willst du Unheil anrichten?«

Er fuchtelte mit den Händen.

»Was soll ich tun, um dir einen Funken Vernunft beizubringen? Glaubst du, ich erteile dir Befehle, weil ich mich selbst so gern sprechen höre? Wenn ich dir Anweisungen gebe, erwarte ich, dass du sie befolgst!«

Xander kniff die Augen zu.

»Ich konnte Zen nicht zurücklassen! Du schenkst mir den Parall, gibst mir eine solche Macht und dann erwartest du, dass sie spurlos an mir vorübergeht! Ich kann Zen nicht aufgeben, er gehört zu mir! Verstehst du das nicht? Du besitzt selbst einen Parall! Könntest du ihn irgendwo zurücklassen?«

»Ja, das könnte ich! Ich weiß um ihre Macht und ihre Gefährlichkeit! Gerade deshalb solltest du mir gehorchen, Xander! Wenn du Zen im Palast von Kirgon verwendest, wird Schaaraoch ihn aufspüren. Er wird alles versuchen, um ihn dir wegzunehmen!«

Trotzig reckte Xander das Kinn.

»Ich werde ihn im Palast nicht gebrauchen. Schaaraoch wird nichts von ihm wissen. Und hat der Parall nicht schon Gutes vollbracht? Zen hat dem Hauptmann das Gedächtnis zurückgegeben!«

Lutz nahm sich einen Stuhl und setzte sich neben die reglose Gestalt vor dem Kamin. Er musterte Äneas' kalkweißes Gesicht.

»Virgil von Leron! Ich kannte seinen Vater. Der kümmerte sich mehr um seinen Weinkeller als um das Staatswesen. Als Virgil fünfundzwanzig Jahre alt wurde, übertrug er ihm die Regierung und zog sich auf sein Weingut zurück. Einige Jahre lang herrschte Virgil in Frieden und zur Freude aller. Die Menschen liebten ihn. Er hatte einen ausgeprägten Gerechtigkeitssinn. Damals galt er als letzte Hoffnung im Kampf gegen Schaaraoch. Viele weinten, als es hieß, er sei gefallen. Ich möchte wissen, wen sie an seiner Stelle bestattet haben. In Leron wird er heute noch als Held verehrt. Wer hätte gedacht, dass Schaaraoch ihn gefangen genommen hat?«

»Was hat er ihm angetan!«

»Es sieht Schaaraoch ähnlich, seinen ausdauerndsten Feind zu seinem besten Krieger zu machen. Wer außer ihm käme auf einen solchen Gedanken? Diesmal wird sich seine Tat gegen ihn wenden. Ich glaube, wir haben in Äneas einen Verbündeten gefunden.«

Er holte Tabak und Pfeife aus dem Mantel, stopfte die Pfeife und zündete sie mit einem Kienspan an. Xander betrachtete Äneas, der reglos auf dem Polster lag, das weiße Gesicht erhellt vom zuckenden Licht des Feuers.

»Wie bleich er ist. Ich wünschte, es gäbe eine Möglichkeit, ihn zu heilen, ihm sein Leben wiederzugeben.«

»Er ist tot, Xander, zumindest nach unseren Maßstäben.«

Traurig schüttelte Xander den Kopf. Er fühlte sich Äneas seltsam verbunden. Nach welchen Gesetzen mochte sein toter Leib arbeiten? Was ging in seinem Verstand vor? Er empfand Respekt vor ihm.

Lutz blies Rauch aus, der in Schwaden zur Decke stieg.

»Sieh dir diese Narbe an!«

Er deutete auf die schlecht verheilte Naht, die sich von Äneas' Wangenknochen quer über sein Gesicht bis hinunter an den Kragen der Lederrüstung zog.

»Was mag diese grässliche Wunde verursacht haben?«, fragte Xander.

»Vielleicht ist diese Verletzung mit seinem Dasein verknüpft.«

»Lutz, Äneas hat Zen gesehen, bevor ich den Schlüssel überhaupt verwendet habe!«

Lutz nahm die Pfeife aus dem Mund. Er runzelte die Stirn.

»Es gibt eine Verbindung zwischen den Geistern und den Keren. Ich spürte es, als ich damals mit Haldur sprach und die Keren im Wald unterwegs waren.«

»Ja, aber worin besteht diese Verbindung?«

»Ich weiß es nicht.«

Lutz blickte Xander durchdringend an.

»Du darfst Zen niemals wieder verwenden, solange wir in Kelrun sind! Ich will nicht, dass du dich in Gefahr bringst.«

»Ich verspreche es! Du kannst dich auf mich verlassen!«

Äneas' Augenlider zuckten und schließlich schlug er sie auf.

»Schaaraoch hat vielen Böses angetan«, sagte Lutz leise, »bei dir hat er sich selbst übertroffen.«

»Ich wollte schon lange erfahren, wer ich bin oder besser gesagt war«, seufzte Äneas. »Ich habe Schaaraoch gefragt. Er weigerte sich, mir zu antworten. Jetzt verstehe ich weshalb.«

Lutz gab ihm die Eisenmaske zurück.

»Du bist nicht der Einzige, der dem König von Kelrun den Tod wünscht. Er ist ein mächtiger Mann und weiß sich zu schützen.«

»Ja«, flüsterte Äneas, »aber von mir erwartet er sein Verderben gewiss nicht. Virgil von Leron ist tot. Möge er in Frieden ruhen.«

Er setzte sich auf.

»Xander!«, rief er. »Gib den anderen Keren ebenfalls das Gedächtnis zurück! Hilf meinen Brüdern!«

»Das ist nicht möglich«, antwortete Lutz. »Es wäre leichtsinnig, Zen noch einmal zu rufen. Schaaraoch könnte ihn wahrnehmen.«

»Wie viele Keren gibt es?«, fragte Xander.

»Hundertundzwanzig. Vier von ihnen warten draußen vor der Scheune. Hilf ihnen!«

Xander warf Lutz einen bittenden Blick zu.

»Ich denke, wenn sie es wollen, dann haben die Keren ein Recht darauf zu erfahren, wer sie einst waren.«

Ergeben zuckte Lutz die Schultern.

»Also gut, hilf den vier, die hier sind, falls sie es wünschen. Aber dann darfst du Zen nicht mehr gebrauchen!«

Äneas sprang auf.

»Kommt!«, drängte er. »Ich führe euch zu ihnen!«

KAPITEL 14

Ein Wiedersehen

»Wer nicht sucht, der findet.«

Spruchweisheiten der Nomaden von Generia.
Argold Denzel, Reisetagebücher, 2249 bis 2253 n. A. D.
Volksbibliothek Gwalheim, Reg. 343.81.

Sengend brannte die Sonne vom ausgebleichten Himmel. Rötliche Wolkenstreifen hingen reglos am blassblauen Firmament. Nicht ein Hauch von Wind dämpfte die Hitze. Die Wüste erstreckte sich ins Unendliche, golden breiteten sich die Dünen aus, erstarrt als verwunschenes Meer.

Die Luft über dem glühenden Sand flimmerte, verschmolz den Horizont mit dem Himmel. In der Ferne stoben Sandwirbel in die Wolken hinauf, fügten sich zu einem rasenden Turm. Ein Sandsturm nahte. Drückende Dunkelheit senkte sich über das Land. Ockergelb fegte das Tosen durch die Wüste, raubte die Sicht und den Atem.

Die Hitze steigerte sich, wuchs zu einem Feuer. Haldur stand in einem Meer aus Flammen, doch er empfand weder Wärme noch Schmerz. Ein dunkler Umriss tauchte im Feuer auf, ein Schatten in der Gestalt eines Menschen, ohne Gesicht, ohne Gliedmaßen. Die Dunkelheit pulsierte, erzitterte in regelmäßigen Wellen. Vertrautheit ergriff Haldur, denn er erblickte sich selbst, die Schwärze bebte im Rhythmus seines eigenen Herzschlags.

Das Bild wandelte sich. Kleine, schwarz gestrichene Häuschen säumten in zwei gleichförmigen Reihen eine ungepflasterte Straße. Weiße Gartenzäune umgaben die finsteren Hütten, zwischen den Latten wucherten fleischige grüne Pflanzen. Berge von Abfällen lagen weit verstreut umher. Die Luft stank nach Fäulnis. Die Straße und das Land bestanden aus kränklichem aschgrauem Staub, in dem nichts gedeihen konnte. Das aufgequollene Gewächs hinter den Zäunen schien der lebensfeindlichen Kahlheit zu spotten. Es wirkte abstoßend, wie ein Geschwür der Erde.

Haldur spürte eine Bewegung neben sich. Er bemerkte einen Schatten und etwas Metallisches, das glitzerte. Er kannte die Gestalt neben sich. Sie waren gemeinsam hierher gewandert.

Sie stapften die verlassene Straße entlang. Die Fenster der Hütten hatte man mit Brettern verrammelt; wo sie fehlten, verdeckten zerrissene Tücher die Öffnungen. Kein Laut drang aus den baufälligen Buden. Haldur wusste, dass hinter den verschlossenen Türen Menschen lebten. Vielleicht hatte ihm seine Begleiterin von ihnen erzählt.

Hunger und Müdigkeit machten ihn schwindlig. Sein Magen krampfte sich zusammen, ein gähnendes Loch in seinem Bauch. Die Kleider hingen in Fetzen an seinem Leib und er trug keine Stiefel mehr an den Füßen.

»Können wir nicht klopfen und sie bitten, uns etwas zu essen zu geben?«, fragte er.

»Nein«, antwortete die Gestalt neben ihm, »die werden uns nichts geben.«

Haldur schlug die Augen auf. Von unten hörte er das Geräusch, das ihn geweckt hatte: Hämmern von Eisen auf Eisen. Kopfschmerzen erschwerten ihm das Denken.

Ein seltsamer Traum! Wer hatte ihn begleitet in der Stadt aus schwarzen Häusern? Er glaubte, eine Frau gesehen zu haben. Welch ein Unsinn!

Durch den Lüftungsschacht fiel grau und kalt das erste Licht des Morgens. Die frostige Luft roch nach feuchtem Gestein; vom Boden der Zelle stieg angenehme Wärme auf, als würden tief in den Eingeweiden des schwarzen Palastes Feuer geschürt, um das Gebäude zu beheizen.

Stöhnend drehte sich Haldur auf die Seite, das Gesicht zur Wand, rückte das Kissen zurecht und schlief wieder ein.

Wolf saß auf der gegenüberliegenden Pritsche, das gesunde Bein an den Körper gezogen, unter sich zerwühltes Bettzeug, das Leintuch und die Wolldecke in den Rücken geschoben. Ausdruckslos blickte er auf den Becher Wasser in seinen Händen. Sein Gesicht schimmerte wächsern. Das Haar hing ihm in verfilzten Strähnen in die Stirn. Er führte den Becher an die Lippen und trank mit großen Schlucken, dann wandte er seine Aufmerksamkeit Doran zu, die rastlos in der Zelle auf und ab lief.

Gewaschen, gekämmt und angezogen, war sie bereit zu allen Taten. Sie ballte die Fäuste so fest, dass die Knöchel weiß hervortraten.

»Verdammt!«, fluchte sie. »Seit zwei Wochen hocken wir in diesem Loch! Ich halte es nicht mehr aus!«

»Beruhige dich«, erwiderte Wolf gelassen.

»Wie kannst du so verdammt ruhig sein? Sitzt hier und wartest darauf, zur Schlachtbank geführt zu werden wie ein Schaf!«

Zitternd vor Wut schnaubte sie durch die Nase.

»Welch armselige Versager sind wir! Lodur kann jeden Augenblick abreisen. Er wird dich, Wolf, mitnehmen und dich hinrichten lassen und du liegst faul herum, schläfst, isst, schläfst, als ob nichts geschehen wäre. Und Haldur! Seit wir hier sind, hat er kaum die Pritsche verlassen! Wie ein alter Mann auf dem Totenlager.«

Wolf funkelte Doran an. Ein Schimmer eisblauen Lichts blitzte in seinen Augen auf wie ein fernes Gewitter.

»Reiß dich zusammen! Glaubst du, es macht mir Spaß, Schaaraochs Gefangener zu sein? Hast du etwa einen Einfall, wie wir unsere Lage verändern können? Was willst du eigentlich? Dir geht es am besten von uns allen! Haldur ist krank von der Folter, die er erdulden musste, ich sehe meiner Hinrichtung entgegen, nur der edlen Doran von Dahl wird kein Haar gekrümmt!«

Doran kehrte Wolf den Rücken zu. Mit beiden Händen die Oberarme umklammernd, bohrte sie die Fingernägel in den speckigen Samt der Jacke. Sie keuchte. Das Gesicht kreidebleich, drehte sie sich um.

»Entschuldige, ich habe es nicht so gemeint! Ich kann und will nicht glauben, dass wir so kläglich gescheitert sind. Es muss eine Möglichkeit geben, unsere Haut zu retten und vielleicht sogar den Auftrag zu erfüllen. Wenn wir nur diesem Gefängnis entkämen!«

»Ich kann mir beim besten Willen nicht vorstellen, wie wir von hier fliehen sollen. Die Wachen öffnen nicht einmal die Zelle, wenn sie uns das Essen bringen, sondern reichen es durch die Sichtluke. Selbst wenn wir es schaffen, das Gefängnis zu verlassen, so lauern weiter vorn die lebenden Toten auf uns und falls es uns gelingt, aus den Verliesen zu entkommen, so sind wir immer noch im schwarzen Palast. Bestimmt werden die Tore gut bewacht.«

»Vielleicht könnten wir durch ein Fenster entwischen.«

»Ich habe aber nur Fenster gesehen, die auf den Innenhof gehen. Außerdem kennen wir das Gebäude nicht.«

»Es gibt immer einen Weg, wir müssen ihn nur finden!«

»Ich glaube, ohne fremde Hilfe kommen wir hier nicht hinaus.«

Haldur schlug die Wolldecke zurück und setzte sich auf. Er hustete.

Verlegen dämpfte Doran ihre Stimme.

»Wir wollten dich nicht aufwecken, Hal.«

»Euer Geschrei hätte einen Toten geweckt! Was gibt es?«

Ein freudloses Lächeln glitt über Wolfs Gesicht.

»Wir schmieden Fluchtpläne.«

Schweiß glänzte auf Haldurs bloßer Brust. Er rieb ihn mit dem Leintuch ab. Sein verletzter Arm schmerzte wieder, er hatte versehentlich darauf gelegen. Er vermochte ihn kaum zu bewegen. Ächzend griff er nach den Kleidern am Fußende der Pritsche.

»Ich hätte nichts dagegen, von hier wegzukommen.«

»Was ist mit diesem Skarg?«, fragte Doran. »Der könnte uns helfen.«

»Könnte er, wird er aber nicht.«

»Wie gut kennst du ihn?«

»Ich habe ihn nur einmal getroffen. Er ist Arngrims rechte Hand. Das sagt eigentlich schon alles.«

Müde schlüpfte Haldur in die Hose, dann knöpfte er das Hemd zu. Doran setzte sich neben ihn. Sie blickte Wolf an.

»Erzähl mir mehr von ihm!«

»Er ist der Sohn eines Eiskriegers. Geboren wurde er in Walik, das ist ein Dorf hoch im Norden. Seine Mutter stammt aus Kech, deshalb hat er dunklere Haare und Augen als die anderen. Manche sagen, seine Mutter verließ Mann und Kind, weil sie es in Ardak nicht aushielt, andere erzählen, sie sei gestorben. Auf jeden Fall wuchs er allein bei seinem Vater auf. Er war ein Außenseiter. Die Gleichaltrigen verachteten ihn, weil er nur ein ›halber‹ Eiskrieger war. Skarg hatte kaum Freunde. Außerdem konnte er lesen und schreiben und er las alle Bücher, die ihm in die Hände fielen, was ihm noch mehr Feinde eintrug.«

»Woher weißt du so viel über ihn?«, fragte Haldur.

»Ich war früher oft in Ardak. An den langen Winterabenden erzählt man sich dort manche Geschichte.«

Doran hörte ihm gespannt zu.

»Früher waren die Stämme von Ardak verfeindet. Sie stritten sich um Land, um Jagdrechte oder weil einer den anderen beleidigt hatte. Auseinandersetzungen wurden mit dem Schwert ausgetragen. Viel Blut floss. Skargs Vater starb bei einer Stammesfehde. Man sagt, dass Skarg sich damals schwor, die Stämme von Ardak zu einen.

Eines Tages wurde Skarg vom stärksten jungen Krieger von Walik, einem Raufbold namens Keldar, zum Zweikampf herausgefordert. Kämpfe unter den Heranwachsenden waren in Ardak an der Tagesordnung.

Nicht selten endeten sie tödlich. Skarg hatte sich immer geweigert, daran teilzunehmen. Er hielt es für unsinnig, dass man sich gegenseitig die Köpfe einschlug. Niemand glaubte, dass er gegen den bärenstarken Keldar bestehen könne.

Keldar beschimpfte ihn. Er nannte ihn einen Bastard und einen Feigling. Er legte ihm nahe, nach Kech auszuwandern, zu den anderen verweichlichten Städtern. Skarg kochte vor Wut. Er kämpfte mit Keldar und besiegte ihn. Keldar kam nur knapp mit dem Leben davon. Seit jenem Tag ging Skarg keiner Auseinandersetzung mehr aus dem Weg. Es schien, als ob er sich völlig geändert hätte. Aus dem stillen jungen Mann war ein wilder Krieger geworden. Er bestritt viele Kämpfe, von denen er keinen einzigen verlor. Doch Skarg hatte Pläne. In wenigen Jahren wurde er der Stammeshäuptling von Walik. Er sorgte dafür, dass die Dorfältesten die Kinder im Lesen und Schreiben unterrichteten. Ein Gericht wurde einberufen, wenn Streitigkeiten geschlichtet werden mussten. Er verbot es, Zweikämpfe mit Schwertern auszufechten. Zuerst hielten ihn alle für verrückt, aber bald gediehen die Früchte des neu gewonnenen Friedens. Die Felder wurden klug bewirtschaftet und warfen mehr Ertrag ab, als die Einwohner von Walik selbst brauchten. Sie trieben Handel mit den Nachbardörfern, die sie einst bekämpft hatten. Der Wohlstand mehrte sich. Skarg jedoch hatte sein eigentliches Ziel noch nicht erreicht.

Im Rat der Stammesfürsten lernte er Arngrim kennen. Arngrim galt als lebende Legende. Als Herr von Glenik, der größten Ortschaft von Ardak, befehligte keiner mehr Truppen als er. Das Land um Glenik war fruchtbar, der Wald reich an Wild. Arngrims Untertanen kannten nicht den Hunger und die Entbehrungen, unter denen die Bewohner des Nordens und des Ostens von Ardak litten. Viele machten Arngrim die Herrschaft über Glenik streitig. Er wurde oft herausgefordert, doch keiner hat ihn jemals besiegt. Arngrim ist ein Riese von einem Mann. Er soll Bären mit den bloßen Händen erlegen.

Skarg überzeugte Arngrim von seiner Vorstellung eines geeinten Ardak. Er rechnete damit, dass die anderen Stammesfürsten Arngrim folgen würden. Aus dem keifenden Stammesrat, in dem jeder Häuptling einen Sitz hatte, wollte er eine wirkliche Regierung machen. Ardak sollte wieder das starke Land werden, das es früher einmal gewesen war. Dazu mussten die Stammeskriege ein Ende haben.«

»Wie es scheint, hat er Erfolg gehabt«, murmelte Haldur.

»Ja, Arngrim wurde das Oberhaupt des Stammesrates und Skarg sein Vertrauter.«

»Wie hast du ihn kennen gelernt?«, fragte Doran.

»Warum willst du so viel über ihn erfahren? Gefällt er dir?«

»Red keinen Blödsinn!«, schnaubte sie.

Wolf lachte. An Haldur gewandt, sagte er:

»Sieh dir Doran an! Mir scheint, sie ist verliebt.«

Haldur grinste.

»Lass besser die Finger von ihm, Doran! Mit diesen Eiskriegern ist nicht zu spaßen.«

»Jetzt reicht es langsam!«, grollte sie.

Die Arme aufgestützt, lehnte sie sich auf der Pritsche zurück.

»Hättest du die Güte, meine Frage zu beantworten?«

»Wie ich ihn kennen gelernt habe? Das ist schon eine Weile her. Ich war zu Besuch bei einem Freund, Fenkard heißt er. Fenkard ist Marwigs Cousin, ihm gehört ein großer Gutshof im Süden von Ardak. Als ich dort ankam, war Fenkard ausgeritten. Man sagte mir, eine dringliche Nachricht habe ihn nach Glenik gerufen und er komme erst am nächsten Tag zurück. Fenkard hatte eine sehr schöne junge Tochter, Soren. Ich freute mich, sie zu sehen, und wollte mich mit ihr unterhalten, um mir die Zeit zu vertreiben. Als ich sie auf dem Hof nirgends fand, stieg ich die Treppe hinauf zu ihrer Kammer unter dem Dach. Ich klopfte und trat ein. Dort lag sie, im Bett, mitten am Tag, und bei ihr war Skarg.«

Haldur lachte auf.

»Und dann?«

»Es war ziemlich eindeutig, dass ich störte. Ich sagte ›Verzeihung‹ und schloss die Tür wieder.«

Lachen schüttelte Haldur.

»Du kamst wohl genau im rechten Augenblick.«

Wolf schmunzelte.

»Nachdem sie sich wieder angezogen hatte, rannte Soren mir nach. Sie beschwor mich, ihrem Vater nichts zu sagen. Skarg war fürchterlich wütend. Später fand ich heraus, dass er selbst diese ›dringende Nachricht‹ gesandt hatte, um Fenkard vom Hof zu locken. Skarg hegt eine besondere Vorliebe für schöne Frauen. Auch darüber erzählt man sich in Ardak einen Haufen Geschichten.«

»Hat Fenkard davon erfahren?«

»Nein. Es hätte ihn sehr geärgert und es war ohnehin nichts daran zu ändern. Bald darauf hat sich Skarg mit Arngrims Tochter Gedra verlobt. Wenn er erst mit ihr verheiratet ist, wird ihm niemand mehr Arngrims Nachfolge streitig machen.«

»Er ist verlobt?«, fragte Doran.
»Ja, warum?«
»Nichts weiter.«
»Das scheint dich zu bekümmern.«
»Unsinn!«
»Er kann dich leider nicht heiraten«, spottete Haldur, »sonst wird er nicht König der Eiskrieger.«
Ohne zu antworten, verschränkte Doran die Arme vor der Brust. Sie kniff den Mund zusammen.
»Diese Warterei macht mich verrückt«, seufzte Wolf. »Ich verstehe nicht, weshalb Lodur so lange in Kirgon bleibt.«
»Es ist merkwürdig«, sagte Haldur. »Irgendjemand oder irgendetwas muss Lodur aufgehalten haben.«
»Ich werde versuchen, auf dem Weg nach Kech zu entkommen«, erklärte Wolf. »Das ist einfacher, als aus dem schwarzen Palast zu verschwinden.«
»Glaubst du, Lodur erwartet das nicht?«
»Natürlich. Ich werde es trotzdem probieren, was bleibt mir anderes übrig. Lodur wird mich auf der Reise nicht töten, er will eine öffentliche Hinrichtung.«
»Wie viel weiß Lodur von deinen besonderen Fähigkeiten?«, fragte Doran.
»Er vermutet, dass ich sie besitze.«
Ernst blickte Doran Haldur an.
»Was hast du Akàra erzählt?«
Ein Schatten fiel über sein Gesicht.
»Keine Angst, nichts … von dem … Akàra war zufrieden, als ich ihr verraten hatte, wer Wolf in Wirklichkeit ist. Sie ahnt nichts von seinen Kräften und fragte mich auch nicht danach.«
Wolf musterte Haldur. Eine Drohung lauerte in dessen dunkelblauen Augen, versteckter Zorn, der darauf drängte, sich zu entladen.
»Akàra wird für alles bezahlen, was sie dir angetan hat, Haldur.«
Er nickte. Oft hatte ihm die Hoffnung auf Rache neuen Mut verliehen, als er krank darniederlag. Gleich Eis hatte sich der Hass in sein Herz geschlichen, spann gläserne Netze. Er konnte warten.
»Vermutlich werden wir in Kürze getrennt«, meinte Doran. »Es wird jedem Einzelnen von uns nichts anderes übrig bleiben, als das Beste aus seiner Lage zu machen.«
»Ich werde Lodurs Fährte folgen und versuchen, dich zu befreien, Wolf«, erklärte Haldur. »Ich lasse nicht zu, dass er dich hinrichtet.«

»Mit dem Herzog komme ich schon zurecht. Passt auf euch selbst auf! Ihr sollt euch meinetwegen nicht in Gefahr begeben.«

Doran schüttelte den Kopf.

»Es muss einen Weg geben, von hier zu fliehen! Schaaraoch mag ein mächtiger Daimon sein, aber auch er ist nicht unfehlbar. Ich werde nicht darauf warten, dass der Unterhändler meines Vaters das Lösegeld für mich bezahlt.«

Haldur stopfte das Hemd in den Hosenbund und zog den Gürtel fest, dann stand er auf. Er dehnte den Rücken.

»Sobald sich eine Gelegenheit bietet, verschwinde ich aus diesem Loch! Wenn ich kann, helfe ich dir, Doran, sonst werde ich Wolf folgen.«

»Also abgemacht.«

Haldur schüttelte Wolfs Hand. Doran wollte es ihm gleichtun und hielt inne. Sie horchten auf.

Auf dem Gang polterten die Schritte von Stiefeln. Die Sichtluke der Zelle klappte auf. Ein bärtiges Gesicht schaute herein.

»Doran von Dahl«, rief der Wächter, »komm vor! Ihr anderen bleibt, wo ihr seid!«

Ein Schlüssel drehte sich im Schloss, Riegel schoben sich zurück, die Tür schwang auf. Drei Wachen versperrten mit gezückten Schwertern den Eingang. Der Wächter mit dem Bart kam herein. Schweigend fesselte er Dorans Handgelenke.

»Lebt wohl!«, rief sie, dann wurde sie unsanft aus der Zelle gezerrt.

Die Tür schloss sich sofort wieder. Die Wächter verriegelten sie.

In dem düsteren Gang zwischen den Zellenreihen brannten spärlich einige Fackeln. Es roch nach Teer und Rauch. Die Wächter stießen Doran voran, führten sie den Weg zurück, durch den man sie vor zwei Wochen in ihr Gefängnis gebracht hatte.

»Wohin gehen wir?«, fragte sie.

Die Soldaten antworteten nicht.

Sie überquerten die Gitter, unter denen die Seuchenopfer lauerten. Vorsichtig tappte Doran über die glatten Stäbe, einen Fuß vor den anderen setzend. Sie fürchtete zu stolpern, mit dem Gesicht voran auf die eisernen Stangen zu fallen. Sie stellte sich vor, zu stürzen, unendlich langsam zu fallen, hinunter in den unerträglichen Gestank der Gruben, in die Arme der verstümmelten Kreaturen.

Klagendes Heulen drang an ihre Ohren. Eine gräuliche Hand streckte sich empor, nahe an das Gitter heran. Sie reckte sich nach dem

Schein der Fackeln, die verfaulten Finger gekrümmt. Verzweifelt suchte sie einen Fuß zu erreichen. Doran starrte die blutverkrusteten Nägel an. Zwei Finger der Hand sahen aus wie abgenagt. Das Weiß der Knochen schimmerte im Licht. Trotz ihrer Furcht empfand Doran Mitleid mit dem armseligen Geschöpf.

Die Gitter endeten. Sie kamen zur Kreuzung, von der aus eine Treppe hinauf in den Palast führte. Die Tür an ihrem Ende lag im Dunkel. Die Soldaten erklommen mit Doran die Stufen und einer schloss auf.

Ihre Bewacher führten Doran weiter über breite Treppen bis in den dritten Stock. Beständig blickte sie sich um und hielt nach einer Fluchtmöglichkeit Ausschau. Die Türen der unzähligen Gemächer des Palastes waren alle geschlossen. Bedienstete hasteten durch die Gänge. Sie widmeten Doran kaum einen Blick.

Im dritten Stock marschierten sie den Gang entlang, der wie die Grundmauern des Palastes einen Kreis formte. Endlich hielten sie an und traten ohne anzuklopfen in ein aufwändig und kostbar möbliertes Zimmer. Aus einer Reihe schmaler, mit blauen Samtvorhängen versehener Fenster fiel Tageslicht auf einen Tisch mit einer Schieferplatte, den mehrere mit dunkelgrünem Brokat gepolsterte Stühle umringten. Auf der rechten Seite befand sich ein kalter Kamin, über dem ein goldgerahmtes Gemälde hing, das einen Reiter auf einem weißen Pferd zeigte. Gegenüber standen eine geschnitzte Kommode und ein Lehnsessel, auf dem, scheinbar achtlos hingeworfen, eine Jacke aus grauem Wolfspelz lag.

Durch eine Verbindungstür zu einem anschließenden Raum trat Skarg herein.

»Wartet draußen«, befahl er den Wächtern.

Die taten, wie er sie geheißen hatte.

Doran stand der Mund offen vor Staunen. Sie brachte kein Wort über die Lippen.

»Hier ist jemand, der dich sprechen will«, sagte Skarg und öffnete die Tür zum Nebenraum, einem Schlafzimmer.

Verblüfft schritt Doran näher. Von einem Diwan sprang eine zierliche junge Frau auf. Weizenblonde Locken umspielten ihr herzförmiges Gesicht. Sie trug ein knielanges, mit bunten Blumenstickereien verziertes Hemd aus grünem Samt und eine weite orangefarbene Hose, die sie bis zu den Knöcheln aufgerollt hatte. Ihre bloßen Füße steckten in pelzgefütterten, weißen Pantoffeln.

»Sigyn!«, rief Doran.

Die Prinzessin stürzte auf sie zu und fiel ihr um den Hals.

»Doran!«, seufzte sie. »Ich bin so froh, dich wohlauf zu sehen. Lodur erzählte mir, dass sie dich gefangen genommen haben.«

»Ich lasse euch allein«, erklärte Skarg und schloss die Tür hinter sich.

»Was tust du hier, Sigyn?«, fragte Doran.

»Skarg hat mir angeboten, hier bei ihm zu wohnen. Das ist viel angenehmer, als in einer dieser grässlichen Zellen zu hocken. Schaaraoch hat es erlaubt. Es schien ihn zu amüsieren.«

»Das kann ich mir vorstellen!«

»Was hast du? Wieso bist du so verärgert?«

Entgeistert schüttelte Doran den Kopf.

»Entschuldige! Ich kann es kaum fassen, dich wiederzusehen. Wochenlang haben meine Freunde und ich deine Spur verfolgt und hier finde ich dich, im Schlafzimmer eines Barbaren aus Ardak!«

»Skarg war äußerst liebenswürdig und hilfsbereit. Er hat es ermöglicht, dass ich dich treffen konnte. Du magst ihn für einen Barbaren halten, ich halte ihn für einen noblen Mann. Er hat die besten Manieren.«

»Trotzdem, es gehört sich nicht für eine Prinzessin, derartige Hilfe anzunehmen! Du bist die Tochter Kaiser Alrichs!«

Sigyn lachte auf.

»Ausgerechnet *du* willst mir Vorträge über Benehmen halten?«

Doran ließ sich auf dem Diwan nieder. Sie schnaufte. Ein Zittern schüttelte sie.

»Entschuldige!«, murmelte sie nochmals.

»Willst du etwas essen?«, fragte Sigyn. »Hier sind Früchte.«

Sie deutete auf eine Schale mit Äpfeln, die auf einem kleinen Tisch stand.

»Hast du Durst?« Sie hielt Doran einen Becher Wein hin.

Abwehrend hob Doran die gefesselten Hände.

»Nein, nein.«

Nachdem sie den Becher weggestellt hatte, setzte sich Sigyn neben Doran. Sie legte eine Hand auf deren Knie.

»Lodur sagte, du bist mir nachgereist.«

»Ja, ich ritt mit einem Freund namens Haldur nach Kech. Dort trafen wir Wolf, der uns dann als Fährtensucher begleitete. Zu dritt folgten wir den Mönchen, die dich mit sich schleppten, bis nach Din Eidyn. Akàra hat uns in eine Falle gelockt. Wir fuhren vermutlich auf derselben Galeere wie du den Tux hinab.«

»Wo sind deine Freunde jetzt?«

»Hier im Gefängnis. Ich war bei ihnen, bis mich vorhin die Soldaten abholten. Haldur soll auch ausgelöst werden, er ist eine Geisel wie wir. Wolf heißt eigentlich Tyr, er ist der Sohn König Theoniels von Kech. Lodur will ihn mit nach Kech nehmen und hinrichten lassen.«

Tränen traten in Sigyns graue Augen.

»Es tut mir so Leid! Welches Unheil habe ich verursacht! Das wollte ich nicht!«

»Warum bist du nach Kech gereist?«

»Als Lodur Dahl den Krieg erklärte«, erzählte Sigyn stockend, »dachte ich zuerst, es sei meinetwegen. Ich glaubte, er wolle sich rächen, weil mein Vater damals unsere Verlobung aufgelöst hat. Lodur kann nicht im Ernst annehmen, die Armeen von Dahl zu besiegen. Er wird in sein Verderben rennen. Sie werden ihn wegen Hochverrats aufhängen!«

»Du liebst ihn wohl immer noch, dass du dich so um ihn sorgst!«

Schweigend zuckte Sigyn die Schultern.

»Weshalb musstest du die rote Kette aus Dahlstadt mitnehmen?«, fragte Doran. »Hast du eine schwache Vorstellung davon, was du angerichtet hast?«

»Was schaust du mich so an?«, begehrte Sigyn auf. »Hältst du mich für blöde?«

Unvermittelt sprang sie hoch. Die Arme in die Seiten gestemmt, baute sie sich vor Doran auf.

»Diese Kette war meine einzige Garantie dafür, dass der Hof mich nicht vergisst! Beim augenblicklichen Stand des Krieges hätte mein Vater niemanden nach mir ausgeschickt, so viel ist sicher! Aber die Kette! Ja, die Kette! Für die würde man jemanden nach Kech oder sonst wohin senden!«

Doran musterte Sigyn. Das schreiend bunte Hemd hing wie ein Sack an ihren zarten Gliedern. Ihre kleine Nase und die Wangen waren gerötet. Sie sah aus wie ein tobendes Kind.

»Wie es scheint, war deine Annahme richtig«, erwiderte Doran kühl.

»Lodur lachte mir ins Gesicht, als ich nach Kech kam«, berichtete Sigyn. »Er sagte, ich hätte kein Recht, ihm seine Handlungen vorzuschreiben. Seine Leibwachen nahmen mir meine ganzen Sachen ab, dann warfen sie mich ins Gefängnis der Flammenburg. Ich war dort ungefähr sechs Wochen, als eine Gruppe von Mönchen mich abholte. Sie müssen mich betäubt haben, denn ich kann mich an nichts mehr erinnern. Ich erlangte erst wieder auf dem Schiff das Bewusstsein. Akàra war dort. Sie trug die Kette um den Hals!«

»Was hast du angestellt! Die rote Kette, die du bei dir trugst, ist kein Schmuckstück. Sie ist ein Schlüssel, mit dem man einen mächtigen Geist rufen kann, und jetzt besitzt Schaaraoch sie.«

»Ich weiß, weshalb sie *dich* mir hinterher geschickt haben!«, schrie Sigyn. »Es gibt tausend bessere Krieger als dich, Doran, aber keine einzige so gute Diebin! Den Stein musste man stehlen, nicht befreien wie mich! Du hättest mich einfach zurückgelassen!«

Schniefend wischte sich Sigyn das Gesicht am Ärmel ab. Mit hohntriefender Stimme sagte sie: »Bei allen Göttern! Hat dir mein Vater versprochen, dass du in den Palast zurückkehren darfst, wenn du die Kette wiederbringst? Hat er dir die Begnadigung in Aussicht gestellt?«

»Dein Vater hat sich um dich gesorgt, Sigyn! Ja, ich hatte den Auftrag, die Kette zurück nach Dahlstadt zu bringen. Ich bekam auch die Anweisung, herauszufinden, wo du bist, und dich wenn möglich mitzunehmen.«

»Ha! Dass ich nicht lache! Hast du mit ihm gesprochen? Hat er dir etwa die Gnade einer Audienz gewährt?«

Doran räusperte sich.

»Nein«, stotterte sie »mein eigener Vater hat mich …«

»Schon gut«, fiel ihr Sigyn ins Wort, »du brauchst nichts zu erklären. Ich kann es mir denken. Mein guter Onkel Dagolan, meines Vaters Bruder. Sicher hat er dir die verzweifelte Lage geschildert und dich an deine Pflichten gemahnt. Dagolan und Alrich von Dahl, die beiden unbesiegbaren Brüder! Wir sind ihre Kinder, erzogen zu Gehorsam und Schweigen. Wärst du nicht die Nichte des Kaisers, hätten sie dich damals gehängt, Doran! Du wagst es, mir meine Liebe zu Lodur vorzuwerfen? Ausgerechnet du?«

Sigyn sprach leise weiter:

»Du hast noch nie jemanden geliebt, nicht einmal dich selbst.«

Doran blickte sie an.

»Weißt du, wo die rote Kette jetzt ist?«

»Nein, ich habe keine Ahnung.«

»Wann hast du das letzte Mal mit Lodur gesprochen?«

»Am dritten Tag nachdem ich in Kirgon angekommen war, das ist jetzt ungefähr zwei Wochen her.«

»Das muss derselbe Tag gewesen sein, an dem wir ihn im Thronsaal getroffen haben. Später hast du ihn nicht mehr gesehen?«

»Nein. Man sagt, er sei krank. Keiner darf zu ihm. Deshalb ist Skarg immer noch hier. Wenn Lodur nicht bald gesund wird, reist er ohne ihn ab.«

»Lodur soll krank sein im Augenblick seines Triumphes? Das ist mehr als merkwürdig.«

Plötzlicher Lärm im Nebenzimmer brachte sie zum Verstummen. Vorsichtig öffneten sie die Tür einen Spaltbreit und spähten hinein.

Soldaten von Schaaraochs Leibgarde stürzten vom Gang her in den Raum. Vor dem Kamin stand Skarg, bewacht von zwei Männern, die ihn mit Dolchen bedrohten. Nach den Soldaten kam Schaaraoch selbst herein.

Er trat vor Skarg. Mit einer raschen Bewegung schnitt er ihm die Lederschnur mit dem blauen Stein vom Hals, den er immer trug.

»Das«, sagte er, »ist alles, was ich von dir will, Eiskrieger.«

Skarg starrte ihn verwundert an.

»Das Wolfsherz nimmst du mir weg? Warum? Arngrim hat mir den heiligen Stein geschenkt. Er gehört dem Thron von Ardak.«

»Du ahnst nicht, welche Kostbarkeit du gehütet hast. Du darfst dich als mein Gefangener betrachten.«

»Arngrim lässt sich nicht erpressen«, zischte Skarg, »und meinen Tod wird er rächen.«

Ein Lächeln ging über Schaaraochs Gesicht.

»Ein bedauernswerter Unfall schreit nicht nach Rache und einen solchen könntest du erleiden. Ich würde Arngrim mein tiefstes Mitgefühl aussprechen.«

Zufrieden seufzend umschloss Schaaraoch den Stein in der Hand.

»Endlich ist die Zeit gekommen!«, rief er. »Das Zeichen, auf das ich jahrzehntelang gewartet habe, ist eingetreten. Ich brauche dich nicht mehr, Skarg.«

KAPITEL 15

Auf der Suche nach Wahrheit

»Wie hast du das gemeint?«

»Ich meinte es, wie ich es sagte«, erwiderte Äneas. »Seid vorsichtig mit allem, was ihr tut, sagt oder denkt. Der König ist kein gewöhnlicher Mensch. Er hat Sinne, die ihr nicht verstehen könnt.«

Xander stieg vom Pferd. Er und Äneas warteten auf einer grasbewachsenen Anhöhe, den dichten Wald im Rücken. Nebel lag hinter den silbergrauen Stämmen gleich einem Lebewesen, das sich unter den Bäumen vor dem Regen verkriecht. Feiner Dunst umwallte die blühenden Haselnusssträucher, die zwischen den Buchen und Eichen wuchsen. Bis nach Ilkand und weiter noch nach Süden breiteten sich die tiefgrünen Haine aus.

»Ohne Hoffnung sind wir frei.«

Herionsbuch der Weisheit,
Psalm 78, ca. 1390 n. A. D.
Bibliothek der zeitgenössischen Kulte,
Ereat, Reg. 523.E.

Wasser triefte von den hängenden Ästen, rann in Bächen den Pfad hinab. Dämmerlicht herrschte, obwohl der Nachmittag erst angebrochen war. Unaufhörlich strömte Regen in dünnen Schnüren aus dem schiefergrauen Himmel. Das Zwielicht des Morgens würde ohne Unterbrechung in das Dunkel des Abends übergehen. Feuchtigkeit sättigte die klamme Luft. Dampf stob bei jedem Atemzug aus den Nüstern der Pferde und aus den Mündern ihrer erschöpften Reiter.

Geistesabwesend tätschelte Xander den Hals der Stute. Er fröstelte. Ein kühler Tag für die Jahreszeit. Regen trommelte leise auf die wasserdichte Kapuze des Mantels. Eiskalte Tropfen rannen ihm die Nase hinab, fielen lautlos in das schlammverschmierte Gras. Die Stiefel versanken im lehmigen Boden, der sich mit Nässe vollgesogen hatte wie ein Schwamm.

Der Nordwind trieb dunkle Wolken vor sich her, die noch schlechteres Wetter versprachen. Seit sie vor einer Woche in Kelrun an Land gegangen waren, hatte es fast ohne Unterlass geregnet. Manchmal hatten sich ganze Fluten aus dem Himmel ergossen, an anderen Tagen war nur ein leichter Nieselregen gefallen. Ohne die wasserfesten Umhänge aus Öltuch hätten sie die Reise zeitweilig unterbrechen müssen.

Der dauernde Regen bedrückte Xander und Lutz. Äneas beklagte sich nicht, das nasskalte Wetter schien ihn nicht zu kümmern.

Am Horizont schimmerte ein blassblauer Streifen, von weißem Dunst durchzogen. Ein fernes Zeichen von Sonne.

Xander strich sich das feuchte Haar aus der Stirn und blickte hinaus in die Ebene um Kirgon. Seine Augen weiteten sich.

Dort stand er, der schwarze Palast. Das riesige Gebäude erhob sich auf einem ummauerten Hügel, reckte sich schmaler werdend empor, öffnete sich zu einem Trichter, als wolle es das Licht des Himmels in sich einsaugen, es ersticken und in seinen seltsamen Eingeweiden zu Finsternis verarbeiten. Ewige Nacht musste in diesem Palast aus schwarzem Stein herrschen. Xander schauderte.

Eine flache, schlammige Ebene, grau wie Asche, umgab die einsame Anhöhe, auf der man Kirgon erbaut hatte. Sie erstreckte sich vom Fuß des grünbraunen Hügels, auf dem sie standen, bis zum Horizont. Eine einzige Straße durchschnitt das Land. Sie kam aus Ilkand, brach aus dem Wald hinter ihnen und führte bis zu den Stadtmauern von Kirgon.

Keinerlei Vegetation gedieh in der kahlen Ebene. Der Regen hatte sich mit dem Staub und der Erde zu einer graubraunen Brühe vereint. Bruchstücke von Ruinen steckten weit um die Stadt verstreut halb verborgen im Schlamm. Braunschwarze Tümpel glänzten zwischen den Steinen, wo die Erde keine Feuchtigkeit mehr aufnehmen konnte.

Eine gewaltige Macht musste die ursprüngliche Stadt Kirgon vor tausenden von Jahren mit einem einzigen Handschlag hinweggefegt, die Gebäude durch die Luft gewirbelt, die Mauern und Säulen wie trockene Brotkrumen zerbrochen haben.

Niemand würde jemals erfahren, welche Katastrophe hier vor Äonen gewütet hatte. Die Erbauer des alten Kirgon waren zu Staub zerfallen, längst hatte der Wind ihre Gebeine wie weiße Geister über das Land geblasen.

Xander versuchte sich vorzustellen, wie Kirgon ausgesehen hatte, als Schaaraoch vor vierzig Jahren hierher gekommen war.

Vielleicht hatte auch er hier gestanden, den Wald im Rücken, das tote Land vor Augen. Er musste hinabgewandert sein zu den Ruinen, den Eingang in die tiefen Gewölbe gesucht haben. Wahrscheinlich hatte er in den Gängen unter der Erde mehr entdeckt, als er erwartet hatte.

Jetzt lebten wieder Menschen in Kirgon. Rund um den wieder aufgebauten Palast erstreckten sich Behausungen als ein Meer grauer Würfel, umgeben von einer halb aus Ruinen errichteten Mauer. Rauch stieg aus den Schornsteinen, der Regen zerriss den Qualm, drückte ihn nieder auf die Stadt.

Vier Keren ritten auf der gepflasterten Straße nach Norden. Bald würden sie die Stadtmauern passieren. Es waren Äneas' Kameraden, die sie in Ilkand getroffen hatten. Vor Morgengrauen hatten die Keren sie verlassen. Äneas hatte darauf bestanden, Lutz und Xander in den Palast zu begleiten.

Hinter den Reitern taumelten an Ketten fünf Seuchenopfer, unter ihnen der Bauer Hanold, dessen Tochter sie gestern Nacht verbrannt hatten. Xander konnte ihn aus dieser Entfernung nicht von den anderen Fiebertoten unterscheiden.

»Weshalb bringt ihr die Toten in den Palast?«, fragte er.

»Der König braucht sie für seine Experimente«, erwiderte Äneas. »Er versucht, sie zu heilen.«

Lutz trat aus dem Wald. Er strich sich die Kleider glatt.

»Kommt«, rief er, »wir reiten weiter!«

Sie saßen auf und lenkten die Pferde nach Norden, hinab zur Straße nach Kirgon.

Die Bäume waren hier, nahe am verwüsteten Land, alle verkrüppelt und trugen kaum Laubwerk. Sie ließen das karge Gestrüpp hinter sich und ritten durch ein Meer aus klebrigem Schlamm, bis die Hufe der Pferde das Pflaster der Straße erreichten.

Äneas zog die Kapuze des Mantels tief ins Gesicht und rückte die Eisenmaske zurecht. Er hielt sich angestrengt aufrecht, den Kopf in den Nacken geworfen. Kein Wort kam über seine Lippen.

Xander musterte ihn. Seit dem gestrigen Erlebnis mit Zen war Äneas in Schweigen versunken. Er antwortete auf Fragen, mehr nicht.

»Diese Sinne, von denen du vorhin erzählt hast, worin äußern sie sich?«

»Das ist schwer zu erklären«, antwortete er widerwillig. »Wir Keren leben in einer anderen Welt als ihr. Für uns spielt es keine Rolle, ob es Tag oder Nacht ist. Das Licht der Sonne ist für uns nicht heller als das einer Fackel und beides schmerzt uns manchmal. Hitze und Kälte haben keine Bedeutung für uns. Wir sehen das Wesen der Dinge, wir spüren Leben, wittern Tod. Wir fühlen Geister. Sie sprechen mit uns.

Unsere Fähigkeiten entwickeln sich erst; wir haben gerade damit begonnen, sie zu entdecken.«

Lutz runzelte die Stirn.

»Schaaraoch besitzt ebenfalls diese Fähigkeiten oder Sinne, wie du sie nennst?«

Äneas seufzte. Das Gespräch behagte ihm nicht.

»Seit ihr mir mein Gedächtnis zurückgegeben habt, sehe ich vieles anders. Früher sind mir manchmal Bilder erschienen, ferne Erinnerungen an ein anderes Dasein. Jetzt denke ich, das ist die Welt, wie ihr Lebenden sie erblickt. Ich kann jedoch nicht mit Sicherheit sagen, ob dieser Eindruck stimmt. Für Schaaraoch ist es anders. Ich glaube, er kann sich in beiden Welten bewegen, wie es ihm beliebt. Erinnert ihr euch an die Narbe in meinem Gesicht?«

Lutz und Xander nickten.

»Alle Keren haben sie. Eine Narbe vom Auge quer über die Wange und den Hals bis zur Brust.«

Behutsam tippte Äneas auf sein Brustbein.

»Die Wunden brechen immer wieder auf. Vielleicht weil wir tot sind, gehorchen unsere Körper anderen Gesetzen. Schaaraoch hat diese Narbe auch, seine ist gut verheilt. Er muss eine Prozedur an sich selbst ausgeführt haben, die auch wir erdulden mussten. Vielleicht sind wir dabei gestorben und er hat es überlebt, ich weiß es nicht. Oder er hat uns getötet, damit wir nicht so mächtig werden wie er. Auf jeden Fall hat er uns mit der Seuche infiziert und er selbst trägt die Krankheit nicht in seinem Blut.«

»Kannst du dich nicht erinnern, woher diese Verletzung stammt?«, fragte Lutz.

Äneas schüttelte den Kopf.

»Nein. Dies ist die einzige Lücke in meinem Gedächtnis. Es ist, als ob mein Verstand sich weigern würde, an diese Stelle zu rühren. Ich versuche, mich zu erinnern, doch ich sehe nur Dunkelheit.«

»Vielleicht hat es etwas mit den fünf Schlüsseln zu tun«, murmelte Xander.

»Mir ist kein Geist bekannt, der die Toten zum Leben erwecken würde«, erwiderte Lutz.

»Einer allein nicht.«

Lutz starrte Xander an.

Am späten Nachmittag erreichten sie Kirgon. Die Tore der Stadt öffneten sich, noch bevor sie vor den Mauern standen. Begrüßungen schallten von der Brüstung herab, die Äneas galten. Sie ritten unter dem Torbogen durch und weiter den gepflasterten Weg entlang.

Ein enges Gewimmel von Gassen zog sich den Hügel hinauf. Hohe, schmale Häuser säumten aneinander gedrängt die Straßen. Die oberen Stockwerke waren oft nachträglich hinzugefügt worden, manche aus bröckeligem Mauerwerk, andere aus morschen Balken. Einige ragten wie wackelige Blockhütten aus alten steinernen Fundamenten, die unter der Belastung jeden Augenblick einzustürzen drohten. Die gewagtesten Bauwerke schienen nur stehen zu bleiben, weil die Nachbarhäuser sie vor dem Zusammenbruch abhielten. Die Gebäude bestanden wie die Stadtmauern zum Teil aus den Ruinen von Kirgon; jeden halbwegs brauchbaren Stein hatte man zum Bau verwendet.

Die schmalen Straßen quollen über von Menschen. Eilig gingen sie ihren Geschäften nach, auf der Flucht vor dem Regen hetzten sie von einem Haus zum nächsten, duckten sich an die Mauern. Krämer hielten Waren feil, geschützt unter Planen aus Segeltuch, Schmiede hämmerten auf Ambossen, Bauern schoben Karren voll Gemüse, Früchten und Weizen. Unzählige Gasthöfe boten den vielen Pilgern, die Kirgon besuchten, Unterkunft und Verpflegung.

Männer und Frauen mit rasierten Schädeln schritten mit ernsten Gesichtern durch die Stadt. Sie hielten die Hände in den Ärmeln bodenlanger Kutten verborgen. Die Jünger sprachen leise miteinander, tauschten bedeutungsvolle Blicke aus. Aus fernen Ländern kamen sie, waren oft viele Monate lang zu Fuß nach Kirgon gepilgert.

Die Bauern und Händler beachteten die Jünger kaum. Neugierige Augenpaare folgten Xander und Lutz, denn der Hauptmann der Keren ritt mit ihnen. Menschen blieben in den Hauseingängen stehen und ließen die Arbeit liegen, als sie ihn entdeckten.

Ein flaues Gefühl schlich sich in Xanders Magen, machte seine Knie zittern. Bald sollte sich zeigen, ob Lutz' Plan Erfolg hatte. Die Unverfrorenheit, ja der Irrsinn ihres Vorhabens dämmerte ihm. Den König dieses Landes wollten sie töten, in seinem eigenen, uneinnehmbaren Palast.

Sie ritten um die Biegung der Gasse und dann sahen sie es: das Tor des schwarzen Palastes. Im Verhältnis zu den gigantischen Außenmauern schien es eine kleine Öffnung, obwohl fünf Männer auf Pferden nebeneinander hindurchreiten konnten. Schwere Eisentüren verriegelten den Eingang. Die Mauern ragten glatt und fugenlos empor, nur unterbrochen von wenigen vergitterten Fenstern in den oberen Stockwerken. Direkt über dem Tor befanden sich zwei breite Schlitze im Mauerwerk. Die unsichtbaren Augen von Wächtern beobachteten sie durch die Scharten hindurch.

Äneas stieg vom Pferd, ergriff die Zügel und schritt zum Tor. Lutz und Xander saßen ab. Die Torflügel schwangen nach innen und ein dunkler Gang tat sich vor ihnen auf. Zögernd folgten sie Äneas auf dem überwölbten Weg in den Innenhof. Wächter verriegelten den Eingang hinter ihnen.

Das Gebäude des Palastes ragte hoch empor, ein Zylinder der Finsternis, durchbrochen von schmalen Fenstern. Der obere Teil reckte sich wie ein Trichter in den wolkigen Himmel. Das Licht, das durch die kreisrunde Öffnung fiel, erhellte einen Brunnen in der Mitte des ziegelroten Platzes. Wasser schoss aus fratzenhaften Gesichtern, traf, einen feinen Schleier aus Tropfen emporwirbelnd, in ein weißes Marmorbecken. Darüber thronte auf einem Podest die Statue eines Mannes mit Flügeln. Einen Moment lang schien die Zeit für Xander stehen zu bleiben. Niemals hätte er erwartet, ein solches Kunstwerk an diesem düsteren Ort vorzufinden.

Ein Stallbursche kam vom Eingangstor her auf sie zu gerannt. Schweigend nahm er ihnen die Pferde ab und führte die Tiere zu den Stallungen, die sich rechts neben dem Torgang befanden. Drei Türen führten in das Innere des Palastes, vor jeder hielten bewaffnete Soldaten Wache.

Äneas ging voraus, Lutz und Xander eilten ihm nach, quer über den Platz aus roter Erde zum Eingang auf der linken Seite. Die beiden Wächter, die die eisenbeschlagene Pforte flankierten, rührten sich nicht. Die Türflügel öffneten sich. Ein kleiner, dicker Mann in einem langen hellgelben Gewand trat hervor.

»Ich bin Bertland, der Hausverwalter«, begrüßte er sie. »Folgt mir! Der König erwartet euch schon.«

Furcht beschleunigte Xanders Herzschlag. Seine Hände und Knie zitterten. Die Keren mussten ihr Kommen angekündigt haben. Wie sonst konnte Schaaraoch von ihnen wissen? Die erhoffte Überraschung ihres Eintreffens war dahin.

Schwarze Säulen trugen die Decke der Halle. Der matte Schein von Öllampen spiegelte sich im polierten Fußboden. Xander spürte die Glätte des pechschwarzen Steins unter seinen Stiefeln. Die Luft duftete nach welken Blüten. Ein leiser Wind wehte durch den Gang, der sich endlos um die Biegung des Palastes fortsetzte.

Gewölbe und Verliese mussten sich weit unter diesem Boden erstrecken. Geheimnisse lauerten dort. Wo mochte Haldur sein? Am liebsten wäre Xander davongerannt, laut nach seinem Bruder rufend, und hätte sämtliche Räume durchsucht.

Bertland geleitete sie durch die Halle, dann breite Treppen hinauf in den zweiten Stock. Er hieß sie zu warten und verschwand hinter einer Tür, die zwei Soldaten bewachten. Lutz legte die Hand auf Xanders Schulter und schenkte ihm ein aufmunterndes Nicken.

Die Pforte öffnete sich und der Hausverwalter winkte sie herein. Stoffbahnen verhängten die Fenster des langgezogenen Raumes. Auf einem schwarzen Thron saß ein Mann, die Hände auf den Lehnen. Er hielt den Kopf gesenkt.

Äneas verneigte sich. Lutz und Xander verharrten reglos. Der König wandte ihnen sein Gesicht zu, es leuchtete so blass wie die weißen Hände. Eine schmale Narbe lief über seine Wange und den Hals, dieselbe Verletzung, die Äneas auch besaß. Ein kurzgeschnittener, dunkelgrauer Bart bedeckte Schaaraochs Kinn und Wangen; auf der bleichen Naht der Narbe wuchs kein Haar.

Xander erstarrte, als er in Schaaraochs Augen blickte. Sie schienen dauernd die Farbe zu wechseln, sie schillerten, als ob sich das Licht beständig wandelte, doch es konnte keine Täuschung sein, die Augen veränderten sich tatsächlich. Seine Kehle schnürte sich zu. Er sah Schaaraoch und er verstand nichts mehr. Ein Gefühl von Wehrlosigkeit ergriff ihn. Seine Vernunft versagte. Er verspürte das Verlangen, auf die Knie zu sinken.

»Lutz, endlich!«, rief Schaaraoch, als begrüße er einen sehnlichst erwarteten Besucher. »Wie ich sehe, hast du Äneas auf deiner Reise getroffen. Wer ist der Junge?«

»Mein Schüler, Xander«, antwortete Lutz.

»Dein Schüler?« Schaaraoch lächelte. »Es ist gut, Schüler zu haben. Besonders für zwei alte Männer wie uns. Es hat keinen Sinn, sein Wissen mit ins Grab zu nehmen. Der Junge sieht aufgeweckt aus.«

Ein eisiger Schauer lief Xander über den Rücken, als Schaaraoch ihn betrachtete. Die schillernden Augen drangen für einen Moment in die seinen, dann ließen sie von ihm ab. Schaaraoch wandte sich an Lutz.

»Hast du mitgebracht, was ich verlangt habe?«

»Ja. Wo ist Haldur?«

»Hier im Palast.« Er warf einen Blick auf Xander. »Ich muss allein mit dir sprechen, Lutz.«

»Weshalb?«, brüllte Xander mit sich überschlagender Stimme. Verärgert über sich selbst, stieß er den Atem aus. Ruhiger fragte er: »Was ist mit Haldur?«

»Es geht ihm gut«, antwortete Schaaraoch.

Er rieb sich mit beiden Händen das Gesicht. Seufzend schloss er die Augen. Als er sie wieder aufschlug, strahlten sie stahlblau, wie das Meer an einem Sommertag.

»Er ist dein Bruder, nicht wahr?«

Xander nickte.

»Sorge dich nicht! Lass Lutz und mich jetzt allein. Äneas wird dich hinausbegleiten. Du wirst deinen Bruder bald wieder sehen.«

Äneas fasste Xander am Arm.

»Es ist in Ordnung«, sagte Lutz, »geh!«

Widerstrebend verließ Xander mit Äneas die Halle. Die Türflügel fielen hinter ihnen zu.

Schaaraochs Blick war auf Lutz gerichtet. Er musterte ihn eingehend, als versuche er, dessen Gedanken zu lesen. Ächzend erhob er sich vom Thron und stapfte die steinernen Stufen herunter. Lutz beobachtete ihn gespannt.

»Was hast du mit deinen Augen angestellt?«, fragte er. »Als ich dich das letzte Mal traf, sahen sie noch menschlich aus. Auch diese Narbe hattest du nicht, wenn mein Gedächtnis mich nicht trügt.«

Mit hinter dem Rücken verschränkten Händen schlenderte Schaaraoch auf Lutz zu. Ein Lächeln spielte auf seinen Lippen.

»Wie lange ist es her, seit wir uns das letzte Mal gesehen haben? Fünfzehn Jahre? Oder länger?«

Er lachte.

»Du hast dich kein bisschen verändert, Lutz, die Neugier plagt dich unaufhörlich. Nun gut, meine Augen. Man könnte sagen, ihr außergewöhnlicher Anblick rührt von meinem Umgang mit Geistern her, eine unerwünschte Nebenwirkung gewissermaßen.«

Lutz funkelte Schaaraoch an.

»Du bist auch kein neuer Mensch geworden. Das Alter hat dich höchstens noch rücksichtsloser gemacht.«

Schaaraoch schmunzelte.

»Welch böse Worte aus deinem Mund. Du warst doch immer der Besonnenere von uns beiden. Erinnerst du dich an unsere Jugend?«

»Natürlich.«

»Du warst der beste Freund, den ich je hatte, vielleicht der einzige, der diesen Namen verdiente.«

»Ich erinnere mich, dass ich einst einen Freund besaß«, schnaubte Lutz, »sein Name lautete Barnas.«

Ein Anflug von Missmut legte sich auf Schaaraochs Züge.

»Ja«, flüsterte er, »wir waren sehr jung damals, du und ich.«

»Was willst du von mir?«, fragte Lutz.

»Du willst etwas von mir. Ich habe dich an unsere Jugend erinnert, weil ich mit dir über die Ideale sprechen möchte, die wir damals hatten. Wir haben gemeinsam die Vergangenheit erforscht. Wir wollten Großes vollbringen, sogar das Weiße Fieber besiegen. Es blieben Träume, bis heute.«

Misstrauisch verfolgte Lutz jede Bewegung Schaaraochs. Dessen Freundlichkeit verunsicherte ihn. Er musste etwas im Schilde führen.

Schaaraoch sprach weiter:

»Gemeinsam haben wir herausgefunden, dass die Legende vom Schrein der Wahrheit kein Märchen ist. Du gingst bei diesem widerlichen alten Daimon in die Lehre, weil du vermutetest, dass er einen der Schlüssel besaß. Ich glaube, Mog Ruith hieß der Alte.«

»Dein Gedächtnis ist bemerkenswert. Wozu erzählst du mir das?«

»Du warst ebenso wissbegierig wie ich, Lutz, du hättest alles dafür getan, das Geheimnis der Schlüssel zu ergründen. Woher kamen diese wunderbaren Kleinode? Wer hatte sie erschaffen? Du wolltest sogar mit mir nach Kirgon reisen.«

»Ja, ich wäre mit dir gegangen, wenn du mich mitgenommen hättest. Ich wollte wissen, was vor unserer Zeitrechnung geschehen ist, wer uns diese Ruinen hinterlassen hat. Jeder noch so unbedeutenden Spur sind wir nachgegangen, um etwas über unsere Ahnen herauszufinden. Was hat es uns gebracht, Schaaraoch? Nichts.«

»Wir haben erfahren, dass es vor tausenden von Jahren eine Zivilisation gegeben hat, die alle Länder der Welt umspannte.«

»Das wusste schon Marech Eldred.«

»Wir fanden Ruinen in Dahl, in Generia, in Kech und eine der größten Anlagen hier in Kirgon. Das Wissen unserer Ahnen muss grenzenlos gewesen sein. Das wenige, was uns von ihnen erhalten geblieben ist, erscheint uns so fremdartig und dennoch …«

»Ja, und dennoch …«, fiel ihm Lutz ins Wort. »Wir könnten den Rest unseres Lebens damit zubringen, in den Ruinen zu graben, auf der Suche nach neuen Scherben, nach einem weiteren Bruchstück eines vermoderten Manuskripts. Wir sammeln Relikte wie Kinder bunte Kieselsteine. Nichts verstehen wir!«

Schaaraoch lächelte milde. Seine Augen leuchteten golden.

»Ich habe den Schrein der Wahrheit gefunden.«

»Das nützt dir nichts. Du kannst ihn nicht öffnen.«

»Was würdest du sagen, wenn ich es könnte?«

»Ich würde dir nicht glauben.«

»Nimm nur einmal an, dass ich die Wahrheit sage. Was gäbst du dafür, einen Blick in den Schrein zu werfen?«

Schweiß trat auf Lutz' Stirn. Er schluckte leer. Hitze breitete sich in seinen Gliedern aus.

»Ich würde sehr viel dafür geben.«

»Wie viel?«

»Das weißt du! Ich gäbe fast alles dafür!«

Schaaraoch strahlte.

»Auch das Leben deines Schülers?«

Lutz erbleichte.

»Nein!«, schrie er zornig.

»Beruhige dich! Die Frage war nicht ernst gemeint. Was ich von deinem Schüler will, ist bereits mein.«

»Xander!«, keuchte Lutz.

Er drehte sich um und rannte zur Tür.

»Xander!«, rief er und riss die Türflügel auf.

Der Gang gähnte schwarz und gänzlich verlassen.

»Xander!«, hallte es im Palast wider.

Stille. Keine Antwort und keine Spur von Xander.

Wutschnaubend hastete Lutz zurück in den Thronsaal. Schaaraoch erwartete ihn gelassen, die Augen silbergrau und blank.

»Glaubst du, ihr könnt in meinem Reich einen der Schlüssel verwenden, ohne dass ich es merke? Jahrzehntelang habe ich nach dem fünften Parall gesucht, habe meine Späher in die fernsten Länder gesandt, um ihn zu finden. Dann taucht er plötzlich auf, vor den Toren meines Palastes, als hätte ich ihn gerufen.«

»Er gehört dir nicht!«

»Nein, er gehört einem kleinen Jungen. Ich zittere vor Ehrfurcht. Wahre Macht wird einem nicht verliehen, Lutz, man muss sie sich nehmen! Zen ist mein!«

Lutz schwieg.

»Du hast vorgehabt, mich zu töten«, sagte Schaaraoch. »Das dürfte sich schwierig gestalten. Wenn du den Schlüssel nicht wieder haben kannst, so willst du wenigstens das Leben deines Schülers retten. Ich blicke in dein Herz, Lutz, ich finde Hass darin und den Wunsch, mich zu vernichten. Solche Absichten stehen dir nicht an, mein Freund. Du müsstest mich gut genug kennen, um mich nicht zu unterschätzen. Solltest du es wagen, deine Kräfte gegen mich zu gebrauchen, wird dein kleiner Schüler einen sehr hässlichen Tod sterben, das verspreche ich dir. Du wirst von nun an tun, was ich dir befehle!«

Ergeben nickte Lutz.

»Was willst du?«, fragte er.

Schaaraoch hatte seine Leibwache beauftragt, Xander gefangen zu nehmen, aber die Soldaten fanden ihn nicht mehr vor den Türen des Thronsaals.

Als er mit Äneas dort gewartet hatte, war einer der Keren, die sie in Ilkand getroffen hatten, mit eiligen Schritten zu ihnen gekommen. Er hieß Mariel. In seinem vergangenen Leben war er der Befehlshaber der Truppen von Gordua gewesen, einer Stadt im Norden, die Schaaraoch zu Beginn seiner Eroberungsfeldzüge eingenommen hatte. Schweigend hatte er sie angeblickt. Die Keren schienen sich oft ohne Worte zu verständigen.

»Ich muss gehen«, sagte Äneas zu Xander. »Komm mit!«

Den Gang entlang liefen sie bis zur Treppe, dann stiegen sie zwei Stockwerke tiefer ins Erdgeschoss und hasteten dort in entgegengesetzter Richtung weiter.

Sie kamen in einen Gebäudetrakt, der von Bediensteten bewohnt wurde. Die Zimmer lagen nahe beieinander, die Türen waren schmucklos, aus rohem Holz gezimmert. Auf dem Korridor standen Eimer, Besen, weiteres Putzgerät und einige Reisekoffer aus Leder und Korbgeflecht. Es roch nach Seifenlauge. Irgendwo ertönte das Plätschern von Wasser.

Mariel blickte sich verstohlen um, dann öffnete er eine der Türen und winkte sie hinein. Sie traten in einen engen Raum, in dem ein Bett, eine Kommode und ein kleiner Tisch standen. Vor das einzige Fenster war ein schwarzes Tuch gespannt, um möglichst kein Licht einzulassen.

Xander blinzelte. Als sich seine Augen an die Dunkelheit gewöhnt hatten, schaute er erstaunt das Bett an. Dort ruhte ein Mann. Er war krank. Sein Gesicht war kalkweiß, eine Hälfte von einem blutigen Verband bedeckt. Schweiß stand auf seiner Stirn. Zitternd stöhnte er leise auf.

Äneas setzte sich auf die Bettkante. Er griff an das Kinn des Kranken und drehte dessen Gesicht nach oben. Er schien bewusstlos. Die Finger in das Leintuch gekrallt, bäumte er sich schmerzgepeinigt auf und sank wieder zurück. Ohne aufzuwachen, stieß er das Laken bis zur Hüfte von sich. Er war nackt. Auch seine bloße Brust war verbunden. Die

Wunde, die sein Gesicht verunstaltete, zog sich hinab bis zu seinem Herzen. Äneas deckte ihn wieder zu. Mit dem Daumen hob er das Lid des einen Auges und musterte es.

»Er wird es nicht überstehen«, sagte Mariel.

Langsam trat Xander näher. Der Kranke war wahrhaft totenbleich. So sah kein Lebender aus. Dies musste ein Keren sein.

»Wer ist das?«, fragte Xander. »Was ist mit ihm?«

»Das ist Herzog Lodur von Kech«, erklärte Mariel. »Schaaraoch hat ihn umgebracht. Er verletzte ihn schwer, als er einen Keren aus ihm machte. Kaum einer von uns hat so tiefe Wunden davongetragen.«

»Das ist Herzog Lodur?«, rief Xander. »Wie ist das möglich?«

»Du siehst ja, was Schaaraoch ihm angetan hat«, zischte Äneas. »Er ist jetzt einer von uns.«

»Wir müssen etwas unternehmen«, drängte Mariel. »Er hat die Besinnung noch nicht wiedererlangt, seit die Kameraden ihn aus den Verliesen geholt haben.«

Äneas seufzte.

»Hilf ihm, Xander!«

»Wie denn?«

»Der Schlüssel, den du besitzt! Weck ihn auf damit und sag ihm, wer er ist! Nur das kann ihn noch retten.«

»Das ist nicht möglich! Ich darf Zen im Palast nicht verwenden, ich habe es Lutz versprochen.«

»Du musst tun, was du für richtig hältst.«

Ein Stöhnen entrang sich Xander.

»Ich kann ihn nicht einfach sterben lassen!«

Tränen drängten sich in seine Augen. Er betrachtete das bleiche Gesicht des Herzogs. Strähnen dunkelbraunen Haares hingen wirr in dessen Stirn.

Äneas stand auf. Xander setzte sich auf das Bett. Er löste die Kette von seinem Hals, befreite Zen aus dem Anhänger und nahm ihn in die Hand.

Sogleich bohrte der Parall sich in seine Haut. Er biss die Zähne zusammen. Behutsam ergriff er Lodurs Arm und legte ihn auf sein Knie. Er verschloss seine Hand mit der des Herzogs. Tränen rannen ihm über die Wangen. Er spürte es nicht.

Die Macht Zens verband ihn mit Lodur. Er glaubte durch grenzenlose Finsternis zu wandern, allein. Verzweifelt rief er nach dem Kranken. Er konnte ihn nicht finden.

Jemand rüttelte ihn an der Schulter.

»Wach auf!«

Äneas blickte ihn an. Auf dem Bett lag Lodur, den Oberkörper auf die Ellenbogen gestützt.

»Wer bist du?«, fragte er.

»Xander.«

»Du hast mir das Leben wiedergeschenkt.«

Lodur betastete seinen Verband. Er stand auf und taumelte zur Kommode, über der ein Spiegel hing. Lange betrachtete er sich darin, dann löste er die blutigen Stoffstreifen und nahm sie ab. Eine frische Narbe zog sich über seine Wange und den Hals bis quer über die Brust. Die Wundränder waren entzündet.

Er hob die Hände, drehte sie, schaute sie an, blickte an seinem Körper hinab. Das Gesicht aschfahl, beugte er sich vor und starrte in seine silbernen Augen.

»Nein!«, stammelte er.

»Du bist jetzt ein Keren«, sagte Äneas. »Einer von uns.«

»Ich werde Schaaraoch töten«, verkündete Lodur.

Mariel trat zu ihm.

»Leg dich wieder hin! Du bist noch zu schwach. Du hast viel Blut verloren.«

Energisch schüttelte Lodur den Kopf.

»Ich weiß, was Schaaraoch vorhat. Er will den Schrein der Wahrheit öffnen. Vier der Schlüssel hat er schon. Wir müssen *jetzt* etwas unternehmen, sonst ist es zu spät!«

Äneas und Mariel blickten sich an.

»Seid ihr mit mir oder gegen mich?«, fragte Lodur.

»Mit dir«, entgegnete Äneas.

»Ja, mit dir«, erwiderte Xander.

Mariel nickte.

»Wir brauchen Männer und Waffen«, sagte Lodur. »Wo ist Skarg? Er wird uns helfen.«

»Schaaraoch hat ihn gefangen genommen. Er ist in den Verliesen.«

»Mein Bruder ist auch hier eingesperrt«, erklärte Xander. »Ich komme mit euch.«

»Nein!«, rief Äneas. »Kehr zurück in den Thronsaal. Bestimmt wirst du schon vermisst.«

»Das kannst du nicht von mir verlangen! Schaaraoch wird mir Zen wegnehmen.«

»Das Risiko müssen wir eingehen. Wenn du nicht wieder auftauchst, wird er dich im ganzen Palast suchen lassen. Vertrau uns! Wir werden Lutz und dich nicht vergessen.«

Die Ahnung bevorstehenden Unheils überkam Xander.

»Nun gut«, murmelte er.

Lodur drehte sich um.

»Gebt mir Kleider! Die Tracht der Keren. Los, wir müssen uns beeilen!«

Gähnend legte sich Haldur auf der Pritsche nieder und verschränkte die Hände im Nacken.

Wolf machte sich über das Abendessen her, das man ihnen vor kurzem gebracht hatte, eine Schüssel heißen Eintopfs mit roten Bohnen, Karotten und Zwiebeln, dazu einen Laib Brot und einen Ziegenkäse. Er schaufelte mit einem Holzlöffel Eintopf auf einen Teller, brach ein Stück Brot ab und lehnte sich auf der Pritsche zurück, dann tunkte er die würzige Soße mit dem Brot auf.

»Die Verpflegung ist gut hier«, schmatzte er zwischen zwei Bissen. »Schaaraoch lässt sich nicht lumpen. Hast du keinen Hunger?«

Haldur zuckte die Schultern.

»Vielleicht später. Wie kannst du so viel essen? Ich habe noch nie einen Menschen gesehen, der solche Mengen von Nahrung vertilgt.«

»Vielleicht muss ich die Zeit nachholen, in der ich mich nur von Wurzeln und Beeren ernährt habe.«

»Dann lass es dir schmecken.«

»Wo steckt Lodur wohl?«, murmelte Wolf. »Ich verstehe das nicht.«

»Vielleicht ist er ohne dich abgereist.«

»Lodur? Nie und nimmer.«

»Wie willst du fliehen, wenn er dich mitnimmt?«

Er schob sich einen Löffel Eintopf in den Mund, kaute genüsslich und schluckte.

»Mir wird schon etwas einfallen.«

Bedrückt schaute Haldur ihn an.

»Ich werde dich nicht im Stich lassen, Wolf, was immer auch geschehen mag!«

Ein Lächeln huschte über Wolfs Gesicht.

»Auch ich werde dich nicht im Stich lassen, Haldur. Wie steht es um deine Verletzungen?«

»Ich fühle mich besser.«

»Ich habe mir Sorgen um dich gemacht. Vor allem um deinen Arm.«

Mit leerem Blick starrte Haldur die Unterseite der Pritsche über sich an. Er musste an jene Nacht auf der Galeere denken, als Akàra ihn gefoltert hatte.

Manchmal quälten ihn Albträume. Er ertappte sich dabei, dass er nachts schweißgebadet erwachte; dann reckte Furcht die kalten Finger nach ihm. Am meisten plagte ihn die Erniedrigung, die er während und nach dem Verhör empfunden hatte. So etwas durfte keinem Menschen widerfahren. Er wollte seiner Angst begegnen, sie aus dem Versteck in seiner Brust hervorzerren und ins Nichts bannen.

Sie schreckten auf. Im Gang erklangen Schritte. Ein Schlüssel drehte sich im Schloss, der Riegel sprang zurück. Eisen schrammte auf Eisen und die Zellentür öffnete sich. Trübes Licht fiel vom Gang herein; draußen standen vier Männer in der Uniform der Keren. Drei von ihnen trugen ein Bündel mit Kleidern auf den Armen.

»Vierzig Jahre habe ich gebraucht!«, erklärte Schaaraoch.

Lutz beobachtete ihn aufmerksam.

»Wie hast du sie gefunden?«

»Sie aufzuspüren war leichter, als sie zu beschaffen. Der erste, den ich fand, war Jahwe. Er schmückte die Krone von Leron. Man nannte ihn das Auge der Sonne. Der Fürst von Leron hatte keine Ahnung, welche Macht er damit besaß. Er rief den Geist von Jahwe nicht und dennoch verströmte dieser seine Kraft. Voller Hingabe glaubten die Einwohner von Leron an ihren Fürsten. Er überhäufte sie mit Geschwätz von Freiheit und Ehre. Sie alle wollten für ihn in den Tod gehen, so überzeugt waren sie von seiner Rechtschaffenheit.«

»Und du hast Leron erobert?«

»Ja. Welch ein Blutbad! Der Friede kehrte erst wieder ein, als ich die Krone an mich genommen hatte.«

»Was geschah mit dem Fürsten? Ich kannte Virgil von Leron.«

»Tatsächlich?«, Schaaraoch lächelte. »Der Fürst ist tot.«

»Das ist bedauerlich.«

»Wer herrscht, kann nicht immer Gnade walten lassen.«

»Und die anderen Schlüssel?«

»Ein glücklicher Zufall wollte es, dass Islam den Weg zu mir fand. Es wäre schwierig, wenn nicht unmöglich gewesen, ihn aus Dahlstadt zu holen. Ohne ihn wären die Kaiser von Dahl keine so großen Feldherren gewesen. Wie viele Menschen hat er in einen Strudel der Ereignisse gerissen! Er ist wahrhaftig Herr über Taten! Ohne ihn wärst auch du jetzt nicht hier, Lutz.«

»Wo ist Prinzessin Sigyn?«

»Hier im Palast. Ich habe von Alrich fünftausend Goldstücke für ihre Freilassung verlangt und dreitausend weitere für Doran. Bestimmt wird er bezahlen.«

Die Hände hinter dem Rücken verschränkt, lief Schaaraoch auf und ab.

»Uran und Zen hast du mir gebracht. Welche Ironie des Schicksals! Elvis Christus war Teil des Erbes von Ardak. ›Wolfsherz‹ wurde er genannt. Jahrhundertelang haben ihn Priesterinnen in einem Tempel verborgen, bis keine mehr wusste, welchen Schatz sie hüteten. Arngrim hat ihn Skarg verliehen, als Zeichen der Wertschätzung und des Vertrauens in seinen Nachfolger. Wie ich hörte, übte Skarg große Anziehungskraft auf andere Menschen aus. Das wunderte mich nicht. Ich bestellte ihn hierher, um über ein Bündnis gegen die Armeen von Dahl zu verhandeln. Dieser Trottel kam tatsächlich!«

»Dann willst du gar keinen Krieg führen?«

»Natürlich nicht! Was kümmert mich Alrich von Dahl? Wenn ich erst den Schrein der Wahrheit geöffnet habe, werden alle Herrscher vor meinem Thron knien.«

»Der Schrein der Wahrheit wird unbeschreibliche Kräfte entfesseln. Du könntest sterben, wenn du ihn aufschließt. Falls unsere Ahnen wirklich den Schrein verwendet haben, weshalb ist dann ihre Welt untergegangen? Es deutet einiges darauf hin, dass vor mehr als zweitausend Jahren eine furchtbare Katastrophe eingetreten ist, die ihre Zivilisation mit einem Schlag auslöschte. Warum, Schaaraoch? Konnte der Schrein sie nicht davor warnen? Oder hat er das Unglück vielleicht verursacht? Lass die Vergangenheit ruhen!«

»Ja, Lutz, die Welt unserer Vorfahren existiert nicht mehr, aber die Fiebertoten sind hier, bei uns, in der Gegenwart! Dieses Vermächtnis können wir nicht leugnen. Diejenigen, die uns dieses üble Erbe hinterlassen haben, werden uns verraten, wie wir damit umgehen sollen. Gerade du, Lutz, müsstest meine Absichten verstehen. Wie viele Leben werden wir retten, wenn wir das Weiße Fieber heilen können? Wie viele könnten wir von der Seuche verschonen? Und das ist nur eines der Geheimnisse, die uns der Schrein offenbaren wird.«

»Um welchen Preis?«

»Wenn du nur sehen könntest, welche Schätze ich hier in Kirgon gefunden habe! Vierzig Jahre lang habe ich mich damit befasst. Unsere Ahnen verfügten über Fähigkeiten auf Gebieten, die uns gänzlich fremd sind. Sie bauten Geräte, die ihnen Arbeit abnahmen und Vergnügen verschafften. Diese Geräte betätigten sich von selbst, ohne die

Einwirkung von Menschen. Ich habe viele davon gefunden, aber ich konnte sie nicht mehr zum Leben erwecken. Wie es scheint, hat die Zeit sie zerstört. Der Zweck der meisten ist mir ein Rätsel geblieben.«

»Glaubst du, dass sie auch den Schrein der Wahrheit gebaut haben?«

Nachdenklich schüttelte Schaaraoch den Kopf.

»Der Schrein wurde nicht von ihnen geschaffen, dessen bin ich mir sicher. Vielleicht wussten unsere Vorfahren gar nichts damit anzufangen. Es gibt nur einen Weg, um dies herauszufinden. Natürlich ist es gefährlich, ihn zu öffnen. Deshalb …«

Die Tür der Halle ging auf. Herein kamen fünf Soldaten, in ihrer Mitte führten sie Xander.

»Wir haben ihn!«, rief einer.

»Da ist ja unser Ausreißer«, murmelte Schaaraoch. »Wo bist du gewesen, Junge?«

»Ich habe mich nur etwas umgesehen«, antwortete Xander. »Es war mir langweilig, vor der Tür zu warten.«

Schaaraoch schritt auf ihn zu. Zwei Soldaten packten Xander und hielten ihn fest. Er blickte in Schaaraochs grün funkelnde Augen. Der packte ihn am Hals und riss ihm die Kette mit Zen ab.

»Das brauchst du nicht mehr.«

Xander sah den Dolch in Schaaraochs Hand. Kein Laut wollte sich aus seiner Kehle lösen. Grauen lähmte ihn. Vergeblich suchte er sich aus dem Griff der Soldaten zu befreien. Schaaraoch stand unmittelbar vor ihm, keinen Schritt entfernt.

Der gezackte Stahl des Dolchs glitzerte. Schaaraoch hob ihn und bohrte ihn in Xanders Brust.

Kein Schmerz, nur ein brennendes Gleiten, dann zog er mit einem Ruck die Waffe zurück. Metallzähne zerrissen Xander. Er rang nach Luft. Weit sperrte er die Augen auf. Die Soldaten ließen seine Arme los, Xander presste die Hände an den Leib, taumelte und fiel auf die Knie. Heiße Flüssigkeit quoll zwischen den Fingern hervor. Staunend hob er die Hände, betrachtete das Blut daran. Kälte umfing ihn. Nacht strömte von allen Seiten auf ihn ein, er versank in Schwärze. Der Thronsaal schien ihm plötzlich unwirklich, einem Traum gleich. Mit einem Stöhnen sank er zu Boden.

»Nein!«, schrie Lutz und rannte herbei.

Soldaten stießen ihn zurück.

»Lasst mich zu ihm!«

Ein See aus Blut sammelte sich unter Xander, breitete sich feucht glänzend aus. Lutz konnte nicht erkennen, ob er atmete.

»Weshalb hast du das getan?«, brüllte er. »Du hast mir versprochen, dass wir in Frieden gehen können, wenn ich dir Uran überlasse. War es dir nicht genug, die Schlüssel zu besitzen? Musstest du Blut über sie vergießen?«

Schaaraoch schnaubte verächtlich.

»Er ist nicht tot, dein kleiner Schüler. Noch nicht.«

Er wandte sich an die Wachen.

»Schafft ihn weg! Seht zu, dass er nicht stirbt.«

Zwei Männer packten Xanders leblosen Körper und trugen ihn fort.

»Lass mich ihm helfen!«, rief Lutz.

»Nein. Zuerst wirst du etwas für mich erledigen. Wenn es dir gelingt, darfst du deinen Schüler retten. Ich wurde vorhin unterbrochen. Wir sprachen über die Gefährlichkeit des Schreins der Wahrheit. Ich wollte sagen: Deswegen wirst du ihn für mich aufschließen.«

Unruhig lief Doran auf und ab, pendelte die wenigen Schritte zwischen Tisch und Zellentür hin und her. Sigyn stöhnte ungehalten.

»Setz dich endlich hin! Du machst mich verrückt mit diesem Hinundhergerenne.«

Ihr Gefängnis besaß denselben Grundriss wie die Zelle, die Doran mit Haldur und Wolf geteilt hatte. Vier Pritschen hingen an den Wänden, je zwei übereinander auf beiden Seiten, darauf lagen dünne, mit Rosshaar gestopfte Matratzen. Die unteren beiden Pritschen waren mit seidenen Kissen und Steppdecken weich gepolstert. Auf dem Tisch unter dem Lüftungsschacht standen ein Strauß Rosen in einer blauen Vase, eine Schale mit Gebäck, ein Krug Wein und zwei Zinnbecher. Mehrere weiße Kerzen verbreiteten Licht. Wahrhaftig, man versuchte ihnen den Aufenthalt angenehm zu machen.

Gedankenverloren strich Doran über die tiefroten Blütenblätter der Rosen. Sie dufteten betäubend süß. Skarg ging ihr nicht aus dem Sinn. Wo mochte er sein? Ob sie ihn wiedersehen würde? Hoffentlich hatte Schaaraoch ihm nichts angetan.

Mit einem Klacken schob sich der Bolzen der Tür zurück. Sechs Keren kamen herein. Die schwarzen Rüstungen und Mäntel verliehen ihnen ein bedrohliches Aussehen. Eiserne Masken verbargen die Gesichter. An ihren Seiten hingen Schwerter.

Doran stellte sich schützend vor Sigyn.

»Was wollt ihr?«, rief sie scharf.

Einer der Männer streifte die Kapuze zurück und löste die Eisenmaske. Der Kopf von Wolf tauchte auf. Er strahlte über das ganze Gesicht.

»Guten Abend«, lachte er.
»Wer ist das?«, raunte Sigyn ängstlich.
»Wolf!«, stammelte Doran.
Die anderen nahmen ebenfalls die Masken ab. Haldur, Skarg, Herzog Lodur und zwei Männer, die weder Sigyn noch Doran kannten, standen vor ihnen. Jene waren tatsächlich Keren. Der größere der beiden hatte glattes aschblondes Haar, der neben ihm kurze braune Locken. Narben verunzierten ihre Wangen. Die silbern spiegelnden Augen glommen im Kerzenschein.
»Das ist Äneas«, stellte Haldur sie vor, »und das ist Mariel.«
Fassungslos starrte Sigyn Herzog Lodur an.
»Lodur!«, keuchte sie. »Was ist mit dir geschehen?«
»Siehst du das nicht?«, brummte er ungehalten.
»Für Erklärungen ist jetzt keine Zeit«, drängte Wolf. »Hier, zieh das an!«
Er reichte Doran ein Bündel mit Kleidern. Sie fand eine schwarze Lederrüstung, einen Mantel, Stiefel und eine Eisenmaske.
»Was habt ihr vor?«, fragte sie.
»Wir werden Schaaraoch sein verdientes Ende bereiten. Los jetzt! Beeil dich!«
Skarg spähte in den Gang vor der Zelle. Er horchte auf Geräusche. Irgendwo tappten Schritte. Der Klang verhallte. Niemand näherte sich.
Doran entledigte sich ihrer Sachen und zog die Uniform der Keren an.
»Versteck dein Haar unter dem Mantel«, wies Äneas sie an.
Mariel schnallte ihr ein Schwert um. Wolf half ihr, die Eisenmaske zu befestigen.
»Ich sehe nichts mit diesem Ding«, klagte sie.
»Hauptsache, keiner erkennt uns«, erwiderte Haldur.
Masken über den Gesichtern, die Kapuzen der Mäntel in die Stirn gezogen, wandten sie sich zum Gehen.
»Und was ist mit mir?«, rief Sigyn.
»Du bleibst in der Zelle«, befahl Doran. »Hier bist du in Sicherheit.«
»Ich will mit euch kommen!«
»Das ist nicht möglich.«
»Warum nicht?«
Verlegen senkte Äneas den Blick.
»Nun, es gibt keine Keren, die so klein sind. Wir hätten nicht einmal eine Uniform.«
»Kämpfen kannst du auch nicht«, sagte Doran. »Du brächtest dich und uns nur unnötig in Gefahr.«

Schmollend zog sich Sigyn auf die Pritsche zurück.

»Ich wünsche euch viel Glück«, murmelte sie.

Doran warf ihr den Zellenschlüssel zu.

»Sperr die Tür ab! Und pass auf.«

Eilig marschierten sie den Gang entlang. Doran blickte sich ängstlich um. Sie fürchtete, Soldaten könnten sie entdecken. Die Verliese schienen verlassen. Sie kamen an mehreren Treppen vorbei, die in die Tiefe führten. Die dritte auf der rechten Seite stiegen sie hinab. Stimmen erklangen. Dorans Herz wollte stillstehen.

Fünf Soldaten warteten am Treppenabsatz, um sie vorbeizulassen. Äneas grüßte sie. Beklommen drückten sich die Soldaten an die Wand, um keinen von ihnen zu berühren. Niemand hielt sie auf und keiner sprach sie an.

Als sie im unteren Geschoss angelangt waren, stiegen hinter ihnen die Soldaten die Treppe hinauf. Die Schritte verklangen. Stille kehrte ein. Vor ihnen erstreckte sich ein langgezogener Raum, in dessen Mitte vier leere Stühle einen Tisch umringten. Mit Hebeln verriegelte eiserne Türen mit verschlossenen Sichtluken unterbrachen auf den Längsseiten in regelmäßigen Abständen die Wände. Leises Heulen erklang aus den Zellen, dann ein scharrendes Geräusch. Die linke Mauer durchbrach ein finsterer Gang; gegenüber befanden sich drei weitere Türen, diese ohne Sichtluken und mit Klinken.

Vorsichtig durchquerten sie den Raum, als erwarteten sie, die Zellen könnten plötzlich aufgehen. Äneas öffnete die linke der drei Pforten. Matter Lichtschein erhellte den Türrahmen. Der beißende Geruch von Lauge schlug ihnen entgegen.

Sie traten in eine Halle, die von grauen Pfeilern getragen wurde. Am entfernten Ende führte eine breite Treppe weit hinauf zu einem geschlossenen Tor. Das letzte Licht des schwindenden Tages schimmerte durch die Ritzen. Entlang des Mittelganges glühten Kohlenbecken auf hohen Ständern und an den Säulen steckten Fackeln, die den fensterlosen Raum schwach beleuchteten. Am anderen Ende befand sich ein weiteres Tor. Die verriegelten Flügel waren mit merkwürdigen Schriftzeichen und Symbolen bedeckt. Aus Schächten an den Mauern strömte ein steter Luftzug.

Doran hob den Kopf. Sie konnte die Decke des Saales nicht erkennen. Auch die breiten Gänge zwischen den Säulenreihen waren finster. Der glänzende Steinboden roch nach Seife. Er musste erst vor kurzem gereinigt worden sein.

»Dies ist die Halle der Wahrheit«, erklärte Äneas. »Meist ist sie voller Pilger. Tag und Nacht halten zwölf Keren hier Wache. Heute werden wir sieben Plätze der Keren einnehmen.«

Unmittelbar vor dem verzierten Tor stellten sie sich auf der rechten Seite auf, jeder von ihnen einen Pfeiler im Rücken. Ihnen gegenüber standen fünf Keren, gleich gekleidet wie sie. Äneas vervollständigte ihre Reihe. Er nickte.

»Sie kämpfen mit uns«, flüsterte er.

Kaum hatten sie sich postiert, öffnete sich der Nebeneingang aus den Verliesen, durch den auch sie die Halle betreten hatten. Stockstill standen sie, getrauten sich kaum zu atmen. Die Schatten von zwei Menschen durchschnitten das Licht, das aus dem Vorraum fiel. Die Neuankömmlinge entzündeten Fackeln. Die Gesichter von Schaaraoch und Lutz leuchteten auf. Ein Dutzend Soldaten folgte ihnen. Schaaraochs Leibwache. Das Metall von Helmen und Schwertern schimmerte im Feuerschein.

Sechs von ihnen blieben am Eingang zurück. Die anderen begleiteten Lutz und Schaaraoch. Sie kamen näher.

Die Keren verneigten sich, als Schaaraoch an ihnen vorüberging. Doran, Haldur, Wolf und Skarg taten es ihnen gleich. Niemand schien zu bemerken, dass sie nicht hierher gehörten. Dankbar über das schwache Licht in der Halle, entspannten sie sich etwas.

»Das sind also deine Geschöpfe«, stellte Lutz fest.

»Ja«, nickte Schaaraoch. »Du da, komm her!«

Er deutete auf Haldur. Rasch trat Mariel vor, der neben ihm stand.

»Ich meinte den anderen, aber es ist einerlei. Nimm deine Maske ab!«

Mariel folgte dem Befehl. Lutz musterte ihn.

»Woher stammen diese Narben?«

»Das bleibt vorläufig mein Geheimnis«, antwortete Schaaraoch.

»Hast du noch Schmerzen?«, fragte er Mariel.

»Nein, Herr.«

»Dienst du mir gerne?«

»Ja, Herr.«

»Du kannst wieder an deinen Platz gehen.«

Mariel wich zurück.

Die vier fremden Kameraden der Keren atmeten unhörbar auf.

Durch die Tür zu den Verliesen eilte eine Frau herein. Sie trug ein bodenlanges rotes Samtkleid. Blauschwarzes Haar umfloss ihre Schultern. Ungeduldig drängte sie vor, die Soldaten machten ihr fast ängstlich Platz.

»Entschuldigt meine Verspätung«, keuchte sie. »Ich habe Lodur gesucht. Ich konnte ihn nicht finden.«

»Merkwürdig«, murmelte Schaaraoch. »Wir werden der Sache später nachgehen. Äneas wird wissen, wo er steckt.«

»Ich konnte auch Äneas nirgends finden!«

»Wir werden ihn schon auftreiben. Im Augenblick haben wir Wichtigeres zu tun.«

Er trat zu dem verzierten Tor und öffnete die beiden Flügel.

»Komm!«, rief er und fasste Lutz am Arm.

Die beiden verschwanden. Akàra hastete ihnen nach. Die Keren blieben auf ihren Posten.

»Lass es sein, Schaaraoch!«, ertönte die Stimme von Lutz aus dem benachbarten Raum. »Welches Unheil werden wir heraufbeschwören!?«

»Hier sind die Paralle«, erwiderte Schaaraoch. »Öffne den Schrein!«

»Überleg es dir!«, rief Lutz flehend. »Wir müssen zuerst mehr über den Schrein herausfinden, bevor wir ihn aufschließen.«

Ein Rascheln erklang, dann lange nichts mehr.

Haldur staunte. Er konnte nicht glauben, dass Lutz sich einfach fügte.

Stille. Langsame Schritte. Wieder Stille.

»Es geschieht nichts!«, dröhnte die Stimme von Schaaraoch. »Warum? Die Paralle sind am rechten Ort.«

»Vielleicht müssen wir die Schlüssel drehen«, sagte Akàra.

»Ja, aber in welche Richtung und wie weit?«, seufzte Lutz.

»Los, versuch es!«, befahl Schaaraoch.

Äneas gab ein Zeichen. Die Keren zogen ihre Schwerter.

»Jetzt!«, flüsterte er.

Mit gezückten Waffen stürzten sie in den Nebenraum. Drei Keren bauten sich hinter dem Tor auf, um ihnen den Rücken freizuhalten.

Augenblicklich verteilten sie sich vor dem Eingang und blickten sich um. Sie befanden sich in einem quadratischen Saal. In dessen Mitte führte ein steinernes Podest mit fünf Stufen hinauf zu einem schwarzen Quader. Der Block hatte die Größe einer Truhe, doppelt so breit wie hoch. Er wies keinerlei Fugen oder Verzierungen auf. Das Licht der Fackeln spiegelte sich in der glatten pechschwarzen Oberfläche. Der Schrein der Wahrheit.

Vor dem Schrein kniete Lutz. Fünf Paralle steckten in eigens dafür vorgesehenen Vertiefungen untereinander in einer Reihe auf der linken Seite des Schreins. Lutz drehte den letzten davon nach rechts. Am

Fuß des Podests standen Akàra und Schaaraoch, beobachteten ihn. Sie wandten ihnen den Rücken zu.

Schaaraochs Leibwächter starrten die Neuankömmlinge verwundert an. Bevor sie wussten, wie ihnen geschah, hatten Skarg und Haldur zwei von ihnen niedergestreckt. Erschrocken fuhr Schaaraoch herum und brüllte nach den Wachen. Die Soldaten, die an der Tür der Halle zurückgeblieben waren, rannten herbei. Die Keren hielten sie auf. Kampflärm ertönte. Ein Mann schrie gellend auf, als ein Hieb ihn traf.

Vergeblich versuchten die Leibwächter, sich schützend vor ihren König zu stellen. Alle waren in Gefechte verwickelt. Doran bohrte das Schwert in die Brust ihres Gegners. Der ging zu Boden. Haldur eilte zu Wolf, der von zwei Soldaten bedrängt wurde. Skarg kämpfte vor dem Eingang.

Herzog Lodur riss sich die Maske vom Gesicht. Rasende Wut verzerrte seine Züge. Er zückte einen Dolch und sprang mit einem Satz auf Schaaraoch zu. Der zuckte zusammen; ein Laut der Überraschung löste sich aus seiner Kehle. Äneas folgte Lodur und packte Schaaraoch. Lodur hieb mit dem Dolch in den Hals des Königs. Blut ergoss sich auf die Angreifer.

»Für Virgil von Leron!«, zischte Äneas in das Ohr seines Herrn und stach ihm das Schwert zwischen die Schultern.

Schaaraoch bäumte sich auf. Blut quoll aus seinem Mund.

»Für Lodur von Kech, den du qualvoll umgebracht hast!«, flüsterte der Herzog und riss den Dolch aus Schaaraochs Hals. Die Klinge blitzte im Licht und fuhr nochmals nieder in die Kehle.

Blut benetzte den bleichen Herzog. Hasserfüllt warf sich Akàra auf Lodur, bohrte ihre Fingernägel in die Narbe auf dessen Wange. Er brüllte. Schaaraochs Blut regnete auf Akàras Kleid.

Entrückt von dem Geschehen, betrachtete Lutz den Schrein der Wahrheit. Ein heller Schimmer flackerte tief in der Schwärze auf. Bunte Nebel breiteten sich in dem Quader aus, langsam kreisten sie und verschmolzen miteinander zu gleißend weißem Licht. Er beschattete die Augen vor dem grellen Schein. Das Strahlen ließ nach und verging schließlich. Zurück blieb ein bläuliches Leuchten, das den ganzen Schrein erfüllte. Farbige Blitze zuckten darin. Staunend streckte Lutz die Hand aus. Nie zuvor hatte er etwas Ähnliches gesehen. Als seine Finger im Licht verschwanden, zog er sie sofort wieder zurück. Der massive Schrein war plötzlich durchlässig.

Unbemerkt tappte eine kleine Gestalt mit unsicheren Schritten in den Raum. Mit offenem Mund blickte sie sich um.

»Sigyn!«, rief Doran, die die Prinzessin bemerkt hatte. »Verschwinde! Bring dich in Sicherheit.«

Sigyn hörte nicht auf sie. Zornentbrannt setzte sie Akàra nach, die Lodur den Dolch aus den Händen wand. Beide waren blutüberströmt, Lodur von seinem eigenen, Akàra von dem Blut Schaaraochs. Äneas taumelte unter den Hieben von zwei Soldaten, die ihren König rächen wollten. Mariel kam ihm zu Hilfe. Sigyn versetzte Akàra mit aller Kraft einen Kinnhaken. Die taumelte und landete unsanft auf den Stufen des Podests. Sigyn trat nach ihr. Akàra packte ihren Fuß und zog ihn weg. Sigyn stürzte. Zitternd kroch sie rückwärts über die Stufen, Akàra folgte ihr, den Dolch drohend erhoben.

Haldur, der das Geschehen beobachtet hatte, lief zum Podest. Er hastete hinauf. Ein verwundeter Soldat erhob sich mit letzter Kraft und hieb nach seinem Bein. Mit einem Schmerzensschrei knickte Haldur ein. Doran riss Akàra am Haar zurück. Die kreischte auf, drehte sich um und traf Doran mit dem Dolchgriff am Kopf. Haldur stolperte über die letzte Stufe, überschlug sich und fiel mitten in den Schrein der Wahrheit. Lutz griff nach ihm, versuchte, ihn zu halten. Seine Hand fasste ins Leere. Haldur war fort.

»Haldur!«, stammelte er.

Die Augen weit aufgerissen vor Entsetzen, starrte Lutz in das blau flackernde Kraftfeld des Schreins. Er bemerkte die Bewegung in seinem Rücken nicht. Dort stand Akàra, bebend vor Zorn. Kreideweiß war ihr Gesicht, wo es nicht von Blut bespritzt war, das ihre Haare und das Kleid bedeckte. Sie hob den Dolch, stach ihn Lutz zwischen die Rippen. Ohne einen Laut ging dieser zu Boden und blieb reglos liegen.

Mit zitternden Fingern drehte Akàra die Paralle, klaubte sie aus den Vertiefungen und verstaute sie im Ausschnitt ihres Kleides. Sie sprang die Stufen hinab und rannte hinaus in die Halle.

Wolf beugte sich über Doran, die bewusstlos vor dem Podest lag. Eine Beule bildete sich auf ihrer Stirn. Er sah den Saum von Akàras Kleid hinter dem Tor verschwinden. Langsam blickte er zum Schrein. Der war wieder zu einem schwarzen Block geworden.

»Akàra hat die Schlüssel!«, rief er. »Schnell, haltet sie auf!«

Schrilles Pfeifen dröhnte in Haldurs Ohren. Licht zerbarst in ihm, durchdrang jede Faser seines Seins. Brüllend riss er die Augen und den Mund auf. Das Tosen um ihn war so laut, dass er sich selbst nicht hören konnte.

Plötzlich verstummte das Geräusch. Das blendende Licht erlosch.

Verwirrt schaute er sich um. Er sah Schichten merkwürdiger Nebel, die sich regten, umeinander kreisten. Fremdartige Farben spielten darin.

Endlos erstreckten sich die Nebel auf allen Seiten, schienen die ganze Welt zu bilden, in der er sich befand. Er konnte sich nicht orientieren. Da gab es weder Weite noch Nähe. Keine Entfernungen. Bloß diese durchsichtigen Schichten, die sich ständig verschoben. Dunkelheit zuckte darin auf gleich Blitzen aus Finsternis.

Er blickte zu Boden. Da war nichts und dennoch musste er auf etwas stehen. Nebel wand sich dort, wie überall. Als er den Fuß hin und her bewegte, rührte sich nichts. Er glitt einfach durch den Dunst, ohne ihn aufzuwirbeln, als besitze er selbst keine stoffliche Form mehr. Blut tropfte von seinem verletzten Bein, verschwand lautlos in der grauen Masse.

Er tastete nach der Wunde. Beinahe erleichtert fühlte er scharfen Schmerz und die Nässe des blutgetränkten Hosenbeins, das ihm am Oberschenkel klebte.

Wo mochte er nur sein? Er erinnerte sich an seinen Sturz in den Schrein. Dorthin zurück musste es doch einen Weg geben!

Ziellos irrte er umher, ging eine Weile in diese und jene Richtung, ohne eine Veränderung festzustellen. Verzweiflung ergriff ihn. Er setzte sich in den Nebel und barg das Gesicht in den Händen.

Von fern hörte er leise Stimmen. Sie wisperten und lachten. Er konnte nicht verstehen, was sie sagten.

Ächzend rappelte er sich hoch. Das Bein schmerzte fürchterlich. Er machte sich auf, die Stimmen zu suchen. Bestimmt konnten ihre Besitzer ihm sagen, wie er in seine Welt zurück fände. Von neuem Mut erfüllt, folgte er dem Klang.

»Habt ihr mich nicht verstanden?«, schrie Wolf. »Akàra hat die Schlüssel zum Schrein gestohlen. Holt sie zurück!«

Skarg, der am nächsten beim Tor stand, eilte los durch die Halle. Äneas heftete sich an seine Fersen. An der Tür zu den Verliesen blieb Skarg unvermittelt stehen, das Gesicht aschfahl vor Schrecken. Äneas holte ihn ein.

»Sie hat die Fiebertoten aus den Zellen gelassen!«, rief Skarg.

Äneas sprang vor, warf die Tür zu und stemmte sich dagegen. Die Pforte hatte kein Schloss. Sogleich erbebte sie unter dem Ansturm der Untoten. Etwas kratzte daran. Ein wütendes Heulen erklang. Skarg stellte sich neben ihn.

»Wir müssen die Tür verbarrikadieren!«

»Womit denn? Hier gibt es nichts!«

»Dann lass uns die Tür zuhalten, während sich die anderen über die große Treppe in Sicherheit bringen.«

»Das Tor zum Palasthof ist verriegelt.«

Skarg seufzte.

»Wenn es nicht anders möglich ist, dann kämpfen wir eben!«

»Gegen diese Übermacht an Seuchenopfern? Ich kenne ihre Zahl, es sind viel zu viele! Und was ist mit den Verletzten? Die können sich nicht wehren. Wir müssen zurück in den Raum mit dem Schrein. Das Tor können wir schließen.«

»Dort kommen wir nie wieder heraus!«, keuchte Skarg.

»Es gibt einen Nebeneingang. Der führt zwar auch in die Verliese, aber vielleicht sind dort weniger Fiebertote.«

»Also gut.«

Sogleich liefen sie los. Sieben Verletzte lagen noch vor dem Tor zum Schrein. Sie schleiften jeweils einen mit sich und kehrten um, die anderen zu holen. Ein Keren und Wolf halfen dabei. Hinter ihnen taumelten die Untoten in die Halle. Grässlich verstümmelte Gestalten tauchten auf, verfleckt von faulem Blut. Andere schienen erst vor kurzem von der Seuche dahingerafft worden zu sein. Der Gestank von Verwesung umwehte sie. Rasch kamen sie näher.

Einen verwundeten Soldaten mussten sie zurücklassen. Grauenvoll gellten seine Schreie, als die Fieberopfer ihn erreichten. Im letzten Augenblick zogen sie die Torflügel zu und legten den Balken auf der Innenseite vor.

Sie wischten sich den Schweiß von der Stirn und betrachteten das traurige Bild, das sich ihnen bot. Tote und Verwundete lagen rund um das Podest, auf dem der Schrein der Wahrheit thronte.

Drei Keren waren gefallen, unter ihnen Mariel, und die meisten der Soldaten. Die anderen waren zum Teil schwer verletzt. Lodur lag blutüberströmt auf einer Treppenstufe. Sigyn kniete neben ihm und tupfte ihm das Blut ab. Zwei Finger ihrer linken Hand waren gebrochen. Blaue Flecken verunzierten ihr Gesicht.

»Es ist nur eine Platzwunde«, murmelte Lodur, dann sank er in eine Ohnmacht.

Wolf, Äneas und zwei Keren namens Hedrich und Andor waren als einzige bis auf ein paar Kratzer unversehrt.

Skarg hatte einen tiefen Schnitt am Oberarm davongetragen, den er sich mit einem Stoffstreifen abband. Doran war immer noch bewusstlos von dem Schlag, den sie von Akàra erhalten hatte. Ein Keren hatte ein gebrochenes Bein und konnte nicht mehr laufen. Lutz' Leben hing an einem seidenen Faden. Wolf kümmerte sich um ihn.

»Er wird sterben, wenn wir ihn nicht richtig versorgen«, sagte er.

»Wo steckt eigentlich dein Freund?«, fragte Äneas.

»Haldur? Ich habe keine Ahnung. Hier ist er jedenfalls nicht.«

»Er wird schon wieder auftauchen«, raunte Skarg.

Ausdruckslos schaute Äneas auf Schaaraoch hinab, der an der untersten Stufe des Podests lehnte. Den Mund offen, starrte er mit leeren Augen ins Nichts. Die Arme weit gestreckt, die Knie angewinkelt, wirkte sein Körper absurd verdreht. Sein Kopf war nach hinten gekippt, entblößte die aufgeschlitzte Kehle. Erst wollte Äneas sich vergewissern, ob er tatsächlich tot war. Doch daran gab es keinen Zweifel.

Das Tor erzitterte. Die Seuchenopfer drückten mit aller Macht von außen dagegen. Der Holzbalken knirschte. Ein klagendes Heulen ertönte. Fingernägel scharrten in den Ritzen.

Sigyn lauschte den entsetzlichen Lauten. Etwas polterte gegen das Tor, dann folgte ein Winseln.

»Mögen die Götter uns beistehen!«, wisperte sie.

»Verdammt!«, fluchte Wolf. »Wir müssen weg von hier!«

Das Buch der
Tore

INHALT

KAPITEL 1

Die Überlebenden

*»Die Rastlosen suchen Frieden.
Sie werden ihn nicht finden.
Denn in solchen Herzen mag sich
Frieden nicht aufhalten.«*

Herionsbuch der Weisheit, Psalm 1194,
ca. 1390 n. A. D.
Bibliothek der zeitgenössischen Kulte,
Ereat, Reg. 523.E.

Sein Blick fiel auf den schwarzen Block, der das fünfstufige Podest krönte. Fackellicht spiegelte sich in den glatten Seitenflächen des Quaders und verlieh ihm kalten Glanz. Der Anblick hielt Wolf in Bann. Der Schrein der Wahrheit. Ein Altar der Verwüstung; makellos, unantastbar, thronte er über dem Chaos, das von der Schlacht zurückgeblieben war. Tote und Verwundete übersäten die Halle. Da und dort blinkten Waffen in Lachen von Blut, vom Fackelschein in silberne Lichter verwandelt. Gleich entsetzlichen Opfergaben lagen der gefallene König und seine Getreuen auf den Stufen, die Kleider schmerzhaft bunt vor dem pechernen Stein, die Leiber weiß, gesprenkelt von Rot. Ihre Augen starrten, als sähen sie etwas, das den Lebenden verborgen war.

»Zurück!«, brüllte Skarg.

Ein verwundeter Soldat hatte sich unbemerkt zum Tor geschlichen. Von Panik ergriffen, versuchte er, den Querbalken zu heben, der es verriegelte. Skarg setzte ihm nach und streckte ihn mit einem Fausthieb nieder.

»Narr! Willst du uns alle umbringen?«

Der Soldat gab ein klagendes Stöhnen von sich. Er schien nicht bei Sinnen zu sein. Verwirrt lauschte er dem Gepolter und wütenden Heulen, das durch das verbarrikadierte Tor drang, als begreife er nicht, was es bedeutete.

Furcht hing im Raum, senkte sich lähmend über die Anwesenden. Die Torflügel erbebten unter einem neuen Ansturm der Untoten. Noch hielt der Balken, und das Tor blieb zu.

Skarg betrachtete die Scharniere. Das Tor diente mehr zur Zierde denn als Schutz und ächzte bedrohlich. Er eilte zu Äneas, der sich über Schaaraochs blutüberströmten Leichnam beugte.

»Wir müssen hier weg«, drängte er. »Wo ist dieser zweite Ausgang, von dem du gesprochen hast?«

Besorgt musterte Äneas die Runde. Nur wenige von ihnen waren noch kampffähig: er selbst, Hedrich, Andor, Wolf und Skarg. Äneas zählte neun Verletzte, die sie in Sicherheit bringen mussten, von denen sechs schwer verwundet und einige bewusstlos waren. Er wollte keinen zurücklassen, auch Schaaraochs Soldaten nicht, deren vier die Schlacht überlebt hatten.

»Komm mit«, erwiderte er, dann nahm er eine Fackel aus der Halterung in der Wand, ging zu einer Säule und machte sich daran zu schaffen. Als er einen Hebel zog, schwang in der rechten Seitenmauer eine steinerne Tür auf. Er leuchtete mit der Fackel in die dunkle Öffnung.

»Doran!«, rief Wolf leise.

Er packte sie am Kragen und schüttelte sie, dann schlug er ihr mehrmals sanft auf die Wange. Sie rührte sich nicht. Die Beule auf ihrer Stirn schimmerte blau in dem blassen Gesicht. Resigniert ließ Wolf von ihr ab und gesellte sich zu Skarg und Äneas.

Sie besahen sich den Fluchtweg. Hinter der Geheimtür erstreckte sich ein enger, niedriger Gang. Sie konnten nicht erkennen, wie lang er war oder wohin er führte. In dem schmalen Tunnel würden sie einzeln hintereinander laufen müssen, und das gebückt, um sich nicht an der tief hängenden Decke zu stoßen.

In Gedanken versunken betastete Skarg seinen linken Arm, der vor Schmerz pochte. Blut drückte durch den Stoffstreifen, den er um die Wunde gebunden hatte. Ein mulmiges Gefühl beschlich ihn, als er in den Tunnel blickte; in der Enge würden sie sich gegenseitig behindern. Dort konnten sie keinem Angriff standhalten, schon gar nicht mit all den Verwundeten, die gerettet werden wollten.

Äneas wandte sich an Hedrich und Andor:

»Der Gang ist leer, dort droht uns keine Gefahr, aber wir müssen prüfen, ob der Weg in die Verliese verschlossen ist. Wir schaffen alle Verwundeten an das Ende des Tunnels, dann öffnen wir die Tür und nehmen die nächste Etappe in Angriff. Ich gehe zuerst, ihr folgt mir. Nehmt Lodur mit.«

In jeder Hand eine Fackel, verschwand Äneas in dem Tunnel. Hedrich und Andor packten den bewusstlosen Lodur – Andor nahm die Beine, Hedrich fasste ihn unter den Schultern – und trugen ihn hinein.

Glatte hellgraue Wände reflektierten das Fackellicht, das mit jedem von Äneas' Schritten auf und nieder schwang. Der gelbe Schein flackerte heftig, als ob Zugluft an ihm zerrte. Wolfs und Skargs Blicke folgten dem Licht. Bald konnten sie nur noch die schwarzen Umrisse der Keren vor dem Widerschein der wandernden Fackeln ausmachen. Die Flammen entfernten sich in gerader Richtung, wurden langsam kleiner. Der Gang wies keine Krümmungen auf und schien keine anderen Wege zu kreuzen.

Die Fackeln hielten, schwangen herum und gingen zu Boden. Bald kamen Äneas, Hedrich und Andor zurück.

»Die Tür in die Verliese ist verschlossen«, erklärte Hedrich. »Der Gang ist sicher.«

Nacheinander trugen sie die Verwundeten durch den Tunnel und legten sie an dessen Ende nieder. Skarg und Wolf halfen, so gut sie konnten. Wolf war behindert durch sein Holzbein, und Skarg vermochte den linken Arm kaum mehr zu bewegen. Sie brauchten länger, als sie gehofft hatten. Aufgeregt durch die Geräusche in der Halle der Wahrheit, polterten draußen die Untoten voll Wut gegen das verschlossene Tor. Die hölzernen Torflügel bogen sich, der Querbalken erzitterte. Splitternd löste sich eine der Halterungen des Balkens, und das Tor ging einen Spalt weit auf. Graue Finger reckten sich in die Öffnung, suchten sie aufzudrücken.

Starr vor Schrecken hielten sie inne, den Blick auf das Tor gerichtet. Skarg griff nach dem Schwert.

»Beeilt euch!«, trieb Äneas sie an.

Rasch führte er Sigyn in den Tunnel. Stumm starrte sie ins Leere, umklammerte das Gelenk ihrer verletzten Hand. Sie konnte noch laufen, doch sie antwortete nicht, wenn man sie ansprach. Skarg und Wolf brachten Doran in Sicherheit, Hedrich und Andor trugen vorsichtig den schwer verwundeten Lutz.

Krachend flog das Tor auf, und dutzende von Untoten stürzten in die Halle. Die Ersten fielen zu Boden, als die Torflügel nachgaben, andere krochen und taumelten über ihre Leiber hinweg. Umnachtet vom Wahn ihrer Krankheit, hoben sie die fahlen Gesichter in den Lichtschein. Fiebrig glommen ihre Augen.

Mit stoischer Gelassenheit ging Äneas zu dem Keren mit dem gebrochenen Bein, legte sich dessen Arm um die Schulter und schleppte ihn mit sich. Hedrich und Andor machten sich auf, den letzten der Soldaten zu holen. Der schrie vor Grauen und lockte damit die Untoten zu sich. Hedrich tötete zwei der Fieberopfer, doch eines hatte sich bereits auf den Soldaten geworfen. Andors Schwert blitzte auf, um ihn zu erlösen. Sogleich kehrten sie um und rannten zurück.

Äneas mühte sich mit dem Hebel auf der Innenseite des Ganges. Er klemmte. Andor und Hedrich packten die Steintür, zogen mit ihrer ganzen Kraft daran. Skarg und Wolf beobachteten sie bang. Wenn die Tür nicht zuging, waren sie verloren; in der Enge gab es kein Entrinnen. Skarg hastete zu Hedrich und Andor.

»Nicht!«, rief Äneas ihm zu. »Bleib hier!«

Die Fieberopfer hatten schon beinahe den Tunnel erreicht. Angezogen von den Menschen, wankten sie näher. Angesichts der beiden Keren vor der Tür zögerten sie. Entschlossen stellte sich Skarg neben Äneas und half ihm. Schweiß lief ihm über das Gesicht, als er sein ganzes Gewicht auf den Hebel legte. Äneas stöhnte vor Anstrengung. Der eiserne Hebel gab nach, knarrend sackte er herunter. Hedrich und Andor hechteten mit einem Satz hinein, dann schwang die Tür herum und schnappte mit einem Klacken ein.

»Das war knapp!«, keuchte Wolf.

»Wir sind noch nicht aus den Verliesen heraus«, murmelte Hedrich.

Im Laufschritt trabten sie zum Lager der Verwundeten. Eine fugenlose Wand schloss den Gang ab, daneben befand sich ein zweiter Hebel. Im Gegensatz zum ersten ließ er sich leicht betätigen, und Äneas drückte ihn mühelos herunter. Mit einem scharrenden Geräusch schob sich die Wand auf, und sie blickten in einen leeren Raum, der schwach erhellt war von wenigen Lampen.

Achtsam traten Hedrich und Andor hinaus. Die Schwerter gezückt, schauten sie sich um. Sie befanden sich in einem breiten Korridor. An dessen linkem Ende führte eine Treppe hinauf in den Gefängnistrakt, rechts schloss sich hinter einem Durchgang der lange Raum mit den Zellen der Fiebertoten an. Die Zellentüren standen offen. Untote waren nicht zu sehen. Die meisten mussten sich in der Halle der Wahrheit befinden.

Wolf packte Äneas am Arm.

»Wieso bleiben wir nicht hier im Tunnel, während deine Kameraden Hilfe holen?«

»Das ist zu gefährlich. Die Fiebertoten könnten den Hebel betätigen. Sie haben mehr Verstand, als wir oft glauben.« Äneas winkte drängend. »Los jetzt! Wir müssen die Verwundeten die Treppe hinauftragen. Skarg, Wolf, ihr steht hier Wache!«

Andor rannte voraus die Treppe hinauf und spähte auf beide Seiten in den Gang, der sich daran anschloss. Als er Äneas zunickte, schleppten dieser und Hedrich die Verletzten hoch. Andor blieb oben und überwachte den Gang. Skarg und Wolf hielten den Blick auf den Raum mit den Zellen gerichtet.

Wolf spürte, wie der Griff seines Schwerts immer schlüpfriger wurde. Er wechselte es in die andere Hand und wischte den Schweiß an der Hose ab, dann nahm er es wieder in die Rechte.

In der Ferne tappten Schritte. Ein Knurren ertönte, gefolgt von einem Heulen. Sie standen stockstill. Skarg lauschte dem Hämmern seines Herzens. Beinahe glaubte er, dass man es hören konnte, so heftig schlug es. Mit jedem Pochen erbebte sein Leib.

»Kannst du überhaupt mit einem Schwert umgehen?«, flüsterte er Wolf zu. »In der Halle habe ich dich nicht kämpfen gesehen.«

Ein mattes Lächeln glitt über Wolfs Gesicht.

»Mir fehlt zwar ein halbes Bein, aber der Rest kann sich wehren.«

Eine der Zellentüren knarrte, als sie im Vorbeigehen gestreift wurde. Schritte näherten sich.

»Sieht aus, als bekämst du Gelegenheit dazu«, raunte Skarg.

Er warf einen Blick über die Schulter. Äneas und Hedrich mühten sich mit den Verwundeten ab. Ein Soldat, Lodur und Doran lagen noch unten. Sie mussten ihnen Zeit verschaffen.

Im Durchgang zum Raum mit den Zellen tauchte eine Kreatur auf. Sie trug einen ehemals weißen Kittel und eine ebensolche Hose an einem ungewöhnlich fettleibigen Körper. Krusten von eingetrocknetem Blut bedeckten die dreckigen Kleider. Der gewaltige Bauch wirkte aufgedunsen, spannte den Kittel bis zum Bersten der Nähte. Das runde Gesicht war blutverschmiert, und die Nase sah gebrochen aus. Als der Untote ihrer gewahr wurde, gab er ein Winseln von sich, dann wankte er auf sie zu.

Sie ließen ihn nahe genug herankommen, damit sie vom Zellentrakt aus nicht gesehen wurden, um nicht noch mehr seinesgleichen anzulocken. Skarg holte mit dem Schwert aus und spaltete ihm den Schädel. Sofort wichen sie zurück. Der Fiebertote sackte schwer zu Boden.

Eine andere Kreatur folgte: eine junge Frau mit langem goldblondem Haar, das ihr in dünnen, verfilzten Strähnen auf die Schultern fiel. Sie trug ein kostbar wirkendes dunkelgrünes Samtkleid mit Borten aus Brokat, das zerschlissen und verdreckt war. Ihr kalkweißer Leib war von schwarzblauen Flecken übersät. Ein Ohr und Teile der Gesichtshaut fehlten ihr, ebenso einige Finger an den grauen Händen. Sie musste schon vor langem ein Opfer des Weißen Fiebers geworden sein. Die Spuren der Verwesung waren unübersehbar. Entsetzlicher Gestank ging von ihr aus.

Wolf riss das Schwert hoch und stach es ihr in die Brust. Blut stürzte ihr aus dem Mund, eine schwarzrote Fontäne. Erschrocken sprang er zur Seite und prallte gegen Skarg, der dadurch vorwärts stolperte. Die Frau fiel über den ersten Untoten und kroch auf allen vieren weiter. Mit überraschender Schnelligkeit packte sie Skargs Bein, bohrte die Finger in den Stiefel und wollte sich hochziehen. Ein Schrei des Grauens löste sich aus seiner Kehle. Sie hielt ihn in eisernem Griff und öffnete den Mund, um die Zähne in seinen Oberschenkel zu schlagen. Im letzten Augenblick sauste sein Schwert nieder und trennte ihr den Kopf vom Rumpf. Skarg stöhnte vor Ekel, als er ihren verstümmelten Leib von sich stieß. Er glaubte, sich übergeben zu müssen. Wütend packte er Wolf.

»Pass gefälligst besser auf!«, zischte er.

Erschöpft nickte Wolf. Er zitterte am ganzen Körper.

Plötzlich erklang vom Ende des Zellentraktes das Tappen ungeschickter Füße. Türen knarrten, als mehrere Kreaturen daran vorbeidrängten. Skarg und Wolf blickten sich an. Eine Hand, die sich von hinten auf ihre Schultern legte, ließ sie vor Schreck erstarren. Äneas zog sie zurück.

»Raus hier!«, befahl er. »Die Verwundeten sind alle oben.«

Wolf zögerte.

»Die Untoten werden uns folgen.«

»Deshalb bleibe ich hier und halte sie auf. Los, verschwindet!«

Breitbeinig baute sich Äneas in dem Durchgang auf. Die ersten Fieberopfer nahten schon. Als sie ihn entdeckten, hielten sie inne, unschlüssig, wie dieses Hindernis zu überwinden war.

»Es sind zu viele!«, rief Skarg ihm zu. »Komm mit uns!«

»Bringt die Verwundeten in Sicherheit!«, erwiderte Äneas, ohne sich umzuwenden. »Dann folge ich euch.«

Skarg und Wolf hasteten die Treppe hinauf. Oben warteten Hedrich und Andor, die über die Verletzten wachten.

»Schnell!«, drängte Andor. »Der Aufgang in den Palast ist nicht weit. Helft uns die Verwundeten tragen.«

»Sollte nicht jemand hier bleiben und aufpassen?«, fragte Skarg.

»Äneas gibt Acht«, antwortete Hedrich, als sei die Frage völlig überflüssig.

Mit einem letzten Blick hinab in den Vorraum unterhalb der Treppe machten sie sich an die Arbeit. Von oben konnten sie Äneas nicht mehr sehen. Der Durchgang zum Raum mit den Zellen war durch die Decke des Gefängnistrakts ihren Blicken entzogen. Die Geräusche eines Kampfes erklangen.

Die Furcht um Äneas verlieh ihnen neue Kraft. Eilig trugen, schleppten und schleiften sie die Verwundeten den Gang entlang, bis sie zu einer weiteren, kürzeren Treppe kamen, die hinauf zum Tor in den Palast reichte. Andor und Hedrich blieben dort und hievten die Verletzten die Stufen hoch, Skarg und Wolf beförderten die Verbliebenen durch den Gang. Andor öffnete mit seinen Schlüsseln die schwere Eisentür. Licht blendete sie. In Windeseile schoben und zogen sie die Verwundeten auf den Treppenabsatz hinter der Tür, die in den Palast und in Sicherheit führte.

»Ich hole Äneas«, keuchte Hedrich und rannte den Weg zurück, den sie gekommen waren.

Andor schloss die Tür hinter ihm. Schwer atmend hockte sich Wolf auf den Boden. Mit gesenktem Kopf wischte er sich den Schweiß von der Stirn. Skarg betrachtete die Verwundeten. Ein Soldat weinte vor Schmerz, während er entsetzt auf seinen blutenden Bauch starrte. Andor hielt ein Ohr an die Tür und horchte.

»Was macht ihr da?«, ließ sie eine fremde Stimme zusammenzucken.

Erschrocken blickten sie auf. Oben an der Treppe stand ein Dutzend von Schaaraochs Soldaten, die den Weg in die Halle versperrten und mit gezückten Schwertern auf sie zeigten. Drei trugen die grauschwarze Uniform der Palastgarde, die anderen die grün-schwarzen Uniformen der Kampftruppe. Deren Anführer trat näher. Andor kannte ihn. Es war General Netan, der Befehlshaber der Truppen von Kirgon. Die Nachricht, dass etwas Bedeutsames vorging, musste sich bereits verbreitet haben. Sonst hätte sich Netan nicht mitten in der Nacht persönlich herbemüht, und schon gar nicht mit Soldaten der Truppe, die im Palast keinen Dienst hatten.

»Antwortet!«, bellte er.

»Ein Unglück ist geschehen«, erwiderte Andor. »Die Fiebertoten sind aus den Zellen entwichen.«

»Das wissen wir. Deshalb haben wir die Wachen aus den Verliesen abgezogen.«

Staunend betrachteten die Soldaten die Ansammlung von Verwundeten. Eine ganze Reihe trug die Uniform von Keren, ohne deren Eisenmasken, darunter auch eine bewusstlose Frau. Den Gesichtern war unschwer zu entnehmen, dass sie keine Keren waren und somit die Uniformen wohl gestohlen hatten.

»Ihr seid alle verhaftet!«, verkündete Netan.

Andor nahm die eiserne Maske ab. Ein blasses, schmales Gesicht kam zum Vorschein, verunziert von der langen Narbe, die alle Keren zeichnete. Aus silbernen Augen funkelte er die Soldaten an.

»Mich könnt ihr nicht verhaften«, sagte er ruhig, »und die anderen hier stehen unter meinem Schutz.«

Mit einer Mischung aus Furcht und Abscheu musterte ihn Netan. Dieser Keren war echt. Als er genauer hinsah, erkannte er ihn. Das war Andor, der Quartiermeister der Keren.

»Dein Hauptmann will bestimmt wissen, was du hier treibst. Wir nehmen euch in Gewahrsam, bis er kommt.«

»Äneas ist in den Verliesen. Er wird gleich zurück sein. Ihr solltet uns besser helfen. Seht ihr nicht, wie viele Verwundete hier liegen? Kameraden von euch sind dabei. Sie brauchen Hilfe, und zwar schnell!«

Netan winkte einem seiner Männer.

»Sag Sirad Bescheid.«

Der Soldat nickte knapp und hastete davon.

»Was war dort unten los?«, fragte Netan.

»Äneas wird deine Fragen beantworten«, murmelte Andor.

»Der König ist tot!«, brüllte der Soldat mit der Bauchverletzung. »Ermordet haben sie ihn, diese feigen Schweine!«

»Was?« Netan erbleichte. »Der König? Tot?«

Als Andor zu einer Antwort ansetzte, polterte es an die Tür zu den Verliesen. Er fuhr herum. Ein weiteres, drängendes Pochen erklang. Andor schloss den Riegel auf, und Hedrich und Äneas stürzten heraus. Hedrich schien unversehrt, Äneas war von oben bis unten mit Blut bespritzt, wovon das meiste nicht sein eigenes zu sein schien. Die schwarze Lederrüstung hing in Fetzen an seinem Leib. Die Eisenmaske hatte er verloren. Seine silbernen Augen brannten in einem eigentümlichen Licht. Jeder, der ihn sah, wich unwillkürlich vor ihm zurück.

»Was ist geschehen?«, rief Netan. »Man sagte mir, der König sei tot!«

»Ja, er ist tot«, antwortete Äneas. »Bis der Große Rat einberufen worden ist und einen Nachfolger bestimmt hat, werde ich seinen Platz einnehmen. Auf wessen Seite stehst du, Netan? Willst du einem ungeliebten König über dessen Tod hinaus treu sein, oder willst du die Zukunft dieses Landes mitgestalten?«

Schweigen senkte sich herab. Entgeistert starrten alle Äneas an. Andor öffnete den Mund, als wolle er etwas sagen. Kein Laut kam über seine Lippen. Hedrich schüttelte ungläubig den Kopf. Was hatte Äneas vor? Warum riss er Schaaraochs Thron an sich? Die Einwohner von Kelrun würden einen Keren niemals als König anerkennen. Machtgier war Äneas fremd. Wozu wollte er die Regierungsgewalt?

Sprachlos schaute Netan ihn an. Die Gedanken jagten sich in seinem Kopf. Falls er Äneas verhaftete oder gar tötete, würde er die gesamte Truppe der Keren gegen sich haben. Furcht erregende Gegner. Außerdem brauchte er sie, solange noch Fieberopfer frei umherirrten. Schaaraoch weinte er keine Träne nach. Es konnte seiner Karriere durchaus förderlich sein, wenn er sich mit Äneas einigte.

»Der Große Rat wird euch wegen Hochverrats vor Gericht stellen«, sagte er schließlich, obwohl er wusste, dass dies unwahrscheinlich war. Während Schaaraochs Regierung hatte der Große Rat kaum Befugnisse gehabt. Er bestand aus zwölf Männern und Frauen, die das Volk vertraten. Schaaraoch hatte ihren Einfluss so weit beschnitten, dass er nur noch auf dem Papier bestand. Das war auch Äneas bekannt.

Der schwieg und ließ die Bemerkung unbeantwortet. Die Hände auf das Schwert gestützt, erwartete er Netans Entscheidung.

Netan überlegte. Die Vorstellung, dass der Rat die Regierung übernahm, behagte ihm nicht. Es war für die Armee von Vorteil, wenn einer aus ihren Reihen, auch wenn er ein Keren war wie Äneas, vorübergehend Schaaraochs Platz einnahm. Der Rat würde Chaos über das Land bringen. Und Äneas musste nicht unbedingt lange auf dem Thron bleiben. Sollte er sich ruhig mit den Staatsgeschäften abplagen und das Durcheinander ordnen, das Schaaraochs Tod verursachte. Die Umstände mochten sich bald ändern, und dann konnte es geschehen, dass die Krone Kelruns in die Reichweite General Netans rückte.

Äneas blickte ihn fragend an. Netan schritt die Stufen hinab, zog das Schwert und legte es Äneas vor die Füße, dann sank er auf ein Knie und neigte das Haupt vor ihm. Erleichtert gebot ihm Äneas aufzustehen.

»Teilt allen Truppen mit, was geschehen ist!«, befahl er. »Und jetzt helft uns mit den Verwundeten.«

Atemlos rannte der Soldat herbei, den Netan nach Sirad geschickt hatte.

»Sirad ist in seinem Zimmer«, stieß er hervor. »Er macht die Tür nicht auf und weigert sich herzukommen. Was sollen wir tun?«

»Ich sehe selbst nach ihm«, sagte Äneas. »Andor, Hedrich, ruft alle Keren, die sich im Palast aufhalten. Sie sollen die Fieberopfer wieder in die Zellen schließen. Ihr Soldaten bringt die Verletzten in die leeren Gästezimmer im ersten Stock.«

»In der Halle der Wahrheit liegen viele Tote. Was soll mit ihnen geschehen?«, fragte Hedrich.

»Wir werden sie morgen bestatten, bis dahin sollen sie aufgebahrt werden. Schaaraochs Leichnam müssen wir öffentlich dem Feuer übergeben, damit jeder, der darauf Wert legt, sich selbst von seinem Tod überzeugen kann. Lasst auf dem Volksplatz von Kirgon alles dafür vorbereiten.«

Mit einer Verbeugung verabschiedeten sich Hedrich und Andor und eilten fort, um ihre Kameraden zu holen. Die Soldaten kümmerten sich um die Verwundeten. Äneas wandte sich an Netan.

»Wo ist Akàra?«, fragte er.

»Die Späher bei den Stadttoren berichteten mir, sie habe Kirgon fluchtartig verlassen, mitsamt ihren Söldnern. Deshalb bin ich hergekommen.«

»Stell eine Truppe zusammen, die die Verfolgung aufnimmt! Sie sollen sie zurück in den Palast schaffen, mit oder ohne Söldner!«

»Bei dem Vorsprung, den Akàra hat? Sie ist nicht dumm. Bestimmt reitet sie ohne Rast nach Erkbad.«

»Wir müssen es versuchen!«

Netan verneigte sich.

»Ich werde sofort meine besten Leute ausschicken.«

Zufrieden nickte Äneas ihm zu, dann stapfte er die Treppe hinauf, gefolgt von Skarg.

»Warte auf mich!«, rief er.

Äneas blieb stehen und musterte ihn.

»Dein Arm. Du bist verletzt.«

»Es ist nicht schlimm.«

»Na gut, komm mit.«

»Ich bin auch dabei!«, ließ sich Wolf vernehmen, und bald hatte er sie eingeholt.

Gemeinsam stiegen sie in den zweiten Stock des Palastes hinauf, dann wandten sie sich nach links den Gang entlang. Sie hielten vor einem Zimmer inne, das auf den Innenhof zeigte. Äneas drückte die Klinke. Die Tür war verschlossen. Ungeduldig klopfte er mit der Faust an.

»Sirad! Mach auf! Wir haben Verwundete und brauchen deine Hilfe.«

Keine Antwort. Wieder polterte Äneas an die Tür.

»Sirad!«

»Lasst mich endlich in Frieden!«, erklang von innen eine benommene Stimme.

»Mach sofort auf oder ich lasse dich deine eigenen Eingeweide verarzten!«

»Wer ist dieser Trottel?«

»Ich bin es, Äneas.«

»Äneas.« Ein Seufzen ertönte, dann schlug etwas gegen einen Tisch. Dessen Beine scharrten knarrend über den Boden. Sirad fluchte.

»Wenn du jetzt nicht aufmachst, breche ich die Tür auf!«, brüllte Äneas.

»Von mir aus, brich doch die Tür auf. Was kümmert's mich?« Ein Stuhl wurde gerückt.

»Äneas«, erklärte Sirad sich selbst. »Lass die Toten ruhen, das habe ich ihm immer gesagt. Wollte nicht auf mich hören. Gelacht hat er. Was haben wir getan? Die Fieberopfer. Er wollte nicht auf mich hören ...«

Sirads Selbstgespräche gingen in ein unverständliches Gemurmel über.

»Ist er verrückt?«, fragte Skarg verwundert.

»Nein«, antwortete Äneas, »wahrscheinlich betrunken.«

»Und den willst du die Verwundeten verarzten lassen?«, rief Wolf.

»Wir haben keine andere Wahl. Es dauert zu lange, aus der Stadt einen Heiler zu holen. Die Schwerverletzten brauchen *jetzt* Hilfe und nicht erst morgen! Außerdem ist Sirad der beste Arzt von ganz Kirgon. Wir müssen ihn irgendwie wieder nüchtern kriegen.«

Entschlossen warf sich Äneas mit seinem ganzen Gewicht gegen die Tür. Holz splitterte, doch die Tür blieb zu. Viermal rammte er seine Schulter dagegen. Als die Tür endlich nachgab, stolperte er in das Zimmer. Skarg und Wolf folgten ihm.

Ein schmächtiger älterer Mann saß in einem Sessel vor dem Fenster und starrte sie mit glasigen Augen an. Seine Kleider waren völlig zerknittert, als ob er darin geschlafen hätte. Das verschwitzte Hemd hing ihm aus der aufgeknöpften Hose, die von Hosenträgern gehalten wurde. Schütteres dunkelbraunes Haar mit grauen Strähnen stand zerzaust von seinem Kopf ab. Dunkle Bartschatten ließen sein hageres, fettig glänzendes Gesicht eingefallen aussehen. Zwischen die Beine hatte er eine halbleere Flasche Schnaps geklemmt.

Das Zimmer stank nach alten Bettlaken und Alkohol. Unter dem Tisch in der Mitte des Raumes befand sich eine ganze Sammlung von leeren Krügen und Flaschen. Das Bett war ungemacht, und eine Tür des Kleiderschranks gähnte offen. Die beiden hohen Fenster waren zu, die Vorhänge aufgezogen. Das Glas zeigte schwarz in die Nacht, spiegelte das Licht des Kerzenleuchters auf dem Tisch. Schichten von Wachs breiteten sich darunter aus.

Sirad schwieg. Erst glaubten sie, er starre sie an, doch dann sahen sie, dass seine fiebrig glänzenden Augen durch sie hindurchblickten, als wären sie gar nicht vorhanden. Er rülpste laut.

»Das ist nicht dein Ernst«, murmelte Wolf. »Wie sollen wir den nüchtern kriegen?«

»Kommt, wir schaffen ihn zum Brunnen!«, grinste Skarg. »Ein kühles Bad wird ihm gut tun.«

Äneas legte sich Sirads rechten Arm um den Nacken und stemmte ihn hoch. Skarg nahm den anderen Arm. Sirad tat laut seinen Protest kund, doch er schien zu erschöpft, um sich tätlich zu wehren. Wolf hielt die schief in einer Angel hängende Tür auf. Skarg und Äneas trugen Sirad hinaus und schleppten ihn den Gang entlang. Er stolperte zwischen ihnen her, tappte ein paar Schritte mit und knickte wieder ein. Mühselig schafften sie ihn die Treppen hinunter. Wolf öffnete das Tor auf den Innenhof. Die beiden Soldaten, die davor Wache hielten, gafften sie an. Als sie Äneas erkannten, hielten sie ihre Fragen zurück.

Kühle Luft schlug ihnen entgegen. Die Nacht schimmerte tiefblau. Blank glitzerten Sterne am wolkenlosen Himmel. Bald würde die Sonne aufgehen.

Ein silberner Schein umgab den Brunnen in der Mitte des Platzes, als glühe dessen heller Marmor in der Nacht. Sanfter Wind wehte, trieb einen dunstigen Schleier von Tropfen empor. Wasser sprudelte aus steinernen Fratzen, ergoss sich in das runde Becken, in dem steinerne Schlangen und Drachen ihre Leiber badeten.

Der kreisrunde Innenhof war verlassen bis auf die Wächter vor den Toren. Wenige Fenster im ersten und im zweiten Geschoss waren erhellt, durchbrachen als gelbe Rechtecke die finstere Palastmauer. Es schien beinahe, als schwebten sie in der Leere, riesenhafte Augen eines in der Dunkelheit unsichtbaren Ungeheuers.

Die frische Luft schien Sirad aufzuwecken. Verdutzt schaute er sich um und suchte sich aus dem Griff zu befreien.

»Was soll das?«, schnaubte er. »Lasst mich los!«

Unbeeindruckt schleppten ihn Skarg und Äneas zum Brunnen. Wolf ging voraus und setzte sich auf den Rand des Beckens. Äneas und Skarg ließen Sirad nieder. Wütend stieß er sie weg, während er sie mit einem Schwall von Schimpfworten bedachte. Wolf packte sein linkes Bein, Skarg das rechte, und so kippten sie ihn nach hinten. Mit einem Platschen landete er im Wasser. Sirad heulte vor Zorn, als er sich wieder aufrichtete. Auf den Knien rutschend wollte er aus dem Becken steigen. Äneas fasste ihn am Genick und tauchte seinen Kopf ein. Er ließ Sirad Atem holen, dann drückte er ihn nochmals unter. Schnaufend japste Sirad nach Luft. Er schüttelte sich, glitt aus und fiel zurück ins Nass.

»Genug! Hört auf!«

Prustend und spuckend kroch Sirad aus dem Brunnen. Schwerfällig plumpste er auf den Beckenrand und schwang die Beine herüber, dann zog er die Schuhe aus und leerte sie. Er drückte die Hosenbeine und Ärmel aus, strich sich das triefende Haar aus dem Gesicht. Mit bösem Blick musterte er die drei Männer, die ihm das unfreiwillige Bad beschert hatten. Den abwesenden Ausdruck hatten seine Augen verloren.

»Was soll das?«

»Wir brauchen deine Hilfe, Sirad«, antwortete Äneas. »Du musst …«

»Nein, ich muss nicht!«, fiel der ihm ins Wort. »Lasst mich endlich in Frieden! Ich kann nicht mehr! Hat Schaaraoch euch geschickt? Erst diese Nacht habe ich einen armen Kerl verarztet, der niedergestochen worden war. Er war schon fast verblutet, als sie mich zu ihm ließen. Um seine Fieberopfer soll sich Schaaraoch selbst kümmern. Ich kann es nicht mehr mit ansehen!«

Er barg das Gesicht in den Händen, die Ellenbogen auf die Knie gestützt. Seine Schultern hoben und senkten sich in einem Seufzen.

»Ich kann nicht mehr«, murmelte er. »Ich bin Arzt, kein Schlächter!«

»Schaaraoch ist tot«, sagte Äneas.

Langsam blickte Sirad auf. Er schüttelte den Kopf.

»Es gab eine Schlacht in der Halle der Wahrheit«, fuhr Äneas fort. »Viele wurden getötet, viele sind verwundet. Gefangene und Soldaten, auch Keren sind dabei. Du musst dich um sie kümmern.«

Sirad sprang hoch.

»Warum hast du das nicht gleich gesagt?«

»Du warst nicht in der Verfassung, um zuzuhören.«

Als sähe er sie zum ersten Mal, musterte sie Sirad. Verblüfft betrachtete er Äneas' zerfetzte Rüstung, Skargs blutigen Arm und Wolfs müdes Gesicht.

»Ich brauche trockene Kleider, dann sehe ich mir die Verletzten an. Lasst Menzel rufen, er soll mir helfen!«

Ohne sich umzuwenden, hastete er über den Platz. Seine nassen Sachen hinterließen eine Spur in der ziegelroten Erde.

◆ ◆ ◆

Ein Streifen Sonnenlicht fiel durch die offene Zimmertür in den Gang. Es war bereits Nachmittag. Die Nacht und den ganzen Morgen hatte sich Sirad um die Verwundeten gekümmert. Zuerst um Lutz, der am schwersten verletzt war, dann um alle anderen, die ihn brauchten. Anschließend hatte er nochmals einen Rundgang unternommen.

Erschöpft trat er aus Lutz' Zimmer und schloss leise die Tür hinter sich. Wolf und Äneas warteten draußen. Die Hände in den Taschen seines Kittels vergraben, schaute Sirad sie ernst an. Nichts mehr an ihm erinnerte an den Betrunkenen, den sie letzte Nacht aus dem Zimmer gezerrt hatten.

»Wie geht es ihm?«, fragte Wolf.

»Wir müssen abwarten«, sagte Sirad. »Menzel bleibt vorläufig bei ihm.«

»Wird er überleben?«

Sirad brummte.

»Ich weiß es nicht, doch ich bin nicht ohne Hoffnung. Er braucht viel Ruhe. Bis auf weiteres werde ich keine Störung erlauben. Und jetzt möchte ich mich auch hinlegen. Ich bin müde.«

»Ja«, nickte Äneas. »Danke, Sirad.«

Ein Lächeln ging über dessen Gesicht.

»Auch wenn es seltsam klingt, ich danke *euch*. Ich werde zum ersten Mal seit Monaten wieder ruhig schlafen.«

Er drehte sich um und ging. Sie blickten ihm nach, bis er über die Treppe verschwunden war. Wolf wandte sich an Äneas:

»Wie kommt ein so hervorragender Arzt wie Sirad dazu, für Schaaraoch zu arbeiten?«

Äneas zuckte die Schultern.

»Ich habe mich oft gefragt, wie es Schaaraoch geschafft hat, Sirad im Palast zu halten. Er half ihm bei den Versuchen mit den Fieberopfern.«

»Das ist ihm wohl schlecht bekommen.«

»Wen wundert das?«

Wolf warf einen Seitenblick auf Äneas.

»Schaaraoch hat viele Leben zerstört.«

»Meinst du mich damit? Ich hadere nicht mit meinem Schicksal.«

»Ihr Keren seid erstaunlich.«

Bei diesen Worten hasteten zwei Keren die Treppe herauf und kamen mit schnellen Schritten auf sie zu. Vor den Gesichtern trugen sie Eisenmasken, ihre Uniformen waren vor lauter Staub fast weiß.

»Ion!«, rief Äneas freudig überrascht und ging ihnen entgegen.

Im Lauf nahmen die Keren ihre Masken ab und klemmten sie unter den Arm. Der größere der beiden war Hedrich, den Wolf bereits kannte, den anderen hatte er noch nie gesehen. Er hatte strohblondes Haar, ein rundes Gesicht und eine vorwitzige Nase. Die bleiche Haut und die Narbe, die quer über die Wange und den Hals lief, wirkten seltsam unpassend an ihm. Seine Augen mussten einst strahlend blau oder vielleicht von einem warmen Braun gewesen sein.

Äneas schüttelte ihm die Hand und klopfte ihm gleichzeitig auf die Schulter.

»Ion! Ich dachte, du bist mit Attis im Norden unterwegs!«

Ion umarmte ihn.

»Attis hatte eine seiner Eingebungen. Er wollte unbedingt früher zurückkehren. Wie es scheint, hatte er Recht.«

Wolf erschrak, als er Ion von nahem betrachtete. Sein Körper war der eines Halbwüchsigen, seine Züge hatten nie die Gelegenheit gehabt, sich voll auszuprägen. Nicht mehr als fünfzehn Jahre alt konnte er gewesen sein, als Schaaraoch einen Keren aus ihm gemacht hatte, wie lange das auch her sein mochte. Die anderen Keren, die er getroffen hatte, waren alle erwachsene Männer gewesen. Ions Anblick rührte Wolf, und er fragte sich, was Schaaraoch dazu veranlasst hatte, ihm sein Leben zu nehmen.

»Ich bin froh, dass ihr hier seid«, erklärte Äneas sichtlich erleichtert.

Sorgenvoll senkte Ion den Blick.

»Wir kommen eben aus den Verliesen«, sagte er.

»Habt ihr die Fiebertoten wieder in die Zellen gesperrt?«, fragte Äneas.

»Ja.«

»Gut. Die Verliese sind also sicher?«

»Ja.«

Hedrich und Ion schauten sich gegenseitig Rat suchend an. Äneas betrachtete sie.

»Was ist los?«

»Nun …«, begann Ion und verstummte wieder.

»Sagt schon!«

»Also, wir haben die Fieberopfer in ihre Zellen gebracht«, erzählte Ion. »Wie nicht anders zu erwarten, gab es einen Kampf. Wir mussten viele töten. Von den Keren wurde aber keiner verletzt.«

»Ja?«, spornte ihn Äneas an.

»Danach haben wir die Toten eingesammelt«, fuhr Ion fort. »Wir haben sie nebeneinander in die Halle gelegt.«

»Hervorragend, dann ist ja vorläufig alles getan.«

»Nicht ganz«, murmelte Hedrich.

Stirnrunzelnd blickte Äneas zwischen Ion und Hedrich hin und her.

»Schaaraochs Leiche ist verschwunden«, stieß Ion hervor.

»Was?«

Äneas taumelte einen Schritt zurück.

»Das ist unmöglich!«

»Wir konnten ihn nirgends finden«, erklärte Hedrich. »Jeden Winkel der Verliese haben wir abgesucht. Er ist weg.«

»Aber er ist tot! Ich habe mich selbst davon überzeugt. Die Fieberopfer haben den Leichnam bestimmt nicht angerührt.«

»Eine der Türen von den Verliesen des Palastes zu dem unterirdischen Labyrinth der Stadt Kirgon stand offen«, sagte Ion. »Ich habe die Spuren untersucht. Die Schlösser und Riegel sind schon vor langer Zeit aufgebrochen worden. Vermutlich haben es die Wachen getan, damit sie sich während der Dienstzeit unbemerkt zu einem der Wirtshäuser in der Stadt schleichen konnten. Die Tür war nur angelehnt. Einige Fieberopfer müssen dadurch entkommen sein, und Schaaraoch ist verschwunden.«

»Das ist unmöglich!«, brüllte Äneas. »Er ist tot!«

»Er ist weg«, nickte Hedrich.

2 KAPITEL Irrwege

»Der Bessere ist der Feind des Guten.«

Marech Eldred, Gesammelte Tagebücher, Band 39, S. 182, Abs. 7. Jubiläumsausgabe der Archive von Angantur, Reg. 64.7, 2235 n. A. D.

Steif beugte sich Xander über Lutz' Bett, behindert vom Verband um seine Mitte, und schaute auf ihn hinab. Er schlief. Alt sah er aus, älter, als Xander ihn in Erinnerung hatte. Die zugezogenen Vorhänge dämpften das Morgenlicht, das ihm scharfe Falten ins Gesicht zeichnete. Seine Augen schienen tief in die Höhlen gesunken, merkwürdig spitz stachen die Wangenknochen hervor, der Mund war ein Schlitz in knittriger Haut.

Sachte ließ Xander sich auf der Bettkante nieder. Schmerz zuckte durch seinen Bauch. Er atmete gleichmäßig ein und aus, bis das Stechen nachließ, dann fasste er Lutz' Hand, die schlaff auf der Decke lag, und hielt sie in seiner. Die Finger fühlten sich warm an, trocken und leicht, als bestünden sie nur aus Haut und Knochen.

»Lutz!«, rief er leise.

Der rührte sich nicht. Seine Brust hob und senkte sich in tiefem Schlaf. Xander beobachtete ihn gespannt, doch Lutz wachte nicht auf.

Xanders Blicke schweiften ziellos durch das Zimmer. Weiße Laken hingen als Staubschutz über den beiden Sesseln vor dem Fenster und dem runden Tisch dazwischen. Auch das Gemälde über dem Bett war hinter einem Tuch verborgen. An einer Wand stand eine breite Kommode mit sechs Schubladen. Ein Eindruck von Leere haftete dem Raum an. Es roch nach scharfen Desinfektionsmitteln und Kräutersalbe.

Hinter den blauen Samtvorhängen gleißte die Sonne, blinkte an den Rändern hervor. Ein sommerlich heißer Tag kündigte sich an. Der Dauerregen des Frühlings hatte aufgehört, nur in den kühlen Nächten fiel manchmal noch ein sanfter Schauer. Die Tage waren strahlend schön, der Himmel zeigte sich wolkenlos. Lauer Wind machte die Wärme angenehm mild.

Xander ärgerte sich, dass er immer noch den Verband tragen musste. Die Heilung seiner Stichwunde verlief langsamer, als ihm lieb war. Oft quälten ihn Schmerzen. Allzu gerne hätte er Kirgon besichtigt oder sich irgendwie im Palast nützlich gemacht, anstatt die meiste Zeit das Bett zu hüten.

Vorgestern war er zum ersten Mal aufgestanden. Mit einigen Schwierigkeiten hatte er sich selbst gewaschen und angezogen. Zuvor hatte er zehn Tage in einer Art Dämmerschlaf verbracht, wie man ihm nachher erzählt hatte. Bruchstückhaft erinnerte er sich daran. Er sah Gesichter, die sich über ihn beugten, und er besann sich auf ein furchtbares Brennen in seinem Innern, das ihn mit Haut und Haar zu verzehren drohte.

Das Knarren der Tür schreckte ihn auf. Sirad kam herein. Als er Xander entdeckte, stutzte er.

»Was tust du hier? Ich habe Lutz jeglichen Besuch untersagt.«

»Ich wollte nur kurz nach ihm sehen!«

»Du wirst dich noch etwas länger gedulden müssen. Geh jetzt!«

»Lass mich einen Augenblick hier bleiben! Ich verspreche, dass ich Lutz nicht stören werde.«

Nachdenklich schob Sirad das Kinn vor. Er kam zum Bett herüber. Xander stand auf, Sirad setzte sich, nahm Lutz' Arm und fühlte den Puls.

»Er sieht schlecht aus«, bemerkte Xander.

»Sein Zustand hat sich gebessert. Wir können zufrieden sein.«

»Seit fast zwei Wochen liegt er darnieder.«

»Das ist nicht ungewöhnlich bei solch einer Verletzung. Du solltest auch nicht hier herumstehen. Geh wieder auf dein Zimmer!«

»Ich fühle mich prächtig!«

Mit der Andeutung eines Lächelns musterte ihn Sirad. Xanders angespannten Zügen war unschwer zu entnehmen, dass er Schmerzen hatte.

»Das sieht man.«

»Wirklich, es geht mir hervorragend!«

»Du bist jung, du wirst rasch gesund werden, aber so rasch auch wieder nicht. Ich sehe jetzt nach den anderen Kranken. Sobald ich zurück bin, verschwindest du auf dein Zimmer, und dort bleibst du.«

Xander nickte gehorsam. Er blickte Sirad nach, der den Raum verließ, dann nahm er sich einen Stuhl und setzte sich vor das Bett. Gedankenverloren betrachtete er das hinter dem Tuch verborgene Gemälde. Als er einen Zipfel hob, um nachzusehen, was es darstellte, schlug Lutz benommen die Augen auf.

»Haldur«, stöhnte er.

»Lutz! Ich bin es, Xander.«

Ausdruckslos blickte Lutz ihn an. Er blinzelte, dann schien er ihn zu erkennen.

»Xander. Den Göttern sei Dank! Ich fürchtete um dein Leben. Bist du wieder gesund?«

»Fast. Mach dir keine Sorgen um mich.«

Hustend griff sich Lutz an die Kehle.

»Bist du durstig?«, fragte Xander.

»Ja.«

Er füllte einen Becher mit Wasser, stützte mit einer Hand Lutz' Nacken und führte ihm den Becher an die Lippen. Lutz trank ihn leer. Als Xander nachschenken wollte, winkte Lutz kraftlos ab. Sein Kopf sank auf das Kissen.

»Danke, das genügt.«

»Wie fühlst du dich?«

»Als ob ein Haus über mir eingestürzt wäre. Wo ist Haldur? Ist er zurückgekehrt?«

»Nein, er ist verschwunden. Weißt du, was mit ihm geschehen ist?«

»Er ist immer noch fort?«

»Was war denn los? Wohin ist Haldur gegangen?«

Lutz regte sich im Bett.

»Hilf mir, mich aufzusetzen!«

Behutsam schob Xander ein Kissen unter Lutz' Schultern, ein weiteres in seinen Nacken.

»Der Schrein«, erklärte Lutz. »Haldur ist in den Schrein gefallen.«

»In den Schrein? Wie ist das möglich?«

»Durch die fünf Paralle wird er zu einem Tor. Seine Masse wird durchlässig, wenn man die Schlüssel einsetzt. Haldur ist mitten hineingestolpert!«

»Akàra hat die Paralle gestohlen, nachdem sie dich niedergestochen hatte. Der Schrein ist verschlossen.«

»Was für ein Unglück! Deshalb konnte Haldur nicht zurück.«

Mit einem tiefen Seufzen rieb sich Xander das Gesicht.

»Glaubst du, er lebt noch?«

»Ich weiß es nicht. Vielleicht wurde er beim Eintritt in den Schrein getötet, aber es wäre ebenso gut möglich, dass er noch lebt.«

»Haldur ist jetzt schon seit über zwei Wochen verschwunden! Wo mag er hingekommen sein? Du hast gesagt, der Schrein sei ein Tor. Ein Tor wohin?«

Ermattet schloss Lutz die Augen.

»Es gibt viele Tore auf dieser Welt. Haldur ist nicht der Erste, der eines durchschritten hat. Alle Tore führen in das Reich der Geister und manche noch weiter.«

»Aber Haldur ist kein Daimon! Er hat keine Ahnung von Geistern. Wie soll er sich dort zurechtfinden?«

»Seine Unwissenheit wird ihm eher helfen als schaden, falls er tatsächlich noch lebt. So wie ich Haldur kenne, wird er alles daransetzen, einen Ausweg zu finden. Die Geister werden ihn nicht sonderlich beeindrucken, höchstens in Erstaunen versetzen. Ein Daimon wird rasch ein Opfer seines vermeintlichen Wissens. Allzu leicht kann ihn der Hunger nach Macht ins Verderben führen. Trotzdem müssen wir versuchen, Haldur zu finden, auch ohne den Schrein. Wir können ihn nicht einfach seinem Schicksal überlassen. Ich werde ihn suchen.«

»Du bist sehr krank, Lutz. Sirad sagte, es würde mindestens zwei Monate dauern, bevor du wieder gesund bist.«

»So lange!«

»Lass *mich* gehen!«

»Nein, Xander! Du hast noch nicht genügend Erfahrung, um dich an eine solche Aufgabe zu wagen.«

»Aber ich habe so viel dazugelernt! Ich bin kein naiver Junge mehr, der nicht weiß, was er tut!«

Lutz atmete heftiger. Er schien Schmerzen zu haben. Schweiß trat ihm auf die Stirn.

»Lutz!«, rief Xander erschrocken.

»Was ist mit Schaaraoch?«, fragte er. »Ist er tot?«

»Äneas und Lodur erzählten, sie hätten ihn getötet, aber seine Leiche ist nirgendwo zu finden. Die Keren durchsuchen seit zwei Wochen das unterirdische Labyrinth von Kirgon. Bis jetzt haben sie keine Spur gefunden.«

Das Gesicht kreidebleich, rang Lutz nach Luft. Weit riss er die Augen auf, als komme ihm ein Gedanke.

»Schaaraoch«, keuchte er. »Ich weiß, warum er fort ist …«

Die Stimme versagte ihm. Er krallte die Finger in das Leintuch, sein Atem stockte, und er sackte reglos nieder.

»Lutz?«

Xander rüttelte ihn an der Schulter.

»Was ist mit dir?«

Lutz regte sich nicht.

»Sirad«, murmelte Xander.

So rasch er konnte, erhob er sich und schleppte sich durch das Zimmer. Er trat auf den Gang hinaus.

»Sirad!«, rief er verzweifelt. »Schnell!«

Am Ende des Ganges ging eine Tür auf, und Sirad schaute heraus.

»Lutz geht es schlecht!«, brüllte Xander.

Im Laufschritt eilte Sirad herbei.

»Was ist passiert?«

»Zuerst ist er aufgewacht, dann habe ich mit ihm gesprochen, und plötzlich wurde er ohnmächtig.«

»Du hast ihn also aufgeregt!«

Schuldbewusst starrte Xander zu Boden.

Sirad fühlte Lutz' Puls am Hals, dann hob er ein Augenlid. Er rannte zu seinem Medizinkoffer, der auf dem Tisch vor dem Fenster stand, holte eine Spritze heraus und stach sie in eine Ampulle. Nachdem er die Flüssigkeit aufgezogen hatte, sprang er zum Bett zurück und holte Lutz' Arm unter der Decke hervor. Sirad verabreichte ihm die Spritze, dann massierte er seine Brust.

»Komm schon!«, rief er.

Lutz zuckte. Mit einem hohlen, pfeifenden Geräusch sog er den Atem ein. Er bäumte sich auf, dann schien er sich wieder zu beruhigen. Sirad trat zurück. Missbilligend musterte er Xander.

»Wenn du nicht sofort auf dein Zimmer verschwindest, lasse ich dich unter Arrest stellen! Ich will weder dich noch deine Freunde hier sehen!«

Gemächlich schlenderte Doran über den Innenhof des Palastes. Geblendet von der Morgensonne, beschattete sie die Augen mit der Hand und betrachtete unauffällig den Mann, der auf dem Rand des Brunnens in der Mitte des Platzes saß. Sein weißblondes, zu einem Zopf geflochtenes Haar glänzte wie poliertes Silber. Von ihrem Zimmer im dritten Stock aus hatte sie ihn erspäht. Als hätte der Zufall seine Hand im Spiel, ging sie hinüber und grüßte ihn erstaunt.

»Guten Morgen! Was tust du hier, Skarg?«

»Ich warte auf Äneas«, erklärte er. »Und du?«

»Das herrliche Wetter verlangt nach einem Spaziergang, dachte ich mir.«

Blinzelnd blickte er hoch. Als stahlblaue Scheibe erschien der Himmel, wo der Palastturm seine gewaltige Schleuse öffnete. Die Hälfte des Innenhofs lag im Sonnenlicht, die andere im Schatten.

»Seit Tagen ist keine Wolke zu sehen. Diese Hitze ist ungewohnt für mich.«

Doran setzte sich neben ihn.

»In meiner Heimat ist es zu der Jahreszeit noch viel heißer, und im Hochsommer brennt die Sonne so stark, dass am Mittag niemand freiwillig das Haus verlässt.«

»Ich habe davon gehört, dass es im Süden so heiß wie in einem Ofen wird. Wie halten die Leute das bloß aus?«

»Wohl ebenso, wie ihr in Ardak die Kälte ertragen müsst. Man lernt, sich entsprechend zu kleiden und sein Leben der Witterung anzupassen.«

Skarg zog eine Augenbraue hoch, dann schlug er die Beine übereinander und verschränkte die Hände vor dem Knie. Er blickte zum verschlossenen Tor unter dem Balkon. Soldaten hielten davor Wache.

»Wie geht es deinem Kopf?«, fragte er.

»Besser. Was ist mit deinem Arm?«

»Sirad hat gestern die Fäden gezogen. Außer einer Narbe wird nichts zurückbleiben.«

Doran betrachtete ihn. Er trug eine leichte graue Jacke, darunter ein bis zur Brust aufgeknöpftes Hemd, eine weite dunkelgraue Hose und Lederschuhe an den bloßen Füßen. Die losen Kleider verdeckten die Formen seines Körpers, ließen ihn fast mager aussehen. Nur wenn er sich bewegte, ahnte man seine Muskeln. Den Schmuck hatte er abgelegt, sogar die Kette aus Wolfszähnen, das Standessymbol der Stammeshäuptlinge von Ardak. Hell strahlten die blauen Augen in seinem gebräunten Gesicht. Es schien Doran, als habe sie noch nie solche Anmut gesehen.

»Was ist das für eine Tätowierung?«, fragte sie und deutete auf die verschlungenen schwarzen Striche, die im Ausschnitt des Hemdes zu sehen waren.

Skarg knöpfte das Hemd weiter auf und zog es zur Seite. Auf seiner linken Brust kam die kunstvolle Zeichnung einer Schlange zum Vorschein. Der Kopf befand sich in der Mitte des Brustbeins, das mit spitzen Fängen bewehrte Maul war weit aufgerissen, dann bog der Leib sich hoch zum Schlüsselbein und ringelte sich hinab über den Bauch. Die Form folgte der seines eigenen Körpers, wölbte sich mit der Muskulatur. Scharf hob sich die Tätowierung von der haarlosen weißen Haut ab. Die Schlange bestand aus schwarzen Flammen, die ineinander griffen und ein raffiniertes Muster bildeten, das sich in sich selbst zu regen schien. Ihre Augen waren leer, bloße Haut, und dennoch schienen sie einen anzublicken.

»Das ist eine Sagengestalt aus Ardak, die Schlange Kenda. Sie bewacht Karn, den Fluss des Lebens. Jeder begegnet ihr hin und wieder, und wer sie trifft, muss mit ihr kämpfen. Wer sie besiegt, darf auf dem Fluss reisen, wer verliert, muss ans Ufer treten, wo das Land der Toten liegt. Viele fürchten sich vor ihr und verstecken sich im Rank, dem Schilf, einer Art Niemandsland, weder Wasser noch Erde. In Ardak nennt man einen Feigling ›Kendak‹, einen Sklaven Kendas.«

»Das hört sich grausam an.«

»Warum? Ein Krieger *muss* kämpfen.«

»In Dahl glauben wir an so etwas wie Frieden.«

Er grinste.

»Frieden? Was soll denn das sein?«

Doran lächelte.

»Langsam verstehe ich, weshalb sich die Menschen vor euch Eiskriegern fürchten.«

»Vor mir fürchtet sich niemand!«

»Wie kommst du darauf?«, fragte Doran kopfschüttelnd.

Er zwinkerte ihr zu.

»Dazu leben meine Feinde nicht lange genug.«

Als Skarg Dorans verdutzten Gesichtsausdruck sah, brach er in helles Gelächter aus.

»Das war nur ein Scherz«, erklärte er.

»Ihr Eiskrieger habt einen merkwürdigen Sinn für Humor«, brummte sie.

»Der Tod hat für einen Ardaker nicht die gleiche Bedeutung wie für jemanden aus Dahl. Von Kindesbeinen an begegnen wir ihm, er ist uns nah, und deshalb können wir vielleicht auch über ihn lachen. Ihr Dahler behauptet, den Frieden zu lieben, doch die Kaiser von Dahl haben mehr Kriege geführt als alle anderen Herrscher. Abertausende fielen ihrem Machthunger zum Opfer. Ihr seid mächtig stolz auf eure vielen Gesetze, die euch dazu zwingen sollen, friedfertig zu sein, dabei belohnt ihr Feigheit und Verrat. Ich bevorzuge den ehrlichen Kampf.«

»Du scheinst keine sehr hohe Meinung von Dahl zu haben.«

»Ich habe die Geschichte studiert. Die kaiserliche Familie hielt sich durch Intrigen und Mord auf dem Thron. Gnadenlos wurde jeder Widerstand gebrochen, hat man Gegner der kaiserlichen Politik mundtot gemacht. Die in den so genannten Dahlskriegen besiegten Völker wurden unterjocht und gezwungen, Sprache und Sitten von Dahl anzunehmen, ob es ihnen gefiel oder nicht. Dagegen habe ich nichts einzuwenden, ein besiegtes Volk soll sich unterwerfen; es ist die Heuchelei, die ich verabscheue. Mit dem blutigen Schwert in der Hand sprecht ihr von Frieden. Ihr Dahler preist euch für eure Errungenschaften, und auf uns ›Barbaren‹ schaut ihr herab, als wären wir wilde Tiere, die ihr zähmen müsstet. Darauf können wir verzichten. Ihr seid nicht besser als wir.«

Verblüfft blickte Doran ihn an. Beinahe schämte sie sich, weil sie ihm solche Überlegungen nicht zugetraut hatte.

»Du hast Mut, derartige Worte an ein Mitglied der kaiserlichen Familie zu richten. In Dahl könnte dich diese Rede leicht in den Kerker bringen. Du magst Dahl verachten, doch unsere Gesellschaft hat auch Gutes hervorgebracht: Wir haben Straßen, Schulen, Museen und Bibliotheken, dazu ärztliche Versorgung und ein Rechtswesen, das jeder Bürger in Anspruch nehmen kann.«

Nachdenklich schaute er in die Ferne, als entführe ihn ein Gedanke, dann blinzelte er und wandte den Kopf.

»Ja«, erwiderte er ernst, »Ardak hat noch einen weiten Weg vor sich. Ich bin kein Gegner des Fortschritts. Gerne möchte ich mein Land ein Stück in die Zukunft geleiten, aber ohne das Joch von Dahl.«

Ihre Blicke trafen sich. Doran staunte. Das kalte Glitzern in Skargs Augen war verschwunden. Als wolle sich aller Schnee und alles Eis, die Wasser der Meere in ihrem Blau vereinen, so tief und strahlend schimmerten sie, und Doran sah nicht mehr den schlauen und glatten Krieger, der Angst und Schmerz mit einem flotten Spruch abtat, sondern einen Mann, der wohl wusste, was Trauer war. Als er lächelte, verspürte sie einen Stich in der Brust, der ihr für einen Moment den Atem raubte. Unmerklich schüttelte sie sich, dann redete sie weiter:

»Du sprichst ausgezeichnet Dahlisch, man hört kaum einen Akzent.«

»Danke.«

»Ich verstehe kein Wort Ardakisch. All diese harten Laute, die abgehackten Worte, es ist wahrscheinlich schwer zu lernen.«

»Ardakisch ist einfach. Wenn du die Grundlagen einmal begriffen hast, brauchst du bloß noch die richtigen Wörter zu kennen.«

»Ja? Was heißt zum Beispiel ›Brunnen‹?«

»Tran.«

»Tran«, murmelte Doran langsam, als wolle sie das Wort auf der Zunge schmecken.

»Nein, du musst das ›r‹ rollen und das ›n‹ betonen. T*rrann*.«

»Tran«, versuchte es Doran nochmals.

»Das war schon besser.«

»Was heißt ›Skarg sitzt am Brunnen‹?«

»Skarg tran erak.«

Leise wiederholte Doran die Worte.

»›Er sitzt am Brunnen‹ heißt ›Erak tran‹«, erklärte Skarg, »und ›Sie sitzt am Brunnen‹: ›Tran erach‹. Worte wie ›er, sie, es‹ und so weiter werden im Ardakischen kaum verwendet, die Endungen der Tätigkeitswörter und die Satzstellung bestimmen, von wem die Rede ist, außer eine Person wird besonders hervorgehoben. Das gilt für die Gegenwart; wenn du in der Vergangenheit oder in der Zukunft sprichst, ändern sich die Satzstellung und die Verwendung der Personen.«

Lachend stieß Doran den Atem aus.

»Das nennst du leicht?«

»Es ist halb so schwierig, wie es klingt.«

Das Tor unter dem Balkon öffnete sich, und heraus trat Äneas. Skarg sprang auf.

»Ich muss los«, sagte er. »Wir sehen uns.«

Er lief zu Äneas, der ihn mit einem Handschlag begrüßte. Gemeinsam gingen sie zum Torgang, der zum Haupteingang des Palastes führte. Doran starrte den beiden nach, bis sie ihren Blicken entschwanden.

Geistesabwesend tauchte sie eine Hand in den Brunnen. Sie hörte dem Rauschen und Plätschern des Wassers zu. Kühl umfloss es ihre Finger. Sonnenlicht spielte darin. Steinerne Ungeheuer wanden sich im Becken, benetzt von den glitzernden Wasserstrahlen. Sie schaute die Statue des Mannes auf der Säule in der Mitte des Brunnens an, der den Kopf in das Licht reckte.

Jedes Mal wenn sie mit Skarg redete, gab sie nur Unsinn von sich. Sie wusste nicht, woran es lag. In Skargs Nähe fühlte sie sich unsicher. Er löste etwas in ihr aus, das ihr die Brust einzuschnüren schien. Ihr Magen zog sich zusammen, und sie spürte einen Kloß in der Kehle. Manchmal hörte sie gar nicht, was er sagte, sah nur sein Gesicht, als wolle es sich ihr für alle Zeiten einprägen.

Sie hörte Schritte und wandte den Kopf. Sigyn kam auf sie zu. Ihr zitronengelbes Seidenkleid flatterte im Wind, entblößte die braune Seidenhose, die sie darunter trug. Ihre linke Hand war verbunden. Sie setzte sich neben Doran auf den Beckenrand.

»Ein wunderbarer Morgen!«, strahlte sie.

Doran schenkte ihr die Andeutung eines Lächelns.

»Du hast mit Skarg gesprochen?«, bemerkte Sigyn.

»Ja.«

Schweigen senkte sich herab.

»Er ist ein interessanter Mann, nicht wahr?«, sagte Sigyn.

Betont gelangweilt tauchte Doran die Finger in das Wasser und zeichnete damit Kreise.

»Das kann ich nicht beurteilen. Ich kenne ihn kaum.«

Aufmerksam musterte Sigyn Doran. Auf deren Stirn war noch schwach die Beule zu erkennen, die sie von dem Schlag mit dem Dolchgriff davongetragen hatte. Ihre jadegrünen Augen hatten einen geistesabwesenden Ausdruck. Doran hatte als einziges der Kinder von Alrich und Dagolan die Merkmale der kaiserlichen Familie geerbt: das eckige Kinn, die mandelförmigen grünen Augen, die dichten Augenbrauen und die leicht abstehenden Ohren. Sigyn glich mehr ihrer Mutter, Sinofia, Alrichs vierter Ehefrau.

»Mir brauchst du nichts vorzumachen! Ich habe gesehen, wie du ihn angeschaut hast.«

»Was meinst du damit?«

»Er gefällt dir.«

Doran sprang auf.

»Wovon redest du überhaupt?«

»Du bist in ihn verliebt, Doran.«

»Blödsinn!«

Energisch verschränkte Sigyn die Arme vor der Brust.

»Du denkst, Skarg sei ein tugendhafter Edelmann aus Ardak, eine Art gezähmter Wilder. Das ist er nicht!«

Düster mied Doran ihren Blick.

»Kümmere dich um deine eigenen Angelegenheiten!«

Sigyn seufzte.

»Wie viele Jahre habe ich darauf gewartet, dass endlich einer kommt, der dein Herz rührt! Aber du standst immer über diesen Dingen! Warum muss es ausgerechnet ein Eiskrieger sein? Skarg würde dich nur unglücklich machen.«

Traurig starrte Doran ins Wasser. Ein Gefühl von Einsamkeit überkam sie.

»Manchmal wünschte ich, er täte es.«

»Dann sag ihm, was du empfindest!«

»Nein. Ich habe nicht die Absicht, mich lächerlich zu machen. Im Übrigen gibt es wichtigere Dinge, um die wir uns kümmern müssen.«

Verständnislos schüttelte Sigyn den Kopf.

◆ ◆ ◆

Lange Häuserzeilen säumten eine breite gepflasterte Gasse, die sich in einer weiten Kurve den Hügel zum Palast hinaufzog. In den Erdgeschossen befanden sich Geschäfte, die verschiedenartigste Waren anboten, meist Gebrauchsgüter wie Werkzeuge, Wäsche oder Geschirr. Die Gebäude hatten sorgfältig verputzte Mauern, geschnitzte Holztüren und saubere Fenster aus Glas. Hier arbeitete und lebte eine wohlhabende Schicht von Händlern.

Wenig Menschen waren unterwegs, von denen viele stehen blieben, als sie die beiden Keren vor dem Geschäft mit dem grauen Vordach entdeckten, und sie beobachteten. Händler lehnten aus den Eingängen der Läden, spähten herüber. Oft wurden sie von den Vorübergehenden angesprochen, verstohlen gefragt, ob sie wüssten, was vor sich gehe.

»Hier ist es«, erklärte Äneas und deutete zum Haus, vor dem die Keren warteten.

Die beiden begrüßten sie. Einer von ihnen war Ion, den Skarg bereits kennen gelernt hatte, der zweite Keren war einen halben Kopf größer und breit wie ein Schrank. Er hieß Hektor.

»Hektors Schwert wurde noch niemals besiegt«, stellte Äneas ihn vor, »er ist ein wahrer Meister.«

Skarg nickte ihm zu. Äneas hatte ihn schon mit einigen Keren bekannt gemacht. Jeder von ihnen schien auf einem Gebiet besonders ausgeprägte Fähigkeiten zu besitzen, als habe sich ein zu Lebzeiten vorhandenes Talent nach dem Tod zur vollen Blüte entwickelt. Skarg mochte die Keren. Er fühlte sich wohl in ihrer Gesellschaft und sie sich offenbar ebenso in der seinen.

Das Haus war beidseitig angebaut. Rechts davon befand sich das Geschäft eines Tuchhändlers. *Erdolf. Feinstes Tuch. Schneiderei.* So verkündete ein Schild an der Tür. Stoffballen stapelten sich in der Auslage, ein Stück weit ausgerollt und kunstvoll drapiert. Im Geschäft auf der linken Seite glänzte Messing- und Silbergeschirr hinter einem breiten Fenster, auf grünem Samt aufgestellt. *Bei Sebold. Edle Tafelwaren.* Dies erklärte ein Schild. Die Auslage des Ladens, vor dem sie standen, war leer. Vor einem halbhohen schwarzen Vorhang hing eine Holztafel, auf der groß in Schwarz und Gold zu lesen war: *Waffen-Arnor* und darunter, kleiner: *Wir führen ausschließlich erstklassige Erzeugnisse der besten Schmieden. Dolche und Säbel aus Leronerstahl. Schwerter aus Ardak. Sonderanfertigungen.*

Heraus trat ein kleiner Mann mit dünnem weißem Haar. Er trug eine tannengrüne Samtweste mit silbernen Knöpfen, ein weißes Hemd, eine dunkelbraune Hose und ebensolche Schuhe. Seine runzelige Stirn und die tief liegenden Augen verliehen seinem Gesicht einen sorgenvollen Ausdruck.

»Ich bin Arnor«, verkündete er. »Kommt herein.«

Ein langer Tisch, bedeckt von einem schwarzen Samttuch, teilte das Geschäft in zwei Hälften. Direkt davor lag ein großer rotbrauner Hund auf dem Boden. Als sie hereinkamen, blickte er auf, schaute seinen Herrn fragend an und legte dann, als der ihn nicht rief, beruhigt den Kopf wieder auf die Vorderpfoten. In einem Gähnen entblößte er ein mächtiges Gebiss.

Vor den Wänden standen hüfthohe Kästen mit gläsernen Deckeln, in denen einige Waffen zu bewundern waren. Im Vorbeigehen ließ Skarg seine Blicke über die Ausstellungsstücke schweifen, bis eine Vitrine in der Ecke seine Aufmerksamkeit erregte. Ein einzelner Dolch lag darin auf einem blauschwarzen Samtkissen. Erstaunt beugte Skarg sich vor und musterte ihn. Der Griff bestand aus silbernen Totenköpfen, gearbeitet als eine Säule aufeinander gestapelter Schädel. In den Augenhöhlen glitzerten verschiedenfarbige Edelsteine. Der Dolch wirkte alt, doch weder ein Fleck noch eine Kerbe verunzierten die blanke Klinge. Ein kleines Schild vor dem Kissen trug die Aufschrift: Ardak ca. 1370 n. A. D. Unverkäuflich.

»Woher hast du diesen Dolch?«, fragte Skarg.

Arnor nickte ihm zu.

»Ein wunderschönes Stück, nicht wahr? Er hat mich ein Vermögen gekostet, aber er ist es wert. Ein Freund, der gelegentlich nach Kech reist, hat ihn mir besorgt.«

»Was willst du dafür? Ich möchte ihn kaufen.«

»Es tut mir Leid, dieser Dolch steht nicht zum Verkauf. Ich hätte andere schöne Stücke, die ich euch zeigen kann.«

»Blödsinn!«, bellte Skarg. »Ich will diesen haben! Du möchtest wohl den Preis hochtreiben?«

Mit erhobenen Händen wehrte Arnor ab.

»Es ist nichts zu machen.«

Skarg brummte ungehalten.

»Wozu stellst du den Dolch aus, wenn nicht zum Verkauf? Willst du mich zum Narren halten?«

»Das würde ich mir niemals erlauben.« Arnor trat zu Skarg, den Blick bewundernd auf den Dolch geheftet. »Hast du das Zeichen des Schmiedes erkannt?«

»Ja, allerdings.«

»Ein Dreieck als Symbol des Berges, zu dessen Füßen seine Werkstatt stand, und darin ein T mit einem doppelten Balken: das Zeichen Turaks.«

»Dieser Dolch gehört nach Ardak und nicht in einen Krämerladen!«

Versunken betrachtete Arnor die Waffe, als habe er die beleidigenden Worte Skargs nicht vernommen.

»Ich halte das Zeichen für eine Fälschung. Turak hat sein Leben lang nur Schwerter geschmiedet, er war besessen davon. Es wäre eine Sensation, wenn ich den einzigen Dolch, den seine Hände schufen, besitzen sollte, aber das glaube ich nicht. Ich denke, ein Schüler von ihm hat den Dolch gemacht und das Zeichen seines Meisters darauf gesetzt, um ihn teurer verkaufen zu können. Turak hatte acht Schüler, von denen einer noch berühmter wurde als sein Lehrer.«

Stirnrunzelnd schüttelte Skarg den Kopf.

»Nein, das kann nicht sein!«

»Doch. Ich vermute, Ernak, der spätere Hofschmied Fenrirs, hat diesen Dolch gemacht. Vielleicht eine Jugendtorheit, als er dringend Geld brauchte und sich nicht anders zu helfen wusste, als das Zeichen seines Meisters zu fälschen. Ernaks Spielleidenschaft war berüchtigt, dauernd litt er unter Geldnot. Sieh dir die Kunstfertigkeit dieses Dolches an! Jeder der Totenschädel ist anders. Und die Klinge: Sie ist scharf genug, um eine schwebende Feder zu durchtrennen! Ein großer Künstler war hier am Werk, ein genialer Waffenschmied, von dem noch andere Stücke erhalten geblieben sein müssen. Vergleichbares hat nur Ernak geschaffen. Ich erführe zu gerne mehr über die Geschichte dieses herrlichen Dolches. Wer hat ihn einst getragen? Es wäre doch möglich, dass Turak von dem Betrug seines besten Schülers erfahren hat. Vielleicht ließ er die Sache auf sich beruhen, als er die Qualität der Waffe erkannte. Nun, wir werden es wohl nie herausfinden. So betrachtet, besitzt der Dolch keinen anderen Wert als den des Silbers und des Stahls und der Arbeit eines unbekannten Schmiedes. Hätte Ernak sein eigenes Zeichen verwendet, so wäre der Dolch jetzt unbezahlbar und unerreichbar für einen ›Krämer‹ wie mich, aber so hat er den Weg zu mir gefunden. Er ist wohl die schönste Fälschung, die mir je begegnet ist, und ich habe im Laufe meines Lebens manche gesehen. Ich hoffe, du verstehst, weshalb ich ihn nicht verkaufen kann.«

»Wie viel du auch für diesen Dolch bezahlt hast, es war zu wenig.«

Ein Lächeln ging über Arnors Gesicht.

»Ich weiß.«

Äneas trat hinzu.

»Ich unterbreche euch nur ungern, aber wir sind nicht hierher gekommen, um Waffen zu begutachten.«

Arnor nickte.

»Folgt mir!« Er hob einen schwarzen Vorhang, hinter dem sich eine Tür verbarg. »Hier entlang.«

Sie traten in einen schmalen Gang. Licht fiel durch ein vergittertes Fenster, das auf den Hinterhof wies. Eine hölzerne Treppe führte in den ersten Stock hinauf, schräg gegenüber befand sich eine wuchtige Tür mit einem schweren Eisenschloss. Arnor zückte einen Schlüsselbund aus der Hosentasche und sperrte auf, dann nahm er eine Laterne von einem Wandhaken und zündete sie an. Eine Treppe aus Stein reichte vor ihnen in die Tiefe. Kühle, trockene Luft wehte ihnen entgegen. Es roch nach Eisen, Staub und Waffenöl.

Im Keller angelangt, erstreckte sich vor ihnen ein großer, niedriger Raum mit einer gewölbten, weiß getünchten Decke, die das Licht der Laterne auffing und zurückwarf. Auf einem langen Holztisch in der Mitte lagen Werkzeuge, Lappen, Bürsten, Ölkanister und Tiegel, gefüllt mit verschiedenen farbigen Pasten, alles sorgfältig nach Art und Zweck geordnet. Über dem Tisch hing eine Öllampe, die Arnor anzündete. Reihen über Reihen von Halterungen und Gestellen, die für Waffen bestimmt waren, säumten die Wände: Platz für hunderte von Schwertern, Dolchen, Säbeln und Messern in allen Größen und Ausführungen. Die oberste Reihe von Halterungen schien voll bestückt. Weiter unten fehlte ein Teil der Waffen. Arnor deutete auf die leeren Stellen.

»Meine besten Schwerter und Dolche sind fort! Ich kann es mir nicht erklären. Die Tür ist immer fest verschlossen, den Schlüssel trage ich Tag und Nacht bei mir. Niemand hat das Schloss aufgebrochen, und einen anderen Eingang gibt es nicht. Doch irgendjemand *hat* mich bestohlen! Die Waffen können sich schließlich nicht in Luft aufgelöst haben.«

»Wie viele fehlen?«, fragte Äneas.

»Siebenundvierzig Schwerter, alles erstklassige Stücke, darunter achtzehn von der Wolfsschmiede in Ardak, dazu dreißig Dolche, die meisten aus Leronerstahl.«

»Durch das Haus hätte niemand hier hereingelangen können?«

»Es gibt keinen anderen Weg als den, den wir genommen haben. Außerdem bewacht mein Hund nachts den Laden. An dem kommt keiner vorbei.«

»Hat er letzte Nacht nicht gebellt?«

»Nein.«

»Lebst du alleine?«

»Ja. Ich habe eine Haushälterin, die täglich kommt, aber nicht hier schläft, und zwei Angestellte, die mir bei der Arbeit zur Hand gehen, wenn ich Hilfe benötige. Weder die Haushälterin noch die Angestellten haben einen Schlüssel. Ich bin ein vorsichtiger Mann.«

Äneas musterte den Raum. Er konnte kein Anzeichen für eine weitere Tür entdecken. Vor einer Wand standen zwei massige Holztruhen mit eisernen Beschlägen, darüber hingen an Haken einige Arbeitskittel und Schürzen.

»Was ist in diesen Truhen?«

»Lederscheiden, Nieten und Lederbänder. Ein Sattler fertigt für mich die Behälter für meine Waffen. Oft haben die Kunden besondere Wünsche, die ich persönlich für sie ausführe.«

Ion legte den Kopf in den Nacken und wiegte ihn langsam hin und her, als wolle er seine Muskeln lockern.

»Waren sie hier?«, fragte ihn Äneas.

»Nein.«

»Wer sind ›sie‹?«, wollte Arnor wissen.

Niemand antwortete ihm. Alle starrten gebannt auf Ion, der abseits von ihnen in der Mitte des Raumes verharrte.

»Jemand, *etwas* war hier«, murmelte er.

Langsam löste er die Schnallen seiner Maske und nahm sie ab. Unwillkürlich wich Arnor einen Schritt zurück. Das weiße Gesicht erhellt vom Licht, schloss Ion die glänzenden Augen. Mit einem scharfen Geräusch sog er Luft in die Nase. Ein Zittern schüttelte ihn, dann entspannte er sich.

»Lasst mich allein.«

Äneas winkte, und sie folgten ihm die Treppe hinauf in den Gang. Er lehnte die Tür an, ohne sie zu schließen. Sie warteten. Aus dem Keller war nicht das kleinste Geräusch zu vernehmen, dann hörten sie ein Klopfen, Stille und wieder ein Klopfen.

Arnor gestikulierte.

»Was macht er da unten?«

Vorwurfsvoll legte Äneas den Finger an die Lippen.

»Ruhe!«

Ein Schleifen erklang, wie von einem schweren Gegenstand, der über den Boden gezogen wurde, schließlich ein Poltern und ein heiseres Knarren.

»Ich hab's!«, rief Ion. »Kommt herunter!«

Gespannt eilten sie zurück in den Keller.

Die Arme in die Hüften gestützt, starrte Ion auf ein Stück fugenlose graue Mauer. Eine der beiden Holztruhen hatte er zur Seite geschoben. Die Wand dahinter sah genauso aus wie überall. Mit einem zufriedenen Grinsen deutete er auf die glatte Fläche.

»Da!«, verkündete er.

Verwundert schüttelte Arnor den Kopf.

»Was soll denn da sein?«

»Eine Öffnung natürlich. Jemand ist hier hereingekommen und auf demselben Weg wieder verschwunden.«

»Ich kann beim besten Willen nichts entdecken!«

»*Wer* war hier, Ion?«, fragte Hektor. »Ein Mensch, ein Keren oder was?«

Mit einem Seufzen zuckte Ion die Schultern.

»Es tut mir Leid, ich kann es nicht sagen.«

»Vielleicht könntest du uns sagen, wer es *nicht* war«, meinte Skarg.

»Ich habe wirklich keine Ahnung! Die Spuren sind so schwach.« Er runzelte die Stirn. »Eigentlich merkwürdig.«

»Such den Mechanismus, der die Tür öffnet!«, befahl Äneas.

»Das habe ich schon. Es gibt keinen, zumindest nicht auf dieser Seite.«

»Bist du sicher?«

»Ja. Wenn es jemals einen Hebel gegeben hat, dann wurde er entfernt.«

Äneas wandte sich an Arnor.

»Räum den Keller aus und verriegle die obere Tür gut!«

Arnor zeigte mit dem Finger auf Ion.

»Was ist, wenn er sich irrt?«

»Das wäre das erste Mal«, raunte Hektor.

»Im Augenblick können wir hier nichts tun«, erklärte Äneas. »Wir werden einen Suchtrupp zusammenstellen und vom Palast aus in das Labyrinth vorstoßen.«

Skarg musterte die Mauer.

»Wer auch immer dort lauert, jetzt haben wir es mit einem bewaffneten Gegner zu tun.«

KAPITEL 3

Der Plan

»Nein!«, wehrte sich Skarg. »Das könnt ihr nicht von mir verlangen!«

»Nun stell dich nicht so an!«, rief Ion.

»Nein und nochmals nein!«

»Komm schon! Was ist denn dabei?«

»Für mich sehr viel.«

»Tut wohl daran, den Menschen nach seinem Äußeren zu beurteilen.«

Von Zwirn und Ziegenhaut. Eine Geschichte der Bekleidung. Loran Mart (Hrsg.), Sonderausgabe mit zahlreichen Bildtafeln. Volksbibliothek Gwalheim, 2265 n. A. D., Reg. 64734.

Wolf lehnte an das Fenstersims, den Stock legte er neben sich und verschränkte die Arme vor der Brust. Mit einer Mischung aus Spott und Bedauern betrachtete er Skarg, der zornig in seinem Zimmer auf und ab stolzierte.

»Es muss sein.«

Skarg funkelte ihn an.

»Du findest das wohl lustig, wie?«

Erfolglos mühte sich Wolf, ein Grinsen zu verbergen.

»Jeder muss einmal ein Opfer bringen.«

»Ach ja? Und was für ein Opfer bringst du? Dein Holzbein ist nicht gerade unauffällig.«

»Dagegen können wir schwerlich etwas unternehmen.«

»Schluss jetzt!«, donnerte Äneas, der seit geraumer Zeit schweigend zugehört hatte. Er nahm seine Handschuhe vom Kaminsims und wandte sich zum Gehen. »Ich hatte gehofft, du könntest die anderen begleiten, aber ich lasse nicht zu, dass deine Eitelkeit sie gefährdet. Geh zurück nach Ardak!«

»Das werde ich nicht tun!«

»Skarg!«, versuchte Wolf ihn zu beschwichtigen. »Seit gestern wissen wir, dass Akàra mit dem Schiff entkommen ist. Das heißt, wir müssen sie vielleicht bis nach Bengzar verfolgen, und das liegt weit im Süden von Dahl. Je länger wir unentdeckt bleiben, desto besser für uns. Stell dir vor, welches Aufsehen ein Eiskrieger in Dahl erregen wird! Viele Menschen sind noch nie einem solchen Wesen begegnet, aber jeder hat davon gehört, wie die Krieger angeblich aussehen, und du entsprichst genau der Beschreibung. Die Nachricht deiner Anwesenheit würde sich wie ein Lauffeuer verbreiten. Willst du dich dauernd verstecken müssen?«

Skarg antwortete nicht.

Ion saß mit übereinander geschlagenen Beinen im Sessel vor dem Fenster, die Ellenbogen auf die Lehnen gestützt. Die Eisenmaske lag in seinem Schoß.

»So kannst du nicht nach Dahl gehen«, stellte er fest.

Skarg musterte ihn ungnädig. Seit seine Leibwächter abgereist waren, hatte er die meiste Zeit bei den Keren verbracht. Besonders mit Ion hatte er sich rasch angefreundet. Er war nicht so unnahbar wie Äneas und einige der anderen. Für einen Keren war Ion ungewöhnlich mitteilsam. Es hatte ihm gefallen, Eindrücke und Erfahrungen mit Skarg auszutauschen, und der hatte sich durch Ions Vertrauen geehrt gefühlt. Er mochte kaum glauben, dass Ion nun hier saß, um Äneas und Wolf zu helfen, ihn zu überreden. Wütend presste Skarg die Lippen zusammen.

»Den Schmuck habe ich abgelegt, und auch die Pelzkleider werde ich nicht brauchen. Ich kann das Hemd zuknöpfen, damit niemand die Tätowierung sieht. Anscheinend ist es in Dahl nicht üblich, seine Haut zu zieren. Außerdem sind mein Haar und meine Augen dunkler als die der meisten Ardaker. Wenn mich erst die Sonne gebräunt hat, wird mich niemand mehr für einen Eiskrieger halten.«

»Du brauchst andere Kleidung, selbst deine Gewänder ohne Pelze und Leder darfst du nicht tragen. Diese Machart ist in Dahl nicht üblich.«

Gleichmütig zuckte Skarg die Schultern.

»Ich habe nichts dagegen, dahlische Sachen anzuziehen.«

Ion lächelte verlegen.

»… und du musst deine langen Haare abschneiden.«

»Nein! Das werde ich nicht! Wie oft soll ich es noch sagen?«

»Dann gehst du zurück nach Ardak«, brummte Äneas. »Ich bin diese Unterhaltung leid. Wenn dir keine Vernunft beizubringen ist, lässt du es eben bleiben. Wir haben noch anderes zu tun.« Er winkte Ion, der sich sogleich aus dem Sessel erhob.

Als Äneas die Hand an der Klinke hatte, rief Skarg:

»Also gut! Dann mache ich mich eben zum Gespött!«

Erleichtert nickte Äneas ihm zu.

»Der Barbier wartet schon«, erklärte Ion und öffnete die Tür. »Bevor du es dir anders überlegst …«

Ein hagerer Mann in einem dunkelblauen Hemd und ebensolcher Hose trat ein, in einer Hand eine Ledertasche. Sein halblanges braunes Haar war im Nacken zusammengebunden.

»Berold ist mein Name«, verkündete er schüchtern. »Ich bin der Barbier.«

Skarg starrte ihn feindselig an. Äneas und Ion verschwanden. Mit einem Seitenblick deutete Berold auf den Sessel.

»Bitte …«

Widerwillig nahm Skarg Platz. Berold öffnete die Tasche, holte ein Tuch hervor und legte es um Skargs Schultern, dann zückte er eine Schere und einen Kamm.

»Wie darf es sein?«, fragte er ängstlich.

Skarg schwieg.

»Kurz«, antwortete Wolf für ihn, »ganz kurz. So wie man die Haare in Dahl trägt.«

In stummer Wut umklammerte Skarg die Sessellehnen so heftig, dass seine Knöchel weiß hervortraten. Als Berold seinen Zopf packte, kniff er die Augen zu.

»Kleine Kinder und alte Frauen haben kurze Haare«, murmelte er, »aber sicherlich kein Mann.«

Berold schnitt den fast hüftlangen Zopf ab und legte ihn auf den Tisch neben dem Sessel. Skarg hielt die Augen geschlossen. Mit raschen, geschickten Bewegungen kürzte Berold Skargs Haar. Strähne für Strähne zog er mit Fingern und Kamm hoch, schnitt und glich an. Auf dem Oberkopf ließ er die Haare etwa eine Handbreit lang, im Nacken und an den Seiten ein bis zwei Finger breit. Silbern schimmernde Strähnen fielen auf das Tuch, den Boden, Skargs Schoß und Arme.

»Fertig«, erklärte Berold endlich.

Seufzend stand Skarg auf, zerrte das Tuch von den Schultern und ging zur Kommode, über der ein Spiegel hing. Mit bösem Blick musterte er sein Abbild, fasste in das Haar und strich es aus dem Gesicht.

»Ich sehe aus wie ein Narr.«

»Wie kann man nur so eitel sein?«, spottete Wolf.

»Ich bin nicht eitel, ich will bloß nicht für einen Trottel gehalten werden.«

»Dafür ist es jetzt zu spät.«

»Wirklich witzig!«

»Ist es recht so?«, fragte Berold, während er seine Tasche packte.

»Nein«, stöhnte Skarg.

»Du hast gute Arbeit geleistet«, erwiderte Wolf. »Danke.«

Berold verbeugte sich und verließ erleichtert das Zimmer.

Skarg drehte sich um.

»Es wird Jahre dauern, bis sie wieder gewachsen sind.«

»Vielleicht wachsen sie nie mehr«, meinte Wolf düster.

»Vielleicht solltest du jetzt besser verschwinden, bevor ich mich an einem wehrlosen Krüppel vergreife.«

Schmunzelnd nahm Wolf seinen Stock und humpelte zur Tür.

»Komm! Wir werden im Thronsaal erwartet.«

»Warte«, sagte Skarg.

Er entfachte ein Feuer im Kamin und warf den Zopf und die abgeschnittenen Haare in die Flammen. Übelriechender Rauch stieg empor.

Wolf hielt sich die Hand vor die Nase.

»Warum tust du das? Willst du den Zopf nicht als Andenken behalten?«

»Ihr pflegt merkwürdige Bräuche! Erst schert ihr euch die Schädel, und dann bewahrt ihr die Haarreste auf? Ich brauche kein Andenken, um mich zu erinnern.«

Nachdem Skarg ein Fenster geöffnet hatte, machten sie sich auf den Weg.

◆ ◆ ◆

»Endlich«, begrüßte sie Äneas.

Er thronte am Kopfende des großen Eichentisches. Fünf der zwölf Stühle waren besetzt. Zu seiner Linken saßen Lodur und Xander, gegenüber Doran und Sigyn. Skarg ließ sich neben Sigyn nieder, Wolf setzte sich zu Xander. Verblüfft betrachtete Doran Skargs Haar. Äneas blickte nachdenklich in die Runde.

»Nun, da es Akàra gelungen ist, Kelrun zu verlassen, sehe ich keine Möglichkeit mehr für einen offenen Angriff. Es war klug von ihr, ohne jede Rast nach Erkbad zu reiten. Ihr Schiff war fort, als die Soldaten zum Hafen kamen. Sie haben sie nur um einen halben Tag verpasst. Akàra hat das schnellste Schiff weit und breit. Niemand kann sie zur See einholen.«

»Also müssen wir ihr nachreisen«, sagte Xander. »Wir können nicht zulassen, dass sie die Paralle behält.«

»Die Soldaten hätten die Verfolgung fortsetzen sollen!«, rief Sigyn. »Jetzt ist Akàra über alle Berge.«

Äneas schüttelte den Kopf.

»Soldaten von Kelrun in Dahl? Die wären nicht weit gekommen.«

»Wohin reist sie wohl?«, murmelte Doran.

»Keine Frage«, erklärte Lodur, »sie kehrt zurück in ihren Palast in Bengzar.«

Doran schürzte fragend die Lippen.

»Vielleicht auch nicht. Woher sollen wir wissen, was sie vorhat?«

»Wohin wird sie wohl sonst gehen?«, brummte Skarg. »Bestimmt will sie die Schlüssel in ihren Palast schaffen, damit sie sich in Ruhe damit beschäftigen kann.«

»Was meinst du dazu, Lodur?«, fragte Äneas.

»Selbstverständlich nimmt Akàra an, dass wir die Schlüssel zurückholen wollen. Wozu sollte sie sich an einem uns unbekannten Ort verstecken, wo wir sie früher oder später doch aufspüren würden? Nein, lieber stellt sie sich uns, und zwar in einer für sie möglichst günstigen Lage, und wartet ab, was wir unternehmen. In Bengzar ist sie praktisch unangreifbar. Keine Festung ist besser gesichert. Selbst wenn wir eine Armee hätten, wäre es unmöglich, dort einzudringen.«

»Falls Lodur Recht hat«, meinte Xander, »und auch keine Armee etwas gegen Akàra ausrichten kann, wenn sie erst in ihrem Palast weilt, dann frage ich mich, wie *wir* etwas gegen sie ausrichten wollen!«

»Unsinn!«, schnaubte Doran. »Wer spricht denn davon, Akàras Palast zu belagern? Wir brechen ein! Am besten nachts, wenn alles schläft. Du kannst uns den Grundriss des Gebäudes aufzeichnen. Wir stehlen die Schlüssel und sind verschwunden, bevor sich Akàra einmal im Bett umgedreht hat.«

»Ja, so machen wir es!«, pflichtete ihr Wolf bei.

Lodur neigte sich vor.

»Ihr habt ja keine Ahnung! Niemand kann sich dem Palast unbemerkt nähern, weder bei Tag noch bei Nacht! Ihr werdet in euer Verderben rennen!«

»Dann erklär es uns!«, drängte Wolf. »Du kennst Bengzar, wir nicht. Erzähl uns, was wir wissen müssen!«

»Also gut.«

Traurig blickte Lodur ins Nichts, als hätte ihn eine schmerzliche Erinnerung übermannt. Stockend begann er zu erzählen:

»Im Palast am See der Träume befindet sich der wichtigste und berühmteste Tempel des Gottes Herion. Seit hunderten von Jahren steht er dort und …«

»Was redest du da?«, fiel ihm Doran ins Wort. »Wir alle haben schon vom See der Träume gehört und auch vom Tempel Herions an seinem Ufer. Willst du uns weismachen, Akàra lebt dort?«

»Ja, natürlich. Akàra ist eine Priesterin. Sie wird von den Herionsjüngern wie eine Göttin verehrt.«

Doran schnaufte.

»Dann sind wir allerdings in Schwierigkeiten.«

»Der See gilt als heilig«, fuhr Lodur fort. »Angeblich hat er keinen Grund, er soll ein Tor zum Reich Herions sein. Wer in ihn hinabtaucht, schwimmt durch endlose Tiefen, um dann auf der *anderen* Seite an die Oberfläche zu gelangen. Doch dies gelingt nur jenen, die würdig sind, Herion zu begegnen; wen er zurückweist, der ertrinkt. Jeder, der ein Priester werden will, muss diese Prüfung bestehen.«

»Wer soll denn das überprüfen?«, fragte Skarg. »Jeder kann in einen See tauchen, nach einer Weile wieder ans Ufer schwimmen und erzählen, er habe seinen Gott getroffen.«

»So einfach ist das nicht. Jeder Anwärter, der ans Ufer zurückkehrt, wird gefragt, was er gesehen hat. Anscheinend gibt es ein untrügliches Merkmal, irgendetwas, das man erblickt, wenn man Herions Reich betritt. Ich habe keine Ahnung, was es ist. Wehe dem, der die richtige Antwort nicht kennt. Ein Betrüger wird augenblicklich von den Priestern getötet. Wie ihr euch denken könnt, hat der Gott Herion viele Jünger, aber nur wenige Priester. Diese genießen hohes Ansehen. Ihr Wort ist Gesetz.«

»Woran erkennt man denn einen Priester?«, fragte Sigyn.

»Herion hat tausende von Anhängern, und die meisten unterscheiden sich außer in ihren Ansichten nicht von anderen Menschen. Jünger, die den Pfad der Erleuchtung beschreiten, erkennt man an ihren kobaltblauen Kutten, von denen ihr bestimmt schon mehr als eine gesehen habt.«

Die Anwesenden nickten.

»Die sind überall«, murmelte Wolf.

»Über den Kutten tragen die Jünger meist eines oder mehrere Amulette«, erklärte Lodur. »Daran sieht man, welche Stellung sie einnehmen. Einfache Jünger haben eine Kette aus braunen Holzperlen, daran hängt oft ein Medaillon mit dem Symbol ihres Klosters. Fortgeschrittene, die auf dem Pfad der Erleuchtung weitergekommen sind, haben eine Kette aus gelben Holzperlen, Lehrer und Würdenträger eine weiße. Nur Priester, die einem Orden vorstehen, tragen ebenfalls blaue Gewänder, die anderen bevorzugen ›zivile‹ Kleidung. Ein Uneingeweihter kann sie nicht erkennen. Bei Zeremonien oder Festen erscheinen die Priester in prachtvollen Prunkgewändern. Außerdem gibt es ein Merkmal, mit dem sie sich offenbaren: Sie führen ein Zeichen, das sie überall verwenden, meist Pflanzen oder Tiere. Jeder Priester hat ein eigenes Zeichen, das ihm verliehen wird, wenn er die Probe im See bestanden hat. Akàras Zeichen ist die Lotosblume.«

Verwundert schüttelte Xander den Kopf.

»Demnach ist es Akàra gelungen, ins Reich Herions vorzudringen?«

»Das habe ich mich oft gefragt«, erwiderte Lodur. »Ich denke, es ist gut möglich, dass sie von jemandem die richtige Antwort erfahren und die Priester betrogen hat. Sie ist keine gläubige Frau. Doch die Priester Herions sind sonderbare Menschen. Sie wirken im Verborgenen.«

»Glaubst du denn diese Geschichte mit dem See?«, fragte Sigyn stirnrunzelnd.

Lodur seufzte.

»Der See besitzt eine ganz besondere Kraft, darüber herrscht kein Zweifel. Manchen Menschen erscheint er im Traum, dann besteht er aus Farben, die aus der Tiefe emporleuchten und miteinander verschmelzen. Man sagt, dies sei sein wahres Gesicht. Einem Besucher erscheint er als ein See wie jeder andere, doch dieser Eindruck trügt. Das Wasser verhält sich irgendwie merkwürdig, nie so, wie es sollte, als gehorche es einem eigenen Willen. Manchmal bleibt es glatt im wildesten Sturm oder regt sich bei völliger Windstille. Nun, ihr werdet es wohl selbst sehen und euch eine Meinung bilden.«

Bleich wie ein Laken hielt sich Xander an der Tischkante fest.

»Steht der Palast auf einer Anhöhe über dem See? Führt eine breite Treppe vom Ufer hinauf zu seinem Portal? Reichen marmorne Wasserrinnen zum See herab, die von den Jüngern jeden Tag gesäubert werden?«

»Ja!«, rief Lodur. »Woher weißt du das?«

»Vor langer Zeit träumte ich davon. Ich wollte in den See springen und darin versinken.«

»Ich sah Menschen, die in dem See tauchten«, erzählte Lodur. »Einer blieb einen ganzen Tag lang verschwunden, dann schwamm er lebendig und munter wieder ans Ufer. Niemand kann einen ganzen Tag unter Wasser am Leben bleiben. Andere starben nach wenigen Augenblicken. Kaum waren sie hinabgetaucht, da trieb ihr lebloser Körper an der Oberfläche.«

»Seltsam …«, murmelte Doran.

»Wird der See bewacht?«, fragte Skarg.

»Er wird beobachtet. Und es halten sich ständig Jünger in seiner Nähe auf. Sie meditieren am Ufer und nehmen rituelle Waschungen in seinem heiligen Wasser vor. Der Palast besteht aus einem Hauptgebäude und vier Nebengebäuden. Das Hauptgebäude hat einen quadratischen Grundriss, vier gleich lange Gebäudeflügel, die in einem rechten Winkel zueinander stehen und sich um einen Innenhof schließen. Jeder Flügel ist zwei Stockwerke hoch und verfügt über vierzig Räume. Dieser Teil wird streng bewacht, kein Jünger darf ihn ohne Erlaubnis betreten. Auf dem Innenhof steht der Tempel Herions: ein grauer Würfel, ein Geschoss hoch. Eine einzige Tür führt in den Tempel; es gibt weder Fenster noch sonstige Öffnungen. Ich bin nie drinnen gewesen, der Zutritt ist nur Priestern und ihrem Gefolge gestattet.«

»Wo lebt denn Akàra?«, wollte Xander wissen.

»Ihre Gemächer befinden sich im Nordflügel des Hauptgebäudes. Die anderen drei Flügel dienen den Priestern als Unterkunft, die regelmäßig Bengzar besuchen. Manche bleiben monatelang, bevor sie wieder in ihre Heimat reisen. Anscheinend gibt es besondere Rituale, die sie in Bengzar ausführen. Kein Außenstehender durfte jemals einen Blick darauf werfen, was sie dort tun. Meist leben außer Akàra noch drei oder vier Priester im Palast, mitsamt ihren Lieblingsjüngern, Wächtern und Angestellten. Gelegentlich sind es auch mehr. Akàra hat als einzige ihren ständigen Wohnsitz dort. Sie wurde von der Priesterschaft zur Hüterin des Tempels gewählt und ist für die Bewachung und den Unterhalt verantwortlich. Dafür wird sie gut bezahlt. Eine Truppe von Söldnern, die Akàra treu ergeben sind, kümmert sich um die Bewachung. Die meisten stammen aus Nordgeneria.«

»Von denen haben wir einige kennen gelernt«, raunte Doran.

»Es ist nicht ratsam, sich mit Akàras Söldnern anzulegen«, nickte Lodur. »Sie sind für ihre Grausamkeit bekannt.«

»Gibt es denn keine Diener, Köche oder sonstige Angestellte?«, fragte Sigyn.

»Nein. Die Jünger erledigen alle Arbeiten. Der Dienst im Hauptgebäude gilt als besondere Ehre. Voller Begeisterung schrubben die dafür Auserwählten die Treppen, putzen die Zimmer, kochen, waschen und bedienen die Priester. Jeder Jünger Herions muss eine gewisse Zeit in Bengzar verbringen, um dort ›seine Seele zu läutern‹, wie sie es nennen. Das kann Jahre dauern, und währenddessen müssen sie arbeiten, wobei alle Einkünfte dem Orden zufließen. Die Priesterschaft ist reich. Schließlich wird von jedem Jünger erwartet, dass er seine gesamte Habe und sein Vermögen abgibt, wenn er zum Glauben übertritt. Ohne die Last von weltlichen Besitztümern schreitet es sich leichter auf dem Pfad der Erleuchtung, sagen sie.«

Skarg lehnte sich zurück. Einen Arm ausgestreckt, trommelte er mit den Fingern auf dem Tisch.

»Und die Jünger leben in den Nebengebäuden?«

»Die meisten, ja. Das Hauptgebäude steht auf der Kuppe einer Anhöhe direkt beim See. Sein Portal zeigt nach Westen, zum See hin. Nach Norden und nach Süden erstrecken sich parallel zueinander je zwei lange Nebengebäude. Diesen Komplex nennt man den Palast. Im nordwestlichen Trakt hausen die Jünger in großen Schlafsälen ohne jede Annehmlichkeit. Dahinter befinden sich die Hauptverwaltung des Ordens und die Lagerräume. Auf der anderen Seite, also im Südwesten, liegen die Gemächer der Lehrer. Dann gibt es noch die Waffenkammer und die Quartiere der Söldner, die im südöstlichen Trakt untergebracht sind; nur Akàras Leibgarde wohnt im Hauptgebäude. Nahe im Osten, auf der anderen Seite des Hügels, liegt die Stadt Bengzar. Es gibt unzählige billige Absteigen, wo Jünger unterkommen, die im Palast keinen Platz mehr finden. Bengzar lebt mit und von den Herionsjüngern. Sie arbeiten in palasteigenen Werkstätten, bewirtschaften Felder und Obstplantagen, verkaufen Waren, die nicht vom Orden benötigt werden, auf dem Markt. Nicht nur Jünger pilgern zum See der Träume, sondern auch viele Neugierige. Es ist jedem gestattet, den See zu besichtigen und sogar darin zu schwimmen, obwohl dies kaum jemand wagt. Bengzar verdient gut an den Besuchern.«

»Könntest du uns einen Plan vom Palast zeichnen?«, fragte Doran.

»Ich will es versuchen. Es ist schon einige Jahre her, seit ich das letzte Mal dort war.«

»Wir brauchen noch einen ganz anderen Plan«, sagte Wolf, »nämlich den, wie wir vorgehen sollen, um hineinzugelangen. Mir scheint, das wird verdammt schwierig.«

Nachdenklich rieb sich Doran das Kinn.

»Wir müssen uns als Jünger Herions verkleiden, ein paar mehr oder weniger werden im Palast nicht auffallen. So rasch wird uns niemand für Ungläubige halten. Irgendwie werden wir dann schon eine Möglichkeit finden, uns Zutritt zu verschaffen.«

Kopfschüttelnd lehnte sich Lodur zurück, die Arme vor der Brust verschränkt.

»Am See könntet ihr euch wohl für kurze Zeit aufhalten, ohne als Betrüger entlarvt zu werden, aber damit seid ihr noch längst nicht im Hauptgebäude. Kein Jünger darf es ohne Erlaubnis betreten. Das ist nur den Auserwählten gestattet.«

»Dann sind wir eben auch Auserwählte.«

»Die Priester bestimmen persönlich, wer dort Dienst tun darf. Außerdem kennt Akàra jeden Einzelnen von euch.«

»Ja, wenn Akàra einen von uns sieht, sind wir verloren«, raunte Skarg, »aber ihre Wächter kennen bestimmt nicht jeden Herionsjünger.«

»Deshalb gibt es ein besonderes Merkmal für all jene, die sich in der Nähe des Tempels aufhalten dürfen. Jünger, die im Palast Dienst tun, und auch die Tempelgarde tragen ein Brandmal auf dem linken Oberarm, eine Lotosblüte in einem Kreis. Wollt ihr das auf euch nehmen?«

Schweigen trat ein.

»Brandmale kann man fälschen«, sagte Doran schließlich.

»Außerdem hält uns Akàra für tot«, meinte Wolf. »Sie kann nicht ahnen, dass wir den Fieberopfern entkommen sind.«

»Ja«, pflichtete ihm Doran bei. »Sie hat uns in der Halle der Wahrheit zum sicheren Untergang verurteilt, als sie die Fieberopfer aus den Zellen ließ.«

»Glaubt ihr wirklich, sie ist so dumm, sich darauf zu verlassen?«, rief Xander.

Alle redeten aufgeregt durcheinander, bis Äneas beschwichtigend die Hände hob.

»Wie dem auch sei! Vorsicht ist euer bester Ratgeber.«

»Ich habe da eine Idee …«, murmelte Lodur.

Er räusperte sich, und Ruhe kehrte ein.

»Es gibt einen unterirdischen Gang, der den Nordwesttrakt mit dem Hauptgebäude verbindet. Er führt von der Küche der Jünger zur Tempelküche, wo die Mahlzeiten für die Priester zubereitet werden. Wenn viele Priester im Tempel wohnen oder zu besonderen Anlässen müssen die Köche der Jünger mithelfen. Die Nahrungsmittel werden dann einfach durch den Gang befördert. Niemand käme auf den Gedanken, dort einzubrechen, und keiner außer dem Küchenpersonal weiß davon. Sie haben gemeinsame Vorratsräume und einen Weinkeller. Ich saß eines Tages in der Tempelküche, als plötzlich aus dem Nichts ein Jünger mit einem Tablett auftauchte, das er zurückbringen wollte. Die Köche haben ihn sogleich hinausgeschickt, aber der Vorfall hatte mich neugierig gemacht. In derselben Nacht schlich ich in die Küche und untersuchte die Wände. Dort fand ich den Gang. Das könnte euch nützlich sein.«

»Ja«, nickte Doran. »Auf diese Weise wäre es möglich, unbemerkt in das Hauptgebäude einzudringen.«

»Vielleicht gibt es mehr als nur diesen einen Gang dorthin«, bemerkte Sigyn.

»Das kann schon sein«, erwiderte Lodur, »doch es dürfte schwierig sein, einen anderen zu finden. Ihr könnt im Palast niemandem vertrauen, und ihr solltet ihn möglichst rasch wieder verlassen.«

»Es gibt noch jemanden in Bengzar, der euch erkennen wird«, sagte Äneas.

Alle horchten auf.

»Vector, Lodurs ehemaliger Diener, ist bei Akàra. Die Wachen bei den Stadttoren von Kirgon sahen einen großen rothaarigen Mann, der keine Uniform trug, mit ihrer Truppe die Stadt verlassen.«

»Vector!«, brüllte Lodur. Er beugte sich vor und schlug mit der Faust auf den Tisch. »Dieser verfluchte Bastard! Als er plötzlich verschwunden war, dachte ich, er sei zurück nach Kech geflohen.«

»Das wäre dumm von ihm gewesen«, brummte Skarg. »In Kech herrschen jetzt die Eiskrieger, und Arngrim hat keine Verwendung für einen wie Vector.«

»Es ist gut zu wissen, dass wir in Bengzar doppelt auf der Hut sein müssen«, raunte Wolf.

»Vector bei Akàra«, murmelte Doran. »Das überrascht mich nicht.«

»Auf jeden Fall müssen wir bald aufbrechen«, sagte Skarg. »Zu viel Zeit ist schon verstrichen.«

Äneas nickte.

»Ihr solltet morgen abreisen. Wer von euch will sich an der Verfolgung beteiligen?«

Skarg warf sich in die Brust.

»Ohne das ›Wolfsherz‹ kann ich nicht nach Ardak zurückkehren, und ich *will* nach Ardak zurück. Ich werde mir den heiligen Stein wiederholen!«

Xander nickte ihm zu.

»Akàra hat meinen Schlüssel geraubt und den meines Meisters Lutz. Er ist zu krank, um mit auf die Reise zu kommen, also werde ich an seiner Statt gehen.«

Doran schlug mit der flachen Hand auf den Tisch.

»Vor vielen Monaten erhielt ich den Auftrag, den Schlüssel von Dahl zu retten. Ich gedenke diesen Auftrag zu erfüllen und den Schlüssel wieder an seinen angestammten Platz zu bringen.«

»Das sind vier Paralle«, sagte Sigyn. »Wem gehört der fünfte?«

»Mir«, verkündete Äneas. »Das ›Auge der Sonne‹ schmückte die Krone von Leron, die Schaaraoch mir abgenommen hat. Es würde mich freuen, wenn ihr mir den Parall wiedergeben könntet, obwohl die Krone von Leron verloren ist und ich sie niemals wieder tragen werde.«

Wolf neigte den Kopf.
»Es wird uns eine Ehre sein. Auch ich werde mit nach Bengzar reisen, wenn ihr einverstanden seid.«
Stirnrunzelnd blickte Skarg ihn an.
»Versteh mich nicht falsch, aber mutest du dir nicht zu viel zu? Du bist ein Krüppel, und die Reise wird beschwerlich.«
»Wolf ist der beste aller Fährtensucher«, entgegnete Doran, »und er besitzt Fähigkeiten, die sein fehlendes Bein mehr als wettmachen! Wir brauchen ihn!«
Skarg zuckte die Schultern.
»Von mir aus.«
Doran legte die Hand auf Sigyns Arm.
»Du musst zurück nach Dahlstadt.«
Sigyn nickte.
»Ich hege keinen Wunsch, nach Bengzar zu reisen, und ich möchte auch euch davon abraten. Ihr werdet in eine Falle laufen. Akàra wartet doch nur darauf, dass ihr versucht, die Paralle zu holen. Ihre Späher werden überall auf euch lauern.«
»Wer sonst soll diese Gefahr auf sich nehmen?«, rief Xander. »Wir müssen uns etwas einfallen lassen, damit wir unentdeckt bleiben! Wie Lodur sehr richtig bemerkt hat, ist nicht einmal eine Armee in der Lage, die Paralle zu beschaffen. Mit List und Geschick werden wir unser Ziel erreichen!«
»Ich wünsche euch Glück«, sagte Äneas. »Wir werden euch mit allem ausstatten, was ihr für die Reise braucht.«
»Lodur soll uns begleiten«, verlangte Doran. »Er ist der Einzige von uns, der schon einmal in Bengzar war. Wir werden eine geeignete Verkleidung für ihn finden.«
Äneas schüttelte den Kopf.
»Das ist unmöglich! Kein Keren kann dieses Land verlassen.«
»Warum nicht?«
»Hat euch das niemand gesagt?«
»Nein!«
»Wir Keren sind tot, und doch leben wir. Unsere Körper gehorchen eigenen Gesetzen. Schaaraoch kannte diese Gesetze und hat sie sich zunutze gemacht. Hier im ganzen Land sind die Steine der Keren verteilt – vielleicht habt ihr einen davon gesehen. Es sind einzelne Felsblöcke, mit Inschriften und Zeichen versehen. Meist stehen sie auf Lichtungen, manche findet man auch auf Bergen oder im Wald. Unser Dasein ist an sie gebunden, wenn wir uns aus ihrem Einflussbereich

entfernen, hören wir auf zu existieren. Schaaraoch wollte verhindern, dass jemals ein Keren dieses Land verlässt. Er hatte schon bald gemerkt, dass wir mehr als nur Sklaven waren. Mit unserem Leben hat er uns auch die Freiheit genommen.«

»Es müsste doch möglich sein, diesen Bannkreis – oder was immer es ist – zu brechen«, meinte Xander.

»Vielleicht. Auf jeden Fall wird es lange dauern, bis wir herausgefunden haben, wie Schaaraoch diesen Bann errichtet hat, und noch länger, bis es uns gelingt, ihn aufzuheben.«

Er schob den Stuhl zurück und erhob sich.

»Packt eure Sachen und geht früh schlafen! Wir brechen im Morgengrauen auf. Die Keren werden euch bis nach Erkbad begleiten.«

◆ ◆ ◆

Im Zimmer herrschte vollkommene Dunkelheit. Der Mond war noch nicht aufgegangen. Lodur betrachtete die Möbel und die Umrisse des Raumes, die er trotz der Schwärze erkennen konnte. Sein Sehvermögen hatte sich völlig verändert. In der Finsternis vermochte er keine Farben zu unterscheiden, doch er konnte *sehen*. Die Welt war in schwarz und weiß gezeichnet, Leere, in der in silbernem Glanz ihm jede Einzelheit umso deutlicher erschien.

»Ich wünschte, ich könnte mit nach Bengzar reisen«, seufzte er.

»Die Grenzen dieses Landes sind auch die unseren. Du bist in Kelrun gefangen, genauso wie alle anderen Keren.«

»Woher willst du das wissen? Hat sie jemals einer überschritten?«

Äneas betrachtete ihn.

»Ja.«

Lodur lehnte sich mit dem Rücken gegen die Wand. Er saß auf dem Bett, die Beine an den Leib gezogen. Die Stiefel, den Mantel, die Maske und die Handschuhe hatte er abgelegt, die Lederrüstung am Hals aufgeschnürt.

»Was ist passiert?«

Langsam schritt Äneas zum Fenster und öffnete es. Er setzte sich auf das Fenstersims. Den Kopf in den Nacken gelegt, atmete er tief ein und aus.

»Ich liebe die Nacht. Die Düfte, die Geräusche. Hörst du den Brunnen? Schmeckst du das Wasser in der Luft?«

»Ja. Was ist passiert?«, fragte Lodur nochmals.

Äneas blickte auf den Innenhof des Palastes.

»Es geschah vor etwa vier Jahren. Kein Keren hatte jemals daran gedacht, sich dem Befehl des Königs zu widersetzen und die Grenze zu übertreten. Es war ein schrecklicher Unfall, ein Versehen.«

Ungläubig schüttelte Lodur den Kopf.

»Keiner von euch hat jemals versucht zu entkommen?«

»Nein. Wohin hätten wir denn gehen wollen? Wir wussten doch alle, dass wir keine Menschen sind. Hier in Kelrun ist unser Zuhause, hier haben wir unseren Platz und unsere Aufgabe. Schaaraoch war unser König, und wir dienten ihm. Wir liebten ihn wie einen Vater, und in gewisser Weise war er das auch.«

»Mehr euer Mörder denn euer Vater.«

»Das ahnten wir nicht. Er sagte uns, dass wir die Grenzen von Kelrun um unserer eigenen Sicherheit willen nicht überschreiten dürften. Unser Dasein sei an dieses Land geknüpft; wenn wir es verließen, sei es zu Ende. Nie wäre es uns eingefallen, einen Befehl von Schaaraoch zu missachten. Eines Tages verfolgten wir eine Gruppe von Seuchenopfern in der Nähe der Schirberge. Die dichten Wälder erschwerten uns die Jagd, eine ganze Nacht lang durchkämmten wir das Unterholz, und trotzdem fingen wir nur drei von sieben ein. Erschöpft und müde rasteten wir in einer Höhle in den Bergen. Wir waren zu fünft: Ion, Attis, Enrich, Andor und ich.

Im Morgengrauen machten wir uns wieder auf die Suche, die gefangenen Seuchenopfer hatten wir an einen Baum gekettet. Wir wussten, dass wir nahe der Grenze waren. Bis zum Mittag gingen wir den Spuren nach, die immer weiter nach Osten führten. Die Fährte teilte sich, und so bildeten wir zwei Gruppen. Ich ging mit Attis nach Norden, Andor, Ion und Enrich schlugen den Weg nach Südosten ein. Irgendwann blieb Attis stehen. ›Wir müssen umkehren‹, sagte er mit einem Blick, den ich noch nie an ihm gesehen hatte. Attis hatte oft Eingebungen, an deren Wahrheit nicht zu zweifeln war. ›Was ist los?‹, fragte ich ihn. Er schüttelte nur den Kopf, und wir machten rechtsum kehrt und hetzten unseren Kameraden nach, als zähle jeder Augenblick.

Bald hörten wir die zweite Gruppe, obwohl wir sie noch nicht entdeckten. Wir hatten einen Hügel erklommen, unter dem sich ein Meer von Wacholderbüschen erstreckte. Nahe im Osten ragten die Grenzsteine von Kelrun aus dem Buschwerk, hohe, steinerne Pfeiler mit dem Wappen Kelruns, die in weiten Abständen eine Linie von Norden nach Süden markierten. Zwischen dem Gestrüpp tauchte Ion auf, einen Fiebertoten im Schlepptau. Wir hörten ihn fluchen, als sich sein Mantel in einem Zweig verfing. Weiter südlich erklangen ein Rascheln und plötzlich ein Aufschrei. Attis und ich rannten den Abhang hinunter, so rasch es das dichte Unterholz zuließ. Der hoch gewachsene Wacholder raubte uns die Sicht, wir folgten dem Knacken von Zweigen vor uns und Andors Stimme, der verzweifelt nach Enrich rief. Brombeerhecken ließen uns kaum vom Fleck kommen. Wir nahmen die Schwerter zur Hilfe, um uns einen Weg zu bahnen.

Schließlich fanden wir Andor. Inmitten des Gestrüpps lag er, ein Bein verdreht. Es musste gebrochen sein. In einer Hand hielt er sein Schwert, die Klinge blutig. Erde, Blätter und Dornen bedeckten ihn vom Kopf bis zu den Stiefeln. Wenige Schritte von ihm entfernt entdeckten wir zwei Seuchenopfer mit gespaltenen Schädeln. ›Enrich‹, keuchte er und deutete mit gestrecktem Arm nach Osten. ›Haltet ihn auf! Die Grenze!‹

In der angegebenen Richtung hasteten wir weiter, und bald erspähten wir Enrich, der ein Fieberopfer durch das Gehölz verfolgte. Er merkte nicht, wie nahe er den Grenzsteinen war; die Pfeiler waren durch das Gebüsch seinem Blick entzogen. Doch wir sahen sie. Entsetzen ergriff uns, als wir beobachten mussten, wie Enrich immer weiter darauf zuschritt. Wir konnten ihn nicht rechtzeitig einholen, und so brüllten wir seinen Namen. Der Wind zerriss den Klang unserer Stimmen, trug sie fort. Irgendwann vernahmen wir Enrich, der rief: ›Gleich hab ich dich!‹ Das Fieberopfer war schon jenseits der Grenze.

Als wir ihn einholten, hatte er den Seuchentoten gepackt. ›Enrich!‹, schrie Attis, und endlich hörte er uns. Verwundert schaute er uns an, begriff nicht, was wir von ihm wollten. ›Komm zurück!‹, rief ich ihm zu. ›Du bist über der Grenze. Beeil dich! Lass den Toten sein!‹ Langsam blickte er hoch und wurde der Grenzsteine gewahr, deren Spitzen grau aus dem Blattwerk ragten. Seine Arme sanken nieder. Das Fieberopfer befreite sich aus seinem Griff und stolperte davon. Jeder Schritt schien Enrich große Anstrengung zu kosten, taumelnd schleppte er sich voran. Attis und ich rannten ihm entgegen. Als Enrich die Grenze passierte, brach er zusammen.

Wir trugen ihn von den Pfeilern weg, dann legten wir ihn nieder. Ich nahm ihm die Eisenmaske ab. Seine Augen waren weit offen, doch er schien uns nicht wahrzunehmen. Ein kalter Schimmer glomm darin, ein eisiges, brennendes Licht, wie wir es bei keinem Keren jemals erlebt hatten. ›Wir bringen dich nach Hause‹, sagte ich ihm. ›Der König wird dir helfen.‹ Kein Laut kam über Enrichs Lippen. Ion stieß zu uns. Er sank neben Enrich auf die Knie und starrte ihn an. Der unirdische

Glanz in dessen Augen flackerte und verging, als sei sein Leben damit erloschen.

Auf dem schnellsten Wege ritten wir zurück nach Kirgon. Andors gebrochenes Bein musste versorgt werden, und obwohl niemand von uns daran glauben mochte, so hofften wir doch, dass der König Enrich würde helfen können.«

»Was hat Schaaraoch gesagt?«

»Er meinte: ›Kein Gott und kein Geist kann ihn wieder zum Leben erwecken.‹ Am nächsten Tag haben wir Enrichs Leichnam dem Feuer übergeben. Seit jenem Unglück ist kein Keren mehr näher als zehn Schritte an die Grenze herangegangen.«

Lodur betrachtete Äneas, der ihm sein blasses Gesicht zuwandte. Seine Augen sahen aus wie flüssiges Silber, zwei Spiegel, die in eine andere Welt zeigten. Er wirkte erschöpft. Allmählich verstand Lodur, weshalb die Keren Äneas so bewunderten. Immer war er dort, wo man ihn brauchte. Er kümmerte sich um seine Leute, und das neben den zahllosen Pflichten, die auf ihm lasteten.

»Das heißt, wenn ein Keren seinem Dasein ein Ende setzen wollte, brauchte er bloß die Grenze zu überqueren.«

»Ist es das, was du willst?«

Lodur schwieg.

»Kein Keren hat jemals Hand an sich gelegt, und keiner wird es jemals tun«, erwiderte Äneas. »Wir sind Brüder. Jeder von uns gäbe sein Leben für den anderen. Du gehörst jetzt zu uns, ob es dir gefällt oder nicht.«

Ein verächtliches Schnauben entfuhr Lodur.

»Ich gehöre nicht zu euch! Ich bin ein Fremder in eurer Mitte. Was ist denn das für ein Dasein? Wir sind nicht lebendig und nicht tot. Vor den Menschen müssen wir uns verstecken. Wir sind Ungeheuer!«

»Ja«, pflichtete ihm Äneas bei.

Den Kopf gesenkt, umfing Lodur die Knie mit den Armen. Er zitterte.

»Schaaraoch hat dich umgebracht und einen Keren aus dir gemacht«, sagte Äneas, »und du bist nicht der Einzige. Jedem von uns ist dasselbe widerfahren. Du hattest das Glück, mit dem Erwachen das Gedächtnis zurückzuerlangen. Die meisten von uns wissen nicht, wer sie einst waren. Wenige erfuhren es, und auch die erst nach langen Jahren.«

»Ich wünschte, ich wüsste es nicht! Ihr habt hier in Kirgon gelebt, habt zusammen Schaaraoch gedient. Eine verschworene Gemeinschaft, die sich selbst genügte. Für mich ist kein Platz bei euch, und zu meinem alten Leben kann ich niemals zurückkehren. Meine Pläne sind unerfüllbar geworden. Nie werde ich meine Heimat wieder sehen. Der Thron von Kech ist verloren, der Feldzug gegen Alrich gescheitert. Gefangen bin ich im Körper eines Toten. Was soll aus mir werden?«

»Hörst du mir überhaupt zu? Du bist ein Keren. Das mag gut oder schlecht sein, und vielleicht wäre es anders viel besser. Es macht keinen Unterschied, es ist geschehen. Wir sind Brüder. Gewöhn dich daran.«

Lodur presste die Stirn an die Knie, dann blickte er auf.

»Du sprichst so, als ob alle Keren gleich wären. Was ist mit Ion? Weshalb bevorzugst du ihn vor den anderen?«

»Das tue ich nicht«, erwiderte Äneas.

»Dauernd läuft er dir hinterher. Wo du bist, ist er nicht weit. Und wie er zu dir aufschaut! Er ist noch ein halbes Kind. Duldest du deshalb seine Schwärmerei?«

Äneas seufzte.

»Ion ist einer der ältesten Keren. Lass dich von seinem Äußeren nicht täuschen.«

»Alle mit Ausnahme von Ion waren erwachsene Männer, als Schaaraoch sie zu Keren gemacht hat. Warum hat Schaaraoch einen Jungen getötet?«

»Das vermag niemand von uns zu sagen. Ion kennt seine Herkunft nicht.«

»Vielleicht hat er Glück gehabt, so jung zu sterben. Er hatte nie ein Leben und kann es auch nicht missen.«

»Ion war kein Kind mehr, als er starb. Er weiß wohl, was man ihm genommen hat. Urteile nicht so vorschnell über ihn!«

»Und weshalb ist er ständig bei dir, wenn nicht, weil du ihn mehr liebst als die anderen?«

»Ion besitzt ein großes Talent. Ich bedarf oft seiner Hilfe, deswegen begleitet er mich. Er ist unser bester Fährtensucher. Jeder Keren hat eine besondere Begabung. Auch du, Lodur.«

»Ich? Was soll ich schon für ein Talent haben?«

Lange schwieg Äneas. Eingehend betrachtete er Lodur, der bedrückt auf dem Bett saß. Lodurs Gemütsverfassung machte es unmöglich, ein vernünftiges Wort mit ihm zu wechseln.

»Ich möchte dir einen Vorschlag machen oder besser gesagt, ich möchte dich um etwas bitten.«

»Was?«

»Hilf uns, Schaaraoch zu finden. Du bist der einzige Daimon unter den Keren. Wir brauchen dich. Wenn das erledigt ist, kannst du tun, was dir gefällt. Keiner wird dich daran hindern.«

»Ich kann ohnehin tun, was mir gefällt.«

»Das lässt sich ändern. Ich könnte dich im Kerker gefangen setzen.«

»Das würdest du nicht wagen!«

Der Anflug eines Lächelns ging über Äneas' Gesicht.

»Falls es um deiner eigenen Sicherheit willen nötig wird, warum nicht?«

Lodur nickte nachdenklich.

»Das wäre dir zuzutrauen.«

»Nun, was sagst du dazu?«

»Na schön. Ich helfe euch bei der Jagd nach Schaaraoch. Auch ich möchte wissen, was mit seiner Leiche passiert ist. Falls er überhaupt wirklich tot war, dieser verdammte Hurensohn! Und dann lasst ihr mich in Ruhe!«

»Natürlich.«

Ein bitteres Lachen entrang sich Lodur.

»Natürlich«, wiederholte er.

Kurz und drängend klopfte es an die Tür, und gleich darauf kam Ion herein. Er keuchte, als sei er gerannt.

»Verzeiht, wenn ich störe!«

»Schon gut«, erwiderte Äneas.

»Du hast Befehl gegeben, dir merkwürdige Vorkommnisse sofort zu berichten.«

Äneas stand auf und schritt ihm entgegen.

»Ja?«

»Unseren Patrouillen in der Stadt wurden zwei Fälle von Zechprellerei gemeldet. Seit gestern Abend ...«

»Zechprellerei«, fiel ihm Lodur ins Wort. Er schnaubte abschätzig. »Was soll dieser Quatsch?«

Mit einer Geste brachte ihn Äneas zum Schweigen.

»Erzähl«, forderte er Ion auf.

»Vor drei Tagen ist eine Gruppe von Pilgern spurlos verschwunden, die in einer Herberge Zimmer gemietet hatten. Seit einer Woche wohnten sie dort. Es waren Jünger des Lichten Weges aus Pyr; mit denen hatten wir noch nie Ärger. Sie sind ehrlich und bescheiden. Ihre Habseligkeiten haben sie in der Herberge zurückgelassen, darunter auch eine goldene Opferschale, die mehr wert ist, als die Zeche jemals ausgemacht hätte.«

»Das sieht Jüngern von Pyr gar nicht ähnlich.«

»Nein«, nickte Ion. »Außerdem werden seit gestern Abend sechs Mönche aus Schakand vermisst, die in einem Gasthof Unterkunft gefunden hatten. Der Wirt ließ sie kostenlos in einer Kammer über dem Stall übernachten, weil einer von ihnen der Neffe seiner Frau ist. Er mag nicht glauben, dass sie sich ohne Lebewohl auf den Weg gemacht haben.«

»Pilger, die unverhofft aufbrechen, sind bestimmt keine Seltenheit«, meinte Lodur.

Die Arme vor der Brust verschränkt, schlenderte Äneas zum Fenster.

»In der Tat!«, rief er, dann drehte er sich zu Ion um. »Wir müssen herausfinden, ob in letzter Zeit noch mehr Pilger plötzlich nicht mehr aufgetaucht sind. Attis soll sich morgen mit ein paar Leuten die Wirtshäuser und Herbergen vornehmen. Dem werden wir auf den Grund gehen.«

Ion verabschiedete sich und eilte davon. Äneas wandte sich ebenfalls zum Gehen.

»Vermisste Pilger«, murmelte Lodur gedankenverloren. Er blickte auf und schaute Äneas an. »Glaubst du, sie sind …«

»Vielleicht«, erwiderte Äneas.

KAPITEL 4

Abschied

»Durch das Tor des Feuers schritt ich,
in den Schlund der Flammen,
Lichterloh brannte ich, bis die
Flammen mir das Leben nahmen,
Weiße Asche wurde ich, bevor
die Flammen mir das Leben gaben.«

Ardakisches Lied, Ursprung unbekannt.
Übersetzung: Endrea Ornold.
Volkskundliche Sammlung, Angantur,
Reg. 756/Ardak.

Zaghaft erhellte ein matter Schimmer den blauschwarzen Himmel, als wehre sich die Nacht, dem Morgen zu weichen. Stille lag über dem Land. Sterne blinkten zwischen den Wolken. Bald würde die Sonne aufgehen und mit ihr das Leben in Kirgon erwachen.

Skarg wandte sich vom Fenster ab, durch das er hinausgespäht hatte. Öllampen und Kerzen brannten in seinem Zimmer, erfüllten es mit Licht. Auf dem Bett stand seine Reisetasche. Er ging zur Kommode und öffnete die oberste Schublade. Darin lagen seine Hemden, gewaschen und zusammengelegt. Er holte sie heraus und packte sie ein, dann kehrte er um und zog die anderen beiden Schubladen auf. In der untersten fand er die Fellhandschuhe, die Pelzmütze und den in einem Lederbeutel verstauten Schmuck. Die Sachen würde er nicht brauchen. Er legte sie trotzdem in die Tasche. Gähnend nahm er die Hosen aus der mittleren Schublade und warf sie auf das Bett. Er hatte kaum geschlafen. Bis spät in die Nacht hatten sie gestern besprochen, wie sie vorgehen würden. Im Morgengrauen wollten sie aufbrechen.

Frierend vor Müdigkeit schüttelte er sich. Die Hände auf die Kommode gestützt, blickte er in den Spiegel an der Wand. Er hatte sich gewaschen, rasiert und angezogen. Wie verändert er aussah, er erkannte sich selbst kaum wieder! Die kurzen Haare befremdeten ihn. Die anderen ahnten nicht, was sie von ihm verlangt hatten. Doch sie durften in Dahl nicht unnötigerweise auffallen, und sein langer Zopf hätte Aufmerksamkeit erregt.

Als Kind hatte er die Haare zuletzt kurz getragen, seine Mutter hatte sie ihm regelmäßig geschnitten, bis Vater es ihr verboten hatte. Damals war er etwa zehn Jahre alt gewesen. »Lass sein Haar wachsen«, hatte Vater befohlen, »er ist kein Säugling mehr.« Daraufhin hatten sich seine Eltern gestritten, wie so oft.

Merkwürdig, wie sehr ihn das kurze Haar an sein Elternhaus erinnerte. Erlebnisse wurden plötzlich in ihm wach, an die er seit Jahren nicht mehr gedacht hatte. Als wäre es erst gestern geschehen, sah er im Geist seinen Vater vor sich, der seine Bücher auf den Speicher schleppte. Ächzend warf er sie in eine Truhe, schlug den Deckel zu und schloss ab. Verwundert und erschrocken hatte Skarg ihm zugeschaut, er hatte nicht verstanden, weshalb sein Vater so wütend war. »Schluss mit diesem Unfug!«, hatte er gebrüllt. »Du wirst erst wieder lesen, wenn du gelernt hast, mit Waffen umzugehen.« Stumm vor Zorn hatte Skarg sich umgedreht und war eilig vom Dachboden hinuntergeklettert.

Ins Esszimmer war er geflüchtet, neben der Küche der einzige warme Raum im Haus. Dort standen ein Holztisch und Stühle, ein geschnitzter Schrank, in dem das Geschirr aufbewahrt wurde, und ein großer Kachelofen mit einer Liegebank. Veilchenblau waren die Kacheln, durchbrochen von zwei schwarzen Eisenklappen. Schaffelle polsterten die Bank; darauf lagen Wolldecken und ein Kissen, das seine Mutter genäht hatte. Einen Kreis von roten Rosen hatte sie darauf gestickt, darin in hellem Blau eine sprudelnde Quelle: das Zeichen eines Gottes, der im Süden verehrt wurde, aber nicht in Ardak – und schon gar nicht in Walik, wo ihr Hof lag.

Dort hockte Skarg nun, die Beine an den Leib gezogen, und starrte schmollend zum Fenster hinaus. Der Wind schüttelte die Äste der Apfelbäume, gelb gewordene Blätter wirbelten durch die Luft. Grau und kalt war der Himmel, drohte mit Schnee. Bald würden dicke Flocken vor den kleinen Scheiben tanzen und das Land unter Weiß begraben.

Die Ecke auf der Ofenbank war Skargs Lieblingsplatz. Hier saß er oft und las, oder er übte Rechnen und Schreiben mit seiner Mutter. Eine Woche war es her, seit sie den Hof verlassen hatte. Skarg wusste nicht, wohin sie gegangen war. Sie hatte ihm nichts gesagt und Vater wurde wütend, wenn er ihn fragte. Er hoffte, dass sie bald zurückkam.

Schwere Schritte polterten die Holztreppe herunter. Im ersten Stock befanden sich die Schlafkammern und darüber der Speicher. Stiefel scharrten auf dem Steinboden im Vorraum. Außer Skarg und seinem Vater hielt sich zurzeit niemand im Haus auf. Die beiden Knechte waren draußen auf dem Feld. Skarg fürchtete sich. Er umfing die Beine mit den Armen, presste das Kinn an die Knie und spähte zur Tür. Die ging auf, und sein Vater kam herein.

Er setzte sich neben Skarg auf die Ofenbank. Die Arme auf die Oberschenkel gestützt, starrte er bedrückt ins Leere. Skarg rutschte in die Ecke, so weit wie möglich von ihm weg. Sein Vater war ein großer, starker Mann, abgehärtet von der Arbeit auf dem Hof. Er trug seine Arbeitskleider aus festem grauem Tuch.

»Ich will nichts Schlechtes über deine Mutter sagen«, brummte er, »aber dir so früh Lesen und Schreiben beizubringen war ein Fehler. Aus dir ist ein Feigling geworden, der sich hinter dem Ofen versteckt, während die anderen Kinder kämpfen lernen. Du bist mein Sohn, der Sohn eines Eiskriegers! Wir leben hier in Ardak. Du musst lernen zu kämpfen, sonst wirst du sterben!«

»Ich will aber nicht kämpfen«, murmelte Skarg fast unhörbar leise.

»Warum nicht?«

Skarg schluckte leer.

»Mutter sagt, es ist böse, anderen wehzutun. Sie sagt, nur ganz dumme Menschen machen das.«

Sein Vater seufzte tief.

»Du bist noch zu jung, um das zu verstehen. Alle Menschen müssen kämpfen, das ist das Gesetz des Lebens. Manche, wie wir Eiskrieger, kämpfen mit Schwertern, andere tun es mit Worten.«

»Warum denn?«

»Warum? Ich habe das Gesetz nicht gemacht. Man kann sich wohl vor dem Leben verstecken, aber das tun nur Feiglinge. Wer etwas erreichen will, muss es sich verdienen. Man bekommt nichts geschenkt. Deine Mutter hat dich verzärtelt, sie hat einen Schwächling aus dir gemacht, der jedem Streit aus dem Weg geht. Ich hätte das nicht zulassen dürfen! All dieser Unsinn, den sie dir eingeredet hat!«

Wütend blickte Skarg ihn an.

»Das hat sie nicht! Ich will zu ihr. Wann ist sie wieder da?«

»Deine Mutter ist fort. Sie wird niemals zurückkommen.«

»Warum ist sie weg? Wohin ist sie gegangen?«

»Ich weiß es nicht.« Er schüttelte den Kopf. »Ich weiß es wirklich nicht.«

Tränen quollen aus Skargs Augen, rollten ihm heiß die Wangen hinab.

»Ich will zu ihr«, schluchzte er.

»Nein, du bleibst hier.«

Skarg drückte die Stirn an die Knie. Er heulte. Sein Vater strich ihm über das Haar, dann zog er die Hand zurück.

»Hör auf damit«, murmelte er.

In einem Weinkrampf zuckten Skargs Schultern. Rotz rann ihm aus der Nase in den Mund, tropfte ihm auf die Jacke.

»Wir sind ein Volk von Kriegern«, sagte sein Vater. »Für einen Schwächling gibt es keinen Platz in Ardak. Du bist gesund und kräftig, und dumm bist du auch nicht. Es gibt keinen Grund, weshalb du dich hinter dem Ofen verstecken müsstest! Du bist mein Sohn, und du wirst kämpfen lernen, ob du willst oder nicht. Vielleicht wird eines Tages sogar ein Eiskrieger aus dir.«

»Ich will aber nicht«, klagte Skarg.

»Dann tut es mir Leid.«

Müde erhob sich sein Vater. Skarg blickte auf und schaute in seine Augen. Eisig blau schimmerten sie, wie Wasser so klar. Das knochige Gesicht war ernster, als er es je zuvor erlebt hatte. Zitternd sog Skarg den Atem ein. Sein Magen verkrampfte sich, das Herz schlug ihm bis zum Hals.

Sorgfältig wählte sein Vater einen Stock aus der Kiste mit Brennholz unter dem Ofen, die herausstehenden Reste von Zweigen brach er ab.

»Ich möchte dir etwas erklären«, sagte er bedächtig, »vielleicht wirst du es erst in einigen Jahren verstehen. Alle Prügel, die ich dir verabreichen kann, sind weniger schmerzhaft als das Schwert, das dich tötet. Du wirst umkommen, wenn du nicht lernst zu kämpfen, und zwar schneller, als du dir vorstellen kannst. Ich tue das nicht gerne.«

Entrückt betrachtete Skarg seinen Vater. Der glättete den harten Stock, bog ihn prüfend. Skarg konnte es einfach nicht glauben, nie zuvor hatte sein Vater die Hand gegen ihn erhoben. Bestimmt wollte er ihm einen Schrecken einjagen, damit er endlich mit den anderen Kindern den Unterricht beim Schwertmeister besuchte. Das Lachen erstarb ihm auf den Lippen, als sein Vater auf ihn zutrat, das Gesicht starr vor Sorge.

Eine Hand packte ihn am Kragen und zog ihn von der Bank hoch, dann sauste der Stock auf ihn nieder. Der plötzliche Schmerz überraschte Skarg, beinahe verwundert nahm er die scharfen Hiebe wahr, die auf ihn einprasselten. Sein Vater war entschlossen, ihn grün und blau zu prügeln. Weder das Gesicht noch den Kopf oder die Hände traf er, nur seinen Körper, und jeder Hieb schmerzte fürchterlich. Die Schläge wollten nicht aufhören. Irgendwann schrie Skarg, brüllte vor Wut und Pein.

Sein Vater ließ den Stock sinken, dann warf er ihn achtlos zurück in die Kiste.

»Ich liebe dich von ganzem Herzen«, keuchte er. »Andere lieben dich nicht und werden es auch nie tun. Lern, dich zu wehren!«

Skarg sprach kein Wort. Sein Vater wandte sich zum Gehen.

»Morgen besuchst du den Unterricht«, sagte er.

Niemals wieder hatte sein Vater ihn geschlagen. Sie hatten sich manchmal gestritten, doch niemals wieder hatte er den Stock geholt. Bald hatte Skarg seine Bücher zurückbekommen und durfte lesen, sooft er wollte, solange er seine Pflichten nicht vernachlässigte. Skarg hatte den Unterricht besucht und gelernt, mit Waffen zu kämpfen, aber er hatte an keinem Zweikampf teilgenommen, bis er neunzehn Jahre alt war. Er hatte sich geweigert, außer in einer Übung das Schwert zu gebrauchen.

Es verschaffte ihm ein Gefühl der Überlegenheit, allen Kämpfen aus dem Weg zu gehen. Unter den Heranwachsenden reichte der kleinste Anlass, um sich gegenseitig zu schlagen. Skarg wollte daran keinen Anteil haben. Den Spott, den ihm seine friedsame Haltung eintrug, konnte er verkraften.

Kopfschüttelnd pflegte ihr Lehrer, Gonder, ihn zu beobachten.

»Mit dem Holzschwert bist du ein wahrer Meister, den Stahl führst du wie ein Brotmesser.«

»Ich sehe keinen Sinn darin, sich gegenseitig abzuschlachten.«

Gonder grinste.

»Abschlachten? Wahrhaftig! Die paar Kratzer bringen euch nicht um. Ihr müsst lernen, was es heißt zu kämpfen.«

Gonders Grinsen erlosch. Er winkte Skarg beiseite, damit sie keiner der Schüler hören konnte, die auf dem Waffenplatz übten.

»Ich verstehe dich nicht, Junge. Du hast einen wachen Verstand. Warum gebrauchst du ihn nicht?«

»Was meinst du damit?«

»Du könntest ein guter Krieger sein, ja vielleicht einer der besten. Dein Körper ist geschmeidig und flink, und du bist schlau.« Er tippte sich mit dem Finger an die Stirn, um seine Worte zu bekräftigen. »Doch das Wichtigste fehlt dir: Du hast das Herz nicht dafür!« Er presste beide Hände flach auf die Brust. »Da ist kein Feuer in dir. Aus dir wird nie ein Krieger werden. Geh fort von hier! Zieh in den Süden, wo die Sitten weniger rau sind, oder verlass Ardak ganz, wenn dir der Sinn danach steht. Vielleicht wirst du anderswo dein Glück finden. In Walik lauert bloß der Tod auf dich. Es wäre schade um deinen hellen Kopf!«

Ein nichts sagendes Lächeln ging über Gonders Gesicht. Skarg war wie vom Donner gerührt. Gonders verständnisvolle Worte schmerzten ihn mehr als aller Spott seiner Kameraden. Er brachte keinen Ton über die Lippen.

»Du brauchst nicht mehr zum Unterricht zu kommen«, sagte Gonder freundlich und wandte sich ab.

»Warte!«, stammelte Skarg.

Gonder drehte sich um.

»Ich kann kämpfen«, erklärte Skarg gekränkt, »ich bin nicht feige.«

Traurig musterte ihn Gonder.

»Ich habe dir alle Kniffe beigebracht, die ich kenne. Von mir kannst du nichts mehr lernen. Du weißt, wie man mit Waffen umgeht, doch das macht noch keinen Krieger aus dir. Du führst dein Schwert wie ein Werkzeug, dessen Handhabung du studiert hast. Ein Krieger zu sein ist mehr als eine Frage der Kunstfertigkeit, es ist etwas, das man *ist*.« Er holte tief Luft. Nach Worten ringend, blickte er Skarg lange an. »Zwischen Leben und Tod brennt ein ewiges Feuer. Die meisten Menschen halten sich davon fern, doch nur dort werden Krieger geschmiedet. Sein ganzes Leben muss ein Krieger in jenem Feuer verbringen. Es beschützt ihn, und es verlangt viel von ihm.«

Mit einem Nicken deutete Gonder in Richtung des Übungsplatzes, wo Skargs Kameraden mit Holzschwertern kämpften.

»Sie spüren dieses Feuer, obwohl sie ihm keinen Namen geben können. In manchen lodern die Flammen zu hoch, deshalb wollen sie sich dauernd mit anderen schlagen, oder sie stellen irgendeinen Unsinn an, um etwas von der unerträglichen Hitze loszuwerden, die in ihnen tobt. Wer keine Disziplin kennt, den wird das Feuer vernichten.«

Gonder zeigte auf zwei der Kämpfenden, im selben Alter wie Skarg. Der größere schlug dem anderen gerade das Schwert aus der Hand. Bleich vor Zorn fletschte er die Zähne, riss wild die Augen auf. Erschrocken wich sein Gegner rückwärts von ihm weg.

»Sieh dir Keldar an!«

»Keldar ist ein Raufbold, nichts weiter.«

»Er ist mit dem Schwert genauso geschickt wie du, Skarg, und er ist stärker, wenn auch weniger schnell. Keldar muss lernen, sich selbst im Zaum zu halten, sonst wird es übel mit ihm enden.«

»Keldar ist ein Narr. Dem ist jede Ausrede recht, wenn er sich nur prügeln kann.«

Den Blick auf den Übungsplatz gerichtet, nickte Gonder nachdenklich, dann wandte er den Kopf und schaute Skarg an.

»In gewisser Weise hat Keldar genau von dem zu viel, was dir fehlt, Skarg. Ich werde ihm helfen, sich zu beherrschen. Disziplin kann ich beibringen, doch das Feuer kann ich nicht entfachen, und ohne dieses Feuer lässt sich kein Krieger schmieden.«

Skarg presste die Lippen zusammen. Ihm war zum Weinen zumute. Gonder klopfte ihm tröstend auf die Schulter.

»Geh jetzt nach Hause, Junge, und überleg dir, was du in Zukunft tun willst. Einer wie du passt nicht nach Walik. In einem Zweikampf würde ich kein Kupferstück auf dich setzen. Vielleicht kannst du durch deine Geschicklichkeit manchen Gegner besiegen, aber solltest du jemals einem wie Keldar gegenüberstehen, wirst du verlieren. Sei gescheit und zieh fort von hier!«

»Ich bin in Walik zu Hause!«

Ein ungeduldiges Brummen entrang sich Gonder.

»Du zwingst mich, es sehr deutlich zu sagen: Du kannst nicht als Schaf in einem Rudel von Wölfen leben, ohne früher oder später getötet zu werden. Vielleicht entdeckst du eines Tages deine Leidenschaft, und aus dir wird ein Gelehrter, ein Händler oder ein Bauer. Doch auch dafür braucht man ein Herz. Ich kann dir nicht sagen, was du tun sollst, ich versuche bloß, dich davor zu bewahren, dass dir einer wie Keldar den Schädel einschlägt, und genau das wird geschehen, wenn du hier bleibst!«

Die Hände zu Fäusten geballt, blickte Skarg Gonder nach, der mit langen Schritten zu den Kameraden lief. In seinem ganzen Leben hatte er sich noch nie so allein gefühlt. Beinahe wünschte er, Gonder hätte ihn angebrüllt, ihn mit einem Schwall von Schimpfworten überschüttet und ihn hart zurechtgewiesen, wie er es oft mit Keldar und einigen der anderen tat. Sogar eine Ohrfeige wäre ihm lieber gewesen als diese gelassene Freundlichkeit, dieser kühle Blick, der doch nur besagte, dass er Gonder vollkommen gleichgültig war.

Er mochte nicht auf den Hof zurückkehren, und so wanderte er durch das Dorf zum Rand des Waldes.

Es war ein angenehm milder Tag. Hell strahlte die Sonne am von weißen Wolken gesprenkelten Himmel. Seit bald einem Monat hatte es nicht mehr geregnet, ungewöhnlich für den Frühling in Ardak. Die Luft duftete nach Bärlauch, der satt und grün auf dem Waldboden spross. Von der Anhöhe aus konnte er fast das ganze Dorf überblicken: die schindelgedeckten Dächer der Steinhäuser um den Dorfplatz mit dem Brunnen, die schmalen Straßen und die Gehöfte, die in weiten Abständen die Siedlung umringten.

Skarg ließ sich unter einer Birke nieder, die Beine an den Körper gezogen, den Rücken an den Stamm gelehnt. Zu seinen Füßen sah er den Weg, der am Waldrand entlang zu den Berghöfen führte. Das Anwesen seines Vaters lag in entgegengesetzter Richtung, nahe dem Fluss. Eine Hügelkette entzog es seinen Blicken. Unablässig dachte er über Gonders Worte nach. ›Ein Schaf unter Wölfen‹, hallte es in seinen Gedanken wider. Der Ausspruch machte ihn zornig.

Es stimmte, er fand keinen Geschmack am Kämpfen. Alles Blutvergießen war ihm zuwider. Er sah keinen Sinn darin und keine Notwendigkeit. Doch er liebte Ardak mit seinen grünen Höhen und nebeldurchfluteten Tälern, den endlosen Wäldern, den schneebedeckten Bergen, den eisigen Bächen und Flüssen. Nein, er mochte nicht von hier fortgehen.

Ein Krieger. Was sollte das denn sein? Welches Geheimnis wurde vor ihm verborgen gehalten? Was war so besonders daran, ein Schwert zu tragen? Ein Krieger war nicht besser als jeder andere Mensch und auch nicht schlechter. Vielleicht hatte niemand eine Wahl. Das innere Wesen ließ sich nicht leugnen und nicht ändern. Es war eben da. Doch was machte sein Wesen aus?

Manchmal fehlte ihm etwas, das er nicht benennen konnte. Eine ziellose Sehnsucht quälte ihn, ein Hunger, dessen Unbestimmbarkeit ihn fast wahnsinnig machte. Er glaubte, in einem engen finsteren Raum darauf zu warten, dass endlich ein Licht erschien, das niemals kam. Gleichgültigkeit hatte ihn vom Hunger erlöst, die Sehnsucht war geblieben.

Der Klang von Schritten und Stimmen ließ ihn aufhorchen. Er spähte auf die Straße. Drei Gestalten näherten sich. Sie lachten. In den warmen Strahlen der untergehenden Sonne erkannte er Keldar, dessen breite Schultern und kantiger Schädel unschwer auszumachen waren. Neben ihm trotteten Lorge, sein jüngerer Bruder, und der dicke Olan, der auf dem Nachbarhof von Keldar und Lorge wohnte. Sie waren auf dem Heimweg. Skarg hielt die Luft an. Die Straße lief unmittelbar unter ihm vorbei. Sie brauchten bloß aufzuschauen, und schon würden sie ihn sehen.

Ohne ihn zu bemerken, gingen sie weiter. Skarg genoss bereits den Anblick der drei Rücken, als Keldar plötzlich stehen blieb. Langsam drehte er sich um und blickte mit funkelnden Augen zu Skarg empor.

»Sieh mal an«, zischte er, »das Muttersöhnchen.«

Lorge zupfte ihn am Ärmel.

»Komm!«, drängte er. »Vater wartet.«

Keldar riss sich los und stapfte auf Skarg zu. Olan und Lorge eilten ihm nach einem Augenblick des Zögerns hinterher. Bald sah Skarg Keldars eckiges Gesicht vor sich, als er sich über ihn beugte, die Arme in die Hüften gestützt. Seine blassblauen Augen brannten. Skarg erkannte die weiße Narbe, die quer über Keldars Stirn lief, die Habichtnase und die Grube im gespaltenen Kinn. Keldar schien furchtbar wütend zu sein.

»Verschwinde!«, murmelte Skarg.

»Er spricht!«, rief Keldar. »Wie mutig! Sonst drückst du dich doch immer.«

»Lass ihn in Ruhe!«, stöhnte Lorge, der Streitereien seines Bruders überdrüssig. »Wir müssen nach Hause.«

»Halt den Mund!«, fuhr ihn Keldar an. »Ich will mich mit dem Kleinen unterhalten.«

Olan, der etwas abseits stand, verfolgte das Geschehen mit stiller Freude.

»Wie ein Püppchen sieht er aus«, verkündete Keldar, »so lieb und hübsch. Kein Wunder, dass er sich mit niemandem schlagen will. Er könnte sich ja seine niedliche Fresse verletzen.«

Schweigend ballte Skarg die Fäuste.

»Jetzt ist er böse auf mich!«, spottete Keldar. Mit gespielter Furcht wich er zurück. »Helft mir, wenn er auf mich losgeht!«

Olan lachte bellend. Lorge rollte die Augen. Keldar grinste breit.

»Ich will ihm den Zopf abschneiden«, erklärte er, »damit jeder sieht, dass er ein Kind ist und kein Mann.«

Er zückte den Dolch und griff nach Skargs Haar. Der stieß die Hand weg und sprang auf. Seine Brust bebte. Er war fast gleich groß wie Keldar, doch schmaler. Aus zusammengekniffenen Augen starrte er ihm ins Gesicht.

»Du blödes Arschloch! Verpiss dich!«

»Ich weiß, warum deine Mutter abgehauen ist«, raunte ihm Keldar zu, »sie dachte, sie habe einen Sohn geboren, doch dann merkte sie, dass es bloß ein Waschlappen war.«

Er schüttelte sich vor Lachen.

»Und das ist kein Wunder«, fuhr er fort, »schließlich stammt sie ja aus Kech, der Stadt der Waschlappen. Wieso gehst du nicht zu ihr? Dort bist du unter deinesgleichen.«

Hitze breitete sich in Skarg aus. Vergeblich rang er nach Worten. Blinder Zorn raubte ihm die Stimme.

»Weißt du nichts mehr zu sagen?«, grinste Keldar. »Du bist doch so klug, viel klüger als wir. Kannst lesen und schreiben, bist nicht so ungebildet wie wir armen Tölpel. Von mir aus kannst du dir deine Bücher in den Arsch schieben.«

Er zog das Schwert, wiegte es in der Hand.

»Mehr Wissen brauche ich nicht.«

»Mehr geht auch nicht in deinen blöden Schädel«, grollte Skarg. »Am besten rammst du es mit der Spitze voran hinein.«

Olan kicherte gackernd.

Keldar presste die Lippen zusammen, bis nur noch ein Schlitz zu sehen war.

»Du bist bloß ein Bastard. Mit deiner Mutter hättest du verschwinden sollen. In Ardak hast du nichts verloren. Hier leben Krieger, keine feigen Schwächlinge.«

»Ich bin nicht feige!«

»Du bist der größte Waschlappen, der mir je begegnet ist! Am liebsten würdest du dich hinter dem Ofen verstecken. Schau doch, wie du zitterst! Du feige Memme! Vor meiner alten Großmutter habe ich mehr Angst als vor dir.«

Skargs Selbstbeherrschung gab nach wie ein morscher Damm, unterhöhlt von der Flut des Hohnes, den er jahrelang von seinen Kameraden ertragen hatte, und den kränkenden Worten, die er heute von Gonder hatte anhören müssen, eine Flut, die endlich herausstürzen wollte als tosende Woge der Wut.

Lorge packte Keldar am Arm.

»Komm schon! Lass uns gehen! Vater wird sich Sorgen machen, wenn wir so spät dran sind. Lass Skarg in Ruhe!«

Der glaubte plötzlich zu verbrennen. Glut erfüllte ihn bis in die Fingerspitzen. Seine Augen brannten, sein Leib stand in Flammen. Etwas in ihm brach, riss wie ein überspannter Draht. Er atmete Feuer.

Unentschlossen wich Keldar zur Seite. Skarg zog Lorges Schwert aus der Scheide, denn er selbst führte keine Waffe mit sich. Mit der blanken Klinge schlug er auf Keldar ein, der taumelnd den wuchtigen Angriff parierte. Nach einem Augenblick der Überraschung wehrte er sich verbissen, vergalt jeden Hieb. Lorge und Olan versanken in rotem Nebel. Wie aus weiter Ferne hörte Skarg einen der beiden rufen: »Hol Hilfe! Schnell! Die bringen sich um!«, dann ertrank die Stimme im Rauschen seines Blutes.

Nur noch das Klirren von Stahl vernahm er, sah die flüchtigen grauen Schatten der Schwerter vor dem dumpfen Grün des Waldes, das fliehende Weiß von Keldars Gesicht und Händen. Tiefes Rot zerstob vor dem Grün und Weiß. Ein Feuerregen.

Ein hohles Knallen ertönte, als das Schwert einen Baumstamm traf. Blätter fielen auf sie nieder, wirbelten mit in ihrem Tanz.

Skarg merkte, wie stark Keldar war, welch entsetzliche Kraft in jedem seiner Hiebe lag. Er durfte ihn nicht an sich herankommen lassen. Jeder Schlag, den er parierte, ging ihm durch Mark und Bein. Wie mit einem Schmiedehammer prügelte Keldar auf ihn ein. Wenn es ihm gelang, ihn richtig zu treffen, war er verloren.

Geschickt nutzte Skarg die Bäume und das unebene Gelände, sprang behände über Steine und Wurzeln, an denen Keldar strauchelte. Schneller und schneller teilte er seine Hiebe aus, fegte als eisiger Wind um seinen Gegner. Warme Feuchtigkeit rann ihm den Arm hinab, seine Schulter pochte. Keldars Hemd war über der Brust aufgeschlitzt, dahinter glänzte ein roter Strich.

Keldar ließ sich nicht überrumpeln, er durchschaute jede Finte, die Skarg versuchte. Bald gewöhnte er sich an die größere Schnelligkeit seines Gegners, legte noch mehr Wucht in seine Hiebe, um sie zu brechen. Schweiß tränkte Skargs Gesicht, rann ihm in die Augen. Er musste sich etwas einfallen lassen, wenn er den Tag überleben wollte, und zwar rasch. Aufstöhnend taumelte Skarg unter einem Schlag, der ihm fast das Schwert aus den Händen riss. Sein Arm war wie gelähmt. Er stolperte. Mit einem wilden Knurren setzte Keldar ihm nach. Seine Klinge sauste durch die Luft.

Mit einer Drehung wich Skarg Keldars Schwert aus, sodass dessen Angriff ins Leere ging, sprang vor und rammte die Schulter in Keldars Brust. Rasender Schmerz durchfuhr ihn, als seine verletzte Schulter aufprallte. Keldar verschlug es den Atem. Bevor er sich wieder erholen konnte, stach Skarg ihm das Schwert in den Leib und zog es zurück. Aufschreiend sank Keldar auf die Knie.

»Verdammter Bastard!«, brüllte er.

Seine Waffe fiel zu Boden. Er presste die Hände an die Hüfte, krümmte sich, holte tief Luft, dann kippte er um und blieb reglos liegen. Wutschnaubend baute sich Skarg über ihm auf und hob senkrecht das Schwert, um es ihm nochmals in den Leib zu rammen. Er hielt inne. Die Spitze der blutbefleckten Klinge verharrte eine Handbreit über Keldars Hals. Der rührte sich nicht. Blut tropfte vom Schwert auf Keldars Kehle, rann als dünner roter Streifen herunter, grell auf der bleichen Haut. Mit einem klagenden Laut trat Skarg von ihm weg, taumelte rückwärts, bis ein Baumstamm seine Schritte aufhielt.

Langsam wurde er seiner Umgebung wieder gewahr. Irgendwie waren sie während des Kampfes tiefer in den Wald gelangt. Er konnte die Straße nicht mehr sehen. Zweige knackten hinter ihm, und ganz in der Nähe erklangen Rufe.

»Da!«, schrie Lorge, als er Skarg entdeckte.

Drei Gestalten hasteten durch das Unterholz herbei. Als erster war Lorge bei ihm, dann folgten Gonder und Eran, der Heiler des Dorfes. Lorge beugte sich über Keldar. Er gab keinen Ton von sich. Stumm legte er seine Hand auf die Keldars. Als er aufblickte, glänzten Tränen in seinen Augen.

Eran ließ sich neben Keldar nieder und begutachtete die Wunden. Verblüfft musterte Gonder Skarg.

»Du erstaunst mich«, sagte er leise.

»Helft mir, ihn zu tragen!«, trieb Eran sie an. »Mein Haus ist nicht weit. Los, wir müssen uns beeilen, sonst verblutet er!«

Gonder packte Keldar unter den Achseln, Lorge nahm seine Beine. Eran presste ein Tuch auf die Wunde in Keldars Seite und legte ihm einen Arm unter das Kreuz, um ihn zu stützen. So schnell es ging, eilten sie durch den Wald. Ohne zu wissen warum, trottete Skarg hinterher.

»Senda!«, brüllte Eran, noch bevor sie sein Haus am Dorfrand betreten hatten.

Als sie durch die Tür schritten, eilte eine hoch gewachsene Frau in einem blauen Kleid die Treppe herab.

»Was ist los?«, rief sie, dann fiel ihr Blick auf Keldar.

Ohne ein weiteres Wort stieß sie die Tür auf der linken Seite auf, und sie traten in den peinlich sauberen Behandlungsraum, in dessen Mitte ein großer Tisch stand. Gonder und Lorge legten Keldar darauf.

»Verschwindet!«, sagte Eran.

Senda band sich eine weiße Schürze um, dann scheuchte sie sie hinaus und schloss die Tür. In einem Nebenzimmer standen zwei lange Bänke vor den Wänden. Dorthin setzten sie sich und warteten. Keiner sprach. Gonder lehnte sich mit verschränkten Armen zurück. Er schnaufte. Lorge sah jämmerlich aus. Bleich wie ein Laken starrte er die verschlossene Tür des Behandlungsraumes an, den Blick voll Furcht. Skarg war zu erschöpft, um klar zu denken. Geistesabwesend betrachtete er seine verletzte Schulter. Das graue Wollhemd war aufgeschlitzt und zerrissen. Blutdurchtränkt klebte es in Fetzen auf der Haut. Er sah offenes Fleisch, als ob sein rechter Arm direkt unterhalb der Schulter geplatzt wäre. Außer einem dumpfen Brennen fühlte er keine Schmerzen. Angestrengt überlegte er, ob das Hemd wohl geflickt werden konnte und ob sein Vater mit ihm schimpfen würde, weil er es ruiniert hatte.

Durch ein Fenster, das zum Wald zeigte, verfolgte Skarg, wie das Tageslicht schwand. Langsam verblassten die letzten Sonnenstrahlen, und der Abend senkte sich herab. Tiefblau war der Himmel, in den die Fichten ihre Kronen wie die Zacken einer Säge reckten. Da und dort blitzten schon die hellsten der Sterne auf. Aus dem Behandlungszimmer ertönte ein Klappern, dann unverständliches Gemurmel von Eran und Senda. Dunkelheit umhüllte die drei Männer im Nebenzimmer. Im Türspalt glomm Licht, gleißend in der Dämmerung. Nach einer Ewigkeit ging die Tür auf. Eran stand in dem leuchtenden Rechteck. Er trocknete sich die Hände an einem Tuch. Die Schürze um seinen Leib war blutverschmiert.

»Ihr sitzt ja im Finstern«, murmelte er, kehrte um und trug eine Lampe herein, die er auf das Fenstersims stellte.

Lorge sprang auf.

»Wie geht es ihm?«

Eran seufzte.

»Er ist jung und kräftig. Wenn er die Nacht übersteht, wird er es wohl schaffen. Senda und ich haben ihn zu Bett gebracht. Er muss vorläufig hier bleiben.«

»Dann bleibe ich auch«, verkündete Lorge erleichtert. Röte überzog seine Wangen.

»Na gut. Wir haben noch ein zweites Bett im Krankenzimmer.«

»Jemand muss euren Eltern Bescheid sagen«, brummte Gonder. »Ich kann das erledigen.«

Lorge erbleichte wieder.

»Vater darf nichts davon erfahren!«

Gonder rieb sich das Kinn.

»Ja, du hast Recht. Ich werde deiner Mutter sagen, wo ihr steckt, damit sie sich keine Sorgen macht.«

»Vater darf nichts davon hören!«

»Nein, ich passe schon auf.«

Kopfschüttelnd betrachtete Eran Lorge.

»Irgendwann wird er es doch erfahren.«

»Aber nicht jetzt! Du weißt, wie es um ihn steht!«

»Na schön. Vielleicht ist es besser so.«

Senda kam herein. Auf ihrer Stirn glänzte Schweiß, den sie mit dem Handrücken abwischte. Ihr langes weißes Haar hatte sie im Nacken zu einem festen Knoten geschlungen. Sie winkte Lorge, der ihr sogleich folgte. Gonder verabschiedete sich und verschwand. Eran widmete seine Aufmerksamkeit nunmehr Skarg, der steif auf der Bank saß.

»Jetzt bist du dran«, erklärte er. »Lass mich nach deiner Schulter sehen.«

»Es ist nichts.«

»Unsinn! Komm mit! Aber zieh erst deine dreckigen Stiefel aus.«

Skarg ließ die Schuhe im Vorraum zurück, dann folgte er Eran barfuß ins Behandlungszimmer. Der Tisch darin war leer und sauber. Nirgendwo war auch nur der kleinste Blutspritzer zu sehen. Der Steinboden glänzte, als ob er eben aufgewischt worden war. In einer Metallschüssel auf einem zweiten Tisch unter dem Fenster lagen blutige Arztmesser, in einer anderen blutgetränkte Stoffballen. Senda kam durch die Nebentür herein, nahm die Schüsseln mit und ging wieder. Skarg war mulmig zumute.

»Setz dich!«, forderte ihn Eran auf. »Und zieh das Hemd aus!«

Skarg hockte sich auf die Tischkante, knöpfte das Wollhemd auf und schälte sich heraus. Er konnte den rechten Arm kaum bewegen. Eran half ihm. Seine ganze rechte Körperhälfte war blutüberströmt. Vorsichtig betastete Eran den Arm. Skarg sog zischend den Atem ein, als er die kalten Finger auf seiner glühenden Haut spürte. Als Eran die Wundränder berührte, schrie er auf. Schmerz durchzuckte ihn. Eran ließ von ihm ab und trat zu einem der drei Wandschränke.

»Es ist immer das Gleiche«, erklärte er. »Erst schlagt ihr euch aus einem völlig blödsinnigen Anlass die Schädel ein, und dann kann ich euch wieder zusammenflicken. Fenrir sei Dank, bin ich ein geduldiger Mensch. Sonst schlüge *ich* euch die Schädel ein, und zwar so, dass euch nicht mehr zu helfen wäre.«

Er holte eine dunkelbraune Glasflasche und einen Becher aus dem Schrank. Gemächlich ging er zum Tisch unter dem Fenster, goss aus einem Krug Wasser in den Becher und schüttete dazu etwas aus der Flasche hinein. Die Flüssigkeit daraus kam in Tropfen, die Eran lautlos zählte. Er schloss die Glasflasche, schwenkte den Becher und streckte ihn Skarg hin.

»Trink das! Es nimmt den Schmerz, du wirst gar nichts spüren. Etwa einen Tag lang wird dir etwas schwindlig sein, aber das geht vorbei.«

»Das brauche ich nicht«, schmollte Skarg.

Eran grinste.

»Natürlich nicht. Ich will trotzdem verhindern, dass du das ganze Haus zusammenbrüllst, wenn ich die Wunde säubere und nähe. Also trink!«

Widerwillig nahm Skarg den Becher und leerte ihn in einem Zug. Das Getränk schmeckte entsetzlich bitter. Er schüttelte sich.

»Werde ich von diesem Zeug ohnmächtig?«, fragte er matt.

»Von dieser Menge nicht. Leg dich auf den Tisch. Auf die Seite, wenn ich bitten darf.«

Ein flaues Gefühl trat in Skargs Magen. Kalter Schweiß brach ihm aus.

»Sag mir sofort, wenn dir schlecht wird«, sagte Eran.

Skarg grunzte bloß und streckte sich langsam auf dem Tisch aus. Er fühlte sich plötzlich ganz leicht, fast körperlos. Als er lag, ließ die Übelkeit nach. Eran fingerte an seinem Arm herum, Skarg konnte nicht sehen, was er tat. Er hörte Wasser in eine Schüssel plätschern und das Tröpfeln von einem Tuch, das ausgewrungen wurde.

»Tut das weh?«, fragte Eran.

»Nein.«

Eran fuhr fort. Skarg spürte Kälte an seinem Arm, aber keinerlei Schmerz mehr. Nach einer Weile ging Eran wieder zu einem Schrank und holte etwas heraus. Als er zurückkam, sagte er:

»Das wird jetzt ein bisschen wehtun. Ich habe dich nur wenig betäubt, das ist besser für dich. Wenn du es nicht aushältst, dann schrei, aber bitte nicht allzu laut. Oben schlafen meine Kinder.«

Skarg brummte. Erst merkte er gar nichts, dann verspürte er ein leises Brennen, das sich stetig steigerte. Er bohrte die Fingernägel in die Handflächen und biss die Zähne zusammen. Eran schien mit einer Nadel auf seinen Knochen herumzukratzen. Irgendwann stöhnte er.

»Ist gleich vorbei«, flüsterte Eran ihm zu. »Nur noch zwei Stiche.«

Skarg kniff die Augen zu.

»Fertig«, erklärte Eran. »Das war doch gar nicht so schlimm.«

Benommen setzte sich Skarg auf. Der Raum kreiste um ihn. Er schüttelte sich, dann begutachtete er Erans Werk. Seine Haut war sauber, die Wunde sorgfältig vernäht. Eran legte ihm einen Verband an.

»Schone den Arm in den nächsten Tagen und ruh dich aus! Keine schwere Arbeit und keine Kämpfe. Noch mal flicke ich das nicht zusammen!«

Müde rieb sich Skarg die Augen.

»Dieses Gerede über Keldars und Lorges Vater vorhin«, murmelte er. »Warum darf er nichts davon erfahren?«

»Na, du hast Sorgen!« Ein Lächeln ging über Erans Gesicht, dann wurde er wieder ernst. »Ihr Vater ist krank, und das schon seit langem. Man kann nicht viel für ihn tun. Seit einem Monat geht es ihm wieder sehr schlecht.«

»Was fehlt ihm denn?«

»Vor zwei Jahren wurde er bei einem Gefecht mit dem Stamm von Torg schwer verletzt. Halb tot war er, als sie ihn zu mir brachten. Sein Leib war glatt durchbohrt, er war schon fast verblutet. Obwohl keine

Hoffnung bestand, habe ich ihn verarztet. Er hat überlebt, doch das ist eigentlich der falsche Ausdruck. Die Wunde ist nie richtig verheilt, bis heute nicht. Er kann nicht sterben und nicht gesund werden, seit damals siecht er dahin. Die meiste Zeit liegt er darnieder, ohne aufstehen zu können. Keldar und Lorge müssen die ganze Arbeit auf dem Hof erledigen. Ihre Mutter pflegt den Vater und hilft, wo sie kann, aber es fehlt ihnen an allem. Die Großmutter lebt auch auf dem Hof, doch sie ist alt.«

»Das wusste ich nicht.«

»Niemand spricht darüber, dabei täte Hilfe dringend Not. Keldar ist der älteste Sohn. Kaum begann er erwachsen zu werden, musste er die Stelle des Vaters einnehmen und alle Arbeit verrichten, die damit verbunden war. Ich weiß nicht, wie der Junge das geschafft hat. Seit Lorge größer ist, geht er ihm zur Hand, aber er ist fast noch ein Kind. Der Hof wirft nicht viel ab, und die Arbeit ist hart.«

»Warum macht Keldar das?« Skarg stockte. »Ich meine, warum führt er sich so auf, wo doch sein Vater krank ist? Er benimmt sich wie ein Idiot, prügelt sich mit jedem, der ihm über den Weg läuft.«

»Ich habe keine Ahnung. Das musst du ihn selbst fragen.«

Skarg schluckte leer.

»Ich wollte ihn nicht umbringen.«

»Er lebt ja noch.«

Verständnislos schüttelte Skarg den Kopf.

»So ein Narr.«

»Geh jetzt nach Hause! Dein Vater wird sich Sorgen machen.«

Auf dem Heimweg dachte Skarg über das Gespräch mit Eran nach. Er konnte Keldar nicht verstehen. Warum suchte er dauernd Streit? Schließlich lastete Verantwortung auf ihm. Keldar war berüchtigt als der schlimmste Raufbold von ganz Walik. Jeder ging ihm aus dem Weg.

Das Land auf den Anhöhen über Walik gab nicht viel her. Dort wirtschafteten die Ärmsten. Skargs Hof lag in der Ebene, wo die Erde reicher war. Deshalb konnte sich sein Vater zwei Knechte leisten, und sie hatten nie Hunger gelitten. Keldars Familie tat ihm Leid. Wer würde jetzt die Arbeit erledigen, nachdem Keldar verwundet war? Sein Bruder Lorge konnte doch nicht den ganzen Hof versorgen. Ihre Mutter mochte einiges tun, aber schließlich musste sie den Vater pflegen.

Die Gedanken jagten in Skargs Kopf, bis er zu Hause ankam. Sein Vater wartete auf ihn.

»Gonder war hier«, sagte er. »Er erzählte, du hattest Streit mit Keldar.«

»Dieser Idiot«, brummte Skarg.

»Du bist bleich wie Kalk. Ist alles in Ordnung mit dir?«

»Eran hat meinen Arm genäht. Ich fühle mich nicht besonders gut.«

»Was ist mit Keldar?«

»Der stirbt nicht so leicht, er wird schon überleben.«

»Musstet ihr denn gleich mit den Schwertern aufeinander losgehen? Wieso hast du ihn nicht mit einem Fausthieb niedergestreckt?«

Skarg streifte die Stiefel ab und stellte sie in den Gang.

»Keldar hat das Schwert zuerst gezogen.«

Als er sich aufrichtete, wurde ihm schwarz vor Augen. Er stützte sich an der Wand ab und griff sich mit der anderen Hand nach der Stirn. Alles Blut schien aus seinem Körper zu weichen, plötzlich wurde ihm eisig kalt. Sein Vater fing ihn auf, als er taumelte. Skarg winkte ungeduldig ab.

»Es geht schon. Das ist nur dieses verfluchte Betäubungsmittel.«

Besorgt blickte sein Vater ihm nach, als er sich die Treppe hinauf in den ersten Stock schleppte. Das Klacken der Tür von Skargs Kammer ertönte, dann kehrte Stille ein.

Skargs Verletzung heilte rasch. Nach zwei Wochen zog Eran die Fäden, und außer einer dünnen Narbe blieb nichts zurück. Keldars Genesung ging weitaus langsamer vonstatten. Acht Tage lag er in Erans Krankenzimmer, dann brachte man ihn mit einem Wagen nach Hause, wo ihn seine Mutter weiter pflegte.

Die Nachricht von Skargs und Keldars Kampf verbreitete sich wie ein Lauffeuer. Einer erzählte die Geschichte dem anderen, und jeder schmückte sie zu einer noch größeren Tat aus. Doch kaum einer ihrer Kameraden mochte daran glauben. Bis zu jenem Kampf war Keldar ungeschlagen gewesen. Alle hatten ihn gefürchtet. Es schien undenkbar, dass ausgerechnet der friedliebende Skarg ihn in die Knie gezwungen hatte.

Skarg wurde von vielen herausgefordert, und er wies keinen ab. Es bedurfte keines Streits mehr, damit er sein Schwert zog. Wer einen Kampf mit ihm wollte, konnte ihn haben. Die Bedenken waren von ihm abgefallen, ja, er vermochte sich ihrer kaum noch zu erinnern. Leben und Tod schienen bloße Worte zu sein, deren Bedeutung sich ihm nicht offenbarte. Nichts kümmerte ihn mehr, außer dem Feuer, das in ihm brannte. Die Zweikämpfe waren die Nahrung, die das Feuer brauchte, und seine Flammen loderten hell. Keiner konnte ihn besiegen.

Eines Abends, als Skarg von einem Kampf nach Hause kam, saßen Gonder und sein Vater am Tisch im Esszimmer, eine halbvolle Flasche und zwei Becher vor sich. Sie schienen auf ihn gewartet zu haben. Skarg murmelte einen Gruß und ging hinaus, um auf sein Zimmer zu verschwinden. Sein Vater rief ihm hinterher:

»Setz dich zu uns! Wir haben mit dir zu reden.«

Widerwillig kam Skarg herein. Mürrisch lehnte er sich an den Kachelofen. Er hatte keine Lust, sich an den Tisch zu setzen.

»Ja?«, brummte er.

Gonder drehte sich um. Er musste sich den Hals verrenken, um Skarg anzublicken.

»Du hast meinen Übungsplatz in ein Lazarett verwandelt!«, brüllte er. »Die Hälfte meiner Schüler sind verwundet! Was denkst du dir eigentlich dabei? Hast du den Verstand verloren?«

Skarg verschränkte die Arme vor der Brust. Er schwieg.

»Was ist bloß los mit dir, Junge?«, fragte sein Vater. »Man sieht dich kaum noch zu Hause. Du tust deine Arbeit, aber dein Kopf ist nicht dabei. Dauernd treibst du dich herum, und dann kommst du mit blutigen Kleidern zurück, und das Blut ist nie von dir. Früher warst du so besonnen – zu besonnen vielleicht –, und jetzt muss man sich vor dir fürchten!«

»Ich zwinge niemanden, mit mir zu kämpfen«, zischte Skarg böse.

»Aber du lässt es zu!«, donnerte Gonder. »Ja, es ist dir willkommen.«

Er sprang hoch und baute sich vor Skarg auf. Gonder war einen halben Kopf kleiner und musste aufblicken, um Skarg in die Augen zu schauen.

»Morgen kommst du zurück in den Unterricht, Bürschchen! Dir werd ich schon zeigen, wo's langgeht!«

»Du hast mich doch hinausgeworfen.«

»Und jetzt hole ich dich zurück.«

»Scher dich in die Sümpfe! Ich brauche deinen Unterricht nicht.«

Gonder wandte sich ab.

»Ich hielt dich für einen klugen jungen Mann«, seufzte er. »Warum führst du dich wie ein Trottel auf?«

»Was soll dieses Geschwätz?«

»Gibt es denn keine größere Herausforderung für dich, als auf Schwächere einzuprügeln? Ist das das Ende deiner Weisheit?«

Skarg schnaubte. Gonders Worte machten ihn wütend.

»Sie wollen es ja!«

»Und du lässt es geschehen! Dabei solltest du es besser wissen.«

Gonder starrte ihn an. »Wie ein wild gewordener Esel benimmst du dich. Keldar war wohl die Wespe, die dich in den Hintern gestochen hat, und seither schlägst du nur noch um dich. Hör endlich auf mit diesem Blödsinn!«

»Ein Esel«, wiederholte Skarg.

»Ja, genau!« Gonder schlug sich an den Kopf. »Gebrauch doch deinen Verstand!«

»Das tue ich.«

»Das werden wir ja sehen. Morgen kommst du in den Unterricht!«

Am nächsten Tag machte sich Skarg tatsächlich auf den Weg zum Übungsplatz. Neugier trieb ihn und das Bedürfnis, Gonder eines Besseren zu belehren. Er hatte sich völlig unter Kontrolle. Das würde er ihm schon beweisen.

Eine Überraschung erwartete ihn, als er auf dem Platz eintraf. Sogleich rief Gonder alle Schüler zusammen. In einem Halbkreis stellten sie sich auf und blickten ihn erwartungsvoll an.

»Ich brauche euch euren neuen Lehrer nicht vorzustellen«, verkündete Gonder feierlich, »ihr wisst alle, was für ein großartiger Kämpfer er ist. Skarg wird mir dabei helfen, euch zu unterrichten. Habt keine Scheu, ihm Fragen zu stellen. Er ist immer für euch da. Lernt von seiner Erfahrung und seinem hervorragenden Können!«

Gonder lachte hell auf, als er Skargs Gesicht sah. Dem stand vor Verblüffung der Mund offen. Als sich die anderen entfernt hatten, flüsterte Gonder ihm zu: »Jetzt wirst du Gleichmut lernen und Verantwortung. Das sind die besten Heilmittel für dein überhitztes Gemüt! Ich habe schon lange jemanden gesucht, der mir hilft. Es sind einfach zu viele Schüler für mich.«

Skarg glotzte ihn sprachlos an.

»Das kann ich nicht«, stammelte er.

»Natürlich kannst du das«, grinste Gonder. »Los, an die Arbeit!«

In den nächsten Wochen beobachtete ihn Gonder genau. Nicht der kleinste Fehler, den Skarg machte, entging ihm. Abends besprachen sie miteinander die Fortschritte und Schwierigkeiten der Schüler und wie ihnen zu begegnen war. Unmerklich blühte Skarg auf. Ohne dass er es zunächst zugeben wollte, bereitete ihm seine neue Aufgabe Freude. Er hatte Spaß daran, den anderen etwas beizubringen.

In jenem Jahr erlebte Ardak den heißesten und trockensten Sommer, den es seit langem gegeben hatte. Die Ältesten erzählten, dass sie zuletzt als Kinder eine solche Hitze gespürt hatten. Wasser musste aus dem Fluss herbeigeschafft werden, damit die Felder und Obstbäume nicht verdorrten. Viele Wochen lang fiel kein einziger Regentropfen, und mit jedem Tag, den die Dürre anhielt, nahm die Verzweiflung der Bauern zu. Jede Wolke am strahlend blauen Himmel wurde erwartungsvoll beobachtet, doch sie vergingen eine nach der anderen in der sengenden Hitze. Erbarmungslos brannte die Sonne herab. Die Erde riss auf, das Gras vergilbte. Die Saat drohte einzugehen.

Der Unterricht bei den Schwertmeistern fiel aus, denn alle mussten mithelfen, Wasser zu holen. Walik lag in der Nähe des Flusses Andar. Die Bergbauern hatten den weitesten Weg und die trockensten Felder, und die Bauern der Ebene halfen ihnen. Jeden Tag wurden große Fässer am Fluss gefüllt und mit Pferdewagen auf die Gehöfte befördert.

Skarg arbeitete am Ufer und pumpte Wasser. Abends tat ihm jeder Knochen im Leib weh. Obwohl dies eine der schwersten Arbeiten war, hatte er sich freiwillig dafür gemeldet, damit er nicht die Höfe beliefern musste. Er hegte keinerlei Wunsch, Keldar zu begegnen.

Seit ihrem Kampf im Frühling hatte er ihn nicht mehr gesehen. Den ganzen Sommer lang hatten sich weder Keldar noch Lorge auf dem Übungsplatz blicken lassen. Olan hatte erzählt, dass Keldar wieder gesund sei. Er begegnete ihm und Lorge fast täglich. »Die schuften wie die Tiere«, hatte er gesagt, »aber es nützt nichts. Viel Arbeit ist liegen geblieben. Die schaffen das nie, und das wissen sie auch. Es wird ein harter Winter für sie. Nicht genug Nahrung und Brennholz, zu wenig Heu für das Vieh, und das Dach ist auch noch nicht geflickt.«

Nun, Keldar war schließlich selbst schuld an seiner Lage. Einzig dessen Familie tat Skarg Leid. Sie konnten nichts dafür, dass Keldar wochenlang krank gewesen war, und mussten jetzt die Zeche dafür zahlen. Trotzdem plagte Skarg das schlechte Gewissen. Er hätte Keldar besiegen können, ohne ihn dabei fast umzubringen.

Keldar hatte ihn so wütend gemacht wie keiner vor ihm und keiner nach ihm. Fenrir allein wusste, was geschehen mochte, wenn er ihn wieder sah.

Dieser Tag lag näher, als Skarg ahnte. Einer der Kutscher verstauchte sich beim Abladen der Fässer den Arm, und Skarg musste wohl oder übel einspringen.

Ein mulmiges Gefühl erfasste ihn, als er die beiden Ackergäule, die den Wagen zogen, in Richtung der Berge lenkte. Seit dem Kampf hatte er diesen Weg nicht mehr genommen. Die Straße folgte dem Waldrand bis an die Grenzen von Walik, dann schwenkte sie in einem weiten Bogen nach rechts ab. Bald kam er an eine Kreuzung, wo ein Feldweg wiederum bergauf führte. Er zügelte die Pferde und atmete tief durch. Ein kurzes Stück weiter vorn konnte er einen Hof erkennen, der zu Füßen eines Hügels lag. Das steinerne Wohnhaus hatte eine angebaute Scheune, daneben standen ein Stall und eine Art Schuppen, der ziemlich verlottert aussah. Vor dem Schuppen erstreckten sich Reihen von Obstbäumen mit schon fast gelben Blättern. Auf einer Weide hinter dem Haus graste etwa ein Dutzend Schafe, und auf dem hölzernen Zaun, der die Weide umgab, hockten zwei Gestalten, die in seine Richtung starrten.

Rasch trieb Skarg die Pferde an. Zweifellos hatten ihn die beiden bemerkt. Als er näher kam, sprangen sie vom Zaun und gingen ihm entgegen. Aus dem Wohnhaus trat eine Frau in einem hellen Leinenkleid. Skarg brachte den Wagen auf dem Hofplatz zum Stehen. Die Frau schritt auf ihn zu. Graue Strähnen durchzogen ihr langes blondes Haar, das sie im Nacken zusammengebunden hatte. Ihr rundes Gesicht war von Falten übersät. Dies musste Lorges und Keldars Mutter sein. Skarg staunte. Er hatte sie sich gramgebeugt vorgestellt, vom Schicksal gezeichnet. Doch diese Frau strahlte Kraft aus. Kerzengerade hielt sie sich, die starken Schultern zurückgeworfen. Ihre Augen waren von einem ungewöhnlich dunklen Blau, fast schwarz; sie funkelten vor Neugier, als sie ihn betrachtete. Strenge umgab sie, doch keinerlei Bitterkeit. Erst warf sie ihren Söhnen einen warnenden Blick zu, dann begrüßte sie Skarg.

»Guten Morgen! Keldar und Lorge werden dir beim Abladen helfen. Wir danken dir für deine Mühe und allen Bauern vom Fluss, die uns in der Not beistehen.«

Nach diesen Worten verschwand sie wieder im Haus. Keldar musterte ihn von oben bis unten. Mit herabgezogenen Mundwinkeln schnaubte er verächtlich durch die Nase. Er sah dünner aus, doch ansonsten unverändert. Sein Bruder Lorge lächelte verlegen. Er nickte aufmunternd, dann schob er eine Rampe an den Wagen und stieg hinauf. Als er sich mit dem ersten Fass abmühte, folgte ihm Keldar und half. Sechs Fässer luden sie ab, ohne ein Wort zu wechseln, sechs verblieben, die für Olans Hof bestimmt waren. Lorge zog schweigend die Rampe weg. Skarg atmete unhörbar auf und wollte schon auf den Kutschbock steigen, als Keldar rief:

»Hätte nicht gedacht, dass du dich hierher traust, Bübchen. Wir haben noch eine Rechnung miteinander offen.«

»Das erste Mal hat dir wohl nicht gereicht?«, raunte Skarg.

»Ein unglücklicher Zufall. Den Dummen hilft eben das Schicksal.

Beim nächsten Kampf ziehe ich dir das Fell über die Ohren. Ich werde dir …«

»Hör doch auf mit dieser Scheiße!«, fiel ihm Lorge ins Wort. »Hast du nichts Besseres zu tun, als dich mit Skarg zu streiten?«

»Nein«, erwiderte Keldar gelassen.

Er trat nahe an Skarg heran und stieß ihn mit der flachen Hand vom Wagen weg. Skarg stolperte, packte im letzten Moment das Zuggeschirr und richtete sich daran auf. Die Pferde schnaubten und wieherten. Keldar stapfte drohend auf ihn zu. Er trug Arbeitskleidung, eine von Flicken übersäte Hose und ein Hemd aus dunkelblauem Tuch voller Schweißflecken, dazu schwere Schnürschuhe. Er war unbewaffnet, genau wie Skarg.

»Olan erzählte, Gonder hat dich zum Schwertmeister ernannt«, sagte Keldar. »Gibt es denn Schüler, die lernen wollen, wie man schwach und feige ist? Mehr kannst du ja keinem beibringen.«

»Du solltest wieder den Unterricht besuchen«, keuchte Skarg. »Du hast es bitter nötig. So plump, wie du ein Schwert führst, triffst du ja kaum einen Baum.«

»Hört endlich auf!«, brüllte Lorge verzweifelt und drängte sich zwischen sie.

Keldar schob ihn grob zur Seite.

»Misch dich nicht ein!«

Skarg erwartete ihn mit geballten Fäusten. Breitbeinig kam Keldar auf ihn zu, den Kopf vorgereckt. Flink wich Skarg einem rechten Haken aus und landete einen Schlag in Keldars Magen. Dessen Körper war hart wie Holz. Der Treffer schien keinerlei Wirkung zu haben. Sogleich rammte Keldar die Faust in Skargs Seite. Der stöhnte auf, ging fast in die Knie. Die Luft wich pfeifend aus seinen Lungen. Er taumelte zurück. Keldar setzte ihm nach, holte mit einem Arm aus. Als Skarg sich aufrichtete, ließ er die Faust emporschnellen und traf Keldars Kinn. Der wirbelte herum, stolperte und setzte sich auf den Hosenboden. Skarg warf sich auf ihn, sodass er flach hinfiel, und schlug ihm wieder aufs Kinn. Keldars Zähne knirschten. Er reckte die Arme, versuchte, ihn wegzudrücken. Skarg prügelte auf ihn ein. Keldar stieß ihn weg und landete schwer auf ihm, dann schlug er ihm mit der Faust ins Gesicht. Skarg glaubte, ein entsetzliches Krachen zu hören, als ob alle seine Knochen barsten. Er vermeinte fortzufliegen, weit weg, doch sein Körper blieb, wo er war. Bevor Keldar den nächsten Schlag anbringen konnte, erlosch Skargs Bewusstsein, und er spürte nichts mehr.

Ein Guss Wasser brachte ihn zu sich. Sein Schädel hämmerte. Stöhnend kniff er die Augen zu. Sein Mund fühlte sich merkwürdig taub an, wie ein weiches Tuch. Mit der Zunge befühlte er seine Zähne. Sie waren alle noch da, soweit er feststellen konnte. Als er den Kiefer bewegte, glaubte er, vor Schmerz wieder ohnmächtig zu werden. Er öffnete die Augen und schloss sie sogleich wieder. Sonnenlicht blendete ihn.

»Fenrir sei Dank!«, hörte er die Stimme einer Frau neben sich.

Er blinzelte. Keldars Mutter kniete an seiner Seite.

»Es tut mir aufrichtig Leid«, erklärte sie.

Skarg richtete sich auf und blickte um sich. Er lag auf dem Hofplatz. Sowohl der Wagen wie auch Keldar und Lorge waren verschwunden.

»Ich habe sie zu Olan geschickt«, sagte die Mutter. »Die warten auf das Wasser. Nachher bringen sie den Wagen zurück. Du bleibst solange hier. Kannst du aufstehen?«

Grimmig brummend stemmte Skarg sich hoch. Sein Kopf dröhnte.

»Komm mit ins Haus!«, rief sie.

Den Arm um seine Hüfte gelegt, schleppte sie ihn mit sich. Im Haus war es angenehm dunkel und kühl.

»Ich bin Elana«, sagte sie, als sie ihn in einem Stuhl abgesetzt hatte. »Du bist Skarg, nicht wahr? Lorge hat mir von dir erzählt. Du bist der Sohn Saraks, der Keldar verwundet hat.«

»Ja«, stieß er mühselig hervor. »Ich ...«

»Keldar ist ein Hitzkopf. Und du anscheinend auch.«

»Ich ...«, stammelte er.

»Als ob ihr nichts Besseres zu tun hättet!«, fiel sie ihm ins Wort. »Unser Leben ist so schon schwer genug. Aber nein, ihr müsst euch schlagen! Gonder sagte mir, du seist ein kluger junger Mann. Davon sehe ich nichts!«

»Keldar wollte doch ...«

»Er ist mein Sohn. Manchmal wünschte ich wirklich, ich könnte ihn verstehen, aber ich kann es nicht.«

»Ich will nach Hause.«

Sie verschwand in der Küche und kam gleich darauf mit einem nassen Lappen zurück. Behutsam säuberte sie Skargs Gesicht. Stöhnend vor Schmerz kniff er die Augen zu.

»Das ist also Saraks Sohn«, ließ sich plötzlich eine zweite Stimme vernehmen.

Erschrocken blickte Skarg auf. Kaum einen Schritt von ihm entfernt stand eine alte Frau. Er hatte sie nicht kommen gehört. Sie trug einen langen grünen Rock, ausgetretene Filzpantoffeln und eine mit Kreuzstichstickereien verzierte Bluse, rot auf weiß, die lose über ihre runden

Hüften fiel. Das grauweiße Haar war schulterlang geschnitten. Sie hatte ein eckiges Gesicht mit breitem Kinn und hoher Stirn, dessen Mitte eine Habichtnase zierte. Ihre Augen hatten dieselbe dunkelblaue Farbe wie die Elanas. Skarg fiel auf, wie sehr Keldar dieser alten Frau glich.

»Das ist meine Mutter, Belor«, stellte Elana sie vor.

Belor musterte ihn aufmerksam.

»Hat Keldar dich so zugerichtet?«, fragte sie.

Elana nickte.

»Dieser verfluchte Rabauke!«, zischte Belor. »Seine Mutter kommt nicht mit ihm zu Rande, und mit dem Vater ist ja nicht zu rechnen!«

»Mutter, bitte!«, rief Elana.

»Ist doch wahr! Du hättest diesen nichtsnutzigen Schwachkopf nie heiraten sollen! Jetzt müssen wir alle dafür zahlen. Sarak hättest du nehmen sollen, als du die Gelegenheit hattest. Dann würden wir jetzt auf einem gepflegten Hof am Fluss leben, mit Knechten und Mägden, mit reichen Feldern und guter Nachbarschaft, und nicht in dieser grässlichen Ruine, wo der Wind durch alle Ritzen zieht!«

»Mutter, sei endlich still! Ich kann es nicht mehr hören!«

»Geh doch auf dein Zimmer, wenn du die Wahrheit nicht erträgst!« Sie beugte sich verschwörerisch zu Skarg herab. »Dein Vater wollte Elana heiraten«, erklärte sie mit einem schmierigen Lächeln auf den Lippen. »Elana war schön, als sie noch jung war. Sie hat ihn abgewiesen, weil ihr dieser Kerl da oben« – sie deutete zur Decke – »schon den Kopf verdreht hatte.«

»Mutter!«, schrie Elana flehend.

Die schnatterte unbeirrt weiter:

»Dachte mir, da kommt nichts Gutes dabei raus, als Sarak dann diese Frau aus Kech genommen hat. Die passte nicht hierher.«

Sanft griff sie nach Skargs Kinn. Ihre Blicke glitten über ihn.

»Du bist wirklich ein sehr hübscher Junge, und gescheit siehst du auch aus. So was kennen wir hier nicht. Lorge ist gutmütig wie ein Schaf und auch nicht viel klüger, und Keldar ist ein Trampel, der nur zuhört, wenn man ihn lange genug prügelt. Lorge erzählte, du warst es, der Keldar verwundet hat. Du siehst gar nicht so aus, als ob du einen wie Keldar besiegen könntest.«

Ein Schauer lief über Skargs Rücken, als er in Belors harte Augen blickte. An ihr war nichts Schwaches oder Gebrechliches. Das Alter hatte ihr höchstens die Skrupel geraubt, falls sie jemals welche besessen hatte. Kalt wie Eis war sie. Plötzlich erschien ihm Keldars Verhalten in einem ganz anderen Licht.

»Ich werde die Geister nach dir befragen«, erklärte sie. »Willst du wissen, was sie zu sagen haben?«

»Die Geister?«, stotterte er. »Was meinst du damit?«

»Ich bin eine Daimonin. Hat man dir das nicht erzählt?«

Er schüttelte den Kopf.

»Jetzt hör aber auf mit diesem Unfug!«, rief Elana.

»Wir sehen uns wieder«, sagte Belor zu Skarg, warf ihrer Tochter einen herablassenden Blick zu und verschwand durch eine Tür.

»Du musst meine Mutter entschuldigen«, seufzte Elana. »Sie ist alt und manchmal ein wenig verwirrt.«

Verständnislos glotzte Skarg sie an. Belor hatte alles andere als einen verwirrten Eindruck auf ihn gemacht. Mit Erleichterung hörte er draußen das Knirschen von Rädern und das Stampfen der Pferde. Er stand auf und ging hinaus. Elana folgte ihm. Keldar hielt den Wagen an und sprang mit einem Satz vom Kutschbock. Lorge stieg gemächlich auf der anderen Seite herunter. Sechs leere Fässer waren auf der Ladefläche festgezurrt. Keldar holte die Rampe und rollte gemeinsam mit Lorge sechs weitere leere Fässer hinauf, die sie mit einem Seil anbanden.

Keldar warf Skarg einen unbestimmbaren Blick zu, Lorge grinste schief, dann verschwanden die beiden im Haus. Skarg stieg auf und trieb die Pferde an.

»Danke!«, rief ihm Elana nach, als er davonfuhr. »Und nichts für ungut!«

Als er den Wagen zurück zum Fluss gebracht hatte, lief er seinem Vater in die Arme, der ihn offenbar gesucht hatte.

»Was ist denn mit dir passiert?«, fragte er.

»Ich habe Keldar getroffen«, antwortete Skarg. »Wir haben uns nett unterhalten.«

Sarak lachte hell auf.

»Das sieht man! Dein Kinn ist schon ganz blau. Hast du dir etwas gebrochen?«

»Glaube ich nicht«, nuschelte Skarg. Das Sprechen fiel ihm immer schwerer. Sein Kinn fühlte sich an wie aus Brei.

»Komm, wir gehen nach Hause! Du musst mir helfen, den Zaun zu reparieren, wo gestern die Kühe ausgebrochen sind.«

Skarg nickte müde.

»Ich werde sehen, dass morgen jemand anders zu Keldars Hof fährt«, sagte sein Vater.

Energisch schüttelte Skarg den Kopf.

»Nein!«

Er griff an sein schmerzendes Kinn und sprach vorsichtig weiter:

»Dort fahre ich jetzt jeden Tag hin, solange diese verfluchte Dürre andauert!«

Entgeistert starrte Sarak ihn an.

»Willst du noch mehr Prügel von Keldar?«

Ein listiges Funkeln trat in Skargs Augen.

»Mit dem komme ich schon zurecht. So leicht lasse ich mich nicht vertreiben.«

Sein Vater zuckte verständnislos die Schultern.

»Ganz, wie du willst, Junge.«

»Darf ich dich etwas fragen, Vater?«

»Ja?«

»Stimmt es, dass du Elana heiraten wolltest?«

»Hast du sie getroffen?«

Skarg nickte.

»Sie und ihre Mutter.«

»Belor! Die ist scharf wie ein Messer! Mit ihren Blicken zieht sie dir die Haut vom Leib.« Sarak stieß pfeifend den Atem aus. »Ja, ich war einmal verliebt in Elana und wollte sie heiraten. Belor war dagegen, weil ich damals den Hof noch nicht hatte. Eigentlich besaß ich überhaupt nichts, und Elana wies mich ab.«

»Das hat Belor in der Zwischenzeit bereut.«

»Mag schon sein. Das ist alles so lange her. Ich wünschte bloß, Elanas Ältester ließe dich endlich in Ruhe.«

Am nächsten Tag fuhr Skarg wieder zu den Berghöfen. Er war entschlossen, nicht klein beizugeben. Insgeheim rechnete er mit einem erneuten Kampf, doch Keldar ließ sich nicht blicken. Lorge half ihm allein beim Abladen und beim Aufladen der leeren Fässer. Er wirkte traurig und irgendwie erschöpft.

»Vater ist letzte Nacht gestorben«, sagte er.

Skarg sprach der Familie sein Beileid aus und erklärte, er werde zur Beisetzung kommen. Die fand am Abend des folgenden Tages statt; die Hitze erlaubte es nicht, die Toten lange aufzubahren. Wie es Brauch war, wurde der Leichnam verbrannt. Der Häuptling von Walik nahm daran teil und alle Männer und Frauen, die den Toten gekannt hatten. »Die Hitze hat ihn umgebracht«, sagten die Leute. »Endlich wurde er erlöst«, flüsterten andere. Nach der Einäscherung wurde getafelt. Skarg blieb nicht zum Essen.

Die Dürre fand kein Ende, und die Arbeit ging weiter. Jeden Vormittag fuhr Skarg zum Hof hinaus und lieferte Wasser ab. Lorge half ihm beim Abladen und Aufladen, Keldar war nirgendwo zu sehen. Manchmal kamen Elana und Belor aus dem Haus und grüßten ihn sehr freundlich, doch Keldar zeigte sich nie. Am Morgen des zehntes Tages fasste Skarg sich ein Herz und fragte Lorge:

»Was ist eigentlich los hier? Wo ist Keldar?«

»Weg.«

»Weg? Was soll das heißen?«

Lorge lehnte sich gegen die Ladefläche des Wagens. Er rieb sich mit beiden Händen die Augen, als ob er müde sei. Skarg trat zu ihm.

»Nun sag schon!«

»Am Tag nach der Beisetzung«, erzählte er stockend, »gab es einen furchtbaren Streit. Großmutter sagte Dinge, die sie besser für sich behalten hätte. Keldar war außer sich. Vaters Tod hat ihn schwer getroffen. Er hat Großmutter geschlagen, und sie hat zurückgeschlagen, und zwar mit dem Schürhaken.« Er atmete tief ein und aus. »Dann sagte Keldar, er werde das Haus erst wieder betreten, wenn Großmutter tot sei, packte ein paar Sachen und verschwand.«

Skarg runzelte die Stirn.

»Wohin ist er denn gegangen?«

»Das verrate ich nicht.«

Nachdenklich kaute Skarg auf der Unterlippe. Plötzlich kam ihm ein Gedanke. Lorge blickte ihn fragend an.

»Lass ihn in Ruhe«, sagte Lorge beschwörend. »Es geht ihm nicht gut. Ich glaube, er will ganz fort von Walik.«

Skarg klopfte ihm auf die Schulter.

»Mach dir keine Sorgen.« Er schaute sich um. »Wer erledigt denn jetzt die Arbeit auf dem Hof?«

»Eine Wiese und einen Acker haben wir verpachtet, und Mutter hilft mit. Seit … seit Vater nicht mehr da ist, gibt es im Haus nicht mehr so viel zu tun. Um die Hausarbeit und den Garten kümmert sich Großmutter. Wir kommen zurecht.«

»Wenn ihr etwas braucht, dann …«

Lorge nickte. Skarg ging um den Wagen und stieg auf den Kutschbock. Lorge hob die Hand zum Gruß, als er wegfuhr.

Nachdem er die Lieferungen erledigt und den Wagen zurückgebracht hatte, war Skarg am Mittag wieder bei sich zu Hause. Er setzte sich zu seinem Vater und den beiden Knechten, Turan und Korf, an den Tisch. Ihre Haushälterin, Nera, brachte das Essen. Die erste Haushälterin, die sie eingestellt hatten, war nur kurze Zeit bei ihnen geblieben, dann hatten sie sie entlassen. Um das Haus hatte sie sich hervorragend gekümmert, doch ihre Kochkünste hatten sehr zu wünschen übrig gelassen. Danach hatten sie Nera eingestellt, die nun schon seit neun Jahren für sie sorgte. Sie lebte im Dorf. Ihr Mann war tot, und die Kinder waren längst erwachsen. Trotzdem wollte sie nicht auf Saraks Hof ziehen, und so kam sie jeden Morgen in der Frühe und ging am Abend wieder. Sie hielt das Haus sauber, kümmerte sich um die Wäsche und brachte täglich drei wohlschmeckende Mahlzeiten auf den Tisch.

Heute Mittag gab es Eintopf aus grünen und weißen Bohnen mit Tomaten, dazu gekochte Kartoffeln und als Nachspeise Aprikosenkuchen, von dem Skarg zwei große Stücke aß.

»Du wirst noch fett, wenn du so weiterfrisst«, sagte sein Vater.

»Sag es mir, wenn es so weit ist«, meinte Skarg und schnitt sich ein weiteres Stück Kuchen ab. »Brauchst du mich am Nachmittag?«

Sarak hob eine Augenbraue.

»Nun, ich dachte, wir wollten die Kühe auf die andere Weide treiben. Was hast du denn vor?«

»Ich müsste etwas erledigen. Es ist wichtig.«

»Also, wenn du im Fluss baden gehen willst, kannst du das auch morgen noch. Es sieht nicht nach Regen aus.«

Turan und Korf schmunzelten.

»Ich kann bei den Kühen helfen«, sagte Turan. »Wir sind gestern mit den Zäunen fertig geworden.«

»Na schön«, erwiderte Sarak.

»Danke!«, rief Skarg und sprang auf, das angebissene Stück Kuchen in der Hand. »Ich bin zum Abendessen wieder da.«

»Soll mal einer aus diesem Jungen schlau werden«, murmelte Sarak, als die Haustür hinter Skarg ins Schloss gefallen war.

»Vielleicht hat er ein Mädchen«, raunte Korf.

Sarak lächelte.

»Das würde mich nicht wundern.«

Doch Skarg hatte etwas anderes im Sinn. Als Lorge ihm erzählt hatte, dass Keldar den Hof verlassen hatte, war ihm sogleich eine Vermutung gekommen, wo er sich versteckte. Im Wald oben gab es eine alte Jagdhütte, die kaum mehr benutzt wurde und jetzt im Sommer gänzlich verwaist war. Er wollte nachschauen, ob sich Keldar dort aufhielt, und zwar ohne von ihm bemerkt zu werden. Sollte er tatsächlich in der Hütte hausen, würde er heute Nacht eine Überraschung erleben.

Skarg lachte still in sich hinein, als er den schmalen Waldpfad hinaufstapfte. Bestimmt war Keldar nachts mulmig zumute, so ganz allein in der Hütte und kein Mensch weit und breit. Skarg plante, sich mit ein paar Kameraden im Dunkeln zur Hütte zu schleichen und dann Keldar einen gehörigen Schrecken einzujagen. Heute Nacht würde er ein paar ›Geister‹ erleben, die er nicht so schnell vergessen sollte. Der würde sich in die Hosen machen vor Angst!

Die Hitze trieb Skarg den Schweiß auf die Stirn. Er war dankbar für den Schatten, den die Bäume spendeten. Wind kam auf. Die Wipfel der Fichten und Kiefern rauschten. Der von Gestrüpp schon fast zugewachsene Pfad führte steil bergauf, wand sich in engen Schleifen durch den dichten Wald. Himbeeren wuchsen am Wegrand. Skarg pflückte eine Hand voll und aß sie, während er weiter marschierte.

In der Ferne rollte Donner. Skarg hielt inne und spitzte die Ohren. Vögel zwitscherten, eine Fliege surrte neben ihm, sonst hörte er nichts mehr. Das Gewitter musste sehr weit weg sein, wenn es denn eines war. Blinzelnd blickte er in den Himmel. Wolken zogen über ihm vorbei, dunstige weiße Flocken vor dem gleißenden Kobaltblau. Der Wind legte sich, und die Luft wurde wieder drückend heiß.

Skarg verließ den Pfad und wanderte den Wald hinauf. Ein Teppich von Tannennadeln knisterte leise unter seinen Sohlen. Vorsichtig setzte er einen Fuß vor den anderen, stützte sich an die Baumstämme. Zu seiner Rechten rauschte ein Bach über Felsen in die Tiefe. Er führte wenig Wasser. Halb getrocknete Schlammpfützen glänzten zwischen den Steinen am Rande des Betts. Ein kurzes Stück unterhalb der Hügelkuppe überquerte Skarg den Bach. Am anderen Ufer kauerte er sich nieder, tauchte die Hände ein und benetzte sein glühendes Gesicht. Das Wasser war herrlich kalt.

Erfrischt lief er quer durch den Wald und langsam wieder bergab. Falls sein Gedächtnis ihn nicht trügte, würde er so zur Rückseite der Hütte gelangen. Leise schlich er voran, horchte auf alle Geräusche. Er duckte sich hinter den Stamm einer riesigen Kiefer. Über einen Brombeerbusch hinweg spähte er hervor.

Eine Lichtung durchbrach das Dickicht des Waldes. In deren oberem Drittel stand die Jagdhütte. Sie sah gänzlich verlassen aus. Die Läden des einzigen Fensters auf der Rückseite waren geschlossen.

Im Schutz der Bäume pirschte Skarg voran, um die Lage auszukundschaften. Flink huschte er von einem Stamm zum nächsten, ständig den Blick auf die Lichtung gerichtet. Bald erblickte er die Vorderseite der Hütte. Gegenüber brach der Pfad aus dem Wald, den er vorzeitig verlassen hatte, um sich unbemerkt zu nähern. Auf der hölzernen Veranda stand ein Stuhl. Die Läden der beiden Fenster und die Tür waren zu. Unter dem vorspringenden Dach war Brennholz gestapelt, verfärbt von der Sonne. Das konnte schon lange dort liegen. Den Stuhl hatten die Jäger im letzten Herbst bestimmt nicht absichtlich draußen gelassen, doch vielleicht war er vergessen worden.

Enttäuscht stieß Skarg den Atem aus. Die Hütte wirkte unbewohnt. Er setzte sich hin, den Rücken an einen Baumstamm gelehnt, und wartete. Keldar konnte ausgegangen sein, und er wollte nicht von ihm in der Hütte überrascht werden.

Nichts geschah. Skarg lauschte in den Wald. Wenn sich jemand in der Nähe aufhielt, dann hätte er ihn gehört, doch da war keiner.

Skarg stemmte sich hoch und ging zur Jagdhütte. Auf der Lichtung brannte die Sonne ungehemmt auf ihn herunter. Er war froh, als er den Schatten des Dachs erreichte. Wiederum lauschte er, das Ohr an die Tür gedrückt. Nichts rührte sich.

Er drehte den hölzernen Riegel und stieß die Tür auf. Stickige Luft schlug ihm entgegen. Drinnen blinzelte er, bis sich seine Augen an das Dämmerlicht gewöhnt hatten. Durch die Spalte der Fensterläden fielen zerrissene Streifen von Sonnenlicht. Rechts vom Eingang stand eine Eckbank, davor ein Tisch, zwei Sessel und ein Schemel. Im offenen Kamin in der rechten Seitenwand lag Asche. An dem Sims über der Feuerstelle hingen eine Blechpfanne und eine Blechkanne.

Skarg hielt den Atem an. Vor dem Kamin entdeckte er einen halbvollen Topf Wasser. Der konnte nicht von den Jägern zurückgelassen worden sein. Auch dass sie die Asche liegen gelassen und die Feuerstelle nicht gesäubert hatten, war höchst unwahrscheinlich. Also war jemand hier gewesen.

Ein zerkratzter alter Schrank, drei Kisten mit Brennholz und eine schiefe Kommode vervollständigten die Einrichtung des Erdgeschosses. Gegenüber der Tür, entlang der linken Seitenwand reichte eine steile Holztreppe hinauf in den Dachstock. Dort oben befanden sich zwei Schlafräume, wie Skarg von einem früheren Besuch wusste. Die Bodenklappe war offen. Die hatten die Jäger bestimmt geschlossen gehabt.

Gespannt stieg Skarg hinauf und kam in einen engen, niedrigen Vorraum. Ein größeres Zimmer ging nach hinten, ein anderes lag rechts direkt über dem Wohnraum der Hütte. Er zog den Kopf ein, um sich nicht an dem Dachbalken zu stoßen.

Im Türrahmen des kleinen Zimmers blieb er stockstill stehen. Sein

Herz tat einen Sprung. Zwei Pritschen befanden sich darin und ein Nachttisch, auf dem eine gelöschte Kerze stand. Die Matratze der rechten Pritsche war hochgestellt an die Wand gelehnt. Auf der linken Pritsche lag Keldar.

Eine braune Wolldecke hatte er bis an das Kinn gezogen, unten schauten seine bloßen Füße heraus. Sein Kopf ruhte auf einem Kissen. Seine Augen waren geschlossen, der Mund stand offen. Die Stirn war von einer Wunde verunziert. Getrocknetes Blut klebte auf der Haut und im hellblonden Haar. Die Wundränder waren bläulich verfärbt und angeschwollen, das blasse Gesicht schweißbedeckt.

Skarg fragte sich, ob Keldar tot war. Er konnte nicht erkennen, ob er atmete. Es blieb ihm nichts anderes übrig, als nachzusehen.

Vorsichtig tappte er näher. Er hielt eine Hand über Keldars Nase und Mund und verspürte schwach einen warmen Luftzug. Also war er am Leben. Die Wunde sah übel aus, eitrig und entzündet. Kein Wunder, hatte sie ihn aufs Lager geworfen. Er musste hohes Fieber haben.

Nachdenklich schaute Skarg auf Keldar hinab, als der plötzlich die Augen aufschlug. Erschrocken zuckte Skarg zurück.

»Was willst du?«, bellte ihn Keldar an.

Skarg fehlten die Worte.

»Verschwinde!«, brüllte Keldar. »Lass mich in Ruhe!«

»Du bist krank«, stellte Skarg fest, nachdem er sich wieder beruhigt hatte.

»Wie scharfsinnig!«, entgegnete Keldar. »Glaubst du, das weiß ich nicht? Wieso liege ich wohl hier im Bett, während draußen die Sonne scheint?«

»Du brauchst Hilfe.«

Keldar drehte sich zur Seite, das Gesicht zur Wand.

»Hau ab!«, grollte er.

Skarg ließ sich auf der zweiten Pritsche nieder, die Hände im Schoß verschränkt. Er überlegte.

»Keldar!«, rief er leise.

Der gab als Antwort ein Grunzen von sich.

»Du kommst jetzt mit mir«, sagte Skarg, »ich bringe dich zu Eran.«

»Scher dich zu den Geistern! Lass mich in Frieden!«

»Dann hole ich Eran und führe ihn hierher. Gonder nehme ich am besten auch gleich mit und vielleicht noch Lorge und deine Mutter.«

»Nein!«

»Dann komm mit.«

Lange schwieg Keldar. Skarg fragte sich schon, ob er eingeschlafen sei, als er sich zögernd umdrehte. Stöhnend schlug er die Decke zurück und setzte sich auf. Bleich sah er aus. Seine Augen glänzten von Fieber. Er trug ein hellblaues Unterhemd, das völlig verschwitzt war, sonst war er nackt. Skarg reichte ihm das Bündel zerknitterter Kleider, das neben ihm auf der Pritsche lag. Keldar stieg in Hose und Schuhe, darüber zog er ein dunkelgrünes Hemd mit abgeschnittenen Ärmeln an. Er wirkte seltsam verloren, als ob er nicht recht wusste, wie ihm geschah.

»Kannst du laufen?«, fragte Skarg.

Keldar brummte. Gebückt tappte er zu dem niedrigen Zimmer hinaus und stieg die Treppe hinunter. Er hielt sich mit einer Hand krampfhaft am Geländer fest. Im Wohnraum angelangt, griff er nach einem Stuhl und klammerte sich an die Lehne. Seine Brust hob und senkte sich heftig, als ob ihn der kurze Gang furchtbar angestrengt habe. Skarg musterte ihn. Keldar war noch blasser als zuvor. Die Wunde sah fast schwarz aus neben dem weißen Gesicht und Haar. Der lange Zopf war zerzaust, die Wangen waren von fast durchsichtigen Bartstoppeln bedeckt. Er schien vor Fieber förmlich zu glühen.

Sie traten auf die Veranda hinaus, und Skarg schloss die Tür. Keldar stützte sich auf das Fenstersims. Skarg nahm Keldars linken Arm und legte ihn sich über die Schulter, dann schleppte er ihn quer über die Lichtung zum Pfad.

Der Weg war kaum breit genug, daß sie zu zweit nebeneinander laufen konnten. Skarg ließ Keldar auf dem ebeneren Stück gehen und stieg selbst über Büsche und Gestrüpp. Sie kamen nur langsam voran. Der Pfad war steil und unwegsam, und Keldar lastete schwer auf Skargs Schultern.

Dankbar bemerkte Skarg, dass die Sonne nicht mehr schien. Lauer Wind wehte. Der Himmel war in Grau getaucht. Keldar sprach kein Wort. Er schien vollauf damit beschäftigt, nicht ohnmächtig zu werden.

Dicke Wolken ballten sich über Walik, als sie die Straße erreichten. Es wurde immer dunkler, obwohl es noch nicht Abend sein konnte. Erans Haus lag am Dorfrand, ein zweistöckiges, steinernes Gebäude mit Schindeldach, umgeben von einem gepflegten Garten.

Keuchend vor Erschöpfung pochte Skarg an die Tür. Drinnen klapperte Geschirr. Keldar ließ den Kopf hängen. Er zitterte im Fieber. Eran öffnete, in der Hand hielt er eine Schüssel, die er gerade abtrocknete, dazu hatte er eine Kochschürze umgebunden. Verblüfft musterte er Skarg und Keldar.

»Sieh mal an!«, rief er. »Unsere Stammgäste. Kommt herein!«

Skarg schleifte Keldar ins Behandlungszimmer. Der konnte kaum mehr gehen. Er setzte ihn auf dem Tisch ab. Eran zog die Kochschürze aus und warf sie auf die Ablage unter dem Fenster, die Schüssel stellte er daneben.

»Was ist passiert?«, fragte er.

»Er ist verletzt«, schnaufte Skarg und deutete auf Keldar.

»Das sehe ich«, erwiderte Eran. »Ich möchte trotzdem gerne erfahren, was geschehen ist.«

»Ich weiß es nicht. Zufällig habe ich Keldar so gefunden und dachte mir, er braucht deine Hilfe. Diese Wunde sieht böse aus.«

»Soso«, murmelte Eran, »zufällig gefunden hast du ihn.«

Er band sich eine frische weiße Schürze um und wusch sich die Hände in einem Becken, dann begutachtete er Keldars Verletzung.

»Wie lange hast du das schon?«

»Eine Woche«, murmelte Keldar tonlos.

»Du wärst besser früher zu mir gekommen.«

»Kannst du etwas für ihn tun?«, fragte Skarg.

»Ja, und du wirst mir dabei helfen.«

»Ich? Wieso ich?«

»Senda ist mit den Kindern bei ihrer Mutter. Sie kommt erst morgen wieder. Ich brauche jemanden, der mir hilft. Zieh Keldars die Schuhe aus!«

Skarg tat, wie Eran ihn geheißen hatte. Der winkte ihn ins Nebenzimmer. Skarg stellte die schmutzigen Schnürschuhe auf den Boden, dann streifte er die Stiefel ab und schlüpfte in Pantoffeln. Eran füllte eine Schüssel mit heißem Wasser, und Skarg wusch sich gründlich die Hände, Arme und das Gesicht.

Zurück im Behandlungszimmer, zog Eran Skarg eine Schürze an.

»Leg dich auf den Tisch«, sagte er zu Keldar.

Gemeinsam deckten sie ihn bis zum Hals mit einem weißen Tuch zu.

»Willst du ihn nicht betäuben?«, fragte Skarg.

»Bei so entzündeten Wunden wirkt das Mittel nicht. Ich könnte ihn höchstens bewusstlos machen, aber das sollte man nur tun, wenn es nicht anders geht. Das Fieber hat ihn schon geschwächt.« Er beugte sich zu Keldar nieder. »Geht es?«

Keldar nickte knapp. Eran deutete auf die geschwollene Stelle bei der Wunde.

»Hier sitzt der Eiter, der seinen Körper vergiftet. Deshalb hat er solches Fieber. Das müssen wir aufschneiden.«

Skarg schluckte. Eran holte zwei leere Schüsseln aus dem Schrank und eine, die mit weißen Stoffballen gefüllt war, dann rückte er einen kleinen Tisch an das Kopfende des großen und stellte sie darauf ab. Als nächstes brachte er ein zugedecktes Tablett, zwei Glasflaschen voll mit Flüssigkeiten und einen verschlossenen Porzellantiegel, dessen Deckel mit Wachs versiegelt war. Er benetzte einen Stoffballen mit der Tinktur aus der kleineren Flasche und tupfte damit großflächig Keldars Wunde ab. Der gab keinen Laut von sich, bloß seine Augenlider flatterten heftiger als zuvor. Eran warf den Stoffballen in eine der leeren Schüsseln und deckte das Tablett ab. Darauf ausgebreitet lag eine Ansammlung von Messern und allerlei Werkzeugen, deren Zweck Skarg nicht kannte. Der Anblick des scharf schimmernden Metalls, so achtsam auf einem blütenweißen Tuch aufgereiht, machte ihn schaudern.

»Was ist denn los mit dir?«, fragte Eran.

»Nichts«, flüsterte Skarg.

»Nun stell dich nicht so an! Weißt du eigentlich, wie viele ich deinetwegen schon behandeln musste? Jeden Tag konnte ich wieder einen zusammenflicken, mit dem du gekämpft hattest! Es wird dir bestimmt nicht schaden, mir abwechslungsweise mal zu helfen, statt mir Arbeit zu verschaffen.«

»Ich hatte schon lange keinen Kampf mehr.«

»Fenrir sei Dank! Ich habe auch ohne deine Unterstützung genug zu tun.« Er drückte Skarg eine Schüssel in die Hand. »Da! Das Becken hältst du jetzt unter die Wunde, und mit dem Tupfer nimmst du hier das Blut auf.«

Er drehte Keldars Kopf leicht zur Seite, über die Schüssel.

»Geht es so?«

Keldar nickte. Er war totenbleich. Seine eisblauen Augen glühten vor Fieber und vor Aufregung. Er schlotterte.

»Hab keine Angst!«, sagte Eran ruhig. »Es ist gleich vorbei, dauert nur einen Augenblick.«

Er nahm ein dünnes Messer und setzte es an. Die andere Hand legte er unter Keldars Kinn.

»Das wird jetzt ein klein wenig wehtun. Achtung!«

Die Klinge hinterließ einen glatten, sauberen Schnitt. Keldar schrie auf. Eran hielt seinen Kopf in der Seitenlage fest, sonst hätte er ihn herumgeworfen. Blut stürzte hervor und Unmengen einer gelblichweißen Flüssigkeit, die Skarg mit der Schüssel auffing. Er tupfte das Blut im Gesicht ab, damit es nicht in Keldars Augen rann. Eran drückte die Wunde aus, dann ließ er vorsichtig Keldars Kopf los.

»Alles in Ordnung?«

Keldar gab ein Wimmern von sich.

»Jetzt wasche ich dir die Wunde mit Salzlösung aus«, erklärte Eran.

Skarg beobachtete, wie Eran mit raschen und geschickten Handgriffen die Verletzung säuberte. Keldar kniff die Augen zu. Erstaunt bemerkte Skarg, dass er weinte. Tränen quollen unter den geschlossenen Lidern hervor, rollten hinab und tropften lautlos in die Schüssel mit der Brühe.

Als Eran fertig war, ging er sich die Hände waschen, dann öffnete er den versiegelten Porzellantiegel. Er war randvoll mit einer grünschwarzen, klebrig aussehenden Masse. Mit einem Spachtel schmierte er die Salbe dick auf Keldars Wunde, darüber legte er ihm einen Verband an. Skarg stellte die Schüsseln weg. Er deutete auf den Tiegel.

»Was ist das?«

»Ein Rezept von Senda. Die Salbe wirkt wahre Wunder. Sie zieht den Eiter heraus und lindert die Entzündung.«

Keldar setzte sich auf.

»Ich fühle mich besser«, verkündete er. »Viel besser!«

»Das kann ich mir denken.« Eran lächelte. »Der Verband muss jeden Tag gewechselt werden, die Salbe gebe ich dir mit. Ruh dich aus, wenn du kannst, und umso schneller wirst du wieder gesund. Bedank dich bei Skarg dafür, dass er dich hergebracht hat. Damit hat er dir das Leben gerettet.«

»An so einem Kratzer stirbt man doch nicht!«

»Du hast das Fieber wohl schon vergessen? Bald wäre der Eiter in dein Blut gelangt und hätte dich vergiftet. Das ist ein qualvoller Tod, das kannst du mir glauben.«

Ungläubig schüttelte Keldar den Kopf. Eran wandte sich an Skarg:

»Bringst du ihn nach Hause?«

»Ja, sicher!«, antwortete dieser rasch und griff nach Keldars Arm. »Komm!«

Keldar wollte etwas sagen, überlegte es sich anders und schwieg. Im Hinausgehen bedankten sie sich bei Eran. Der begleitete sie zur Tür.

»Komm in zwei Tagen wieder«, rief er ihnen nach, »dann schaue ich mir die Wunde noch mal an!«

Als sie zurück auf die Straße gelangt waren, blieb Keldar stehen.

»Ich gehe nicht nach Hause«, erklärte er.

Skarg musterte ihn.

»Was willst du denn sonst machen?«

»Egal. Vorläufig bleibe ich in der Jagdhütte.«

»Es ist schon fast dunkel, und in deinem Zustand schaffst du den Weg dorthin sowieso nicht.«

»Dann übernachte ich eben im Wald.«

Skarg betrachtete den düsteren Himmel. Schwere Wolken hingen tief über dem Land. Ein heftiger Windstoß blies ihnen ins Gesicht.

»Wir kriegen ein Gewitter. Endlich. Im Freien wirst du nass bis auf die Knochen.«

»Was kümmert dich das?«

»Nachdem ich dir so mühselig das Leben gerettet habe? Glaubst du, Eran hat dich verarztet, damit du dir im Wald den Tod holst? Du kommst jetzt mit zu mir. Wir haben genug Platz, und Vater hat sicher nichts dagegen.«

»Zu dir? Bist du verrückt geworden?«

»Wieso denn nicht? Los, komm schon.«

Entschlossen packte Skarg Keldar und zog ihn mit sich. Die Straßen waren gänzlich verlassen, die Läden und Türen der Häuser verrammelt. Walik hatte sich auf das Gewitter vorbereitet. Als sie Skargs Hof erreichten, rollte laut der Donner. Skarg führte Keldar in den Vorraum und hieß ihn warten, dann ging er in die Stube. Die anderen saßen bereits über dem Abendessen.

»Wo bleibst du denn?«, rief sein Vater. »Wir haben auf dich gewartet.«

»Ich habe jemanden mitgebracht.«

Sarak lächelte verschmitzt.

»So? Wie heißt sie denn?«

Entgeistert gaffte Skarg ihn an.

»Was?«

»Dein Mädchen. Wie heißt sie?«

»Mädchen? Was für ein Mädchen? Keldar ist hier.«

Nun war es an Sarak zu staunen.

»Keldar?«

»Ja, er ist krank. Ich war vorhin mit ihm bei Eran. Im Moment kann er nicht nach Hause, und da dachte ich, er könnte doch vorläufig bei uns bleiben. Schließlich haben wir genug Zimmer.«

Verständnislos schüttelte Sarak den Kopf.

»Aus dir werde ich nie schlau werden, Junge. Erst schlagt ihr euch die Schädel ein, dass einem angst und bange wird, und jetzt bringst du ihn hierher. Na gut, wo ist er denn? Hol ihn rein!«

Skarg führte den widerstrebenden Keldar in die Stube. Der murmelte verlegen einen Gruß. Verschämt blickte er sich um. Sarak und die beiden Knechte musterten den Verband um Keldars Kopf.

»Was ist denn mit dir los?«, fragte Turan. »Bist du in einen Baum gerannt?«

Keldar schwieg.

»Setz dich zu uns!«, sagte Sarak. »Hast du Hunger? Skarg, hol noch ein Gedeck.«

Taumlig ließ sich Keldar neben Skargs Platz nieder. Er fühlte sich sehr müde. Sein Magen knurrte vernehmlich. Skarg brachte ihm einen Teller, Becher und Besteck. Auf dem Tisch standen zwei zugedeckte Schüsseln, aus denen Schöpflöffel ragten, daneben eine Blechkanne voll Bier. Auf einem Schneidebrett lagen ein halber Laib Brot und ein Messer, auf einer Platte ein großes Stück Schafkäse.

»Greif zu!«, ermunterte ihn Sarak.

»Danke«, murmelte Keldar. Er hatte schrecklichen Hunger. Seit Tagen hatte er nicht mehr richtig gegessen. Obwohl es ihm peinlich war, füllte er sich den Teller dreimal. Der Bohneneintopf und die Bratkartoffeln schmeckten einfach zu gut.

Sarak sprach mit Korf und Turan darüber, wie der Mäuseplage auf dem Kartoffelacker zu begegnen war. Skarg und Keldar waren völlig vom Essen in Anspruch genommen. Sie sagten kein Wort.

»Am Appetit mangelt es euch nicht«, meinte Sarak und spähte in die leeren Schüsseln. »Zeig Keldar, wo er schlafen kann, Skarg.«

Der stand auf. Keldar erhob sich ebenfalls. Skarg nahm eine Kerze in einem eisernen Ständer mit. Nach einem Gutenachtgruß stiegen sie die Treppe in den ersten Stock hinauf. Skargs Zimmer ging nach Süden, daneben lag eine zweite Schlafkammer, die nur selten benützt wurde. Das Bett darin war frisch bezogen. Nera musste sich während des Essens darum gekümmert haben. Sogar ein Nachthemd lag auf der Decke. Skarg stellte die Kerze auf den Nachttisch. Keldar zog Schuhe und Kleider aus und schlüpfte in das Nachthemd, dann kroch er unter die Decke.

»Ich bin zu müde, um mich mit dir zu streiten«, raunte er.

Skarg rückte einen Stuhl heran und setzte sich vor das Bett.

»Wie geht es dir?«

»Viel besser. Das Fieber ist wie weggeblasen. Die Salbe brennt, aber sonst spüre ich nichts.«

Draußen erhellte ein Blitz die Nacht. Donner grollte. Der Wind pfiff um das Haus. Mit einem leisen Rauschen setzte der Regen ein, steigerte sich und prasselte wie eine Flut hernieder. Dicke Tropfen schlugen an das Fenster, glänzten silbern im Widerschein des Kerzenlichts. Lange lauschten sie schweigend dem Tosen des Sturms. Wie mit Stimmen sang der Wind, fegte Wasser über das Land. Die Nacht leuchtete, erfüllt vom Glitzern der Tropfen.

»Der Regen«, seufzte Skarg, als könne er damit das Wunder erklären.

Mit im Nacken verschränkten Händen starrte Keldar an die Decke. Obwohl er nicht wusste, weshalb, war ihm nach Weinen zumute.

»Warum tust du das?«, fragte er mit brechender Stimme.

»Warum tue ich *was*?«

»Warum hilfst du mir?«

»Ich habe keine Ahnung.«

Skarg blies die Kerze aus und ging.

Die nächsten Tage regnete es ohne Unterlass. Keldar war erschöpft, doch er hatte kein Fieber mehr, und die Wunde heilte gut. Er wollte zurück in den Wald, sobald es das Wetter erlaubte.

Der Herbst war nah, und viel Arbeit stand an. Saraks Hof war groß. Jeden Herbst musste er Tagelöhner einstellen, um die Ernte zu bewältigen. Sarak fragte Keldar, ob er noch eine Weile bleiben wolle, um zu helfen. Aus Dankbarkeit für die Gastfreundschaft, die man ihm gewährt hatte, sagte Keldar zu. Er packte mit an, half bei der Ernte, besserte das Haus aus, kümmerte sich um das Vieh. Dank Sendas Salbe heilte seine Wunde bald vollständig aus.

Sarak war angenehm überrascht von Keldar. Der Junge arbeitete hart. Alles, was er tat, machte er gründlich und sorgfältig. Besonderes Geschick zeigte er bei den Tieren. Er konnte hervorragend mit dem Vieh umgehen und sparte den anderen dadurch viel Zeit und Mühe. Schließlich fragte Sarak Keldar, ob er den Winter über bleiben wolle. Keldar hatte erzählt, er plane, in den Süden auszuwandern. Doch im Winter war an eine solche Reise nicht zu denken, und ihn alleine im Wald in der Jagdhütte zu verbringen, bot keine sehr verlockende Aussicht. Keldar war einverstanden. Er schien sich auf dem Hof wohl zu fühlen und wirkte erleichtert, als er das Angebot von Sarak erhielt.

Während des Winters brachte Skarg Keldar Lesen und Schreiben bei. Als Gegenleistung, wie er sagte, gab Keldar Skarg Unterricht im Faustkampf. »Sogar meine alte Großmutter schlägt härter zu als du«, erklärte Keldar. »Das werden wir ändern.«

Neben der Arbeit auf dem Hof gab es jetzt wieder Gelegenheit für Spaziergänge und für geruhsame Abende am Kachelofen, an denen Geschichten erzählt wurden. Keldar blühte sichtlich auf. Er riss immer noch Witze über Skarg, aber jetzt meinte er sie nicht mehr böse. Gelegentlich kam Lorge auf Besuch und saß mit ihnen vor dem Ofen oder fischte Forellen mit ihnen in Eislöchern im Fluss. Die Leute in Walik schüttelten den Kopf, wenn sie die drei zusammen sahen. Besonders Skarg und Keldar erzeugten Erstaunen. Sie schienen unzertrennlich.

Skarg bewunderte Keldars Beharrlichkeit, die oft an Starrsinn grenzte. Ihm selbst fiel alles leichter als Keldar, er lernte schnell, was immer er wollte, während Keldar Mühe hatte, sich Dinge einzuprägen, die nicht unmittelbar mit seinem Leben zu tun hatten. Er wusste viel über Viehzucht und Ackerbau, doch er konnte kaum mehr als seinen Namen schreiben. Skarg sprach und schrieb vier Sprachen, er löste die schwierigsten Rechenaufgaben und hatte sich sogar schon mit Daimonologie befasst. Doch so leicht ihm alles fiel, so rasch langweilte es ihn auch. Wenn Keldar sich ein Ziel vornahm, dann blieb er dabei, gleichgültig, was es ihm abverlangte. Keldar war der verlässlichste Mensch, den Skarg jemals getroffen hatte.

Keldar bewunderte Skargs Klugheit und Vorstellungskraft, die ihn auf Gebiete führten, deren Vorhandensein er nicht einmal geahnt hatte. Skarg stellte Keldars vorgefasste Meinungen und Ansichten auf den Kopf, und wenn es nur darum ging, ihm zu zeigen, dass man das konnte. Keldar ließ sich von Skargs Launen nicht beirren, er fragte so lange, bis er etwas begriffen hatte, und zwang dadurch Skarg, seine Gedanken zu ordnen und in verständlichen Worten darzulegen.

Ihre Freundschaft wuchs, und obwohl sie es lange nicht zugeben wollten, so wussten sie doch, dass das Schicksal ihre beiden Leben verbunden hatte, sei es zum Guten oder zum Bösen.

◆ ◆ ◆

Und Freunde waren sie immer noch. Nach all den Jahren.

Skarg schob die Schubladen der Kommode zu. Als er sich aufrichtete, fiel sein Blick nochmals in den Spiegel und traf seine Augen. Sein Haar war weg, aber er war immer noch ein Eiskrieger. In seinen Augen stand es deutlich geschrieben.

Fenrir sei Dank konnten ihn seine beiden Leibwächter so nicht sehen. Die kannten ihn gut und hätten ihm ihr brüllendes Gelächter nicht vorenthalten. Er hatte sie zurück zu Arngrim geschickt. Arngrim musste wissen, was geschehen war. Das Bündnis mit Lodur war bedeutungslos geworden, und eine Vereinbarung mit Schaaraoch würde nicht zustande kommen. Er empfahl Arngrim, sich nach Kech zurückzuziehen und den Flammenpass gegen einen Angriff der Armee von Dahl zu rüsten. Kaiser Alrich würde Kech nicht kampflos den Eiskriegern überlassen.

Äußerst widerwillig hatten sich die Leibwächter auf den Weg gemacht. Schließlich war es ihre Aufgabe, ihn zu schützen. Sie hatten darum gebeten, dass er einen Boten zu Arngrim schickte, aber solche Nachrichten konnte man keinem Boten anvertrauen. Auf seine Leibwächter konnte er sich verlassen. Seit ewigen Zeiten hatten sie ihn begleitet, schon als er Häuptling von Walik geworden war und das erste Mal am Stammesrat von Ardak teilgenommen hatte. Mit Arngrims Hilfe war es ihm gelungen, den Rat zu einen und die Stammeskriege in Ardak zu beenden, die so vielen das Leben gekostet hatten. Und als Arngrim zum Oberhaupt des Rates ernannt wurde und dieser ihn zum Stellvertreter bestimmte, da standen seine Leibwächter stolz an seiner Seite. Ihre Namen lauteten Keldar und Lorge.

◆ ◆ ◆

»Fahrt zuerst nach Angantur!«, sagte Lutz. »Ihr müsst ohnehin einen Halt einlegen, um Lebensmittel und Wasservorräte zu ergänzen. Tut das in Angantur!«

»Weshalb gerade dort?«, fragte Xander.

»Damit du die Schule von Marech Eldred aufsuchen kannst. Sie ist nicht zu verfehlen, ein großes weißes Gebäude in der Nähe des Hafens, mit einem breiten Säulengang an der Vorderfront. Dort fragst du nach Meisterin Lonora. Sie ist die Leiterin der Schule. Lass dich nicht abweisen! Lonora ist meist sehr beschäftigt oder tut zumindest so. Es ist oft schwierig, sie zu sprechen.«

»Und was soll ich ihr sagen?«

»Gib ihr diesen Brief von mir.« Lutz reichte Xander einen gefalteten und versiegelten Bogen. »Und bestell ihr meine besten Grüße. Sie wird euch helfen. In den Archiven der zeitgenössischen Sammlung von Angantur lagern einige Kutten der Herionsjünger, auch Amulette werdet ihr dort finden. Lonora soll sie euch ausleihen. Damit habt ihr eine Sorge weniger. Lonora weiß viel über den Kult Herions, sie wird euch alles Nötige erzählen, damit ihr von den echten Jüngern nicht sofort entlarvt werdet.«

Xander steckte den Brief in eine Innentasche seiner Jacke.

»Danke.«

In den Lehnsessel am Fenster gesunken, verschränkte Lutz die Hände im Schoß. Er schaute hinaus in das klare Morgenlicht. Tiefe Erschöpfung beugte ihn, die einst so scharfen grauen Augen blickten trübe. Nur eiserner Wille hielt ihn aufrecht.

»Pass auf dich auf, Xander! Handle überlegt und hilf deinen Kameraden, so gut du kannst. Du darfst kein Risiko eingehen! Akàra ist eine zu gefährliche Gegnerin für dich. Lass dich auf keine Auseinandersetzung mit ihr ein. Setz nicht dein Leben für die Paralle aufs Spiel!«

»Mach dir keine Gedanken! Ich werde vorsichtig sein, das verspreche ich dir.«

»Ich wünschte, ich könnte mit euch kommen, obwohl ich langsam zu alt für solche Unternehmungen bin. Es wird Zeit, Jüngeren das Feld zu überlassen.«

»Du bist nicht alt!«, protestierte Xander.

»Unsinn!«, lachte Lutz. »Natürlich bin ich alt. Wenn ich denke, wie lange es dauert, gesund zu werden! Früher hätte mich eine solche Verletzung kaum eine Woche auf das Lager geworfen. Und sieh mich jetzt an!«

Traurig musterte ihn Xander. Hager sah Lutz aus in dem dunkelblauen Hausmantel, geschwächt von der Krankheit. Sein faltiges Gesicht war blass, die Wangen hohl. Am Sessel lehnte ein Stock, ohne den Lutz nicht mehr gehen konnte. Unter dem Mantel trug er ein weißes Nachthemd. Seine nackten Füße steckten in weichen blauen Pantoffeln. Früher hätte er sich so nie einem Besucher gezeigt.

Die Verwundung hatte Lutz mehr mitgenommen, als Xander sich eingestehen wollte. Es schien, als würde sich Lutz nicht mehr von dem Dolchstich erholen, den Akàra ihm beigebracht hatte. Der Anblick schnürte Xander die Brust zu.

»Lutz!«

Er schaute ihn an.

»Du darfst nicht sterben!«, flüsterte Xander.

»Das werde ich müssen, wie wir alle.«

»Aber noch nicht jetzt!«

Lutz seufzte.

»Nicht jetzt«, murmelte er in Gedanken versunken. »Manchmal bin ich so müde.« Er lachte auf. »Dabei schlafe ich die meiste Zeit. In meinem ganzen Leben lag ich noch nie so viel im Bett.«

Tränen liefen über Xanders Wangen.

»Ich werde dir deinen Parall zurückbringen.«

Lutz wischte die Tränen aus Xanders Gesicht.

»Es ist noch nicht zu Ende. Ich werde Haldur im Reich der Geister suchen, und ich werde ihn finden, das verspreche ich dir. Du sollst deinen Bruder wiedersehen, falls er lebt, was ich hoffe. Sirad meinte, dass es mir in einigen Wochen wieder besser geht.«

Xander rang nach Atem. Ärgerlich rieb er sich die Augen trocken.

»Entschuldige!«

Es klopfte an der Tür. Äneas spähte herein.

»Wir müssen endlich los, Xander! Die anderen warten schon.«

»Ich komme gleich.«

Die Tür klappte zu, und Äneas verschwand. Xander stand auf. Lutz betrachtete ihn.

»Bleib besonnen und wende dein Wissen mit Klugheit an. Du bist ein Daimon.«

Energisch schüttelte Xander den Kopf.

»Ich bin kein Daimon! Ich bin dein Schüler!«

Ein Lächeln erhellte Lutz' Gesicht. Xander beugte sich nieder und umarmte ihn. Er drückte die Stirn auf Lutz' Schulter.

»Was soll ich tun? Wie kann ich ohne dich auf diese Reise gehen?«

Lutz klopfte ihm auf den Rücken.

»Ich werde bei dir sein.«

Mehr Tränen quollen heiß aus Xanders Augen. Lutz' Körper fühlte sich knochig an, zerbrechlich. Er erhob sich und wandte sich zum Gehen.

»Werde gesund!«

»Mach dir keine Sorgen! Leb wohl und pass auf dich auf!«

Lutz blinzelte. Das Kinn sackte ihm auf die Brust, als sei er eingeschlafen.

»Leb wohl!«, sagte Xander.

Er trat auf den Gang und schloss die Tür hinter sich, ohne sich noch einmal umzublicken. Draußen schneuzte er seine triefende Nase. Sein Herz wollte brechen. Irgendwie glaubte er, Lutz niemals wiederzusehen. Ein Schluchzen schüttelte ihn, und er schlug die Hand vor den Mund. Zitternd sog er die Luft ein.

»Bleib besonnen«, hallte es in seinen Gedanken wider. Das würde er. Er nahm sich zusammen, trocknete das Gesicht und eilte durch die schwarzen Gänge des Palastes.

◆ ◆ ◆

Kelrun blühte. Tiefgrün schimmerten die dichten Wälder. Wilde Blumen sprossen an allen Wegen. Täglich wurde es wärmer und trockener. Der Sommer nahte.

Die Bauern auf den Feldern legten ihre Arbeit nieder, wenn sie vorbeiritten, und blickten ihnen lange nach. Sie hielten sich nirgendwo auf, einzig nachts legten sie jeweils eine Rast ein. Während der Schiffsreise, die ihnen bevorstand, würden sie ausreichend Gelegenheit haben, sich auszuruhen. Auch Sigyn war bei ihnen; sie wollte sie in Angantur verlassen. Mit dem Schiff würde sie am raschesten nach Hause kommen.

Innerhalb von sechs Tagen erreichten sie Erkbad, die Hafenstadt in der Bucht von Kelrun. Äneas begleitete sie, und Ion, Hedrich und zwei Keren, die sie vorher nicht gekannt hatten. Sie waren sich der Ehre bewusst, die ihnen zuteil wurde, indem Äneas sie persönlich zum Hafen brachte. Äneas hatte Menzel, begleitet von zwei Soldaten, bereits vorausgeschickt, damit er alles für die Reise vorbereitete.

Am Hafen angelangt, zügelten sie die Pferde und ritten langsam den Kai entlang. Warm strahlte die Sonne vom wolkenlosen Himmel, die Bucht von Kelrun glitzerte blendend im Licht. Wind kühlte die Luft. Möwen segelten über den Schiffen, landeten auf den Rahen.

Die befestigte Hafenmauer von Erkbad erlaubte es auch großen Schiffen anzulegen. Am Kai erstreckte sich eine breite gepflasterte Straße, gesäumt von einer langen Reihe Lagerhallen und Speicher. Hölzerne Kräne und Rampen standen bereit zum Löschen der Ladungen. Erkbad war ein Handelshafen. Hier legten Segelschiffe an, die das Generische Meer befuhren, und Frachter, die zwischen Eisenau und Erkbad pendelten. Waren wurden ausgeladen, um auf dem Landweg die Weiterreise nach Norden anzutreten: Gewürze und kostbare Stoffe, Zucker und Reis. Eisen, Kupfer und Stahl aus Leron wurden von den Flussschiffen auf Schoner umgeladen, die nach Dahl und Generia in See stachen. Erkbad unterhielt eine eigene Werft, die vielen der hier Ansässigen Arbeit bot. Es gab in ganz Erkbad kaum jemanden, der nicht auf die eine oder andere Weise mit der Schifffahrt zu tun hatte.

Am Hafen waren weder Wohnhäuser noch Geschäfte oder Gasthöfe zu sehen. Die hohen Speicherhallen entzogen die Stadt den Blicken. Ein Dutzend Hafenarbeiter schleppten Säcke voll Korn über eine Rampe auf einen riesigen Viermastschoner, an dem die Flagge der Brigel-Inseln wehte. Die Brigel-Inseln lagen im fernen Süden, vor der Küste von Dahl, und waren bis auf einige Fischerorte unbewohnt. Die Fracht war vermutlich für Dahl bestimmt. Kein dahlisches Schiff wagte es, unter der kaiserlichen Flagge Erkbad anzulaufen.

Niemand am Hafen stand untätig herum. Matrosen kletterten in die Takelagen, zogen Taue an, rollten Seile auf. Anderswo wurden Planken geschrubbt und Holzwerk poliert. Seefahrer brüllten Hafenarbeitern Befehle zu. Mit Kisten, Säcken und Fässern beladene Wagen rollten zu den Schiffen und leer wieder fort. Neugierige Augen betrachteten sie, als sie vorbeiritten. Keren waren nicht oft in Erkbad zu sehen. Man ging ihnen respektvoll aus dem Wege.

»Wie sollen wir hier Menzel finden?«, fragte Xander.

»Er wartet auf uns«, antwortete Äneas geheimnisvoll.

Neben dem eindrucksvollen Viermastschoner lag eine Brigg ohne Flagge. Matrosen eilten über das Deck, trugen Seile und Werkzeuge umher. Die Reling war an mehreren Stellen gebrochen gewesen. Ein Schreiner legte gerade letzte Hand an die Reparaturen. Die ersetzten Stücke konnte man unschwer an dem helleren Holz erkennen. Das Focksegel hing in Fetzen. Zwei Matrosen nahmen es ab und zogen ein neues auf.

Eine Luke auf Deck klappte hoch, und ein runder Kopf, umkränzt von schütteren braunen Locken, schaute heraus. Als Menzel sie entdeckte, strahlte er über das ganze Gesicht. Behände kletterte er herauf, rannte zum Landesteg und tappte mit kurzen Schritten herunter, bis er vor ihnen stand. Sie stiegen von den Pferden. Menzel verneigte sich vor Äneas.

Wie sie rasch von ihm erfuhren, hatte er das Segelschiff samt Mannschaft für sie gemietet. Der Zweimaster namens *Rona* pendelte regelmäßig zwischen Erkbad und Dagda im fernen Generia. Er brachte Stahl und Kupfer nach Generia, Material, an dem es dem Wüstenstaat mangelte. Auf dem Rückweg transportierte die *Rona* meist Teppiche und Gewürze, manchmal auch Gold und Silber. Während der letzten Fahrt war die *Rona* im Generischen Meer von Piraten überfallen worden. Die Banditen hatten acht Matrosen getötet und die gesamte Ladung gestohlen. Der Kapitän hatte Schulden und war froh um den Verdienst, den ihm die unerwartete Reise nach Bengzar einbrachte. Die unauffällige *Rona* würde kaum Aufmerksamkeit erregen, schien seetüchtig und verfügte über eine erfahrene Mannschaft.

Bengart, der Kapitän, kam an Land, um sie zu begrüßen. Ein Teil seiner Ahnen stammte offensichtlich aus Generia. Er hatte das glatte pechschwarze Haar und die dunkle Haut eines Generiers, doch seine Augen waren blau. Sein ovales Gesicht und die scharfe Nase stammten aus Kelrun, der breite Mund und die ausgeprägten Backenknochen erinnerten wiederum an Generia. Es war schwierig, sein Alter zu schätzen. Sonne und Meer hatten seine Haut gegerbt, doch in seinem Haar war noch kein Weiß. Das Leinenhemd und die sandfarbene Hose spannten leicht unter dem Ansatz beginnender Leibesfülle.

Er musterte sie mit verhaltener Neugier. Ausdruckslos starrte er die vermummten Gestalten der Keren an, suchte mit seinen Blicken deren eiserne Masken zu durchdringen. Unwillkürlich wich er einen Schritt vor ihnen zurück.

»Wir kommen nicht mit«, sagte Äneas, als hätte er Bengarts Gedanken gelesen.

Der schien aufzuatmen.

»Ihr werdet mit anpacken müssen«, sagte er zu seinen Passagieren, »ich konnte nicht alle Leute ersetzen, die ich auf der letzten Fahrt verloren habe.«

Erstaunt betrachtete er Wolfs Holzbein. Bengarts Mundwinkel hoben sich in der Andeutung eines Lächelns.

»Du siehst aus wie ein Pirat. Ich hoffe, der Eindruck trügt.«

»Ich war noch nie auf dem Meer«, erwiderte Wolf, »aber vielleicht finde ich Geschmack daran. Als Pirat wird man bestimmt schnell reich.«

»Reich oder tot. Es gibt bald so viele Piraten wie Fische im Generischen Meer, und jedes Jahr kommen neue dazu. In diesen Gewässern ist es üblich, erwischte Banditen an die höchste Rah zu hängen.«

»Glaubst du, wir werden auch auf Piraten treffen?«, fragte Doran.

»Kaum«, antwortete Bengart. »Die meisten treiben sich vor der Generischen Küste herum, wo die reichen Handelsschiffe vorbeifahren. In den verlassenen alten Wüstenstädten haben sie ihre Schlupfwinkel. Dort gibt es keine Soldaten und kein Gesetz. Die Piraten bezahlen die Nomadenfürsten, und die lassen sie dafür unbehelligt. Die Generier mögen weder Dahl im Osten noch Kelrun im Norden. Was kümmert es sie, wenn die Händler unterwegs in diese Länder ausgeraubt werden?«

»Ich hoffe, die Piraten lassen uns in Ruhe«, murmelte Sigyn ängstlich.

Bengart nickte zuversichtlich. Er fischte eine dünne Zigarre aus der Brusttasche seines Hemdes und zündete sie an.

»Keine Sorge!«

Misstrauisch begutachtete Skarg den hölzernen Schiffsrumpf. Er war erst selten mit Booten gefahren und auf einem so großen Schiff noch nie.

»Ich hasse Seereisen auch«, raunte ihm Xander mitfühlend zu.

»Wie lange dauern die Reparaturen noch?«, fragte Doran.

»Sie sind fertig«, erwiderte Bengart. »Ihr könnt sofort an Bord kommen. Wir haben genügend Vorräte eingelagert, die Mannschaft ist vollzählig, und sogar eure Kabinen sind bereit.«

Mit einer knappen Verbeugung verabschiedete er sich von Äneas und den Keren und ging zurück aufs Schiff. Eine weiß schimmernde Rauchfahne folgte ihm, als er an der Zigarre zog.

Wolf stieß Menzel an.

»Können wir ihm trauen?«

»Das will ich hoffen!« Ein schelmisches Grinsen ging über Menzels Gesicht. »Er braucht Geld. Ich habe ihm erst die Hälfte der Reise bezahlt, den anderen Teil kriegt er, wenn er euch wohlbehalten zurückbringt.«

»Das ist gut zu wissen«, seufzte Doran erleichtert.

»Auf mich macht er einen ehrlichen Eindruck«, meinte Sigyn.

»Wir werden es herausfinden«, brummte Skarg.

Xander behielt seine Meinung für sich. Je näher der Abschied rückte, desto mulmiger war ihm zumute. Es gefiel ihm nicht, Lutz in Kelrun zurückzulassen, und die Aussicht auf eine mehrwöchige Seereise stimmte ihn missmutig. Er litt unter Seekrankheit, die ihm auf seiner letzten Fahrt übel zugesetzt hatte.

Sie nahmen ihr weniges Gepäck von den Pferden. Die Keren führten die Tiere am Zügel. Äneas trat auf sie zu.

»Meine Gedanken werden bei euch sein«, sagte er. »Ich wünsche euch Glück.«

Er bot Xander seine Hand, die in einem schwarzen Handschuh steckte. Xander ergriff sie und umarmte ihn. Lange brachte er kein Wort hervor.

»Gib auf Lutz Acht«, sagte er schließlich.

Äneas nickte.

»Die Keren vergessen nicht, was ihr für sie getan habt.«

Er wandte sich an Doran.

»Hast du die Karte, die Lodur gezeichnet hat?«

»Ja. Weshalb ist er eigentlich nicht mit nach Erkbad gekommen?«

»Es geht ihm schlecht. Er wollte in Kirgon bleiben.«

Sigyn stutzte.

»Aber seine Verletzungen sind verheilt! Was fehlt ihm denn?«

»Nichts, wobei ihr ihm helfen könntet. Die Keren werden sich um ihn kümmern.«

Äneas zog einen versiegelten Brief aus einer Innentasche seines Mantel und reichte ihn Sigyn.

»Hier ist ein Schreiben an deinen Vater, Prinzessin. Er soll wissen, dass Schaaraochs Herrschaft beendet ist und Kelrun keine Fortsetzung des Krieges wünscht. Bald wird ein Abgesandter des Großen Rates nach Dahlstadt reisen und Kaiser Alrich seine Aufwartung machen.«

»Ich werde meinem Vater den Brief überreichen und ihm sagen, wie freundlich ihr mich behandelt habt.«

Nacheinander verabschiedeten sie sich von Äneas und seinen Kameraden. Ion klopfte Skarg auf die Schulter.

»Deine Haare sind bestimmt wieder länger, wenn du zurückkommst«, spottete er.

»Darüber werden wir uns noch unterhalten«, grinste Skarg.

Bengart beugte sich über die Reling und rief nach ihnen. Zögernd gingen sie an Bord. Matrosen lösten die Taue und zogen den Landungssteg hoch. Andere setzten die Segel. Erst trieb die *Rona* langsam vom Hafen weg; als der Wind die Segel straffte, gewann sie an Fahrt und steuerte nach Süden, durch die Bucht von Kelrun.

»Nette Freunde habt ihr da«, sagte Bengart, als sie sich vom Ufer entfernt hatten. »Diese Keren sind gefährlich! Das sind Untote.«

Skarg warf ihm einen missbilligenden Blick zu, und Bengart hob beschwichtigend die Hände.

»Nichts für ungut!«

Er deutete zu einer offenen Luke, die ins Schiffsinnere führte.

»Ich zeige euch die Unterkunft. Luxus dürft ihr keinen erwarten. Wir sind nicht auf Passagiere eingerichtet. Die beiden Damen können meine Kajüte haben, die Männer müssen mit Matrosenkojen vorlieb nehmen, wenn es recht ist. Ihr werdet die Kabinen selbst in Ordnung halten. Bei uns gibt es keine Diener.«

Sie warfen sich das Gepäck über die Schulter und folgten ihm. Xander blieb zurück.

»Ich komme gleich nach!«, rief er.

Er ging zur Reling, hielt sich daran fest und blickte zum Hafen von Erkbad. Auf dem Kai sah er die dunklen Gestalten der Keren, die auf die Pferde stiegen. Er streckte den Arm aus und winkte. Äneas erwiderte seinen Gruß, dann ritten sie davon. Fünf Keren, und klein unter ihnen Menzel, und vier reiterlose Pferde.

Xander war das Herz schwer. Er dachte an Lutz. Lieber wäre er zurück nach Kirgon geritten, als auf diesem Schiff nach Bengzar zu fahren.

In neun Tagen hofften sie Angantur zu erreichen, wo sie die Vorräte erneuern und sich dahlische Kleidung besorgen würden. Und in weiteren zehn Tagen wollten sie vor der Küste von Rajona mit einem Beiboot an Land gehen und nach Bengzar reisen. In Süddahl würde dann Hochsommer herrschen und ihnen unerträgliche Hitze bescheren.

Angantur. Er hatte die berühmte Stadt der Daimonen schon immer besuchen wollen, wenn auch lieber aus einem anderen Anlass. Die Schule von Marech Eldred würde er sehen, wo Lutz studiert hatte, die Archive und die Bibliotheken, in denen das gesamte Wissen der Neuzeit gespeichert war. Sogar die Hinterlassenschaft von Marech Eldred konnte er besichtigen, der nicht nur der besten Schule für Daimonologie seinen Namen gegeben hatte, sondern der Entdecker des Reichs der Geister war. Ganz Angantur atmete den Hauch der Geschichte.

In Angantur würde Sigyn von Bord gehen. Außerhalb der Stadt besaß die kaiserliche Familie ein Schloss, in dem sie jedes Jahr den Sommer verbrachte. Kaiser Alrich selbst war selten in Schloss Schönau zu Gast; meist hielten ihn wichtige Angelegenheiten den ganzen Sommer in Dahlstadt zurück. In Schönau würde Sigyn Schutz und Unterkunft finden und eine Eskorte bekommen, die sie nach Dahlstadt begleitete.

Am Ufer zog die Landschaft von Kelrun vorbei. Eisengraue Felsen, an die das Meer brandete, darüber ein smaragdgrünes Band aus Wald unter stahlblauem Himmel.

»Es ist noch nicht zu Ende«, erinnerte sich Xander an Lutz' Worte. Nein, das war es nicht.

KAPITEL 5

Angantur

»Die Törichten ziehen das Unheil an wie das Licht die Mücken.«

Marech Eldred, Gesammelte Tagebücher, Band 57, S. 36, Abs. 2. Jubiläumsausgabe der Archive von Angantur, Reg. 64.7, 2235 n. A. D.

»Beeil dich!«, rief Beno.

Horis wischte sich mit dem Handrücken den Schweiß von der Stirn und packte die nächste Kiste. Diesmal war es Blumenkohl. Beladen mit einem Sack Mehl, verschwand Beno im Durchgang, der vom Hinterhof in die Küche führte. Horis folgte ihm.

Angenehm kühl war es in dem fensterlosen Gang. Die dicken Steinmauern des Gasthofs hielten die Hitze fern. Draußen brannte die Sonne am strahlend blauen Himmel über Angantur, heiß schon am Vormittag.

Die Küche lag an der schattigen Nordseite des Hauses. Entlang einer Reihe von Fenstern, die auf den Hinterhof gingen, stand ein eiserner Herd am anderen, dazwischen steinerne Platten, die als Arbeitsflächen dienten. An Haken an einer Stange hingen blank polierte Kupferpfannen in verschiedenen Größen, griffbereit daneben Schwingbesen, Schöpfkellen und Kochlöffel. Die Mitte des Raumes beanspruchte ein Eichentisch mit einer Hand breit dicken Platte. Unzählige Messer steckten in den für sie vorgesehenen Vertiefungen im Holz. In Regalen stapelten sich glänzende Töpfe, Krüge, Schüsseln, Tassen und Teller.

Die zwei jüngsten Kochlehrlinge feuerten die Herdstellen ein, die Gesichter vor Anstrengung gerötet. Ein Dutzend Köche und Köchinnen lief emsig umher, traf Vorbereitungen für das Mittagessen. Töpfe mit Wasser kochten, Dampf stieg in weißen Säulen empor. Ein Gehilfe tauchte mit dem Schaumlöffel Gemüse darin ein und zog es sogleich wieder heraus. Ein anderer goss gar gewordene Kartoffeln ab. Geschickt hackte eine Köchin mit einem großen Messer Schalotten. Tränen rannen ihr über die Wangen. Ein Koch dünstete Zwiebeln in einer Pfanne, dann gab er Tomatenwürfel und Kräuter hinzu, schwenkte das Ganze und löschte es mit Wein ab. Zischend breitete sich ein wunderbarer Duft aus. Alle schienen in Eile zu sein.

Beno schleppte das Mehl in den Vorratsraum, Horis stellte den Blumenkohl neben dem Waschtrog ab. Sarefa, die Chefköchin, wandte den Kopf, als sie ihn bemerkte.

»Die Eier!«, brüllte sie quer durch den Raum. »Wo bleiben die Eier?«

»Ich hole sie gleich«, erwiderte Horis.

»Schon hundertmal habe ich es euch gesagt«, wetterte Sarefa, »bringt zuerst die verderblichen Waren! In der Hitze draußen geht alles zugrunde, aber das ist euch ja egal ...«

Mit einem Seufzen kehrte Horis um und eilte zurück auf den Hinterhof. Sarefa schien wieder einmal nicht bemerkt zu haben, dass sie den Fisch, das Gemüse und den Salat bereits hineingebracht hatten. Ein Sack Zucker, ein weiterer Sack Mehl und sechs niedrige Kisten, gefüllt mit auf Holzwolle gepolsterten Eiern, warteten noch im Schatten.

Die bestellten Lebensmittel wurden jeden Morgen frisch geliefert, andere kaufte Sarefa persönlich auf dem Markt ein. Nur das Beste war gut genug für die *Leuchtende Einkehr*. Schließlich galt sie als eine der besten Gaststätten der ganzen Provinz, und in Tylegro gab es deren viele. Sogar Herzog Greghard hatte schon hier getafelt. Sarefas Kochkünste waren berühmt, besonders ihre Fischgerichte. Ein Muschelauflauf trug ihren Namen.

Von den vornehmen Gästen, die die *Einkehr* besuchten, sah Horis nicht viel. Seit bald einem Jahr arbeitete er dort als Küchenhilfe. Als Entgelt bekam er Verpflegung, die hervorragend war, und kostenlose Unterkunft: eine Dachkammer, die er mit Beno teilte. Er schätzte sich glücklich, überhaupt eine Anstellung gefunden zu haben. An Arbeitskräften herrschte in Angantur kein Mangel.

Eigentlich war er in die Stadt gekommen, um an der Schule von Marech Eldred Daimonologie zu studieren. Vor elf Monaten hatte er die Aufnahmeprüfung gemacht. Er war durchgefallen. »Versuch es in einem Jahr wieder«, hatten die Lehrer ihm gesagt. Eine Erklärung gab ihm niemand.

Hunderte von Anwärtern durchliefen jedes Jahr das Aufnahmeverfahren. Viele wurden abgewiesen oder auf später vertröstet, und die meisten wollten nicht gleich aufgeben und suchten sich eine Beschäftigung in Angantur, genau wie Horis. Auch die Studenten arbeiteten. Fast fertig ausgebildete Daimonen traf man am Hafen beim Schleppen von Waren, auf dem Markt beim Straßenfegen und in den Küchen beim Gemüseputzen. In der *Leuchtenden Einkehr* bediente zweimal in der Woche Alon, eine Studentin im dritten Jahr.

Die Meister von Marech Eldred begrüßten die Nebentätigkeiten ihrer Schüler und Schülerinnen. ›Lernt am Leben‹ war einer ihrer Wahlsprüche. So kam es, dass selbst die aus vermögenden Familien stammenden Studenten, die keine Geldsorgen kannten, gelegentlich niedere Arbeiten verrichteten, um ihren guten Willen zu beweisen.

Jedes Jahr vergab Herzog Greghard, der Statthalter der Provinz Tylegro, Stipendien an mittellose Schüler. Ob überhaupt und, wenn ja, wer diese erhielt, entschieden allein die Meister.

Horis hatte auf Unterstützungsgelder gehofft. Angantur war eine reiche Stadt und Greghard für seine Großzügigkeit bekannt. Doch nach der verpatzten Aufnahmeprüfung konnte er das wohl vergessen.

Er wusste nicht, was er tun sollte, wenn er nochmals versagte. Die Vorstellung, ein weiteres Jahr als Küchenhilfe zu arbeiten, behagte ihm nicht. Er wollte ein Daimon werden. Seit er denken konnte, war dies sein größter Wunsch gewesen. Alle Bücher, die einem Laien zugänglich waren, hatte er darüber gelesen. Er hatte sich für begabt gehalten, doch offensichtlich teilten die Meister diese Ansicht nicht.

Heute Nachmittag fand seine zweite Prüfung statt. Am Mittag musste er sich in der Schule einfinden und dann warten, bis er an die Reihe kam. Er fürchtete sich. Alon hatte ihm geholfen, sich vorzubereiten, soweit das überhaupt möglich war. Die Meister stellten stets neue, unerwartete Aufgaben.

Er hätte sich auch als Lehrling bei einem der Meister bewerben können, die nicht an der Schule tätig waren, aber von einem der großen Daimonen aufgenommen zu werden war noch schwieriger, als einen Studienplatz in Angantur zu bekommen.

Gedankenverloren packte er die unterste der Eierkisten, hob alle miteinander hoch und trug sie hinein. Im Gang sah er nach dem grellen Licht draußen für einen Moment nichts, doch er kannte ja den Weg. Hinten links befand sich der Durchgang in die Küche, rechts die jetzt verschlossene Tür in den Speisesaal mit der großen Terrasse, geradeaus, am Ende des Korridors, führte eine Treppe hinauf in den ersten Stock zu den Zimmern der Angestellten, eine andere hinunter in den Keller.

»Du Trottel!«, dröhnte Sarefas Stimme. »Das ist der falsche Wein! Ranacher Blaubeer 73 brauche ich.«

Im Laufschritt stürzte Beno aus der Küche, in jeder Hand eine Flasche, und stieß mit Horis zusammen. Der versuchte verzweifelt, die Kisten zu halten. Die Wucht des Aufpralls warf ihn gegen die Wand. Die Kisten rutschten ihm aus der Hand und polterten zu Boden. Beno verlor das Gleichgewicht und fiel hin. Klirrend zerbarsten die Flaschen. In einem Durcheinander aus Holzwolle, zerbrochenen rohen Eiern, Rotwein und Scherben hockte Beno und gaffte entgeistert die Flaschenhälse an, die er immer noch in den Fingern hielt. Horis starrte zum Durchgang in die Küche. Dort stand Sarefa.

Stumm schaute sie die beiden an, als könne sie keine Worte finden.

»Mach das hier sauber!«, sagte sie schließlich erstaunlich ruhig zu Beno. »Und du«, deutete sie auf Horis, »gehst auf den Markt und holst Eier.«

Ohne eine Antwort abzuwarten, entschwand sie in die Küche. Horis und Beno blickten sich an. Mit einem Schulterzucken begann Horis die Überreste aufzuklauben.

»Lass nur«, murmelte Beno. »Ich mache das. Besorg du die Eier.«

Horis seufzte. Er war den Tränen nahe.

»Was ist los?«, fragte Beno.

»Die Prüfung! Ich muss zur Aufnahmeprüfung. Wenn ich auf den Markt gehe und wieder hierher zurück, schaffe ich es nicht mehr, bis zum Mittag in Marech Eldred zu sein!«

»Du tust besser, was Sarefa gesagt hat, sonst kannst du dir heute noch eine neue Arbeit suchen.«

»Könntest nicht du für mich auf den Markt gehen?«

»Nein, nein, schlag dir das aus dem Kopf! Ich hänge an meiner Stellung hier. Sarefa ist schon wütend genug.«

Enttäuscht schlenderte Horis auf den Hof hinaus. Mit Beno konnte man nicht vernünftig reden. Er war ein netter Kerl, aber zu den Klügsten gehörte er nicht. Sarefa war es vermutlich völlig gleichgültig, wer von ihnen sauber machte und wer einkaufen ging. Beno nahm immer alles wörtlich, was man ihm sagte. Er hoffte, bald zum Hilfskoch aufzusteigen, und wollte es sich auf keinen Fall mit Sarefa verderben.

Horis überlegte. Sarefa würde ihn hinauswerfen, wenn er nicht sofort mit den Eiern zurückkam, daran bestand kein Zweifel, und die Meister von Marech Eldred würden ihn nicht zur Prüfung zulassen, wenn er erst am Nachmittag eintraf. ›Ich musste auf dem Markt Eier kaufen‹, galt kaum als ausreichende Entschuldigung.

Einer der Köche tauchte im Hintereingang auf und rief nach ihm. Er drückte Horis eine Geldbörse in die Hand.

»Mach schnell!«, drängte er. »Sarefa ist schlechter Laune. Die Fischmajonäse ist ihr geronnen. Sie braucht die frischen Eier.«

Mit langen Schritten eilte Horis auf die Straße hinter der *Einkehr*. Der Gasthof lag erhöht am Hügel über der Bucht, am Rande des Hafenviertels. Von der überdachten Terrasse aus hatte man einen herrlichen Blick. Linker Hand sah man das weiße Schloss Herzog Greghards auf den Klippen thronen, rechts erstreckten sich die engen Gassen der Innenstadt rund um den Hafen. Die Bucht von Angantur zeigte nach Westen, und abends war die *Einkehr* einer der schönsten Orte, um den Sonnenuntergang über dem Generischen Meer zu bewundern, wenn die sanften Wogen bis zum Horizont entflammten und dann, langsam, unzählige Lichter in Angantur angingen.

Horis stammte aus einem Dorf am Fuß der Schirberge, nahe der Grenze zu Kelrun. Dorthin wollte er nie wieder zurückkehren, auch wenn er nochmals bei der Prüfung durchfiel.

Er hastete die Straße entlang und sprang eine schmale Treppe zwischen zwei Häusern hinunter, um den Weg abzukürzen. Die Hitze trieb ihm den Schweiß auf die Stirn. Er würde sich entscheiden müssen: entweder die Aufnahmeprüfung oder die Eier für Sarefa. Es war schon beinahe Mittag.

Eilig rannte er weiter in Richtung Hafen, hielt sich im schwindenden Schatten der Häuser. Die Läden und Türen der Wohnhäuser und Geschäfte waren geschlossen, um die Sonne abzuhalten. Kein Mensch war zu sehen. Um diese Zeit ging niemand freiwillig nach draußen. Bald würden auch die letzten Händler ihre Stände auf dem Markt abbrechen. Erst am späten Nachmittag, wenn die ärgste Glut vorbei war, herrschte wieder Leben in Angantur. Er musste sich beeilen.

Die gepflasterte Gasse führte steil bergab. Zwischen den Häuserzeilen waren Seile gespannt, an denen Wäsche trocknete. Die Gasse mündete in eine breite Straße, die, wie Horis wusste, direkt zum Marktplatz in der Nähe des Hafens führte. Blendend hell tauchte sie vor ihm auf. Schritte und Wortfetzen erschallten. Vom grellen Licht geblendet, stürmte Horis um die Ecke. Im letzten Moment wich er einer Frau aus, die schwer atmend einen zugedeckten Korb schleppte, blickte ihr erschrocken hinterher und prallte hart in ein Hindernis. Horis vernahm ein Krachen, dann zog es ihm die Beine unter dem Leib weg, und er setzte sich auf den Hosenboden. Schreie erklangen, Pferde wieherten. Jemand brüllte Befehle. Mit offenem Mund schaute Horis über die Schulter.

Er war in eine Sänfte gerannt, die jetzt umgekippt auf der Seite lag.

Die Träger zerrten und stemmten, um sie wieder aufzurichten. Inmitten eines Durcheinanders von seidenen Kissen und Decken, die auf die Straße gefallen waren, hockte ein Mann, der jämmerlich schrie und mit den Armen um sich schlug. Eine Eskorte von sechs berittenen Soldaten suchten ihre Pferde zu besänftigen, die sich vor Schreck aufbäumten. Ein Soldat stieg ab und eilte zu dem Mann in den Decken. Er bot ihm die Hand, um ihm aufzuhelfen. Der wollte nichts davon wissen, kreischte weiter und riss wild an den Decken. Ein anderer Soldat stapfte auf Horis zu, packte ihn grob am Kragen und zog ihn hoch.

»Das kommt dich teuer zu stehen, Bürschchen«, presste er zwischen zusammengebissenen Zähnen hervor.

Entgeistert starrte Horis den Insassen der Sänfte an, der sich mühselig hochrappelte, unterstützt von einem Träger und zwei Soldaten. Der Mann hielt einen halb aufgegessenen Pfirsich in der Hand. Ein Teil der Frucht befand sich auf seinem Kinn und dem blassroten Seidenhemd. Seine braunen Augen glotzten dumpf in dem formlos weichen Gesicht. Speichel rann aus dem schlaffen Mund, vermischte sich mit dem Saft des zerdrückten Pfirsichs. Weinend gab er ein hohes, klagendes Heulen von sich. Er trug eine weiße Hose, kunstvoll geflochtene Sandalen und eine golddurchwirkte Schärpe um den runden Bauch, der breiter war als die abfallenden Schultern. Ein Goldreif hielt das dünne hellbraune Haar glatt am Kopf. Es war Prinz Runo, einer von Kaiser Alrichs Söhnen, der mit der kaiserlichen Familie auf Schloss Schönau residierte. Jeder wusste, dass er geistig zurückgeblieben war.

»Es tut mir furchtbar Leid«, stammelte Horis.

Der Soldat schüttelte ihn und betrachtete ihn von oben bis unten. Dieser Junge sah harmlos genug aus, wie er ihn mit seinen großen goldbraunen Augen furchtsam anblickte. Dicke blonde Locken umkränzten sein schmales, sonnengebräuntes Gesicht. Er trug ein schäbiges rosafarbenes Hemd mit verblichenen Stickereien, eine in Knielänge abgeschnittene Hose und billige Sandalen, wie man sie an jeder Ecke des Marktes kaufen konnte. Ein Attentäter war das kaum.

Die anderen Soldaten stiegen von den Pferden und kamen drohend auf Horis zu. Derjenige, der ihn am Kragen hielt, stieß ihn so heftig weg, dass er sich überschlug und hinfiel. Die anderen bauten sich in einem Kreis um ihn auf.

»Ich bin bloß ein Küchenjunge!«, schrie Horis.

Die Soldaten nahmen die Reitgerten zur Hand und prügelten auf ihn ein. Schützend hob er die Arme über den Kopf. Prinz Runo grunzte aufgeregt. Die Soldaten kümmerten sich nicht um ihn. Horis kroch auf den Knien zwischen zweien hindurch, klaubte die Geldbörse auf, die er verloren hatte, und hastete davon. Einer lief ihm hinterher, die Gerte sauste nieder und traf ihn am Rücken.

»Dich kriegen wir noch!«, rief er.

Aufstöhnend duckte sich Horis und rannte weiter, so schnell er konnte. Erst als er zum Marktplatz kam, verlangsamte er seine Schritte. Ängstlich drehte er sich um. Die Soldaten verfolgten ihn nicht. Keuchend stolperte er zum Brunnen in der Mitte des Platzes und ließ sich nieder. Er tauchte den Kopf ein, spritzte Wasser auf seinen glühenden Leib. Sein Hemd war noch ganz. Die Striemen auf der Haut darunter brannten wie Feuer. Der Schmerz und die Erniedrigung trieben ihm Tränen in die Augen. Wütend wischte er sie weg. Welch ein Tag!

Auf dem Marktplatz bauten gerade die letzten Händler ihre Stände ab. Die Kisten mit den unverkauften Waren hatten sie bereits auf die Wagen geladen. Zwei Bäuerinnen mit Strohhüten unterhielten sich. Ein junger Mann in weißen Leinenkleidern fegte Gemüsereste zusammen. Ungeschickt hantierte er mit dem Reisigbesen. Ein Händler trieb ihn zur Eile.

Horis barg das Gesicht in den Händen. Über die Fingerspitzen hinweg spähte er hervor und blickte in die Ferne. Am Rande des Marktplatzes sah er die weiße Mauer der Hafenpromenade und dahinter das Meer, das sich tiefblau zum Horizont erstreckte. Ein Hauch von Salz hing in der Luft.

Das Meer erzählte von Abenteuern, von fernen Städten voller Geheimnisse. Lauter Rätsel, die er, Horis, nicht lüften würde. Wunderbare Orte, die er nie sehen sollte. Manchmal träumte er davon, ein berühmter Daimon zu sein und die ganze Welt zu bereisen. Die Menschen würden ihm mit Hochachtung begegnen, und alles, was er täte, wäre bedeutungsvoll und irgendwie sehr wichtig. Als gern gesehener Gast bekäme er den besten Tisch in der *Einkehr* und würde sich wohlwollend dagegen wehren, dass Sarefa vor ihm katzbuckelte und die Kellner anfauchte, wenn sie ihn nicht sofort bedienten. Milde würde er Sarefa dafür tadeln und so die Bewunderung aller ernten. Zugleich gerührt und beschämt sprächen die Menschen von seiner Bescheidenheit und Großmut. Ein Seufzen dehnte Horis' Brust. Er war Küchenjunge und jetzt hier auf dem Markt, um Eier zu besorgen. Das konnte doch nicht sein Leben sein!

Ohne zu zögern, entschloss er sich, die Schule von Marech Eldred aufzusuchen. Sarefa würde auf ihn und die frischen Eier verzichten müssen. Er wusch sich nochmals das Gesicht und die Hände, ordnete die Kleider und strich das Haar zurück, dann machte er sich auf den Weg. Schließlich war er nach Angantur gekommen, um die Daimonologie zu erlernen, und nicht, um als Küchenhilfe zu versauern.

Er marschierte quer über den Marktplatz und wandte sich stadteinwärts. Drei Straßen weiter kam er zu einem Platz, der von erhaben wirkenden weißen Gebäuden gesäumt war: die Bibliotheken von Angantur und eindrucksvoll in deren Mitte die Schule von Marech Eldred. Eine breite Treppe führte hinauf zu der von Säulen getragenen Vorhalle. Hohe Fenster durchbrachen die Mauer, gaben den Blick frei auf mit Bücherregalen voll gestopfte Innenräume. Studenten waren keine zu sehen. Im Sommer fand während der Mittagszeit kein Unterricht statt und in den jetzt verwaisten Lesesälen wurde meist erst abends und bis spät in die Nacht gearbeitet.

Horis trat in die menschenleere Eingangshalle. Kein Laut war zu hören. Vom letzten Mal wusste er, dass er in den ersten Stock hinauf musste. Mit einem flauen Gefühl im Magen erklomm er die marmornen Stufen. Leise schritt er voran, hielt sich an dem mächtigen steinernen Geländer fest. Ehrfurcht ergriff ihn. Klein und unbedeutend kam er sich vor in diesem Monument des Lernens, wo schon so viele berühmte Daimonen studiert hatten.

Auf dem Gang stand eine lange Bank vor der Wand, auf der zwei Männer und drei Frauen saßen. Ihren angespannten Gesichtern zu entnehmen, waren auch sie Prüflinge, die warteten, bis sie an die Reihe kamen. Horis wollte sich gerade neben sie setzen, als ein Lehrer ihn ansprach:

»Einen guten Tag. Du kommst zur Aufnahmeprüfung?«

»Ja.«

»Bist du das erste Mal hier?«

Schweigend hob Horis zwei Finger.

»Also das zweite Mal«, sagte der Lehrer vernehmlich.

Peinlich berührt kniff Horis die Augen zu. Der Lehrer ging voraus und winkte.

»Du kannst mit mir kommen.«

Horis folgte ihm zu einer geschlossenen Tür, die der Lehrer aufstieß. Der Raum dahinter war überfüllt mit Stühlen und einem großen Tisch vor dem einzigen Fenster. Auf dem Boden lag ein meerblauer Teppich. Vereinzelt hockten drei Frauen und fünf Männer auf den Stühlen. Einige blickten zum Fenster hinaus, andere lasen in Notizbüchern, die sie auf dem Schoß hielten. Als Horis eintrat, musterten sie ihn. Er murmelte einen Gruß und setzte sich. Der Lehrer machte die Tür hinter ihm zu.

Keiner redete ein Wort. Horis spähte in das offene Notizbuch seines Nachbarn. Augenblicklich schirmte der die Seite mit der Hand ab, damit er nicht darin lesen konnte. Durch das Fenster strahlte die Sonne. Eine Frau stand auf und zog die dunkelgrünen Vorhänge ein Stück weit zu. In der rechten Wand befand sich eine zweite Tür, durch die ein älterer Mann hereinkam, der ihnen ein freundliches Lächeln schenkte.

Horis hielt den Atem an. Das war einer der Meister von Marech Eldred! Bei der Prüfung im letzten Jahr hatten ihn die Lehrer befragt, die Meister hatte er gar nicht zu Gesicht bekommen. Lehrer, die in einem bestimmten Fachgebiet unterrichteten, erkannte man an ihren langen schwarzweißen Gewändern. Die Meister trugen, was sie wollten. Einzig ein goldener Siegelring an der rechten Hand zeichnete sie aus, der das Wappen von Marech Eldred trug: zwei sich überschneidende Kreise, in der Mitte ein Stern. Den ›Ring der Diener‹ nannten sie ihn scherzhaft. Horis hatte nie verstanden, was sie damit meinten.

Nacheinander rief der Meister die Kandidaten zu sich. Sie kamen nicht zurück, mussten also durch einen anderen Ausgang verschwinden. Durch die Tür vom Gang her führte der Lehrer weitere Anwärter zu ihnen, die auf den freien Stühlen Platz nahmen, bis der Warteraum voll war. Als alle Sitzgelegenheiten besetzt waren, riss der Strom der Prüflinge wundersamerweise ab.

Bedrückt stellte Horis fest, wie gepflegt die anderen gekleidet waren. Alle hatten ihr bestes Gewand angezogen; er sah blütenweiße Hemden, sorgfältig gebügelte Hosen und Röcke mit passenden Jacken; und alle schienen frisch gebadet und frisiert zu sein. Ein Hauch von Seife und Lavendelwasser schwebte in der Luft.

Sein schlampiger Auftritt erfüllte Horis mit Scham. Sogar seine Fingernägel waren dreckig. Er säuberte sie unauffällig. Eine Frau mit lockigem schwarzem Haar beobachtete ihn mit einer Mischung aus Neugier und Ekel. Als er ihren Blick erwiderte, schaute sie rasch weg. Röte überzog Horis' Wangen. Er fühlte sich gänzlich fehl am Platz. Wenn nur die Prüfung schon vorüber wäre!

Unruhig vergrub er die Hände in den Hosentaschen. Er stutzte. Aus der linken Tasche förderte er die Börse zutage, die ihm der Koch in der *Einkehr* gegeben hatte. Darin lagen einige Silber- und Kupfermünzen, gerade genug, um die Eier zu bezahlen. Er fasste in die andere Hosentasche und fischte einen zweiten Geldbeutel heraus. Er war von ähnlicher Machart, doch aus feinerem Leder in einem helleren Braun. In den Innenfächern befanden sich ein Dutzend Goldstücke, eine kleine graue Feder und ein Medaillon. Darauf war in Email das Gesicht eines

Mädchens mit langem blondem Haar abgebildet. Mit erwartungsvoller Miene lächelte sie Horis an. Der drehte und wendete den Geldbeutel in den Händen. Er musste einem der Soldaten gehören, mit denen er zusammengestoßen war. Versehentlich hatte er ihn eingesteckt, weil er angenommen hatte, es sei derjenige aus der *Einkehr*. Der Soldat tobte bestimmt vor Wut. Horis verstaute die Beutel wieder in den Hosentaschen. Er würde später entscheiden, was er damit anstellen wollte.

Nur noch eine Frau war vor ihm an der Reihe. Sie war älter als viele der anderen hier, vielleicht Ende Dreißig und sehr schön. Glattes braunes Haar fiel ihr rötlich schimmernd auf den Rücken. Sie trug einen gut geschnittenen sandfarbenen Leinenanzug, der ihre schlanke Figur betonte. Als der Meister sie aufrief, zwinkerte sie Horis zu.

Als Nächster war er an der Reihe. Sein Magen krampfte sich zusammen, kalter Schweiß brach ihm aus. Er überlegte, worin die Prüfung wohl bestehen würde. Man sagte, dass jeder Kandidat eine andere Aufgabe bekam, entsprechend seinem Wesen. Horis fragte sich, wie die Meister das einschätzen wollten, schließlich kannten sie die Anwärter nicht.

Schneller, als ihm lieb war, ging die Tür auf, und der Meister winkte ihn zu sich. Mit weichen Knien folgte er ihm in den anschließenden Raum. Erstaunt blickte er sich um. Vor zwei mit blauen Vorhängen verdeckten Fenstern stand eine bequeme Liege. Die Mitte des Zimmers nahm ein großer Schreibtisch aus glänzendem dunklem Holz ein, unter dem ein weicher, kostbar aussehender Teppich lag. Bücherregale säumten bis auf Hüfthöhe die gelb tapezierten Wände, darüber hingen Gemälde: naturgetreue, liebevolle Darstellungen von Tieren. Horis entdeckte einen Hasen in einer Wiese, einen Igel, Enten im Wasser und das Bildnis eines grauen Vogels mit langem rotem Schnabel. Auf einer Kommode war eine ganze Anzahl Kristallkaraffen mit allerlei Getränken aufgestellt, dazu gab es ein Silbertablett mit einigen unbenutzten Gläsern.

Der Meister ging um den Schreibtisch herum, deutete auf den Stuhl davor und ließ sich selbst in dem breiten Lehnsessel dahinter nieder.

»Ich bin Morad«, sagte er. »Dies ist mein Arbeitszimmer. Setz dich!«

Verlegen trat Horis von einem Bein aufs andere. Er deutete auf seine Kleider.

»Bitte entschuldigt meinen Aufzug«, stammelte er, »ich komme eben von der Arbeit. Sonst sehe ich nicht so aus«, fügte er hinzu, was eine glatte Lüge war.

Die Andeutung eines Lächelns ging über Morads Gesicht.

»Das macht nichts. Die Kandidaten putzen sich nicht um unseretwillen heraus, sondern um ihretwillen. Es verleiht ihnen Selbstvertrauen. Setz dich doch!«

Erleichtert sank Horis auf den Stuhl. Er hielt die Hände im Schoß umklammert. Das Herz schlug ihm bis zum Hals. Morad betrachtete ihn.

»Du möchtest also Daimonologie studieren.«

»Ja«, nickte Horis eifrig, räusperte sich und fuhr fort: »Ich wollte schon immer ein Daimon werden, und ich kann Euch versprechen, dass ich alles dafür tun werde, was in meiner Macht steht!«

»Was in deiner Macht steht«, wiederholte Morad schmunzelnd. »Nun, du kannst nicht wissen, worauf du dich einlässt, und das erwartet auch niemand von dir. Was wir von dir verlangen: dass du uns gehorchst und dass du deine gesamte Energie dem Lernen widmest.«

»Das will ich!«

»Viele möchten ein Daimon werden. Die Zeiten, in denen wir geächtet waren, sind vorbei. Damals war es leichter, die geeigneten Anwärter von den ungeeigneten zu trennen, denn es gab nur wenige, die bereit waren, die Mühe auf sich zu nehmen. Heute kommen manche zu uns, die nach dem Ansehen trachten, das es einbringt, ein Daimon zu sein. Sie wollen berühmt werden oder reich oder von anderen verehrt und am liebsten alles zugleich. Das hat nichts mit Daimonologie zu tun.«

Horis schwieg.

Morad verschränkte die Hände auf dem Tisch und blickte ihn an. Ein listiges, doch nicht unfreundliches Funkeln trat in seine Augen.

»Du wirst verstehen, dass es keinen Sinn hat, Schüler aufzunehmen, die nicht lernen können, was wir ihnen beibringen wollen.«

»Natürlich!«

Ein leises Klopfen ertönte. Morad stand auf.

»Warte hier auf mich!«, befahl er. »Ich komme bald zurück. Bleib ruhig hier sitzen und lass dich nicht beirren.«

Nach diesen Worten ging er zur Tür hinaus, die auf den Gang führte, und schloss sie hinter sich. Klackend entfernten sich seine Schritte auf dem Steinboden, und Stille kehrte ein.

Beklommen rutschte Horis auf dem Stuhl herum. Er umfasste die Knie mit den Händen, dann verschränkte er die Arme vor der Brust. Geräuschvoll stieß er den Atem aus. Seine Blicke schweiften durch das Zimmer. Die komfortable Einrichtung war beeindruckend. Er hatte noch nie dergleichen gesehen. Allein der Teppich musste ein Vermögen wert sein, ganz zu schweigen von den Möbeln.

Er wartete. Weder auf dem Gang draußen noch aus dem Nebenraum erklang der kleinste Laut. Unruhig stand er auf und verharrte vor dem Schreibtisch. Darauf lagen eine rote Schreibmappe und ein silberner Füllfederhalter. Der Deckel der Mappe war zu. Das edle rote Leder des Einbands schimmerte. In die untere rechte Ecke war in Gold das Wappen von Marech Eldred geprägt. Ob darin wohl die Prüfungsunterlagen zu finden waren? Horis wandte sich ab und ging zu den Fenstern. Vorsichtig schob er den Vorhang einen Spalt breit auf. Er blickte auf den Platz vor der Schule. Die weißen Steinplatten gleißten in der Sonne.

Selbstvergessen kaute er an einem Fingernagel, dann schlenderte er durch den Raum, die Hände in den Hosentaschen vergraben. Er betrachtete die Bilder an den Wänden, doch er nahm kaum wahr, was sie darstellten. Seine Gedanken verweilten bei der Mappe auf dem Schreibtisch, die vielleicht die Lösung seiner Schwierigkeiten enthielt.

Ein Blick nur – und er würde Morads Prüfungsfragen ohne Zögern beantworten können. Solch eine Gelegenheit bot sich nur einmal.

Er stritt mit sich selbst. Eine Stimme in ihm sagte, er solle die Finger davon lassen, eine andere hieß ihn einen Narren, wenn er es nicht tat.

Unendlich langsam verrann die Zeit, und Morad blieb fort. Von der roten Mappe ging eine merkwürdige Anziehungskraft aus. Beinahe zu leuchten schien sie in dem schattigen Raum.

Horis ging um den Schreibtisch herum. Er blickte nach allen Seiten. Da war niemand, genau wie zuvor. Auf dem Gang waren keine Schritte zu hören. Er streckte die Hand aus und berührte mit dem Zeigefinger die Ecke der Schreibmappe, dann klappte er den Deckel hoch. Darin lag ein weißer Bogen Papier. Entgeistert starrte Horis das Blatt an. Nichts stand darauf geschrieben, es war ganz und gar leer.

Die Tür schwang auf, und Morad kam herein. Im Bruchteil eines Augenblicks schlug Horis die Mappe zu und sprang zurück.

»Das hat nicht lange gedauert«, sagte Morad. »Setz dich!«

Rasch kehrte Horis zu seinem Stuhl zurück und ließ sich darauf nieder. Seine Hände zitterten, und er klemmte sie unter die Beine.

»Es tut mir Leid«, erklärte Morad, »wir können dich nicht als Schüler aufnehmen.«

»Warum? Ihr habt mich doch noch gar nicht geprüft!«

»Das *war* deine Prüfung.«

»Was?«

Seufzend schloss Morad die Augen.

»Ich sagte dir, du sollst hier auf mich warten, ohne dich beirren zu lassen. Diesem einfachen Befehl konntest du nicht gehorchen. Wie willst du unseren Worten dann Glauben schenken, wenn es um wichtigere Dinge geht? Vielleicht sogar um dein Leben?«

»Aber …«, stotterte Horis. »Das ist nicht gerecht!«

»Diese Prüfung diente dazu, uns zu zeigen, was stärker in dir ist, dein Vertrauen oder deine Gier.« Traurig senkte Morad den Blick. »Geh jetzt und denk darüber nach! Das ist besser für dich und besser für uns.«

Ohne ein Wort des Abschieds trat Horis auf den Gang und zog die Tür hinter sich zu. Draußen sog er tief den Atem ein. Tränen stiegen in ihm auf. Er wurde das Gefühl nicht los, dass Morad ihn von Anfang an nicht gewollt hatte und diese ›Prüfung‹ nur veranstaltet hatte, um ihm eine Lektion zu erteilen. Derselbe Lehrer, der ihn in den Warteraum geführt hatte, kam herüber und musterte ihn besorgt.

»Ist alles in Ordnung mit dir?«

Horis wischte die Frage mit einer Handbewegung weg. Diese Lehrer machten ihn noch verrückt mit ihrer unerschütterlichen Freundlichkeit. Er eilte die Treppe hinunter. In der Halle angelangt, war er endlich allein. Unschlüssig, was er jetzt tun sollte, setzte er sich auf die Stufen.

Nun war er zum zweiten Mal durchgefallen, und seine Stellung in der *Einkehr* hatte er auch verloren. Sein Körper schmerzte von den Prügeln, die er von den Soldaten bezogen hatte. Während des Wartens hatte er die Striemen vor lauter Aufregung nicht mehr gespürt, doch jetzt kehrte das Brennen zurück. Dies war der schwärzeste Tag seines Lebens! Er blickte an sich hinab. Seine Kleider waren staubig und zerknittert, die Beine von blauen Flecken bedeckt. Er bot einen jämmerlichen Anblick. Vielleicht konnte er ein Auskommen als Bettler finden.

Beim Klappen einer Tür horchte er auf. Schritte näherten sich. Horis sprang erschrocken auf. Am entfernten Ende der Halle erschien eine Frau in einem kragenlosen weißen Hemd, mit brauner Hose und ebensolchen Stiefeln. Ihr kurz geschorenes dunkles Haar war kaum mehr als ein Schatten auf ihrem Schädel. Die dichten Augenbrauen und die scharf geschwungene Nase konnte man selbst auf diese Entfernung gut erkennen. Das war Lonora, die Leiterin der Schule und Oberhaupt der Meister von Marech Eldred! Ihr Antlitz war in Angantur so bekannt wie das von Herzog Greghard. Ein junger Mann begleitete sie. Er hatte rotblondes Haar, trug eine graue Hose, Sandalen und ein lose flatterndes Hemd mit kurzen Ärmeln. Die beiden kamen auf ihn zu, wollten die Treppe hinauf.

»Wie geht es unser aller Meister?«, hörte Horis Lonora fragen.

»Ich mache mir große Sorgen«, antwortete der andere.

»Was immer ich tun kann, werde ich tun. Ich schulde Lutz mein Leben und alles, was ich bin.«

Lonora blieb vor Horis stehen.

»Was machst du hier, Junge?«

»Nichts«, stotterte er.

»Das kannst du auch zu Hause, also beweg deinen Hintern!«

Verdattert gaffte Horis sie an, dann fiel sein Blick auf Lonoras jungen Begleiter. Dessen sonnenverbrannte Haut war von Sommersprossen übersät. In hellem Blaugrün leuchteten die Augen in dem ovalen Gesicht. Ernst schaute er ihn an. Der geschwungene Mund zuckte. Eine seiner fein gezeichneten Augenbrauen hob sich fragend. Horis wollte etwas sagen, aber er brachte kein Wort heraus. Die beiden eilten weiter, und ihre Stimmen verklangen.

Zögernd durchquerte Horis die Halle und trat hinaus ins Freie. Hitze schlug über ihm zusammen. In der Schule war es angenehm kühl gewesen. Hier draußen brannte die Sonne erbarmungslos herab. Das würde ein heißer Sommer werden. Das Klima in Angantur war sonst sehr mild. Meist wehte ein frischer Wind vom Meer her, der die Hitze auf ein erträgliches Maß dämpfte. Seit zwei Tagen war die Brise ausgeblieben, und alle sehnten sich danach.

Er ging zurück zum Marktplatz. Die Stände waren fort, die Wagen verschwunden. Einzelne Gemüseblätter lagen verstreut auf dem Pflaster, welk und langsam vertrocknend. Am Brunnen trank er sich satt und benetzte das Gesicht und den Nacken. Sofort begann er wieder zu schwitzen. Das Hemd klebte ihm auf der Haut. Erst setzte er sich auf den Beckenrand, dann stand er wieder auf. Die Hitze raubte ihm den Atem. Einer Eingebung folgend, schlenderte er zum nahen Hafen.

An der weißen Kaimauer hatten unzählige Schiffe angelegt. Einfache Fischerboote und gleich daneben die Yachten der Reichen und Adligen, die in Angantur den Sommer verbrachten. Weiter südlich, am Ende des Hafens, lagen große Segelschiffe und einige Frachter. Schwitzende Matrosen schrubbten eine schwarze Yacht mit einer Messingreling. An den beiden Masten waren hellblaue Segel hochgezogen. Das Boot hatte einen kunstvollen Aufbau mit Fenstern aus Glas und ein mit weißen Planen überdachtes Liegedeck am Bug. Am Heck flatterte die kaiserliche Flagge. Vermutlich wollten die Besitzer am Nachmittag auslaufen.

Der halbrunde Hafenplatz war verlassen. Vor den Gasthöfen am Rande saßen wenige Leute im Schatten an kleinen Tischen. Einige spielten Karten, andere starrten auf das Meer. Sie schenkten Horis keine Beachtung. Eine dicke Frau in einem gelben Kleid wedelte sich mit dem Fächer Luft zu.

Horis schluckte. Seine Kehle war staubtrocken. Er wollte sich etwas zu trinken kaufen. Das Geld, das er bei sich hatte, gehörte ihm zwar nicht, aber was machte das schon. Nach diesem Tag hatte er sich ein Bier verdient. Etwas zu essen konnte er auch gebrauchen. Vielleicht ein Fladenbrot mit Knoblauch und Käse.

»Da ist er!«, rief plötzlich jemand.

Abrupt drehte Horis sich um. Am Rand des Platzes tauchten drei berittene Soldaten auf. Einer deutete auf ihn.

»Das ist er! Der hat meinen Geldbeutel gestohlen!«

Weit riss Horis die Augen auf. Das waren die Soldaten, die ihn verprügelt hatten. Die würden ihm kaum glauben, dass er den Geldbeutel versehentlich eingesteckt hatte. Zwei von ihnen trieben die Pferde an und preschten auf ihn zu. Entschlossen rannte er über den Platz und hetzte eine schmale Gasse hinauf. Hinter ihm erklang Hufgetrappel. Er wandte sich nach rechts und wieder nach links. Mit etwas Glück konnte er die Verfolger im Irrgarten der Gassen abschütteln.

Er brauchte mehr Vorsprung. Sie waren ihm zu dicht auf den Fersen. Eine Treppe führte hinab zu einem Kellereingang. Horis sprang mit einem Satz hinunter und duckte sich an die Wand. Seine Hand drückte die Türklinke. Sie war verschlossen. Hufe klapperten auf dem Pflaster, dann hörte er von oben zwei Männer:

»Die kleine Ratte denkt wohl, wir kennen uns hier nicht aus!«

»Der entwischt uns nicht! Soran lässt den ganzen Hafen umstellen.«

»Klaut der doch einem von uns das Geld! So viel Frechheit habe ich noch nicht erlebt! Die Kameraden sind gleich zu Hilfe gekommen.«

»Der wird bald ein warnendes Beispiel für andere sein.«

»Als kaiserliche Soldaten ...«

Die Stimmen und das Klappern der Hufe erstarben. Ängstlich spähte Horis auf die Gasse, dann erklomm er die Stufen. Er entdeckte keine Soldaten, doch sie mussten nahe sein. Falls sie tatsächlich den Hafen umstellten, gab es keine Hoffnung auf ein Entkommen. Die engen Gassen um den Platz mündeten in breite Straßen, die leicht zu überwachen waren. Er konnte höchstens versuchen, den Hafenplatz zu überqueren und zurück zum Markt zu laufen, um von dort aus in einen anderen Stadtteil zu gelangen.

Er zitterte vor Angst, als er die Hauswände entlangtappte. Hier gab es kein Versteck für ihn. Er konnte bloß so schnell davonrennen, wie ihn seine Beine trugen. Doch zu Pferd würden sie ihn rasch einholen.

Die Soldaten hatten wenig zu tun hier in Angantur, außer der Begleitung der kaiserlichen Familie. Sicherlich war ihnen die Hetzjagd eine willkommene Abwechslung. Die Götter mochten wissen, was sie mit ihm vorhatten, wenn sie seiner habhaft wurden! Er wollte es lieber nicht erfahren.

Mit pochendem Herzen blickte er um die Hausecke. Der Hafenplatz wirkte verlassen. Er lehnte sich an die Mauer und sammelte seinen Mut. Eben als er losgehen wollte, rief ein Soldat in der Nähe der Gasthöfe:

»Habt ihr ihn?«

»Nein«, antwortete grimmig ein anderer aus der nächsten Querstraße. »He, da hinten ist einer. Du da, bleib sofort stehen!«

Eilige Schritte erklangen. Horis beugte sich vor und sah, wie der Soldat seinem Kameraden neugierig folgte. Nach einem prüfenden Blick auf den Platz rannte er los. Er war weiter nach Süden geraten, als er vermutet hatte. Unmöglich konnte er unbemerkt das andere Ende des Hafens erreichen. Pferde wieherten. Verzweifelt hastete Horis zu den Schiffen. Er sprang einen Landungssteg hinauf, hechtete auf das Deck und warf sich flach hin. Über die Kante des Stegs lugte er hervor.

Vier Soldaten ritten auf den Platz, schauten sich sorgfältig um. Einer gestikulierte, schien den anderen Anweisungen zu erteilen. Die Reiter verteilten sich, lenkten die Tiere in den Schatten der Häuser. Gemeinsam überblickten sie den gesamten Hafenplatz.

Horis wandte den Kopf. Er befand sich auf einem der großen Segelschiffe. Neben ihm lag eine dicke Rolle Seil. Das Deck glänzte verlassen in der Mittagshitze. Aus einer offenen Luke ertönten von unten dumpfe Stimmen.

Er brauchte ein Versteck. Vor Einbruch der Nacht konnte er nicht zurück auf den Hafenplatz schleichen, und es dauerte noch lange, bis das Tageslicht schwand. Er durfte nicht damit rechnen, dass die Soldaten aufgaben und unverrichteter Dinge abzogen. Es gab genug von ihnen, und allen war es langweilig. Die konnten sich gegenseitig ablösen, wenn es nötig war. Die Schiffsbesatzung würde sich auch nicht gerade über seinen Besuch freuen. Gehetzt blickte Horis über das Deck.

Schräg gegenüber standen zwei Fässer festgezurrt an der Reling, an denen ein Besen lehnte. Daneben lag ein Haufen weißen Segeltuchs.

Flink robbte Horis über die Planken, den Leib auf den Boden gepresst. Als er bei der Luke vorbeikam, bewegte er sich noch vorsichtiger.

»Wo bleibt bloß Xander?«, vernahm er eine weibliche Stimme. »Seit heute Morgen ist er weg.«

»Mach dir keine Sorgen«, antwortete jemand gelassen.

Horis kroch unter das Segel und ordnete das Tuch unauffällig um sich an. Den Rücken an ein Fass gelehnt, hockte er sich hin, die Beine eng an die Brust gezogen. Seine Kehle schmerzte vor Durst. Die Hitze machte ihn ganz benommen. Sein Magen knurrte laut, und er presste die Arme auf den Bauch.

Endlos saß er dort, traute sich nicht, auch nur einen Finger zu rühren. Schweiß tränkte ihn. Der Durst wurde zu einer Qual. Für einen Schluck Wasser hätte er sich sogar den Soldaten gestellt, doch die hätten ihm bestimmt nichts zu trinken gegeben. Er drückte die Stirn auf die Knie. Die stickige Luft unter dem Segeltuch roch nach Ölfarbe. Als er es nicht mehr aushielt, hob er einen Zipfel. Noch mehr Hitze drang herein und der Duft des Meeres. Wellen schlugen an den Rumpf des Schiffes. Eine Möwe schrie, fern am Himmel.

Tränen stürzten ihm aus den Augen, als die Anspannung nachließ, salzig brannten sie auf seinem heißen Gesicht. Er rieb sich die Nase am Ärmel.

Endlich schwand das Sonnenlicht, und die Glut ließ nach. Schritte von mehreren Leuten tappten über das Deck, sie stiegen den Landungssteg hinab. Eine Weile später kam ein Einzelner an Bord, der von anderen begrüßt wurde. Viele Füße hasteten über die Planken. Takelwerk knirschte.

Horis fürchtete sich. Was war hier los? Je weiter der Tag voranschritt, desto mehr Betrieb herrschte auf dem Schiff.

Mit zitternden Händen schob er das Segeltuch ein Stück zur Seite. Die Sonne neigte sich zum Horizont. Ihre Strahlen verwandelten den Himmel in ein Flammenmeer. Es war noch zu hell, um zu verschwinden. Glücklicherweise hatte ihn bis jetzt niemand entdeckt. Trotzdem musste er sich sputen, sobald es dunkel war. Irgendwann würden die Soldaten auch die Schiffe durchsuchen.

Schritte von mehreren Menschen kamen den Steg herauf. Jemand fluchte laut. Ein Mann rief etwas. Ein Scharren ertönte, dann ein Knirschen, und das Schiff setzte sich in Bewegung.

Entsetzt hielt Horis den Atem an. Er überlegte, von Bord zu springen. Doch an Land hätten ihn sofort die Soldaten aufgegriffen. Er musste sich im nächsten Hafen davonstehlen, den sie anliefen.

In einem Zustand des Entsetzens lauschte Horis den Wellen, die an den Rumpf schlugen. Auf offener See blähte kräftiger Wind die Segel, zog das Schiff mit sich fort. Die Sonne versank im Meer. Auf und nieder wogte das Schiff, durchschnitt einsam die Finsternis. Horis wurde immer schläfriger, und schließlich nickte er ein.

Ein wütendes Brüllen weckte ihn. Er tastete nach dem Segeltuch. Es war fort. Blinzelnd blickte er in die Morgensonne. Ein Matrose ragte breitbeinig vor ihm auf, starrte mit funkelnden Augen auf ihn nieder. Horis zuckte zusammen und sprang blitzartig hoch. Er wollte etwas sagen. Die Zunge klebte ihm geschwollen am Gaumen. Einzig ein Krächzen brachte er hervor.

Leute eilten herbei. Ein dunkelhäutiger Mann baute sich vor ihm auf, die Arme in die Hüften gestemmt, und schrie ihn an:

»Wer hat dich geschickt? Was willst du hier?«

»Niemand«, flüsterte Horis heiser. Er hustete und griff sich an den schmerzenden Hals. »Wasser!«

»Ich geb dir gleich Wasser! Eine ganze Menge davon! Dich lasse ich kielholen, bis du uns die Wahrheit sagst!«

»Was ist los?«, fragte jemand und drängte sich zwischen die Matrosen.

Verblüfft glotzte Horis ihn an. Den hatte er schon einmal gesehen. Das rotblonde Haar und die Sommersprossen kamen ihm so bekannt vor. Natürlich! In der Schule von Marech Eldred. Das war der junge Mann, der Meisterin Lonora begleitet hatte. Aber was tat er hier auf dem Schiff?

Forschend betrachtete der ihn.

»Dich kenne ich doch! Warst du nicht in der Schule in Angantur?«

Stumm nickte Horis und blickte ihn flehend an.

Xander konnte sich ein Grinsen nicht verkneifen. Der Junge sah völlig verwahrlost aus. Hunger und Durst standen ihm ins Gesicht geschrieben. Einen Spion stellte er sich anders vor.

»Komm mit! Ich gebe dir etwas zu essen und zu trinken, dann kannst du mir erzählen, wer du bist und was du hier verloren hast.«

Er nickte dem Kapitän zu, und der ließ sie widerstrebend vorbei. Dankbar folgte Horis seinem unerwarteten Retter. Als sie zur Luke gingen, fühlte er die wütenden Blicke der Matrosen auf sich. Es war ihm gleichgültig. Für einen Schluck Wasser hätte er seine Seele verkauft. Wie betäubt stieg er hinter dem jungen Mann über die Treppe in das Zwischendeck hinunter und trottete den engen Gang entlang. Sie betraten ein Speisezimmer, in dem ein großer Tisch am Boden festgeschraubt war, umgeben von einem Dutzend Stühlen. Zwei kleine Fenster schauten auf das Wasser. Die holzgetäfelten Wände waren schmucklos, der Riemenboden kahl.

Horis sog den verlockenden Duft von Kaffee ein, der einer Kanne auf dem Tisch entströmte. Benützte Teller, Tassen und Besteck stapelten sich am Rande. Ein halber Laib Brot lag auf einem Schneidebrett, daneben standen ein Tiegel mit Butter, zwei Gläser Marmelade und ein angeschnittener Käse.

Xander schöpfte einen Becher Wasser aus einem Kessel und reichte ihn dem Jungen. Gierig trank er ihn leer und streckte ihn wieder hin. Xander füllte den Becher noch viermal, bevor der Junge genug hatte. Ohne zu fragen, setzte er sich und starrte hungrig auf das Brot. Xander gab ihm einen Teller und ein Messer. Mit einer Handbewegung lud er ihn ein, sich zu bedienen.

Selten zuvor hatte Xander jemanden so viel essen sehen. Der Junge vertilgte das ganze Brot, kratzte die letzten Reste der Butter zusammen, leerte die Marmeladentöpfe, verschlang den Käse und trank dazu Unmengen von Kaffee mit Zucker. Schweigend saß Xander neben ihm und verfolgte staunend, wie die Lebensmittel verschwanden.

»Dir wird schlecht werden«, meinte er.

»Nein, nein«, beruhigte ihn Horis und spähte enttäuscht über den nunmehr leeren Tisch.

Er hielt sich den Bauch.

»Das hat gut getan! Danke! Vielen Dank!«

Langsam fühlte er sich wieder besser. Fast beschämt betrachtete er den jungen Mann, der ihm das Mahl beschert hatte. Bisher hatte er ihn ausgesprochen freundlich behandelt. Horis wunderte sich darüber. Vielleicht hoffte der Mann, durch Milde mehr aus ihm herauszukriegen als durch Gewalt. Aber weshalb wollte er ihm überhaupt die Zunge lösen? Er hatte nichts zu erzählen, was für diese Leute von irgendeiner Bedeutung war.

»Also, wer bist du?«, fragte Xander.

»Ich heiße Horis.«

»Und weiter? Wie bist du auf unser Schiff gekommen?«

»Das ist eine lange Geschichte.«

»Das macht nichts. Ich habe Zeit.«

»Seid Ihr ein Daimon?«, fragte Horis.

Xander rang nach Worten.

»Das tut nichts zur Sache.«

Erschrocken blickte Horis auf. Mit verschränkten Armen lehnte eine Frau am Türrahmen, dann kam sie herein. Ihr folgte ein Krüppel, dem das rechte Bein vom Knie an fehlte. Am Stumpf war ein Holzbein befestigt, und er ging auf einen Stock gestützt. Zuletzt stieß ein großer Mann mit kurzem silberblondem Haar zu ihnen.

Der setzte sich direkt vor ihm auf die Tischkante und schaute kalt auf ihn herab. In den blauen Augen lauerte etwas, das Horis das Blut in den Adern gefrieren ließ. Er schauderte. Wo war er hier bloß hingeraten? Auf Deck bei den Matrosen hatte er sich wohler gefühlt.

»Ein blinder Passagier«, zischte der Blonde. Ein eisiges Lächeln strich über sein Gesicht. »Darüber musst du uns alles erzählen!«

Stockend berichtete Horis von den Ereignissen, die ihn am Vortag schlussendlich auf das Schiff geführt hatten. Zu seiner eigenen Überraschung hielt er sich an die Wahrheit. Erst fürchtete er sich zu sehr, um etwas zu erfinden, und als er sein Versagen in der Schule zugegeben hatte, war ihm der Rest einerlei. Eigentlich kümmerte es ihn ohnehin nicht, was sie mit ihm anstellen würden. Für ihn gab es keine Zukunft mehr.

»Eine abenteuerliche Geschichte«, bemerkte der Einbeinige. »Glaubt ihr ihm?«

»Nett ausgedacht!«, rief die Frau. »Das Ganze klingt so verrückt, dass man es ihm beinahe abnehmen möchte. Und wie unschuldig er dreinschaut! Mit diesen schäbigen Kleidern und dem schmutzigen Gesicht! Gut vorbereitet!«

»Ich habe euch nicht angelogen!«, wehrte sich Horis empört. »Hier!« Er sprang auf und zeigte die blauen Flecken an seinen Beinen, dann zog er sich das Hemd über den Kopf. »Da!«, rief er und deutete auf die roten Striemen, die seinen Körper bedeckten. »Habe ich mir das vielleicht auch ausgedacht?«

Die Vorführung schien die anderen wenig zu beeindrucken. Der Verzweiflung nahe, suchte Horis die abweisenden Gesichter zu ergründen. Was hatte er getan, um solches Misstrauen zu ernten?

»Wir *müssen* wissen, ob er die Wahrheit sagt!«, schnaubte der Mann mit dem silberblonden Haar. »Es gibt Mittel und Wege, das herauszufinden.«

Unwillkürlich wich Horis einen Schritt zurück.

»Ich gehe im nächsten Hafen von Bord. Ihr werdet mich nie wieder sehen. Verzeiht, dass ich euch gestört habe! Ich wollte nicht mit dem Schiff auslaufen, das schwöre ich!«

»Du gehst nirgendwohin«, raunte der Einbeinige.

KAPITEL 6

Eine Frage des Vertrauens

Mit ernster Miene, die Hände in den Ärmeln der bodenlangen blauen Kutte verborgen, schritt Skarg auf dem Achterdeck auf und ab. Eine Kette aus braunen Holzperlen hing ihm um den Hals, an deren Ende ein geschnitztes Medaillon baumelte. An den Füßen trug er Sandalen aus Strohgeflecht und Stoff.

Xander, Doran und Wolf beobachteten ihn aufmerksam.

»Nein, so geht das nicht«, sagte Doran. »Du siehst aus wie ein verkleideter Krieger.«

»Eine Ente kann nur schnattern.«

Morad N., Landwirtschaft und Bewusstsein, Band 3. Praktischer Nutzen der daimonologischen Erkenntnistheorie am Beispiele der zukunftsorientierten Viehhaltung. Volksbibliotheken Tylegro, Reg. 331.C.

Verärgert hielt Skarg inne.

»Was soll ich machen?«

»Schreite weniger stolz einher«, empfahl ihm Xander. »Denk daran, dass du ein gläubiger Jünger bist.«

Als ob er müde sei, ließ Skarg die Schultern und den Kopf hängen. Mit schleppenden Schritten schlurfte er über die Planken. Wolf und Xander lachten auf. Doran schüttelte den Kopf.

»Großartig! Jetzt siehst du aus wie ein erschöpfter, verkleideter Krieger.«

»Ich kann das nicht!«

»Es muss sein«, beharrte Xander. »Wir waren uns einig, dass du und Doran als Herionsjünger verkleidet in den Palast eindringen werdet. Wolfs Holzbein ist zu auffällig, und ich darf euch nicht begleiten, weil Akàra die Anwesenheit eines Daimons spüren wird. Also streng dich an!«

Skarg gab ein Grollen von sich.

»Ich bemühe mich.«

Mit leicht gekrümmtem Rücken, einen verklärten

Ausdruck im Gesicht, ging Skarg nochmals auf und ab. Den Blick hielt er demütig gesenkt.

»Das ist schon viel besser«, nickte Wolf. »Aber benimm dich weniger unterwürfig. Die meisten Herionsjünger sind hochmütig und eitel. Sie verachten alle Ungläubigen.«

Skarg verlieh seinem Mund einen arroganten Zug. Entrückt starrte er in die Ferne.

»Wunderbar!«, lobte ihn Xander. »Du kannst es ja!«

Mit einem Seufzen ließ Skarg die Pose fallen, dann streifte er das Amulett, die blaue Kutte und die Sandalen ab. Xander nahm die Kleider, legte sie zusammen und stopfte sie zurück in den Seesack. Doran griff nach der Holzperlenkette und studierte deren Anhänger. In die runde Holzscheibe waren als Relief eine Hütte und eine Tanne geschnitzt. Über der Hütte prangten zwei verschlungene Schriftzeichen, die sie nicht entziffern konnte. Das Holz sah von langen Jahren des Tragens abgenützt aus.

»Was ist, wenn wir auf ›Kameraden‹ aus demselben Kloster treffen? Die werden uns rasch entlarven.«

»Alle Herionsjünger tragen solch eine Kette«, erwiderte Xander. »Es wäre noch gefährlicher, darauf zu verzichten. Die Amulette stammen aus dem Haus der Besinnung in Aschfelden. Versucht möglichst nichtssagende Antworten zu geben, falls euch jemand darauf anspricht. Behauptet einfach, ihr seid erst vor kurzem dem Orden beigetreten, falls ihr euch nicht anders herausreden könnt.«

»Das stimmt ja auch!«, grinste Wolf.

»Es gibt noch eine andere Methode, wie ihr lästigen Fragen aus dem Weg gehen könnt«, erklärte Xander. »Habt ihr euch das Gebet der ersten Stufe der Erkenntnis gemerkt?«

»Natürlich«, antwortete Doran, »obwohl ich nicht verstehe, wozu.«

»Meisterin Lonora war so freundlich, mir einiges über den Herionskult zu erzählen, das nur Eingeweihten bekannt ist, und ihr tätet gut daran, ihren Rat zu befolgen. Jenes Gebet wird von den Anfängern oft tagelang ohne Unterbrechung wiederholt. Dies ist eine der Übungen der ersten Stufe. Das kann euch helfen. Falls ihr in Gefahr geratet oder euch jemand ausfragen will, setzt ihr euch hin, als ob ihr meditieren würdet, und murmelt in endlosen Wiederholungen das Gebet. Mit etwas Glück wird man euch dann in Ruhe lassen. Redet die anderen Jünger mit ›Bruder‹ und ›Schwester‹ an, die Lehrer nennt ihr ›Vater‹ und ›Mutter‹. Die Priester und Priesterinnen betitelt ihr mit ›Eure Heiligkeit‹, falls einer euch ansprechen sollte, was ich nicht hoffe. Werft euch sofort zu Boden, wenn einer auftaucht. Die Herionsjünger begegnen Priestern mit größter Hochachtung.«

»Woher weiß diese Lonora so viel über die Herionsjünger?«, fragte Wolf.

»Sie war früher selbst eine Jüngerin. ›In einem anderen Leben‹, wie sie sich ausdrückte. Die Kutten, die sie uns freundlicherweise ausgeliehen hat, waren ihre eigenen.«

Skarg pfiff leise.

»Dann können wir ihren Ratschlägen wohl glauben.«

»Ihr werdet in Bengzar nur zu Fuß unterwegs sein, wie alle anderen Jünger auch«, sagte Xander. »Der Herionskult lehnt jegliche Nutzung von Tieren ab, ihr dürft also nicht reiten und auch nicht in einem Wagen fahren.«

Missbilligend musterte Skarg die Strohsandalen, hob eine auf und drehte sie in den Händen.

»Wir brauchen bessere Schuhe.«

Xander schüttelte den Kopf.

»Die Herionsjünger tragen kein Leder und auch keine Wolle, nichts, was von Tieren stammt. Außerdem werdet ihr selbstverständlich auf Fleisch, Milch, Eier und dergleichen verzichten. Haltet euch daran! Auf der ersten Stufe der Erkenntnis schwören alle Jünger dem Verzehr von Fleisch ab, denn ihrem Glauben nach schadet dies dem Bewusstsein.«

Doran runzelte die Stirn.

»Wie viele dieser ›Stufen der Erkenntnis‹ gibt es denn?«

»Sieben. Sie nennen sie auch die Sieben Tore des Bewusstseins. Wer eines durchschritten hat, ist nicht mehr derselbe Mensch wie zuvor; er oder sie tritt durch das Tor in eine neue Welt. Es ist wohl am sichersten, wenn ihr euch als Neulinge der ersten Stufe ausgebt. Also, wiederholt das Gebet!«

»*In der Finsternis des Zweifels wandle ich*«, murmelte Doran und überlegte, »*durch das Tal der Heuchler und Lügner. Denn ohne Sein Licht gedeihet nichts.*«

»*Und die Erde ward Zorn, der Himmel Furcht, die Wolke Rache*«, fuhr Skarg fort, »*als Mahnmal aller Suchenden. Denn ohne Seine Gnade endet nichts.*«

»*Schenk meinem Herzen Leere, auf dass Sein Licht es erfülle*«, beendete Doran das Gebet. »*Und die Erde trage Frucht, der Himmel Gnade, die Wolke Frieden.*«

»Das ist der größte Blödsinn, den ich je gehört habe«, bemerkte Skarg. »Die Jünger erkennen einen Sinn in diesen Worten?«

»Das Gebet dient dazu, das Bewusstsein zu verändern, sie brauchen es nicht zu verstehen.«

»Das ist eine Bande von Verrückten!«

»Der Herionskult ist sehr erfolgreich. Schließlich verspricht er die Loslösung von den Zwängen dieser Welt. Seine Anhänger behaupten, dass durch die Entwicklung des Bewusstseins eine höhere Form des Daseins erreicht wird. Auf der siebten Stufe der Erkenntnis steht die Wiedervereinigung mit Gott und die endgültige Befreiung des wahren Selbst. Sie geben jedem die Gelegenheit, diesen Weg zu beschreiten, und dazu genaue Anweisungen, wie er oder sie sich zu verhalten hat, um das Ziel zu erreichen. Sie kennen nur *einen* Gott, ein umfassendes Wesen, dem alle Dinge und Kreaturen entstammen. Er trägt keinen Namen; Herion war sein Prophet und hat die Schriften hinterlassen, nach denen sie sich richten.«

»Glaubst du diesen Unsinn etwa?«, fragte Skarg.

Xander zuckte die Achseln.

»Ich halte die Herionsbrüder für Scharlatane. Ihr Kult ist falsch, und ihr Weg führt in die Irre, doch ihre Ziele sind wahr. Sie können sie auf diese Weise bloß nicht erreichen.«

»Die Jünger stehlen und betrügen«, sagte Doran aufbracht. »Sie begehen alle möglichen Schandtaten und benehmen sich wie die Schweine. Was hat denn das mit der Entwicklung des Bewusstseins zu tun?«

»Das ist die dritte Stufe«, antwortete Xander. »Lonora hat mir davon berichtet. Jünger, die durch das dritte Tor getreten sind, werden hinaus in die Welt geschickt, und ihre Aufgabe besteht darin, durch ihr Beispiel das Bewusstsein der Menschen zu schärfen.«

»Das ist vielleicht gut für die Jünger, der Welt hilft es bestimmt nicht«, sagte Wolf.

Nachdenklich nickte Xander.

»Wer Übel ohne Weisheit nachahmt, bewirkt nichts anderes als Übel.«

»Auf jeden Fall sind es äußerst unangenehme Zeitgenossen«, meinte Skarg.

»Das ist noch nett ausgedrückt!«, schnaubte Doran.

Xander blickte auf das Meer, das sich leise wogend zum Horizont erstreckte. Vor elf Tagen hatten sie Angantur verlassen. Nirgendwo war Land zu sehen. Die untergehende Sonne verbreitete warmes Licht, tauchte die wenigen Wolken in Flammen. Das launische Wetter hatte sie viel Zeit gekostet; sie hatten mit höchstens zehn Tagen Seereise gerechnet. Oft herrschte Flaute, und sobald Wind aufkam, wehte er unstet aus ungünstiger Richtung, als hätten sich die Elemente gegen sie verschworen.

»Bengart meinte, dass wir die Küste von Rajona frühestens in drei Tagen erreichen. Ich werde als Erster an Land gehen und einen geeigneten Wagen und Pferde besorgen, dann hole ich euch ab. Mit etwas Glück sind wir mit dem Wagen in vier Tagen in Bengzar.«

»Sagtest du nicht, wir dürften als Herionsjünger nicht in einem Wagen reisen?«, fragte Doran.

»Ihr werdet erst in Bengzar zu Herionsjüngern. Wir verstecken euch, damit niemand eure Gesichter sieht, der euch später wiedererkennen könnte. Es würde zu viel Zeit kosten, wenn ihr von Rajona zu Fuß nach Bengzar marschiert, und ihr wärt dauernd der Gefahr ausgesetzt, von anderen Jüngern bloßgestellt zu werden. In Bengzar trennen wir uns, wie wir es besprochen haben. Wir wissen alle, was wir dann zu tun haben.«

»Ich hoffe, du bist dir wirklich im Klaren darüber«, sagte Wolf besorgt. »Dein Teil des Auftrags, Xander, ist der gefährlichste. Dein Wagemut in Ehren, aber willst du es dir nicht nochmals überlegen? Bestimmt finden wir eine andere Lösung.«

»Ich wüsste nicht, welche. Es war mein eigener Vorschlag, und ich gedenke ihn auch auszuführen.«

Wolf nickte mit dem Kopf in Richtung Vorderdeck, wo eben eine kleine Gestalt aufgetaucht war.

»Was machen wir mit dem Jungen?«

»Am sichersten wäre es, ihn ein für allemal loszuwerden«, brummte Skarg. »Allein die Tatsache, dass er uns hier gesehen hat, reicht aus, um uns in Schwierigkeiten zu bringen.«

»Nein!«, rief Xander.

Skarg spähte zu Horis hinüber, der verstohlen in ihre Richtung blickte.

»Ich kann das übernehmen, wenn ihr euch nicht traut. Er wird nicht leiden. Ich erledige es schnell und schmerzlos.«

Sorgenvoll starrte Xander auf das Meer. Ein Daimon musste die Zeichen der Welt erkennen und danach handeln, das hatte Lutz ihm beigebracht. Horis war solch ein Zeichen, und das durften sie nicht missachten. Wenn er nur wüsste, was es zu bedeuten hatte! Er wünschte, Lutz wäre hier.

»Es fällt schwer, den Jungen für etwas anderes als einen harmlosen Herumtreiber zu halten.«

Doran gestikulierte.

»Vielleicht hat ihn Akàra auf uns angesetzt! Gerade weil er so unbescholten wirkt, misstraue ich ihm.«

»Es wäre leichtsinnig, ihm auch nur einen Bruchteil unserer Pläne anzuvertrauen«, sagte Wolf.

Xander nickte.

»Falls er von Akàra geschickt wurde, ist jeder Tag, den er bei uns verbringt, ein Tag zu viel.«

Skarg schnaubte missbilligend.

»Du wolltest ja unbedingt, dass ihm kein Leid widerfährt! Sonst hätte ich die Wahrheit längst aus ihm herausgeholt.«

»Einen Spion von Akàra zum Sprechen zu bringen ist alles andere als leicht. Ihre Leute haben mehr Angst vor ihr als vor sonst etwas. Wie hast du dir das überhaupt vorgestellt? Willst du ihn foltern?«

»Warum nicht? Wie kann man nur so zimperlich sein! Der Junge ist ein blinder Passagier. Auf anderen Schiffen wirft man die über Bord.«

»Und wenn er unschuldig ist?«

»Dann ist er immer noch ein blinder Passagier, und wir wissen, dass nicht mehr dahintersteckt.«

Seufzend kniff Xander die Augen zu.

»Nein, ich dulde nicht, dass ihm etwas geschieht.«

»Dann lassen wir ihn an Bord«, meinte Doran. »Bengart kann einen Schiffsjungen gut gebrauchen.«

Skarg zuckte die Schultern.

»Ja, soll er auf der *Rona* bleiben. Hier kann er wenig Schaden anrichten.«

»Bengart ist froh um die zusätzliche Arbeitskraft«, sagte Wolf. »Der Junge hat keine Ahnung vom Segeln, aber er stellt sich ganz geschickt an, wie Bengart mir erzählte. Er ist damit einverstanden, ihn zu behalten.«

In Gedanken versunken blickte Xander zu Horis hinüber. Deutlich fühlte er, dass Horis für ihren Auftrag von Bedeutung war, obwohl er nicht sagen konnte, worin diese bestand.

◆ ◆ ◆

Müde den Kopf auf eine Hand gestützt, lehnte Horis an der Reling. Jeder Muskel tat ihm weh von der harten Arbeit. Von Sonnenaufgang bis Sonnenuntergang hetzten ihn der Kapitän und der Maat quer durch das Schiff. Stets fanden sie eine neue Beschäftigung für ihn. Täglich wurde es heißer; sie segelten geradewegs nach Süden. Das Ziel der Reise hatte ihm niemand verraten wollen, aber die Richtung war unschwer festzustellen.

Abgesehen von den vier merkwürdigen Passagieren beförderte die *Rona* keine Fracht. In der Zwischenzeit hatte er ihre Namen erfahren, jedoch nicht, wer sie waren und wohin sie wollten. Der Kapitän und der Maat wiesen ihm Arbeit zu, und mit einigen der Matrosen hatte er gesprochen. Auf Fragen, die die Passagiere oder ihr Reiseziel betrafen, antworteten sie mit eisigem Schweigen.

Dafür hatte er etwas über Schiffe und das Segeln gelernt. Der Maat schien es als seine Aufgabe zu betrachten, Horis' Bildung zu erweitern. Die *Rona* war eine Brigg und besaß zwei mit Rahen getakelte Masten, die mit je fünf trapezförmigen Segeln bestückt waren. Zwischen den Masten hingen drei weitere dreieckige Segel, ebensolche flatterten vor dem Bug. Im Heck war wiederum ein trapezförmiges Segel angebracht. Jedes einzelne Segel hatte einen eigenen Namen, aber die hatte sich Horis noch nicht merken können.

Am Morgen, als sie ihn an Bord entdeckt hatten, war er von den vier Passagieren verhört worden. Er hatte sich entsetzlich gefürchtet, vor allem vor Skarg, dem Mann mit dem silberblonden Haar. Erst hatte er geglaubt, sie wollten ihn foltern, um etwas aus ihm herauszupressen, was er ohnehin nicht wusste, doch dann hatten sie ihn zum Kapitän geschickt. Grinsend hatte ihm Bengart einen Eimer und einen Besen in die Hand gedrückt und ihm erklärt, wie er sich in den kommenden Tagen das Essen verdienen würde.

Die Mannschaft behandelte ihn anständig. Er aß täglich zusammen mit den Matrosen. Die Mahlzeiten waren gut und reichlich. Der Koch verstand sein Handwerk, wenn er auch nicht mit denen der *Einkehr* zu vergleichen war.

Den Passagieren begegnete er gelegentlich an Deck. Sobald er näher kam, verstummte ihre Unterhaltung, und dann tauschten sie ein paar belanglose Worte mit ihm aus. Er ahnte nicht, für wen oder was sie ihn hielten. Manchmal kam er sich vor wie ein Aussätziger. Nur zu gerne hätte er seine Neugier befriedigt.

Im nächsten Hafen, den sie anliefen, wollte er von Bord gehen. Im Moment sah es nicht danach aus, als ob sie bald Land erreichen würden. Er hatte ohnehin keine Pläne. Eine Stadt war ihm so lieb wie die andere. Mit Angantur hatte er abgeschlossen. Die Schule von Marech Eldred wollte ihn nicht, und auf die Stellung als Küchenjunge konnte er verzichten. Die paar Habseligkeiten, die er in seiner Kammer zurückgelassen hatte, waren nicht der Rede wert. In Angantur wartete nichts auf ihn. Er würde anderswo sein Glück suchen.

Aus dem Augenwinkel sah er, wie die Passagiere das Achterdeck verließen und durch eine Luke nach unten verschwanden. Skarg trug einen Seesack über der Schulter. Vorhin hatten sie sich angeregt unterhalten und dabei zu ihm herübergeblickt. Er hatte kein Wort von ihrem Gespräch verstanden.

Nacht senkte sich herab. Die dünne Sichel des abnehmenden Mondes schenkte kaum Licht. Pechschwarz lag das Meer unter dem Sternenhimmel. Geheimnisvoll wogten die salzigen Fluten, hinunter zu tiefem Grund und fern an fremde Küsten. Horis betrachtete das Kräuseln der Wellen, die Spur aus Gischt, die die *Rona* hinterließ. Wie eine Nussschale erschien ihm das Schiff, das seine eintönige Bahn in das Wasser pflügte, ein Blatt, das einen gewaltigen Strom entlangtrieb, die nie versiegenden Fluten zeitlos, ewig, wie das Blut eines Gottes, sein Herzschlag die Ebbe und Flut.

Eine schwere Hand auf seiner Schulter ließ ihn zusammenzucken. Erschrocken drehte er sich um. Bengart stand hinter ihm.

»Hast du die Latrinen geputzt, wie ich dir aufgetragen hatte?«

»Ja, Kapitän.«

»Das ging aber schnell! Ich hoffe, es ist alles sauber, sonst musst du morgen noch mal ans Werk.«

»Ja, Kapitän.«

Bengart öffnete den Mund, um etwas zu sagen, und schloss ihn sogleich wieder. Nachdenklich betrachtete er Horis.

»Der Maat erzählte, du seist heute mit den Matrosen in den Masten gewesen.«

»Ja, Kapitän.«

»Er meinte, du hättest dich gar nicht so blöd angestellt.«

Horis schwieg. Er fragte sich, was ihm Bengart mitteilen wollte.

Der verschränkte die Arme vor der Brust, blickte prüfend zu den Segeln und schnaufte durch die Nase.

»Nun, wenn du möchtest, kannst du bei uns bleiben. Ich brauche Leute. Üblicherweise befahren wir die Strecke zwischen Erkbad und Dagda in Generia. Dort sind die Strömungen tückisch, die Winde unberechenbar, und außerdem gibt es Piraten. Dafür lässt sich ein Haufen Geld machen. Meine Mannschaft ist am Gewinn jeder Fahrt beteiligt, schließlich riskieren sie den eigenen Hals. Du könntest dir einen schönen Batzen verdienen, und langweilig wird es dir bestimmt nicht.«

»Danke für das Angebot, aber ich kann mir Angenehmeres vorstellen, als wochenlang Latrinen zu putzen und Böden zu schrubben.«

»Das brauchst du nicht! Wir werden einen Matrosen aus dir machen. Du wirst lernen, wie man segelt, und den gleichen Dienst verrichten wie die anderen. Gute Matrosen sind gefragt. Du wirst überall wieder Arbeit finden, wenn du uns eines Tages verlassen willst.«

»Danke«, stammelte Horis. Bengarts Angebot versetzte ihn in Erstaunen. »Ich werde es mir überlegen.«

»Tu das!«

Bengart klopfte ihm auf die Schulter, wandte sich ab und ging. Horis blickte ihm nach, bis er durch eine Luke entschwunden war.

Er konnte es kaum fassen. Der Gedanke, ein Seefahrer zu werden, war ihm bisher nicht gekommen.

Heute Morgen war er mit den Matrosen in die Masten gestiegen und hatte ihnen geholfen, Segel zu setzen. Die Arbeit hatte ihm gefallen. Nun, fast alles war angenehmer, als mit Wurzelbürste und Seifenlauge in brennender Sonne das Deck zu schrubben. Dennoch hatte es ihm mehr bedeutet als eine Abwechslung vom leidigen Putzen. Im Takelwerk zu klettern erforderte Kraft und Geschicklichkeit. Außerdem musste man eine Menge über das Segeln wissen. Auf so einem Schiff galt es, mitzudenken und nicht bloß Befehle auszuführen.

Je länger er darüber nachdachte, desto mehr reizte es ihn, ein Matrose zu werden. Er litt weder unter Seekrankheit noch an Höhenangst, und wenn gutes Geld dabei heraussprang, umso besser. Vielleicht konnte er sich genug zusammensparen, um ein eigenes Schiff zu kaufen. Der Anflug eines Lächelns ging über sein Gesicht. Kapitän Horis! Die gefahrvollsten Reisen würden er und seine unerschrockene Mannschaft unternehmen und dabei ein Vermögen scheffeln.

Verträumt schaute er auf das vorbeiziehende Wasser. Er liebte das Meer. Diese grenzenlose Weite!

Schritte erklangen hinter ihm, und er blickte über die Schulter. Nilo, der Maat, war auf dem Weg zum Steuer, um die erste Nachtwache zu übernehmen.

»He!«, brüllte er zu ihm herüber. »Hast du keinen Hunger? Die anderen haben schon alle gegessen. Beeil dich, wenn du noch was in den Bauch kriegen willst!«

Horis hob die Hand zum Gruß, dann verließ er das Deck und kletterte ins Schiffsinnere.

Die Messe war verlassen, der Tisch abgeräumt. Er ging in die Kombüse, wo Onewa, der Koch, gerade die Pfannen spülte.

»Hast du etwas zu essen für mich?«, fragte Horis verlegen.

Onewa zauberte einen vollen Teller hervor, legte einen Kanten Brot auf den Rand und reichte ihn Horis.

»Danke!«, nickte er und kehrte zurück in den Speiseraum, wo er sich allein an den Tisch setzte.

Geistesabwesend verzehrte Horis gedünsteten Kohl, Kichererbsenpüree und gebratene Tomaten. Das scharf gewürzte Püree brannte ihn im Mund. Mit dem Brot wischte er den Teller sauber, dann schöpfte er Wasser aus dem Kessel und trank drei Becher. Er fegte die Brotkrümel vom Tisch, brachte das Geschirr in die Kombüse zurück und ging ins Unterdeck.

Eine Laterne in der Hand, tappte er über die Planken. Seine Kajüte lag neben den Lagerräumen. Eigentlich war sie eine Gerätekammer, eng und ohne Fenster. Dunkelheit herrschte, am Tage wie in der Nacht. Eine dünne Matratze am Boden war seine Schlafstatt, dazu hatte er ein Leintuch und eine Wolldecke bekommen. Vor der Kammer stand ein Blechkübel mit Deckel, in den er seine Notdurft verrichtete. Mehr Annehmlichkeiten gab es nicht.

Er stellte die Laterne auf den Boden, zog die Kleider aus und kroch ins Bett, dann löschte er das Licht. Die Hände im Nacken verschränkt, starrte er in die Schwärze. Stetig wankte die *Rona* mit den Wellen auf und nieder. Das Schaukeln machte ihn schläfrig. Im Morgengrauen würden sie ihn wieder wecken. Er zog das Leintuch über die Schultern und schloss die Augen.

Leise ächzte der Schiffsrumpf. Horis glaubte im Leeren zu schweben, so vollkommen war die Finsternis. Schlaf senkte sich über ihn, und ein Traum entführte seinen Geist.

◆ ◆ ◆

Wolken bedeckten den Himmel. Von Zeit zu Zeit fiel Regen als ein Schleier aus feinsten Tropfen. Hügelig erhoben sich die Wiesen an den Hängen der Schirberge, durchbrochen von Ausläufern des unwegsamen Gebirgswaldes. Steinbrocken durchsetzten da und dort die Wiesen, die weiter oben in Geröllhalden mündeten, überragt vom Fels der Berge. Auf den höchsten Gipfeln lag Schnee. Nebel kroch in dünnen Zungen talwärts, um sich unten wie in einem Kessel zu sammeln.

Der Sommer nahte. Blumen sprenkelten das hohe Gras mit gelben und blauen Tupfen. Die Laubbäume standen in voller Pracht, umgeben von dichtem Nadelgehölz. Moos und Kräuter wuchsen unter dem schattigen Dach der Äste. Im Sommer ließen sich hier herrliche Pilze finden, wenn man die richtigen Plätze kannte.

Auf einen Stock gestützt, stapfte Horis den Hügel entlang, auf dem seine Schafherde weidete. Im flacheren Teil war das Gras bis auf vereinzelte Büschel abgefressen, am Hang stand es noch hoch. Bald würden sie weiterziehen. Atar und Nan, die beiden Hunde, trotteten an seiner Seite, den Blick wachsam auf die Herde gerichtet.

Nan war einer von Atars Nachkommen und lernte von seinem altgedienten Vater. In nicht allzu ferner Zukunft würde er dessen Platz einnehmen müssen. Horis blutete das Herz bei dem Gedanken, Atar zu verlieren, mit dem er so viele Sommer in den Bergen verbracht hatte. Doch Atar wurde alt. Nan besaß das Geschick Atars, aber er war unbesonnen und betrachtete den Umgang mit den Schafen mehr als spannendes Spiel denn als seine Aufgabe. Horis duldete Nans Torheiten nicht. Er brauchte einen zuverlässigen Schäferhund, und wenn Nan diese Rolle nicht übernehmen konnte, würde er ihn durch einen anderen ersetzen müssen.

Horis musterte die Herde. Flo, das Leittier, weidete friedlich inmitten der Wiese, begleitet von den meisten der anderen Mutterschafe. Bodo, der älteste Bock, hielt sich an ihrer linken Flanke auf. Gegenüber trotteten ein paar der jüngeren Böcke unauffällig in die Nähe der Muttertiere, darauf achtend, dass sie nicht in Bodos Nähe gerieten. Eine kleine Gruppe von Tieren waren Leta, einem der älteren Schafe, das gerne seinen eigenen Kopf durchsetzte, in die Nähe des Waldes gefolgt, wo sich offensichtlich besonders gutes Futter finden ließ. Sie grasten am Rande eines Bachs, der am Wald entlang zu Tal floss.

Eines der jungen Schafe in der Gruppe um Flo hinkte. Horis setzte ihm nach, packte es und warf es mit gekonntem Griff zu Boden. Am rechten Hinterlauf war eine Zehe eingewachsen. Horis zückte das Taschenmesser, schnitt den Nagel und säuberte den Huf. Mit einem lauten Blöken rappelte sich das Schaf hoch und sprang zurück zu seinen Gefährtinnen. Die Gruppe um Leta näherte sich immer mehr dem Wald. Horis pfiff nach den Hunden und schickte sie aus, die Tiere zurückzutreiben. Er hatte keine Lust, den Tag damit zuzubringen, im Wald nach verirrten Schafen zu suchen, die sich die Bäuche mit unbekömmlichen Kräutern vollschlugen.

Mit der Erfahrung eines langen Lebens schlug Atar einen weiten Bogen um die Tiere und näherte sich ihnen von oben. Er hielt sich am Ufer des kleinen Baches, um zu verhindern, dass sie ihn überquerten.

Die Schafe wichen vor seinem Gebell zurück. Nan rannte auf der anderen Seite. Erpicht darauf, es seinem Vater gleichzutun, stimmte er ein wütendes Gekläff an und trieb sie damit unabsichtlich in die entgegengesetzte Richtung. Verwirrt teilte sich die Gruppe. Vier der verschreckten Schafe setzten über den Bach und stoben in den Wald, die anderen fünf galoppierten zurück zur Herde, verfolgt von Atar. Hilfe suchend scharten sie sich um Flo. Nan sprang wild bellend am Ufer auf und ab. Verwundert starrte er in die Bäume, wo kein Schaf mehr zu sehen war.

Horis schloss seufzend die Augen. Das hatte ihm gerade noch gefehlt. Mit langen Schritten eilte er zu Nan, gefolgt von Atar, der seinen Kameraden zornig anknurrte. Schuldbewusst blickte Nan zu Horis empor. Der sprang mit einem Satz über den Bach, pfiff nach den Hunden und begann die Suche.

Die ersten beiden Schafe hatten sie rasch aufgespürt. Sie waren nur ein kurzes Stück den Wald hinauf gewandert. Ängstlich verharrten sie hinter einem Brombeerbusch. Horis und Atar führten sie zurück über den Bach. Kaum hatten sie die Wiese erreicht, trabten sie erleichtert in den Schutz der Herde.

Am Rand eines Felsens fanden sie das dritte Schaf, die eigenwillige Leta. Verzückt knabberte sie an einem Thujastrauch, wollte nicht mehr davon weichen. Die Hälfte des Strauchs hatte sie schon abgefressen. Energisch drängte Horis sie davon weg. Die Bauchschmerzen würden nicht lange auf sich warten lassen.

Nachdem Leta wohlbehalten den Bach überquert hatte, machte sich Horis auf, das letzte Schaf zu holen. Atars Spürnase führte ihn in Richtung der Berge. Nan trabte dicht hinter Atar, schnüffelte den Boden ab. Keuchend stapfte Horis durch den Wald. Bald ließ sich ein klagendes Blöken vernehmen, und schließlich entdeckten sie auch das dazugehörende Schaf.

Ein Felsvorsprung ragte schroff empor, hoch wie ein mehrstöckiges Haus. Die Seiten waren überhängend. Unterhalb der Kuppe befand sich eine kahle Plattform, die wie ein Balkon in die Baumwipfel ragte, und dort oben stand einsam eines der Jungschafe und schrie seine Verzweiflung gen Himmel.

Verblüfft schaute Horis zu ihm empor. Wie war das Schaf dorthin gekommen? Der Felsen forderte sogar eine Gemse heraus. Er selbst hätte sich nicht freiwillig hinaufbegeben. Weiter oben setzte sich der Gebirgswald fort. Vielleicht war es aus dieser Richtung zum Felsen gelangt. Doch das erklärte nicht, wie das Schaf die Plattform erreicht hatte. Fliegen konnte es nicht.

Horis schickte die Hunde zurück zur Herde. Hier brauchte er sie nicht mehr. Er nahm den Rucksack ab und zog die Jacke aus. Darunter trug er einen dicken Pullover, eine feste Hose und Bergschuhe. Er nahm das Seil aus dem Rucksack und hängte es sich quer über die Brust, dann schritt er den Felsen ab, um den leichtesten Weg hinauf zu finden. Das Schaf blökte jämmerlich.

»Ist ja gut!«, beruhigte er es. »Gleich hole ich dich!«

Wie sollte er das Schaf herunterkriegen? Er würde ihm das Seil um den Bauch binden müssen und es dann abseilen. Am besten würde er das Schaf mit dem Pullover polstern, damit es sich nicht verletzte. Das ließ die Frage offen, wie er selbst jemals wieder den Boden erreichen sollte. Nun, Hauptsache, das Schaf war einmal in Sicherheit. Er würde schon einen Weg finden.

Auf der rechten Seite hatte er einen Grat aus fest wirkendem Gestein entdeckt, an dem er ziemlich gefahrlos nach oben gelangen konnte. Die meisten Schwierigkeiten bot das letzte Stück unterhalb der Plattform. Dort würde ihn nur noch die Kraft seiner Arme halten. Er war froh, dass ihn sein Vater schon als Kind mit zum Klettern genommen hatte. Jene Erfahrungen hatten ihm oft geholfen.

Früher hatten sie gemeinsam den Sommer in den Bergen verbracht, und Horis hatte gelernt, wie man Schafe hütete. Dann, vor einigen Jahren, hatten sich die Gelenkschmerzen seines Vaters ständig verschlimmert. Kälte und Feuchtigkeit setzten ihm arg zu. Horis hatte drei ältere Schwestern und einen jüngeren Bruder. Zwei der Schwestern waren verheiratet und hatten bereits eigene Kinder, die mittlere lebte noch zu Hause. Als ältestem Sohn war es ihm zugefallen, sich um die Schafe zu kümmern, die die wichtigste Einnahmequelle der Familie darstellten. Er hätte sich eine angenehmere Arbeit denken können.

Entschlossen stieg er in die Wand. Ruhig und langsam suchte er die richtigen Tritte, umging lose Brocken, tastete mit den Fingern nach Vorsprüngen, stemmte und hievte sich empor. Schweiß tränkte sein Gesicht. Auf halben Weg rieb er sich die feuchten Hände an der Hose ab, eine nach der anderen. Er durfte nicht ausgleiten; niemand würde ihm zu Hilfe kommen, wenn er abstürzte. Unterhalb der Plattform hielt er für einen Augenblick inne und sammelte seinen Atem. Wie eine Fliege klebte er am Fels. Er warf einen Blick nach unten. Unendlich fern erschien ihm der Boden, doch er fürchtete sich nicht. Er war schon oft geklettert, und Höhenangst hatte er noch nie verspürt. Trotzdem hätte er sich wohler gefühlt, wenn jetzt jemand bei ihm gewesen wäre und ihn gesichert hätte.

Alles Wünschen half ihm nicht. Er musste alleine weiter. Lange suchte er nach einem festen Griff, verlagerte prüfend sein Gewicht. Die Finger der linken Hand in den Stein gekrallt, fühlte er mit der rechten Hand nach einer Ritze. Ein Felsbrocken löste sich aus der Wand, und Horis glitt mit einem Fuß aus. Schmerz zuckte durch seine Hände. Fels stach ihm in die Finger. Horis biss die Zähne zusammen. Jetzt gab es kein Zurück mehr. Er hangelte sich über den Vorsprung, schwang mühselig ein Bein hinauf und zog sich hoch. Keuchend blieb er auf dem Bauch liegen, bis er wieder zu Atem gekommen war, dann stand er auf.

Die Aussicht war überwältigend. Das ganze Tal konnte er von hier überblicken, sogar sein Dorf hätte er sehen können, wäre es nicht unter dem Nebel verborgen gewesen. Das Schaf schaute ihn verdutzt an. Es schien unverletzt. Sobald er in die Wand gestiegen war, hatte sein Blöken aufgehört. Vielleicht hatte es gespürt, dass Rettung nahte.

»Wie bist du bloß hierher gekommen?«, fragte Horis ohne Hoffnung auf eine Antwort.

Nirgendwo gab es einen Weg zu dieser Plattform, den das Schaf hätte gehen können, und wenn es abgestürzt war, dann wäre es kaum hier gelandet, sondern weiter unten in den Wald gefallen. Außerdem schien ihm nichts zu fehlen. Es stand fest auf seinen vier Beinen, das zottelige Fell unversehrt. Den weißen Kopf hielt es fast vorwitzig hochgereckt.

»Ich habe auf dich gewartet«, sagte das Schaf mit samtener Stimme.

Horis zuckte zurück.

»So ist es«, murmelte das Schaf. »Ich wollte sehen, ob du heraufkletterst, um mich zu retten. Das hast du gut gemacht.«

Vergeblich rang Horis nach Worten, und ehe er sich versah, wandelte das Schaf seine Gestalt, und eine hinreißend schöne Frau stand vor ihm. Ihr sanftes Lächeln ließ ihn alle Sorgen vergessen. Nichts kümmerte ihn mehr. Er wollte nicht mehr wissen, wer er war oder was er hier oben gesucht hatte. Eine schlanke Hand reckte sich nach ihm, und er ergriff sie willig. Die Frau zog ihn zu sich heran. Laut pochte Horis' Herz.

»Weißt du, wer ich bin?«, fragte sie.

»Nein«, stammelte er.

»Ich bin Dana, die Herrin des Waldes.«

»Dana!«, wiederholte Horis ehrfürchtig.

Er sank auf die Knie. Die Göttin Dana wurde von seinem Volk als Beschützerin des Waldes und der Tiere verehrt. Auch er selbst brachte ihr regelmäßig Opfer dar, wenn er ins Gebirge zog. Es gab kaum ein Dorf, in dem nicht ein Tempel Danas stand. Jeder Bauer und jeder Hirte erflehte ihren Segen.

Liebevoll strich sie ihm über das Haar, dann gebot sie ihm, aufzustehen. Die Berührung erfüllte Horis mit einem Schauer der Verzückung. Demütig musterte er sie. Dichtes blauschwarzes Haar wallte bis an ihre Hüften. Die schneeweiße Haut schimmerte seidig. Sie trug ein langes rubinrotes Kleid, das ihre wohl geformten weiblichen Rundungen betonte. In dem ebenmäßigen Gesicht glänzten pechschwarze Augen. Ihre Schönheit war vollkommen, wahrhaft göttlich.

Nah trat sie zu ihm, bis er nur noch ihre wunderbaren Augen zu sehen glaubte. Hitze erfasste Horis. Als sie seine Wange streichelte, rang er nach Luft. Er verspürte das Verlangen, wiederum auf die Knie zu fallen und das Gesicht vor ihrer blendenden Erscheinung zu beschatten, deren Anblick ihn gleichsam zu verzehren schien. Verbrennen wollte ihn das Funkeln ihrer Augen. Plötzlicher Schmerz durchzuckte ihn. Etwas schien in seinen Kopf einzudringen, eine fremde Kraft, die in seine Erinnerungen stieß.

»Hab keine Angst«, sagte sie.

Horis ließ sie gewähren, obwohl ihm der Vorgang unangenehm war. Tränen rollten über seine Wangen. Er zitterte. Unendlich lange blieb sie mit ihm verbunden, und doch dauerte es nur einen Augenblick.

»Du möchtest also ein Daimon werden, Horis«, stellte sie fest.

»Ja«, nickte er, »das wollte ich. Aber …«

Lächelnd gebot sie ihm zu schweigen.

»Ich weiß alles.«

Beschämt senkte er den Blick.

»Ich werde dir helfen, Horis«, erklärte sie. »Es ist dein Herzenswunsch, ein Daimon zu werden, und deshalb soll er in Erfüllung gehen.«

Staunend starrte Horis sie an. Er konnte sein Glück kaum fassen. Sie sprach weiter.

»Bevor du ein Daimon werden kannst, musst du eine Aufgabe für mich erledigen. Willst du das tun, Horis?«

»Ja! Alles, was du verlangst!«

»Dann schwöre mir Gehorsam.«

Ohne zu zögern, kniete Horis vor ihr nieder und neigte das Haupt.

»Auf ewig will ich dein Diener sein, o Dana!«

»Nimm diese Blüte als mein Zeichen«, sagte sie, »und bewahre sie gut. Zeig sie niemandem und sprich nicht über mich. Wenn die Zeit kommt, werde ich dich aufsuchen und dir deine Aufgabe stellen.«

Eine Lotosblüte lag auf ihrer ausgestreckten Hand, und Horis nahm sie entgegen. Kälte biss ihm in die Finger, als er die Blume berührte. Kaum hielt er sie, da begann sich die göttliche Erscheinung aufzulösen. Danas Leib flackerte und verging. »Leb wohl!«, hallte ihre Stimme in ihm wider, dann war sie fort, und er kniete allein auf dem kahlen Felsen. Suchend schweiften seine Blicke über die dichten Baumwipfel. Blätter raschelten leise im Regen, der aus dem grauen Himmel fiel. Behutsam verstaute Horis die Blume unter seinem Hemd und machte sich auf den Rückweg.

Entgegen seinen Befürchtungen bereitete ihm das Hinunterklettern kaum Mühe. Vielleicht hatte Dana den Weg für ihn erleichtert. Er fand einen Grat, auf dem er gefahrlos absteigen konnte. Reichlich Vorsprünge boten ihm Halt.

Unten angelangt, warf er einen letzten Blick hinauf zur Plattform. Er entdeckte keine Spur mehr von Dana. Ohne sich nochmals umzuwenden, eilte Horis durch den Wald. Als er den Bach erreichte, verblasste die Erinnerung an seine Begegnung mit der Göttin. Atar und Nan begrüßten ihn freudig. Die Schafherde war vollzählig.

◆ ◆ ◆

Ein Poltern an die Tür seiner Kammer weckte ihn. Die Stimme des Maats erschallte:

»Auf, du Faulpelz!«

»Ja«, knurrte er.

Nilos Schritte entfernten sich. Benommen setzte Horis sich auf. Einen sonderbaren Traum hatte er diese Nacht gehabt. Von zu Hause hatte er geträumt, von den Bergen über seinem Heimatdorf. Die Schafe und die Hunde waren aufgetaucht und noch etwas anderes, auf das er sich nicht mehr besinnen konnte. Er gähnte, tastete nach der Laterne und zündete sie an.

Ein Gespräch hallte in ihm wider, von dem nur einzelne Worte an die Oberfläche seines Bewusstseins drangen. Gleich Funken blitzten sie in seinen Gedanken auf. Er hörte die Stimme einer Frau.

Schrecken packte Horis, und er erinnerte sich. Die Göttin Dana war ihm erschienen. Sie hatte versprochen, einen Daimon aus ihm zu machen, und er hatte ihr ewige Treue gelobt. Horis schüttelte sich. Ihm war schwindlig. Sein Schädel brummte, als ob er am Vorabend zu viel getrunken hätte.

Er schlug die Decke zur Seite und stand auf. Eine Lotosblüte schwebte von seiner Brust zu Boden. Horis bückte sich und hob sie auf. Gedankenverloren musterte er die Blume. Frisch wie Tau war sie, die zarten Blätter weiß wie Schnee. Unangenehme Kälte ging von ihr aus.

Unwillkürlich setzte sich Horis wieder hin. Für einen Moment glaubte er ohnmächtig zu werden. Keine Macht der Welt konnte die Lotosblüte auf dieses Schiff gebracht haben. Mit geschlossenen Augen atmete er tief ein und aus. Sein Verstand weigerte sich zu glauben, was ihm dämmerte.

Kopfschmerzen quälten ihn. Er drehte die Blume zwischen den Fingern. Wie aus Eis fühlte sie sich an. Horis stieg in seine Kleider und die Sandalen. Die Lotosblüte legte er unter das Kopfkissen. Dort würde sie niemand finden.

Freude ergriff ihn. Die Blume war das Zeichen Danas, und die Taten der Götter ließen sich nicht erklären. Dana wollte ihm helfen, so hatte sie gesagt. Endlich hatte sein Leben die lang ersehnte Wendung zum Guten genommen! Mit Dana an seiner Seite konnte ihm nichts Schlechtes widerfahren.

KAPITEL 7

Eine alte Freundin

Als einförmig graue Wolkendecke hing der Himmel über Kirgon. Seit Tagen regnete es ohne Unterlass. In stetem Fluss fiel ein warmer Schauer auf die Stadt. Die Händler in den Straßen hatten wasserdichte Planen, die sie stets griffbereit hielten, über ihre Stände gespannt. Es regnete oft in Kirgon, auch im Sommer. Die Menschen trugen Mäntel aus Öltuch mit weiten Kapuzen, die man beinahe als Landestracht bezeichnen konnte. Darunter blitzten luftige Kleider aus dünnen, bunt bedruckten Stoffen. Männer und Frauen eilten durch die Gassen, große Taschen für die Einkäufe über die Schultern geschlungen. Kinder sprangen lachend von einer Pfütze in die andere, die bloßen Füße und nackten Beine von Schlamm bespritzt.

»Die Straße der Weisheit heißt Verzicht.«

Die Welt ist dein. Das Wirken der Priesterinnen von Gordua. Sonderschrift der historischen Sammlung von Angantur zum fünfhundertsten Jahr des gordischen Klosters, 2259 n. A. D., Reg. 789-13.

Die vielen Pilger, die Kirgon besuchten, kümmerte das nasse Wetter nicht, oder sie taten zumindest so. Bedächtig schritten sie in kleinen Gruppen durch die Straßen, das feuchte Haar hing strähnig in die ernsten Gesichter. An ihrer Kleidung konnte man meist erkennen, welcher Religion sie angehörten. Alle waren sie in Kirgon vertreten: Jünger des goldenen Pfades in gelben Hosen und Jacken spazierten neben Feueranbetern aus Madares in ihren wallenden roten Gewändern; Angehörige des Ordens von Pyr schwitzten in ihren schweren schwarzen Kutten, die für das Klima in Kirgon viel zu warm waren. Selbst auferlegte Bescheidenheit verbot es den Pilgern, einen Regenschutz zu tragen, und Stolz hinderte sie daran, die äußeren Zeichen ihres Glaubens abzulegen.

Vor zwei Wochen war die Halle der Wahrheit endlich wieder geöffnet worden. Zuvor war sie einen Monat lang geschlossen gewesen. Die Nachricht von den seltsamen Ereignissen um den Schrein der Wahrheit hatte sich rasch verbreitet und mehr Besucher angelockt als jemals zuvor. Ein Tumult wäre ausgebrochen, hätte man den Neugierigen den Zutritt länger verwehrt. Die Zimmer in den Herbergen waren alle belegt, und die Gastwirte freuten sich über das gute Geschäft. Auch die Händler konnten nicht klagen. Manche Pilger nächtigten vor der Stadt in Zelten, weil sie in Kirgon keinen Raum mehr fanden. Das nötige Gerät kauften sie in Kirgon, und Nahrungsmittel brauchten alle.

Die Gastwirte waren darauf bedacht, nach Möglichkeit nur *einer* religiösen Gruppierung Zimmer zu vermieten, denn sonst konnte leicht Streit entbrennen. Die Pilger beschimpften sich gegenseitig als Ungläubige und sprachen sich das ›Recht‹ ab, den Schrein der Wahrheit aufzusuchen. Wegen solcher Auseinandersetzungen waren schon Gasthöfe abgebrannt und Menschen zu Tode gekommen. Nicht alle Pilger neigten zu Gewalttätigkeit. Am berüchtigtsten waren die Herionsjünger, die gerne Unmengen von Wein tranken, der ihre Hemmungen beseitigte. Deren bevorzugte Herbergen erkannte man schon von weitem an einem blauen Tuch im Fenster.

Schaaraochs Verschwinden hatte große Unruhe in der Bevölkerung ausgelöst. Viele Einwohner von Kirgon überlegten, die Stadt zu verlassen, doch die meisten blieben und harrten der Dinge, die da kommen sollten. Im Lauf der Wochen verblasste die Erinnerung an die schrecklichen Ereignisse, von denen man munkelte, und das Leben ging wieder seinen gewohnten Gang. König Äneas kümmerte sich um die Staatsgeschäfte, eine Aufgabe, die ihm im Volk niemand neidete. Äneas galt als rechtschaffen und obwohl er ein Keren war – so sagten die Leute –, hätte man es weitaus schlimmer treffen können.

◆ ◆ ◆

»Du siehst schlecht aus«, sagte Ion vorwurfsvoll. »Gönn dir etwas Ruhe! Du überforderst dich.«

Müde rieb sich Äneas die Augen. Er schob seine Eisenmaske und die Handschuhe auf dem Tisch zur Seite und breitete die Landkarte von Kelrun darauf aus. Seit Tagen hatte er nicht mehr geschlafen. Es gab so viel zu tun. Neue Statthalter in den Provinzen mussten gewählt und vereidigt werden. Erst gestern war er von einer Reise nach Gordua zurückgekehrt. Gordua war neben Kirgon die bedeutendste Stadt von ganz Kelrun. Der gesamte Handel mit den Nordländern wurde dort abgewickelt. Er hatte keine andere Wahl gehabt, als persönlich zu erscheinen, obwohl ihn die Reise mehr als drei Wochen gekostet hatte. Dazu drohte Krieg mit Dahl. Die Armee wollte an den Grenzen richtig postiert werden. Kelrun mit seinen vielen Bergketten und den dichten Wäldern verlangte nach einer straffen Führung der Truppen.

»Ja«, nickte er. »Doch zuvor muss ich General Netan empfangen, der eben aus Leron zurückgekommen ist, und dann werde ich Lutz, den Daimon, aufsuchen, der mich dringend sprechen will.«

Sorgenvoll betrachtete Ion Äneas.

»Die Aufgaben, die du dir aufgebürdet hast, übersteigen selbst *deine* Kräfte. Ich will nicht länger mit ansehen, wie du dich zugrunde richtest! Warum hast du den Thron übernommen? Ich verstehe dich nicht! Einer der Heerführer oder jemand vom Großen Rat hätte liebend gerne Schaaraochs Platz ausgefüllt.«

»... und ihn freiwillig nicht mehr geräumt, was in einem Machtkampf zwischen der Armee und dem Rat gegipfelt hätte, je nachdem, wer gerade König spielte. Darunter hätte das ganze Land gelitten!«

»Vielleicht. Ich möchte wissen, weshalb sich Netan mit seinen Truppen hinter dich gestellt hat. Er hätte genauso gut die Krone für sich beanspruchen können.«

»Netan wartet auf seine Gelegenheit. Er ist ein kluger Mann und will nichts überstürzen.«

»Überlass ihm doch den Thron! Soll er sich mit den Staatsgeschäften herumschlagen, bis er graue Haare kriegt.«

Äneas seufzte.

»Was geschähe wohl mit uns Keren, wenn Netan oder ein anderer Kommandant der Armee die Regierungsgewalt hätte?«

Ion stutzte.

»Mit uns? Nun, die Armee liebt die Keren nicht. Ich denke, Netan ließe uns unsere Arbeit tun, solange er uns braucht. Wahrscheinlich würde er uns aus dem Palast verbannen, sobald er sich der Fieberopfer entledigt hätte, damit er keine Untoten in seiner Nähe dulden muss.«

»Und welches Schicksal stünde den Keren bevor, wenn jemand vom Rat geböte? Stell dir Kanzlerin Seta auf dem Thron vor!«

»Seta?« Ion stieß schnaufend die Luft aus. »Die ließe uns alle sofort ins Jenseits befördern! Für die sind wir Monstren, Ausgeburten des Schreckens. ›Schaaraochs Vermächtnis‹ nennt sie uns, und das ist nicht schmeichelhaft gemeint!«

Ein trauriges Lächeln ging über Äneas' Gesicht. Ion starrte ihn an. Schlagartig begriff er. Staunen weitete seine Augen, und Bewunderung ergriff ihn.

»Deshalb hast du Schaaraochs Platz eingenommen! Um die Keren zu retten! Jeder andere Herrscher würde uns beseitigen, und das lieber früher als später.«

»Ich habe uns Zeit erkauft, das ist alles, und die wollen wir nutzen. General Netan ist von Ehrgeiz erfüllt, aber er ist weder ein Lügner noch ein Verräter. Im Moment ziehen wir am gleichen Strang.«

Ein drängendes Klopfen erklang, und die Tür der Halle schwang auf. Gefolgt von zwei Hauptleuten, betrat Netan den Thronsaal. Ion wandte sich zum Gehen, doch Äneas schüttelte den Kopf.

»Bleib hier!«, sagte er.

General Netan verneigte sich. Er war vom Scheitel bis zur Sohle von Staub bedeckt. Offensichtlich hatte er noch keine Gelegenheit gefunden, sich umzuziehen. Äneas nickte ihm zu.

»Nun, wie ist die Lage im Westen?«

Mit finsterer Miene beugte sich Netan über den Tisch und tippte mit dem Zeigefinger auf das Gebiet von Leron.

»Uns droht ein Bürgerkrieg«, erklärte er.

»In Leron?«

»Diese starrsinnigen Leroner waren schon immer widerspenstig! Sie hassten Schaaraoch, und auch seinen Nachfolger werden sie nicht lieben, gleichgültig, wer es ist! Als sich die Nachricht vom Tod Schaaraochs verbreitete, haben sie sich zusammengerottet und der Regierung in Kirgon den Krieg erklärt. Die haben nie vergessen, dass Schaaraoch einst ihren Fürsten und seine Familie umgebracht hat.«

»Leron«, murmelte Äneas in Gedanken versunken.

Netan schlug mit der flachen Hand auf die Karte.

»Wir müssen diesen Aufruhr im Keim ersticken! Ein Bürgerkrieg ist das Letzte, was wir im Moment brauchen können. Kaum wittern die Leroner eine leise Möglichkeit, die Unabhängigkeit zurückzuerlangen, lehnen sie sich auf. Das dürfen wir nicht dulden! Kelrun ist auf die Bodenschätze Lerons angewiesen.«

»Was schlägst du vor?«

»Wir senden Truppen nach Leron und nehmen die Rebellen fest. Ihr Anführer ist ein Mann namens Larnad. Er behauptet, der Neffe des toten Fürsten Virgil zu sein. Anscheinend ist er wie durch ein Wunder den Häschern Schaaraochs entgangen und hat sich jahrelang versteckt gehalten. Er wäre besser in dem Loch geblieben, wo er sich verkrochen hatte! Vielleicht ist er Schaaraoch entwischt, aber wir werden ihn zu fassen kriegen! Wenn er erst am Galgen hängt, wird sich die Rebellion rasch zerschlagen.«

»Larnad!«, flüsterte Äneas verblüfft.

Schweigend runzelte er die Stirn.

»Ich werde nach Leron reisen«, verkündete er schließlich.

»Nein!«, protestierte Netan. »Das ist viel zu gefährlich!«

»Bereite alles für die Reise vor!«, befahl Äneas. »Vertrau mir, ich weiß, was ich tue.«

Verständnislos blickte ihn Netan an.

»Wie Ihr wünscht.«

Mit einer Handbewegung rief er seine Männer, und gemeinsam verließen sie den Thronsaal. Ion blickte ihnen nach, bis sich die Tür hinter ihnen geschlossen hatte.

»Du bist verrückt«, erklärte er Äneas.

Die Andeutung eines Lächelns ging über dessen Gesicht.

»Vielleicht.«

»Ich kann mir vorstellen, was es für dich bedeutet, deine alte Heimat wiederzusehen, aber du bist immer noch der Hauptmann der Keren. Du bist tot, mein Freund, so tot wie alle Keren. Fürst Virgil gibt es nicht mehr.«

◆ ◆ ◆

Sachte klopfte Äneas an Lutz' Zimmer. Keine Antwort. Als er nochmals anklopfen wollte, ging die Tür auf, und Sirad schaute heraus. Als er Äneas' gewahr wurde, trat er zu ihm auf den Gang heraus und machte lautlos die Tür hinter sich zu.

»Lutz will mich sprechen«, sagte Äneas.

»Er schläft«, erwiderte Sirad.

»Wie geht es ihm?«

Sirad schüttelte den Kopf.

»Nicht gut.«

»Ich dachte, er sei auf dem Wege der Besserung.«

»Das nahm ich auch an. Die Heilung verlief zufriedenstellend, doch dann hat sich die Wunde entzündet. Ich weiß nicht mehr, was ich tun soll!«

Verzweifelt beschattete Sirad die Augen, dann rang er die Hände.

»Manchmal scheint es mir, er wolle gar nicht gesund werden oder es fehle ihm etwas, das ich ihm nicht geben kann. Es ist mir unbegreiflich!

Seit Wochen liegt er im Fieber darnieder. Alles, was ich konnte, habe ich getan! Das Fieber will nicht sinken, und die Verletzung in seinem Rücken eitert.«

»Er ist ein alter Mann.«

»Nicht zu alt, um gesund zu werden! Wahrhaftig, gegen das Alter gibt es kein Heilmittel, aber daran liegt es nicht!«

»Anscheinend erwartet er eine Besucherin. Die Palastwachen haben mir davon berichtet.«

»Ja, Lutz gab Anweisung, sie sofort zu ihm vorzulassen. Vielleicht kann *sie* das vollbringen, was ich nicht vermag.«

Aus Lutz' Zimmer erklang ein Klirren. Sirad stürzte hinein, gefolgt von Äneas. Im Bett lag Lutz, auf einen Arm aufgestützt. Er tastete nach dem Wasserkrug auf dem Nachttisch. Den Becher hatte er heruntergeworfen.

»Wie ungeschickt von mir«, murmelte er, dann sank er erschöpft zurück auf die Kissen.

Sirad klaubte die Scherben auf, dann verschwand er wortlos. Äneas nahm einen Stuhl und setzte sich vor Lutz' Bett. Das Kinn auf eine Hand gestützt, musterte er ihn. Lutz' bleiches Gesicht war schweißbedeckt. Das weiße Nachthemd klebte auf seinem Leib. Blaue Adern zeichneten sich unter der Haut seiner Arme ab, die kraftlos auf der Bettdecke lagen. Sein Atem ging flach. Das Zimmer roch nach Arzneimitteln und nach scharfer Lauge. Der Geruch von Krankheit. Äneas senkte den Blick.

»Man wird dich noch für einen Keren halten, so wie du aussiehst.«

Lutz lächelte matt.

»Ist es so schlimm?«

»Du wolltest mich sprechen?«, fragte Äneas.

»Ja«, seufzte Lutz. »Zwei Dinge. Eine Bitte an dich und ein Gedanke von mir, der dir vielleicht nützlich sein wird.«

»Ja?«

»Erst die Bitte. Ich erwarte eine Besucherin, die in diesen Tagen eintreffen sollte. Sie wird Schaaraochs Labor brauchen.«

Äneas nickte.

»Natürlich. Sie kann sich bei den Keren die Schlüssel holen.«

»Danke. Nun zu meiner Überlegung, die mich seit Wochen beschäftigt. Ich wollte es dir schon früher mitteilen, aber dann sagte man mir, du seist nach Gordua gereist. So hatte ich Zeit, mir alles noch mal durch den Kopf gehen zu lassen. Ich bin zu demselben Schluss gekommen.«

»Ja?«

»Habt ihr eine Spur von Schaaraoch gefunden?«

Ein Schatten flog über Äneas' Gesicht.

»Nein. Nicht die geringste. Das heißt, bei einem Waffenhändler in der Stadt wurde eingebrochen, und zwar in sein Lager im Keller. Er schwört, dass niemand vom Haus her dorthin hätte gelangen können. Ion fand im Lagerraum eine verborgene Tür zu den Gängen unter Kirgon. Diese Entdeckung ist leider ziemlich nutzlos für uns. Das unterirdische Labyrinth ist riesig und es gibt keine Pläne davon. Wer sich dort versteckt hält, wird nur gefunden, wenn er es wünscht. Außerdem ist es unmöglich, dass Schaaraoch noch lebt. Ich habe mich selbst von seinem Tod überzeugt. Seine Kehle war aufgeschlitzt, der Brustkorb mehrfach durchbohrt. Das Blut war gestockt und der Atem versiegt. Nach der Schlacht in der Halle der Wahrheit sind ein paar Fieberopfer aus den Verliesen in die Gänge entwischt, doch die werden wir bald wieder eingefangen haben.«

»Fieberopfer verüben keine Einbrüche.«

»Nein. Vielleicht hat der Waffenhändler auch gelogen, oder eine uns bisher unbekannte Diebesbande macht sich die unterirdischen Gänge zunutze. Vor einem Monat sind einige Pilger unter ungeklärten Umständen verschwunden. Leider gelang es uns nicht, Licht in die Angelegenheit zu bringen; ihr Schicksal blieb bisher ein Rätsel. Damit lässt sich wenig anfangen.«

»Das erklärt alles nicht, wo Schaaraochs Leiche geblieben ist.«

»Die Keren haben jeden Winkel der Verliese durchsucht. Es gibt nur eine Möglichkeit: Die entflohenen Fieberopfer haben den Leichnam mit in die Gänge geschleift, obwohl ich nicht begreife, warum sie das hätten tun sollen.«

»Das wäre in der Tat sehr sonderbar.«

»Die Seuchenopfer können im Labyrinth kaum Schaden anrichten. Die Bevölkerung wurde gewarnt und dazu aufgerufen, außergewöhnliche Beobachtungen sofort zu melden. Die Öffnungen in den Kellern wurden zugemauert. Einen Durchgang in die Verliese unter dem Palast haben wir offen gelassen. Er wird Tag und Nacht bewacht. Wir hoffen, dass einige der Fiebertoten vom Licht angelockt werden und dadurch selbst den Rückweg finden. Drei konnten wir bisher aufgreifen, sieben fehlen noch.«

Lutz blinzelte, dann fielen ihm die Augen zu. Er keuchte. Das Gespräch schien ihn anzustrengen.

»Ich glaube, ich weiß, warum Schaaraoch verschollen ist.«

Äneas horchte auf.

»Du sagtest, ihr habt ihn umgebracht«, fuhr Lutz fort, »und das muss wohl auch so sein. Einzig sein Tod kann sein Verschwinden erklären. Erinnerst du dich daran, als wir uns kennen gelernt haben? Wir redeten über die Narbe, die alle Keren besitzen. Eine Verletzung vom Auge bis quer über die Brust. Du sagtest uns, dass Schaaraoch dieselbe Narbe habe, doch seine sei gut verheilt. Er lebte, und ihr Keren seid tot. Schaaraoch führte eine Prozedur an sich selbst aus, die auch ihr erdulden musstet, doch er vermied es, sich selbst dabei zu töten. Euch hat er ermordet und dadurch Keren aus euch gemacht. Er ließ sich beide Welten offen.«

Erschrocken starrte Äneas ihn an. Lutz sah sein Spiegelbild in Äneas' silbernen Augen: eine weiße Gestalt in weißen Laken.

»Vielleicht wurde Schaaraoch zu einem Keren. Er ist auferstanden, so wie ihr nach dem Tode erwacht seid. Zumindest sollten wir diese Möglichkeit in Betracht ziehen.«

»Aber die Keren sind alle mit dem Weißen Fieber infiziert! Schaaraoch trug die Krankheit nicht in seinem Blut, dessen bin ich mir sicher!«

»Vielleicht habt ihr ihn unwissentlich damit angesteckt.«

»Bei allen Göttern!« Die Hände um die Sessellehnen gekrampft, versteifte sich Äneas. »Lodur! Er blutete, als wir mit Schaaraoch kämpften. Die Narbe in seinem Gesicht war noch frisch, und später hat sie Akàra sogar aufgerissen. Lodurs Blut strömte auf Schaaraochs Wunden.«

»Ein Tropfen davon hätte genügt.«

Äneas stand auf.

»Ich werde sofort meine Kameraden unterrichten. Danke für deine Hilfe, Lutz.«

»Vielleicht irre ich mich.«

»Wir werden es herausfinden.«

An der Tür drehte er sich um.

»Wenn wir irgendetwas für dich tun können, sag es uns.«

Lutz nickte.

»Pass auf dich auf, Äneas.«

Als sich die Tür hinter ihm geschlossen hatte, atmete Lutz erleichtert auf. Ein Stein fiel ihm vom Herzen. Er hatte schon befürchtet, keine Gelegenheit mehr zu finden, mit Äneas zu sprechen. *Eine* wichtige Aufgabe harrte seiner noch, dann konnte er in Frieden für immer schlafen. Er sehnte sich nach Ruhe. Als Zwang erschien ihm sein von der Krankheit gezeichnetes Leben, als eine Last, die er gerne ablegen wollte. Doch zuvor musste auch er noch einmal auferstehen und das Krankenbett verlassen. Alles hing davon ab, ob seine alte Freundin rechtzeitig in Kirgon eintraf. Ohne ihre Hilfe ließ sich nichts bewirken. Lutz fühlte sich unendlich müde. Unheilvoll drohte die Aufgabe, die er bewerkstelligen musste. Ein schwarzer Schatten, der ihn ersticken wollte.

Am nächsten Morgen meldete man ihm endlich die Ankunft der lang ersehnten Besucherin. Sirad war in seinem Zimmer und wechselte ihm den Verband, als er fast beiläufig erwähnte, dass sie eingetroffen sei. Lutz schnellte hoch, und Sirad fiel der Verbandsstoff aus der Hand.

»Wann ist sie gekommen?«, rief Lutz verärgert.

»Gestern Abend.«

»Warum hat man sie nicht zu mir gelassen?«

»Du hast geschlafen.«

»Verdammt, ich gab Anweisung, sie sofort zu mir zu bringen! Jeder Augenblick zählt.«

»Du brauchst Ruhe!«

Als Lutz zu einer Antwort anhob, klopfte es an die Tür, und eine hoch gewachsene Frau kam herein. Sie trug eine sandfarbene Jacke und eine ebensolche Hose, darunter ein kragenloses weißes Hemd. Das von dünnen Falten übersäte Gesicht zierten dichte schwarze Augenbrauen, unter denen graubraune Augen voll Wärme leuchteten. Kaum fingerbreite Stoppeln bedeckten ihren geschorenen Schädel. Sie schien keinerlei Wert auf Schmuck und Putz zu legen. Ihre Züge verrieten Kraft und Willen. Ihr Blick ruhte auf Lutz, und sie strahlte vor Freude.

»Du hast mich gerufen«, erklärte sie. »Hier bin ich.«

»Endlich!«, seufzte Lutz. »Ich kann dir nicht sagen, wie froh ich bin, dich zu sehen!«

»›Endlich‹? Wie du dich vielleicht erinnerst, lebe ich in Angantur. Als ich deine Nachricht erhielt, habe ich sofort das schnellste Schiff bestiegen, das ich finden konnte. In Erkbad kaufte ich mir ein Pferd und ritt wie der Wind nach Kirgon.«

»Danke, dass du gekommen bist!«

Lonora ließ sich auf der Bettkante nieder und griff nach Lutz' Hand. Sie drückte sie.

»Was hätte ich wohl sonst tun sollen, Meister?«

»Um Marechs willen, nenn mich nicht so! War es schwierig, die Schule in Angantur zu verlassen?«

»Nein. Es gibt genügend Leute, die mich vertreten können. Ich bin nicht unersetzlich. Morad hat vorläufig die Leitung der Schule übernommen. Er fluchte über die zusätzliche Arbeit, aber er wird seine Sache gut machen.«

Zufrieden schloss Lutz die Augen.

»In deinem Brief hast du geschrieben, du brauchst mich *sofort* und *dringend*«, sagte Lonora. »Ich habe mir große Sorgen gemacht. Solche Worte aus deiner Feder! Dein Schüler, Xander, konnte mir auch nicht mehr erzählen.«

»Xander. Wie geht es ihm?«

»Nun, abgesehen von den Gedanken, die er sich über dich machte, schien er bester Dinge zu sein. Ich erzählte ihm einiges über den Kult der Herionsjünger, wie du mir aufgetragen hast, und ich gab ihm ein paar Kutten und Amulette. Er scheint mir ein kluger junger Mann zu sein.«

»Das ist er.«

»Offensichtlich gescheiter als sein Lehrer, wenn ich dich so betrachte!«

Sirad nickte zustimmend.

»Das ist mein Arzt Sirad«, stellte Lutz sie einander vor, »und das ist Lonora, Leiterin der Schule von Marech Eldred in Angantur und eine alte Freundin von mir.«

»Es ist mir eine Ehre.« Sirad verneigte sich mit ernstem Gesicht.

Lonora lächelte.

»Wie geht es dem Kranken hier?«

Bedrückt wich Sirad ihrem Blick aus. Lonoras Lächeln verblasste.

»Was ist los?«

Nach Worten ringend gestikulierte Sirad.

»Ich sterbe«, antwortete Lutz für ihn.

Durchdringend musterte Lonora ihn. Nackt und hager lag Lutz im Bett, einen unfertigen Verband um den Oberkörper gewunden. Ausgezehrt sah er aus, bleich vom Fieber. Er schien nicht in der Lage zu sein, aufzustehen.

»Ein Dolchstoß hat ihm den Rücken durchbohrt«, erklärte Sirad. »Der große Schultermuskel war durchtrennt, der linke Lungenflügel verletzt. Dabei hat er noch Glück gehabt. Die Klinge wurde von einer Rippe abgelenkt. Trotzdem hatte er schon sehr viel Blut verloren, als ich zu ihm kam.«

»Solch eine Wunde führt nicht unweigerlich zum Tode.«

»Nein«, schnaufte Sirad, »und erst erholte er sich auch. Ich habe getan, was ich konnte! Dann hat sich die Wunde infiziert. Deshalb das Fieber. Ich weiß nicht mehr, was ich tun soll!«

»Zeig mir die Verletzung!«

Sirad nahm den Verband ab, und Lutz wälzte sich auf den Bauch. Die Haut auf seinem Rücken war rot und geschwollen. Die Gegend um den Einstich schien bläulich verfärbt. Die offene Wunde nässte. Nach einem Wink von Lonora legte Sirad die mit Heilkräutersud getränkte Binde wieder auf die Verletzung und befestigte den Verband. Mit Sirads Hilfe schlüpfte Lutz in das Nachthemd und kroch unter die Decke. Er stöhnte vor Anstrengung. Schweiß trat ihm auf die Stirn.

»Das werden wir wieder hinkriegen«, erklärte Lonora zuversichtlich.

»Ich will mir nichts vormachen«, sagte Lutz. »Es ist vorbei. Ich kann nicht mehr.«

»Unsinn! Du fühlst dich nur schlecht, weil du Fieber hast, und das ist ganz natürlich. Deswegen geht nicht gleich die ganze Welt unter.«

»Du bist eine erfahrene Daimonin, Lonora, und eine große Ärztin. Doch auch du vermagst nicht den Tod zu besiegen. Er ist unser Meister.«

»Ja, das ist er! Aber deshalb müssen wir ihm nicht kampflos das Feld räumen! Weil du dich selbst schon aufgegeben hast, erwartest du, dass andere mit in dein Lied einstimmen! Ich weigere mich, deinen Tod hinzunehmen! So nicht!«

»Deine Begeisterung für die Heilkunst in Ehren, Lonora, gegen das Schicksal können wir nicht angehen.«

»Gegen das Schicksal nicht, aber gegen das Fieber, die Wunden, die Krankheiten dieser Welt! Darum sind wir doch Daimonen geworden! Ich werde kämpfen bis zu meinem letzten Atemzug! Genau das hast du mir beigebracht, Lutz, und ich habe es nicht vergessen.«

»Dann hilf mir.«

»Das werde ich, ob du willst oder nicht. Ich bin froh, dass ich hergekommen bin.«

»Das bin ich auch.«

»Du bist selbst ein Daimon, ja, vielleicht der erfahrenste von uns allen. Wie hast du dir meine Hilfe vorgestellt, nachdem du mit deinem Leben offenbar bereits abgeschlossen hast?«

»Du hast mir einst versprochen, für mich da zu sein, wenn ich dich jemals brauchen sollte.«

»Ja. Ich schulde dir alles, was ich bin. Du brauchst deinen Wunsch nur zu nennen, und ich werde ihn erfüllen, wenn ich kann.«

»Darauf hoffe ich. Mein Leben geht zu Ende, aber bevor ich sterbe, muss ich noch etwas erledigen. Ich habe Xander versprochen, seinen Bruder Haldur zu finden, und dazu muss ich das Reich der Geister aufsuchen.«

»Das Reich der Geister! In deinem Zustand kannst du nicht einmal das Bett verlassen! Ein Besuch im Reich der Geister wird dich mit Sicherheit umbringen.«

»Eben deshalb benötige ich deine Hilfe.«

Verständnislos schüttelte Lonora den Kopf.

»Ich brauche Paradin«, stieß Lutz drängend hervor.

Lonora starrte ihn an, als hätte Lutz den Verstand verloren.

»Du musst mir welches herstellen«, sagte Lutz. »Ich weiß, dass du das kannst, es hat keinen Zweck, mir etwas vorzumachen. Arzneimittel waren immer deine große Leidenschaft. Hier im Palast befindet sich ein hervorragend ausgestattetes Labor, und alles andere, das du benötigst, werden wir dir besorgen.«

Entsetzt schnappte Lonora nach Luft.

»Paradin? Du bist ja wahnsinnig! Das werde ich nicht tun!«

Sirad horchte interessiert auf.

»Was ist denn dieses ›Paradin‹? Den Namen habe ich noch nie gehört.«

Die Hände hinter dem Rücken verschränkt, schlenderte Lonora zum Fenster und wieder zurück. Sie seufzte.

»Kaum jemand kennt es. Anno Domini sei Dank, möchte man sagen. Die Zusammensetzung von Paradin und das Verfahren zur Herstellung werden in Angantur unter strengem Verschluss gehalten. Nur wenigen Daimonen, die klar Rechenschaft über ihre Beweggründe ablegen konnten, wurde Einblick in die Unterlagen gewährt.«

»Warum?«, fragte Sirad erstaunt.

Lonora ließ sich im Sessel vor Lutz' Bett nieder.

»Paradin wurde gegen Ende der Dritten Dahlskriege erfunden, Mitte des einundzwanzigsten Jahrhunderts. Eine Gruppe von Daimonen unter der Leitung Heriels von Mernitz entwickelte die Substanz.«

Sie blickte zu Lutz hinüber.

»War das nicht einer deiner Vorfahren?«

Lutz nickte.

»Ja. Heriel von Mernitz war vor mir der letzte Daimon unserer Familie. Nach seinem betrüblichen Schicksal galt es bei uns als ungeschriebenes Gesetz, dass sich niemand mehr mit Daimonologie befassen sollte. Als ich – immerhin gut zweihundert Jahre später – den Wunsch äußerte, ein Daimon zu werden, wiesen meine Angehörigen mir die Tür. Nun, ich habe es trotzdem getan.«

»Die Dritten Dahlskriege haben tausenden von Soldaten das Leben gekostet«, erzählte Lonora weiter. »Oderich von Dahl, der damalige Kaiser, kämpfte gegen Ganor von Norus, dessen Land er dem Reich von Dahl einverleiben wollte. Wie wir aus der Geschichte wissen, hat Oderich schlussendlich gesiegt, und Norus gehört seit damals zu Dahl. Der Krieg dauerte neun Jahre, und lange herrschte Ungewissheit, wer ihn gewinnen würde. Erst gegen Ende des Krieges wendete sich das Blatt zu Oderichs Gunsten, dem es gelang, Ganors Armee bei Purnau aufzureiben.

Heriel von Mernitz arbeitete als Daimon am Hof Ganors. Der war verzweifelt. Seine Truppen hatten sich gelichtet, hunderte von Kriegern siechten in den Lagern dahin. Heriel erhielt den Auftrag, nach einem Mittel zu forschen, das die Genesungszeit verkürzte. Die Verwundeten sollten möglichst rasch gesunden und die Reihen der Armee wieder füllen. Heriel gelang das Unvorstellbare. Er und seine Mitarbeiter entwickelten Paradin, einen bläulich schimmernden Trank, nach dessen Einnahme selbst Todkranke wieder auferstanden. Wunderschön war die Lösung, klar wie Wasser, mit einem blauen Licht darin, wie flüssiger Kristall. Die ›Tränen Gottes‹ wurde Paradin von den Soldaten genannt.«

Verblüfft hob Sirad eine Augenbraue.

»Das Mittel wirkte tatsächlich?«

»Und wie!«, erwiderte Lonora. »Erst verabreichte man es nur einigen Schwerverletzten, die als todgeweiht galten. Sie fielen in einen tiefen Schlaf, und nach zwei Tagen waren sie gesund. Alle Wunden geheilt, an Leib und Seele genesen, fühlten sie sich besser als je zuvor. Heriel verlangte, mindestens ein halbes Jahr abzuwarten. Er wollte herausfinden, ob sich unerwünschte Nebenwirkungen einstellten. Ganor jedoch befahl, das Paradin sofort den hundert besten Kriegern zu geben, die verletzt waren. Er brauchte die Soldaten, und die waren begierig darauf, ohne langes Leiden gesund zu werden.

Fünfzehn Tage lang ging alles gut. Ganor beglückwünschte Heriel und beförderte ihn zum Hofdaimon. Dann starben die Soldaten. Einer nach dem anderen bekam dieselbe Krankheit. Erst brachen sie bewusstlos zusammen, dann stellte man fest, dass ihre inneren Organe nicht richtig arbeiteten. Alle, die Paradin eingenommen hatten, erlitten einen qualvollen Tod, den nichts mehr aufhalten konnte. Die meisten erstickten, als ihre Lungen versagten. Manchen gab man nochmals eine Dosis Paradin, in der Hoffnung, die Heilung zu wiederholen. Sie starben augenblicklich, als habe man ihr Leben wie das Licht einer Kerze ausgeblasen.«

Sirad schluckte leer.

»Hat man herausgefunden, warum das Paradin den Soldaten nach einiger Zeit den Tod brachte?«

Bedächtig nickte Lonora.

»Das Geheimnis der Wirkung von Paradin birgt auch die Erklärung für sein Versagen. Der Körper jedes Lebewesens ist ein Energiefeld, ein Kreislauf, der sich selbst beständig erneuert. Dazu braucht es Wasser,

Luft, geeignete Nahrung, ausreichende Bewegung und ein ausgeglichenes Gemüt. Je besser Körper und Geist gepflegt werden, desto stärker ist das Energienetz. Grundsätzlich ist dieses in der Lage, sich selbst zu heilen, gleichgültig, wo eine Störung darin auftritt. Die Aufgabe eines Daimons besteht darin, diesen Vorgang anzuregen und zu unterstützen, Ursachen zu erkennen und zu beheben. Das nennt man Heilkunst.

Paradin greift unmittelbar in das Energiefeld des Körpers ein und entfaltet darin ein zweites Netz, das das erste überlagert. Das zweite Netz schließt die Lücken des ersten und zwingt das ursprüngliche Energiefeld dazu, sich anzupassen. Dieser Vorgang erlegt dem Körper eine derart große Anstrengung auf, dass er nach Einnahme des Paradins in einen todesähnlichen Schlaf fällt, der laut den Aufzeichnungen etwa zwei bis drei Tage dauert. Danach ist der Körper genesen, und dazu erleben die Patienten anscheinend ein nie gekanntes Gefühl des Wohlbefindens. Der Zwang, den Paradin auf das Energiefeld des Körpers ausübt, führt schließlich zu dessen Zusammenbruch. Die Organe versagen, und der Mensch stirbt.«

»Doch zuvor schenkt Paradin fünfzehn bis achtundzwanzig Tage vollkommener Gesundheit, wenn mein Gedächtnis mich nicht trügt«, erklärte Lutz.

»Ja, aber um welchen Preis!«

Lonora zeigte mit dem Finger auf Lutz.

»Erinnere dich an das Schicksal deines Vorfahren!«

»Was geschah mit ihm?«, fragte Sirad.

»König Ganor tobte vor Wut, als die Folgen des Paradins offensichtlich wurden. Dabei kümmerten ihn die schrecklichen Todesfälle weniger als der Verlust einer Wunderwaffe in einem bereits verloren geglaubten Krieg. Er befahl, den Verletzten trotz der bekannten tödlichen Wirkung das Mittel zu verabreichen. In einer letzten, entscheidenden Schlacht wollte er Oderich mit seiner gesamten Armee gegenübertreten und die Truppen des Kaisers mit einem Schlag hinwegfegen. Es war ihm gleichgültig, wie viele seiner Männer später elendiglich am Paradin zugrunde gehen würden. Er war besessen davon, seine Macht um jeden Preis zu verteidigen.

Als Heriel von den Plänen des Königs erfuhr, vernichtete er sämtliche Vorräte an Paradin und machte sich auf, mit seinen Mitarbeitern nach Dahl zu fliehen. Sie wollten nach Angantur, zur Schule Marech Eldreds, wo sie Schutz zu finden hofften. Nahe der damaligen Grenze zu Dahl wurden sie von den Soldaten Ganors eingeholt. Heriel lockte die Häscher auf seine Fährte und ermöglichte so seinen Kameraden die

Flucht. Die Soldaten nahmen ihn gefangen und brachten ihn zurück an den Hof Ganors. Dort wurde er gefoltert. Ganor wollte die Herstellung von Paradin aus ihm herauspressen. Heriel verriet das Geheimnis nicht. Er wusste, welches Grauen Ganor damit heraufbeschwören würde – Ganor oder jeder andere Tyrann, der das Paradin den Soldaten aufzwingen konnte. Heriel wurde öffentlich hingerichtet. Seine Mitarbeiter erreichten Angantur und übergaben die Unterlagen über das Paradin den Archivaren der Bibliotheken zu treuen Händen, wo sie heute noch verwahrt werden.«

»Das ist eine der erstaunlichsten Geschichten, die ich je gehört haben«, bemerkte Sirad.

»Sie ist wahr«, sagte Lonora.

»Und du kennst die Rezeptur von Paradin? Darüber wüsste ich sehr gern mehr.«

»Es wurde mir erlaubt, die Angaben zu studieren, weil ich sie niemals anwenden werde. Geh nach Angantur und überzeuge die Hüter von deinen lauteren Absichten, und vielleicht werden sie auch dir gestatten, Einsicht zu nehmen. Kein Wort über die Zusammensetzung von Paradin wird jemals über meine Lippen kommen.«

Nachdenklich nickte Sirad.

»Ja, das kann ich verstehen.«

»Du wirst Paradin für mich herstellen«, verkündete Lutz entschlossen. »Ich werde ohnehin sterben, doch zuvor muss ich noch meine letzte Aufgabe erledigen. Du hast versprochen, mir zu helfen.«

»Ich versprach, dir zu *helfen*«, erwiderte Lonora, »aber nicht, dich umzubringen!«

»In meinem augenblicklichen Zustand ist es mir unmöglich, das Reich der Geister aufzusuchen. Ich bin zu schwach. Das Paradin wird mir die nötige Kraft geben.«

»Du wirst nur noch zwei Wochen leben, wenn du es einnimmst, höchstens drei. Was ist damit gewonnen?«

»Wenn ich erfolgreich bin? Alles!«

»Du wirst deinen Schüler niemals wiedersehen.«

»Es schmerzt mich, ihm nicht Lebewohl sagen zu können, doch er wird es verstehen.«

»Das bezweifle ich!«

»Ich befehle dir, mir zu helfen! Du musst mir Paradin herstellen! Lass mich jetzt nicht im Stich!«

Seufzend vergrub Lonora das Gesicht in den Händen. Lange schwieg sie. Qualvoll erklang Lutz' rasselnder Atem in der Stille.

»Also gut«, flüsterte Lonora, »ich werde dir helfen, wie ich es versprochen habe, als du *mir* mein Leben zurückgegeben hast.«

Erleichtert schloss Lutz die Augen.

»Gut.«

◆ ◆ ◆

Drei Tage später wartete Sirad vor dem Labor in den Verliesen auf Lonora. Sie hatte jede Unterstützung abgelehnt. Niemand ahnte, was sie hinter verschlossenen Türen dort tat. Mehrmals war sie allein in die Stadt gegangen und mit geheimnisvollen Einkäufen zurückgekehrt, die sie in einem kleinen Rucksack verborgen hatte. Sirads Angebot, die nötigen Bestandteile zu besorgen, hatte Lonora brüsk von sich gewiesen.

Als sie aus dem Labor kam, sperrte sie sofort hinter sich zu.

»Nun?«, begrüßte sie Sirad.

»Ich muss mit dir sprechen«, sagte er. »Es ist wegen Lutz.«

»Gehen wir auf den Hof. Ich möchte das Tageslicht sehen. Die ewige Finsternis in diesem Gemäuer schlägt mir aufs Gemüt.«

Sirad ließ Lonora den Vortritt, dann folgte er ihr zur breiten Treppe, die hinauf in den Gefängnistrakt im ersten Untergeschoss führte. Die Zellen darin waren leer. Äneas hatte alle Gefangenen begnadigt. Nur im zweiten Untergeschoss, wo sich auch das Labor befand, hausten immer noch die Fieberopfer in ihren eisernen Verschlägen, bewacht von den Keren. Leise wehte klagendes Heulen durch die Gänge, dann erklang ein Poltern. Lonora schauderte.

»Ich möchte nicht wissen, was Schaaraoch mit diesen armen Geschöpfen angestellt hat. Sein Labor ist wahrhaftig ein Ort des Schreckens. Das Grauen packt mich jedes Mal, wenn ich die Gerätschaften darin betrachte. Eldred sei Dank ist mir vieles ein Rätsel. Das wenige, was ich begriffen habe, reicht mir vollkommen.«

Ein Zittern schüttelte Sirad.

»Ich weiß, was er darin getan hat, schließlich musste ich oft genug dabei sein. Es waren nicht nur die Seuchenopfer.«

»Warum hast du für ihn gearbeitet?«

»Ich …« Sirads Stimme brach. Er holte tief Luft. »Das ist eine lange Geschichte.«

Nachdem sie die Treppe erklommen hatten, marschierten sie nebeneinander den Gang entlang. Wenige Fackeln brannten in eisernen Ständern im verlassenen Gefängnistrakt, gerade genug, um den Weg zu beleuchten. Stille herrschte.

»Ich kannte Schaaraoch nicht persönlich«, erzählte Lonora, »umso mehr habe ich über ihn gehört. Ich hätte mir vorgestellt, dass ein Arzt, der Schaaraoch zur Hand geht, ebenso skrupellos sein müsste wie er. So wirkst du nicht auf mich.«

»Ich habe nie einen Menschen getötet. Mit den Keren hatte ich nichts zu tun! Ich wusste lange nicht, dass sie noch lebten und gesund waren, als sie Schaaraoch unters Messer kamen.«

Vor der Treppe, die hinauf in den Palast führte, hielt Sirad inne und hockte sich auf die Stufen. Er barg den Kopf in den Armen, die Stirn auf die Knie gelegt. Erstaunt bemerkte Lonora, dass Sirad weinte. Sein Körper zuckte in einem Krampf. Lonora setzte sich neben ihn und wartete geduldig.

»Niemand kann die Schuld von mir nehmen«, schluchzte Sirad.

»Es ist nie zu spät, sein Leben zu ändern.«

»In meinem Alter?«

Er wischte sich das Gesicht am Ärmel ab, dann stand er auf.

»Entschuldige. Ich ertrage den Anblick dieser Verliese nicht. Komm, lass uns gehen!«

Zielstrebig eilte er zum Tor in den Palast hinauf und öffnete es für Lonora. Schweigend durchquerten sie die Halle und traten ins Freie. Der ziegelrote Innenhof gleißte im warmen Licht der Nachmittagssonne. Geblendet kniff Sirad die Augen zu. Lonora hastete auf den Platz. Die Arme ausgestreckt, warf sie den Kopf in den Nacken und badete sich im Sonnenschein. Sie ballte die Hände zu Fäusten, dann spreizte sie die Finger, als könne sie dadurch mehr Licht in sich aufnehmen.

»Wundervoll!«, rief sie.

Langsam drehte sie sich in einem einsamen Tanz. Die Wachen vor den Eingängen in den Palast beobachteten sie verwundert. Lonora grinste sie an, als sie ihre Blicke bemerkte. Es schien ihr nicht peinlich zu sein, Zuschauer zu haben.

Sirad folgte ihr zum Brunnen, wo sie sich auf dem Beckenrand niedergelassen hatte. Lonora hielt die Hand in den Sprühregen, der die Wasserfontänen umnebelte. Fasziniert betrachtete sie die glitzernden Tropfen auf ihrer Haut, als offenbare sich ihr ein Wunder. Ihre Augen leuchteten. Zögernd setzte sich Sirad neben sie. Er bedauerte es, ein so ernstes Gespräch beginnen zu müssen.

»Kennst du Lutz schon lange?«, fragte er.

»Mehr als mein halbes Leben. Im nächsten Winter sind es fünfundzwanzig Jahre. Damals war ich einundzwanzig. Unser erstes Treffen werde ich nie vergessen.«

»Du darfst Lutz das Paradin nicht geben! Seit du hier bist, hat er sich erholt. Er wird auch ohne das Paradin gesund werden!«

»Es geht ihm besser, weil er wieder Hoffnung geschöpft hat. Bei all den Sorgen, die er sich über andere Leute macht, wundert es mich nicht, dass er so krank wurde! Anstatt sich auf seine eigene Heilung zu konzentrieren, denkt er bloß daran, wie er seinen Freunden beistehen soll. Natürlich kann er in seinem Zustand überhaupt niemandem helfen. Die Verzweiflung hat ihn an den Rand des Todes gebracht und nicht diese Wunde! Jetzt konnte er zum ersten Mal seit Wochen wieder aufatmen.«

»Dann bist du also meiner Meinung? Das Paradin ist unnötig.«

»Das will ich nicht sagen. Der menschliche Körper ist kein Werkzeug, das man einfach zurechtbiegen kann, wie es einem passt. Es würde Lutz alle Hoffnung rauben, wenn ich ihm das Paradin vorenthielte. Er ist ein Dickschädel.«

»Das Paradin wird ihn umbringen!«

»Was soll ich denn sonst tun? Lutz brächte es fertig, ohne das Paradin innerhalb von Tagen zu sterben, bloß um uns zu beweisen, dass er Recht hatte und wir nicht!«

Bestürzt starrte Sirad sie an.

»Das ist kein Scherz«, erklärte Lonora ernst.

»Du wirst ihm das Paradin also geben?«

»Ich muss Lutz' Wunsch respektieren. Einst habe ich ihm geschworen, für ihn da zu sein, falls er mich jemals brauchen sollte. Ich gedenke mein Versprechen zu halten.«

Sirads Mund bebte. Er sprang auf.

»Du machst einen großen Fehler.«

»Lutz ist kein kleines Kind! Erweise ihm die Achtung, die er verdient!«

»Das ist eine feine Art, sich aus der Verantwortung zu stehlen!«

Lonora schwieg, die Lippen zusammengepresst. Traurig senkte Sirad den Blick.

»Wann?«, fragte er.

»Die Herstellung ist beendet. Es hat keinen Sinn, länger zu warten. Ich werde Lutz heute Abend das Paradin bringen. Willst du dabei sein?«

Sirad überlegte.

»Ja«, nickte er schließlich.

◆ ◆ ◆

Öllampen erfüllten Lutz' Zimmer mit warmem Schein. Er saß aufrecht im Bett, die Kissen in den Rücken geschoben. Erwartungsvoll beobachtete er Lonora, die eine schwarze Tasche auf den Tisch unter dem Fenster stellte und sie vorsichtig aufklappte. Der Inhalt war Lutz' Blicken entzogen. Sirad lief unruhig hin und her, dann blieb er vor Lutz' Bett stehen.

»Tu es nicht!«, beschwor er ihn. »Du wirst auch ohne das Paradin gesund werden. Es braucht nur etwas Zeit!«

»Ich weiß wohl, wie es um mich steht«, erwiderte Lutz.

Sirad rang die Hände.

»Warum sind ausgerechnet Daimonen die unvernünftigsten Kranken? Versuch einem Daimon zu helfen, und er wird nicht auf dich hören und das genaue Gegenteil von deinen Ratschlägen tun.«

»Es tut mir Leid, Sirad. Du hast dein Bestes gegeben. Mach dir keinen Vorwurf.«

»Ich mache mir aber Vorwürfe! Sag mir doch, wie ich dir helfen kann! Du bist ein Daimon, du musst klarer als jeder andere Mensch fühlen, was deinem Körper fehlt. Ich will es dir geben!«

»Ich fürchte, dafür ist es zu spät.«

»Das ist nicht wahr!«

»Es stimmt, ich spüre tatsächlich, was mit mir los ist. Deshalb kannst du meinem Urteil vertrauen. Ohne das Paradin werde ich in den nächsten Tagen sterben, mit dem Paradin bleiben mir noch zwei, drei Wochen. Das ist nicht zu viel verlangt.«

Ein tiefes Seufzen entrang sich Sirad.

»Bei den Göttern, ich bin nicht allwissend! Vielleicht hast du Recht, und ich irre mich. Ich kann die Verantwortung für diese Entscheidung nicht übernehmen.«

»Niemand verlangt das von dir. Es ist *mein* Leben und mein Tod.«

»Ich bin dein Arzt!«

»Mein Arzt, nicht der Herr über mein Schicksal.«

»Tu, was dir richtig erscheint! Dennoch bin ich nicht deiner Meinung.«

»Das sagtest du bereits.«

Sirad verfiel in Schweigen. Lonora nestelte in der Tasche herum. Glas klirrte leise. Sie stand mit dem Rücken zu ihnen, sodass sie nicht erkennen konnten, was sie tat. Schließlich kam sie herüber, eine Kristallphiole in den Händen. Achtsam trug sie sie, als könnte die kleinste Erschütterung ihr schaden. Das geschliffene Glas glitzerte. Gleißend reflektierten die Kanten das Licht der Lampen. Der kostbare Behälter war etwa so lang wie ein Handteller und halb so breit. Ein Glasstöpsel verschloss den schimmernden Inhalt. Lonora setzte sich auf Lutz' Bett.

Der musterte fasziniert die Flüssigkeit in der Phiole. Sie war durchsichtig wie Wasser. Ein blaues Licht strahlte darin, widergespiegelt vom Kristallglas. Blaue Nebel trieben durcheinander, kreisten langsam, wie Schleier aus feinstem Tuch. Lutz streckte die Hand aus, doch Lonora entzog die Phiole seinem Griff.

»Nimm es nicht!«, flehte sie.

Gequält kniff Lutz die Augen zu.

»Haldur braucht mich. Ich darf ihn nicht im Stich lassen. Niemand sonst kann ihm helfen.«

»Das Paradin wird dich mit Sicherheit umbringen!«, rief Sirad.

»Ich hatte ein langes und ein gutes Leben. Jetzt bin ich ein alter Mann. Haldur ist jung.«

Kopfschüttelnd wandte Sirad sich ab. Er hielt die Faust vor den Mund, presste die Knöchel auf die Lippen.

Schweigend reichte Lonora Lutz die Phiole.

»Die Götter haben den Tag gesegnet, an dem ich dich kennen lernte.«

»Es tut mir Leid, dass ich dich zwingen musste, dein Versprechen einzulösen.«

Lonora senkte den Blick. Als sie aufschaute, sah sie, wie Lutz die Phiole an die Lippen hob und die Flüssigkeit bis auf den letzten Tropfen austrank. Sie nahm ihm die leere Flasche aus der Hand.

»Jetzt wirst du lange schlafen«, sagte sie. »Mach dir keine Sorgen, Sirad und ich werden uns um alles kümmern. Das Paradin heilt deine Wunden. Bald wirst du erwachen und ganz gesund sein.«

Träge blinzelte Lutz. Lonora nahm ihm den Puls.

»Wie fühlst du dich?«, fragte sie.

»Müde«, hauchte Lutz, »sehr müde, und leicht, als ob ich fliegen könnte.« Er lächelte. »Das ist wundervoll!«

»Schlaf jetzt!«, sagte Lonora.

Lutz' Augenlider wurden schwer, sein Kopf kippte zur Seite. Lonora richtete die Kissen und deckte ihn sorgsam zu.

KAPITEL 8

Leron

*»Beklaget nicht des Fürsten Tod,
Der gab sein Leben für Volk und Land,
Gerufen ward er an Gottes Hof,
Wo er ew'gen Frieden fand.«*

Inschrift des Grabmals Virgils von Leron.
Eisenau, Leron, errichtet 2276 n. A. D.

»Großartig!« Bedar rieb sich erfreut die Hände. »So eine Gelegenheit kehrt nicht wieder! Lasst sie uns ergreifen!«

Sona schüttelte den Kopf.

»So dumm kann doch niemand sein! Da steckt eine List dahinter.«

Atela schnaubte ungeduldig.

»Unsere Spione waren sich einig. Er ist fast allein, bloß zehn Soldaten und ein Keren begleiten ihn.«

»Warum tut er das? Er kann sich denken, was ihn hier in Leron erwartet.«

»Wer weiß schon, was diese Untoten denken, wenn sie überhaupt denken?«, warf Bedar ein. »Ich will dieses Ungeheuer mit meinen eigenen Händen töten! Diese Keren sind nichts weiter als Bestien. Schreckgestalten, die uns Schaaraoch hinterlassen hat. Wir müssen verhindern, dass diese Missgeburten länger unter uns weilen. Schicken wir sie zu ihrem Meister! Wen wundert es, dass eines dieser Monstren Schaaraochs Thron an sich gerissen hat? Es musste ja so kommen!«

Sona erschauerte.

»Die Vorstellung, von solch einer Kreatur regiert zu werden, ist wahrhaftig unerträglich.«

»Sie sind die Einzigen, denen die Fieberopfer nichts tun«, warf Atela ein.

»Wen wundert das?«, erwiderte Bedar. »Schließlich sind sie selbst mit dem Weißen Fieber infiziert. Sie sind eine tödliche Gefahr für jeden Menschen.«

»Was nützt es uns, wenn wir ihn vernichten? Ein anderer wird an seine Stelle treten. Dadurch wird Leron nicht frei.«

»Es würde diesen ›Herren‹ zeigen, dass sie nicht mehr so mit uns umspringen können.«

Mit einer Geste brachte Larnad die drei zum Schweigen. Nachdenklich blickte er von einem zur anderen. Bedar, sein Stellvertreter, kniff entschlossen die Lippen zusammen. Seine klobigen Fäuste lagen auf dem runden Tisch, um den sie saßen. Er trug eine eisengraue Hose und eine ebensolche Jacke. Den Kragen zierte ein Messingabzeichen mit zwei gekreuzten Hämmern, darunter ein verschlungenes D. Dem Kundigen verriet die Plakette, dass Bedar als Vorarbeiter in der Donnergrube tätig war, einem der größten Bergwerke Lerons. Fahlbraune Haare hingen ihm auf die Schultern, die über den Schläfen vom Alter dünn und grau geworden waren. Er gehörte dem obersten Rat der Bergarbeitergilde an, was ihn in Leron zu einem einflussreichen Mann machte.

Sona, die Priesterin, trommelte ruhelos mit den Fingern auf die Sessellehne. Ihre kurzgeschorene Haartracht betonte die Formen ihres birnenförmigen Kopfes, der auf einem merkwürdig dicken Hals saß. Das blaue Gewand des Ersten Tempels von Leron verhüllte sie bis zum Boden. Atela, ihre Begleiterin, gähnte. Sie war die Führerin der Tempelgarde und trug deren tiefblaue Uniform. Der harte Ausdruck ihrer grauen Augen erstickte alles Staunen über ihre anmutigen Züge im Keime. Larnad hatte sie noch nie ohne ein Schwert gesehen, das auch jetzt auf ihren Knien lag.

»Als Erstes müssen wir die Bergwerke in unsere Gewalt bringen«, sagte er.

»Das ist schwierig«, entgegnete Bedar. »Das Volk lebt vom Bergbau. Wir können den Menschen nicht ihr Brot nehmen. Dafür hätte niemand Verständnis.«

»Es geht darum, Kelrun zu zeigen, dass wir die Erzlieferungen jederzeit unterbrechen können. Dann wird man uns zuhören!«

Sona faltete die Hände wie im Gebet und rieb sich damit die Nase.

»Viele sind auf deiner Seite, Larnad, doch es ist nicht mehr wie früher, als dein Onkel das Land regierte. Ein Wort von ihm hätte genügt, um die Arbeit in ganz Leron ruhen zu lassen. Die siebzehn Jahre unter Schaaraochs Herrschaft haben die Lage geändert. Als Schaaraoch Virgil ermordete, hat er den Menschen die Hoffnung geraubt.«

»Die Leroner sind noch immer dazu bereit, für ihre Unabhängigkeit zu kämpfen, genau wie vor siebzehn Jahren. Fürst Virgil wird niemals vergessen werden! Auf ewig strahlt sein Licht über uns.«

Ein trauriges Lächeln ging über Atelas Gesicht.

»Der Stadtrat von Meronda hat sich endlich unserer gerechten Sache angeschlossen. Auch Eisenau und Argheim haben ihre Unterstützung zugesagt. Einzig der Statthalter in Lerona verweigert uns die Hilfe. Sobald wir die Unabhängigkeit ausgerufen haben, wird die Bevölkerung in Scharen zu uns strömen.«

»Ein gelungenes Attentat auf König Äneas könnte die Vorgänge beschleunigen.«

»Ja«, nickte Sona bedächtig, »aber kann es vollbracht werden?«

»Wie ich bereits sagte«, antwortete Atela, »er wird bloß von elf Leuten begleitet. Mit denen werden wir fertig.«

»Wo ist der König jetzt?«

»Ganz in der Nähe. Sie lagern außerhalb von Eisenau. Vermutlich reisen sie morgen weiter nach Lerona. Wir müssen rasch zuschlagen!«

Plötzlich klopfte es an die Tür zu ihrem Hinterzimmer. Sie ging auf und der Wirt spähte ängstlich herein. Licht von den Öllampen auf dem Gang fiel in den schwach beleuchteten Raum.

»Was ist?«, zischte Bedar. »Ich sagte doch, wir wollen nicht gestört werden!«

»Entschuldigt! Vorn in der Gaststube sitzt ein Mann, der eine Botschaft für Larnad abgegeben hat!«

»Für Larnad! Und dir fällt nichts Gescheiteres ein, als hierher zu rennen! Bist du verrückt geworden?«

»Der Mann ist doch allein, und außerdem beobachten ihn unsere Leute. Ich habe ihm gesagt, dass ich keinen Larnad kenne. Da meinte er, das mache nichts, falls einer mit diesem Namen komme, solle ich ihm einfach die Botschaft überreichen. Er gab mir ein Goldstück dafür.«

Er zog die Münze aus der Hosentasche und hielt sie mit zitternden Fingern hoch.

Ungnädig musterte ihn Atela.

»Wie sieht der Mann aus?«

»Wenn ihr mich fragt, wie ein verkleideter Soldat. Er trägt die Kleider eines Landarbeiters und ist unbewaffnet, aber er bewegt sich wie ein Soldat. Ich würde ihm nicht über den Weg trauen.«

Larnad winkte ihn herbei.

»Gib mir diese Botschaft!«

Aus derselben Hosentasche holte der Wirt einen zusammengefalteten und versiegelten Brief hervor, der schon ganz zerknittert war. Larnad musterte das Siegel. Der Lack wies keine Prägung auf. Nirgendwo befand sich ein Hinweis auf den Absender. Der Brief bestand aus einem einzelnen Blatt Papier. Larnad breitete es vor sich aus und las. Gespannt beobachteten ihn die anderen. Mehrmals wanderten Larnads Augen hin und her, bald von Staunen geweitet. Sein Gesicht wurde aschfahl. Verdutzt strich er sich das kurze braune Haar straff aus der Stirn, den Brief ließ er sinken. Bedar sprang auf und stellte sich hinter ihn. Über Larnads Schulter hinweg blickte er auf das Blatt. In einer großzügigen, schwungvollen Handschrift stand dort in schwarzer Tinte geschrieben:

Leider kam ich nicht mehr dazu, dir die Lösung des Rätsels zu verraten: Der Bauer hatte dreißig Äpfel in seinem Korb und nicht achtzehn, wie du fälschlicherweise vermutet hast. Wahrhaftig, deine Rechenkünste waren fast so grauenvoll wie dein »Geschick« im Bogenschießen. Ich erinnere mich, als du vor lauter Wut über dein eigenes Unvermögen den herrlichen Bogen zerbrachst, der dir nicht einmal gehörte. Hoffentlich hast du dich in der Zwischenzeit gebessert, sonst sehe ich schwarz für die Zukunft von Leron.

»Wer kann es wagen, solche Worte an dich zu richten?«, bellte Bedar. »Das ist eine Unverschämtheit!«

Sona zog den Brief zu sich heran und las ihn gemeinsam mit Atela.

»Das ergibt keinen Sinn. Was hat das zu bedeuten?«

In Gedanken verloren starrte Larnad ins Nichts. Lange schwieg er.

»Es gibt nur einen Menschen auf der Welt, der diese Dinge wissen kann. Als Jüngling hatte ich meine liebe Mühe mit der Mathematik. Mein Onkel dachte sich Beispiele aus, die ich mir bildhaft vorstellen konnte, um mir zu helfen. Die Geschichte mit dem Bauer und den Äpfeln war eine Rechenaufgabe. Es war unser Geheimnis.«

»Dein Onkel ist seit siebzehn Jahren tot!«

»Er hat diesen Brief geschrieben, darüber besteht kein Zweifel. Es ist sein Tonfall und seine Handschrift.«

»Mach dir nichts vor, der Brief ist eine Fälschung«, entgegnete Atela. »Es ist nicht schwer, eine Handschrift nachzuahmen.«

Larnad schüttelte den Kopf.

»Ihr versteht nicht! Niemand außer Onkel Virgil hätte diesen Text verfassen können.«

»Dahinter steckt eine böse Absicht«, raunte Sona. »Die Mächte der Finsternis wollen uns prüfen.«

»Hol den Mann her, der dir die Botschaft gegeben hat«, befahl Larnad dem Wirt. »Pass auf, dass euch niemand folgt!«

Der Wirt verbeugte sich und verschwand.

Bedar ließ sich wieder auf seinem Stuhl nieder. Gespannt warteten sie auf die Rückkehr des Wirts. Nach kurzer Zeit klopfte es wiederum an die Tür. Der Wirt führte einen jungen Mann herein, der sich neugierig umschaute und jeden von ihnen eingehend betrachtete. Sein stolzes Gehabe wollte nicht recht zu den einfachen, mehrfach geflickten Kleidern passen, die er trug. Kerzengerade hielt er sich. Furchtlos schweiften seine Blicke durch den Raum, um endlich bei Larnad zu verharren, der ihm den Brief entgegenstreckte.

»Wer hat dich geschickt? Woher hast du dieses Schreiben?«

»Seid Ihr Larnad?«, fragte der Mann.

»Und wenn es so wäre?«

»Dann wüsstet Ihr, wer den Brief verfasst hat. Er lässt Euch durch mich seine besten Wünsche übermitteln.«

Seufzend rieb sich Larnad das Kinn.

»Ich kann Euch zu ihm bringen«, erklärte der Mann.

»Nein!«, fuhr Bedar dazwischen. »Wir gehen nirgendwohin. Ich lasse nicht zu, dass du in eine Falle läufst!«

»Könnte er hierher kommen?«, fragte Larnad.

»Vielleicht. Ich will ihn fragen.«

»Wie lange wird das dauern?«

»Die halbe Nacht.«

»Wir warten hier auf dich. Wenn es sein muss, bis zum Morgengrauen.«

»Gut. Gibt es einen Hintereingang zum Gasthof?«

»Ja«, nickte der Wirt. »Klopf dreimal an, und ich werde dir öffnen.«

Der Mann wandte sich zum Gehen. An der Tür drehte er sich um.

»Verfolgt mich nicht! Es wäre unklug.«

Verblüfft starrten ihm alle nach. Knarrend entfernten sich seine Schritte im Gang, dann kehrte Stille ein. Larnad wandte sich an Bedar.

»Unsere Leute müssen sofort Spähposten beziehen und die Umgebung überwachen. Sobald sich Soldaten nähern oder sonst etwas Merkwürdiges vorgeht, sollen sie das vereinbarte Signal geben. Bevor hier ungebetene Gäste erscheinen, sind wir längst verschwunden.«

Eilig stand Bedar auf und verließ mit dem Wirt das Hinterzimmer, um die Befehle weiterzugeben. Atela schlug mit der flachen Hand auf den Tisch. Ihre Augen blitzten.

»Auf drei Seiten umgibt dichter Wald die Herberge. Einzig die Straße lässt sich halbwegs überwachen. Wir haben zu wenige Leute hier.«

»Ich glaube nicht, dass wir einen Kampf ausfechten müssen.«

»Ja denkst du allen Ernstes, Fürst Virgil wird hier erscheinen?«

»Er ist tot, Larnad«, pflichtete ihr Sona bei.

Bedrückt schlenderte Larnad zum Fenster und schob den dunklen Vorhang einen Spaltbreit auf. Mondlicht erhellte die kleine Wiese hinter dem Gasthof. Finster dräuten die Umrisse der Stallungen vor dem sternenübersäten Himmel, gesäumt vom schwarzen Band des Waldes.

»Ich weiß nicht mehr, was ich glauben soll und was nicht. Jemand hat diesen Brief geschrieben, so viel ist sicher, und ich will erfahren, wer!«

»Eure Heiligkeit«, wandte sich Atela an Sona, »soll ich Euch in Sicherheit bringen? Ihr könntet hier in Gefahr geraten.«

»Nein«, wehrte Sona mürrisch ab, »wir bleiben. Die Sache erfordert meine persönliche Anwesenheit.«

Bald kam Bedar zurück und gesellte sich zu ihnen. Die Bewachung schien zu seiner Zufriedenheit vonstatten zu gehen. Der Wirt schloss den Gasthof, und die wenigen noch verbliebenen Gäste entschwanden in die Nacht. Sona holte ein kleines, mattschwarzes Gebetbuch hervor und las versunken darin. Lautlos formten ihre Lippen die Worte.

Um Mitternacht brachte der Wirt einen Krug Tee, eine Kanne Bier, Brot, Wurst und Käse, Becher, Teller und Besteck. Bedar machte sich hungrig über den Imbiss her, dazu trank er Bier. Sona aß nichts, doch sie nippte ebenfalls an einem Becher Bier. Larnad und Atela hielten sich an den Tee. Atela belegte eine dünne Brotscheibe mit wenig Käse und schnitt sie sorgfältig in mundgerechte Stücke, die sie sich eines nach dem anderen einverleibte. Larnad kaute am trockenen Brotanschnitt. Er vermochte keinen klaren Gedanken zu fassen.

Der geheimnisvolle Brief hatte ihn schmerzlich an längst vergangene Zeiten erinnert. Er hatte seinen Onkel Virgil über alles geliebt. Ern, Virgils jüngerer Bruder, hatte früh geheiratet. Larnad, Erns ältester Sohn, hatte noch vier Geschwister gehabt, zwei Schwestern, zwei Brüder. Bei Virgil hatte er die Ruhe gefunden, die in seinem Elternhaus fehlte.

Als der Krieg mit Schaaraoch ausbrach, war Larnad vierzehn Jahre alt gewesen, Virgil war damals fünfunddreißig, zwei Jahre älter als Ern. Er hatte vor kurzem geheiratet. Mit Verola, Virgils junger Frau, hatte sich Larnad gut verstanden. Sie hatte denselben scharfen Humor wie Virgil besessen, treffend, doch nie böse. Auf Virgils Burg hatte Larnad sich heimischer gefühlt als auf dem Gutshof seiner Eltern. Er hatte sich maßlos darüber geärgert, dass er nicht mit in die Schlacht ziehen durfte. Wie ein kleines Kind sollte er sich zu Hause verstecken!

Sein Vater wollte nichts von Larnads Bitten hören. Er befahl ihm, bei seiner Mutter und den Geschwistern zu bleiben. Beim Anblick des unheilverheißenden Ausdrucks auf Erns Gesicht gehorchte Larnad widerspruchslos. Ern zog mit Virgil in den Krieg, der bald das ganze Land verwüstete. Schaaraochs Truppen sengten und mordeten. Eine Spur der Vernichtung zeichnete ihren unaufhaltsamen Vormarsch.

Als Larnad erfuhr, dass Schaaraochs Armee vor Virgils Burg stand, hielt ihn nichts mehr. Er wollte seinem Vater und seinem Onkel in der Not beistehen. Jeder Mann zählte. Heimlich stahl er in Erns Waffenkammer einen Harnisch, einen Schild und ein Schwert, dann bestieg er sein Pferd und machte sich ohne ein Lebewohl auf den Weg.

Am nächsten Tag erreichte er Virgils Burg – vielmehr das, was davon noch übrig war. Ein Feuer hatte dort gewütet, der Stein war schwarz, alles Holz verbrannt, die Mauern waren eingestürzt. Berge von Leichen türmten sich im Innenhof und vor der Burg, wo ein furchtbarer Kampf getobt haben musste. Schaaraochs Soldaten schritten das Schlachtfeld auf der Suche nach Überlebenden ab. Fanden sie einen, der noch atmete, so gaben sie ihm den Gnadenstoß. Grauenvoll erklangen die Schreie in der totengleichen Stille des Morgens.

Larnad lag auf der Kuppe eines Hügels vor der Burg. Aus dem Schatten der Bäume spähte er hervor. Tränen liefen ihm über die Wangen. Wie mit glühenden Eisen brannte sich der Anblick in seine Seele. Blutüberströmt lagen die Gefallenen im niedergetrampelten Gras, dunkel dazwischen die Kadaver der Pferde. Der Rauch von Schwelbränden stieg in dünnen Fahnen in den nebelverhangenen Himmel. Ein Mann in einem grauen Mantel trat aus dem qualmenden Eingang der Burg. Er hielt die Krone von Leron in der linken Hand, achtlos fast, als wäre sie ein eitler Tand. Schweigend stand er dort inmitten der Erschlagenen, die Ruine der einstigen Burg im Rücken, und ließ die Blicke über das Schlachtfeld schweifen. Er wirkte gänzlich ungerührt, weder Triumph noch Bedauern zeigten sich in seiner Haltung. Vor dem Hintergrund dieses Massakers mutete seine Gleichgültigkeit furchterregend an.

Zitternd vor Angst kroch Larnad fort. Als er außer Sichtweite war, sprang er auf und rannte zu seinem Pferd. Virgil und Ern waren tot. Keiner der Verteidiger hatte diese Schlacht überlebt. Er musste die Familie warnen.

Er fand sie nicht mehr. Noch während des Kampfes hatte Schaaraoch seine Häscher ausgeschickt, alle derer von Leron zu ermorden. Das Volk hatte Virgil von Leron geliebt. Jeder Anverwandte stellte eine Gefahr für Schaaraoch dar.

Bei ehemaligen Bediensteten fand Larnad Schutz und Unterkunft. Er legte seinen Namen ab und alles, was an seine Familie erinnerte. Niemand suchte nach ihm. Vier von Erns Kindern hatten ihr Leben gelassen, keiner fragte nach dem fünften. Und als Virgils Leichnam öffentlich dem Feuer übergeben wurde, da stand er in der Menge, unerkannt in seinen schäbigen Kleidern, verzweifelt und weinend wie die anderen.

Ungläubig befühlte Larnad den Bogen Papier, der vor ihm auf dem Tisch lag, als gehöre er nicht in diese Welt. Er betastete die Erhebungen der getrockneten Tinte, die sich zu der Handschrift fügten, die er so gut kannte. Nochmals las er den Brief, betrachtete jedes Wort. Jeder Tintenstrich schnitt ihm ins Herz, schuf in ihm sein Gegenstück als Wunde.

Tief sog er den Atem ein, dann trat er ans Fenster. Hinter den Scheiben lauerte Finsternis. Gestalten huschten über die Wiese. Unwillkürlich zuckte er zusammen.

»Da ist jemand!«, wisperte er.

Atela drängte sich an seine Seite und blickte hinaus.

»Ich erkenne nichts.«

»Doch, da waren Leute. Vier oder fünf.«

»Du siehst wohl Geister!«

Gleich darauf klopfte es dreimal an die Hintertür. Erschrocken lauschten sie in die Stille. Der Wirt schaute zu ihnen herein, hob warnend die Hand, dann eilte er davon, um aufzumachen. Die Tür knallte krachend an die Wand. Schrill erklang das Wehgeschrei des Wirtes. Sie sprangen von den Stühlen hoch und wichen zurück. Atela und Larnad zogen die Schwerter.

Der Mann, der am Abend im Gasthof gewesen war, kam herein, gefolgt von vier Soldaten in den schwarz-grünen Uniformen Kelruns. Die Waffen gezückt, bauten sie sich im Raum auf.

»Wir wollen kein Blutvergießen«, erklärte einer der Soldaten. »Legt die Waffen nieder, und es wird euch nichts geschehen. Eure Späher haben wir gefangen genommen. Niemand wird euch zu Hilfe kommen. Seid vernünftig!«

Zögernd ließen sie die Schwerter sinken. Die Soldaten machten Platz für zwei weitere Männer. Beide trugen Lederrüstungen, die ihren ganzen Leib verhüllten, darüber Mäntel, die Kapuzen in die Stirn gezogen. Die Gesichter waren hinter Eisenmasken verborgen. Die Maske des größeren war mit schlichten Verzierungen geschmückt.

»Keren!«, schrie Bedar. »Das ist König Äneas. Wir sind verloren!«

Der kleinere Keren schlug den Mantel zurück, dann löste er die Lederbänder der Eisenmaske und nahm sie ab. Dickes goldfarbenes Haar wallte an sein Kinn. Eine Narbe verunzierte sein kalkweißes Gesicht, in dem silberne Augen glänzten. Er lächelte fast verlegen.

Larnad staunte. Er hatte noch nie einen Keren ohne Maske gesehen. Hässlicher und grauenerregender hatte er sie sich vorgestellt.

»Das ist Ion«, erklärte der größere Keren, »und ich bin Äneas, wie ihr richtig vermutet habt.«

Ein Schauer lief über Larnads Rücken. Der Atem stockte ihm. Diese Stimme kannte er nur zu gut.

Äneas schlug ebenfalls den Mantel zurück. Aschblonde Strähnen fielen ihm auf die Schultern. Unendlich langsam, wie es Larnad schien, nahm er die Maske ab, und plötzlich stand Virgil von Leron vor ihm. Die Züge waren unverkennbar.

Tränen stürzten aus Larnads Augen. Er schlug die Hände vor das Gesicht. Die Zeit stand still. Wie im Traum taumelte er auf Äneas zu und ergriff seine Hand. Er sank auf die Knie, drückte Äneas' Hand an die Wange.

»Onkel Virgil! Bist du es wirklich? Gepriesen seien die Götter!«

»Ich hielt dich für tot, Larnad.«

»Du bist um keinen Tag gealtert! Genau wie vor siebzehn Jahren siehst du aus, nur *anders*, verzeih mir!«

»Aber du bist erwachsen geworden. Virgil von Leron gibt es nicht mehr. Ich bin Äneas, Hauptmann der Keren.«

»Warum bist du dann hierher gekommen?«

»Ich will einen neuen Krieg verhindern. Wirst du mir dabei helfen, Larnad?«

»Das werde ich, Onkel. Was immer du wünschst!«

»Die Götter ließen ihn von den Toten auferstehen, damit er unser Land aus der Knechtschaft befreie«, verkündete Sona feierlich. »Lang lebe Virgil von Leron!«

Entgeistert starrte Atela ihn an. Bedar stand der Mund offen vor Staunen. Alle sanken sie auf die Knie und neigten die Häupter.

»Lang lebe Virgil von Leron!«, riefen sie wie aus einer Kehle.

Äneas seufzte. Das hatte er nicht gewollt! Er konnte nicht der ersehnte Erlöser sein, der das Volk von Leron in die Freiheit führte. Bloß den Krieg wollte er ihm ersparen. Nach einem Moment der Besinnung hob Äneas zu einer Erklärung an, wie er sich den Frieden mit Leron vorstellte. Larnad, Sona, Bedar und Atela hörten ihm aufmerksam zu.

◆ ◆ ◆

»Wer hätte geahnt, dass du solch ein Held in Leron bist!«, grinste Ion, als sie zurück in ihr Lager ritten.

Morgendämmerung erhellte den wolkenlosen Himmel. Die Luft war frisch und kühl, duftete nach feuchtem Gras. Vögel sangen in den Bäumen.

Äneas schenkte ihm einen traurigen Blick.

»Entschuldige«, murmelte Ion.

»Wir haben unser Ziel erreicht«, erklärte Äneas müde. »Es wird keinen Aufruhr geben.«

»Warum sollten sie auch gegen ihren eigenen geliebten Fürsten kämpfen? Du bist ein großes Wagnis eingegangen, als du dich entschlossen hast, hierher zu reisen. Freu dich! Es hat sich gelohnt.«

»Wir haben Zeit gewonnen, das ist alles.«

»Als König von Kelrun herrschst du auch über Leron. Deine Untertanen hoffen, dass du ihnen als Sohn ihres Landes die Unabhängigkeit zurückgibst.«

»Ich bin kein König; ich wache über den Thron von Kelrun, bis ein rechtmäßiger Nachfolger bestimmt ist.«

»Du machst deine Sache gut. Vielleicht wollen sie dich als König behalten.«

Ein Lachen entrang sich Äneas.

»Ein Keren als König? Ich bitte dich!«

»Meinen Segen hättest du.«

»Danke, dein Segen wird die Nachfolge nicht entscheiden. Außerdem will ich gar kein König sein.«

»Deshalb eignest du dich besonders dafür! Du könntest natürlich auch hier bleiben und deine alte Burg wieder aufbauen. Die Menschen würden dich anbeten.«

»Die Götter mögen mich davor bewahren!«

»Mir scheint, dein Heldentod hat dich in den Herzen des Volkes bereits zu einem gottgleichen Wesen erhoben.«

»Das war ich nie, und das werde ich nie sein.«

»Ich habe dich auch immer bewundert«, sagte Ion ehrfurchtsvoll.

Äneas knuffte ihn.

»Hör jetzt auf mit diesem Blödsinn! Lass uns nach Kirgon reiten. Viel Arbeit wartet auf uns.«

KAPITEL 9 Das Reich der Geister

»Ein rechter Ochse braucht den Schlamm nicht zu scheuen.«

Morad N., Landwirtschaft und Bewusstsein, Band 3.
Praktischer Nutzen der daimonologischen Erkenntnistheorie am Beispiele der zukunftsorientierten Viehhaltung.
Volksbibliotheken Tylegro, Reg. 331.C.

Lutz knöpfte das Hemd zu und stopfte die Schöße in den Hosenbund, dann zog er die Schuhe an. Er hatte sich gewaschen und rasiert. Sogar den Schnurrbart hatte er abgenommen. Gestern, als er zum ersten Mal aufgestanden war, hatte der Barbier sein graues Haar geschnitten. Er kämmte es glatt zurück.

Lonora saß im Lehnsessel vor dem Fenster, die Beine übereinander geschlagen. Die Sonne strahlte warm herein, beleuchtete den Tisch, auf dem sich die kargen Reste eines üppigen Frühstücks ausbreiteten. Wohlwollend musterte sie Lutz.

»Du siehst viel jünger aus ohne diesen Bart«, bemerkte sie.

»Tatsächlich?«

Stirnrunzelnd rieb er sich das glatte Gesicht.

»Ungewohnt, doch angenehm.«

»Wie fühlst du dich?«, fragte Lonora.

»Ausgezeichnet!«

Prüfend tastete Lutz nach dem dünnen Verband um seine Brust, der unter dem Hemd nicht zu sehen war. Die Wunde hatte sich geschlossen, die Entzündung war abgeklungen und mit ihr auch das Fieber. Dennoch musste er sich schonen. Eigentlich hatte er von dem Paradin eine heftigere Wirkung erwartet, aber er konnte zufrieden sein. Die Heilung war vollbracht. Entgegen seinen Erwartungen war er bereits einen Tag nach Einnahme des Paradins kurz aufgewacht, ebenso an den beiden folgenden. Fast vier Tage lang hatte er ruhig geschlafen. Er hatte vermutet, er werde durch das Paradin in tiefe Bewusstlosigkeit fallen, doch diese Wirkung war nicht eingetreten. Lonora hatte ihm versichert, dass die Zusammensetzung und die Dosierung des Paradins genauestens den Anweisungen entsprächen. Lutz' Reaktion schien sie nicht sonderlich zu verwundern. Schließlich hatte seit über zweihundertfünfzig Jahren niemand mehr Paradin verwendet, die Aufzeichnungen darüber stammten aus einer Zeit des Krieges, und alle Soldaten, denen man es verabreicht hatte, waren sehr viel jünger als Lutz gewesen. Lonora hielt es für denkbar, dass ein älterer Mensch anders darauf ansprach. Es gab keine Berichte über solche Fälle, die man zu Rate ziehen konnte.

Lutz setzte sich Lonora gegenüber in den zweiten Lehnsessel. Er schenkte Tee nach, dann nahm er den Tabaksbeutel und die Pfeife vom Fenstersims und stopfte sie. Mit einem Schwefelholz zündete er sie an. Missbilligend schüttelte Lonora den Kopf.

»Du solltest besser noch warten mit dem Rauchen. Das tut dir nicht gut.«

Verzückt schloss Lutz die Augen, als er den Rauch einsog und durch die Nase wieder ausblies. Tabakqualm umnebelte ihn, leuchtend weiß im Sonnenlicht.

»Genau das habe ich vermisst.«

»Sirad hat Recht. Daimonen sind die unvernünftigsten Kranken.«

»Die wenige Zeit, die ich noch habe, werde ich nicht damit verschwenden, mir das Rauchen abzugewöhnen. Was schätzt du – wie lange hält mein Zustand an?«

»Schwer zu sagen. Dein Körper hat ungewöhnlich zurückhaltend auf das Paradin reagiert. Es könnte länger oder auch kürzer dauern, bis der Zusammenbruch eintritt. Etwa zwei Wochen, mit mehr würde ich nicht rechnen, und davon sind fünf Tage bereits vergangen.«

»Das muss reichen.«

»Was hast du jetzt vor?«

»Ich will das Reich der Geister aufsuchen und herausfinden, was mit Haldur geschehen ist. Du kannst nach Angantur zurückreisen, wann immer du möchtest. Dein Versprechen hast du gehalten. Ich bin dir mehr als dankbar.«

Lonora brummte.

»Nein, ich bleibe vorläufig hier.«

Ein Lächeln erhellte Lutz' Gesicht.

»Um ehrlich zu sein, ich hatte gehofft, du würdest das sagen.«

»Soll ich mit in das Reich der Geister kommen?«

»Das ist nicht nötig, aber du könntest über mich wachen, es wäre mir eine Beruhigung.«

»Natürlich. Das Reich der Geister wird dir eine entsetzliche Anstrengung abverlangen. Vielleicht solltest du noch ein, zwei Tage warten.«

»Du weißt selbst, dass wir uns das nicht leisten können. Außerdem fühle ich mich sehr gut.«

»Dein Wort in Eldreds Ohr!«

Wohlig seufzend rekelte sich Lutz im Sessel. Das reichhaltige Frühstück, das er eingenommen hatte, machte ihn angenehm träge. Er blinzelte hinaus in den strahlend blauen Himmel über den Dächern von Kirgon.

Sein Zimmer ging nach Osten, wo sich das Handwerkerviertel befand. Weiter hinten sah er den tiefgrünen Hügelkamm, über den er und Xander mit Äneas vor vielen Wochen hierher geritten waren. Damals hatte es in Strömen geregnet.

»Mir geht es so gut wie seit langem nicht mehr. Wahrscheinlich liegt es am Paradin, aber es ist ein Genuss. Nach so langer Krankheit plötzlich gesund zu sein, ist einfach wundervoll. Das Leben erscheint mir so leicht, als könne es ewig dauern. Ich verspüre solche Freude! Der Tod macht mir keine Angst.«

Ein Schwarm Vögel flatterte aus dem Wald empor, eine Welle tanzender schwarzer Punkte, die nach Süden entschwanden. Die dichten Wälder Kelruns mussten wunderschön sein im Sommer. Im Norden gab es unzählige Seen, klar und kühl, blank wie Spiegel unter dem wolkenlosen Firmament, eingerahmt vom Schatten der Bäume. Lutz wünschte, er könnte eine letzte Reise unternehmen zu den Bergen des Nordens. Unbeschwert wollte er durch die Wälder streifen, und nichts außer dem Lauf der Sonne sollte seinen Tag bestimmen.

»Gerne würde ich nach Norden wandern«, sagte er, »nur so, ohne einen Plan.«

Gelassen zuckte Lonora die Schultern.

»Dann tu das!«

»Erst muss ich mich um Haldur kümmern.«

»Vielleicht bleibt nachher noch Zeit. Ich würde dich gerne begleiten, wenn du erlaubst.«

»Es wäre mir ein Vergnügen.«

»Ich werde dich nicht davon abhalten, in das Reich der Geister zu gehen«, erklärte Lonora, »ich verstehe, dass du deinem Freund helfen willst. Du weißt selbst, worauf du dich einlässt.«

»Ja«, erwiderte Lutz bedrückt.

Eine Welt aus Nebeln erstreckte sich in die Unendlichkeit. Nebel war die Ahnung eines Grundes, Nebel die Illusion von Luft und Himmel. Schwärze zuckte darin auf, als wolle die ganze Welt brechen, zerreißen wie ein Stück Papier. Stille herrschte. Ein Traum von Wind rieb die Nebel aneinander, ließ sie kreisen als gigantische Scheiben. Das Tor in das Reich der Geister.

Lutz wollte sich nicht aufhalten, obwohl ihn der Anblick jedes Mal in Bann zog. Hier gab es keinen Anfang und kein Ende, kein Ziel. Nichts war, und alles begann auf ewig.

Es kostete ihn große Mühe, das Tor hinter sich zu lassen. Viele strandeten hier, bis sie von den Geistern durch das Tor gezogen wurden und an einem Ort landeten, den sie lieber nicht besucht hätten, denn das Tor in das Reich der Geister war kein Ort, sondern ein Zustand.

Bald wandelte sich das Bild, und Lutz war dort, wohin er sich befohlen hatte. Furcht ergriff ihn. Er hielt inne und zwang sich zur Ruhe. Hier durfte er keine Schwäche zeigen, sonst war er verloren. Jeder Gedanke von ihm würde Gestalt annehmen.

Für einen kurzen, kostbaren Augenblick erlaubte er sich, seine Umgebung zu betrachten. Er sah eine Welt aus Farben, die wogten, miteinander verschmolzen und auseinander trieben. Ein flammendes Meer der Kraft. Kein Gesetz herrschte hier außer dem des Seins, und er war Teil davon.

Unter Aufbietung all seines Willens schuf Lutz das Abbild von sich selbst und einen Ort, dessen Anblick er ertragen konnte. Erleichtert blickte er an seinem wiederentstandenen Körper hinab. Er schlenderte zu der verwitterten Holzbank am Waldrand und setzte sich. Kiefern ragten in seinem Rücken empor. Zu Füßen der Anhöhe erstreckten sich goldgelbe Weizenfelder. Neben der Bank führte ein schmaler Pfad talwärts, schnitt durch den Wald bis zur Brücke über den Fluss. Am anderen Ufer stand der Gutshof seiner Familie, in dem er aufgewachsen war.

Solange er das Bild aufrechterhalten konnte, müssten sich die Geister ihm fügen. Sie konnten ihm hier, in der ihm so vertrauten Gegend, nicht viel anhaben. Lutz brauchte die Geister und wünschte ihr Kommen. Sie allein konnten ihm Auskunft über Haldurs Verbleib geben.

Geduldig wartend betrachtete er das Gut seiner Familie. Ehrfurcht heischend lagen die drei Flügel des riesigen Hauses inmitten des Parks, wohl abgeschirmt von den Feldern. Im Osttrakt sah er die Fenster seines Zimmers. Beinahe glaubte er, bald sich selbst zu erblicken, als ernsten jungen Mann. Ein Vorhang schien sich zu bewegen, kaum zu erkennen auf die Entfernung. Grauen überkam Lutz.

Das Rascheln von Blättern riss ihn aus seinen Gedanken. Zweige knackten. Gespannt wandte Lutz sich um. Eine alte Frau trat aus dem Wald und humpelte auf einen Stock gestützt zu ihm herüber. Sie trug einen weiten grünen Rock, einen löchrigen hellgelben Pullover und die Jacke eines Mannes, deren Ärmel sie umgeschlagen hatte. Ihre Beine steckten in dicken Wollstrümpfen, die Füße in schweren Schuhen. Krauses weißes Haar hing wirr in das faltige Gesicht. Aus kleinen, pechschwarzen Augen funkelte sie ihn missgelaunt an, dann stieß sie ihn grob mit ihrem Gehstock an.

»Mach Platz! Ich bin müde und will mich setzen.«

»Halt den Mund!«, befahl Lutz. »Wer bist du?«

»Was für eine blöde Frage! Du kennst mich doch, die alte Heta bin ich, vom Obinger Hof. Wie redest du überhaupt mit mir? Ihr Mernitzer glaubt wohl, ihr könnt euch alles erlauben! Verdammtes Pack, das ihr seid!«

»Zeig dich!«, zischte Lutz.

Wütend schnaubte ihn Heta an. Sie hob den Stock, als wolle sie auf ihn einprügeln. Lutz ließ sich nicht beeindrucken. Heta keuchte und schnaufte. Schweiß trat ihr auf die Stirn. Dunkelheit begann in ihr zu glimmen, strahlte aus den Falten der Haut, verwischte die Umrisse ihres gebückten Körpers. Unstet schimmerte sie, wie ein Bild, das ständig neu erschaffen wurde und nie ganz gleich gelang. Blitzende Funken huschten über ihre Gestalt. Weit riss sie die Augen auf, als könne sie ihn mit ihren Blicken vernichten.

»Bete zu deinem Gott, wenn du denn einen hast, dass du mich niemals sehen wirst!«, antwortete Heta mit völlig veränderter Stimme. Hohl dröhnte sie, aus fernen Tiefen, wo der Widerhall tausend anderer Stimmen in ihr mitschwang. »Ich bin der Wächter.«

Freudig überrascht musterte Lutz sie. Das hatte er kaum zu hoffen gewagt. Den Wächter hatte er gerufen, doch er hatte nicht erwartet, ihn so rasch zu finden. Man konnte ihn nicht herbeibefehlen, er kam, wann es ihm gefiel.

»Wächter, ich suche einen Freund. Er ist unfreiwillig zu euch gelangt und findet den Weg zurück nicht mehr. Ich will ihm helfen.«

»Was ihr Menschen wollt und was nicht, ist uns Eines. Ich bin der Wächter, ich sehe, ich wache.«

»Dann sag mir, wo er ist!«

»Ich erkenne den Mann, von dem du sprichst, in deinen Gedanken.«

»Ja?«, drängte Lutz.

»Ich bin der Wächter, ich sehe, ich wache.«

Verzweifelt rang Lutz um Gelassenheit. Er durfte sich nicht verärgern lassen, sonst war er dem Wächter ausgeliefert.

»Sag mir, was mit ihm geschehen ist! Lebt er noch?«

»Leben. Ich bin der Wächter, ich bin ewig. Der Mann, von dem du sprichst, ist fort.«

»Fort! Ist er tot?«

»Nein, er ist Eines.«

Erleichtert atmete Lutz auf.

»Wo ist er?«

»Die Jäger haben ihn. Mehr weiß ich nicht.«

Schrecken packte Lutz. Sein Herz tat einen Sprung, der ihm die Luft raubte. Sofort löste sich seine Umgebung auf. Der Wald und die Weizenfelder erzitterten, wurden durchsichtig. Die Gestalt der alten Frau verfinsterte sich, wandelte sich in eine Woge von Schwärze. Lutz sammelte seinen Atem und konzentrierte sich. Qualvoll langsam schärfte sich das Bild wieder, das er geschaffen hatte.

Die alte Frau stieß ein schadenfrohes Lachen aus.

»Du kennst die Jäger! Ich bin der Wächter, ich sehe, ich wache, doch die Jäger sind außerhalb meines Reiches. Warum bist du frei, wenn du sie kennst? Sie sind die Jäger, sie jagen, es ist, was sie tun. Du bist Beute.«

»Ruf sie her!«

Lachen schüttelte die Frau.

»Die Jäger? Welch eine verrückte Kreatur du bist! Sie werden dich jagen, es ist, was sie tun. Sie sind die Jäger.«

»Ich muss mit ihnen reden. Hol sie her!«

»Das kann ich nicht. Sie sind außerhalb meines Reiches. Niemand kann die Jäger rufen. Sie kommen.«

»Dann werde ich auf sie warten.«

»Hierher kommen sie nicht. Sie mögen keine Spiele. Sie sind die Jäger.«

»Wo kann ich sie antreffen?«

»Unseliges Geschöpf! Wie dumm du bist! Geh zu den Klüften. Bald werden sie dich wittern.«

»Danke, Wächter.«

Kopfschüttelnd schlurfte die alte Frau in den Wald und verschwand zwischen den Bäumen. Blätter raschelten, dann kehrte Ruhe ein. Nachdenklich lehnte sich Lutz auf der Bank zurück. Es half alles nichts. Einzig die Jäger konnten ihm Auskunft über Haldurs Verbleib geben. Von ihnen gefunden zu werden war leicht, sie wieder loszuwerden unmöglich. Er musste sich einen guten Plan zurechtlegen, wenn er jemals wieder in seine Welt zurückkehren wollte.

Die Ironie seiner Lage rang ihm ein bitteres Lächeln ab. Jeder Daimon, der noch bei Verstand war, hütete sich davor, in die Nähe der Jäger zu geraten. Sie waren der Preis, den die Unvorsichtigen und die Tollkühnen zahlten. Unbesonnene Taten setzten sie auf die Spur, Anmaßung war die Fährte, der sie folgten.

Nie hatte er sie getroffen, er kannte sie nur vom Hörensagen. Manche, die sie für eine Legende gehalten hatten, waren von ihnen gefangen worden und hatten für ihre mangelnde Ehrfurcht gebüßt. Die Jäger ließen keinen mehr fort. Sie machten Beute.

Der einzige Mensch, der jemals mit ihnen gesprochen hatte und den sie hatten ziehen lassen, war Schaaraoch gewesen, soweit Lutz wusste. Er hatte ihm von ihnen erzählt. Womit er sich die Freiheit erkauft hatte, wollte er ihm nicht verraten. Die Jäger zogen nicht ohne Beute ab.

Nach langen Überlegungen gab Lutz das Abbild seiner alten Heimat auf und befahl sich zu den Klüften.

Messerscharfer Fels ragte neben ihm empor, reichte ferner hinauf als in den nicht vorhandenen Himmel. Nebel wallten über einem unsichtbaren Grund, der den Stein auszuspeien schien. Nur die Törichten kamen hierher. Das Felslabyrinth war ihr Gefängnis.

Gesichter tauchten in den Dünsten auf, wisperten, als sie ihn neugierig beobachteten. Lutz beachtete sie nicht. Sie konnten ihm nichts anhaben. Er würde Haldur befreien, und wenn er sein eigenes Leben dafür geben musste. Sehnsüchtig wünschte er die Jäger herbei. Vielleicht hörten sie ihn.

Endlos wartete er. Die Geister in den Dünsten drängten heran, suchten sich einen Weg zu bahnen. Immer mehr wurden es. Die Tatsache, dass sie nicht zu ihm vordringen konnten, schien sie weiter anzustacheln.

Finsternis senkte sich herab. Angsterfüllt rissen die Geister die leeren Augen auf, sogen Nebel ein. Nacheinander verschwanden sie. Schwarze Schwingen sanken über die Klüfte, und in ihrem Hauch verging der Fels.

Ein Ring aus Feuer loderte um Lutz empor. Als undurchdringliche Wand schlugen die Flammen hoch, glühten in allen Rottönen, von blassem, kaltem Rosa über sengendes Granatrot bis zu tiefem Violett. Die Farben kreisten im Sog ihrer eigenen Kraft, bildeten gleichsam eine hohle Säule, in deren Mitte Lutz eingeschlossen war. Nichts sah er mehr außer dem Feuermeer, das sich um ihn in die Unendlichkeit erstreckte.

Flüchtig tauchten Umrisse in dem flackernden Rot auf, blaue und schwarze Linien, die sich nicht zu einem Ganzen fügen wollten. Ein Ton erklang, ein tiefes Rauschen, als ob viele Stimmen zugleich sprächen, und für einen Moment glaubte Lutz, Gestalten zu erkennen. Rot in Rot formten sie sich in dem Feuermeer, gelb glomm Licht auf ihnen. Sie trugen Kleider und Waffen, wie er sie nie zuvor gesehen hatte. Ernst waren ihre Gesichter, erfüllt von Trauer.

Der Anblick überwältigte Lutz. Er wollte die Hand nach ihnen recken, als könne er damit das Wunder greifen, das sich ihm offenbarte. Das Rauschen verebbte, und eine einzelne Stimme sprach:

»Du hast uns gerufen. Niemand ruft uns. Wir sind die Jäger.«

KAPITEL 10

Bengzar

In sattem Grün erstreckten sich Ölbaumhaine in der Ebene, eingerahmt von den fernen Berghängen der West-Daren. Gelb waren das Gras und die trockene Erde, ausgebleicht vom Sommer; die runden Kronen der Ölbäume spendeten wohltuenden Schatten. Im Westen ragte eine Anhöhe sanft empor, an deren Fuß und Flanke man eine Stadt errichtet hatte. Eng reihten sich die Häuser in der Ebene aneinander; je weiter der Hügel anstieg, desto ferner standen sie auseinander, umgeben von prachtvollen Gärten. Die flachen Dächer hatten Terrassen. Weiß und blau strahlten die verputzten Fassaden, ein Meer aus lichten Würfeln. Akazien und Palmen zierten die Gassen. Wie ein Juwel glitzerte Bengzar in der goldenen Ebene.

Auf der ungepflasterten Straße, die quer durch die Ebene zur Stadt führte, fuhren Ochsenkarren. Daneben wanderten Gruppen von Pilgern, die blauen Kutten von Staub bedeckt. Zum Schutz vor der Sonne hatten sie blaue Tücher um die Köpfe gewunden. Gebückt schritten sie voran, schleppend und müde, als würde der Weg umso mühseliger, je näher sie ihrem Ziel kamen. Manche rasteten unter den Ölbäumen. Dort liefen emsig Händler umher, die ihnen Wasser, Feigen und Orangen anboten.

*»Die Sonne geht auf, ob ihr es wünscht oder nicht.
O Unselige, wollt ihr denn der Sonne befehlen?«*

Herionsbuch der Weisheit, Psalm 107, ca. 1390 n. A. D.
Bibliothek der zeitgenössischen Kulte, Ereat, Reg. 923.E.

Erbarmungslose Hitze herrschte in Süddahl im Sommer. Bengzar zog Scharen von Besuchern an, die meisten gläubige Jünger, von denen viele keine Erfahrung mit derartigem Klima hatten. Auch Neugierige, Abenteurer, Scharlatane und fliegende Händler reisten hierher, in der Hoffnung, mit der Leichtgläubigkeit anderer Geld zu verdienen. Die Straßen Bengzars quollen über von geheimnisvollen Männern und Frauen, die Wundermittel, Talismane und geheimes Wissen verkauften, und von Bettlern, die sich sagten, wer gläubig sei, müsse auch mildtätig sein, was sich oft auszahlte. *Marata* wurden die Händler mit allerlei Wunderwerk genannt. Die Einheimischen schüttelten die Köpfe über sie, doch sie schienen gute Geschäfte zu machen. Jedes Jahr gab es mehr von ihnen, und immer ausgefallenere Salben, Tränke, Weisheiten, Tücher und Amulette boten sie feil. Zu Zeiten befand sich die Innenstadt von Bengzar in einem wahren Belagerungszustand der Marata.

Weder die Marata noch die Bettler hatten Zutritt zu dem Gebiet oben am Hügel. Wächter schützten die Bewohner vor allen Belästigungen. Hier lebten alteingesessene Familien und jene, die es sich leisten konnten.

Die Straße, die aus Südwesten kam, führte mitten in die Innenstadt bis zum Marktplatz. Von dort wies eine weitere Straße nach Westen, umrundete den Fuß des Hügels. Jenseits der Stadtgrenzen lagen Obstplantagen: Orangen, Zitronen und Datteln wurden hier angebaut. Die durch ausgeklügelte Anlagen bewässerten Felder waren reich und fruchtbar und Brutstätte zahlreicher Mückenschwärme, die im Sommer Bengzar heimsuchten wie eine göttliche Plage. Der Weg wand sich durch die grünen Haine bis zu einem hohen Tor aus drei massigen Holzbalken. Fein verschlungene Schnitzereien schmückten flächig das von der Sonne dunkel gebrannte Holz: Ranken und Blüten, verwoben mit Tieren und vielgestaltigen Fabelwesen. Jeder Reisende konnte leicht neben dem Tor passieren, es gab keinerlei Schranken oder Zäune, doch alle, die zum See der Träume wollten, schritten durch das Tor. Es strahlte eine absonderliche Kraft aus, als gelange man dadurch in eine Welt, die verschlossen blieb, wenn man es umging.

Viele Jünger sanken vor dem Tor in die Knie, dann standen sie auf und küssten es, bevor sie ihren Weg fortsetzten. In Kopfhöhe war das Holz abgeschabt und glatt poliert von den abertausenden, die hier ihre Demut gezeigt hatten.

Das Gebiet hinter dem Tor gehörte zum Palast von Bengzar. Hier gab es keine Plantagen, weder Felder noch Behausungen. Bald begann ein dichter Zedernwald. Die riesigen Zedern schienen die vertrauten Größenverhältnisse aufzuheben. Verschwindend klein wirkte die Straße neben den Stämmen und dem buschigen Astwerk, schmaler denn ein Trampelpfad. Zwergenhaft waren die Wanderer unter den Bäumen, verlorene Kinder, die sich in das Land der Giganten verirrt hatten.

Verschlungen führte die Straße durch den urtümlichen Wald. Weder Baum noch Strauch waren für sie gerodet worden, keine Unebenheit war abgetragen, kein Stein versetzt. Der Zedernwald und alle Geschöpfe, die darin lebten, waren heilig. Es galt als Frevel, den Wald zu betreten; einzig die Benützung der Straße war gestattet, die gleichsam in andere Zeit und anderen Raum zu gehören schien.

Ehrfurchtsvoll wanderten die Besucher unter den Zedern nach Nordwesten, hielten manchmal inne, um dem Gesang eines Vogels zu lauschen oder den Blick in die Wildnis schweifen zu lassen. Nur im Flüsterton unterhielten sich die Pilger, als könne jedes laute Wort Unheil heraufbeschwören.

Schließlich ließ die Straße den Wald hinter sich. Hier befand sich ein weiteres Tor, dieses aus Stein und ohne Querverstrebung. Zwei schmucklose weiße Pfeiler, jeder mehr als zwei Mann hoch, flankierten den Weg. Sie eröffneten einen majestätischen Ausblick, der schon von manchem Dichter besungen worden war, doch die Wirklichkeit übertraf selbst die schwärmerischsten Schilderungen.

Ein kurzes Stück unterhalb des Waldes, in einer natürlich entstandenen Senke, glänzte ein ovaler See. Klar war sein Wasser, wie ein Spiegel strahlte es im hellen Blau des Himmels, warf das Abbild der Bäume zurück, die ihn umringten. Im Norden und Westen wuchs dichtes Schilf.

Sowohl der See wie auch der Zedernwald galten als Naturwunder in der trockenen Gegend von Süddahl. Man vermutete, dass der See durch eine unterirdische Quelle gespeist wurde und einen ebensolchen Abfluss hatte. Es gab keinen sichtbaren Zustrom und keinen erkennbaren Weg, den das Wasser nahm. Erst zwei Forscher hatten es im Lauf der Jahrhunderte gewagt, in den See zu tauchen, und beide hatten ihre Neugierde mit dem Leben bezahlt. Die Priester Herions wussten wohl mehr, aber sie hüteten das Geheimnis und teilten ihre Erkenntnisse mit keinem.

Rechts vom Ufer erhob sich der Hügel von Bengzar, auf dessen gegenüberliegender Seite die Stadt lag. Hier über dem See thronte einsam der Palast von Bengzar, errichtet aus weißem Stein, der blendend unter der Sonne gleißte. Hinter dem Palast krönte eine lange Mauer die Anhöhe, schirmte ihn zur Stadt hin ab. In der Mitte der Anlage stand ein quadratisches Gebäude, von dem aus eine breite weiße Treppe zum Ufer hinabführte, die von brusthohen weißen Mauern flankiert war. Ein einzelnes Tor durchbrach die Vorderfront, eingerahmt von zwei quadratischen Brunnen, aus denen Wasser durch

Rinnen auf den Mauern bis zum See floss. Das eiserne Tor war stets verschlossen. Dunkelhäutige Söldner in schwarzen Rüstungen hielten davor Wache. Sie kontrollierten jeden, der hineinwollte, und jeden, der herauskam. An beiden Flanken des Hauptgebäudes standen parallel zueinander je zwei lange Nebengebäude aus demselben weißen Stein.

In der Festungsmauer auf der Hügelkuppe gab es ein weiteres Tor, das hinter dem Hauptgebäude lag und vom See her nicht zu erkennen war. Dahinter führte eine Straße zum Stadtrand von Bengzar und weiter in nördlicher Richtung. Den Besuchern war jene Straße verboten. Das Tor öffnete sich nur für Lieferanten, die Waren in den Palast brachten. Alle anderen mussten sich dem Heiligtum Herions durch den Zedernwald zu Fuß nähern. Auf diese Weise wurde die Ruhe des Sees gewahrt; kein Bierkutscher oder Gemüsehändler brach die Konzentration der Jünger und das Staunen der Besucher.

Hunderte von Jüngern waren unterwegs, die Kutten strahlend blau wie der See. Ein Band von knienden Gestalten säumte dessen Ufer unterhalb des Tempels. Einzelne standen nackt hüfttief im Wasser. Sie schöpften Wasser mit silbernen Bechern, die an Ketten um ihre Hälse hingen, schütteten es sich rhythmisch über die Schultern und das Haupt, dann falteten sie die Hände und neigten sich so tief, dass ihre Köpfe eintauchten.

Gelegentlich konnte es geschehen, dass einer bewusstlos zusammenbrach, sei es durch Luftmangel, Verzückung oder eine besondere Kraft des Sees. Die Männer und Frauen neben dem Unglücklichen kümmerten sich nicht um ihn; Herionsjünger, die weiße Holzperlenketten über den Gewändern trugen, eilten herbei und fischten den Ohnmächtigen aus den Fluten. Jene erfüllten besondere Aufgaben. Gemessenen Schrittes wandelten sie zwischen den Gläubigen und den Besuchern, kümmerten sich um alles und jeden. Nichts entging ihrem prüfenden Blick. Sie wiesen Jünger zurecht, denen die Meditationsstellungen nicht gelingen wollten, und tadelten Besucher, die durch lautes Gerede oder Gelächter die Andacht störten.

Vielleicht zwei Dutzend blaue Gestalten scheuerten die große Treppe und den Platz vor dem Tempel, weitere reinigten die Brunnen und polierten die Wasserrinnen mit weichen Lappen und Bürsten. Andere eilten in die langen Gebäude hinein oder aus ihnen heraus. Sobald sich eine Priesterin oder ein Priester zeigte, was nicht oft vorkam, warfen sich alle zu Boden und drückten die Stirn in den Staub, bis die Heiligkeit vorübergegangen war. Einzig die Söldner vor den Tempeltoren brauchten sich nicht zu verneigen, denn sie sollten stets wachsam bleiben. Am See der Träume herrschte strenge Ordnung, der sich auch ungläubige Besucher unterwerfen mussten.

◆ ◆ ◆

»Mit diesem See stimmt etwas nicht«, wisperte Skarg.

»Wieso?«, flüsterte Doran, ohne den Kopf nach ihm zu wenden. »Er sieht harmlos genug aus.«

»Schau den Himmel an!«

Doran blickte hoch. Kleine weiße Wolken zogen über das stahlblaue Firmament.

»Ja und?«

»Der See«, presste Skarg zwischen den Zähnen hervor, »er spiegelt den Wald, aber die Wolken nicht.«

Stirnrunzelnd musterte Doran nochmals den Himmel, dann das Wasser. Gestochen scharf reflektierte es die Umrisse der Zedern und das Gebüsch am Ufer, doch mehr nicht. Leises Grauen überlief sie. Sie stand auf und ging die paar Schritte zum See. Sanfte Wellen schlugen an die Steine am Rande der gepflegten Wiese. Nur unmerklich regte sich das Wasser; es war windstill. Kiesel glänzten auf dem Grund des Sees. Sie beugte sich vor und sah die Spiegelung der als Uferbegrenzung aufgetürmten Steine, doch ihr Antlitz sah sie nicht. Verblüfft streckte sie den Arm aus, schwenkte ihn hin und her, als könne sie mit der Bewegung das Rätsel lösen, und plötzlich tauchte das Bildnis eines Mannes in einer blauen Kutte im See auf. Er lächelte milde. Doran zuckte zusammen, das Herz wollte ihr stehen bleiben. Als sich eine Hand auf ihre Schulter legte, fuhr sie herum. Der Mann aus dem See stand hinter ihr.

Die weiße Holzperlenkette wies ihn als Lehrer aus. Sein schütteres Haar war weiß vom Alter, das sich in den tiefen Falten seines gebräunten Gesichts offenbarte. Seine dünnen Lippen formten ein Lächeln, doch seine Augen blieben leer. Entrückt blickten sie, fast abwesend.

»Herions Wasser spiegeln, was ihnen gefällt, meine Tochter«, sagte er. »Dinge, die sind, andere, die einst waren, und solche, die erst kommen, für jene, die sehen können.«

Mit offenem Mund gaffte Doran ihn an.

»Danke, dass Ihr Eure Weisheit mit mir teilt, edler Vater«, erwiderte sie kleinlaut.

Er schenkte ihr ein Nicken, dann ging er weiter.

Doran kehrte um und setzte sich wieder neben Skarg ins Gras, der versucht hatte, die Szene teilnahmslos zu beobachten.

»Nichts und niemand könnte mich dazu bringen, auch nur einen Zeh in diesen See zu halten«, wisperte Doran.

»Sei in Zukunft etwas vorsichtiger!«, zischte Skarg mit verhaltener Wut. »Ich dachte schon, es sei um uns geschehen, als der Alte auftauchte!«

»Wir sind Jünger der ersten Stufe der Erkenntnis. Es ist ganz natürlich, dass wir uns umsehen.«

»Ich will trotzdem kein Risiko eingehen!«

»Dann hättest du gar nicht mitkommen sollen.«

»Schon gut!« Er seufzte. »Ich habe ein schlechtes Gefühl bei dieser Sache. Lass uns vorsichtig sein!«

Forschend musterte Doran Skargs sonnenverbranntes Gesicht, das dem See zugewandt war. Er sah besorgt aus.

»Was ist los?«

»Nichts. Mir schwant Übles, das ist alles.«

Betont gelassen drehte Doran sich um und betrachtete den Palast, der hinter ihnen emporragte. Zwei Söldner bewachten das Tor des Hauptgebäudes, in den Händen hielten sie Lanzen. Ein Jünger mit kahlgeschorenem Schädel näherte sich, der einen Weidenkorb trug. Die Wächter durchsuchten den Korb, dann schienen sie den Jünger zu befragen. Er schlug den linken Ärmel der Kutte hoch und zeigte ihnen sein Brandmal. Schließlich öffneten sie ihm, und er verschwand hinter den eisernen Flügeln.

»Ich wünschte, wir wüssten, ob Akàra hier ist.«

»Wir können wohl kaum anklopfen und nach ihr fragen«, brummte Skarg. »Xander wird bald herausbekommen, wo sie steckt. Falls sie von Kelrun aus auf direktem Wege hierher gereist ist, muss sie schon seit zwei bis drei Wochen zurück sein, und wenn nicht, können wir einpacken.«

»Xander muss verrückt sein, ein solches Wagnis einzugehen.«

»Wir haben keine andere Wahl; wir müssen erfahren, ob sie sich in Bengzar aufhält und wo sie die Paralle versteckt hat. Es wird schwer genug sein, in das Hauptgebäude einzudringen. Um den ganzen Trakt zu durchsuchen, haben wir weder die Zeit noch die Gelegenheit.«

»Ja«, pflichtete Doran ihm bei.

Mit gekreuzten Beinen saßen sie im Gras, die Arme auf die Oberschenkel gestützt und die Handflächen nach oben gekehrt. Sie unterhielten sich leise, ohne sich anzublicken. Sobald sich ein Jünger auf Hörweite näherte, verstummten sie.

»Es gibt keine besonderen Sicherheitsvorkehrungen«, sagte Skarg. »Jeder kommt ungehindert zum See der Träume, die Besucher werden nicht überprüft.«

»Der Palast wird streng bewacht.«

»Das wird er immer, nach dem, was Lodur erzählte.«

»Nun, es ist gut für uns, wenn keine besonderen Kontrollen stattfinden.«

»Das kommt mir merkwürdig vor! Akàra ist nicht blöde, sie muss damit rechnen, dass wir einen Versuch unternehmen, die Paralle zurückzuholen. Warum schützt sie sich nicht? Sie müsste doch alles daransetzen, herauszufinden, was wir vorhaben, und es wäre ein Leichtes, die Besucher bei den Toren anzuhalten und zu befragen. Irgendetwas stimmt hier nicht, ich kann bloß nicht den Finger darauf legen, was es ist!«

»Vielleicht hält sie uns für tot.«

»Das glaube ich nicht«, erklärte Skarg. »Wenn du mich fragst: Dieser ganze Plan stinkt! Ich kenne Xander nur flüchtig, aber mich hat er bisher wenig beeindruckt. Er scheint mir weder besonders gewandt noch erfahren. Ich habe den Vorfall auf dem Schiff nicht vergessen, als er mir untersagte, diesen Horis zu befragen. Das war dumm, und ich hoffe bei Fenrir, wir werden nicht dafür büßen müssen!«

»Xander wollte nicht, dass ihm ein Leid geschieht.«

Skarg schnaubte missbilligend.

»Der Junge hatte solche Angst vor mir, den hätte ich mit ein paar energischen Worten zum Reden gebracht.«

Nachdenklich kaute Doran auf ihrer Unterlippe.

»Ich vertraue Xander. Sein Leben setzt er für uns aufs Spiel; schätz das nicht gering! Außerdem kann er so unbedarft nicht sein, schließlich ist sein Lehrer Lutz ein berühmter Mann.«

»Weisheit überträgt sich nicht wie eine Krankheit vom Lehrer auf den Schüler, und Bildung führt nicht unweigerlich zu Weitsicht.«

»Xander ist ein ausgebildeter Daimon, und er ist die einzige Hilfe, die wir gegen Akàra haben.«

»Eben das fürchte ich.«

»Das ist genau, was ich brauche«, sagte Xander.

Ratlos hob Faron beide Hände und ließ sie wieder sinken. Mit ernstem Gesicht sah er sich im Wohnzimmer um. Durch die Fensterfront, die auf den verwilderten Garten hinter dem Haus ging, strahlte die Abendsonne. Die trüben Scheiben filterten das Licht, dämpften es zu einem stumpfen Gold, was die spärlichen Möbel noch älter und staubiger aussehen ließ. Über einem Sofa und zwei Sesseln hingen Leintücher als Schutz, dazwischen stand ein klobiger runder Tisch mit gedrechselten Beinen. Eine wurmstichige Kommode mit vier Schubladen und ein kleiner Sekretär säumten die Wände. Dicke Spinnweben starrten aus den Ecken; der geblümte Teppich unter dem Tisch war grau von Staub.

»Ich werde jemanden kommen lassen, der alles putzt, falls Ihr wirklich hier wohnen wollt.«

»Das kann ich selbst übernehmen«, erwiderte Xander. »Ich würde gerne schon heute hier übernachten, wenn es Euch recht ist. Wirtshäuser sind mir zuwider. Ich brauche meine Ruhe.«

»Ganz, wie Ihr wollt! Im oberen Geschoss sind vier Schlafzimmer; sucht Euch eines aus. Bettwäsche liegt im Schrank. Die Küche und das Esszimmer befinden sich im Erdgeschoss.« Er streckte den Arm aus: »Gleich nebenan.« Nach einer Atempause lächelte Faron. »Ich bin froh, das Haus endlich vermieten zu können.«

Verwundert schüttelte Xander den Kopf. Das Gebäude befand sich in Bengzar an guter Lage, in einer ruhigen Nebenstraße nahe dem Marktplatz. Es war nicht sehr groß, doch es stand frei und war durch einen kleinen, dicht bewachsenen Garten von den Nachbarhäusern getrennt. Um die Pflanzen hatte sich schon lange niemand mehr gekümmert, und das Haus konnte seit Monaten nicht mehr bewohnt gewesen sein. Wohnraum war begehrt in Bengzar. Faron verlangte eine niedrige Miete und hatte bis jetzt keine besonderen Bedingungen ausgesprochen.

»Warum lebt hier niemand?«

»Hat man Euch das nicht gesagt?«

»Nein. Ich fragte in einem Gasthof, wo ich vielleicht ein Haus mieten könnte, dann lachte der Wirt und meinte, ich solle mich bei der Bäckerei Faron melden, die hätten ein freies Haus.«

»Ach!«, rief Faron. »Nun, ich kann Euch genauso gut die Wahrheit sagen, Ihr erführet es doch.« Er seufzte tief. »Mein Onkel hat bis vor einem halben Jahr hier gewohnt. Er hat sich erhängt. Die Leute sagen, es spukt hier. Die Geister sollen meinen Onkel in den Wahnsinn getrieben haben, bis er sich vor Verzweiflung umbrachte.«

Xander verkniff sich ein Grinsen, um nicht respektlos zu erscheinen. »Glaubt Ihr das auch?«

Faron zuckte die Schultern.

»Keine Ahnung. Ich kann mir nicht vorstellen, was die Geister hier wollen könnten. Bestimmt haben sie Besseres zu tun, als einen griesgrämigen alten Mann wie meinen Onkel zu ärgern.« Er rollte die Augen und schlug die Hände vor die Brust. »Friede seiner Asche! Ich habe das Haus geerbt und muss nun sehen, was ich damit anstelle. *Das* bereitet mir Sorgen. Ich versuchte das Haus zu verkaufen, doch keiner wollte es haben.«

»Ich möchte es gerne mieten. Mit dem Preis, den Ihr genannt habt, bin ich einverstanden.«

»Tatsächlich?« Faron strahlte. »Dann sind wir uns einig. Wie lange gedenkt Ihr zu bleiben?«

Xander kratzte vorsichtig seinen falschen, angeklebten Bart, der entsetzlich auf der Haut juckte. Auf dem Kopf trug er eine passende Perücke aus glattem hellbraunem Haar, das im Nacken zu einem kurzen Schwanz gebunden war. Die Sommersprossen im Gesicht und auf den Händen hatte er mit Schminke abgedeckt, dazu trug er ein langärmliges Hemd, darüber eine Weste, eine lange Hose und Schnürstiefel. Mit der Verkleidung sah er viel älter aus. Er kam sich lächerlich damit vor, aber er wollte nicht von einem von Akàras Söldnern erkannt werden, die vielleicht in Bengzar unterwegs waren.

»Ich weiß es noch nicht«, erwiderte er. »Ich bin Künstler und möchte am See der Träume malen. Wie ich hörte, soll die Gegend das künstlerische Empfinden enorm anregen.«

Faron musterte ihn mit hochgezogenen Augenbrauen. Bestimmt hielt er ihn für einen der Verrückten, die in Scharen nach Bengzar pilgerten.

»Man sagt so. Ich wünsche gutes Gelingen!« Er griff in die Hosentasche. »Hier sind die Schlüssel. Wenn ich um eine Vorauszahlung bitten dürfte …«

Xander zückte den Geldbeutel und zählte die Silberstücke auf Farons ausgestreckte Hand.

»Das ist für den ersten Monat«, sagte er, »und hier noch ein kleines Entgelt für Eure Mühe.«

Mit glänzenden Augen musterte Faron das Geld. Er überreichte den Schlüsselbund und verneigte sich.

»Der große Schlüssel passt in die Haustür, der kleine ist für den Keller und der dritte für die Hintertür in den Garten. Ich hoffe, Ihr habt einen angenehmen Aufenthalt. Lasst es mich wissen, wenn Ihr etwas braucht.«

Mit einem letzten Winken verabschiedete er sich eilig, als fürchte er, Xander könne es sich im letzten Moment anders überlegen. Als die Haustür hinter Faron einschnappte, ließ sich Xander auf das Sofa fallen. Die Hände im Nacken verschränkt, starrte er an die Decke. Er atmete erleichtert auf. Das war geschafft!

Ein angebliches Geisterhaus! Besser hätten sie es nicht treffen können. Nächtliches Licht und merkwürdige Geräusche würden die Nachbarn nicht wundern, die ihn ohnehin für einen Sonderling halten mussten, weil er freiwillig hier eingezogen war. Faron wollte am liebsten überhaupt nichts mit dem Haus zu tun haben. Bevor die nächste Miete fällig war, würde er sich kaum mehr hier blicken lassen.

Ächzend stemmte Xander sich hoch und schlenderte ziellos durch den Raum, dann ging er zum Sekretär. Er zog eine der Schubladen auf. Nach einem Stück klemmte sie, und er riss daran. Darin lagen kleine Abschnitte von Schnüren, die jemand sorgfältig gesammelt und gebündelt hatte, daneben unbeschriftete Zettel verschiedener Größe aus unterschiedlichem Papier, die wohl aus Briefen geschnitten worden waren. Farons Onkel musste ein sparsamer Mann gewesen sein. In der nächsten Schublade fand Xander ein Notizbuch mit einem speckigen braunen Stoffeinband. Er blätterte darin. Jede einzelne Seite war mit einer kleinen, zierlichen Schrift bis zum Rand gefüllt, gelegentlich unterbrochen von komplizierten Zeichnungen, die irgendwelche Berechnungen bildhaft darstellen sollten. Der Text war nicht zu entziffern. Er legte das Buch zurück, dann ging er zu den Fenstern zum Garten und öffnete eines.

Grillen zirpten. Ein Schwarm Mücken schwirrte über einem wuchernden Holunderbusch. Unter dem dicken Teppich von Gras, Blumen und Brennesseln ließen sich bruchstückhaft Teile eines gepflasterten Weges erkennen. Im hinteren Teil des Gartens stand ein versiegter Zierbrunnen. Das runde Becken war weiß von Vogelkot.

Xander schloss das Fenster. Er wollte warten, bis es dunkel war, und sich dann auf den Weg machen. Gemächlich unternahm er einen zweiten Rundgang durch das Haus. Bei der Besichtigung mit Faron hatte er sich nur flüchtig umgesehen. Es war ihm rasch klar geworden, dass er das Richtige gefunden hatte.

Vom Wohnzimmer aus führte ein offener Durchgang mit einem Rundbogen in die schmale Eingangshalle. Dort hatte Xander seine Reisetasche deponiert. Auspacken würde er später. Gegenüber dem Eingang reichte eine Holztreppe mit gedrechseltem Geländer in den ersten Stock hinauf. Am anderen Ende der Halle befand sich die Küche. Die Tür war zu. Neben der Haustür war eine Garderobe an der Wand befestigt. An einem der Messinghaken hing ein grauer Kittel, verschmutzt von Erde.

Im schwindenden Tageslicht erklomm Xander die Stufen. Das Holz knarrte laut unter seinen Tritten. Oben lag quer zur Treppe ein enger Gang, gesäumt von vier Türen: linker Hand eine am Ende des Ganges, zwei in der Längsseite und eine in der rechten Wand. Die Mauern waren weiß getüncht, die Türen braun gebeizt. Im Gang stand eine Kommode, geschmückt von einer vergilbten Spitzendecke, darauf eine staubige Vase aus lindgrün glasierter Keramik. Jemand hatte sich mit zweifelhaftem Erfolg bemüht, das Haus behaglich einzurichten.

Xander trat in das nächstliegende Zimmer, eines der beiden, die auf den Garten im Hinterhof gingen. Orangerotes Sonnenlicht drang durch das einzige Fenster, beleuchtete ein Bett mit aufgerollter Matratze und einen kahlen Schreibtisch. In der dunklen Ecke rechts neben der Tür dräute ein großer alter Kasten, der das wenige Licht schluckte und den Raum kleiner aussehen ließ, als er war. Eine geblümte Tapete – kleine braune Blumen auf beigem Grund – bedeckte die Wände, die eine Handbreit unterhalb der Decke von einer dunkelbraunen Bordüre eingerahmt war. Hinter dem Bett war die Tapete abgeschabt und fleckig.

Die Schranktüren quietschten heiser, als Xander sie öffnete. Der scharfe Geruch von Lavendel schlug ihm entgegen. Auf jedem Schrankbrett entdeckte er kleine weiße Stoffsäcke, die damit gefüllt waren. Als Mottenschutz hätte ein Bruchteil davon gereicht.

Sorgsam gefaltet, nach Art und Farbe geordnet, stapelten sich Laken, Kissenbezüge und Decken. Daneben hingen Kleider auf Bügeln an einer Messingstange: erst eine Ansammlung der immer gleichen grauen Kittel, dann ein gutes Dutzend identischer weißer Hemden und schließlich eine Reihe derselben schwarzen Hosen. Manche der Kleidungsstücke waren abgetragen, andere sahen neu aus.

Stirnrunzelnd musterte Xander den Schrankinhalt. Er fragte sich, was er davon halten sollte. Farons Onkel musste ein eigenartiger Mensch gewesen sein. Offensichtlich hatte er den grauen Kittel, jenes weiße Hemd und diese schwarze Hose allen anderen Modellen vorgezogen und sich ständig damit gekleidet.

Das Bettzeug stank durchdringend nach Lavendel, doch es war sauber. Xander nahm ein Ober- und ein Unterleintuch, eine Wolldecke und einen Kissenbezug aus dem Schrank, faltete sie auf und drapierte sie lose über das Bett, dann öffnete er weit das Fenster, um alles zu lüften.

Einer Eingebung folgend zog er die einzige Schublade des Schreibtischs auf. Bis auf ein Blatt Papier war sie leer. Xander holte es hervor. Auf der nach unten gekehrten Seite befand sich ein mit schwarzer Ölkreide gezeichnetes Porträt: das Gesicht eines jungen Mannes. Staunend studierte Xander dessen kunstvoll auf das Papier geworfene Züge. Etwas störte ihn an dem empfindsam schönen Gesicht. Er konnte zuerst nicht recht sagen, was es war. Durchdringend blickten ihn die kreidenen Augen an, bittend und herausfordernd, als wünschten und verlangten sie eine Tat von ihm; der sanfte Mund schien zu schmollen und sich gleichzeitig öffnen zu wollen, um ein Geheimnis preiszugeben. Weiche Locken umspielten die glatte Stirn, sorglos, ungekämmt. Die Zeichnung wirkte verblüffend lebensecht, wahrlich meisterhaft ausgeführt. Eine Andeutung von Grausamkeit haftete den ebenmäßigen Zügen an, lauerte in jenen tiefen Augen, die Xander mit Abscheu erfüllten. Am Rande war das dicke Papier abgegriffen und zerknittert, als ob es jemand oft in den Händen gehalten hätte. Die Zeichnung trug keine Unterschrift und kein Datum. Xander legte das Blatt zurück und schob die Lade fest zu.

Schwindel erfasste ihn. Auf den Schreibtisch gestützt, neigte er sich zum Fenster und atmete tief ein und aus. Die warme Abendluft war eine Wohltat. Das goldene Licht erschien ihm wie eine Gnade der Götter. Mit einem Seufzen schüttelte er sich. Was war nur über ihn gekommen?

Er ließ alles stehen und liegen und wechselte das Zimmer. Hier wollte er nicht übernachten.

Der nächste Raum war wenig kleiner und ähnlich eingerichtet. Als Xander genauer hinschaute, bemerkte er, dass er nicht *ähnlich*, sondern *gleich* eingerichtet war. Dasselbe schlichte Bett stand an der linken Wand, daneben der Schreibtisch unter dem einzigen Fenster und rechts von der Tür der massige Schrank. Selbst die Tapete hinter dem Bett war abgeschabt. Neugierig öffnete Xander den Schrank. Lavendelgeruch schlug ihm entgegen, der zahllosen weißen Stoffsäckchen entströmte. Sorgsam gebügelte Leintücher, Decken und Kissenbezüge boten sich seinen Blicken dar. Daneben, an der Messingstange, fand er die grauen Kittel, die weißen Hemden, die schwarzen Hosen, manche getragen, andere unbenutzt.

Bleich und stumm machte Xander den Schrank zu, dann wandelte er zum Schreibtisch und zog die Lade auf. Sie war leer.

Ein rascher Rundgang durch die anderen Räume bestätigte seine

Vermutung. Jedes der verschieden großen Zimmer hatte die bis aufs Detail gleiche Möblierung und Ausstattung, mit einer einzigen Abweichung: Bloß in einem Schreibtisch lag eine Zeichnung.

Wie merkwürdig dieses Haus war! Etwas bedrohlich Fremdartiges haftete ihm an. Welche Absicht konnte jemand mit der Einrichtung verfolgt haben? Xander fiel keine vernünftige Erklärung dafür ein. Vielleicht war Farons Onkel tatsächlich verrückt gewesen. Doch war ein verwirrter Geist zu solch penibler Ordnung fähig? All dieser Sorgfalt musste ein Plan zugrunde liegen, den jemand beharrlich in die Tat umgesetzt hatte.

Unwillkürlich sträubten sich Xanders Haare. Der Raum schien sich plötzlich um ihn zu drehen. Fest kniff er die Augen zu und schlug sie wieder auf. Keuchend rang er nach Atem. Er musste der Sache auf den Grund gehen.

Entschlossen stellte er sich in die Mitte des Ganges. Er konzentrierte sich. Furcht überfiel ihn. Hier war er ganz allein, Lutz weit fort in Kirgon. Keiner würde ihm zu Hilfe eilen, wenn er einen Fehler beging. Xander wischte sich den Schweiß von der Stirn.

Er zwang sich zur Ruhe und atmete gleichmäßig ein und aus. Hitze erfasste ihn. Schneller, als es ihm jemals zuvor gelungen war, tauchte er ein in die Welt der Daimonen. Betäubend durchdrang ihn der Duft des Lavendels, der dem ganzen Stockwerk anhaftete. Er roch die Politur auf den Möbeln, die menschlichen Ausdünstungen in den Matratzen. Viele hatten hier gelebt, mehr als einer.

Der Schreibtisch im ersten Zimmer zog ihn an. Dort lag das Porträt des jungen Mannes. Vorsichtig flogen Xanders Gedanken darauf zu, umkreisten es. Neugier wollte, dass er sich damit beschäftigte, doch eine unbestimmte Angst hielt ihn zurück. Etwas warnte ihn eindringlich, und er ließ davon ab. Sein Geist wanderte durch das Haus, gelassen und still.

Seltsamerweise vernahm er keinen Widerhall von Gesprächen, wie man ihn in Gebäuden meist hörte. Hier war nicht viel geredet worden. Alle Spuren von Lebewesen waren sehr schwach, bedeutungslos neben der Anziehungskraft jener Zeichnung, die ihn immer noch zu sich lockte und gleich einem vergessenen Wort seine Erinnerung beschäftigte. Xander ließ sich nicht beirren. Er würde heute Nacht all seine Kräfte brauchen und durfte sie jetzt nicht vergeuden.

Kalt war das Haus, leblos und Schrecken erregend einsam. Ein leerer Fleck, als wäre alles Leben, alle Wärme aus ihm gesogen worden wie aus einem Schwamm.

Langsam schritt Xander durch das erste Zimmer und trat an das Fenster. Heiß und satt dunstete der Garten darunter. Krankhaft süß rochen die überreifen Blumen und Beeren. Mücken schwirrten über dem Gras, ihr Surren ein wildes Rasen, als komme es aus der Kehle eines einzigen Geschöpfs. Tief erklang das Zirpen der Grillen, ein Brummen, unter dem die Luft erzitterte. Die Pflanzen wucherten, fochten einen gnadenlosen Kampf, welche Gattung die andere zuerst ersticken konnte.

In jenem Garten war etwas verborgen, das nicht dorthin gehörte. Alle Pflanzen und Kreaturen schienen sich seiner Kraft zu beugen. Xander fühlte es. Neben dem gesprungenen Zierbrunnen, unter dem Birnbaum.

Erleichtert kam er wieder zu sich. Das Haus war gefahrlos, einzig den Garten würde er meiden. Was immer dort lauerte, er hatte nicht die Zeit, sich damit zu befassen.

Beschwingt sprang er die Treppe hinunter. Es war schon beinahe dunkel. Er brauchte etwas zu essen. In der Küche würde er nichts finden, er musste morgen einige Vorräte besorgen.

Auf dem Tisch im Wohnzimmer lag sein Strohhut. Er setzte ihn auf und wandte sich zum Gehen. Ein Schatten flog über sein Gesicht, als er einen letzten Blick in den Garten warf. An den Gerüchten über Geister war also tatsächlich etwas Wahres. Er würde Faron empfehlen, einen Daimon anzustellen, der sich darum kümmerte.

Xander zückte den Schlüssel, trat auf die Gasse und schloss die Tür hinter sich ab. Draußen war es wärmer als drinnen. Schritte erklangen, Stimmen und das Rattern von Rädern, die über das Pflaster holperten. Angenehme Geräusche nach der Stille in Farons Haus. Tieforange Sonnenstrahlen strichen über die weißen Dächer, verglommen unter dem Nachthimmel. Hinter den Fenstern gingen Lichter an.

Die Hände in den Hosentaschen vergraben, lief er zum Marktplatz. Der Geruch von heißem Öl trieb durch die verschlungenen Gassen, quoll aus weit offenen Küchenfenstern. Gelegentlich erklang ein Zischen und das Klappern von Töpfen. Es duftete nach gedünsteten Zwiebeln, nach Knoblauch, Gemüse und gebratenem Fleisch. Die Einwohner von Bengzar bereiteten ihr Abendmahl zu. Xanders Magen knurrte.

Bald erreichte er den quadratischen Marktplatz. Das viereckige Becken des Brunnens in der Mitte zierte ein pyramidenförmiges Gebilde, das mit Bruchstücken von Spiegeln verkleidet war, die das Wasser und alles, was sich ihm näherte, in vielen Facetten reflektierten. In eine der steinernen Seitenflächen des Beckens war ein Spruch eingemeißelt, dessen Buchstaben so weit voneinander entfernt waren, dass man sich Mühe geben musste, den Sinn zu entziffern.

Xander las ihn, als er vorbeiging. Erkenne dich selbst, stand dort, und darunter, verschwindend klein: ›Eine Gabe des Palastes von Bengzar‹.

Lange Häuserzeilen säumten den Marktplatz, unterbrochen von zwei breiten Straßen und mehreren Gassen. Im Erdgeschoss befand sich ein zum Platz hin offener Bogengang, der tagsüber angenehmen Schatten spendete. Dahinter lagen Geschäfte und Gasthöfe. Viele Leute waren unterwegs, betrachteten die Auslagen der Läden, strömten in die Wirtshäuser. Marata standen an den Ecken, behängt mit allerlei Kram, den sie jedem Vorbeigehenden unter die Nase hielten. Am Rand des Brunnens saß eine Gruppe Jugendlicher. Sie lachten.

Zielstrebig überquerte Xander den Platz und steuerte auf eine der Herbergen zu. Die Gaststube lag im Keller, erreichbar über eine steile Treppe. Durch eine Reihe niedriger Fenster unterhalb der Decke drang frische Luft herein, die sich mit den Rauchschwaden, die im Raum hingen, unmerklich vermengte. Das halbe Dutzend langer Holztische war voll besetzt mit Gästen, die sich hungrig über ihre Teller beugten. Unzählige Gespräche fügten sich zu einem Dröhnen, das im hohen Saal hallte, untermalt vom hellen Klappern des Bestecks und des Geschirrs.

Xander setzte sich gegenüber einem bärtigen Mann mittleren Alters. Vor ihm lehnte ein Gehstock am Tisch.

»Ist es gestattet?«, fragte Xander.

Wolf grinste breit.

»Ausnahmsweise.«

Neben Wolf saß ein Ehepaar, das sich angeregt über ein bevorstehendes Familienfest unterhielt. Sie waren offensichtlich geteilter Meinung, wer eingeladen werden sollte und wer nicht. Keiner schien etwas anderes zu hören als sich selbst. Xander atmete auf.

»Alles in Ordnung?«, fragte er leise.

Wolf kniff als Antwort die Augen zu und nickte knapp.

Ein Kellner eilte herbei, um Xanders Bestellung aufzunehmen. Schweiß glänzte auf seiner Stirn. Er sah erschöpft aus. Als Xander seine Wünsche geäußert hatte, hastete er davon. Xander legte die Ellenbogen auf den Tisch und neigte sich vor.

»Ich habe ein Haus gemietet, ganz in der Nähe.«

»Gut«, erwiderte Wolf. »Das ging schneller als erwartet.«

»Nachher erzähle ich dir mehr darüber.«

Verstohlen blickte Wolf sich um.

»Iss etwas, und dann lass uns gehen.«

In Windeseile brachte der Kellner das Tagesgericht: mit Schafkäse überbackene Auberginen, dazu eine Schüssel Kartoffeln an einer scharfen Soße und einen Krug Wasser. Er räumte Wolfs leeren Teller ab. Xander widmete sich dem Essen. Die starken Gewürze brannten ihm wie Feuer im Mund. Das Gemüse schwamm in Öl, und der fette Käse tat ein Übriges, sodass Xander nach der Hälfte aufgab und sich an die Kartoffeln hielt. Einmal mehr vermisste er schmerzlich Friedels famose Kochkünste.

Genüsslich trank Wolf den letzten Schluck Bier und stellte den Becher zur Seite, dann betrachtete er die anderen Gäste. Weder Soldaten noch Söldner entdeckte er, niemanden, der ihm verdächtig erschien. Doch Vorsicht war geboten. Akàras Spione konnten überall lauern, gerade dort, wo sie es am wenigsten vermuteten.

Schweigend beendete Xander die Mahlzeit. Das würzige Essen hatte ihn durstig gemacht, und er stürzte ein paar Becher Wasser hinunter. Behutsam prüfte er, ob sein falscher Bart noch dort war, wo er hingehörte. Der Klebstoff hatte gehalten. Er winkte dem Kellner und bezahlte, dann standen sie auf. Mit einem letzten Blick auf das zankende Ehepaar, das nach wie vor ganz mit sich selbst beschäftigt war, verließen sie das Lokal.

Der Marktplatz war mittlerweile fast gänzlich verwaist. Aus den vollen Wirtshäusern drangen gedämpft Stimmengewirr und Gelächter. Kein Gasthof hatte Tische im Freien aufgestellt; viele hatten sich in den Kellern eingerichtet, um die Hitze und die Mücken fern zu halten, die in dicken Schwärmen auf den erleuchteten Fenstern klebten. Selbst die Nächte waren heiß in Süddahl. Die Häuser und Wege schienen die Glut der Tage zu speichern und des Nachts abzustrahlen, bis wieder der Morgen dämmerte und die Sonne erneut die Luft zum Kochen brachte.

Eine dunkle Gestalt löste sich aus den Schatten beim Brunnen. Als Xander und Wolf vorbeigegangen waren, folgte sie ihnen mit vorsichtigem Abstand. Der Mond tauchte die Gassen in silberhellen Schein. Leise klapperte Wolfs Stock auf den Pflastersteinen, Xanders Schnürstiefel klickten. Der unbekannte Verfolger bewegte sich lautlos fort. Xander und Wolf gingen langsam, gemächlich. Ihr fremder Schatten hielt sich auf der finsteren Straßenseite, huschte an den Hausmauern entlang, sodass er nur einem aufmerksamen Beobachter auffallen konnte. Sein schwarzer Umhang mit Kapuze ließ ihn gleichsam mit der Nacht verschmelzen.

Als sie nach rechts in eine enge Gasse abbogen, entschwanden sie den Blicken des Fremden, der sich plötzlich beeilte, um sie nicht aus den Augen zu verlieren. Mit eiligen Schritten hastete er zur Abzweigung und spähte um die Hausecke. Zwei Hände packten ihn am Kragen und zogen ihn mit einem Ruck voran. Er stolperte, schwang herum und wurde grob gegen die Wand geworfen, wo ihn jemand in so festem Griff hielt, dass ihm der Atem stockte.

»Wer bist du?«, zischte Xander ihn an. »Was willst du von uns?«

Der Verfolger gab als Antwort ein Keuchen von sich und suchte sich zu befreien. Wolf riss ihm die Kapuze vom Kopf. Staunend blickten sie in das bekannte Gesicht.

»Horis!«

Der schluckte leer.

»Lasst mich los!«

»Was tust du hier? Warum bist du nicht auf dem Schiff?«

»Ich wollte euch nicht erschrecken«, erklärte Horis. »Kann ich heute Nacht bei euch bleiben? Ich kenne keinen Menschen hier, und ich habe kein Geld für ein Zimmer.«

Über ihnen klappte ein Fenster auf, und eine tiefe Stimme brummte aus dem Dunkel:

»Was treibt ihr da unten?«

»Es ist nichts. Verzeiht die Störung!«

»Dann schert euch!«

Mit Horis im Schlepptau gingen sie weiter bis zu einem unbeleuchteten Haus. Xander zückte einen Schlüssel und sperrte auf. Aufmerksam blickte Wolf zurück. Die Gasse war menschenleer. Vereinzelt leuchteten erhellte Fenster in den Fassaden der Nachbarhäuser. Niemand schien sie zu beachten.

Rasch machten sie die Tür hinter sich zu. Die stickige Luft roch schwach nach Lavendel. Das Reiben eines Schwefelholzes ertönte, und im Schein der Flamme tauchte Xander auf, der eine Öllampe anzündete. Langsam, beinahe zögernd wich die Dunkelheit, und sie sahen die schmale Eingangshalle, den Rundbogen, der in ein anschließendes Zimmer führte, und die geschlossene Tür am Ende des Ganges.

»Wartet hier«, sagte Xander, »ich will erst die Vorhänge zumachen.«

Er verschwand mit der Lampe im nächsten Raum. Metallringe schabten über eine Stange. Xander nieste und hustete.

»Kommt rein!«

Staub schwebte in der Luft. Bodenlange Vorhänge aus grünbraun gemustertem Samt verdeckten die hintere Wand. Ein modriger Geruch ging davon aus. Xander nahm die Leintücher vom Sofa und den beiden Sesseln, die mit demselben Samt überzogen waren. Auf dem abgeschabten Sofa lag eine hellgelbe Häkeldecke, gesprenkelt von weißlichen Flecken. In Verfall geraten wirkte der Raum, als ob er seit vielen Jahren leer stünde. Die Öllampe stellte Xander auf den Tisch. Staubflocken tanzten in ihrem Schein.

Unwillkürlich fröstelte Wolf.

»Man glaubt trotz der Hitze fast zu frieren, als sei es kälter hier als anderswo. Wie lange ist das Haus schon unbewohnt?«

»Seit sechs Monaten«, antwortete Xander. »Der Besitzer war ein ... wunderlicher alter Mann. Sein Neffe hat das Haus geerbt und es mir zu einem sehr anständigen Preis vermietet.«

»So wie es hier ausschaut, kann er froh sein, überhaupt einen Mieter gefunden zu haben«, warf Horis ein.

Missbilligend musterte Wolf ihn.

»Du bist uns eine Erklärung schuldig!«

Verlegen senkte Horis den Blick.

»Ich wusste nicht, dass ihr in Bengzar seid! Ich saß beim Brunnen auf dem Marktplatz und überlegte, wo ich die Nacht verbringen könnte, als ich euch vorbeigehen sah. Das heißt, deutlich erkannte ich nur Wolfs Holzbein, und ich wollte herausfinden, ob ihr es seid.«

»Jetzt haben wir dich schon zum zweiten Mal aufgelesen. Erst auf dem Schiff und nun in Bengzar. Erscheint dir das nicht auch merkwürdig? Was willst du eigentlich von uns?«

Horis kaute auf seiner Lippe.

»Ich ...«, stotterte er und brach ab. Nachdem er tief Luft geholt hatte, nahm er einen neuen Anlauf: »Ich bin vom Schiff geflohen. In Rajona konnte ich nicht bleiben, und da dachte ich, dass ich in Bengzar vielleicht Arbeit finden könnte, schließlich ist es die reichste Stadt Süddahls, und ich entschloss mich, hierher zu reisen. Ein Bauer hat mich freundlicherweise den größten Teil der Strecke in seinem Wagen mitgenommen, sodass ich schon heute Nachmittag die Stadt erreichte. Es war bereits zu spät, um noch Arbeit zu suchen, also habe ich mich etwas umgesehen, bis ich dann müde wurde. Ich habe kein Geld, und ich wusste nicht, wohin.«

»Du hast wohl für alles eine Erklärung«, bemerkte Xander. »Warum hast du das Schiff verlassen? Der Kapitän wollte dich zum Matrosen ausbilden.«

»Ich möchte nicht Matrose werden! Als ich das dem Kapitän sagte, hat er mich eingesperrt. Ich durfte nicht einmal mehr an Deck! Als ob ich etwas verbrochen hätte! Den Göttern sei Dank gelang mir die Flucht, sonst säße ich wohl immer noch dort.«

»Wie konntest du fliehen? Die *Rona* lag vor Rajona eingangs der Bucht vor Anker. Bist du geschwommen?«

Verlegen trat Horis von einem Bein auf das andere. Im Geist sah er die Kajüte vor sich, wo sie ihn eingesperrt hatten. Der Kapitän hatte es gut mit ihm gemeint, hatte ihm erklärt, dass er das Schiff nicht verlassen dürfe, solange die Passagiere unterwegs seien. Eine geräumige Kabine hatten sie ihm zur Verfügung gestellt, mit zwei Betten, einem Tisch und Stühlen. Sogar ein kleines Fenster gab es. Arglos ließen sie es bei der verschlossenen Tür bewenden, bewachten ihn nicht. Keiner ahnte, dass Horis ein Werkzeug der Götter war.

Im Traume war ihm Dana erschienen und hatte ihm erklärt, was er zu tun habe, und als der Maat ihm das Essen brachte, da stach Horis ihn mit dem Messer nieder, das neben dem Teller lag. Verständnislos starrte der Maat ihn an, während er sich getroffen krümmte. Sein Mund öffnete sich zu einem Schrei, doch bloß ein Krächzen entrang sich ihm. Horis hob das Messer, um es nochmals zu gebrauchen, als der Maat endlich zu Boden sackte, wo er reglos liegen blieb. Rasch verließ Horis die Kabine und schloss hinter sich ab. Die Hälfte der Mannschaft hatte Landgang, die anderen saßen beim Abendbrot. Unter dem Neumond erhellte kein Schimmer die Nacht. So gelang es ihm, unbemerkt ein Beiboot zu stehlen, mit dem er an Land ruderte. In Rajona durfte er nicht verweilen, hier würden sie alles nach ihm absuchen, sobald seine Flucht bemerkt worden war. Er stahl ein Pferd, einen Sattel und den dunklen Umhang, der ihm oft gute Dienste erwies, sei es als Verkleidung oder als Schlafstatt. Einen unvorsichtigen Reisenden erleichterte er um Geld und Waffen.

Danas Stimme befahl ihm, wie der Wind nach Bengzar zu reiten und nach den Passagieren zu suchen. Jede Nacht erschien sie ihm, und ihre Worte trösteten ihn und spornten ihn an. Manchmal fühlte er sich elend, weil er zu einem Dieb und Räuber geworden war, und er fragte sich, ob er auf dem Schiff den Maat getötet hatte. Dana teilte ihm ihre Absichten nicht mit, doch sie bestätigte ihm, dass er auf dem rechten Pfad wandelte. Bestimmt hatte sie ihm diese Aufgabe gestellt, um seine Treue zu prüfen, und dieses Mal würde er nicht den gleichen Fehler begehen wie in Angantur, wo ihm sein Ungehorsam zum Verhängnis geworden war. Er wollte Dana vertrauen und sich durch nichts beirren lassen. Die Wege der Götter waren seltsam und für einen Sterblichen unverständlich.

»Mit einem Stück Draht gelang es mir, die Tür meiner Zelle zu öffnen«, berichtete er, »dann schwamm ich ans Ufer. In einem Heuschober habe ich übernachtet und am nächsten Tag brach ich auf nach Bengzar.«

Xander betrachtete ihn aufmerksam, blickte ihm forschend in die Augen. Sein Gesicht verriet nicht, was er dachte.

»Du kannst vorläufig bei uns bleiben«, sagte er.

»Danke!«, schnaufte Horis erleichtert.

Wolf sagte nichts, sorgenvoll schaute er Xander an, der gleichmütig an seinem falschen Bart zupfte und ihn abnahm. Scharf sog er die Luft ein, als der Klebstoff an seinen eigenen Bartstoppeln riss. Er streifte die Perücke ab und eilte in die Küche. Eine Schranktür klappte, dann plätscherte Wasser. Bald kam er zurück, ein Tuch in der Hand, mit dem er sich die Schminke abrieb. Seine Haut war auf den Wangen und am Kinn gerötet. Er strich sich das feuchte rotblonde Haar aus der Stirn, das zu den nun sichtbaren Sommersprossen passte. Wolf breitete das Leintuch wieder über das Sofa und setzte sich. Auf der Kommode fand Xander eine zweite Lampe. Nachdem er sie angezündet hatte, gab er sie Horis.

»Oben liegen Wolldecken und Leintücher im Schrank. Bring uns bitte einige.«

»In welchem Zimmer?«

»In jedem.«

Kopfschüttelnd machte sich Horis auf den Weg. Seine Schritte knarrten auf der Treppe, dann kehrte Stille ein.

»Es war ein Fehler, den Jungen mitzunehmen«, sagte Wolf leise zu Xander. »Der bringt uns nur Ärger. Irgendetwas stimmt nicht mit dem Kerl! Das fühle ich hier noch deutlicher als auf dem Schiff. Der lügt, wenn er den Mund aufmacht.«

Ein mattes Lächeln strich über Xanders Gesicht.

»Es ist mir lieber, er bleibt bei uns, als dass er allein in Bengzar umherstreunt. Die Geschichte, die er zu erzählen hat, könnte offene Ohren finden.«

Wolf brummte, dann nickte er.

»Allerdings. Ich werde ihn nicht aus den Augen lassen.«

Er lauschte. Aus dem oberen Stockwerk war kein Ton zu hören.

»Wo bleibt er überhaupt?«

Xander drückte Wolfs Schulter.

»Ich gehe nachsehen.«

Die Eingangshalle war finster, ebenso die Treppe. Der Gang im ersten Geschoss war von einem matten Flackern erhellt.

»Horis?«, rief Xander.

Keine Antwort.

Achtsam erklomm er die Stufen. Die vier Zimmertüren standen

offen. Schwärze lauerte dahinter. Im Gang fand er Horis, der zitternd an der Wand lehnte, die Lampe wie eine Waffe von sich gereckt.

»Was ist los?«, fragte Xander.

»Ich …«, stammelte Horis mit brechender Stimme. »Die Zimmer, sie sind alle gleich.«

»Deswegen brauchst du keine Angst zu haben. Das sind nur Möbel, nichts weiter.«

»… und die Fenster«, stotterte Horis, »die zeigen nicht nach draußen. Da ist nichts. Kein Himmel, kein Mond, kein Garten. Bloß Finsternis.«

»Hast du eines aufgemacht?«

»Ja, dort drüben.« Horis deutete zum großen Zimmer, das auf den Garten im Hinterhof ging.

Xander schritt zum weit offenen Fenster, unter dem der Schreibtisch mit der Zeichnung dräute. Er lehnte sich vor und blickte hinaus. Ein Meer von Sternen funkelte am tiefblauen Firmament. Mondlicht bestrahlte den verwilderten Garten. Grillen zirpten. Bleich schimmerte der Zierbrunnen neben dem Birnbaum. Undeutlich erkannte Xander die Schatten der Nachbarhäuser, die an das Grundstück grenzten.

»Komm her, Horis.«

Zögernde Schritte erklangen, dann stand er neben ihm.

»Sieh doch«, sagte Xander, »es ist alles in Ordnung.«

»Aber … Vorhin war da nichts. Das musst du mir glauben! Ich habe so was noch nie erlebt. Es war ganz schwarz, eine Art Masse. Es wollte, dass ich zu ihm gehe.«

»Ich glaube dir.«

Nachdem er das Fenster geschlossen hatte, fasste Xander Horis am Arm und führte ihn aus dem Raum.

»Lass in Zukunft die Fenster zu und bleib vom Garten weg.«

Horis nickte schweigend. Xander geleitete ihn in das nächstliegende Zimmer. Er wand Horis die Lampe aus der Hand und stellte sie auf den Tisch. Heiß waberte das Licht des brennenden Öls auf der vergilbten Tapete. Ängstlich blickte Horis sich um, als erwarte er jeden Augenblick, dass sich die Finsternis auf ihn stürzen würde. Xander öffnete den Schrank und holte Leintücher und Wolldecken hervor.

»Du kannst hier schlafen«, sagte er und deutete auf das Bett. »Fürchte dich nicht, im Haus wird dir nichts geschehen.«

Mit den Decken über dem Arm wandte sich Xander zum Gehen.

»Danke«, stammelte Horis.

Xander zog die Tür hinter sich zu und kehrte zurück in das Wohnzimmer im Erdgeschoss, wo Wolf auf ihn wartete.

»Was war denn los?«, brummte der.

»Unser Gast hatte ein unangenehmes Erlebnis mit dem Garten im Hinterhof.«

»Mit dem Garten?«

»Ja, etwas stimmt nicht damit, das habe ich heute Nachmittag schon bemerkt. Halte dich davon fern. Wir haben keine Zeit, uns näher mit der Ursache zu befassen. Hier im Haus droht uns keine Gefahr.«

Stirnrunzelnd spähte Wolf zu den Fenstern, als könne er mit seinen Blicken die dicken Vorhänge durchdringen. Nichts rührte sich, und kein Ton war von draußen zu hören.

»Was ist mit Horis?«

»Er schläft oben. Dort wird er uns nicht weiter stören.«

Gemeinsam rückten sie den Tisch zur Seite, dann breitete Xander ein frisches Leintuch auf dem Sofa aus und warf eine Wolldecke darüber.

»Es ist noch zu früh für unser Vorhaben. Leg dich aufs Ohr! Ich wecke dich, wenn es so weit ist.«

»Warum ruhst *du* dich nicht aus? Es ist mir gleich, die ganze Nacht wach zu bleiben.«

»Nein«, schüttelte Xander den Kopf. »Du wirst nachher all deine Kräfte brauchen, um mich zu beobachten, und das geht leichter, wenn du geschlafen hast. Außerdem möchte ich nachdenken.«

Schulterzuckend setzte sich Wolf auf die Kante des Sofas, dann schnallte er das Holzbein ab und öffnete seine Hose. Müde kroch er unter die Wolldecke. Er drehte sich zur Lehne, das Gesicht von Xander abgewandt. Der ließ sich auf dem Sessel nieder.

»Gute Nacht«, sagte er.

Wolf gab als Antwort ein Stöhnen von sich. Er zupfte die Decke zurecht, schnaufte und sank bald in tiefen Schlaf. Xander starrte ins Nichts. Das eintönige Flackern der Lampe und die Stille lullten ihn ein, und er schüttelte sich, um nicht einzunicken.

Seine Gedanken begannen zu wandern, tief sank er in sich, wo Erinnerungen ihre Fäden spannen. Bilder tauchten vor seinem geistigen Auge auf, und er sah Haldur an einem sonnigen Wintermorgen in Riem, als sie vor Lutz' Haus auf Doran gewartet hatten. Tauwasser tropfte von den Dächern. Haldur lehnte am Gatter vor den Ställen. Er trug seine lederne Rüstung und den alten karierten Mantel, von dem er sich nicht trennen mochte, obwohl er schon so oft geflickt war. Erwartungsvoll strahlten Haldurs Augen, denn ein neues Abenteuer harrte seiner, und er lachte, unbekümmert, als könne er die ganze Welt besiegen.

Sehnlichst wünschte sich Xander, ihn wiederzusehen. Er wollte nicht glauben, dass Haldur tot war, ja, er vermeinte zu fühlen, dass er noch lebte. Lutz würde ihn suchen, und wenn jemand Haldur im Reich der Geister finden konnte, dann er. Doch Lutz war schwer krank. Die Sorge um ihn zog Xander den Magen zusammen. Manchmal glaubte er, sein ganzes Leben wolle ihm entgleiten. Ohne die Menschen, die er liebte, schien er haltlos zu treiben. Für Haldur war er nach Bengzar gekommen, um die Paralle wieder zu beschaffen. Falls Lutz scheiterte, würde er, Xander, die Paralle in den Schrein einfügen und Haldur folgen, wo auch immer er sein mochte. Für Lutz wollte er sein Bestes geben und sich wie ein Daimon benehmen, um ihn nicht zu enttäuschen. Unerträglich lastete die Vorstellung auf ihm, dass Haldur und Lutz ihn verlassen könnten. Er würde kämpfen, für sie und für sich.

In der Nacht verebbten die Geräusche der Stadt. Xander vermeinte im Nichts zu schweben, jenseits von Raum und Zeit. Das erhellte Wohnzimmer war eine Zelle des Lichts inmitten von Finsternis und Fremde, und er lebte darin als Gedanke in einem Meer des Vergessens.

Als die Nacht fortgeschritten war, weckte er Wolf, der sich benommen aufsetzte. Xander reichte ihm die Wasserflasche. Wolf trank, dann benetzte er sein Gesicht und schüttelte sich. Xander legte eine Wolldecke auf dem Teppich aus.

»Du musst wach bleiben und mich ständig beobachten, wie wir es besprochen haben. Ich werde hier auf dem Boden liegen, als ob ich schliefe. Wie lange ich fort sein werde, weiß ich nicht. Vielleicht bin ich bald zurück, vielleicht wird es dauern. Wach über mich!«

Wolf rieb sich die Augen und blinzelte. Besorgt betrachtete er Xander.

»Willst du es dir nicht nochmals überlegen? Vielleicht finden wir eine andere Lösung.«

»Ich wüsste nicht, welche.«

»Es ist zu gefährlich! Du hast selbst gesagt, dass du dabei verletzt oder gar getötet werden könntest.«

»Darum sollst du auf mich aufpassen. Falls ich mich merkwürdig verhalte, musst du mich sofort zurückholen. Schütte mir so lange kaltes Wasser ins Gesicht, bis ich aufwache, und wenn das nicht hilft, versuch es mit Feuer. Halte ein brennendes Streichholz an meinen Arm.«

Erschrocken starrte Wolf ihn an.

»Tu, was nötig ist«, sagte Xander. »Denk daran, dass du mir damit das Leben rettest. Aber greif nicht zu früh ein!«

»Wie soll ich das beurteilen?«

»Das wirst du dann schon merken. Wir müssen es wagen, und mit etwas Glück wird alles gut gehen.«

»Dein Wort in Fenrirs Ohr!«

Ruhig atmete Xander ein und aus. Er sammelte seine Kraft, wie Lutz es ihn gelehrt hatte. Unwillkürlich musste er an Lutz denken, der ihm beigebracht hatte, was er jetzt zu tun beabsichtigte. Als junger Lehrling hatte er oft tagelang geübt, mit seinem Geist Räume zu durchforschen, hatte Verstecktes gesucht oder vergangenen Ereignissen nachgespürt. Allmählich hatte er gelernt, seinen Geist auszusenden, bis er sich nicht mehr an dem Ort aufhalten musste, den er untersuchen wollte. Lutz hatte ihm erklärt, dass es völlig gleichgültig sei, wo er selbst sich befand, denn im Reich der Geister gebe es weder Materie noch Zeit und somit auch keine Entfernungen. Xander konnte sich nicht an den Gedanken gewöhnen und wollte immer möglichst nah beim Gegenstand seiner Neugier sein, was für Lutz ein Quell der Heiterkeit war. Mit einem Bauern, der glaubt, die Sonne geht auf, weil der Hahn kräht, verglich er Xanders Verhalten, doch er ließ ihn gewähren, denn er wusste, welch entsetzliche Furcht Xander vor dem Reich der Geister hatte. Eine Furcht, die er bis heute nicht hatte ablegen können. Vorsichtig bewegte er sich darin, und das nur, wenn er keine andere Wahl hatte. Alle Fähigkeiten, die er sich angeeignet hatte, reichten nicht aus, ihm die tödliche Angst zu nehmen. Er kam sich vor wie ein Mann, der zwar schwimmen gelernt hat, sich aber nicht ins tiefe Wasser getraut und dadurch sein Können nicht weiterentwickelt. Er watet im Seichten, stets auf der Hut vor Wellen und Strudeln und mit einer Hand am Ufer.

Xander dehnte und streckte seinen Körper in alle Richtungen, dann ließ er sich auf der Wolldecke nieder, gerade auf dem Rücken, die Hände über dem Bauch gefaltet. Er rief sich den Plan des Palastes von Bengzar ins Gedächtnis, den Lodur für sie aufgezeichnet hatte. Eingehend hatte er die Anlage studiert, er würde keine Mühe haben, sich darin zurechtzufinden.

»Auf bald«, murmelte er, und die Augen fielen ihm zu.

Lange lag er dort, ohne auch nur einen Finger zu rühren. Seine Brust hob und senkte sich regelmäßig. Er schien tief zu schlafen. Wolf beobachtete ihn. Unter den geschlossenen Lidern bewegten sich Xanders Augen. Plötzlich zuckte er, als ob er erschrocken wäre. Ein kurzes Stöhnen, dann beruhigte er sich wieder. Wolf ließ den Blick nicht von ihm.

Die Nacht schien sich in die Unendlichkeit zu dehnen. Das Licht der Lampe auf dem Tisch tanzte auf Xanders Gesicht und Händen, Schatten gaukelten auf der blassen Stirn und den schmalen Wangen. Kein Laut war zu hören. Wolf begann sich darüber zu wundern. Vergeblich horchte er auf das Zirpen von Grillen im Garten, auf das Rollen von Karrenrädern oder Schritte und Stimmen, wie man sie in einer Stadt auch des Nachts hörte. Vollkommene Stille herrschte, als warte nicht nur Wolf, sondern die ganze Umgebung weit und breit. Er wagte kaum mehr zu atmen.

Das Knarren von Stufen ließ ihn zusammenzucken. Jemand kam die Treppe herunter. Mit klopfendem Herzen starrte Wolf zum Durchgang in die Eingangshalle. Horis tauchte unter dem Rundbogen auf und musterte staunend die Szene im Wohnzimmer. Wolf funkelte ihn an.

»Was willst du?«, stieß er wütend hervor. »Verschwinde!«

»Ich kann nicht schlafen.«

»Geh wieder auf dein Zimmer! Ich kann dir auch nicht helfen.«

»Darf ich ein Glas Wasser haben?«

»Von mir aus. In der Küche.«

Schuldbewusst tappte Horis davon. Wolf bebte vor Zorn und vor Sorge. Fieberhaft überlegte er, wie er den Jungen loswerden konnte. Xander schien sich bisher nicht stören zu lassen, sein Zustand war unverändert. Doch Horis' tölpelhaftes Verhalten mochte Schlimmes auslösen. Ein Klappen ertönte in der Küche, dann plätscherte Wasser. Bald näherten sich Schritte, und Horis stand wieder im Wohnzimmer. Neugierig betrachtete er den am Boden liegenden Xander, dann hob er den Blick zu Wolf.

»Schläft er?«, fragte er leise.

»Verschwinde! Lass uns in Frieden! Du störst hier!«

Mit bebenden Lippen rang Horis nach Luft.

»Was hast du eigentlich gegen mich, Wolf? Was habe ich dir getan?«

Der brummte ungehalten.

»Jetzt ist wirklich nicht der Moment für solche Gespräche.«

»Du weichst mir aus.«

»Ich hege kein Verlangen, mich mit dir zu streiten.«

Schmollend reckte Horis das Kinn. Die Arme vor der Brust verschränkt, starrte er Wolf an.

»Sag mir, was dir an mir nicht passt!«

Wolf seufzte.

»Also gut: Ich habe nichts gegen dich persönlich, Horis. Du bist zur falschen Zeit am falschen Ort, das ist alles. Xander und ich müssen eine Aufgabe erledigen, und du bist uns dabei im Wege!«

»Warum hat Xander dann erlaubt, dass ich bei euch bleiben darf?«

Ausweichend zuckte Wolf die Schultern.

»Xander ist ein Daimon. Er sieht Dinge, die wir nicht begreifen.«

Versunken betrachtete Horis die am Boden ruhende Gestalt, die eine merkwürdige Anziehungskraft auf ihn ausübte. Gleichsam in anderer

Zeit schien Xander zu schweben, obwohl er ihn deutlich sehen konnte. Zweifellos geschah hier Bedeutsames, das sie vor ihm verbergen wollten. ›Er ist ein Daimon‹, hallten Wolfs herablassende Worte in ihm wider. Bitterkeit senkte sich über Horis. Was hatte dieser Xander, was ihm fehlte? Ihn nannten sie einen Daimon und begegneten ihm mit Hochachtung, und Horis behandelten sie wie einen räudigen Hund. Warum hatte das Schicksal Xander alles Glück in den Schoß gelegt und Horis nur Mühsal und Qual beschert? Neid fraß an ihm, seine Seele krampfte sich zusammen im Schmerz. Tränen des Zorns über die Ungerechtigkeit des Schicksals wollten aus ihm hervorstürzen, als er sich wieder auf seine Schutzgöttin Dana besann. Sie würde einen Daimon aus ihm machen, wie es ihm bestimmt war.

»Kennst du Xander schon lange?«, fragte er, um ein Gespräch zu beginnen.

Zorn verdüsterte Wolfs Blick.

»Das geht dich nichts an, mein Junge, und ich möchte dir dringend raten, jetzt nach oben zu gehen, bevor mich die Geduld verlässt!«

Er packte den Stock, stemmte sich hoch und humpelte auf Horis zu. Der wich ängstlich einen Schritt zurück, als Xander plötzlich aufstöhnte. Er warf den Kopf herum; seine Arme flogen hoch, als wehre er sich, dann sanken sie nieder, und er krallte die Finger in das Leintuch. Ein klagender Laut drang aus seiner Kehle. Wolf hastete zu ihm und sank neben ihm auf das Knie. Unsicher folgte ihm Horis und spähte über seine Schulter.

»Was ist los mit ihm?«, wisperte er.

Wolf beachtete ihn nicht. Entsetzt beobachtete er, wie Xander am ganzen Körper zu zittern begann.

»Wir müssen ihn aufwecken. Hol Wasser! Schnell!«

◆ ◆ ◆

Kalt leuchtete der weiße Stein des Palastes im Mondschein, als wäre er aus Schnee und Eis erbaut worden. Lange Mauern rahmten den quadratischen Platz auf dem Innenhof ein, gegliedert von hohen Fenstern. Vor dem ersten Stockwerk lag ein überdachter Gang, dessen steinerne Brüstung fugenlos in die Außenmauer des darunterliegenden Geschosses überging. Runde Säulen trugen die Decke. Vom Innenhof führten in den Ecken Treppen zu jenem Gang hinauf, sodass der erste Stock unabhängig vom Erdgeschoss betreten werden konnte.

Jeder der vier Gebäudeflügel besaß im Erdgeschoss ein Tor, von denen drei verschlossen waren. Das Westtor öffnete sich zu einem überwölbten Gang, vor dem zwei Wachen postiert waren. Dahinter musste sich das Tor zum See der Träume befinden, das auf der anderen Seite ebenso bewacht wurde. Vom Innenhof aus ließ sich nur Finsternis erkennen.

In der Mitte des Platzes erhob sich ein weiteres Gebäude: ein fensterloser grauer Klotz. Dies musste der Tempel sein, von dem Lodur erzählt hatte und den nur Priester betreten durften. Unscheinbar wirkte er, mehr wie ein Vorratsgebäude denn wie ein Heiligtum. Er war etwa ein Viertel so lang wie jeder der Palastflügel und besaß keinerlei sichtbare Öffnungen mit Ausnahme einer eisernen Tür, die wie der Weg in die Außenwelt nach Westen zeigte. Der Eingang lag erhöht und war über eine vierstufige Treppe zu erreichen, die nachträglich hinzugefügt worden war.

Neugierig betrachtete Xander den Tempel. Seine Mauern bestanden aus dem glatten hellgrauen Stein, der für vorgeschichtliche Bauten charakteristisch war. Fast wie aus einer Masse gegossen wirkte der strukturlose Fels. Das trockene Klima hatte das Gebäude gut erhalten: Das Mauerwerk war solide, und die massive Eisentür wies keinerlei Rost auf. Ehrfurcht ergriff Xander, als er die Tür musterte. Striche und Symbole waren in einer längst vergessenen Kunstfertigkeit in das Eisen geprägt, die er als die Zeichen der Urahnen erkannte, die den Tempel hinterlassen hatten. Schon Marech Eldred, der Vater der neuzeitlichen Daimonologie, hatte sich ausgiebig mit jenen rätselhaften Vorfahren befasst, ohne ihr Geheimnis jemals ganz zu ergründen.

Die Tür hatte eine eiserne Klinke und ein Steckschloss, auf dessen Höhe sie von Vertiefungen und Kratzern versehrt war, als habe sie jemand einst aufgebrochen und dann sorgfältig wieder geflickt. Sie war verriegelt.

Der Tempel war sehr viel älter als der Palast, den man offensichtlich als Festung erbaut hatte, um das Heiligtum zu schützen. Hoch überragten ihn die eindrucksvollen Mauern, und doch schien sich das gesamte Gebäude zu ihm zu neigen.

Der weiße Kies auf dem Platz knirschte unter Schritten. Gedämpfte Stimmen unterhielten sich in einer Xander fremden Sprache. Gespannt beobachtete er, wie zwei dunkelhäutige Söldner zu ihren Kameraden beim Westtor gingen. Die Wachablösung. Sie wechselten ein paar Worte, dann nahmen die Söldner die Plätze ihrer Vorgänger ein. Hoch aufgerichtet standen sie neben dem Durchgang, die Lanzen von sich gereckt. Tiefschwarz zeichneten sich ihre Umrisse vor dem im Mondlicht glimmenden Stein ab.

Die abgelösten Wächter schlenderten müde über den Platz. Sie gingen so nah an Xander vorbei, dass er sie atmen hörte. Eine Lotosblüte zierte ihre ledernen Rüstungen. Einer sprach, der andere schnaubte als Antwort durch seine breite Nase, dann lachte er auf. Seine Zähne schienen im Nichts zu schweben, so dunkel war seine Haut. Als er gestikulierte, zeigte er seine helleren Handflächen und Fingernägel. Fasziniert musterte ihn Xander, er hatte noch nie einen Menschen von solcher Hautfarbe gesehen, als der Söldner abrupt innehielt. Er winkte und sein Kamerad verstummte. Den Kopf auf die Seite geneigt, schien er zu lauschen, dann drehte er sich zu Xander und schritt auf ihn zu. Xander verharrte stockstill. Furcht ergriff ihn, obwohl er wusste, dass ihn die Söldner unmöglich sehen oder hören konnten.

Der eine stand direkt vor ihm, kaum eine Handbreit entfernt. Xander blickte in seine schwarzen Augen, gelblich war ihr Weiß, durchzogen von feinen roten Adern. Misstrauisch kniff er sie zusammen, blickte hierhin und dorthin, ohne etwas zu entdecken. Schweiß glänzte auf seiner gewölbten Stirn. Ratlos zuckte er die Schultern und kehrte zurück zu seinem Kameraden. Sie sprachen leise miteinander, während sie zum Nordtor gingen, hinter dem sie schließlich verschwanden.

Vorsichtig folgte ihnen Xander. Der Zwischenfall mit dem Wächter gemahnte ihn daran, dass er äußerst behutsam vorgehen musste. Soldaten konnten seine Anwesenheit nicht wahrnehmen, aber vielleicht waren Priester dazu in der Lage, von denen sich ständig welche im Palast aufhielten, wollte man Lodurs Worten Glauben schenken, und ganz bestimmt würde ihn Akàra aufspüren, wenn er ihr Gelegenheit dazu gab. Akàras Gemächer befanden sich im Nordflügel, wo auch die Söldner Quartier hatten. Er musste feststellen, ob Akàra im Palast weilte, bevor er mit seiner Suche begann.

Heimlich huschte er über die Treppe in den ersten Stock des Nordtraktes. Vor ihm erstreckte sich der verlassene Gang, der breiter war, als er vermutet hatte. Von hier oben wirkte er mehr wie eine Terrasse und wurde wohl auch als solche genutzt. Eine Sitzbank zog sich an der Brüstung entlang, unterteilt von eingemauerten Erhebungen. Da und dort standen Palmen in schweren Kübeln, die, vom Mondlicht bestrahlt, spitze Schattenstreifen auf die Wände warfen.

Schwarz glänzte eine regelmäßige Reihe von Fenstern, die bis auf den Boden reichten und aus jeweils zwei Flügeln bestanden.

Ein Gitterwerk aus weiß lackiertem Holz unterteilte die klaren

Scheiben. Als gläserne Türen verbanden sie die dahinter liegenden Räume mit der Terrasse. Xander ging zur zweitletzten Tür. Sie stand offen. Dünne weiße Vorhänge wehten sachte im Wind. Mit klopfendem Herzen spähte Xander hinein; er wagte es nicht, einzutreten. Hier befand sich nach Lodurs Angaben Akàras Schlafgemach.

Sanft schwebte der Geruch von Blüten im Raum, ein Hauch. Mondschein erhellte ein angenehmes, großzügiges Zimmer. Links vom Fenster stand ein Tisch, auf dem zerknüllt ein dunkelblauer Seidenmantel lag, daneben auf einem silbernen Tablett eine Haarbürste mit silbernem Griff und Rücken. An der gegenüberliegenden Wand thronte ein ausladendes Bett, dessen Rahmen und hohe Lehne mit überaus kunstvollem Schnitzwerk verziert waren. Aus alabasternen Schalen voller getrockneter Blumen zu beiden Seiten strömte der angenehme Duft. Ein halbes Dutzend weiß bezogener Kissen türmte sich am Kopfende. Die weißen Laken waren zerwühlt.

Langes schwarzes Haar floss über die Kissen, der dazugehörende Kopf war in ihnen vergraben. Die Laken wölbten sich über einem schlanken Leib. Dem Umriss nach zu schließen, ruhte er auf der Seite, ein Bein an den Bauch gezogen.

Entrückt betrachtete Xander die schlafende Gestalt. Nach einem leisen Seufzen rührte sie sich, ein Arm griff nach dem Leintuch und hielt es fest, dann rollte sie auf den Rücken. Unter Wogen schwarzen Haares tauchte ein Gesicht auf, das Xander kannte. Sein Atem stockte. Sie war hier.

Etwas zog ihn unwiderstehlich an. Er wollte hineingehen und auf die Kante des Bettes sinken, um sie von ganz nahem zu betrachten. Wie jung sie aussah im Schlaf, mehr ein Mädchen denn eine Frau. Schön war sie, entsetzlich schön. Fast durchsichtig schien die blasse Haut, der Mund hatte die Farbe eines Blütenblattes. Scharf schnitten die schwarzen Brauen in die glatte Stirn. Friedvoll träumten die geschlossenen Augen, beschattet von dichtem Wimpernkranz. Beinahe wünschte er, sie möge sie aufschlagen und ihn anblicken.

Schrecken erfasste Xander. Ohne es zu merken, war er bereits durch das Fenster getreten. Sofort kehrte er um und hastete zurück auf den Platz, ohne einen weiteren Gedanken zu verschwenden. Selbst in tiefem Schlaf stellte Akàra eine Gefahr dar, der er beinahe erlegen war.

Vor dem Eingang des Tempels hielt er inne und sammelte seine Kraft. Er blickte an seinem Geisterkörper hinab, den er so deutlich sehen konnte wie den aus Fleisch und Blut. Er ballte die Hände zu Fäusten, dann spreizte er die Finger. Ohne die Illusion seines Körpers konnte er sich nicht bewegen, er brauchte diesen Halt in der stofflichen Welt, ohne den er in Unnennbarem zu versinken drohte.

Deutlich fühlte er seine Umgebung, die ihm dennoch wie ein Traum erschien. Warm und schwül war die Luft, selbst der leise Wind brachte keine Erleichterung. Von fern plätscherte Wasser, ein sanftes, beruhigendes Rauschen. Er spürte den harten Kies unter den Füßen. In den Räumen des Palastes musste angenehme Kühle herrschen. Die dicken weißen Mauern sammelten Schatten und schlossen ihn hinter sich ein. Gerne wollte er sich darin umsehen. Schätze und Geheimnisse mussten dort verborgen sein, auf die kein Uneingeweihter jemals einen Blick geworfen hatte. Doch die Angst, die er empfand, belehrte ihn eines Besseren. Er durfte sich nicht hinreißen lassen, wie stark ihn die Neugier auch drängte. Die Paralle galt es zu finden, alles andere war unwichtig. Da Akàra nach Bengzar zurückgekehrt war, konnten sie nicht weit sein. Es schien mehr als unwahrscheinlich, dass sie die kostbaren Schlüssel in fremde Obhut gegeben oder an einem fernen Ort versteckt hatte. Akàra wusste wohl, welchen Schatz sie in Kirgon gestohlen hatte.

Achtsam ließ er seinen Geist durch die Gebäude schweifen, tastete sich voran. Er würde die Paralle spüren, dessen war er sich sicher. Sie gehörten nicht in diese Welt, ihre Kraft strahlte in diejenige der Geister. Gleich Fackeln würden sie vor ihm auflodern. Er streifte umher. Nichts fand er. Da und dort erregten Räume seine Aufmerksamkeit, ohne dass er darin fündig wurde. Nirgendwo durfte er sich lange aufhalten, damit nicht andere seiner gewahr wurden.

Nach einem ersten erfolglosen Rundgang unternahm er einen zweiten, der ebenso fruchtlos blieb. Einzig den Tempel auf dem Innenhof hatte er noch nicht erkundet, und er machte sich auf, ihn zu untersuchen.

Schmerz durchzuckte ihn, als er sich dem Gebäude näherte. Aufstöhnend taumelte er zurück. Er fühlte einen unsichtbaren Schlag, der ihn erzittern ließ. Behutsam versuchte er es nochmals und wurde wiederum zurückgeworfen. Die fensterlosen Mauern des weißen Würfels schienen auch für einen Geist undurchdringbar. Er mochte es nicht glauben – kein stofflicher Körper konnte ihm eine Schranke sein! Das war unmöglich. In seinem Zustand war er jenseits aller Gesetze der Materie, da er selbst auch keine Form besaß. Wände und Mauern bedeuteten ihm nicht mehr als bloße Gedanken.

Erschöpft hielt Xander inne. Die Anstrengung begann an ihm zu zehren. Er sah keine Möglichkeit, in den Tempel einzudringen, und die

Erkenntnis befremdete ihn zutiefst. Was mochte dahinter verborgen sein, und wer verfügte über die Macht, den Tempel derart abzuschirmen? Sein Scheitern steigerte seine Neugier ins Unerträgliche.

Ernüchtert betrachtete er seine Geisterhände, reckte die Finger und ballte sie zu Fäusten. Einer Eingebung folgend ging er zur eisernen Tür. Er betastete die rätselhaften Schriftzeichen, deren regelmäßige Prägung nicht von Menschenhand zu stammen schien. Ihr Sinn erschloss sich ihm nicht.

Ohne lange zu überlegen, trat er durch die Tür, und plötzlich befand er sich im Tempel. Xander hielt sich nicht damit auf, darüber nachzudenken. Es war ihm gelungen, einzudringen, alles andere war bedeutungslos.

Ein einziger Raum nahm die gesamte Grundfläche ein, eine kahle Halle, grau in grau, die von den dicken Außenmauern begrenzt wurde. Es gab keinerlei Ausstattung darin, kein Mobiliar, einfach gar nichts. Der Steinboden war peinlich sauber gefegt. In einer Kiste neben dem Eingang lagerten weiße Kerzen. Vollkommene Dunkelheit herrschte, doch Xander brauchte kein Licht, um sich zurechtzufinden.

Hinter einem Geländer aus Eisenstangen tat sich ein Schacht auf, durch den eine schmale Treppe in die Tiefe führte. Sowohl das Treppengeländer wie die Stufen bestanden aus geschickt bearbeitetem Eisen. Wölbungen machten die Stufen rutschsicher, durch Reihen kleiner Löcher konnte Wasser ablaufen. Nie zuvor hatte Xander solch eine Treppe gesehen. Reste von grauer Farbe hafteten auf dem Geländer, der überwiegende Teil der Lackierung war abgeblättert, und dennoch war nirgendwo Rost.

Im Untergeschoss hielt Xander staunend inne. Gänge erstreckten sich vor ihm, die von eisernen Türen gesäumt waren. Das Geschoss war viel größer als die überirdische Halle, die er durchquert hatte. Unzählige Räume reihten sich aneinander. Weiche blaue Teppiche lagen in den Gängen, die von den Dienern Herions stammten. Sie waren mit Blumen bestreut, die nicht älter als einen Tag sein konnten. Süß und frisch schwebte ihr Duft in der ungewöhnlich klammen Luft.

Xander fröstelte. Nach der Wärme im Freien erschien ihm der Tempel beinahe eisig. Neugierig begann er die Räume zu erkunden. In einigen Kammern fand er eiserne Pritschen, jeweils zwei übereinander in einem Gestell. Demzufolge mussten hier einst Menschen gewohnt haben. Anderswo entdeckte er Tische und Schränke, auf denen merkwürdige flache Kisten standen, die mit zahllosen viereckigen Knöpfen bestückt waren, angeordnet in regelmäßigen Reihen. Darüber thronten größere, hohe Kisten; undurchsichtige Rechtecke aus Glas durchbrachen deren Fronten. Schnüre baumelten herunter, die in einer Art Knauf mit drei Metallspitzen endeten. In die Wände waren kleine Platten mit drei Löchern eingelassen, die wohl das Gegenstück dazu bildeten.

Schmunzelnd schüttelte Xander den Kopf. Wozu sollte man das schwere Gerät an die Wand binden, wie man einen Hund an die Leine legte? Die Sachen sahen nicht so aus, als ob sie gleich davonlaufen wollten. Versuchsweise steckte er einen Knauf in die Wand, dann zog er an der Schnur. Er rutschte sogleich wieder heraus, was bei der Konstruktion auch kein Wunder war.

Die Gerätschaften mit ihren Leinen und Knäufen bestanden aus einem ihm unbekannten Material, glatt und grau, es erinnerte an getrockneten Teig. Die Kisten hatten eine harte Oberfläche, die Schnüre waren biegsam und weich. An einigen Stellen bröckelte die vom Alter morsch gewordene Substanz und entblößte Drähte, die das Ganze offenbar zusammenhielten.

Vielleicht handelte es sich dabei um Kultgegenstände, die Ausdruck der Verehrung eines lange vergessenen Gottes waren. Die Ansammlung von Knöpfen konnte zur Zierde dienen oder eine Form von Schrift sein, mit der ein Gebet dargestellt oder ein Ritual festgehalten wurde. Einige der Knöpfe wiesen Zeichen auf, die denjenigen an der Eingangstür glichen, einige waren bunt, andere nicht. Auch die Schnüre konnten eine sinnbildliche Bedeutung haben. Auf manchen Geräten wiederholte sich ein schlichtes Symbol, das Xander ebenfalls beim Eingang bemerkt hatte.

In vielen Räumen hingen stets gleiche Scheiben an der Wand: Metallringe mit einem Glasdeckel, dahinter eine Platte, auf der abwechselnd dünne und dicke Striche in einem Kreis angeordnet waren. Aus der Mitte ragten zwei weitere Striche, die einen Winkel bildeten. Vermutlich war dies das Erkennungsmerkmal des Glaubens der versunkenen Kultur oder sogar das stilisierte Bildnis des Gottes oder der Göttin. Die kreisrunden Scheiben mit dem Kranz aus Strichen gemahnten ein wenig an eine einfache Darstellung der Sonne, oder was sich die Menschen damals darunter vorgestellt haben mochten. Möglicherweise hatten sie in ihren lichtlosen Hallen tatsächlich einen Sonnengott angebetet, und das Fehlen von Fenstern diente dazu, eine Art künstliche Nacht zu erzeugen. Solche Religionen waren nicht ohne Beispiel.

Xander bedauerte, dass er keine Gelegenheit hatte, die urtümlichen Fundstücke zu studieren, und plötzlich verstand er die Begeisterung, die diese in vielen Daimonen auslösten. Eine untergegangene Zivilisation hatte sie hinterlassen, von der man kaum etwas wusste. Fremdartig war ihre Hinterlassenschaft und voller Rätsel. Vieles mutete so sinnlos an, und doch ließ sich die Kunstfertigkeit nicht leugnen, mit der die Ahnen ihre Bauten errichtet und ihre Kultgegenstände gestaltet hatten.

Unbestreitbar war der heutige Tempel Herions eine wichtige Fundstelle, die der Forschung bisher verschlossen gewesen war und es wohl auch bleiben würde, solange die Priester über den Tempel wachten. Kein Unbefugter durfte das Heiligtum betreten, was unter anderem dazu beigetragen hatte, es zu erhalten. Die Priesterschaft bemühte sich sichtlich um den Tempel; nirgendwo lag Staub oder Schmutz, es gab keine Anzeichen von Plünderung oder mutwilliger Zerstörung.

Widerstrebend setzte Xander seine Suche fort. Er durfte sich nur kurz hier aufhalten, obwohl ihn der Tempel tief beeindruckte und er gerne mehr Zeit damit verbracht hätte, ihn zu untersuchen.

In den Wänden befanden sich in weiten Abständen vergitterte Öffnungen, aus denen ein sanfter Luftzug wehte. Xander fragte sich, wohin sie führten. Draußen hatte er keinerlei Anzeichen davon entdeckt. Ein Geheimnis mehr, das er nicht aufklären konnte.

Aufmerksam streifte er umher, ohne die Paralle zu spüren. Überall nahm er die Anwesenheit der Priester wahr, die sich im Tempel aufgehalten hatten, doch mehr nicht. Er wollte schon enttäuscht aufgeben, als er einen Raum am Nordende betrat. Im Gegensatz zu den anderen war er leer bis auf eine Treppe, die auf ein tiefer liegendes Geschoss führte. Xander wollte kaum seinen Augen trauen! Der Tempel reichte noch weiter in die Tiefe.

Eine innere Stimme warnte ihn, dorthin vorzudringen, aber er konnte nicht auf sie hören. Sogleich war er im unteren Geschoss angelangt. Eine riesige Halle erstreckte sich vor ihm, in deren Mitte ein Altar aus weißem Stein emporragte, erhöht auf einem vierstufigen Podest. Der Altar hatte die Form eines Quaders, etwa doppelt so breit wie hoch und tief; er wies keinerlei Verzierungen oder Inschriften auf. Das Herz von Herions Reich. Kalte Kohlenbecken säumten die Wände, dazwischen steckten erloschene Fackeln in Halterungen an den Wänden. Ein Meer von Blumen umgab den Altar: üppige Gebinde in wuchtigen Vasen und verstreut einzelne Blüten als ein Teppich aus Pflanzen.

Vor dem Altar gähnte ein rundes Loch. Xander ging darauf zu und spähte in die Tiefe. Dunkelheit tat sich vor ihm auf, die auch seine Geisteraugen nicht zu durchdringen vermochten. Weit reichte der Schacht in die Erde, als habe er keinen Grund. Aus der Ferne hörte Xander das

Plätschern von Wasser und ein dumpfes Rauschen, wie von einem gewaltigen Sog. Der Rand des Schachts war mit weißen Blumen bestreut, auf denen eingetrocknete braunrote Tropfen hafteten. Xander schauderte. Er vernahm den fernen Widerhall von Schmerz. Murmelnde Stimmen hörte er, untermalt von hellem Gesang. Entsetzen ergriff ihn, denn Grauenvolles geschah hier.

Eine Ohnmacht wollte ihn umfangen, und er brauchte all seine Kraft, um bei Sinnen zu bleiben. Die Erinnerungen, die er wahrnahm, drohten ihn zu erdrücken. Er musste von dem Schacht weg.

Starr vor Furcht hastete er hinter den Altar. Staunen weitete seine Augen, und er sank auf die Knie. Sengendes Feuer loderte in seinem Geist, dessen Schönheit ihn nach dem Schrecken des Schachts umso stärker berührte. Sie gehörten nicht hierher, an diesen Ort der Qual, und er würde sie erretten, auf dass ihre Vollkommenheit wieder unter den Menschen strahlte. Mit Tränen in den Augen reckte er die Hand nach ihnen, obwohl er wusste, dass er sie nicht mitnehmen konnte.

Verborgen im Altar lagen sie, jeder der fünf in seiner eigenen Schatulle, beschützt von einer steinernen Tür, deren Mechanismus Xander lächerlich einfach erschien. Er wünschte, sein Körper wäre hier, damit er sie hätte an sich nehmen können. Keinen Tag länger als nötig sollten sie ausharren.

Mit Macht riss er sich los. Wieder und wieder sagte er sich, dass er nicht bleiben durfte, nicht bleiben konnte, wollte er nicht den ganzen Auftrag in Gefahr bringen. Ihr Anblick hallte in ihm wider, als habe er sich in seine Seele gebrannt. Klein und unscheinbar kam er sich neben ihrem Feuer vor, ein trockener Span, der in ihren Flammen verging.

Er wischte sich das Gesicht ab, doch seine Tränen wollten nicht versiegen. Halb blind hetzte Xander die Treppen hinauf, ohne einen weiteren Blick zu verschwenden. Er hastete durch die Halle im Erdgeschoss.

Die Eingangstür warf ihn zurück, als hätte ihm jemand eine Ohrfeige versetzt. Xander ging zu den Mauern und scheiterte auch dort. Langsam schritt er nochmals zur Tür. Er vermochte sie nicht zu durchdringen. Verzweiflung ergriff ihn. Das konnte nicht sein! Schließlich war er hineingelangt.

Wieder und wieder versuchte er es – ohne Erfolg. Panik lähmte sein Denken. Er ruhte einen Augenblick aus und sammelte sich, dann unternahm er einen neuen Vorstoß. Es half nicht: Er war gefangen wie eine Maus in der Falle.

Unsäglich dumm kam er sich vor. Sicherlich hatten die Priester den Tempel vor solchem Zugriff, wie er ihn unternommen hatte, geschützt, und welche Methode wäre besser dafür geeignet, als jemanden zwar hereinzulassen, aber nicht mehr hinaus? Er hatte ihr Können unterschätzt.

Vor der Tür setzte er sich und presste die Stirn an die Knie. Ohne fremde Hilfe war er verloren. Er ballte die Hände zu Fäusten. Die Wut über sein Versagen machte ihn zittern, er bebte am ganzen Leib. Schreien wollte er vor Zorn. Was würden sie mit ihm anstellen, wenn sie ihn hier fanden? Sicherlich gab es harte Strafen für den Frevel, den er begangen hatte.

Eine seltsame Empfindung erschütterte ihn. Etwas geschah mit seinem Körper, der in dem Haus in Bengzar schlief, das konnte er deutlich fühlen. Überrascht horchte er auf. Als ein Seil in die Wirklichkeit erschien ihm das Gefühl, und ein Instinkt sagte ihm, dass er sich daran festhalten sollte. Er klammerte sich daran und hangelte sich hoch wie ein Ertrinkender in sturmumtoster See. Ehe er sich versah, hatte er den Tempel hinter sich gelassen, trieb durch grüne Höhen und kehrte zurück.

Still und friedvoll träumte der Palast unter der Morgendämmerung. Saphirblau leuchtete der Himmel, an dem einzelne Sterne wie Diamanten glitzerten. Über dem Horizont hing ein heller Schimmer, lavendelfarben, der die Dunkelheit allmählich auflöste. Vögel sangen im nahen Wald.

Niemand hatte Xanders Eindringen und Flucht bemerkt, außer einer einsamen Gestalt im ersten Stock des Nordtraktes. Reglos stand sie am Fenster, eine Hand am Vorhang. Sie trug ein dunkelblaues Nachthemd, dessen Seide vom Schlafen zerdrückt war. Schwarzes Haar floss auf ihre nackten Schultern, rahmte ein ebenmäßiges Gesicht ein. Das erste Morgenlicht spiegelte sich in ihren Augen.

Der Junge war also gekommen, wie sie es erwartet hatte, und er hatte gefunden, was er gesucht hatte. Beinahe hätte er sich selbst im Tempel eingesperrt, und sie hatte schon überlegt, wie sie ihm unerkannt helfen könnte, als er es doch noch schaffte. Alles verlief genau nach Plan.

Sie lächelte zufrieden, dann ging sie wieder zu Bett.

KAPITEL 11

Unter dem Mantel des Glaubens

»Ein Narr, wer einen Narren seinen Freund heißt.«

Spruchweisheiten der Nomaden von Generia.
Argold Denzel, Reisetagebücher,
2249 bis 2253 n. A. D.
Volksbibliothek Gwalheim, Reg. 343.81.

»Verschwinde, du Strolch!«, brüllte eine wütende Stimme. »Sonst kriegst du den Knüppel zu spüren!«

Mit einem Holzprügel bewaffnet stürzte der Ladenbesitzer aus der Tür, obwohl Wolf keinerlei Anstalten gemacht hatte, sich vor seinem Geschäft niederzulassen oder gar etwas zu stehlen. Bloß einen Blick in das Schaufenster hatte er geworfen, wo allerlei Ledertaschen und Gürtel ausgestellt waren. Rasch humpelte Wolf weiter, die Krücken fest unter die Arme geklemmt.

»Verdammtes Gesindel!«, keifte der Krämer. »Wie Ungeziefer breiten die sich in der Stadt aus!«

Aus dem benachbarten Geschäft, einer Tee- und Kräuterhandlung, trat eine hagere Frau in einem grell gemusterten Kleid. Sie starrte Wolf ungnädig nach, dann schlenderte sie zum Sattler und unterhielt sich mit ihm.

Heimlich lächelte Wolf in sich hinein. Seine Verkleidung tat ihre Wirkung. Das Holzbein hatte er daheim gelassen und den Gehstock mit zwei grob zurechtgezimmerten Krücken vertauscht. Die zerknitterten Kleider aus grobem braunem Tuch hatten Löcher und schlecht geflickte Risse und waren ebenso schmutzig wie sein Gesicht, das Haar und die Hände. Mit Asche, Ruß und Öl hatte er sich eingerieben. Er sah aus, als ob er sich seit Monaten nicht mehr gewaschen hätte, ärmlich und verwahrlost, wie es sich für einen Bettler geziemte.

Unter der Arkade, die den Marktplatz einrahmte, hielten sich keine Bettler auf. Hier hatten die Wirte und Kaufleute ihre gut gehenden Geschäfte und Gasthöfe. Sie duldeten nicht, dass ihre Kunden angeschnorrt wurden, und vertrieben jeden Stadtstreicher sofort, wie Wolf mehrmals am eigenen Leibe erfahren hatte. Dabei wäre die Arkade ein idealer Platz gewesen: Der überdachte Gang bot Schatten und Kühlung, es kamen eine Menge Leute vorbei, denen das Geld locker in der Tasche saß, und beim Brunnen auf dem Platz gab es kostenlos frisches Wasser.

Manche der Händler und Gastwirte hatten ein weicheres Herz als andere; so hatte ihm eine Kellnerin verstohlen zugeflüstert, er solle abends noch mal kommen, dann gebe sie ihm von den übrig gebliebenen Speisen des Mittagessens; ein Goldschmied hatte ihm ein paar Kupfermünzen zugesteckt, um ihm gleich darauf zu erklären, er müsse verschwinden. Mildtätigkeit galt als erstrebenswert und edel in Bengzar, was dazu beitrug, Scharen von Vagabunden anzulocken.

Am lästigsten waren die Marata, die an allen Ecken herumlungerten, behängt mit ihren billigen Tüchern und Ketten, die sie den Vorbeikommenden unter die Nase hielten und jeden hartnäckig verfolgten, der auch nur das geringste Interesse zeigte. Die Marata verachteten Bettler und glaubten, dass diese ihnen das Geschäft verdarben. Die Ladenbesitzer hatten wiederum aus demselben Grund nichts für die Marata übrig, aber sie durften sie nicht verjagen, da der Straßenhandel in Bengzar erlaubt war.

»Verpiss dich, du Penner!«, schrie ein Marata Wolf an und hob einen Stein auf, um ihn nach ihm zu werfen. Wolf machte einen weiten Bogen um ihn und schwang sich an seinen Krücken auf den Marktplatz.

Sengend brannte die Sonne auf ihn nieder. Der Mittag war schon vorüber, aber die Glut hatte noch nicht nachgelassen. Der Platz war fast gänzlich verwaist. Auf der schattigen Seite des Brunnens saßen dicht gedrängt ein paar Gestalten, in denen Wolf unschwer ›Kameraden‹ erkannte. Er fluchte leise, denn er hatte gehofft, zu dieser Tageszeit allein hier zu sein.

Schleppend humpelte er zum Brunnen. Eine Gruppe von Stadtstreichern gab sich am Beckenrand ein Stelldichein: vier Männer und zwei Frauen. Als er näher kam, verstummte ihr Gespräch, und sie gafften ihn an.

»He!«, rief ein Mann lang gezogen. »Ein Neuer.«

»Hier's besetzt!«, schnaubte ein anderer. »Scher dich weg!«

Wolf schluckte leer. Er hatte mit keinem freundlichen Empfang gerechnet – fremde Bettler wurden oft als unliebsame Konkurrenz empfunden –, doch die unverhohlene Feindseligkeit, die ihm entgegenschlug, übertraf seine Erwartungen. Nach einem knappen Nicken zur Begrüßung umging er die Runde und ließ sich an der entgegengesetzten Seite des Brunnens nieder.

Bald hörte er Schritte und einer der Stadtstreicher stand vor ihm: ein großer Kerl mit einem tonnenartigen Bauch, der über seinen Gürtel hing. Das gemusterte Hemd und die dunkle Hose wollten seine Leibesfülle kaum halten. Graues Haar rahmte die Stirnglatze seines eiförmigen Kopfes ein, dessen dünne Strähnen bis auf die Schultern reichten. Krebsrot war sein Gesicht, ob vor Hitze oder vor Wut, vermochte Wolf nicht zu sagen. Sein rechter Arm hing schlaff und merkwürdig verdreht herab, auch war er viel dünner als der linke; wahrscheinlich konnte er ihn nicht mehr gebrauchen.

Zögerlich folgten ihm seine Freunde, in sicherem Abstand harrten sie dem Geschehen. Freudige Erregung zeigte sich in den Gesichtern, als wüssten sie genau, was bevorstand. Nur eine Frau wagte sich näher heran, doch auch sie blieb im Schutz des Dicken. Blass und hager war sie, in einem granatroten Kleid, das ihr weder stand noch passte. Sie hielt eine halbvolle Flasche mit Wein in den Händen, dem sie offenbar ausgiebig frönte, wie an der schwammigen, rot geäderten Haut zu erkennen war.

»Das' mein Platz«, grunzte der Dicke. »Mach dich fort!«

Er lallte und wankte, als ob er völlig besoffen wäre, was ihn nicht weniger gefährlich machte. Bei der Hitze reichten schon geringe Mengen Alkohol, um die Sinne zu betäuben.

»Fort, fort!«, wiederholte die Frau schrill und schwenkte die Flasche.

»Ch'ab nichs übrig für Krüppel«, geiferte der Mann. »Gesocks.«

»Ich bleibe nicht sehr lange«, erwiderte Wolf, »muss nur etwas ausruhen.«

»A'sruhn!«, kreischte die Frau.

Entnervt kniff Wolf die Augen zusammen. Das hatte ihm gerade noch gefehlt! Er durfte sich nicht vertreiben lassen, schließlich hatte er beim Brunnen eine Verabredung.

»Seid friedlich!«, beschwor er die Gemeinschaft. »Ich tue doch keinem was.«

»Kei'm was!«, kam das Echo von der Frau.

»Zeig's'm«, sang der Chor der anderen, die den Dicken mit Blicken und Fäusten anfeuerten. »Los schon!«

»Wa mög'n dich aba nich«, grollte der. »Mach dich fort, aber plötzlich, bevor ich meine Manier'n vergess'.«

Drohend kam er auf ihn zugestapft. Seine ungleichen Arme ruderten wie Dreschflegel. Mit einem siegessicheren Grinsen entblößte er zwei Reihen fauler Zähne.

»Mach'n fe'tig, wie'n an'ern gestern!«, johlte der Bettlerchor in seinem Rücken.

Wolf hob eine Krücke und rammte sie ihm hart in den Magen. Pfeifend wich die Luft aus dem Dicken und er krümmte sich, um sich gleich darauf mit neu entflammter Wut auf ihn zu stürzen. Wolf schwang die Krücke und schlug sie ihm ins Gesicht. Aufstöhnend wirbelte sein Gegner herum, torkelte gegen den Brunnenrand; Blut rann ihm aus der Nase. Entschlossen stieß Wolf nochmals zu und beförderte ihn ins Wasser. Mit einem lauten Platschen tauchte der Dicke unter, wälzte sich herum und kam wieder hoch.

»'s zahl' 'ch dir heim!«, zischte er, während er herauskroch.

Abwehrbereit hielt Wolf die Krücke erhoben, doch der fette Kerl schien genug zu haben. Fluchend und schnaubend trollte er sich, gefolgt von seinem verstummten Geleit.

»Heim!«, keifte einzig die Frau, und wieder: »Heim!«

Kopfschüttelnd starrte Wolf ihnen nach, als sie geschlossen über den Platz zottelten, bis sie in einer schattigen Gasse verschwanden. Im Brunnen trieb ein roter Schleier, der sich rasch auflöste.

»Die sind gefährlich«, raunte plötzlich eine unbekannte Stimme.

Erschrocken drehte Wolf sich um. Eine junge Frau stand hinter ihm, deren Kommen er im Eifer des Gefechts nicht bemerkt hatte. Ihr kurzes braunes Haar war wie das eines Mannes geschnitten und gekämmt. Sie trug eine dunkelblaue Hose, Sandalen und ein lose flatterndes weißes Hemd. Die gepflegten Kleider und ihre selbstsichere Haltung verrieten, dass sie nicht zur Bettlerzunft gehörte. Sie wirkte sehr adrett, wie sie ihn mit ihrem hübschen runden Gesicht anblickte. Ihre schräg stehenden Augen waren von einem ungewöhnlich kräftigen Grün, fast wie Moos. Schadenfreude leuchtete in ihnen, die allerdings nicht Wolf galt.

»Du hast Mut, dich mit Onor anzulegen. Bist du neu hier?«

Er nickte.

»Der wird dich nicht in Ruhe lassen«, erklärte sie. »Er und seine Truppe haben schon viele aus der Stadt vertrieben. Wenn er dich im Kampf nicht besiegen kann, wird er dir im Schlaf die Kehle durchschneiden. Der Platz hier und der Brunnen sind sein Revier. Er duldet keine Eindringlinge.«

»Er ist bloß ein Bettler!«

Sie schmunzelte.

»Sind wir das nicht alle?«

Wolf grinste. Das Mädchen gefiel ihm.

»Willst du dich nicht waschen?«, fragte sie. »Du siehst schmutzig aus.«

»Später.«

Sie musterte ihn eingehend.

»Ich bin Thalna. Und du?«

»Man nennt mich Wolf.«

»Und wie heißt du wirklich?«

Er stutzte. Warum hatte er ihr seinen Namen genannt? Das war unvorsichtig.

»Wolf genügt.«

»Verzeih!«, meinte sie lachend. »Ich will dich nicht ausfragen.« Ihre Blicke durchbohrten ihn. »Du machst mich neugierig. Du bist ein Krüppel und gekleidet wie ein Bettler, aber du benimmst dich nicht so. Was ist los mit dir?«

»Nichts. Und was ist los mit dir?«

»Ich bin die Tochter des Wirtes vom ›Grünen Tor‹. Dort drüben wohne ich.« Sie deutete mit gestrecktem Arm über den Platz. »Von meinem Zimmer aus sehe ich alles, was hier geschieht. Es war an der Zeit, dass jemand Onor eine Abreibung verpasst. Er ist ein gemeiner Kerl.«

»Hast du keine Angst?«

»Nein, mir tun die nichts. Aber du solltest welche haben. Ich kann dir Unterkunft bei uns im Schuppen anbieten, wenn du die Nacht überleben möchtest. Onor und seine Bande werden nach dir suchen, und das nächste Mal wirst du sie nicht so schnell loswerden. Auch etwas zu essen kann ich dir besorgen. Wir haben immer genug, von den Gästen bleibt viel übrig.«

»Danke, vielleicht ein andermal.«

Mit einem tiefen Seufzen verschränkte sie die Arme vor der Brust.

»Du scheinst mich nicht zu verstehen. Allein hast du keine Chance. Es gibt noch mehr von diesen Banden wie die von Onor. Wenn er dich nicht findet, werden andere dich erwischen. Die machen Jagd auf Stadtstreicher, um sie auszurauben und zu verprügeln. Alles, was die sich erbettelt haben, nehmen sie ihnen weg. Dabei sind schon viele umgebracht worden. Sie halten sich an ihresgleichen, die Bürger von Bengzar lassen sie in Ruhe, deshalb rühren die Behörden keinen Finger. Die sind froh um jeden Penner weniger.«

»Danke, aber ich werde allein mein Glück versuchen.«

»Das könnte dich rasch verlassen, das Glück.« Ein listiges Funkeln zeigte sich in ihrem Blick. »Du bist ein seltsamer Bettler. Warum sind deine Zähne blendend weiß, wenn der Rest so schmutzig ist?«

»Ich habe gute Zähne.«

»Darauf möcht' ich wetten! Bestimmt putzt du sie täglich, bloß das Waschen vergisst du.«

Wolf betrachtete ihr rundes Gesicht mit der frechen Nase und dem sanften Mund. Klugheit strahlte aus ihren flaschengrünen Augen, doch keine Hinterlist. Das kurze Haar und die männlich anmutenden Kleider betonten ihre ausgeprägt weiblichen Formen mehr, als dass sie sie verbargen. Wolf hielt sie nicht für eine Spionin. Doch man konnte nie wissen.

»Macht sich dein Vater keine Sorgen, wenn du hier herumstreunst?«

»Ich bin erwachsen.«

Sie lehnte sich neben ihn an den Beckenrand.

»Woher kommst du?«

»Aus dem Norden.«

»Der Norden ist groß.«

»Ja«, nickte er, »das ist er.«

»Sehr gesprächig bist du nicht. Wie hat es dich denn nach Bengzar verschlagen?«

»Ich wandere über Land und bleibe dort, wo es mir gefällt.«

»Ein merkwürdiger Lebenswandel für einen Einbeinigen, noch dazu mit diesen unförmigen Krücken. Das muss sehr anstrengend für dich sein.«

»Man gewöhnt sich daran.«

Ungläubig runzelte sie die Stirn.

»Na schön, ich überlasse dich jetzt deinem Schicksal. Falls du es dir anders überlegst wegen der Unterkunft, weißt du ja, wo du mich findest.«

Die Hand zum Gruß erhoben, schlenderte sie davon, ohne sich noch einmal umzuwenden.

»Danke«, rief er ihr nach, dann rutschte er ein Stück, damit er im Schatten blieb.

Seine Blicke schweiften über den Platz. Unter den Arkaden waren wenig Leute unterwegs; viele hielten jetzt ihre Mittagsruhe. Von Onor und seiner Bande entdeckte er keine Spur, wahrscheinlich schmiedeten sie Rachepläne an einem verschwiegenen Ort. Wolf glaubte, was Thalna ihm erzählt hatte. Diesen Strolchen war jede Greueltat zuzutrauen. Er konnte sich gut vorstellen, dass sie im Schutz der Nacht andere Bettler überfielen, um ihnen ihre wenigen Habseligkeiten zu rauben oder sie für eine vermeintliche Beleidigung zu bestrafen. Fenrir sei Dank musste er nicht im Freien übernachten! Bei der Vorstellung, von einem wie Onor im Schlaf überrascht zu werden, packte ihn das kalte Grausen.

Aus Richtung der Weststraße näherte sich eine blau gekleidete Gestalt, kein ungewöhnlicher Anblick in Bengzar. Die Arme in den Stößen der Kutte verborgen, schritt sie gebeugt voran. Sie wandelte über den Platz. Am Brunnen angelangt, streifte sie die Kapuze zurück, neigte sich nieder und tauchte Kopf und Hände ein.

Freude ergriff Wolf. Am liebsten wäre er aufgesprungen, zu ihr gelaufen und ihr um den Hals gefallen. Er musste sich jedoch beherrschen, denn sie konnten beobachtet werden.

»Doran!«, rief er leise.

Frostig glitzerten die jadefarbenen Augen in ihrem sonnengebräunten Gesicht. Sie sah müde aus. Doran öffnete den Mund, als wolle sie etwas sagen, doch kein Laut löste sich.

»Geht es euch gut?«, fragte Wolf.

»Ja. Diese verflixten Herionsjünger machen uns noch verrückt. Ich bin schon heiser vor lauter Beten.«

»Xander hat ein Haus gemietet, ganz in der Nähe. Er war unterwegs, letzte Nacht.«

»Hat er sie gefunden?«

»Ja!«

Verstohlen fischte er einen Umschlag aus seiner Jacke und schob ihn auf dem Brunnenrand zu Doran. Sie nahm ihn an sich und ließ ihn sogleich in der Kutte verschwinden.

»Sie sind im Tempel«, flüsterte Wolf. »Xander hat aufgeschrieben, wo.«

»Ich muss wieder gehen«, sagte Doran, »aber ich würde lieber hier bleiben, das kannst du mir glauben.«

»Heute Nacht?«, fragte er.

Sie nickte.

»Kommt morgen früh zum Haus, ob es geklappt hat oder nicht«, wisperte Wolf. »Im Brief ist ein Plan, wo es liegt. Seid vorsichtig und geht kein unnötiges Risiko ein! Viel Glück!«

»Danke«, murmelte Doran, benetzte nochmals ihr Gesicht und kehrte um.

Sorgenvoll starrte Wolf ihr nach. Eine Ahnung von Unheil beschlich ihn, die er nicht recht deuten konnte. Jeder von ihnen hatte seinen Teil am Auftrag zu erfüllen und er hatte den seinen erledigt, der kleiner war, als er sich gewünscht hätte. Er glaubte zu spüren, dass seine Arbeit noch nicht getan war und hoffte inständig, dass er sich irrte.

◆ ◆ ◆

Als Doran zum See der Träume zurückkehrte, dämmerte bereits der Abend. Am Morgen war sie aufgebrochen, um am Mittag beim Brunnen in Bengzar zu sein, und die Rückkehr hatte mehr Zeit in Anspruch genommen. Sie war müde und sie hatte Hunger.

Im Speisesaal konnten sich die Jünger und Jüngerinnen kostenlos verpflegen. Täglich gab es dort Brot und Tee, Gemüsesuppe und einen Brei aus Linsen und Korn. Dazu wurde eine dunkelbraune Soße aus unbestimmbaren Zutaten gereicht. Das Essen beleidigte den Gaumen, aber es sättigte.

Es galt als unschicklich, weltlichen Genüssen zu frönen, und so aß man nur das Nötige. Die Priester und Priesterinnen speisten im Palast. Woraus ihr Mahl bestand, wusste Doran nicht, doch sie vermutete, dass es weniger frugal war.

Die Küche lag direkt neben dem Speisesaal, hinter einem Durchgang mit einer Schwingtür. Dort befand sich der Einstieg in den Geheimgang, den Lodur ihnen verraten hatte. Skarg und Doran war es bisher nicht gelungen, mehr als einen flüchtigen Blick in die Küche zu werfen. Nur Jünger, die Küchendienst taten, hatten Zutritt. Es gab keine Möglichkeit, Lodurs Angaben zu überprüfen, ohne sich dabei verdächtig zu machen. Sie würden es darauf ankommen lassen müssen, doch es schien weniger gefährlich, als sie befürchtet hatten. Der Speisesaal und die Küche waren nachts zwar abgesperrt, aber unbewacht und gänzlich verlassen, das hatten sie gestern festgestellt. Falls sie beim Geheimgang scheiterten, würden sie einfach umkehren.

Xanders Brief hatte Doran versteckt im Wald gelesen und sich alles genau eingeprägt. Danach hatte sie ihn verbrannt und die Asche verstreut. Man konnte nicht vorsichtig genug sein.

Doran holte sich etwas zu essen, dann setzte sie sich gegenüber von Skarg an den Tisch. Er schien erst kurz vor ihr eingetroffen zu sein. Lustlos stocherte er in seinem vollen Teller und pickte Gemüsestücke heraus, die er sich zögerlich einverleibte. Erleichterung zeigte sich in seinem Gesicht, als er Doran entdeckte, und sie nickte ihm unmerklich zu.

Im Speisesaal herrschte ein stetes Kommen und Gehen. Frühmorgens wurde er geöffnet und spät abends geschlossen. Die Jünger aßen, wann es ihre zahlreichen Übungen und Pflichten erlaubten, sofern sie nicht gerade fasteten, was bei den faden Mahlzeiten nicht allzu schwer fiel.

Um diese Tageszeit waren die meisten Tische und Bänke besetzt. Niemand sprach. Lautlos formten die Lippen der Jünger Dankgebete, bevor sie sich demutsvoll über das Essen beugten. Anschließend räumten sie sogleich den Platz und entschwanden, um sich mit neuem Eifer ihren Aufgaben zu widmen.

Auch ordensfremde Besucher durften sich im Speisesaal erfrischen, sofern sie sich an das Schweigegebot hielten. Von ihnen wurde eine freiwillige Spende erwartet, die sie in eine Schatulle beim Eingang entrichteten. Am Mittag waren drei lange Tische für sie reserviert, die oft voll belegt waren. Neugier und der Wunsch, einmal nah unter den Jüngern zu weilen, führten viele hierher. Andere, die das Essen bereits kannten, verzehrten selbst mitgebrachtes auf der Wiese.

Unauffällig ließ Doran ihre Blicke durch den Saal schweifen. Jetzt, am Abend, hielten sich nur Jünger und Jüngerinnen hier auf; die letzten Besucher hatten längst den Heimweg angetreten. Braune Holzperlenketten baumelten über den meisten Kutten. An einem Tisch saßen abgesondert zwei Lehrer mit weißen Ketten.

Alles im und um den Palast war streng geordnet, jeder Vorgang verlief nach festgelegten Regeln. Die Jünger und Jüngerinnen schliefen nach Geschlechtern getrennt in großen Sälen, Matratzen und Decken waren nummeriert. Männern und Frauen stand jeweils ein Waschraum mit Toiletten zur Verfügung. Wer im Palast wohnen wollte, musste sich bei der Ordensverwaltung anmelden. Dort wurde ihm oder ihr ein Schlafplatz zugeteilt und eine Arbeit zugewiesen. Gleichzeitig unterstellte man die Neulinge einem Lehrer, der um ihre geistige Entwicklung besorgt war und ihre verbliebene freie Zeit mit Übungen ausfüllte. Doran und Skarg hatten es bisher vermieden, sich bei der Verwaltung einzuschreiben, und hofften, dass die Umstände sie nicht dazu nötigen würden.

Die letzte Nacht hatten sie im Freien verbracht. Am Ufer des Sees hielten sich immer Jünger auf, die meditierten. Niemand schien sich um jene zu kümmern, was Skarg und Doran sehr entgegenkam.

Als sie den Speisesaal verließen, hatte sich Dunkelheit herabgesenkt. Am wolkenlosen Himmel glitzerten Sterne; der Mond war noch nicht aufgegangen. Spiegelglatt glänzte der See, umkränzt von Zedern, die ihre Wipfel weit in das tiefblaue Firmament reckten. Zwei Reihen von Fackeln beleuchteten den Aufgang zum Hauptgebäude, in deren Schein die Treppe gleichsam erstrahlte und das Licht bis zum See warf, wo es in den schwarzen Fluten verschwand.

Auf der Wiese und am Ufer saßen vereinzelte Gestalten in sich selbst versunken. Eine Gruppe Jünger folgten einem Lehrer zum Verwaltungsgebäude. Er winkte und trieb sie aus unerfindlichem Grund zur Eile. Vor dem verriegelten Tor zum Tempelhof hielten zwei mit Lanzen und Schwertern bewaffnete Soldaten Wache. Das Fackellicht zeichnete ihren überlebensgroße Schatten an die Wand, die im Windhauch tanzten. Ehrfurchtgebietende Stille lag über dem Palast.

Abseits der Treppe, am Rand des Waldes, ließen sich Doran und Skarg im Gras nieder. Langes Warten stand ihnen bevor. Sie wollten zwischen Mitternacht und Morgengrauen zur Tat schreiten, wenn alle schliefen, die Schlaf suchten, und selbst die Unermüdlichen einem Traum nachhingen.

Flüsternd berichtete Doran Skarg von ihrem Treffen mit Wolf und von Xanders Brief.

»Im Tempel?«, zischte Skarg. »Wie sollen wir dort hineingelangen?«

»Ich habe Werkzeug bei mir, das alle Türen öffnet«, erwiderte Doran, »aber die Wächter auf dem Innenhof machen mir Sorgen. Wir müssen sie irgendwie außer Gefecht setzen.«

»Das werden unsere Dolche erledigen.«

»Sie dürfen keinen Alarm schlagen, sonst sind wir verloren.«

Ein listiges Lächeln ging über Skargs Gesicht.

»Das erledige ich schon. Kümmere du dich um die Türen.«

Verärgert funkelte Doran ihn an.

»Was hast du vor?«

»Lass das meine Sorge sein.«

»Es ist aber nicht nur deine Sorge! Ich will wissen …«

»Nun, meine Kinder«, ließ sich plötzlich eine wohlklingend tiefe Stimme vernehmen, »was tut ihr hier?«

Erschrocken sprangen Doran und Skarg auf. Ein Mann in einer Kutte stand hinter ihnen. Das Gras hatte seine Schritte gedämpft und das Gespräch ihre ganze Aufmerksamkeit beansprucht, sodass sie ihn nicht gehört hatten. Eine weiße Holzperlenkette blitzte in der Dunkelheit. Seine Züge konnten sie nur undeutlich erkennen. Er hatte eine Adlernase und ein eckiges Kinn. Sein rabenschwarzes Haar war glatt aus der Stirn gekämmt. Er wirkte jung für einen Lehrer, doch die Nacht mochte täuschen.

»Wollt ihr mir nicht antworten?«

»Wir …«, stammelte Doran. »Verzeiht, edler Vater, wir haben unsere Meditation durch eitles Geschwätz unterbrochen. Danke, dass Ihr gekommen seid, um uns daran zu gemahnen.«

»Ihr seht nicht so aus, als ob ihr schon die Stufe der Meditation erreicht hättet. Wie lange seid ihr schon in Bengzar?«

»Wir sind erst angekommen, Vater«, antwortete Skarg.

»Na also. Wer hat euch gesagt, ihr sollt meditieren?«

»Niemand, Vater. Ist es denn falsch?«

Er lachte.

»Es ist sinnlos, wenn es euch keinen Fortschritt bringt.«

»Der Anblick des heiligen Sees hat uns tief bewegt, Vater«, wand sich Doran. »Vergebt uns unsere Anmaßung, an seinem heiligen Ufer zu verharren!«

»Ach was! Ihr könnt so lange hier sitzen, wie ihr wollt. Viele tun das und lernen nichts dabei.«

Der Mond ging auf und tauchte das Land in silbernen Schein. Warm leuchteten die dunklen Augen des Lehrers in seinem scharf geschnittenen Gesicht. Eine merkwürdige Anziehungskraft ging von ihm aus, die sowohl Skarg wie auch Doran verspürten. Er musterte sie unverhohlen.

»Woher kommt ihr?«

»Aus dem Haus der Besinnung in Aschfelden.«

Nachdenklich brummte er.

»Ihr wirkt erfrischend anders als viele der Studenten hier. Habt ihr euch schon eingetragen?«

»Nein«, stotterte Doran. »Wir ...«

»Gut!«, fiel ihr der Lehrer ins Wort. »Schreibt euch morgen ein und gebt an, dass ich euch geschickt habe. Ich bin Vater Beor.«

»Danke, Vater Beor.«

Mit abwesendem Ausdruck starrte er sie an, als könne er ihre Gedanken dabei lesen. Sie getrauten sich nicht mehr zu sprechen oder auch nur einen Finger zu krümmen, dann seufzte er leise und brach damit den Bann.

»Nicht alles ist richtig, was hier geschieht. Ich habe schon manchen vielversprechenden Schüler ... verloren. Sie haben ...« Seine Stimme versagte und er hielt inne, als merke er auf einmal, was er redete. »Kommt zu mir, wenn ihr Hilfe braucht.«

Sorge umschattete seinen Blick. Ernst nickte er ihnen zu.

»Der Geist Herions möge euch schützen. Gute Nacht!«

»Gute Nacht, Vater Beor!«, erwiderten sie.

Staunend starrten sie ihm nach, bis die Dunkelheit ihn verschluckte.

»Ein komischer Kauz!«, sagte Skarg leise.

Doran runzelte die Stirn.

»Was er wohl damit gemeint hat?«

Gelassen zuckte Skarg die Schultern.

»Diese Kerle haben doch alle einen Knall!« Er tippte sich an die Stirn. »Ein Jünger, der schon länger im Palast lebt, hat mir heute Nachmittag erzählt, dass manchmal welche in den Tempel gerufen werden, die dann nicht wieder auftauchen. Er vermisst seit einem halben Jahr seine Schwester – seine leibliche Schwester, die mit ihm hierher gereist ist –, und keiner will ihm Auskunft geben, was mit ihr geschah. Er wartet auf eine Gelegenheit, im Tempel Dienst zu tun, und hat gute Aussichten, bald dazu erwählt zu werden, wie er meinte. Wenn ich er wäre, würde ich schleunigst von hier abhauen!«

Ein Schauer lief über Dorans Rücken.

»Warum wehren die Jünger sich nicht?«

»Wie sollten sie? Sie müssen den Priestern gehorchen, außerdem glauben sie ja an diesen ganzen Quatsch.«

»Jemand sollte etwas unternehmen!«

»Wir wohl kaum. Morgen sind wir von hier verschwunden.«

Abwechslungsweise döste einer von ihnen im Gras, während der andere Wache hielt. Als Skarg ruhte, spähte Doran in die Nacht und horchte aufmerksam auf Geräusche. Nichts regte sich. Die Ellenbogen aufgestützt, lehnte sie sich zurück und blickte in den nächtlichen Himmel. Wolkenfetzen zogen über den Wald, die, vom Mondlicht erhellt, als weiße Schleier vor den Sternen hingen.

Skarg drehte sich auf die Seite, den Rücken zu Doran gewandt. Die Kutte eng um sich gerafft, legte er einen Arm unter den Kopf. Er rutschte hin und her, bis er die bequemste Stellung gefunden hatte, dann sank er in Schlaf.

Doran betrachtete ihn. Ein Büschel hellblonden Haares schaute unter seiner Kapuze hervor. Sein Gesicht lag im Schatten. Er atmete tief und gleichmäßig. Eine Hand hatte er zwischen die Beine geklemmt, um sie zu wärmen.

Gram überwältigte Doran. Ein eiserner Ring schien sich um ihr Herz zu schließen und es erdrücken zu wollen. Sehnsucht flammte mit Macht in ihr auf. Sie verstand nicht, was mit ihr geschah und warum Skarg ein so heftiges Gefühl in ihr auslöste. Sein kriegerisches Gehabe verärgerte sie, und seine übergroße Selbstsicherheit gemahnte sie oft an Selbstgefälligkeit. Doch in seinen Augen brannte ein Feuer, das Doran tief berührte. Es erzählte von Leben und Tod, und von Mut, der den einzigen Unterschied dazwischen ausmachte. Wie ein Tor zu einem verlorenen Land erschienen Doran Skargs kalte Augen. Ein Land, das auch sie in sich trug und das die Zeit verschüttet hatte. Einsamkeit umfing Doran mit dunklen Schwingen, die Schatten auf ihre Gedanken warfen.

Sie schüttelte sich. Ihre Verliebtheit war lächerlich und kindisch. Sie sah ein Trugbild in Skarg, das nichts mit der Wirklichkeit gemein hatte. Er stammte aus Ardak, wo die Menschen unter bescheidensten Umständen hausten. Zu einem Fürsten der Barbaren hatte er sich aufgeschwungen, mehr als Körperkraft brauchte man dazu nicht.

Ein bitteres Lächeln ging über Dorans Gesicht. Sie belog sich selbst. Nichts wünschte sie sich mehr als die Zuneigung dieses ›Barbaren‹. Wütend zwang sie sich zur Vernunft, aber ein Teil von ihr wollte nicht zuhören. Sie verbannte ihn auf den Grund ihrer Seele. Dort mochte er schwelen. Jetzt galt es, ihren Auftrag zu erfüllen. Sie durfte nicht zulassen, dass Gefühle ihren Verstand benebelten. Bald genug würde Skarg aus ihrem Leben verschwinden und mit ihm der Brand in ihrem Herzen erlöschen.

Als die Zeit gekommen war, rüttelte Doran Skarg an der Schulter. Die Berührung ging ihr durch Mark und Bein, und sie zog rasch die Hand zurück. Schlaftrunken setzte er sich auf, streifte die Kapuze zurück und strich sich das Haar aus der Stirn.

»Ist es so weit?«

»Ja.«

Gemeinsam gingen sie zu der Stelle, wo sie ihre Ausrüstung vergraben hatten. Nach kurzer Suche fanden sie den richtigen Baum und scharrten mit den Händen. Ein in Öltuch gewickeltes Paket kam zum Vorschein. Doran wischte Gras, Erde und Käfer ab und faltete es auf. Sie schnallte den breiten Gürtel, in den ihr Einbruchswerkzeug in Schlaufen eingenäht war, unter der Kutte um den Bauch, dann reichte sie Skarg einen Dolch und verstaute den ihren im Ärmel. Dazu nahm sie zwei Kerzen und Schwefelhölzer mit. Das Öltuch legte sie zurück in das Loch und breitete Erde darüber, die sie festklopften.

»Das wär's.«

Skarg nickte ihr zu. Gebückt wandelten sie zum Palast, als wären sie Jünger, die von nächtlicher Meditation in den Schlafsaal zurückkehrten. Sie begegneten niemandem. Am Ufer zeichneten sich die Umrisse von kauernden Gestalten vor dem Wasser ab. Deren Blick war zum See gerichtet und sie rührten sich nicht. Prüfend spähte Skarg zum Hauptgebäude. Dort standen wie immer zwei Wächter, die ihre Lanzen reckten.

Der Speiseraum und die Küche lagen im selben Trakt wie die Schlafsäle, dem nordwestlichen, hatten aber getrennte Eingänge. Ein offener Torbogen führte zu den Schlafräumen; der Saal der Frauen lag über eine Treppe erreichbar im ersten Stock, derjenige der Männer hinter einem kurzen Gang im Erdgeschoss. Der Speisesaal verfügte über eine Tür in der Außenmauer, die zum See zeigte. Dorthin schlichen Doran und Skarg.

Während Doran sich am Schloss zu schaffen machte, verbarg sich Skarg im Durchgang zu den Schlafsälen. Er hoffte inständig, dass niemand vorbeikam. Doran fasste unter die Kutte, zückte einen abgewinkelten Metallstift und sank auf die Knie, den Leib dicht an die Mauer gepresst, um möglichst im Schatten der Pforte zu bleiben. Bald erklang ein leises Klicken und die Tür schwang auf. Doran huschte hinein, dicht gefolgt von Skarg, der die Tür hinter sich zuzog.

»Gut gemacht«, keuchte er. »Woher kannst du so was?«

»Das ist eine lange Geschichte.« Doran sperrte eilig das Schloss von innen wieder zu. »Komm, wir müssen weiter.«

Sie schlichen zur Küche. Durch zwei Fenster fiel schwach das Mondlicht. Die Mitte des Raumes nahm ein langer Holzherd ein, mit schwarz glänzenden Eisenplatten, die als Kochstellen dienten. Darüber hingen an einer Stange eine Reihe von Pfannen. Unterhalb der Fenster standen Arbeitstische und ein Spültrog, neben dem Handtücher zum Trocknen aufgehängt waren. Peinliche Sauberkeit herrschte. In deckenhohen Regalen stapelten sich Geschirr und allerlei Kochgerät, Lebensmittel waren nirgendwo zu sehen. In einer Ecke lehnte ein Besen.

»Für den Fraß, den sie hier brauen, ist das eine gut ausgestattete Küche«, murmelte Skarg. »Ein Feuer und ein Kessel würden reichen.«

Doran sah sich um. Sie rief sich Lodurs Plan ins Gedächtnis. Er hatte die Einrichtung der Küche ganz anders aufgezeichnet, sie musste in der Zwischenzeit umgebaut worden sein. Nach Lodurs Angaben hatte sich die Feuerstelle in der Südwand befunden, überdacht von einem Kamin. Dort gab es jetzt eine Wand mit einer Tür, keine Spur von einem Herd oder einem Abzug.

Hinter der Tür befand sich eine mit Regalen ausgekleidete Speisekammer. Eingemachtes Gemüse und Marmelade lagerten auf den Tablaren. Käselaibe, deren Duft den ganzen Raum erfüllte, waren unter Drahtgittern verstaut. Die Jünger kamen nicht in den Genuss solcher Leckerbissen, demnach mussten sie für die Lehrer oder die Priester bestimmt sein. Ein offener Durchgang zwischen den Gestellen führte in Schwärze. Kühle Luft drang herein.

»Das darf nicht wahr sein«, stöhnte Doran. »Hier ist es!«

Skarg pfiff leise.

»Das war leichter, als ich gedacht habe.«

»Allzu leicht«, raunte Doran.

»Komm schon!«, spornte Skarg sie an. »Wer soll denn ahnen, dass Fremde von diesem Gang wissen? Die Priester fühlen sich in Sicherheit, und das waren sie auch, bis heute.«

Dorans Magen zog sich zusammen. Das Herz schlug ihr bis zum Hals. Sie schloss die Tür des Vorratsraums hinter ihnen, holte eine Kerze hervor und zündete sie an. Flackerndes Licht erhellte eine steile, hölzerne Treppe, die in die Tiefe führte. Doran schützte die Flamme mit der Hand und stieg hinab. Skarg eilte ihr nach.

Bald kamen sie in einen Keller, dessen Boden mit Kies bestreut war, der leise unter ihren Sohlen knirschte. Eichenfässer, die allesamt leer zu sein schienen, säumten die Wände. Bei manchen war der Deckel entfernt worden und lehnte an ihrem Bauch, anderen fehlte der Zapfhahn. Blechkübel und Bürsten türmten sich in einer Ecke.

Verdutzt hielten Doran und Skarg inne. Der Keller bestand nur aus diesem einen Raum, er verfügte über keinerlei Gänge oder Gewölbe. Sorgfältig leuchtete Doran in jeden Winkel, ohne die Spur einer versteckten Öffnung zu finden. Skarg klopfte die Wände ab, bis er einen hohlen Klang vernahm, dann scharrte er mit dem Fuß den Kies zur Seite. Ein eiserner Ring kam zum Vorschein, der in den Boden eingelassen war. Er zog an ihm und in der Wand schwang eine steinerne Tür auf, hinter der sich ein Tunnel auftat.

»Na also, wie es scheint, hat Lodur ausnahmsweise die Wahrheit gesagt.«

Zugluft zerrte am Kerzenschein und Doran schirmte das Licht ab. Skarg bedeckte den Eisenring wieder mit Kies. Im Tunnel zog er einen Hebel, der die Tür schloss. Mit einem heiseren Scharren schnappte sie ein, das ihnen unwahrscheinlich laut erschien. Ängstlich lauschten sie in die Finsternis. Tiefe Stille antwortete ihnen.

Sie eilten weiter, so rasch es das schwache Licht zuließ. Nach einem kurzen Stück zweigten Räume vom Tunnel ab, Vorratskammern, in denen Säcke mit Mehl, Zucker und Getreide aufbewahrt wurden. Danach gelangten sie in einen Weinkeller. Ein Labyrinth von Regalen beherbergte tausende von Flaschen. Auch Fässer entdeckten sie, voll bis zum Rand. Nirgendwo war Staub oder Schmutz zu sehen. Auf einem Tisch mit vier Stühlen standen eine Öllampe und ein Krug, daneben lag eine Schürze.

»Diese Priester leben nicht schlecht«, bemerkte Skarg. »Einen solchen Weinkeller würde ich mir auch gefallen lassen.«

»Ruhig!«, zischte Doran. »Wir sind schon unter dem Hauptgebäude.«

Über eine Treppe erreichten sie eine weitere Küche. Sie war etwas kleiner, doch besser ausgestattet als diejenige der Jünger. Hier gab es Töpfe mit getrockneten Kräutern, kupferne Bratpfannen, Krüge mit verschiedenen Ölen, Flaschen mit aromatischen Essenzen, Zwiebel- und Knoblauchkränze, die über dem Herd hingen, und einen riesigen geräucherten Schinken, der von der Decke baumelte.

Skarg lief das Wasser im Mund zusammen, als ihm der Duft in die Nase stieg. Plötzlich stutzte er.

»Ich dachte, die Gläubigen Herions essen kein Fleisch.«

Doran zuckte die Schultern.

»Vielleicht ist der für die Soldaten.«

Sie legte einen Finger an die Lippen und ging durch die Küche zum Eingang am entfernten Ende. Die Tür war unverriegelt. Doran löschte die Kerze und verstaute sie unter der Kutte.

Im Nordtrakt mussten sie besonders aufpassen. Akàras Gemächer lagen im ersten Stock und im Erdgeschoss befanden sich die Quartiere der Tempelgarde; dort gingen die Wachablösungen ein und aus.

Horchend presste Doran das Ohr an die Tür, dann stieß sie sie einen Spalt weit auf. Es war niemand zu sehen oder zu hören. Ein breiter Gang erstreckte sich auf beiden Seiten, der links vor einer Mauer und rechts bei einem geschlossenen Tor endete. Schräg gegenüber reichte ein schmaler Gang in den Nordflügel hinein.

Lautlos schlichen sie zum Tor. Skarg zückte den Dolch und verbarg ihn in der Hand unter dem Ärmel. Er gebot Doran zu warten. Ehe sie protestieren konnte, war er durch das Tor geschlüpft und taumelte wie ein Verrückter auf den Platz. Doran hielt die Luft an vor Schrecken. Entsetzt spähte sie hinaus auf den Innenhof des Palastes.

Geradeaus sah sie ein graues Gebäude: ein fensterloser Klotz, dessen Eingang ihren Blicken entzogen war. Kalt glänzte der mit weißem Kies bestreute Platz im Mondlicht. Zu ihrer Rechten durchbrach das Westtor die Palastmauern, vor dem zwei Wachen Stellung bezogen hatten. Skarg wankte direkt auf sie zu. Er schleifte ein Bein nach, als ob er verletzt wäre. Misstrauisch ging ihm einer der Wächter entgegen, die Lanze abwehrbereit erhoben. Skarg sank vor ihm auf die Knie und rang flehend die Hände. Der Söldner packte ihn grob am Kragen und zerrte ihn auf die Füße. Im selben Moment blitzte Skargs Dolch auf und verschwand unbemerkt von dem anderen in dessen Rücken. Der Wächter knickte ein und fiel auf das Gesicht. Scheinbar erschrocken taumelte Skarg von ihm weg und warf sich dem zweiten Soldaten ängstlich an den Hals. Der stieß ihn weg, stapfte verwundert einen Schritt auf seinen Kameraden zu und rief nach ihm. Ehe er sich versah, hatte auch ihn dessen Schicksal ereilt.

So leise wie möglich schleifte Skarg die Wachen in den Schatten der Mauer, dann vergewisserte er sich, dass ihn niemand beobachtet hatte.

Flink huschte er zu dem grauen Gebäude, schaute um die Ecke und winkte drängend nach Doran. Sie sammelte ihren Mut und rannte über den Platz. Er grinste sorglos, als sie beim Tempel ankam. Doran presste die Lippen zusammen. Skarg schien ihre Unternehmung für ein Spiel zu halten, aber immerhin hatte er die Wachen überlistet. Sie blickte um sich. Die Fenster des Palastes waren dunkel. Niemand hatte sie bisher bemerkt. Sogleich kümmerte sie sich um das Türschloss. Skarg kauerte sich in den Schatten der Treppe und beobachtete den Innenhof.

Doran brauchte länger, als sie angenommen hatte. Der Mechanismus des Schlosses war ihr unvertraut, sprach nicht auf ihre Bemühungen an. Es erinnerte sie an die Tür im Tal der Steine, als sie in dem scheußlichen Labyrinth in der Falle gesessen hatten. Sie versuchte sich zu erinnern, wie sie damals vorgegangen war. Richtig, sie musste größere Metallstifte mit einem breiteren Bart verwenden.

Schweiß rann ihr über das Gesicht. Viel zu lange schon hielten sie sich vor dem Tempel auf. Ein einziger schlafloser Gast des Palastes brauchte kurz aus dem Fenster zu blicken und sie waren entdeckt. Außerdem wussten sie nicht, wann die Wachtwechsel stattfanden. Lodur hatte berichtet, dass nach Mitternacht eine Ablösung kam und dann wieder im Morgengrauen, doch der Dienstplan konnte sich geändert haben.

Endlich fand sie den richtigen Dreh und der Riegel klackte zurück. Die Tür schwang lautlos auf, als sie die Klinke drückte. Skarg sprang hoch und huschte dicht hinter ihr hinein. Eine Hand am Türgriff, zog er sie hinter sich zu.

Doran wischte sich mit dem Ärmel über die Stirn. Undurchdringliche Dunkelheit herrschte. Sie holte die Kerze hervor und zündete sie an. Eine kahle Halle formte sich aus dem Nichts, genau wie Xander berichtet hatte. Sie eilten zum Treppenschacht, der nach unten führte.

Mit klopfendem Herzen hasteten sie die Stufen hinab. Die metallenen Tritte klackten leise. Das unterirdische Geschoss entsprach Xanders Beschreibung; es war größer als der obere Teil des Tempels. Die blauen Teppiche in den Gängen waren mit frischen Blüten bestreut, deren Geruch süß in der Luft schwebte. Weiße Blumengirlanden zogen sich in nördlicher Richtung entlang der Wände. Davon hatte Xander nichts berichtet. Die Girlanden schienen ihnen gleichsam den Weg zu weisen, denn am Nordende des Tempels lag ihr Ziel. Vielleicht waren sie für eine religiöse Zeremonie dort angebracht worden.

Unzählige Räume säumten die Korridore. Sie hatten keine Zeit, sie zu erkunden, obwohl die Neugier sie in Versuchung führte. Unbeirrt eilten sie weiter, bis sie in die Kammer mit dem zweiten Treppenschacht kamen. Doran brach der kalte Schweiß aus, doch Skarg schien guten Mutes. Er lächelte ihr zu.

Schweigend begaben sie sich in die Tiefe und erreichten den Raum mit dem Altar, wo nach Xanders Angaben die Paralle verborgen waren. Beklemmung ergriff sie. Endlos erstreckte sich die Halle in die Finsternis. Ihre Kerze schuf eine einsame Insel des Lichts, auf die von allen Seiten Dunkelheit drängte. Beinahe fassbar schien die Schwärze, klamm und dick. Sie waren Eindringlinge in ein fremdes Reich, das kein Sonnenstrahl jemals erhellt hatte, das keinen Mond kannte und keinen Stern. Die Seele Herions.

Vorsichtig tappten sie voran, über einen Teppich von weißen Blüten. Gleich Flocken von Schnee fingen sie den Kerzenschein und markierten ihnen den Weg, als gingen sie auf einem Pfad durch winterlichen Wald, der düster neben ihnen dräute.

Kurz vor dem Altar hielten sie inne. Ein runder Schacht gähnte offen und ungeschützt im steinernen Boden. Aus ferner Tiefe erschallte das Plätschern von Wasser, das stetig an die Mauern schlug. Ein Rauschen und Tosen war zu vernehmen, wie von einem Sog. Kühle, feuchte Luft drang herauf, der ein merkwürdiger Geruch anhaftete. Skargs Haare sträubten sich.

»Was ist denn das?«

»Vielleicht ein Brunnen?«, wisperte Doran.

»Wozu sollten die hier einen Brunnen brauchen? Der Schacht muss zum See führen.«

»Das ist unmöglich. Es könnte höchstens ein unterirdischer Fluss sein, der in den See mündet, aber auch das ist schwer vorstellbar.«

»Wir nennen ihn das Herz Herions«, erklärte plötzlich eine fremde Stimme.

Doran und Skarg zuckten zusammen. Unwillkürlich wichen sie zurück. Fackeln entflammten, eine nach der anderen, bis auf beiden Seiten endlose Reihen brannten. Menschen traten in das Licht und kamen näher. Eine Gestalt schritt neben den Altar, die sie sofort erkannten.

»Ich habe euch schon eher erwartet«, sagte Akàra. »Was hat euch aufgehalten?«

Ein triumphierendes Lächeln umspielte ihre Lippen, als könne sie sich kaum beherrschen, nicht laut herauszulachen. Pechschwarz floss das lange Haar auf ihre Schultern, gehalten von einem silbernen Reif. Sie trug einen üppig bestickten Mantel mit weiten Ärmeln und einer Schleppe: ihr Priesterinnengewand. Es sah überaus kostbar aus. Die Stickereien stellten Szenen dar, in denen Akàra selbst als Figur auftauchte. Die Front des Mantels schmückte eine goldumrahmte Lotosblüte, der Kragen war purpurrot eingefasst und wurde von einer Brosche geschlossen, auf der weiße Edelsteine funkelten.

Verzweiflung ergriff Doran. Sie wollte weinen vor Zorn. Woher wusste Akàra von ihrem Vorhaben? Wer hatte sie verraten? Sie hatten sich niemandem anvertraut. Wolf und Xander waren zu solch feigem Betrug nicht fähig.

»Raus hier!«, zischte Skarg, packte Doran am Ärmel und zerrte sie mit sich.

Sie rannten in Richtung der Treppe, bis Lanzenspitzen ihre Schritte aufhielten. Soldaten drängten sie zurück, bis sie wieder vor dem Schacht standen. Andere Wächter näherten sich, die sie einkreisten, die Waffen angriffsbereit erhoben. Mindestens ein Dutzend Männer der Leibgarde Akàras waren anwesend. Grimmig starrten die riesenhaften Krieger sie an, als hofften sie auf einen Fluchtversuch.

Zwei weitere Männer tauchten auf, sie trugen ähnliche Priesterroben wie Akàra. Die aufwändigen Stickereien stellten Szenen dar, die auf ihre Träger abgestimmt waren. Der eine hatte lockiges braunes Haar und ein rundliches Gesicht; auf seinem Mantel prangte eine Taube. Der andere war um einiges älter und wenig kleiner, er hatte dünnes, weißes Haar; seine Brust zierte eine Rose. Die beiden blieben einen Schritt hinter Akàra und sprachen kein Wort.

»Was soll diese Maskerade?«, brüllte Doran.

»Im Tempel Herions gelten strenge Gesetze, denen auch ich mich nicht entziehen kann«, erklärte Akàra mit geheucheltem Bedauern. »Ihn ohne die Erlaubnis eines Priesters zu betreten ist ein Frevel, den wir bestrafen müssen. Die heiligen Regeln des Ordens kennen keine Ausnahmen.«

Sie musterte Skarg und Doran fast traurig.

»Ich freue mich, euch wiederzusehen. Viele Abenteuer habt ihr bestanden. Den Fieberopfern in der Halle der Wahrheit seid ihr entkommen, dann habt ihr die lange Reise nach Bengzar gemeistert, und nun ist es euch sogar gelungen, in den Tempel Herions einzudringen. Ich war gespannt, wie ihr vorgehen würdet, und ihr habt mich nicht enttäuscht. All diese Mühe, um mich zu bestehlen!«

Skarg erbleichte vor Wut.

»Du hast *uns* bestohlen! Die Paralle gehören dir nicht! Die Götter mögen dich dafür verdammen!«

»Ihrem Urteil stelle ich mich gerne, wenn meine Zeit gekommen ist. Die eure ist abgelaufen.«

»Was soll das heißen?«, keuchte Doran.

»Das unbefugte Betreten des Tempels wird mit dem Tode bestraft.«

Ein zorniges Grollen entrang sich Doran.

»Deshalb hast du zugelassen, dass wir bis hierher vordringen! Du wusstest, was wir planten, du hättest uns genauso gut draußen abfangen können. Warum hast du uns nicht schon beim See verhaften lassen?«

»In Bengzar herrscht der Geist Herions, nicht ich. Seinem Gesetz müssen wir uns alle beugen. Jeder darf sich am See aufhalten, das ist kein Verbrechen.«

»Du scheinheiliges Miststück!«, fluchte Skarg. »In den Totensümpfen sollst du verrotten. Das Weiße Fieber soll dir die Eingeweide zerfressen, bis du elend krepierst …«

»Wir sind viel Geld wert«, warf Doran ein. »Mein Onkel zahlt jede Summe.«

Akàra lachte auf.

»Die edle Doran von Dahl feilscht um ihre Haut! Geld ist nur ein Gedanke und hier bedeutet es nichts.«

Furcht ließ Doran verstummen. Sie sah keinen Ausweg aus ihrer misslichen Lage, so angestrengt sie auch überlegte. Es schien, als nahte ihr Ende.

Skarg zückte den Dolch.

»Glaubst du, ihr könnt uns hier einfach abschlachten wie Vieh?«

Ein Wächter hieb mit dem Schwert nach ihm und riss ihm den Unterarm auf. Blut quoll hervor. Aufschreiend presste Skarg die Hand auf die Wunde, der Dolch fiel klirrend zu Boden. Er taumelte auf Doran zu, die ihn auffing.

»Es gibt verschiedene Wege, ein Leben zu beenden«, sagte Akàra, »langsam und qualvoll oder schnell und schmerzlos. Welchen Weg wollt ihr gehen?«

»Keinen«, antwortete Doran.

Akàra gab den Wächtern ein Zeichen, und die kamen auf sie zu. In deren Mienen lasen sie ihren Tod.

Skarg hielt sich an Doran fest. »Spring!«, flüsterte er ihr ins Ohr. Sie schaute ihn an. In seinen Augen sah sie die Antwort auf ihre unausgesprochene Frage. Er fasste sie an der Hand. Ein Schritt und sie tauchten in den Schacht.

Leere umfing sie. Endlos flogen ihre Körper durch Finsternis. Skargs Finger entglitten Dorans Griff. Ein Stück seiner Kutte fegte ihr über das Gesicht. Sie reckte die Arme nach den Mauern des Schachts. Stein riss ihr die Haut vom Leib. Nirgendwo konnte sie sich halten. Hart schlug sie ein Bein an, doch sie spürte kaum den Schmerz. Gefangen war sie in einen Traum des Fallens. Tiefer und tiefer rasten sie hinab, als ob es keinen Grund gäbe und sie auf ewig ins Nichts stürzten. Doran glaubte ein fernes Licht wahrzunehmen, das sogleich wieder erlosch. Schwärze machte ihre ganze Welt aus, in der jeder Moment mit zäher Langsamkeit verrann.

Die Wucht des Aufschlags betäubte ihre Sinne. Wasser schlug über ihnen zusammen, und die Zeit, die während des Fallens gleichsam ausgesetzt hatte, begann erneut. Eisige Kälte umfing Doran. Der Wille zu überleben ließ sie rudern und kämpfen, doch ein gewaltiger Sog zog sie nach unten, fort, in das Vergessen.

◆ ◆ ◆

»Da ist etwas schief gelaufen!«, brummte Wolf. »Sie müssten längst hier sein.«

Er ging zum Fenster und blickte hinaus in den unter der Nachmittagssonne brütenden Garten. Xander saß auf dem Sofa, die Hände im Schoß verschränkt. Die Sorge um Skarg und Doran quälte ihn ebenso wie Wolf.

»Vielleicht konnten sie am Morgen nicht unbemerkt verschwinden.«

Wolf schwieg.

Unruhig stand Xander auf und schlenderte zu ihm.

»Wir sollten …«, begann er und verstummte.

Schritte kamen die Treppe herunter und Horis trat ins Wohnzimmer, bewaffnet mit einem Besen und einem Lappen.

»Ich habe oben die Zimmer geputzt, wie ihr mir aufgetragen habt«, verkündete er.

»Danke«, erwiderte Xander.

»Heute Nachmittag möchte ich mich nach einer Arbeit umsehen, wenn ihr erlaubt. Ich kann euch nicht ewig zur Last fallen.«

»Warte doch bis morgen! Heute kannst du nicht mehr viel erreichen. Außerdem wäre ich froh, wenn du dich noch der Küche und dem Treppenhaus widmen könntest. Oder findest du, das ist zu viel verlangt für die Unterkunft, die wir dir gewähren?«

»Nein, natürlich nicht«, antwortete Horis missmutig.

Mit einem leisen Keuchen entschwand er in die Küche. Resigniert sah er sich darin um. Die Schränke und der Boden starrten vor Dreck. Man konnte kaum mehr ihre eigentliche Farbe erkennen. Um hier sauberzumachen, brauchte er mehr als einen Nachmittag. Verdrossen begann er sein Werk, und rasch setzte die eintönige Arbeit seine Gedanken frei, die um angenehmere Dinge kreisten.

Letzte Nacht war ihm wieder die Göttin Dana erschienen. Dieses Mal hatte sie ihn nicht befragt, sondern gelobt. Sie hatte ihm versprochen, dass er bald den Lohn für seine Hilfe erhalten sollte. Horis freute sich darauf. Er hatte genug davon, seine Tage mit Putzen zu vergeuden und von anderen herumkommandiert zu werden. Niemand erkannte seine Fähigkeiten und sein Talent. Einzig Dana verstand ihn.

Wie vertraut ihm ihr göttliches Antlitz war! Ihre melodische Stimme hallte beständig in ihm wider. Jede Nacht war sie zu ihm gekommen, und er hatte ihr alles berichtet, was er in Erfahrung gebracht hatte. Von den Gesprächen seiner Gastgeber hatte er nur Bruchstücke aufgeschnappt, die für ihn keinen Sinn ergaben, doch Dana war damit zufrieden gewesen. In ihrer göttlichen Weisheit sah sie Zusammenhänge, die Horis verborgen waren. Gütig hatte sie die kleinste Information dankbar aufgenommen.

Stolz erfüllte Horis. Eine Göttin hatte ihn als ihr Werkzeug auserkoren. Er fragte sich, womit er diese Gnade verdient hatte, und freute sich gleichzeitig über seine neu gewonnene Bescheidenheit. Sogar die niedrigere Arbeit, die er verrichten musste, ging ihm leicht von der Hand, denn er wusste, dass er bald von dem traurigen Joch befreit werden würde. Großes harrte seiner.

»Ich kann nicht länger herumsitzen«, sagte Wolf, »sonst drehe ich durch. Zum Brunnen am Marktplatz kommen gelegentlich Jünger, die sich erfrischen. Dorthin gehe ich jetzt und höre mich um. Falls etwas passiert ist, sprechen sie vielleicht davon.«

Xander seufzte.

»Gerne würde ich dich begleiten, aber jemand muss hier bleiben.«

Rasch zog Wolf seine Verkleidung als Bettler an. Xander gab Acht, dass Horis nicht hereinplatzte. Etwas Ruß und Öl, die er ins Gesicht und auf die Hände schmierte, vervollständigten Wolfs Erscheinung.

Prüfend betrachtete er sich im Spiegel. Er zerzauste sich das Haar, packte die Krücken und humpelte zur Tür.

»Am Abend bin ich spätestens zurück, wenn unsere Freunde mir nicht schon vorher über den Weg laufen. Vielleicht finden sie das Haus nicht und irren hilflos in Bengzar umher.«

»Man kann nie wissen«, lächelte Xander. Sein Blick blieb voll Sorge. »Sei vorsichtig, Wolf!«

Betont zuversichtlich nickte Wolf und schwang sich flink auf die Gasse. Xander schloss die Eingangstür hinter ihm.

Aus einem Fenster des Nachbarhauses schaute eine Frau heraus. Missbilligend musterte sie Wolf. Er humpelte auf sie zu.

»Ein Almosen«, jammerte er. »Seid großmütig wie Euer Nachbar! Gebt einem Kriegsversehrten ein wenig zu essen oder ein paar Groschen!«

Hastig schloss die Frau das Fenster und verschwand. Wolf konnte sich ein Grinsen nicht verkneifen. Die meisten Leute ließen lieber das Weiße Fieber ins Haus als einen Bettler. Sie mochten es nicht, daheim angebettelt zu werden. Gleich einer Festung boten ihnen die eigenen vier Wände Schutz und Geborgenheit, die der feindlichen Außenwelt wehrten, zu der auch und insbesondere Bettler gehörten. Sie erschufen sich die Illusion einer ruhigen, beständigen Umgebung, zu der die raue Wirklichkeit keinen Zutritt hatte und deren gelegentliche Angriffe man abschmettern musste.

Scheinbar enttäuscht wandte sich Wolf ab und humpelte gesenkten Hauptes davon. Menschen gingen an ihm vorbei, ohne ihn zu beachten. Manche trugen volle Einkaufskörbe, andere brachen auf, um Besorgungen zu erledigen. In Richtung des Marktplatzes waren immer Leute unterwegs.

Zwei Gassen weiter begegnete er einer Truppe Soldaten: ein Dutzend Männer in den schwarzen Uniformen der Palastwache. Wolf drückte sich an die Wand, um ihnen den Weg freizumachen. Ihre Schwerter und Dolche blitzten in der Sonne. Vorneweg eilte ihr Anführer: ein dunkelhäutiger Koloss mit kahlgeschorenem Schädel. Ein vertrautes Brandmal schmückte seinen Oberarm.

Wolf erschrak. Dessen finsteres Gesicht mit der breiten Nase kam ihm so bekannt vor. Den hatte er schon einmal gesehen. Natürlich! Der gehörte zu Akàras Leibgarde. Von Din Eidyn bis nach Kirgon hatte er sie begleitet, als sie Akàras Gefangene gewesen waren.

Das Herz wollte Wolf stillstehen. Als sei er erschöpft, ließ er die Schultern und den Kopf hängen. Gebeugt lehnte er sich an die Mauer. Der Truppenführer würdigte ihn keines Blickes. Bettler waren ein allzu gewohnter Anblick in Bengzar. Mit weiten Schritten stapfte er vorbei, dicht gefolgt von seinen Leuten. In rhythmischem Trommeln knallten ihre Stiefel auf das Pflaster. Sie bogen um die Ecke und das Geräusch ihrer Tritte wurde leiser.

Erleichtert atmete Wolf auf. Er hatte noch einmal Glück gehabt! Seine Verkleidung hatte ihn gerettet. Als der Schreck nachließ, fragte er sich, was die Soldaten überhaupt hier wollten. Sie befanden sich in einem Wohnviertel. Der Marktplatz und die Verwaltungsgebäude lagen ein gutes Stück entfernt. Für die Bürger von Bengzar waren Akàras Söldner nicht zuständig. Der Palast bezahlte sie und dort dienten sie.

Die Neugier überwog Wolfs Furcht und er heftete sich an ihre Fersen. Er wollte wissen, was sie hier taten. Vielleicht konnte es ihm nützlich sein. In vorsichtigem Abstand würde er sie beobachten.

Als er die Kreuzung erreichte, wo sie abgebogen waren, verschwanden sie eben am oberen Ende der Gasse in die nächste. So leise er konnte, schwang er sich mit den Krücken voran. Merkwürdigerweise nahmen sie genau den gleichen Weg, den er gekommen war. Er beschleunigte seine Schritte, bis er in die Gasse spähte, wo das von Xander gemietete Haus stand.

Entsetzt musste er mitansehen, wie der Anführer der Söldner an die Tür klopfte. Er sagte etwas, das Wolf nicht verstand, und die Pforte öffnete sich einen Spalt weit. Sogleich trat er sie auf und stürzte hinein, seine Männer rannten ihm hinterher. Lärm erklang, als Möbel zu Bruch gingen. Eine Scheibe klirrte und ein Schrei ertönte. Das war Horis' Stimme. Nachbarn schauten aus den Fenstern, um zu erfahren, was vor sich ging. Die zwei Soldaten, die vor der Tür Wache hielten, geboten ihnen barsch, sich um ihre eigenen Angelegenheiten zu kümmern.

Wolf musste sich beherrschen, um nicht laut herauszubrüllen und sie dadurch irgendwie abzulenken. Doch das hätte weder Xander noch ihm selbst geholfen. Sie waren verraten und verkauft.

Der Krach verebbte so plötzlich, wie er begonnen hatte. Angespannte Stille senkte sich herab. Schließlich wurden Xander und Horis aus dem Haus geführt. Die Hände waren ihnen auf den Rücken gebunden, dazu hatte man sie mit einer Kette aneinander gefesselt. Xander hatte eine blutige Nase, Horis hinkte. Er heulte und klagte. Xander gab keinen Laut von sich.

Er erspähte Wolf, der um die Hausecke lugte. Für einen Moment trafen sich ihre Blicke, dann zog Wolf den Kopf zurück. Er wusste, dass Xander ihn gesehen hatte. Die Soldaten hatten ihn nicht bemerkt und er wollte, dass es dabei blieb.

Gehetzt humpelte er fort. Kurz vor den Söldnern erreichte er den Markplatz und kauerte sich hinter den Pfeiler eines Torbogens der Arkade. Sie marschierten über den Platz, die Gefangenen im Schlepptau.

Händler traten aus den Geschäften, um der Prozession zuzuschauen. Tuschelnd unterhielten sie sich und tauschten Vermutungen aus, wer die Verhafteten waren und warum sie abgeführt wurden. Wolf hörte nicht hin. Fieberhaft überlegte er, was er tun sollte. Allein hatte er keine Chance gegen die schwer bewaffneten Soldaten. Nur glücklichem Zufall war es zu verdanken, dass sie ihn nicht auch gefangen genommen hatten.

Sie wählten die Straße nach Westen zum See der Träume, also brachten sie Xander und Horis in den Palast, und Wolf sah keine Möglichkeit, sie daran zu hindern. Die Hilflosigkeit seiner Lage ließ ihn verzweifeln. Er konnte Horis und Xander nicht befreien, er durfte sich den Söldnern nicht einmal nähern, wollte er nicht dasselbe Schicksal erleiden. Waren seine Freunde erst im Palast, hatte er erst recht keine Gelegenheit mehr, zu ihnen zu gelangen. Vielleicht wäre es besser, wenn er sich auch verhaften ließe.

Wolf schüttelte den Gedanken ab. Die Götter hatten ihm seine Freiheit gelassen, damit er sie nutzte. Wenn er nur wüsste, wie!

Er barg das Gesicht in den Händen. Ein Zittern schüttelte ihn, Tränen liefen über seine Wangen. Ungeduldig rieb er sich die Augen am Ärmel trocken, doch immer mehr Wasser quoll aus ihnen. Ein Fuß stupste ihn in die Seite. Wolf drehte sich um. Ein Mann in einer weißen Bäckerschürze stand hinter ihm.

»Du kannst hier nicht sitzen«, brummte er. »Verschwinde!«

Wolf stemmte sich an den Krücken hoch. Der Bäcker gab ihm eine Tüte mit Brötchen, während er sich verstohlen umsah, ob er nicht dabei beobachtet wurde.

»Los, hau ab!«, drängte er.

Wie im Traum wandelte Wolf auf den Platz hinaus, die Tüte an sich gedrückt. Er spürte weder die Hitze noch die abweisenden Blicke der Kaufleute. Nach ein paar Schritten hielt er inne. Gleichgültig humpelte er in eine enge, schattige Gasse. Stetig eilte er weiter, bis er nicht mehr wusste, wie lange er schon unterwegs war.

Er kam in eine Gegend, wo die Wege nicht mehr gepflastert waren und keine Gärten davon abzweigten. Schmucklos reihten sich die Häuser aneinander, manche zerfallen und verlassen. Hier wohnten Menschen, die sich nichts Besseres leisten konnten. Eine Gruppe Kinder spielten auf der Straße. Eine dicke Frau, die Wolf einen gelangweilten

Blick schenkte, lehnte in einem Hauseingang. Linker Hand erspähte er einen verlotterten Schuppen, der unbenutzt aussah.

Misstrauisch schaute er sich um, und als er sich allein wähnte, ging er hinein. Die Bretterbude war nicht mehr als ein Unterstand. In einer Ecke lag eine alte Rosshaarmatratze voller Flecken, davor türmten sich Scherben zerbrochener Ziegel, Papierfetzen und ein Rest gräulichen Strohs. Es stank nach Urin. Fliegen surrten über Kotballen, die wahrscheinlich von einem Esel stammten. An einem Nagel in der Wand hing eine löchrige braune Jacke.

Erschöpft ließ sich Wolf auf der Matratze nieder. Der Dreck und der Gestank kümmerten ihn nicht. Erstaunt stellte er fest, dass er immer noch den Beutel mit den Brötchen bei sich hatte. Er legte ihn zur Seite, neben seine Krücken. Hunger plagte ihn nicht, aber Durst. Für einen Krug Wasser hätte er seine Seele verkauft. Die Zunge klebte ihm am Gaumen. Brütend heiß brannte die Sonne; seine Kleider waren feucht vor Schweiß.

Vielleicht konnte er die Leute, die hier in der Nähe lebten, um Wasser bitten und die Nacht im Schuppen verbringen. Er hatte schon an übleren Orten geschlafen. Wenigstens schneite es hier nicht, dachte er bitter.

Plötzlich erinnerte er sich an Onor und dessen Bande von Säufern. Das Mädchen hatte gesagt, dass sie des Nachts Jagd auf Bettler machten, um sie auszurauben und zu verprügeln. Onor hatte es auf ihn abgesehen. Der würde ihn umbringen, wenn er ihn in die Finger bekam. Bestimmt hatte er ihre Auseinandersetzung nicht vergessen. Schurken wie er hatten ein gutes Gedächtnis.

Der Schuppen schien ein Unterschlupf für Stadtstreicher zu sein, den kannten auch andere seinesgleichen. Er durfte auf keinen Fall hier bleiben. Bevor es dunkel wurde, musste er sich aus dem Staub machen. Lieber würde er die ganze Nacht umherwandern, als sich im Schlaf überraschen zu lassen. Wenn er nur wüsste, wohin! In das Haus zurückzukehren war ausgeschlossen. Sicherlich hatten sie Soldaten dort postiert, die nur auf ihn warteten. Wer Xander und Horis verhaftet hatte, wusste auch von ihm. Wahrscheinlich würden sie morgen die ganze Stadt nach ihm absuchen.

Wolf zermarterte sich den Kopf. Tagsüber hetzten ihn die Soldaten und in der Nacht lauerte ihm Onor auf. Er konnte aus Bengzar fliehen, doch damit hatte er seinen Freunden nicht geholfen. Außerdem kontrollierten die Soldaten vermutlich alle Straßen. Seine Lage war ausweglos!

Er besann sich auf Thalna, die junge Frau, die ihn vor Onor gewarnt hatte. Sie hatte ihm einen Schlafplatz angeboten. Wolf schöpfte Hoffnung. Bei ihr würde niemand nach ihm suchen. Vielleicht war noch nicht alles verloren.

Ächzend stemmte er sich hoch. Seine Arme und sein Bein taten weh vom langen Laufen mit den schlecht gezimmerten Krücken. Er hatte nicht damit gerechnet, solche Strecken damit meistern zu müssen.

Draußen dämmerte schon der Abend. Die untergehende Sonne verwandelte den Himmel über Bengzar in ein Meer von Gold und Orange. Leiser Wind kam auf. Flockige Wolken trieben vor dem Gold, die Ränder blutrot. Grau wie Asche erstreckten sich die Gassen unter dem Feuersturm des Firmaments.

Fast beschwingt wanderte Wolf zurück. Er hoffte, Thalna hielt ihr Angebot aufrecht. Falls sie es überhaupt ernst gemeint hatte, aber das würde er bald genug herausfinden.

Dunkelheit senkte sich herab. Den Häusern wuchsen lange Schatten, die Dächer leuchteten, als stünden sie in Flammen. Am Marktplatz angelangt, hielt er sich unter der Arkade. Sollten ihn die Händler ruhig verjagen, er wollte ohnehin nicht verweilen. Zwischen den Rundbogen des Ganges spähte er zum Brunnen und hielt Ausschau nach Onor und seinen Spießgesellen. Eine Gruppe von fünf Herionsjüngern trank Wasser, neben ihnen lungerten ein paar Jugendliche herum. Spaziergänger kamen und gingen. Zwei Bettler saßen am Boden, den Rücken am Beckenrand. Wolf hatte sie noch nie gesehen. Er beeilte sich trotzdem, aus ihrem Blickfeld zu verschwinden. Obwohl der Durst ihn plagte, hielt ihn Vorsicht davon ab, zum Brunnen zu gehen.

Nachdem er die Hälfte des Platzes umrundet hatte, kam er zu der Gegend, die Thalna ihm angegeben hatte, und bald darauf entdeckte er eine schwere, dunkelgrün gestrichene Holztür mit der Aufschrift ›Zum Grünen Tor‹. Eine Reihe erleuchteter Fenster wiesen in eine gut besuchte Wirtschaft. Kellner trugen Essen zu den Gästen, die an weiß gedeckten Tischen saßen. Große Kerzenleuchter verbreiteten warmes Licht. Kein Ort, den ein Bettler aufsuchte. Wolf sammelte seinen Mut und trat ein.

Verlegen blieb er beim Eingang stehen. Ein Kellner hastete sogleich zu ihm, um ihn fortzuschicken. Er schirmte ihn mit dem Rücken von den Gästen ab, damit sie nicht gestört wurden.

»Wir haben jetzt nichts für dich«, sagte er freundlich und ohne jeden Groll. »Komm morgen Nachmittag wieder.«

»Ich suche Thalna«, erwiderte Wolf. »Es ist sehr dringend!«

»Warte draußen«, entgegnete der Kellner gelassen, als überrasche ihn die Bitte nicht. »Ich rufe sie.«

Er hielt Wolf die Tür auf, und der humpelte verdutzt hinaus. Ohne ein weiteres Wort verschwand der Kellner in der Gaststube. Wolf fragte sich, ob er ihn nur abgewimmelt hatte, um ihn möglichst schnell loszuwerden, als die Tür wieder aufschwang und Thalna heraustrat. Die Arme in die Hüften gestützt, schaute sie sich um, dann wurde sie Wolfs gewahr, der müde an einem Pfeiler der Arkade lehnte. Ein Lächeln erhellte ihr Gesicht. Sie trug dieselbe lange Schürze wie die Kellner, die Ärmel ihres weißen Hemdes hatte sie hochgekrempelt. Ein blaues Kopftuch verbarg ihr Haar.

»Wolf!«, staunte sie. »Ich habe dich eigentlich schon gestern erwartet.«

»Schön, dass du dich an mich erinnerst.«

Sie trat zu ihm in den Schatten.

»Wie könnte ich einen so seltsamen Bettler vergessen?«

»Ich brauche deine Hilfe«, erklärte Wolf.

»Ist Onor hinter dir her?«

»Unter anderem«, seufzte er.

Stirnrunzelnd musterte sie ihn, dann winkte sie. Er folgte ihr zu einem schmalen Durchgang, der in den Hinterhof führte. Tonnen mit Abfällen lagerten dort und Kisten voll leerer Flaschen. Ein Hund bellte und Thalna besänftigte ihn. Durch die Küchenfenster schimmerte Licht auf den Hof. Geschirr klapperte und Öl zischte scharf in einer Pfanne auf. Es roch nach Ingwer und Knoblauch. Stimmen redeten durcheinander. Ein Mann erteilte knappe Anweisungen.

Thalna geleitete Wolf zu einem Lagergebäude mit breitem Tor, das sie für ihn aufstieß. Vereinzelte Kerzen beleuchteten ein Dutzend Matratzen, die verstreut auf dem Boden lagen. Auf einigen schliefen in Wolldecken eingewickelte Gestalten, im Licht hockte eine Runde von Bettlern, die Karten spielten.

»He, Thalna!«, begrüßten sie sie.

Sie nickte ihnen zu.

»Das ist Wolf«, stellte sie ihn vor.

»Willkommen«, lallte eine Frau, die anderen starrten ihn neugierig an, und Wolf gaffte ebenso zurück. Die Szene machte ihn sprachlos.

»Du bist nicht der Einzige, der Hilfe braucht«, flüsterte Thalna. »Im hinteren Teil gibt es zwei Kammern, die leer sind. Die meisten schlafen lieber hier vorne. Wo willst du übernachten?«

»Hinten.«

»Das habe ich mir gedacht. Komm mit!«

Der Umriss eines fettleibigen Mannes tauchte im Eingang der Lagerhalle auf.

»Thalna!«, kläffte er.

»Ja?«, flötete sie.

»Wie viele von denen schleifst du noch hierher?«, keifte er. »Wir ersticken bald unter Bettlern.«

Schweigen antwortete ihm aus der Halle.

»Ich bin gleich zurück«, vertröstete ihn Thalna.

»Aber sofort!«, brüllte er und machte auf dem Absatz kehrt.

Sie scheuchte Wolf ans Ende des Raumes, wo sich zwei Türen in der Holzwand befanden, und öffnete die rechte. Dahinter lag eine enge Kammer mit einem kleinen Fenster. Thalna zündete eine Kerze auf dem Fenstersims an. Die Einrichtung bestand aus einer Matratze, zwei Wolldecken und einem Schemel.

»Das war mein Vater vorhin«, erklärte Thalna. »Er meint es nicht so. Du bist willkommen hier.«

»Danke«, sagte er und meinte es genau so.

»Hast du Hunger? Soll ich dir etwas zu essen bringen?«

»Ich habe schrecklichen Durst. Mit einem Krug Wasser könntest du mir einen großen Gefallen tun.«

»Das lässt sich machen. Ich muss wieder zur Arbeit. Vielleicht kann ich einen Kellner überreden, dass er den Rest meiner Schicht übernimmt. Heute ist nicht viel los. Ich bin bald wieder da.«

Wolf blickte ihr nach. Thalna versetzte ihn in Staunen. Müde sank er auf die Matratze und streckte sich aus. Einzig der Durst hielt ihn noch wach. Er wollte einen See leer trinken und dann in wohligen Schlaf sinken. Plötzlich erinnerte er sich an die Tüte mit den Brötchen, die der Bäcker ihm geschenkt hatte. Er hatte sie in dem Schuppen vergessen. Vielleicht würde sich ein anderer daran erfreuen. Seine Augenlider wurden schwer und fielen zu. Aus der Halle ertönten die leisen Stimmen der Kartenspieler.

Er hatte schon geschlafen, als Thalna zurückkehrte. Sie trug ein Tablett mit einem zugedeckten Teller und einem Krug. Gierig ergriff er den Krug und stürzte das Wasser hinunter. Er glaubte, noch nie ein so köstliches Getränk geschmeckt zu haben. Thalna stellte das Tablett auf den Schemel und hockte sich neben ihn auf die Matratze.

»Ich habe dir einen Teller Lammragout mit Kräutern und Frühlingszwiebeln mitgebracht. Unsere Gäste essen das besonders gerne.«

»Du bist großzügig zu einem Bettler!«

»Der Koch hat mir eine Portion auf die Seite getan. Bei uns bleibt immer genug übrig, du brauchst dich also nicht zu schämen.«

Wolf deutete zur Halle.

»Leben die anderen auch so nobel?«

»Hier muss niemand verhungern, falls es das ist, was du meinst.«

Obwohl er keinen Appetit hatte, zog Wolf den Schemel heran und begann zu essen. Er wollte nicht undankbar erscheinen. Nach einigen Bissen begann sein Magen zu grollen und er merkte erst, wie lange er keine warme Mahlzeit mehr gehabt hatte. Ehe er sich versah, hatte er das Ragout vertilgt. Es war in der Tat hervorragend. Mit einem Stück Brot wischte er die Soßenreste auf.

»Euer Koch ist ein Künstler.«

Thalna lächelte zufrieden.

»Seine Gerichte sind beliebt. Er ist mein Vater.«

»Von mir aus kann er so viel herumschreien wie er will, Hauptsache, er kocht.«

Ein glucksendes Lachen schüttelte Thalna.

»Das richte ich ihm aus.«

Schüchtern stimmte Wolf in ihr Lachen ein. Das gute Essen hatte seine Laune erheblich gebessert. Beinahe schöpfte er neuen Mut.

»Du bist kein Bettler, nicht wahr?«, fragte Thalna unvermittelt.

»Wie kommst du darauf?«

»Nun, wie soll ich es erklären? Dein Verhalten beim Brunnen gestern hat mich stutzig gemacht. So benimmt sich kein Bettler. Du hast furchtlos gegen Onor gekämpft, als hättest du dein Leben lang nichts anderes getan. Er hat dich überhaupt nicht beeindruckt. Du hast ihn einfach außer Gefecht gesetzt, weil er dir im Weg war.«

»Viele Bettler sind ehemalige Soldaten, die gelernt haben zu kämpfen.«

»Bist du das, ein ehemaliger Soldat?«

Wolf schenkte ihr als Antwort ein Seufzen.

»Die meisten wurden doch Bettler, weil sie *ver*lernt haben zu kämpfen«, murmelte Thalna.

Entrückt schaute Wolf sie an. Ihre schrägen grünen Augen schimmerten im Kerzenschein. Eine glatte Haarsträhne hing ihr in die Stirn. Ihre kleinen, spitzen Zähne blitzten, als sie lächelte. Ihm fiel auf, wie hübsch sie war.

»Du bist eine kluge Frau«, sagte er.

»Komplimente werden dich nicht retten«, erwiderte sie schmunzelnd. »Sag mir, was mit dir los ist! Selten hat mich jemand so neugierig gemacht wie du.«

»Das ist eine lange Geschichte.«
»Ich habe Zeit.«
»Bist du nicht müde? Es ist schon spät.«
»Morgen habe ich frei, ich kann ausschlafen.«
Die Ausreden gingen Wolf aus. Er überlegte, ob er Thalna vertrauen durfte. Morgen würden Akàras Söldner ganz Bengzar nach ihm absuchen. Er musste sie warnen, damit sie nicht in Schwierigkeiten kam. Das schuldete er ihr. Die anderen Bettler würden ihn kaum verraten, die hatten selbst zu viel Angst.
»Die Wachen des Palastes fahnden nach mir«, erklärte er zögernd. »Verrate niemandem, dass du mir Unterschlupf gewährt hast. Nicht um meinetwillen, sondern um deinetwillen. Sie könnten dich dafür bestrafen, ob du nun gewusst hast, wer ich bin oder nicht. Wenn du möchtest, werde ich augenblicklich verschwinden.«
Argwöhnisch kniff Thalna die Augen zusammen.
»Der Palast Herions sucht nach dir? Was hast du verbrochen? In den See gepinkelt?«
Unfreiwillig lachte Wolf auf.
»Etwas in der Art, ja.«
»Erzähl mir deine Geschichte!«
»Dann sitzen wir die ganze Nacht hier.«
»Na und? Was hast du denn zu verlieren?«
»Nicht mehr viel. Aber du könntest dich in Gefahr bringen.«
»Was ist mit dir? Bist du ein entflohener Mörder, auf den der Galgen wartet?«
»Nein.«
Angestrengt dachte Wolf nach. Thalna könnte ihm eine unschätzbare Hilfe sein, wenn er sie einweihte. Der Auftrag war bereits gescheitert, Thalna würde ihn nicht mehr gefährden. Er musste ihr berichten, was geschehen war, wollte er ihre Unterstützung.
»Versprich mir, dass du darüber Stillschweigen bewahrst!«
»Ich bin kein Klatschmaul. Vertrau mir!«
»Also gut«, seufzte er.
Thalna setzte sich mit gekreuzten Beinen gegenüber von Wolf hin und lauschte gespannt. Er berichtete ihr von Doran von Dahl, die nach Riem reiste, um den Daimon Lutz in geheimer Mission aufzusuchen, und von Haldur, den er mit Doran in Kech kennen gelernt hatte, um die fruchtlose Jagd durch das Tal der Steine im hohen Norden zu unternehmen. Eisige Berge ragten schroff empor; endlose Wälder erstreckten sich unter dem Grau des Winterhimmels, und Thalna hing an sei-

nen Lippen, sog jedes seiner Worte in sich auf und fror in erzähltem Schnee. Weiter ging die Reise nach Din Eidyn, wo Akàra sie gefangen nahm und nach Kirgon brachte, zu Schaaraoch. Die Halle der Wahrheit nahm Gestalt an in der dunklen Kammer, und Thalna schauderte, als Wolf die Schlacht auferstehen ließ, während der Akàra die Paralle gestohlen hatte.

Wolf erklärte ihr, warum sie nach Bengzar gekommen waren und welch verhängnisvollen Lauf die Ereignisse genommen hatten. Einzig von sich selbst berichtete er ihr nichts, weder von seinen besonderen Fähigkeiten noch wie sein richtiger Name lautete.

»Was für ein Abenteuer!«, staunte Thalna.

Unmerklich zuckte sie zusammen und neigte neugierig den Kopf.

»Mit deinen Augen stimmt etwas nicht. Eben haben sie das Licht gespiegelt wie die eines Tieres.«

»Die Müdigkeit muss dich täuschen.«

»Unsinn! Ich bin nicht müde.«

»Also gut, es ist ein kleiner Sehfehler, den ich habe. Es hat nichts zu bedeuten.«

»Du hast mir nicht alles verraten«, meinte Thalna. »Ich weiß immer noch nicht, wer *du* bist.«

»Das ist nicht wichtig.«

»Dann sag es mir!«

Wehmut ergriff ihn. Wer er war, das markierte einen wunden Punkt in seiner Seele und eine ungelöste Frage, die er sich ungern stellte. Er bediente sich seines wahren Selbst nur, wenn es um Leben und Tod ging, wie im Tal der Steine, als er sie vor den Untoten gerettet hatte. Ansonsten wies er sein Wesen von sich, begrub es unter dem Mantel des Vergessens, als existiere es gar nicht, wie ein böser Geist, der hinter der Haustür lauert und dessen Anwesenheit man leugnet, solange die Tür hält. Unwirklich erschien ihm seine eigene Vergangenheit, eine Geschichte, die jemand ihm erzählt hatte, über einen Mann, den er nicht kannte. Sein richtiger Name wollte so wenig zu ihm passen wie der, den er angenommen hatte.

»Ich heiße Tyr«, stammelte er. »Meine Heimat ist Kech. Dort bin ich geboren und aufgewachsen.«

»Kech«, hauchte Thalna. »Ich habe schon von der sagenumwobenen Stadt im Tekmargebirge gehört. In der Schule haben wir gelernt, dass Kaiser Alrich das Königreich von Kech in einer ruhmreichen Schlacht besiegt hat und dadurch dem Norden endlich den lang ersehnten Frieden brachte.«

»Ja«, nickte Wolf, »er hat den rechtmäßigen König ermordet und alle, die mit ihm um die Freiheit kämpften. Die Götter mögen sich der Gefallenen erbarmen! Vor Alrichs Eroberungsfeldzug hat es in Kech keinen Krieg gegeben.«

»Verzeih! Ich wollte dich nicht kränken.«

»Das hast du nicht.«

»Stimmt es, dass es in Kech ein wundersames Schloss gibt, das aus dem Fels emporragt, als entspringe es einem Traum?«

»Du meinst die Flammenburg? Ja, es gibt sie, und sie ist schöner, als du dir vorstellen kannst.«

»Wie sieht es wohl dort drinnen aus?«, sinnierte Thalna

»Ein Raum übertrifft den anderen an Pracht«, begeisterte sich Wolf, »und jeder ist ein Kunstwerk.«

»Kann man die Burg denn besichtigen?«

»Nein. Früher war sie das Heim der Könige, nach der Schlacht in Biveritz diente sie den Statthaltern Alrichs. Nur die Halle des Wolfes, das Heiligtum Kechs, war einst Besuchern zugänglich. Viele kamen, um zu beten und Fenrirs Segen zu erflehen.«

»Woher kennst du die Flammenburg? Hast du dort gearbeitet?«

»Sozusagen«, wich Wolf aus.

Thalna ließ das Thema auf sich beruhen.

»Es muss sehr kalt sein so weit im Norden. Man sagt, sogar der Regen gefriere und liege als weißer Teppich auf den Straßen.«

»Im Winter fällt Schnee, im Sommer blüht das ganze Land. Leuchtend grün erstrecken sich die Höhen bis zum Horizont. Es ist weniger heiß als in Süddahl, die Sonne vermag die Pflanzen nicht zu verbrennen. Sanfter Regen lässt die Felder gedeihen. Klare Flüsse und dichte Wälder gibt es im Norden, neben deren Schönheit selbst die Flammenburg verblasst.«

»Du liebst deine Heimat wohl sehr?«

»Ja«, erwiderte Wolf nachdenklich.

»Wirst du dorthin zurückkehren?«

»Wenn ich kann, ja.«

»Was gedenkst du jetzt zu unternehmen?«

»Ich muss herausfinden, was mit meinen Freunden geschehen ist, und nach einem Weg suchen, ihnen zu helfen.«

»Das kannst du nur im Palast erfahren.«

»Ja.«

»Also müssen wir den Palast aufsuchen, am besten als Jünger getarnt, und uns dort umhören.«

Wolf stutzte.

»Wir?«

»Ich komme mit dir.«

»Nein!«, wehrte er entschieden ab. »Dieser verfluchte Auftrag hat schon zu viele ins Unglück gerissen.«

»Ich habe eine Idee, und dazu brauchst du meine Hilfe.«

»Das kommt nicht infrage!«

»Lass mich an dem Abenteuer teilhaben! Ich fürchte mich nicht.«

»Du hast keine Ahnung, worauf du dich einlässt! Akàra wird uns umbringen, wenn wir scheitern.«

»Die Hüterin des Tempels ist an Gesetze gebunden. Sie kann weder uns noch deine Freunde einfach hinrichten lassen, weil es ihr so passt. Das mag vielleicht im Norden angehen, aber hier gibt es Gerichte und Behörden, die Recht sprechen.«

Ein bitteres Lachen entrang sich Wolf.

»Du kennst Akàra nicht. Sie findet Wege, Gesetze zu ihren Gunsten zu beugen, falls sie sie überhaupt beachtet.«

Thalna stützte das Kinn in beide Hände und trommelte mit den Fingern auf die Wangen.

»Ein Onkel von mir liefert das Bier für den Palast. Er besitzt eine Brauerei südlich von Bengzar.«

Wolf horchte auf.

»Wann ist er unterwegs?«

»Das weiß ich nicht genau. Ich müsste ihn fragen. Soviel ich weiß, liefern sie einmal in der Woche. Die Soldaten trinken eine Menge Bier.«

»Meine ganze Ausrüstung ist in dem Haus, das wir gemietet haben: Kleider, Waffen, Geld, alles.«

»Soll ich dir die Sachen holen?«

»Nein! Das Haus wird bewacht. Die Soldaten werden dich augenblicklich festnehmen, wenn du dort auftauchst.«

»Ich gehe gleich jetzt, solange es noch dunkel ist. Durch die Hintertür werde ich mich hineinschleichen. Bevor die wissen, was los ist, bin ich schon wieder verschwunden.«

»Das ist zu gefährlich!«

»Ach was! Ich werde vorsichtig sein, und wenn es mir zu brenzlig erscheint, kehre ich einfach um.«

Wolf seufzte. Thalna schien wild entschlossen, Kopf und Kragen für ihn zu riskieren. Er traute ihr den Mut und das Geschick zu, unentdeckt in das verlassene Haus einzudringen. Lieber hätte er sich selbst auf den Weg gemacht, aber mit den Krücken konnte er sich unmöglich lautlos fortbewegen. Genauso gut könnte er sich auf den Marktplatz stellen und nach den Soldaten brüllen.

»Versuch dein Glück.«

Thalna strahlte, als hätte er ihr einen Gefallen getan.

»Durch die Hintertür im Garten gelangst du in die Küche«, erklärte Wolf, »geradeaus führt eine Tür in den Flur. Dort steht mein Rucksack, links von der Treppe, gleich neben der Kellertür. Mein Holzbein und mein Gehstock lehnen daran, die brauche ich am dringendsten.«

Tatendurstig erhob sich Thalna und rückte ihre Kleider zurecht.

»Pass auf dich auf!«, beschwor Wolf sie.

Sie beugte sich hinab und küsste ihn. Verdattert starrte er sie an. Sie lächelte. Ruß von seinem schmutzigen Gesicht haftete an ihrer Nase. Er wischte ihn weg.

»Ein Bad würde dir nicht schaden«, meinte sie.

»Tut mir Leid«, stammelte er wie ein Dummkopf.

Ohne ein weiteres Wort verschwand sie. Wolf blickte ihr nach. Er vermochte keinen klaren Gedanken zu fassen. Flüchtig berührte er seine Lippen mit den Fingerspitzen, als könne er eine Spur von ihr erhaschen. Es war schon lange her, dass jemand ihn geküsst hatte. Freude erfüllte ihn und ungewohnte Wärme. Merkwürdigerweise schien Thalna ihn zu mögen, und er fragte sich, womit er sich ihre Zuneigung verdient hatte. Sie kannte ihn doch kaum.

Wolf lehnte sich an die Wand, die Arme vor der Brust verschränkt. Er ärgerte sich über seine Hilflosigkeit. Selten zuvor hatte er sein verstümmeltes Bein als solche Behinderung empfunden. Er hatte damit leben gelernt, doch ohne seine maßgefertigte Gehhilfe war er ein armseliger Krüppel.

Ein Gefühl der Losgelöstheit erfasste ihn, und er sah sich selbst, hier in der Kammer, als der Bettler, der er war, mit Lumpen als Kleidern und keinem Groschen in der Tasche. Nichts unterschied ihn von denen draußen in der Halle.

Seine Freunde bedurften seiner Unterstützung, und er hatte nicht die leiseste Ahnung, wie er ihnen helfen sollte. Doran und Skarg mussten in Akàras Fänge geraten sein. Wie sonst hätte sie von dem Haus in Bengzar erfahren können? Nun hatte sie auch Horis und Xander in ihre Gewalt gebracht. Ausgerechnet er, Wolf, der ungeschickteste und ungeeignetste von ihnen, war als einziger noch in Freiheit. Er wusste nicht, ob er darüber lachen oder weinen sollte.

Die Kerze brannte nieder und erlosch. Wolf sah den Rauch des

Dochts in der Finsternis, der als gewundene graue Schleife emporstieg. Seine Augen benötigten kein Licht, um zu sehen. Scharf roch er den Ruß und das heiße Wachs. Er lauschte dem Atmen der Menschen draußen in der Halle, das er selbst durch die geschlossene Tür der Kammer deutlich hören konnte. Es bereitete ihm keine Mühe, sie zu unterscheiden. Elf zählte er, vier Frauen, sieben Männer. Das schnüffelnde Geräusch seines eigenen Atems säuselte in seinen Ohren. Er witterte.

Geistesabwesend ballte er die Hand zur Faust und erschrak. Hart wie Glas kratzten seine Fingernägel. Unabsichtlich hatte er seine wahre Gestalt angenommen. Das war ihm seit undenklichen Zeiten nicht mehr passiert!

Er konzentrierte sich darauf, sein Äußeres wieder menschlich zu machen. Nichts geschah. Panische Angst ergriff ihn. Thalna konnte jeden Moment zurückkehren. Sie würde schreiend davonrennen, wenn sie ihn so sah.

Tränen stürzten aus seinen Wolfsaugen, ein Grollen löste sich aus seiner Kehle. Er keuchte vor Wut über sein Unvermögen.

Ekel erfüllte ihn vor seiner halbtierischen Gestalt. Ein schreckliches Ereignis vor vielen Jahren hatte ihm die Verwandlung beschert, und er wusste immer noch nicht, wie er damit leben sollte.

Lutz hatte ihm einst beigebracht, wie er als Mensch erscheinen konnte. Vom sicheren Tod hatte er ihn damals errettet. Wolf bedauerte, dass er in Kirgon keine Gelegenheit gehabt hatte, sich mit ihm zu unterhalten, aber Lutz war zu krank gewesen.

Schlagartig erkannte Wolf, dass er sich mit Bedacht davor gedrückt hatte, Lutz aufzusuchen, weil er das Gespräch gefürchtet hatte. Lutz hätte kein Verständnis dafür aufgebracht, wie Wolf mit seinen Fähigkeiten umging, oder besser gesagt, wie er sie verleugnete und von sich wies. Seine menschliche Gestalt war ein Schatten, in dem er als sein eigener Gefangener lebte.

Verzweiflung riss Wolf fort in einen Wachtraum. Eine vertraute Landschaft breitete sich vor ihm aus: Bäume und Sträucher, dichter Wald im Sommer. Der Eindruck schwand und es bildeten sich riesenhafte Berge, die Kronen von ewigem Schnee bedeckt. Türme und Terrassen wuchsen aus dem Fels, überragt von geschwungenen Dächern: die Flammenburg unter dem Schein des vollen Mondes.

Ehe er sich versah, war er im höchsten Turm der Burg angelangt. Er suchte die heilige Wolfsstatue, die hier stand, umgeben von einem Ring aus Feuer. Sie war fort, die Flammen erloschen. Fenrirs goldenes Abbild war verschwunden. Dicker Staub bedeckte die Halle, als sei sie seit

Jahrhunderten verlassen. Er irrte umher, tastend wie ein Blinder. Ein Bann warf ihn zurück, sobald er sich den offenen Fenstern oder dem Tor näherte. Eingeschlossen war er, ein Geist in einer Ruine.

Als Kind hatte er oft hier gekniet und in die smaragdenen Augen des Wolfes geblickt. Die Statue hatte ihn fasziniert, obwohl er nicht zu sagen vermochte, was ihn daran so unwiderstehlich anzog. Sein Vater und die Brüder hatten über seine häufigen Besuche in der Halle gelächelt. Frömmelei war seiner Familie fremd; niemand hatte ihn zum Beten gezwungen.

Mutlos sank er nieder und starrte auf die Stelle, wo einst der goldene Wolf gethront hatte. Verlassen fühlte er sich, als sei auch er ein Relikt vergangener Zeiten, dem die Gegenwart Sinn und Zweck geraubt hatte.

Aus dem Nichts erschallte eine Stimme, und dann sah er den Wolf wieder. Er lebte als Quell von Licht in gleißendem Gold, seine steinernen Augen funkelten, als er sie auf ihn richtete. Eindringlich sprach er mit ihm und seine Worte bürdeten ihm die Wahrheit auf, vor der er sein Herz verschlossen hatte.

Benommen kam Wolf wieder zu sich. Scham über seine Undankbarkeit und seine Feigheit erschütterte ihn. Reich hatten ihn die Götter beschenkt! Unwissend hatte er ihre Gaben missachtet, wie ein Kind, das, ins Spiel vertieft, nicht aus Gefahr gerettet werden wollte.

Seinen Wunsch, in die Flammenburg zurückzukehren und den Platz seiner Väter einzunehmen, hatte er längst als unerfüllbaren Traum abgetan, auch wenn er davon gesprochen hatte, als sei es ihm ernst. Allzu gut gefallen hatte er sich in seiner Rolle als Entrechteter. Ein armer Krüppel, geschlagen an Körper und Geist! Leicht hatte er sich durch das Dasein geschlängelt, hatte es jedem recht gemacht, auf dass niemand ihn fürchtete, niemand ihn hasste, niemand ihn liebte als das, was er war.

Die Erfüllung seines Lebens hatte er damit weggeworfen. Wahrlich ein Bettler, hatte er genommen, was er konnte, ohne dafür zahlen zu müssen, und nichts von Wert damit erhalten. Das Schicksal ließ sich wohl verleugnen, aber nicht betrügen.

Tränen stürzten aus ihm, und er weinte, die Beine mit den Armen umschlungen. Er weinte, bis nichts an Wehmut in ihm zurückblieb und tiefe Ruhe über ihn kam, als sei er durch ein Tor in eine neue Welt getreten.

KAPITEL 12

Die Verwandlung

»Ohne eine Wahrheit gibt es weder Lug noch Trug. Die falsche Münze spiegelt ihr Ebenbild in Gold.«

Die Welt ist dein. Das Wirken der Priesterinnen von Gordua. Sonderschrift der historischen Sammlung von Angantur zum fünfhundertsten Jahr des gordischen Klosters, 2259 n. A. D., Reg. 789-13.

Eine Fensterflucht ging nach Süden, wo der Tempelhof unter der Nachmittagssonne brütete. Die weißen Damastvorhänge waren zugezogen, um die ärgste Hitze fern zu halten. Das gedämpfte Licht fiel auf einen ausladenden Schreibtisch; Intarsien aus Gold und verschiedenfarbigen Hölzern zierten das kunstvoll gefertigte Möbel. Schränke derselben aufwändigen Machart säumten die mit cremefarbenen Brokattapeten verkleideten Wände. Den Boden bedeckten dicke Seidenteppiche in den für Süddahl typischen Blumenornamenten und geometrischen Mustern. Üppige Blumengebinde in Weiß und Violett steckten in prächtig bemalten Vasen. Die luxuriöse Einrichtung des Arbeitszimmers war dazu angetan, selbst den verwöhntesten Besucher zu beeindrucken.

Lautlos fluchte Akàra. Die Hände hinter dem Rücken verschränkt, stolzierte sie auf und ab, ohne den Prunk des Raumes auch nur mit einem Blick zu würdigen. Sorgen quälten sie; ein Unglück zog das nächste nach sich und der Ärger nahm kein Ende. Sie würde ihr ganzes Geschick brauchen, um die unangenehme Lage zu meistern.

Endlich ertönte das ersehnte Klopfen und die Tür zum Gang hin ging auf. Herein kam ein großer, hagerer Mann in der Tracht der Jünger Herions. Kupferrotes Haar fiel auf seine breiten Schultern, das in scharfem Kontrast zum Kobaltblau der Kutte flammend leuchtete. Er bewegte sich mit geschmeidiger Kraft, was bei seiner Körpergröße leicht befremdend wirkte.

Nichts an ihm war ungelenk oder schwerfällig. Er erinnerte an ein lauerndes Tier, das jeden Moment zum Sprung ansetzen konnte. Bernsteinfarbene Augen glitzerten in seinem eckigen Gesicht, das ein Ausdruck von Missmut verdüsterte.

»Ach du bist es, Vector«, begrüßte Akàra ihn enttäuscht. Sie hatte jemand anderen erwartet. »Komm rein.«

Er verbeugte sich. Sie musterte ihn.

»Du scheinst dich in der Kutte nicht besonders wohl zu fühlen«, bemerkte sie.

»Nein«, brummte er.

»Warum? Die Farbe steht dir ausgezeichnet«, spottete Akàra. »Gewöhn dich daran. Du wirst sie noch eine Weile tragen müssen.«

Schweigen senkte sich herab. Gedankenverloren starrte Akàra den Schreibtisch an, dann schenkte sie ihre Aufmerksamkeit Vector.

»Du hast Lodur treu gedient«, sagte sie. »Vertrauenswürdiges Personal ist rar. Ich habe dich nach Bengzar mitgenommen, weil ich dachte, du könntest mir nützlich sein. Meine Söldnerarmee ist mir ergeben, keine Frage, doch für besondere Aufgaben, solche, die Fingerspitzengefühl erfordern, sind meine Krieger ungeeignet.«

Aufmerksam hörte Vector ihr zu. Er fragte sich, was sie von ihm wollen konnte. Nach der Tragödie in Kirgon, als er erfahren hatte, dass Herzog Lodur tot war, hatte Akàra ihm angeboten, sie zu begleiten. »Es soll dein Schaden nicht sein«, hatte sie gemeint. Ohne seinen Herrn, auf dessen Zukunft er gebaut hatte, sah er keine Perspektive. In Kirgon durfte er nicht bleiben. Nachdem auch König Schaaraoch gefallen war, gab es niemanden mehr, der ihm wohlgesinnt war.

Ein wütendes Schnauben entrang sich Akàra.

»Vor zwei Tagen ist der Hohepriester Herions in Bengzar eingetroffen. Er ist das Oberhaupt aller Gläubigen. Auch wir Priester müssen ihm gehorchen. Seit Jahren hat er sich nicht mehr hier blicken lassen – Herion sei Dank –, und ausgerechnet jetzt kreuzt er auf, wo ich mehr denn je freie Hand brauche!«

Sie trat nah zu Vector hin und starrte forschend in seine Augen. Deren bizarres Gelb mutete unmenschlich an. Durchscheinend wie Glas schimmerten sie, strahlend honiggelb, umgeben von fast farblosen Wimpern und Brauen als ein Hauch von Kupfer und Gold.

»Kann ich dir trauen?«

»Ich habe noch niemals einen Herrn verraten«, erwiderte er.

»Es wäre ungesund für dich, mich zu hintergehen, und ich werde es herausfinden, verlass dich darauf!«

Vector senkte den Blick.

»Der Hohepriester ist der Bewahrer des Glaubens«, fuhr Akàra fort. »Während er in Bengzar weilt, muss ich mich strikt an die Gesetze des Ordens halten. Ich will wissen, warum er hierher gekommen ist und was er vorhat. Als Oberhaupt Herions stehen ihm persönliche Diener zu, die sich um sein Wohl kümmern, aber in seiner ungeschlachten Art hat der Hohepriester dies abgelehnt. Nun, mindestens einen muss er akzeptieren, will er uns nicht beleidigen. Du sollst dieser Diener sein, Vector!«

»Ich?«

»Ja. Du wirst mich über alles unterrichten, was in den Gemächern des Hohen Priesters vor sich geht. Jeden Gedanken, den er äußert, teilst du mir mit. Ich glaube nicht an Zufälle. Seit ewigen Zeiten hat er sich nicht mehr um das Heiligtum am See der Träume gekümmert. Gerade jetzt trifft er ein, wo ich mich Feinden erwehren muss, die keine Rücksicht auf unseren Glauben nehmen. Die Gesetze Herions behindern mich in meiner Pflicht, und der Hohepriester steckt seine Nase in meine Angelegenheiten, wenn ich es am wenigsten gebrauchen kann.«

»Ich bin kein Jünger«, entgegnete Vector. »Wäre nicht ein Gläubiger besser geeignet für diese Aufgabe?«

»Eben nicht!«, rief Akàra unwirsch. »Der Hohepriester ist unser aller Oberhaupt; ich kann keinen Jünger darum bitten, ihn auszuhorchen, weil der mich sofort verraten würde. Deshalb brauche ich dich, Vector.«

Akàras tiefe Unruhe verblüffte ihn. Sie schien den Hohen Priester zu *fürchten*. Solche Aufregung hatte er ihr nicht zugetraut. Vector verneigte sich.

»Ich werde mich bemühen.«

Akàra nickte nachdenklich.

»Den unglücklichsten Zeitpunkt hat der Hohepriester für seinen Besuch gewählt. In Kirgon wurde mir eine Macht anvertraut, wie ich sie mir in meinem Leben nicht träumen ließ. Ich bin die Hüterin von Schaaraochs Erbe und ich will es in seinem Sinne nutzen, aber während der Hohepriester in Bengzar weilt, sind mir die Hände gebunden!«

»Wie lange gedenkt er zu bleiben?«

»Das weiß ich nicht. Er hat mich erst einmal empfangen, und bei der Gelegenheit wäre es unklug gewesen, ihn darauf anzusprechen. Erschleich dir sein Vertrauen! Die Fragen eines Dieners klingen unverfänglicher als diejenigen der Hüterin des Palastes; dir wird er mit weniger Argwohn begegnen. Der schlaue alte Fuchs ahnt, dass etwas im

Palast nicht stimmt. Jemand hat ihm Informationen zugetragen, dessen bin ich mir sicher.«

»Wird er nicht sofort merken, dass ich ein Ungläubiger bin?«

»Ach was! Die Jünger der ersten Stufe sind auch nicht weiser als du. Außerdem hast du bereits gelernt, wie du dich im Palast verhalten musst. Doch sei vorsichtig im Umgang mit dem Hohen Priester! Gegenüber einfachen Jüngern verleugnet er gerne seinen Stand und gefällt sich in der Rolle des gleichsam Ebenbürtigen. Er gibt sich leutselig, was mit seiner Stellung schlecht zu vereinbaren ist. Lass dich von seiner Freundlichkeit nicht täuschen! Er ist anders als die Priester, die du hier getroffen hast: weniger stolz und eitel, und dennoch ungleich gefährlicher.«

Vector zuckte die Schultern.

»Ein leutseliger alter Mann? Bestimmt ist er oft einsam als alleiniges Oberhaupt des Glaubens und froh um ein offenes Ohr. Das dürfte nicht allzu schwierig werden.«

»Pass auf!«, schnaubte Akàra. »Der Hohepriester *ist* der Geist Herions, was immer man von ihm halten mag. Vielleicht begegnet er dir als alter Mann, er kann ebenso gut ganz anders auftreten, wenn es ihm so beliebt. Er ist mehr als ein Sterblicher. Seine Macht kennt nur die Grenzen, die er selbst gezogen hat, und den Göttern sei Dank ist er zu dumm, um sie für sich zu nutzen.«

»Könnte man ihn nicht …« Vector stockte und sprach leise weiter, »unauffällig beseitigen?«

Hell lachte Akàra auf.

»Genauso gut könntest du versuchen, am kaiserlichen Hof den Kaiser unauffällig zu beseitigen. Das ist unmöglich!«

»Was haben wir denn von ihm zu befürchten? Als Geist Herions steht er doch weit über uns gewöhnlichen Sterblichen. Er hat bestimmt Wichtigeres zu tun, als sich mit unseren profanen Plänen zu befassen.«

»Der Hohepriester kennt keinen persönlichen Ehrgeiz, was ihn unberechenbar macht! Wenn ich wüsste, was er im Schilde führt, könnte ich auf deine Hilfe verzichten, Vector. Er ist in der Tat nicht von dieser Welt, aber der Orden obliegt seiner Verantwortung, obwohl er diese nicht erkennbar wahrgenommen hat, seit ich Priesterin bin. Vielleicht ist er unzufrieden damit, wie wir Priester den Orden leiten. Angeblich kann er die Gedanken der Menschen lesen, indem er sie berührt. Sieh zu, dass er dich nicht anfasst, und wenn es nicht anders geht, dann denk etwas Unverfängliches.«

Ungläubig hob Vector eine Augenbraue.

»Das wird ein Gerücht sein. Ich werde mich trotzdem vorsehen.«

»Du musst …«

Ein ungeduldiges Klopfen ertönte und ein Söldner trat ein. Die Hitze hatte ihm den Schweiß auf die Stirn getrieben und er wischte ihn mit dem Handrücken ab. Sein dunkles Gesicht glänzte schwarz wie seine Hauptmannsuniform. Das Brandmal der Palastwache schmückte seinen Oberarm.

»Endlich, Tuela«, begrüßte ihn Akàra ungeduldig. »Was hat so lange gedauert?«

»Wir mussten das ganze Haus durchsuchen«, schnaufte er mit seiner heiseren Stimme, »vom Dachboden bis zum Keller! Der Krüppel ist uns entwischt. Er war schon fort, als wir kamen.«

Seufzend strich sich Akàra das Haar zurück. Die bläulich schimmernden Strähnen wallten über ihren Rücken. Sie trug ein weißes Gewand in der traditionellen Art von Süddahl: weite, geometrische Stoffbahnen, die geschickt um ihren Körper drapiert waren, mit versteckten Schlitzen, die für Kühlung sorgten. Eine schwere Goldkette aus lauter runden Scheiben schmückte ihren Hals, die hervorragend zu dem schlichten Gewand passte. Ihre schlanken Füße steckten in nussbraunen Bastsandalen.

»Wolf«, stöhnte sie. »Nun, der wird uns keine Schwierigkeiten bereiten. Er ist in Bengzar ganz auf sich allein gestellt. Ihr werdet wohl in der Lage sein, einen Krüppel zu finden! Ewig kann er sich nicht verkriechen. Was ist mit den anderen?«

»Den Jungen und den Daimon haben wir. Ganz schön gewehrt hat der sich! Er wurde plötzlich unsichtbar, aber ich hatte ihn am Kragen gepackt. Sein Können hat ihm nicht viel genützt. Falls wir ihn verhören müssen, wäre ich gerne dabei.«

»Gut gemacht, Tuela!«, lobte ihn Akàra.

»Wir haben die beiden in den Kerker gesperrt, wie Ihr befohlen habt, Herrin«, erklärte er. »Was soll mit ihnen geschehen?«

»Vorläufig bleiben sie, wo sie sind. Wir werden uns bald näher mit ihnen befassen. Ihr braucht keine Rücksicht zu nehmen; sie werden uns ohnehin nicht lebend verlassen. Seht zu, dass kein Unbefugter den Gefängnistrakt betritt. Der Hohepriester weilt im Palast. Du weißt, was das bedeutet. Unterrichte deine Leute, dass sie sich äußerst zurückhaltend benehmen. Ich will keine Klagen über euch hören!«

»Es ist bereits geschehen, Herrin«, verneigte sich Tuela und verließ rückwärts gehend den Raum. Mit leisem Klacken fiel die Tür hinter ihm ins Schloss.

Akàra widmete sich wieder Vector.

»Also, wirst du nun tun, was ich dir aufgetragen habe?«

»Ja«, nickte er.

»Ich hoffe, du bist dir bewusst, was für uns auf dem Spiel steht. Du bist klug und gewandt, Vector. Einen so fähigen Diener findet man selten. Ja, oft habe ich Lodur um dich beneidet. Wenn du deine Aufgabe zu meiner Zufriedenheit erledigst, werde ich dich reich belohnen.«

Geschmeichelt schlug Vector die Augen nieder.

»Geh jetzt!«, befahl ihm Akàra. »Der Hohepriester hat im Südtrakt Quartier bezogen. Mach ihm deine Aufwartung.«

Nach einer Verbeugung verschwand Vector. Akàra blickte ihm nach, dann schlenderte sie zu den Fenstern und schob den Vorhang einen Spalt weit auf. Sonnenlicht blendete sie. Auf der gegenüberliegenden Seite des Tempelhofs sah sie den Südflügel des Palastes, wo der Hohepriester weilte.

Vector würde seinen Zweck erfüllen, wie es seinesgleichen bestimmt war. Sein ganzes Leben hatte er Anordnungen befolgt, er kannte nichts anderes. Er würde sie nicht betrügen, denn mit seiner Treue sicherte er seine eigene Existenz – oder das, was er dafür hielt. Vector paarte Skrupellosigkeit mit einer naiv anmutenden Loyalität, was ihn zu einem äußerst nützlichen Werkzeug machte. Er ahnte nicht, dass Akàra sich seiner entledigen würde, sobald er seine Pflicht getan hatte. Sie durfte keinen Mitwisser dulden. Ihren Frevel, den Hohen Priester zu hintergehen, würde ihr nicht einmal die korrupte Priesterschaft verzeihen. Ihre Stellung im Orden hätte sie für alle Zeiten verwirkt, wenn jemand davon erfuhr.

Manchmal erschien es ihr erschreckend, wie lenkbar Menschen waren. Man brauchte bloß am richtigen Faden zu ziehen und sie verhielten sich so, wie man es wünschte. Schaaraoch hatte ihr als Einziger widerstanden, er war sein eigener Herr gewesen. Verrat hatte ihm den Tod gebracht. Sie vermisste Schaaraoch mehr, als sie jemals erwartet hätte. Er war der Mittelpunkt ihres Lebens gewesen, und das so selbstverständlich, dass sie kaum darüber nachgedacht hatte. Alles, was sie getan hatte, war für ihn geschehen. Immer hatte seine Weisheit sie begleitet und in Gedanken hatte sie ihn oft um Rat gefragt. Hoffnung hatte er ihr bedeutet und Gesellschaft, auch wenn sie ihn lange nicht gesehen hatte.

In heller Glut flammte eine Woge der Liebe in ihr auf. Sie wollte weinen über das Teuerste, das ihr genommen ward. Schaaraochs Erbe war ihr als Einziges geblieben und sie wollte es bewahren in seinem Gedenken. Eine Macht, die ausreichte, Welten zu erschaffen und zu vernichten, hatte er ihr hinterlassen. Mit der Zeit würde sie lernen, damit umzugehen, und eines Tages stark genug werden, um Schaaraochs Werk fortzusetzen.

Ihre Wut richtete sich auf Schaaraochs Mörder, deren drei sie bereits gefasst hatte. Doran und Skarg hatte bereits das Schicksal ereilt, das nun auch auf Xander und Wolf wartete. Leiden sollten sie, so wie sie gelitten hatte, und mehr noch als das. Unverdient rasch hatten Doran und Skarg ihr Ende gefunden. Um Xander und Wolf würde sie sich gebührend kümmern. Horis, der die anderen willig verraten hatte, war ihr gleichgültig. Laufen lassen konnte sie ihn nicht; bestimmt würde ihr etwas Geeignetes für ihn einfallen.

Ausgerechnet an dem Tag, als Doran und Skarg in die gut vorbereitete Falle tappten, war der Hohepriester in Bengzar eingetroffen. Sie hatte sie schnell beseitigen müssen. Trotzdem hatte sie den Vorfall nicht vor ihm geheim halten können. Die beiden hatten ihr einen Gefallen getan, als sie in den Schacht gesprungen waren, und der Einbruch hatte ihr einen willkommenen Vorwand geliefert, die Wachen im Palast zu verstärken.

Sie musste um jeden Preis verhindern, dass der Hohepriester die Gefangenen befragte und dabei vielleicht von den fünf Schlüsseln erfuhr. Insgeheim befürchtete sie, er sei eben deswegen nach Bengzar gekommen, so schwer vorstellbar das auch schien.

Niemand wusste, welche Fähigkeiten er tatsächlich besaß und welche bloße Legende waren.

◆ ◆ ◆

Mit einer Mischung aus Neugier und Furcht näherte sich Vector dem Südtrakt. Vor dem Tor waren neuerdings Wachen postiert. Akàra schien ihn angekündigt zu haben, denn sie ließen ihn sofort ein, als er seinen Namen nannte. Im Gebäude begegnete er noch mehr Soldaten; der Hohepriester wurde sorgsam abgeschirmt. Nach mehreren Kontrollen gelangte er in den ersten Stock, wo sich seine Gemächer befinden sollten.

Im breiten Mittelgang hockten ein Dutzend Lehrer am Boden, tief in Meditation versunken. Einige beteten in monotonem Singsang, andere Blaukutten eilten nervös im Korridor auf und ab, erteilten Jüngern wichtige Anweisungen und sahen nach dem Rechten, wo es nichts zu sehen gab. Die Anwesenheit des Hohen Priesters schien den ganzen Palast in helle Aufruhr zu versetzen.

Vector stupste einen Lehrer, der eben ein tadelloses Blumengesteck zurechtzupfte. Erschrocken zuckte der zusammen.

»Ich möchte dem Hohen Priester meine Aufwartung machen«, verkündete Vector.

Der Lehrer lachte.

»Da bist du nicht der Einzige, mein Sohn. Trag dich beim Zeremonienmeister in die Warteliste ein.«

»Ihr versteht nicht, Vater. Ich wurde dazu erwählt, dem Hohen Priester zu dienen. Ihre Heiligkeit Akàra schickt mich.«

»Ach!« Staunen weitete die Augen des Lehrers. »Preise dein Glück, mein Sohn. Solche Gnade ist nur wenigen vergönnt. Du musst dir große Verdienste erworben haben, um so reich belohnt zu werden.«

Peinlich berührt senkte Vector den Blick.

»Ich bin bloß ein einfacher Jünger.«

»Deine Bescheidenheit ehrt dich, mein Sohn«, sagte der Lehrer. »Komm!«

Er führte ihn zu einer geschlossenen Tür am Ende des Ganges, die zum Tempelhof ging. Im Flüsterton fragte er:

»Hast du Körper und Geist gereinigt, wie die Vorschriften es verlangen?«

»Selbstverständlich, Vater«, erwiderte Vector, obwohl er keine Ahnung hatte, was der Kerl meinte.

Der nickte ihm wohlwollend zu und klopfte an.

»Ja doch!«, erschallte von innen eine ungeduldige Stimme.

»Erlauchte Heiligkeit«, rief der Lehrer, »Euer persönlicher Diener ist eingetroffen. Gestattet Ihr ihm einzutreten?«

»Rein mit ihm!«, kam die knappe Antwort.

Der Lehrer öffnete die Tür, dann kniete er davor nieder und vergrub das Gesicht im Teppich. Unsicher ging Vector hinein und schloss die Pforte hinter sich. In einem raschen Rundblick erfasste er den Raum: ein prunkvolles Arbeitszimmer, ähnlich wie das von Akàra, doch in dunkleren Farben gehalten. Die Reihe hoher Fenster lag im Halbschatten, die aufgezogenen Vorhänge machten den Blick frei auf den Tempelhof. Neben dem wuchtigen Schreibtisch gab es eine Reihe von mit dunkelgrünem Brokat bezogenen Stühlen, die einen kleineren runden Tisch umringten. Andere Motive zierten die Möbel und die seidenen Teppiche, Darstellungen von Bäumen überwogen diejenigen von Blumen, statt Gold glänzte Silber, anstelle von Weiß und Beige herrschten kühle Blau- und Grüntöne vor.

Vector suchte den Hohen Priester. Er sah ihn nicht. Unter dem Schreibtisch schauten ein Fuß in einer Sandale und der Zipfel einer blauen Kutte hervor. Ein dumpfes Knallen ertönte, als der Mann unter dem Tisch sich den Kopf stieß.

»Verdammt noch mal!«, fluchte er.

Augenblicklich warf sich Vector nieder. Die Arme gestreckt, berührte seine Stirn den Boden.

»Eure Erlauchte Heiligkeit«, rief er.

Ein Seufzen erklang.

»Steh auf!«, befahl die wohlklingend tiefe Stimme. »Die Füllfeder war mir runtergefallen. Ich hoffe, du verzeihst mir den tollpatschigen Auftritt.«

Vector wusste nicht, was er sagen sollte.

»Eure Erlauchte Heiligkeit«, murmelte er nochmals.

Zögernd erhob er sich und erblickte einen großen, schlanken Mann in der Kutte eines Jüngers, der ungezwungen am Schreibtisch lehnte. Er wirkte erstaunlich jung, kaum älter als Vector. Kein Schimmer von Grau durchsetzte das glatt zurückgekämmte schwarze Haar. Eine Adlernase zierte das scharf geschnittene Gesicht. Seine Züge erinnerten an einen Raubvogel und seine langen Gliedmaßen verstärkten den Eindruck.

In der Rüstung eines Feldherrn hätte er ungleich natürlicher gewirkt als in der schlichten Kutte, die nicht recht zu ihm passen wollte. Warm leuchteten seine dunkelbraunen Augen. Er schien zu schmunzeln, als er Vector betrachtete.

»Wie ist dein Name?«, fragte er.

»Vector, Eure Erlauchte Heiligkeit. Ich stehe zu Euren Diensten. Ihre Heiligkeit Akàra hat mir die Gnade erwiesen, mir diese Stellung anzutragen. Äußert jeden Wunsch. Ich werde versuchen, ihn zu erfüllen.«

»Ich bin Vater Beor«, erklärte er. »Nenn mich Beor. Wir werden eine Menge Zeit miteinander verbringen. Also vergiss die Floskeln.«

»Wie Ihr befehlt, Eure Erlauchte Heiligkeit.«

»Ich freue mich über dein Kommen, Vector. Es ist großartig, dass Akàra dich geschickt hat. Du bist die Antwort auf ein Gebet!«

Verblüfft starrte Vector ihn an. Freude erfasste ihn. Das ging leichter, als er zu hoffen gewagt hatte. Vielleicht irrte Akàra und der Hohepriester war tatsächlich froh um einen Diener, der ihm viele Kleinigkeiten abnahm und ihm damit half, seine drückenden Pflichten zu erfüllen.

Akàra schien den Hohen Priester maßlos zu überschätzen. Nach ihren Worten hatte Vector eine Art Halbgott erwartet, vielleicht einen weisen alten Mann, der über den Unbilden des Lebens stand, oder ein von seiner eigenen Macht verklärtes Geschöpf, halb Geist und halb Mensch, das wundersames, für gewöhnliche Sterbliche unverständliches Zeug daherredete, aber sicherlich keinen, der auf dem Teppich herumkroch, weil ihm etwas runtergefallen war, und der dazu noch fluchte wie ein Kutscher.

»Was kann ich für Euch tun, Eure Erlauchte Heiligkeit, ich meine, Vater Beor, nein, ich wollte sagen, Beor?«

»Setz dich neben mich!« Er schwang sich auf den Tisch und klopfte einladend neben sich.

Vector stutzte. Die Vertrauensseligkeit des Hohen Priesters überraschte ihn trotz allem. Wie leicht könnte er ein Attentäter sein, der nur auf eine solche Gelegenheit lauerte. Nun, Akàra hatte ihn darauf vorbereitet, er sei ungemein freundlich. Vector ging zu ihm und ließ sich neben ihm nieder.

»Erzähl mir von dir!«, ermunterte ihn Beor. »Welche Wege haben dich nach Bengzar geführt?«

»Ich bin bloß ein einfacher Jünger und unwürdig Euch zu dienen«, wich Vector aus.

»Nicht im Mindesten!«, grinste Beor.

Unruhig rutschte Vector von ihm weg. Er fühlte sich ausgesprochen fehl am Platz. Als spüre er seine Unsicherheit, fasste Beor seine Hand und hielt sie fest. Entsetzt wollte Vector dem Griff entweichen, doch dann besann er sich. Akàra hatte ihn gewarnt, sich nicht berühren zu lassen, aber er durfte Beor nicht misstrauisch machen. Er musste sich zusammennehmen.

»Hab keine Angst«, beruhigte ihn Beor. »Ich tue dir nichts.«

Vector schnappte nach Luft. Solche Worte hatte noch keiner an ihn gerichtet. Er war einer, den andere fürchteten. Empört wollte er sich dagegen verwehren, dass Beor ihn für einen Schwächling hielt. Wie ein verstörtes Kind behandelte er ihn! Kein Laut kam über Vectors Lippen.

Unnachgiebig drangen Beors erdfarbene Augen in die seinen, bis er glaubte, in ihnen zu ertrinken. Braun wie Baumrinde schimmerten sie, mit grünen und goldenen Sprenkeln durchsetzt, die gleich Lichtern über einem bodenlosen Abgrund tanzten. Voll tiefer Wärme glommen sie, deren Funke bald auf Vector übersprang und ihn mit einem absurden Gefühl des Glücks erfüllte. Er ahnte nicht, wie ihm geschah.

Erstaunt stellte er fest, wie sehr Beor ihm glich. Er besaß dieselben hageren Züge, das gleiche kantige Gesicht. Sein ganzes Wesen schien ihm so verwandt, als sei er ein nie gekannter Bruder. Es war, als ob er in einen Spiegel starrte und jemanden darin sah, der er gewesen war oder vielleicht werden könnte.

Nichts brauchte er ihm zu erzählen, denn sein Ebenbild wusste so gut wie er, wer er war und was er hier tat. Es drängte ihn, wahr zu werden, und es zwang ihn, Gestalt anzunehmen als Vector, voller Hass, Schmerz und Grausamkeit. Die Furcht fiel von ihm ab, denn sein Ebenbild konnte ihn nicht richten, und es schaute nicht auf ihn herab. Es liebte ihn, weil das sein Wesen war, und für einen flüchtigen Moment konnte auch Vector lieben.

Er glaubte, seine ganze Welt wolle brechen und in Splitter zerbersten, bis nichts zurückblieb außer jenem Ebenbild, das sein verlorenes Selbst einte. Der Funke, der ihn erfasst hatte, loderte auf und entbrannte in einem Feuermeer. Es sengte und raste, und alle Qual verging in der Glut, bis nur mehr Asche in ihm war.

Ruhe kam über ihn. Seine Finger zuckten in Beors Griff. Der schaute ihn an.

»Ich bin froh, dass Akàra dich zu mir gesandt hat, Vector«, sagte er. »Verrichte deine Arbeit und lass mich die meine tun. Ich werde dich nicht daran hindern, Akàra Bericht zu erstatten. Ihre Absicht, einen Spion bei mir einzuschleusen, war mir klar, als sie darauf bestand, mir einen Diener zu schicken. Ich wollte dich kennen lernen, Vector, und ich hoffe, du vergibst mir meine Neugier.«

Vector suchte seine Gedanken zu ordnen. Es wollte ihm nicht gelingen. Akàra unterschätzte den Hohen Priester bei weitem. Er wusste nicht mehr ein noch aus. Nie zuvor hatte er solch einen Mann getroffen. Keinen Laut konnte er mehr von sich geben, und wenn sein Leben davon abgehangen hätte.

»Ich will dir auch etwas über mich erzählen«, brach Beor das Schweigen. »Zum Hohen Priester Herions wurde ich bestimmt, und im Moment lasten meine Pflichten schwer auf mir. Ich sehe Lehrer, die ihre Schüler in deren Hochmut bestärken, anstatt sie zu unterrichten; ich treffe Priester, denen ihr persönliches Wohlergehen wichtiger ist als ihr Auftrag. Eitelkeit und Verzweiflung begegne ich, wohin ich mich wende. Viel Arbeit liegt vor mir und mir wurde die Kraft gegeben, sie zu erledigen. Erfüll auch du deine Aufgabe, Vector, so wie es dir recht erscheint. Üblen Herren hast du gedient und dein Leben war hart. Geh den Weg, den du dir erwählt hast!«

»Nein!«, stöhnte Vector. »Ich habe mir meinen Weg nicht ausgesucht! Meinen Herren musste ich dienen, wollte ich nicht zugrunde gehen, und deshalb gehorche ich Akàra, denn für mich gibt es keine Wahl! Auf mich wartet kein neues Leben! Ich bin kein Feigling, der sich in die Religion flüchtet, und zum Bettler tauge ich nicht. Was soll ich machen?«

Beor lächelte.

»Religionen bedeuten wenig. Was kümmert es den ewigen Geist, welchen Namen wir ihm geben? Ich verurteile dich nicht, Vector, du brauchst dich nicht zu rechtfertigen. An deiner Stelle hätte ich wahrscheinlich ebenso gehandelt.«

»Viel Schlechtes habe ich getan und noch mehr Böses ist in mir. Ich überlebe, das ist das Einzige, was zählt.«

»Natürlich. Wer sollte dir das verübeln?«

Unbekannte Empfindungen erschütterten Vector. Trotz der verständnisvollen Worte des Hohen Priester, fühlte er sich von ihm angegriffen und zutiefst verletzt.

»Ich bin ein guter Diener«, erklärte er. »Es ist das Einzige, was ich gelernt habe. Ich kann einem Herrn viele lästige Kleinigkeiten abnehmen, auch scheue ich mich nicht vor Arbeit, und sei sie noch so mühselig.«

»Zweifellos!«, nickte Beor.

»Ich will gar nichts anderes sein«, ereiferte sich Vector. »Auf die Verantwortung, die auf einem Herrscher lastet, kann ich beileibe verzichten. Eine Stellung als Diener bietet mir ausreichend Macht.«

»Das kann ich gut verstehen«, meinte Beor. »Aber etwas begreife ich nicht …«

»Was denn?«, fragte Vector.

»Du bist ein gescheiter und fähiger Mann. Jeder würde sich glücklich preisen, dich an seiner Seite zu wissen. Warum hast du dir deinen Meister nicht selbst ausgesucht?«

Vector stutzte. Der Gedanke war ihm nie gekommen.

»Es bot sich keine Gelegenheit«, meinte er ohne Überzeugung.

Beor streckte die Hand aus.

»Hier ist eine. Willst du für mich arbeiten?«

»Deshalb bin ich doch hier.«

Lachen schüttelte Beor.

»Das meine ich nicht. Entweder du dienst mir oder du dienst Akàra. Ich bin dir nicht böse, wenn du mein Angebot ablehnst. Bei mir musst du arbeiten, bis du nicht mehr weißt, wo dir der Kopf steht, und der Lohn ist gering.«

»Weshalb ich? Es gibt tausende von Jüngern, die ihr Leben dafür geben würden, Euch zu dienen. Ich bin nicht einmal ein Gläubiger. Nichts weiß ich vom Orden Herions. Wie sollte ich da meine Aufgaben erfüllen?«

»Ich werde dich unterrichten und du wirst rasch lernen.«

»Aber ich bin ein Spitzel, den Akàra zu Euch geschickt hat! Wie könntet Ihr mir jemals vertrauen?«

Beor strahlte. Vector gaffte ihn an. Während des Gesprächs hatte Beor sein Äußeres mehrmals unmerklich verändert, als sei es unstet und einem fortwährenden Wandel unterworfen. Vector konnte nicht den Blick von ihm wenden. Vergeblich suchte er das Geheimnis zu ergründen. Beor schien sich dauernd neu aus dem Nichts zu formen, und das so schnell, dass kein Auge ihm folgen konnte. Nur die leichten Änderungen waren wahrnehmbar, und Vector schwante, dass Beor ihn absichtlich daran teilhaben ließ. Einmal wirkte er jung und forsch wie ein Krieger, dann schien er ein gelehrter älterer Mann, und kaum blinzelte Vector, sah er wieder einen anderen, der doch unverkennbar Beor war.

»Wer seid Ihr?«, flüsterte er.

»Jemand, der dir vertraut.«

Das Herz wollte Vector stillstehen. Sein Atem stockte. Wer war dieser Mann, der ihm gelassen ein neues Leben anbot, wie ein Händler auf dem Markt Äpfel feilhielt? Vectors Vergangenheit schien ihm gänzlich gleichgültig zu sein. Der Hass, der in Vector schwelte, rang ihm kein Schulterzucken ab. Und Vector hungerte, er brauchte Nahrung, als einer, der vor Entbehrungen im Sterben lag. Er wollte jenen Apfel haben, mehr als alles andere auf der Welt. Der Funke, den Beor in ihm gepflanzt hatte, keimte und verlangte nach Pflege, um eines fernen Tages selbst zu blühen und Frucht zu tragen. Ein Setzling aus Beors Wäldern. Vector konnte ihn nicht aus seinem Herzen reißen, und ließ er ihn unbeachtet, so würde er auf ewig dessen Durst verspüren.

Wer hätte geahnt, dass es solche Früchte gab und dass einer kam, der sie Vector geben wollte? Tränen quollen aus seinen Augen. Verwirrt und beschämt wischte er sie ab, betrachtete sie an seinen Fingern, als seien sie etwas Ekelerregendes. Seit er ein Kind gewesen war, hatte er nicht mehr geweint und er hatte nie erwartet, es jemals wieder zu tun. Er bevorzugte es, andere weinen zu lassen.

»Akàra ist meine Herrin. Sie hat mich nach Bengzar gebracht. Ich schulde ihr Treue. Noch niemals habe ich einen Herrn verraten.«

»Ich verlange viel von dir«, nickte Beor. »Die Entscheidung kann ich dir nicht abnehmen.«

Stumm kaute Vector auf den Lippen. Er lauschte der Stille im Raum. Akàra hatte er bereits betrogen, indem er zuließ, dass Beor seine Gedanken las. Sein Leben war verwirkt, sobald sie davon erfuhr.

Plötzlich verstand er, was Beor ihm angeboten hatte. Er sollte nicht seine Herrin mit einem neuen Meister vertauschen. Beor wollte ihm eine Chance geben, sein eigener Meister zu werden. Solche Verantwortung hatte ihm noch keiner aufgebürdet. Oft hatte er davon geträumt, über andere zu gebieten, Reichtümer und Macht anzuhäufen, um endlich unabhängig zu werden. In Beors Hand lag eine ganze Welt, die Vector nicht kannte, und er ergriff sie.

KAPITEL 13

Beute der Jäger

»Die Währung der Götter heißt Schmerz, und ihre Güter sind teuer.«

Karanov der Wahnsinnige, Genie oder Ketzer? Biografie von Etzel Toran, Philosophische Bibliothek von Norold, Ausg. 2273 n. A. D., Reg. 659-1.

Seufzend schloss Xander die Augen. Er konnte nicht glauben, wie einfach es gewesen war, sie zu verhaften. Ahnungslos hatte er die Tür geöffnet, als der Fremde gesagt hatte, Skarg und Doran schickten ihn und er habe dringende Nachricht.

Ehe er sich versah, hatte er die Tür im Gesicht gehabt, und dann hatte ihn der Soldat am Kragen gepackt. Bewaffnete Männer stürzten nach ihm ins Haus.

»Holt die anderen beiden«, befahl der Anführer. »Macht schnell! Den Daimon hab ich.«

Der riesenhafte dunkelhäutige Kerl bot einen Furcht erregenden Anblick. Er überragte Xander um einen Kopf. Erbarmungslosigkeit zeichnete ihn, die Xander einen Schauer über den Rücken jagte. Er sah Akàras Brandmal auf dem muskulösen Arm – eine Lotosblüte in einem Kreis – und wusste, wer die Männer geschickt hatte.

Xander konzentrierte sich. Langsam und gleichmäßig atmete er ein und aus. Die Furcht fiel von ihm ab, seine Gedanken verflogen. Er zog seine Anwesenheit ab und machte sich unsichtbar, wie Lutz es ihn gelehrt hatte. Der Söldner konnte ihn nicht mehr sehen, aber sein Blick war in das Wohnzimmer gerichtet; der Griff lockerte sich nicht. Xander baute auf die Überraschung seines scheinbaren Verschwindens. Verblüfft würde der Soldat loslassen, um ihn zu suchen, und Xander würde unentdeckt unter ihm wegtauchen.

Möbel gingen zu Bruch. Eine Scheibe klirrte. Horis schrie auf, dann ertönte ein dumpfer Schlag, und ein Soldat rannte in die Eingangshalle.

»Einen haben wir«, keuchte er, dann wurde er aschfahl. »Der Daimon ist weg!«

Darauf hatte Xander gewartet. Der Hauptmann drehte sich um und starrte verwundert in die Leere, wo sich eben noch sein Gefangener befunden hatte. Nach einem Moment der Verwirrung packte die Hand noch härter zu. Xander rang nach Luft, als ihm der Kragen eng wurde. Er hütete sich, ein Geräusch von sich zu geben. Der Söldner holte aus und ließ die Faust ins Nichts schnellen. Der Hieb traf Xander in den Magen. Er schluckte ein Stöhnen hinunter, aber die Beine sackten unter ihm weg. Der Hauptmann beutelte ihn, als er das Gewicht spürte.

»Du hältst uns wohl für Narren?«, knurrte er.

Gleichmütig wandte er sich an den Soldaten: »Durchsucht das Haus. Der dritte ist ein Krüppel, der kommt nicht weit«, dann schenkte er seine Aufmerksamkeit wiederum Xander. Seine Blicke flogen hin und her, ohne dass er ihn sah.

»Das ist gar nicht schlecht«, grinste er hämisch. »Ich wollte, das könnte ich auch.«

Xander trat ihn ans Schienbein. Der Söldner gab einen Schmerzenslaut von sich, doch er wich keinen Fußbreit von ihm weg.

»Ganz wie du möchtest«, meinte er und schlug wieder zu.

Die Sinne schwanden Xander. In einem Kampf hatte er keine Chance, der andere war ihm an Körperkraft weit überlegen, und er verstand sie einzusetzen. Xander wand sich in dem unerbittlichen Griff. Er brauchte eine bessere Ausgangsposition, wollte er den Söldner empfindlicher treffen. Der hielt ihn sorgsam auf Distanz, die er nur brach, um seine Fäuste zu gebrauchen.

Blinder Zorn ergriff Xander, er wollte brüllen vor Wut. Wild wehrte er sich und riss an den Fingern, die ihn hielten. Nur ein kurzes Stück fehlte und der Arm wäre nah genug, um die Zähne darin zu vergraben. Ein Biss müsste selbst dieses Ungeheuer dazu bewegen, ihn loszulassen. Der Hauptmann schwang ihn herum, als ahne er, was Xander vorhatte, dann warf er ihn mit einem kurzen, harten Stoß gegen die Wand. Der schmerzhafte Aufprall brachte Xanders Konzentration ins Wanken und Schwärze umnebelte ihn. Ein spöttisches Lachen drang in sein Bewusstsein.

»Willkommen zurück, mein Freund!«

Blut rann aus Xanders Nase, das er mit dem Handrücken vorsichtig abtupfte. Sein Schädel dröhnte. Er war wieder sichtbar geworden. Der Kerl packte seine Kehle. Rasende Pein durchfuhr Xander, als er zudrückte. Die Lippen aufeinander gepresst, gab er keinen Ton von sich.

Vergeblich wartete er auf die erlösende Ohnmacht. Der Söldner neigte sich zu ihm.

»Die Herrin hat gesagt, ich soll mich persönlich um dich kümmern. Du bist nicht der erste Daimon, dem ich Benehmen beibringe. Ich kenne all deine Kniffe und Schliche. Versuch sie ruhig.«

Röchelnd krümmte sich Xander, hustete und rang nach Luft. Er hätte sich denken können, dass Akàra ihre Leute vor ihm gewarnt hatte.

Im ganzen Haus polterten Schritte. Möbel knarrten, als sie gerückt wurden. Türen klappten auf und zu. Die Soldaten kehrten in die Eingangshalle zurück, zwei von ihnen hatten Horis gepackt.

»Der Dritte ist nicht hier«, verkündete einer. »Wir haben alles durchsucht.«

»Nun, wo ist euer Freund?«, fragte der Hauptmann.

Schweigend funkelte Xander ihn an. Ein Soldat versetzte Horis eine Ohrfeige.

»Antworte!«, bellte er und holte nochmals aus.

»Er ist weg«, heulte Horis mit überschlagender Stimme und duckte sich. »In der Stadt.«

Die zweite Ohrfeige klatschte in sein Gesicht. Horis schrie klagend auf. Der Hauptmann winkte ab.

»Den kriegen wir schon. Ihr beide bleibt hier«, deutete er auf zwei seiner Leute. »Der kommt bestimmt zurück. Wir bringen die Gefangenen in den Palast.«

Die Handgelenke wurden Xander und Horis hinter dem Rücken gefesselt, dann band man sie mit einer Kette aneinander. Endlich ließ der Hauptmann von ihm ab. Xander überlegte, sich wieder unsichtbar zu machen, doch dann wäre er immer noch an Horis gekettet gewesen.

»Er hat nichts mit uns zu tun«, rief er. »Lasst ihn gehen!«

Niemand antwortete ihm.

Soldaten führten sie aus dem Haus. An der nächsten Kreuzung in Richtung des Marktplatzes entdeckte Xander ein bekanntes Antlitz: Wolf! Flehend kniff Xander die Augen zu und betete darum, dass Wolf die Geistesgegenwart besaß zu verschwinden. Als er sie wieder aufschlug, war er fort. Den Göttern sei Dank hatten ihn weder die Soldaten noch Horis bemerkt.

Horis. Der arme Kerl. Er begriff nicht, was geschah. Xander machte sich Vorwürfe, weil er ihn nicht vor drohender Gefahr gewarnt hatte. Aber wer hätte vermutet, dass Akàra ihr Versteck ausfindig machen würde?

Während des ganzen Weges zum See der Träume zerbrach sich Xander den Kopf darüber, wie sie ihren Schlupfwinkel ermittelt hatte. Er fand nur eine mögliche Antwort: Doran und Skarg waren in Gefangenschaft geraten und hatten das Geheimnis preisgegeben. Das Herz wurde ihm schwer. Nicht ohne übermächtigen Zwang hätten die beiden sie verraten.

Ihr Auftrag war gescheitert, ihr Leben verwirkt. Xander wollte alles daransetzen, Horis zu helfen. Unglücklicher Zufall hatte ihn zu ihnen geführt. So grausam durfte das Schicksal nicht sein, einen gänzlich Unbeteiligten für nicht begangene Taten büßen zu lassen.

Staunend schauten sie sich um auf ihrem Weg durch den Zedernwald. Die Schönheit der Landschaft zog sie in Bann, und als sie den heiligen See erreichten, ließ sein Anblick sie für eine Weile sogar ihr Verhängnis vergessen. Xander bedauerte es, nicht an seinem Ufer verweilen zu können. Gerne hätte er in die unergründlichen Tiefen des spiegelglatten Wassers geschaut.

Sie wurden in das Hauptgebäude des Palastes geleitet. Die Wachen machten ihnen fraglos Platz. Ehe sie sich versahen, waren sie im Kerker angelangt, und man sperrte sie in eine Zelle.

Ein enger Lüftungsschacht stellte die einzige Öffnung dar, sah man von der Zellentür ab. Die Einrichtung bestand aus zwei hölzernen Pritschen an der Wand und einem Blechkübel mit Deckel für ihre Notdurft. Dunkelheit herrschte, bei Tag und bei Nacht. Im Finstern aßen sie aus blechernen Näpfen und im Finstern schliefen sie, als wolle niemals mehr ein Morgen dämmern.

Bald verlor Xander jedes Gefühl für Zeit. Dem Wechsel von Schlaf und Wachen nach zu schließen, den sein Körper verlangte, würde er sagen, dass sie seit drei Tagen hier hockten, doch es konnten auch mehr oder weniger sein.

Außer den Wächtern, die ihnen Essen brachten, sahen sie keinen Menschen. Akàra ließ nichts von sich hören. Xander und Horis sprachen wenig miteinander. Ein Traum von Schwärze hielt sie gefangen. Gestern hatte Horis davon gemurmelt, dass er bald gerettet werden würde. Xander hatte nicht verstanden, was er damit meinte, und auf seine Fragen hatte Horis ausweichend geantwortet. Vielleicht setzte ihm der Schock ihrer Verhaftung mehr zu, als Xander ahnte.

Nie zuvor hatte Xander einen so entsetzlichen Ort wie diese Zelle gesehen. Die ewige Finsternis erschütterte selbst das stärkste Gemüt. In jeder Nische schien die Furcht zu lauern, entströmte den klammen Mauern als betäubender Dunst. Geister des Schreckens stiegen aus der Tiefe der Seele auf, umgarnten die Gedanken und zogen sie hinab in ihr lichtloses Reich. Kein Geräusch, kein Schimmer vermochte sie daran zu hindern. Ein nicht gekanntes Gefühl von Unendlichkeit erfüllte Xander, und mit jedem Atemzug maß er sie ein verschwindend kleines Stück weit ab.

»Sie kommt nicht mehr«, klagte Horis leise.

»Wer?«, fragte Xander.

Horis schluchzte.

»Dana, die Göttin des Waldes. Sie hat mir versprochen, mich zu beschützen.«

Kopfschüttelnd streckte sich Xander auf der Pritsche aus und verschränkte die Hände im Nacken. Der arme Horis schien den Verstand zu verlieren. Er wusste nicht, was er sagen sollte, um ihn zu trösten.

»Seit wir in diesem Loch hocken«, schniefte Horis, »hat sie mich verlassen. Warum? Ich habe alles gemacht, was sie verlangte. Vielleicht habe ich sie enttäuscht und jetzt ist sie unzufrieden mit mir.«

Ein Weinkrampf schüttelte ihn.

»Sie werden uns nicht ewig hier schmoren lassen«, suchte Xander ihn zu beruhigen.

»Was wird mit uns geschehen?«

»Nun …« Xander verstummte. Er wollte Horis nicht die letzte Hoffnung rauben. Der Junge war schon ganz verrückt vor lauter Angst. »Mach dir keine Sorgen. Ich werde tun, was ich kann, um dir zu helfen.«

Angesichts ihrer Lage klangen die Worte in Xanders Ohren wie blanker Hohn. Akàra hatte keinerlei Anlass, sie zu verschonen, aber viele Gründe, sie zu beseitigen. Ihr Leben war wertlos, ihr Tod zählte.

Ein schnüffelndes Geräusch kam aus Horis' Ecke. Holz knarrte, als er sich auf der Pritsche umdrehte. Das Weinen wurde leiser, und schließlich hörte es auf. Er schien eingeschlafen zu sein.

Xander seufzte. Seine Gedanken kreisten um seine abwesenden Gefährten. Ein wahrhaft erbärmliches Ende hatte ihre Verschwörung genommen, noch unrühmlicher hätten sie kaum versagen können. Skarg und Doran saßen vielleicht auch in einer solchen Zelle, nur wenige Schritte von ihm und Horis entfernt. Wolf befand sich als Einziger noch in Freiheit. Er war ganz auf sich allein gestellt. Wie sollte er auch nur daran denken, ihnen zu helfen? Er würde genug damit zu tun haben, Akàras Häschern zu entgehen, die in ganz Bengzar nach ihm fahndeten.

Plötzlich stutzte Xander. Die Soldaten hatten *drei* Leute gesucht: ihn, Horis und Wolf. Wie hatten sie von Horis erfahren? Skarg und Doran wussten nichts von ihm. Sie wähnten ihn in Rajona auf dem Schiff, wo er eigentlich auch sein sollte. Er überlegte hin und her, ohne eine Antwort zu finden.

Ihre Verhaftung hatte ihn überrascht und er fragte sich, wozu man sie so lange einsperrte. Es ergab keinen Sinn. Beständig wartete er darauf, dass man sie holte und zu ihrer Hinrichtung geleitete, aber nichts geschah.

Wenn er nur etwas unternehmen könnte! Abrupt setzte Xander sich auf. Es gab eine Möglichkeit. Durch das Reich der Geister war er in der Lage, sich im Palast umzusehen. Vor lauter Verzweiflung hatte er gar nicht daran gedacht. Es würde sie nicht retten, aber auch nicht gefährden; ihr Leben war ohnehin verwirkt. Sie hatten nichts zu verlieren. Alles war besser, als tatenlos herumzusitzen.

Die Hände über der Brust gefaltet, legte er sich nieder und konzentrierte sich. Es dauerte lange, bis er sich genügend gesammelt hatte und es ihm gelang, die Welt der Daimonen zu betreten. Er glaubte zu spüren, wie er seinen Körper verließ, was er nie zuvor erlebt hatte, und er schaute auf sich selbst herab, wie er schlief. Ein schmaler junger Mann, die blasse Haut von Sommersprossen bedeckt. Schatten lagen unter seinen geschlossenen Augen. Zum ersten Mal *sah* Xander die Zelle. Schrecken ergriff ihn. Viele hatten hier gelitten, die nicht wiedergekehrt waren. An einer Stelle hatte jemand Worte in einer Xander unbekannten Sprache in die Mauer geritzt. Es musste viel Mühe erfordert haben, die Schriftzeichen in den harten Stein zu kratzen. Ihre Bedeutung konnte Xander nicht entschlüsseln.

Sein Geist schritt auf die Tür zu, die ihm nicht mehr als ein Gedanke bedeutete. Neugier packte ihn. Er wollte den Kerker erkunden, bevor er sich im Palast umsah. Mit etwas Glück konnte er den Aufenthaltsort von Doran und Skarg ermitteln.

Ein harter Schlag erschütterte ihn, als er sich den Kopf an der Tür einrannte. Er wurde zurückgeschmettert, als habe ihm jemand einen Hieb mit einer Keule versetzt. Sein Geist wirbelte herum und prallte in die entgegengesetzte Mauer.

Beinahe hätte Xander gelacht. Das war vollkommen unmöglich! Sein Verstand musste ihm einen Streich spielen. Er versuchte es nochmals und schlug sich wieder den Schädel an. Das Lachen verging ihm. Die Tür war im Reich der Geister so wirklich wie in der Welt der Menschen.

Das war ihm schon einmal passiert, besann er sich. Im Tempel Herions, als er nicht mehr herausgekommen war. Nur wachte diesmal niemand über ihn und keiner warf ihm ein rettendes Seil zu, um das Hindernis zu überwinden. Der Kerker schloss nicht nur Gefangene ein, sondern auch Geister. Solch ein Bauwerk spottete jeder Vernunft und hätte jemand ihm davon erzählt, hätte er die Idee mit einem mitleidigen Lächeln abgetan. Woran er sich den Kopf gestoßen hatte, war ein Unding, das es nicht gab, nicht geben konnte, und doch wies es ihn eisern in die Schranken.

Er barg das Gesicht in den Händen. Verzweiflung riss ihn fort in eine Finsternis, die noch schwärzer war als die Zelle. Er fühlte sich vollkommen hilflos. Akàra musste einen Weg gefunden haben, ihren Kerker auch vor Geistern zu sichern. Irgendein Kunstgriff steckte dahinter, eine machtvolle Illusion, die jeden Daimon in ihren Bann schlug. Keine Wand und keine Tür auf der ganzen Welt konnte ihn halten! Hier war eine Kraft am Werk, der es gelang, Mauern in seinen Gedanken zu errichten. Er schloss sich selbst hier ein.

Die Erkenntnis half ihm wenig. Die Einbildung, die ihn gefangen hielt, war so stark wie Fels. Mit Gewissheit wurde Xander klar, dass er keine Möglichkeit hatte, auf diesem Weg den Kerker zu verlassen. Bestimmt hatten dies andere vor ihm auch schon versucht und waren kläglich gescheitert.

Die Situation verlangte nach einem Meister und er war keiner. Was würde Lutz in solcher Lage tun? Er würde es gar nicht so weit kommen lassen, dachte Xander bitter.

»Du weißt alles, was du wissen musst«, hatte Lutz ihm einst gesagt. »Mangelnde Erfahrung lässt dich stolpern. Gebrauche deine Kenntnisse! Lernen bestimmt unser Handeln, doch sind es Taten, die zählen. Handlungen allein prüfen unser Wissen und rücken es an den angemessenen Platz. Alle Weisheit der Welt nützt dir nichts, wenn du sie nicht anwenden kannst.«

Bis zum heutigen Tag hatte Xander nicht begriffen, was Lutz damit gemeint hatte. Jetzt verstand er ihn. Nicht Belesenheit machte den Meister aus, sondern Können, und das entstammte Erfahrung. Sein Wissen ließ ihn auf eine Lösung des Problems sinnen, die ihm bald genug dämmerte.

Ruhe kam über ihn, als die Erkenntnis klar vor ihm stand wie ein Feuer in mondloser Nacht. Er sah den Weg, den ein Meister gehen würde. Nur ein Anfänger durchschritt Mauern und Türen, weil er sich an die Illusion einer stofflichen Welt klammerte, um nicht ganz in das Reich der Geister einzutreten. Dort gab es keine Gegenstände, weder Raum noch Entfernung, bloß Energie. Xander tastete sich stets vorsichtig am Ufer des Geisterreichs entlang, ohne den festen Grund seiner gewohnten Umgebung aufzugeben. Schmerzlich wurde ihm bewusst, wie sehr er sich damit selbst behinderte. Die Zeit war gekommen, schwimmen zu lernen.

Er schloss die Augen und ließ los. Sofort fiel er in eine unbekannte Welt. Die Zelle verschwand, sein Körper verging. Es kostete ihn keine Anstrengung, denn diese hatte darin bestanden, seine Umgebung aufrechtzuerhalten und ebenjenes Versinken zu verhindern. Eine Ohnmacht wollte über ihn kommen und Xander brauchte all seine Kraft, um bei Sinnen zu bleiben. Er glaubte unterzutauchen, tiefer und tiefer, bis die Schwärze so drückend wurde, dass sie ihn zu zermalmen drohte.

Unmöglich konnte dies das Reich der Geister sein! Lutz hatte es ihm ganz anders beschrieben. Doch das entsetzliche Nichts, das ihn umgab, war kein Trugbild seines eigenen Verstandes. Deutlich konnte Xander es fühlen, es besaß Bewusstsein. Ein riesenhaftes Ungeheuer, das ihn verschluckt hatte. Bald würde er in seinem Leib aufgehen, wo süßes Vergessen auf ihn wartete.

Der Druck ließ nach oder vielleicht hatte er sich nur daran gewöhnt. Schwärze drang von allen Seiten auf ihn ein; er löste sich gleichsam darin auf. Sie hatte nichts mit dem Dunkel des Gefängnisses gemein, das aus dem Fehlen von Licht geboren wurde; jene Schwärze bestand aus *Anwesenheit* von etwas Unnennbarem. Das Pochen seines Herzens hallte wider in der satten Finsternis, bis es von ihr verschlungen wurde.

Die erhabene Stille überwältigte ihn. Hier herrschte Ewigkeit, neben der ihm sein Hoffen und Sehnen lächerlich erschien. Außerhalb der Dunkelheit lauerten Mühsal und Qual, endlose Arbeit, vergebliche Wünsche und fruchtlose Träume, ein steiniger Weg, der wiederum hierher führte. Wozu umkehren? Nur mehr einen Schritt musste er tun und die Ewigkeit würde ihm gehören auf immerdar.

Eine innere Stimme sagte Xander, dass er nicht hier bleiben durfte. Dies war kein Ort, der einem erlaubte, zu verweilen. Lutz hatte ihm von dem Schwarzen Tor erzählt, und er hatte ihn gewarnt. Man konnte nicht davor stehen bleiben. »Wer hindurchtritt, kehrt nicht wieder«, hatte Lutz gesagt, »deshalb weiß niemand, was dahinter liegt. Die Geister nennen es das Schwarze Tor, die Menschen nennen es Tod.«

Eben die Angst vor jenem Tor hatte Xander dazu bewogen, das Geisterreich zu meiden, und genau dorthin war er gelangt. Er hätte beinahe über die Ironie gelacht.

Die Erkenntnis seiner Lage gab ihm neuen Mut. So rasch würde er nicht aufgeben, nun, da er sich endlich dazu durchgerungen hatte, das

Reich der Geister aufzusuchen. Eine Woge von Lebenswillen brandete in Xander auf, vor dem die Finsternis zurückzuweichen schien, als sei sie davon geblendet, aber die Schwärze kämpfte um ihn und suchte ihn zu halten, und er rang mit ihr um jedes Stück seines Daseins; je schwerer es ihm fiel, desto entschlossener wehrte er sich, um dem Tor seine Beute abspenstig zu machen, und schließlich, nach erbittertem Ringen, spie ihn das Ungeheuer aus, als hätte es etwas Unverdauliches verschluckt.

Xander wirbelte durch das Nichts. Seine Umgebung wandelte sich von Schwarz in Grau. Weit schleuderte ihn sein Widerstand, bis eine Mauer aus Feldsteinen vor ihm auftauchte. Kälte hüllte ihn ein, sein Atem stieg wie Rauch in die Luft. Der Geruch von Schnee drang in seine Nase.

Er blickte an seinem wiederentstandenen Körper hinab. Eine dünne, sandfarbene Hose und ein ebensolches Hemd trug er, dazu Sandalen: gänzlich ungeeignete Kleidung für den Winter. Merkwürdigerweise fror er nicht, als sei die Kälte nur ein Traum. Er stand in einer dunklen Gasse. Sterne blinkten am Himmel. Der halbvolle Mond erhellte steinerne Häuser, deren Türen und Fenster mit Brettern vernagelt waren.

Der Anblick kam Xander vertraut vor, er kannte diese Gasse, mehr als einmal war er durch sie gelaufen. Vereinzelte Schneehaufen klebten wie die Flecken eines Tierfells auf dem Pflaster, unregelmäßige weiße Formen, die im Mondschein leuchteten. Linker Hand sah er die verlassene Schmiede, deren Dach eingestürzt war. Ein Berg von Dachziegeln türmte sich im Hof. Geradeaus lag ein ausgebrannter Stall und daneben eine Reihe ehemaliger Wohnhäuser. Auf der rechten Seite kreuzte das Ende der Gasse eine Querstraße, die zum Marktplatz führte. In entgegengesetzter Richtung, ein gutes Stück entfernt, durchbrach das Westtor die Festungsmauern von Riem.

Mit vor Staunen offenem Mund schaute Xander sich um. Er befand sich unzweifelhaft in Riem, doch wie war er hierher gelangt? Seine Umgebung war nicht wirklich; die Ziegel der Schmiede hatten Dachdecker letzten Frühling abgeholt, und in Riem herrschte jetzt Sommer. Er sah ein Bild aus seiner Erinnerung, dessen Genauigkeit ihn verblüffte. Jede Einzelheit stimmte. Er spürte den Stein und die Kälte, er roch das brennende Holz der Lagerfeuer am Marktplatz, gedämpfte Stimmen von Flüchtlingen hörte er und das Blöken von Schafen.

Neugierig machte er sich auf den Weg zum Marktplatz. Vielleicht würde sich dort das Rätsel lösen. Zumindest erklangen aus jener Richtung Geräusche von Menschen, und mit denen konnte er reden.

Ein ungutes Gefühl beschlich Xander. Zweifel begannen an ihm zu nagen, die er nicht zu deuten wusste. In einer Geisterstadt wandelte er, die seinem Gedächtnis entsprungen war. Er hatte keine schlechten Erinnerungen an Riem, und dennoch schien jeder Stein, über den er lief, durchdrungen von Grauen. Er bemühte sich, lautlos zu gehen, und ahnte nicht, weshalb.

Nichts und niemand begegnete ihm, bis er beim Marktplatz anlangte. Bang spähte er um eine Hausecke, wohl darauf bedacht, sich im Schatten zu halten. Dutzende kleiner Feuer flackerten im Wind, vor denen sich die schwarzen Umrisse von Gestalten abhoben. Einige saßen am Boden, andere liefen gebückt zwischen den Zelten umher. Tiere tummelten sich in notdürftig errichteten Gehegen, meist Schafe oder Ziegen, auch einige Hausschweine entdeckte er.

Beständig musste sich Xander daran gemahnen, dass es keine Menschen sein konnten, die er beobachtete. Das Riem im Reich der Geister war von Geistern bevölkert. Es fiel ihm schwer, sich an den Gedanken zu gewöhnen. Seine Umgebung schien so fassbar und vertraut.

Angestrengt überlegte er, was ihn an dem Anblick befremdete. Er vermochte es nicht zu sagen. Seit er damals nach Riem gekommen war, hatten Flüchtlinge hier gelagert. Auch er selbst hatte in einem solchen Zelt gelebt, bevor Lutz ihn als Schüler in sein Haus aufgenommen hatte. Riem war schon von der Seuche gesäubert gewesen, die Häuser ausgebrannt und die Toten bestattet. Deshalb war so viel Landvolk nach Riem geflohen, wie auch Xander und sein Bruder Haldur: Die Stadt bot mehr Sicherheit als offenes Gelände. Die Tore wurden bewacht und die Festungsmauer konnte kein Untoter erklimmen.

Lutz hatte ihm erklärt, dass ein Daimon im Reich der Geister jeden beliebigen Ort erschaffen konnte, und manche Geister nahmen an der Illusion Anteil, wenn man es ihnen erlaubte. Solange das Bild aufrechterhalten wurde, fügten sich die Geister darin ein, als sei es ihnen ein Spiel.

Auch von Kontrolle hatte Lutz gesprochen. Ein Daimon durfte keinen Zweifel aufkommen lassen, wer das Geschehen beherrschte. Ansonsten war er den Geistern auf Gedeih und Verderb ausgeliefert.

Unwillkürlich schauderte Xander. Plötzlich begriff er, was hier nicht stimmte. Die Stadt war nicht seinem Willen entsprungen. Jemand oder etwas hatte sie für ihn erschaffen, und das zu einem Zweck, den er sich nicht vorzustellen wagte. Er hatte keinerlei Gewalt über das Trugbild, aber es hielt *ihn* gefangen wie eine Fliege im Leim.

Er sammelte seinen verbliebenen Mut und schlenderte zum Marktplatz. Ausgestellt und entblößt fühlte er sich, zu jedem Schritt musste er sich zwingen. Seine hellen Kleider leuchteten im Mondschein. Die Stimmen der Flüchtlinge erschallten klar, aber er verstand sie immer noch nicht, sie redeten in einer ihm unbekannten Sprache, die aus merkwürdigen, gurgelnden und knurrenden Lauten bestand.

Am Rande des Platzes saß eine Bäuerin auf einer Holzkiste vor ihrem Zelt. Ein Feuer brannte zu ihren Füßen, über dem ein Kochtopf hing, in dem sie mit einem Löffel rührte. Sie trug einen langen wollenen Rock, schwere Schnürschuhe und zwei dicke Strickjacken übereinander. Ihr Haar war unter einem Kopftuch verborgen. Sie wandte Xander den Rücken zu, und als er näher kam, drehte sie sich gemächlich um.

Ihr Gesicht bestand aus Fetzen von verwesendem Fleisch, zwischen denen das Weiß von Knochen schimmerte. Sie hatte keine Lippen mehr, sodass sie dauernd die Zähne zu blecken schien. Die halbe Nase war abgefault, doch ihre Augen blitzten wach in den eitrigen Sockeln.

Als sie Xander entdeckte, sprang sie auf und taumelte zurück. Den Kochlöffel von sich gereckt, stimmte sie ein wildes Geschrei an und deutete damit auf ihn. Ihre graue Haut wurde noch fahler vor Schrecken. Sogleich eilten Leute herbei, auch sie boten keinen angenehmeren Anblick.

Fassungslos verfolgte Xander das Geschehen. Lähmende Furcht ergriff ihn. Vorsichtig tappte er rückwärts, in der vagen Hoffnung, noch zu entkommen, bevor sich die Aufregung in einen Angriff wandelte.

Wild brüllten die Untoten durcheinander, als erteilten sie einander Anweisungen. Einige Männer bewaffneten sich mit allem, was sie gerade finden konnten, seien es Messer oder Heugabeln. Kinder rannten schreiend und weinend in die Zelte, beschützt von ihren ebenso gräulich anzusehenden Müttern. Die Verteidiger stapften auf ihn zu, entschlossen, sich und ihre Angehörigen gegen die scheußliche Kreatur zu verteidigen, die aus dem Nichts aufgetaucht war. Das Ungeheuer hieß Xander.

»Halt!«, rief er und ruderte mit den Armen. »Ich bin doch kein …«, und verstummte, als er merkte, dass es keinen Zweck hatte.

Die anderen heulten auf, als er sprach, dann redeten sie durcheinander, ohne dass er ein Wort davon verstand. Ein besonders kühner Mann stürmte mit einer Heugabel auf ihn zu, seine Kameraden folgten ihm, durch sein Beispiel angestachelt. Einen Moment lang blieb Xander einfach stehen und starrte die Meute an, die sich ihm unaufhaltsam näherte. Beinahe ängstlich wirkten sie, als fürchteten sie ihn.

Bevor ihn der Mob erreichte, raffte Xander sich auf und rannte davon. Seine Sandalen rutschten auf dem vereisten Pflaster, und mehr als einmal fiel er beinahe hin. Als er ausglitt und gegen eine Tür prallte, fegte eine Heugabel an seinem Kopf vorbei, die einer nach ihm geworfen hatte. Ein Zinken streifte sein Ohr. Mit einem Schmerzensschrei knickte Xander ein. Blut floss warm seinen Hals hinab, benetzte die Hand, mit der er nach der Wunde griff. Das wütende Gebrüll der Menge kam näher. Keuchend vor Anstrengung hetzte Xander weiter.

Er rannte durch unzählige Gassen, dicht verfolgt von der unerbittlichen Meute, die ihm den Garaus machen wollte. Vielleicht hatten sich in diesem Riem die Untoten der Lebenden entledigt, und jetzt würden sie ihn niedermetzeln, wie man es im echten Riem mit einem Fieberopfer tun würde.

Xander wusste nicht, wohin er sich wenden sollte. Untote bevölkerten ganz Riem, anders ließen sich die vermeintlichen Flüchtlinge nicht erklären. Er wagte nicht, sich den Stadttoren zu nähern. Falls sie geschlossen waren, säße er dort in der Falle, und die Chance erschien ihm gering, sie offen anzutreffen. Er brauchte ein Versteck. Aber wo? Die leeren Häuser waren verrammelt und in ein bewohntes würde ihn keiner lassen.

Mangels einer besseren Idee rannte er zu Lutz' Haus. Vielleicht traf er dort sich selbst, Lutz und Friedel an, in einem Zustand, der jeder Beschreibung spottete. Allein bei dem Gedanken sträubten sich ihm die Haare vor Grausen. Der Wahnsinn lauerte in jeder Ecke dieser Stadt, klamm reckte er die Finger nach Xander, wisperte Schrecken in sein Ohr.

Die Hatz begann an ihm zu zehren. Immer schneller atmete er und bekam dennoch kaum genug Luft. Sein Herz raste, er hörte das Blut in seinen Schläfen rauschen. Die Untoten holten auf.

Bald erreichte er Lutz' Haus. Wiedersehensfreude ergriff ihn, als er das breite, zweistöckige Gebäude entdeckte. Alles war so, wie er es in Erinnerung hatte: der bröckelnde, blassgrüne Verputz, die mit Läden verrammelten Fenster im Erdgeschoss und die schwere Eingangstür. Nirgendwo brannte Licht, weder im ersten noch im zweiten Stock.

Xander warf sich gegen die Tür und drückte die Klinke. Sie war verschlossen. Er hämmerte wild mit dem Türklopfer. Die Meute der Fieberopfer nahte. Messer blitzten im Mondschein, als die Masse der Gestalten in die Gasse stürzten. Wütend erklang ihr Geheul.

Schnell floh Xander in den Stall. Am entfernten Ende fand er die Verbindungstür zur Küche. Mit einem eisernen Haken, der an einem

Balken hing, stemmte er sie auf. Krachend gab das Holz nach. Er schlüpfte hinein und zog sie sofort hinter sich zu. Das zerbrochene Schloss war nicht mehr zu gebrauchen. Er klemmte einen Stuhl unter die Klinke, dann rannte er weiter in die Eingangshalle. Die Küchentür dort sperrte er ab. Er schleifte die schwere Truhe unter der Garderobe über den Steinboden und verrammelte damit zusätzlich den Durchgang. Gepolter erklang hinter ihm, Stimmen schrien durcheinander. Der Stuhl zerbarst und die Stalltür knallte auf. Gleich darauf erbebte die Tür zur Halle, als sich seine Verfolger dagegen warfen.

Schlotternd vor Angst lauschte Xander den Geräuschen. Er harrte des Sturms, der über ihn hereinbrechen wollte. Entgegen seinen Befürchtungen hielt die Tür, obwohl sie mitsamt dem Rahmen erzitterte. Gegenstände kratzen daran, die Klinke klappte endlos auf und nieder, etwas stocherte im Schloss. Hartnäckig mühten sich die Untoten.

Irgendwann kehrte Ruhe ein, doch Xander wagte kaum, sich zu beruhigen. Er fragte sich, was seine Gegner planten. Nie und nimmer würden sie ihn entkommen lassen. Er war das Ungeheuer, das ihre Gemeinschaft bedrohte.

Erschöpft sank Xander auf die Knie und wischte sich den Schweiß von der Stirn. Er schlug die Hände vor das Gesicht. Tränen der Erleichterung strömten über seine heißen Wangen. Sein verletztes Ohr tat weh, aber sonst fehlte ihm nichts. Er hatte unverschämtes Glück gehabt.

Aus Lutz' Erzählungen wusste er, dass den Geistern ein Menschenleben wenig bedeutete, weil sie diese Art von Dasein nicht nachvollziehen konnten. Trotzdem fragte er sich, warum ihm die Geister nach dem Leben trachteten. Er hatte ihnen keinerlei Schaden zugefügt. Sie schöpften aus seinen Erinnerungen, verkörperten seine tiefsten Ängste. Was ihnen beliebte, machten sie mit ihm, und er hatte ihnen nichts entgegenzusetzen.

Seine schlimmste Befürchtung – *Hausbewohnern* zu begegnen – schien nicht einzutreten. Das Haus wirkte leer. Die Tonplatten des Bodens, die Friedel stets sauber gehalten hatte, waren von dickem Staub bedeckt. Spinnweben hingen im Treppengeländer und über den kostbaren Gemälden, die Lutz angesammelt hatte. Leintücher verbargen die Sessel und Kommoden, demzufolge war das Haus mit Bedacht aufgegeben worden, und seine Bewohner hatten sich vermutlich retten können.

Xander sehnte sich nach Lutz, wie er noch nie einen Menschen herbeigewünscht hatte. Gleichzeitig war er dankbar, ihm nicht zu begegnen. Der Lutz, den er kannte, hatte niemals hier gelebt, genauso wenig wie er selbst. Gänzlich allein fühlte er sich, die Kreaturen draußen hatten nichts mit ihm gemein. Ungeheuer verkörperten sie für ihn, genauso wie er für sie.

Er stemmte sich hoch und ging über die Treppe in den ersten Stock hinauf. Verlassen erstreckte sich der Gang vor ihm. Rechter Hand stieß er die Tür zur Bibliothek auf, die Lutz als Arbeitszimmer gedient hatte. Vollgestopfte Bücherregale zogen sich die Wände entlang. Neben der Reihe von Fenstern erhob sich der große Kamin, davor die zwei Lehnsessel. Jemand hatte Tücher über sie geworfen, um sie vor dem Staub zu schützen, der alles mit mattem Grau verkleidete. Lutz' Schreibtisch stand einsam und kahl im Raum. Er war stets unaufgeräumt gewesen, übersät von Büchern und Papier.

Weinen wollte Xander. Er war nach Hause gekommen und sein Heim war nur mehr eine leere Hülle. Die Zimmer und ihre Einrichtung entsprachen seiner Vorstellung, doch er war ein Fremder in ihnen.

Die Erfahrung schreckte ihn mehr als die Untoten; jene wollten ihm das Leben nehmen, hier wurde er seiner Seele beraubt. Wieder und wieder versicherte er sich, dass er ein Trugbild sah, aber seine Sinne straften seine Erkenntnis Lügen. Er brachte es nicht über das Herz, sein eigenes Zimmer aufzusuchen. Unheilvoll dräute die verschlossene Tür im Gang. Lieber wollte er sterben, als sie zu öffnen.

Geräusche im Erdgeschoss ließen ihn aufhorchen. Axthiebe hörte er. Holz splitterte. Die Truhe scharrte über den Boden. Er rannte zu den Fenstern der Bibliothek und spähte hinaus. Vielleicht konnte er über die Mauer in die Freiheit klettern. Unten, auf der Gasse, hatten sich mindestens zwei Dutzend Leute versammelt, die erwartungsvoll zu ihm emporstarrten. Erschrocken wich Xander zurück und stolperte in den Gang. In der Eingangshalle erklangen Stimmen.

Leise schlich er die Wand entlang zum Aufgang in das Dachgeschoss. Er zog die Tür hinter sich zu und schob den eisernen Riegel vor. Über die schmale Holztreppe stieg er hinauf in das Studierzimmer und Labor, wo Lutz ihn meist unterrichtet hatte. Dort saß er in der Falle, doch das tat er sowieso.

Durch schmale Fenster zwischen den Dachbalken fiel Mondlicht. Niedrige Regale waren gefüllt mit Büchern und allerlei Gerätschaften, deren ein Daimon bedurfte, darüber hob sich das Dach zu einem spitzen Giebel.

Xander suchte seine Gedanken zu ordnen. Er befand sich nicht in

Riem, er war nicht in Lutz' Haus, er stand nicht in dem Dachzimmer. Im Reich der Geister weilte er. Bestimmt hatte Lutz ihm irgendwann erzählt, was in solcher Situation zu tun war. Die panische Angst machte ihn ganz benommen. Nur mehr an seinen unausweichlichen Tod konnte er denken – und merkwürdigerweise schreckte der ihn nicht.

Wer war er schon? Er hatte kein besonderes Talent, keine Befähigung. Sein Leben bestand aus einer endlosen Reihe des Scheiterns. Tausend andere waren bereits besser in jeder Tätigkeit, die er jemals versuchen konnte. Er besaß nicht einmal die nötige Bescheidenheit, sich selbst einzuschätzen. Überflüssig war er, in jeder Hinsicht. Niemand brauchte ihn; die Welt kam gut ohne ihn zurecht. Wie mühevoll sein Dasein doch war! Für sich und andere, die ihn ertragen mussten. Niemals würde er ein Daimon werden, er verfügte nicht über das nötige Geschick. Nur Unheil hatte er verursacht und dadurch sich und Lutz in Gefahr gebracht.

Ein Meer des Selbstmitleids schwappte über ihm zusammen und er ertrank in dessen zähen Fluten. Tränen quollen aus seinen Augen und er kauerte sich nieder auf den Teppich vor dem Kamin, als er auf die Untoten wartete.

Ein Meister würde nicht in eine solche Lage geraten, aber er war keiner und würde nie einer werden. Weitblick fehlte ihm, Vertrauen und Können. Seine Zeit verrann ungenutzt.

Über den Tiefen seiner Verzweiflung hörte er wiederum Lutz' Stimme. Er erzählte ihm vom Reich der Geister und warum so viele Daimonen es nicht ertrugen. »Du selbst bist der größte Feind, dem du dort begegnen wirst«, hatte er gesagt. »Unser Leben stützt sich auf die Wahrnehmung von Materie, eine ganze Welt haben wir uns erfunden, deren vermeintliche Gesetze wir als gegeben erachten, weil sich die Menschen irgendwann darauf geeinigt haben. Wir glauben das Bewusstsein und die Erkenntnis für uns gepachtet zu haben, denn in der kleinen Welt, die wir uns zurechtgelegt haben, fühlen wir uns allein und sind es wohl auch. Auf ewig können wir darin forschen und beständig wieder ein neues ›Geheimnis‹ entschlüsseln, wie einer, der die Kreidespuren auf einer Schiefertafel untersucht, anstatt die Botschaft der Schrift zu lesen.

Im Geisterreich verlieren die Dinge die stoffliche Form, die wir gewohnt sind zu sehen: Sie werden zu Energie. Das Reich der Geister ist hier und jetzt. Du bewegst dich darin ohne die Schranken deines Körpers und ohne dessen Schutz. Dies ist die Macht des Geistes und seine Gefahr. Deine Furcht, deine Schwächen werden Gestalt annehmen und sich gegen dich wenden. Viele Daimonen wurden von ihrem eigenen Wahnsinn vernichtet. Die Geister nehmen, was sie in dir finden.«

Erschrocken horchte Xander auf. Etwas polterte gegen die Tür zum Dachzimmer. Die Klinke klappte auf und nieder. Wütende Stimmen erklangen. Furcht durchraste ihn, ließ ihn erstarren. »… was sie in dir finden« hallten Lutz' Worte in ihm wider und plötzlich begriff er.

Die Geister hatten das Selbstmitleid in ihm erkannt und eine ganze Stadt daraus gebaut. Jeder Stein, jedes Geschöpf spiegelte seine Schwäche. Monster waren die Bewohner von Riem, sie verstanden ihn so wenig wie er sie. Er hatte sich immer als Außenseiter gefühlt, und nun war er tatsächlich einer. Seine eitle Haltung bescherte ihm hier mehr als nur Kummer.

Fieberhaft sann er nach einem Ausweg. Durch die Fenster konnte er nicht fliehen und einen zweiten Ausgang gab es nicht. Entweder er lernte oder er ging unter.

Eine Axt schlug krachend in die Tür. Mit hellem Klingen traf die Schneide auf den eisernen Riegel, der den Hieb bremste. Holz zerbarst und wieder sauste die Axt nieder. Gleich würde die Tür nachgeben.

Inbrünstig verschränkte Xander die Hände vor der Brust. »Lutz!«, flehte er. »Wo bist du?« Bilder drangen in seinen Geist: ein riesiger Turm, der sich von einem ummauerten Hügel erhob. Düster reckte er seine gewaltige Schleuse in den abendlichen Himmel. Der Palast von Kirgon. Lau war die Luft, warm im Sommer. Bald würde die Nacht sich über das Land breiten. Lichter erhellten die Häuser von Kirgon.

Sehnsucht ergriff Xander. Er wollte Lutz noch einmal sehen, bevor er starb. Nie hatte er geahnt, wie sehr er ihn liebte und verehrte. Lutz hatte sein Bestes gegeben, um einen Daimon aus ihm zu machen. Es war nicht seine Schuld, wenn Xander versagte. In Großmut hatte er ihn aufgenommen und unterrichtet. Wie viele Fehler hatte er ihm verziehen! Welche Geduld hatte er aufgebracht! Xander hatte es ihm mit Ungehorsam gedankt, mit Widerwillen und Misstrauen.

Auf einmal empfand Xander kein Mitleid mit sich selbst. Sein Leben zog an ihm vorbei und Staunen erfüllte ihn über das Glück, das ihm so oft hold gewesen war. Er hatte es nicht erkannt.

Die Tür zum Dachzimmer gab splitternd nach. Wildes Geheul ertönte im Aufgang zur Kammer, eilige Schritte polterten auf der Treppe. Xander wandte sich nicht um. Er hielt im Geiste den Anblick des Palastes von Kirgon fest, wo Lutz weilte. »Meister«, flüsterte er in einem Tonfall, der nicht zu ihm gehören wollte. »Dein Schüler braucht dich, wie schon so oft.«

Das Dachzimmer verging und die Geräusche erstarben, als hätte es sie niemals gegeben. Der Palastturm blieb, und Xander näherte sich ihm wie ein Traum, der zu jemandem in seinen Mauern kam.

Ehe er sich versah, stand er in einem von Öllampen erhellten Raum, einem Schlafzimmer. Eine Frau in weißer Unterwäsche öffnete die Türen des Schranks und nahm eine schwarze Bluse und eine beigefarbene Hose heraus. Ihre nackten Füße tappten über das Parkett. Sie setzte sich auf das Bett, zog Socken und die Hose an, dann schlüpfte sie in Schuhe, die sie sorgfältig schnürte. Im Unterhemd ging sie zur Kommode, über der ein Spiegel hing. Sie neigte sich vor, blickte ernst in ihr Gesicht. Ihre müden Augen wanderten, als sei sie mit den Gedanken an einem ganz anderen Ort. Seufzend griff sie nach ihrer Stirn und fuhr mit beiden Händen über ihren fast kahlen Schädel, den ein Schatten kurzgeschorenen Haares bedeckte. Sie schlüpfte in die Bluse, knöpfte sie zu und stopfte die Schöße in den Hosenbund.

Xander verharrte hinter ihr und beobachtete sie. Mehr als das Geschehen faszinierte ihn seine Wahrnehmung. Er glaubte durch ein Glas in eine fremde Welt zu schauen, und er wusste, dass er diesmal die Wirklichkeit sah. Er befand sich tatsächlich im Palast von Kirgon. Die Geisterstadt mit den Untoten war ihm selbst entwachsen, hier war er ein heimlicher Besucher. Fortwährend mühte sich sein Verstand, die Eindrücke, die er empfing, an den rechten Platz zu rücken und sie zu deuten.

Er kannte die Frau vor dem Spiegel. Sie wirkte jünger auf ihn, als er sie in Erinnerung hatte. Amüsiert betrachtete er Lonora, die er in Angantur getroffen hatte. Was tat sie hier in Kirgon? Sie gehörte zu denen, die ihn wahrnehmen konnten, dessen war er sich sicher, was die Situation für ihn noch reizvoller machte. Er näherte sich, bis er sie fast berühren konnte, dann wich er zurück und ergötzte sich an der Unruhe, die sie allmählich ergriff. Sein Anstand gebot ihm, damit aufzuhören, aber es machte ihm zu viel Spaß. Er konnte einfach nicht anders, als seine neu errungenen Fähigkeiten auszuprobieren.

Gelassen verharrte sie vor dem Spiegel, beide Hände auf die Kommode gestützt. Genau hinter ihr war er und blickte über ihre Schulter. Eine Woge von Farben entdeckte er im Spiegel, die sich verschwommen zu seinem Antlitz fügten. Lonora sah ihn nicht. Er blies ihr seinen Geisteratem ins Ohr. Sie schüttelte sich. Stirnrunzelnd wandte sie sich um. Sie war allein im Zimmer. Grinsend ließ Xander einen Geisterfinger über ihr Rückgrat gleiten und merkte verzückt, wie sie zusammenzuckte.

Die Arme in die Hüften gestützt, schnaufte Lonora durch die Nase. Sie kniff die Augen zusammen.

»Zeig dich!«, rief sie unerbittlich.

Der Befehl ließ Xander erbeben. Etwas zog und zerrte an ihm, hielt ihn fest in dem Raum.

»Komm schon!«, zischte Lonora. »Nicht so zaghaft. Ich weiß, dass du hier bist.«

Xander wehrte sich, doch gegen Lonoras Willen konnte er nicht bestehen.

»Xander!«, rief sie erstaunt, als sie seiner gewahr wurde. »Du?«

Verlegen senkte er den Blick.

»Was ist los?«, fragte Lonora.

Plötzliche Wehmut überkam Xander und er besann sich, wie er hierher gekommen war und wo sich sein Körper befand.

»Ich suche Lutz«, sagte er.

»Lutz ist fort«, erwiderte Lonora. »Er weilt im Reich der Geister, um deinen Bruder zu finden.«

»Aber ich bin auch … im Reich der Geister.«

Besorgt musterte Lonora den Schatten, der sich ihren Blicken darbot. Xander schien nicht die Kraft zu haben, sich ihr als Mensch zu zeigen.

»Lutz ist weit weg. Du kannst jetzt nicht zu ihm.«

Eine unangenehme Empfindung erschütterte Xander. Er wurde gleichsam fortgerissen. Etwas geschah mit seinem Körper, das ihn zurück in das Gefängnis in Bengzar zwang. Lonoras Schlafzimmer verschwamm vor seinen Augen. Sie reckte die Hand nach ihm, als könne sie damit in die Geisterwelt greifen, und tatsächlich sah er gleich darauf ihre Finger als gleißendes Licht vor sich. Xander klammerte sich daran fest.

»Sag Lutz, dass der Auftrag gescheitert ist«, rief er ihr zu. »Wir sind alle verraten. Akàra hat uns gefangen genommen.« Dann wurde der Sog zu stark, und auch Lonora konnte ihn nicht mehr halten. Xander wusste nicht, ob sie seine letzten Worte gehört hatte.

Er wirbelte durch Finsternis, um in Schwärze aufzuwachen. Jemand hielt ihn am Kragen gepackt und schüttelte ihn. Kalte Finger klatschten auf seine Wangen, dann spritzte Wasser in sein Gesicht. Prustend spuckte Xander und setzte sich auf. Er war wieder in der Zelle angelangt.

»Verdammt!«, fluchte er.

»Den Göttern sei Dank!«, hörte er Horis seufzen. »Ich fürchtete schon, du seist tot.«

Xander war außer sich vor Zorn.

»Bist du verrückt geworden? Was willst du?«

Horis schnüffelte.

»Ich …«, begann er und stockte. »Ich habe dich mehrmals gerufen, aber du hast nicht geantwortet. Ich hatte solche Angst!«

Mit Macht musste sich Xander beherrschen, ihn nicht anzubrüllen, schließlich konnte Horis nichts dafür.

»Beruhige dich!«, stieß er zwischen zusammengebissenen Zähnen hervor. »Ich lebe ja noch.«

»Was ist los mit dir?«, schluchzte Horis. »Bist du krank? Ich dachte wirklich, du würdest nicht mehr aufwachen, so tief wie du geschlafen hast.«

»Es ist alles in Ordnung.«

Seufzend streckte sich Xander auf der Pritsche aus. Horis schlurfte zurück zu seiner und ließ sich nieder. Enttäuscht vergegenwärtigte sich Xander sein Abenteuer in der Geisterwelt. Kopf und Kragen hatte er dabei riskiert und nichts erreicht.

◆ ◆ ◆

Lutz ahnte nicht, dass sein Schüler ihn suchte. Er brauchte all sein Können, um die Klemme zu meistern, in der er selbst steckte.

Unentwegt loderte die hohle Säule der Jäger um ihn empor, endlos und undurchdringbar. In allen Rottönen brannte sie, die aus eigener Kraft kreisten, gleich einem Turm aus Feuer, der in den unsichtbaren Himmel strebte. Die Jäger wollten ihn nicht gehen lassen. Fasziniert betrachtete er die ernsten Gesichter, die sich in dem wogenden Rot formten und wieder vergingen. Durchscheinend schimmerten sie und greifbar nah. Die Gestalten trugen altertümlich anmutende Kleider und Waffen, Zeugnisse lange vergessener Tage. Rau dröhnten ihre Stimmen aus dem Nebel der Zeit und verhallten ungehört.

Stille senkte sich herab und er vernahm eine einzelne Stimme, die er verstehen konnte. Sie klang geschlechtslos; ein unangenehmer, metallener Ton schwang in ihr, als entstamme sie einer blechernen Kehle.

»Warum hast du uns gerufen?«, sprach sie. »Niemand ruft uns. Wir sind die Jäger.«

»Ich suche einen Freund«, erwiderte er. »Sein Name lautet Haldur. Ihr habt ihn gefunden. Sagt mir, wo er ist!«

»Wozu sollen wir dir helfen?«, erschallte die Antwort. »Wir sind die

Jäger. Wir lieben die Menschen nicht. Ob ihr lebt oder sterbt, ist uns einerlei.«

Lutz stutzte. Er war noch nie einem ähnlichen Geist begegnet und er befremdete ihn zutiefst. Kalte Feindseligkeit schlug ihm entgegen. Dieses Gefühl empfanden Menschen, aber keine Geister.

»Weshalb hasst ihr die Menschen?«, fragte er.

»Wir sind die Jäger. Wir sind ewig. Für unseren Meister haben wir unser Leben gegeben. Für unseren Meister haben wir Leben genommen. Er liebt das Töten nicht. Deswegen jagen wir die Hochmütigen und die Eitlen, um sie für ihre mangelnde Einsicht zu bestrafen. Sie kommen zu uns und werden eins mit uns. Wir sind die Jäger. Wir sind ewig.«

Vergeblich mühte sich Lutz, die rätselhaften Worte zu deuten.

»Wer ist euer Meister?«

»Die Menschen haben ihm ein Gefängnis erbaut, Stein um Stein. Die Wände des Gefängnisses heißen Gier, das Tor Lüge, sein Gitter Verachtung. Das Gefängnis wurde nicht das seine, sondern das ihre. Wir müssen jagen bis zum Tag der Befreiung. Wir sind die Jäger. Wir sind ewig.«

»Wie lautet sein Name?«

»Die Menschen nannten ihn Islam.«

Lutz verfiel in Schweigen. Ohne Zweifel war Islam einer der großen Geister der Menschheit gewesen. Bei seinen Forschungen über die ferne Vergangenheit war er mehrfach auf ihn gestoßen. Doch wie alle großen Geister besaß Islam keine Form. Er manifestierte sich in den Taten der Menschen. Schreckliches musste geschehen sein, um solchen Hass anzusammeln, dass daraus ein Geist wie die Jäger entstehen konnte. Seit dem Anbeginn der Zeit jagten sie durch die öden Weiten ihres Stolzes, und ihre Macht war angewachsen mit jeder bösen Tat, bis ihre kalten Herzen als flammende Säule die Erde mit dem Himmel verbanden.

»Vielleicht kann ich euch helfen«, sagte er schließlich, »ich weiß von einem Schlüssel, der eurem Meister gehört.«

»Auf ewig suchen wir nach dem Schlüssel zum Gefängnis«, schnarrte die Stimme. »Gib ihn uns!«

»Ich habe ihn nicht«, wehrte Lutz ab, »aber ich kann euch sagen, wo er ist. Helft mir, und so werde ich euch helfen.«

Die Säule der Kraft kreiste um Lutz. Kein einziges Geräusch war zu vernehmen. Angespannt wartete er auf eine Antwort.

»Was ist dein Preis?«, fragte die Stimme.

»Ich suche den Freund, den ihr gefunden habt. Lasst ihn frei und ich werde euch sagen, wo der Schlüssel ist.«

»Werde eins mit uns und führe uns in Freiheit«, befahlen ihm die Jäger.

Lutz kämpfte gegen den unbändigen Willen, der sich auf ihn richtete. Er glaubte, einer Armee gegenüberzustehen, die ihn in ihre Reihen aufnehmen wollte.

»Nein!«, schrie er und fiel auf die Knie vor Erschöpfung.

Niemals würde er nachgeben. Die Vorstellung, ein Teil der Jäger zu werden, erfüllte ihn mit Grauen. Verdammt waren sie, die ihren eigenen Meister verraten hatten. Als Menschen, die sie einst gewesen waren, hatten sie keine Gnade gekannt, und so war auch ihnen keine zuteil geworden. Mitleid überkam ihn.

»Habt Erbarmen«, flüsterte er mit letzter Kraft, »um euretwillen.«

Der Druck ließ nach und Lutz blickte auf, in abertausende von Gesichtern, die ihn verwundert betrachteten.

»Dein Freund stand vor dem Schwarzen Tor«, sprach die Stimme wieder, »das Leben floss aus ihm wie ein Strom. Er kam mit uns. Die Herrin des Hauses machte ihn eins. Sie hat ihn behalten.«

»Wer ist die Herrin des Hauses?«, fragte Lutz. Er hatte noch nie von einem solchen Geschöpf gehört.

»Ihr Haus steht zwischen der Welt der Menschen und dem Reich der Geister. Es ist nirgendwo.«

Unmerklich schüttelte sich Lutz. Er verstand nicht, was die Jäger ihm mitteilten.

»Führt mich zu diesem Haus!«

»Das können wir nicht. Es ist nirgendwo.«

»Was ist mit meinem Freund?«

»Er ist wohlauf. Die Herrin hat ihn aufgenommen.«

»Bringt mich zu ihm!«

»Das können wir nicht. Er ist nirgendwo.«

Lutz wollte sich die Haare raufen. Das Gerede der Jäger machte keinen Sinn.

»Dann ruft die Herrin herbei. Ich muss mit ihr sprechen.«

»Das können wir nicht.«

Angestrengt dachte Lutz nach. Sein Wissen über die Paralle, deren einer Islam hieß, würde ihn und auch Haldur retten, wenn er geschickt vorging. Die Jäger antworteten ihm, weil sie sich von ihm den Parall versprachen. Stück für Stück musste er die Wahrheit aus ihnen herausholen.

»Ist die Herrin des Hauses ein Geist?«

»Sie ist viele. Ihr Haus steht zwischen den Grenzen. Es weist in alle Welten. Sie ist die Hüterin der Grenzen.«

Undeutlich besann sich Lutz auf eine Sage, die er einst in seiner Kindheit gehört hatte, von einem Haus, in dem jedes Zimmer in eine andere Zeit und Welt führte. Die Geschichte hatte ihm gefallen und er hatte sich oft gewünscht, durch jenes Haus zu streifen. Niemals hätte er gedacht, dass die Erzählung aus seinen Kindertagen ein echtes Vorbild haben könnte. Es fiel ihm schwer, daran zu glauben.

»Wie kommt man zu ihrem Haus?«

»Niemand betritt das Haus ohne ihren Wunsch. Sie wacht über die Grenzen. An den Grenzen sieht sie.«

»Führt mich dorthin!«

»Das können wir nicht. Du bist ein Mensch, du kannst nicht mit uns kommen. Werde eins mit uns, und wir werden dich führen.«

Die Flammensäule schloss sich enger um Lutz. Hände reckten sich nach ihm, Stimmen säuselten lockend in sein Ohr.

»Zurück!«, brüllte er.

Zögerlich wich das Feuermeer. Zischend äußerten die Stimmen ihren Unmut.

»Ihr könnt also das Haus aufsuchen«, stellte Lutz fest, »aber ich kann es nicht.«

»Ja«, gaben die Jäger widerwillig zu.

»Holt meinen Freund dort raus!«, befahl Lutz. »Dafür erhaltet ihr von mir den Schlüssel, der euch befreit.«

»Gib uns den Schlüssel!«, drängten die Jäger. »Dann helfen wir deinem Freund.«

»Das kommt überhaupt nicht infrage!«

Die brennende Säule loderte heller. Mehr und mehr Gestalten tauchten in dem gleißenden Rot auf. Die Jäger schienen sich über ihn genauso zu ärgern wie er sich über sie.

»Warum sollen wir dir trauen, o Kreatur? Vertrau uns! Wir sind die Jäger. Wir sind ewig.«

Lutz sann nach einem Ausweg. Er musste den Jägern einen Köder bieten, sonst würden sie ihn niemals ziehen lassen.

»Treffen wir eine Übereinkunft«, lenkte er ein. »Ich zeige euch den Schlüssel, damit ihr seht, dass ich die Wahrheit sage. Dafür lasst ihr mich ohne Bedingung gehen. Anschließend bringt ihr Haldur an einen Ort, wo ich mit ihm sprechen kann. Sobald er in die Welt der Menschen zurückgekehrt ist, werde ich euch den Schlüssel überreichen.«

»Wir sind die Jäger«, empörte sich die Stimme. »Wir lügen nicht.«

»Umso besser. Dann sind wir uns ja einig.«

Wütend musterten ihn die Jäger. Sie flüsterten. Geduldig erwartete Lutz ihre Antwort. Ihre Neugier schien zu siegen.

»Zeig uns den Schlüssel!«

»Könnt ihr mir folgen, wenn ich euch führe?«

Ein leises Lachen erklang.

»Wir sind die Jäger. Wir jagen. Es ist, was wir tun.«

Inständig hoffte Lutz, dass die Paralle in Bengzar bei Akàra waren. Er wusste nicht, wo er sonst danach Ausschau halten sollte, und die Jäger würden es ihm nicht verzeihen, wenn er sein Wort brach.

Im Bruchteil eines Gedankens war er in Süddahl angelangt, begleitet von rotem Feuermeer.

KAPITEL 14

Der Tempel

»Trau keinem, der sich nicht bestechen lässt.«

Spruchweisheiten der Nomaden von Generia.
Argold Denzel, Reisetagebücher, 2249 bis 2253 n. A. D.
Volksbibliothek Gwalheim, Reg. 343.81.

»Idiot!«, fluchte Akàra. »Was bildest du dir ein, mich so lange warten zu lassen? Ich verlange täglichen Bericht von dir!«

Vector verneigte sich tief.

»Verzeiht, Herrin, ich konnte nicht eher kommen. Der Hohepriester beobachtet jeden Schritt, den ich tue. Ich fürchte, er ist misstrauisch.«

»Natürlich ist er das! Ich erwarte mehr Geschick von dir, Vector. Es kann nicht so schwer sein, eine Ausrede zu finden, um für kurze Zeit zu verschwinden.«

»Ich bemühe mich.«

»Bemühen nennst du das? Elender Schwachkopf! Ich werde dir von Tuela beibringen lassen, was Mühe heißt!«

Gespannt verfolgte Vector jede Bewegung Akàras. Sie ging zum Fenster des Arbeitszimmers und blickte auf den Tempelhof hinaus. Ungeduldig trommelten ihre Finger auf den Rahmen. Die goldene Armkette an ihrem Handgelenk klirrte leise. Draußen strahlte die Morgensonne. Licht schimmerte durch Akàras weißes Kleid, ihr Körper zeichnete sich als dunkler Umriss darunter ab.

Das Ausmaß ihrer üblen Laune überraschte Vector. Keine zwei Tage war er fort gewesen, und Akàra benahm sich, als ob er sie über Wochen im Unklaren gelassen hätte. Die Anwesenheit des Hohen Priesters schien sie äußerst nervös zu machen. Sie hatte Angst vor ihm, und das nicht zu Unrecht, wie Vector wohl wusste. Er wollte sie in Sicherheit wiegen und versuchen, ihren Argwohn in andere Bahnen zu lenken.

Sie drehte sich um und kam zu ihm herüber. Scharf

musterte sie ihn, ihre schwarzen Augen funkelten in dem blassen, ebenmäßigen Gesicht. Aus Eitelkeit mied Akàra die Sonne, um ihre elfenbeinfarbene Haut nicht zu verderben. Im Freien trug sie Hüte mit Schleiern und weite Mäntel aus dichtem, dünnem Gewebe.

»Nun erzähl schon! Was hat der Hohepriester gesagt?«

»Er war nicht sonderlich begeistert von meinem Erscheinen, aber er hat sich darin gefügt, dass ich bei ihm bleibe.«

»Hat er dich angefasst?«

»Er versuchte es.«

»Pass auf, dass er dir nicht zu nahe kommt!«

Vector nickte.

»Und weiter?«, bellte Akàra. »Muss ich dir denn jedes Wort aus der Nase ziehen?«

»Vergebt mir, Herrin«, erwiderte Vector mit gespielter Unterwürfigkeit, »der Hohepriester hat mich noch nicht in sein Vertrauen gezogen. Viel zu kurz erst bin ich bei ihm. Trotzdem konnte ich bereits einiges in Erfahrung bringen.«

»Ja?«

»Der Hohepriester will morgen dem Heiligtum Herions seine Aufwartung machen. Heute verbringt er den ganzen Tag in Meditation, um sich darauf vorzubereiten. Er hat Befehl gegeben, dass ihn niemand stören darf. Die Lehrer, Jünger und Wachen mussten den Südtrakt verlassen. Mich hat er angewiesen, alle Besucher fortzuschicken.«

»Morgen also. Das gibt uns genügend Zeit, den Tempel herzurichten.«

»Anschließend will er den gesamten Palast besichtigen«, fuhr Vector fort, »auch die Gefängnisse, wenn ich ihn recht verstanden habe.«

»Verdammt!«

Mit geballten Fäusten schritt Akàra auf und ab. Fieberhaft überlegte sie. Den Hohen Priester konnte sie nicht daran hindern, den Kerker zu besuchen. Er würde keiner Ausflucht Glauben schenken. Die Gefangenen mussten verschwinden. Sollte er doch die leeren Zellen inspizieren, wenn es ihm Freude machte. Dazu kam es sehr gelegen, dass er sich heute der Meditation hingab. Er würde in seinen Gemächern bleiben und somit auch ihr nicht in die Quere kommen.

»Du hast deine Sache gut gemacht, Vector«, sagte sie. »Sieh zu, dass keiner den Hohen Priester belästigt. Unterrichte mich sofort, falls er seine Meinung ändert! Er darf den Südtrakt nicht verlassen.«

»Was habt Ihr vor, Herrin?«

»Das geht dich nichts an. Doch sei getrost, der Hohepriester wird im Gefängnis keine Gefangenen mehr antreffen, die uns verraten könnten.«

Vector verbeugte sich. Akàra schickte ihn mit einer Handbewegung fort, dann schlenderte sie wieder zu den Fenstern. Ehrerbietig verließ Vector das Arbeitszimmer und schloss die Tür hinter sich. Erleichtert atmete er auf, als er draußen auf dem Gang stand. Akàra reagierte genau so, wie Beor es vorhergesagt hatte.

Geschwind eilte er die Treppe hinunter ins Erdgeschoss und trat durch das Tor ins Freie. Strahlend blau war der Himmel. Allmählich erglühte die Luft unter der sengenden Sonne. Söldner marschierten über den Platz: die Ablösung der Wachen am See der Träume. Jünger rechten den Kies und lasen Blätter auf, die der Wind aus dem Wald herübergetragen hatte. Zwei Pferdewagen rollten auf den Innenhof. Hinter Vector stürzten der Koch und einige seiner Gehilfen auf den Platz. Sie rannten ihn beinahe um. Er wich zur Seite und sie murmelten eine Entschuldigung. Einer zog beide Flügel des Tores auf und befestigte sie mit Holzklötzen, damit sie nicht zufielen.

Der Koch prüfte die gelieferten Waren, dann, als er zufrieden gestellt war, gab er das Zeichen, sie abzuladen. Auf dem ersten Wagen, einem Karren mit offener Ladefläche, lagen Säcke mit Mehl und Zucker, daneben stapelten sich Holzkisten mit verschiedenen Sorten Gemüse. Der Kutscher, ein mürrisch dreinblickender Mann mit dichtem, schwarzem Vollbart, half beim Schleppen. Der andere Wagen war mit einer Plane überdacht, unter der sich Fässer abzeichneten. Diese trugen als eingebranntes Wappen zwei gekreuzte Ähren in einem Kreis. Die beiden Bierkutscher sprangen vom Bock und schlugen die Plane zurück. Sie trugen rotweiß karierte Halstücher mit demselben Emblem.

Vector wollte eben weitergehen, als er plötzlich stutzte. Etwas Blaues blitzte zwischen den Bierfässern auf, und gleich darauf krochen zwei Jünger dazwischen hervor. Was hatte das zu bedeuten? Zur Küchenmannschaft gehörten die nicht. Außerdem hatte er keine Jünger *auf* den Wagen steigen sehen.

Als erstes tauchte eine Frau mit kurzem braunem Haar auf, die ihrem Kameraden beim Absteigen half. Gehetzt schaute sie sich um, ohne Vector zu entdecken, der keine zehn Schritte entfernt vor dem Tor verharrte. Der zweite Jünger bewegte sich langsamer, er zog das rechte Bein nach. Trotz seiner Behinderung sprang er erstaunlich geschickt von der Ladefläche, dann griff er nach einem Stock und stützte sich darauf. Er hielt ihn in den Falten der Kutte, sodass er kaum auffiel. Humpelnd wandte er sich um und ließ gleichzeitig den Blick über den Platz schweifen, bis er schließlich auf Vector traf.

Der starrte ihn an. Sein Mund klappte auf. Das ovale Gesicht mit den mausgrauen Augen kannte er gut genug. Das wellige braune Haar hatte Wolf geschnitten, seit er ihn das letzte Mal gesehen hatte, doch die Züge waren unverkennbar.

Entsetzt gaffte Wolf zurück, als er ihn erspähte. Vector! Ausgerechnet auf ihn mussten sie treffen, kaum hatten sie einen Fuß in den Palast gesetzt. Die Götter waren nicht mit ihnen! Erschrocken packte er Thalna am Arm und hielt nach einem Fluchtweg Ausschau. Das Tor in die Freiheit war verschlossen und blindlings auf den Platz hinaus zu hetzen würde ihnen auch nicht helfen. Jeden Augenblick erwartete er, Vectors Schreie nach den Wachen zu hören, aber der schwieg still. Keinen Ton gab er von sich und rührte sich nicht. Verblüfft musterte Wolf ihn. Vector hatte ihn erkannt, daran bestand kein Zweifel. Warum verriet er sie nicht?

Verstohlen legte Vector einen Finger an die Lippen, dann schlenderte er gemächlich zu ihnen herüber. Wolf sah keine andere Wahl, als auf ihn zu warten. Thalna schaute ihn fragend an. Er schüttelte unmerklich den Kopf. Bald darauf stand Vector vor ihnen. Sein kupferrotes Haar flammte im Sonnenlicht. Bernsteingelb strahlten seine Augen in dem eckigen Gesicht.

»Folgt mir in den Südtrakt!«, flüsterte er. »Ich gehe voraus. Wartet eine Weile, dann kommt nach.«

»Du bist wohl verrückt geworden?«, zischte Wolf.

»Sonst lasse ich euch verhaften! Ihr könnt es euch aussuchen.«

Ohne ein weiteres Wort stapfte er davon. Im Schatten der Palastmauer überquerte er den Platz. Vor dem gegenüberliegenden Tor hielten zwei Soldaten Wache. Vector sprach kurz mit ihnen, dann verschwand er hinter den Flügeln.

»Wer ist das?«, wisperte Thalna ängstlich. »Ein Freund von dir?«

»Nein«, brummte Wolf, »aber wir müssen tun, was er sagt. Komm!«

Er tastete nach dem Dolch, den er unter dem Ärmel versteckt trug. In einem günstigen Moment mochte er sein Ziel finden. Vielleicht konnten sie sich Vectors doch noch entledigen, bevor er Alarm schlug.

Hintereinander folgten sie Vectors Fußstapfen über den Platz. Die Köpfe hielten sie demütig gesenkt, die Arme in den Stößen der Kutten verborgen. Niemand beachtete sie sonderlich. Schließlich wurden alle streng kontrolliert, die in den Haupttrakt des Palastes wollten. Hier, auf dem Tempelhof, hielt sich kein Unbefugter auf. Die Jünger kümmerten sich eifrig um ihre Arbeit, die Wachen versahen gelassen ihren Dienst. Wolf fragte sich, wie sie die beiden vor dem Südtor überwinden sollten. Als sie näher kamen, kreuzten sie die Lanzen und versperrten ihnen damit den Zutritt. Mit finsteren Mienen wurden sie eingehend gemustert.

»Wir werden erwartet«, erklärte ihnen Wolf in Ermangelung einer besseren Idee.

»Ihre Erlauchte Heiligkeit empfängt heute niemanden«, verkündete ein Wächter.

Ehe Wolf etwas erwidern konnte, öffnete sich das Tor, und Vector schaute heraus. Er winkte sie herein. Die Söldner gehorchten ihm und machten ihnen den Weg frei. Wolf staunte. Vector musste eine einflussreiche Stellung im Palast bekleiden. Klackend fiel das Tor hinter ihnen zu, und sogleich bedrohte Vector sie mit einem Dolch.

»Gebt mir eure Waffen!«

Leise fluchend entledigten sie sich ihrer Messer, die Vector an sich nahm. Er tastete sie ab, um sicher zu gehen, dass sie ihm alles gegeben hatten. Zufrieden gestellt nickte er und führte sie über eine Treppe in den ersten Stock hinauf. Sie betraten einen langen, spärlich eingerichteten Korridor. Ein weicher kobaltblauer Teppich bedeckte die Dielen. Zehn verschlossene Türen säumten in weiten Abständen die mit goldgelbem Brokat tapezierten Wände, je fünf auf beiden Seiten. Dazwischen standen da und dort große, kunstvoll bemalte Vasen, in denen prächtige Blumengebinde steckten. Ruhe lag über den Gemächern. Vector atmete sichtlich auf. Ein breites Grinsen erhellte sein Gesicht.

»Welch unverhoffter Besuch!«, spottete er. »Prinz Tyr persönlich! Akàra lässt ganz Bengzar nach dir absuchen, und dabei weilt Seine Hoheit in ihrem eigenen verdammten Palast. Das ist wirklich köstlich!«

Thalna gaffte Wolf an. *Prinz* Tyr? Vector lachte auf, als er ihren verstörten Ausdruck bemerkte.

»Weiß sie nicht, wer du bist?«, fragte er.

»Was willst du?«, brummte Wolf.

»Ich werde euch jemandem vorstellen«, verkündete Vector geheimnisvoll.

Er eilte voraus zur letzten Tür auf der linken Seite. Wolf suchte nach einer Gelegenheit zu entwischen. Es war hoffnungslos! In den Räumen konnten sie sich nicht verbergen, und wenn sie davonrannten, brauchte Vector bloß nach den Wachen zu rufen. Die hätten sie im Handumdrehen eingeholt. Resigniert folgte er ihm, begleitet von Thalna, die sich über das Geschehen nur wundern konnte.

Wolf ärgerte sich maßlos. Ausgerechnet Vector mussten sie begegnen! Neben Akàra der einzige Mensch in Bengzar, der ihn sofort erkannte. Einst war Vector Lodurs gehorsamer Diener gewesen und nun Akàras willfähriger Sklave. Er klopfte an die Tür.

»Herein«, erschallte bald darauf die Antwort.

Sie traten in ein weitläufiges Arbeitszimmer. Durch eine Reihe von Fenstern in der Längsseite war der Tempelhof zu sehen. Die Mitte des Raumes nahm ein ausladender Schreibtisch ein. Mit gleichen Intarsien aus Perlmutt verzierte Schränke und Kommoden säumten die mit blassblauem Brokat verkleideten Wände; Seidenteppiche in Schattierungen von Blau und Grün schmückten den Parkettboden. Trotz des Prunks der Möbel und Kunstgegenstände haftete dem Raum angenehme Zurückhaltung und Kühle an. Rechts von der Tür stand ein runder Tisch, umringt von sechs Stühlen. Auf einem davon saß ein Mann, der in einem Buch mit braunem Ledereinband las. Als sie hereinkamen, klappte er es zu und erhob sich.

Beklommen starrten Wolf und Thalna ihn an. Er trug die blaue Kutte eines Jüngers, doch ohne ein Amulett. Es war unmöglich, sein Alter zu schätzen. Graue Strähnen durchzogen sein glattes schwarzes Haar; Falten übersäten sein scharf geschnittenes Gesicht mit der Adlernase. Er bewegte sich wie ein junger Mann, aufrecht und geschmeidig, als wisse er nicht, wohin mit all seiner strotzenden Kraft. Tiefe Wärme lag in seinen braunen Augen. Alt wirkten sie, unermesslich alt. Sein Blick erfüllte sie mit unerklärlicher Zuversicht. Die Herzen wurden ihnen leicht.

Vector stellte sie ihm vor.

»Willkommen!«, begrüßte er sie. »Ich bin Beor.«

»Wo sind wir hier?«, fragte Wolf. »Was soll das alles? Dient Ihr auch Akàra? Wo ist sie?«

»Fürchtet euch nicht«, erwiderte Beor. »Hier seid ihr in Sicherheit. Ich bin der Hohepriester Herions.«

»Oh!«, hauchte Thalna und wich einen Schritt zurück.

Sie verneigte sich. Wolf schenkte ihr ein verständnisloses Kopfschütteln. Beor trat näher zu ihnen und deutete auf Vector.

»Mein Sekretär hat mir berichtet, dass Akàra euch fünf kostbare Schlüssel gestohlen hat. Außerdem hält sie Freunde von euch gefangen. Akàra handelte ohne mein Wissen und ohne meine Zustimmung.«

»Ja wisst Ihr denn nicht, wer das ist?«, rief Wolf und zeigte mit gestrecktem Arm auf Vector. »Der gehört zu Akàra! Ich kenne ihn lange. Bosheit ist noch eine seiner besseren Eigenschaften! Vector hat sich als Spitzel bei Euch eingeschlichen! Ihr dürft ihm nicht trauen. Der lügt, ohne dass er den Mund aufmacht.«

Besänftigend legte Beor eine Hand auf Wolfs Schulter.

»Den Menschen ist mehr als nur *eine* Chance gegeben, mehr als nur *ein* Leben. Erlaube Vector, sich zu ändern. Er arbeitet hart dafür. Vielleicht wirst auch du eines Tages ein zweites Leben antreten wollen, o Sohn eines verlorenen Königreichs.«

Die Worte bohrten sich in Wolfs Seele. Schwer fühlte er Beors Hand auf seiner Schulter lasten. Misstrauisch starrte er in dessen Augen und rang nach einer scharfsinnigen Antwort. Sie erstarb ihm in der Kehle. Beors Blick sprach von Hoffnung und von Zuversicht. Nichts wünschte er sich mehr als das.

Beor wandte sich an Thalna, die vor lauter Ehrfurcht förmlich eingefroren schien. Er griff nach ihrem Arm, und sie erbebte. Es schien sie aufzurütteln. Sie schüttelte sich, als sei sie eben aus einem Traum erwacht.

»Wo sind unsere Freunde?«, fragte Wolf.

»Xander, der Daimon, und der junge Horis sind im Kerker des Palastes.«

»Akàra will sie noch heute beseitigen, wie du gesagt hast«, warf Vector ein.

Wolf schnappte nach Luft.

»Wir müssen sie dort rausholen!«

»Nein«, erwiderte Beor, »das wird Akàra für uns tun.«

»Aber …!«

»Vertraut mir. Ich will Akàra ihrer Pflichten entheben. Das ist leider bereits schwieriger geworden, als ich wünschte. Sie ist schon zu weit gegangen. Ihr könnt mir helfen, und ich werde euch helfen.«

»Was ist mit Skarg und Doran?«, wollte Wolf wissen. »Schmachten sie auch im Gefängnis?«

Schweigend wandte Beor sich ab und schlenderte zu den Fenstern. Wolf humpelte ihm hinterher. Schrecken ergriff ihn.

»Sie sind doch nicht …«

Beor drehte sich um.

»Das ist eine andere Geschichte. Jetzt müssen wir uns über unsere nächsten Schritte unterhalten. Viel Zeit bleibt uns nicht.«

◆ ◆ ◆

Xander wälzte sich auf der unbequemen Pritsche. Jeder Knochen tat ihm weh vom langen Liegen. Er stand auf und ging die paar Schritte zwischen Zellentür und Mauer hin und her, um sich Bewegung zu verschaffen.

Seinem Empfinden nach schätzte er, dass es Abend war. Das Fehlen von Tageslicht machte es schwer, die Zeit zu bestimmen. Bei dem Gedanken, eine weitere Nacht in Finsternis zu verbringen, graute ihm. Er konnte kaum mehr schlafen, weil er das Aufwachen nicht ertrug. Zu allem anderen Übel hatte Horis begonnen, Selbstgespräche zu führen. Dauernd brabbelte er von seiner Dana, die wohl eine Göttin seines Volkes war. Horis tat Xander Leid, obwohl er seine Geduld auf eine harte Probe stellte.

Xanders Magen knurrte. Lange hatten sie nichts mehr zu essen bekommen. Durst verspürte er auch. Vorsichtig tastete er sich zum Kopfende der Pritschen, wo sie den Wasserkrug aufbewahrten. Nach kurzem Suchen fühlte er den Tonkrug und hob ihn an die trockenen Lippen. Vergeblich wartete er auf den erlösenden Schluck. Der Krug war leer.

Das war unmöglich! Als er das letzte Mal getrunken hatte, war er noch halbvoll gewesen. Verdunstet konnte das Wasser nicht sein. Verzweiflung ergriff ihn und er seufzte.

Aufgeweckt von dem Geräusch, setzte sich Horis auf.

»Kein Wasser mehr«, murmelte er schlaftrunken. »Ich hatte solchen Durst.«

Zornentbrannt ballte Xander die Fäuste. Er verspürte das unwiderstehliche Bedürfnis, Horis zu schlagen.

»Du Volltrottel!«, grollte er und stapfte auf ihn zu.

Horis' Decke fiel zu Boden, als er sich an die Wand drückte.

»Bitte«, flehte er, »das … das wollte ich nicht. Sie haben uns doch immer neues gebracht.«

»Heute aber nicht! Was fällt dir ein, das ganze Wasser zu saufen? Glaubst du, ich kriege keinen Durst?«

Ein Schluchzen ertönte aus Horis' Ecke.

»Tu mir nichts!«, heulte er.

Xander hielt inne. Die Wut machte ihn zittern. Tief atmete er ein und aus, um sich wieder zu beruhigen. Erschöpft fiel er auf sein Lager und barg das Gesicht in den Händen.

Der Klang von Schritten auf dem Gang vor der Zelle ließ ihn aufhorchen. Endlich! Essen und Wasser.

Mit lautem Klacken schnappte der Riegel zurück. Xander sprang hoch und beschattete die Augen vor dem Fackelschein. Blinzelnd sah er die Umrisse mehrerer Soldaten. Sonst waren immer nur zwei gekommen. Einer trat in die Zelle, die Fackel hoch erhoben. Das ungewohnte Licht schmerzte Xander. Entsetzlich grell mutete es ihn an. Ehe er sich daran gewöhnen konnte, kam noch ein Wächter herein und stieß ihn auf die Pritsche. Er fesselte ihm die Hände hinter dem Rücken. Nach Horis' Klagen zu schließen, widerfuhr ihm dasselbe.

»Was 'n Gestank!«, knurrte einer der Söldner. »Wie 'n Schweinekoben.«

Seine Kameraden pflichteten ihm brummend bei. Grob wurde Xander am Kragen hochgezerrt. Er konnte immer noch nicht deutlich sehen; zu lange hatte er ohne Licht gelebt. Erst als sie durch den Gang marschierten, begann er allmählich seine Umgebung wahrzunehmen. Drei Soldaten liefen voraus, dann Horis, nach ihm er selbst, und hinter sich vernahm er weitere Schritte.

Ängstlich wandte Horis sich um und blickte Hilfe suchend zu ihm. Eine gräuliche Schmutzschicht bedeckte ihn vom Scheitel bis zur Sohle. Seine zerknitterten Kleider starrten vor Dreck. Fettiges Haar stand verfilzt von seinem Kopf ab. Seine Wangen waren von unregelmäßigen blonden Bartstoppeln bedeckt. Als Xander an sich hinabschaute, stellte er fest, dass er mindestens genauso übel aussah. Waschwasser hatte nicht zu ihren Annehmlichkeiten gehört.

Die Wachen führten sie durch den unterirdischen Kerker und über eine Treppenflucht hinauf in das Erdgeschoss. Durch eine schwere Eisentür gelangten sie in einen Durchgang, der in ein Tor mündete. Seltsamerweise ging ein einzelner Wächter voraus und öffnete vorsichtig einen der Flügel. Prüfend spähte er hinaus. Bald winkte er seinen Kameraden, und die trieben sie voran.

Das Verhalten der Söldner erstaunte Xander. Sie benahmen sich, als ob sie von niemandem beobachtet werden wollten. Er konnte es nicht begreifen; Akàra war die Hüterin des Tempels, und die Soldaten dienten ihr. Vor wem oder was mochten sie sich auf ihrem eigenen Grund verbergen?

Der Tempelhof lag verlassen unter dem nächtlichen Himmel, an dem ein Meer von Sternen funkelte. Der volle Mond tauchte den Platz in ein opalenes, kaltes Licht. Vor dem Süd- und dem Westtor hatten Wächter Posten bezogen. Diese rührten sich nicht. Sonst war niemand zu sehen.

Gierig atmete Xander die frische Luft ein, die ihm nach dem stickigen Kerker als Wohltat erschien. Er schaute sich um. Im Nordtrakt, aus dem sie eben getreten waren, waren Fenster im ersten Stock erhellt; in den anderen drei Flügeln des Palastes herrschte Dunkelheit. Er glaubte im Südtrakt ein kleines Licht aufflackern zu sehen, wie das einer Kerze. Sogleich erlosch es wieder. Er musste sich getäuscht haben.

Ehe er darüber nachdenken konnte, zerrten die Söldner sie über den Platz zum Tempel in der Mitte. Dessen Tür schwang lautlos auf, aber niemand kam heraus.

Die Wächter drängten sie hinein. Als die Tür hinter ihnen zugefallen war, entflammten Kerzen, die die fensterlose Halle schwach beleuchteten. Sie wurden von drei Soldaten empfangen, die offensichtlich auf sie gewartet hatten. Ungeduldig begrüßten sie ihre Kameraden, den beiden Gefangenen widmeten sie kaum einen Blick. Sie unterhielten sich in einer Sprache, die weder Xander noch Horis verstanden. Gehetzt wirkten sie, als müssten sie sich sehr beeilen.

Xander empfand keinerlei Hast. Es eilte ihn nicht, zu seiner Hinrichtung geleitet zu werden. Die merkwürdige Unruhe der Söldner löste ein verhaltenes Gefühl von Macht in ihm aus. Saumselig stolperte er, ließ sich zu jedem Schritt zwingen und ergötzte sich an der Wut der Wächter, denen er kostbare Zeit damit stahl. Er wusste nicht, weshalb sie sich so ängstlich benahmen, aber was schlecht für sie war, nützte den Gefangenen. Sie schlugen ihn nicht einmal, als wollten sie sich nicht noch länger aufhalten, was seine Schadenfreude ins Unermessliche steigerte. Er ließ sich von ihnen stoßen und ziehen wie ein störrischer Maulesel, und jede Zornesäußerung der Wächter war ihm ein Quell der Befriedigung.

Verstört glotzte Horis ihn an. Er wandelte wie in Trance. Xanders widerborstiges Gehabe schien ihm peinlich zu sein. Vielleicht wollte er lieber in unangetastetem Stolz sterben, falls das überhaupt möglich war. Akàra würde ihnen kaum die Gnade eines schnellen Endes gönnen. Xander ärgerte sich über Horis. Ausgerechnet jetzt, wo der richtige Moment für einen seiner hysterischen Anfälle gekommen war, tat er so, als stünde er über seinem Schicksal. Wahrscheinlich ahnte er nicht, was ihnen drohte.

Der Tempel entsprach Xanders Eindrücken, die er bei seinem letzten Besuch erhalten hatte. Beinahe wünschte er sich, noch ein letztes Mal durch die rätselhaften Räume zu streifen und die altertümlichen Gerätschaften mit Fingern aus Fleisch und Blut berühren zu können. Die Türen waren alle verschlossen und die Wachen führten sie ohne Umweg zu der Treppe, die in das zweite Untergeschoss reichte. Von unten schimmerte mattes Licht herauf. Stimmen erklangen.

Das Herz von Herions Reich. Hier sollten sie also ihren Tod finden. Mit wachsender Ungeduld stießen die Wachen Xander voran. Er stolperte, fiel die letzten Stufen hinunter und landete auf den Knien in der gewaltigen Halle. Weiße Blütenblätter stoben auf, die den ganzen Boden bedeckten. Fackeln brannten entlang der Wände, deren Schein kaum ausreichte, den riesigen Raum zu erhellen. Neben dem Altar am entfernten Ende standen Kohlenbecken, in deren warmem Licht der Tisch beinahe in der Dunkelheit zu schweben schien. Der Umriss einer Gestalt in einer langen Priesterrobe zeichnete sich davor ab, die sich mit einem gleich gekleideten Mann unterhielt. Als sie näher kamen, drehte sie sich um. Akàra in ihrem Prunkgewand. Glänzend wallte ihr offenes Haar über den schwarzen Samt des Mantels. Gebieterisch hielt sie den Kopf erhoben, das blasse Gesicht wie aus Stein gemeißelt. Der Mann hinter dem Altar betrachtete die Neuankömmlinge. Seinen Priestermantel zierte eine graue Taube; er hatte kurzes, lockiges Haar und weiche, runde Züge.

Ein Meer von frischen Blumen schmückte den Altar und den runden Schacht davor, kunstvolle Gebinde, die in allen Farben leuchteten. Fast verborgen von dem Blumenschmuck entdeckte Xander fünf gleiche schwarze Schatullen, die nebeneinander auf dem Altar aufgereiht waren. Der Priester wachte darüber.

Darin befanden sich die Paralle! In jenen hölzernen Kisten hatte er sie gesehen, versteckt im Altar. Was hatte Akàra vor? Schmerzlich wurden Xander die Folgen seines Versagens bewusst. Niemals mehr würde er die Schlüssel retten. Akàra hatte sie in ihrer Gewalt und konnte damit tun, was ihr beliebte.

Schleppend taumelte Horis voran, Mund und Augen aufgerissen, als habe Schrecken seinen Verstand verwirrt. Vor dem Altar sank er nieder.

»O Dana!«, seufzte er. »Du bist gekommen. Wie konnte ich jemals an dir zweifeln, o Göttliche! Vergib mir!«

Xander stutzte. Dana? Eine schreckliche Erkenntnis begann ihm zu dämmern, als er hörte, wie Horis Akàra nannte.

Sie konnte sich ein Grinsen nicht verkneifen, als sie den Jungen zu ihren Füßen liegen sah.

»Du hast deine Sache gut gemacht«, lobte sie ihn.

Er presste die Stirn auf den Boden.

»Verzeih mir meine Zweifel, o Dana. Unwissend bin ich und voller Fehl, unwürdig deiner Gnade.«

Amüsiert blickte sie Xander an.

»In der Tat«, erwiderte sie. »Dein Freund lässt es an Ehrerbietung fehlen, Horis.«

Furchtsam hob er den Kopf und starrte Xander bittend an. Der stieß Horis, um ihn zur Vernunft zu bringen.

»Das ist keine Göttin, du Trottel! Sie hat dich reingelegt und uns alle mit dir. Das ist Akàra!«

Horis wollte ihm keinen Glauben schenken. Oft war ihm Dana in seinen Träumen erschienen, und nun, da er sie als lebendiges Wesen sah, erkannte er sie sofort. Schöner war sie als alle Menschentöchter, eine offenbarte göttliche Vision. Er hielt das Haupt gesenkt, um seine Augen vor ihrer blendenden Erscheinung zu beschatten.

Bitter lachte Xander auf.

»Das ist dein Meisterstück, Akàra.«

»Es wird mir ein Vergnügen sein, dich sterben zu sehen«, erwiderte sie, als entspreche sie damit seinem Verlangen. »Horis!«, rief sie sanft. »Steh auf und komm zu mir!«

Sie ging um den Altar herum und klappte zwei der schwarzen Schatullen auf. Ihr Inhalt war durch die Deckel der Kisten Xanders Blicken entzogen. Zögernd folgte ihr Horis. Akàra löste seine Fesseln und er rieb sich geistesabwesend die Handgelenke. Schüchtern musterte er die Schatullen.

»Was ist das, o Dana?«

»Ein Geheimnis. Willst du mir helfen, es zu ergründen?«

Er verbeugte sich.

»Dein Wunsch ist mir Befehl, o Dana!«

Ein grauenvoller Verdacht kam Xander. Akàra wollte die Paralle an Horis erproben! Die Macht jedes einzelnen reichte aus, den Jungen zu töten, und Akàra war dabei, ihm zwei zu geben. Wohl aus Neugier, welche Wirkung dies auf einen Menschen haben würde. Ihre entgegengesetzten Kräfte würden Horis in Stücke reißen.

»Nicht!«, brüllte Xander. »Horis! Lass die Finger davon! Die Schlüssel werden dich umbringen.«

Verwundert schaute Horis ihn an. Akàra legte ihm den Arm um die Schultern.

»Er ist eifersüchtig«, wisperte sie ihm zu, »weil ich dich ihm vorgezogen habe. Lass dich nicht beirren.«

»Aber …«, stammelte Horis und verfiel in Schweigen.

»Glaub mir!«, rief Xander mit aller Überzeugungskraft, die er aufbringen konnte. »Ich habe dich niemals belogen, Horis. Warum sollte ich es jetzt tun?«

Verunsichert wich Horis einen halben Schritt zurück. Seine Blicke flogen hin und her. Gelassen reckte Akàra die Hand nach ihm. Misstrauen blitzte in ihren Augen auf. Zu früh hatte sie Horis die Fesseln abgenommen; sie musste Acht geben, dass er kein Unheil anrichtete.

»Ich dachte, du wolltest ein Daimon werden, Horis. Ohne Mut wirst du dein Ziel nicht erreichen.«

»Wirst du einen Daimon aus mir machen?«, fragte er hoffnungsvoll.

»Selbstverständlich. Ich habe es dir doch versprochen. Schau!« Sie deutete auf die Schatullen. »In diesen unscheinbaren Kisten befinden sich fünf Schlüssel, die einst dem größten Daimon der Welt gehörten. Der schöne rote heißt Islam, den durchsichtigen nennt man Zen.«

Begierig beugte sich Horis vor. In der rechten Schatulle lag ein Objekt, das aussah wie ein überaus kostbares Schmuckstück: eine Art Edelstein in der Form eines Tropfens, etwa daumengroß, gefasst in massives Gold. Selbst in dem schwachen Licht leuchtete er voll flammender Kraft, rot wie Blut. Als er ihn näher betrachtete, merkte er, dass es kein Edelstein sein konnte, er bestand aus einem ihm unbekannten Material, glatt und ohne Schliff. Prächtig war er anzublicken, wahrhaftig einer Göttin würdig. Dagegen mutete das Ding in der linken Schatulle wie ein wertloses Stück Glas an. Es hatte die Form und Größe eines Flusskiesels, doch es war farblos und durchscheinend. Eine Welle krümmte seine Oberfläche.

»Das sind Schlüssel? Wozu dienen sie?«

»Sie können einen Daimon aus dir machen.«

»Hör nicht auf sie!«, schrie Xander. »Sie lügt!«

Nach einem Wink von Akàra traten zwei Söldner zu ihm. Einer verpasste ihm einen Fußtritt in die Kniekehlen, sodass er hinfiel, der andere riss seinen Kopf am Haar hoch und schlug ihm ins Gesicht. Xander schluckte einen Schmerzenslaut hinunter. Blut rann aus dem Mundwinkel über sein Kinn.

»Ist das deine gnädige Göttin?«, keuchte er zu Horis gewandt. »Sieh, wie sie die Menschen behandelt!«

Doch Horis hatte sich bereits entschieden. Er wollte ein Daimon werden und Dana würde ihm diesen Wunsch gewähren. Viel zu lange hatte er gelitten, zu oft war er gedemütigt worden. Für ein Mal lachte ihm das Schicksal und er musste die Gelegenheit beim Schopf packen.

»Folge deiner Bestimmung, Horis!«, forderte Akàra ihn auf. »Deine Zeit ist gekommen.«

Mit vor Stolz geschwellter Brust trat er zu ihr und harrte ihrer Anweisungen.

»Das wird sich schlecht machen lassen«, verkündete plötzlich eine unbekannte Stimme. »Der Menschen Schicksal liegt nicht in deiner Hand, Hüterin des Palastes.«

Erschrocken wandten sie sich um. Ein großer, schlanker Mann in der Kutte der Jünger Herions stieß zu ihnen. Ihm folgten drei Jünger in ihren blauen Gewändern. Kapuzen beschatteten deren gesenkte Gesichter, sodass sie nicht zu erkennen waren. Wie aus dem Nichts waren sie aufgetaucht.

Der Mann betrachtete Akàra. Erstaunlich jung wirkte er mit seinem glatten schwarzen Haar und dem energischen Gesicht. Neben seiner blühenden Jugend mutete Akàra beinahe alt an, was weniger an ihrem Äußeren als an ihrer starren Haltung lag. Entrückt und kalt war ihre Schönheit; er strahlte vor Wärme. Sie musterte ihn hasserfüllt.

»Beor!«, zischte sie.

Er schenkte seine Aufmerksamkeit dem Priester hinter dem Altar. Der stolperte hervor und warf sich vor ihm nieder. Er verschränkte die Hände hinter dem Kopf, als erwarte er jeden Moment einen vernichtenden Schlag.

»Azrael!«, rief Beor traurig. »Du?«

Der Priester zitterte am ganzen Leib. Er sprach kein Wort.

Das Dutzend Söldner, die in der Halle Wache hielten, schienen ebenso verängstigt. Respektvoll hatten sie Beor und seinem Geleit Platz gemacht. Sie fürchteten ihn, wie Xander deutlich merkte. Er fragte sich, warum. Die Wächter waren der kleinen Gruppe zahlenmäßig um ein Dreifaches überlegen.

Unerbittlich klang Beors Stimme, als er sich an die Söldner wandte. Selbstbewusst ragte er in deren Mitte empor, größer und stärker als sie. Ein Fürst aller Krieger, unerschrocken und doch klug in seinen Taten. Er befahl, weil dies seine Bestimmung war. Edel waren seine raubvogelhaften Züge, gezeichnet von scharfem Verstand. Keine Schwäche duldete er an sich, um seiner Untergebenen willen. Frohen Mutes folgte man ihm, denn er wusste Verantwortung zu tragen. Vor allen anderen zog er in die Schlacht und keinen würde er jemals im Stich lassen, solange noch ein Tropfen Blut in seinen Adern floss. Einer, der mehr gab, als er verlangte.

»Ich bin Beor, der Hohepriester Herions«, erklärte er. »Ihr Soldaten dient dem Palast, dessen Oberhaupt ich bin. Kraft meines Amtes enthebe ich Akàra und Azrael all ihrer Rechte und Pflichten. Niemand soll sie mehr Priester nennen, als Jünger sollen sie wieder unter Jüngern wandeln, bis der Geist Herions ihnen dereinst die Gnade schenkt, die sie anderen verwehrten.«

»Ich bin eure Herrin«, fiel ihm Akàra ins Wort. »Ohne mich seid ihr nichts!« Sie zeigte mit dem Finger auf Beor. »Verhaftet diesen Scharlatan!«

Die Soldaten rührten sich nicht. Es schien, als wollten sie abwarten, wer von den beiden die Auseinandersetzung gewann, um sich dann auf dessen Seite zu schlagen. Akàra brüllte vor Zorn.

»Ihr feige Bande! Was ist in euch gefahren? Das werdet ihr mir büßen!«

Entgeistert musterte sie Beor. Es bedurfte wahrlich keines Mutes, den tatterigen Alten zu überwältigen! Dünn und grau stand das wirre Haar von seinem unförmigen Schädel ab. Gebückt hielt er sich; er vermochte nicht mehr aufrecht zu stehen. Die Last der Jahre hatte ihn gebrochen. Seine von Gicht verunstalteten Hände zitterten. Die Macht über seinen Körper war ihm entglitten, genauso wie der Befehl über die Jünger Herions. Altersschwäche zeichnete sein schlaffes Gesicht. Unstet wanderten seine stumpfen Augen, als könnten sie sich nirgendwo mehr festhalten. Längst war die Zeit dieses Greises abgelaufen, doch er merkte es nicht. Verzweifelt klammerte er sich an seine Stellung, keinem Jüngeren wollte er den Platz räumen, solange er noch atmete, und selbst das gemahnte an ein Wunder.

»Dein Leben ist geschwunden, alter Mann«, sagte sie verächtlich. »Der Tod muss eine Erlösung für dich sein.«

Xander verstand nicht, was Akàra redete. Beor konnte nur wenig älter sein als er selbst. Er erkannte einen Daimon, wenn er ihn sah, und Beor war zweifellos einer. Sein Verhalten und sein Ausdruck ließen keinen anderen Schluss zu. Er besaß die Leichtigkeit und den Humor jener, die sich selbst überwunden hatten. Macht blendete ihn nicht mehr; er gebot über sie. Nicht für sich setzte er seine Fähigkeiten ein, sondern für andere; er benötigte keinerlei Bestätigung, denn er war eins mit sich und der Welt. Empfindsam wirkte er, feinfühlend. Xander bewunderte Beor, der in jungen Jahren schon solche Weisheit erlangt hatte. Beors ausgeglichenes Wesen war eine Stütze aller Suchenden.

»Halt ein in deinem Hass«, erwiderte Beor ruhig. »Was du in mir erblickst, bist du selbst.«

Akàra funkelte ihn an.

»Du überschätzt dich maßlos, Alter. Meine Fähigkeiten übersteigen die deinen. Lieber will ich sterben, als zu einer senilen Greisin zu werden, die nicht begreift, was geschieht. Hierher zu kommen war dein letzter Fehler!«

Der Jünger zu Beors Rechten trat vor und streifte die Kapuze zurück. Kupfern schimmerte sein Haar. Er zückte einen Dolch und hielt ihn abwehrbereit erhoben.

»Vector!«, frohlockte Akàra. »Töte den Alten!«

Schützend stellte er sich neben Beor, bereit, ihn mit dem Leben zu verteidigen. Akàra stutzte. Forschend blickte sie in Vectors Augen. Was sie darin fand, gefiel ihr nicht.

»So ist das also! Du Verräter! Auf seine Seite hast du dich geschlagen. Das wird dir noch Leid tun.«

Der Jünger hinter Beor schlug ebenfalls die Kapuze zurück und enthüllte das anmutige Antlitz einer Frau. Kurzes braunes Haar rahmte ihr rundes Gesicht ein. Auch sie hielt eine Waffe in Händen und wachte damit über Beor. Ihre Entschlossenheit stand der Vectors in nichts nach.

Den Platz zu Beors Linken nahm der dritte Jünger ein. Als er die Kutte lüftete, stöhnten die Söldner entsetzt auf. Ein böser Geist weilte unter ihnen! Nie zuvor hatten sie solch ein Wesen erblickt. Eisig glitzerten seine Fänge, die Krallen blitzten. Tiefblau schimmerten seine Tieraugen. Halb Wolf und halb Mensch war es, ein Gott längst vergangener Zeit! Ein Grollen löste sich aus seiner Wolfskehle. Selbst Akàra taumelte, als sie seiner gewahr wurde.

»Tyr!«, stieß sie hervor. »Dann ist die Legende also wahr!«

Bald sammelte sie sich, als sie den ersten Schock überwunden hatte.

»Fenrir mag sich deiner erbarmt haben, Krüppel, aber ich werde es nicht. Meinen König habt ihr umgebracht und dafür werdet ihr büßen.«

»Schaaraoch ist nicht tot«, knurrte Wolf. »Er lebt.«

»Aber …«, stammelte Akàra, »das …«

Ein rotes Glühen über dem Altar unterbrach ihre Betrachtungen. Gleich einem Widerschein fernen Feuers leuchtete es, warm und kraftvoll. Rasch sammelte sich daraus ein Ball aus Licht, der in der Luft schwebte. Er kreiste in sich selbst, ohne seine Lage zu verändern. In allen denkbaren Rottönen glomm er, Purpur, Orange, Scharlach und Rosa, die wie Flammen aufloderten und ineinander griffen.

Erschüttert betrachtete Xander die leuchtende Kugel. Jene Kraft gehörte nicht in die Welt der Menschen, und falls sie dem Reich der Geister entsprungen war, musste sie einen so mächtigen Ursprung haben, dass er ihn sich kaum vorzustellen wagte. Nur die größten aller Geister hatten die Möglichkeit, sich im Reich der Materie sichtbar zu zeigen, und jene taten es nicht, weil es dafür keine Notwendigkeit gab. Er fragte sich, was diesen Geist dazu bewogen hatte.

Akàra schien ebenso irritiert. Unmerklich wich sie zurück. Horis gaffte sie an. Er begriff nicht, was geschah. Bloß ein rotes Glimmen entdeckte er, dessen Herkunft er sich nicht erklären konnte.

Mit behutsamen Schritten kam Beor vor. Er teilte Xanders Eindrücke, und auch Wolf erkannte den Feuerball. Vector sah ihn genauso wenig wie Thalna, Horis oder die Soldaten. Angespannte Stille senkte sich herab. Auch jene, die den Geist nicht als solchen wahrnahmen, fühlten, dass Gefahr herrschte.

»Zeig dich!«, brüllte Akàra mit lauter Stimme, und Xander wünschte, sie hätte den Befehl nicht ausgesprochen. Für sein Teil war der Geist bereits allzu anwesend.

»Weg vom Altar, Horis!«, rief er.

Der hörte nicht auf ihn. Dana diente er, und bei ihr würde er bleiben, nun, da er sie endlich gefunden hatte. Keiner durfte ihm sein Glück entreißen. Neider gab es viele, und deren musste man sich erwehren.

Mit einer gewaltigen Explosion zerbarst der Ball in einem Feuersturm, der die ganze Halle in Brand setzte. Keine Hitze besaßen die Flammen und sie zerstörten nicht, doch ihre Macht warf die Menschen nieder. Weinend krochen die stolzen Söldner in den vermeintlichen Schutz der Wände, wo sie sich hinkauerten, die Köpfe in den Armen geborgen.

Beor und sein Geleit, Akàra, Horis und Xander erhoben sich vorsichtig, als die Feuerwelle verebbt war. Blankes Staunen zeichnete ihre Gesichter. Blutrotes Licht erfüllte die ganze Halle. Es pulsierte, als besäße es einen Herzschlag. Rubinrot glomm ihre Haut in dem Schein. Nirgendwo gab es mehr andere Farben als Rot, das alle ihre Sinne vereinnahmte. Gestalten formten sich in dem Scharlachmeer, Rot in Rot, von unsichtbarer Sonne mit goldenem Glanz versehen. Ernst blickten sie, voll Trauer. Sonderbare Kleidung trugen sie und unbekannte Waffen. Eine Armee war zu ihnen gestoßen, die abertausende zählte. Hunderte entstanden aus dem Feuer und vergingen sogleich, um anderen Platz zu machen, die an ihre Stelle rückten. Kein Laut war zu hören.

Hinter dem Altar griff eine Hand aus dem Rot. Suchend glitt sie über die Schatullen hinweg, in denen die Paralle lagen. Über einer der beiden geöffneten Kisten hielt sie inne. Die glimmenden Finger zuckten, dann sanken sie nieder. Wütend schlug Akàra den Deckel zu. Ihre schwarzen Augen blitzten.

»Weiche!«, schrie sie. »Du bist hier in meinem Reich, Geist. *Ich* gebiete hier.«

Die Hand aus Licht zog sich zurück. Eine hohle Stimme erschallte, bei deren Klang Xanders Ohren schmerzten. Schrill dröhnte sie, als ob Metall auf Metall schabte.

»Wir sind die Jäger, Frau«, sagte sie. »Kein Sterblicher gebietet über uns, weder in diesem Reich noch in jenem.«

»Du bist wohl taub«, zischte Akàra unbeeindruckt. »Ich sagte, du sollst verschwinden. Hinfort mit dir!«

Sie konzentrierte sich und richtete ihren ganzen Willen darauf, den Geist zu vertreiben. Nichts geschah. Allmählich erbleichte Akàra. Solche Kraft war ihr unbekannt. Vergeblich mühte sie sich, und mit jedem verstreichenden Augenblick wuchs ihre Wut über ihr eigenes Unvermögen, den Geist zu beherrschen, bis der Zorn endlich von Furcht verdrängt wurde.

»Was willst du?«, fragte sie.

»Die Kreatur sagte, wir würden hier den Schlüssel unseres Meisters finden. Die Kreatur hat wahr gesprochen. Wir haben ihn gefunden. Gib uns den Schlüssel!«

»Niemals!«, bellte Akàra.

Sie riss die Schatulle an sich, über die sich vorhin die Geisterhand gesenkt hatte, und drückte sie an ihre Brust. Daraufhin zogen sich die Jäger sachte vor ihr zurück. Das war ihre Chance! Entschlossen klappte Akàra den Deckel hoch und nahm den Parall heraus. In der rechten Hand hielt sie ihn mit den Fingern umklammert und reckte ihn von sich wie eine Fackel. Blutrot strahlte er, ein Flammenschwert. Islam, der Gerechte.

»Seht!«, rief Akàra. »Der Schlüssel eures Meisters, und ich gebiete über ihn. Ich bin seine Hüterin. Gehorcht mir, so wie es rechtens ist!«

»Du kennst unseren Meister nicht«, sprach die Stimme. »Ungläubig bist du, Frau, und eitel. Der Hochmut nagt an deinem Herzen und füllt es mit Dunkelheit. Kehre ein in unser Licht.«

»Wo ist euer Meister denn?«, schnaubte Akàra. »Ich sehe ihn nicht. Versteckt er sich vor den Menschen? Hat er euch verlassen?«

Die Flut der Geister schwoll an und rückte auf Akàra zu. Zorn verdüsterte die Gesichter und sie suchten sich einen Weg zu bahnen, um Akàra für ihre lästerlichen Worte zu strafen. Es gelang ihnen nicht, aber sie wollten nicht aufgeben. Unaufhörlich drangen sie heran, bis Akàra von einem Heer umzingelt war.

Umnachtet von Furcht stürzte Horis zu ihr und klammerte sich an sie. Er konnte die Geisterkrieger nicht erkennen, bloß einen dumpfen roten Schein sah er, der sich um seine Herrin sammelte. Bedrohlich wirkte er. Dana sprach mit einem unsichtbaren Wesen, dessen Antworten Horis nicht zu verstehen vermochte. Dem Klang entnahm er, dass es seiner Göttin feindlich gesinnt war und ihr übel wollte. Er musste versuchen, sie zu beschützen, wie es seine Pflicht war.

Akàra stieß ihn ungeduldig weg.

»Narr! Verschwinde!«

»Dana!«, kreischte er. »Was geschieht hier? Warum hältst du Islam?«

»Nein!«, brüllte Akàra entsetzt. »Nein, nicht den Namen …«

»Islam?«, wiederholte Horis stockend, weil er nicht verstand, was Dana meinte.

Längst hatte Akàra vergessen, dass sie Horis verraten hatte, welchen Geist der Schlüssel rief, wenn man ihn beim Namen nannte. Eine Stichflamme sengender Kraft stieß aus dem Parall, brannte in Akàras Hand. Sie fühlte noch, wie der Schlüssel seine Form veränderte und sich in ihr Fleisch bohrte. Kaum hatte er sich mit ihr verbunden, raste das Feuer durch ihre Glieder, loderte in ihren Augen und ihrem weit aufgerissenen Mund auf. Schwärze verschluckte die Tempelhalle, und im Nichts traf sie Islam, gewaltig entstieg er der Leere, und Akàra wurde Teil seiner Macht. Kein Fehl kannte er, der Herr der Taten, denn alles geschah durch ihn. Sein Schwert richtete die Unbeugsamen und Selbstgerechten, denn sie liebten ihn nicht. Finsternis fand er in ihren Herzen, gleich trüben Spiegeln verzerrten sie sein strahlendes Antlitz, wenn er sich offenbarte. Der Gebieter des Zorns ward er ihnen, und so verging Akàra in ihm.

Starr vor Schrecken verfolgte die Gemeinde in der Tempelhalle, wie lichterloh Flammen aus Akàra schlugen. Sie brannte lebendigen Leibes. Keinen Ton gab sie von sich, wodurch das Geschehen umso entsetzlicher anmutete. Wie eine hölzerne Statue sah sie aus, angezündet von ihrem unzufriedenen Schöpfer. Feuer war ihr Blick, als erschaue sie eine andere Welt und weile nicht mehr hier.

Einzig Horis besann sich. Tränen liefen über sein Gesicht.

»Dana!«, schluchzte er.

Mit gestreckten Armen wankte er auf sie zu. Der Schlüssel, den sie hielt, hatte das Unglück verursacht, und er musste sie davon befreien. Retten wollte er sie, so wie sie ihn gerettet hatte.

Xander stolperte zum Altar.

»Nein, Horis! Geh da weg!«

Feuer biss in Horis' Finger, ergriff seine Kleider. Der Schmerz kümmerte ihn nicht. Er versuchte den Parall aus Akàras rot glühender Hand zu winden. Als er ihn berührte, erschütterte ihn ein Schlag. Er konnte nicht mehr weg. Flammen schnellten auf ihn zu und umhüllten ihn mit ihrem zinnobernen Mantel aus Feuerzungen.

»Horis!«, schrie Xander.

Der Junge sank auf die Knie. Er kauerte, die Arme aufgestützt. Feuer schlug aus seinem Kopf und seinem Rücken. Akàra ragte vor ihm empor, ein brennendes Götzenbild, dem ein letzter ergebener Jünger seinen Respekt zollte, bis Horis schließlich umkippte. Ein schwarzes Etwas, das nur mehr entfernt an eine menschliche Gestalt erinnerte. Akàras Körper sackte in sich zusammen und stürzte über Horis' Leiche. Ein grässliches Geräusch ertönte, als ob trockene Zweige brachen. Mit ihr fielen Blumengestecke vom Altar, andere rollten über den Boden. Blüten regneten auf Akàra und Horis, und in ihrem kalten Bett aus Blättern lagen sie, grün und weiß die Blumen neben ihren rauchenden Leibern, gleich Grabgaben.

Eine Hand auf seiner Schulter ließ Xander zusammenzucken. Beor durchschnitt seine Fesseln. Besorgt betrachtete er das rote Leuchten der Jäger, die immer noch unter ihnen weilten. Akàras Verhängnis hatte sie weder besänftigt noch vertrieben. Xander beachtete sie kaum, er konnte sich nicht von dem Anblick der Toten lösen. Er rang nach Atem; Übelkeit stieg in ihm auf. Gleich würde er ohnmächtig werden.

Als seine Sinne schwanden, trat eine grün schimmernde Gestalt aus dem Licht der Jäger und schritt auf ihn zu. Er kannte den Mann.

»Lutz!«, rief Xander.

Er hatte keinen Bart mehr und er trug das Haar kürzer, doch die Züge waren unverwechselbar. Freude erfüllte Xander.

»Was tust du hier?«

»Das könnte ich dich auch fragen. Dein Talent, zur falschen Zeit am richtigen Ort zu sein, ist ungebrochen.«

Lutz lachte. Grüne Lichter blitzten zwischen seinen Zähnen. Er klaubte den Parall aus Akàras verkohlter Hand und legte ihn in die Schatulle auf dem Altar.

»Kehr mit den Schlüsseln nach Kirgon zurück«, sagte er. »Dort wartet Arbeit auf dich.«

Gehorsam nickte Xander. Zärtlich strich Lutz eine Haarsträhne aus Xanders Stirn.

»Pass auf dich auf. Du warst der beste meiner Schüler, und mein letzter. Ich werde immer bei dir sein, vergiss das nie.«

»Was meinst du damit?«, stammelte Xander. »›Dein letzter Schüler‹, was soll das heißen?«

Interessiert betrachtete Lutz Beor, der hinter Xander stand. Ein undeutbarer Ausdruck ging über sein Gesicht.

»Ich werde mich um sie kümmern«, erwiderte Beor, als habe ihn Lutz etwas gefragt.

Lutz nickte, was beinahe wie eine knappe Verbeugung aussah, dann kehrte er zurück in das Feuermeer der Jäger. Er hob die Hand zum Gruß. Ohne ein weiteres Wort verschwand er, und mit ihm verging das rote Leuchten. Zaghaft erst schwand es, um sodann plötzlich zu erlöschen, als sei es nie dagewesen, bis nur mehr Akàras und Horis' Leichname als stumme Zeugen blieben.

Heiß strahlte die Sonne durch die dunkelgrünen Vorhänge. Es musste bereits Nachmittag sein. Wohlig seufzend wälzte sich Xander im Bett. Er drehte sich zur Wand und klopfte das Kissen zurecht. Am liebsten wollte er den ganzen Tag schlafen, vielleicht zwischendurch eine Mahlzeit einnehmen und sich gleich wieder zur Ruhe legen. Heute konnte die Welt warten.

Ein Klopfen an der Tür riss ihn aus seinen Träumen. Grimmig brummend zog er die Decke über die Ohren. Die Tür ging auf und Schritte näherten sich. Am Klappern des Stocks konnte Xander unschwer hören, dass es sich um Wolf handelte. Er setzte sich auf die Bettkante und stupste ihn.

»He, du Faulpelz! Zeit, aufzustehen!«

»Lass mich in Ruhe!«, nuschelte Xander in das Kissen. »Morgen ist auch noch ein Tag.«

Abrupt riss Wolf ihm die Decke herunter.

»Los jetzt! Wir haben zu tun!«

Ächzend drehte Xander sich um und schenkte ihm einen missbilligenden Blick.

»Was willst du eigentlich?«

»Auf mit dir! Im Nebenzimmer wartet ein heißes Bad auf dich, das hast du dringend nötig. Anschließend gibt es Mittagessen, und danach wird uns Beor empfangen. Oder soll ich ihm ausrichten, du kommst nicht?«

»Schon gut!«

Xander schwang die Beine aus dem Bett. Nackt tappte er durch das Zimmer, trat ins Bad und zog die Tür hinter sich zu. In einem großen, tiefen Holzzuber dampfte heißes Wasser. Frische Handtücher lagen bereit, Seife, eine Bürste und ein Schwamm. Nachdem er die Toilette benützt hatte, stieg er in den Zuber. Die Hitze raubte ihm den Atem und er ließ sich ganz langsam im Wasser nieder. Als er sich daran gewöhnt hatte, erfasste ihn wohlige Ruhe. Tief seufzend lehnte er sich zurück, bis er ganz untertauchte.

Prustend streckte er sich und rieb sich das nasse Haar. Angewidert betrachtete er seine dreckigen Hände und die schwarz geränderten Fingernägel. Vor lauter Müdigkeit hatte er gestern nicht mehr daran gedacht, sich zu waschen. Eingehend säuberte er sich von Kopf bis Fuß, schäumte die Seife auf und bürstete sich ab. Langsam und sorgfältig rasierte er sich; in einer Hand hielt er den Spiegel, in der anderen das Messer. Allmählich wurde das Wasser zu einer grauen Brühe, auf der Seifenaugen schwammen. Xander stand auf, packte den Kübel mit kaltem Wasser neben dem Bad und leerte ihn sich über den Kopf. Er stieg aus dem Zuber und rieb sich mit dem Handtuch trocken.

Der gute Geist, der ihm das Bad bereitet hatte, hatte ihm auch etwas Sauberes zum Anziehen bereitgelegt: eine kobaltblaue Kutte, dazu ein paar Sandalen aus Strohgeflecht und Stoff. Von seinen eigenen Kleidern entdeckte er keine Spur. Schulterzuckend stülpte sich Xander die Kutte über und schlüpfte in die Sandalen. Er konnte schlecht nackt im Palast umherwandern.

Fast beschwingt kehrte er in das Zimmer zurück. Am Tisch vor dem Fenster saß Wolf, vor ihm standen zwei zugedeckte Teller, ein Krug, Becher und eine Schüssel mit Fladenbrot. Xander setzte sich ihm gegenüber. Neugierig hob er den Deckel des Tellers an. So ein Gericht hatte er noch nie gesehen. Es duftete köstlich, aber er konnte beim besten Willen nicht sagen, was es war. Gemüse roch er und Knoblauch. In der Mitte stapelten sich kleine runde Kugeln, die goldbraun gebacken waren, und um sie herum reihten sich verschiedene Häufchen von allerlei Unbestimmbarem. Sein Magen knurrte, erweckt von den verlockenden Dünsten.

Grinsend nickte Wolf ihm zu, und sie machten sich über das Essen her. Es war ausgezeichnet. Dann und wann konnte Xander ein Gemüse herausschmecken, wenn er es auch noch nicht in solcher Zubereitung genossen hatte. Das frische Brot ergänzte das Mahl in angenehmster Weise. Schweigend aßen sie alles auf. Im Krug befand sich kalter Tee, der mit einer Art Fruchtsaft vermischt war. Wolf und Xander tranken ihn leer.

»Wunderbar!«, seufzte Xander und hielt sich den vollen Bauch. »Ich kann mich nicht entsinnen, wann ich das letzte Mal eine richtige Mahlzeit hatte. Im Gefängnis hielten sie uns bei Wasser und Brot.«

In dem warmen, freundlichen Zimmer, gesättigt und gewaschen, erschien Xander ihre Gefangenschaft wie ein böser Traum, dessen Schrecken sich im Tageslicht auflöste wie Nebel unter der Sonne, bis nur noch eine blasse Erinnerung blieb. Erst gestern Nacht hatten sie im Tempel Akàras und Horis' Ende miterlebt, doch seine gelöste Stimmung machte ihn glauben, es sei schon Wochen her.

»Wann wollte uns Beor empfangen?«

»Er wird nach uns schicken«, erwiderte Wolf. »Ich glaube, er hat irgendetwas vor, aber frag mich nicht, was!«

»Hast du inzwischen mehr über das Schicksal von Doran und Skarg erfahren?«

»Leider nein. Beor wollte mir nicht verraten, was mit ihnen geschehen ist. Gestern ergab sich keine Gelegenheit, mit ihm darüber zu sprechen, und heute sah ich ihn nur kurz. Er war sehr in Eile.«

Stirnrunzelnd rieb sich Xander das glatte Kinn.

»Ich denke, wenn ihnen etwas zugestoßen wäre, hätte er es uns gesagt.«

Wolf brummte.

»Vielleicht auch nicht. Es *muss* etwas passiert sein, sonst wären sie nicht spurlos verschwunden.«

»Das ist wahr«, nickte Xander bedrückt.

Er blickte zum Fenster hinaus in den blauen Himmel über dem Palast. Sein Zimmer lag im ersten Stock, als Teil der Gemächer des Hohen Priesters, und ging nach Süden, wo sich in einem der Nebengebäude die Waffenkammer und die Quartiere der Soldaten befanden. Sonne strahlte durch die Scheiben. Draußen hastete ein Trupp von vier Söldnern in Richtung des Sees. Zwei von ihnen trugen lange Stecken, um die ein breites Tuch gewickelt war. Xander nahm seine Umgebung kaum wahr, seine Gedanken weilten bei seinen vermissten Freunden.

◆ ◆ ◆

Doran atmete nicht mehr. Ein Zucken fuhr durch ihren Körper, dann ergriff sie tiefe Ruhe. Die Eiseskälte, die sie verspürt hatte, verging und wich angenehmer Wärme. Sie glaubte, in einer weichen Masse zu schweben, die nichts mit Wasser gemein hatte. Wohlbefinden breitete sich in ihr aus. Hier war sie geborgen wie in einem Mutterschoß.

Der Gedanke, Luft zu inhalieren, erschien ihr absurd, und gleich darauf vergaß sie ihn. Der Sog, der sie nach unten gezogen hatte, verebbte. Das Gefühl des Schwebens machte ihr ganzes Sein aus. Sie wollte lachen vor Freude. Niemals zuvor war sie so glücklich gewesen.

Dunkelheit umgab sie, doch sie fürchtete sich nicht. In der Stille vernahm sie das Pochen ihres Herzens und das leise Rauschen ihres Blutes, als entspringe es nicht ihr, sondern dem samtenen Nichts. Farben flackerten in die Finsternis, die vor ihren Augen wie vor ihrer Seele leuchteten. Die bunten Nebel trieben durcheinander, verschmolzen in kreisenden Formen, um neue, nie gesehene Farben zu bilden.

Die Schönheit ihrer Umgebung berauschte Doran. Auf ewig wollte sie hier weilen. Weder Zeit noch Raum gab es, keinen Schmerz und kein Hoffen. Alles Bangen und Sehnen ihrer menschlichen Existenz zerfloss zu Nichtigkeit. Sie blickte an sich selbst hinab. Die Farben durchdrangen sie, formten spielend die Umrisse ihres Körpers, vergingen und verbanden sich erneut.

Bald erlosch ihre Erinnerung. Es kümmerte sie nicht mehr, wer sie einst gewesen war. Das Farbenmeer hatte sie aufgenommen und sie war ein Funke seiner Kraft.

Eine Stimme sprach in ihr, als sei es ihre eigene. Erst verstand sie nicht, was sie sagte. Mit ihrem Namen rief die Stimme sie an und Doran sträubte sich dagegen, ihr zu antworten. In ihr Dasein zwang die Stimme sie zurück. Doran verspürte kein Verlangen, ihr zu folgen, aber die Stimme redete beharrlich weiter, bis Doran ihr schließlich zuhörte. Endlich begriff sie die Worte, die an sie gerichtet wurden.

Doran überlegte, ob sie tot war. Empfand man dann so? War dies der Tod? Die Stimme in ihr schwieg.

Eine Gestalt formte sich aus dem Nebelmeer, ganz von dem Rausch aus Farben durchdrungen. Sie flackerte und leuchtete, erzitterte in bunten Wellen. Dennoch erkannte Doran die Züge, als stünde der Mann in Fleisch und Blut vor ihr, wie in jener verhängnisvollen Nacht, bevor sie in den Tempel eingebrochen waren. Genau wie damals erahnte sie ihn mehr, als dass sie ihn sah. Deutlich fühlte sie seine Anwesenheit.

»Vater Beor!«, rief sie.

Er lächelte.

»Seid Ihr auch in den Schacht gestürzt?«, fragte Doran. Der Gedanke betrübte sie.

Mit einem Kopfschütteln verneinte er.

»Dies ist mein Reich. Ich habe euch erwartet.«

Plötzlich verstand Doran, dass er von Anfang an gewusst hatte, wer sie waren und was sie geplant hatten.

»Warum habt Ihr uns nicht davor gewarnt, in den Tempel einzudringen?«

»Hättet ihr denn auf mich gehört?«

»Nein«, erwiderte Doran.

»Ich sagte euch, ihr sollt zu mir kommen, wenn ihr Hilfe braucht. Nun seid ihr hier, und ich werde euch helfen.«

»Ich will hier bleiben!«, flehte Doran. »Schickt mich nicht fort!«

»Das ist unmöglich. Lange wart ihr Gast in meinem Reich, schon schwindet euer Leben. Noch könnt ihr zurück, doch verweilt nicht länger. Hinter dem Reich Herions liegt das Schwarze Tor, und von dort gibt es kein Umkehren mehr.«

Doran sorgte sich um Skarg. Ihr eigener Tod bedeutete ihr nichts, aber er sollte leben! Frohen Mutes wollte sie ihr Dasein für das seine geben, und plötzlich begriff sie, wie sehr sie ihn liebte. Sichtbar erschütterte ihr Gefühl das Farbenmeer Herions, es strahlte auf in blendender Kraft, als spiegle es ihre Empfindung. Die Farben teilten sich und eine Öffnung tat sich darin auf, gleich einer Tür, die in eine andere Welt zeigte.

Zaghaft entstand ein Körper in den flammenden Nebeln. Skarg. Er ruderte und kämpfte. Sein Arm schwebte vor Doran. Er reckte die Hand auf der Suche nach Halt. Doran ergriff seine Finger. Die bunten Farben wirbelten fort. Skarg wollte ihr entgleiten, aber sie hielt ihn fest.

Sie trieben durch die Pforte aus Finsternis, und dann kehrte der Schmerz in Dorans Leib zurück. Ihre Lungen wollten bersten. Der Wunsch, Luft zu inhalieren, machte ihr ganzes Sein aus. Nach einer Ewigkeit durchbrachen ihre Köpfe die Oberfläche und sie atmeten gierig.

Benommen blinzelte Doran. Sie trieben im See der Träume. Heiß brannte die Sonne auf sie nieder. Geblendet hielt Doran nach dem Ufer Ausschau, und bald entdeckte sie den kürzesten Weg. Skarg mühte sich verbissen, um sich über Wasser zu halten. Er war fast bewusstlos. Doran packte ihn am Kragen, dann fasste sie ihn unter den Armen und schwamm an Land.

Auf allen vieren kroch Skarg in die Wiese, sobald er festen Grund unter sich spürte. Er hustete, zuckte zusammen und erbrach sich geräuschvoll ins Gras. Mühselig schleppte sich Doran auf dem Bauch hinter ihm her. Ihr linkes Knie pochte vor Pein, sie vermochte es kaum zu bewegen, geschweige denn zu belasten. An ihrem ganzen Körper bluteten Schnitte und Schürfungen, wo ihre Haut nicht von Prellungen verfärbt war.

Neben Skarg sank Doran nieder. Sie konnte nicht mehr weiter. Keuchend vor Erschöpfung starrte sie ins Gras, um dort ein Paar Füße in Sandalen zu entdecken. Der Schreck verlieh ihr neue Kraft und sie setzte sich auf. Langsam wanderte ihr Blick nach oben. Ein Mann in einer blauen Kutte stand genau vor ihnen. Ein warmes Lachen erhellte sein scharfes Gesicht. Erleichterung zeigte sich in seinen braunen Augen. Rings um ihn knieten ein Dutzend Jünger, die einen Halbkreis um sie bildeten. Die Jünger verneigten sich vor ihnen, bis ihre Häupter den Boden berührten, und verharrten schweigend in der demütigen Stellung.

»Beor!«, rief Doran.

»Willkommen!«, erwiderte er.

Nach einem Wink von ihm eilten vier Soldaten herbei, die Bahren brachten. Sie legten Doran und Skarg darauf, ehe sie protestieren konnten. Sie waren ohnehin nicht in der Verfassung, sich der Söldner zu erwehren. Diese trugen sie zum Hauptgebäude des Palastes. Verzweiflung ergriff Doran, als sie daran dachte, dass man sie zurück in Akàras Fänge führte.

»Fürchtet euch nicht«, sagte Beor, der sie begleitete. »Ihr seid in Sicherheit.«

Beinahe wollte Doran ihm Glauben schenken, so überzeugend klangen seine Worte. Kalter Schweiß badete sie; Nacht drohte sie zu umfangen. Hartnäckig zwang sie sich, bei Bewusstsein zu bleiben.

Auf dem Tempelhof angelangt, wandten sich die Soldaten nach rechts, in den Südtrakt. Vorsichtig wurden Skarg und Doran über Treppen in den ersten Stock geschleppt, wo man sie in ein geräumiges Zimmer verfrachtete.

Ein Dutzend Jünger und Lehrer harrten ihrer, die sich sogleich betätigten. Erst legte man sie auf Betten, dann wurden sie entkleidet, gewaschen und verbunden. Beor persönlich untersuchte Dorans Knie. Als er es berührte, stöhnte sie auf vor Schmerz. Er kleidete das Knie in eine lehmartige Masse, die rasch aushärtete, sodass Doran das Bein nicht mehr beugen konnte.

»Du wirst die nächsten Wochen am Stock gehen müssen«, sagte er, »aber sorge dich nicht. Das Knie wird wieder heil.«

Skarg hatte keine schweren Verletzungen, am schlimmsten war der Riss am Unterarm, den das Schwert des Wächters hinterlassen hatte, als er im Tempel den Dolch gezogen hatte. Ein straffer Verband genügte, die Wunde musste nicht genäht werden. Allmählich schien er sich besser zu fühlen.

»Bei den Geistern der Sümpfe!«, rief er. »Wer seid Ihr? Das ist doch der Palast Herions! Ist es hier üblich, zum Tode Verurteilte erst aufmerksam zu verarzten, bevor man sie umbringt? Der Kerker genügt uns! Wo ist Akàra?«

Beor lachte auf.

»Du genest rasch, o Fürst der Eiskrieger. Mögen deine Gedanken stets so flink sein wie deine Zunge! In der Tat, dies ist der Palast Herions, und ich bin der Hohepriester. Akàra ist tot, aber das ist eine andere Geschichte, die ihr bald hören werdet. Ruht euch jetzt aus!«

»Wir brauchen keine Ruhe«, protestierte Doran, »sondern Antworten!«

»Richtig«, pflichtete Skarg ihr bei.

Mit einer Geste entließ Beor die Jünger und Lehrer, die ihnen aufgewartet hatten. Tief verneigten sie sich, die Hände vor der Brust gefaltet. Rückwärts gehend schritten sie zur Tür hinaus. Skarg und Doran beobachteten Beor. Er grinste sie an. Sie hörten noch, wie er sagte: »Schlaft wohl«, dann fielen ihre Augen zu und sie sahen nichts mehr.

Sorgsam zugedeckt erwachten sie. Oranges Licht strahlte hinter den Fenstern, der Abend senkte sich herab. Am Fußende der Betten fanden sie blaue Kutten und Sandalen, die sie anzogen. Neben Dorans Bett lehnte ein geschnitzter Gehstock, auf den sie sich stützte. Vorsichtig humpelte sie ein paar Schritte, bis sie herausfand, wie sie am bequemsten laufen konnte.

Auf dem runden Tisch vor dem mittleren Fenster standen ein Krug Tee, zwei Karaffen mit Fruchtsaft und eine silberne Schale voller frischem Gebäck. Hungrig und durstig stürzten sich Doran und Skarg darauf. Gierig tranken sie aus kunstvoll geschliffenen Kristallgläsern und leckten sich die Finger, während sie die Happen verschlangen. Sogar leinene Servietten lagen bereit.

Ehe sie sich satt essen konnten, ging die Tür auf, und Beor kam herein.

»Habt ihr gut geruht?«, fragte er.

»Das war ein hinterhältiger Trick«, schmatzte Skarg, einen mit Aprikosengelee gefüllten Krapfen in der Hand.

Ein Lächeln ging über Beors Gesicht.

»Lasst etwas von dem Imbiss für eure Besucher übrig. Es ist unhöflich, Gäste darben zu lassen.«

Nach ihm traten Wolf und Xander in das Zimmer, auch sie trugen blaue Kutten. Erleichtert stürzten sie aufeinander zu und fielen sich um den Hals. Die Wiedersehensfreude versetzte sie in einen Taumel. Tränen des Glücks rannen über ihre Wangen, und sie musterten sich gegenseitig, wie um sich zu vergewissern, dass sie tatsächlich dem Tod entronnen waren. Aufgeregt redeten sie durcheinander, als wollten sie in wenigen Worten all ihre Abenteuer berichten.

»Ihr habt euch viel zu erzählen«, unterbrach Beor das frohe Treffen. »Heute Abend findet ein Festmahl zu euren Ehren statt. Ich werde euch rufen lassen.«

Er verabschiedete sich und verschwand. Voller Eifer tauschten sie ihre Erlebnisse aus, als würden sie nie mehr die Gelegenheit finden, miteinander zu sprechen. Ohne dass sie es merkten, sank die Sonne hinter den Horizont. Viel zu rasch ertönte ein Klopfen an der Tür und ein Lehrer kam herein, der sich vor ihnen verneigte.

»Ihre Erlauchte Heiligkeit erwartet euch.«

Zögernd erhoben sie sich und stellten erstaunt fest, wie dunkel es im Zimmer geworden war. Die Lampen auf dem Gang blendeten, als sie dem Lehrer folgten. Er geleitete sie ins Erdgeschoss und durch einen Korridor in eine lichterfüllte Halle.

Staunend hielten sie inne. Silberne Kerzenleuchter und Öllampen erhellten einen langen Tisch aus glänzend schwarzem Holz. Zwischen den Fenstern auf den Tempelhof standen Kohlenbecken. Gedecke aus weißem Porzellan, Silberbesteck und Kristallgläser waren in regelmäßigen Abständen sorgfältig auf dem Tisch angeordnet. Dahinter saßen zwanzig Menschen auf geschnitzten Stühlen, die allesamt aufstanden, als sie sich näherten: Lehrer und Lehrerinnen, einige Jünger und in der Mitte eine Priesterin und zwei Priester in ihren bestickten Prunkgewändern, die sie noch nie gesehen hatten. Prächtige Blumengebinde schmückten die ganze Halle.

Am Kopfende des Tisches stand Beor, vor ihm waren fünf Stühle leer. Daneben wartete Thalna. Sie trug ein langes Kleid aus schimmernder Seide, im selben Grün wie ihre leuchtenden Augen. Hinreißend schön sah sie aus.

Wie im Traum wandelten sie zu Beor, der ihnen entgegenkam. Sie versammelten sich um ihn und alle Blicke richteten sich auf sie. Gespannte Stille herrschte, bis Beor das Wort ergriff.

»Freunde«, sagte er, »selten hat mich ein Festmahl so erfreut wie dieses.«

Er gebot Skarg und Doran, vorzutreten.

»Ihr habt das Reich Herions aufgesucht, ohne den Wunsch, Priester zu werden. Ich kann und will euch nicht die Priesterwürde verleihen, denn die Verpflichtungen, die damit einhergehen, wären uns und euch nur eine Bürde. Doch ich möchte euch ein Zeichen verleihen, damit ihr des Geistes Herions gedenkt.«

Aus den Falten seiner Kutte holte er eine kleine Schatulle und klappte sie auf.

»Doran«, wandte er sich an sie, »dein Zeichen soll die Lilie sein, kühl und klar. Dem Licht des Himmels wendet sie ihr Gesicht zu, und im Dunkel der Erde sind ihre Wurzeln verankert, ohne die sie ihre Pracht nicht entfalten kann. Edel ist sie und schlicht, denn ihre Schönheit bedarf keiner Zier.«

Er zückte einen goldenen Ring, in den als Wappen eine Lilie geschnitten war, und steckte ihn an Dorans linken Ringfinger. Beschämt senkte sie den Blick.

»Skarg«, sagte Beor, »du hast dein Zeichen bereits selbst gewählt. Weise ist sie und wirkungsvoll in ihren Taten. Für ihre Schönheit wird sie bewundert. Ihre Feinde fürchten sie. Im Anbeginn der Zeiten wurde sie geboren, um in ihrem Reich bis zum Ende der Tage zu herrschen.«

Eine silberne Schlange wand sich zu einem schweren Ring, den Beor an Skargs Hand steckte. Er saß wie angegossen. Skarg verbeugte sich.

Beor nickte und eine Schar von Jüngern strömte in die Halle, die große Platten trugen. Nachdem Beor sich gesetzt hatte, ließen sich die Gäste nieder, und das Festmahl begann. Erlesenste Speisen wurden ihnen dargereicht, begleitet von edlen Getränken. Auf ein ausgesuchtes Gericht folgte das nächste, um das vorhergehende noch zu übertreffen. Jünger warteten ihnen auf und lasen ihnen jeden Wunsch von den Augen ab.

Sie aßen und tranken in ausgelassener Fröhlichkeit, als gebe es kein Morgen mehr. Musiker und Tänzer trafen ein, die sie mit ihren Darbietungen unterhielten. Sie lachten und redeten, sangen Lieder mit, die sie nie zuvor gehört hatten, und Beors Halle erstrahlte im Licht ihrer Freude. Solch ein Fest hatten sie noch nicht erlebt, und sie würden es niemals vergessen.

Am nächsten Tag schliefen sie lange. Nach dem Frühstück verabschiedete sich Thalna. Skarg, Doran und Xander dankten ihr für ihre Hilfe und baten sie, noch zu bleiben, aber Thalna wollte nichts davon wissen. Ihr drängender Wunsch, sogleich nach Bengzar zurückzukehren, erstaunte alle. Wolf begleitete sie zum Tor oberhalb des Sees, wo der Zedernwald begann.

Sonnenlicht spielte in den Blättern. Das Wasser war tiefblau, blank unter dem Firmament.

»Warum verlässt du uns schon?«, fragte Wolf.

Thalna seufzte.

»Mein Vater wartet auf mich. Er wird sich sorgen.«

»Wir können ihm eine Nachricht senden.«

»Ich muss nach Hause.«

Wolf schüttelte den Kopf.

»Warum?«

Blinzelnd schluckte Thalna schwer, als müsse sie Tränen unterdrücken. Lange schwieg sie, den Blick in den Wald gerichtet, und Wolf harrte geduldig ihrer Antwort. Thalna biss auf die Lippen.

»Ich gehöre nicht zu euch«, flüsterte sie. »Du und deine Freunde, ihr seid von königlichem Geblüt, einflussreich und mächtig. Das ist nicht meine Welt. Bei euch habe ich nichts verloren.«

Entsetzt packte Wolf sie an der Schulter.

»Thalna! Dein Mut ist mehr wert als jede Herkunft.«

»Du bist der Sohn eines Königs, Skarg ist ein Fürst, Doran die Nichte des Kaisers und Xander ein großer Daimon. Ich bin die Tochter eines Kochs! Das ist lächerlich! Solche wie ich dienen euch. Wir können keine Freunde sein.«

»Es gibt mehr Prinzen und Fürsten als so hervorragende Köche wie deinen Vater«, erwiderte Wolf. Er konnte Thalnas Dünkel nicht verstehen, denn er selbst hegte keinen. »Was zählt denn unsere Abstammung schon im Angesicht von Gefahren, wie wir sie bestanden haben? Ja, ich bin der Sohn eines Königs, aber ich habe keinen Thron und kein Reich. Das macht mich zu nicht mehr als einem Bettler, dem du selbstlos geholfen hast.«

»Mein Vater braucht mich«, murmelte Thalna.

»Ich brauche dich auch!«, rief Wolf. »Bleib bei mir!«

Thalna schnaufte.

»Was soll ich denn bei euch? Nein, ich habe ein eigenes Leben. Jeder Tag, den ich länger hier verbringe, machte es schwerer für mich. Lass mich gehen!«

Mit einer Mischung aus Zorn und Wehmut blickte Wolf ihr nach, als sie zwischen den Bäumen verschwand, dann wandte er sich um und humpelte zurück zum Palast. Am Ufer des Sees ließ er sich nieder und starrte in das Wasser. Nach einer Weile stupste ihn jemand, und als Wolf sich umdrehte, sah er Doran. Sie setzte sich neben ihn und leistete ihm schweigend Gesellschaft.

Die nächsten Tage genossen sie Beors großzügige Gastfreundschaft und erholten sich dabei von den Strapazen, die sie bewältigt hatten. Jedem von ihnen stand ein geräumiges Gemach zur Verfügung, und um nichts brauchten sie sich zu kümmern. In feinsten Laken schliefen sie, umgeben von Luxus, bedient von Jüngern, denen ihr Wohlergehen ein persönliches Anliegen zu sein schien. Stets fanden sie Schalen mit Früchten, Süßigkeiten und Gebäck in ihren Zimmern, dazu eine unerschöpfliche Auswahl an Getränken. Höflich lud man sie zum Mittag- und Abendessen an Beors Tafel; das Frühstück wurde ihnen gebracht, sobald sie die Augen aufschlugen. Man bereitete ihnen Bäder, massierte sie und behandelte ihre Wunden.

Sie durften so lange bleiben, wie es ihre Herzen begehrten. Spaziergänge am See und im Wald unternahmen sie und besichtigten den Palast, dessen Räume ihnen nunmehr offenstanden. Obwohl sie es sich zuerst nicht eingestehen wollten, wussten sie, dass die Zeit des Abschieds unaufhaltsam näher rückte. Eine innere Unruhe trieb sie zum Aufbruch. Beor schien bereits geahnt zu haben, wie es um sie bestellt war.

»Ihr dürft den Palast durch das Osttor verlassen«, erklärte er. »Eine Kutsche steht bereit, um euch nach Rajona zu bringen.«

Denselben Morgen noch packten sie ihre Habseligkeiten. Ihr Gepäck hatte man aus dem Haus in Bengzar geholt und bei der Gelegenheit ihrem Vermieter, Faron, die Schlüssel zurückgebracht. Sie legten wieder ihre Reisekleider an, die von den Jüngern gewaschen worden waren. Beinahe fremd fühlten sie sich darin.

Beor begleitete sie zum Osttor. Vector war bei ihm, an dessen Anwesenheit sie sich inzwischen gewöhnt hatten. Respektvoll wartete er ein paar Schritte entfernt, als Beor ihnen Lebewohl sagte. Er schien sich tatsächlich geändert zu haben. Eine Freundlichkeit lag in seinem Blick, die ihm niemand zugetraut hätte. Seine Arbeit gefiel ihm und er hegte keinerlei Wunsch, sie aufzugeben.

Ein Jünger eilte herbei und reichte Beor fünf schwarze Schatullen. Zwei davon übergab er Xander, ohne sie zu öffnen und einen Blick hinein zu werfen.

»Möge die Weisheit Zens dich leiten, Xander«, verkündete er, »und überreiche Uran deinem Meister.«

»Hüte das Herz des Glaubens«, wandte er sich an Wolf. »Es gehört dem König eines verlorenen Reiches.«

Mit den Worten: »Bewahre, was keinem Menschen gehören darf«, drückte er Islam in Dorans Hand, und zuletzt sprach er zu Skarg: »Auf dass die Großmut des Schatzes von Ardak dein Gemüt erleuchte.«

Sie schüttelten Beor die Hand, dann umarmten sie ihn innig. Die Zuneigung und Dankbarkeit, die sie für ihn empfanden, überwog die Ehrfurcht vor seinem Rang.

»Lebt wohl«, sagte er, als sie einstiegen und sich setzten. Vector winkte ihnen zu.

Sogleich rollte die Kutsche an und fuhr über die Straße nach Norden. Sie blickten zum Palast zurück, bis er aus ihrer Sicht entschwand. Beor und Vector verharrten vor dem Tor, zwei blau gekleidete Gestalten vor dem Weiß der Mauer.

◆ ◆ ◆

»Beor«, begann Vector und stockte. »Etwas wollte ich dich schon lange fragen.«

»Ja? Heraus damit!«

»Ist es wahr, dass du die Gedanken der Menschen lesen kannst, indem du sie berührst?«

Beor lachte.

»Die Leute glauben, dass ich allerlei Wunder wirke, wenn ich sie anfasse. Das stimmt nicht. Die Wahrheit ist, dass ich gerne Menschen berühre, weil ich sie mag. Sie selbst wirken die Wunder.«

KAPITEL 15

Die letzte Reise

»Dann hat ja alles ein gutes Ende genommen«, sagte Lonora.

»Ja«, nickte Lutz. »Die Rückreise müssen sie noch meistern, aber mit der Götter Hilfe werden sie auch das schaffen.«

Lonora rieb mit den Händen über ihren rasierten Schädel.

»Ich habe mir Sorgen gemacht, als Xander plötzlich hier auftauchte. Er hat wohl wenig Erfahrung im Reich der Geister? Du solltest ihn unterrichten.«

»Dazu werde ich kaum mehr die Gelegenheit finden. Andere können sich seiner annehmen. Ich bin sehr stolz auf ihn; lange traute er sich nicht in das Reich der Geister, nun hat er die größte Hürde genommen.«

Sie saßen in Schaaraochs Bibliothek, einem hohen Raum, dessen Wände vom Boden bis zur Decke mit Regalen ausgekleidet waren, in denen eine wunderbare Büchersammlung lagerte. Da und dort lehnten Leitern, die man mittels einer Schiene verschieben konnte. Lutz hatte den Tag damit zugebracht, in den Schätzen zu stöbern. Schaaraoch hatte vollständige Ausgaben sämtlicher bedeutender Dichter der Neuzeit und der Vergangenheit gehortet, dazu Nachschlagewerke jeden Gebietes der Wissenschaft und Religion sowie seltene Bände großer Philosophen, Reiseberichte und die gesammelten Werke von Marech Eldred in unbezahlbaren Erstausgaben.

»C me to Ma b ro C u t«

Fragment, Blech, gef. in Bragon, 458 n. A. D., vermutlich religiösen Ursprungs. Historisches Archiv von Angantur, Reg. Nr. 6859/Fach 16.b.

Die Nacht war bereits fortgeschritten, doch sie sehnten sich nicht nach Schlaf. Auf dem Tisch in der Mitte der Halle breiteten sich Bücher aus, daneben standen eine verstaubte, halb volle Flasche, zwei Gläser und ein

Aschenbecher, in dem Lutz' Pfeife lag. Sie tranken Weinbrand, der so alt sein musste wie Lonora und der ihre Gedanken beflügelte.

Erfüllt von Wärme sank Lonora tiefer in den bequemen Sessel, hob das Glas an die Lippen und trank einen kleinen Schluck. Sie blickte in das Flackern des Kerzenleuchters auf dem Tisch, der riesige Schatten über die Regale schickte. Tiefer Friede umfing sie.

Lutz griff nach der Pfeife, klopfte sie aus und stopfte neuen Tabak hinein. Er zündete das Schwefelholz an einer Kerze an und hielt die Flamme an die Öffnung. Schmauchend blies er eine Wolke Rauch aus. Lonora hustete.

»Was gedenkst du jetzt zu tun?«, fragte sie.

Wohlig brummend lehnte Lutz sich zurück und legte den Kopf in den Nacken, die Hände im Schoß verschränkt.

»Nun, mein Testament habe ich gemacht. Xander erbt bis auf einige Ausnahmen meine Besitztümer. Mein Diener, Friedel, erhält eine Leibrente, die ihm bis ans Ende seiner Tage ein gutes Einkommen sichert.«

»Friedel«, unterbrach ihn Lonora, »er ist also immer noch bei dir?«

»Aber ja! Ich wüsste nicht, wie ich ohne ihn zurechtkommen sollte.«

Ein amüsiertes Lachen schüttelte Lonora.

»Es muss hart für ihn gewesen sein, mit dir in den unwirtlichen Norden zu ziehen und eine Stellung als Diener zu bekleiden. Niemand hat verstanden, weshalb du dein herrliches Anwesen in Angantur aufgegeben hast. Du hattest alles, was ein Mensch sich erträumen kann: ein wunderbares Heim, unzählige Bedienstete, Reichtum, Macht. Die Meister der Schule von Marech Eldred haben dich verehrt wie keinen anderen. Ratsuchende aus allen Gegenden reisten zu dir und legten dir ihr Leben zu Füßen, ja, Fürsten und Könige pilgerten an deine Schwelle. Warum hast du all das aufgegeben, um in die Einöde zu ziehen? Nur deinen Leibkoch Friedel hast du mitgenommen und ihm aufgebürdet, einen kleinen Haushalt zu führen, anstatt einem Heer von Küchenpersonal zu befehlen. Alles hattest du erreicht und hast es weggeworfen!«

Lutz seufzte.

»Es ist nicht mein Schicksal, in Trägheit zu verharren. Im Norden kannte mich niemand. Dort gab es keine vermeintlichen Suchenden nach Weisheit, nur Menschen, die um ihr Überleben kämpften und meine Hilfe brauchten.«

»Dennoch, du lebtest in einem prachtvollen Palast mit einem Garten, dessen Schönheit selbst die Götter rührte, und hast ihn gegen ein einfaches Haus vertauscht, das im Vergleich dazu eine schäbige Bruchbude ist.«

»Dafür brauche ich keine Armee von Bediensteten, um es instand zu halten.«

»Aber warum musste es ausgerechnet Riem sein? Diese Kälte! Die Hälfte des Jahres liegt Schnee. Ein schlichtes Heim hättest du zweifellos auch im Süden gefunden.«

»Im Süden wäre mein Ruf mir überall vorausgeeilt. Außerdem ist Riem eine interessante Stadt.«

»Dort hast du Xander und seinen Bruder Haldur kennen gelernt?«

»Ja. Sie waren Flüchtlinge und hausten in einem geliehenen Zelt auf dem Marktplatz. Ich mochte die beiden auf Anhieb.«

»Weiß dein Schüler eigentlich, *wer* sein Lehrer ist?«

»Falls du damit meine Vergangenheit meinst: Nein, er kennt sie nicht. Wozu auch?«

Lonora rollte die Augen.

»Schließlich hast du die Ausbildung der Schule von Marech Eldred erneuert. Ohne dich gäbe es die Schule wahrscheinlich gar nicht mehr oder sie wäre in Bedeutungslosigkeit versunken! Kaum jemand hat so viel für die Daimonologie getan. Du bist eine Legende!«

Mit einer ungeduldigen Geste wehrte Lutz ab.

»Du übertreibst. Lass die alten Geschichten ruhen! Die Gegenwart erfordert unsere Aufmerksamkeit.«

Er holte Luft und sprach weiter:

»Haldur kann in unsere Welt zurückkehren, falls die Jäger ihr Versprechen halten. Ich habe Xander aufgeschrieben, was er zu tun hat, um ihn aus dem Reich der Geister zu holen. Es wäre mir eine große Erleichterung, wenn du in Kirgon bleiben könntest, um ihm zu helfen, Lonora.«

Sie starrte ihn an.

»Es ist mir bewusst, wie viel ich von dir verlange«, kam Lutz ihrem unausgesprochenen Protest zuvor. »Wichtige Angelegenheiten warten in Angantur auf dich.«

»Ich werde tun, was nötig ist«, erwiderte sie.

»Danke«, nickte Lutz.

»Du hast meine Frage nicht beantwortet«, beharrte Lonora. »Was gedenkst du jetzt zu unternehmen?«

»Wie viel Zeit bleibt mir noch, was schätzt du?«

»Eine Woche, vielleicht zehn Tage, es ist schwer zu sagen. Wie fühlst du dich?«

»Kerngesund! Die Wunde hat sich geschlossen und ist fast ausgeheilt. Ich spüre sie kaum noch. Die Wirkung des Paradins macht mich stark. Leichten Herzens zahle ich den Preis dafür, denn ich habe mehr erreicht, als ich wollte. Jeden Tag genieße ich, als sei es mein letzter, und auch der wird bald kommen. Ich möchte die Reise antreten, von der ich gesprochen habe, und in die Wälder im Norden von Kirgon wandern. Hast du Lust, mich zu begleiten?«

»Ja, ich komme gerne mit.«

»Gut. Lass uns morgen früh aufbrechen.«

Am nächsten Morgen wartete Lonora in der Nähe des Tores auf dem Innenhof des Palastes. Warm strahlte die Sonne, am Himmel war keine einzige Wolke zu entdecken. Zwei Knechte misteten die Stallungen aus, die sich gleich neben dem Tor befanden. Sie unterhielten sich angeregt über die Familie eines gemeinsamen Bekannten. Soldaten kamen und gingen. Lonora brummte der Schädel von dem Weinbrand, den sie und Lutz am Vorabend genossen hatten. Sie zog den Hut tief in die Stirn. Frische Luft und reichlich Bewegung würden die Kopfschmerzen bald vertreiben.

In einem geräumigen Rucksack hatte sie die nötigen Habseligkeiten für die Wanderung verstaut: Schlafmatte und einen leichten Schlafsack, Kleider zum Wechseln, einen Satz Blechpfannen, ein Seil, das man immer dann benötigte, wenn man keines dabei hatte, Schwefelhölzer, ein Taschenmesser und geeignete Nahrungsmittel. Auch einen Regenschutz hatte sie eingepackt, den sie hoffentlich nicht brauchen würden. Hochsommer herrschte, der sogar in Kelrun meist trocken war.

Sie lachte schallend, als sie Lutz entdeckte, der zu ihr stieß. Er trug eine weite, knielange Hose und ein kurzärmliges Hemd aus demselben beigen Stoff, knöchelhohe Schnürschuhe und einen breitkrempigen Strohhut. Einen Rucksack hatte er umgeschnallt und in einer Hand hielt er eine Angel.

»Was willst du denn damit fangen?«, grinste sie.

»Freche Leute, die ihr Mundwerk nicht im Zaum halten können«, erwiderte er. »Nein, Fisch natürlich. Der wird unsere Tafel angenehm bereichern.«

»Viel Glück! Verzeih mir, aber mit der kurzen Hose siehst du aus wie ein Zwanzigjähriger.«

»So fühle ich mich auch!«

Müde streckte er seine Glieder, die Angel von sich gereckt wie ein Banner.

»Ein wundervoller Tag!«

Gemeinsam schritten sie zum Tor, das die Wachen für sie öffneten und sogleich wieder hinter ihnen verriegelten. Der Straße entlang wanderten sie ein Stück, dann wandten sie sich durch enge Gassen nach Norden, bis sie die Stadtgrenze erreichten.

»Hast du dich von den Keren verabschiedet?«, fragte Lonora.

»Natürlich. Leider ist Äneas in Leron und wird erst in einigen Wochen zurückerwartet. Ich hätte ihn gerne noch gesehen.«

»Äneas ist ein großer König und ein edler Mensch.«

»In der Tat, das ist er. Seinen Stellvertreter, Attis, kenne ich nur flüchtig.«

»Heute Morgen hatte Attis eine Unterredung mit seinen Leuten, und sie sahen aus, als ob sie die ganze Nacht aufgewesen wären. Die Keren scheinen nicht viel Schlaf zu brauchen.«

Ein Schatten flog über Lutz' Gesicht.

»Eine gefährliche Aufgabe erwartet sie. Heute noch wollen sie in das Labyrinth unter Kirgon vorstoßen, um Schaaraoch zu finden, lebendig oder tot. Ich kann mir nicht vorstellen, dass ihm daran liegt, aufgespürt zu werden, was immer er dort unten tut. Bestimmt hat er Vorsichtsmaßnahmen getroffen, die unliebsame Eindringlinge abhalten.«

»Falls Schaaraoch tatsächlich lebt, warum hält er sich dann im Labyrinth versteckt? Was nützt es ihm, unter der Erde in einem Loch zu hocken?«

»Das Labyrinth ist voller Geheimnisse, die keiner besser kennt als Schaaraoch. Unvorstellbare Schätze lagern dort, seit tausenden von Jahren unberührt. Viele versuchten die Gänge zu erkunden, doch außer Schaaraoch hat es keiner überlebt. Im Staub der Zeit haust er, umgeben von vorzeitlichen Relikten, schmiedet Pläne und ist vermutlich eben dabei, sie in die Tat umzusetzen.«

Lonora schauderte. Selbst das Sonnenlicht schien sich zu verfinstern.

»Ich wünsche ihnen Glück.«

»Das werden sie brauchen«, raunte Lutz. »Ich überlegte, ob ich die Keren begleiten sollte auf ihrer Jagd, aber ich wäre ihnen nur eine Last. Sie bewegen sich lautlos selbst in vollkommener Finsternis, und sie sind gewandte Krieger. Außerdem haben sie bereits einen Daimon zur Unterstützung: Lodur.«

Missbilligend schüttelte Lonora den Kopf.

»Dieser Lodur. Du sagtest, er war einst ein Herzog? Er scheint vor allem mit sich selbst und seinem Unglück beschäftigt zu sein. Ich würde ihm nicht über den Weg trauen, geschweige denn den Erfolg einer so wichtigen Mission von ihm abhängig machen. Das kann nur übel enden.«

»Er ist ja nicht allein.«

»Ein Tropfen Jauche reicht, um einen Krug Wasser zu verderben.«

Vor seinem geistigen Auge sah Lutz die düsteren Gewölbe unter dem Palast von Kirgon und das verwinkelte Netzwerk von Tunneln, die sich in alle Himmelsrichtungen erstreckten. Es verlangte Mut, in die schwarzen Gänge zu tauchen, sogar von einem Keren. Was mochten sie dort finden? Er fragte sich, ob er Attis vor Lodur hätte warnen sollen. Große Gefahr harrte ihrer, und ein Verräter in den eigenen Reihen war das Letzte, was sie brauchen konnten. Lutz schüttelte den Gedanken ab. Attis wusste, was er tat.

Ein Weinhändler, der unterwegs nach Gordua war, nahm sie auf seinem Wagen mit, sodass sie die von kleinen Weilern durchsetzte Umgebung von Kirgon rascher als erwartet hinter sich ließen. Vier Pferde zogen den mit Fässern beladenen Karren. Der Händler erlaubte ihnen, neben ihm auf dem Kutschbock zu sitzen, was weitaus bequemer war, als auf der Ladefläche zu hocken.

In weiten Schleifen wand sich die Straße um die unzähligen Hügel nach Norden. Blühende Felder säumten sie, dazwischen die Ausläufer des Waldes. Kühe grasten auf fetten Weiden; einmal trafen sie auf eine vielköpfige Schafherde, die ins Gebirge getrieben wurde. Sie hielten an, bis die Tiere mit ihren Hütern die Straße überquert hatten. Kurz darauf begegnete ihnen eine Gruppe von Bäuerinnen in bunt bestickten Röcken, die Hacken von der Feldarbeit über der Schulter trugen. Drei schwarzweiß gefleckte Hunde, die den Wagen wütend ankläfften, trotteten neben den Frauen. Sie zogen die Hüte, grüßten freundlich und fuhren weiter, ohne sich aufzuhalten.

Der Fahrtwind kühlte ihre Gesichter und das stete Klappern der Pferdehufe war Musik in ihren Ohren. Das Mittagessen nahmen sie in einem Dorfgasthof ein. Einfach war ihr Mahl, doch der Wirt tischte ihnen frisch gebrautes Bier und knuspriges Brot auf, das sie vielfach für das zu lange gekochte Gemüse entschädigte. Lonora und Lutz luden den Händler ein, der sich vergeblich gegen ihre Großzügigkeit wehrte. Er freute sich über die angenehme Gesellschaft auf seiner Reise, die noch viele Tage dauern würde, und als Lutz und Lonora ihm erklärten, dass sie ihn noch vor dem Abend verlassen wollten, war er sichtlich enttäuscht.

Zum Abschied gab er ihnen eine Karte, auf der seine Adresse in Kirgon vermerkt war, und nahm ihnen das Versprechen ab, ihn zu besuchen und seine edlen Tropfen zu versuchen. Sie winkten, als er davonfuhr. Er drehte sich um und erwiderte den Gruß, dann trieb er die Pferde an.

Lutz und Lonora verließen die Straße und wandten sich nach Nordwesten, wo ein dicht bewaldeter Hügel anstieg. Den ganzen verbliebenen Nachmittag wanderten sie. Auf der Kuppe der Anhöhe rasteten sie und schauten sich um. Zu ihren Füßen erstreckte sich Wald so weit das Auge reichte, durchsetzt mit Bächen und kleinen Seen, die als blaue Tupfen in dem tiefgrünen Meer glänzten. Nirgendwo entdeckten sie eine weitere Straße oder ein Dorf. Ein Rund von Hügeln und Bergen rahmte einen vor üppiger Vegetation strotzenden Talkessel ein. Am westlichen Ende ragten zwei hohe Berge empor, die gleichsam über das friedvolle Tal zu wachen schienen. Zwischen den Gipfeln neigte sich die Sonne zum Horizont.

Das Tageslicht schwand und sie beeilten sich, vor Einbruch der Dunkelheit einen geeigneten Lagerplatz zu finden. Auf einer kleinen Wiese in der Nähe eines Baches ließen sie sich nieder. Von hier aus hatten sie einen wunderbaren Blick. Lutz sammelte Holz und Lonora holte Wasser; gemeinsam schlugen sie das Lager auf. In einem Steinkreis machte Lutz Feuer, Lonora breitete die Schlafmatten und Schlafsäcke daneben aus. Nach dem üppigen Mittagessen verspürten sie wenig Hunger und aßen nur etwas Brot und Käse.

Der Kessel über dem Feuer begann zu kochen und Lutz schüttete Teekräuter hinein. Er holte die Pfeife hervor, stopfte sie und zündete sie an. Genüsslich rauchend setzte er sich auf den Schlafsack. Er lehnte sich zurück und blickte in die Baumwipfel, die als pechschwarze Zacken in den flammenden Himmel ragten. Blaue Streifen blitzten zwischen den lila und orange gefärbten Wolken des Abends. Dunkelheit stieg aus dem Wald auf, dunstete empor, als entstamme sie der Erde und wolle das Firmament mit samtenen Armen umfangen, als seien sie Liebende, die sich nur zu dieser Zeit finden konnten.

»Manchmal wünschte ich, ich könnte ewig leben«, sagte Lutz. »Vergänglich sind wir, Funken der Gedanken der Götter.«

»Es gibt nur einen Gott«, erwiderte Lonora.

»Glaubst du immer noch an die Religion Herions?«

»Religionen kommen und gehen. Gott ist ewig. Es ist viel Gutes im Glauben Herions, doch seine Verfechter sind korrupt.«

Ein geheimnisvolles Lächeln ging über Lutz' Gesicht.

»Die Kinder Herions haben einen neuen Propheten. Er heißt Beor und ist ihr Hoher Priester.«

»Der Hohepriester?«, rief Lonora. »Ich dachte, der sei etwas, das sie erfunden haben. Hast du ihn denn gesehen?«

»Ja. Er will die Religion erneuern und Lüge durch Wahrheit ersetzen.«

»Da hat er gut zu tun!«

»Wenn einer es schafft, dann er.«

Nachdenklich brummte sie.

»Den würde ich gerne kennen lernen.«

»Wenn ich mehr Zeit hätte, würde ich ihn auch gerne von Angesicht zu Angesicht treffen. Mein Leben geht zu Ende. Ich bin froh, dass du bei mir bist, Lonora. Für meine letzten Tage könnte ich mir keine bessere Gesellschaft denken.«

Gequält schwieg Lonora.

»Ich habe meinen Frieden gefunden«, suchte Lutz sie zu trösten. »Heiter kann ich aus meinem Dasein scheiden und voller Zuversicht.«

Lonora seufzte tief.

»Es tut mir furchtbar Leid, dich enttäuschen zu müssen, aber du wirst wohl noch einige Jahre leben und mit etwas Glück ein wirklich alter Mann werden.«

Lutz' Atem stockte. Mit offenem Mund starrte er sie an.

»Aber … Warum? Ich dachte, Paradin führe unweigerlich zum Tode. Die Berichte darüber sind eindeutig.«

»Das stimmt, Paradin hat keiner jemals überlebt, bloß hast du nie welches zu dir genommen.«

Aus zusammengekniffenen Augen musterte Lutz Lonora.

»Was hast du mir gegeben?«

»Genug Beruhigungsmittel, um einen Ochsen einzuschläfern, versetzt mit etwas blauer Farbe.«

»Ein Ochse. Das war ich auch, um dir zu glauben!«

Ein verlegenes Lachen entrang sich Lonora.

»Vergib mir! Ich habe dich ruhig gestellt, um deinem Körper die Zeit zu geben, gesund zu werden. Du hast dich vor lauter Sorgen krank gemacht. Der Glaube an die Wunderkraft des Paradins hat bestimmt auch mitgeholfen.«

»Du hast mich also reingelegt! Deshalb dein geheimnisvolles Gebaren, als du mir das vermeintliche Paradin verabreicht hast. Die blaue Farbe hast du erst in meinem Zimmer zugefügt, damit sie gleich Schleiern herabsank, und die Kristallphiole verlieh dem Ganzen den nötigen Glanz. Hat Sirad es gewusst?«

»Nein, ich sagte es ihm nicht, obwohl er mir Leid tat. Er war verzweifelt. Ich durfte ihn nicht einweihen, er hätte sich vielleicht unabsichtlich verraten. Es fiel mir schon schwer genug, mir nichts anmerken zu lassen.«

»Warum hast du mir das nicht schon früher gesagt?«

»Dann wärst du nicht auf diese Reise gegangen, und ich dachte mir, frische Luft und Bewegung können dir nur gut tun.«

»Du bist eine gefährliche Frau! Vor deinen Ränken muss man sich wahrlich in Acht nehmen.«

Lutz stand auf und schlenderte zur Kante der Anhöhe, auf der sie lagerten. Das dunkle Meer des Waldes breitete sich zu seinen Füßen aus. Blutrot brannte der Himmel in den letzten Strahlen der Sonne, gespiegelt von den Seen, die wie kalte Feuer die Nacht begrüßten.

Ein neues Leben war ihm geschenkt worden. Die Schönheit der Landschaft erfüllte ihn, enthob ihn aller Fragen. Eine ferne Stimme schien unendlichen Trost in sein Ohr zu wispern, ein gehaltenes Versprechen.

Nach einer Weile hörte er leise Schritte, und dann spürte er Lonora neben sich. Lutz ergriff ihre Hand und hielt sie fest, und so standen sie über dem eindunkelnden Tal, bis das Land in Schwärze versank.

Das Buch der
Pfade

INHALT

KAPITEL 1 Der Gesandte

Schrilles Pfeifen dröhnte in Haldurs Ohren. Licht zerbarst in ihm, durchdrang jede Faser seines Seins. Brüllend riss er die Augen und den Mund auf. Das Tosen um ihn war so laut, dass er sich selbst nicht hören konnte.

Plötzlich verstummte das Geräusch. Das blendende Licht erlosch. Verwirrt schaute er sich um. Er sah Schichten merkwürdiger Nebel, die sich regten, umeinander kreisten. Fremdartige Farben spielten darin.

Endlos erstreckten sich die Nebel auf allen Seiten, schienen die ganze Welt zu bilden, in der er sich befand. Er konnte sich nicht orientieren. Da gab es weder Weite noch Nähe. Keine Entfernungen. Bloß diese durchsichtigen Schichten, die sich ständig verschoben. Dunkelheit zuckte darin auf gleich Blitzen aus Finsternis.

»Alles kehrt zurück.«
Spruchweisheiten der Nomaden von Generia.
Argold Denzel, Reisetagebücher, 2249 bis 2253 n. A. D.
Volksbibliothek Gwalheim, Reg. 343.81.

Er blickte zu Boden. Da war nichts und dennoch musste er auf etwas stehen. Nebel wand sich dort, wie überall. Als er den Fuß hin und her bewegte, rührte sich nichts. Er glitt einfach durch den Dunst, ohne ihn aufzuwirbeln, als besitze er selbst keine stoffliche Form mehr. Blut tropfte von seinem verletzten Bein, verschwand lautlos in der grauen Masse. Er tastete nach der Wunde. Beinahe erleichtert fühlte er scharfen Schmerz und die Nässe des blutgetränkten Hosenbeins, das ihm am Oberschenkel klebte.

Wo mochte er nur sein? Er erinnerte sich an seinen Sturz in den Schrein. Dorthin zurück musste es doch einen Weg geben!

Ziellos irrte er umher, ging eine Weile in diese und jene Richtung, ohne eine Veränderung festzustellen.

Verzweiflung ergriff ihn. Er setzte sich in den Nebel und barg das Gesicht in den Händen.

Von fern hörte er leise Stimmen. Sie wisperten und lachten. Er konnte nicht verstehen, was sie sagten.

Ächzend rappelte er sich hoch. Das Bein schmerzte fürchterlich. Er machte sich auf, die Stimmen zu suchen. Bestimmt konnten ihre Besitzer ihm sagen, wie er in seine Welt zurückfände. Von neuem Mut erfüllt, folgte er dem Klang.

Das Flüstern der Stimmen begleitete ihn, es säuselte und raschelte, wie Wind, der über die Blätter von Bäumen strich. Plötzlich glaubte er, nahe hinter sich etwas zu hören, und vermeinte, eine flüchtige Berührung zu spüren. Erschrocken drehte er sich um. Nichts sah er außer Nebel, so weit die Blicke reichten.

Das verletzte Bein zwang ihn zu humpeln, sodass er nur langsam vorankam. Allmählich zweifelte er am Sinn seiner Anstrengungen und fragte sich, ob er sich die Stimmen nur einbildete. Nirgendwo entdeckte er ein Anzeichen ihres Ursprungs.

Ihm wurde schwarz vor Augen. Eisige Kälte überkam ihn. Er presste die Hand auf die Wunde in seinem Oberschenkel. Blut quoll zwischen seinen Fingern hervor, das warm und dunkel seine Hose hinabrann. Ein einziger Hieb des sterbenden Soldaten, der auf den Stufen zum Schrein der Wahrheit gelegen und dessen Schwert sich in sein Bein gebohrt hatte: Die Klinge hatte ihn übel getroffen. Bei jedem Schritt durchfuhr ihn ein stechender Schmerz.

Im Geiste spielte sich der Kampf nochmals vor ihm ab. Doran hatte Akàra angegriffen. Diese hatte sie mit einem Schlag außer Gefecht gesetzt. Äneas und Lodur hatten Schaaraoch getötet und fochten gemeinsam mit ihren Kameraden gegen dessen Soldaten. Wolf und Skarg halfen ihnen. Lutz stand vor dem Schrein und starrte gebannt in dessen schimmerndes Kraftfeld, als Haldur stolperte und mitten in das Licht stürzte …

Er sorgte sich um seine Freunde und verfluchte sein eigenes Missgeschick, das ihn von ihnen getrennt hatte. Im einen Moment war er noch in der Halle gewesen und im nächsten schon an diesem absonderlichen Ort, von dem es kein Entkommen zu geben schien. Wohin er auch ging, sein Weg fand kein Ende.

Erschöpft hielt Haldur inne. Er musste die Wunde abbinden, bevor er das Bewusstsein verlor. Mit jedem Atemzug floss Leben aus ihm, gleich einem Strom, dessen Quelle allmählich versiegte. Er zerrte sich den

Mantel von den Schultern. Vergeblich versuchte er, einen Streifen davon abzureißen; der dicht gewebte Stoff gab nicht nach. Er legte den Gürtel ab, an dem noch sein Schwert hing, und schlang ihn um das Bein. Seine Hände zitterten. Der Gürtel fiel herunter, bevor er ihn festzurren konnte. Verzweifelt tastete er im Nebel danach – er konnte ihn nicht mehr finden. Ebenso wie sein Blut spurlos in der grauen Masse verschwand, so hatte sie auch Gürtel und Schwert verschluckt.

Er kniete nieder. Seine Finger wühlten in dem Dunst und fühlten nichts darin. Taubheit breitete sich in seinen Gliedern aus, und die Kälte, die er zuvor schon empfunden hatte, kehrte zurück. Gleichzeitig schienen sich die Nebel, die um ihn waberten, zu verdunkeln, als senkte sich die Nacht herab. Die Kraft verließ ihn. Schwärze hüllte ihn ein, in der er zu schweben glaubte. Der Schmerz verging, und die Erschöpfung wich dem Vergessen.

In Gedanken hörte er die Stimmen wieder, denen er gefolgt war. Er glaubte, einen roten Schein wahrzunehmen wie von einem Feuer, und träumte denselben Traum, den er schon einmal gehabt hatte, als er im Kerker des Palastes gefangen gewesen war. Er stand in einem Meer aus Flammen, die keine Wärme besaßen. Ein dunkler Umriss tauchte im Feuer auf, ein Schatten in der Gestalt eines Menschen. Die Dunkelheit pulsierte im Rhythmus seines Herzschlags, und er wusste, dass er sich selbst erblickte, inmitten einer lodernden See, deren Wogen ihn mit Feuer umspülten.

Jemand sprach mit ihm, er konnte die Worte nicht verstehen. Rot war seine ganze Welt, die sich um ihn in die Unendlichkeit erstreckte, als sei sie seinem eigenen Blute entwachsen. Sein Leib erzitterte mit jedem Pochen seines Herzens, und die Flammen bebten mit ihm, bis das Schlagen plötzlich erstarb.

Grelles Licht schnitt in seine Augen, das seine Umgebung auflöste. Sein Kopf dröhnte. Er glaubte, zu zerreißen, in tausend Stücke zu brechen, die haltlos von ihm forttrieben. Das Feuermeer um ihn toste. Haldur stürzte durch das Licht in ferne Tiefen, bis er schließlich aufprallte, sich überschlug und liegen blieb.

Ein Zucken seiner Finger war die einzige Bewegung, deren er mächtig war. Unter sich spürte er eine harte Fläche – ein glatter Steinboden. Der Geruch von Rauch hing in der Luft. Blinzelnd blickte er in eine weitläufige Halle, die von mattem rötlichem Schein erfüllt war.

Riesenhafte rote Säulen, die über und über mit schwarzen und weißen Schriftzeichen bemalt waren, zogen sich in langen Reihen durch den Raum. An der Decke der Halle prangte ein kunstvolles Gemälde, das aus ineinander verwobenen geometrischen Figuren bestand, die zusammen ein einzelnes Zeichen ergaben: ein Viereck, über dem ein Fünfeck lag.

Ebenso wie die Schrift an den Säulen war auch die Deckenmalerei schwarz und weiß gehalten. In der ganz aus rotem Stein erbauten Halle waren keine anderen Farben zu finden.

Gepeinigt kniff Haldur die Augen zusammen. Sein Verstand weigerte sich zu glauben, was er sah. Er kannte das an einen Stern erinnernde Zeichen an der Decke. Einst hatte er es selbst als Wappen getragen.

Diesen Saal hatte er noch nie gesehen. Der Atem stockte ihm, als er die Wände betrachtete, die von unzähligen Türen durchbrochen waren, nebeneinander und übereinander in regelmäßigen Abständen angeordnet. Weder eine Treppe noch ein Gang führten dorthin. In einer Fläche mit dem Mauerwerk zogen sich die Pforten über mehrere Stockwerke bis zur Decke hinauf. Jeder, der dort oben heraustrat, musste unweigerlich zu Tode stürzen. Haldur fragte sich, welchem Zweck dieser Raum diente.

Er versuchte, sich aufzusetzen, und sank zurück. Eine Hand drückte er auf sein Bein. Die Wunde blutete immer noch. Plötzlich hörte er hinter sich ein Geräusch. Keuchend vor Anstrengung wandte er sich um.

Dort erhob sich ein Podest, zu dessen Füßen er lag. Drei Stufen führten zu einem Block aus rotem Stein hinauf. Der Quader erinnerte an einen Altar und war etwa doppelt so breit wie hoch. Er wies keinerlei Inschriften oder Verzierungen auf. Die glatte Oberfläche glänzte im Schein der Lampen.

Neben dem Podest warteten vier Frauen, je zwei zu beiden Seiten, gekleidet in lange feuerrote Roben. Eine fünfte stand oben vor dem Steinblock; ein roter Schleier verhüllte sie von Kopf bis Fuß. Sie schien ihn ebenso anzustarren wie die anderen.

»Ich kenne diesen Mann«, sagte eine der Frauen. »Er diente in unserer Armee.«

»Was hat das zu bedeuten?«, fragte eine andere.

Die verschleierte Frau schritt die Stufen herab zu Haldur. Er versuchte, ihr Gesicht zu erkennen. Es gelang ihm nicht. Sie war klein und gedrungen, unter den wallenden Gewändern zeichnete sich ein breiter, rundlicher Körper ab.

»Willkommen, Gesandter«, begrüßte sie ihn freundlich. »Wir haben auf dich gewartet. Ich bin die Hüterin des Orakels von Ereat. In unseren Hallen soll es dir an nichts mangeln.«

Haldur fehlten die Worte.

»Er ist verwundet«, sagte sie. »Tragt ihn in die Gemächer. Kalya muss sich sofort um die Verletzung kümmern.«

»Der Steinblock«, stammelte Haldur und deutete zu dem Quader.

»Ja«, nickte sie. »Dies ist das Orakel von Ereat. Kein Mensch außer uns Priesterinnen hat diesen Ort jemals betreten, so weit die Erinnerungen zurückreichen. Du bist der Erste, Gesandter.«

»Aber …«, murmelte er. »Ich war …«

»Er ist ohnmächtig geworden«, rief sie. »Wir müssen uns beeilen.«

Als er wieder zu sich kam, lag er in einem Bett. Leintücher waren unter und über ihn gebreitet. Sein Bein brannte, und rasende Kopfschmerzen plagten ihn. Er war zu müde, um sich zu bewegen oder auch nur die Augen zu öffnen. An seinem Oberschenkel war ein Verband befestigt. Man hatte ihn ausgezogen und gewaschen. Neben ihm ertönte ein Klappern, dann hörte er eine Frau sagen:

»Sei leise! Er braucht Ruhe.«

Schritte kamen näher.

»Nun ist die Prophezeiung also eingetroffen, wie es die Ehrenwerte Mutter vor fünfzehn Jahren weissagte. Unsere Gebete, dass dieser Tag nie kommen möge, sind nicht erhört worden. Die Allmacht sei uns gnädig!«

»Schwester Sut erzählte, sie kenne diesen Mann«, erwiderte eine andere. »Er diente in unserer Armee. Vor einem halben Jahr hat er Ereat verlassen. Warum wurde *er* zu uns geschickt?«

Halb in Schlaf versunken, lauschte Haldur dem Gespräch. Er musste träumen. Eine rote Halle hatte er erblickt mit dem Zeichen des Tempels von Ereat. Priesterinnen waren dort gewesen. Die Stadt Ereat war eine zweimonatige Reise von Kirgon entfernt.

»Die Wege der Allmacht sind verschlungen. Der Mann ahnt nicht, welche Aufgabe ihn erwartet, doch er ist der Gesandte, der sie erfüllen wird. So steht es geschrieben: Der Geist wird ihn bringen, brennend im Feuer des Zornes. Aus dem Ende erschafft er den Anfang.«

»Möge die Allmacht sich seiner erbarmen! Vielleicht erscheint uns der Gesandte in Gestalt jenes Söldners, damit wir uns weniger vor ihm fürchten. Ein vertrautes Abbild, um uns in Sicherheit zu wiegen.«

Ein Seufzen erklang.

»Nur die Allmacht kennt das Schicksal der Wesen und Dinge. Fünfzehn Jahre haben wir gewartet.«

Schritte entfernten sich, dann klappte eine Tür und Stille kehrte ein.

Haldur atmete tief ein und aus. Er konnte keinen klaren Gedanken fassen. Die Unterhaltung der Frauen hallte in ihm wider.

Jeder in Ereat kannte die Legende, die seit hunderten von Jahren überliefert wurde: In Zeiten der Gefahr entsandte das Orakel einen Retter, der die Stadt vor der Vernichtung bewahrte. Der Gesandte kam aus dem Reich der Geister und wurde zu einem Menschen aus Fleisch und Blut, sobald er den Fuß in diese Welt setzte. Der Sage nach begleiteten Tod und Zerstörung seinen Weg, daher wurde der ersehnte Erlöser eher bang denn freudig erwartet. Vor fünfzehn Jahren hatte die Hohepriesterin geweissagt, dass sich die Prophezeiung in ihrem Lebensalter erfüllen werde. Kaum jemand glaubte tatsächlich an das Kommen dieses Geistwesens, aber das Orakel galt als unfehlbar, und so verblieb die Befürchtung, die Geschichte könne doch wahr sein.

Ein flaues Gefühl schlich sich in Haldurs Magen. Offensichtlich hielten ihn die Priesterinnen für eben jenen Gesandten. Er musste dieses schreckliche Missverständnis aus der Welt schaffen. Während er noch darüber nachsann, schlief er ein.

KAPITEL 2
Die rote Stadt

»Die Wahrheit ist immer da für jene, die sie sehen wollen.«
Herionsbuch der Weisheit, Psalm 56, ca. 1390 n. A. D.
Bibliothek der zeitgenössischen Kulte, Ereat, Reg. 523.E.

Gleich einem riesenhaften Bienenstock breitete sich die Stadt in der Ebene aus. Die Häuser waren aneinander und ineinander gebaut, ein verschachteltes Wabenwerk, das in allen Rot- und Brauntönen leuchtete. Sogar die flachen Dächer waren in den Farben Ereats bemalt. In von Mauern umschlossenen Innenhöfen blühten Gärten. Die Gebäude erstreckten sich über mehrere Ebenen, die durch steinerne Außentreppen und überdachte Durchgänge miteinander verbunden waren, als bestünde die ganze Stadt aus einem einzigen Bauwerk. Terrassen, die mit bunten Mosaiken verziert waren, glänzten wie Edelsteine im matten Rot der Bauten. Klein und spärlich waren die Fenster, um dem rauen Klima zu trotzen. Bitter kalte Winter wechselten hier mit glühend heißen Sommern ab. Im Frühling und Herbst tobten Stürme mit Regenfällen, die Straßen und Wege unter Wasser setzten.

Ein ausgedehntes Gebiet, das vom Puramangebirge im Südosten bis zu den beiden Binnenmeeren von Minoa und Bragon reichte, stand unter dem Schutz und dem Einfluss der Stadt. Endlose, dünn besiedelte Steppen im Landesinnern, in denen die umherziehenden Viehhirten mit ihren Herden von Kühen und Schafen beheimatet waren, wechselten ab mit fruchtbaren Flussufern, wo die Bauern ihre Felder bewirtschafteten. Die beiden Binnenmeere waren von Fischerdörfern gesäumt; am Rande der langen Bergketten, die das Land umrahmten, hausten zwischen den Ortschaften noch zahlreiche urtümlich anmutende Stämme, an denen die neuzeitliche Hochkultur Ereats scheinbar völlig spurlos vorübergegangen war.

Im ganzen Reich wurde das Wort der Priesterinnen geachtet, die über den Stadtstaat herrschten, und ihre Religion war weit verbreitet.

Die Völker Ereats lebten in Sippengemeinschaften, denen als Oberhaupt eine Stammesmutter vorstand. Die Besitztümer einer Sippe gehörten all ihren Mitgliedern zugleich, seien es Geld, Land, Häuser oder bewegliche Habe. Einrichtungen wie Ehe oder Familie, die in den Nachbarländern gang und gäbe waren, hatten sich in Ereat nie durchgesetzt. Die meisten Leute unterhielten mannigfache Beziehungen zum anderen Geschlecht; wenige beschränkten sich auf einen einzelnen Liebespartner. Frauen blieben stets ihrer Sippe zugehörig und schlossen sich nicht derjenigen eines Mannes an; Männer genossen Gastrecht bei den Frauen anderer Gemeinschaften, und nicht selten wohnten sie auch bei ihnen. Kinder wuchsen in der Sippe ihrer Mutter auf, betreut von zahlreichen Großeltern, Onkeln und Tanten, mit einer ganzen Schar von Basen und Vettern als Spielgefährten.

An Ereat grenzte im Osten das raue Land Ardak, das durch eine Kriegerkaste von Stammesfürsten regiert wurde. In Ardak war die Einehe die Regel im Zusammenleben der Geschlechter, mit einem Mann als Familienoberhaupt, der sich eine Frau als Mutter ausschließlich seiner eigenen Kinder hielt. Jene Lebensweise ihrer Nachbarn erschien den Menschen Ereats widersinnig, ja unnatürlich. So mussten die Frauen ihre Zeit damit vertun, sich allein um Haus und Kinder zu kümmern, Aufgaben, die in Ereat von der ganzen Sippe wahrgenommen wurden. Befreit von den täglichen Verrichtungen, die sie ihren Gattinnen aufzwangen, wussten die ardakischen Männer wiederum nichts Gescheiteres anzufangen, als sich gegenseitig zu bekriegen. Ihre nicht enden wollenden Stammesfehden waren berüchtigt und – wie viele behaupteten – eine unmittelbare Folge ihrer seltsamen Einstellung zur Geschlechtlichkeit.

Fast unüberwindliche Berge hielten jenes barbarische Volk in seinen Schranken, aber die Einwohner von Ereat waren dennoch froh um die priesterliche Armee, unter deren Schutz sie standen, sollte es die Ardaker oder eine andere kriegerische Macht jemals nach neuen Eroberungen gelüsten.

Die Hauptstadt Ereat, die dem Reich seinen Namen gegeben hatte, war nicht nur für das sagenumwobene Orakel berühmt, das von den Priesterinnen wie ein Schatz gehütet wurde, sondern ebenso für die Märkte, auf denen große Mengen landwirtschaftlicher Güter umgesetzt wurden. Käufer waren meist Händler aus Kelrun, die ganze Ernten ersteigerten, um sie in ihrer Heimat Gewinn bringend weiterzuverkaufen. Auch zahlreiche Pilger und Ratsuchende reisten nach Ereat, um hier zu beten oder das Orakel befragen zu lassen. Nur der Hohepriesterin war dies gestattet, und die Bittsteller mussten oft lange warten, bis sie von ihr empfangen wurden. Die Herbergen verlangten stolze Preise für Kost und Unterkunft, und ein eigenes Zimmer konnten sich nur wohlhabende Gäste leisten. Die Ladenbesitzerinnen in Ereat bewiesen ebenfalls Geschäftssinn und verdienten mehr als gut an den Besuchern. Damit weniger begüterte Pilger nicht als Bettler auf den Straßen endeten, hatten die Priesterinnen für jene einfache Unterkünfte bereitgestellt.

Angelockt vom glänzenden Reichtum der Hauptstadt, wanderten junge Frauen und Männern vom Land hierher, in der Hoffnung, eine einträgliche Arbeit zu finden. Andere, die oft von weit her kamen, ersuchten um Aufnahme in die Armee. Die Söldnertruppe von Ereat war ebenso berühmt wie die Priesterinnen, denen sie diente. Nur die besten Krieger und die vielversprechendsten Talente wurden eingestellt und ausgebildet. So herrschte in der Stadt stets reges Treiben, und die verschachtelten, ineinander verwobenen Häuser mit den verwinkelten Straßen quollen über von Menschen.

Nur im Tempelbezirk, dem ältesten Teil Ereats, herrschten zumeist Stille und Beschaulichkeit. Ein weitläufiger Park zog sich über die sanften Hügel. Spaziergänger lustwandelten unter dem Schatten der Bäume; die Anlage stand jedem offen, aber wenigen gelang es, mehr als einen Teil des Parks zu erkunden. Verschlungene Wege führten in immer neue Bereiche, in denen seltene Blumen in wundersamer Pracht blühten; kleine Brücken überspannten Teiche und Bäche, die unvermutet hinter Büschen auftauchten. Die geschickt angelegten Pfade führten die Besucher in die Irre – wer glaubte, in die Tiefen des Parks vorzudringen, fand sich unversehens auf dem Hauptweg wieder, als sei dieser kaum verlassen worden. In der Stadt erzählte man sich, allein die Hohepriesterin kenne den ganzen Park und selbst diese habe noch nicht jeden Winkel gesehen.

Der Hauptweg endete beim Orakelplatz mit seinem Mosaik aus schwarzem und weißem Stein, der angeblich den Mittelpunkt der Stadt markierte. Bäume säumten den Platz, in deren Zweige rote Tücher geknüpft waren. Darauf schrieben die Gläubigen ihre Bitten und Wünsche. Auf einem Hügel über dem Platz erhob sich das Herz des Reiches: der rote Tempel.

Vier im gleichen Abstand voneinander entfernte Außengebäude begrenzten die quadratische Anlage, jedes in einer Ecke. Die aus rotem

Stein errichteten Bauwerke hatten die Form breiter, oben abgeflachter Pyramiden. Darin befanden sich die Bibliothek, das Museum, die Schule und Andachtsräume, die öffentlich zugänglich waren.

Zwischen den Pyramiden breitete sich ein prächtiger Garten aus, hinter dessen üppiger Vegetation das Hauptgebäude in der Mitte beinahe verschwand, obwohl es fünf Stockwerke hoch aus dem Boden ragte. Die Mauern waren mit Ranken und Kletterpflanzen bewachsen, die rote Blüten trieben, sodass sie gleichsam zu einem Teil des Gartens wurden.

Der Sage nach reichte der Tempel viele Stockwerke tief unter die Erde und weiter noch über geheime Gänge in ferne, lichtlose Hallen, wo so große Hitze herrschte, dass selbst der Fels schmolz und in rotem Glühen floss wie zähes Blut. Jene Bereiche waren Besuchern verboten, nur das Erdgeschoss des Tempels durfte einmal im Monat besichtigt werden. Dort hielt die Tempelgarde Wache, die jeden Schritt beobachtete.

Das Hauptgebäude verfügte über einen weitläufigen Innenhof, der von einem gläsernen Kuppeldach überspannt war, das für sich genommen schon eine Sehenswürdigkeit darstellte. Stärkere Anziehungskraft übte jedoch der wundersame Garten darunter aus, wo fremdartige Blumen und Pflanzen wuchsen, die nirgendwo sonst so weit im Norden gediehen. Ein Brunnen, der aus einer heißen Quelle gespeist wurde, verströmte warme Dämpfe. Dem Wasser wurden heilsame Kräfte zugeschrieben. Der Andrang bei der allmonatlichen Öffnung war oft überwältigend, und die Tempelgarde hatte alle Hände voll zu tun. Nicht nur Gläubige und Heilssucher eilten herbei, auch an Neugierigen und allerlei Reisenden aus fernen Ländern mangelte es nicht.

In der Stadt waren beständig Gerüchte im Umlauf, die von Bergen aus Gold und Edelsteinen zu berichten wussten, welche sich angeblich im Tempel türmten und nur auf einen wagemutigen Abenteurer warteten. Auch das Orakel, das noch niemand jemals gesehen hatte, der darüber redete, beschäftigte die Phantasie der Leute und gab Anlass zu den wildesten Vermutungen. Ohne die Tempelgarde hätte sich ein Besucher bald bis in die entlegensten Kammern ›versehentlich verirrt‹.

◆ ◆ ◆

Sonnenlicht blendete ihn. Blinzelnd wandte er sich ab und wartete, bis sich seine Augen an die Helligkeit gewöhnt hatten, dann schaute er hinaus. Durch das reich verzierte eiserne Gitter blickte er über die Stadt, die sich hinter dem grünen Park erstreckte.

Er kannte Ereat wie seine Westentasche; lange hatte er hier gelebt. Die Priesterinnen hatten ihn in ihrer Söldnerarmee zum Krieger ausgebildet, und er hatte viele Jahre dort gedient.

Die Arme vor der Brust verschränkt, lehnte sich Haldur an die Wand. Er musterte das schwere Gitter aus eisernen Ranken und Blättern, das undurchdringlich vor ihm das Fenster verschloss. Es diente dazu, unerwünschte Gäste, die versuchten, über die Ranken an den Außenmauern hochzuklettern, am Betreten des Tempels zu hindern. Immer wieder hatten es ein paar Narren darauf abgesehen, hier Schätze zu finden oder rätselhafte Geheimnisse zu ergründen.

Haldurs Zimmer lag im obersten Stockwerk, im östlichen, vom Haupteingang abwandten Flügel des Gebäudes. Hier sah er am meisten von der Stadt. Der Aussicht wegen hatte er um diesen Raum gebeten.

Die ersten zehn Tage hatte er in einer fensterlosen Kammer im Untergeschoss verbracht und dort die meiste Zeit geschlafen, geschwächt von seiner Verletzung und dem hohen Blutverlust, den er erlitten hatte. Die Priesterinnen hatten ihn gesund gepflegt. Mittlerweile spürte er die Wunde kaum noch und konnte gehen, ohne zu humpeln. Vor drei Tagen war er umgezogen in das Dachzimmer. Er konnte sich nicht satt sehen an der Stadt. Manchmal glaubte er immer noch, zu träumen und gleich aufzuwachen, zurück im schwarzen Palast von Kirgon. Aber Ereat trat klar und deutlich vor seine Augen, sooft er zum Fenster hinausblickte. Gern hätte er die Stadt besucht, allein noch größere Neugier hielt ihn im Tempel. Voller Ungeduld wartete er darauf, die Hohepriesterin zu sprechen. Diese hatte er seit der Nacht seiner Ankunft nicht mehr getroffen und hoffte jeden Augenblick, dass sie ihn endlich empfangen werde. Er hatte viele Fragen.

Unauslöschlich war ihm die Schlacht in der Halle der Wahrheit im Gedächtnis haften geblieben. Die Sorge um seine Freunde zog ihm den Magen zusammen. Er bangte und betete darum, dass er nicht der einzige Überlebende des Kampfes war. Wahrscheinlich ängstigten sich die anderen jetzt ebenso um ihn und ahnten nicht, wo er sich aufhielt. Es war ihm selbst ein vollkommenes Rätsel, wie er nach Ereat hatte gelangen können.

Die Priesterinnen kümmerten sich rührend um sein Wohlergehen. Mehrmals täglich erhielt er Besuch von ihnen. Auf seine Fragen antworteten sie ausweichend und vertrösteten ihn damit, dass ihm die Hohepriesterin alles erklären werde. Er wunderte sich darüber, dass sie ihn nicht eingesperrt hatten. Die Tür seines Zimmers war stets offen, und er konnte tun oder lassen, was ihm beliebte. Sie hatten ihn sogar dazu ermuntert, im Garten zu spazieren, um sein Bein wieder zu gebrauchen, und ihm ihre Begleitung angeboten. Stattdessen verweilte er am Fenster und starrte gebannt auf die Stadt, als werde sie sich in Luft auflösen, wenn er nur lange genug hinsah.

In der langen weißen Kutte, die sie ihm als Kleidung gegeben hatten, kam er sich lächerlich vor. Ein weiterer Grund, im Tempel zu bleiben. Seine eigenen Sachen waren verschwunden. Bei seiner Ankunft hatte er die schwarze Rüstung eines Keren getragen, die Äneas ihm gegeben hatte. Verkleidet als Keren war es ihm, Wolf, Doran und Skarg gelungen, in die Halle der Wahrheit vorzudringen und Schaaraoch zu überraschen. Unendlich lange her erschien es ihm, als wären inzwischen Monate vergangen und nicht nur zwei Wochen. Er hatte die Priesterinnen gefragt, was mit der Rüstung geschehen war; die einzige Antwort, die er erhalten hatte, war ein unergründliches Lächeln gewesen.

Bei aller Freundlichkeit, mit der sie ihm begegneten, glaubte Haldur zu spüren, dass sich die Priesterinnen insgeheim vor ihm fürchteten. Sie behandelten ihn voll Hochachtung, ja mit einer Verehrung, die ihn peinlich berührte. Für sie war er der Gesandte, auf den sie fünfzehn Jahre lang gewartet hatten, ein Wesen aus einer anderen Welt. Je länger er darüber nachdachte, desto mehr wunderte er sich.

Schritte erklangen vor seinem Zimmer. Die Tür schwang auf und zwei Priesterinnen kamen herein, die sich vor ihm verneigten. Diese beiden hatte er noch nie gesehen, sie waren älter als diejenigen, die ihn umsorgt hatten. Ernst blickten sie ihn an.

»Sei gegrüßt, Gesandter«, sagte die Ältere der beiden, eine große, rundliche Frau mit weißem Lockenhaar. »Die Ehrenwerte Mutter wird jetzt mit dir sprechen. Bitte komm mit uns.«

Erwartungsvoll folgte er ihnen die Treppen hinunter ins Erdgeschoss. Schweigend durchquerten sie eine der Eingangshallen, die wie fast alle Räume im Tempel aus rotem Stein erbaut war, der blank im Schein der Lampen glänzte. Da und dort schmückten schwarz-weiße Gebetsteppiche die Wände, einige sahen sehr alt aus und mussten wohl wertvolle Museumsstücke sein. Ein Gang öffnete sich auf den Innenhof, der in leuchtendem Grün vor ihnen auftauchte. Schon von weitem stieg Haldur der Duft von Blumen in die Nase. Leise erklang das Plätschern von Wasser.

Der Anblick dieses Gartens raubte ihm jedes Mal den Atem, obwohl er ihn schon oft gesehen hatte. Mehr als mannshoch ragten Sträucher und Büsche empor, deren Gattungen ihm noch nie begegnet waren. Das dichte, tiefgrüne Blattwerk glänzte vor Feuchtigkeit, mit der die warme Luft gesättigt war. Dazwischen wuchsen Bäume, um deren Stämme und Äste sich dicke Schlingpflanzen rankten, und überall blühten Blumen mit vielfarbigen Kelchen und Blüten. Schmale Pfade führten durch den wundersamen Wald zum großen, runden Brunnen in der Mitte, dessen sprudelnde Quelle einen Nebel von Dampf verströmte. Sonnenlicht strahlte durch das gläserne Dach, das sich gestützt durch eiserne Verstrebungen zu einer Kuppel wölbte. Unten im Garten herrschten ewige Dämmerung im Schatten des Blättermeeres und endloser Sommer durch die Hitze der Quelle.

Gemessenen Schrittes gingen die beiden Priesterinnen voraus bis zu einer Laube. Ein mit Ranken überwucherter Bogengang führte in einen runden Innenraum, dessen Wände und Decke ganz aus Pflanzen zu bestehen schienen. Flecken von Licht fielen durch das durchbrochene grüne Dach. Den Boden überspannte ein tiefes Holzpodest, auf dem zwei Stühle standen, und auf einem davon saß eine von Kopf bis Fuß rot verhüllte Gestalt. Die Priesterinnen verbeugten sich vor ihr. Hinter dem Schleier, der ihr Gesicht verbarg, glaubte Haldur einen Schatten wahrzunehmen, wo er die Augen vermutete; mehr konnte er nicht davon erkennen.

Eine Ahnung überfiel ihn, die er nicht zu deuten wusste, als drängte eine vergessene Erinnerung in sein Bewusstsein. Unwillkürlich fühlte er sich von jener roten Gestalt angezogen und fürchtete sich gleichzeitig vor ihr. Äußerlich erweckte sie den Anschein einer kleinen, beleibten Frau; weiche, runde Formen zeichneten sich unter ihrer Robe ab, und trotzdem haftete ihr etwas Fremdartiges an, als gehörte sie nicht in diese Welt. Ehrfurcht gebietend wirkte sie.

Nie zuvor hatte er die Hohepriesterin von so nahem gesehen, und er hatte auch noch nicht davon gehört, dass überhaupt jemand von ihr allein empfangen wurde. Stets war sie von einer Gruppe von Priesterinnen umgeben. Während seiner Dienstzeit in Ereat hatte er die Hohepriesterin einige Male von weitem bestaunt. Bei den regelmäßigen Festen des Tempels zeigte sie sich in der Öffentlichkeit. Ansonsten empfing sie Bittsteller und Besucher im roten Saal, einer beeindruckenden Halle, wo sie erhaben auf einem Thron saß, beschirmt von Priesterinnen, bewacht von der Tempelgarde.

»Willkommen, Gesandter«, begrüßte sie ihn wie am Tage seiner Ankunft. »Die Schwestern sagten mir, du seist wieder gesund und wohlauf. Setz dich zu mir!«

Mit einer weiteren Verbeugung verabschiedeten sich die Priesterinnen, die ihn hergeführt hatten, und verschwanden im Dickicht. Unruhig trat Haldur von einem Bein aufs andere. Seltsam entblößt fühlte er sich in Gegenwart der Hohepriesterin. Obwohl er ihren Blick nicht sehen konnte, spürte er ihn.

»Ich weiß nicht, wie ich nach Ereat gekommen bin«, murmelte er.

»Du kamst aus dem Reich der Geister, Gesandter. Der Geist des Zorns fand dich in den Nebeln des Vergessens und hat dich zu uns gebracht, die wir auf dich warteten, so wie es geschrieben steht.«

Er seufzte.

»Ich bin nicht der Gesandte. Es tut mir Leid, Euch enttäuschen zu müssen, aber ich bin ein ganz gewöhnlicher Mensch, ein Söldner, mehr nicht. Ich danke Euch, dass Ihr meine Wunde versorgt habt. Damit habt Ihr mir das Leben gerettet. Auch für die Gastfreundschaft, die Ihr mir gewährt, möchte ich mich bedanken. Aber der Gesandte bin ich nicht, auch wenn ich es wollte.«

Ein Glucksen erklang, das entfernt an ein Lachen erinnerte. Sie deutete auf den freien Stuhl.

»Setz dich, Gesandter! Ich möchte mir nicht dauernd den Hals verrenken, während ich mit dir spreche.«

Zögernd ließ sich Haldur nieder. Auf Augenhöhe mit der Hohepriesterin fühlte er sich noch unbehaglicher als zuvor.

»In Eurer eigenen Armee habe ich als Söldner gedient. Mein Name ist Haldur. Fragt Eure Leute!«

»Das habe ich bereits getan.«

»Warum glaubt Ihr mir dann nicht?«

»Es ist von keinerlei Bedeutung, wer du einst warst«, erklärte die Hohepriesterin. »Die Allmacht selbst hat dich zum Gesandten bestimmt. Ihrem Ratschluss kann sich niemand entziehen. Die Tatsache, dass du das Orakel durchschritten hast, beweist ohne jeden Zweifel, wer du bist. Keiner hat vor dir diesen Weg begangen.«

»Vielleicht wird ein anderer folgen. Der wahre Gesandte.«

Der Schleier der Hohepriesterin regte sich, als sie den Atem ausstieß. »Warum lehnst du dein eigenes Schicksal ab?«

Nachdenklich blickte Haldur zu Boden.

»Ich glaube nicht an so etwas wie Schicksal. Bis vor einem halben Jahr war ich Söldner in Eurer Armee. Seither bin ich mein eigener Herr. Niemand erteilt mir mehr Befehle, und das gefällt mir ausnehmend gut. Ich weiß nicht, was Ihr von dem Gesandten erwartet oder welche Aufgabe er zu erfüllen hat, doch ich kann Euch mit Bestimmtheit sagen, dass ich mich nicht dafür eigne. Ich bin kein Held, der sich für eine edle Sache opfert. Das liegt mir nicht.«

»Die Wege der Allmacht sind verschlungen, Gesandter.« Sie nickte ihm zu. »Viel ist über die Prophezeiung gesprochen worden, die dein Kommen ankündigt. Viele fürchten sich vor dir, denn jeder neue Anfang beginnt mit einem Ende.«

»Ich verstehe das alles nicht.« Ratlos schüttelte Haldur den Kopf. »Ich begreife nicht einmal, wie ich überhaupt hierher gekommen bin. Was hat es mit diesem Orakel auf sich?«

»Das Orakel sieht die Fäden, die das Schicksal webt. Es ist ein Tor zu den Wegen.«

Im Geiste sah Haldur den Schrein der Wahrheit vor sich, ein schwarzer Quader aus Stein, erhöht auf einem fünfstufigen Podest, und über jenes Bild schob sich die Erinnerung an das Orakel von Ereat, das er flüchtig erblickt hatte: ein roter Quader aus Stein, erhöht auf einem dreistufigen Podest. Die Ähnlichkeit war verblüffend. Vermutlich hatten die Steinblöcke etwas miteinander gemein, was wiederum erklären könnte, warum er ausgerechnet in Ereat gelandet war.

»Zusammen mit meinen Kameraden war ich in Kirgon«, erzählte er. »Wir haben in der Halle der Wahrheit unter Schaaraochs Palast gekämpft. Dort steht ein Felsblock, der dem Orakel gleicht, nur ist er schwarz statt rot. Man nennt ihn den Schrein der Wahrheit. Nun, jedenfalls war es Schaaraoch gelungen, die fünf Schlüssel zu beschaffen, die ihn aufschließen. Irgendwie wurde der Schrein durchlässig, als er sie einsetzte, und ich bin hineingefallen. Es war ein Versehen! Danach kann ich mich an nicht mehr viel erinnern, nur dass ich plötzlich in einer riesigen Halle aufwachte, mit Wänden, die voller Türen waren. Dieser rote Stein stand dort auf dem Podest und Ihr wart auch dort sowie vier Priesterinnen.«

»Das Orakel und der Schrein der Wahrheit sind durch die Wege miteinander verbunden. In der Tat gleichen sich die Steinblöcke, wie du sie nennst, nicht nur äußerlich, sie sind dasselbe. Ich bin die Hüterin des Orakels von Ereat, und ich kenne alle fünf Schreine.«

Einen Augenblick lang stockte Haldur der Atem.

»Fünf …?«

»Ja, natürlich, es gibt so viele Schreine wie Schlüssel. Sie sind über die ganze Welt verteilt und befinden sich immer noch dort, wo sie errichtet wurden. Deshalb sind nur noch drei davon nutzbar. Jeder Schrein bezieht seine Energie aus einer Urkraft, die ihm dient. Das Orakel von Ereat ist der Schrein des Feuers. Hier im Tempel, tief unter uns, brennen die ewigen Feuer, aus dem das Land und die Berge geboren wurden. Es ist die Kraft des Erschaffenden und des Vernichtenden, die dem Orakel innewohnt. Der Schrein der Erde und der Schrein der Luft sind beide verloren, denn sie liegen in fernen Ländern, begraben unter turmhohem Eis, das schon dort war, bevor unsere Erinnerungen begannen. Einst lebten dort Menschen, doch sie sind vergessen.«

»Dann bleiben außer dem Orakel noch zwei, die nicht verloren sind. Der Schrein von Kirgon ist einer davon. Wo ist der andere?«

»Der Schrein des Wassers steht in Bengzar. Er ist weiß. Man nennt ihn den Altar Herions. Die Priester hüten ihn wie ihren Augapfel, verborgen in einer Halle des Tempels. Der See der Träume ist mit ihm verbunden. Der Schrein besitzt die Kraft der Erneuerung und der Wandlung. Ewige Jugend schenkt er, wenn jemand dies begehrt.«

Gebannt hörte Haldur der Hohepriesterin zu, die ihm von tiefen Geheimnissen so selbstverständlich erzählte, als sprächen sie über das Wetter. Eigentlich war es doch nicht so übel, für den Gesandten gehalten zu werden. Als Söldner hätte er dies niemals erfahren, geschweige denn eine Audienz allein mit der Hohepriesterin genossen.

»Was hat es mit den fünf Schlüsseln auf sich?«, fragte er. »Der Schrein der Wahrheit hat Vertiefungen, in die man sie einsetzen kann.«

»Das Geheimnis der fünf Paralle liegt im Schrein der Wahrheit begründet«, antwortete die Hohepriesterin. »Weder Feuer, Erde, Luft noch Wasser dienen ihm. Er ist der Schrein des Geistes. Die Kraft der Paralle entstammt dem Reich der Geister, die Schlüssel sind nur das Mittel, eine Verbindung dorthin zu schaffen. Uran ist der Schlüssel der Wahrnehmung, er verkörpert die Fähigkeiten der Sinne. Zen, der Schlüssel des Wissens, verleiht Erkenntnis. Islam, der Schlüssel der Handlung, stellt die Befähigung zur Tat dar. Jahwe, der Schlüssel des Glaubens, verleiht Überzeugung. Elvis Christus, der Schlüssel der Empfindung, ist die Kraft der Eingebung, die man auch Gefühl nennt.«

Hinter dem Schleier erklang ein gedämpftes Husten, dann fuhr sie fort:

»Wahrnehmung führt zu Wissen – Wissen führt zur Handlung – Handlung führt zu Überzeugung – Überzeugung führt zu Empfindung – Empfindung führt zu neuer Wahrnehmung, und so geht es weiter, immerfort im Kreis. Fehlt eine dieser Fähigkeiten, so ist der Geist unvollständig. Deshalb sind alle fünf Paralle nötig, um den Schrein der Wahrheit zu erschließen.«

Haldur brummte der Schädel.

»Ich begreife das zwar nicht, aber wenn ich Euch recht verstehe, ist der Schrein der Wahrheit anders als die anderen.«

»Die Kraft des Geistes kann sich die Urkräfte nutzbar machen.«

»Wozu dienen diese Schreine überhaupt? Wer hat sie erschaffen? Und aus welchem Grund?«

Lange schwieg die Hohepriesterin. Nach einer Ewigkeit, wie es Haldur schien, antwortete sie:

»Das weiß niemand. Selbst wir, die wir das Orakel von Ereat hüten, vermögen nicht so weit in die Vergangenheit zu blicken. Die Schreine sind tausende von Jahren alt. Sie stammen aus einer Zeit, die uns vollkommen fremd ist. Vielleicht erfüllten sie einst einen Zweck, der mit dem Untergang ihrer Epoche bedeutungslos wurde, oder ihre Eigenschaften haben sich verändert, so wie sich das Angesicht der Welt änderte, als das neue Zeitalter begann, in dem wir heute leben.«

»Das ist alles?«, fragte Haldur enttäuscht. »Niemand weiß etwas?«

Beinahe glaubte er, hinter dem Schleier ein Lächeln zu entdecken.

»Nun«, sagte die Hohepriesterin, »es gibt Legenden, Vermutungen. Viele hundert Jahre schon befragen wir das Orakel. Es verändert die Priesterin, die mit ihm in Berührung kommt, darum erfüllt nur eine von uns diese Aufgabe. Die wechselnden Hüterinnen des Orakels erfuhren seltsame Dinge im Gewebe der Zeit. Seit Generationen werden die Sprüche des Orakels niedergeschrieben und sind bis heute überliefert. Das Orakel vermittelt keine Erklärungen, es zeigt Visionen, Bilder, die wir nur so weit zu deuten vermögen, wie unser eigenes Wissen es zulässt.

Die Legenden berichten von einer fernen Zeit, in der das Reich der Geister sehr viel mächtiger war, als es heute ist, und so großen Einfluss auf die Menschen ausübte, dass die meisten von ihnen in einer Art Geisterwelt lebten. Irgendwann konnten sie nicht mehr zwischen dem Reich der Geister und der Wirklichkeit unterscheiden; dadurch verloren sie jede Gewalt über die Geister und wurden immer stärker von ihnen beherrscht, ohne es zu merken. Gier, Furcht und Hass regierten die Welt.«

»Kein Wunder ist diese Kultur untergegangen«, brummte Haldur.

»Nur noch durch die Geisterwelt sprachen sie miteinander und konnten sich nicht verstehen. Allein den Geistern huldigten sie und vergaßen dabei das Leben.« Sie holte tief Luft, dann erzählte sie weiter: »Vermutungen besagen, dass die Schreine und die Paralle entstanden, als das Reich der Geister den Höhepunkt seiner Macht erlangt hatte. Kriege erschütterten die Welt, deren Gewalt unsere Vorstellungskraft übersteigt. Die endgültige Vernichtung vor Augen, wurden die Schreine aus dem Reich der Geister erschaffen, um das Wissen jener vergessenen Ahnen zu bewahren. Andere Legenden behaupten, sie seien dazu gedacht gewesen, die Zerstörung aufzuhalten, die fortwährend um sich griff. Wiederum andere meinen, die Schreine hätten das Schicksal jener Zivilisation besiegelt und den Untergang herbeigeführt. Aber dies sind alles nur Vermutungen. Mit einiger Sicherheit können wir sagen, dass die Schreine einen Wendepunkt in der Geschichte darstellten. Sie unterscheiden sich von anderen Relikten, die uns von unseren unbekannten Vorfahren hinterlassen wurden. Deshalb glauben viele, sie seien nicht von Menschenhand geschaffen worden.«

Die Gedanken jagten sich in Haldurs Kopf. Er besann sich auf jene verhängnisvolle Nacht, als er im Palast von Kirgon gekämpft hatte. Schaaraoch hatte Lutz dazu gezwungen, den Schrein der Wahrheit zu öffnen. Bestimmt wusste Schaaraoch von den anderen Schreinen.

»Könnte man durch den Schrein der Wahrheit herausfinden, was wirklich geschehen ist?«

»Möglicherweise. Bis vor vierzig Jahren war der Schrein der Wahrheit verborgen unter den Ruinen von Kirgon. Wir, die Hüterinnen des Orakels, kannten seinen Standort, wie wir auch den der anderen kennen. Vergeblich hofften wir, dass niemand lebend dorthin gelangen könne – die unterirdischen Anlagen von Kirgon sind verseucht mit unsichtbaren Giften.«

»… und dann kam Schaaraoch«, murmelte Haldur, »und hat ihn ausgegraben.«

»Ja. Wir waren in Sorge, aber wir wussten, dass er ihn nicht aufschließen konnte. Dazu brauchte er alle fünf Paralle. Damals schien es mehr als unwahrscheinlich, dass er sie beschaffen könnte.« Sie schüttelte den Kopf. »Wir hätten früher eingreifen sollen. Indem er Leron eroberte, eignete sich Schaaraoch den ersten Parall an, es war Jahwe, der Schlüssel des Glaubens. Die Paralle und die Schreine sind miteinander verbunden. Schaaraoch missbrauchte den Schlüssel, um sich diese Kraftquellen zunutze zu machen.«

»Moment!«, rief Haldur. »Ich dachte, er konnte mit dem Schrein der Wahrheit gar nichts anfangen.«

»Nein, das konnte er nicht, aber mithilfe des Paralls war er in der Lage, zu den Kraftquellen der Schreine des Wassers und des Feuers vorzudringen. Unendliches Leid hat er dadurch verursacht! In Ereat schützten wir das Orakel so gut wir es vermochten, aber in Bengzar, wo der Schrein des Wassers steht, wachen keine solchen Hüter. Der Altar Herions hat viel von seiner Kraft eingebüßt.«

»Akàra«, erinnerte sich Haldur. »Sie ist Schaaraochs rechte Hand. So viel ich weiß, lebt sie in Bengzar.«

»Sie ist die Hüterin des Tempels«, erklärte die Hohepriesterin. »Diesen Ort und diese Stellung hat sie sich nicht zufällig ausgesucht. Der Geist des Wassers wird erst dann zurückkehren, wenn eines Tages die Paralle in Bengzar vereint sind, und so die Allmacht will, wird dies geschehen.«

»Die Paralle sind jetzt in Kirgon und in Sicherheit, wenn meine Freunde noch leben, was ich hoffe. Schaaraoch ist tot.«

»Du irrst, Gesandter. Der König von Kelrun ist nicht tot. Deswegen bist du hier.«

Haldur erblasste.

»Er lebt? Woher wollt Ihr das wissen? Was ist mit meinen Freunden geschehen?«

»Schaaraoch lebt, aber er konnte deine Freunde nicht aufhalten. Sei unbesorgt! Das Orakel sieht viele Dinge; wir halten unser Augenmerk auf Schaaraoch gerichtet«

»Wie ist das möglich? Ich habe sein Ende selbst mit angesehen, kurz bevor ich – nun, bevor ich hierher kam. Solche Verletzungen kann kein Mensch überleben.«

»Die Kraft, die er uns genommen hat, macht ihn stark. Der Schrein des Feuers ist das Erschaffende und das Vernichtende, der Schrein des Wassers ist die Erneuerung und die Wandlung – Schaaraoch hat diese Kräfte für abscheuliche Zwecke missbraucht. Seine Kreaturen, die untoten Krieger, hat er damit erschaffen, und sich selbst aufgebläht in seinem Wahn.«

»Seine Geschöpfe, die Keren, waren diejenigen, die ihn töteten.«

»Die Keren haben sich gegen ihn gewandt?«, fragte die Hohepriesterin erstaunt. »Das sind merkwürdige Neuigkeiten. Die untoten Krieger dienen Schaaraoch als Sklaven.«

»Das kam mir nicht so vor«, meinte Haldur. »Ihr Hauptmann, Äneas, hat den Kampf gegen Schaaraoch angeführt. Die Keren haben mir und meinen Freunden geholfen und uns aus dem Kerker befreit; dies war bestimmt nicht nach Schaaraochs Wunsch.«

Leise murmelte die Hohepriesterin in einer Sprache, die Haldur nicht verstand. Fragend blickte er sie an.

»Es muss etwas geschehen sein, das die Keren verändert hat«, sagte sie. »Kamen sie vielleicht in Berührung mit einem Parall?«

Haldur zuckte die Schultern.

»Das weiß ich nicht. Während ich im Kerker des schwarzen Palastes festsaß, kann viel geschehen sein.«

»Wir müssen uns darum kümmern«, sagte die Hohepriesterin zu

sich selbst, dann sprach sie lauter: »Unsere Unterhaltung werden wir später fortsetzen. Komm heute Abend wieder hierher, Gesandter. Die Zeit drängt.«

Sie stemmte sich aus dem Sessel hoch. Haldur erhob sich ebenfalls.

»Aber …«, begann er und rang nach Worten. »Ihr habt mir noch nicht gesagt, was Ihr eigentlich von mir wollt. Welche Aufgabe hat der Gesandte?«

»Später«, erwiderte sie.

Aus dem Ärmel ihrer Robe zog sie eine lederne Schnur hervor, an der ein Medaillon baumelte. Einen Augenblick lang sah er ihre Hände ohne den Schleier und erschrak. Schwärzliche Flecken versehrten ihre Haut.

»Trag das!«, sagte sie. »Damit kannst du den Tempel jederzeit betreten. Zeig es der Garde und sie werden dich einlassen.«

Haldur bückte sich – er überragte die Hohepriesterin bei weitem – und sie streifte ihm die Schnur über den Kopf. Er betrachtete den Anhänger: In die runde Metallplakette war das Zeichen der Priesterinnen graviert, das an einen Stern erinnernde Viereck mit darüberliegendem Fünfeck, umrahmt von Schrift in einer Sprache, die er nicht lesen konnte.

»Eine Bitte noch, wenn Ihr erlaubt«, sagte Haldur verlegen.

»Ja?«

Er zupfte an der weißen Kutte, die er trug.

»Könnt Ihr mir andere Kleider besorgen?«

Die Hohepriesterin schien ihn zu mustern, doch durch den Schleier konnte er ihren Blick nur erahnen.

»Ich werde dir Kleider bringen lassen«, antwortete sie.

Mit einem Nicken verabschiedete sie ihn und bedeutete ihm mit einer Handbewegung zu gehen. Haldur verneigte sich und verließ den grünen Raum. Auf dem Weg in den Garten drehte er sich nochmals um. Verblüfft hielt er inne. Die Laube war leer, die Hohepriesterin verschwunden, als hätte der Erdboden sie verschluckt. Haldur rieb sich die Augen.

Gedankenverloren durchquerte er den Garten, den prächtigen Pflanzen schenkte er kaum Beachtung. Er musste nachdenken. Die Hohepriesterin hatte ihm einige Fragen beantwortet und mehr noch aufgeworfen. Er konnte sich nur über das Vertrauen wundern, dass sie ihm entgegenbrachte. Ohne den geringsten Zweifel war sie überzeugt davon, dass er der Gesandte war. Deshalb hatte sie freimütig Geheimnisse mit ihm geteilt, die wohl die wenigsten Menschen kannten. Neugier packte ihn. Er sehnte sich danach, das Gespräch fortzusetzen, obwohl er sich insgeheim dafür schämte, sich Wissen anzueignen, das nur für den Gesandten bestimmt war. Versehentlich hatte er eine jahrhundertealte Prophezeiung erfüllt und ahnte nun nicht, was er tun oder sagen konnte, um die Priesterinnen davon zu überzeugen, dass sie sich in ihm irrten. Ja, beinahe hatte die Hohepriesterin *ihn* überzeugt.

Die Eingangshalle war leer, als er sie betrat. Längst war die Mittagszeit angebrochen, und die Priesterinnen hielten sich im Speisesaal auf. Helles Gelächter erklang von dort. Haldur hatte bisher die Mahlzeiten in seinem Zimmer eingenommen und hoffte, dass man ihn auch heute nicht vergessen hatte. Ihm knurrte der Magen.

Eilig sprang er die Treppe hinauf. Die Tür seines Zimmers stand offen, und er schloss sie hinter sich. Auf dem Tisch vor dem Fenster bemerkte er ein zugedecktes Tablett. Hungrig setzte er sich und sog den verlockenden Duft des Essens in die Nase. Einen reichlich gefüllten Teller seines Lieblingseintopfs hatte man ihm gebracht – Huhn, Gemüse und Kartoffeln mit einer scharfen Soße aus rotem Pfeffer und Kräutern –, dazu noch warmes Brot, eine Schale Joghurt mit Früchten, wie man sie in Ereat zu jeder Mahlzeit reichte, und einen Krug Tee. Die Priesterinnen verwöhnten ihn.

Bevor er ganz aufgegessen hatte, ertönte ein Klopfen. Eine Priesterin kam herein, beladen mit einem beachtlichen Stapel Kleider und drei Paar Stiefeln. Haldur sprang auf und nahm ihr die Sachen ab.

»In Eurem Zustand solltet Ihr nicht so schwer tragen«, sagte er.

Die Priesterin lachte. Blonde Locken umkränzten ihr pausbäckiges Gesicht. Sie legte beide Hände auf ihren gerundeten Bauch.

»Ich bin schwanger, nicht krank«, belehrte sie ihn. »Wir waren uns nicht ganz sicher wegen der Größe der Kleider und der Schuhe. Bitte sucht Euch etwas Passendes aus, Gesandter. Leider können wir Euch wenig Auswahl bieten.«

Viele Priesterinnen, die sich für ein Kind entschieden, schienen diese bevorzugt im Winter zur Welt zu bringen. Jedes Jahr im beginnenden Frühling wurde in Ereat das Fest der Erneuerung der Lebenskräfte gefeiert, eines der wichtigsten Feste des Tempels, an dem die heilige Hochzeit begangen wurde: die Vereinigung von Himmel und Erde. Für die Dauer der Festlichkeiten wählten sich die Priesterinnen einen Gemahl. Es galt als große Ehre, die Gunst einer Priesterin zu erlangen, und junge Männer aus dem ganzen Land reisten herbei, herausgeputzt wie Pfauen, um dem Brauch zu huldigen. Die angehenden Gatten maßen sich in Klugheits- und Geschicklichkeitsprüfungen, bei Sangeswettstreiten und in künstlerischen Darbietungen, sehr zur Belustigung der Zuschauer und Zuschauerinnen, die ihre helle Freude an den Wettbewerben hatten.

An den Feiern des Tempels beteiligten sich die ganze Stadt sowie zahlreiche Besucher. Die stets fröhlichen und farbenprächtigen Anlässe läuteten den Wechsel der Jahreszeiten ein. Auch die Söldner der priesterlichen Armee ließen sich die Feste nur ungern entgehen und versuchten ihre Diensteinsätze entsprechend zu planen, was gelegentlich zu Streitereien führte.

Erinnerungen überkamen Haldur, als er die Kleider auf dem Bett auslegte: das graubraune Gewand mit dem dunkelroten Stern des Tempels war die Tracht der Söldner. Auch er hatte viele Jahre unter dem Wappen gekämpft.

»Ich hoffe, es stört Euch nicht, die Uniform zu tragen«, sagte die junge Priesterin. »Andere Kleidung konnten wir in der Eile nicht auftreiben.«

Haldur schüttelte den Kopf.

»Es macht mir nichts aus.«

Er schlüpfte in die Hose, dann streifte er die Kutte ab. Die Priesterin betrachtete ihn. Er zog das lange Hemd und den Überwurf mit dem Wappen an, darüber schnallte er den Gürtel. Die Größe passte ihm, auch ein paar Stiefel fand er, die bequem saßen.

»Das steht Euch gut«, meinte die Priesterin und schenkte ihm ein Lächeln.

In der Uniform fühlte er sich bedeutend wohler als in der wallenden Kutte, die ihm vorgekommen war wie ein Totenhemd.

»Vielen Dank«, sagte er.

Die Priesterin raffte die übrig gebliebenen Sachen zusammen und verließ ihn. Er trat ans Fenster und blickte auf die Stadt hinaus, die sich jenseits des Tempelparks ausbreitete. Sommerlich heiß brannte die Sonne. Kleine weiße Wolken hingen vereinzelt am strahlend blauen Himmel.

Der Gedanke, den ganzen Nachmittag in seinem Zimmer zu verbringen, widerstrebte ihm. Die Hohepriesterin hatte gesagt, er solle sie am Abend nochmals aufsuchen. Bis dahin verblieb noch reichlich Zeit.

Kurzerhand entschloss er sich für einen Spaziergang und machte sich sogleich auf den Weg. Niemand begegnete ihm im Gang oder auf der Treppe, erst in der Eingangshalle traf er auf zwei Tempelsoldaten, die ihn misstrauisch beäugten. Sie sprachen kein Wort. Haldur nickte ihnen zu, und sie erwiderten zögernd den Gruß. Offensichtlich hatte man die Garde auf seine Anwesenheit vorbereitet.

Nur den Besten der erfahrensten Krieger in der priesterlichen Armee wurde die Ehre zuteil, im Tempel zu dienen. Auch Haldur hatte dort schon einmal Wache gehalten. Die plötzliche Krankheit eines Kameraden hatte ihm dieses Privileg verschafft, und er erinnerte sich heute noch daran, dass er die rote Uniform mit einem gewissen – wenn auch flüchtigen – Stolz getragen hatte, denn am nächsten Tag hatte er sie wieder abgeben müssen.

Durch weitere Gänge und Hallen erreichte er schließlich das Hauptportal, wo ihm noch mehr Soldaten begegneten. Auch diese fragten ihn nicht, wer er sei oder wohin er wolle. Einer der Rotröcke öffnete sogar das Tor für ihn.

Erleichtert trat Haldur ins Freie. Sonnenlicht umfing ihn. Einen Augenblick lang blieb er einfach stehen und ließ sich die Sonne ins Gesicht scheinen. Tief sog er die nach Blumen und Gras duftende Luft ein. Lauer Wind strich über sein Haar. Seit einer Ewigkeit war er nicht mehr draußen gewesen. Er betrachtete seine wachsweißen Hände und spürte, wie die Hitze auf seiner Haut brannte.

Der Tempel erhob sich auf einem Hügel inmitten des Parks. Vom Hauptportal aus sah er in einiger Entfernung zwei der vier Pyramiden, die die Grenze der Anlage bildeten. Dazwischen breitete sich als Teil des Parks ein prächtiger Garten aus, in dem scheinbar zufällig angeordnet ein Wald von Bäumen, Büschen und Blumen einheimischer Gattungen blühte, denen das zuweilen raue Klima Ereats nicht schadete. Auf den Pfaden, die durch den Garten führten, waren Menschen unterwegs; die meisten von ihnen bewegten sich in Richtung der Pyramiden.

Haldur wandte sich nach rechts, wo er auf einen Weg gelangte, der hügelabwärts in Richtung der Stadt führte. Bald kam er an einer der Pyramiden vorbei, deren überdachter Eingang wie ein Tunnel ins Grün ragte. Über dem Portal war die Sichel des zunehmenden Mondes in den roten Stein gehauen, daneben Reihen von Schriftzeichen und Symbolen. Jede der vier Pyramiden war einem Abschnitt des Monats geweiht und zeigte den zunehmenden, vollen, abnehmenden oder leeren Mond über dem Eingang. So hießen die Gebäude denn auch.

Die Pyramide des zunehmenden Mondes beherbergte unter anderem die Schule, in der die Kinder der Priesterinnen ausgebildet wurden. Die meisten Kinder, Jungen wie Mädchen, wohnten auch dort, sodass stets reges Treiben im und um das Gebäude herrschte. Eine ganze Anzahl Kinder aus der Stadt besuchte ebenfalls dort den Unterricht. Die Ausbildung, die von den Priesterinnen vermittelt wurde, genoss einen hervorragenden Ruf, und viele Eltern rissen sich um einen Studienplatz für ihren Nachwuchs, gleichgültig was dieser später mit seinem Leben anfangen wollte.

Als Haldur vorbeiging, hörte er schon von weitem das Kreischen und Lachen der Kinder, die im Garten tobten. Ein Stück weiter vorne begegnete ihm eine Gruppe Schülerinnen in Begleitung einer Priesterin. Andächtig lauschten jene den Worten ihrer Lehrerin, die da und dort auf eine Pflanze im Park deutete und Erklärungen dazu abgab. Die halbwüchsigen Mädchen widmeten Haldur neugierige Blicke, die vor allem seiner Söldneruniform galten. Er lächelte ihnen zu, und sie tuschelten miteinander, bis die Priesterin sie zur Ruhe gemahnte.

Im Park begegneten ihm Spaziergänger und Pilger, die sich von seiner Uniform jedoch weniger beeindruckt zeigten. Die Angehörigen der priesterlichen Armee waren in Ereat ein vertrauter Anblick.

Nach einer Weile mündete der Parkweg in eine staubige Straße, und die Bäume wichen Häusern. Die Fassaden der aus Lehm und Stein errichteten Gebäude waren oftmals kunstvoll bemalt, stets in den Farben und Mustern Ereats. Hier, in der Nähe des Tempelbezirks, befanden sich viele Läden und Werkstätten, die althergebrachtes Kunsthandwerk zu neuzeitlichen Preisen anboten, sowie Gaststätten, in denen zu speisen sich nur wenige leisten konnten.

Bogengänge führten auf begrünte Innenhöfe. Treppen reichten hinauf zu Terrassen und Balkonen im verschachtelten Häuserwerk, das so verwinkelt war, dass sich sogar die Einheimischen darin verirren konnten. In den Eingängen der Läden lehnten umtriebige Händlerinnen auf der Ausschau nach Kundschaft. An Tischen vor den Wirtshäusern nippten fremdländisch gekleidete Gäste an Gläsern mit Tee und sahen sich staunend um.

Haldur genoss es, durch die schattigen Gassen zu schlendern. Unendlich lange schien es ihm her, seit er das letzte Mal hier gewesen war. Überall traf er auf Vertrautes, wie den Brunnen, an dem er seinen Durst stillte wie schon oft zuvor, oder die Bäckerei, wo er gelegentlich Süßigkeiten gekauft hatte, und wanderte auf seinen eigenen Spuren in die Vergangenheit.

Früher hatte er gern hier gedient. In Ereat wurden Söldner geachtet und geschätzt, sie waren die Armee des Landes. Die Regeln der priesterlichen Truppe waren streng, die Ausbildung lang und hart. Geführt wurde die Armee von Priesterinnen, die sich für diese Tätigkeit entschieden hatten. Das Vorgehen anderer Staaten, wie des Kaiserreichs von Dahl, das junge Männer zwangsweise für die Armee verpflichtete, löste hier Kopfschütteln und Unverständnis aus. In Ereat galt der Kampf als eine Lebenshaltung, die man sich aneignen konnte durch Ausdauer und zähe Arbeit – ein Krieger musste in der Lage sein, sich eines jeden Gegners zu erwehren. Die hiesigen Söldner waren ausschließlich Berufssoldaten, die ihr Handwerk verstanden.

Ereat war eine offenherzige und fröhliche Stadt, in der es sich gut leben ließ – vor allem, wenn man über das nötige Geld verfügte. Der sprichwörtliche Geschäftssinn der Ladenbesitzerinnen und Wirtinnen hatte schon manchen Krieger um seinen Sold gebracht und manchen Pilger um seine Reisekasse erleichtert. Dennoch litt niemand Hunger oder Not; Freigebigkeit und Mildtätigkeit waren seltsamerweise ebenso verbreitet wie die Liebe zum Gold. Ein Sprichwort besagte, dass man in Ereat entweder satt oder reich war, aber selten beides zugleich.

Die Stadt huldigte den Priesterinnen, von denen sie regiert wurde. Diese genossen hohes Ansehen. So wie der Tempel alles Leben als heilig erachtete und würdigte, so feierte auch Ereat das Leben, wann immer sich die Gelegenheit ergab.

Söldner galten als Boten des Todes, und man begegnete ihnen mit einiger Zurückhaltung. Der überwiegende Teil der Bevölkerung sah ein, dass sie gebraucht wurden, und zollte ihnen Anerkennung, aber manche hätten die hohen Kosten für die Armee trotzdem lieber eingespart, wenn dies möglich gewesen wäre.

Der plötzliche Ausbruch des Weißen Fiebers an den Küsten der Binnenmeere vor zwei Jahren hatte jene Stimmen zum Verstummen gebracht. Die Armee hatte die entsetzliche Seuche eindämmen müssen, bevor sie sich noch weiter ausbreitete. Damit hatte für die Söldner ein Albtraum begonnen.

Die Küsten waren dicht besiedelt mit zahllosen kleinen Fischerdörfern, im Hinterland lebten Bauern in verstreuten Ortschaften. Händlerinnen zogen weit umher, um Waren zu kaufen und zu verkaufen, und auch die Einheimischen waren ein reiselustiges Volk. Es war beinahe unmöglich erschienen, die Seuche aufzuhalten. Bewohner der vom Weißen Fieber heimgesuchten Küstendörfer hatten versucht, ins Landesinnere zu flüchten, nicht ahnend, dass sie die Krankheit mit sich schleppten. Die Armee hatte Straßen und Wege gesperrt. Die Flüchtlinge waren in streng bewachten Lagern untergebracht worden, aus denen sie mit allen Mitteln zu entkommen versucht hatten, denn der Aufenthalt dort war lebensgefährlich gewesen. Die Angesteckten hatten anfangs oft keinerlei Anzeichen ihrer Krankheit erkennen lassen und waren nicht von Gesunden zu unterscheiden gewesen, bis es zu spät gewesen war. Es hatte keine andere Möglichkeit gegeben, als die Menschen entweder zu töten oder einzusperren. Viele waren gestorben. Die verseuchten Dörfer hatten die Söldner bis auf die Grundmauern niedergebrannt, mit allem, was darin geatmet hatte. Ihre Arbeit war auf erbitterten Widerstand gestoßen, und die Verluste der Truppen waren hoch gewesen.

Tag und Nacht waren sie im Einsatz gewesen, erschöpft und müde. Von Ort zu Ort waren sie gehetzt und hatten die Siedlungen in Scheiterhaufen verwandelt.

Die Seuche möglichst rasch einzudämmen, hatte der Befehl gelautet, und erbarmungslos war er durchgesetzt worden. Keine Ruhe hatte man ihnen gegönnt. Irgendwann war auch der stärkste Krieger an die Grenze seiner Kraft gestoßen. Andauernde Erschöpfung hatte ihren Tribut gefordert – unweigerlich hatten Aufmerksamkeit und nötige Vorsicht nachgelassen.

Im Kampf gegen das Weiße Fieber war jeder Fehler verhängnisvoll. Haldurs zwei beste Freunde waren am Meer von Bragon gefallen, beides erfahrene Soldaten. Seiner Meinung nach war die Truppenführung mitverantwortlich für ihren Tod, wie edel die Beweggründe für den Verschleiß an Kriegern auch gewesen sein mochten.

Ausgerechnet nach Ereat war er nun zurückgekehrt, das er vor einem halben Jahr vermeintlich für immer verlassen hatte. Jede Gasse, durch die er lief, war erfüllt von Erinnerungen und hieß ihn willkommen wie einen lange vermissten Freund.

Haldur stieg eine von Fliederbüschen gesäumte Treppe hinauf, überquerte einen Innenhof, in dem Wäsche trocknete, und bog zwischen zwei Häusern hindurch wieder auf die Straße, die zum Park führte. Er wandte sich in die entgegengesetzte Richtung, stadteinwärts.

Viele Leute waren unterwegs, die das schöne Wetter nutzten, um Besorgungen zu machen oder einfach nur zu spazieren. Je näher er dem Marktplatz kam, desto dichter wurde das Getümmel, bis es ihm fast zu viel wurde. Menschen drängten und schoben sich aneinander vorbei. Einige Händler hatten ihre Stände gleich in der Straße aufgebaut, wo mehr Schatten herrschte als auf dem Platz. Kisten mit Früchten und Gemüse türmten sich zu allen Seiten, umringt von Männern und Frauen, die lautstark feilschten. Vor den Geschäften, die in den Häuserzeilen untergebracht waren, drängelte sich ebenfalls Kundschaft.

Seine Blicke schweiften über das bunte Gewühl, und er lauschte mit halbem Ohr dem Stimmengewirr, als er plötzlich stutzte. Vor ihm bahnten sich drei Leute einen Weg durch das Gemenge, denen die

Menschen fast ängstlich Platz machten. Sie kamen auf ihn zu. Als Haldur ihre Gesichter erkannte, blieb er wie vom Donner gerührt stehen.

Voraus schritt eine Frau im violetten Gewand einer Truppenführerin, auf der Brust den silbernen Stern des Tempels. Hinter ihr folgten zwei Söldner in der gleichen Uniform, wie auch er, Haldur, sie trug.

Einer hatte langes, schlohweißes Haar. Durchsichtig wie Wasser schimmerten die hellblauen Augen in dem bleichen Gesicht, das von dünnen Falten zerfurcht war wie zerknittertes Pergament. Haldur kannte ihn: Terak, ein Eiskrieger aus Ardak, der schon seit Jahrzehnten bei der Truppe focht. Neben ihm ging Lamor; der kleine, drahtige Bursche mit dem dicken braunen Haar, das wie eine aufgesetzte Pelzmütze aussah, stammte aus Pyr und war ebenfalls ein altgedienter Söldner.

Die beiden Männer hatten zu seiner eigenen Truppe gehört, ebenso wie die Frau, die sie führte. Dunkelrotes Haar fiel glatt auf ihre Schultern. Entschlossen bahnte sie sich den Weg durch die Menschenmenge: Reneda, ganz wie er sie in Erinnerung hatte.

Verdattert starrte Haldur sie an. Er konnte es kaum glauben. Eben noch hatte er an die alten Zeiten gedacht, und nun begegneten ihm zwei seiner ehemaligen Kameraden und seine eigene Truppenführerin auf der Straße. Er fragte sich, was sie hier wollten.

Als sie ihn ebenfalls erspäht hatte, blieb Reneda abrupt stehen. Hinter ihr hielten Terak und Lamor inne, die sich verwirrt umsahen. Gleich darauf beschleunigte Reneda ihre Schritte und marschierte auf ihn zu. Mit einer Geste bedeutete sie den Söldnern, ihr zu folgen. Haldur trat beiseite, hinaus aus dem dichtesten Gewühl, und wartete. Bald hatten die drei ihn eingeholt.

Fassungslos gaffte Reneda ihn an. Lamor, der Pyrer, musterte ihn ungläubig. Die Mundwinkel von Terak zuckten, als er ein Grinsen unterdrückte. Nachdem sie die erste Überraschung verwunden hatte, gefroren Renedas Züge.

»Was machst du hier?«, bellte sie ihn an. »Woher hast du die Uniform? Ich bin deine Truppenführerin, und ich entscheide darüber, ob du sie jemals wieder trägst! Warum wurde ich nicht darüber unterrichtet, dass du in Ereat bist?«

Gleichmütig erwiderte Haldur ihren Blick. Versunken betrachtete er ihr gebräuntes Gesicht, in dem die dunkelgrünen Augen wütend glitzerten. Groß und stark war sie, wie die meisten Frauen Ereats, die ihre Männer nicht selten überragten. Die barschen Worte, mit denen Reneda ihn bedachte, erstaunten ihn nicht.

Er kannte sie gut, lange hatte er unter ihr gedient. Nach seiner Grundausbildung war er Renedas Einheit zugeteilt worden, die seine weitere Ausbildung übernahm. Damals hatte sie die Truppe erst seit einigen Jahren geführt, sie war wenig älter als Haldur. Er hatte sich ausgezeichnet mit ihr verstanden, sie behandelte ihre Leute streng, aber gerecht. Viele bewunderten sie, und auch Haldur hatte zu ihr aufgeblickt. Außer den Eiskriegern hatte er niemals jemanden so kämpfen sehen wie sie.

»Hast du die Sprache verloren?«, schnaubte sie. »Antworte mir!«

»Was macht *ihr* hier?«, fragte Haldur. »Ich dachte, die Einheit sei jetzt in Addanc stationiert.«

Forschend musterte sie Haldur. Sein Gesicht verriet keine Regung. Er hatte sich kaum verändert, schmaler war er geworden und sehr blass, so als hätte er lange keine Sonne mehr gesehen, doch ansonsten schien er ganz der Alte zu sein: unverfroren und stur.

»Du kommst mit uns in den Tempel«, befahl sie. »Terak, Lamor, lasst ihn nicht aus den Augen! Dort werden wir der Sache auf den Grund gehen.«

»Die Priesterinnen haben mir die Uniform gegeben«, sagte Haldur. »Ich habe sie nicht gestohlen, falls du dir darüber Gedanken machst.«

Gold blitzte in Renedas Mund, wenn sie sprach. Eine dünne, gut verheilte Narbe durchtrennte ihre Oberlippe auf der rechten Seite. Dahinter glänzten ein paar falsche Zähne.

»Die Priesterinnen? Neuerdings geben sie wohl jedem eine Uniform.«

»Du kannst mir keine Befehle erteilen«, knurrte Haldur. »Ich gehöre nicht mehr zur Truppe.«

»Das werden wir noch sehen. Los jetzt! Wir haben keine Zeit, hier herumzustehen.«

Haldur dachte daran, sich ihr zu widersetzen, entschied sich dann aber für das kleinere Übel und folgte den Söldnern. Reneda und Lamor gingen voraus, Terak, der Eiskrieger, blieb an Haldurs Seite. Er verlangsamte seine Schritte, und als sie ein Stück zurückgefallen waren, klopfte Terak ihm auf die Schulter.

»Es ist schön, dich zu sehen, mein Freund!«, grinste er. »Wie ist es dir ergangen?«

Herzlich schüttelte Haldur ihm die Hand.

»Ich freue mich auch, dich wiederzusehen! Nun, nachdem ich Ereat verlassen hatte, bin ich ziemlich weit herumgekommen. Ich war selten lange an einem Ort. Was macht ihr hier, Terak? Wo ist der Rest der Truppe?«

»In Addanc«, flüsterte er ihm zu. »Reneda wurde in den Tempel befohlen, wir begleiten sie.«

»In den Tempel? Warum?«

»Das kann ich dir nicht sagen«, erwiderte er leise. »Ich weiß es selbst nicht.«

Fragend blickte Haldur ihn an. Viele Eiskrieger dienten in Ereat als Söldner, und Terak war einer der erfahrensten von ihnen. Nicht nur seine eigenen Landsmänner schauten zu ihm auf wie zu einem Vater, auch die anderen schätzten ihn als Kameraden und weisen Ratgeber in allen Lebenslagen.

»Weshalb bist du zurückgekommen?«, fragte Terak.

Haldur zuckte die Schultern.

Der Eiskrieger zeigte auf Haldurs Uniform.

»In welcher Einheit dienst du?«

»In keiner. Ich kann dir das jetzt nicht erklären. Es ist eine lange Geschichte.«

Mit einem Nicken deutete Terak in Richtung von Reneda.

»Du wirst Ärger kriegen.«

»Das ist die kleinste meiner Sorgen«, brummte Haldur.

»Mein lieber Freund!«, lachte Terak auf. »So wie du dich damals verabschiedet hast, kannst du nicht erwarten, einfach wieder in die Truppe aufgenommen zu werden, als sei nichts geschehen.«

Reneda drehte sich nach ihnen um.

»Beeilt euch!«, rief sie ungeduldig.

Mit raschen Schritten pflügten sie durch die Menschenmenge, am Ende der Straße tauchten schon die ersten Baumwipfel des Parks auf. Allmählich ließ das Gewimmel nach, und als sie den Park betraten, waren sie sogar für eine Weile allein auf dem Weg.

Terak stellte Haldur keine weiteren Fragen. Vor ihnen marschierten Reneda und Lamor schweigend den Hügel hinauf. Ein Gefühl der Vertrautheit ergriff Haldur, als er Reneda und die beiden Söldner betrachtete. Beinahe schien es ihm, als sei er nie fort gewesen.

Selten hatte er Reneda so wütend erlebt. Er konnte förmlich spüren, wie der Ärger in ihr brodelte. Es war ihm gleichgültig, er gehörte nicht mehr zur priesterlichen Armee. Dennoch überraschte ihn das Ausmaß ihres Zornes.

Bald erreichten sie den Tempelbezirk. Reneda schlug den Weg zur Pyramide des leeren Mondes ein, wo sich die Kommandantur befand. Sie grüßte zwei Männer der Tempelgarde, die ihnen entgegenkamen, und wollte eben an ihnen vorbei, als diese sie aufhielten. Die Gardisten widmeten Reneda und den Söldnern kaum einen Blick, geradewegs gingen sie zu Haldur.

»Folgt uns«, sagte einer der beiden. »Ihr werdet erwartet.«

»Was soll das?«, wehrte sich Reneda. »Ihr könnt nicht einfach einen meiner Männer mitnehmen.«

»Meldet Euch bei der Kommandantur«, erwiderte der Gardesoldat.

Er und sein Kamerad schirmten Haldur ab und führten ihn in Richtung des Hauptgebäudes. Haldur schloss sich ihnen nicht ungern an – dies ersparte ihm weitere Auseinandersetzungen mit Reneda. Im Rücken spürte er deren Blicke, bis das Tor des Tempels hinter ihm zufiel.

Unmerklich schüttelte er sich. Wahrhaftig ein Tag der unerwarteten Begegnungen!

Die Garde geleitete ihn durch Hallen und Gänge, dann eine breite Treppe hinab in das Untergeschoss. Sie erreichten einen Saal, in dem mehr als mannshohe Mauern einzeln hinter- und nebeneinander aufgestellt waren, zwischen denen schmale Durchgänge frei blieben. Der Irrgarten aus roten Wänden versperrte die Sicht und machte jegliche Orientierung unmöglich. Weder die Größe des Raumes war abzuschätzen, noch konnte man erkennen, wohin die Wege führten.

Flackerndes Licht tanzte auf den glatten Mauern, dessen Quelle Haldur nirgendwo entdeckte. Der Stein schien gleichsam aus sich selbst heraus zu leuchten. Stille herrschte, in der ihre Schritte unangenehm laut erklangen. Ohne Zögern eilten die Soldaten voraus, wandten sich nach rechts oder links und lotsten ihn sicher durch das Labyrinth.

Nachdem sie eine weitere Wand umrundet hatten, standen sie plötzlich vor einer Tür. Sowohl deren Rahmen wie die Pforte selbst waren ganz mit schwarzer und weißer Schrift bemalt. Die Soldaten öffneten sie und bedeuteten Haldur einzutreten. Ein weitläufiger Raum tat sich seinen Blicken dar, in dem dünne rote Stoffbahnen von der Decke bis auf den Boden hingen als ein Irrgarten aus Schleiern. In der Ferne brannte ein Licht, das durch die Schleier schimmerte. Die Garde blieb im Vorraum zurück und schloss die Tür hinter ihm.

Neugierig ging Haldur auf das Licht zu, die Stoffbahnen schob er mit den Händen beiseite. Den Boden bedeckte ein Mosaik, dessen schwarze und weiße Steine sich zu einem Muster verschlungener Flammen fügten.

Leises Murmeln ertönte. Kurze Zeit später fand er sich vor einem Podest wieder, das ebenfalls ganz mit Mosaiken verkleidet war. Darauf türmte sich ein Berg roter Kissen, in deren Mitte die Hohepriesterin thronte. Neben ihr standen zwei weitere Priesterinnen, es waren jene, die ihn heute Morgen in den Garten geführt hatten. Sorge zeichnete ihre Gesichter.

Reglos saß die Hohepriesterin auf den Kissen. Ihre gesenkten Schultern verrieten Erschöpfung und ihre Stimme klang müde, als sie sprach.

»Willkommen, Gesandter. Setz dich!«

Die ältere der Priesterinnen wies ihm einen Platz am Rande des Podests an, und Haldur ließ sich auf der Kante nieder.

»Unsere Befürchtungen sind wahr geworden«, sagte die Hohepriesterin. »Wir dürfen keine Zeit mehr verlieren. Du musst uns helfen, Gesandter.«

Unruhig rutschte Haldur hin und her. Er fühlte sich ganz und gar nicht wohl in seiner Haut. Welche Aufgabe der Gesandte auch haben mochte, er war nicht in der Lage, sie zu vollbringen.

»Verzeiht mir die Frage«, erwiderte er. »Warum seid Ihr so sicher, dass ich der Gesandte bin? Könntet Ihr Euch nicht in mir täuschen? Ich bin nur ein Söldner! Gern will ich Euch helfen, wenn es in meiner Macht steht, aber erwartet keine Wundertaten.«

Durchdringend musterten ihn die beiden Priesterinnen. Eine flüsterte der anderen etwas zu und diese schüttelte den Kopf. Eine Geste der Hohepriesterin brachte sie zum Verstummen.

»Du verlangst von uns, an unserem eigenen Glauben zu zweifeln? Wir sind Priesterinnen, Gesandter, wir dienen der Allmacht und allen ihren Erscheinungsformen so gut wir es vermögen. Du kamst durch das Tor des Orakels zu uns, wie es die Schriften ankündigten, in einer Zeit der Gefahr, die nicht drängender sein könnte als heute. Seit Menschengedenken war der Schrein der Wahrheit verschlossen, so wie er auch jetzt wiederum versiegelt ist, nur für einen kurzen Moment öffnete sich das Tor, damit du hierher gelangen konntest zu denen, die auf dich warteten. Jedes Wort der Weissagungen hast du erfüllt, Gesandter. Warum zweifelst *du*?«

Haldur seufzte tief.

»Weil ich nicht der Gesandte sein kann! Ich bin kein Geisterwesen, sondern ein Mensch aus Fleisch und Blut. Eine Verkettung unglücklicher Umstände hat mich nach Kirgon geführt, wo es der Zufall wollte, dass ich in diesen verdammten Schrein gestolpert bin! Glaubt mir, wenn ich es ungeschehen machen könnte, so würde ich es tun!«

Mit einem Nicken ermunterte ihn die Hohepriesterin weiterzusprechen.

»Ich stehe in Eurer Schuld«, fuhr Haldur fort. »Ihr habt mir das Leben gerettet. Bitte sagt mir, was ich für Euch tun kann.«

»Wir werden darüber nachdenken.«

Verblüfft horchte Haldur auf. Der Tonfall der Hohepriesterin schien ihm verändert. Vielleicht hatte sie ihren Irrtum eingesehen.

»Wie lauten deine Pläne?«, fragte sie freundlich. »Möchtest du nach Kirgon zurückkehren?«

Erstaunt bejahte er die Frage.

»Wisst Ihr etwas über meine Freunde? Wie ist es ihnen ergangen?«

»Vieles sehen wir, anderes ist verborgen. Auch deine Freunde erfüllen eine Aufgabe, die mit dem Schicksal der Schreine verwoben ist. Eine lange Reise steht ihnen bevor. Sie folgen ihrem eigenen Pfad, der nicht derselbe wie der deine ist.«

»Welches ist denn mein Pfad?«

»Du wirst nach Kirgon zurückkehren. Wir werden dir helfen und dich mit allem Nötigen ausstatten.«

»Aber …«, stammelte Haldur. »Was ist mit der Aufgabe, die ich für Euch erfüllen soll? Ihr habt gesagt, Ihr braucht Hilfe.«

Lange schwieg die Hohepriesterin.

»Die Aufgabe wird den Gesandten finden«, erwiderte sie schließlich.

Unmerklich sank sie in sich zusammen. Sogleich sprang eine der Priesterinnen an ihre Seite. Die andere wandte sich an Haldur:

»Bitte geht jetzt! Die Ehrenwerte Mutter ist erschöpft.«

Zögernd erhob sich Haldur. Die Priesterin schob die Schleier für ihn zur Seite und bedeutete ihm damit unmissverständlich zu verschwinden. Nach einem letzten Blick machte er sich auf den Weg. Stille begleitete ihn durch die Halle.

Der plötzliche Sinneswandel der Hohepriesterin überraschte ihn. Offenbar war es ihm gelungen, überzeugend darzulegen, dass er tatsächlich nur ein Söldner war. Insgeheim war er enttäuscht. Wie leicht hatte man ihm geglaubt! Beinahe beleidigend einfach war es gewesen, den anderen zu versichern, dass er nicht der erhoffte Retter sein konnte. Nun würde er wohl niemals erfahren, welches die geheimnisvolle Aufgabe des Gesandten war. Neugier plagte ihn. Noch so viele Fragen hatte er stellen wollen!

Kaum hatte sich die Tür hinter ihm geschlossen, neigten sich die Priesterinnen zu der rot verhüllten Gestalt in ihrer Mitte. Leise erklang das Murmeln ihrer Stimmen.

KAPITEL 3 Vergessen

Undeutlich erkannte er riesenhafte Säulen, die sich hinter einer Wand von Dunst abzeichneten. Da und dort wanderten rote Schatten umher, schwebten geisterhaft durch die weitläufige Halle. Er lag auf Stein, der von angenehmer Wärme erfüllt war, die seinen ganzen Körper durchdrang. Nicht einen Finger hätte er rühren mögen. Tiefe, wohlige Müdigkeit überkam ihn, und er glaubte immer schwerer und schwerer zu werden, bis sein Leib gleichsam in den Stein sank.

»Der Geist des Feuers«, sprach eine Stimme.

Bei diesen Worten steigerte sich die Wärme, die Haldur durchflutete, zu Hitze, deren sengende Glut sich in seiner Brust sammelte. Er brannte im Lodern des Feuers, das ihn auflöste und aus Asche neu erschuf. Fremdartige Farben tanzten ihm vor den Augen, die wie Flammen ineinander griffen, um wiederum andere Farben zu bilden.

»Die Kutte macht den Priester.«

Renold E., Glaube und Bewusstsein, Band III. Ges. Werke, Volksausgabe 2282 n. A. D., Philosophische Bibliothek von Norold, Reg. 472–5.

Bald ließ die Hitze nach. Wind strich über seine Haut, der durch ihn hindurchwehte, als besäße er keine stoffliche Hülle mehr. Gleich einer Wolke trieb er in den Lüften. Die Kraft sammelte sich und ballte sich zu einem Sturm, der ihn mit sich trug. Schwerelos schwebte er über unsichtbaren Ländern, und die Macht des Feuers und des Windes vereinten sich in ihm. Er zerbarst, riss entzwei als gewaltiger Blitz, der in die Erde einschlug.

»Der Geist des Windes«, sagte die Stimme. »Feuer und Wind. Der Geist der Erde.«

Schwärze umhüllte Haldur und endlose Stille. Staub war sein Leib, geborgen im Schoß der Erde, die in ewiger Fruchtbarkeit alles Leben gebar. Er selbst war Teil von ihr, und einen Augenblick lang glaubte er, den Herzschlag aller Lebewesen zu vernehmen, und sein eigenes Herz pochte mit ihnen. Wogend rauschte das Blut in seinen Adern, Wasser zu Wasser.

Regen brach aus den Wolken, fiel in schweren Tropfen auf die brennende Erde. In Bäche floss er, zu reißenden Strömen, die sich in die Meere ergossen. Haldur löste sich auf in den Fluten, die in endlosem Kreislauf zu Wolken wurden, die ihre Wasser auf die Erde sandten, um getragen von Hitze und Wind wieder emporzusteigen.

»Der Geist des Wassers«, rief die Stimme. »Feuer und Wind. Erde und Wasser. Die Hüterinnen rufen euch. Unser Auge sei das Auge des Gesandten. Unsere Hand sei die Hand des Gesandten. Unsere Stimme sei die Stimme des Gesandten. Unsere Kraft sei die Kraft des Gesandten.«

Der Dunst, der Haldur umnebelte, wich zurück, und er sah die rot verhüllte Gestalt, die vor ihm aufragte. Diesmal trug sie keinen Schleier. Staunend betrachtete er ihr schönes Gesicht. In klarstem Blau strahlten ihre sanften Augen und ihr rosenfarbener Mund lächelte ihm zu.

»Die Aufgabe wird den Gesandten finden«, erklärte sie ihm, als beantwortete dies alle Fragen.

Unstet schimmerte ihr Antlitz. Die mädchenhaften Züge wurden zu denen einer erwachsenen Frau, voller Güte war ihr Blick, freundlich nickte sie ihm zu. Kaum einen Moment später schien sie um Jahrzehnte gealtert, Falten zerfurchten ihre Haut.

»Der Gesandte zieht es vor, kein Gesandter zu sein«, sagte sie als weise Alte. »Das verstehen wir. Doch wir müssen uns dem Ratschluss beugen.«

Sie legte ihm die Hand auf die Brust. Die Berührung ging ihm durch Mark und Bein. Bilder strömten in seinen Geist, die ihn an ferne Orte entführten, die er nie zuvor gesehen hatte. Warm und schwer lastete die Hand der Hohepriesterin auf ihm, und plötzlich verstand er, dass sie ihn in das Orakel blicken ließ. Die Flut der Eindrücke, die auf ihn einstürmten, riss ihn fort, und Schwärze senkte sich über ihn.

Langsam kam Haldur wieder zu sich. Er hatte wunderbar geschlafen. Das Bett war angenehm weich. Am liebsten wäre er einfach liegengeblieben, hätte noch eine Weile die wohlige Wärme genossen. Ein merkwürdiger Traum hallte in ihm nach, drängte ohne erkennbaren Zusammenhang in sein Bewusstsein. Fremde Stimmen kamen und gingen. Ein ungutes Gefühl plagte ihn, als ob er etwas Wichtiges vergessen hätte. Es wollte ihm nicht einfallen. Gähnend setzte er sich auf.

Er kniff die Augen zusammen und schüttelte sich. Angestrengt dachte er nach. Gestern Nacht war er noch lange wach geblieben und hatte über die Ereignisse des Tages nachgesonnen. Erst das Gespräch im Garten, dann der Besuch in Ereat und die unerwartete Begegnung mit Reneda und den Söldnern. Schließlich jene seltsamen Räume im Untergeschoss des Tempels mit den Wänden und den Schleiern und wiederum eine Unterhaltung mit der Hohepriesterin, die unverhofft eingesehen hatte, dass er nicht der Gesandte sein konnte. Kein Wunder, suchten ihn nach diesen Erlebnissen merkwürdige Träume heim.

Auf dem Tisch vor dem Fenster stand ein zugedecktes Tablett. Er hatte niemanden hereinkommen hören. Nackt tappte er durch das Zimmer zum Waschraum, der sich daran anschloss. Nachdem er sich erleichtert hatte, goss er aus dem Krug Wasser in die Schüssel und tauchte sein Gesicht hinein. Prustend streckte er sich, dann nahm er den Krug und leerte sich das restliche Wasser über den Kopf. Lautlos verschwand es durch den Abfluss im Boden. Er wickelte ein Handtuch um die Hüfte. Triefend nass ging er zum Fenster und blickte hinaus.

Die Sonne brannte hoch am stahlblauen Himmel und bescherte Ereat einen schönen, trockenen Sommertag. Haldur stutzte. Sein Zimmer lag im Schatten. Dem Sonnenstand nach zu schließen, war längst der Nachmittag angebrochen. Er deckte das Tablett auf dem Tisch ab und fand dort sein Mittagessen: Gemüsekuchen, Brot, eine Kanne Tee. Das Essen war schon kalt geworden.

Offensichtlich hatte er den ganzen Vormittag verschlafen. Er konnte sich nicht entsinnen, gestern so müde gewesen zu sein. Die Geschehnisse mussten ihn stärker mitgenommen haben, als er selbst geahnt hatte. Vielleicht hatte er sich auch körperlich verausgabt, immerhin war seine Verletzung kaum verheilt. Haldur hob das Handtuch und musterte sein Bein. Nur noch eine dünne rote Narbe wies auf die Wunde hin. Auch Schmerzen empfand er nicht.

Selten zuvor hatte er so gut geschlafen wie in dieser Nacht. Mit dem Messer schnitt er ein Stück des Gemüsekuchens ab und schob es sich in den Mund. Der Tee, den er dazu trank, schmeckte schal und bitter. Haldur aß den Kuchen auf, dazu verzehrte er zwei Fladenbrote.

Wieder überkam ihn Müdigkeit, und er überlegte, ins Bett zurückzukehren. Mit einiger Willensanstrengung griff er nach seinen Kleidern und zog sich an. Bevor er sich anders besinnen konnte, verließ er das Zimmer und eilte durch die Gänge des Tempels. Prüfend tastete er nach dem Amulett, das um seinen Hals hing. Inzwischen hatte er sich daran gewöhnt, es zu tragen, sogar während des Schlafens hatte er es anbehalten.

In fliegender Hast durchquerte er die Eingangshalle. Die Garde, die stets hier Wache hielt, öffnete und schloss das Tor für ihn. Zielstrebig marschierte er durch den Garten, obwohl er nicht wusste, wohin er eigentlich wollte. Erst als der Tempel hinter den Bäumen zurückblieb, verlangsamte er sein Schritte. Er näherte sich der Pyramide des leeren Mondes. Hier befanden sich die Kommandantur der priesterlichen Armee in Ereat und die Truppenquartiere.

Während Haldur diesen Weg einschlug, wurde ihm klar, dass er Gefahr lief, Reneda zu begegnen, die ihn gestern bestimmt noch gesucht hatte. Sein Verschwinden hatte ihre Laune wohl kaum gebessert.

Warm schien die Sonne; nicht eine Wolke entdeckte er am Himmel. Schon wurden die Schatten länger und kündeten vom Nahen des Abends. Nicht nur den Vormittag hatte er im Bett verbracht, sondern beinahe den ganzen Tag. Selbst jetzt noch fühlte er sich schläfrig und ertappte sich dabei, wie er überlegte, sich unter einem Baum auszustrecken und etwas auszuruhen. Plötzlich ertönte ein Ruf. Überrascht drehte er sich um.

Die große Gestalt Teraks tauchte hinter ihm auf. Er winkte. Haldur wartete, bis der Eiskrieger ihn eingeholt hatte.

»Haldur!«, begrüßte dieser ihn. »Ich sah, wie du aus dem Tempel kamst, und bin dir gefolgt. Was treibst du hier? Gestern verhaftet dich die Garde und jetzt spazierst du im Garten herum?«

»Die Garde hat mich nicht verhaftet.«

»Was dann?« Er grinste. »Du bist wohl ein persönlicher Gast der Hohepriesterin … Mach mir nichts vor! Was hast du ausgefressen?«

Haldur seufzte.

»Komm, gehen wir ein Stück!«

Er freute sich, Terak zu begegnen. Nach all den seltsamen Dingen, die ihm widerfahren waren, tat es gut, ein vertrautes Gesicht zu sehen.

»Wo sind Reneda und Lamor?«, fragte er.

»Reneda wurde heute Morgen in den Tempel befohlen. Deshalb habe ich in der Nähe gewartet. Lamor hat ein paar Kameraden beim Würfelspiel angetroffen und sich dazugesellt. Du kennst ihn ja, wo gespielt wird, ist Lamor nicht weit.«

»Die armen Kerle. Lamor wird ihnen den letzten Sold abnehmen.«

Terak lachte.

»Er genießt es, wieder einmal in Ereat zu sein, und ich auch. Unsere Einheit ist jetzt in Addanc stationiert, wie viele andere. Dort gibt es bald mehr Söldner als Einwohner. Keinen unbeobachteten Schritt kann man tun; die Stadt steht unter Kriegsrecht. Hier in Ereat merkt man überhaupt nichts von der Bedrohung.«

Stirnrunzelnd blickte Haldur Terak an. Er verstand nicht, wovon dieser sprach. Seit Jahrzehnten herrschte Frieden mit den Nachbarländern.

»Welche Bedrohung?«

»Eine Vorsichtsmaßnahme, hieß es. Addanc ist die größte Stadt vor der Grenze zu Kelrun, wo angeblich ein Bürgerkrieg bevorsteht.«

»Ein Bürgerkrieg«, wiederholte Haldur.

Nachdenklich blickte er in die Ferne, wo sich schmale Pfade durch das Grün des Parks zogen. Wenige Spaziergänger waren unterwegs, und diese machten sich auf den Heimweg. Haldur steuerte auf eine hohe Linde zu, die am Rand der Tempelanlage emporragte, und setzte sich mit dem Rücken zum Stamm ins Gras. Terak ließ sich neben ihm nieder. Haldur riss einen Grashalm aus und kaute darauf.

»Die Keren haben König Schaaraoch gestürzt«, erzählte er.

Staunen weitete Teraks blassblaue Augen.

»Woher weißt du das?«

»Ich war dort, als es geschah.«

»Von den Keren habe ich schon gehört, aber ich habe noch nie einen gesehen. Sie sollen schreckliche Geschöpfe sein, tote Krieger, die Schaaraoch wiedererweckte und sich zu Sklaven machte.«

»Ja«, nickte Haldur.

»Aber …«, murmelte Terak. »Weshalb sollten sie sich gegen ihren eigenen Meister erheben?«

»Sie sind keine willenlosen Sklaven. Ich kenne die Keren nicht gut, ich weiß nur, dass sie mir und meinen Freunden halfen.«

»Was hast du in Kelrun gemacht?«

»Das ist eine sehr lange Geschichte. Erzähl mir, wie es euch ergangen ist!«

Ein Schatten fiel über Teraks Gesicht.

»Nach …« Er stockte und nahm einen neuen Anlauf. »Nach Klaads Tod war nichts mehr so wie vorher. Er war weder der Erste noch der Letzte, der starb, doch vieles hat sich verändert.«

Finster wich Haldur Teraks Blick aus. Schweigen senkte sich herab. Teraks Finger strichen über das Gras, vor und zurück.

»Es war nicht Renedas Schuld«, sagte er.

Nachdem er vergeblich auf eine Antwort gewartet hatte, fuhr Terak fort: »Schon bald nachdem du weg warst, wurden wir nach Addanc verlegt. Seither gehen wir auf Grenzpatrouille.« Er lachte freudlos auf. »Ich kann dir gar nicht sagen, wie aufregend unsere Arbeit ist. Wir zählen Bergziegen, um uns die Zeit zu vertreiben.«

»Langeweile hat mich nicht gequält«, erwiderte Haldur. »Im Gegenteil. Leider war meinen Unternehmungen wenig Glück beschieden. Seit ich von hier fortging, stolperte ich von einem Verdruss in den nächsten.«

»Bist du deshalb zurückgekehrt?«

Haldur zuckte die Schultern. Er konnte Terak nicht erklären, was mit ihm geschehen war. Die Worte blieben ihm in der Kehle stecken.

»Du hast Mut, das muss man dir lassen«, sagte Terak. »Nie vergesse ich den Tag, als du aus dem Dorf zurückkamst, wo du Klaad begraben hast. Vom Scheitel bis zur Sohle schwarz von Blut und Erde, hast du vor aller Augen die Uniform ausgezogen und sie Reneda vor die Füße geworfen. So wie du sie dabei angesehen hast, dachte ich, du wollest sie niederschlagen. Dann bist du einfach gegangen. Das ist natürlich auch ein Weg, den Dienst zu quittieren, doch ein schlechter, wenn man ihn wieder antreten möchte. Reneda wird das nicht so einfach hinnehmen.«

»Das ist mir gleichgültig.«

»Wir alle haben Freunde verloren. Jeder von uns verstand, wie du dich fühltest. Für mich war Klaad wie ein Sohn. Aber du glaubtest, allen Schmerz der Welt für dich gepachtet zu haben. Du hast Reneda keine Gelegenheit gegeben, mit dir zu reden. Stattdessen hast du sie vor der ganzen Truppe bloßgestellt.«

»Darüber gab es nichts zu reden. Sie hat ihn umgebracht.«

»Du weißt sehr gut, dass sie keine Wahl hatte! Auch sie befolgte Befehle, die von ihr verlangten, die Männer in diesen Wahnsinn zu führen. Glaubst du, sie hat Klaad gern getötet? Es hat ihr das Herz zerrissen.«

»Ich werde mich jedenfalls nicht entschuldigen.«

»Dann wirst du diese Uniform nicht mehr lange tragen, mein Freund.«

»Ich habe die Truppe nicht während eines Einsatzes verlassen. Jener Tag war der letzte für uns in Bragon. Wir sind Söldner, keine Leibeigenen! Es steht uns frei zu gehen.«

»Wir dienen keiner Räuberbande, sondern der priesterlichen Armee von Ereat. Wer sich wie ein Dieb davonstiehlt, wird ebenso behandelt.«

»Ein Dieb!«

Wütend sprang Haldur auf und blickte auf Terak herab, der entspannt auf der Wiese saß, die langen Beinen von sich gestreckt.

»Begrab endlich deinen Groll!«, beschwor dieser ihn. »Dein Zorn kann Klaad nicht wieder lebendig machen. Warum bist du zurückgekommen? Haben die Geister der Vergangenheit dich auf diesen Pfad geführt?«

Wortlos starrte Haldur Terak an, dann drehte er sich um und ging.

»Haldur!«, rief Terak ihm nach, doch der erklomm die Anhöhe zum Tempel, ohne den Kopf zu wenden.

◆ ◆ ◆

»Warum ich?«, fragte sie.

»Du kennst ihn«, erwiderte Moran, die Priesterin.

Rastlos schweiften Renedas Blicke umher. Durch die breiten, tiefen Fenster unterhalb der Decke des Saals fielen Streifen von Sonnenschein, die den Raum in mattes Licht tauchten. In verschlungenen Mustern warfen die Gitter der Fenster ihren Schatten auf den blanken Boden. Weit erstreckte sich die Halle. Dicke Säulen trugen die Decke, auf der in einem Gemälde der Sternenhimmel abgebildet war, schwarz und weiß. An den Wänden hingen Teppiche, in die Schriftzeichen und Symbole gewoben waren. Vor den drei Toren hielten Gardesoldaten Wache; ihre roten Uniformen schienen mit dem Stein der Wände zu verschmelzen.

Der Empfangssaal der Hohepriesterin beeindruckte jeden der zahlreichen Besucher, die hier vorsprachen, umso mehr als sie selbst erhöht auf einem vierstufigen Podest zu sitzen pflegte, von allen Seiten verborgen hinter einem Vorhang aus roten Schleiern, sodass nur ihr Umriss zu erkennen war.

Am Fuße des Podests glommen Kohlenbecken, in denen Räucherwerk brannte, das angenehme Düfte verströmte. Daneben saßen vier Priesterinnen auf geschnitzten Stühlen: Die obersten Ratgeberinnen, von denen die Hohepriesterin stets beschirmt wurde. Moran, die Weise – weiße Locken umkränzten ihr knochiges Gesicht mit den scharfen braunen Augen, die jede Regung wahrzunehmen schienen. Niemand wusste, wie alt sie tatsächlich war; man erzählte sich, sie habe schon vier Hohepriesterinnen gedient. Sut, die Kriegerin – zahlreiche Narben zeugten von ihrer kämpferischen Vergangenheit. Sie hatte die Armee zu dem gemacht, was sie heute war, und ihre Heldentaten waren Legende. Der blassen Haut und den eisblauen Augen nach zu schließen, stammten ihre Vorfahrinnen aus Ardak. Andra, die Gelehrte – sie kannte alle Überlieferungen. Man sagte, es gebe kein geschriebenes Wort, das sie nicht gelesen habe. In sanften Wellen umrahmte ihr braunes Haar das rundliche Gesicht mit den fröhlichen Augen. Kalya, die Heilerin – schloss die Runde ab; die Leibärztin der Hohepriesterin wusste mehr über die Heilkunst als irgendjemand sonst. Angetan in einem alten Kittel, pflegte sie durch die Gärten zu streifen und sich selbst um die Pflanzen zu kümmern. Mit ihrer kleinen, untersetzten Gestalt, dem rotwangigen Gesicht und dem zu einem Knoten geschlungenen Zopf gab sie das Bild einer Bäuerin ab, wofür sie von Fremden auch oft gehalten wurde.

Reneda fühlte sich eingeschüchtert in Anwesenheit dieser ehrwürdigen Frauen. Es war lange her, seit sie das letzte Mal von der Hohepriesterin empfangen worden war. Sie wusste, dass sie den Auftrag, den man ihr erteilt hatte, nicht ablehnen konnte. Der einzige Ausweg bestand darin, den Rat davon zu überzeugen, dass sie für die Aufgabe nicht geeignet war. Mit Bedacht musste sie ihre Worte wählen, obwohl sie ihren Unmut am liebsten herausgeschrien hätte.

»Verzeiht meine Einwände, verehrte Schwestern«, begann sie kleinlaut. »Der Umstand, dass ich ihn kenne, ist in diesem Fall kein Vorteil. Der, den ihr den Gesandten nennt, hat in meiner Einheit als Söldner gedient. Vor einem halben Jahr hat er die Truppe im Zorn verlassen.«

»Was wiederum dir nicht gefallen hat«, ergänzte Sut, die Kriegerin, mit ihrer volltönenden Stimme.

Eingehend musterte sie Reneda. Eine junge Truppenführerin, die schon als Mädchen in der Armee ausgebildet worden war. Stolz hielt sie das Haupt erhoben. Sut hatte sich über sie erkundigt. Als aufbrausend und ungeduldig wurde Reneda von den einen bezeichnet, als mutig und entschlossen von anderen. Alle waren sich darin einig, dass sie verlässlich sei.

»Der Gesandte benötigt Schutz und Leitung«, sagte Kalya, die Heilerin. »Die ewige Allmacht hat entschieden, einem unserer eigenen Söldner die Bürde aufzuerlegen. Unser Dank ist grenzenlos. Wem sollte die Ehre zuteil werden, ihn zu begleiten, wenn nicht seiner Truppenführerin?«

»Diese Ehre kann ich unmöglich annehmen«, erwiderte Reneda. »Ich verdiene sie nicht.«

Moran, die Weise, lachte auf.

»Ein Gesandter, der kein Gesandter sein will. Eine Truppenführerin, die sich vor der Verantwortung drückt. Vielleicht sollten wir die Sache abblasen.«

»Moran!«, rief Kalya tadelnd. »Halte deine Zunge im Zaum. Du weißt besser als wir alle, was auf dem Spiel steht.«

»Mehr als sterben können wir nicht«, brummte Moran vergnügt.

Erschrocken blickte Reneda von einer zur anderen.

»Ja«, nickte Andra, die Gelehrte. »Die Lage ist verzweifelt. Wirst du uns deine Hilfe verwehren?«

»Sie hat Angst«, sagte Moran, »dabei kennt sie noch nicht die Hälfte der Geschichte.«

Reneda schüttelte den Kopf.

»Ich habe keine Angst!«

»Natürlich hast du Angst. Du fürchtest dich davor, diesen Söldner nach Kelrun zu begleiten, weil er dich nicht mehr mag. Dabei magst du ihn durchaus, nicht wahr?« Sie seufzte. »Das Schicksal des Orakels von Ereat liegt in den Händen von Narren und Kindern. Die Wege der Allmacht sind wahrhaftig unergründlich.«

»Ist es so schwer zu verstehen, dass Reneda lieber hier bei ihren Leuten bleiben möchte?«, verteidigte sie Sut, die Kriegerin. »Kelrun ist ein fremdes Land, in dem andere Gesetze herrschen. Nach Schaaraochs Sturz droht ein Bürgerkrieg, der nicht mehr lange auf sich warten lassen wird. Der Auftrag ist mehr als gefährlich, in vielerlei Hinsicht. Wir verlangen von ihr, für uns ihr Leben aufs Spiel zu setzen.«

»Mein Leben gehört euch«, sagte Reneda. »Ich diene dem Tempel von Ereat mit all meiner Kraft. Wenn ihr mein Leben wollt, so nehmt es.«

Schweigen senkte sich herab. Die Vorhänge, hinter denen die Hohepriesterin verborgen war, regten sich, als ob Wind über sie strich.

»Große Verantwortung liegt in deinen Händen«, erklang ihre Stimme. »Der Gesandte sagt, er sei nicht derjenige, auf den wir warteten. Es macht keinen Unterschied. Er wird nach Kelrun reisen, wie es dem Gesandten bestimmt ist, und du wirst ihn begleiten, meine Tochter. Höre nun gut zu, wir werden dir erklären, worin deine Aufgabe besteht. Niemand darf davon erfahren, auch nicht der Gesandte. Du wirst unsere Worte für dich behalten und deine Pflicht erfüllen.«

Gehorsam verneigte sich Reneda.

◆ ◆ ◆

Dunkel schimmerten die Umrisse von riesenhaften Säulen hinter der Wand von Dunst. Dichter, warmer Nebel waberte um ihn, dessen Feuchtigkeit seine Haut benetzte. Rote Gestalten wanderten umher, deren Züge er nicht erkennen konnte. Er lag auf Stein, der von angenehmer Wärme erfüllt war, die seinen ganzen Körper durchdrang. Tiefe, wohlige Müdigkeit erfasste ihn, und er glaubte immer schwerer und schwerer zu werden, bis sein Leib gleichsam in den Stein sank.

»Der Geist des Wassers«, sprach eine Stimme.

Tropfen, die ihm aus allen Poren strömten, rannen über seinen Leib. Nässe sammelte sich unter ihm, in die er hineintauchte wie in einen Ozean. In endlosen Fluten trieb er. Fremdartige Farben tanzten ihm vor Augen, die gleich Wellen ineinander strömten, um wiederum neue Farben zu bilden.

In lichtlose Tiefen trieb er, bis zum fernen Grund. Sand und Steine wirbelten um ihn. Lehm war sein Leib, Erde von Erde. Atem dehnte seine Brust bis zum Bersten, und der Hauch, der aus ihm strömte, riss ihn empor.

»Der Geist der Erde«, sagte die Stimme. »Wasser und Erde. Der Geist des Windes.«

Sein Atem vereinte ihn mit dem Firmament. Gleich einer Wolke trieb er in den Lüften. Die Kraft sammelte sich und ballte sich zu einem Sturm, der ihn mit sich trug. Schwerelos schwebte er über unsichtbaren Ländern, und die Macht des Wassers und des Windes vereinten sich in ihm. Er zerbarst, riss entzwei als gewaltiger Blitz, der Feuer schlug. Lodernde Flammen verzehrten ihn.

»Der Geist des Feuers«, rief die Stimme. »Wasser und Erde. Wind und Feuer. Die Hüterinnen rufen euch. Unser Auge sei das Auge des Gesandten. Unsere Hand sei die Hand des Gesandten. Unsere Stimme sei die Stimme des Gesandten. Unsere Kraft sei die Kraft des Gesandten.«

Der Dunst, der Haldur umnebelte, wich zurück, und er sah die rot verhüllte Gestalt, deren Stimme er vernommen hatte.

»Die Bürde ist schwer«, sagte sie. »Wir werden dir helfen.«

Sie legte die Hand auf seine Brust. Er erstarrte unter der Berührung. Bilder fluteten in seinen Geist, die ihn an ferne Orte entführten, die er nie zuvor erblickt hatte, und plötzlich verstand er, dass sie ihm das Orakel zeigte. Die Macht der Eindrücke überwältigte ihn, und Schwärze senkte sich herab.

Schläfrig rekelte sich Haldur im Bett. Er klopfte das Kissen zurecht und drehte sich zur Wand, die Decke zog er über die Ohren. Selten zuvor hatte er so gut geschlafen. Allein der Gedanke aufzustehen bedeutete eine geradezu unmenschliche Anstrengung. Ein verwirrender Traum hallte in ihm nach, drängte leise in sein Bewusstsein. Er konnte sich nicht daran entsinnen.

Er öffnete die Augen und schloss sie sogleich wieder. Das klare Licht des frühen Morgens blendete ihn. Haldur konnte sich nicht aufraffen; bleierne Müdigkeit steckte in seinen Gliedern. Nur einen Augenblick noch musste er ausruhen.

Als er das nächste Mal aufwachte, herrschte angenehmes Dämmerlicht in seinem Zimmer. Gähnend setzte er sich auf und rieb sich das Gesicht. Schlaftrunken blickte er zum Fenster hinaus. Feurig rot brannte der Himmel. Haldur schüttelte sich. Er glaubte sich daran zu erinnern, dass die Sonne bereits aufgegangen war.

Schwindel überkam ihn. Der Raum schien sich um ihn zu drehen. Plötzlich leuchteten Farben vor ihm auf, die gleich bunten Nebeln ineinander flossen. Seine Umgebung erzitterte und wurde durchsichtig. Durch Mauern und Türen blickte er in weite Fernen, als sei die Welt nur ein Trugbild. Haldur kniff die Augen zusammen. Sogleich verschwanden die Farben, und die Dinge nahmen wieder ihre gewohnte Gestalt an.

Erleichtert stieß er den Atem aus. Er kratzte sich, während er zum Fenster ging. Auf dem Tisch stand wiederum ein zugedecktes Tablett, und genau so wie gestern hatte er auch heute niemanden sein Zimmer betreten gehört.

Mit beiden Händen strich er sich das Haar aus der Stirn. Als flammender Ball schwebte die Sonne über dem Horizont, blutrot leuchteten die Dächer Ereats unter dem Firmament. Die Luft war warm und golden. Die wenigen Wolkenstreifen schimmerten in allen Pastelltönen.

Er stutzte. Die Sonne sank. Immer länger wurden die Schatten. Er betrachtete die Abenddämmerung und nicht das Morgengrauen.

Das Essen rührte er nicht an; der Appetit war ihm vergangen. Er musste mit der Hohepriesterin sprechen. Irgendetwas stimmte nicht mit ihm. Schon immer hatte er gern lange geschlafen, doch dies übertraf alles bisher Dagewesene. Auch die Erschöpfung, unter der er zweifellos gelitten hatte, erklärte nicht, warum er nun schon zum zweiten Mal einen ganzen Tag im Bett verbracht hatte. Seine Wunde war verheilt, und in den letzten Wochen hatte er genügend Erholung genossen.

Ungläubig starrte er die untergehende Sonne an, als hoffte er, sie könne sich noch zur Umkehr entschließen und wieder an den Himmel steigen. Stattdessen erlosch sie unaufhaltsam. Bald spiegelten die Wolken den letzten Widerschein. Die Stadt lag im Zwielicht. Schon entflammten die ersten Lampen auf den Straßen und Wegen, funkelten gleich Sternen in dem Häusermeer.

Haldur taumelte. Dieselben merkwürdigen Farben, die er zuvor schon wahrgenommen hatte, drängten sich wieder in sein Sichtfeld. Zugleich erfasste ihn fiebrige Hitze. Der Schweiß brach ihm aus. Er stützte sich mit einer Hand auf den Tisch, mit der anderen bedeckte er die Augen. Die Knie wurden ihm weich. Mit letzter Kraft schleppte er sich zum Bett und fiel darauf nieder. Müdigkeit hielt ihn gefangen, deren er sich nicht erwehren konnte, und ehe er sich versah, überkam ihn Schlaf.

Verschwommen zeichneten sich die riesenhaften Säulen hinter der Wand aus Dunst ab. Haldur schaute sich um. Er wusste, dass er schon einmal hier gewesen war. Ein roter Schatten näherte sich und verharrte an seiner Seite. Dessen Anwesenheit beruhigte ihn. Er lag auf Stein, der angenehme Wärme ausstrahlte, die seinen ganzen Körper durchdrang. Nicht einen Finger hätte er rühren mögen, so entspannt fühlte er sich.

Der Schatten neben ihm schien sich zu verdichten, bis er die Gestalt einer Frau annahm, die sich gleichsam aus dem Nichts formte. Haldur erinnerte sich an sie, und plötzlich wurde ihm klar, dass er denselben Traum hatte wie schon zweimal zuvor. Die Hohepriesterin hatte ihn hergebracht, an diesen unwirklichen Ort.

Angestrengt versuchte Haldur mit seinen Blicken den Dunst zu durchdringen, der überall waberte, und dann sah er die schwarzen und weißen Schriftzeichen, von denen die Säulen bedeckt waren, die weit emporragten zu der bemalten Kuppeldecke. Fern ragten die Wände mit ihren unzähligen Türen auf.

Schrecken ergriff ihn. Er betastete den Stein, auf dem er lag, erfühlte die glatte Oberfläche und die Kanten, die neben ihm abfielen. Eine dünne Schicht von Flüssigkeit bedeckte den Steinblock; im Innern glühte Hitze, die gleichmäßig nach außen drang.

Er wusste, dass er träumte. In seinem Zimmer im Tempel war er eingeschlafen. Haldur bohrte die Fingernägel in seine Handflächen, in der Hoffnung, durch den Schmerz aufzuwachen. Nichts geschah.

»Dies ist das letzte Mal«, sagte die Hohepriesterin, »dreimal warst du hier, nun musst du gehen. Nimm unsere Kraft mit auf deinen Weg, Gesandter. Unsere Gedanken begleiten dich.«

Voll tiefer Zuneigung betrachtete sie ihn, und Haldur versank in ihren Augen, die in Liebe auf ihn gerichtet waren.

»Feuer und Wind«, rief sie. »Erde und Wasser. Wir, die Hüterinnen, dienen euch. Unser Auge sei das Auge des Gesandten. Unsere Hand sei die Hand des Gesandten. Unsere Stimme sei die Stimme des Gesandten. Unsere Kraft sei die Kraft des Gesandten. Beschützt ihn, wie ihr uns beschützt.«

Feuer strömte in Haldur, dessen Glut ihn verbrannte. Wind sammelte sich in ihm, unter dessen Macht er sich auflöste. Erde wurde sein Körper und zerfiel zu Staub. Wasser schlug über ihm zusammen, in dessen Fluten er versank. Er fürchtete sich nicht. Kraft erfüllte ihn, wie er sie nie zuvor empfunden hatte.

Die Hohepriesterin legte ihm die Hand auf die Brust. Die Berührung ging ihm durch Mark und Bein. Zusammen mit ihr blickte er in das Orakel, und sie führte ihn durch den Bilderstrom. Unendlich spannen sich die Fäden zu immer neuen Pfaden, die sich von Gedanken und Taten nährten. Sie zeigte ihm die Bestimmung des Gesandten, und Haldur verstand, warum er nach Ereat gekommen war.

Seufzend streckte er sich. Das Bett war angenehm weich. Er wickelte sich in die Decke und atmete tief ein und aus. Einen merkwürdigen Traum hatte er gehabt. Er konnte sich nur undeutlich daran entsinnen. Die Hohepriesterin war darin aufgetaucht und die Halle des Orakels. Zweifel überkam ihn, als ob er etwas Wichtiges vergessen hätte. Es wollte ihm nicht einfallen. Gähnend setzte er sich auf.

Dämmerlicht herrschte in seinem Zimmer. Rot flammte der Himmel hinter dem Fenster. Siedend heiß überfiel ihn die Erinnerung an den gestrigen Tag, den er verschlafen hatte. Entsetzt sprang Haldur auf.

Er getraute sich kaum, zum Fenster hinauszublicken, vor lauter Furcht, den nächsten Sonnenuntergang zu erleben. Wolken hingen über Ereat, die im Schein der Sonne entbrannten. Still war die Stadt. Im Park sangen Vögel mit hellen Stimmen ihre Lieder.

Gebannt starrte Haldur in das Firmament. Ein Wetterwechsel kündigte sich an, die schwüle Luft versprach Regen. Gleißendes Licht glitt über die Dächer, dann verschwand die Sonne halb hinter einer Wolke. Erleichtert atmete Haldur auf. Er sah Morgengrauen, keine Abenddämmerung.

Auf dem Tisch stand ein zugedecktes Tablett. Sein Magen knurrte. Gestern hatte er keinen Bissen gegessen. Er war so hungrig, dass ihm auch das kalte Mittagessen vom Vortag als Verlockung erschien. Neugierig lüftete er den Teller und fand dort einen Berg dampfendes Rührei, Linsen, Käse und gebratene Tomaten: sein Frühstück, das offenbar eben erst den Weg zu ihm gefunden hatte. Auch frisch gebackenes Brot hatte man ihm gebracht, Tee und eine Kanne Fruchtsaft. Alles in allem genug, um mehrere Leute zu verpflegen.

Verblüfft schüttelte Haldur den Kopf. Die Priesterinnen hatten offenbar geahnt, wie es um ihn bestellt war. Er deckte den Teller wieder zu und suchte den Waschraum auf. An der Wand hing ein kleiner ovaler Spiegel. Forschend betrachtete er darin sein Gesicht. In seinen Augen fand er keinerlei Anzeichen beginnenden Wahnsinns. Er fühlte sich ausgeruht und erholt.

Während er sich wusch und rasierte, überlegte er, was er als Nächstes tun sollte. Er musste mit der Hohepriesterin sprechen. Gleichgültig, wie schwer es sein würde, zu ihr vorzudringen, er war entschlossen, sich nicht abwimmeln zu lassen. Sein Zustand verlangte nach Antworten.

Eilig zog er sich an, dann setzte er sich an den Tisch und verzehrte sein Frühstück. Trotz des nagenden Hungers schaffte er es nicht, alles aufzuessen. Ein Fladenbrot und zwei Scheiben Käse blieben übrig, die sein Magen beim besten Willen nicht mehr aufnehmen wollte.

Gesättigt lehnte er sich zurück. Müdigkeit überkam ihn. Einen Moment lang dachte er daran, wieder ins Bett zu gehen, dann stemmte er sich hoch. Diesen Tag würde er nicht mit Schlafen verbringen, welche Anstrengung ihm dies auch abverlangte.

Er riss die Tür seines Zimmers auf, stürmte hinaus und fror ein. Im Gang stand ein Tempelsoldat. Still wachte er dort, in der Hand eine Lanze.

»Kommt mit mir!«, sagte er. »Die Hohepriesterin erwartet Euch.«

Der Soldat geleitete ihn ins Erdgeschoss und weiter zum Garten, der sich im Innenhof des Tempels befand. Bei dessen Eingang blieb er zurück und bedeutete ihm mit einer Geste, den Weg allein fortzusetzen.

In derselben Laube, wo er sich das erste Mal mit der Hohepriesterin unterhalten hatte, empfing sie ihn auch diesmal. Auf demselben Stuhl saß sie, eingerahmt von der Wand aus Blattwerk. Morgensonne strahlte zwischen den Ranken hindurch.

»Setz dich!«, sagte sie.

Haldur blieb stehen.

»Ich habe gestern den ganzen Tag geschlafen. Was geschieht mit mir? Seltsame Träume suchen mich heim, an die ich mich nicht erinnern kann.«

»Beruhige dich und setz dich hin!«

Zögernd folgte er der Aufforderung.

»Du musst den Tempel heute noch verlassen«, verkündete die Hohepriesterin. »Meine Schwestern haben alles für deine Abreise vorbereitet. Kehr zurück nach Kelrun und such deine Freunde.«

»Ihr habt meine Frage nicht beantwortet«, beharrte Haldur. »Was geht hier vor sich?«

»Du wirst es verstehen, wenn die Zeit gekommen ist. Sorge dich nicht!«

»Für mich ist die Zeit für Erklärungen jetzt gekommen.«

»Treib keine Scherze!«, tadelte ihn die Hohepriesterin. »Die Lage ist ernst. Du hast uns deine Hilfe angeboten, und wir möchten sie in Anspruch nehmen. Ich möchte dich bitten, eine unserer Priesterinnen in die Stadt Kirgon zu begleiten. Du schlägst ohnehin diesen Weg ein, und deine Kenntnisse werden für sie von Nutzen sein.«

»Eine Priesterin? Was will sie in Kirgon?«

»Sie wird einen Auftrag für uns erledigen.«

»Darf ich fragen, worum es sich handelt? Ich weiß gern, worauf ich mich einlasse.«

»Du brauchst dich nicht darum zu kümmern. Deine Aufgabe besteht darin, die Priesterin wohlbehalten nach Kirgon zu führen. Damit bist du dir unseres Dankes gewiss.«

»Das ist alles?«

»Unterschätze die Gefahren dieser Reise nicht. Seit König Schaaraoch verschwunden ist, wollen manche die Gunst der Zeit für ihre Zwecke nutzen. Schaaraochs Generäle herrschen immer noch im Land, und jeder von ihnen sähe sich selbst gern auf dem Thron. Den untoten Krieger, der diesen Platz eingenommen hat, fürchten sie nicht. Krieg droht.«

»Das sind schlechte Nachrichten.«

»Diejenigen, die Krieg wollen, werden ihn bekommen, so war es schon von Anbeginn. Kein Mann kann in Frieden über ein Land herrschen, dies ist den Frauen vorbehalten. Der Allmacht gefiel es, in manchen Reichen die Regentschaft der Väter zu gestatten, damit wir daraus lernen. Wir alle sind ihre Kinder.«

Nachdenklich blickte Haldur die Hohepriesterin an. Gern hätte er den Schleier gelüftet, hinter dem sie sich verbarg, um einmal ihr Gesicht zu sehen. Er fragte sich, warum sie es verhüllte. Seltsam verbunden fühlte er sich ihr, obwohl er sie kaum kannte. Ihre Nähe schien ihn beständig an etwas zu erinnern, das er vergessen hatte.

»Die Priesterin, die wir erwählt haben, ist Reneda«, erklärte sie, »deine ehemalige Truppenführerin.«

Haldur staunte.

»Wir haben sie nach Ereat gerufen«, fuhr die Hohepriesterin fort. »Sie sagte, dass zwischen euch Streit herrscht. Ihr werdet ihn begraben, damit Reneda ihre Aufgabe erfüllen kann.«

»Warum …?«, stammelte er. »Weshalb Reneda?«

»So ist es entschieden.«

»Was sagt sie dazu, mit mir eine so weite Reise anzutreten? Wir werden viele Wochen unterwegs sein.«

»Sie ist eine kluge Frau. Sie weiß, was getan werden muss.«

Schnell dachte Haldur nach. Er war den Priesterinnen zu großem Dank verpflichtet. Sie hatten ihm das Leben gerettet, als er verwundet aus dem Schrein gestürzt war; sie hatten ihn genährt und gekleidet, und nun ermöglichten sie ihm die Rückkehr nach Kirgon, die ihm ohne Pferd, Waffen oder Geld allein mehr als schwer fiele. Eine Priesterin dorthin zu begleiten war das Mindeste, was er tun konnte.

»Ich werde gern helfen, so gut ich es vermag. Es tut mir Leid, dass ich nicht der Gesandte bin, auf den Ihr gewartet habt. Ich wünschte, ich könnte mehr für Euch tun. Was habt Ihr nun vor? Ihr sagtet, der Tempel sei in Gefahr.«

»Die Dinge werden ihren Lauf nehmen«, erwiderte sie.

»Was ist mit der Prophezeiung? Seit Jahrhunderten verbreitet sich diese Legende von dem Retter, den das Orakel entsenden wird, und nun, da man ihn braucht, ist er nicht hier.«

Ein gedämpftes Lachen ertönte.

»Wir sind Priesterinnen. Wahrhaft schlecht wäre es um unseren Glauben bestellt, wenn wir jetzt in der Not nicht auf die Güte der Allmacht vertrauten. Die Schöpferin der Welten lenkt die Geschicke. Wir sind ihre Dienerinnen. Vertrau auch du deinem Weg!«

»Schicksal!« Haldur schnaubte. »Ich entscheide selbst, welchen Weg ich beschreite, dazu brauche ich keine Götter.«

Vergnügt lachte die Hohepriesterin. Haldurs Worte schienen ihr ein Quell der Heiterkeit zu sein.

»Ich möchte dir eine kurze Geschichte erzählen: Als die Große Mutter das Universum erschuf, da verlieh sie Gaben an alle Dinge und Geschöpfe. Am Schluss blieb eine Gabe übrig, die nichts und niemand haben wollte. Die Allmacht fragte die Urkräfte, Feuer und Wind, Erde und Wasser – diese lehnten dankend ab. Sie fragte die Geister, die ihr dienten, doch diese wollten nichts davon wissen. Sogar die Gestirne, deren Lichter wir am Nachthimmel sehen, wiesen ihr Angebot zurück. Schließlich nahmen wir Menschen das Geschenk an, und seither plagen wir uns mit dieser Gabe, die man freien Willen nennt.«

Sie nickte.

»Es ist nur eine Geschichte, die ich das erste Mal hörte, als ich noch ein Kind war. Sie hat mir damals gut gefallen. Der freie Wille ist ein zweischneidiges Schwert, mit dem man uns prüft und durch den wir wachsen. Wir entscheiden in der Tat selbst über die Wege, die wir beschreiten. Eine große Verantwortung. Jetzt ist der Tempel Ereats in Gefahr. Die Ereignisse überstürzen sich und wir müssen handeln.«

»Welche Ereignisse?«

»Das Schicksal der Schlüssel und der Schreine ist miteinander verwoben. Auch dein Geschick ist damit verflochten. Die Spur der Schlüssel hat dich nach Kirgon geführt, der Schrein der Wahrheit brachte dich nach Ereat. Die Pfade der Zeit folgen ihren eigenen Gesetzen. Wir beobachten sie.«

Vergeblich mühte sich Haldur zu verstehen, was die Hohepriesterin ihm mitteilen wollte.

»Ich begreife nicht, was Ihr meint. Ihr sprecht von Pfaden der Zeit, denen wir folgen müssen, und gleichzeitig erzählt Ihr von freiem Willen.«

»Es ist dasselbe. Du musst jetzt gehen. Die Schwestern erwarten dich in der Halle.«

Er griff unter das Hemd und holte die lederne Schnur hervor, an der das Medaillon mit dem Wappen des Tempels hing, um es zurückzugeben.

»Nein«, wehrte die Hohepriesterin ab, »behalte es.«

Sie stand auf und reichte ihm ein Schwert, das verborgen hinter ihrem Sessel gelehnt hatte. Haldur nahm es entgegen. Die Waffe steckte in einer schwarzen Lederscheide, befestigt an einem ebensolchen Gürtel. In den Knauf war das Wappen des Tempels geprägt. Die Hauptleute der Tempelgarde führten diese Klingen. Nun holte die Hohepriesterin einen wohl gefüllten Geldbeutel aus den Falten ihres Gewandes, den sie ihm übergab.

»In den Stallungen wartet ein Pferd auf dich, das wir eigens für dich ausgesucht haben«, sagte sie. »Es wird dir gute Dienste leisten.«

Haldur wusste nicht, was er sagen sollte.

»Wie kann ich Euch danken?«

»Wir danken dir. Leb wohl und gute Reise! Unsere besten Wünsche begleiten euch.«

Mit einer Verbeugung verabschiedete sich Haldur. Es schmerzte ihn, Ereat zu verlassen, das er eben erst wieder gefunden hatte. Andererseits war er froh, nicht mehr im Tempel wohnen zu müssen. Jene Träume, die ihn plagten, hatten sicherlich mit seiner Umgebung zu tun.

»Lebt wohl!«, erwiderte er und trat zögernd in den Garten hinaus.

Nach einigen Schritten drehte er sich nochmals um und fand die Laube leer vor, als wäre die Hohepriesterin niemals dort gewesen.

Während er den Garten durchquerte, kamen ihm wiederum unendlich viele Fragen in den Sinn, die er noch hatte stellen wollen. Allein mit der Hohepriesterin hatte er gesprochen, der Hüterin des Orakels von Ereat, die mehr wusste als jedes andere lebende Wesen, und ihm war nichts Besseres eingefallen, als ein paar zaghafte Worte zu stammeln. Antworten auf die größten Geheimnisse hätte er von ihr erhalten können. Alles hatte er in ihrer Anwesenheit vergessen.

KAPITEL 4

An der Grenze

Das Pferd, das die Priesterinnen für ihn ausgesucht hatten, war eine breite weiße Stute mit eigenwilligem Wesen. Ihr kräftiges Gebiss gebrauchte sie gern dazu, alles Mögliche anzunagen und zu beißen. Sie hieß Igri, benannt nach dem gleichnamigen Quälgeist in einem Märchen, der in Wäldern sein Unwesen zu treiben pflegte, wo er mit Vorliebe Wanderer in die Irre lockte. Das Pferd machte seinem Namen alle Ehre. Stur verfolgte es seine eigenen Pläne. In der letzten Woche hatte sich Haldur des Öfteren gefragt, wie er diese Wahl der Priesterinnen deuten sollte oder ob sie das Tier einfach nur hatten loswerden wollen, wozu er ihnen eine günstige Gelegenheit geboten hatte.

»Die Vergangenheit ist so veränderlich wie die Zukunft; stets beschert sie uns das, was wir darin suchen.«

Das Unfehlbare und die Fehlbaren.
Berühmte Prophezeiungen
und ihre historischen Auswirkungen.
Band II: Ereat.
Historische Bibliothek von Dahlstadt,
Reg. 53-8, 2288 n. A. D.

Jedenfalls war Igri stark und ausdauernd – trotz der langen Strecken, die sie zurückgelegt hatten, wurde sie nicht müde. Solange man ihrem Maul nicht zu nahe kam und auf ihre Schritte achtete, gab sie keinen Anlass zu Klagen.

Reneda ritt ihren Rappen Zoran, der sie seit Jahren überall hin begleitete. Manche Schlacht hatte der groß gewachsene Hengst schon mit ihr bestritten. Feurig und ungestüm war sein Wesen, dennoch ließ er sich kaum aus der Ruhe bringen, selbst nicht von Igri, die manchmal an seiner Mähne kaute.

Haldur war froh, wieder unterwegs zu sein. Er genoss es, durch die weiten grünen Ebenen des Tieflandes zu reiten. Das hohe Gras wogte im Wind, ein smaragdenes Meer unter dem lichtblauen Himmel. Mit leichten Schritten galoppierte Igri über die Steppe, frei fühlte er sich auf ihrem Rücken, als könnte er fliegen. Die

Sonne schien sommerlich warm, allein die Nächte waren noch kühl zu dieser Jahreszeit. Abends lagerten sie im Freien, und Haldur lag oft noch lange wach und betrachtete die Sterne, die ihr glitzerndes Zelt über ihnen ausbreiteten. Mit jedem Tag lebte er auf. Auch seine wachsbleiche Haut nahm endlich wieder Farbe an.

Er und Reneda hatten in stiller Übereinkunft Waffenruhe geschlossen. Sie vermieden es, bestimmte vergangene Geschehnisse zu erwähnen. Renedas Selbstbeherrschung rang Haldur Bewunderung ab. Sie war eine angenehme, wenn auch schweigsame Reisegefährtin. Nicht ein Wort verlor sie über ihren Auftrag, und bald gab es Haldur auf, sie mit Fragen zu bedrängen.

Beim Gedanken, nach Kirgon zurückzukehren, beschlich ihn ein merkwürdiges Gefühl. Er hoffte, seine Freunde wieder zu finden, und fürchtete sich gleichzeitig davor, sie nicht mehr lebend anzutreffen. Unendlich lange her schien es ihm, seit er in der Halle der Wahrheit gekämpft hatte.

In dem flachen Gelände waren sie rasch vorangekommen; vor acht Tagen hatten sie Ereat verlassen, und nun erblickten sie in der Ferne bereits die Bergkette, an der die Grenze zu Kelrun verlief. Von den Bergen her blies der Wind, der seit dem Morgen stetig an Stärke zugenommen hatte. Böen peitschten das Gras.

Besorgt betrachtete Haldur das Firmament. Über dem Horizont bildete sich eine finstere Wand. Ein Sturm nahte. Die dunkelsten der Wolken waren ein gutes Stück entfernt und hingen genau über den Bergen. Mit etwas Glück blieben sie vom schlimmsten Unwetter verschont.

Die Steppe bot wenig Schutz vor der Witterung. Hier wuchsen nichts als Gras und ein paar Sträucher, von denen die höchsten ihnen bis zum Knie reichten. Nirgendwo lagen Ortschaften oder Behausungen. Die Ebenen waren die Heimat der umherziehenden Hirten mit ihren Viehherden, und diese führten ihre Zelte und all ihre Habseligkeiten mit sich. Während ihrer Reise waren sie noch keiner Sippe begegnet; es schien, als ob die Nomaden den Süden des Landes zurzeit mieden.

Reneda zügelte ihr Pferd.

»Ein Sturm zieht auf«, sagte sie.

Haldur nickte.

»Er geht über den Bergen nieder.«

»Da bin ich mir nicht so sicher.«

Ein heftiger Windstoß fegte ihnen das Haar aus dem Gesicht. Donner rollte. Ihre Pferde stampften unruhig. Haldur folgte Renedas Blick und sah, wie die Wolken vom Wind in ihre Richtung getragen wurden. Ein Blitz flammte auf, und der Himmel grollte, dass die Erde bebte.

»Du hast Recht«, gab er zu. »Das sieht nicht gut aus.«

»Vor den Bergen beginnt der Wald«, meinte Reneda. »Wir könnten die ersten Ausläufer erreichen.«

Er schüttelte den Kopf.

»Das schaffen wir nicht.«

»Wir müssen es versuchen!« Sie seufzte. »In der Steppe fällt selten Regen, aber wenn er kommt, dann als Flut. Ich habe schon solche Stürme erlebt. Es ist kein Vergnügen, sich dabei im Freien aufzuhalten. An den Bäumen könnten wir die Plane aus Öltuch befestigen, die wir mitgenommen haben, um uns vor dem Regen zu schützen. Hier in der Ebene wird der Wind sie sofort wegreißen.«

Ohne seine Antwort abzuwarten, trieb sie den Hengst an und preschte davon. Haldur folgte ihr. So rasch die Pferde sie trugen, eilten sie auf die Berge zu. Schon ballten sich die ersten Wolken über ihnen. Regentropfen benetzten ihre Gesichter.

Sein Gefühl sagte Haldur, dass sie den Wald nie und nimmer rechtzeitig erreichen würden. Im Tiefland täuschten die Entfernungen. Manchmal erblickte man bei klarer Sicht am Horizont Berge oder Städte, die zum Greifen nahe wirkten, obwohl sie in Wahrheit noch Tagesreisen weit entfernt waren. Andererseits neigte man dazu, Dinge zu übersehen, die eigentlich keinen Steinwurf entfernt waren.

Das Lager der Nomaden erspähten sie tatsächlich erst, als sie schon beinahe daran vorüber geritten waren. Erstaunt hielten sie inne. Mehrere kleinere Zelte scharten sich um ein großes. Die Wände aus gefleckter Tierhaut verschmolzen gleichsam mit der Umgebung. In einem behelfsmäßigen Unterstand drängten sich Schafe und Ziegen, auch einige Büffel entdeckten sie, die hinter dem großen Zelt weideten.

Das Heulen des Windes übertönte Renedas Stimme, sodass Haldur nicht verstand, was sie sagte. Mit ausgestrecktem Arm deutete sie zu den Zelten. Haldur nickte. Ihm war derselbe Gedanke gekommen. Die Nomaden waren für ihre Gastfreundschaft bekannt. Bei ihnen fänden sie Unterkunft.

In Windeseile schwand das Tageslicht. Die nahende Nacht verband sich mit dem Gewitter zu dräuender Finsternis. Betäubend laut grollte der Donner, und der Himmel öffnete seine Tore. Wasser ergoss sich in Strömen. Hart prasselte der Regen nieder, als wollte er die Erde durchschlagen und alles, was sich darauf aufhielt. Im Nu waren sie durchnässt bis auf die Haut.

Ein dichter grauer Vorhang lag über dem Land, als sie das Lager erreichten. Erst war kein Mensch zu sehen, dann tauchte eine vermummte Gestalt auf: Ein junger Mann, der sich den Mantel über den Kopf gezogen hatte, rannte zu dem Unterstand der Tiere. Eilig band er das Gatter mit einem Seil fest. Schließlich bemerkte er Reneda und Haldur, die auf ihn zuschritten, und zuckte zusammen. Nachdem er den ersten Schrecken überwunden hatte, winkte er ihnen.

Sie stellten ihre Pferde bei den Schafen und Ziegen unter. Es war eng, doch besser, als im Regen zu stehen. In weiser Voraussicht hatten die Nomaden eine schützende Seitenwand um das Gehege errichtet, die den ärgsten Wind abhielt. Nachdem sie die Pferde angebunden und abgesattelt hatten, folgten sie dem jungen Mann zum großen Zelt.

Er hob das dicke Fell, das den Eingang bedeckte, und bedeutete ihnen einzutreten. Licht schimmerte in der Öffnung. Gebückt stiegen Haldur und Reneda hinein und fanden sich plötzlich in einem ausgedehnten, üppig ausgestatteten Raum wieder, der durch verschieden hohe Podeste in Ebenen unterteilt war. Mehrere Schichten bunter Teppiche verkleideten Boden und Wände. Da und dort standen kunstvoll bemalte Holztruhen, kleine geschnitzte Tische und Hocker. Öllampen verbreiteten einen warmen Schein.

In der Mitte des Zeltes saßen ein gutes Dutzend Leute im Kreis, die sie erstaunt anschauten. Sie scharten sich um eine Ansammlung von Schüsseln und Platten, aus denen sie mit den Fingern aßen. Zwischen den Erwachsenen hockten Kinder unterschiedlichen Alters. Alle trugen Kleidung aus bunt gewebtem Tuch, dessen farbenfrohe Muster mit Stickereien verziert waren. Erhöht am Kopfende der Tafel thronte eine alte Frau auf einem riesigen, golddurchwirkten Kissen. Sie trug einen spitzen Hut aus bunten wollenen Quasten, der ihr ein eigentümliches Aussehen verlieh.

Der junge Mann, der Reneda und Haldur hergeführt hatte, sprang sogleich zu ihr, murmelte ein paar Worte, die sie nicht verstanden, und deutete auf sie. Reneda trat vor und verneigte sich höflich.

»Guten Abend, Volk der Steppe«, sagte sie. »Wir sind Reisende, die vom Unwetter überrascht wurden.«

Sie griff in die Satteltasche, die sie über die Schulter geworfen hatte, und holte ein Säckchen Salz, einen Beutel getrocknete Bohnen und ein Brot hervor, die sie vor die Runde legte. Bei den Nomaden war es Brauch, ein Gastgeschenk zu überreichen, wenn man ein fremdes Zelt betrat.

Wohlwollend nickte die alte Frau ihr zu und sagte ein paar Worte in einem Dialekt, der weder Haldur noch Reneda geläufig war. Ratlos schauten sie sich an. Der junge Mann kam ihnen zu Hilfe.

»Ich kenne eure Sprache«, strahlte er. »Die Sippenälteste sagte: ›Willkommen, Priesterin des Tempels!‹«

Neugierig musterten die Nomaden sie. Schweigen herrschte, nur ein Säugling stieß ein schrilles Krähen aus. Seine Mutter wiegte ihn auf den Armen, und bald war das Kind ruhig. Auf das Dach trommelte Regen; im Zelt war es angenehm trocken und warm. Die Nomaden wussten ihre Unterkünfte so zu bauen, dass sie einem Unwetter standhielten. Das ganze Jahr verbrachten sie in der Steppe, blieben einige Wochen oder Monate an einem Ort und zogen weiter.

Die alte Frau sprach wiederum und der Junge übersetzte sogleich: »Sie sagt, Ihr dürft heute Nacht hier bleiben, Priesterin, und das Zelt mit uns teilen.«

»Mein Name ist Reneda«, erwiderte sie, »und das ist mein Kamerad Haldur. Wir danken euch und nehmen das Angebot gern an.«

Durchdringend musterte die Sippenälteste erst Reneda und dann noch länger Haldur. Gebannt betrachtete er ihr ledriges, von tiefen Falten zerfurchtes Gesicht. Der scharfe Blick ihrer kohlschwarzen Augen war ihm unangenehm, gleichsam gehäutet fühlte er sich davon. Sie musste uralt sein, ihre kleine Gestalt schien nur noch aus Haut und Knochen zu bestehen.

Die Angehörigen ihrer Sippe schauten ihn ebenfalls an, doch mit freundlicheren Mienen. Männer wie Frauen hatten dunkles Haar und bronzene Haut, sie waren von zartem, schlankem Wuchs. Den ebenmäßigen Gesichtern war eine schlichte Schönheit zu Eigen.

»Ich heiße Tani«, sagte der Junge.

Die Abwechslung, die zwei fremde Reisende boten, schien ihn hoch zu erfreuen. Man sah ihm an, dass er sie gern mit Fragen überschüttet hätte, doch in Anwesenheit der Ältesten traute er sich nicht. Auch jetzt rief sie ihn sogleich zur Ruhe und redete bedächtig auf ihn ein. Seine Stirn umwölkte sich.

»Verzeiht!«, sagte er. »Die Einladung gilt nur für die Priesterin, nicht für den Geist. Er darf nicht hier bleiben. Das ist gegen die Regeln.«

»Welcher Geist?«, riefen Reneda und Haldur gleichzeitig.

Die Sippenälteste zeigte mit dem Finger auf Haldur und schoss giftige Blicke auf ihn. Er wusste nicht, wie ihm geschah.

»Ich bin kein Geist!«, wehrte er sich. Mit beiden Händen klopfte er fest auf seine Brust. »Ich bin ein Söldner. Seht meine Uniform!«

Ängstlich wich Tani einen Schritt zurück. Furcht beschattete nun auch die Tischrunde. Leise flüsterten die Nomaden miteinander. Nachdem der Junge Haldurs Antwort übersetzt hatte, hob die Älteste verblüfft eine Augenbraue. Wiederum starrte sie ihn an und sagte lange nichts mehr. Schließlich murmelte sie in Tanis Ohr. Er schüttelte den Kopf und fragte sie etwas. Mit einer ungeduldigen Geste wies sie ihn an, zu ihnen zu gehen. Widerwillig schlich er davon, wobei er darauf achtete, Haldur nicht zu nahe zu kommen. Er wandte sich an Reneda und wisperte:

»Die Familie soll es nicht hören. Viele sind eurer Sprache kundig. Großmutter glaubt dem Geist, dass er sich für einen Menschen hält. Sie hat die Wahrheit in ihm gesehen. Deshalb dürft ihr beide bleiben, aber nicht hier bei der Sippe. In einem der kleinen Zelte könnt ihr schlafen. Ich werde euch zu essen bringen. Ihr sollt nicht mit uns an der Tafel sitzen. Es tut mir Leid!«

Allmählich wurde Haldur wütend.

»Verflucht noch mal! Ich bin kein Geist, sag ihr das! Wie kommt sie nur auf so etwas?«

Tani huschte zu seiner Großmutter. Sie redete mit ihm. Er sah sie fragend an, und sie fuhr in ihren Erklärungen fort. Währenddessen starrten Reneda und Haldur in die noch halb gefüllten Schüsseln, denen der Geruch von gerösteten Zwiebeln und schmackhaften Gewürzen entströmte. Haldurs Magen knurrte vernehmlich. Endlich kehrte Tani zu ihnen zurück. Er machte einen verwirrten Eindruck.

»Ich verstehe es selbst nicht«, begann er, »deshalb werde ich euch wörtlich berichten, was Großmutter sagte. Sie ist eine weise Frau und kennt alle Dinge.« Er räusperte sich und hob an: »In dem Geist ist die Kraft der Elemente gesammelt – Feuer und Wind, Wasser und Erde. Gefährlich ist er, nicht böse. Er soll uns verlassen, und seinen Sturm soll er mit sich nehmen. Wir sind ein einfaches Volk und können ihm nicht dienen. Er möge uns verzeihen.«

Wie um diese Worte zu bekräftigen, krachte draußen der Donner. Ein Windstoß erschütterte das Zelt. Erschrocken duckte sich Tani.

»Nimm deinen Sturm mit«, flehte er. »Wir haben dir nichts getan!«

Ein tiefes Seufzen entrang sich Haldur.

»Wenn ich über Stürme geböte«, murmelte er, »dann wäre ich jetzt nicht so nass.«

Reneda unterdrückte ein Grinsen.

Schnell packte Tani eine Lampe und eilte voraus zum Eingang. Haldur und Reneda verabschiedeten sich. Die Runde atmete sichtlich auf, als sie sich entfernten.

Draußen schüttete der Regen mit unverminderter Kraft auf sie nieder. Im Laufschritt sprangen sie Tani nach, der sie zum entferntesten Zelt geleitete. Mit einer Hand schirmte er die Flamme der Öllampe ab, mit der andern knüpfte er die Felldecke los, die das Zelt verschloss. Er überreichte Reneda das Licht, dann rannte er davon, als seien Geister hinter ihm her.

Sie gingen hinein und machten die Öffnung hinter sich zu. Prustend rieb sich Haldur das Wasser aus dem Haar. Reneda sah sich um. Kisten und Truhen stapelten sich an den Wänden, darauf lagen Rollen von Seil und Werkzeuge. Eine dicke Plane aus Öltuch, die an den Seiten hochgezogen war, schirmte den Boden von Nässe ab, mehr Annehmlichkeiten gab es nicht.

»Diese verrückte Alte mit ihrem bunten Hut!«, rief Haldur. »Ich kann's nicht glauben! Dabei habe ich mich so gefreut, als wir die Zelte entdeckten. Es ist nicht das erste Mal, dass ich bei den Nomaden bin. Sie sind fröhliche und freundliche Leute. Gern bewirten sie Gäste und tauschen Geschichten aus bis spät in die Nacht. Ich dachte, wir könnten uns an einer warmen Mahlzeit laben und ein wenig plaudern. Aber nichts da! Ich bin ein Geist. Ein *gefährlicher* Geist.«

»Beruhige dich!«, erwiderte Reneda. »Immerhin haben wir eine trockene Unterkunft. Das ist mehr, als ich erhoffte.«

Die Lampe stellte sie auf eine Kiste, dann nahm sie das Gepäck ab und zog den Mantel aus. Ihre Kleider darunter waren ebenfalls feucht. Sie streifte die tropfenden Stiefel ab und stellte sie in eine Ecke. Haldur tat es ihr gleich. Nacheinander legten sie die nassen Sachen ab und drapierten sie über den Kistenstapeln zum Trocknen, bis sie nur noch in Unterhemd und Hose dastanden. Fröstelnd schlang Reneda die Arme um sich. Haldur konnte nicht anders, als sie zu betrachten. Feine Sommersprossen übersäten ihre blasse Haut, die von Narben versehrt war. Das Haar hing ihr ins Gesicht, in dem fahlen Licht glänzten die Strähnen rot wie Blut. Unter der Wäsche zeichneten sich die wohlgerundeten Formen ihres Körpers ab. So hatte er sie noch nie gesehen. Ihm fiel auf, wie schön sie war.

Reneda schnallte die zusammengerollte Matte und den Schlafsack von der Satteltasche los und breitete sie auf dem Boden aus, dann setzte sie sich. Haldur schlug dicht neben ihr sein Lager auf, mehr Platz gab es nicht in dem engen Zelt.

Der Wind pfiff herein, als das Fell vor dem Eingang hochgehoben wurde. Tani kehrte zurück. Er trug eine zugedeckte Schüssel, die er auf den Boden stellte. Nach einem knappen Gutenachtgruß war er schon wieder verschwunden.

Hungrig zog Haldur die Schüssel heran. Darin befanden sich zwei Fladenbrote, darunter eine üppige Portion eines Eintopfgerichts. Er reichte Reneda eines der Brote und stellte die Schüssel in die Mitte. Schweigend aßen sie, indem sie das Brot in Stücke brachen, mit denen sie das Essen aufnahmen. Der Eintopf schmeckte hervorragend; gebratenes Schaffleisch, Kartoffeln, Mohrrüben und Linsen waren von einer würzigen roten Soße umhüllt, die so scharf war, dass ihnen der Mund und die Finger davon brannten. Bald froren sie nicht mehr, sondern schwitzten.

Wohlig seufzend lehnte sich Reneda zurück, als sie aufgegessen hatten. Haldur stellte das Geschirr weg.

»Die Küche Ereats habe ich am meisten vermisst«, murmelte er. »Sobald man sich einmal an die Schärfe gewöhnt hat, erscheint alles andere fade.«

Stirnrunzelnd musterte Reneda ihn, und Haldur fragte sich, ob er etwas Falsches gesagt hatte.

»Die Eiskrieger fluchen über unser Essen«, erwiderte sie. »Bei ihnen zu Hause kennt man nur Salz, und selbst davon gebrauchen sie wenig. Erinnerst du dich an diese köstlichen Brottaschen, die an jeder Ecke auf dem Markt in Ereat für wenig Geld verkauft werden? Ich habe schon manchen weinen sehen, der einen Bissen versuchte.« Sie lachte vergnügt. »Früher haben wir den jungen Eiskriegern eine geschenkt, damit sie ihre neue Umgebung besser kennen lernen.«

»Diese Brottaschen sind mit eingemachten Pfefferschoten gefüllt.« Haldur grinste. »›Mild oder scharf?‹, fragen die Verkäufer. Wer jemals eine scharfe genommen hat, tut es nicht wieder.«

»Ich mag die scharfen«, sagte Reneda.

Sie streckte sich auf dem Schlafsack aus, verschränkte die Hände im Nacken und starrte an die Decke.

»Ardak ist nicht mehr so wie früher«, erzählte sie. »Immer weniger Eiskrieger kommen zu uns. Seit Fürst Arngrim das Szepter schwingt, glauben sie, die ganze Welt erobern zu können.« Sie keuchte. »Die Allmacht möge uns davor bewahren!«

»Fürst Arngrims Stellvertreter, Skarg, soll ein kluger Mann sein.«

»Ein selbstverliebter Bursche, nach allem, was ich hörte. Vom Wohlergehen des Landes sprechen diese Kerle, dabei meinen sie bloß den Fortbestand ihrer Kriegerkaste. Frauen genießen in Ardak den Stellenwert von Haustieren. Neue Söhne sollen sie gebären, und die Männer zwingen sie zur Einehe: So wollen sie sicherstellen, dass die Kinder von ihnen sind. Es ist gegen die Natur!« Sie schnaubte abschätzig. »Viele arkadische Frauen sind nach Ereat geflohen. Man kann es ihnen nicht verdenken.«

Haldur zuckte die Schultern.

»Bis vor einigen hundert Jahren herrschten Priesterinnen über Ardak«, fuhr Reneda fort. »Sie wurden in blutigen Schlachten gestürzt. Seither geht es mit dem Land bergab. Einst gehörten auch die Gebirge des Ostens, Ardak, die Stadt Kech und das Hochland von Batonien zum Reich Ereats.«

»Aber …« Haldur stutzte und dachte nach. »Ich wusste, dass in Kech früher Priesterinnen herrschten. Ein Freund von mir hat davon erzählt. Er sagte, die Priesterinnen hätten die Menschen versklavt und ausgebeutet, bis schließlich ein Eiskrieger gegen die Tyrannei aufbegehrte und die Priesterinnen von ihrem Thron stieß. Es war Fenrir, der erste König Kechs.«

Bitter lachte Reneda auf.

»Die Sieger schreiben die Geschichtsbücher. So vieles wurde vergessen! Die Priesterinnen von Kech waren unsere Schwestern. Sie herrschten in Frieden, zum Wohle der Menschen. Kriegerische Stämme, die aus dem Norden zugewandert waren, zettelten die Rebellion gegen sie an, weil sie es nicht ertragen konnten, dass Frauen über sie befahlen, wie weise diese auch waren. Erbarmungslos wurden die Priesterinnen niedergeschlagen. Sie kannten keine Kriege, deshalb wussten sie zunächst nicht, wie sie sich gegen die einfallenden Horden verteidigen sollten. Unverständlich war ihnen die blinde Wut ihrer Widersacher. Als sie endlich aufwachten, war es zu spät: Das ganze Reich von Kech ging verloren. Nicht nur sie selbst, auch all ihr Wissen fiel der Vernichtung zum Opfer; den wunderbaren Tempel von Kech brachten die Schlächter zum Einsturz und begruben ihn unter Steinlawinen, wo er heute noch liegt. Nur der Schwestertempel steht noch, man nennt ihn die Flammenburg. Jedes Andenken an die Priesterinnen wurde daraus getilgt. Stattdessen stellten sie das goldene Götzenbild eines Wolfes in den höchsten Turm, umgeben von einem Ring aus Flammen, als Sinnbild und Wahrzeichen ihres Mordens. Ein Frevel! Der Wolf war eines der heiligen Tiere des Tempels.«

Mit beiden Händen beschattete sie ihr Gesicht, dann sprach sie weiter:

»Seither regierten die Kriegerkönige in Kech, und wenig Gutes haben sie vollbracht. Schließlich wurden auch sie besiegt, von einem noch grausameren Kriegsherrn, wie es bei den selbst ernannten Vätern Sitte ist. Großspurig schwatzen sie bei jeder Gelegenheit vom Willen des *Volkes*, von den *Leuten*, dabei geht es stets bloß um die Männer. Der

Allmacht sei Dank haben wir in Ereat rechtzeitig unsere Lehren gezogen. Die Priesterinnen stellten eine eigene Armee auf, um sich gegen Feinde zu wehren. Kampftüchtige Söldner wurden verpflichtet, auch Krieger aus Ardak, die wir ausbilden und denen wir einen anderen Lebensinhalt zeigen, als nur zu töten und durch Gewalt zu herrschen. Dieser Armee diene auch ich mit all meiner Kraft.« Sie stöhnte auf. »Die Allmacht möge mir helfen: Ich wünsche mir, dass wir eines Tages das Reich von Kech zurückerobern werden. Dafür bete ich, und dafür werde ich kämpfen, wenn es mir die Priesterinnen erlauben.«

»Mein Freund hat mir diese Geschichte ganz anders geschildert«, brummte Haldur.

Im Geiste sah er Reneda schon an der Spitze der priesterlichen Armee in Kech einreiten, das rächende Schwert gegen die Invasoren erhoben. Sie glaubte fest an ihre Überzeugungen und war bereit, ihr Leben dafür einzusetzen. Solche Inbrunst fehlte ihm gänzlich. Ihm war es gleichgültig, ob er Herren oder Herrinnen diente, solange sein Sold bezahlt wurde. Einerseits bewunderte er Reneda für ihre Entschlossenheit, andererseits konnte er nur den Kopf darüber schütteln, dass jemand derartige Begeisterung für Ideale empfand. Diese hatten selten etwas mit der Wirklichkeit gemein.

Plötzlich kam ihm ein Gedanke.

»Du warst nicht sonderlich überrascht, als mich die Alte bezichtigte, ein Geist zu sein«, sagte er.

Reneda drehte sich auf die Seite, stützte sich auf den Ellbogen und wandte Haldur ihr Gesicht zu. In tiefem Grün schimmerten ihre Augen, als vereinten sie alles Licht der Wälder in sich.

»Was erwartest du?«, antwortete sie. »Monatelang warst du fort, dann tauchst du aus dem Nichts wieder auf, nachdem du Ereat vermeintlich für immer verlassen hattest. Auch ich glaubte zuerst an eine Erscheinung, als wir dir beim Markt begegneten.«

»Was haben dir die Priesterinnen über mich erzählt?«, fragte er drängend.

»Mancherlei Dinge«, wich Reneda aus.

»Sagten sie dir, ich sei der Gesandte?«

Gelassen erwiderte Reneda seinen Blick. Sie seufzte.

»Sie sagten, du wolltest es nicht sein.«

»Ich bin nicht der Gesandte! Du kennst mich besser als die meisten. Hältst du mich für ein übernatürliches Wesen aus einer anderen Welt?«

»Es spielt keine Rolle, was ich glaube. Von mir aus kannst du sein, was du möchtest.«

»Was weißt du über den Gesandten? Haben die Priesterinnen dir diesen Auftrag gegeben, weil ich ihn ablehnte? Sollst du für den fehlenden Gesandten einspringen? Bist du deshalb unterwegs nach Kirgon?«

Sie wickelte sich in den Schlafsack.

»Lass uns schlafen! Ich bin müde.«

»Sag es mir!«

»Ich bin nur eine Truppenführerin«, murmelte sie. »Wie sollte ich die Arbeit des Gesandten erledigen?«

»In Ereat habe ich mich dauernd gefragt, warum mich die Priesterinnen dazu zwangen, den Auftrag des Gesandten zu erfüllen, wenn nötig mit Gewalt. Sie schienen verzweifelt auf ihn gewartet zu haben.«

Schon halb eingeschlafen, erwiderte Reneda leise:

»Der Gesandte ist ein mythischer Retter. Es ist seine Bestimmung, dem Tempel zu dienen. Die Hilfe, die er gewährt, kommt aus der Tiefe seines Herzens. So etwas kann man nicht befehlen.« Sie gähnte. »Und falls du meine Meinung dazu hören willst: Dir sieht das überhaupt nicht ähnlich.«

Sie kehrte ihm den Rücken zu, rutschte hin und her, bis sie die bequemste Stellung gefunden hatte, und schlief ein.

Ärger überkam Haldur. Manchmal schien es ihm, als habe er selbst überhaupt nichts dazu zu sagen, was mit ihm geschah – ein Spielball der Launen des Schicksals. Gleichgültig, was er wollte, das Leben verfolgte seine eigenen Ziele. Stolpernd beschritt er einen ihm unbekannten Pfad und konnte sich nur darüber wundern. In gewisser Weise beneidete er die Priesterinnen um ihren unerschütterlichen Glauben, der ihnen den Weg erhellte.

Er löschte die Öllampe, dann kroch er in den Schlafsack und streckte sich aus. Es herrschte vollkommene Finsternis. Der Regen trommelte auf die Zeltplane, die dann und wann unter einem Windstoß erzitterte. Er war froh, dass sie nicht im Freien übernachten mussten. Ihr eigenes einfaches Zelt hätte diesem Unwetter nicht standgehalten. Nur das Allernötigste an Gepäck hatten sie mitgenommen, damit sie möglichst rasch vorankamen. Auch andere Kleider führten sie mit sich; an der Grenze mussten sie ihre Uniformen ablegen, die ihnen hier in Ereat gute Dienste geleistet hatten. Die Tasche mit den Kleidern war ebenso wie die Sättel bei den Pferden in dem behelfsmäßigen Stall geblieben. Haldur überlegte, sie zu holen, damit sie morgen früh trockene Sachen hatten. Das Tosen des Sturmes hielt ihn davon ab. Erschöpft schloss er die Augen.

Ein klagender Schrei weckte sie. Erschrocken sprangen sie auf. Haldur schlug das Fell vor dem Zelteingang hoch und spähte hinaus. Der Regen hatte aufgehört, Nebel hing über dem Land, der die Umrisse des Lagers verwischte. Im grauen Morgenlicht sah er undeutlich, wie ein paar Gestalten zum Unterstand der Tiere rannten.

Schnell zogen sie sich an. Während sie noch in die Mäntel schlüpften, eilten sie bereits auf den Stall zu. Vor dem Gatter standen einige der Nomaden, andere waren im Gehege bei den Schafen und Ziegen. In der Ecke bei ihren Pferden neigte sich eine Frau über Tani, den jungen Mann, den sie tags zuvor kennen gelernt hatten. Mit schmerzverzerrtem Gesicht lehnte er sich an die Umzäunung, er hielt das Gelenk seiner rechten Hand umklammert, die ganz rot war. Die Frau redete beruhigend auf ihn ein.

»Was ist hier los?«, fragte Reneda.

Tränen liefen über Tanis Wangen.

»Das Pferd«, stöhnte er und deutete auf Haldurs weiße Stute, die ihre Mähne schüttelte und mit einem Huf auf den Boden stampfte.

Haldurs Blick fiel auf ihr Gepäck: Die beiden Sättel saßen auf dem Zaun, wo sie sie gestern abgestellt hatten; die Reisetasche, die daran befestigt gewesen war, lag auf der Erde. Aus der offenen Klappe schaute der Zipfel eines Hemds heraus. Durchdringend musterte Haldur Tani.

»Du hast in unseren Sachen geschnüffelt!«

Schamröte schoss in das Gesicht des Jungen.

»Ich wollte nichts Böses! Es tut mir Leid, ich war so neugierig.« Er schluchzte. »Ich hätte nie etwas gestohlen, das schwöre ich! Kaum hatte ich die Tasche angefasst, da hat mich das Geisterpferd gebissen, genau in meine Hand!«

Verblüfft musterte Haldur seine Stute Igri, die einen friedlichen Eindruck machte. Beinahe glaubte er in ihren dunklen Augen ein schelmisches Funkeln zu entdecken. Sein Blick wanderte zu Reneda. Angestrengt kniff sie die Lippen zusammen, um ein Lachen zu unterdrücken.

»Zeig mal her!«, sagte sie zu Tani.

Er reckte ihr seine verletzte Hand entgegen. Diese war geschwollen, aber sie blutete nicht, und die Knochen schienen ebenfalls heil zu sein.

»Du wirst überleben«, versicherte ihm Reneda.

Aufgeregt flüsterten die Nomaden miteinander. Die Stammesälteste näherte sich, der sie ehrerbietig Platz machten. Sie ging auf einen Stock gestützt; begleitet wurde sie von zwei jungen Frauen, die bunte Amulette mit den gleichen wollenen Quasten trugen, die auch den Hut der

Ältesten schmückten. Jene schienen ihre Schülerinnen zu sein. Mit ernstem Ausdruck schritten sie hinter ihr einher.

Kaum hatte Tani sie erspäht, sprudelte ein Wortschwall aus seinem Mund. Er deutete auf die Stute, dann auf Haldur und Reneda. Schließlich senkte er demütig den Blick und verfiel in Schweigen. Die Sippenälteste starrte ihn finster an. Bedächtig redete sie auf ihn ein. Wild schüttelte er den Kopf, sie sprach weiter.

»Ich soll euch sagen«, murmelte er mit brechender Stimme zu Reneda und Haldur, »ihr möget die Entschuldigung des ganzen Stammes für meinen Frevel annehmen. Großmutter bittet euch, die Sippe nicht zu bestrafen für die Tat eines dummen Jungen – damit meint sie mich.«

Beschwichtigend hob Haldur beide Hände. Unwillkürlich wichen die Nomaden vor ihm zurück.

»Es ist alles in Ordnung. Wir sind nicht böse.«

Die Sippenälteste sagte etwas in ihrem kehligen Dialekt, Tani übersetzte:

»Ihr sollt nun gehen.«

Reneda nickte. Sie bat Haldur, das Gepäck aus dem Zelt zu holen, während sie die Pferde sattelte. Bald kam er wieder, ihre Satteltaschen mit den zusammengerollten Schlafsäcken über der Schulter.

»Wir danken euch für die Gastfreundschaft«, sagte Reneda.

Sie führten die Pferde aus dem Gehege und saßen auf. Die Sippenälteste folgte ihnen. Aus der Tasche ihres Rocks zog sie ein Büschel getrockneter Kräuter hervor, an die mit Schnüren kleine Glöckchen gebunden waren. Sie schwenkte das Bündel in der Luft, dann schwang sie es dreimal zu Reneda und Haldur; dabei stieß sie einen leisen Gesang aus. Das Klingen der Glöckchen verfolgte sie, als sie aus dem Lager ritten. Sie hoben die Hand zum Abschied, doch niemand erwiderte den Gruß.

Rasch trieben sie die Pferde an, und bald blieben die Zelte hinter ihnen im Nebel zurück. Nach einer Weile rasteten sie und verzehrten ein kaltes Frühstück aus Brot und Käse, dazu tranken sie Wasser. Reneda grinste.

»Dein bissiger Gaul ist nützlicher als ein Wachhund. Der arme Junge! Einen fürchterlichen Schrecken hat er gekriegt.«

»Das wird ihm hoffentlich eine Lehre sein.«

Haldur tätschelte Igris Hals.

»Ich liebe dieses Pferd.«

Gleißend drang die Morgensonne in den Dunst, als sie ihren Weg fortsetzten, und die Schwaden lösten sich in der Wärme des neuen Tages auf. Wolkenstreifen durchzogen den hellblauen Himmel. Weit erstreckte sich die Steppe um sie herum; der Boden war aufgeweicht vom Regen, und das Gras glänzte nass im Licht. Rechter Hand rahmten Berge die Ebene ein.

»Heute werden wir den Fluss erreichen«, sagte Reneda. »Daneben verläuft die Straße nach Rugbad.« Sie deutete in die Ferne. »Wir müssen uns links von den Bergen halten. Siehst du die Hügelkette dort? Das ist unser Ziel.«

Fraglos folgte ihr Haldur. Reneda kannte die Gegend besser als er. Der Zeitersparnis willen hatten sie sich entschlossen, die Steppe im Süden zu durchqueren, anstatt die Straße zu nehmen, die von Ereat aus quer durch das Tiefland schnitt, um dann dem Fluss bis nach Rugbad zu folgen, der ersten Stadt jenseits der Grenze. Händler aus Kelrun, die in Ereat Waren kauften, wählten diese Strecke. Obwohl die Entfernung durch die südliche Steppe geringer war, gab es dort kaum Wasser und überhaupt keine Straßen, was den Transport von Gütern mehr als erschwerte. Mittlerweile war auch die Schifffahrt aufgeblüht, geschäftstüchtige Kapitäninnen hatten die Gunst der Zeit erkannt und beförderten die Kaufleute mitsamt ihren Waren auf dem schnellen Flussweg. Die Schiffe boten außerdem mehr Sicherheit als die Straße, denn jenseits der Grenze von Ereat trieben Räuberbanden ihr Unwesen, die ihren Lebensunterhalt damit bestritten, Reisende auszunehmen. Die Diebe hatten ihre Verstecke in den Bergen, wo sie kaum aufzuspüren waren. In Ereat hatte die priesterliche Armee unter ihnen aufgeräumt, aber in Kelrun sah die Lage anders aus.

Viele Kaufleute fuhren von Rugbad aus weiter nach Gordua, der größten Handelsstadt des Landes Kelrun, wo sie ihre Güter Gewinn bringend losschlagen konnten, sofern es ihnen gelang, sie dorthin zu schaffen. Söldner und Krieger waren gesuchte Leute; jeder, der ein Schwert besaß und gewillt war, es zu führen, wurde von den Händlern als Wächter angeheuert.

Für diese Reiseroute hatten sich auch Reneda und Haldur entschieden. Die Straße nach Gordua umging die zerklüfteten Bergketten im Landesinneren Kelruns. Von Gordua aus führte eine Handelsstraße nach Kirgon, dem Ziel ihrer Reise, das auf diesem Weg in weiteren drei Wochen zu erreichen war.

Am Nachmittag gelangten sie zu dem lang gezogenen Hügel, den sie schon von weitem erblickt hatten. Sie wandten sich nach rechts und erklommen langsam die mit Büschen und Gestrüpp bewachsene Anhöhe. Sanft stieg das Gelände an, dann fiel es wieder ab. Auf der Kuppe hielten sie inne.

Im Tal sahen sie den Fluss, der sich durch das bergige Land wand. Am gegenüberliegenden Ufer erstreckten sich bewaldete Höhen, überschattet von Felsen. Grau war das ruhig dahinziehende Wasser, Weiden reckten ihre dünnen Äste in die Fluten. Auf der ihnen zugewandten Seite verlief eine Straße, errichtet auf einem Wall über der Böschung. Sie folgte dem Lauf des Stromes. Nicht weit davon entfernt begann auch hier der Wald, dessen fernster Ausläufer wie eine Zunge in das Grasland ragte. Weiter hinten verdichtete sich das Meer der Bäume und bedeckte als dunkler Teppich die Hügel. Beim Fluss wuchsen Erlen und Ulmen, ein Stück weiter oben reckten die ersten Nadelbäume ihre zackigen Kronen in den steingrauen Himmel.

Schon vor einer Weile war die Sonne hinter Wolken verschwunden, dämmriges Licht herrschte. Nirgendwo entdeckten sie ein Schiff oder andere Reisende. Außer dem Rauschen des Wassers war kein Laut zu hören.

Sie lenkten ihre Pferde zur Straße und ritten weiter, bis das Tageslicht schwand. Linker Hand säumte Wald ihren Weg, und dort fanden sie einen geeigneten Lagerplatz für die Nacht. Haldur sammelte Holz, Reneda formte einen Kreis aus Steinen, daneben breiteten sie die Schlafsäcke aus. Kurze Zeit später brannte ein Feuer, die Pferde waren abgesattelt und versorgt.

Missmutig wühlte Haldur in ihrem Proviant.

»Heute werden wir nicht so gut essen wie gestern.«

Er drückte das harte Brot. Außerdem hatten sie nur noch ein Stück Käse, eine halbe Speckschwarte, getrocknete Linsen und einige Äpfel.

»In ein paar Tagen sind wir in Rugbad«, erwiderte Reneda, »dort können wir uns mit Vorräten eindecken.«

»Bis dahin bin ich verhungert.«

»Mir kommen die Tränen.« Kopfschüttelnd musterte sie Haldur. »Die Priesterinnen haben dich zu sehr verwöhnt. Du bist es nicht mehr gewohnt, unterwegs zu sein.«

»Über die Küche im Tempel kann man sich wirklich nicht beklagen. Ich wünschte, wir hätten einige dieser Leckereien mitgenommen; knusprig gebratenes Huhn mit Kräutern, gefüllte Pilze, Spinatkuchen an Sahnesoße …«

Das Wasser lief ihm im Munde zusammen. Er schluckte.

»Hör auf!«, rief Reneda.

»Die Nomaden hätten uns bestimmt etwas abgegeben, wäre ich nicht ein Geist.«

»Seit wann gieren Geister nach Essen? Nimm dich zusammen!«

Ein Grinsen ging über Haldurs Gesicht.

»Diese Alte mit ihrem bunten Quastenhut werde ich nie vergessen.«

»Sie dich bestimmt auch nicht.«

»Warum hat sie wohl mit diesem Kräuterbüschel herumgewedelt?«

»Wahrscheinlich wollte sie jede Spur deiner Anwesenheit tilgen. Der Gedanke ist mir auch schon ab und zu gekommen.«

Er lachte. Reneda betrachtete ihn. Gleich dunklem Gold schimmerte sein Haar im Widerschein des Feuers. Schalk blitzte in seinen tintenblauen Augen. Es tat gut zu erleben, dass sein Humor zurückkehrte, den sie stets an ihm gemocht hatte. Jenes jungenhafte Lachen hatte sie lange nicht mehr gehört. Ein Gefühl der Verbundenheit ergriff sie, wie sie ihn so vor den Flammen sitzen sah, die Arme auf die Knie gelegt, entspannt und scheinbar sorglos, als seien sie nur zu ihrem Vergnügen hier.

Reneda kochte einige Hand voll Linsen in einem Topf. Haldur rieb einen Apfel am Jackenärmel und biss hinein. Sie teilten Brot und Käse, während sie darauf warteten, dass die Linsen gar wurden.

Nacht senkte sich herab. Außerhalb ihres Lagers lauerte undurchdringliche Schwärze, der Mond blieb hinter der dichten Wolkendecke verborgen. Kaum ein paar Schritte weit konnten sie sehen, dann wurde das Licht des Feuers von der Finsternis geschluckt.

Mit dem Löffel fischte Reneda ein paar Linsen aus dem Wasser und prüfte, ob sie schon weich waren. Ihr knurrte der Magen. Sie fügte Salz hinzu. Wehmütig dachte sie an das herrliche Essen, das sie gestern bei den Nomaden genossen hatten. Es wäre kein schlechter Einfall gewesen, ihnen Lebensmittel abzukaufen, doch in dem Durcheinander heute früh hatte sie nicht daran gedacht.

Nach einer Weile nahm sie den Topf vom Feuer und stellte ihn zwischen sich und Haldur. Gemeinsam aßen sie daraus.

»Was schätzt du, wie lange brauchen wir bis nach Rugbad?«, fragte Haldur.

»Vier, fünf Tage. Wir sollten morgen unsere Uniformen ablegen, um kein Aufsehen zu erregen. Ich hörte von Truppenbewegungen im Norden Kelruns. Vielleicht werden uns Soldaten begegnen.«

Er horchte auf.

»Was weißt du sonst noch über die Lage im Land?«

Reneda kratzte die letzten Reste der Linsen zusammen.

»König Schaaraoch soll verschwunden sein.« Sie leckte den Löffel ab. »Einer seiner untoten Krieger hat die Regierung an sich gerissen – der wird sich nicht lange halten.«

»Wie kommst du darauf?«

»Schaaraochs Generäle sind die mächtigsten Männer Kelruns, und sie werden die Krone nicht einem Untoten überlassen – jeder von ihnen sähe sich selbst gern auf dem Thron. Unter Schaaraoch haben sie sich nicht getraut aufzumucken, aber jetzt naht ihre Zeit. Im Norden befehligt General Setor die Armee, er genießt den Ruf, ebenso verschlagen wie geldgierig zu sein. Wir werden auf unserer Reise sein Herrschaftsgebiet durchqueren und mit Sicherheit oft auf seine Leute stoßen. Ihr Stützpunkt ist in Gordua. Die Händler müssen ihnen Gebühren entrichten, um die Straßen benutzen zu dürfen. Gerüchten zufolge entrichten auch die Räuberbanden Gebühren, damit sie nicht zu oft von Soldaten behelligt werden.

General Abas gebietet über die Truppen in Leron. Er gilt als besonders rücksichtslos. Leron verfügt über die reichsten Bodenschätze von Kelrun, angeblich hat auch Abas eine Menge damit verdient. Die Bevölkerung dort betrachtet Schaaraochs Soldaten als Besatzer. Es sind harte Burschen, treu ihrem Befehlshaber ergeben, dem sie noch so gern nach Kirgon folgen würden.

Im Süden herrscht General Netan, angeblich der anständigste der drei. Die Hauptstadt Kirgon gehört zu seinem Einflussbereich, ebenso das östliche Grenzland zu Dahl und die Küste mit den Handelshäfen. Seine Truppen sitzen dort, wo die anderen hinwollen. Jeder, der den Thron beansprucht, wird gegen ihn kämpfen müssen.«

»Drei Generäle, die sich gegenseitig bekriegen«, murmelte Haldur. »Das Reich Kelrun wird fallen.«

»Eigentlich sind es vier«, erläuterte Reneda. »Der Letzte im Bunde ist Rigan, Herr über die Söldnerarmee. Verglichen mit den anderen, verfügt er über wenig Macht, doch er könnte sich jemandem anschließen und dadurch das Kräfteringen vielleicht sogar entscheidend beeinflussen.«

»Söldner?«, fragte Haldur erstaunt. »Wie kommen die denn nach Kelrun?«

»Sie sind sozusagen ein Relikt vergangener Zeiten. Als junger König heuerte Schaaraoch eine Söldnerarmee an und eroberte mit ihr das Reich von Kelrun. Ein Teil der Vereinbarung bestand offenbar darin, dass die Söldner im Lande sesshaft werden konnten, wenn sie dies wünschten. Einige sind tatsächlich geblieben. Rigan ist ihr Anführer. Viel mehr weiß ich nicht über ihn und seine Truppe. Ihr Stützpunkt liegt in der Nähe Kirgons, eigentlich Netans Gebiet.«

»Es ist doch mindestens vierzig Jahre her, seit Schaaraoch in Kelrun die Macht ergriff. Das müssen inzwischen Greise sein.«

Reneda grinste.

»Vermutlich hatten sie keine Schwierigkeiten, Nachwuchs heranzuziehen.«

Nachdenklich starrte Haldur in die lodernden Flammen. Er legte ein paar Scheite nach. Funken stoben empor. Nun verstand er, warum die Hohepriesterin von einem drohenden Krieg gesprochen hatte. Schaaraoch war ein ungeliebter König gewesen, doch er hatte sein Land zusammengehalten. Aus einer Ansammlung kleiner, miteinander verfeindeter Stadtstaaten hatte er ein geeintes Reich geschaffen. Kaum war er verschwunden, entbrannte der Streit um sein Erbe, der ebenso gut dazu führen konnte, dass Kelrun wieder in seine Bruchteile zerfiele.

Reneda stocherte mit einem Stück Holz in der Glut. Ihre Wangen waren von der Hitze gerötet.

»Die Statthalter darf man ebenfalls nicht vergessen«, fuhr sie fort. »Ihnen obliegt die Verwaltung der Provinzen. Es sind königstreue Leute, von Schaaraoch persönlich in ihre Ämter eingesetzt. Nun, da er weg ist, sehen sie ganz neue Möglichkeiten für sich. Ohne militärische Unterstützung dürfte es diesen Leuten allerdings schwer fallen, nach dem Thron zu greifen. In unruhigen Zeiten sprechen Waffen lauter als Stimmen. Neben den Statthaltern gibt es außerdem noch die Regierung in der Hauptstadt, man nennt sie den Großen Rat. Es ist eine Gruppe gewählter Volksvertreter, die unter Schaaraoch so gut wie gar nichts zu melden hatten. Auch sie fiebern der Dämmerung eines neuen Zeitalters entgegen, das sie am liebsten mit einem der ihren an der Spitze begännen.«

Freudlos lachte Haldur auf.

»In diesem Land will wohl jeder König spielen. Anscheinend rechnet niemand mit Schaaraochs Rückkehr.«

»Man ist vorsichtig und wartet erst einmal ab. Wäre sein Tod bekannt, so marschierten längst die Truppen.«

Er nickte anerkennend. »Du weißt gut Bescheid.«

»Bevor wir abgereist sind, habe ich mich über die letzten Neuigkeiten erkundigt. Viel war nicht zu erfahren.« Sie lächelte matt. »In Ereat herrscht unter anderem deshalb schon so lange Frieden, weil wir unsere Nachbarn gut zu kennen pflegen und gern im Voraus wissen, was sie planen.«

Haldur gähnte. Tiefe Müdigkeit überkam ihn. Er wollte gleich umsinken und einschlafen, der Schlafsack erschien ihm unwiderstehlich. Er zog die Stiefel aus und legte das Schwert ab. In den Kleidern streckte er sich aus und deckte sich zu, die Waffe griffbereit neben sich.

»Wir müssen abwechselnd Wache halten«, sagte Reneda. »Ich übernehme die erste Schicht. Ruh dich aus! Hier in den Wäldern treibt sich eine Menge Gesindel herum. Man kann nicht vorsichtig genug sein.«

»Das würde ich euch auch empfehlen«, sagte plötzlich eine unbekannte Stimme.

Sie zuckten zusammen. Sofort sprangen sie hoch, die Waffen von sich gereckt. Ein spöttisches Lachen ertönte, das von überall und nirgendwo zu kommen schien. Undurchdringliche Finsternis umgab ihr Lager, dazu blendete sie das Feuer, sodass sie außerhalb des Lichtscheins nichts zu erkennen vermochten.

Ärger erfüllte Reneda. Mit einem Ohr hatte sie während ihres Gesprächs in den Wald gelauscht, wie sie es stets zu tun pflegte, und keinen Ton vernommen. Lautlos hatte sich ihnen jemand genähert. Sie ahnte nicht, wie vielen sie gegenüberstanden, sie wusste nur, dass es Angreifer waren, die sich offensichtlich nachts im Wald bewegten, ohne Geräusche zu verursachen. Eine beachtliche Leistung.

»Schreckliches Gesindel ist unterwegs«, erklang wiederum die Stimme, deren Worte sie zu verhöhnen schienen.

Angestrengt starrten sie ins Dunkel. Ein Rascheln ertönte. Sogleich drehten sie sich in jene Richtung und sahen nichts als Schwärze.

»Komm hervor!«, rief Reneda.

Keine Antwort. Wiederum ein leises Rascheln, dann Stille.

»Zeig dich!«, brüllte Reneda. »Was ist? Bist du zu feige?«

Sie überlegte, in den Wald zu fliehen – beim Feuer boten sie ein offenes Ziel –, dann verwarf sie den Gedanken. Ihre Gegner konnten überall sein und waren ihnen gegenüber im Vorteil.

»Hier bin ich«, ertönte die Stimme hinter ihrem Rücken.

Schnell wandten sie sich um.

KAPITEL 5

Ein ferner Ruf

»Eine gute Tat birgt ihren Lohn in sich.«

Die Welt ist dein. Das Wirken der Priesterinnen von Gordua. Sonderschrift der historischen Sammlung von Angantur zum fünfhundertsten Jahr des gordischen Klosters, 2259 n. A. D., Reg. 789-13.

Trübe schimmerte das schwindende Licht durch die Ranken des Blattwerks. Warmer Dampf hing in der Luft, der dem Brunnen in der Mitte des Gartens entströmte. Gleich goldenen Streifen drangen die letzten Sonnenstrahlen in den Dunst, erhellten da und dort Blüten, die in prächtigen Farben leuchteten. Schlingpflanzen umwanden die Bäume mit einem grünen Mantel, dichte Büsche und fremdartige Sträucher reckten ihre Zweige in den Pfad.

Vom Eingang in den Tempel aus betrachtete Kalya, die Heilerin, die kleine rote Gestalt, die zwischen den Bäumen wandelte. Sanft strich sie mit den Fingern über die Blätter, murmelte leise, als hielte sie Zwiesprache mit den Pflanzen. Die Hohepriesterin hielt sich gern hier auf, täglich stattete sie dem Garten auf dem Innenhof einen Besuch ab, auch wenn dieser manchmal kurz ausfallen musste. Sorgenvoll verfolgte Kalya jeden ihrer Schritte, achtete darauf, ob sie stolperte oder außer Atem geriet.

Neben ihrem Amt als Angehörige des Priesterinnenrates von Ereat war Kalya auch die Leibärztin der Hohepriesterin und wusste besser als jede andere, wie es um deren Gesundheit bestellt war. Manchmal wollte sie das Orakel verfluchen, das einen solchen Preis von seinen Hüterinnen forderte. Wenige Hohepriesterinnen dienten länger als fünfzehn Jahre, die meisten starben früher. Vor zwei Jahrhunderten hatte eine Hohepriesterin in Ereat geherrscht, die sage und schreibe fünfundzwanzig Jahre überlebt hatte, wie die Aufzeichnungen berichteten, und Kalya betete darum, dass ihre jetzige Führerin sie übertreffen möge. Bisher hatte sie erstaunliche Widerstandskraft gezeigt, die Kalya nicht ohne Stolz auch den Kräutertinkturen zuschrieb, mit denen sie sie behandelte. Doch sie wusste, dass sich der gute Allgemeinzustand der Hohepriesterin nicht ewig aufrechterhalten ließ. Früher oder später erwartete sie der gleiche schleichende Tod wie ihre Vorgängerinnen.

Dies war mit ein Grund, weshalb die Hohepriesterinnen ihren persönlichen Namen ablegten, wenn sie die Bürde antraten. Sie wurden zu ihren Ahninnen, ein Glied in einer endlosen Kette von Frauen, die alle ein und dieselbe sind: die Hüterin des Orakels.

Vor einigen Monaten hatte die Ehrenwerte Mutter zum ersten Mal deutliche Anzeichen des beginnenden körperlichen Verfalls gezeigt. Die unschönen Hautveränderungen waren plötzlich sehr viel schlimmer geworden und hatten ihr Schmerzen bereitet. Ihre früheren gelegentlichen Schwindelanfälle wichen tiefen Ohnmachten. Lange hatte ihr das Orakel scheinbar nichts angehabt. Beinahe hatte Kalya schon geglaubt, mit ihren sorgsam zusammengestellten Kräuterölen ein Wundermittel entdeckt zu haben, als das Orakel doch noch seinen Tribut verlangte. Sie pflegte die Hohepriesterin nach besten Kräften, und tatsächlich erholte sie sich im Laufe der Wochen. Seither schien es ihr wieder erstaunlich gut zu gehen, aber Kalya traute dem Frieden nicht. Der nächste Krankheitsschub war nur eine Frage der Zeit.

Die Aufregungen, die die Ankunft des Gesandten verursacht hatte, taten ein Übriges. Viel Arbeit lag vor ihnen, die sie der Ehrenwerten Mutter am liebsten verboten hätte. Ruhe und Erholung brauchte sie, stattdessen musste sie all ihre Kräfte aufbieten. Kalya wusste, dass sie keine Wahl hatten, und konnte dennoch nicht anders, als sich vor allem um das Wohl der Ehrenwerten Mutter zu sorgen, was auch immer mit der Welt geschehen mochte.

Ihr Herz wollte brechen, während sie zusah, wie die Hohepriesterin mit langsamen Schritten auf sie zukam. Einen Fuß setzte sie sorgsam vor den anderen und hielt sich angestrengt aufrecht.

»Kalya«, begrüßte sie sie. »Du schaust mich an, als läge ich im Sterben.«

Diese seufzte.

»Es ist alles vorbereitet.« Missbilligend schüttelte sie den Kopf. »Wir sollten noch warten.«

»Wozu? Die Aufgabe ist jetzt schon schwierig genug. Nun, da wir die Zeichen erhalten haben, dürfen wir nicht zögern. Heute verstärkt der volle Mond die Kräfte, wir müssen handeln.«

Kalya behielt ihre Antwort für sich. Sie drehte sich um und ging voraus in den Tempel. Die Hohepriesterin folgte ihr durch Hallen und Gänge. Über Treppen stiegen sie in die unteren Geschosse hinab. An Toren kamen sie vorbei, vor denen Gardesoldaten Wache hielten. Schließlich traten sie in einen engen Korridor, der zu Lagerräumen führte. Rechter Hand erreichten sie eine Kammer, in der Kerzen, Lampenöl und Kohle für die Räucherbecken aufbewahrt wurden.

Sie umrundeten ein wohl gefülltes Regal an der entfernten Wand. Dahinter verborgen führte eine weitere Treppe in die Tiefe. Kalya zündete eine Laterne an und leuchtete damit der Hohepriesterin den Weg. Sie gelangten in einen finsteren Saal. Im Schein der Laterne tauchten unzählige Eingänge in den Wänden auf, manche davon besaßen Türen, von denen keine der anderen glich, einige waren offene Durchgänge, deren Torbögen unterschiedliche Verzierungen aufwiesen. Nur einer dieser Wege war der richtige.

Die Priesterinnen wählten jenen und kamen in einen von Säulen getragenen Raum, dessen Mauern nur aus Treppen zu bestehen schienen. Einige reichten in die Höhe, andere nach unten, zudem gab es Schächte mit Wendeltreppen, die sich ins Nichts schraubten. Die Stufen bestanden aus Stein, Holz oder Eisen.

Über eine der Treppen erreichten sie einen quadratischen Saal, der ganz aus rotem Stein gefertigt war. Ein goldbeschlagenes Tor mit zwei Flügeln schloss sich daran an. Im Lichtschein glänzten Inschriften auf, die flächig das Metall bedeckten. Sogleich ging die Hohepriesterin hinein, Kalya verriegelte das Tor hinter ihnen.

Hoch und weit erstreckte sich die Halle des Orakels, für sich allein genommen ein gewaltiger Tempel. Schwarze und weiße Schriftzeichen übersäten die roten Säulen, an der Decke prangte als riesenhaftes Gemälde das Siegel von Ereat. Vom Tor aus führte ein breiter Gang zwischen den Säulenreihen hindurch zum fernen Podest in der Mitte des Raumes, wo erhöht auf drei Stufen ein roter Steinblock aufragte.

Hitze herrschte in der Halle, die gleichsam aus dem Boden emporzudringen schien. Aus Kohlenbecken, die rund um das Podest angeordnet waren, stieg Rauch, und zwischen den Becken saßen gegenüber den Seiten des Steinblocks drei Priesterinnen. Die Arme hatten sie auf ihre gekreuzten Beine gelegt, das Gesicht dem Orakel zugewandt. Sie blickten nicht auf, als sich Kalya und die Hohepriesterin näherten.

Schweigend nahm Kalya ihren Platz in der Runde ein, sodass alle Flanken des Orakels von einer Priesterin abgeschirmt waren. Sie überlegte, nochmals ihre gewichtigen Bedenken zu äußern, die sie gestern schon kundgetan hatte. Die Hohepriesterin hatte sich anders entschieden, als sie ihr empfohlen hatte. »Unsere Tat wird Leben retten«, hatte sie gesagt und jeden Zweifel weggewischt.

Furcht überkam Kalya, während sie die heiligen Türen betrachtete, mit denen die Wände übersät waren. In langen Reihen durchbrachen sie das Mauerwerk; Zeichen und Symbole waren auf die Pforten gemalt, von denen manche nicht einmal mehr die Gelehrten entziffern konnten. Niemand außer der Hohepriesterin wusste, was sich dahinter verbarg.

Diese erklomm die Stufen zum Orakel und legte sich auf den Stein. Die Arme vor der Brust verschränkt, formten ihre Lippen den lautlosen Ruf. Nach einer Weile ging eine leise Erschütterung durch den Raum. Tief aus dem Inneren begann der steinerne Block in einem Licht zu glühen, das weder Sonne noch Mond ähnelte. Unstet flackerte es, pulsierte in immer schnelleren Stößen, bis nur noch ein gleichmäßiger Strahl zu erkennen war, der die Hohepriesterin einhüllte. Rote Schleier formten sich in dem Schein, die durcheinander und ineinander strömten. Gleich Fingern strichen sie über die stille Gestalt, reckten sich vor bis zu den Treppenstufen und griffen nach ihren Schwestern, ohne sie zu erreichen.

Die Hohepriesterin setzte sich auf und sprang von dem Steinblock. Den Kopf in den Nacken gelegt, ließ sie sich von den roten Lichtadern umschmeicheln. Ihre Robe verging in dem Schein, und sie stand nackt vor dem Orakel, in der Gestalt einer jungen Frau. Dunkles Haar umwehte ihr Gesicht.

»Die Zeit ist gekommen«, sagte sie.

Sie deutete zu einer der Türen. Ein Strahl von Feuer schien von ihr auszugehen, der die Pforte durchdrang. Einen Augenblick lang taumelte die Hohepriesterin, wie Kalya mit Entsetzen bemerkte, dann fing sie sich und stand wieder da wie zuvor.

Nichts geschah. Drückende Stille herrschte. Sie warteten.

Der Schlag, unter dem die Tür erzitterte, dröhnte ihnen in den Ohren. Etwas schien von außen dagegen zu poltern. Ruhe folgte und wiederum ein Schlag und noch einer, dass die Halle erbebte.

Kalya gefror vor Grausen das Blut in den Adern. Um keinen Preis der Welt hätte sie sich freiwillig jener Pforte genähert.

Die Hohepriesterin stieg die Stufen hinab und ging auf die Geräusche zu, umwoben von den roten Lichtern, die sie in ein Netz von Flammen hüllten. Ohne zu zögern, riss sie die Tür auf. Ein kalter Hauch wehte herein, den die Priesterinnen in ihrem Nacken spürten. Finsternis gähnte in der Öffnung.

Klamme Feuchtigkeit strömte aus dem Dunkel. Ein leises Plätschern ertönte wie das Tropfen von Wasser. Kurz darauf drang in einer unsichtbaren Woge eine fremde Kraft durch das Tor, umkreiste die Hohepriesterin und tastete sie gleichsam ab. Sie reckte ihr die Hände entgegen. Ein Lächeln erhellte ihr Gesicht.

»Zeig dich, Geist des Wassers«, sagte sie.

Im Nichts glommen Farben auf, die in Wellen ineinander flossen und wiederum forttrieben. Darin funkelten bunte Lichter als winzige Sterne, die aufblitzten, erloschen und an einem anderen Ort erneut auftauchten. Sie umgaben die Hohepriesterin wie mit einem Strahlenkranz.

»Nimm deine menschliche Gestalt an«, verlangte sie. »Gebrauche dazu unsere Kraft.«

Die vielfarbigen Sterne sammelten sich um die Hohepriesterin. Langsam formte sich vor ihr eine durchscheinende Gestalt gleich einer Spiegelung in Wasser. Sie flackerte, dann wurden die Umrisse deutlicher, bis schließlich ein Mann vor ihr stand.

Voller Freude betrachtete die Hohepriesterin ihn. Dichtes schwarzes Haar bedeckte sein Haupt, eine Adlernase zierte das scharf geschnittene Gesicht, dessen Züge an einen Raubvogel erinnerten. Er hatte lange, sehnige Gliedmaßen und überragte sein Gegenüber um mehr als einen Kopf. Warm schimmerten seine Augen, braun wie Erde, durchsetzt von grünen und goldenen Sprenkeln.

»Willkommen, Bruder!«, begrüßte sie ihn. »Kehre zurück zum Tempel des Wassers. Die fünf Schlüssel sind ins Herz von Herions Reich gelangt. Ihre Kraft ermöglicht den Wandel. Die falsche Hüterin des Tempels hat sie zum Altar gebracht, nicht ahnend, dass sie damit unsere Gebete erfüllte. Nimm deinen Platz als Hüter des Tempels ein; die Kinder Herions bedürfen deiner Hilfe.«

Der Mann streckte die Hand aus, die Handfläche nach oben gekehrt. Lichter huschten über die Haut, dann entstand darauf ein weißes Gebilde: der Tempel Bengzars, klein wie ein Spielzeug. Er regte die Finger und die Erscheinung verschwand. Die Hohepriesterin nickte ihm zu.

»Lange haben wir uns nicht mehr gesehen, Bruder«, sagte sie. »Die Zeiten verändern sich, und wir wirken in ihnen, so gut wir es vermögen. Bald werden Fremde zum Tempel des Wassers kommen, die nach den Schlüsseln suchen. Hilf auch ihnen, Bruder.«

Sein Gesicht erzitterte, als ginge eine unsichtbare Welle darüber hinweg.

»Ich weiß«, erwiderte die Hohepriesterin. »Sie wollen die Paralle mitnehmen, und so soll es geschehen. Geh mit unserer Liebe und unseren Gedanken und sei derjenige, der du einst warst: Beor, Hohepriester Herions.«

Anmutig verneigte er sich vor ihr, und sie erwiderte den Gruß. Seine Gestalt löste sich auf. Im Bruchteil eines Augenblicks strömten die farbigen Nebel zurück in die dunkle Öffnung, aus der sie gekommen waren, und die Tür fiel hinter ihnen ins Schloss.

Die Hohepriesterin taumelte. Mit langsamen Schritten wandelte sie auf den Steinblock des Orakels zu und schleppte sich die Stufen hinauf. Entsetzt sahen die Priesterinnen, wie die roten Lichter, die sie umgaben, ihren Körper nun durchdrangen und gleichsam auflösten. In tiefer Erschöpfung stützte sie sich auf den Stein, dann glitten ihre Hände daran ab und sie sank nieder.

Kalya betrachtete die gekrümmte Gestalt auf dem Podest, die wiederum in ihre wallende Robe gehüllt war. Reglos lag sie auf dem Boden. Die Feueradern des Orakels tanzten über sie hinweg, ohne dass sie sich ihrer erwehren konnte. Kalya wollte aufspringen und die Hohepriesterin von dort wegziehen, doch sie zögerte. Es war ihnen verboten, sich dem Orakel zu nähern.

Angst ergriff Kalya. Die Ehrenwerte Mutter hatte das Bewusstsein verloren. Lange konnte es dauern, bis das Orakel von selbst erlosch, und währenddessen schädigten sie die Strahlen.

Entschlossen rannte Kalya los. Ihre Schwestern riefen erschrocken ihren Namen und brüllten ihr zu, stehen zu bleiben. Sie hörte nicht auf sie. So schnell sie die Beine trugen, sprang sie die Stufen hinauf, packte die Hohepriesterin unter den Achseln und schleifte sie weg. Rote Lichtzungen leckten über Kalyas Hände, die Berührung brannte wie Säure. Sie stöhnte vor Schmerz, dennoch ließ sie nicht los, bis sie ihre kostbare Last in Sicherheit gebracht hatte.

Jenseits des Kreises um das Podest legte sie die Ehrenwerte Mutter nieder. Auch Kalya konnte nicht mehr weiter. Die Halle drehte sich ihr vor Augen. Sie betrachtete ihre Hände, die von schwärzlichen Flecken versehrt waren, tastete nach ihrem Gesicht und fühlte dort ebenfalls Wunden.

Inzwischen waren ihre Schwestern herbeigeeilt. Sut, die Kriegerin, war als Erste bei ihr; ihre eisblauen Augen funkelten in einer Mischung von Zorn und Sorge.

»Das war ebenso mutig wie töricht«, sagte sie.

Moran, die Weise, folgte sogleich; tiefe Falten zerfurchten ihre Stirn, in jenem Moment schien sie um Jahre gealtert. Zuletzt stieß Andra, die

Gelehrte, vom Ende der Runde zu ihnen. Ihre Lippen bebten, als hielte sie mit Mühe die Tränen zurück.

»Ich wusste es«, murmelte sie.

»Die Ehrenwerte Mutter war sich darüber im Klaren, was sie tat«, knurrte Moran ärgerlich. »Der Ruf nach Beor kostete sie all ihre Stärke, doch sie hat sich dafür entschieden, die Gefahr auf sich zu nehmen. Macht ihr nun keine Schande, indem ihr darüber jammert!«

Kalya tastete unter die Robe der Hohepriesterin und fühlte nach ihrem Puls. Schwach schlug ihr Herz, ihr Atem war flach. Aus der Tasche ihres Gewandes holte Kalya ein Säckchen Kräuter hervor, die sie stets bei sich trug. Zwischen den Fingern zerrieb sie eine Prise davon. Ein strenger Geruch breitete sich aus; ihre Schwestern wandten die Köpfe ab. Kalya hielt die Kräuter unter die Nase der Hohepriesterin. Nach einer Weile ging ein Zucken durch ihren Leib und sie stöhnte leise.

Während Kalya nochmals ihren Puls fühlte, regte sich die Hohepriesterin.

»Helft mir hoch!«, befahl sie.

Ihr Blick fiel auf ihre Leibärztin.

»Kalya!«, rief sie. »Hast du den Verstand verloren? Was hast du getan?«

Diese wankte, sie schwang hin und her, als verlöre sie jede Orientierung, dann sackte sie in sich zusammen. Andra, die Gelehrte, schlug die Hand vor den Mund; Tränen rannen ihr über die Wangen. Moran und Sut knieten neben der leblosen Gestalt nieder. Die Hohepriesterin beugte sich über sie.

»Mein Tod ist gleichgültig, das wisst ihr doch«, sagte sie. »Schon viel zu lange habe ich gedient.«

Die alte Moran schüttelte den Kopf.

»Diese Närrin!«

Aus Kalyas Nase rannen zwei dünne Rinnsale von Blut, dunkel auf der wachsweißen Haut. Plötzlich öffnete sie die Augen. Ihre Brust hob und senkte sich heftig, als bekäme sie keine Luft. Sie bäumte sich auf, dann erschlaffte sie.

Andra schluchzte auf. Die Gesichter von Moran und Sut gefroren zu Stein. Die Hohepriesterin drückte Kalyas Augen zu.

KAPITEL 6 Der Geist des Waldes

Vergeblich blickten Haldur und Reneda in die Richtung, aus der die Stimme gekommen war. Dort war niemand zu sehen. Dunkel ragte der Wald empor; im Schein des Lagerfeuers zeichneten sich die Stämme der nahesten Bäume ab, dahinter lauerte undurchdringliche Schwärze.

Kein Schimmer von Mondlicht erhellte die Finsternis; ihr unbekannter Besucher hatte mehr als genügend Möglichkeiten, sich zu verstecken, und brauchte sich dabei nicht einmal Mühe zu geben.

»Leidenschaft und Vernunft scheiden sich wie Öl und Wasser.«
Kelisisches Sprichwort.

»Wo bist du?«, rief Reneda. »Komm hervor!«

»Hier drüben«, antwortete die Stimme zu ihrer Rechten.

Dort regten sich nichts als Schatten. Hinter ihnen knackten Zweige. Erschrocken starrten sie in die Nacht, ohne das Geringste zu erkennen.

»Hier bin ich!«, lockte die Stimme wiederum von einem anderen Ort.

Gehetzt drehten sie sich um. Ein leises Lachen ertönte.

»Jetzt wird es mir langsam zu bunt!«, knurrte Haldur. »Den Strolch treibe ich aus dem Gebüsch!«

Reneda hielt ihn am Arm zurück.

»Bleib hier!«

Widerwillig gehorchte Haldur. Reneda gab ihm ein Zeichen, und sie umkreisten langsam das Feuer, während sie sich gegenseitig den Rücken zuwandten: So überblickten sie gemeinsam die Umgebung.

Zäh verstrich die Zeit. Stille herrschte. In der Ferne schrie ein Kauz, bei dessen Ruf sie unwillkürlich zusammenzuckten. Der Fremde verursachte kein Geräusch. Mittlerweile glaubte Reneda, dass sie einem Einzelnen gegenüberstanden; eine Bande hätte sie längst angegriffen.

»Komm hervor!«, versuchte sie es nochmals. »Wir tun dir nichts. Du brauchst keine Angst zu haben.«

Sie fragte sich, welches Geschöpf in der Lage war, sich lautlos in dieser Finsternis zu bewegen. Nur die Tiere des Waldes besaßen solche Fähigkeiten. Jedes Rascheln, jedes Knacken von Zweigen war absichtlich geschehen, um sie zu verwirren.

»Bist du noch da?«, rief Haldur.

Schrill wieherte seine Stute Igri. Renedas Hengst Zoran schnaubte. Hufe stampften auf die Erde. Haldur und Reneda rannten zu den Pferden, die sie am Rande des Lagers angebunden hatten. Igri blähte die Nüstern, Zoran schüttelte die Mähne. Den Tieren schien nichts geschehen zu sein.

Beruhigend tätschelten sie ihnen die Hälse, bis Reneda plötzlich innehielt und zurück zum Lagerfeuer eilte. Suchend blickte sie sich um.

»Verdammt!«, fluchte sie, die Hände im Haar vergraben.

Haldur hastete ihr hinterher.

»Was ist los?«

Sie deutete auf ihren Proviant.

»Der Brotsack ist weg, ebenso der Käse.«

»Wie bitte?«

»Sieh doch!« Sie seufzte. »Er wollte uns vom Feuer weglocken.«

»He!«, brüllte Haldur in den Wald. »Das waren unsere letzten Vorräte!«

Schweigen antwortete ihm.

»Ich fasse es nicht!« Haldur schüttelte den Kopf. »Alles nur, um uns das Essen zu stehlen. Was, bei den Sumpfgeistern, war das?«

»Ich weiß es nicht.«

»Diese Kreatur bewegt sich wie ein Geist.«

»Ja«, brummte Reneda, »bloß klauen Geister kein Essen.«

Wütend starrte Haldur in den Wald. Jeder Versuch, den Dieb zu verfolgen, war von vornherein zum Scheitern verurteilt.

»Diese merkwürdige Stimme! War das nun ein Mann oder eine Frau? Vielleicht ein Kind.«

»Schwer zu sagen.«

»Verfluchtes Miststück!«, schrie Haldur die Bäume an. »Ich hoffe, du erstickst an unserem Brot!«

Reneda setzte sich an das Feuer.

»Wenigstens hat uns der Dieb den Speck und die Linsen gelassen.«

»Höchst liebenswürdig!«

Nachdem er einen letzten Blick in die Dunkelheit geworfen hatte, ließ sich Haldur auf seinem Schlafsack nieder.

»Wie lange hat uns das Geschöpf wohl schon beobachtet? Wir waren kaum einen Augenblick abgelenkt. Der Lump wusste genau, wo er hingreifen musste.«

»Hunger macht erfinderisch. Gönnen wir ihm den Happen.«

»Happen! In dem Beutel war Brot für eine Woche.«

Gelassen zuckte Reneda die Schultern.

»Es ist weg. Gräm dich nicht! Die Wege der Allmacht sind unergründlich. Unser ungebetener Gast hat das Brot wohl dringender gebraucht als wir.«

»Glaubst du im Ernst, eine göttliche Kraft hat ihn angetrieben? Das war eher der leere Magen. Diebstahl bleibt Diebstahl – wenn ich den Schurken erwische, prügle ich das Brot wieder aus ihm heraus!«

»Beruhige dich. Wir werden schon nicht verhungern. Hab Vertrauen!«

Haldur schnaubte.

»Deine Gemütsruhe ist bewundernswert.«

Nachdenklich starrte er in die lodernden Flammen. Der Geruch verbrannten Holzes stieg ihm in die Nase. Er legte ein paar Scheite nach und lehnte sich zurück. Wind kam auf, der den Rauch in seine Richtung wehte. Haldur hustete, packte den Schlafsack und rückte zur Seite. Nun saß er näher bei Reneda, die mit gekreuzten Beinen auf dem Boden hockte, das Schwert über die Knie gelegt. Sie schien zu lauschen, den Blick ins Nichts gerichtet. Der Wind griff in ihr Haar, und sie strich sich die flatternden Strähnen hinter die Ohren.

»Am Rande der Berge leben noch urtümliche Stämme«, sagte sie. »Angeblich können sich manche dieser Eingeborenen wie Schatten im Wald bewegen. Vielleicht kommt unser nächtlicher Gast von solch einem Volk.«

»Ich habe auch schon mancherlei von diesen Stämmen gehört«, erwiderte Haldur. »Man erzählt sich, einige davon seien nicht ganz *menschlich*. Merkwürdige Geschichten machen die Runde.«

»Sie leben sehr zurückgezogen und kümmern sich nur um ihre eigenen Angelegenheiten. In den Bergen gibt es viele Stollen und Kavernen, die so alt sind, dass sich niemand mehr daran erinnert, wer sie einst erbaute. Dies ist ihr Reich. Außer den Eingeborenen traut sich kaum jemand in diese Anlagen, deshalb sind wilde Gerüchte darüber im Umlauf.«

»Falls unser Brotdieb tatsächlich von so einem Volk stammt, dann frage ich mich, was er hier treibt. Die Bergbewohner stehen nicht im Ruf, besonders reiselustig zu sein. Warum ist unser unerwünschter Gast allein unterwegs? Oder glaubst du, es sind noch mehr in der Nähe?«

Reneda verneinte. Sie runzelte die Stirn.

»Woran denkst du?«, fragte Haldur.

»Die Stimme …«, antwortete sie. »Du hast Recht, sie klang weder weiblich noch männlich. Möglicherweise …«

»Was?«

Sie schwieg, dann schüttelte sie den Kopf.

»Lass es gut sein. Der Brotdieb ist längst über alle Berge.«

Haldur gab auf. Offensichtlich wollte Reneda ihre Erkenntnisse nicht mit ihm teilen.

»Schlaf du zuerst«, sagte er. »Ich übernehme die erste Wache. Nach der Aufregung schließe ich sowieso kein Auge.«

In Kleidern und Stiefeln streckte sich Reneda auf dem Schlafsack aus und wickelte sich in ihren Mantel, bereit, sogleich wieder aufzuspringen. Nach kurzer Zeit war sie eingeschlafen. Ruhig hob und senkte sich ihr Brustkorb mit ihrem Atem. Der Schein des Feuers tanzte auf ihrer Haut.

Die Waffe griffbereit vor die Knie gelegt, setzte sich Haldur nieder. Seine Blicke schweiften in den Wald. Vermutlich hatte sich der Dieb in sein Versteck zurückgezogen und labte sich jetzt genüsslich an ihrem Essen. Geschickt hatte er sie bestohlen, als besäße er reichlich Übung darin. Bestimmt waren sie nicht die ersten Opfer dieses seltsamen Geschöpfs, das durch die Nacht huschte wie ein Geist.

Leise stöhnend drehte sich Reneda um und wandte ihm nun ihr Gesicht zu. Sie wachte nicht auf. Friedvoll schlief sie, versunken in einem Traum. Haldur betrachtete ihre stille Gestalt.

Ein Gefühl der Verbundenheit ergriff ihn. Lange kannte er Reneda, jede ihrer Gesten war ihm vertraut. Sie brauchte bloß zu winken und er wusste, was sie meinte. Manches Jahr hatte er unter ihr gedient; er war es gewohnt, ihre Befehle zu befolgen, und doch einte sie mehr als das.

Ganz selbstverständlich empfand er sie immer noch als seine Vorgesetzte, obwohl er nicht mehr in der Armee diente. Sie war Truppenführerin und er ein Söldner, wie früher. Trotzdem hatte sich etwas verändert, zumindest für ihn. Je länger sie zusammen unterwegs waren, desto mehr genoss er ihre Gesellschaft, und er ertappte sich dabei, wie er sie oft selbstvergessen ansah ohne einen Grund.

Die Priesterinnen Ereats unterhielten vielerlei Beziehungen zu Männern, die wenigsten pflegten Enthaltsamkeit in dieser Hinsicht. Sie selbst erwählten ihre Liebhaber. Während seiner Dienstzeit war Reneda meist mit Terak, dem Eiskrieger, zusammen gewesen, der sie auch diesmal nach Ereat begleitet hatte.

Wehmut überkam Haldur, die ihn mit überraschend heftigem Schmerz erfüllte. Insgeheim beneidete er Terak. Eisern zwang er sich dazu, an etwas anderes zu denken, und ging im Geiste nochmals ihre Reiseroute durch.

Haldur hielt Wache, bis er die Augen nicht mehr offen halten konnte, dann weckte er Reneda und legte sich schlafen. Ihr unerwünschter Besucher blieb verschwunden und nichts störte ihre Ruhe.

Lautes Vogelgezwitscher erschallte im Wald. Morgendämmerung breitete sich aus. Reneda saß am Feuer, über dem ein Topf Wasser brodelte, in das sie eine Hand voll Teekräuter warf. Müde rieb sich Haldur die Augen.

Nebel wallte zwischen den Bäumen. Der von Dunst bedeckte Himmel war grau wie Blei. Reneda reichte Haldur einen Becher Tee, den er dankbar entgegennahm. Er blies, um ihn abzukühlen.

Mit dem anbrechenden Tag schwand die Erinnerung an das merkwürdige Geschöpf, das sie gestern bestohlen hatte, und wären nicht die fehlenden Vorräte gewesen, so hätte Haldur daran gezweifelt, ob sie wirklich jene geschlechtslose Stimme gehört hatten.

Reneda ging zum Fluss, um sich zu waschen, Haldur blieb beim Lager. Als sie zurückkehrte, trug sie ein schlichtes graues Gewand, die priesterliche Uniform hatte sie unter den Arm geklemmt. Nun machte Haldur sich auf. Im Fluss nutzte er die Gelegenheit zu einem Bade. Das Wasser war scheußlich kalt, und lange hielt er es nicht darin aus. Auch er zog andere Kleidung an, eine schwarze Hose und ein ebensolches Hemd, darüber einen abgeschabten Mantel. Bei seiner Rückkehr hatte Reneda bereits gepackt und die Pferde gesattelt. Sie wickelten die Uniformen fest in Öltuch und begruben sie unter Steinen, dann ritten sie los.

Neben dem Wald verlief die Straße. Sie folgten ihr entlang des Flusses. Dünner Nebel hing über dem Strom, dessen Ausläufer die Böschung hinaufkrochen.

Den ganzen Tag lichtete sich der Nebel nicht. Langsam wandelte sich die Helligkeit in das Grau des Abends, ohne dass sie die Sonne zu Gesicht bekamen. Keine anderen Reisenden begegneten ihnen, nicht ein Schiff erspähten sie auf dem Fluss. Es schien, als wären sie allein in der Wildnis.

Haldur aß Äpfel, um seinen knurrenden Magen zu beruhigen, Reneda fastete. Sie sparten sich das Mittagessen und legten nur eine kurze Rast ein. Auf der gut ausgebauten Straße kamen sie rasch voran.

Zufrieden mit ihrem Tagwerk schlugen sie im nahen Wald das Lager für die Nacht auf. Zuerst versorgten sie die Pferde, dann entfachten sie ein Feuer. Reneda konnte es kaum erwarten, bis das Holz brannte. Hungrig setzte sie Wasser auf, in dem sie Linsen kochte. Währenddessen verschwand Haldur zwischen den Bäumen. Als er zurückkehrte, hielt er die Hemdschöße hoch – darin hatte er Pilze gesammelt. Mit dem Dolch säuberten sie die kostbare Fracht und brieten die Pilze mit einem Stück Speck in einer Pfanne. Hunger raubte ihnen die Worte; gierig verschlangen sie das unerwartete Festmahl.

»Ich hoffe, du weißt Bescheid über diese Pilze«, murmelte Reneda mit vollem Mund. »Sie schmecken großartig, trotzdem könnten sie giftig sein.«

»Ich kenne mich aus«, beruhigte Haldur sie. »Schon als Kind hat mich meine Mutter in den Wald mitgenommen, sie wusste über alles Bescheid, was dort wächst.«

Den Kopf auf die Seite gelegt, betrachtete Reneda ihn.

»Man kann sich kaum vorstellen, wie du als Kind warst.«

»Still«, sagte Haldur.

»Dann hast du dich sehr verändert«, lachte sie. »Wo lebt deine Sippe?«

»Nirgendwo. Die meisten sind tot.«

»Das tut mir Leid.«

Haldur zuckte die Schultern.

»In meiner Heimat brach das Weiße Fieber aus und raffte meine Verwandten dahin. Ich bin froh, dass mein jüngerer Bruder Xander die Epidemie überlebte. Er wohnt jetzt in Riem und geht bei einem Daimon in die Lehre. Als ich Ereat verließ, bin ich zu ihm gereist und habe ihn besucht.«

Reneda nickte.

»Hast du Angehörige?«, fragte Haldur.

»Ja, die Priesterinnen«, antwortete sie. »Ich bin im Tempel aufgewachsen. Als ich fünfzehn Jahre alt wurde, habe ich mich für das Kriegshandwerk entschieden, dann wurde ich ausgebildet und trat in die Armee ein.«

»Wolltest du nie etwas anderes machen?«

»Nein. Ich bin sehr zufrieden mit meinem Leben.«

»Ist das Priesterinnendasein nur eitel Freude?«

»Nein, das ist es nicht. Wir dienen der Allmacht, dem ewigen Atem des Universums, dessen Kraft die Welten erschaffen hat und sie von Augenblick zu Augenblick aufrechterhält. Es ist der Weg des Lernens, den wir gehen, und der ist wahrhaftig nicht leicht.«

Sie grinste.

»Manchmal wünschte ich mir, meine Schwestern wären weniger weise.«

»Warum?«

»Wie ich dir schon erzählte, ist es mein Traum, das Reich von Kech zurückzuerobern. Der Priesterinnenrat wird es nie erlauben. Der Friede ist ihnen heilig. Sie sagen, der Weg des Krieges sei falsch, und sie behaupten, ich sei zu jung und ungestüm, um die Folgen solcher Handlungen zu erkennen, wie ich sie vorschlage. Vielleicht bin ich das. Die Allmacht möge mir helfen, ich kann nicht anders! Licht muss in die Dunkelheit getragen werden. Alle geknechteten Kreaturen sollen befreit werden und die Ungerechtigkeiten gesühnt.«

Ihre Augen strahlten, erhellt vom inneren Feuer der Überzeugung. Die Leidenschaft, mit der sie ihre Meinungen vertrat, rang Haldur Bewunderung ab.

»Möglicherweise möchten deine geknechteten Kreaturen gar nicht befreit werden. Hast du daran schon einmal gedacht?«

Ein mattes Lächeln ging über ihr Gesicht.

»Du klingst wie meine Schwestern. Sie sagen, dass die Menschen überall so leben, wie sie leben wollen, auch wenn ihr Weg fremden Augen schrecklich erscheinen mag.«

»Eines weiß ich sicher«, brummte Haldur, »niemand kann die ganze Welt retten.«

»Wieso nicht?«

Laut lachte Haldur auf.

»Viel Spaß! Da hast du gut zu tun.«

Zögernd stimmte Reneda in sein Lachen mit ein.

»Jemand muss einen Anfang machen.«

»Es sind nicht alle Leute gleich.« In gespielter Traurigkeit seufzte er. »Aus mir kann zum Beispiel nie eine Priesterin werden.«

Reneda kicherte. »Das ist allerdings wahr.«

»Warum gibt es in Ereat eigentlich keine männlichen Priester? Das ist doch auch irgendwie ungerecht.«

»Nun, Männer und Frauen sind gar nicht so verschieden. Jedes Lebewesen trägt sowohl männliche wie weibliche Kraft in sich. Die Energie des Universums ist weiblich, wir nennen sie die Große Mutter. Deshalb sind Frauen die Lebenspendenden. Wir Priesterinnen sind Manifestationen der Großen Mutter, der ein Gemahl zur Seite steht, den wir den Wanderer nennen. Eines der am häufigsten verwendeten Symbole für ihn ist die Sonne. Er ist das Verändernde. Zusammen bilden sie die Allmacht, den Ursprung und das Ende der Dinge, die Schöpferkraft an sich. Die Große Mutter ist der Himmel, der Wanderer der Regen, der zur Erde fällt und die Saat zum Keimen bringt, um ein einfaches Bild zu gebrauchen.«

»Aha«, meinte Haldur. »Und weshalb hat dieser Wanderer keine Priester? Von Mann zu Mann sozusagen. Also für mich wäre das etwas. Welch ein Leben: freie Kost und Unterkunft, schöne Kleidung, hübsche Tempeldienerinnen, Ansehen, Macht! Was will man mehr?«

»Göttin bewahre uns!« Reneda rang die Hände. »Damit hast du deine Frage selbst beantwortet.«

Haldur grinste.

»Soll das heißen, Frauen sind klüger als Männer?«

»Der Wanderer und die Große Mutter brauchen einander. Deshalb fühlen sich Frauen zu Männern hingezogen und umgekehrt. Zusammen erlangen wir die Urkraft der Schöpfung: die Liebe.«

Versunken betrachtete Haldur Reneda.

»Was ist los?«, fragte sie. »Warum starrst du mich an?«

»Es ist nichts«, murmelte er und schüttelte sich unmerklich. »Ich übernehme die erste Wache. Ruh dich aus.«

Dunkelheit senkte sich herab, die den Wald in Zwielicht tauchte. Die Bewölkung hatte sich aufgelockert, der Wind trieb das schlechte Wetter in Richtung der Berge. Reneda zog die Stiefel und den Mantel aus, dann kroch sie in den Schlafsack. Sie war todmüde. Letzte Nacht hatte sie wenig geschlafen. Kaum hatte sie sich hingelegt, da fielen ihr schon die Augen zu.

Ein paar Schritte vom Feuer entfernt setzte sich Haldur vor einen Baum, den Rücken an den Stamm gelehnt. Hier überblickte er das Lager, ohne dass er selbst sofort entdeckt wurde. Er hoffte, ihr gestriger Besucher möge wiederkommen und sich vermeintlich unbeobachtet heranschleichen, damit er ihn ergreifen konnte. Andererseits hatten sie heute ein gutes Stück Weg zurückgelegt, und es war unwahrscheinlich, dass jemand zu Fuß mit ihnen Schritt gehalten hatte.

Suchend schweiften seine Blicke umher. Der Wald schwieg still. Halb verborgen hinter dünnen Wolkenschleiern ging der Mond auf und sandte sein Licht in die Finsternis. Scharf zeichneten sich die Kronen der Bäume vor dem tiefblauen Firmament ab. Vollmond herrschte, in dessen Schein der Nebel gleichsam aufglühte. Geisterhaft schwebten die Schwaden in der Luft.

Er beobachtete ihren Lagerplatz. Das Feuer knisterte und sprühte Funken, gelb flackerten die Flammen. Davor schlummerte Reneda, die ihm den Rücken zuwandte. Linker Hand ruhten sich ihre Pferde aus; Renedas Rappe Zoran verschmolz mit der Dunkelheit, seine Schimmelstute Igri konnte er deutlich ausmachen. Sie zuckte mit den Ohren. Immer dichter wurde der Nebel, bis schließlich auch Igris Umrisse darin verschwammen.

Unwirklich erschien ihm die Umgebung, als wäre sie einem Traum entsprungen. Haldurs Gedanken begannen zu wandern. Er dachte an Ereat, an den Tempel und die Hohepriesterin, mit der er mehrmals gesprochen hatte. Unwillkürlich tastete seine Hand nach der Schnur, die ihm um den Hals hing, und er zog sie unter dem Hemd hervor. Daran hing das Medaillon mit dem Zeichen des Tempels, das die Hohepriesterin ihm bei seiner Abreise geschenkt hatte. Er trug es mit Stolz.

Vergessen war der Groll, den er gehegt hatte. Im Zorn hatte er damals den Dienst quittiert und alles hinter sich abgebrochen. Den Priesterinnen hatte er die Schuld an Klaads Tod gegeben, seinem besten Freund, den Reneda getötet hatte. Der Schmerz schwand, als höbe sich ein Vorhang und die Welt nähme klarere Form an. Die Launen des Schicksals hatten seine und Renedas Wege wieder verknüpft, und irgendwie glaubte er, einen Sinn darin zu erkennen.

Jeden Tag wurden die Gefühle stärker, die er für sie empfand. Er sehnte sich nach ihrer Nähe wie nach einer Droge, der er rettungslos verfallen war. Der Blick ihrer grünen Augen umnebelte ihm den Verstand.

So ging es nicht weiter, er musste etwas unternehmen. Sein Gemütszustand machte ihn unruhig und vergesslich. Haldur umfing die Beine mit den Armen und drückte die Stirn an die Knie. Angestrengt versuchte er sich zu sammeln, als ein Wiehern von Igri ihn aufschreckte. Er zuckte zusammen.

Beim Feuer entdeckte er einen Schatten, der sich über ihr Gepäck beugte. Von Igris Warnruf geweckt, regte sich auch Reneda. Der Schlafsack hinderte sie daran aufzuspringen. Haldur lief los. Im selben Augenblick hatte das Geschöpf auch ihn erspäht. Kurz erhellten die

Flammen seine Züge, dann rannte es davon wie der Wind. Während sich Reneda noch aus ihrem Schlafsack schälte, setzte Haldur ihm nach.

Das Lager blieb hinter ihm zurück. Er hielt inne, um zu horchen. Rechter Hand vernahm er ein leises Knacken und wandte sich dorthin. Nebel wallte im Wald, der seine Sicht einschränkte, doch es war nicht halb so finster wie gestern. Aufmerksam spähte er in alle Richtungen und spitzte die Ohren. Einen Schritt nach dem anderen tappte er weiter. Nirgendwo fand er eine Spur, und kein Geräusch verriet das seltsame Wesen, das er beim Feuer erblickt hatte.

»Haldur!«, hörte er Reneda rufen. »Wo steckst du?«

Er antwortete nicht, um seinen Standort nicht zu verraten. Noch immer hoffte er, ihren diebischen Gast zu erwischen. Nachdem er eine Weile vergeblich umhergeirrt war, gab er die Suche auf und kehrte zerknirscht zum Lager zurück.

Reneda erwartete ihn ungeduldig. Die Arme in die Hüften gestützt, starrte sie auf ihr durchwühltes Gepäck. Der Dieb hatte die Zeit gefunden, die Satteltaschen zu öffnen und auszuleeren. Kleidung und Kochgerät lagen verstreut im feuchten Gras. Haldurs Schlafsack war weg, und der gesamte Proviant war verschwunden, mitsamt ihrem Vorrat an Streichhölzern. Haldur wollte vor Scham im Boden versinken.

Schweigend sah Reneda ihn an.

»Es tut mir Leid«, sagte Haldur. »Ich war in Gedanken und habe einen Moment nicht aufgepasst.« Er ballte die Fäuste. »Diese verfluchte Mistratte! Wenn ich den Kerl erwische …«

»Was ist los mit dir?«, schnaubte Reneda. »Du schiebst doch nicht das erste Mal Wache!«

Ärger über seine eigene Unachtsamkeit erfüllte Haldur, und er erinnerte sich daran, wie er selbst oft seine jungen Kameraden in der Armee beim Wachtdienst geprüft hatte. Wehe denen, die sich von ihm hatten überrumpeln lassen! Ein für alle Mal hatte er ihnen eingebläut, die Augen und Ohren stets offen zu halten. Nun hatte er sich selbst noch dümmer angestellt als alle Rekruten, die er ausgebildet hatte.

»Ich finde den Spitzbuben«, verkündete er, »und wenn ich die ganze Nacht lang suche!«

Entschlossen wollte er sich auf den Weg in den Wald machen. Reneda hielt ihn zurück.

»Vergiss es! Der ist längst über alle Berge.«

»Lass mich!«, wehrte sich Haldur.

Er bebte vor Wut. Natürlich hatte Reneda Recht, trotzdem wollte er sich nicht so einfach geschlagen geben. Es musste eine Möglichkeit geben, seine Schlappe wieder wettzumachen. Flammender Zorn wallte in ihm. Er kniff die Augen zusammen und erschrak. Unwillkürlich taumelte er.

»Haldur!«, hörte er Renedas Stimme wie aus weiter Ferne.

Mit dem Arm an einen Baum gestützt, krümmte er sich. Er blinzelte, als könnte er nicht mehr sehen. Sobald er die Augen schloss, verschob sich seine Wahrnehmung, und er erblickte seine Umgebung auf eine Art und Weise, die er nie zuvor erlebt hatte. Gleißend loderte das Feuer vor ihm; er hörte ein Hauchen und Wispern, das in fremden Zungen zu ihm sprach. Dunkel und schwer war die Erde, gesättigt vom Regen, der sie getränkt hatte. Gleich roten Flecken sah er die Fußspuren, die sich in den weichen Boden gedrückt hatten. Er konnte sie unterscheiden, ihre eigenen und die des Diebes, die kleiner und heller waren. Der Wind flüsterte in sein Ohr, und er fühlte die Luft, die sie umgab, aufgewirbelt von ihrem Atem. Jedes einzelne Geschöpf im Wald konnte er hören. Dumpfes Licht umgab die Pflanzen und Bäume, das ihnen selbst zu entströmen schien und sie in schimmernde Felder von Farbe hüllte.

Reneda schüttelte ihn.

»Haldur!«

Keuchend richtete er sich auf.

»Vertrau mir!«, sagte er.

Sein erhobener Zeigefinger schnitt ihr das Wort ab, dann eilte er davon und entschwand in die Dunkelheit. Verblüfft starrte ihm Reneda hinterher. Sie war so überrascht, dass sie nicht wusste, was sie tun sollte.

Zielstrebig folgte er der Fährte, die sich so deutlich vor ihm abzeichnete, als hätte ihr nächtlicher Dieb Wegweiser für ihn aufgestellt. Klar erkannte er die Fußspuren, ja er vermeinte noch den Geruch des Geschöpfs zu wittern, das sie hinterlassen hatte. Sie führten geradewegs vom Lager weg, dann wandten sie sich in einem weiten Bogen nach links. Lautlos pirschte sich Haldur voran; jeden Zweig umging er, dessen Knacken ihn verraten konnte. Die Fährte schlängelte sich um die Bäume, die Tritte waren weit voneinander entfernt: Trotz der Dunkelheit war ihr ungerufener Gast gerannt, so schnell ihn die Beine trugen.

Nach einer Weile wurden die Abdrücke enger. Gewiss, dass ihn niemand verfolgte, hatte er seine Schritte verlangsamt. Flink eilte Haldur weiter. Diesmal sollte der Dieb ihm nicht entwischen. Der Gedanke, ihn endlich in die Finger zu bekommen, verlieh ihm Flügel. Wind strich kühl über seine Haut, dessen leises Säuseln wie eine Stimme sprach, die ihm den richtigen Weg wies. Der Wald lebte, als ein einziges, riesenhaftes Wesen erschien er ihm, in dessen Schoß er geborgen war.

Scharf sog er die Luft in die Nase. Deutlich witterte er jetzt den Dieb, dessen Geruch sich von dem der Pflanzen und Tiere unterschied. Süßlich roch er und bitter nach Schweiß. Er hatte einen Abstecher in Richtung Fluss unternommen und war dann wieder in den Wald gebogen.

Haldur konnte es kaum erwarten, jenem Geschöpf gegenüberzustehen, das sie unverfroren zweimal bestohlen hatte und sich ihnen offensichtlich in diesen seinen Heimatgefilden mehr als überlegen fühlte.

Den Spuren nach stapfte Haldur vorsichtig eine Anhöhe hinauf. Das lose Geröll auf dem mit Zweigen und herabgefallenen Ästen übersäten Boden war tückisch. Da und dort lagen große Steinbrocken, an die er sich stützte, um nicht auszurutschen. Das Gelände wurde immer steiler und unwegsamer, und schließlich kroch er auf allen vieren, bis er plötzlich einen flachen, mit struppigem Gras bewachsenen Streifen Landes erreichte. Gegenüber ragte eine Felswand senkrecht empor, deren Kuppe von knorrigen Kiefern gekrönt war, die sich windschief zum Abgrund neigten.

An der Kante der Grasnarbe verharrte Haldur und blickte sich um. Hier verlief eine ehemalige Straße, für die Bäume gerodet und der Boden eingeebnet worden waren. Dem dichten Gestrüpp nach zu urteilen wurde sie seit langem gemieden. Haldur konnte sich nicht vorstellen, warum man hier einen Weg angelegt hatte. Gleich einem Band folgte er dem Fels und verlor sich in der Ferne.

Gleißend strahlte der volle Mond, nur noch wenige Wolken durchsetzten den nächtlichen Himmel. Hell wie die Sonne erschien Haldur das Licht, dessen kalter Glanz alle Farbe schluckte, um die Welt in Schwarz und Weiß zu zeichnen. Das Gras schimmerte, als wäre es von Frost bedeckt.

Spalten und Risse durchzogen die Felswand wie Adern. Haldur stutzte. In der grauen Wand entdeckte er Reste von Stufen, die in den Stein geschlagen worden waren. Sie führten zu einem überhängenden Vorsprung. Der größte Teil der Treppe war herausgebrochen und der Rest mochte folgen, sobald jemand den Fuß darauf setzte.

Rasch überquerte Haldur den Pfad und tauchte in den Schatten am Rande der Felswand. Achtsam stieg er über Geröll und lose Brocken, während er seinen Weg fortsetzte. Bald stieß er auf weitere Zeugnisse menschlicher Bearbeitung: wiederum eine Treppe – diese war besser erhalten und endete bei der Öffnung einer Höhle. Er blickte genauer hin und fand noch mehr Eingänge, die als finstere Löcher im Stein gähnten. Einst hatten hier Menschen gelebt. Seit ewigen Zeiten waren sie fort.

Vor ihm beschrieb der Pfad einen Bogen nach rechts. Fels versperrte ihm die Sicht darauf, was hinter der Biegung lag. Haldur hielt inne. Er hörte das leise Knistern eines Feuers und kurz darauf roch er Rauch.

Der Anflug eines Lächelns ging über sein Gesicht. Nun war er derjenige, der sich aus dem Dunkel näherte, um einen nichts ahnenden Wanderer zu überraschen.

Nach der Wegbiegung sah er den Schein der Flammen. Das Flackern kam aus einer Höhle, die wenig höher lag als der Pfad. Dorniges Gebüsch wuchs vor dem Eingang, das ihn fast völlig verbarg. Lautlos ging Haldur darauf zu. Er zog das Schwert.

Achtsam spähte er durch das Gestrüpp hinein. Der Anblick, der sich ihm darbot, raubte ihm für einen Moment den Atem. Dicke Teppiche umgaben eine Feuerstelle in der Mitte. Die einst kostbaren Gewebe waren angesengt und von Asche bedeckt, die deren ehemals prächtige Farben mit mattem Grau verschleierte. An den Wänden stapelten sich alle erdenklichen Gegenstände, von Holzkisten, aus denen Stoffe und Kleidung quollen, über Geschirr, Lampen, Spiegel bis zu Möbeln, die mit einer Axt in Feuerholz verwandelt worden waren. Und inmitten dieser Schatzkammer saß ein kleines dürres Geschöpf, in der Hand ein Brot, von dem es gierig aß. Sein voller Mund dämpfte den Schrei, den es ausstieß, als Haldur hereinstürzte. Entsetzt sprang es auf und wich vor ihm zurück.

Er erkannte in ihm sogleich den Dieb wieder, den er bei ihrem Lager erblickt hatte, und bei Lichte besehen erschien er ihm noch seltsamer als zuvor. Blätter und Federn steckten in dem wirren Busch brauner Locken, die sein Gesicht umkränzten. Er hatte dunkle, kupferfarbene Haut. Die weit auseinander stehenden schrägen Augen erinnerten an ein Raubtier, die spitze Nase und der schmale Mund verstärkten den Eindruck.

Beim besten Willen vermochte Haldur nicht zu sagen, ob er einem Mann oder einer Frau gegenüberstand. Das schmale Geschöpf wies keinerlei deutliche Merkmale in dieser Hinsicht auf. Zahlreiche Kleiderschichten verbargen die wenigen wahrnehmbaren Formen. Eine ganze Sammlung von Hemden, Jacken und Hosen verhüllte seinen Körper, von denen nicht ein Stück zum anderen passte. Um die Schultern hing ein verdreckter, mit Goldlitzen verzierter Umhang, der so lang war, dass er am Boden schleifte. Auf dem Filzhaar steckte eine violette Samtmütze, aus deren üppigen Stickereien lose Fäden heraushingen.

»Der Geist«, stöhnte das Wesen. »Er ist gekommen, mich zu holen. Ich wusste es.«

»Wer bist du?«, fragte Haldur. »Warum hast du uns bestohlen?«

Als Antwort gab das Geschöpf ein dünnes Kreischen von sich. Seine linke Hand griff in eine Kiste, und gleich darauf lag ein edelsteinbesetzter Dolch in seinen Fingern, den es Haldur entgegenreckte.

»Ich bin Lio«, murmelte es, »ein unbescholtener Baran. Verzeih mir, Geist des Waldes! Ich ahnte nicht, wen ich bestahl. Niemals hätte ich es gewagt. Verschone mich! Erweise mir Gnade! Ich hatte Hunger, und dann sah ich euch, so friedlich und satt am Feuer. Zuerst bemerkte ich dich nicht, erst heute Nacht habe ich dich erkannt, edler Geist. Vergib mir, deinem unwürdigen Diener, der nichts Böses wollte!«

Einlullend murmelte das Wesen weiter, das sich selbst als Baran bezeichnete, während es langsam auf den Eingang der Höhle zuschlich. Haldur schnitt ihm den Weg ab.

»Verdammt noch mal, ich bin kein Geist!«

»Wie Ihr wünscht, erhabener Meister.«

»Rück unsere Sachen heraus, und zwar alles, was du noch nicht verspeist hast!«

»Sofort, Gebieter.«

Scheinbar gehorsam wühlte der Baran in seinen Schätzen – Tücher, Gürtel und Nahrungsreste flogen umher –, dann drehte er sich blitzartig um und sprang mit gezückter Klinge auf Haldur zu. Wut und Furcht verzerrten sein Gesicht.

Mühelos wehrte Haldur den Dolch mit seinem Schwert ab, gleichzeitig stieß er den Baran von sich weg. Dieser prallte in einen Turm von Kisten, der hinter ihm mit Gepolter einstürzte. Das spinnengleiche Geschöpf setzte sich auf den Hosenboden und schnellte wieder hoch wie eine Feder, erpicht darauf, seine Besitztümer zu verteidigen. Es bekam Haldurs Schwertarm zu fassen und biss in Ermangelung einer anderen Waffe kräftig hinein. Brüllend vor Schmerz riss Haldur den Baran am Haar zurück. Dessen violette Samtmütze flog in eine Ecke. Haldur versetzte seinem Gegner eine Ohrfeige, die ihn herumwarf. Wie ein Tänzer drehte sich der Dieb um die eigene Achse und schlug hart gegen die Felswand, vor der die Kisten gestanden hatten. Sein Schädel knallte an den Stein.

Taumelnd sackte der Baran auf die Knie, den Kopf vorgeneigt, aus dem ein Strom von Blut schoss, das sich mit seinem Lockenschopf vermengte. Das Blut tränkte ihn, schwer und klebrig wie Pech. Er kippte um und blieb reglos liegen, ein Bündel von Knochen und Kleidern, unter dem sich eine dunkle Pfütze ausbreitete.

Sachte tippte Haldur ihn mit dem Fuß an.

»Steh auf!«, rief er und wusste zugleich, dass sich jenes Geschöpf nie mehr erheben würde.

Er kauerte sich nieder und drehte das Gesicht des Barans nach oben. Weit aufgerissen waren dessen leere Augen; der offene Mund entblößte lückenhafte Zähne. Im Tode wirkte er jünger als zuvor, ein halbes Kind noch.

Mitleid überkam Haldur. Er hatte den Dieb nicht töten wollen und verstand selbst nicht, wie ihn der eine Schlag mit solcher Wucht hatte treffen können. Nur eine Ohrfeige hatte er ihm gegeben. Gleich einem Spielzeug war der Baran herumgewirbelt und an die Wand gekracht. Noch immer hörte Haldur das hohle Knacken brechender Knochen. Ein Schauer lief ihm über den Rücken. Er hob seine Hände und betrachtete sie, als hätte er sie nie zuvor gesehen. Einen Geist hatte der Dieb ihn genannt, den Geist des Waldes.

Wahrscheinlich hatte der Baran sich darüber gewundert, wie Haldur ihn aufgespürt hatte, und deshalb angenommen, er besäße besondere Fähigkeiten.

Flüchtig durchsuchte er die Habseligkeiten, die sich in der Höhle stapelten. Zahllose Kleidungsstücke unterschiedlicher Machart und Größe fand er, vom schlichten Rock einer Bäuerin bis zum perlenbestickten Mantel einer reichen Händlerin. Viele der Jacken und Hosen wiesen Risse und Blutspuren auf, die darauf hindeuteten, dass ihre Besitzer nicht mehr am Leben waren. Eine Schatulle war mit Gold- und Silbermünzen gefüllt. Bei dem Vermögen brauchte der Dieb nicht im Wald zu hausen. Alles hatte er gehortet, ungeachtet seines Wertes. Schmutzige Kochlöffel und gebrauchtes Besteck lagen auf kostbaren Stoffballen aus Samt und Seide. Aus einer Kiste quollen rostiges Werkzeug und edle Geschmeide in wirrem Durcheinander. Staub und Ruß bedeckten die Schätze, von denen viele offenbar schon seit Jahren hier lagerten.

Hinter der Feuerstelle stieß Haldur auf den Schlafsack und den Proviant, den man ihnen geraubt hatte. Er nahm die Sachen an sich, dann packte er brennende Holzscheite und warf sie auf das Diebesgut in der Höhle. Die Kisten und Stoffe loderten auf wie Zunder. Rasch griff das Feuer um sich. Mit einem letzten Blick auf den toten Baran zog sich Haldur zurück und eilte ins Freie. Eine Welle von Hitze folgte ihm. Dicker Rauch stieg aus dem Eingang. Rasch sprang das Feuer auf die Dornenbüsche vor dem Unterschlupf über, die wie Fackeln brannten. Haldur schulterte das Gepäck und machte sich auf den Rückweg. Nicht ein Stück Beute hatte er mitgenommen, das nicht ihnen gehörte.

Während seines Marsches durch den Wald konnte er kaum einen klaren Gedanken fassen. Tief atmete er und sog gierig die frische Luft ein. Noch immer roch er den Gestank in der Behausung des Barans, nach Schimmel und verdorbenem Essen. Ekel ergriff ihn.

Reneda sprang auf, als er sich dem Lager näherte, das Schwert wehrhaft erhoben. Bald erkannte sie ihn und steckte die Waffe mit einer eleganten Drehung in die Scheide zurück. Sie schritt ihm entgegen.

»Was ist geschehen?«

»Ich habe den Dieb gefunden«, erklärte er. »Er ist tot.«

Das Gepäck glitt von seiner Schulter. Renedas Blick fiel auf Haldurs blutverschmierte Hände. Fragend sah sie ihn an. Er packte den Topf Wasser neben dem Feuer und wusch sich damit, dann klopfte er sich Staub und Schmutz aus den Kleidern. Geduldig wartete Reneda. Endlich hatte er sich gesäubert und setzte sich. Sie gesellte sich zu ihm.

»Nun erzähl schon!«

Stockend berichtete Haldur von den Ereignissen, als könnte er selbst nicht ganz daran glauben. Reneda hörte zu, ohne ihn zu unterbrechen.

»Ein Baran also«, sagte sie schließlich. »Davon gibt es nicht mehr viele. Es ist Jahre her, seit ich das letzte Mal einen gesehen habe.«

Verwundert schüttelte Haldur den Kopf.

»Was, bei den Sumpfgeistern, ist ein Baran?«

»Es sind Ausgestoßene der Stämme, die am Rande der Berge leben. Manchmal bekommen jene Völker ungewöhnlichen Nachwuchs. Einige ihrer Kinder weisen Missbildungen auf, andere besitzen besondere Gaben. Auch in den Ländern der Ebene gibt es solche Fälle, doch niemand weiß, warum dies bei den Bergstämmen so oft geschieht. Manche behaupten, es liege an den altertümlichen Höhlen, in denen sie hausen. Allerdings kann man sich kaum vorstellen, dass eine Wohnstätte ein ungeborenes Kind im Mutterleib verändert. Wie dem auch sei, die Stämme glauben jedenfalls, diese Säuglinge seien von Geistern besessen. Dabei verrät ihnen die Art der Missbildung, um welchen ›Geist‹ es sich handelt. Diese haben verschiedene Namen, *Baran* ist auch eine solche Bezeichnung. Je ›böser‹ die üble Macht, desto schlimmer das Schicksal des Kindes. Einige werden gleich nach der Geburt im Wald ausgesetzt, wo sie natürlich nicht lange überleben. Andere dürfen bis zur Geschlechtsreife bei ihrem Stamm bleiben, dann schickt man sie fort. So ist es wohl unserem Dieb ergangen. Seit Jahrzehnten bemühen sich die Priesterinnen Ereats darum, diesem Vorgehen ein Ende zu bereiten, doch ohne viel Erfolg.«

»Der Dieb sah tatsächlich etwas seltsam aus«, meinte Haldur, »aber missgebildet erschien er mir nicht.«

»Baran nennt man Kinder, die beide Geschlechtsmerkmale aufweisen.«

Haldur staunte.

»Wie bitte? Soll das heißen, dieses Geschöpf war eine Art Zwitter?«

Reneda nickte.

»Eine Laune der Natur.«

»Ich bereue seinen Tod nicht, gleichgültig, was er war. Du hättest diese Höhle sehen sollen! Der Baran hatte manchen Reisenden auf dem Gewissen.«

»Es ist nicht leicht, allein im Wald als Ausgestoßener zu leben.«

»Das gibt ihm noch lange nicht das Recht, zu stehlen und zu morden.«

Stirnrunzelnd musterte Reneda Haldur.

»Wie hast du seinen Unterschlupf überhaupt aufgespürt? Du sagtest, du seist den Spuren nachgegangen. Ich habe nirgendwo welche gesehen.«

Ein Seufzen entrang sich Haldur.

»Wenn ich das wüsste ... Was ist nur mit mir los? Der Baran nannte *mich* einen Geist. Das kann man ihm nicht einmal verübeln. Mitten in der Nacht fand ich sein gut geschütztes Versteck. Ich wollte ihn nicht töten. Nur eine leichte Ohrfeige habe ich ihm verpasst, und er knallt an die Wand, als hätten zehn Männer ihn umgeworfen.«

»Geister!« Reneda schnaubte verächtlich. »An diesen Unsinn glauben nur Daimonen. Du bist kein Geist.«

»Die alte Frau bei den Nomaden hielt mich auch für einen.«

Seine Schultern hoben und senkten sich mit seinem Atem. Reneda rückte näher heran und legte den Arm um ihn.

»Die Hohepriesterin«, murmelte er. »In Ereat ist etwas mit mir geschehen. Aber ich kann mich nicht daran erinnern.«

»Die Hohepriesterin würde niemals jemandem Schaden zufügen.«

Durchdringend betrachtete Reneda ihn. Tief blau schimmerten Haldurs Augen, wie der Sternenhimmel über ihnen. Weder Schmerz noch Furcht fand sie darin.

Sie neigte sich vor und küsste ihn. Die Berührung durchzuckte sie wie ein Schlag. Er streichelte ihr Gesicht, ertastete jede Linie. Taumel erfasste sie beide. Reneda strich ihm eine Haarsträhne aus der Stirn. Ein Lächeln spielte auf ihren Lippen.

»Allmählich glaube ich auch, dass du ungewöhnliche Fähigkeiten besitzt«, flüsterte sie. »Warum zeigst du sie mir nicht?«

KAPITEL 7

Auferstehung

Mit dem Schürhaken schob Rigan die brennenden Scheite im Kamin zusammen. Das Holz knisterte und prasselte. Funken stoben empor. Auf den Schürhaken gestützt wie auf einen Spazierstock, verharrte er vor den Flammen und starrte hinein, als könnte er in dem Flackern geheime Botschaften erblicken.

»Einen Fisch kann man nicht mit Ersäufen strafen.«

Morad N., Landwirtschaft und Bewusstsein, Band 3. Praktischer Nutzen der daimonologischen Erkenntnistheorie am Beispiele der zukunftsorientierten Viehhaltung. Volksbibliotheken Tylegro, Reg. 331.C.

Plötzlich schlossen sich zwei milchweiße Arme um seine Mitte und ein Körper drängte sich an seinen Rücken. Der Duft von Jasmin stieg ihm in die Nase. Lächelnd drehte Rigan sich um.

»Vana«, seufzte er.

Bewundernd glitten seine Blicke über sie. Braunes Haar floss in Wellen auf ihre Schultern. Ein Hauch von Sommersprossen sprenkelte ihre weiche Haut. Unter dem blassblauen Nachthemd zeichneten sich ihre Rundungen ab. Rigan schob die Hand in ihren Nacken, zog sie heran und küsste sie. Währenddessen knüpfte Vana den Gürtel seines Schlafrocks auf.

»Komm wieder ins Bett«, sagte sie. »Mir ist kalt.«

»Gleich«, erwiderte er und knotete den Gürtel wieder zusammen.

»Was ist mit dir?«, fragte Vana.

»Ein Bote ist heute im Lager eingetroffen«, erklärte er. »Er brachte Nachricht von Setor.«

Vana stutzte, dann schmunzelte sie. Rigan lachte auf.

»All die Jahre des Wartens haben sich gelohnt.«

»General Setor ist ein Schwein«, schnaubte Vana. »Der würde seine eigene Mutter verkaufen, wenn er sich davon einen Gewinn verspräche.«

Rigan nickte.

»Ein verlogener Mistkerl, dem ich nicht so weit traue, wie ich spucken kann; aber dumm ist er nicht.«

Ein herausforderndes Glitzern trat in Vanas Augen. Selbstvergessen streichelte Rigan ihren Hals, ihre Brust und ihre Hüften. Hitze erfüllte ihn.

»Du hast Recht«, sagte er, »zum Nachdenken ist später noch Zeit.«

Wortlos packte Vana ihn am Kragen.

Der goldgerahmte Spiegel über dem Kamin gab einen Ausschnitt des Raumes wieder: das ausladende Bett an der gegenüberliegenden Wand. Kunstvolles Schnitzwerk zierte dessen dunklen Holzrahmen. Kissen und Laken waren zerwühlt. Darüber hing ein Gemälde, das in wunderbar ausgeschmückten Szenen die berühmte Schlacht von Purnau darstellte, bei der vor dreihundert Jahren das Königreich von Norus gefallen war. Rigan liebte schöne Dinge und schmückte sein Quartier reichlich damit. Kleine Statuen aus Holz oder Marmor standen auf bemalten Kommoden, in denen er weitere Schätze hortete, die er bei früheren Raubzügen erbeutet hatte. Da und dort glänzten vergoldete Schatullen und bunte Vasen aus Glas. Schwere Samtvorhänge wallten vor den kleinen Fenstern; der Holzboden wurde von seidenen Teppichen verdeckt. Die prunkvolle Ausstattung des Schlafzimmers hätte besser in einen Palast gepasst, denn in ein Militärlager.

Das Hauptquartier der Truppe bestand aus zwei Dutzend langer Holzbaracken, ein Stockwerk hoch, die man auf einer gerodeten Waldlichtung nahe der Stadt Kirgon errichtet hatte. Bei seiner Erbauung hatte niemand daran gedacht, dass dieses Lager zu einer dauernden Unterkunft werden würde. So mussten ständig Verbesserungen vorgenommen werden, die jedoch die Anlage an sich nicht veränderten.

Entsprechend seinem Rang als General hatte Rigan eine ganze Baracke für sich beansprucht. Hier befanden sich nun seine persönlichen Gemächer, die er so behaglich wie möglich eingerichtet hatte, sowie die Diensträume der Truppenführung.

Vor dem Spiegel stutzte Rigan seinen Bart. Er war zeitig aufgestanden, wie er es stets zu tun pflegte. Vana hatte ihn bereits verlassen. Noch immer schien ihr Duft im Raum zu schweben, süß und herb wie wilder Honig.

Wohlwollend musterte er sein Werk, besserte hier und da aus, bis jedes einzelne Haar der gewünschten Linie folgte. Er trug die Koteletten lang, auf dem Kinn einen Halbmond von Bart und auf der Oberlippe einen schmalen Schnurrbart. Sein Haupthaar war schütter geworden, die Schläfen ergraut. Das Alter hatte seine Spuren hinterlassen.

Rigan knöpfte das Hemd zu und zog die Hosenträger hoch. Prüfend klopfte er auf seinen Bauch. Obwohl er runder geworden war, konnte man ihn nicht als dick bezeichnen. An Kraft konnte er es mit manch Jüngerem aufnehmen, und was ihm an Geschwindigkeit abhanden gekommen war, machte er durch Erfahrung wett.

Als junger Mann war er ein Draufgänger gewesen. Nichts hatte ihm schnell genug gehen können. Manchmal wunderte er sich über das Glück, das ihn vor einem vorzeitigen Ableben bewahrt hatte. Viele hatte er gekannt, furchtlos wie er, stets auf der Jagd nach Gold, die irgendwann ihr Schicksal ereilt hatte. Er war immer schlauer als andere gewesen, und er hatte gelernt zu warten.

Die letzten fünfzehn Jahre waren mühselig gewesen. Mit läppischen Aufgaben hatte man seine Söldnertruppe betraut, die ihrer nicht würdig waren: Transporte bewachen, Streitereien unter Bauern schlichten, Grenzsteine erneuern; eine endlose Reihe von Lakaiendiensten, für die sich die Armee zu schade war. Natürlich hatte man sie damit loswerden wollen. In Friedenszeiten waren sie keine gern gesehenen ›Gäste des Landes‹, wie man sie während des Krieges betitelt hatte. Viele seiner Leute hatten Kelrun verlassen. Auch er, Rigan, hatte mehr als einmal darüber nachgedacht, aber seine innere Stimme hatte ihm geraten zu warten – zu warten, bis seine Zeit kam.

Das Gefühl erinnerte ihn an früher. Ein Jüngling noch, war er nach Kelrun gekommen, um unter General Kar zu dienen. So einen hatte es nur einmal gegeben. Rigan sah ihn vor sich mit seinen verkrüppelten Händen, dem wirren Haar, diesen abwesenden Ausdruck im Gesicht. Man erzählte sich, dass er als junger Mann in Generia wegen Raubes verurteilt worden war. Zur Strafe hatten sie ihm die Hände mit Steinen zerschlagen. Das Ende für einen Söldner. Aber nicht für Kar. Er hatte zwei Kurzschwerter mit langen Griffen getragen, die er sich mit Lederbändern an die Unterarme hatte schnüren lassen. Doppelte Schneiden hatten die Klingen, scharf wie Rasiermesser, und er hatte damit umzugehen gewusst. Dabei hatte er ohne erkennbare Leidenschaft gekämpft: ein Mann, der seine Arbeit tat.

General Kar war mit ein Grund gewesen, weshalb Rigan so lange in Kelrun geblieben war. Er hatte ihn bewundert, ja verehrt. Oft hatte er versucht, hinter das Geheimnis von dessen verhangenen Augen zu kommen, die nichts und niemanden je wirklich anschauten. Kar hatte mehr über die Kriegskunst gewusst als mancher ruhmreiche Heerführer; er war der Beste seiner Zunft gewesen. Als er Rigan zu seinem Nachfolger erkoren hatte, war dieser von maßlosem Stolz erfüllt gewesen. Dieser Stolz hatte ihn auf seinem Posten gehalten – und die Ahnung, dass die Zeiten sich änderten.

Es hieß, dass Kar jetzt in der Nähe von Pyr lebte, weit im Norden, in einer namenlosen Gegend aus Bergen und Wald. Vermutlich war er inzwischen tot. Kar war schon alt gewesen, als Rigan den Dienst bei ihm angetreten hatte.

Mit König Schaaraoch hatte sich General Kar gut verstanden. Schaaraoch hatte Kar und seine Söldnerarmee nach Kelrun geholt, damals ein junger König, der im noch unfertigen Palast von Kirgon über ein zerstückeltes, in Stadtstaaten zerfallenes Land ohne größere Bedeutung herrschte. Schon zu jener Zeit wusste Schaaraoch genau, was er wollte und wie er es bekommen konnte. Kar und seine Truppe wurden die Spitze des Schwerts, mit dem er sein Reich formte.

Für die Söldner brachen glorreiche Zeiten an. Das strategische Genie Schaaraochs, unterstützt von der Erfahrung und dem Können Kars, machten ihnen das Siegen leicht. Oft begegnete ihnen wenig Widerstand – Schaaraoch kannte Mittel und Wege, seine Gegner zu zermürben, bevor der Kampf überhaupt begann. Die meisten Opfer erforderte die Eroberung Lerons, des Landes der Bergwerke und der starrsinnigen Bürger, die lieber starben, als sich dem fremden König zu unterwerfen. Nachdem sie die Burg Fürst Virgils von Leron eingenommen und dessen Leichnam öffentlich eingeäschert hatten, war auch dieser Krieg gewonnen.

Die Einwohner des geeinten Königreichs von Kelrun fürchteten und achteten die Söldner. Die von Schaaraoch genehmigten Plünderungen machten sie reich. Sie waren die ersten Herren des neuen Landes. Kars letzter, größter und erfolgreichster Auftrag.

Nach Jahren des Kampfes hielt der unvermeidbare Frieden Einzug. Die letzten Widerstandsnester waren ausgehoben, der letzte Rebell gehängt. Die Bürger hatten sich mit dem neuen König abgefunden. Aus der königlichen Armee traten Hauptleute, Offiziere, Generäle hervor, die ihren Anteil an der Beute forderten, oder wie sie es selbst zu nennen pflegten: ihren Anteil an der Zukunft Kelruns. Pflichtbewusst, stolz, manche Abkömmlinge alten Adels, schauten sie verächtlich auf die Söldner herab, denen sie ihren eigenen Aufstieg verdankten.

Das Abkommen zwischen General Kar und König Schaaraoch besagte, dass die Söldner so lange in Kelrun bleiben konnten, wie sie wollten. Als Schaaraoch Kar angeheuert hatte, hatte er über wenig Mittel verfügt. Viel zu wenig, um den von Kar geforderten Sold zu begleichen. Der Vertrag sah eine Erfolgsprämie vor, was bedeutete, dass die Söldnerarmee sich durch Plünderungen bereichern durfte. Sobald die Regentschaft Schaaraochs gesichert war, erhielt die Truppe regelmäßigen Sold, und zwar den anderthalbfachen Betrag, den die königliche Armee bezog. Außerdem war jedem Söldner lebenslange Anstellung gewiss.

Die Armee Kelruns durfte die Söldner nicht des Landes verweisen, so gern sie es auch getan hätte. So kam es, dass man den Söldnern – um ihnen die freiwillige Abreise nahezulegen – die undankbarsten Aufgaben zuwies.

Viele von Rigans Leuten hatten Kelrun nach und nach verlassen; geblieben war eine zusammengewürfelte Truppe von alten Kämpfern, die nirgendwo anders mehr auf eine so gut bezahlte Stellung hoffen durften, und Rigan selbst, der wider besseres Wissen seiner inneren Stimme folgte, die ihm befahl zu warten.

An Angeboten hätte es ihm nicht gemangelt. General Kar war ein berühmter Mann gewesen, und jeder wusste, dass er keinen Hohlkopf zum Nachfolger erkürte. Manchmal fragte er sich selbst, was ihn all die Jahre in Kelrun gehalten hatte. Der Sold war keineswegs überwältigend; für einen seines Schlages gab es einträglichere Aufgaben. Vielleicht lag es daran, dass er hier die beste Zeit seines Lebens verbracht hatte, damals, als sie unter General Kar ein Reich erobert hatten.

Längst vorbei, die alten Zeiten. Die erstarkte königliche Armee hatte die Söldnertruppe bald belächelt. Einen Haufen abgehalfterter Greise, durchmischt von einer Bande Halbstarker nannte man sie. Tatsächlich hatte Rigan lange Mühe gehabt, brauchbaren Nachwuchs zu bekommen. Doch der anhaltende Frieden bedeutete auch, dass die Armee kaum Ausfälle hatte. Sie konnten es sich leisten, Bewerber abzulehnen, die ihnen nicht passten. Dabei waren jene nicht unbedingt die schlechtesten. Bei Rigan fand jeder Aufnahme, der für den Kriegsdienst taugte.

Entgegen den widrigen Umständen hatte er die von Kar gelernte Disziplin aufrechterhalten. Es war nicht leicht gewesen. Viele hatten ihn nicht verstanden und ihn für einen Leuteschinder gehalten. Doch er durfte keine Nachlässigkeit dulden. Das war er dem Andenken an General Kar schuldig. Und jetzt, im Nachhinein betrachtet, hatte sich die Mühe bezahlt gemacht.

In den letzten paar Jahren war einiges besser geworden. Die Unruhe im Norden Dahls hatte sich auch auf Kelrun ausgewirkt. Der abtrünnige Herzog Lodur von Kech hatte sich mit Arngrim, dem Oberhaupt der Eiskrieger, verbündet und damit Kaiser Alrich von Dahl den Krieg erklärt. König Schaaraoch hatte Dahl jede Unterstützung verwehrt. Bald begann das Gerücht die Runde zu machen, dass Schaaraoch mit Lodur paktierte. Zwischen Kelrun und Dahl brach zwar kein offener Zwist aus, aber es herrschte die angespannte Ruhe vor dem Sturm. Im Schatten des drohenden Krieges gab es auch für die Söldnertruppe wichtige Aufgaben. Man brauchte sie wieder.

Dann, vor einem guten Monat, war König Schaaraoch gestürzt worden und das Blatt schien sich zum Schlimmsten zu wenden. Es hieß, Äneas, Hauptmann der Keren, habe Schaaraoch umgebracht und dessen Platz eingenommen. Rigan hatte stets geahnt, dass von den Keren nichts Gutes kommen würde, obwohl oder vielleicht gerade weil sie des Königs Lieblinge waren. Aufmüpfigkeit, ja Befehlsverweigerung, die er bei anderen unbarmherzig ahndete, hatte er ihnen nachgesehen. Sie hatten es ihm mit Verrat gedankt. In den Rücken waren sie ihm gefallen, sobald sich die Gelegenheit geboten hatte.

Nicht nur das Gedenken an die alten Zeiten hatte Rigan in Kelrun gehalten, sondern ebenso sein Pflichtgefühl. Er hatte König Schaaraoch die Treue geschworen, und dieses Versprechen war bindend für ihn. Auch Schaaraoch hatte sein Wort eingelöst. Als immer mehr Stimmen laut geworden waren, die nach der Abschaffung der Söldnertruppe verlangt hatten, war Schaaraoch als ihr Schirmherr aufgetreten. Ein großer Herrscher war er gewesen, ein König, wie es keinen zweiten gab. Niemand außer ihm hätte das Reich Kelruns formen können.

Zuvor war das Land in kleine Fürstentümer zersplittert gewesen, die sich gegenseitig bekriegten. Dutzende von Tyrannen hatten das Volk geknechtet. In ihren Burgen und Schlössern hatten sie es sich wohl ergehen lassen, während ihre Untertanen gehungert hatten. Nicht mehr als Leibeigene waren jene gewesen, von deren Arbeit sich die Reichen genährt hatten. In sinnlosen Schlachten hatten sie ihr Leben für einen Herrn hingegeben, der sie mit Füßen getreten hatte. Schaaraoch brachte dem Land den Frieden und den Bürgern die Freiheit. Er gab ihnen Rechte, die sie zuvor nicht gekannt hatten. Zufriedenheit und Wohlstand für alle.

Mit Schaaraochs Verschwinden brachen ungewisse Zeiten an. Angeblich wollte Äneas Frieden mit Dahl schließen und in Kirgon eine neue Regierung gründen. Viele Söldner hatten das Land verlassen wollen. Unter Äneas gab es für sie keine Zukunft. Eindringlich hatte Rigan seine Leute zum Bleiben überredet. Seine innere Stimme hatten ihn geleitet; sie hatte ihm gesagt, dass seine Zeit nun endlich kam. Ungeahnte Möglichkeiten taten sich auf.

Ein Bürgerkrieg nahte. Die drei Generäle der Armee stritten sich um die Vorherrschaft im Lande wie hungrige Wölfe. Ihre Gier und ihre Rücksichtslosigkeit rangen Rigan tiefste Verachtung ab.

Nun hatte ihm General Setor, der den Norden des Landes befehligte, durch Boten ein geheimes Schreiben zukommen lassen, in dem er ihm ein Bündnis vorschlug. Das wunderte Rigan wenig. Das Hauptquartier seiner Truppe befand sich in strategisch hervorragender Lage, nur zwei Tagesritte von der Hauptstadt entfernt und doch abgelegen im Schutz dichter Wälder. Seine Söldnerarmee war klein, aber schlagkräftig und mit den Gegebenheiten in Kirgon bestens vertraut. Natürlich wünschte sich Setor ein Bündnis, ebenso wie die anderen Generäle. Die nächsten Schritte wollten wohl überlegt sein.

Rigan ging zum Fenster der Baracke und blickte hinaus auf den Wald. Der Morgennebel hatte sich immer noch nicht gelichtet. Die Sonne strahlte hinter der grauen Wand, ohne sie aufzulösen. Verschwommen zeichneten sich die Bäume im Dunst ab, unwirklich, flach wie eine gemalte Kulisse. In der Entfernung verloren sich die Umrisse und verschmolzen mit der Kuppel des Himmels.

Eine Gruppe Rekruten rannte in Zweierkolonne am Waldrand entlang, neben ihnen der Feldwebel. Brüllend trieb er sie an. Auch vom Innenhof, der inmitten der Reihe von Baracken lag, erklangen Befehlsrufe und das Trommeln von Stiefeln.

Zufrieden lächelte Rigan. Seit er vor zwei Wochen von seinem Landgut in die Kaserne zurückgekehrt war, hatte er mit eisernem Besen gekehrt. Er duldete keine Laschheit und keinen Schlendrian bei seiner Truppe, ob sie nun Krieg führten oder verlassene Grenzposten bewachten. Jegliche Schlamperei war ihm zuwider, auch in den scheinbar nebensächlichsten Dingen.

Müde schlüpfte er in seine Uniformjacke und knöpfte sie zu. Er hatte kaum geschlafen. Wichtige Entscheidungen mussten gefällt werden. Rigan gürtete das Schwert und rückte die hoch geschlossene graue Jacke zurecht. Auf den schwarzen Manschetten prangten die fünf silbernen Sterne, die einst Kar getragen hatte.

Er verließ das Zimmer und trat auf den Gang hinaus. Durch die Verbindungstür an dessen Ende gelangte er in einen Vorraum, der seine persönlichen Quartiere von den Diensträumen trennte. Linker Hand lag der Ausgang auf den Hof, geradeaus setzte sich der Gang fort, gesäumt von mehreren Türen.

Rigan begab sich zur Schreibstube. Der diensthabende Offizier sprang hinter dem Tisch auf, sobald er seinen Vorgesetzten erblickte.

Vor der Wand saßen fünf Männer auf Stühlen, die ebenfalls aufstanden und grüßten. Rigan nickte ihnen zu und verschwand in sein Arbeitszimmer, das sich der Schreibstube anschloss.

Rechter Hand stand ein runder Tisch mit sechs Stühlen, dahinter hing die Landkarte Kelruns. Hüfthohe Schränke säumten die Wände. Die Mitte des Raumes nahm sein säuberlich aufgeräumter Schreibtisch ein. Dort erblickte er ein Tablett mit seinem Frühstück, das man ihm wie üblich hierher gebracht hatte. Rigan goss sich einen Becher Tee ein, dann stach er mit der Gabel einen Bissen vom Pfannkuchen auf dem Teller ab und schob ihn sich in den Mund. Angewidert verzog er das Gesicht. Der Pfannkuchen war versalzen.

»Gelar!«, brüllte er.

Sogleich öffnete sich die Tür und der Offizier aus der Schreibstube spähte herein. Rigan deutete auf das Tablett.

»Trag das in die Küche zurück und gib es dem Koch zu fressen«, befahl er.

Wortlos gehorchte Gelar und räumte den Tisch ab. Als er den Raum verließ, rief ihm Rigan hinterher:

»Schick mir den Ersten herein!«

Der Offizier nickte und schloss die Tür hinter sich. Kurz darauf trat ein junger Mann ein. Die silbernen Kragenecken seiner Uniform bezeugten seinen Rang als Leutnant. Mit beschwingten Schritten durchmaß er den Raum, blieb vor Rigan stehen und salutierte. Der musterte ihn von Kopf bis Fuß. Ein auffallend hübscher Bursche; das glatte schwarze Haar und die bronzefarbene Haut verrieten eine südliche Herkunft. Dem Gesicht haftete etwas Knabenhaftes, ja Unbeschwertes an, als würde er keinerlei Sorge kennen und fröhlich in den Tag hineinleben.

Rigan zog den Stapel Akten auf seinem Schreibtisch zu sich heran und schlug die oberste Mappe auf.

»Leutnant Jinela«, las er den Namen vor.

Der verneigte sich.

»Zu Euren Diensten.«

»Du bist noch nicht lange bei uns«, sagte Rigan. »Meine Stellvertreterin, Oberst Vana, hat dich während meiner Abwesenheit eingestellt. Ich pflege meine Offiziere zu kennen. Oberst Vana hält große Stücke auf dich. Sie hat dich mir wärmstens empfohlen.«

»Sehr freundlich«, lächelte Jinela mit sichtlichem Stolz.

Mit dem Finger folgte Rigan den Zeilen auf dem Papier, während er las. Plötzlich runzelte er ungläubig die Stirn.

»Hier steht, du seist in Ereat ausgebildet worden.«

»Das ist richtig.«

Argwöhnisch betrachtete Rigan sein Gegenüber. Die Söldner Ereats genossen einen hervorragenden Ruf. Nur die Besten wurden dort eingestellt und ausgebildet. Es schien undenkbar, dass ein Krieger, der einmal solch höhere Weihen empfangen hatte, freiwillig einer unbedeutenden Truppe wie der von Rigan beitrat.

»Warum bist du nach Kelrun zurückgekehrt?«

»Ich hatte keine Wahl«, antwortete Jinela mit überraschender Ehrlichkeit.

»Haben sie dich rausgeworfen?«

»So könnte man es nennen.«

»Du wurdest also unehrenhaft entlassen?«

»Ja«, gab er zu.

»Weshalb? Was hast du angestellt?«

»Unglückliche Umstände haben sich gegen mich verschworen«, wich Jinela aus.

»Die Armee Ereats hat eine eigene Gerichtsbarkeit. Bist du verurteilt worden?«

»Nein.«

Rigan klappte die Aktenmappe zu und schob sie von sich weg.

»Besonders gesprächig bist du nicht.«

Jinelas Lächeln gefror.

»Kelrun ist meine Heimat. Ich wurde in Meronda geboren. Nachdem ich Ereat verlassen musste, habe ich mich Eurer Söldnertruppe angeschlossen, weil ich hörte, dass man hier keine überflüssigen Fragen stellt.«

Nun schmunzelte Rigan. An dem kleinen Burschen war mehr dran, als er zuerst gedacht hatte. Vana hatte Recht, er war brauchbar.

»Liebst du deine Heimat?«, fragte Rigan unvermittelt.

»Mein Land hat nicht viel für mich getan.«

»Das könnte sich ändern. Ich suche Leute, die für besondere Aufgaben geeignet sind. Es soll dein Schaden nicht sein.«

Neugierig hörte Jinela zu, dann starrte er plötzlich gebannt zum Fenster hinter Rigans Rücken hinaus. Sein Mund klappte auf. Rigan drehte sich um und folgte dem Blick des Leutnants.

Draußen übten sich Soldaten auf dem Innenhof im Nahkampf. Hell strahlte die Sonne auf den Platz, der Morgennebel hatte sich verzogen. Ein schöner, trockener Tag war angebrochen. Die Söldner ließen die Schwerter sinken, die Kampfgeräusche erstarben und Stille senkte sich herab. Alle sahen in die gleiche Richtung. Dort tauchten drei Reiter auf, gekleidet in schwarze Rüstungen. Darüber trugen sie schwarze Mäntel, für die sommerliche Witterung gänzlich unpassend. Ihre Gesichter waren hinter Eisenmasken verborgen.

»Keren«, zischte Rigan.

Aufmerksam verfolgte er ihren Weg. Der erste Reiter war auffallend groß, kerzengerade hielt er sich und saß reglos wie eine Statue auf dem Pferd. Der zweite war in sich zusammengesunken, als beugte ihn tiefe Müdigkeit. Der dritte wirkte unruhig, er wandte den Kopf hierhin und dorthin. Kleiner als die anderen beiden war er und ritt ihnen hinterher wie ein Diener.

Der Große hielt inne und sprach mit einem Söldner. Er schien ihn etwas zu fragen, denn dieser deutete als Antwort mit gestrecktem Arm zu Rigans Quartier. Die drei Keren stiegen ab und führten die Pferde am Zügel hinter sich her. Langsam schritten sie auf die Kommandantur zu.

»Verdammt noch mal!«, fluchte Rigan. »Was wollen diese Bestien hier? Die wissen doch, dass sie bei uns nicht willkommen sind.«

Kurzerhand eilte er aus dem Zimmer und durch den Korridor zum Eingang der Holzbaracke. Dort hielten stets zwei Posten Wache. Diese verwehrten den Keren den Zutritt. Rigan hörte wütende Stimmen, die sich stritten. Er riss die Tür auf. Die Worte erstarben ihm in der Kehle, als er sich plötzlich so nahe den Reitern gegenübersah. Schwarz wie die Nacht ragten sie vor ihm empor.

»General Rigan?«, fragte der Große mit heiserer Stimme.

Der riesenhafte Kerl überragte selbst Rigans kräftigste Leute. Rigan hatte ihn schon einmal gesehen. Sein Name wollte ihm nicht einfallen. Die anderen beiden waren ihm unbekannt. Er vermochte diese Kreaturen ohnehin kaum voneinander zu unterscheiden.

»Ja«, knurrte er. »Was wollt ihr?«

»Wir werden allein mit dir sprechen.«

Bellend lachte Rigan auf.

»Damit ihr mir leichter ein Messer in den Rücken stecken könnt? Sicherlich nicht! Verschwindet, bevor ich die Hunde auf euch hetze!«

Er fühlte den Zorn des Keren. Einen Moment lang glaubte Rigan, dieser wolle sich auf ihn stürzen. Der Mittlere mit der gebeugten Haltung wühlte in seiner Manteltasche. Daraus förderte er etwas Glänzendes zutage, das er Rigan entgegenreckte. Dessen Gesicht wurde aschfahl.

Sofort erkannte er den Gegenstand wieder: ein gut daumenbreites silbernes Band, kunstvoll gefertigt aus metallenen Schuppen, die es beweglich machten. In der Mitte befand sich ein rundes Medaillon, so groß und dick wie eine Münze. Die dunkelblaue Oberfläche war zerkratzt und abgeschabt, doch sie zeigte immer noch die unerklärlichen Symbole, die in regelmäßigen Abständen im Kreis darauf angebracht waren. Das unschätzbar wertvolle Schmuckstück war ein Relikt ferner Zeiten. Einst hatte es Rigan für viel Geld ersteigert, um es jemandem zum Geschenk zu machen, der solche Dinge sammelte. Niemand wusste davon.

Der mittlere Keren nickte ihm zu. Mit einer Geste gebot Rigan den Wachen beiseite zu treten und winkte den Keren, ihm zu folgen. Hinterher tappte Leutnant Jinela, der sich über das Geschehen nicht wenig wunderte.

Rigan kehrte in sein Arbeitszimmer zurück und verschanzte sich hinter dem Schreibtisch. Nachdem die Keren sich zu ihm gesellt hatten, schloss der kleine die Tür. Jinela schob den Fuß in die Öffnung.

»General!«, rief er. »Ihr dürft nicht allein mit denen bleiben! Lasst mich Euch helfen!«

Der kleine Keren stieß ihn zurück, knallte die Pforte zu und lehnte sich von innen dagegen. Der große zog die Vorhänge vor dem Fenster zu, gleichzeitig sah er sich misstrauisch im Raum um.

Drängend streckte Rigan die Hand aus.

»Gebt mir das Armband!«

Scheinbar achtlos warf es der mittlere Keren vor ihm auf den Tisch. Rigan nahm das Schmuckstück an sich, drehte und wendete es. Seine Finger glitten über die Schuppen des silbernen Bandes, deren Gestaltung einer längst vergessenen Handwerkskunst bedurft hatte. Zärtlich befühlte er das Medaillon, das es zierte. Die seltsamen Zeichen darauf waren erhaben angebracht, sodass sich ihre Umrisse ertasten ließen. In der Mitte des Kreises befand sich ein kleines Loch, dessen Zweck ebenso rätselhaft war wie die Bedeutung der Schrift. Ein Seufzen entrang sich Rigan. Dieses unbezahlbare Kleinod erinnerte ihn an vergangene Zeiten, die wohl nicht ganz so weit zurücklagen wie dessen Entstehung, doch ihm ebenso fern erschienen.

»Wo habt ihr das her?«, bellte er.

»Es gehört mir«, sagte eine Stimme, deren Klang Rigan einen Schauer über den Rücken jagte.

Langsam streifte der mittlere Keren die Kapuze des Mantels zurück, dann löste er die Bänder seiner Eisenmaske und nahm sie ab. Rigan erstarrte. Der Atem stockte ihm. Wie im Traume wandelte er um den Schreibtisch und sank auf die Knie. Tief neigte er das Haupt.

»Herr«, stammelte er.

Zögernd blickte er auf und betrachtete das ihm so bekannte Gesicht. Hagerer sah es aus, müde und ausgezehrt, doch der Blick jener klugen Augen war derselbe geblieben. Um den Hals war ein Verband gewickelt, durch den Blut sickerte. Er war verletzt, deshalb ging er gebeugt.

»Ich brauche deine Hilfe, Rigan«, sagte er.

»Ich war und bin Euer Diener. Jetzt und in allen Tagen.« Rigan verharrte in seiner demütigen Stellung. »Befiehlt und es soll geschehen!«

Schaaraoch trat an das Fenster, schob den Vorhang einen Spalt weit auf und blickte hinaus.

»Dies ist Belial«, stellte er mit einer Handbewegung seinen riesenhaften Begleiter vor, »und das ist Juma«, deutete er auf den Türwächter. »Treue Diener. Nicht alle Keren sind Verräter geworden.«

Rigan erhob sich und nickte ihnen zu. Zum ersten Mal fiel ihm auf, dass die Eisenmaske des großen Keren, der sich Belial nannte, keine Öffnungen besaß – weder einen Schlitz für den Mund noch für die Augen. Unwillkürlich fröstelte Rigan. Er konnte sich nicht vorstellen, wie der Kerl irgendetwas sah. Rasch wandte er den Blick wieder der Gestalt vor dem Fenster zu.

»Herr!«, rief er. »Es hieß, Ihr seid tot!«

»Das war ich auch«, murmelte Schaaraoch leise, dann wandte er sich um, schritt auf Rigan zu und klopfte ihm auf die Schulter. »Es tut gut, dich zu sehen, alter Freund.«

Die Geste erschütterte Rigan. Freude und Trauer zugleich überkamen ihn. Schreckliches war seinem König widerfahren, dies las er deutlich in seinen Zügen. Umso bewundernswerter war seine ungebrochene Kraft. Zorn packte Rigan beim Gedanken an das bittere Unrecht, das man ihm angetan hatte.

»Die Verräter sollen von ihrer gerechten Strafe nicht verschont bleiben«, sagte Schaaraoch, als hätte er Rigans Gedanken gelesen. »Die Getreuen jedoch werde ich reich belohnen.«

»Meine Truppe steht zu Eurer Verfügung«, erwiderte Rigan. »Jeder Einzelne gäbe sein Leben für Euch.«

»Uns bleibt wenig Zeit. Belial hat mir davon berichtet, was während meiner Abwesenheit geschehen ist. Äneas hat den Thron an sich gerissen; General Netan hat sich mit ihm verbündet. Meine anderen beiden Generäle, Setor und Abas, schmieden ihre eigenen Pläne.« Ein Lächeln flog über Schaaraochs Gesicht. »Ich werde nicht zulassen, dass mein Reich der Machtgier dieser Narren zum Opfer fällt, die in ihrem kleinlichen Wahn alles vernichten, was ich geschaffen habe.«

Rigan fehlten die Worte. Sein König hatte ihm aus dem Herzen gesprochen. Ehrfürchtig verneigte er sich.

Erschöpft lehnte sich Schaaraoch an den Schreibtisch. Er atmete schwer. Mit einer Hand tastete er nach dem Verband um seinen Hals.

»Ihr seid verletzt, Herr!«, rief Rigan. »Soll ich den Arzt rufen lassen?«

Ungeduldig winkte Schaaraoch ab.

»Mir fehlt nur etwas Ruhe.«

Plötzlich wurde sein blasses Gesicht kalkweiß. Er krümmte sich, dann sackte er in sich zusammen und sank ohnmächtig zu Boden.

»Herr!«

Schnell hastete Rigan zu ihm, gefolgt von Belial und Juma. Sie kauerten sich neben Schaaraochs lebloser Gestalt nieder. Dessen Augenlider flatterten, und er schlug sie wieder auf. Stöhnend stemmte er sich hoch.

»Der König ist krank«, sagte Belial. »Du wirst ihm helfen.«

»Was kann ich tun?«, fragte Rigan.

»Wir brauchen einen Unterschlupf«, erwiderte Schaaraoch.

Rigan überlegte.

»Ich biete Euch selbstverständlich gern mein Quartier an. Das gäbe allerdings Gerede. Sonst wüsste ich noch ein verlassenes Bauerngut hier in der Nähe. Die Besitzer starben vor einem Jahr und ihre Kinder sind weggezogen in die Stadt. Dort lebt keine Seele in weitem Umkreis.«

Schaaraoch nickte.

»Vorläufig darf niemand erfahren, wer ich bin. Erklär uns den Weg zu diesem Bauernhof.«

»Ich könnte Euch hinführen.«

»Nein, wir reiten allein. Komm heute Nacht zu uns und bring Lebensmittel und Verbandszeug mit. Dann reden wir weiter.«

»Wie Ihr wünscht, Herr.«

Sorgfältig legte Schaaraoch die Eisenmaske an und zog die Kapuze des Mantels in die Stirn. Belial stützte ihn, als er taumelte. Währenddessen beschrieb ihnen Rigan die Lage des Gehöfts. Schließlich öffnete Juma die Tür und eilte voraus. Rigan begleitete seine drei Gäste zum Kasernenhof. Neugierige Blicke verfolgten sie, im Dienstgebäude und auf dem Platz wurden sie von den Söldnern angegafft. Schweigend saßen die Keren auf die Pferde auf und preschten davon, ohne sich umzuwenden. Nun bemerkte Rigan, dass jemand neben ihm stand.

»Ist alles in Ordnung, General?«, fragte Leutnant Jinela besorgt. »Was wollten die Bestien hier?«

»Halt die Klappe!«, fuhr ihn Rigan barsch an.

Jinela zuckte zurück und wollte eben verschwinden, als Rigan ihn aufhielt.

»Finde Oberst Vana«, befahl er ihm, »und sag ihr, sie soll sofort zu mir kommen. Los, beeil dich!«

Im Laufschritt hastete der junge Leutnant davon. Rigan starrte immer noch den Keren hinterher und sah, wie sie außerhalb des Lagers in den Wald einbogen, dort, wo der kleine Bach das Dickicht durchbrach.

Entsprechend Rigans Anweisungen folgten sie dem Lauf des Gewässers. Moosbewachsene Steine ragten aus dem sprudelnden Wasser, das sich in weiten Kurven seinen Weg durch den Wald bahnte. Die schlammige Erde am Rande des Betts war dicht mit Bärlauch bewachsen, dessen seifiger Geruch die Luft sättigte. Schon begannen die Blätter des Frühlingskrauts zu welken, verdorrt von der Hitze des Sommers.

Unter den Bäumen herrschten Schatten und Kühle. Sonnenlicht fiel in durchbrochenen Flecken auf den dick mit Tannennadeln gepolsterten Boden. Stetig ritten sie bergauf, bis sie eine hölzerne Brücke erreichten, die den Bach überspannte. Sie wandten sich nach links, wo ein schmaler Pfad begann, kaum mehr zu erkennen im wuchernden Gestrüpp.

Der Pfad brachte sie zu einer Lichtung. Kniehoch stand dort das Gras, durchsetzt von blauen und gelben Blumen, über denen Bienen summten. Linker Hand stieg die Wiese steil an. Auf der Kuppe der Anhöhe entdeckten sie das Gehöft, von dem Rigan erzählt hatte: ein verlottertes Riegelhaus mit Schindeldach, zwei Stockwerke hoch, daneben eine Scheune und ein Stall, deren Türen schief in den Angeln hingen. Das Dach der Scheune war halb abgedeckt. Hinter dem Anwesen setzte sich der Wald fort. Weit und breit waren keine anderen Häuser zu sehen.

Juma stellte die Pferde im Stall unter und sattelte sie ab. Die Tür des Wohnhauses war verriegelt, Belial brach sie auf, dann erkundeten er und Schaaraoch das verlassene Gebäude. Dicker Staub bedeckte die Dielen und die wenigen zurückgelassenen Möbel. Die hölzernen Läden vor den Fenstern waren geschlossen, sodass in den Räumen Dämmerlicht herrschte.

Durch einen engen Korridor gelangten sie in das ehemalige Esszimmer, wo ein schwerer Tisch mit Schieferplatte von wackeligen Stühlen umringt war. Den Schrank vor der Wand hatten die Besitzer ausgeräumt, ebenso die Kästen und Schubladen in der Küche, die sich hinter einem offenen Durchgang befand.

Im oberen Stockwerk, das durch eine morsche Holztreppe zu erreichen war, lagen mehrere Schlafkammern. Bis auf Staub und Schmutz waren die meisten gänzlich leer. Nur in einer davon stand noch ein Bett mit einer fleckigen Matratze, das wohl zu groß gewesen war, um es in einem Stück durch die Tür zu wuchten. Ein Gemälde zierte die Wand dahinter: zwei blühende Apfelbäume, dazwischen ein Mann und eine Frau, die sich an der Hand hielten. Die vergilbte Farbe blätterte ab. Sonne strahlte durch die Spalte der Läden des einzigen Fensters und erhellte rauchig trübe Scheiben. Auf dem Holzboden waren die Spuren von Möbeln zu erkennen, die sich einst hier befunden hatten, sowie die Umrisse eines Teppichs.

Müde zerrte sich Schaaraoch den Mantel von den Schultern und streckte sich auf der Matratze aus. Im Liegen streifte er die Stiefel ab. Dunkel und still ragte Belial vor ihm auf.

»Durchsuch das Haus«, sagte Schaaraoch. »Vielleicht finden wir etwas Nützliches.«

Unschlüssig verharrte Belial.

»Sorge dich nicht um mich«, fuhr Schaaraoch fort. »Mir fehlt Ruhe, das ist alles.«

»Eure Wunden, Herr«, murmelte Belial. »Ich habe sie gesehen.« Er keuchte. »Äneas wird dafür bezahlen, das schwöre ich.«

»Er gehört mir.« Schaaraochs Gedanken wanderten. »Geh nun und lass mich allein.«

Mit einer Verbeugung verabschiedete sich Belial. Die Treppenstufen knarrten auf seinem Weg ins Erdgeschoss. Schaaraoch starrte an die Decke. Der Verputz bröckelte, die Risse und Löcher darin wirkten beinahe wie eine Landkarte. Er dachte an Kelrun. Weit sollten seine ehemaligen Generäle mit ihren Ränken nicht kommen.

Das Treffen mit Rigan war hervorragend verlaufen. Auf seine alten Freunde war Verlass. Natürlich versprach sich Rigan reichen Lohn von seiner Unterstützung, und den würde er auch erhalten.

Erschöpft schloss Schaaraoch die Augen. Ein anderer saß auf seinem Thron im Palast von Kirgon, einer, der sein Dasein nur ihm zu verdanken hatte. Geliebt hatte er ihn, Äneas, den er entgegen aller Bedenken zum Hauptmann der Keren gemacht hatte. Ein unbedeutender Fürst war er in seinem vorherigen Leben gewesen, ohne Weitblick, ohne Ziel. Welten hatte er ihm eröffnet. Gleich einem Sohn hatte er ihn gefördert und ihm vertraut. Es schmerzte bitterlich, ihn zu verlieren.

Schaaraoch zerbrach sich den Kopf darüber, wie Äneas und Lodur ihr Gedächtnis zurückerlangt hatten. Beim Kampf in der Halle der Wahrheit hatten sie ihm ihre wirklichen Namen genannt. Er musste herausfinden, was mit ihnen geschehen war. Die Zukunft der Keren hing davon ab. Er konnte nicht erlauben, dass sich noch mehr auf ihr vergangenes Leben besannen.

Möglicherweise hatte sein alter Freund Lutz das Unheil verursacht. Vielleicht sogar unwissentlich. Er hatte einen Parall bei sich gehabt, als er damals nach Kirgon gereist war, ebenso sein kleiner Schüler.

Es gab nur einen Weg, der Sache auf den Grund zu gehen: Dazu brauchte er einen der beiden Keren lebend, wobei er Äneas den Vorzug gab. Mit ein wenig Überredungskunst würde er von ihm die Einzelheiten seiner erstaunlichen Wandlung erfahren.

Zorn wallte in Schaaraoch. Beinahe fühlte er noch die Kälte der Klinge, die Äneas in seinen Hals gebohrt hatte, und er sah sich selbst, wie er blutend aus der Halle der Wahrheit gekrochen war. Er hatte sich durch die Verliese geschleppt und war in die alten Gänge unter dem Palast geflüchtet.

◆ ◆ ◆

In gerader Linie erstreckten sich die Bettenreihen in die Dunkelheit, Bett an Bett, jedes zwei Schritte vom anderen entfernt. Zwischen den Reihen verliefen breitere Korridore, bedeckt von Staub. Da und dort lagen zerfallende Matratzen auf den eisernen Gestellen, deren ehemals weiße Farbe abblätterte. Gleich Strichen und Zeichen schienen die Metallstäbe im Dunkel zu schweben, wo das Kerzenlicht sie traf. Stille erfüllte die verlassene Halle.

Sein Blick folgte dem Schimmern der Stäbe, das sich jenseits des Lichtscheins im Nichts verlor. Seine Augen durchdrangen die Schwärze, und er erkannte die Mauern, die den Saal begrenzten, und davor die Umrisse der Betten, grau in grau, wo vollkommene Finsternis herrschte.

Eine Welle der Übelkeit erfasste ihn, brandete auf und verebbte, um gleich darauf zurückzukehren. Er trieb in einem Meer des Schmerzes, sein Körper eine rote Flut, in deren Tosen er zu ertrinken drohte. Nichts war wirklich außer dem Schmerz, der größer war als er selbst, der gleichsam aus ihm strömte, um seine ganze Welt zu formen. Nur der Schmerz lebte, er war sein Herrscher und sein Gott. Ein Krampf wollte sein Inneres nach außen kehren, und die Wogen des Meeres schlugen höher, bis er unterging und darin versank.

Das Flackern der Kerzen tanzte ihm vor Augen, als er das Bewusstsein wiedererlangte. Einen Kreis aus Licht hatte er um sein Lager errichtet. Sein Bett stand in der hintersten Reihe, gleich neben der Tür, die auf den Gang führte. Dort befanden sich zahllose kleinere Räume, ausgestattet mit medizinischen Gerätschaften, die einst zur Behandlung der in dieser Halle liegenden Kranken gedient hatten.

Längst waren die Kranken und ihre Pfleger verschwunden. Der Zerfall hatte Einzug gehalten. Dennoch hatte die Abgeschiedenheit unter der Erde vieles vor der Zerstörung bewahrt. Lager voller unberührter Schätze hatte er hier gefunden.

Wieder durchzuckte ihn Schmerz. Er wälzte sich auf dem Bett und beugte sich vor. Im letzten Augenblick packte er den Blecheimer, den er bereitgestellt hatte, dann kehrte sich ihm der Magen um. Dünner, übel riechender Schleim stürzte aus seinem Mund, durchsetzt von Schleiern aus Blut. Er hatte sich zu viel von der Droge verabreicht. Aber ihm blieb keine andere Wahl.

Ein Krampf schüttelte ihn. Seine Eingeweide schienen sich zu verknoten. Wieder erbrach er sich. Er ballte die Hände zu Fäusten. In seinem linken Arm steckte eine Hohlnadel, festgebunden mit einem Stoffband, daraus führte ein Schlauch zu einer Glasflasche, die an einem Metallständer neben dem Bett hing. Die dunkle Flüssigkeit darin glänzte in dem matten Licht.

Erschöpft sank er zurück auf die Matratze, über die er Leintücher gebreitet hatte. Mit Befriedigung nahm er den Schmerz wahr, der immer noch in ihm wogte. Allzu lange hatte er nichts empfunden.

Er starrte in die Ferne, wo sich glatte graue Wände erhoben. Schwere Mauern, eine Armspanne dick. Ein Bollwerk für die Ewigkeit. Das Labyrinth war durch solche Mauern in Bereiche unterteilt, das hatte er durch seine früheren, oft Tage und Wochen dauernden Erkundungsgänge herausgefunden. In jedem Bereich gab es eine ganze Anzahl Räume, die der Ausstattung nach einst unterschiedlichen Zwecken gedient hatten.

Bald zwanzig Jahre war es her, seit er diesen Saal entdeckt hatte. Das Ausmaß der Halle hatte ihn beeindruckt. Platz für so viele. Kunstvoll geschmiedetes Werkzeug aus Stahl hatte er hier gefunden und rätselhafte Geräte. Es hatte ihn Jahre gekostet, alles zu untersuchen.

Zahllose Flaschen und Ampullen lagerten in stählernen Schränken. In den luftdicht versiegelten Behältern befanden sich immer noch Flüssigkeiten und Pulver, mit deren Wirkungen er sich eingehend beschäftigte. Auf dem Gebiet der Gifte hatten die unbekannten Vorfahren, die diese Halle hinterlassen hatten, einst eine eigene Art der Meisterschaft entwickelt.

Kein Tag war untätig vergangen, seit er diese Anlage entdeckt hatte. Die Fieberopfer waren sein unerschöpfliches Heer gewesen, an dem er alles versuchen konnte, was sinnvoll und nötig erschien. Es hatte nicht lange gedauert, bis er die Werkzeuge beherrschte und die Wirkung der Gifte kannte.

Vorsichtig streckte er sich auf dem Lager aus, bei jeder Bewegung raste Schmerz durch seine Glieder. Als er lag, überkam ihn ein Gefühl der Taubheit. Er konnte kaum das Bett unter sich spüren; Benommenheit hüllte ihn wie in Watte. Behutsam tastete er nach dem Verband um seinen Hals. Trocken. Die Wunde war nicht wieder aufgebrochen. Er hatte sie selbst genäht. Damals hatte er keine Schmerzen empfunden – er hatte gar nichts gefühlt. Mit einiger Mühe gelang es ihm, seine Verletzungen selbst zu verarzten. Im Laufe der Zeit nahmen seinen Nerven wieder ihren Dienst auf, doch seine Sinne waren nicht mehr die gleichen wie zuvor.

Danach machte er sich daran, gegen das Weiße Fieber anzugehen, das sein Blut befallen hatte. Dessen Heilung gestaltete sich schwieriger als erwartet. Sein kaum genesener Körper schien sich mit Macht gegen den Eingriff zu wehren.

Wenige Wochen waren seit seiner Ansteckung vergangen. Nach dem ersten Behandlungsschritt mussten drei Wochen abgewartet werden. Die darauf folgende zweite Behandlung entschied über Erfolg und Versagen. Er hatte sie zu früh vorgenommen. Der Schmerz kam und ging. Er sollte bleiben.

Vor fünf Jahren war es ihm zum ersten Mal gelungen, das Weiße Fieber zu besiegen. Niemand wusste davon. Die Fieberopfer, die er geheilt hatte, hatten das Geheimnis mit in ihr Grab getragen. Tausende wären zu ihm gepilgert, hätte die Nachricht sich verbreitet, Kranke und eingebildete Kranke, deren Angehörige, wissenshungrige Ärzte, Neider und Bewunderer, Abgesandte aller Regierungen und Adelshäuser: eine endlose Flut von Verzweifelten und Neugierigen. Außerdem gab es zu wenig Heilmittel, um auch nur einem Bruchteil der Seuchenopfer zu helfen. Er hatte dessen Herstellung noch nicht ergründet, und die brauchbaren Vorräte, die er gefunden hatte, waren begrenzt. Die Droge musste in richtiger Menge gesundem Blut beigemischt werden, dann entnahm man einem Kranken in drei Schritten sein eigenes Blut und ersetzte es durch das behandelte – ein aufwändiger Vorgang, besonders in Anbetracht des Zustandes der meisten Fieberopfer. Viel Blut war dafür nötig, was die Sache nicht vereinfachte.

Die zweite Infusion brachte die Entscheidung. Wenn sie erfolgreich verlief, konnte die dritte vorgenommen werden. Rund drei Viertel der Kranken, die den zweiten Behandlungsschritt überstanden, verkrafteten auch den letzten, der sie zurück ins Leben führte.

Er hatte keine Zeit. Sie kamen näher, er konnte sie hören im Labyrinth. Seine Finger tasteten nach dem Hebel, der die Glasflasche verschloss. Sie war gefüllt mit Blut, das im fahlen Schein der Kerzen fast schwarz aussah. Ein finsterer Schwall ergoss sich in den Schlauch. Seine Hand zuckte, er packte das Gelenk und drückte es nieder. Durch die Nadel, die in seinem Unterarm steckte, drang das Blut in seinen Körper.

Der Schmerz kehrte zurück. Er schwamm auf dessen roten Wogen. Schwindel erfasste ihn. Schwerer und schwerer wurde sein Körper, jeder Blutstropfen wie Blei.

Dunkelheit trug ihn fort. Vor seinem geistigen Auge tauchten Gesichter auf, er konnte sie betrachten, als stünden die Menschen leibhaftig vor ihm. Er beobachtete sie und erinnerte sich, als sie den Reigen ihrer Taten vor ihm entfalteten. Die Geschehnisse in der Halle der Wahrheit durchlebte er, diesmal als Zuschauer, der mitverfolgte, wie der König von Kelrun von seinen eigenen Leuten ermordet wurde. Schatten tanzten durch die Halle. Flüchtig formten sie sich zu Gestalten, getrieben von Wut, Schrecken und Furcht. Hitze hing im Raum, die alles aufzulösen schien. Er sah den Dolch in den Händen Herzog Lodurs. Hass verzerrte seine Züge. Neben seinem Toben wirkte Äneas kühl, verhalten im Zorn, der ihn spannte wie eine Feder. Er spürte Äneas' Atem, der über die Wange des Königs strich und mit einem Hauch dessen Leben löschte. Blut strömte über das Gesicht Lodurs, als vergösse er rote Tränen über ihn.

Hart pochte sein Herz. Er erzitterte unter den Schlägen. Aus dem Augenwinkel sah er, dass die Glasflasche leer war. Er zog die Nadel aus seinem Arm und drückte einen Tupfer auf die Wunde. Sein Puls wurde schneller, er spürte das Hämmern in seinen Venen. Die Leintücher, in denen er lag, waren nass von Schweiß, der seinem Körper entströmte. Übelkeit stieg wieder in ihm auf.

Ein Fieberschub schüttelte ihn. Noch mehr Schweiß drang aus seinen Poren. Erschöpft schälte er sich aus den Leintüchern, stemmte sich aus dem Bett und tappte auf den Gang hinaus. Eisig war der Boden unter seinen bloßen Füßen.

Kerzenlicht erhellte den Waschraum. Schmutzige, ehemals weiße Kacheln verkleideten Wände und Boden. Durch die Rohre über der Reihe von Waschbecken musste einst Wasser geflossen sein. Seit unendlichen Jahren waren sie versiegt. Trübe Spiegel hingen über den

Becken. Eine Waschstelle hatte er gesäubert, den Spiegel poliert. Die Hände am Beckenrand aufgestützt, beugte er sich vor und musterte sich selbst. Nur seine Augen sah er. In bleichem Silber schimmerten sie. Beinahe flüssig wirkte der metallene Glanz.

Plötzlicher Schmerz durchzuckte ihn mit solcher Macht, dass er sich krümmte. Er taumelte und schlug gegen die Wand. Nach Halt suchend, bekam er den Spiegel zu fassen. Der kippte aus der morschen Verankerung und zerschellte am Becken. Glitzernde Splitter flogen über den Boden. Er griff nach dem Waschbecken. Seine Hände rutschten ab. In seinem Innern tobte ein Sturm. Er glaubte zu fühlen, wie seine Adern platzten. Stöhnend fiel er auf die Knie und schlang die Arme um sich. Tausend Messer waren in ihm, die sich langsam drehten. Undeutlich spürte er, wie Scherben ihn schnitten, als er sich auf dem Boden wand.

Nach einer Ewigkeit gelang es ihm, ruhiger zu atmen. Die Krämpfe wurden ein Zittern. Prüfend ballte er die Fäuste und spreizte die Finger. Er verspürte ein Kribbeln, das seinen ganzen Körper erfasste. Mit dem Jucken kehrten Empfindungen zurück, an die er sich kaum mehr hatte erinnern können.

Spiegelscherben hatten ihn mit Schnitten übersät. Vorsichtig zog er die Splitter heraus und erhob sich. Dünne Rinnsale von Blut zeichneten Streifen auf seine Haut. Aus dem Waschbecken nahm er eine Scherbe und hielt sie hoch, um sich darin zu betrachten. Bleich war sein Gesicht und schweißbedeckt. In seinen Augen lag ein metallener Glanz, der das Flackern der Kerzen spiegelte. Grau waren sie und rot, wo sich das Netzwerk der Adern zeigte. Die Augen eines Menschen. Seine Augen.

Er löschte die Kerzen und ging zurück in den Krankensaal. Auf einem Tisch standen Wasser und Handtücher bereit. Er wusch sich, dann verband er die Wunden. Kleidung für ihn war auf einem der Betten ausgelegt: die Rüstung eines Keren. Es dauerte, bis er die Sachen angezogen hatte. Eng saß die Uniform an seinem Körper, befestigt durch Schnallen und Bänder. Mit beiden Händen strich er sich das Haar zurück und legte die Eisenmaske an, die sein Gesicht verbarg.

Schwindel erfasste ihn. Er musste sich mit einer Hand am Bett abstützen. Unter Aufbietung all seines Willens zwang er sich, stehen zu bleiben. Er hatte keine Zeit auszuruhen. Noch nicht.

Nachdem er einen letzten Blick auf sein Krankenlager geworfen hatte, löschte er auch hier alle Kerzen bis auf eine, die er mitnahm, dann verließ er den Saal, ohne sich nochmals umzuwenden.

Am Ende des Ganges befand sich eine jener massigen Steintüren, die das Labyrinth gliederten. Mühsam zog er sie auf und hinter sich wieder zu. Ein paar Schritte weiter kam ein zweites Tor.

Zielstrebig eilte er durch die Korridore, vorbei an zahllosen verschlossenen Räumen, deren graue Eisentüren in regelmäßigen Abständen die Mauern durchsetzten. An der Kreuzung zweier Gänge führte eine Eisentreppe in die Höhe. Wenige Menschen wussten, dass das Labyrinth über mehrere Ebenen verfügte. Die Treppenöffnung war durch eine steinerne Luke verschlossen, die sich mit einem eisernen Rad aufdrehen ließ. Im darüberliegenden Geschoss waren diese Schächte nur schwer im Boden zu erkennen. Die Räder waren abgeschraubt und mussten zuerst wieder eingesetzt werden, wollte man die Luke aufmachen.

Geraume Zeit marschierte er weiter. Sein Gedächtnis sagte ihm, dass er sich nach Nordwesten bewegte. Die großen Hallen und Anlagen des Labyrinths lagen in entgegengesetzter Richtung, hier befanden sich vor allem Lager und Schlafsäle, ausgestattet mit hunderten von Pritschen, daneben kleinere Räume mit Einzelbetten, die einst wohl den Anführern vorbehalten gewesen waren. Esszimmer mit Tischen und Stühlen schienen immer noch auf Besuch zu warten. In einem jener Räume wartete jemand auf ihn.

KAPITEL 8 Gordua

»Wollt ihr wissen, wie der allmächtige Geist über Geld denkt, so sehet euch die Menschen an, denen er es gegeben hat.«

Irkit Tashu, Reisen mit meinen Jüngern: von Bengzar bis Pyr.
Bibliothek der zeitgenössischen Kulte, Ereat, Reg. 483.67C.

Vorsichtig hob Haldur Renedas Arm von seiner Brust, um sie nicht aufzuwecken, und rutschte darunter hervor. Ihr Bein lag quer über seinem, und er schob es sachte beiseite, dann zog er seinen rechten Arm heraus, auf dem ihr Kopf ruhte. Reneda brummte missbilligend, drehte sich um und schlief weiter. Das Bett quietschte heiser, als Haldur aufstand.

Nackt tappte er durch das Herbergszimmer, eine enge Dachkammer mit schiefen Wänden. Erstes Morgenlicht erhellte das einzige Fenster. Er blickte hinaus auf das Häusermeer der Stadt. Die Sonne stieg über den Horizont, gleißend glitten ihre Strahlen über die spitzen Giebeldächer. Geschnitzte Balken zierten die Firste, deren verschlungene Muster sich gleich Scherenschnitten vor dem blassblauen Himmel abzeichneten. Dieses Stadtviertel mit seinen schmalen, hohen Holzhäusern, die in regelmäßigen Abständen die Gassen säumten, wirkte auf ihn wie ein Dorf.

Gordua lag am Ufer des gleichnamigen Sees, der sich zu Füßen einer Bergkette lang gezogen nach Süden erstreckte. Ihre Herberge befand sich im ältesten Stadtteil, dessen Gebäude alle noch die traditionelle Bauweise des einstigen Fischerortes aufwiesen, der Gordua früher einmal gewesen war, bevor es zu einer der wichtigsten Handelsstädte des Landes aufstieg.

Weder den See noch die modernen Verwaltungsbauten oder die riesigen Markthallen konnten sie von hier aus sehen. Die von Händlern bevorzugten Herbergen am Wasser glichen eher Palästen denn Wirtshäusern und verlangten für Essen und Unterkunft unverschämte Preise. Nur die reichsten Kaufleute konnten sich dort ein Zimmer leisten, und dennoch waren sie stets ausgebucht.

In dem einfachen Gasthof, den sie sich ausgesucht hatten, fühlte sich Haldur bedeutend wohler. Nach der langen Reise durch den unwirtlichen Norden, die sie hinter sich hatten, befremdete ihn der allgegenwärtige Prunk im neuen Gordua. Gestern Abend hatten sie einen kurzen Abstecher in die Innenstadt unternommen. Vergoldeter Stuck glänzte an jeder Fassade; die Gebäude erinnerten an zu klein geratene Schlösser, und deren Bewohner mit ihren prächtigen Kleidern waren herausgeputzt wie Könige. Nur wenige bewegten sich auf den Straßen, und jene wurden von Söldnereskorten begleitet, deren üppig mit Goldlitzen verzierte Phantasieuniformen den Reichtum ihrer Herren verrieten. Die argwöhnischen Blicke, mit denen man Haldur und Reneda musterte, machten ihnen deutlich, dass sie fehl am Platze waren. So zogen sie sich in das Fischerviertel zurück, wie man die Altstadt Gorduas nannte, obwohl dort längst keine Fischer mehr wohnten.

Hier verlotterten die Häuser; niemand schien sich um deren Instandhaltung zu kümmern. Die Bewohner gehörten einer Unterschicht an, die den Reichen diente. Der Handel, der der Stadt Wohlstand und Aufschwung beschert hatte, war streng geregelt. Nur eingetragene Händler durften Waren kaufen und verkaufen, und diese hielten zu ihresgleichen und verteidigten eisern ihre Privilegien. Dabei verdiente das Statthalteramt kräftig mit, das für alles und jeden Steuern und Wegzölle erhob. So wurden die Reichen beständig reicher und die Armen ärmer. Diese hatten im Schwarzmarkt einen Ausweg aus dem Elend entdeckt. Der Schleichhandel wurde von der Obrigkeit erbittert bekämpft und mit schweren Strafen belegt. Die Geschäfte blühten trotzdem. Schmuggelware hatte sich schon so verbreitet, dass selbst in den städtischen Markthallen bisweilen Güter zweifelhaften Ursprungs auftauchten.

Während Haldur Hemd und Hose anzog, fiel sein Blick auf Reneda. Die weißen Laken wölbten sich über ihrem Körper. Von ihrem Kopf war nur ein Büschel dunkelroter Haare zu sehen. Leise murmelte sie im Schlaf, zog das Kissen heran und hielt es fest, als wollte es ihr entwischen.

In den letzten Wochen hatten sie eine wunderschöne Zeit verlebt. Mit dem Sommer war das ganze Land erblüht, heiße Tage wechselten mit lauen Nächten, die sie zusammen unter dem Sternenhimmel verbrachten. Beflügelt fühlte er sich, befreit von aller Mühsal. Beinahe bedauerte er es, dass sie so rasch vorangekommen waren. Vor zwei Wochen hatten sie Rugbad verlassen, wo sie sich mit Vorräten eingedeckt hatten, dann waren sie auf der Händlerstraße nach Gordua geritten, das sie gestern Mittag erreicht hatten. Weder widrige Witterung noch andere Zwischenfälle hatten ihre Reise behindert.

Jeden Tag genoss er aus vollen Zügen, jedes Lächeln, das Reneda ihm schenkte, erfüllte ihn mit ungeahntem Glück, jede ihrer Berührungen machte ihn stärker und lebendiger. Nie zuvor hatte er gegenüber einem anderen Menschen solche Liebe empfunden. Die Tatsache, dass er sie schon so lange kannte, machte es noch schlimmer. Dies war keine flüchtige Verliebtheit, die einen an sich Fremden zur trügerischen Lichtgestalt erhob. Ohne jeden Zweifel war Reneda die wunderbarste Frau, die er jemals getroffen hatte. Gleichzeitig ahnte er, dass er für sie nur ein Abenteuer war, das für Kurzweil auf der Reise sorgte. Sobald sie Kirgon erreichten, würde Reneda den Auftrag erledigen, den die Priesterinnen ihr übertragen hatten, und ihm anschließend Lebewohl sagen, mit einem freundlichen Dankeschön für die nette Zeit.

Bei dem Gedanken zog sich ihm der Magen zusammen. Zum ersten Mal verstand er seine Geschlechtsgenossen, die ihre Frauen heirateten und für sich allein behielten. Seufzend schloss er die Augen.

Reneda drehte sich im Bett, schlug die Decke zurück und setzte sich auf. Müde blinzelte sie ihn an.

»Du bist schon wieder wach?«, murmelte sie. »Schläfst du eigentlich nie?«

Seit sie zusammen unterwegs waren, hatte er in der Tat nur wenig Schlaf gebraucht. In einigen Nächten hatte er überhaupt kein Auge zugetan, ohne danach einen Mangel an Ruhe zu empfinden. Manchmal schien es ihm, als schlafe er bloß aus Gewohnheit, und nicht weil ihn ein Bedürfnis dazu trieb.

»Bleib ruhig noch liegen«, antwortete er. »Die Sonne ist kaum aufgegangen.«

»Das sehe ich.«

Ächzend stemmte sich Reneda hoch. Sie ging zur Kommode neben der Tür, goss Wasser aus dem Krug in die Schüssel und wusch sich. Das Haar bürstete sie zurück und band es im Nacken zusammen, dann zog sie sich an.

»Komm!«, sagte sie. »Wir sehen nach, ob wir in der Wirtsstube unten etwas zu essen kriegen. Falls außer uns überhaupt schon jemand munter ist.«

Haldur öffnete die Tür auf den Gang und ließ Reneda den Vortritt.

Die dunkle Holztäfelung des Korridors machte ihn noch enger und finsterer. Vier weitere Türen führten in Kammern gleich der ihren, von denen sie nicht wussten, ob sie bewohnt waren. Bisher hatten sie keine Geräusche gehört, die auf andere Gäste hindeuteten.

Laut knarrten die Dielen unter ihren Stiefeln. Der abgeschabte Teppich auf dem Boden dämpfte ihre Schritte nur wenig. Das ganze Gebäude schien zu wackeln, als sie die halsbrecherisch steile Treppe ins Erdgeschoss hinunterstiegen. Durch einen Bogengang, der mit einem Holzperlenvorhang versehen war, gelangten sie in die Wirtsstube. Die Läden der beiden Fenster, die auf die Gasse vor dem Haus zeigten, waren geschlossen, ebenso die Eingangstür. Stühle und Schemel standen umgekehrt auf den wenigen Tischen. Links von dem Durchgang trennte eine lange Theke den Raum, dahinter führte ein weiterer klebriger Holzperlenvorhang zur Küche. Von dort erklang eine tiefe Stimme:

»Ihr seid wohl Frühaufsteher?«

Leise raschelnd teilten sich die Holzperlenketten, und die Wirtin gesellte sich zu ihnen, in der Hand ein Tuch, mit dem sie eine Schüssel abtrocknete. Sie trug die gleiche Kleidung wie gestern, die so zerknittert war, als hätte sie seit Tagen darin gelebt. Neben den grellen Stickereien auf ihrem knielangen Kittel fielen die Flecken, die ihn sprenkelten, nicht auf. Darunter trug sie eine weite Hose, die bis auf ihre Pantoffeln wallte. Das Haar hatte sie unter einem kunstvoll geschlungenen Kopftuch verborgen, aus dem da und dort graue Strähnen heraushingen. Freundlich lachte sie sie an.

»Wollt ihr Frühstück? Setzt euch! Ich komme gleich.«

Sie eilte voraus und holte mit geübten Griffen die Stühle von den Tischen herunter, dann zückte sie einen Schlüsselbund aus der Hosentasche und schloss die Eingangstür auf. Einen Keil schob sie unter die Pforte, damit sie nicht zufiel. Danach klappte sie die Fensterläden auf. Noch bevor sie damit fertig war, kam ein älterer Mann herein, der offenbar draußen gewartet hatte. Er murmelte einen unverständlichen Gruß und setzte sich an den Ecktisch rechts vom Eingang. Die Wirtin schien ihn nicht zu beachten.

Haldur und Reneda ließen sich am hintersten Tisch gleich neben der Theke nieder. Ihre Blicke schweiften durch den Raum. Staub schwebte in der Luft, dessen Flocken im Sonnenlicht aufglänzten, das die Fenster und den Türrahmen erhellte. Der vom Eingang entfernte Teil der Gaststube verblieb im Schatten. An den dunkel getäfelten Wänden hingen bestickte Tücher, gerahmt wie Gemälde. Auf kleinen Simsen reihten sich bemalte Teller und Becher aneinander.

Die Wirtin entschwand in die Küche. Das Klappern von Geschirr erklang. Bald darauf kam sie mit einem Krug Bier zurück, den sie ungefragt vor dem alten Mann abstellte. Er nickte ihr zu und gönnte sich sogleich einen großen Schluck. Tiefe Falten zerfurchten sein verhärmtes Gesicht. Mit dem langen weißen Zopf und dem zerzausten Bart sah er genau so aus, wie man sich einen Fischer vorstellte. Auch seine grobe Leinenkleidung passte ins Bild. Nun schien er seine Netze bloß noch im Wirtshaus auszuwerfen.

Die Wirtin rumorte am Herd. Fett zischte scharf in einer Pfanne auf, und verlockende Düfte breiteten sich aus. Reneda und Haldur warteten schweigend. Sie fürchteten, von dem alten Mann belauscht zu werden, der in der Stille jedes ihrer Worte hören konnte.

Zwei weitere Gäste betraten den Gasthof: ein kleiner dicker Mann mit einem rot-weiß karierten Halstuch, der auf seine Begleiterin einredete, eine dunkelhaarige Schönheit mit verträumten Augen, deren mit langen Wimpern besetzte Lider halb gesenkt waren. Sie trug einen bodenlangen grünen Mantel mit hochgestelltem Kragen, der anmutig ihr zartes Gesicht umrahmte. Ohne dabei seinen Wortschwall zu unterbrechen, führte der Dicke die Schönheit zum noch freien Fenstertisch gegenüber dem des alten Fischers. Sein fortwährendes Geplapper entspannte Haldur und Reneda, die sich nun ebenfalls leise unterhielten.

»Ganz schön was los zu dieser Tageszeit«, murmelte Haldur.

Unauffällig deutete Reneda zum Dicken und der jungen Frau.

»Die zwei waren gestern Nacht schon hier.«

»Ist mir nicht aufgefallen.«

Die gehäuften Teller, die die Wirtin vor ihnen abstellte, unterbrachen ihr Gespräch. Dazu brachte sie ihnen einen Krug Tee und zwei Becher. Hungrig verzehrten sie Rührei mit Speck, geröstetes Brot und süße Krapfen, die mit einer Art Frischkäse gefüllt waren, der beim Backen geschmolzen war. Das Essen schmeckte ihnen ausgezeichnet.

»Wir hätten gestern schon hier speisen sollen«, meinte Haldur, »dann hätten wir uns diesen versalzenen Fisch erspart.«

»Diese Spelunke wirkte nicht gerade Vertrauen erweckend auf mich«, erwiderte Reneda. »So kann man sich irren.«

Der kleine Dicke und die dunkle Schönheit frühstückten ebenfalls. Sie aßen kleine Pfannkuchen, auf die sie eine undefinierbare schwarze Masse häufelten, die sie mit sichtlichem Genuss herunterschluckten.

»Was ist das?«, fragte Haldur die Wirtin.

»Fischeier, eine Spezialität von Gordua. Nicht jedermanns Geschmack. Wollt ihr mal versuchen?«

Reneda verzog das Gesicht. Haldur nickte. Bald darauf servierte ihm die Wirtin ein Schüsselchen. Neugierig versuchte er einen Bissen.

»Das ist toll!«

Misstrauisch schob sich Reneda eine Messerspitze voll in den Mund. Sie stöhnte auf.

»Scheußlich! Wie kannst du so etwas essen?«

Haldur zuckte die Schultern und verzehrte die Portion allein.

»Du ahnst nicht, was dir entgeht«, schmatzte er.

»Doch, das tue ich«, erwiderte Reneda, »und ich bin ganz froh darüber, dass es mir entgeht.«

Während der Mahlzeit hielt die Schönheit im grünen Mantel beständig den Blick auf die Tür gerichtet. Ihrem rundlichen Begleiter hörte sie nur mit halbem Ohr zu. Sobald vor der Herberge jemand vorbeiging, zuckte sie unmerklich zusammen. Aus dem Augenwinkel beobachtete Reneda die beiden. Ein ungutes Gefühl beschlich sie.

»Iss auf, und dann lass uns verschwinden«, sagte sie leise.

Verstohlen betrachtete Haldur ihre Mitgäste. Der alte Fischer hatte sein Bier ausgetrunken und winkte nach mehr. Reglos starrte er zum Fenster hinaus. Die junge Frau rekelte sich auf dem Sessel. Mit großen Gesten gab ihr Begleiter eine Geschichte zum Besten, in der es um Soldaten und Räuber ging, soweit Haldur mitbekommen hatte. Anscheinend wollte der Dicke bei der Schönheit Eindruck schinden.

»Ein hübsches Ding«, flüsterte Reneda.

»Damit meinst du wohl nicht den kleinen Fettwanst«, brummte Haldur.

Unfreiwillig lachte Reneda auf.

»Nein.«

Plötzlich erklangen schnelle Schritte auf der Gasse und kurz darauf stürzte ein junger Mann in die Wirtsstube. Der Schweiß stand ihm auf der Stirn. Er hatte schulterlanges schwarzes Haar, das ein ebenmäßiges Gesicht mit kräftigem Kinn umrahmte. Seine schlanke, groß gewachsene Gestalt war in Mantel und Hose aus dunkelblauem Samt gehüllt, die zu seinen strahlend blauen Augen passten.

»Noch ein hübsches Ding«, spottete Haldur.

Reneda knuffte ihn. Aufmerksam verfolgte sie mit, wie der junge Mann zu der dunklen Schönheit eilte. Er wandte ihnen den Rücken zu, sodass sie nicht genau erkennen konnten, was er tat. Unter seinem Mantel holte er etwas hervor, das er der Frau überreichte. Voll Sorge schaute sie ihn an und redete leise mit ihm. Sie wollte, dass er sich setzte. Er winkte ungeduldig ab und blickte gehetzt zur Tür. Währenddessen verschränkte der Dicke mit dem karierten Halstuch die Arme vor der Brust und lehnte sich betont gelassen zurück. Er schien über den Besuch weder erfreut noch verärgert.

Stiefel trommelten auf das Pflaster. Blitzartig sprang der junge Mann zur Tür, doch zu spät. Ein Soldat versperrte ihm mit gezücktem Schwert den Weg. Gleich darauf holten ihn seine vier Kameraden ein. Die Soldaten trugen die rot-schwarzen Uniformen von General Setors Truppe, der hier stationierten Einheit der königlichen Armee von Kelrun. Auf ihrer Brust prangte ein Wappen mit drei goldenen Wellen, als Wahrzeichen der vielen Seen im Norden des Landes.

Der Hauptmann kam herein, ein drahtiger Bursche mit dichtem braunen Lockenhaar. Er bedrohte den jungen Mann mit der Waffe. Ein triumphierendes Lächeln spielte auf seinen Lippen.

»Du hättest nicht hierher kommen sollen«, sagte er. »Glaubst du, wir wissen nicht, wo sich Schmuggler und Diebesgesindel treffen? Diese Kaschemme beobachten wir schon lange.«

Erschrocken rannte die Wirtin herbei.

»Was soll das? Lasst meine Gäste in Ruhe! Ich führe einen ehrenwerten Gasthof, bekannt für seine gute Küche. Mit Schmugglern und Dieben haben wir nichts zu schaffen!«

Höhnisch lachte der Hauptmann.

»Natürlich.«

Suchend schweiften seine Blicke durch den Raum und blieben bei dem alten Fischer hängen.

»Verschwinde!«, befahl er ihm.

Der Alte gehorchte und rannte geduckt zur Wirtsstube hinaus.

»Ihr anderen kommt mit«, verkündete der Soldat. »Ihr seid verhaftet.«

Wütend sprang Reneda auf.

»Habt Ihr den Verstand verloren? Wir sind zwei unbescholtene Reisende, die hier übernachtet haben. Ihr könnt uns nicht einfach verhaften. Wir haben nichts getan!«

»Reisende«, grölte der Hauptmann, als gebrauchte er ein Schimpfwort. »Und zum Übernachten sucht ihr euch ausgerechnet einen stadtbekannten Treffpunkt der Hehler aus. Eine dümmere Ausrede habe ich nie gehört.«

»Woher sollten wir das wissen? Wir sind nicht aus der Gegend.«

»Kameraden!«, rief er seine Kumpane. »Fesselt das Gesindel und führt sie ab!«

Ängstlich drückte sich die junge Frau im grünen Mantel an die

Wand. Der schwarzhaarige Mann stellte sich schützend vor sie. Ihr dicker Freund schlug die Hand des Soldaten weg, der nach ihm griff. Der prügelte sogleich zurück, worauf der Dicke aufheulte und ihn mit einem Schwall von wüsten Flüchen bedachte.

»Habt Ihr denn keine Gesetze hier?«, schrie Reneda. »Sperrt Ihr einfach Leute ein, wie es Euch gefällt?«

»Wir sind das Gesetz«, erklärte der Hauptmann. »Das Gericht wird feststellen, was ihr verbrochen habt. Wie zwei harmlose Reisende seht ihr jedenfalls nicht aus. Der große Blonde mit dem düsteren Blick ist bestimmt ein Söldner, wahrscheinlich ein Räuber und Mörder, so wie er dreinschaut. Und du bist wohl sein Liebchen und seine Helfershelferin.«

»Jetzt reicht es!«, knurrte Haldur. »Verdammte Arschlöcher!«

»Pass auf, was du sagst!«, zischte der Hauptmann. »Sonst werde ich mich persönlich um dich und deine Freundin kümmern, wenn ihr im Kerker sitzt. So schnell kommt ihr dort nicht wieder heraus, dafür werde ich schon sorgen.«

»Nein!«, rief nun die dunkelhaarige Schöne. »Die beiden gehören nicht zu mir. Ich bin es, die Ihr sucht. Seht her! Hier ist das Diebesgut.«

Vom Boden unter ihrem Stuhl klaubte sie ein kleines Paket auf und reckte es den Soldaten entgegen. Der Hauptmann riss es ihr aus den Fingern und zerrte das Papier weg, in das es gewickelt war. Darunter kam eine schwarze Schachtel zum Vorschein, die er aufmachte. Seine Augen weiteten sich, als er deren Inhalt betrachtete.

»Dieses Schmugglerpack wird immer dreister«, brummte er.

»Ich allein bin dafür verantwortlich«, gestand die junge Frau. »Verhaftet mich und lasst die anderen in Frieden. Sie haben nichts getan.«

Der Hauptmann versetzte dem schwarzhaarigen Mann neben ihr einen Faustschlag in den Magen. Stöhnend krümmte er sich.

»Kirian!«, rief sie entsetzt und stützte ihn.

»Mir scheint, ihr kennt euch gut«, sagte der Soldat. »Ihr steckt doch alle unter einer Decke!«

Mit dem Handrücken verpasste er ihr einen Hieb, dass sie gegen die Wand taumelte. Wutentbrannt stürzte sich der junge Mann auf ihn. Bevor er den Hauptmann erreichte, setzte der ihn mit einem Kinnhaken außer Gefecht.

Die Soldaten begannen, den Anwesenden die Handgelenke mit Stricken auf den Rücken zu fesseln, und prügelten gleichzeitig auf sie ein. Der kleine Dicke fluchte und spuckte. Die Wirtin entfernte sich unauffällig in Richtung Küche, bis ein Soldat sie aufhielt. Sie trat und schlug nach ihm.

Entschlossen zog Haldur das Schwert. Er durfte nicht zulassen, dass man sie einsperrte. Saßen sie erst einmal im Kerker fest, glaubte ohnehin niemand mehr an ihre Unschuld. Reneda hatte denselben Gedanken. Schneller noch als Haldur zückte sie ihre Waffe und kreuzte mit dem Hauptmann die Klinge. Einen Augenblick später war er entwaffnet und sie bohrte ihm das Schwert in den Leib. Stöhnend fiel er um.

Zwei Soldaten bedrängten Haldur. Reneda eilte ihm zu Hilfe und stach dem einen von hinten ihren Dolch in die Nieren. Gelähmt von der Wunde, ließ er die Waffe fallen. Sie riss seinen Kopf am Haar zurück und schnitt ihm die Kehle durch. Blut spritzte auf, das seinen Kameraden ins Gesicht traf. Haldur nutzte sogleich die Gelegenheit und spaltete ihm den Schädel. Mit leerem Blick sank er auf die Knie, dann kippte er um.

Der vierte Soldat war immer noch mit der Wirtin beschäftigt, die inzwischen die Oberhand gewonnen hatte und mit einer Eisenpfanne auf ihn eindrosch. Nach einem Schlag an die Schläfe sackte er bewusstlos in sich zusammen. Bleich vor Schrecken über das Schicksal seiner Kameraden ergriff der fünfte und letzte Soldat die Flucht. Reneda setzte ihm nach. Er war ihr einige Schritte voraus, sie konnte ihn nicht erreichen.

»Lass ihn nicht entkommen!«, schrie sie Haldur zu.

Ohne zu ahnen, warum, streckte Haldur die Hand aus. Wie von Geisterhand bewegt, rutschte der Keil unter der Tür heraus, und sie knallte ins Schloss, als hätte sie ein heftiger Windstoß zugeweht. Der Soldat prallte dagegen. Sogleich war Reneda bei ihm und setzte auch ihn mit einem Stich in die Nieren außer Gefecht, bevor sie seinem Dasein ein Ende bereitete. Er rutschte an der Pforte herab und blieb verkrümmt liegen. Blut sammelte sich unter seinem Leib, das in dünnen Rinnsalen von der Schwelle tropfte.

Keuchend hielten sie inne und sahen sich in der verwüsteten Wirtsstube um. Kaum länger als einen Atemzug hatte der ganze Kampf gedauert. Zerbrochenes Geschirr übersäte den Boden; Tische und Stühle waren umgeworfen. Die Wirtin hastete zur Tür und sperrte sie mit dem Schlüssel ab, dann zog sie schnell die Vorhänge vor den Fenstern zu.

Starr vor Schrecken drückte sich die junge Frau im grünen Mantel in die Ecke, ihr zuvor sorgfältig geflochtenes Haar ein zerzauster Busch. Neben ihr stand der groß gewachsene Mann und hielt ihr die Hand. Der kleine Dicke zerrte wütend an seinen Fesseln. Alle gafften Reneda und Haldur an.

»Ein Blutbad«, stöhnte die junge Frau. Sie schien in Tränen ausbrechen zu wollen.

»Bindet mich endlich los!«, rief der Dicke.

Der Schwarzhaarige löste den Strick um seine Handgelenke. Kaum war er befreit, schritt der kleine Mann auf Haldur und Reneda zu.

»So etwas habe ich noch nie gesehen!«, staunte er. »Wo habt ihr so kämpfen gelernt? Das war ein Meisterstück!«

Schweigend ging Reneda zu dem bewusstlosen Soldaten hinter der Theke. Gezielt bohrte sie ihm das Schwert in den Leib und drehte es mit einem Ruck herum. Er bäumte sich auf und erschlaffte. Sie säuberte ihre Waffe am Mantel des Toten. Nachdenklich betrachtete sie die drei Leute am anderen Ende des Raumes.

»Wer seid ihr?«, fragte sie.

»Mein Name ist Atlana«, erwiderte die dunkle Schönheit. »Es tut mir Leid, dass ihr wegen uns in solche Schwierigkeiten geraten seid.«

Eilig nahm sie das kleine Paket wieder an sich, das die Soldaten hierher gelockt hatte.

»Was ist dort drin?«, wollte Haldur wissen.

Sie machte die Schachtel auf und zeigte sie ihm. Verblüfft hob er eine Augenbraue.

»Das ist ja bloß Papier! Deswegen diese Aufregung?«

Rasch zupfte sie einen Bogen heraus und hielt ihn hoch.

»Seht ihr das Siegel und das Wasserzeichen? Auf diesen Blättern werden die königlichen Einfuhrgenehmigungen ausgestellt.«

Ein bitteres Lachen entrang sich Haldur.

»Ich heiße Eton«, stellte sich der Dicke vor, dann zeigte er auf den großen Schwarzhaarigen. »Das ist Kirian. Wir gehören zu einer Gruppe, die – nun ja, wie soll ich es ausdrücken – nicht einsieht, warum in Gordua nur die Reichen Handel treiben dürfen.«

»Für zwei wie euch hätten wir Verwendung«, sagte Kirian. »Ihr habt uns das Leben gerettet und dafür danke ich euch! Seit der neue Statthalter im Amt ist, erwartet Schmuggler der Galgen. Die Zeiten sind hart geworden.«

»Vor wenigen Wochen war König Äneas in der Stadt«, erzählte Atlana. »Er hat den neuen Statthalter eingesetzt. Der ist ein Günstling von General Setor, der ihn auch für den Posten vorgeschlagen hat. Nun will er sich lieb Kind machen, indem er erbarmungslos gegen jeden vorgeht, der auch nur im Verdacht der Hehlerei steht. Dieses Schwein! Die Gefängnisse füllen sich mit Unschuldigen, die so lange geprügelt und geschunden werden, bis sie gestehen. Dort kommt niemand mehr lebend heraus. Schließt euch uns an! Wir brauchen Leute wie euch.«

»Wir sind nur auf der Durchreise«, antwortete Reneda. »Los jetzt, wir müssen uns beeilen! Womöglich sind noch mehr Soldaten unterwegs.«

Leise fluchend begann die Wirtin mit Aufräumen, rückte die Tische gerade und stellte die Stühle darauf.

»Meine schöne Herberge!«, jammerte sie.

»Die Leichen müssen verschwinden«, sagte Haldur. »Wohin damit?«

»Wir vergraben sie heute Nacht im Keller«, erklärte die Wirtin, als sei dies nichts Ungewöhnliches. »Helft mir, die Kerle runterzutragen!«

Gemeinsam schleppten sie die Toten über eine schmale Treppe ins Untergeschoss und legten sie im Kohlenkeller ab. Kirian deckte sie mit einer Plane zu, dann häufte er mit der Schaufel Kohlen über die Leichen, bis nichts mehr von ihnen zu sehen war.

»Das reicht fürs Erste. Als Nächstes räumen wir die Wirtsstube auf, damit Vela wieder aufsperren kann. Zu dieser Tageszeit hat sie immer geöffnet. Wir dürfen keinen Verdacht erregen.«

»Vielleicht haben die Soldaten Kameraden erzählt, wohin sie wollten«, meinte Reneda.

Vela, die Wirtin, kehrte die Scherben zusammen. Pfützen von Blut breiteten sich auf dem Boden aus; Blutspritzer sprenkelten Wände und Möbel. Sie holte einen Eimer Waschwasser und wischte mit einem Lappen auf.

»Dann waren sie eben hier und sind wieder gegangen«, brummte sie.

Reneda deutete nach draußen.

»Nachbarn haben sie hereinkommen sehen, aber nicht wieder herausgehen. Sie werden reden.«

Atlana und der dicke Eton halfen der Wirtin beim Saubermachen. Ihr Freund Kirian prüfte, ob noch irgendwo Waffen oder andere Habseligkeiten der Soldaten herumlagen. In einer Ecke fand er tatsächlich einen Dolch, den einer von ihnen während des Kampfes verloren hatte.

»Niemand wird reden«, sagte Atlana. »Die Leute hier im Viertel haben nichts für Soldaten übrig. Sie sehen und hören nie etwas.«

Haldur und Reneda wuschen sich in der Küche Hände und Gesicht. Mit einem feuchten Tuch rieben sie die Flecken von ihren Kleidern und putzten sich die Stiefel, an denen Blut haftete. Anschließend warfen sie das Tuch ins Herdfeuer. Gesäubert kehrten sie in die Gaststube zurück, wo keine Spuren des Kampfes mehr zu entdecken waren. Boden und Möbel glänzten vor Nässe. Eton trocknete hastig Tische und Stühle ab, dann zog die Wirtin die Vorhänge zurück und sperrte auf.

»Merkwürdig, dass dieser Keil unter der Tür vorhin einfach herausgerutscht ist«, murmelte sie und kratzte sich am Kopf. »Ein Glück!«

»Der alte Mann«, beharrte Reneda, »er war hier, als die Soldaten kamen, und er hat nicht nur sie gesehen, sondern auch uns.«

»Jeden Morgen wartet er schon, wenn ich aufmache«, sagte die Wirtin, »dann trinkt er zwei, drei Bier und geht wieder. Der ist harmlos.«

Argwöhnisch runzelte Reneda die Stirn.

»Ich hoffe, Ihr habt Recht. Wie dem auch sei, jetzt ist er jedenfalls weg, und wir verschwinden auch besser.«

»Wollt ihr wirklich nicht mit uns kommen?«, fragte Kirian enttäuscht.

Bewundernd blickte er Reneda an, seine saphirblauen Augen funkelten in dem ebenmäßigen, gebräunten Gesicht. Er schenkte ihr ein verlegenes Lächeln, das an Charme kaum zu überbieten war.

»Unser Leben ist gefährlich«, erklärte er, »aber es springt auch etwas dabei heraus. Ihr würdet euch wundern, wie viel.«

»Danke«, lehnte Reneda ab und wandte sich an Haldur: »Ich hole unser Gepäck, sattle du die Pferde.«

»Augenblick!«, rief Atlana. »Wir schulden euch unser Leben, ich möchte euch etwas schenken, das euch vielleicht nutzen wird. Ich bin gleich wieder da.«

Ehe sie ein Wort dazu sagen konnten, war sie schon durch die Tür geschlüpft.

Bald darauf trafen sich Haldur und Reneda in der Gaststube wieder. Atlana war immer noch fort.

»Wir können nicht länger warten«, sagte Reneda. »Lebt wohl! Ich rate euch, in Zukunft vorsichtiger zu sein.«

Kirian schüttelte ihr ausgiebig die Hand. Wehmütig seufzte er. Haldur verabschiedete sich von den Anwesenden weniger überschwänglich. Er war froh, diesen Ort hinter sich zu lassen. Eben als sie gehen wollten, kehrte Atlana zurück, eine lederne Reisetasche über die Schulter geworfen, die sie ihnen überreichte.

Neugierig öffnete Haldur die Tasche und zog deren Inhalt heraus. Darin befanden sich zwei schwarze Kutten, die aus einem schweren Stoff in eigentümlicher Machart gefertigt waren. Auf der Vorderseite und dem Rücken war das Tuch in tiefe Falten gelegt. Dazu gehörten zwei Gürtel aus Kettengliedern, an die mit Bändern allerlei Kleinigkeiten gebunden waren, wie Wurzelstücke, Vogelfedern oder Büschel zerdrückter Trockenblumen. Die Tracht des Ordens von Pyr, dessen Angehörige trotz der weiten Reise gelegentlich nach Kirgon pilgerten, um den Schrein der Wahrheit aufzusuchen.

»Wo habt ihr die Kutten her?«, staunte Haldur.

»In unseren Lagern horten wir vielerlei Dinge«, antwortete Atlana, »und manchmal ist es ganz nützlich, ein Mönch zu sein, denn diese werden von den Patrouillen selten aufgehalten und durchsucht.«

»Ich glaube nicht, dass wir die Sachen brauchen werden. An Kutten von Pyr heranzukommen ist sehr schwierig. Jeder Mönch besitzt nur ein Stück und das trägt er am Leibe. So viel ich weiß, müssen sie sich diese Dinger selbst nähen. Behaltet sie lieber, euch leisten sie bessere Dienste.«

»Nein.« Atlana schüttelte den Kopf. »Nehmt sie! Man kann nie wissen.«

Reneda nickte ihr zu.

»Passt auf euch auf!«

»Vielleicht treffen wir uns wieder«, rief ihnen Kirian hinterher, als sie schon auf die Pferde stiegen.

Er hob die Hand zum Gruß, und sie ritten davon.

Auf ihrem Weg hielten sie Ausschau nach Soldaten. Bis zu den Toren in der Stadtmauer begegnete ihnen nicht einer. Dort standen gelangweilte Wachen auf Posten, die sich laut mit einem Händler stritten, der offenbar die erforderlichen Papiere nicht vorweisen konnte, um seine zwei Wagenladungen Öl nach Gordua zu befördern. Unnachgiebig verwehrten sie ihm die Weiterfahrt. Er wetterte und zeterte und verwünschte die Soldaten mitsamt ihren Ahnen zurück bis zum ersten Tag der Weltenschöpfung.

Unbehelligt verließen Haldur und Reneda die Stadt. Die Straße führte erst bergab und stieg dann wieder an. Auf der Kuppe der Anhöhe sahen sie zu ihrer Rechten den See von Gordua, der sich weit nach Süden erstreckte. Ein Band von Wald rahmte das entfernte Ufer ein, überragt von schroffen Bergen, auf deren Spitzen noch Schnee lag. Zum Greifen klar spiegelten sich die weißen Gipfel im Wasser. In der Ferne fuhren wenige Schiffe und vereinzelte Boote dahin, verloren in grenzenloser Weite. Durchsichtig wie Glas glänzte der See. Sonnenschein glitzerte auf den sanften Wellen. Linker Hand säumten Wiesen und Wald die Straße.

Das herrliche Sommerwetter und die prachtvolle Landschaft schienen Haldurs Stimmung zu spotten. Nicht eine Wolke trübte den stahlblauen Himmel, umso mehr Schatten umwölkten seine Gedanken. Unaufhörlich musste er an die Prophezeiung des Gesandten von Ereat denken. Die Legenden sagten, dass Tod und Vernichtung seinen Weg zeichneten, wohin er sich auch wandte. Beinahe konnte er das Blut an seinen Fingern sehen.

Er empfand kein Mitleid mit den Soldaten, die sie getötet hatten. Sie hatten keine andere Wahl gehabt, als sie umzubringen. Wäre nur einer entkommen, so hätten sie die ganze Armee General Setors auf den Fersen gehabt.

Wieder überkam ihn die Erinnerung an das seltsame Geschöpf im Grenzwald, dessen Leben er ausgelöscht hatte, wie man einen verdorrten Zweig zerbrach. Sein Ende dauerte ihn wenig. Allein die Tatsache blieb, dass er die Tat vollbracht hatte.

Vor seinem geistigen Auge sah er, wie das Zwitterwesen gegen die Wand schlug, kaum berührt von seiner Hand, und dann erblickte er den Gasthof in Gordua. Kein Windstoß hatte den Keil unter jener Tür gelöst und sie zugeworfen. Eine ihm gänzlich unbekannte Kraft hatte sie bewegt. Er war dankbar, dass in dem Durcheinander niemandem aufgefallen war, was er getan hatte.

Bange Hoffnung erfüllte ihn. In drei Wochen würden sie Kirgon erreichen, wenn nichts dazwischen kam. Einerseits freute er sich darauf, seine Freunde wieder zu sehen, und andererseits betrübte ihn die Aussicht so sehr, von Reneda Abschied zu nehmen, dass er gar nicht daran denken wollte.

Grau und staubig zog sich die Straße vor ihnen nach Süden, und Haldur fragte sich, was sie an deren Ende erwarten mochte.

KAPITEL 9

Begegnungen

»Auch wenn ihr die Blumen liebt, verwelken sie.
Auch wenn ihr das Unkraut nicht mögt, wächst es.«

Die Welt ist dein.
Das Wirken der Priesterinnen von Gordua.
Sonderschrift der historischen Sammlung von Angantur zum fünfhundertsten Jahr des gordischen Klosters, 2259 n. A. D., Reg. 789–13.

Golden leuchteten die Weizenfelder. Hoch und dicht stand das Korn und wartete nur darauf, geerntet zu werden. Bäume und Sträucher bogen sich unter der Last süßer Früchte. Wohl genährtes Vieh graste auf fetten Weiden. Die Bauern freuten sich über diesen ›Jahrhundertsommer‹, wie sie ihn jetzt schon nannten, und blickten frohgemut in die Zukunft. Im Wald gedieh eine wahre Schwemme von Pilzen und Beeren, die von Sammlern gleich körbeweise gepflückt wurden. Die Winzer kelterten Trauben höchster Güte und lobten im Voraus den Wein, der noch lange an dieses herrliche Jahr erinnern sollte.

Jedermann war bester Dinge. Glück und Fülle hatten das ganze Land erfasst. Gerüchte von einem drohenden Krieg, die unverbesserliche Schwarzseher hinter vorgehaltener Hand verbreiteten, wollte niemand hören – weder die Bauern, die mit ihrem ungewöhnlich prächtig wachsenden Gemüse prahlten, noch die Händler, die mit sagenhaften Gewinnen rechneten, oder die Soldaten, die müßig in den Wirtshäusern saßen und es sich bei einem Fass frischen Bieres wohlergehen ließen.

Meist waren die Sommer in Kelrun regnerisch, manchmal kühl. Das bergige, dicht bewaldete Land eignete sich schlecht für ausgedehnten Ackerbau, und die feuchte Witterung tat ein Übriges, sodass die ohnehin spärliche Ernte oft teilweise verfaulte, bevor sie reif war. Notgedrungen führte Kelrun Nahrungsmittel in großer Menge ein. Hauptlieferant an landwirtschaftlichen Gütern war Ereat, in dessen fruchtbaren Ebenen mehr gedieh, als seine Bewohner selbst benötigten. Kelrun wiederum handelte mit Erzen; besonders das Gebiet von Leron war reich an Bodenschätzen. Auch die Holzwirtschaft hatte Tradition – kaum ein Dorf, das keine Schreinerei betrieb. Im Norden des Landes mit seinen ausgedehnten Seen waren Fischerei und Fischzucht verbreitet; der ans Meer grenzende Süden pflegte vor allem die Handelsschifffahrt und den Schiffsbau.

In diesem Jahr gab es Nahrung im Überfluss. Viele Wochen schon schien die Sonne, gelegentlich unterbrochen von kurzen Schauern erfrischenden Regens. Kelrun erblühte, als erwachte die Erde nach langem Schlaf, um desto üppigere Frucht zu tragen. Die an magere Erträge gewöhnte Landbevölkerung musste sich nun darum sorgen, die Ernte rechtzeitig einzubringen. Viel Arbeit stand an.

Auf der Straße zwischen Gordua und Kirgon fuhren Wagenkolonnen von Bauern, die unterwegs in die Hauptstadt waren, um ihre Güter auf den dortigen Märkten zu verkaufen. Die Markthallen Gorduas übten geringere Anziehungskraft aus, denn dort mussten die Landwirte ihre Erzeugnisse an Zwischenhändler abtreten und durften sie nicht selbst feilbieten. In Kirgon waren die Handelsgesetze weniger streng, auch wurden bei weitem nicht so viele Waren umgewälzt wie in Gordua, das als Tor zum Norden galt. Auf den Märkten der Hauptstadt konnte jeder einen Stand aufschlagen, der eine geringe Gebühr entrichtete. Selten zuvor war das Angebot so groß gewesen wie in diesem Jahr, und die üblicherweise hohen Preise erreichten einen historischen Tiefstand, über den sich alle außer den Bauern freuten.

Nichtsdestotrotz rollten die mit Gemüse und Obst beladenen Ochsenkarren in stetem Strom heran, denn günstig zu verkaufen war immer noch besser, als die Schätze verrotten zu lassen.

Auch Händler und Kaufleute nahmen die Straße, die von kleinen Weilern, Wirtshäusern und Herbergen gesäumt war. Kutschen verkehrten regelmäßig zwischen Kirgon und Gordua, die Reisende und Post beförderten. Entlang der Strecke lagen Poststationen, wo die Kutscher die Pferde wechselten. Jene Orte waren ein Umschlagplatz für Neuigkeiten und Gerüchte aller Art, die sich auf wundersame Weise oft schneller verbreiteten als ein Vogel fliegen konnte.

◆ ◆ ◆

»Au!«, schrie Lonora.

»Halt still!«, zischte Lutz. »Sonst wird das nichts.«

»Musst du diesen Verband so straff anziehen?«

Er sah sie an.

»Nein. Das mache ich bloß, um dich zu quälen.«

Keuchend lachte sie auf.

»Sehr witzig.«

Mit geübten Handgriffen wickelte er den Verband über Kreuz um ihren Fuß. Schließlich trat er zurück und betrachtete sein Werk.

»So, das wär's. Versuch mal aufzustehen.«

Vorsichtig hob Lonora ihr Bein vom Stuhl herunter, auf dem sie es hochgelagert hatte. Gestützt auf die Lehne und den Tisch, richtete sie sich langsam auf. Versuchsweise verlagerte sie ihr Gewicht auf den linken Fuß. Sie stöhnte vor Schmerz.

»Besser«, gab sie zu und setzte sich sogleich wieder.

Lutz ließ sich ihr gegenüber nieder. Seine Blicke schweiften durch den Garten. Blühende Lindenbäume breiteten ein angenehm schattiges Dach über ihnen aus. Den feinen gelblichen Blüten entströmte ein lieblicher Duft. Gleich Flocken übersäten sie den kiesbestreuten Boden; bald schon war ihre Zeit vorüber.

Unter den Bäumen standen Holztische mit Stühlen, die zu einem lang gezogenen Backsteinhaus gehörten, das neben dem Garten aufragte. Der Gasthof mit dem treffenden Namen *Lindenhof* lag an der Straße nach Kirgon, die sie zu ihrer Linken erblickten. Rechter Hand grenzte der Hof an eine umzäunte Wiese, auf der Ziegen weideten. Geradeaus führte eine geöffnete Tür in das Haus hinein, die erhöht über einer kleinen Treppe angebracht war. Der Haupteingang ging auf die Straße, ebenso wie der Schankraum im Inneren; vom beschaulichen Garten aus konnten sie ihn nicht sehen.

Der *Lindenhof* befand sich neben der örtlichen Poststation, die hinter ihnen die Straße säumte. Die Seitenwand der Stallungen grenzte an die Bäume, und wenn sie die Köpfe reckten, vermochten sie das Treiben vor der Station zu beobachten. Dort war eben eine Kutsche eingetroffen, die einen Schwall von Reisenden ausspuckte. Bald hatten sie den *Lindenhof* erspäht und steuerten darauf zu, während der Kutscher den Stallknechten half, die Pferde auszuspannen.

Gemurmel und Gelächter brachen die Stille. Ringsum suchten sich Männer und Frauen einen Platz. Die plötzliche Nähe von so vielen Menschen befremdete Lutz; bisher waren sie im Garten die einzigen Gäste gewesen.

Erst vor ein paar Tagen hatten sie Kirgon verlassen und waren danach durch die Wälder nach Norden gewandert. Sie hielten sich abseits der Straße nach Gordua und übernachteten im Freien, umgeben von

Wildnis, wo als einzige Geräusche die Stimmen der Vögel erklangen. Das wunderschöne Wetter hatte keine Wünsche offen gelassen. Warm schien die Sonne am klaren Himmel; die Nächte waren lau und trocken. Dann, gestern Morgen, war Lonora in einen kleinen Bach gewatet, um ihre brennenden Füße zu kühlen. Ein rutschiger Stein darin wurde ihr zum Verhängnis, sie glitt aus, fiel ins Nass und verstauchte sich dabei den Knöchel.

Nachdem sie zuerst tapfer weitergehumpelt war, sah sie schließlich ein, dass es unter diesen Umständen wenig Sinn machte, ihre Wanderung fortzusetzen. Das unwegsame Gelände strafte jede Schwäche. So beschlossen sie, in die Zivilisation zurückzukehren, und machten sich auf den Weg zur Straße. Der Zufall wollte es, dass sie bei einer stark besuchten Poststation landeten, die zwei Fahrtage von der Hauptstadt entfernt war, wo viele Kutscher zum ersten Mal das Gespann wechselten – oder auf umgekehrter Route das letzte Mal. Einige fuhren davor oder danach ohne längeren Aufenthalt nach Kirgon durch. Die Pferdekutschen waren für ihre Schnelligkeit berühmt.

Letzte Nacht hatten sich Lutz und Lonora im *Lindenhof* ein Zimmer genommen. Den heutigen Tag hatten sie damit verbracht, sich auszuruhen. Schon senkte sich die Sonne langsam dem Horizont entgegen. Sie würden lügen, wenn sie behaupteten, ihren Aufenthalt nicht zu genießen. Die Küche des *Lindenhofs* war einfach und schmackhaft, die Zimmer sauber und behaglich. Wieder in einem richtigen Bett zu schlafen und wohl zubereitete Mahlzeiten einzunehmen war ihnen eine Wonne.

Die Hände im Nacken verschränkt, lehnte sich Lutz zurück. Tief sog er den Atem ein.

»Ich werde alt«, brummte er.

Lonora grinste.

»Das habe ich mir schon gedacht, als du im Wald immer vorausgelaufen bist und dann warten musstest, bis ich dich eingeholt hatte: ein Greis, kränklich und schwach! Lange macht er es nicht mehr.«

Er seufzte. »Mach dich ruhig über mich lustig.«

»Wer hat mich denn gestern getragen, als ich nicht mehr gehen konnte?«

»Ich habe dich nicht getragen, nur gestützt.«

»Mich und unser ganzes Gepäck hast du geschleppt.«

Lutz nahm den Strohhut ab und wischte sich mit dem Taschentuch den Schweiß von der Stirn. Liebevoll betrachtete er Lonora. Ihr Haar war gewachsen und bedeckte nun zwei Fingerbreit ihren Kopf. Listig glitzerten die dunklen Augen in ihrem gebräunten Gesicht mit der eindrucksvollen Nase. Ihre Nähe löste ein unerklärliches Wohlgefühl in ihm aus.

»Danke, dass du deine Zeit opferst, um mit einem Greis auf Wanderung zu gehen. Du hattest Recht, diese Reise tut mir gut.«

Nach Worten ringend, blickte Lonora ihn an, öffnete den Mund und verstummte. Mila, die Bedienung, kam zu ihrem Tisch. Sie brachte ihnen zwei Krüge Bier, einen Korb Brot sowie eine Platte mit Käse und kaltem Braten, die sie vor einer Weile bestellt hatten. Eilig stellte Mila die Ladung ab und hastete davon, um die Wünsche der neu eingetroffenen Gäste aufzunehmen. Alles an ihr war rund, von den haselnussbraunen Locken über die üppigen Formen ihres gedrungenen Körpers bis zu ihren Füßen, die aus ausgetretenen Sandalen quollen. Ernst und entschlossen war ihr Blick, eine Frau, die in jeder Lage wusste, was zu tun war.

Ihr Dienstherr, Eras, der Wirt, trat aus dem Nebeneingang, der den Gasthof mit dem Garten verband. Er war klein und drahtig, angespannt bis in die Spitzen seines grauen Haars, das wie eine Bürste von seinem Kopf abstand. Flink huschten seine Augen umher, immer auf der Suche nach Mila, deren Selbstsicherheit die in ihm schwelende Unruhe zu besänftigen vermochte.

»Brauchst du Hilfe?«, rief er, während er die zahlreichen Gäste musterte.

»Nein, nein«, erwiderte sie gelassen.

Zögernd kehrte er ins Haus zurück.

Während des Frühstücks heute Morgen hatten sich Lutz und Lonora mit Eras und Mila unterhalten. Dabei hatten sie erfahren, dass der *Lindenhof* seit Generationen Eras' Familie gehörte. Er selbst war verwitwet und seine drei erwachsenen Kinder zeigten wenig Neigung zum Gastgewerbe, wie er zerknirscht bekundete. Mila stammte ebenfalls aus der Gegend und war die Tochter der Bauersleute, deren Ziegen hinter dem Gasthof weideten. In dem winzigen Dorf, dessen Dutzend Häuser sich um die Poststation scharten, kannte jeder jeden. Reisende boten willkommene Abwechslung; gern tauschte man Neuigkeiten aus.

Lonora belegte ein Stück Brot mit Käse und Braten, indem sie deren Scheiben abwechselnd übereinander schichtete.

»Ich glaube, mein Fuß wird bald wieder heil sein«, sagte sie. »Wir könnten uns mit frischen Vorräten eindecken und unsere Wanderung fortsetzen.«

Lutz trank einen Schluck Bier und wischte sich den Schaum vom Mund.

»Eilig habe ich es nicht. Im Augenblick gefällt es mir hier recht gut. Was hältst du davon, wenn wir …« Er brach mitten im Satz ab und starrte zur Straße. »Was zum Donnerwetter …?«, murmelte er.

Nun hörte auch Lonora das sich nähernde Trommeln von Stiefeln. Kurze Zeit später tauchten die Soldaten auf. Berittene Hauptleute führten den Tross an, ihnen folgte eine Kompanie Fußsoldaten, die im Gleichschritt marschierten. Hinterher rollten Proviantwagen, und die Nachhut bildete eine Truppe Bogenschützen, wiederum begleitet von Offizieren zu Pferd. Sie trugen die grün-schwarzen Uniformen der von General Netan befehligten Einheit der königlichen Armee, die in Kirgon ihr Hauptquartier hatte.

Staunend verfolgten die Gäste des *Lindenhofs* den Aufmarsch. Die Soldaten wandten nicht den Kopf. Ihre Anführer hoch zu Ross schossen argwöhnische Blicke in den Garten. Beruhigt, dass dort keine Angreifer lauerten, ritten sie weiter.

»Bei Eldred!«, flüsterte Lonora. »Was haben die vor?«

»Wir sind nahe bei Kirgon«, erwiderte Lutz leise, »in dem von General Netan beherrschten Gebiet. Das sind seine Truppen. Offenbar wird diese Kompanie verlegt, die Frage ist nur, wohin, und vor allem, warum.«

Hungrig verzehrte Lonora ihr dick belegtes Brot.

»Sie rücken nach Norden ab.«

»Dort beginnt bald General Setors Reich, der in Gordua residiert. Wie ich schon hörte, sind er und Netan nicht eben die besten Freunde.«

Sie spülte das Brot mit Bier hinunter, dann klaubte sie eine Scheibe Käse von der Platte und schob sie sich in den Mund.

»Dieses Wirrwarr von Generälen, Statthaltern, den Mitgliedern des Rates … Wer soll da den Überblick behalten, wer nun welche Pläne schmiedet? Es ist hoffnungslos.«

»So ist das nun einmal in einem so großen Reich wie Kelrun. Schaaraochs Verschwinden hat eine Leere hinterlassen, die manch einer gern füllen würde.« Plötzlich stutzte er. »Verflucht noch mal!«

»Was meinst du?«, fragte Lonora.

»Äneas! Er kann nicht wissen, was sein General hier treibt, weil er immer noch auf der Rückreise aus Leron ist, und Attis, sein Stellvertreter, durchsucht mit einer Gruppe von Keren das Labyrinth unter dem Palast. Dort könnten sie Wochen verbringen. Erinnere dich, als wir Kirgon verließen, brachen sie am selben Tag auf. Das war vielleicht keine so kluge Entscheidung. Nicht in dieser angespannten Lage!«

Nachdenklich runzelte Lonora die Stirn.

»Sieh an!«, brummte sie. »Netan hat die Gelegenheit offenbar beim Schopfe gepackt und Äneas' Abwesenheit für seine eigenen Zwecke genutzt. Bevor wir aufbrachen, sprach ich kurz mit Attis. Er wollte um jeden Preis Schaaraoch finden.«

»Ich kann die Keren verstehen«, sagte Lutz. »Das Land wird niemals Frieden finden, bevor Schaaraochs Leichnam nicht bestattet ist, gleichgültig, wer auf dem Thron sitzt. Trotzdem hätten sie auf Äneas warten sollen.«

»Alles war friedlich, als wir fortgingen. Im Palast sind genügend Keren auf Posten, um ihn zu sichern. Außerdem rechnete Attis nicht damit, lange fortzubleiben.«

Lutz seufzte tief.

»Ich habe ein schlechtes Gefühl.«

Bei diesen Worten näherten sich drei Reiter dem Gasthof. Sie trugen graue Uniformen, die sich in der Machart von denen der königlichen Armee unterschieden. Gemächlich trabten sie auf der Straße und bogen zu den Stallungen des *Lindenhofs*, wo sie ihre Pferde anbanden. Dann schlenderten sie in den Garten und hielten Ausschau nach einem freien Platz. An einem entfernten Tisch vor der Ziegenwiese ließen sie sich nieder.

Neugierig wurden die Neuankömmlinge von den Gästen gemustert. Der Anführer der drei war ein kleiner schlanker Bursche mit glattem schwarzen Haar und bronzefarbener Haut. Die silbernen Kragenecken eines Leutnants zierten seine Uniform. Er hatte ein auffallend hübsches Gesicht, in dem hellwache, schwarze Knopfaugen glänzten. Neben ihm saß ein großer, schwerer Kerl, breit wie ein Schrank. Aus seinem dicken Rumpf ragten überlange Beine und Arme. Seinem kugelrunden Kopf und den weichen Zügen haftete etwas Kindliches an, das nicht recht zu seiner bärenhaften Statur passen wollte. Der dritte im Bunde war groß und hager, rastlos wippte er dauernd mit dem Knie. Ein zerzauster brauner Haarschopf überschattete seine farblosen Augen, die sich kaum regten. Das lange Elend und der Bär hatten keine besonderen Rangabzeichen. Demnach waren sie gemeine Soldaten, bestenfalls Gefreite.

Schneller als nötig war, hastete Mila zu den Grauröcken, um sie zu bedienen. Der Bär sprang auf, als sie näher kam und ergriff ihre Hand. Verschämt senkte sie den Blick. Er grinste wie von Sinnen. Mit einem scheuen Lächeln sah sie zu ihm auf. Die selbstsichere, tatkräftige Mila wandelte sich plötzlich in ein sanftmütig zartes Geschöpf. Der Bär war entzückt, und sie schien sich ebenso über ihn zu freuen. Er begleitete sie in den Gasthof hinein. Während er mit ihr sprach, legte er ihr die Hand auf die Schulter, beinahe so, als geschähe es unabsichtlich, und sie ließ es sich gern gefallen.

Staunend blickten Lutz und Lonora dem ungleichen Paar hinterher. Schließlich kehrte der bärenhafte Soldat allein zurück, in der Hand drei wuchtige Krüge Bier, die er zu seinen Kameraden trug. Zuvorkommend hatte er Mila die Arbeit abgenommen.

Nach einer Weile kam auch sie wieder in den Garten. Die Gäste der Postkutsche wollten zahlen. Offensichtlich gedachten sie weiterzufahren und würden nicht hier übernachten. Vor der Poststation stand ihre Kutsche bereit, versehen mit einem frischen Gespann und einem neuen Kutscher, der den Dienst von seinem Vorgänger übernahm.

Lonora und Lutz beobachteten, wie sie einstiegen und abfuhren. Mila räumte das Geschirr ab. Bald waren die Tische leer und sauber gewischt. Nachdem Ruhe eingekehrt war, winkte Lonora nach Mila.

»Wir möchten noch zwei Bier bitte«, sagte sie.

Mila nickte.

»Eine kurze Frage …«, hielt Lonora sie auf, als sie schon davoneilen wollte.

»Ja?«

»Diese grau gewandeten Soldaten dort hinten, zu welcher Truppe gehören sie?«

Verblüfft darüber, dass jemand dies nicht wusste, hob Mila die Augenbrauen.

»Das sind Rigans Leute.«

»Rigan?«

»Sagt bloß, ihr kennt General Rigan nicht!«, schnaufte Mila. »Wo kommt ihr denn her?«

»General Rigan ist uns ein Begriff«, erwiderte Lutz.

»Ihre Kaserne liegt hier ganz in der Nähe, auf einer Lichtung in dem Wald dort hinten.« Mit gestrecktem Arm deutete sie quer über die Ziegenwiese zu der Reihe von Bäumen, die dahinter aufragten. »Rigans Söldner sind ab und zu bei uns zu Gast, wenn es sie nicht gerade ins Nachbardorf zieht, wo mehr los ist als hier, das muss man schon sagen. Seht ihr den großen kräftigen Prachtkerl?« Sie zeigte auf den bärenhaften Soldaten. »Das ist Megor. Er stammt aus unserem Weiler. Wir sind mächtig stolz darauf, dass er bei Rigan dient. Der Kleine mit dem schwarzen Haar ist Leutnant Jinela, ein wirklich netter Bursche, und der hagere Haken heißt Anagoras, wenn ich mich recht entsinne. Den kenne ich nicht gut, der redet wenig. Richtige Kerle sind das! Kein Vergleich mit den Waschlappen der königlichen Armee. Jeder Söldner nimmt es mit zehn von denen auf! Habt ihr diese Tolpatsche vorhin vorbeimarschieren sehen?« Abschätzig lachte sie, während ihre Augen strahlten, die auf Megor ruhten. »Ich bin froh, dass Leute wie Megor und Leutnant Jinela auf uns Acht geben. Man weiß nie, was noch kommen wird.«

Bedächtig nickte sie ihnen zu, dann eilte sie von dannen. Lonora blickte Lutz fragend an.

»Ich habe kein Wort verstanden. Wer ist Rigan?«

Lutz erklärte es ihr.

»Söldner!«, schnaubte sie. »Das hat uns gerade noch gefehlt.«

Inzwischen hatte Lonora die Platte mit Käse und Braten leer geputzt. Lutz hatte nur ein paar Happen gegessen. Mila brachte ihnen das bestellte Bier und räumte im Weggehen das Geschirr ab.

»Was gibt es zum Abendbrot?«, rief Lonora ihr hinterher.

Mila drehte sich um.

»Zickel-Ragout, Maisbrei, grüne Bohnen. Ist aber noch nicht so weit. Ihr müsst euch gedulden.«

»Danke. Das klingt köstlich. Wir nehmen zwei Teller.«

Grinsend schüttelte Lutz den Kopf.

»Was ist denn mit dir los? Man könnte meinen, du seist am Verhungern.«

Sie zuckte die Achseln.

»Wie du weißt, ist der weibliche Körper gewissen Schwankungen unterworfen. Manchmal müssen wir eben einfach essen.«

Er lachte.

»Tu dir keinen Zwang an.«

»Ich frage mich, was es wohl zum Nachtisch gibt«, überlegte Lonora. »Kuchen wäre gut, am besten mit Schlagsahne.«

Wohlig seufzend lehnte Lutz sich zurück und blickte in das verschlungene Astwerk der Bäume. Langsam verdunkelte sich der Himmel. Die warmen Strahlen der untergehenden Sonne spielten in den Blättern. Mücken schwirrten in der Luft.

Tiefer Friede erfüllte ihn. Alle Unsicherheit über das Schicksal Kelruns und das Dräuen möglicher Kriegswirren vermochten diesen Augenblick nicht zu schmälern. Er wusste nicht, warum, aber er wollte weinen vor Glück. Ganz und gar wahrhaftig empfand er sich in diesem Garten, unter den Lindenbäumen, deren Blüten von den Zweigen rieselten wie Schnee. Wind strich sachte über seine Haut. Er roch den Duft gedünsteter Zwiebeln, der aus der geöffneten Tür des Gasthofs drang, hörte, wie im Stall ein Pferd wieherte, und fühlte sich ganz und gar wirklich, in diesem einen Augenblick, der alle Sorge nichtig machte.

Ihm gegenüber saß Lonora. Der Blick, den sie ihm zuwarf, traf ihn mitten ins Herz. Ihr Ausdruck wechselte von Zurückhaltung zu Staunen. Sie schien nicht nur zu verstehen, was in ihm vorging, sondern seine Empfindung zu teilen. Lange verweilten sie so, ohne ein Wort, und unterhielten sich dabei, wie sie noch nie miteinander gesprochen hatten.

Lonora verlagerte ihr Bein, das auf dem Stuhl neben ihr ruhte. Als sie aufschaute, nahte Mila, die zwei wohl gefüllte Teller trug. Sie stellte sie vor ihnen ab, dann holte sie Besteck und Servietten aus der Tasche ihrer Schürze, die sie sorgsam vor ihnen auslegte.

Weitere Gäste strömten in den Garten: Ein älteres Ehepaar, das ebenso wie Lutz und Lonora einige Tage in der Herberge verbrachte; Mann und Frau glichen einander verblüffend – die gleiche beleibte Gestalt und das gleiche verhärmte Gesicht. Sie sprachen wenig miteinander. Dann kam der örtliche Hufschmied, ein kurzer, breiter Mann mit wallendem Blondhaar, in Begleitung eines gertenschlanken jungen Mädchens, das oft kicherte. Zuletzt stießen ein Bauer und eine Bäuerin zu ihnen, die sich verwundert umsahen, als hätten sie nie zuvor ein Wirtshaus besucht. Verlegen setzten sie sich. Der überschwänglichen Begrüßung nach zu schließen, die Mila ihnen angedeihen ließ, waren sie mit ihr verwandt.

Bald wurden die Gespräche der Gäste zu einem sanften Murmeln, das sie kaum mehr hörten. Schweigend verzehrten Lutz und Lonora ihr Mahl, als könnte jedes Wort den Zauber zerstören, der sie umfangen hatte.

Nicht ein Ton kam über ihre Lippen, bis sie aufgegessen hatten. Lonora tunkte die Soßenreste mit einem Stück Brot auf, Lutz' Teller war noch halb voll. Er hatte wenig Appetit. Aus der Jacke holte er Tabaksbeutel und Pfeife hervor und stopfte sie. Mit einem Schwefelholz zündete er sie an. Rauch stob ihm aus Mund und Nase. Während er rauchte, stocherte er weiter im Essen und verleibte sich dann und wann kleine Bissen ein. Das Zickel-Ragout war ausgezeichnet, bei weitem die beste Mahlzeit, die sie bisher im *Lindenhof* genossen hatten.

Aus dem Inneren des Hauses drangen Gelächter und laute Rufe. Den Geräuschen nach zu urteilen vertrieb man sich dort mit Kartenspielen die Zeit. Eras, der Wirt, tauchte im Nebeneingang zum Garten auf. Er rieb sich die Hände an der Kochschürze. Ängstlich hielt er nach Mila Ausschau, die beim Tisch ihrer Verwandten stand und sich angeregt unterhielt. Er winkte nach ihr. Sie verabschiedete sich und rannte zu ihm.

Samten sank der Abend hernieder. Einzelne Sterne blinkten am Firmament. Mila stellte angezündete Kerzen auf die Tische. Sogleich flatterten Mücken zu den Flammen.

Auf der Straße klapperten Pferdehufe. Lutz hörte kaum hin. Versunken betrachtete er Lonora, deren vom Kerzenschein erhellte Züge wie ein Trugbild vor ihm flackerten. Aus dem Augenwinkel sah er, dass sich zwei weitere Gäste näherten. Lonora wandte den Kopf nach ihnen und musterte die beiden groß gewachsenen Gestalten. In graue Mäntel waren sie gehüllt, bedeckt von Staub. Nun drehte sich auch Lutz um.

Müdigkeit beugte sie, zwei Reisende, die einen weiten Weg hinter sich hatten. Eine Frau schritt voraus, neben der selbst die Sterne zu verblassen schienen. Sie war berückend schön. Langes dunkles Haar, tiefrot wie Blut, umfloss ihr marmornes Gesicht, dessen Züge so fein gemeißelt waren, als wären sie das Werk eines begnadeten Künstlers. Lutz fragte sich, ob das dämmrige Licht sie täuschte und ihnen dieses unirdische Wesen nur vorgaukelte.

Ihr Begleiter klopfte sich den Staub ab, und eine Wolke umnebelte ihn. Röchelnd hustete er. Struppiges dunkelblondes Haar stand von seinem Kopf ab. Abweisend war sein kantiges Gesicht. Den tief liegenden Augen haftete ein Ausdruck brütender Nachdenklichkeit an.

Klirrend fiel Lutz' Gabel in den Teller. Die Pfeife rutschte ihm aus dem Mund, der offen stehen blieb. Er starrte den Mann an, als sähe er einen Geist. Wie betäubt erhob er sich und wandelte durch den Garten auf ihn zu.

»Was ist los?«, rief ihm Lonora hinterher.

Er antwortete nicht. Unverrückbar hielt Lutz den Blick auf jenen Mann gerichtet. Anstelle einer Begrüßung legte er ihm die Hand auf die Schulter. Sein Gegenüber war ebenso erschrocken.

»Lutz?«

Der brachte keinen Ton heraus. Plötzlich umarmten sie sich. Die rothaarige Frau war ebenso verblüfft wie Lonora, die aufstand und zu den Neuankömmlingen humpelte.

»Du bist es!«, lachte der Blonde.

Lutz rang immer noch nach Worten.

»Du? Was, zum Henker …! Woher …?«

Nach Atem ringend, sammelte er sich und nahm einen neuen Anlauf.

»Wie bist du zurückgekehrt? Ich habe dich gesucht.«

»Tatsächlich? Na ja, jetzt bin ich hier.«

»Verdammt noch mal, Haldur! Erzähl mir sofort, was geschehen ist!«

»Ihr kennt euch?«, fragte die Rothaarige.

»Allerdings. Darf ich vorstellen: Lutzold von Angantur, der Lehrmeister meines Bruders.« Er deutete auf seine Begleiterin. »Reneda, meine ehemalige Truppenführerin in Ereat. Wir sind zusammen nach Kirgon unterwegs.«

»Ich bin Lonora«, stellte sich Lutz' Begleiterin selbst vor.

»Eine alte Freundin«, erklärte Lutz. »Sie kam nach Kirgon, um mich vom Tode zu erretten, und das ist ihr auch gelungen.«

»Du wirkst ziemlich lebendig auf mich«, grinste Haldur, »und darüber bin ich froh.«

»Genauso wirkst du auf mich«, sagte Lutz, »und das ist ein Wunder.«

Sie schüttelten sich reihum die Hände. Angeführt von Lonora kehrten sie zum Tisch zurück und ließen sich nieder.

»Seid ihr hungrig?«, fragte sie. »Das Abendgericht ist zu empfehlen.«

Reneda und Haldur bejahten. Bald kam Mila und nahm ihre Bestellung auf. Betretenes Schweigen herrschte, bis das Essen kam. Hungrig machten sich Reneda und Haldur darüber her. Lutz und Lonora sahen zu, wie die Mahlzeit bis auf den letzten Bissen verschwand. Nachdem sie die Teller leer geputzt hatten, hielt sich Haldur seufzend den Bauch, Reneda kratzte mit dem Fingernagel eine Faser aus den Zähnen. Beide tranken Bier.

Mit dem Auge eines Fachmanns betrachtete Lutz die paar Goldzähne, die in Renedas Mund aufglänzten. Eine gelungene Arbeit. Ein heftiger Schlag musste sie einst im Gesicht getroffen haben, der ihr die Lippe gespalten und den Eckzahn mitsamt der angrenzenden Zähne herausgebrochen hatte. Der künstliche Ersatz fügte sich hervorragend in ihr echtes Gebiss, von dem der größte Teil noch erhalten war. Auch die Lippe war wunderbar verheilt. Diese Wunde hatte man sicherlich nähen müssen; bis auf eine dünne Narbe war nichts zurückgeblieben. Der kleine Makel tat ihrer Schönheit keinen Abbruch, im Gegenteil, er hob sie hervor.

»Wenn du mir nicht sofort sagst, wie du hierher gekommen bist, erwürge ich dich eigenhändig«, wandte sich Lutz an Haldur.

Erschöpft lächelte dieser.

»Das ist eine lange Geschichte.«

»Dann leg los!«

Er erzählte seine Erlebnisse seit der Schlacht in der Halle der Wahrheit, als er versehentlich in den Schrein gestürzt war. Nur seine Gespräche mit der Hohepriesterin behielt er für sich. Gebannt hörten ihm die anderen zu. Danach berichtete Lutz seinerseits, was während Haldurs Abwesenheit geschehen war. Alle hatten viele Fragen, und ihr Gespräch zog sich hin bis spät in die Nacht. Irgendwann merkten sie, dass sie die letzten Gäste des *Lindenhofs* waren.

Ausgiebig gähnte Reneda.

»Entschuldigt mich, ich gehe schlafen. Es war ein anstrengender Tag. Ich besorge uns ein Zimmer, solange wir noch eines bekommen.«

Haldur nickte ihr zu.

»Ich werde mich auch zurückziehen«, murmelte Lonora und schloss sich Reneda an.

Ohne zu fragen, stützte sie diese, als sie in den Gasthof gingen. Die beiden schienen sich auf Anhieb zu verstehen. Lutz und Haldur blickten ihnen hinterher. Kurz darauf lehnte sich Reneda nochmals aus der Tür.

»Zimmer acht«, rief sie Haldur zu und verabschiedete sich mit einem Winken.

Neben ihnen räumte Mila die Tische ab.

»Wir möchten gern noch einen Moment sitzen bleiben«, sagte Lutz zu ihr. »Die Gläser tragen wir selbst hinein.«

»Macht die Tür hinter euch zu«, antwortete sie und im selben Augenblick war sie schon verschwunden.

Trotz aller Müdigkeit war Haldur und Lutz nicht nach Schlaf zumute. Friedvoll lag der Garten unter dem Nachthimmel, an dem die Sichel des abnehmenden Mondes glomm. Irgendwo quakten Frösche.

Erleichtert lachte Lutz auf.

»Ich kann es einfach nicht fassen. Hier sitzen wir, als sei nichts gewesen. Im Reich der Geister habe ich dich gesucht und wähnte dich immer noch dort.«

»Danke für deine Mühe«, sagte Haldur. »Ich weiß es zu schätzen, dass du mich nicht einfach aufgegeben hast.«

»Wie könnte ich?« Lutz grinste. »Xander würde mir das nie verzeihen.«

»Xander«, murmelte Haldur. »Schade, ist er nicht hier.«

»Es geht ihm gut. Ein gefährliches Abenteuer hat er bestanden. Diesmal ohne meine Hilfe, und darüber bin ich froh. Nicht, weil ich ihm nicht helfen wollte, sondern weil er es auch allein geschafft hat. In ein paar Wochen kehren er und seine Freunde aus Bengzar zurück. Du wirst ihn wieder sehen.«

»Er kann sich glücklich schätzen, einen Lehrer wie dich zu haben.«

»Xander ist etwas Besonderes. Viele Schwierigkeiten liegen auf seinem Weg und ebenso viele Möglichkeiten, die er nicht sieht.«

Sie lauschten dem Konzert der Frösche. Haldur leerte den Bierkrug. Lutz schmauchte an seiner Pfeife. Mücken surrten um die Kerze auf dem Tisch. Fluchend klatschte sich Haldur ins Gesicht und auf den Arm.

»Diese Mistviecher fressen mich bei lebendigem Leib.«

»Mich hat noch keine gestochen«, meinte Lutz.

»Der Qualm, den du ausstößt, hält sie fern. Vielleicht sollte ich mir das Rauchen angewöhnen.« Er kratzte sich. »Sag mal«, wechselte er das Thema, »Lonora und du, seid ihr zwei ein Paar?«

Entgeistert starrte Lutz ihn an.

»Wo denkst du hin! Ich könnte ihr Vater sein.«

»Komm schon! Mir brauchst du nichts vorzumachen. Ich habe gesehen, wie ihr euch anschaut.«

»Wir stehen uns nahe, als gute Freunde.«

Haldur schmunzelte.

»Die Blicke, die sie dir zuwarf, waren aber nicht gerade freundschaftlich.«

Verwundert schüttelte Lutz den Kopf. Er empfand in der Tat viel für Lonora, doch der Gedanke, sie könne seine Zuneigung erwidern, war ihm so abwegig erschienen, dass er ihn weit von sich gewiesen hatte.

»Wie steht es denn mit dir und deiner schönen Begleiterin?«, fragte er.

Gelassen zuckte Haldur die Schultern.

»Ja.«

»Was soll das heißen?«

»Reneda hat mir die Ehre erwiesen, mich als Geliebten zu nehmen. Natürlich nur, bis wir in Kirgon sind. Sie reist dorthin, um einen Auftrag zu erledigen, den der Priesterinnenrat ihr übertrug. Danach wird sie in ihre Heimat zurückkehren.«

»Was will sie denn in Kirgon?«

»Das weiß ich nicht. Sie spricht nicht darüber.«

Nachdenklich brummte Lutz.

»Die Priesterinnen Ereats sind mächtig. Klug wählen sie ihre Schritte. Es ist nicht ratsam, ihre Wege zu durchkreuzen. Ich beneide dich darum, dass die Hohepriesterin dir eine Audienz gewährte. Viele Daimonen reisten schon nach Ereat, in der Hoffnung dort Kenntnisse zu erlangen, und erfuhren nie das, was sie ersehnten, sondern nur wenig schmeichelhafte Wahrheiten über ihre eigenen Beweggründe. Sei es ein Daimon oder ein Stallknecht, die Hüterin des Orakels behandelt alle gleich. Man sagt, sie kenne jedes Geheimnis und eben deshalb behalte sie ihr Wissen für sich.«

»Ich habe viele Jahre in der Armee Ereats gedient«, erzählte Haldur, »und ich kann nichts Schlechtes über die Priesterinnen sagen, selbst wenn ich danach suchte.«

Eingehend betrachtete Lutz sein Gegenüber.

»Es gefällt dir wohl nicht, dass Reneda dich verlassen wird?«

Ein mattes Lächeln ging über Haldurs Gesicht.

»Nein. Ich liebe sie.«

Lutz seufzte. An der Tischkante klopfte er die Pfeife aus, überlegte, ob er sie nochmals stopfen sollte, und steckte sie in die Jackentasche.

»Bald sind wir in Kirgon«, sagte Haldur. »Ich frage mich, was uns dort erwarten wird. Es fällt mir schwer zu glauben, dass der Kampf sinnlos war, den wir gegen Schaaraoch bestritten haben. Wir haben ihn besiegt. Ich war dabei. Was müssen wir denn noch tun, um den Mistkerl umzubringen?«

»Die Keren suchen ihn im Labyrinth unter dem Palast, und wenn jemand ihn finden kann, dann sie.«

Unwillkürlich fröstelte Haldur.

»Ich möchte nicht mit ihnen tauschen.«

KAPITEL 10

Auf verschlungenen Pfaden

»Pass auf!« Attis packte ihn und zog ihn zurück.

Lodur schluckte einen Fluch hinunter. Das Bein war ihm weggeknickt, als er in ein Loch im Boden getreten war. Hätte Attis ihn nicht gehalten, er wäre kopfüber hingefallen.

Das Labyrinth war tückisch. An manchen Stellen waren Boden und Wände zertrümmert; Schutt türmte sich in den Gängen. Sie konnten sich nicht erklären, weshalb einige Bereiche des Labyrinths schwer beschädigt waren, während andere kaum Anzeichen von Verfall zeigten. Lodur vermutete, dass die Zerstörungen mutwillig verursacht worden waren. Doch von wem und warum, blieb ein Rätsel. Der merkwürdige Stein der Mauern besaß keine Fugen und war so hart, dass man kaum einen Nagel hätte einschlagen können. Welches Werkzeug, welche Waffe mochte derartige Verwüstungen hinterlassen haben? Plünderer hatten diese Schäden gewiss nicht angerichtet.

»An der Erkenntnis scheitern die Worte.«

Renold E., Glaube und Bewusstsein, Band III. Ges. Werke, Volksausgabe 2282 n. A. D., Philosophische Bibliothek von Norold, Reg. 472–5.

Böden und Decken der Gänge, der Kammern und Hallen bestanden aus dem gleichen Stein wie die Wände: einförmig grau wie Lehm. Verzweigt und verschachtelt erstreckte sich das Netzwerk von Tunneln und Räumen in alle Richtungen. Wer hier unten wanderte, begann bald daran zu zweifeln, ob es noch eine andere Welt gab als diese, ob die Erinnerung an Sonne, Berge und Wälder nicht bloße Einbildung war. Das Labyrinth verlieh der Ewigkeit ein steinernes Gesicht.

In Kirgon ging das Gerücht, das Labyrinth sei größer als die ganze Stadt, die man darauf errichtet hatte. Mittlerweile glaubte Lodur dies auch. Seit Tagen durchmaßen sie dessen Gänge, durchsuchten Raum um Raum.

Allmählich zweifelte er daran, dass ihre Arbeit jemals ein Ende finden könnte. Um schneller voranzukommen, hatten sie sich aufgeteilt: Je zwei Keren bildeten einen Suchtrupp.

Niemals hätte Lodur es zugegeben, aber insgeheim war er froh, mit Attis unterwegs zu sein, und nicht mit einem der anderen. Die Gruppe bestand aus acht Keren, von denen Lodur nur drei bereits kannte: Hedrich und Andor, die nach der Schlacht in der Halle der Wahrheit vergeblich Schaaraochs Leichnam gesucht hatten; sie schienen geradezu besessen davon, ihn zu finden. Und Attis, Äneas' Stellvertreter, der während dessen Abwesenheit die Truppe der Keren führte, die im Ganzen hundertzwanzig Mann zählte.

Unter den Keren gab es enge Freundschaften, wie Lodur inzwischen gemerkt hatte, eingeschworene Gemeinschaften innerhalb der Truppe. Jene blieben gern unter sich, auch wenn sie Dienst taten.

»Schaaraoch hat dich umgebracht und einen Keren aus dir gemacht«, hatte Äneas ihm einst gesagt, »und du bist nicht der Einzige. Jedem von uns ist dasselbe widerfahren. Wir sind Brüder. Jeder von uns würde sein Leben für den anderen geben.«

Lodur war sich nicht so sicher, ob dies stimmte. Der Einzige, der die Keren einte, war Äneas. Grundverschiedene Charaktere waren sie, als hätten sich Eigenschaften, die sie schon zu Lebzeiten besessen hatten, nach dem Tode noch verstärkt. Viele verfügten über besondere Begabungen.

Schaaraoch hatte allen bei ihrer Auferstehung neue Namen verliehen, mit Ausnahme von Lodur. Die Namen stammten aus dem Reich der Geister, ihre Bedeutung kannte nur Schaaraoch, so wie er auch als Einziger über die Vergangenheit der Männer Bescheid wusste, die er zu einem Dasein als Untote bestimmt hatte. Manchmal fragte sich Lodur, welchen Namen er wohl getragen hätte, wenn er nicht beim Erwachen sein Gedächtnis zurückerlangt hätte.

Einer der seltsamsten Keren, die Lodur bisher getroffen hatte, war ebenfalls mit in das Labyrinth gekommen: Belial, oder der Blinde, wie ihn viele nannten, obwohl diese Bezeichnung nicht annähernd zutraf. Der kleinste Schimmer von Licht bereitete Belial Schmerzen; das schwache Flackern einer Kerze blendete ihn so stark, dass er zeitweilig davon erblindete. Im Dunkel jedoch sah er wie kein anderer. Seine Lichtempfindlichkeit zwang ihn dazu, seine Augen meist zu verhüllen, deshalb trug er eine Eisenmaske ohne Öffnungen. Dabei schien er sich gleichzeitig auf andere Sinne zu stützen, die ihm hervorragende Dienste leisteten. Das Gesicht gänzlich verborgen, bewegte er sich sicher und schien alles wahrzunehmen, was um ihn herum geschah. Lodur fürchtete ihn. Belials Vorliebe für das Dunkel drückte sich nicht nur in seiner Erscheinung, sondern auch in seinem Wesen aus. Er erfüllte ganz und gar die Vorurteile, die viele Menschen über Keren hegten.

Belial scharte eine Gruppe um sich, die ihn verehrte und jedes seiner raren Worte begierig aufsog wie die Offenbarungen eines Gottes, allen voran Juma, der ihm auf Schritt und Tritt folgte und ihn unterwürfig anhimmelte. Man konnte sie nicht als Freunde bezeichnen, einer wie Belial hatte keine Freunde, nur Bewunderer – oder Feinde. Es galt als unausgesprochene Tatsache, dass Belial Äneas dessen Hauptmannsrang neidete und den Posten gern selbst ausgefüllt hätte. Als Äneas Attis zu seinem Stellvertreter ernannt hatte, war Belial nicht sonderlich davon angetan gewesen. Man erzählte sich, er habe vor Wut getobt. Trotzdem hatte Attis Belial darum gebeten, sie in das Labyrinth zu begleiten. Dessen Fähigkeiten waren hier in der Finsternis von unschätzbarem Nutzen. Natürlich war Juma an seiner Seite, dessen Platz ihm niemand neidete.

Einer von Belials schärfsten Gegnern gehörte auch zu ihrem Suchtrupp: Nergal, der Waffenmeister der Keren, berüchtigt für sein aufbrausendes Wesen. Er fürchtete sich vor nichts und niemand und schon gar nicht vor Belial, dessen düstere Verschlossenheit seinen Widerspruchsgeist geradezu herausforderte. Nergal schätzte die Kameradschaft hoch; aus Belial wiederum würde nie ein Kamerad werden. Dessen Jüngerschar war Nergal ein nie versiegender Quell des Ärgers. Bitter fluchte er über jeden, der in den Bann Belials geriet, wie er es nannte. Nergal gehörte zu den besten Kriegern der Keren und handhabte alle erdenklichen Waffen mit Meisterschaft. Attis hatte sich als Erstes für ihn entschieden, als er den Suchtrupp zusammenstellt hatte. Laran, der Lanzenkämpfer, begleitete Nergal. Die beiden verstanden sich gut, und Laran mit seiner besonnenen Art war es gewohnt, Nergals hitziges Gemüt zu besänftigen.

So blieb noch Attis selbst, der als einer der wenigen keine engen Beziehungen zu anderen Keren pflegte. Attis gab niemandem Anlass zu besonderer Zuneigung oder Ablehnung. Er war in sich gekehrt und behielt seine Überlegungen meist für sich. Ein Träumer, hatte Lodur gedacht, als er ihn das erste Mal gesehen hatte. Tatsächlich konnte man Attis oft dabei beobachten, dass er allein irgendwo saß, den Blick ins Nichts gerichtet, und sich seinen Gedanken hingab. Was er dabei erblickte, hatte sich bisher immer als wahr und wirklich erwiesen. Attis sah im Geiste Geschehnisse, die sich an anderen Orten zutrugen. Auch wenn man mit ihm redete, gewann man den Eindruck, er könne mehr wahrnehmen, als ausgesprochen wurde. Lodur wunderte sich nicht darüber, dass Attis gern für sich blieb. Dabei war er weder abweisend noch verschlossen und begegnete allen mit Freundlichkeit.

Lodur hatte Attis' unerschütterliche Gelassenheit schätzen gelernt. Er, Lodur, der ehemalige Herzog von Kech, hatte keine Freunde unter den Keren. Als Letzter war er zu ihnen gestoßen, an dem Tage, als Schaaraoch starb. Er hatte nie als Keren gedient. Das Vergessen seiner Kameraden, die sich nicht an ihr vergangenes Leben zu erinnern vermochten, kannte er nicht. Manchmal beneidete er sie darum. Attis hatte ihn mit in das Labyrinth genommen, weil dies Äneas' Wunsch gewesen war. Lodur war als einziger Keren ein ausgebildeter Daimon. Sein Wissen mochte ihnen bei der Suche nach Schaaraoch von Nutzen sein.

Müde blickte Lodur sich um. Der schuttübersäte Gang mündete in eine Halle, deren Boden ebenfalls mit Geröll bedeckt war, das von einem großen Loch in der rechten Seitenwand stammte. Dahinter tat sich Finsternis auf, die seine Augen nicht zu durchdringen vermochten. Tische und Stühle aus Eisen lagen verstreut umher, verbogen und angeschwärzt, als hätte sie ein sengendes Feuer versehrt. Linker Hand zweigten weitere Gänge ab. Weiße Kreidemarkierungen verrieten ihnen, dass diese schon abgesucht worden waren.

Attis brachte mit einem Stück Kreide sein Zeichen an der Wand des Ganges an, den sie eben durchquert hatten: ein geschwungenes A, das weiß im eintönigen Dunkel glimmte. Daneben zeichnete er einen Pfeil, der zeigte, aus welcher Richtung sie gekommen waren.

Schweigend durchmaßen sie die Halle. Bruchstücke von Stein knirschten unter ihren Stiefeln. Im Vorbeigehen trafen sie auf das zackige B Belials, der vor ihnen hier vorbeigekommen war. Am entfernten Ende des Raumes stießen sie auf einen Gang ohne Markierung. Lodur schnüffelte. Unwillkürlich sträubten sich ihm die Haare.

»Was ist das?«, flüsterte er.

Attis schnupperte ebenfalls. Schwach nahm er den unangenehmen Geruch wahr.

»Tod«, erwiderte er.

Vorsichtig gingen sie weiter und blickten sich aufmerksam um, auf der Suche nach dem Ursprung des Gestanks, den sie bei jedem Schritt deutlicher rochen.

»Warum hat Belial hier nicht nachgesehen?«, wunderte sich Lodur. »Ich dachte, seine Sinne seien ohne Gleichen.«

»Keine Ahnung«, erwiderte Attis knapp.

Belials Fähigkeiten schienen bei weitem überschätzt zu werden. Damals, am Tage nach der Schlacht in der Halle der Wahrheit, hatte Äneas ihn voraus in das Labyrinth geschickt. Alle hatten gedacht, er werde Schaaraoch rasch aufspüren. Belials Wahrnehmung war Legende; er sah, roch, witterte wie kein anderer. Manche Keren hatten sogar Wetten abgeschlossen, wie lange er brauchte, um Schaaraoch zu finden. Die meisten schätzten einen Tag. Aber nein! Er war kläglich gescheitert.

Lodur spürte, wie seine Hände klamm wurden. Die Verwesungsdünste, die ihm bei jedem Atemzug in die Nase stiegen, mussten eine Ursache haben. Jemand, etwas war in diesem Tunnel verendet, und dies nicht vor tausenden von Jahren, sondern wahrscheinlich erst vor Wochen.

Attis, der vorauslief, blieb stehen, als zu ihrer Rechten eine stählerne Tür auftauchte. Lodur zog das Schwert und presste sich an die Wand, wie sie dies schon dutzende von Malen getan hatten, seit sie das Labyrinth erkundeten. Seuchenopfer mochten hier lauern. Attis drückte die Klinke und stieß die Tür mit einem Fußtritt auf, dann sprang er zur Seite.

Kein Seuchentoter stürzte hervor. Die Pforte wies in Stille und Schwärze, genau wie alle anderen, die sie bisher geöffnet hatten. Dennoch nahmen sie sich die Mühe und schritten den Raum auf der Suche nach Spuren ab. Eine leere Kammer, ausgekleidet von Staub, den seit Jahrtausenden kein lebendes Wesen mehr aufgewirbelt hatte.

Weitere Kammern säumten den Korridor. Bei jeder wiederholten sie die Prozedur. In einer entdeckten sie einen metallenen Tisch und Stuhl. Geschaffen für die Ewigkeit, hatte jenes eiserne Mobiliar seine Erbauer überdauert und schien gleichsam immer noch ihrer Rückkehr zu harren.

Der Geruch war nun deutlich wahrzunehmen und schwängerte so durchdringend die Luft, dass sie nicht zu sagen vermochten, woher er kam. Attis drückte wieder eine Klinke und hielt inne. Die Tür war verriegelt. Gelassen zog er das Brecheisen aus seinem Gürtel. Manche Kammer hatten sie schon aufbrechen müssen und nichts darin gefunden.

Die stählernen Türen waren in ebensolchen Rahmen eingelassen, die so kunstvoll gefertigt waren, dass sie beinahe luftdicht schlossen. Der Spalt reichte knapp, um das Brecheisen anzusetzen. Dann gaben sie leicht nach, denn die Pforten waren dünn wie auch die Riegel. Hier unten, tief im Innern des Labyrinths, hatten dessen Schöpfer kaum Vorsichtsmaßnahmen getroffen.

Mit einem Knacken brach das Schloss und die Tür schwang nach innen. Sie schlugen die Hände vor Nase und Mund und wandten sich ab.

Ein Laut des Ekels löste sich aus Attis' Kehle. Sie hatten ihr Ziel gefunden. Eine Woge süßlich bitteren Gestanks schlug ihnen mit solcher Wucht entgegen, dass ihnen der Atem stockte. Lodur lehnte sich an die Wand. Für einen Moment glaubte er, das Bewusstsein zu verlieren.

Zögernd betrat Attis den Raum. Lodur folgte ihm. Sogleich entdeckten sie die dunkle Masse in der entfernten Ecke. Nebeneinander und übereinander lagen dort Leichen. Alle trugen noch die Kleider, in denen sie gelebt hatten und wohl auch gestorben waren: Kutten und lange, wallende Gewänder.

»Pilger!«, rief Attis.

Gemeinsam hoben sie die Toten von dem Haufen herunter und legten sie in einer Reihe auf den Boden. Leere Augen blickten sie aus den zerfallenden Gesichtern an. Die Verwesung hatte bereits eingesetzt, doch die Leiber waren noch gut erhalten.

Langsam schritten sie die Reihe ab. Lodur zählte sechs Pilger aus Schakand; Perlen glänzten in ihrem zu zahllosen Zöpfen geflochtenen langen Haar. Rasierte Schädel hatten die vier Jünger des lichten Weges aus Pyr; Staub überzog ihre schweren schwarzen Kutten mit grauen Flecken. Ein einziger Toter schien kein Pilger zu sein: ein stämmiger, bärtiger Mann in kariertem Hemd und Kniebundhose.

Weiß wie Kalk war die Haut der Leichen, runzlig und eingefallen. Fast alle zeigten mehr oder minder starke Verletzungen, die von einem Kampf stammen mochten.

Lodur beherrschte seinen Abscheu und ließ sich nieder, um die Toten zu untersuchen. Der erste hatte offene Fingerknöchel, als ob er sich die Hände blutig geschlagen hätte, ein junger Mann in der Tracht von Schakand, kaum älter als zwanzig Jahre. Dem Gesicht war selbst im Tode noch eine gewisse Schönheit zu Eigen. Gemeinsam mit seinen Kameraden war er nach Kirgon gepilgert, um den Schrein der Wahrheit zu besuchen, wie tausende anderer jedes Jahr.

»Sieh dir das an!« Attis zeigte auf die Innenseite der Tür, wo sich zahllose Blutflecken befanden.

Geistesabwesend nickte Lodur. Er betastete die Toten, spähte in die offenen Münder und Augen. Alle Leichname wiesen Prellungen an Köpfen und Armen auf, viele waren von Kratzern und Schrammen übersät, doch dies erklärte nicht, was ihren Tod verursacht hatte. Angestrengt versuchte sich Lodur an alles zu erinnern, was er als Daimon gelernt hatte, und besann sich plötzlich auf etwas anderes.

»Eines Abend sprach ich mit Äneas, da stürmte Ion herbei und erzählte, dass in Kirgon Pilger spurlos verschwunden seien.«

Attis nickte.
»Die Geschichte habe ich auch gehört. Ich denke, wir haben sie gefunden.«
Ratlos schüttelte Lodur den Kopf.
»Ich kann mir nicht vorstellen, was sie hier im Labyrinth zu suchen hatten oder weshalb sie es freiwillig hätten betreten sollen. Alle fürchten die Gänge unter Kirgon. Dies sind Pilger, keine Plünderer auf der Suche nach verborgenen Schätzen. Jemand muss sie hierher gelockt oder verschleppt haben.«
»Wozu? Pilger sind nicht gerade bekannt für Reichtümer, die sie mit sich tragen.«
»Der Abend, als ich mit Äneas redete, war vor etwa zwei Monaten. So lange sind diese Männer noch nicht tot.«
»Dann müssen sie erst später gestorben sein.«
»Ja, aber wodurch? Und warum?«
»Du bist der Daimon von uns beiden. Sag es mir!«
Seufzend sank Lodur auf die Knie. Obwohl er sich lächerlich dabei vorkam, schloss er die Augen und breitete beide Hände aus. Viele Jahre waren vergangen, seit er sich das letzte Mal als Daimon betätigt hatte.
Er staunte, wie schnell es ihm gelang, sich zu versenken. Seine geschärften Sinne als Keren leisteten ihm gute Dienste. Er fühlte den Tod im Raum und die Gewalt, die ihm vorausgegangen war. Keiner dieser Menschen war leicht aus dem Leben getreten. Sie waren nicht gleichzeitig gestorben, das spürte er deutlich. Manche hatten länger gelebt als ihre Schicksalsgefährten. Ein langsamer Tod. Schleichend war er zu ihnen gekommen.
Bald schlug Lodur wieder die Augen auf und begann zu Attis' Verblüffung die Ärmel der Kutten hochzurollen.
»Hier«, verkündete er. »Sieh her!«
Attis sank neben ihm nieder und beugte sich vor. Auf den ersten Blick entdeckte er nichts, das ihm absonderlich erschien. Lodur deutete auf einen Bluterguss, der sich in der Armbeuge jedes Toten finden ließ. Darin befand sich ein blutiger Punkt, der von einem Einstich herrührte.
»Den Pilgern wurde Blut entnommen«, sagte Lodur. »Viel Blut. Genug, um sie zu töten.«
»Blut?« Attis schauderte. »Wozu? Wer könnte so etwas getan haben?«
Lodur und Attis sahen sich an.

KAPITEL 11 Heimkehr

Er stand am Fenster und schob den geschlossenen Außenladen einen Spalt weit auf. Ein Streifen Sonnenlicht strahlte grell herein. Die dunkle Gestalt hinter ihm wandte das Gesicht ab. Schwül und stickig war es im Zimmer, obwohl kaum der Morgen angebrochen war. Ein heißer Tag nahte.

»Hat jemand gemerkt, dass du fortgingst?«, fragte Schaaraoch.

»Nein«, erwiderte Belial und trat einen weiteren Schritt zurück in den Schatten. »Vor ein paar Tagen ist Attis mit uns und den anderen in das Labyrinth aufgebrochen. Juma und ich haben die Waffen für die Soldaten versteckt, wie Ihr uns aufgetragen habt, dann bin ich sogleich hierher gekommen.«

»Der Wurm sieht den Vogel nicht.«

Morad N., Landwirtschaft und Bewusstsein, Band 3.
Praktischer Nutzen der daimonologischen Erkenntnistheorie am Beispiele der zukunftsorientierten Viehhaltung.
Volksbibliotheken Tylegro, Reg. 331.C.

»Gut. Der Zeitpunkt ist günstig. Äneas ist auf der Rückreise aus Leron. Attis und seine Getreuen irren im Labyrinth umher. General Netan hat einen Teil der Truppen aus Kirgon abgezogen, um sich Setor entgegenzustellen, von dessen vermeintlichen Eroberungsplänen wir ihn wissen ließen. Unser Freund Rigan steht mit seiner Armee bereit. Bald wird Kirgon wieder unser sein.«

Ergeben verneigte sich Belial.

»Viele Keren sind auf unserer Seite. Den Palast werden wir leicht einnehmen. Bei dem Lohn, den Ihr anzubieten habt, Herr, fiel meinen Kameraden die Entscheidung leicht, auf wessen Seite sie stehen.«

»Ich werde den Keren, die mir treu sind, ihr Menschsein zurückgeben, so sie es wünschen. Nach der Schlacht in der Halle der Wahrheit hast du mich gefunden, und ich war einer von euch. Genährt und gepflegt hast du mich, Belial. Deine Hilfe soll reich vergolten werden.«

»Ich bin Euer Diener, Herr.«

Erwartungsvoll spähte Schaaraoch zum Fenster hinaus.

»Sie kommen«, sagte er.

Kurze Zeit später erklang ein Pochen an der Eingangstür.

»Mach ihnen auf!«, befahl Schaaraoch.

Belial eilte die Treppe hinunter ins Erdgeschoss und entriegelte die Tür. Draußen wartete Rigan in Begleitung eines jungen Mannes. Beide trugen die Kleidung von Bauersleuten: einfache Kittel und Hosen mit Flicken, Sandalen an den nackten Füßen. Mit dem breitkrempigen Schlapphut auf dem Kopf war der General kaum wiederzuerkennen. Sein Begleiter hatte einen ausgefransten Strohhut aufgesetzt. Der junge Mann zuckte zurück, als er Belial erblickte.

»Mein Adjutant, Leutnant Jinela«, stellte Rigan ihn vor.

Als sie ins Haus traten, schritt Schaaraoch die Treppe herab. Rigan verbeugte sich, Jinela starrte nur. Bloß von weitem hatte er jenen Mann gesehen, der ihm nun plötzlich gegenüberstand. Seit Wochen flüsterten die Menschen in Kelrun hinter vorgehaltener Hand seinen Namen, verstohlen, als fürchteten sie, sein Geist werde bei dem Ruf erscheinen. Das Wispern hallte durch das ganze Land. Hier war er, gekleidet wie ein Bauer, ein bunt gemustertes Tuch um den Hals geschlungen. Ernst blickte er sie an. Er hatte einen kurz geschorenen grauen Bart und ebensolches Haar. Eine dünne Narbe lief über seine Wange. Jinela konnte die Kraft fühlen, die von ihm ausging. Ein Schauer der Ehrfurcht erfüllte ihn.

»Leutnant Jinela zu Euren Diensten«, stammelte er und salutierte.

Wohlwollend musterte Schaaraoch ihn, dann wandte er seine Aufmerksamkeit Rigan zu.

»Wir sind bereit«, erklärte dieser. »Ein Dutzend meiner besten Leute wartet beim Lager auf uns. Karren mit Obst und Gemüse haben wir besorgt, damit können wir unauffällig Kirgon erreichen. Niemand wird uns Fragen stellen; die Ernte ist überaus reich dieses Jahr, von weit her reisen Bauern an, um ihre Waren auf dem Markt zu verkaufen. Auf diese Weise habe ich in den vergangenen Wochen bereits einen Teil der Truppe in die Hauptstadt geschleust. Sie stehen unter dem Kommando Oberst Vanas und harren Eurer Befehle, Herr. Die restliche Armee nähert sich Kirgon durch die Wälder, sie werden wie geplant einen Tag nach uns eintreffen. Jene Einheit ist voll ausgerüstet und bewaffnet, einzig unsere Bewaffnung macht mir Sorgen, Herr. Bei den Stadttoren wird jeder Wagen durchsucht, und Bauern tragen keine Schwerter, zumindest nicht solche, die etwas taugen.«

»Belial hat sich auf mein Geheiß darum gekümmert«, erwiderte Schaaraoch. »Bei einem Waffenhändler haben wir Schwerter und Dolche gestohlen, erstklassige Stücke. Sie sind in einer Kammer des Labyrinths aufbewahrt, die niemand ungebeten findet. Sobald wir den Palast eingenommen haben, stehen uns so viele Waffen zur Verfügung, wie wir wünschen.«

Verlegen senkte Rigan den Blick.

»Herr, ich wollte Euch noch sagen, es ist uns eine große Ehre, mit Euch zu kämpfen. Meine Leute werden ihr Bestes geben, ja, mehr noch, wenn es nötig ist. Jeder von ihnen ist bereit, sein Leben für unsere Sache zu opfern.«

Schaaraoch legte ihm die Hand auf die Schulter und drückte ihn.

»Während Äneas' Abwesenheit hat General Netan im Palast Quartier bezogen«, berichtete Belial. »Seine Leibgarde bewacht ihn.«

»Ausgezeichnet«, lächelte Schaaraoch, »dann brauchen wir ihn nicht zu suchen. Und nun – lasst uns gehen!«

Sie stiegen auf die Pferde und ritten zur Kaserne von Rigans Söldnertruppe. Hell strahlte die Sonne am blanken Himmel. Der Duft von Harz hing in der Luft. Im Wald sangen Vögel, die mit lieblichen Stimmen den neuen Tag begrüßten. Ein Hauch von Morgennebel schwebte zwischen den Bäumen.

Bald erreichten sie die Lichtung mit den zwei Dutzend Holzbaracken. In den lang gezogenen Gebäuden fanden hunderte von Soldaten Platz. Daneben erstreckten sich Reihen von Zelten, die den Rekruten vorbehalten waren. Auf dem Hof standen ein Dutzend Söldner in Bauernkleidung. Sie schirrten Pferde und Maulesel vor einige Karren, die mit Körben voll Kartoffeln, Obst und Rüben beladen waren. Seltsam unpassend wirkten sie an diesem Ort.

Neugierig wurden die Neuankömmlinge betrachtet. Belial in seiner schwarzen Rüstung zog argwöhnische Blicke auf sich.

»Reite voraus, mein Freund«, sagte Schaaraoch leise zu ihm, »und halte Ausschau, ob Gefahr auf uns lauert. Wir dürfen nicht zusammen gesehen werden.«

Ohne eine Verabschiedung preschte Belial davon, sehr zur Erleichterung der Söldner, die aufatmeten, als der Keren verschwunden war. Schaaraoch nahm den Strohhut ab, der sein Gesicht tief beschattete, und wischte sich mit dem Ärmel den Schweiß von der Stirn. Die Zeit stand still, während die Männer ihn anstarrten.

»Seht euren König!«, rief Rigan. »Erweist ihm Ehre!«

Einer nach dem anderen sanken die Söldner auf die Knie und neigten die Häupter vor ihm. Mit einer Geste bedeutete ihnen Schaaraoch aufzustehen.

Gleich darauf stiegen er und Rigan auf einen der beladenen Karren und nahmen auf dem Kutschbock Platz; Jinela hockte sich auf die Ladefläche zwischen Körbe voll Früchten.

»Folgt uns in einigem Abstand!«, befahl Rigan seinen Leuten. »Übermorgen sind wir in Kirgon. Ihr wisst, was ihr zu tun habt. Mögen die Götter mit uns sein!«

Er ließ die Zügel knallen und der von zwei Mauleseln gezogene Wagen setzte sich in Bewegung. Sie gelangten auf einen schmalen Waldweg, der sie nach kurzer Fahrt zur Straße brachte. In weiten Kurven wand sie sich durch das hügelige Land.

Den ganzen Tag rollten sie gemächlich dahin. Niemand hielt sie auf und keiner sprach sie an. Aus der entgegengesetzten Richtung kamen Bauern auf ähnlichen Gefährten an ihnen vorbei, die aus der Stadt zurückkehrten. Jene grüßten sie, und sie nickten ihnen freundlich zu.

Abends lagerten sie abseits der Straße und verzehrten den mitgebrachten Proviant. Sie redeten wenig. Jinela traute sich nicht, das Wort an Schaaraoch zu richten, obwohl viele Fragen an ihm nagten, und Rigan hatte offenbar schon alles mit ihm besprochen, was es zu sagen gab. Schaaraoch breitete eine Wolldecke auf dem Gras aus und bettete sich zur Ruhe, indem er den Hut über das Gesicht zog. Die Nacht war lau. Sterne übersäten den klaren Himmel, an dem die Sichel des abnehmenden Mondes glomm. Rigan und Jinela hielten abwechselnd Wache.

Während Jinela aufpasste, konnte er kaum den Blick von der stillen Gestalt mit dem Strohhut über der Nase wenden, die wenige Schritte von ihm entfernt friedlich schlummerte. Der König dieses Landes. Keine Sorge schien seinen Schlaf zu stören. Schlagartig wurde Jinela bewusst, dass sie in diesem Moment Geschichte schrieben. Noch in Jahren, ja in Jahrzehnten, würden die Menschen von ihnen erzählen. Sogar, wenn sie selbst längst tot wären, würden ihre Taten weiterleben: zwei mutige Söldner, die ihren großen König in seine verlorene Stadt geleiteten, wo er sich nahm, was rechtmäßig sein war. Betrogen von seinen eigenen Getreuen, war er auferstanden, um seinem Reich den Frieden wiederzugeben.

Ein Seufzen dehnte Jinelas Brust. Manche Dinge waren es wert, sein Leben dafür aufs Spiel zu setzen. Reich würde Schaaraoch ihnen die Treue lohnen, und die Gefallenen sollten niemals vergessen werden.

Am nächsten Morgen brachen sie zeitig auf. Je näher sie der Hauptstadt kamen, desto mehr kleine Weiler säumten die Straße; manchmal bestanden diese lediglich aus einem Gasthof und ein paar Häusern. Die Leute dort widmeten ihnen nur gelangweilte Blicke. Bauern auf Marktfahrt waren ein allzu vertrautes Bild, besonders in diesem Jahr, da jeder etwas zu verkaufen hatte.

Rau und gelb wurden Gras und Gebüsch am Wege, die wenigen Bäume waren knorrig und verwachsen. Schließlich endete die Vegetation, und vor ihnen lag die graue Ebene, in der man Kirgon errichtet hatte. Einzig Dornensträucher gediehen zwischen den Bruchstücken von Ruinen, die weit um die Stadt verstreut im Boden steckten. Eine halb aus Trümmern errichtete Mauer umgab das Häusermeer, in dessen Mitte sich aus einem ummauerten Hügel ein schwarzer Turm erhob: der Palast von Kirgon.

Vor den Toren in der Stadtmauer stauten sich die Karren der Bauern, dazwischen warteten Kutschen und einzelne Reisende; die Wachen konnten den Ansturm kaum bewältigen. Auf General Netans Befehl hin musste jeder überprüft werden, der Kirgon betreten wollte, sei es ein armer Pilger oder ein reicher Händler.

Am Nachmittag erreichten Schaaraoch, Rigan und Jinela die Tore und mussten bis zum Einbruch der Dunkelheit warten, bevor sie an die Reihe kamen. Mit Lanzen bewaffnete Soldaten in grün-schwarzen Uniformen standen auf Posten, die eher müde denn wachsam den Strom der Reisenden verfolgten. Andere Soldaten durchsuchten die Ladung ihres Wagens und fragten sie, was sie in der Hauptstadt wollten. Noch bevor Rigan seinen Spruch zu Ende aufgesagt hatte, nickte der Hauptmann schon und winkte sie ungeduldig vorbei.

»Noch mehr Bauern«, brummte ein Wächter missgelaunt zu seinem Kameraden, während sie durch das Tor fuhren. »Wir ersticken bald in Rüben und Äpfeln.«

»Ein anständiger Braten wäre mir lieber«, erwiderte sein Freund, »aber ihre fetten Viecher schlachten sie nicht.«

Langsam holperten sie mit dem Karren in die Stadt hinein. Überall waren Menschen unterwegs, die sich an den Hausmauern hielten, um nicht unter die Räder zu geraten. Eine Schlange von Wagen staute sich in den Gassen, die zum Markt führten.

Voll Freude beobachtete Schaaraoch das Treiben. Nach langer Zeit kehrte er wieder nach Hause zurück. Er betrachtete die eng aneinander gebauten Häuser, die wie die Stadtmauern zum Teil aus einstigen Ruinen bestanden. In den Erdgeschossen befanden sich Läden, Gasthöfe und die Werkstätten der vielen Handwerker, die sich hier niedergelassen hatten. Stetes Hämmern, Sägen und Klingen vermischte sich mit dem Gemurmel und Gelächter der Menschen zu einem Dröhnen, in dem laut das wüste Gebrüll der Kutscher erschallte.

Kirgon war berühmt für den schwarzen Palast, der den Schrein der Wahrheit beherbergte. Tausende von Pilgern reisten jedes Jahr hierher, um den sagenumwobenen Schrein zu besuchen. Überall sah man sie: Männer und Frauen mit kahl rasierten Schädeln, in schwarze oder blaue Kutten gewandet. In sich gekehrt, wandelten sie gemessenen Schrittes umher; die weltlichen Freuden der Stadt würdigten sie kaum eines Blickes. Andere mit wallendem Haar und Bart, denen ihr Glaube verbot, die Pracht zu schneiden, trugen farbenfrohe Gewänder in Gelb und Orange. Ketten mit Glöckchen klingelten an ihren Hälsen. Sie lächelten weise.

Manche Händler und Wirte hatten sich auf die besonderen Bedürfnisse der Pilger eingerichtet und boten fremdländische Speisen oder kultisches Beiwerk an wie Gebetsschalen und Räucherkraut. Kirgon verdiente gut an den Besuchern.

Schaaraoch blickte zum Turm des schwarzen Palastes, der hinter den Häusern in den Himmel ragte. Er hatte ihn gebaut, und er hatte diese Stadt errichtet. Ohne ihn würde sich hier immer noch Ödland erstrecken, mit keiner Menschenseele weit und breit. Ewig war es her, als wäre es in einem anderen Leben geschehen.

Die meisten Bauern nächtigten bei ihren Wagen auf dem Marktplatz, sobald sie einen Standplatz ergattert hatten. Beim Brunnen gab es frisches Wasser, und man sparte sich die Kosten für ein Herbergszimmer. Stadtkinder eilten umher, die Hafer und Heu für die Pferde verkauften und gegen ein kleines Entgelt auf Wagen und Ladung aufpassten. Rigan drückte einem Mädchen ein paar Kupfermünzen in die Hand, das sich sogleich eifrig aufmachte, die Maulesel zu tränken und zu versorgen. Für ein Silberstück erklärte sie sich bereit, die ganze Nacht und wenn nötig noch länger ihr Hab und Gut zu bewachen.

Gleich als sie angekommen waren, hatte Rigan die schöne junge Frau erspäht, die am Rande des Brunnens saß. Nun gingen sie zu ihr. Haselnussbraune Locken umspielten ihr mädchenhaftes Gesicht mit der kleinen spitzen Nase. Sommersprossen sprenkelten ihre Haut. Sie trug ein dunkelblaues Kleid mit weißer Bluse, das ihre schlanke Figur betonte. Verschmitzt lächelte sie Rigan an, dann fiel ihr Blick auf seinen Begleiter. Sie verneigte sich vor ihm.

»Eine große Ehre«, flüsterte sie.

»Das ist Oberst Vana«, stellte Rigan sie Schaaraoch vor. »Wo sind deine Leute?«, wandte er sich an sie.

»In der Nähe.«

Unauffällig hob sie die Hand. Einer nach dem anderen nahten nun Bauern dem Brunnen, deren Gesichter Rigan und Jinela sofort erkannten. Sobald alle versammelt waren, machten sie sich zu Fuß auf den weiteren Weg – Landvolk, das sich wie viele andere in der fremden Stadt umsah. Sie gingen voneinander entfernt, so als kennten sie sich nicht, doch ohne sich aus den Augen zu verlieren.

Zügig schlenderten sie durch die Gassen, die Hüte in die Stirn gezogen, obwohl die Sonne zu tief stand, um sie noch zu blenden. Flammend tanzten die letzten Strahlen über die Dächer. Nacht brach herein, als sie ihr Ziel erreichten: ein kleiner Tempel, dessen Fassade mit grünem Marmor verkleidet war.

Fast jede Glaubensrichtung unterhielt einen Tempel in Kirgon, wo ihre Jünger und Jüngerinnen beteten und ihren Ritualen huldigten. Wohlweislich waren die Kirchen in verschiedenen Stadtteilen angelegt worden, da die Angehörigen der meisten Religionen wenig Zuneigung für ihre Brüder und Schwestern anderer Glaubensrichtungen hegten.

Der grüne Tempel gehörte dem wenig verbreiteten, doch wohlhabenden Kult der Heiligen Schrift von Schakand, einer Geheimlehre, die sich nur ihren Angehörigen offenbarte. Sie redeten mit keinem Außenstehenden. Ein neues Mitglied bedurfte der Fürsprache von mindestens drei bereits aufgenommenen Jüngern und konnte sich nur mittels einer überaus großzügigen Spende einkaufen. Ein vornehmer Kult, der den reichsten der Reichen vorbehalten war.

Hoch und spitz war der eiserne Zaun um das Gebäude. Dahinter führte ein weiß gepflasterter Weg durch einen Garten zu einer breiten, von Säulen flankierten Treppe. An deren Ende befand sich ein goldbeschlagenes Tor, halb hinter den Bäumen verborgen. Fackeln an den Wänden beleuchteten den Eingang.

»Dort müssen wir hinein?«, flüsterte Jinela. »Wie sollen wir das anstellen?«

Schaaraoch zwinkerte ihm zu.

»Ich zeige dir, wie.«

Rigan hieß ihre Kameraden, die sie nun nach und nach einholten, zu warten. Sie befanden sich in einem ruhigen Wohnviertel; hier waren wenig Menschen unterwegs, und jene schenkten ihnen nur einen kurzen verständnislosen Blick.

Flink holte Schaaraoch unter seinem Kittel den Dolch hervor, den er versteckt am Leibe trug, und verbarg ihn im Ärmel. Er stieß das unverschlossene Gartentor auf und marschierte zum Tor hinauf. Dort klopfte er lautstark an.

Eine Weile geschah nichts, dann klappte auf Augenhöhe eine Sichtluke auf. Dahinter konnte er nur Schwärze erkennen.

»Was willst du?«, brummte eine tiefe Stimme.

»Ich bin auf der Suche nach Weisheit, Bruder«, erwiderte Schaaraoch. »Gewährt mir Obdach!«

»Wir sind keine Brüder von dir, Alter«, kam die barsche Antwort. »Verschwinde! Aber ein bisschen plötzlich!«

»Ich gehe hier nicht weg.«

»Scher dich zu den Sumpfgeistern, elender Landstreicher!«

»Dann schlafe ich eben auf der Treppe.«

Mit einem Knall schlug die Sichtluke zu, Riegel klackten und das Tor schwang auf. Ein riesenhafter Mann in einer wallenden grünen Seidenrobe füllte den Eingang aus. Sein Haupt war mit einem Kranz aus weißen Rosen bekrönt. Wütend stemmte er die Arme in die Hüften, seine Hände waren dick wie Pranken.

»Willst du Prügel?«, fragte er.

Freundlich lächelte Schaaraoch ihn an. So schnell, dass kein Auge ihm folgen konnte, schwang er den Dolch und hieb dem Riesen die Kehle durch. Rasch trat Schaaraoch einen Schritt zur Seite, damit das Blut ihn nicht traf.

Der Torwächter riss die Hände an seinen Hals. Vergeblich versuchte er zu schreien, nur gurgelnde Laute lösten sich. Blut quoll aus seinem Mund. Er sank in die Knie, dann fiel er auf sein Gesicht. Schaaraoch packte ihn an der Robe und schleifte ihn in den Tempel hinein. Gleichzeitig winkte er nach Rigan und seiner Truppe. Schnell rannten die Söldner zu ihm. Der Letzte schloss den Eingang hinter sich.

Sie zogen den Leichnam hinter einen der beiden blumengeschmückten Tische neben dem Tor und schoben ihn darunter. Hinter dem lang herabwallenden Tischtuch war er gut verborgen.

Vergoldete Öllampen beleuchteten die fensterlose Eingangshalle. Am anderen Ende befand sich eine Treppenflucht, deren Stufen mit Rosenblättern bestreut waren. Aus einem Nebenraum schritt ein kleiner älterer Mann herbei, der erschrocken inne hielt, als er sie erspähte.

»Was tut ihr hier?«, stammelte er. »Wo ist Echiel?«

»Euer Bruder hat eine Botschaft für Euch hinterlassen«, sagte Schaaraoch.

Verwirrt ging der Alte auf ihn zu. Ehe er sich versah, hatte ihn

Echiels Schicksal ereilt. Sie vereinten ihn mit seinem Glaubensbruder unter dem Tisch. Gemurmel und leises Gelächter erklangen aus entfernten Räumen. Niemand näherte sich.

»Los!«, drängte Schaaraoch.

Sie eilten zur Treppe und hasteten die Stufen hinunter. Das Untergeschoss war mit dicken Teppichen ausgelegt, die ihre Schritte schluckten. Mehrere grüne Türen führten in Kellerräume. Am Ende eines Ganges hing ein kostbarer Knüpfteppich vor der Wand, erhellt von Lampen. Schaaraoch hob den Teppich und machte sich an der Mauer dahinter zu schaffen, ohne dass sie erkennen konnten, was er tat.

»Kommt!«, rief er.

Ein kalter Hauch wehte ihnen entgegen, der aus einer schwarzen Öffnung drang. Zögernd traten die Söldner in die unbekannte Dunkelheit. Stein schabte über Stein, und der Eingang hinter ihnen schob sich wieder zu. Ein Schwefelholz entflammte, in dessen Schein Schaaraochs Gesicht auftauchte, das gleichsam im Nichts schwebte. Er zündete eine Fackel an, dann eine zweite und reichte sie weiter. Nun sahen sie, dass am Boden ein ganzer Haufen davon lag, und bald trug jeder von ihnen ein Licht.

Dicht gedrängt standen sie in einem grauen Gang aus mattem Stein. Jinela fluchte, als ein Kamerad ihm auf die Füße trat. Unter Schaaraochs Führung marschierten sie weiter. Endlos zog sich der Tunnel dahin. Da und dort durchbrachen eiserne Türen die Wände, auf die seltsame Zeichen gemalt waren, die sie noch nie gesehen hatten. Schließlich kamen sie zu einer gewaltigen Tür aus Stahl, in deren Mitte ein Rad angebracht war. Sie stand offen. Dahinter reichte eine eiserne Treppe in die Tiefe. Nacheinander stiegen sie hinab und gelangten in einen neuen Gang, der sich quer zur Treppe auf beiden Seiten ins Nichts erstreckte. Sie wandten sich nach links. Jinela schnupperte. Die kühle Luft roch modrig, dazu nahm er einen unangenehm süßlichen Hauch wahr, bei dem sich ihm die Nackenhaare aufstellten.

Lange eilten sie durch die Finsternis, bis sich plötzlich eine Halle vor ihnen auftat. Eiserne Tische und Stühle lagen auf dem schuttübersäten Boden. Das Eisen war verbogen und angeschwärzt, als habe es im Feuer gebrannt. Linker Hand gähnte ein großes Loch in der Wand, wo das Mauerwerk eingestürzt war. Weitere Gänge mündeten in die Halle, neben denen kleine Kreidemarkierungen angebracht waren.

Nun stieg ihnen deutlich der Gestank von Fäulnis in die Nasen; sie konnten nicht feststellen, woher er kam. Schaaraoch führte sie zu einem Tunnel auf der rechten Seite, der mit einem zackigen B gekennzeichnet war.

Nach einigen Schritten hielt Schaaraoch inne. Erschrocken zuckten die Söldner zusammen. Vor ihnen ragte eine große, schwarz vermummte Gestalt auf. Keinen Laut hatten sie gehört. Das Gesicht des Keren war von einer Eisenmaske verborgen, die keine Öffnungen besaß.

»Das ist Belial«, stellte Schaaraoch ihn vor. »Fürchtet euch nicht. Er kämpft mit uns.«

Belial brachte sie zu einer Kammer und winkte sie hinein. Mit ihren vielen Fackeln wurde es taghell in dem Raum, der groß genug war, um sie alle aufzunehmen. Vor der entfernten Wand waren längliche Kisten aufeinander gestapelt, davor lagen Schwerter und Dolche auf einer Plane aus Öltuch. Bewundernd begutachteten die Söldner die Waffen; das Siegel der Wolfsschmiede von Ardak prangte auf vielen Schwertern: die Besten, die man für Gold kaufen konnte, jedes ein Vermögen wert. Die Dolche waren aus Leronerstahl gefertigt und scharf wie ein Rasiermesser.

Die Söldner streiften ihre weiten Bauernkittel und die Hüte ab. Darunter trugen sie lederne Rüstungen, manche hatten Kettenhemden an. Oberst Vana zog ihr dunkelblaues Kleid aus und enthüllte einen engen ledernen Harnisch und Hose. Sie verteilten die Waffen. Begeistert wiegten die Männer die Schwerter in der Hand, führten Stöße in die Luft aus. Die wenigsten von ihnen hatten jemals ein so kostbares Stück besessen.

Mit einer Geste gemahnte Belial sie zur Ruhe – er legte einen behandschuhten Finger an die Verzierung auf seiner Maske, die den Mund andeutete.

»Attis und Lodur sind in der Nähe«, flüsterte er Schaaraoch zu. »Ich kann sie hören. Sie haben die Pilger gefunden.«

»Dann statten wir ihnen einen Besuch ab.«

»Erlaubt mir, Herr, mich darum zu kümmern. Sie werden den Schein Eurer Fackel sehen, und ich brauche kein Licht.«

»Geh!«, nickte Schaaraoch.

Gleich einem Schatten entschwand er.

Rigan beugte sich über den Kistenstapel vor der Wand. Die meisten Kisten waren zugenagelt, einige hatte jemand aufgebrochen. Darin entdeckte er die immer gleichen merkwürdigen Gegenstände: ein Rohr aus geschwärztem Metall, verbunden mit einem Schaft, der auf einer Seite in einem Kolben endete. Weitere Bestandteile, die von feinster Handwerksarbeit zeugten, waren mit dem Rohr verbunden. Das ganze Stück war insgesamt gut einen Arm lang. In der Nähe des Kolbens war ein Griff angebracht, mit Vertiefungen, die für Finger gemacht schienen, davor befand sich ein kleiner, halbrunder Bügel, in dem ein Hebel steckte. Nie zuvor hatte er etwas Ähnliches gesehen. Rigan holte einen der Gegenstände hervor, drehte und wendete ihn, bis er herausgefunden hatte, wie man ihn halten musste.

»Herr, was ist das?«, fragte er.

Schaaraoch betrachtete das schwarze Rohr, dessen Mündung auf ihn gerichtet war.

»Das weiß ich noch nicht, erst vor einigen Monaten habe ich diese Kisten entdeckt. In einem anderen Bereich des Labyrinths gibt es ein riesiges Lager davon. Ich hatte bisher keine Zeit, mich damit zu befassen.«

Versuchsweise drückte Rigan den Hebel in dem Halbkreis. Ein leises Klicken ertönte.

»Könnte eine Art Prügel sein.« Er fuchtelte mit dem Rohr herum. »Reichlich unhandlich.«

»Vielleicht sind es besondere Werkzeuge. Diese Geräte müssen sehr wichtig gewesen sein, sonst hätte man nicht so viele so sorgfältig hier aufbewahrt. Nun, ich werde es herausfinden.«

Das Ding war Rigan nicht ganz geheuer. Er legte es zurück in die Kiste, dann gürtete er das Schwert. Mit der Waffe fühlte er sich bedeutend wohler. Suchend schweiften seine Blicke umher; seine Leute waren bereit zum Aufbruch, nur der Keren war noch nicht zurückgekehrt.

»Herr«, wandte sich Rigan an Schaaraoch, »im Palast leben viele Menschen. Wen sollen wir töten, wen verschonen?«

Schaaraoch sah ihn an. Ein Anflug von Traurigkeit beschattete seine Züge.

»Tötet alle«, sagte er.

◆ ◆ ◆

Sorgfältig tasteten Attis und Lodur die Kleider der toten Pilger ab, die sie eben entdeckt hatten, in der Hoffnung, darin vielleicht einen Hinweis auf deren Schicksal zu finden. Zerknitterte Taschentücher steckten in den Taschen der Kutten, Bündel getrockneter Kräuter, in einer fanden sie einen Schlüsselbund. Nichts, das ihnen weiteren Aufschluss gab.

»Wir müssen sie bestatten«, sagte Lodur.

»Still!«, zischte Attis. »Hörst du das?«

Lodur horchte. In der schuttübersäten Halle, die ein Stück weit hinter ihnen lag, ertönte das Knirschen von vielen Schritten. Die Keren, die das Labyrinth erkundeten, waren zu zweit unterwegs. Auch veranstalteten sie weniger Lärm.

»Was ist das?«

»Komm, wir sehen nach!«, sagte Attis.

Plötzlich taumelte er. Beide Hände an den Kopf gepresst, krümmte er sich, als plagten ihn Schmerzen. Er stöhnte auf.

»Attis!«, rief Lodur erschrocken.

Keuchend rang dieser nach Atem. Seine Augen waren in Furcht geweitet.

»Äneas«, flüsterte er. »Im Geiste sah ich Äneas. Er ist in Gefahr. Männer griffen ihn an. Sie trugen die Rüstungen von Keren. Was hat das zu bedeuten?«

Attis' Eingebungen, die ihn von Zeit zu Zeit überfielen, hatten sich bisher immer als wahr erwiesen.

»Äneas ist Kirgon schon nahe«, erzählte er weiter. »Er wird früher zurückkehren, als wir dachten. Wir müssen ihn warnen.«

Lodur nickte.

»Lass uns nachsehen, wer uns im Labyrinth einen Besuch abstattet!«

Vorsichtig schlichen sie zurück zur Halle. Am Ende des Ganges blieben sie stehen und schmiegten sich an die Wand. Sie spähten in die Dunkelheit. Verlassen erstreckte sich der weite Raum vor ihnen. Rechter Hand entdeckten sie einen schwachen Lichtschein, der aus einem Tunnel drang. Aus jener Richtung erklangen Geräusche, die sie nicht zu deuten wussten.

Plötzlich trat von rechts eine große Gestalt vor sie, die ihnen die Sicht versperrte. Lodur zuckte zusammen, das Herz wollte ihm stehen bleiben vor Schreck. Attis erstarrte. Er erkannte den Neuankömmling.

»Belial! Was tust du hier?«

Allmählich beruhigte sich Lodur. Neugierig betrachtete er ihr Gegenüber. Er hatte ihn noch nie ohne seine Maske gesehen, die er nur in vollkommener Dunkelheit abnahm. Mit den Sinnen eines Keren musterte Lodur verblüfft Belial, dessen Antlitz er sich ganz und gar anders vorgestellt hatte. Er war jung gewesen, als er gestorben war, ein Mann in der Blüte seines Lebens. Nicht ein Schimmer von Grau durchsetzte das schulterlange schwarze Haar. Seinem Gesicht war eine seltsame Schönheit zu Eigen, jene stolze Nase, der sanft geschwungene Mund und die ebenmäßigen Züge hätten einem König zur Ehre gereicht. Er hielt das gezückte Schwert in der Hand.

Ausdruckslos blickte Belial sie an, dann bohrte er ohne Vorwarnung die Waffe in Attis' Leib. Der fiel auf die Knie. Lodur schrie auf. Bevor er sich zur Wehr setzen konnte, spürte er schon die Spitze von Belials Klinge an seinem Hals. Er wich von ihm weg auf die Halle zu. In dem engen Gang gab es kein Entkommen.

»Bist du verrückt geworden?«, brüllte er. »Dafür wirst du büßen.«

»Das glaube ich nicht«, meinte Belial und schnitt Lodur im selben Moment die Kehle durch.

Er rutschte an der Wand hinab, weit aufgerissen starrten seine Augen ins Nichts. Röchelnd rang er nach Atem, dann erschlaffte er und sank in sich zusammen. Belial hieb ihm den Kopf ab, dasselbe tat er mit Attis. Gelassen legte er seine Eisenmaske wieder an. Die beiden Häupter am Schopf gepackt, kehrte er zurück in die Kammer, wo die Söldner warteten. Er zeigte seine Beute Schaaraoch. Der nickte ihm zu.

Gleichgültig legte Belial die Köpfe auf dem Boden ab. Er zog ein rotes Stück Tuch aus der Manteltasche und band es sich um den linken Oberarm.

»Seht her!«, rief Schaaraoch. »Die Keren, die mit uns kämpfen, tragen dieses rote Band, damit ihr sie von den anderen unterscheiden könnt.«

»Die Freiheit ist nie kostenlos«, spornte Rigan seine Truppe an. »Sie braucht Menschen, die für sie einstehen und sie verteidigen. Heute sind wir diese Menschen. Auf nun, Leute, wir haben ein Reich zu gewinnen! Die Götter sind mit uns, denn wir kämpfen für die Gerechtigkeit. Ruhm gebührt denen, die ihn sich verdienen.«

Strahlende Augen, die in Tatendurst brannten, begegneten seinem Blick. Ein Hochgefühl erfasste Rigan, das er zuletzt vor Jahrzehnten empfunden hatte. Die Besten seiner Krieger waren hier versammelt. Niemand konnte ihnen widerstehen.

Schaaraoch geleitete sie auf den Weg. Geraume Zeit marschierten sie durch das Labyrinth, bis sie zu einer fugenlosen Mauer kamen, die vor ihnen den Gang verschloss. In die Wand war ein Hebel eingelassen. Schaaraoch legte die Hand darauf.

»Leise!«, ermahnte Rigan seine Truppe.

Der Hebel sank herunter und vor ihnen tat sich eine Öffnung auf. Sofort zückten die Söldner die Schwerter, als sie die beiden Keren erspähten, die sie erwarteten. Beide trugen rote Armbinden. Belial hastete zu ihnen. Sie unterhielten sich, dann kehrte er zu ihnen zurück.

»Alles schläft«, sagte er. »Es ist spät in der Nacht. Nur die Wachen Netans sind noch auf Posten. Besser hätten wir es nicht treffen können.«

Sie befanden sich in einem lang gezogenen Raum in den Verliesen unterhalb des Palastes. Auf beiden Seiten säumten eiserne Türen die Wände, die in Augenhöhe vergitterte Sichtluken besaßen. Dahinter schimmerte dumpfes rötliches Licht. Verwundert sahen sich die Söldner um. Belial und seine Kameraden gingen vor zu einer Treppe, die nach oben führte. Im Laufschritt hasteten sie die Stufen hoch und weiter durch zahllose Gänge bis zu einer Treppe, an deren Ende sich eine eiserne Tür befand. Belial sperrte sie auf, und sie schlichen in die Eingangshalle im Erdgeschoss des Palastes.

Wortlos, nur mit Fingerzeichen, gab Rigan seinen Leuten Anweisungen. Sie trennten sich. Ein Stoßtrupp unter der Führung Oberst Vanas machte sich auf in die Quartiere der Palastgarde, wo Netans Soldaten schliefen.

Gleichsam aus dem Nichts tauchten nun überall Keren auf, die rote Armbinden trugen. Belial gab ihnen einen Wink, und sie eilten zu den Wohnräumen ihrer Kameraden, die Äneas treu geblieben waren.

»Wo ist General Netan?«, fragte Schaaraoch.

»In Euren Gemächern«, erwiderte Belial, dann rannte er davon, um sich seiner Truppe anzuschließen.

Schaaraochs Gesicht gefror.

»Besuchen wir Netan!«, sagte er.

Gemeinsam mit Rigan und dem Rest seiner Leute erklomm er die Treppe in die oberen Stockwerke. Wachen stellten sich ihnen entgegen, Dienstboten flohen durch die Gänge, und sie töteten jeden Einzelnen. Schreie hallten durch den Palast.

Nacht herrschte, finsterer als alle Schatten. Soldaten starben wehrlos in ihren Betten, Keren mordeten Keren, ihre eigenen Brüder, die nichts ahnend die Tür öffneten, um ihr eigenes Verderben einzulassen, und der Palast versank in einem Meer von Blut, dessen zähes Rot Kissen und Laken tränkte und die Gesichter der Opfer mit den Malen des Zorns zeichnete – Rot, das die Wände sprenkelte gleich einer unleserlichen Schrift.

Die Geister der Rache tanzten ihren stummen Reigen. Glut erfüllte die Söldner, und mit jedem Herz, das sie durchbohrten, steigerte sich ihre Wut. Sie rasten, bekränzt mit Dornenlaub, wiegten sich mit den Geistern, die sie selbst gerufen, und im Rausch ihrer Umarmung wirbelten sie fort. Die Zeit wurde vom Takt der Klingen geschlagen, bis sich ihnen nur noch tote Leiber darboten, an deren Reglosigkeit aller Zorn abprallte.

Rigan tötete die Wachen vor dem königlichen Schlafgemach. Schaaraoch trat die Tür auf. Rechter Hand stand ein breites Bett vor der Wand, das einzige Möbelstück in dem geräumigen, doch karg eingerichteten Zimmer. Schwere Samtvorhänge verbargen das Fenster gegenüber der Tür, davor lag ein kostbarer Teppich, auf dem sich verschiedene Farbschleier zu verschlungenen Mustern fügten.

Gestützt auf zahllose Kissen kauerte ein Mann im Bett. An der Wand über ihm flackerte eine Öllampe, unter der seine Stirnglatze glänzte. Angsterfüllt war er an das Kopfende gerutscht, die bis ans Kinn gezogene Decke hielt er mit beiden Händen fest, als gewährte sie ihm Schutz und Schild.

»Wache!«, brüllte er.

Niemand antwortete ihm, und keiner eilte herbei.

»Netan«, sagte Schaaraoch, während er näher schritt. »Gefällt dir mein Bett? Ist es nicht zu weich? Oder gar zu hart?«

Entsetzt starrte Netan das blutige Schwert in Schaaraochs Hand an. Er sprang aus dem Bett und kroch auf allen vieren auf ihn zu.

»Herr!«, keuchte er. »Welche Freude! Dass ich das noch erleben darf! Jeden Tag habe ich um Euer Wohlergehen gebetet! Seid willkommen!«

Verzweifelt rang er die Hände.

»Ihr dürft mich nicht missverstehen, Herr. Der Zufall wollte es, dass ich in diesem Zimmer nächtige. Nichts liegt mir ferner, als Euch zu nahe zu treten.«

»Gewiss«, brummte Schaaraoch.

Er gab Rigans Leuten ein Zeichen. Diese fesselten Netan und zerrten ihn auf die Füße. Einer drückte Netan einen Dolch an die Kehle.

»Gnade, Herr!«, jammerte er. »Was sollte ich denn tun? Dieser Keren hat den Thron an sich gerissen. Ich dachte nur an das Wohl des Landes und wollte alles vorbereiten für Eure Rückkehr. Bestraft mich nicht für meine Treue!«

Nachdenklich betrachtete Schaaraoch ihn. Der Söldner nahm die Klinge von Netans Hals.

»Danke, Herr!«, seufzte dieser. »Nie wollte ich etwas anderes sein als Euer Diener. Verschont mein Leben!«

»Führt ihn ab!«, befahl Schaaraoch und ging voraus zur Treppe.

Rigan und seine Leute folgten ihm, Netan in ihrer Mitte. Sie kehrten zum Tor in die Verliese zurück, von dort aus stiegen sie hinab in den Gefängnistrakt. Ein langer Gang erstreckte sich vor ihnen, gesäumt von Zellentüren. In den Boden waren in regelmäßigen Abständen Gitter eingelassen, unter denen mattes rötliches Licht schimmerte. Die Söldner blickten in die Tiefe und Grauen bemächtigte sich ihrer.

Dort unten, eingesperrt in schmutzstarrenden Kammern, saßen dutzende von Seuchenopfern. Viele zeigten deutliche Spuren der Verwesung, andere sahen fast wie Menschen aus. Wahnsinn entstellte die aschgrauen Gesichter. Die meisten wiesen grausame Verstümmelungen auf, einigen fehlten ganze Gliedmaßen. An Wände und Boden waren sie gekettet, nicht mehr als ein paar Schritte konnten sie sich bewegen. Manche fraßen und nagten an ihren eigenen Hand- und Fußgelenken, wo das Eisen sie band. Blut beschmierte die Münder. Sie heulten auf, als sie die Geschöpfe über sich entdeckten, reckten die Arme nach ihnen, ohne sie zu erreichen.

Selbst die hartgesottenen Söldner erbleichten bei dem Anblick. Netan, der die Anlage bereits kannte, hielt sich mit Fassung. Er wusste, dass die Gitter dazu dienten, Gefangene auf dem Weg zu ihren Zellen einzuschüchtern und so jeden Gedanken an Flucht im Keime zu ersticken.

Schaaraoch hielt inne.

»Hebt das nächste Gitter hoch!«, sagte er.

Zusammen mit einem seiner Leute wuchtete Rigan den schweren Rost aus dem Boden. Die Fieberopfer in der Grube winselten und stöhnten. Achtsam traten Rigan und der Söldner zurück.

»Leb wohl, Netan«, verabschiedete sich Schaaraoch von seinem General. »Du hättest dich nicht mit Äneas verbrüdern sollen.«

»Das habe ich nicht! Immer war ich auf Eurer Seite! Im Stillen habe ich gewirkt! Was habt Ihr vor?«

»Wir werden uns bestimmt wieder sehen«, murmelte Schaaraoch. »Doch du wirst mich wohl nicht mehr erkennen.«

»Nein!«, keuchte Netan. »Das habe ich nicht verdient!«

Nach einem Nicken Schaaraochs packten die Söldner den gefesselten General und stießen ihn hinab in die Grube, wo ihn zahllose Arme empfingen. Gellend schrie er. Schweigend standen Schaaraoch, Rigan und ihre Getreuen am Abgrund und sahen zu.

◆ ◆ ◆

Gleißend ging die Sonne auf, ihre Strahlen entzündeten den Himmel und kündeten von einem ungetrübten Sommertag. Noch hatten die Einwohner Kirgons nicht vernommen, was sich im Palast ereignet hatte.

Im Thronsaal saß ihr einstiger und neuer König auf seinem angestammten Platze. Fest umschlossen seine Hände die Lehnen des Thrones, seine Daumen rieben über das glatt polierte Holz, als wollte er es deutlich fühlen. Nicht einen Moment des Schlafes hatte er sich gegönnt. Auch Rigan und Belial, die vor ihm warteten, waren die ganze Nacht wach geblieben.

»Der Palast ist gesichert«, erklärte Rigan. »Meine Leute, die gleichzeitig mit uns in der Kaserne aufgebrochen sind, werden heute Morgen das Nordtor einnehmen, um der Hauptstreitmacht den Weg in die Stadt zu öffnen. Noch diesen Mittag ist unsere Armee hier. Sie werden sich Netans restliche Soldaten vorknöpfen, falls diese nicht ohnehin fliehen, sobald sie erfahren, dass ihr General tot ist.«

»Nehmt alle auf, die sich uns anschließen wollen«, befahl Schaaraoch, »und tötet die anderen. Wir brauchen jeden Mann. Diese Soldaten gehorchten nur ihren Befehlen, und das werden sie auch weiterhin tun, wenn wir ihre Herren sind.«

Rigan verneigte sich.

»Wie Ihr wünscht.«

»General Netans Vertraute jedoch«, fuhr Schaaraoch fort, »und die Mitglieder des Großen Rates setzt ihr gefangen. Wir werden sie hinrichten. Das Volk muss wissen, wem es folgen soll.«

Gehorsam nickte Rigan.

»Alle Keren im Palast sind auf unserer Seite«, berichtete Belial. »Die anderen sind tot. Einige sind noch im Lande auf Patrouille unterwegs, wir werden sie finden.«

»Nur einen will ich finden«, sagte Schaaraoch. »Nimm dir ein paar Leute und mach dich auf den Weg, bevor die Nachricht von meiner Rückkehr ihn erreicht. Lebend will ich ihn haben. Geh und hol ihn!«

KAPITEL 12

Eine Frage der Überzeugung

Reneda presste sich das Taschentuch vor den Mund.

»Ein erbärmliches Schauspiel«, flüsterte sie Haldur zu.

Ihm rann der Schweiß von der Stirn. Ungehindert brannte die Sonne auf den Marktplatz, an diesem bisher heißesten Tag des Sommers. Die schweren schwarzen Kutten, die sie trugen, waren gänzlich ungeeignet für die Witterung, doch als Tarnung leisteten sie ihnen hervorragende Dienste.

»Lavatory.«
Schriftzeichen auf Stahltür,
gef. in Jodburg,
Ausgrabungen 2156–2159 n. A. D.,
vermutlich religiösen Ursprungs.
Historisches Museum von Angantur.

Scharen von Schaulustigen drängten sich rund um die Absperrung auf dem Platz. Dahinter hielten Soldaten Wache, die mit grimmigen Blicken die Menge musterten. Nicht ein einziger Zuschauer versuchte, die Absperrung zu durchbrechen, ja die meisten hätte man wohl mit Waffengewalt zwingen müssen, näher an das Podest heranzutreten, das hinter den Soldaten aufragte.

Die Stände auf Kirgons einst belebtem Markt waren verschwunden. Die Bauern, die hier ihre Erzeugnisse verkauft hatten, waren aus der Stadt geflohen, als die Kunde sich verbreitet hatte. Auch die meisten Pilger hatten die Flucht ergriffen, wenige unerschrockene Glaubensbrüder und -schwestern waren geblieben.

Vor drei Tagen hatten Haldur und Reneda die Stadt erreicht. Zuvor hatten sie sich zwei Tage lang bei Lutz und Lonora im *Lindenhof* von den Strapazen ihrer langen Reise erholt. Gemeinsam waren sie dann nach Kirgon aufgebrochen. Lutz hatte beschlossen, Haldur und Reneda zu begleiten und sprach von einem ›unguten Gefühl‹, das ihn plage. In der Poststation erstanden er und Lonora Pferde.

Noch auf dem Wege hatte sich Lutz' dunkle Ahnung bewahrheitet. Ströme von Flüchtlingen kamen ihnen entgegen, die schilderten, was sich in der Hauptstadt zugetragen hatte. Lutz war in einer Weise erschüttert gewesen, die Haldur nicht von ihm kannte. In einem Augenblick schien er um Jahre gealtert, als er hörte, dass Schaaraoch wieder auf dem Thron saß.

Lutz und Lonora machten sich sogleich auf, Äneas zu suchen. Sie wollten ihn warnen und ihn dazu bewegen, nach Leron zurückzukehren, seiner alten Heimat, wo er in größerer Sicherheit war. Mit ein wenig Glück konnte es ihnen gelingen, ihn rechtzeitig abzufangen, indem sie ihm entgegenritten.

Wie der Wind waren sie davongeprescht, während Haldur und Reneda ihre Reise nach Kirgon fortgesetzt hatten. Nie waren sie so froh um ein Geschenk gewesen wie um die Kutten des Ordens von Pyr, die sie von der Hehlerbande in Gordua erhalten hatten. Damals hatten sie gedacht, sie könnten sie nicht gebrauchen. Die Kutten jedoch hatten ihnen die Stadttore geöffnet, die zwei fremden Söldnern verschlossen geblieben wären. Die Wachen hatten Anweisung, Pilger einzulassen und sie nicht zu behelligen. Offenbar wollte Schaaraoch verhindern, dass die Geschäfte ganz zum Erliegen kamen.

Am Tage ihrer Ankunft hatte in der Stadt bedrohliche Stille geherrscht. Werkstätten und Läden waren geschlossen gewesen. Die Menschen hatten sich in ihren Häusern verschanzt. Alle fürchteten Plünderungen und ein Blutbad unter der Bevölkerung, denn Rigans Armee war in Kirgon einmarschiert. Dessen Söldner hielten sich jedoch zurück und benahmen sich erstaunlich gesittet. Die Lage beruhigte sich. Wenige Einwohner versuchten noch zu fliehen, die meisten warteten ab, wie sich die Dinge entwickelten. Patrouillen durchkämmten die Stadt, verhafteten da und dort Leute, die aus irgendeinem Grund in Ungnade gefallen waren. Wehklagend ertönten deren Schreie, doch niemand eilte zu ihrer Rettung herbei.

Haldur und Reneda nahmen sich in einer Herberge ein Zimmer. Ängstlich verriegelte der Wirt sofort die Tür hinter ihnen und riet ihnen dringend, vorläufig im Gasthof zu bleiben. Das taten sie denn auch.

Am folgenden Tage waren schon wieder Leute auf den Gassen zu sehen. Unerschrocken näherten sie sich den Soldaten, die an jeder Ecke standen, und fragten sie nach Neuigkeiten aus. Die Wirtshäuser wurden zu Umschlagplätzen für Nachrichten. Jene, die sich aus dem Haus trauten, saßen den ganzen Tag in den Gaststuben, lauschten den verschiedenen Berichten und tauschten Vermutungen aus. Haldur und Reneda brauchten nicht weit zu gehen, um das Neueste zu erfahren. Sie verweilten im Schankraum ihrer Herberge und hörten zu. Als Jünger des Ordens von Pyr hielt man sie für harmlos, sodass niemand ein Blatt vor den Mund nahm.

Viele sprachen über die Hinrichtungen, die sich kurz vor Haldurs und Renedas Ankunft ereignet hatten. Auf dem verwaisten Marktplatz hatte Schaaraoch ein großes, hölzernes Podest errichten lassen, in den Ecken und in der Mitte hohe Pfeiler, die mit Querbalken verbunden waren. Daran hatte er die zwölf Mitglieder des Großen Rates hängen lassen, General Netans Leibgarde sowie seine gesamte Familie bis zum jüngsten Spross, einem achtjährigen Knaben. Manchen der Hingerichteten sah man an, dass sie zuvor eine noch weitaus schlechtere Behandlung erfahren hatten.

Die meisten Leute waren weniger erschrocken über die Vorgänge, als man hätte vermuten können. Einige begrüßten sogar Schaaraochs Rückkehr und redeten davon, dass nun Recht und Ordnung wieder einkehrten. Die wenigsten zeigten sich überrascht von der Entwicklung, andere behaupteten gar, sie hätten es vorausgesehen. Kaum jemand erwähnte Äneas, der gute zwei Monate lang den Thron innegehabt hatte. Sein Schicksal galt als besiegelt.

Am dritten Tage, seit sie in Kirgon waren, besuchten Haldur und Reneda den Marktplatz. Sie gesellten sich zu den zahlreichen Schaulustigen und betrachteten die Hingerichteten. Eine Woche lang sollten sie dort verbleiben, wollte man den Gerüchten Glauben schenken. In der Hitze verfielen die Toten rasch. Aufgedunsen wirkten ihre Leiber, die Gesichter bis zur Unkenntlichkeit verzerrt. Der Gestank von Kot und Fäulnis durchdrang die Luft.

Reneda hustete in ihr Taschentuch. Haldur zupfte sie am Ärmel.

»Komm, wir gehen.«

Sie bahnten sich durch die Menschenmasse. Erleichtert traten sie in eine der Gassen, die von dem Platz wegführten. Dort befanden sich mehrere Wirtshäuser, überfüllt von Gästen. Manche, die keinen Platz mehr in den Schankräumen fanden, standen in kleinen Gruppen draußen, schwenkten Bierkrüge und unterhielten sich angeregt. Söldner in ihren grauen Uniformen waren ebenfalls unter den Gästen zu finden. Niemand schien sie mehr zu fürchten. Es hatte sich herumgesprochen, dass Schaaraoch die schützende Hand über seine Untertanen hielt.

»Hast du es schon erfahren?«, rief ein fettleibiger Mann in der weißen Schürze eines Bäckers.

Sein Gegenüber, eine ältere Frau, die ein bunt gemustertes Seidentuch elegant um die Schultern geschlungen hatte, hörte ihm zu.

Unauffällig verlangsamten Haldur und Reneda ihre Schritte und spitzten die Ohren.

»Der Söldnerfürst Rigan hat General Netans Posten übernommen«, erklärte der Bäcker. »Jetzt befehligt er dessen ganze Armee.«

»Wen wundert's?«, erwiderte die ältere Frau.

Im Geiste schüttelte Reneda den Kopf. Es befremdete sie, all diese Menschen fröhlich beim Trinken und Plaudern zu sehen, während gleichzeitig um die nächste Straßenbiegung die Leichen ihrer einstigen Herren am Galgen baumelten. Dem Anblick der zechenden Stadtbewohner haftete eine eigentümliche Grausamkeit an, die ihr noch schlimmer vorkam als die gleichgültigen Mienen der gaffenden Masse auf dem Marktplatz. Nicht einer klagte oder weinte. Insgeheim ergötzten sie sich am Leid der Toten, das sie mit wohligem Gruseln erfüllte, und überlegten dabei schon, wie sie einen persönlichen Vorteil aus der veränderten Lage in Kirgon ziehen konnten.

Bitterlich vermisste Reneda ihre Schwestern in Ereat und wusste, was jene ihr sagen würden: Das Verhalten der Leute sei menschlich. Sie freuten sich, noch am Leben zu sein und auch diese Prüfung des Schicksals unbeschadet überstanden zu haben, während es anderen übel ergangen war. Trotz der Gräuel, die Schaaraoch seinen Feinden angetan hatte, herrschte im Volk Erleichterung vor. Reneda schauderte.

»Was ist mit dir?«, fragte Haldur leise.

»Diese Leute«, wisperte sie. »Man könnte glauben, sie freuten sich über Schaaraochs Rückkehr.«

»Alle nicht«, erwiderte Haldur.

»Meinst du die Gehängten damit?« Sie keuchte. »Nein, ich kann nicht verstehen, was hier vor sich geht. Ich will es gar nicht verstehen.«

Gemessenen Schrittes wandelten sie durch die Gasse.

»So sind die Leute nun mal«, sagte Haldur. »Kennst du nicht das alte Sprichwort: Es gibt zwei Möglichkeiten, das Volk zu versammeln – verteil kostenloses Brot oder häng jemanden auf!«

Ein gequältes Lächeln ging über Renedas Gesicht.

»Wie kannst du jetzt Witze reißen?«

»Eigentlich hatte ich bei weitem Schlimmeres hier erwartet. Eines muss man Schaaraoch lassen: Er ist nicht dumm. Wohlweislich hat er verhindert, dass die Söldner die Stadt plündern und verwüsten, was nur Aufruhr bedeutet hätte. Stattdessen schwingt er sich einfach wieder auf seinen Thron, als ob nichts geschehen wäre, und sieht zu, dass die Dinge ihren gewohnten Lauf nehmen. Die ehemaligen Machthaber der Stadt lässt er vorsorglich hinrichten, ebenso Netans Vertraute und Verwandte, die andernfalls irgendwann versucht hätten, dessen Tod zu rächen. Ein sauberer Schnitt, um eine neue Epoche einzuläuten.«

»Das klingt so, als ob du ihn bewundertest.«

»Nein, ich bewundere ihn nicht, ich fürchte ihn.« Er tippte sich an die Stirn. »So wie jeder, der noch seinen Verstand beisammen hat.«

Der Lärm der Wirtshäuser blieb hinter ihnen zurück, als sie in die nächste Gasse bogen. Dort befanden sich die Werkstätten von Sattlern und Schuhmachern; in Schaufenstern waren kunstvoll gefertigte Taschen und Koffer zu bewundern sowie Schuhe für jeden Geschmack und Geldbeutel. Die Geschäfte waren geschlossen.

Sie gingen weiter stadtauswärts. Auf dem Rückweg zu ihrer Herberge überquerten sie die Straße, die zum Westtor führte. Rechter Hand tauchte die Stadtmauer auf. Neben dem Tor ragten zwei trutzige Wachttürme empor. Auf den Zinnen standen eine Menge Soldaten, viel mehr, als sonst dort auf Posten waren. Sie wandten ihnen den Rücken zu und spähten in die Ferne, die Augen mit der Hand vor der Sonne beschattet. Irgendetwas schien ihre Aufmerksamkeit erregt zu haben. Die Wachen beim Tor blickten zu ihren Kameraden hinauf und riefen nach ihnen. Haldur und Reneda konnten nicht verstehen, was sie sagten.

Auf der anderen Straßenseite lag ein Platz mit einem Brunnen, wo sich Reisende erfrischen und ihre Pferde tränken konnten. Eine Säule in der Mitte des runden Beckens war mit Rohren bestückt, aus denen in stetem Fluss Wasser sprudelte.

»Legen wir eine Rast ein«, sagte Reneda.

Am Brunnen wuschen sie sich den Schweiß von den Gesichtern, dann stillten sie ihren Durst. Sie waren allein. Reneda betrachtete die Häuser um den Platz. Die Fensterläden waren verriegelt, die Türen verrammelt. Friedlich dämmerte die Stadt in der Glut des Nachmittags.

»Ich mag diese Stadt nicht«, sagte sie, »und ich hoffe, wir müssen nicht lange hier bleiben.«

Verdutzt starrte Haldur sie an.

»Nur deinetwegen sind wir hier! *Du* musst diesen geheimnisvollen Auftrag erledigen, den die Priesterinnen dir übertrugen. Deshalb habe ich dich begleitet. Willst du mir nicht endlich sagen, worum es geht?«

»Das darf ich nicht.«

Er seufzte.

»Tu eben, was du tun musst, und dann lass uns von hier abhauen! Ich fühle mich in Kirgon nicht wohler als du.«

Mit nassen Händen strich sich Reneda das Haar aus der Stirn, das sie im Nacken zu einem festen Knoten geschlungen hatte. Unruhig flogen ihre Blicke umher. Wie Smaragde glitzerten ihre Augen im Sonnenlicht. Sie biss sich auf die Unterlippe.

»Ich muss zum Schrein der Wahrheit«, flüsterte sie.

»Was?«, staunte er. »Viel Vergnügen! Der Schrein steht in den Verliesen unterhalb des Palastes, bewacht von einem Dutzend Keren, die sich jeden Besucher genau ansehen.«

»Wir sind Pilger. Deshalb sind wir nach Kirgon gereist: um den Schrein zu besuchen. Wer sollte gegen uns Verdacht schöpfen?«

»Das kommt darauf an, was du vorhast. Falls du beim Schrein nur ein kleines Gebet sprechen willst, so wird dich niemand daran hindern.«

»Das ist es nicht.«

Sie rang nach Worten, öffnete den Mund, als wollte sie etwas sagen, und schloss ihn wieder.

»Erzähl mir, was du vorhast!«, drängte Haldur.

»Begleite mich zum Schrein!«, erwiderte Reneda.

Überrascht lachte er auf.

»Nein! Tut mir Leid! Das kannst du nicht von mir verlangen. Ich war schon einmal in der Halle der Wahrheit, und den Tag werde ich nie vergessen. Keine zehn Pferde bringen mich nochmals dorthin!«

»Der Schrein ist verschlossen«, versuchte Reneda ihn zu überreden. »Die Schlüssel, die ihn öffnen, sind weit weg.«

»Nie und nimmer! Gern helfe ich dir, soweit ich kann, aber zum Schrein komme ich nicht mit. Außerdem ist die Halle der Wahrheit für Besucher gesperrt. Niemand hat Zutritt zum Palast. Der Wirt in der Herberge hat es uns erzählt.«

»Schaaraoch wird die Halle bald wieder öffnen. So lange warten wir eben.«

Er schüttelte den Kopf.

»Nein.«

Fast alles hätte er für Reneda getan – und sie verlangte einen Gefallen von ihm, den er ihr nicht erweisen konnte. Viel zu tief noch saß der Schrecken in seinen Gliedern. An vieles, das ihm im Reich der Geister und auch in Ereat widerfahren war, vermochte er sich nicht mehr zu erinnern, als wollte ihn sein eigenes Gedächtnis vor der Erkenntnis schützen. Eine innere Stimme warnte ihn, daran zu rühren.

»Du hast Angst«, sagte Reneda.

»Ja, und wie!«

»Du bist einer der mutigsten Menschen, die ich kenne. Was ist so schrecklich an diesem Schrein?«

»Ich weiß nicht. Es ist …« Er hielt inne. Erstaunt blickte er zum Stadttor – die Soldaten verließen die Zinnen und sammelten sich auf der Straße. »Sieh dir das an! Da geht etwas vor sich!«

Gespannt beobachteten sie das Geschehen. Die Soldaten nahmen in Reih und Glied Aufstellung, dann öffneten die Wachen das Tor. Das Getrappel von Pferdehufen erklang, und kurze Zeit später erschien eine Schar von Reitern. Die Flanken der Tiere waren schaumbedeckt, als hätte man sie fast zuschanden geritten. Erschöpft ließen sie die Köpfe hängen. Die Reiter hielten sich stolz aufrecht. Staub befleckte ihre schwarzen Rüstungen und Mäntel, die sie trotz der sommerlichen Hitze von Kopf bis Fuß verhüllten. Eiserne Masken verbargen die Gesichter.

In den Häusern klappten Fensterläden auf, und die Bewohner spähten neugierig heraus. Spaziergänger in den Gassen blieben stehen und sahen ebenfalls zu. Andere rannten davon, um die Neuigkeit zu verbreiten. Es dauerte nicht lange, bis sich Schaulustige zu Haldur und Reneda gesellten, die am Rande des Brunnens saßen.

Langsam zog die Prozession an ihnen vorüber. An der Spitze ritt ein ungewöhnlich großer Keren, dessen Maske keine erkennbaren Öffnungen besaß. Ein Dutzend seiner Leute begleiteten ihn, die eine kleine Gruppe von Gefangenen einkreisten. Jenen waren die Hände auf den Rücken gebunden; die Keren führten ihre Pferde am Zügel.

Entsetzen überkam Haldur. Ein Messer schien sich in sein Herz zu bohren. Erst hatte er die Gefangenen nur undeutlich ausgemacht; nun, von nahem, erkannte er sie. Lutz' Kinn war ihm auf die Brust gesackt, er konnte sich kaum mehr im Sattel halten. Sein rechtes Auge war zugeschwollen und bläulich verfärbt. Blut klebte in den Bartstoppeln, die seine Wangen bedeckten. Hinter ihm folgte Lonora, sie war in wenig besserer Verfassung. Neben den beiden ritten zwei Keren, die ebenfalls gefesselt waren. Die schlichten Verzierungen auf der Maske des größeren bezeugten seinen Hauptmannsrang. Äneas. Einer seiner Kameraden teilte sein Schicksal.

Wütend funkelte Lonora die gaffende Menge am Straßenrand an, bis ihr Blick auf Haldur traf. Sie zuckte unmerklich zusammen und mühte sich sogleich, sich nichts anmerken zu lassen. Er rang nach Atem. Reneda ergriff seine Hand und drückte sie fest.

»Jetzt haben sie ihn endlich«, sagte ein junger Mann in ihrer Nähe.

Buhrufe hoben an, die Äneas galten.

»Ein Untoter hat auf dem Thron nichts verloren!«, brüllte eine Frau. »Du wirst für alles bezahlen, gemeinsam mit deinen Spießgesellen!«

Sie hielt einen angebissenen Apfel in der Hand, den sie nach Äneas warf. Die Frucht traf ihn an der Schulter. Er nahm es ohne eine Regung hin. Aufgewiegelt vom Zorn der wenigen, rückte die Menge heran. Die Leute schüttelten die Fäuste.

»Macht Platz!«, rief der Anführer der Keren. »Äneas wird seine gerechte Strafe erhalten. Verschwindet!«

Der Klang seiner heiseren Stimme brachte die Meute zum Verstummen. Ängstlich wichen die Menschen zurück.

»Wer ist der Kerl?«, wisperte Reneda in Haldurs Ohr.

»Keine Ahnung«, brummte er.

Die Reiter bogen nach links ab, in Richtung des schwarzen Palastes. Viele Zuschauer folgten ihnen, die anderen verstreuten sich, um die Botschaft in die Wirtshäuser zu tragen. Ehe sie sich versahen, waren Haldur und Reneda wieder allein beim Brunnen, als wäre der Aufmarsch nur ein flüchtiger Spuk gewesen.

Die Arme auf die Knie gestützt, barg Haldur das Gesicht in den Händen.

»Verfluchte Scheiße!«, murmelte er.

Sachte legte Reneda den Arm um ihn.

»Was machen wir jetzt bloß?« Haldur rieb sich die Nase. »Natürlich! Wir stürmen zu zweit den Palast, erledigen alle Keren, Wachen und Soldaten, dann befreien wir unter Hurra-Geschrei die Gefangenen, stürzen nebenbei Schaaraoch vom Thron, und leben glücklich weiter bis an unser Lebensende.«

Tränen traten in seine Augen, die er ärgerlich wegwischte.

»Verdammt noch mal!«

Reneda klopfte ihm auf die Schulter.

»Es ist noch nicht zu Ende, auch wenn es ganz danach aussieht.«

◆ ◆ ◆

In der Zelle herrschten angenehmer Schatten und Kühle. Die dicken Mauern hielten die Hitze von ihnen fern. Durch den Lüftungsschacht gegenüber der Tür fiel Tageslicht. An beiden Seitenwänden der schmalen Kammer hingen je zwei Pritschen übereinander, die mit dünnen Matratzen gepolstert waren. Die oberen waren leer, die unteren waren mit Laken, Kissen und Wolldecken ausgestattet.

Auf der linken Pritsche schlief Lutz, eingewickelt in Betttücher. Neben ihm auf der Kante des Lagers saß Lonora. Sie zog einen der Becher heran, die auf dem kleinen Tisch unterhalb des Lüftungsschachtes standen, und goss Wasser aus dem Krug hinein. Achtsam, um keinen Tropfen zu vergeuden, benetzte sie das Taschentuch und tupfte damit Lutz' Gesicht ab. Voll Sorge betrachtete sie ihn.

Die Sonne hatte ihn übel verbrannt, feuerrot war seine Haut und von nässenden Schrunden bedeckt. Seine rissigen Lippen waren aufgesprungen und bluteten. Dazu kam das zugeschwollene Auge, wo der Fausthieb ihn getroffen hatte, durch den er ohnmächtig geworden war. Seit jener Nacht konnte er es nicht mehr öffnen. Sie fühlte seine Stirn; er hatte Fieber.

Mehr als zwei Tage lang waren sie ohne Unterbrechung geritten, ohne Essen, ohne Wasser. Sengend hatte die Sonne auf sie niedergebrannt, des Nachts hatten sie in ihren durchgeschwitzten Kleidern gefroren, bis sie am ganzen Leibe gezittert hatten. Lutz war bei dem vorangegangenen Kampf verwundet worden, und die Schinderei ihrer unfreiwilligen Rückkehr nach Kirgon hatte ihm die letzten Kräfte geraubt. Belial, der Keren, der sie mit einem Dutzend seiner Leute überwältigt hatte, kannte kein Erbarmen.

Vorgestern waren sie im schwarzen Palast eingetroffen. Dort hatte man sie in diese Kerkerzelle gesperrt. Man hatte ihnen Nahrung und Wasser gegeben, auf das sie sich begierig gestürzt hatten. Dann hatte sich Lutz hingelegt und war seither nicht mehr aufgestanden. Lonora hatte ihn ausgezogen, gewaschen und seine Wunden versorgt, so gut sie es vermochte. Schaaraoch hatten sie bisher nicht gesehen, noch wussten sie, was mit Äneas und seinem Kameraden Ion geschehen war, die man im Palast von ihnen getrennt und an einen anderen Ort verschleppt hatte.

Furcht quälte Lonora, als sie an Äneas dachte. Mit den Sinnen eines Daimons hatte Lutz ihn gefunden. Nur ein paar Tagesreisen war Äneas noch von Kirgon entfernt gewesen. Die Nachrichten, die sie ihm brachten, machten die Wiedersehensfreude zunichte. In derselben Nacht rasteten sie im Schutz des Waldes, wo keine menschlichen Augen sie entdecken konnten.

Belial und seine Leute spürten sie mühelos auf. Erst töteten sie die Wachen, die sie aufgestellt hatten, dann fielen sie in ihr Lager ein. Äneas und seine Eskorte wehrten sich erbittert, Lutz und Lonora kämpften an ihrer Seite. Gegen ein Dutzend Keren konnten sie nicht gewinnen. Jene waren jedem Soldaten an Kraft weit überlegen, und sie sahen im Dunkeln so klar wie am Tage. Äneas und sein Freund Ion unterlagen der schieren Zahl ihrer Angreifer.

Vorsichtig betupfte Lonora mit dem feuchten Taschentuch Lutz' Haut, um ihm Kühlung zu verschaffen. Sein Zustand hatte sich wenig gebessert, seit sie im Kerker saßen. Von dem Kampf hatte er keine lebensbedrohlichen Verletzungen davongetragen, nur Prellungen und ein paar Schrammen. Der Sonnenbrand verursachte ihm Kopfschmerzen und Übelkeit; der Mangel an Wasser hatte ihn völlig ausgetrocknet.

Stöhnend schlug er sein gesundes Auge auf und blinzelte sie an. Er öffnete den Mund und räusperte sich. Lonora legte den Finger an die Lippen.

»Sag nichts. Das strengt dich an.«

»Ich muss mit dir reden«, flüsterte er. »Es ist wichtig.«

Sie neigte sich zu ihm herab, um ihn besser zu verstehen.

»Unsere Freunde«, murmelte Lutz, »wir müssen sie warnen. Xander, Doran, Skarg und Wolf reisen auf einem Schiff nach Kelrun. Sie dürfen nicht hierher kommen. Schaaraoch wartet auf sie. Die fünf Paralle führen sie mit sich. Sie dürfen nicht …« Hustend rang er nach Atem. »Im Traum habe ich versucht, Verbindung mit Xander aufzunehmen. Ich habe versagt. Es ist, als ob ein Bann auf mir lastete. Das ist Schaaraochs Werk.«

Lutz packte Lonoras Hand und drückte sie an seine Brust.

»Schaaraoch weiß nicht, wer du bist«, erklärte er. »Erzähl ihm nichts. Du musst versuchen, mit Xander zu sprechen. Geh durch das Reich der Geister und rede mit ihm! Sag ihm nicht, was uns widerfahren ist. Xander schlüge alle Warnungen in den Wind und käme trotzdem hierher. Sie sollen in Dahl an Land gehen und die Schlüssel in Sicherheit bringen. Gleichgültig, was geschieht, sie dürfen Kelrun nicht betreten! Schaaraoch ließe sie sofort gefangen nehmen. Er braucht die Paralle. Wir müssen verhindern, dass er sie bekommt. Sein Triumph wäre vollkommen.«

Lonora nickte.

»In der Stadt habe ich Haldur und seine Kameradin Reneda gesehen«, sagte sie.

»Was erwartest du von ihnen? Hier kann uns niemand helfen.«

»Gib die Hoffnung nicht auf!«

Durchdringend sah Lutz sie an.

»Seit ich dich wiedergetroffen habe, gab es keinen einzigen Tag ohne Hoffnung. Du hast mir das Leben geschenkt und mehr noch als das.

Verzeih mir! Ich bin ein alter Narr. Die Wanderung, die wir zusammen unternahmen, war für mich die schönste Zeit meines Lebens. Ich wünschte …«

»Ja?«

»… wir könnten sie fortsetzen. Ich liebe dich, Lonora.«

Sie beugte sich herab und küsste ihn.

»Das werden wir.«

Plötzlich näherten sich Schritte auf dem Gang vor ihrer Zelle. Riegel klackten und die Tür schwang auf. Draußen standen Soldaten, zwei von ihnen kamen herein und packten Lonora.

»Lasst mich los!«, wehrte sie sich. »Was soll das?«

Sie schleiften sie weg. Gepeinigt richtete sich Lutz halb auf und sank zurück. Er konnte nicht aufstehen. Auf dem Gang brüllte Lonora, dann fiel eine Zellentür ins Schloss und Stille kehrte ein.

Die Soldaten wichen zur Seite, um einen einzelnen Mann durchzulassen, der in das Gefängnis trat. Die Hände hinter dem Rücken verschränkt, ragte er vor Lutz auf. Der starrte ihn an.

»Ich dachte, du seist ein Keren geworden.«

»Gut geraten«, nickte Schaaraoch.

»Warum …?«, stammelte Lutz. »Du siehst so aus wie früher.«

»Das Weiße Fieber ist nur eine Krankheit. Ich habe es besiegt, schon vor Jahren.«

Lutz kniff das Auge zu.

»Was willst du?«

Schaaraoch setzte sich auf die gegenüberliegende Pritsche. Die Hände auf die Knie gestützt, neigte er sich vor.

»Welche Frage!«

»Scher dich zu den Sumpfgeistern! Von mir aus kannst du in deinen eigenen Verliesen verrotten!«

Ein leises Lachen erklang.

»Ich möchte mich für die Behandlung entschuldigen, die ihr durch Belial erfahren habt. Er ist manchmal etwas übereifrig. Der glückliche Zufall wollte es, dass er nicht nur Äneas, sondern auch dich und deine Freundin fand. Es war nicht meine Absicht, euch Leid zuzufügen. Du siehst schlecht aus. Deiner Freundin scheint es etwas besser zu gehen. Wer ist sie?«

»Nur eine Freundin, nichts weiter. Lass sie frei! Sie hat nichts mit uns zu tun.«

»Belial hat mir davon berichtet, dass Akàra nach der Schlacht in der Halle der Wahrheit mit den fünf Parallen geflohen ist, um sie vor euch in Sicherheit zu bringen. Deine kleinen Freunde sind ihr nachgereist. Inzwischen weiß ich, dass Akàra tot ist. Nun möchte ich gern erfahren, was in Bengzar geschehen ist und wo die Paralle geblieben sind. Du kannst mir sicherlich erschöpfend darüber Auskunft geben.«

»Glaubst du im Ernst, ich werde dir irgendetwas erzählen? Weder deine Überredungskünste noch Folter könnten mich dazu bewegen.«

Gelassen nickte Schaaraoch.

»Der Gedanke kam mir auch. Deshalb möchte ich dir ein Geschäft vorschlagen, zu unser beider Vorteil: Ich biete dir das Leben deiner Freundin an. Hilf mir, die Schlüssel zurückzugewinnen, und ich schenke ihr die Freiheit. Solltest du dich jedoch weigern, so wird *sie* Bekanntschaft mit meinen Überredungskünsten machen, die sehr überzeugend sein können.«

Müde blickte Lutz ihn an. Schaaraochs Vorschlag überraschte ihn wenig.

»Gibst du mir dein Wort darauf?«

»Sie ist frei«, erwiderte Schaaraoch, »ohne weitere Bedingung. Niemand wird sie behelligen. Natürlich erst, sobald ich die Paralle habe.«

Keinen Moment zweifelte Lutz daran, dass Schaaraoch mit seiner Drohung Ernst machen würde, Lonora etwas anzutun, wenn er nicht einwilligte.

»Wie ist es dir gelungen, nach der Schlacht in der Halle der Wahrheit zu fliehen?«, fragte er. »Du warst schwer verwundet. Dann die vielen Fieberopfer, die Akàra aus den Zellen befreit hatte. Wie bist du an ihnen vorbeigekommen? Ich habe mir den Kopf darüber zermartert. Nun sitzt du hier, als sei nichts geschehen. Du bist kein Keren, obwohl ich vermutet habe, nur dies könne deine wundersame Flucht erklären.«

»Es gibt vieles, was du über mich nicht weißt«, erwiderte Schaaraoch. »Du unterschätzt meine Fähigkeiten.«

»Dieser Belial«, murmelte Lutz, »und die Keren, die ihm helfen. Wie hast du sie auf deine Seite gebracht? Sie waren Äneas treu ergeben. Was hast du ihnen versprochen?«

»Genug davon«, unterbrach ihn Schaaraoch. »Sag mir, wo die Paralle sind!«

KAPITEL 13

Schatten der Vergangenheit

Die Hitze machte ihn ganz benommen. In der stickigen Luft konnte er kaum atmen. Er riss ein Fenster auf und lehnte sich hinaus. Draußen war es ebenso warm wie drinnen. Schweiß lief ihm über das Gesicht. Die Kleider klebten an seinem Leib, und er packte das Hemd, zog es schnell vor und zurück, um sich Kühlung zuzufächeln.

»Es ist nicht alles erstrebenswert, was unerreichbar ist.«

Eldred M., 99 Regeln für den angehenden Daimon, Jubiläumsausgabe mit zahlreichen Farbtafeln und Erläuterungen, Ges. Werke, Ausg. Stift. von Angantur, Nr. 5785, 2268 n. A. D.

Friedvoll lag der Garten unter dem klaren Nachthimmel, vom Mond in opalenes Licht getaucht. Die wild wuchernden Pflanzen waren von einem fahlen Schein umgeben; weiß schimmerten die noch erkennbaren Bruchstücke des gepflasterten Pfades im Gras. Unkraut spross aus den Rissen der Steinplatten. Mit hellem Brummen zirpten Grillen, deren eintöniges Lied gleich einer Schwingung die Umgebung durchdrang.

Der Sommer überzog das Land mit sengender Glut. Seit Wochen war kein Tropfen Regen mehr gefallen. Täglich drohte die Sonne auf die Erde zu stürzen, so flammend brannte sie, und die Nächte brachten kaum Erleichterung. Nicht ein Hauch von Wind wehte; die Stadt schien unter einer unsichtbaren Glocke zu liegen.

Hustenreiz schüttelte Xander. Seine Kehle war rau. Mit einem Räuspern schluckte er. So viel Schweiß trat aus seinem Körper, dass er glaubte zu zerfließen. Es war ein Fehler gewesen, nach Bengzar zurückzukehren.

Sehnsüchtig dachte er an den Tempel am See der Träume, der nur einen halben Tagesmarsch von der Stadt entfernt war. Dort herrschte Beor, der Hohepriester, der vor nicht langer Zeit seines und das Leben seiner Freunde gerettet hatte. Gern wäre er jetzt bei ihm gewesen, im kühlen Palast. Stattdessen saß er in diesem verwünschten Haus fest, wo jeder Fußbreit Verfall atmete.

Eine modrige Feuchtigkeit lag in der Luft, deren Ursprung ihm ein Rätsel war. Auch der verwilderte Garten wirkte satt und grün, obwohl niemand die Pflanzen goss. Kaum ein gelber Halm war im Gras auszumachen. Ein Dickicht von Brennnesseln wucherte entlang der Grenze des Grundstücks, wo sich die Mauern der Nachbarhäuser erhoben. Nur ein dicker Holunderbusch und eine Brombeerhecke behaupteten sich gegen das allgegenwärtige Unkraut, das die ehemaligen Blumen- und Gemüsebeete erobert hatte. Obstbäume säumten das entfernte Ende des Gartens. Der faulige Hauch von überreifen Früchten ging davon aus.

Xander setzte sich auf den Schreibtisch unter dem geöffneten Fenster und lauschte den nächtlichen Geräuschen. Außer dem Zirpen der Grillen vernahm er keinen Ton. Betäubend war ihr Gesang, der den Garten erfüllte, als entstamme er der Erde selbst. Der Klang machte ihn schläfrig.

Benommen schüttelte er sich. Seine Blicke schweiften durch das Zimmer. Die Einrichtung hatte sich seit seinem letzten Besuch nicht verändert: In der linken Ecke, gegenüber der Tür auf den Gang hinaus, stand ein Bett mit aufgerollter Matratze, daneben der Schreibtisch unter dem einzigen Fenster und rechts vom Eingang der wuchtige Schrank. Eine geblümte Tapete bedeckte die Wände. Im Mondlicht erinnerten die kleinen braunen Blumen darauf an Insekten, die über das fleckige Papier krochen.

Er hätte nicht zurückkehren sollen in Farons Haus; er wollte, er hätte es nie betreten. Drückend war die Stille darin. Zäh verfloss die Zeit, um jeden Augenblick ins Unendliche zu dehnen. Xander vermeinte Feindseligkeit zu spüren, die sich gegen ihn richtete. Wie ein Eindringling an einem verbotenen Ort fühlte er sich.

Das Zirpen der Grillen lullte ihn ein. Im Takt seines Herzschlags erschallte ihr gleichförmiges Summen. Das Denken fiel ihm schwer. Er versuchte sich darauf zu besinnen, warum er hierher gekommen war, und fand keine Antwort.

Dunkelheit schob sich vor das Fenster. Der Sternenhimmel und der Garten waren plötzlich verschwunden, verschluckt von einer schwarzen Masse, die den ganzen Fensterrahmen erfüllte. Ein lichtloser Spiegel, der in eine andere Welt zeigte. Er glaubte einen Ruf zu vernehmen, der ihm befahl, die Hand danach auszustrecken. Im letzten Moment beherrschte er sich.

Gebannt betrachtete er das Nichts. Der Drang, die Erscheinung zu berühren, überwältigte ihn. Langsam hob er die Hand und sah zu, wie seine Finger in die Finsternis stießen. Sie verschwanden darin, als hätte man sie abgeschnitten. Ein Prickeln glitt über seine Haut. Er fühlte Kälte. Etwas kitzelte an seinen Fingerspitzen, gleich Säure, die daran fraß. Erschrocken zuckte er zurück.

Der Schock weckte ihn auf, und er wurde seiner selbst gewahr. Hier saß er, keinen Schritt von dem Unnennbaren entfernt, das ihn zu verschlingen drohte. Entsetzen über seine eigene Torheit überkam ihn. Xander sprang vom Schreibtisch auf und wich zurück. Rückwärts gehend stolperte er zum Zimmer hinaus und rannte die Treppe ins Erdgeschoss hinunter. Er drückte die Klinke der Eingangstür nieder. Sie war verschlossen. Vergeblich rüttelte er daran. Sein Herz raste, er hörte das Blut in seinen Schläfen hämmern.

Fieberhaft überlegte er. Farons Haus lag in einer ruhigen Nebenstraße nahe dem Marktplatz. Zu dieser Tageszeit kamen hier keine Leute vorbei. Niemand hörte ihn, wenn er um Hilfe rief. Auf die Unterstützung der Nachbarn konnte er ebenso wenig hoffen: Jene glaubten, dass es in Farons Haus spuke. Gleichgültig, wie viel Lärm er veranstaltete, sie würden keinen Finger rühren.

Xander hatte keinen Schlüssel zur Eingangstür, und ohne Werkzeug konnte er sie nicht aufbrechen. In dem engen Flur gab es kein Fenster. Er rannte ins Wohnzimmer und sah sich dort um. Alle Räume im Erdgeschoss öffneten sich in den Garten. Nur die Küche besaß ein kleines Fenster, das auf den Hinterhof eines Nachbarhauses ging. Es war mit eisernen Stäben vergittert.

Verzweiflung ergriff ihn. Er fuhr sich mit beiden Händen durch das schweißnasse Haar und strich es zurück. Unter Aufbietung all seines Willens zwang er sich, ruhiger zu atmen. Vorsichtig trat er an die Fenster des Wohnzimmers und blickte hinaus. Von der Schwärze, die er im oberen Zimmer wahrgenommen hatte, war hier nichts zu sehen. Der Garten lag friedlich unter dem Sternenhimmel. Gedämpft durch die Scheiben hörte er das Zirpen der Grillen.

Aufmerksam musterte er jeden Winkel des Gartens, den er von hier aus erkennen konnte. Ein großer schwarzer Käfer huschte durch das Becken des versiegten Zierbrunnens und verschwand über die Kante. Der Birnbaum daneben zeichnete ein Muster von Schatten auf den weißen Stein. Laub lag im Becken und auf dem runden Fundament, das von Unkraut umwuchert war. Der gepflasterte Weg, der bei der Hintertür in der Küche begann, schlängelte sich durch die Wiese, um schließlich einige Schritte vom Brunnen entfernt zu enden.

Ebenerdig betrachtet wirkte das Gestrüpp noch undurchdringlicher; das Gras zwischen den Büschen und Bäumen stand kniehoch. Eine Brombeerhecke beherrschte die linke Seite des Gartens, deren dornige Ranken sich weit in die Wiese reckten. Die Obstbäume beugten sich unter der Last der Früchte.

Versunken lauschte Xander dem melodischen Gesang der Grillen. Bald hörte man ihn kaum noch, so sehr war alles davon durchdrungen. Er öffnete die Hintertür in der Küche und trat hinaus. Wärme umfing ihn. Im Erdgeschoss des Hauses war es unangenehm kühl. Der Duft von Blumen stieg ihm in die Nase. Nachtfalter flatterten über der Wiese. Betäubend hüllte ihn das Zirpen der Grillen ein, es machte ihm das Herz leicht. Die Luft erzitterte unter dem sanften Brummen, und auch er wurde von den Schwingungen erfasst, die seine Schritte auf den Pfad lenkten.

Lautlos tappte er über die geborstenen Steinplatten bis zum Birnbaum. In tiefem Grün schimmerte das Blattwerk. Herabgefallene Birnen lagen verstreut umher. Insekten krabbelten auf den gärenden Früchten, Schwärme kleiner Fliegen waberten darüber. Xander verscheuchte die Mücken, die ihn umschwirrten.

Halb vermodertes Laub durchsetzte das Gras. Die Blätter raschelten leise, als Xander durch die Wiese stapfte und den Baum von allen Seiten betrachtete. Er trat zurück und blickte hoch in die dichte Krone. Plötzlich stolperte er. Seine Fersen blieben an einer harten Kante hängen. Mit den Armen rudernd, konnte er sich gerade noch aufrecht halten.

Er bückte sich und suchte den Boden ab. Mit bloßem Auge war nichts zu erkennen außer Laub und Zweigen. Auf den Knien tastete er sich voran, und bald fanden seine Finger eine steinerne Erhebung: den Rand einer runden Platte. Der größte Teil war von Erde bedeckt, als hätte sie jemand eingegraben. Unkraut wucherte darauf. Xander riss es aus und scharrte mit den Händen. Nach einer Weile zeichnete sich eine zweite Erhebung ab und eiserne Verankerungen.

Fieberhaft arbeitete er, bis er alles freigelegt hatte. Schweiß lief ihm über das Gesicht, den er mit dem Hemdsärmel abwischte. Ein kreisrundes Fundament bot sich seinen Blicken dar, das mit einem ebensolchen Deckel verschlossen war. Der gleichförmig graue Stein erinnerte ihn an vorzeitliche Bauten, wie er sie zuletzt im Palast am See der Träume angetroffen hatte. Ein Metallrahmen fasste den Deckel ein, der in dicken Scharnieren verankert war. Mithilfe eines Hebels ließ er sich öffnen und schließen.

Neugierig musterte Xander seine unerwartete Entdeckung. Bengzar barg viele Schätze des Altertums, doch diese befanden sich längst in Museen und nicht im Garten eines Wohnhauses. Er packte den Hebel und zog daran. Keinen Fingerbreit rührte er sich. Die Beine gegen das Fundament gestemmt, setzte Xander seine ganze Kraft ein. Er stöhnte. Langsam gab der Hebel nach und sprang mit einem lauten Knirschen zurück.

Den schweren Deckel hochzuheben kostete Xander nochmals einige Anstrengung. Keuchend stolperte er zur Seite und sammelte seinen Atem, bevor er nachsah, was er hier freigelegt hatte. Auf den Knien rutschte er zum Rand des Fundaments und spähte in die Öffnung. Ein Schacht tat sich vor ihm auf. Er legte sich auf den Bauch und steckte den Kopf hinein, um mehr erkennen zu können.

Eine glatte graue Röhre, gut eine Armlänge breit, führte senkrecht in die Tiefe. Auf einer Seite waren Tritte aus Stahlrohr in die Wand eingelassen. Den Grund des Schachts konnte Xander nicht ausmachen. Der Luft, die emporstieg, haftete ein abgestandener, modriger Geruch an.

Entschlossen schwang Xander die Beine über die Kante und stellte die Füße auf die Tritte. Versuchsweise legte er allmählich sein Gewicht darauf. Die behelfsmäßige Treppe schien ihn zu tragen. Er hielt sich an den obersten Stufen fest und begann den Abstieg. Einen Schritt nach dem anderen kletterte er hinab. Je weiter er kam, desto kälter wurde es. Das Mondlicht blieb hinter ihm im Garten zurück. Nur schemenhaft konnte er seine Umgebung erkennen. Er hätte einen Stein hinunterwerfen sollen, um die Entfernung abzuschätzen. Sogleich vergaß er den Gedanken wieder.

Nach einer Weile glaubte er, den Boden auszumachen. Erleichtert tastete er sich mit einem Bein vor. Sein Fuß traf auf etwas Weiches, das unter dem Druck nachgab. Seine Zehen wurden nass. Ein leises Plätschern ertönte. Deutlich roch er nun jenen modrigen Hauch, den er zuvor schon wahrgenommen hatte.

Vorsichtig kauerte sich Xander auf den untersten Tritt und hielt sich mit einem Arm fest, den anderen streckte er aus und berührte damit eine glitschige Masse. Er rieb die Finger aneinander und schnupperte daran. Algen. Ein dicker Teppich davon bedeckte den Schacht von Wand zu Wand. Er tauchte den Arm bis zur Schulter ein und fühlte Wasser unter der klebrigen Schicht, aber keinen Grund.

Er rutschte auf den schlüpfrigen Sprossen, die hier unten ebenfalls mit Algen bedeckt waren. Mühsam hielt er das Gleichgewicht, dabei glitt er mit einem Bein aus, das in das schleimige Gewässer sank. Ekel schüttelte Xander.

Enttäuschung machte sich in ihm breit. Hier unten gab es keine Schätze zu finden, weder einen geheimen Eingang in einen unterirdischen Palast noch verborgene Kultgegenstände, ja nicht einmal rätselhafte Schriftzeichen an der Mauer.

Er wollte das Bein wieder aus dem Wasser ziehen und hielt inne. Etwas umschloss seinen Knöchel. Bei der Berührung sträubten sich ihm die Haare vor Grausen. Vergeblich versuchte er sich zu befreien, er kam nicht los. Schlimmer noch, jetzt zog es ihn nach unten. Ein Laut des Entsetzens löste sich aus seiner Kehle. Verzweifelt klammerte er sich an die schmierigen Tritte. Seine nassen Hände fanden kaum Halt.

Mit einem dumpfen Platschen fiel er in den brackigen Tümpel. Wasser schlug über ihm zusammen. Dünne Schlingen streiften seine Haut, verfingen sich in seinem Haar und klebten zwischen seinen Fingern. Spuckend rang er nach Atem, als er wieder auftauchte, und wischte sich angewidert den Schleim aus dem Gesicht.

Zitternd schwamm er auf der Stelle und suchte nach der Treppe, um sich hochzuziehen. Plötzlich glitt eine weiche Masse aus der Tiefe an ihm empor. Etwas legte sich um seinen Hals. Das Formlose nahm Gestalt an, und Xander fühlte, wie Finger seine Kehle zudrückten. In panischer Angst trat und schlug er um sich. Der Griff seines unbekannten Widersachers lockerte sich nicht.

Die Sinne verließen ihn. Er tauchte in die stinkende Brühe, kam wieder hoch und versank erneut. Dem Tode nahe, sah er das Antlitz seines Gegners und erkannte dessen von der Verwesung entstellte Züge. Rohes Fleisch bedeckte den Schädel, von dem die Haut in Fetzen herunterhing. Nur die Augen waren so geblieben, wie er sie in Erinnerung hatte, und das Haar, jene goldenen Locken, die ihm in nassen Kringeln am Kopf klebten. Xander schrie vor Grauen.

Horis' Mund öffnete sich zu einem Lächeln.

»Du hast mich getötet«, flüsterte er.

Fäulnis kroch über Xander und deckte ihn zu. Er bäumte sich auf. Eine übel riechende Flüssigkeit besudelte ihn, wo Horis ihn berührte. Näher zog dieser ihn an sich und hielt ihn in seiner Umarmung gefangen. Hilflos wand sich Xander. Er fand keinen Halt. Horis' Arme schlossen sich um ihn, und als er versank, nahm er ihn mit in sein feuchtes Grab.

»Xander!«

Jemand schüttelte ihn.

Mit einem Ruck setzte er sich auf. Er rang nach Atem. Sein Herz raste, er zitterte im Hämmern seines Schlagens. Ein Schatten regte sich neben ihm. Erschrocken schrie Xander auf.

»Beruhige dich! Ich bin es, Wolf!«

Er zündete eine Kerze an und stellte sie auf den Tisch unter dem kleinen Fenster, das auf das Wasser ging. Benommen blinzelte Xander. Er lag in seinem Bett in ihrer gemeinsamen Kabine auf der *Rona*.

»Du hast im Schlaf gestöhnt und wild um dich geschlagen«, sagte Wolf.

Xander rieb sich die Augen.

»Ich habe von Horis geträumt.«

»Schon wieder? Das ist jetzt das dritte Mal.«

»Ja. Ich war in Farons Haus in Bengzar.« Er schüttelte den Kopf. »Es ist zum Verrücktwerden. Zuerst sitze ich in dem Zimmer im ersten Stock, dann renne ich wie ein Narr in den Garten hinaus. Damit nicht genug, ich marschiere schnurstracks zu diesem verwünschten Birnbaum beim Brunnen und grabe dort die Erde um, bis ich den Schacht finde. Keinerlei Zweifel überkommen mich, ich fürchte mich nicht einmal. Nachdem ich den Schacht gefunden habe, muss ich auch noch hinunter steigen. Es ist, als ob ich unter einem Zwang stände.«

»Schon als wir damals dort wohnten, hast du gesagt, dass etwas mit diesem Haus nicht stimmt.«

»Vielleicht hätte ich mich näher damit befassen sollen.«

»Du weißt selbst, dass wir dafür keine Zeit hatten.«

Müde blickte Xander auf und schaute Wolf an, der auf der Bettkante saß.

»Horis scheint sich an mir rächen zu wollen.«

»Er ist tot, Xander.«

»Das ist er, und zwar durch meine Schuld.«

Wolf seufzte.

»Horis hat sein vorzeitiges Ableben selbst herbeigeführt. Du hättest nichts tun können, um ihn davor zu bewahren.«

»Ich hätte ihm nur zuhören müssen. Als ich mit ihm im Gefängnis saß, hat er versucht, mir alles zu erzählen, aber ich habe seinen Worten keine Beachtung geschenkt.«

»Du hättest ihn sowieso nicht überzeugen können. Horis war wie besessen davon, ein Daimon zu werden.«

Vornübergebeugt barg Xander das Gesicht in den Händen.

»Schon auf dem Schiff hätte ich ihn strenger befragen sollen. Dadurch wäre uns viel Ärger erspart geblieben.«

»Vielleicht und vielleicht auch nicht. Es macht wenig Sinn, sich über Dinge zu grämen, die bereits geschehen sind. Wir sind Menschen, wir machen Fehler. Horis kann sich nicht an dir rächen, Xander. Er ist tot. Die Vorwürfe, die du dir selbst machst, erzeugen diese Albträume. Niemand gibt dir die Schuld.«

Xander stand auf und griff nach seinen Kleidern.

»Ich gehe an Deck frische Luft schnappen. Leg dich wieder hin! So kommst du noch zu etwas Schlaf.«

Besorgt blickte Wolf Xander nach, der die Kabine verließ, dann löschte er die Kerze und kroch in seine Koje. Die Hände hinter dem Kopf verschränkt, starrte er ins Leere. Seine Gedanken wanderten, und ihr Abenteuer in Bengzar spielte sich nochmals vor seinem geistigen Auge ab.

Er sah Thalnas hübsches Gesicht mit den moosgrünen Augen vor sich und erinnerte sich an den Abend, als sie ihn bei sich aufgenommen hatte. Er vermisste sie. Mit ihr hatte ihn mehr verbunden als Freundschaft, aber in seinem Herzen war kein Platz gewesen. Sie hatte etwas von ihm verlangt, das er nicht geben konnte.

Glückliche Fügung hatte sie in Bengzar vor dem Scheitern bewahrt. Beor, der Hohepriester Herions, hatte sie alle gerettet. Das Schicksal beschritt seltsame Wege. Oft hatte sich Wolf gefragt, ob es wirklich nur der Zufall gewollt hatte, dass Beor genau zur rechten Zeit zur Stelle gewesen war. Doch auf diese Frage würde er wohl nie eine Antwort bekommen.

◆ ◆ ◆

Wind blähte die Segel. Die *Rona* durchschnitt die Wellen wie im Fluge. Land war nirgendwo zu sehen; das in der Sonne glitzernde Meer erstreckte sich bis zum fernen Horizont. Kleine weiße Wolken hingen am Himmel.

Das Wetter meinte es gut mit ihnen, der stete Westwind brachte sie rasch voran. Vor einer Woche hatten sie Rajona verlassen, in weiteren zehn Tagen würden sie Erkbad an der Küste Kelruns erreichen, wenn der Wind anhielt.

Sie hatten beschlossen, ohne Zwischenhalt zu segeln. An der Küste von Dahl anzulegen, um ihre Vorräte zu erneuern, war ihnen als zu gefährlich erschienen. Sie mussten davon ausgehen, dass Kaiser Alrich wusste, wer sie waren und welchen Schatz sie mit sich führten. Längst war Sigyn, seine Tochter, zu ihm zurückgekehrt und hatte ihm zweifellos von ihnen erzählt. Auf hoher See boten sich ihnen die besseren Möglichkeiten, durch Alrichs Finger zu schlüpfen. In den Häfen Dahls lauerten überall Soldaten.

Die Vorräte hatten sie eingeteilt, ebenso das Trinkwasser. Sie hofften auf gelegentlichen Regen, der bisher jedoch ausgeblieben war. Alles schien durchdrungen von Salz: ihre Kleider, ihre Haut, die Luft, die sie atmeten. Schon jetzt sehnten sie sich danach, wieder an Land zu gehen und festen Boden unter den Füßen zu spüren.

Müde lehnte sich Doran an die Reling. Ihr Blick schweifte über Deck und traf auf Bengart, den Kapitän, der das Steuer hielt. Zum Schutz vor der Sonne hatte er ein Tuch um den Kopf gewunden. Boras, der neue Maat, brüllte seine Befehle weiter an die Matrosen, die im Takelwerk kletterten, wo sie Segel hissten. Neben Boras stand Skarg, der ihm aufmerksam zusah. Als er Doran entdeckte, hob er die Hand zum Gruß und wandte sich gleich wieder dem Maat zu.

Doran betrachtete Skargs sonnengebräuntes Gesicht, neben dem sein von Sonne und Salz gebleichtes Haar beinahe weiß wirkte. Er trug Matrosenkleider. Das Hemd und die Hose flatterten in der steifen Brise. Er fragte Boras etwas. Der antwortete ihm und deutete nacheinander auf verschiedene Segel.

Der Knoten in Dorans Magen zog sich zusammen und schien sich gleichsam zu drehen. Ein Kloß steckte in ihrem Hals. Je länger sie mit Skarg unterwegs war, je öfter sie ihn sah, desto stärker empfand sie jenen merkwürdigen Zustand der Verzückung, der von ihr Besitz ergriffen hatte. In Bengzar hatte sie keine Zeit gehabt, lange darüber nachzudenken, während der Seereise hatte sie zu viel Zeit dazu.

Eine dumpfe Ahnung sagte ihr, dass Skarg ihre Zuneigung nicht erwiderte, zumindest nicht in der Weise, die sie sich wünschte. Soweit wie möglich versuchte sie ihm aus dem Wege zu gehen. Oft schien es ihr, das Schiff sei zu klein für sie beide. Gleichzeitig sehnte sie sich nach seiner Gesellschaft, erfreute sich am Klang seiner Stimme, erhoffte eine flüchtige Berührung.

Geradezu zwingen musste sie sich, das Deck zu verlassen. Zögernd trat sie durch die Luke. Als sie die Treppe hinabstieg, wurde ihr für einen Moment schwarz vor Augen. Seit Tagen hatte sie weder Hunger noch Durst verspürt. Sie ging in den Speisesaal, wo immer eine Schale mit getrockneten Datteln stand, von denen sie als einzigem Nahrungsmittel unerschöpfliche Vorräte hatten. Zu ihrem Erstaunen fand sie Wolf dort vor, der in einem Buch blätterte.

»Doran«, rief er. »Du bist kreidebleich. Was ist los?«

»Nichts. Mir wurde eben schwindlig. Kein Grund zur Sorge.«

Sie setzte sich ihm gegenüber und fischte sich eine Dattel aus der Schüssel auf dem Tisch. Ihre gesprungenen Lippen schmerzten, als sie hineinbiss. Sie tastete danach und spürte, wie ein Tropfen Blut aus einem Riss in der Haut sickerte.

»Ich hole dir Wasser«, sagte Wolf und stemmte sich an seinem Stock hoch.

»Nein …«, wehrte sich Doran, doch Wolf war schon in Richtung Kombüse verschwunden. Bald kam er zurück und stellte einen Becher vor sie.

»Trink!«, befahl er.

Widerwillig hob Doran den Becher und leerte ihn in einem Zug. Wolf betrachtete sie.

»Bist du krank, Doran? Fehlt dir etwas?«

»Nein, es geht mir gut.«

»So siehst du aus! Ich wusste nicht, dass man gleichzeitig sonnengebräunt und weiß wie ein Laken sein kann.«

»Es ist nur die Hitze.«

»Die Hitze? Du bist sie doch von uns allen am meisten gewohnt.«

Verärgert lehnte sich Doran zurück und verschränkte die Arme vor der Brust.

»Wo ist Xander?«, fragte sie betont gelassen.

»Er hat sich nochmals schlafen gelegt. Letzte Nacht hatte er wieder diesen Albtraum.«

»Welchen Albtraum?«

»Hast du nicht zugehört, als er gestern davon erzählte? Er träumt von Horis.«

»Horis«, murmelte Doran geistesabwesend.

Wolf drehte den Knauf seines Gehstocks in den Fingern. Nachdenklich musterte er sie. Schatten lagen unter Dorans Augen und ihr Gesicht wirkte eingefallen, als ob auch sie kaum schliefe.

»Bist du krank, Doran? Sag es mir! Das ist kein Grund, sich zu schämen.«

»Ich bin nicht krank!«, schnaubte sie.

Die Ereignisse der letzten Tage zogen vor Wolfs geistigem Auge vorbei, als er nach einer Erklärung für Dorans sonderbares Verhalten suchte. Allmählich dämmerte ihm die Erkenntnis.

»Es ist wegen Skarg«, stellte er fest.

Röte schoss in Dorans Wangen.

»Skarg?«, erwiderte sie betont erstaunt. »Was meinst du damit?«
»Ich habe gesehen, wie du ihn anschaust.«
»Ich weiß nicht, wovon du sprichst.«
Matt lächelte Wolf.
»Glaubst du, ich bin blind?«
»Lass mich in Ruhe!«
Doran vergrub die Finger im strähnigen Haar. Plötzlich war ihr nach Weinen zumute. Was geschah nur mit ihr? Sie, die stets so beherrscht war. Als Schwäche hatte sie die Gefühlsregungen anderer empfunden und mitleidig auf sie herabgesehen. Nun war sie selbst am Ende ihrer Weisheit.
»Weißt du …«, begann Wolf und verstummte, als Schritte erklangen. Skarg trat zu ihnen in den Essraum. Er nahm sich eine Hand voll Datteln und warf sich auf einen Stuhl. Verblüfft blickte er sie an, als er ihr Schweigen bemerkte.
»Störe ich?«
»Überhaupt nicht!«, antwortete Wolf rasch.
Unauffällig presste Doran den Finger auf die Lippen und warf Wolf einen warnenden Blick zu.
»Wo ist Xander?«, fragte Skarg.
»Er schläft. Letzte Nacht hat er wieder schlecht geträumt.«
»Wegen Horis?« Skarg biss in eine Dattel und kaute geräuschvoll. »Das begreife ich nicht.«
»Xander fühlt sich mitschuldig an seinem Tod.«
»Aber das ist er ja auch. Xander hat den Jungen auf dem Gewissen, damit wird er leben müssen. Er hätte ihn retten können, wenn er auf mich gehört hätte.« Skarg zuckte die Schultern. »Jedenfalls fand ich es ganz angenehm, dass Akàra und Horis sich gegenseitig umbrachten und uns damit die Arbeit abnahmen.«
Laut lachte Wolf auf.
»Ich hatte schon beinahe vergessen, dass wir einen Eiskrieger unter uns haben.«
Ein leises Lächeln flog über Skargs Gesicht.
»Eure Vorstellungen von Moral werde ich nie verstehen. Ohne mit der Wimper zu zucken, schickt ihr tausende Soldaten bei einer Schlacht in den sicheren Tod. Aber wenn ein dummer Junge, der nichts als Ärger verursacht hat, sein verdientes Ende findet, vergießt ihr bittere Tränen.«
Wolf schmunzelte.
»Du bist bestimmt froh, bald wieder nach Ardak zurückkehren zu können.«

»Allerdings. Ich vermisse meine Heimat.« Er schob sich eine weitere Dattel in den Mund. »Ich werde mit euch nach Kirgon reisen und helfen, euren Freund Haldur zu retten, wie ich es versprochen habe, dann hält mich nichts mehr.«

»Was wirst du tun, wenn du wieder in Ardak bist?«, fragte Doran mit belegter Stimme.

»Ich habe einen Krieg zu gewinnen – die Eiskrieger werden Kech gegen Kaiser Alrich verteidigen – und eine Braut zu heiraten, die schon lange auf mich wartet.«

Doran verspürte einen Stich in der Brust. Sie brachte kein Wort mehr heraus. Wolf, den das Thema zu fesseln schien, sprach weiter.

»Du bist mit Fürst Arngrims Tochter Gedra verlobt, nicht wahr? Du warst lange fort. Hast du keine Angst, sie könnte sich inzwischen für einen anderen entschieden haben?«

Er schüttelte den Kopf.

»Nein.«

»Ich will dir nicht zu nahe treten«, sagte Wolf, »aber ich möchte dich gern etwas fragen.«

»Ja?«

»Liebst du deine Braut? Ich dachte, diese Heirat sei aus politischen Gründen geplant. Gedra ist die Tochter Fürst Arngrims, des Oberhauptes der Eiskrieger, und du bist sein Stellvertreter. Diese Verbindung wird dir und Arngrim nützen.«

Gedankenverloren schaute Skarg zum kleinen Fenster hinaus, das auf das Wasser ging. Sein Blick wanderte in weitere Fernen, als die See sie zu bieten hatte, und in seinem Gesicht zeigte sich plötzlich eine Sanftmut, die sie noch nie an ihm bemerkt hatten.

Doran betrachtete ihn in stummem Entsetzen. Sie wusste, dass Wolf ihn absichtlich über seine Braut ausfragte, um sie von ihrer Schwärmerei zu heilen. Stockstill saß sie auf dem Stuhl, eingefroren. Sie wollte nicht bleiben, und sie konnte nicht gehen, und so hörte sie schweigend zu.

»Ja und Nein«, antwortete Skarg. »Ich liebe meine Braut. Unsere Heirat war geplant, das ist wahr, aber auch wieder nicht. Es ist eine lustige Geschichte.«

»Erzähl sie uns!«, ermunterte ihn Wolf.

»Ich war schon seit einigen Jahren Häuptling von Walik, als ich Gedra kennen lernte«, begann Skarg. »Jedes Jahr im Sommer tagt der Stammesrat von Ardak auf dem Gut Arngrims in Glenik. Alle Stammesfürsten nehmen am Rat teil. Es ist ein wichtiger Anlass; Ardak ist groß und dünn besiedelt, die Ortschaften liegen weit voneinander entfernt an den Füßen der Berge; für viele ist dies die einzige Gelegenheit, Neuigkeiten zu erfahren und sich mit den anderen Fürsten zu beraten. Außerdem kommen alle gern ins schöne Glenik.

Arngrims Gut ist eine Festung: ein wunderbares Haus mit zahlreichen Nebengebäuden, umringt von einem Wall. Das Haupthaus ist so verwinkelt, dass man sich darin verlaufen kann. Herrliche Hallen hat es mit großen Feuerstellen, geschmückt mit Waffen und Trophäen. Arngrim ist ein begeisterter Jäger und ein Hundenarr. Andere halten sich ihre Jagdmeuten im Zwinger, bei ihm tummeln sie sich im Haus – überall Hunde: vor dem Kamin, auf den Sesseln, in den Gängen. Arngrims zwei Lieblinge, Zim und Kam, schlafen bei ihm im Bett, obwohl sie groß wie Kälber sind. Seine Frau hätte ihn deswegen beinahe verlassen, so geht jedenfalls die Rede. Sie haben sich dann auf getrennte Schlafzimmer geeinigt.« Er grinste. »Mit Arngrim verheiratet zu sein ist ohnehin keine leichte Aufgabe. Anfangs habe ich nicht verstanden, wie sie es mit ihm aushält: Gora, diese kleine, zarte Frau, neben der Arngrim wie ein Ungeheuer wirkt.«

»Ich hoffe, seine Tochter gleicht mehr der Mutter«, sagte Wolf. »Ich bin Arngrim ein paarmal über den Weg gelaufen. Sein vernarbtes Gesicht und das fehlende Auge tragen nicht unbedingt zu seiner Schönheit bei, abgesehen davon, dass er die Statur eines Bären hat.«

»Arngrim hat zwei Töchter. Gedra ist die ältere, Arina, die jüngere, dürfte jetzt etwa sechzehn Jahre alt sein. Er hatte auch zwei Söhne, Zwillinge, die im Kindesalter gestorben sind. Äußerlich ist eine gewisse Ähnlichkeit der Töchter zu beiden Eltern vorhanden, aber sie sind keine Ebenbilder von ihnen geworden. Gedra hat viel von den Eigenschaften Arngrims geerbt, sie ist – wie soll ich es ausdrücken – sehr temperamentvoll. Das merkte ich schon, als ich sie zum ersten Mal traf.«

Wolf lachte.

»Was hat sie getan? Dich niedergeschlagen, als du sie angeschaut hast?«

»Keine schlechte Umschreibung.« Er nickte. »Ihre Schwester Arina hatte ich oft gesehen, eigentlich immer, wenn ich in Glenik war. Sie ist ein aufgewecktes junges Ding, ebenso frech wie hübsch. Gedra war ich nie begegnet. Später erfuhr ich, dass sie einige Jahre bei ihrer Tante in Kranok gelebt hatte. Ihre Mutter hatte darauf bestanden, dass sie Erziehung und Ausbildung genoss, was sie in der Nähe Arngrims offenbar für nicht durchführbar hielt. Gedras Tante, die Schwester ihrer Mutter, ist eine berühmte Heilerin in Ardak, und dort lernte sie.

Im Frühling, ein Jahr nachdem mich Arngrim zu seinem Stellvertreter ernannt hatte, kam Gedra zurück. Im Sommer fand wieder der Rat statt, zu dem ich mit meinen Leibwächtern Keldar und Lorge und einigen Vertretern des Dorfes anreiste. Wie üblich sollte der Rat mit dem traditionellen Mittagessen beginnen. Alle wichtigen Anlässe in Ardak finden während eines Mittagessens statt, das vom Vormittag bis spät in die Nacht dauert. Während der Gänge finden die nötigen Rituale statt und werden die Reden gehalten, angenehm unterbrochen von dem üppigen Mahl, zu dem man alles auftischt, was Küche und Keller herzugeben haben.

Am Vorabend war ich mit meinem Gefolge in Glenik angekommen, und der Gedanke, den ganzen nächsten Tag auf meinem Hintern auf einem Stuhl zu hocken, stimmte mich etwas missmutig. Ich hatte das Bedürfnis, mich körperlich zu verausgaben, bevor ich mich an den Köstlichkeiten von Arngrims Küche labte. Also fragte ich Keldar, ob er am Morgen mit mir in den Wald kommen wolle, um ein bisschen Faustkampf zu üben. Keldar ist nicht nur mein Leibwächter, sondern auch mein guter Freund.

Gesagt, getan, im Morgengrauen zogen wir los in den Wald, bis wir eine Lichtung fanden, die uns geeignet erschien. Der ergiebige Regen der letzten Tage hatte den Boden getränkt. Schlammig und weich war die Erde. Das Gras stand kniehoch. Hier konnten wir sogar Würfe versuchen, ohne uns wehzutun. Unsere Kleider hängten wir an einen Strauch und zogen jeder ein Paar alte Hosen an. Dann fingen wir an zu kämpfen. Es war ein wundervoller Morgen. Die Vögel sangen. Rasch erwärmte die Sonne die kühle Luft. Bald waren wir vom Scheitel bis zur Sohle mit Dreck beschmiert.

Keldar zeigte mir ein paar Hüft- und Schulterwürfe. Im unbewaffneten Nahkampf ist er mir überlegen.

›Wie kommt es, dass jemand, der so geschickt mit dem Schwert umgehen kann wie du, mit den Händen kämpft wie ein kleines Mädchen?‹, fragte mich Keldar.

›Wie kommt es, dass jemand, der so geschickt mit den Händen umgehen kann wie du, sein Schwert wie eine Mistgabel führt?‹, beantwortete ich ernst seine Frage, während ich ihm einen Klumpen Schlamm ins Gesicht warf.

Wir lachten und schrien wie die Kinder. Was für ein herrlicher Tag!

›Warte nur!‹, grollte Keldar. ›Du kriegst auch gleich Schlamm zu fressen!‹

Bald darauf lag ich im Matsch, Keldars Knie im Kreuz. Er zog eben meinen Kopf an den Haaren hoch, als wir eine fremde Stimme vernahmen.

›Wie die Schweine!‹, rief sie empört. ›Schämt ihr euch nicht? Während des Stammesrates sind Kämpfe verboten. Tragt euren Streit woanders aus!‹

Keldar ließ von mir ab, und ich rappelte mich hoch. Eine junge Frau, die ein Pferd am Zügel führte, war zu uns gestoßen. Sie trug Hemd und Hose aus weichem braunem Leder, die ziemlich abgenutzt und ausgebeult waren. Um ihre Schultern hingen ein Bogen und ein Köcher mit Pfeilen. Das blonde Haar hatte sie zu zwei Zöpfen geflochten, die hinter ihren Ohren herabhingen wie Henkel.

Die Morgensonne umstrahlte sie, gedämpft vom Blattwerk, das durchbrochene Schatten auf sie warf. Alles an ihr schien in Bewegung zu sein. Mit jedem Windhauch veränderten sich ihre Züge. Zugleich sanft und zart war sie und hart wie ein Krieger. Ihre Augen sprühten Funkenregen. Ich weiß nicht, warum, aber ich war wie vom Blitz getroffen, als ich sie sah. Dieses Gesicht! So stolz, ja überheblich, und voller Leben.

Ich muss ziemlich dumm dreingeschaut haben. Wie ein Betrunkener stolperte ich auf sie zu.

›Wie ist Euer Name?‹, fragte ich. ›Woher kommt Ihr?‹

›Ich bin Gedra‹, erwiderte sie.

›Gedra?‹, sagte Keldar, der sich zu uns gesellt hatte. ›Die Tochter Fürst Arngrims?‹

›Die bin ich. Ihr gehört wohl zum Gefolge der Stammesfürsten, die meinen Vater besuchen. Euer Herr wird sich bestimmt freuen, wenn ich ihm erzähle, was ihr hier treibt! Wem dient ihr?‹

›Wir dienen Fürst Skarg, dem Häuptling von Walik‹, erwiderte ich. ›Bitte verratet uns nicht, Herrin!‹

›Skarg! Meines Vaters Stellvertreter! Er soll ein stolzer junger Fürst sein, herrisch und unnachgiebig, doch klug und besonnen. Ich wusste allerdings nicht, dass er sich mit Schwachköpfen wie euch umgibt.‹

›Bitte sagt ihm nichts!‹, flehte ich. ›Unser Herr ist streng.‹

›Ein paar Stockschläge würden euch bestimmt gut tun. Seht euch an! Seid ihr Schweinehirten oder Krieger?‹

›Jetzt reicht es!‹, grollte Keldar. ›Lass dir doch von diesem Weib nicht …‹

Mit einem Knuff brachte ich ihn zum Schweigen.

›Verzeiht meinem Kameraden, Herrin. Er ist ein guter Krieger, unserem Fürsten treu ergeben, doch ungeschickt in seinen Äußerungen.‹

›Ganz im Gegensatz zu dir, wie? Deine Zunge ist geschmeidiger als die einer Schlange.‹

›Auch ich bin ein guter Krieger.‹

›Das habe ich gesehen. Dein Freund hat dich vorhin in den Schlamm geworfen wie einen Sack Kohlen.‹

›Wir haben uns im Kampf geübt.‹

›Du hättest ihn jedenfalls nicht gewonnen.‹

›Ich habe andere Vorzüge und nicht wenige.‹

›Ja, für einen einfachen Krieger schwingst du große Reden.‹

Nah trat ich zu ihr und blickte in ihre lavendelfarbenen Augen. Die Welt um uns versank, als wir so dastanden und uns anschauten. Ich weiß nicht, was in ihr vorging, aber ich hätte sie am liebsten in den Arm genommen und geküsst.

›Mein Herz steht in Flammen‹, sagte ich, ›mein Leben gehört Euch, Herrin.‹

›Zweifellos‹, erwiderte sie, ›steht dein Herz bei jeder Frau in Flammen.‹

›Nein, Ihr tut mir Unrecht, noch nie habe ich so empfunden. Glaubt mir! Obwohl ihr keinen Schmuck tragt und Euch nicht herausgeputzt habt, seid Ihr mir das schönste aller Wesen.‹

›Bemüh dich nicht, Eiskrieger‹, sagte sie herablassend. ›Es geht dich zwar nichts an, aber ich bin schon einem anderen versprochen.‹

Der Gedanke machte mich wütend.

›Und wem?‹, bellte ich.

›Deinem Fürsten. Mein Vater wird ihm meine Hand anbieten.‹

Ich war völlig verblüfft. Das war mir neu.

›Ich wusste nicht, dass sich mein Herr mit der Absicht trägt zu heiraten.‹

›Unser Herr liebt viele Frauen‹, meinte Keldar, ›und er ist jung. Er hat keinen Grund, sich an eine zu binden.‹

Mein Blick brachte ihn zum Verstummen.

›Kennt Ihr Fürst Skarg, Herrin?‹, fragte ich.

›Nein.‹

›Warum wollt ihr ihn dann heiraten?‹

›Er soll ein unbezwingbarer Krieger sein und ein großer Gelehrter, dabei von einnehmendem Äußeren. Mein Vater vertraut ihm. Warum sollte ich ihn nicht lieben lernen? In ganz Ardak gibt es keinen Zweiten gleich ihm.‹

›Es ist nicht alles Gold, was glänzt‹, brummte Keldar, der langsam Gefallen an dem Spiel fand.

›Wie kannst du es wagen, so über deinen Herrn zu sprechen?‹, entrüstete sie sich.

›Niemand kennt Fürst Skarg besser als er‹, erklärte ich ihr. ›Schon als Jünglinge haben sie gegeneinander gekämpft. Vergebt ihm seine Worte! Es liegt auch Weisheit in ihnen. Fürst Skarg ist tatsächlich ein Krieger ohnegleichen und ein großer Gelehrter …‹

›… von einnehmendem Äußeren‹, ergänzte Keldar.

›… doch er ist auch ein Mensch. Als seine Frau müsst Ihr den Menschen lieben können und keine Phantasievorstellung eines Helden, den Ihr Euch ausgedacht habt.‹

›Du machst viele Worte, Eiskrieger‹, sagte sie. ›Darin bist du bestimmt Meister.‹

Eilig kratzte ich mir den Dreck aus dem Gesicht und aus dem Haar. Verschmiert und schmutzig stand ich vor ihr, mit nichts bekleidet außer einem Paar alter Hosen. Sie starrte mich an, und ihr Ausdruck wechselte, als ob Wolken über den Himmel zogen, um in der Ferne zu verschwinden. Ich ergriff ihre Hand und drückte sie.

›Fühlt Ihr nicht, was ich fühle?‹, fragte ich.

Sie riss sich los. Als ihr Blick mich traf, wusste ich, dass es ihr genauso erging wie mir und dass die Erkenntnis sie zutiefst verstörte. Sie sprang auf das Pferd, trieb es an, als ob die Sumpfgeister hinter ihr her wären, und verschwand zwischen den Bäumen.

Keldar hockte sich auf den Boden, die Knie mit den Armen umschlungen, und brach in gellendes Gelächter aus. Ich setzte mich neben ihn und stimmte mit ein.

›Nun denn, unbezwingbarer Krieger‹, keuchte er. ›Das war also deine Braut.‹

›Sie hat mir ganz gut gefallen.‹

Er krümmte sich.

›Die wird Augen machen, wenn du ihr heute Abend vorgestellt wirst.‹

›Vielleicht sollte ich mir etwas Dreck ins Gesicht schmieren, damit sie mich erkennt.‹

Wir lachten, bis wir keine Luft mehr bekamen.

›Ich wusste nicht, dass ich eine Braut habe. Arngrim hat mir nichts von meinem Glück erzählt.‹

›Vielleicht wollte er, dass du sie erst einmal triffst und dir eine Meinung bildest.‹

›Das dürfte es sein. Er wollte sie mir vorführen, herausgeputzt in ihrem Festtagsstaat, und mich schonend darauf vorbereiten, ob ich mir vielleicht vorstellen könnte, sie zu ehelichen. Dieser schlaue alte Bastard!‹

›Niemand kann dich dazu zwingen, sie zu heiraten. Du bist und bleibst sein Stellvertreter, du brauchst nicht auch noch sein Schwiegersohn zu werden. Für ihn wäre es natürlich ganz nützlich.‹

Ich stand auf.

›Komm, wir gehen zurück. Ich kann es kaum erwarten.‹

In Arngrims Haus wuschen wir uns, kämmten, rasierten und putzten uns heraus, als seien auch wir Bräute, die ihren zukünftigen Gemahl treffen sollten. An der Ratsversammlung durfte Keldar nicht teilnehmen, aber er blieb in der Nähe, um ja nichts zu verpassen. Nach den Gesprächen am Nachmittag, die sich vor allem um den Handel mit den Nachbarländern drehten, stießen am Abend die Angehörigen von Arngrims Haus und die Vertrauten der Häuptlinge zu uns. Die Stimmung wurde lockerer, unsere Freunde und Verwandten aßen mit uns, und Arngrim hatte eine Gruppe von Musikern angestellt, die zum Tanz aufspielten, was bisher noch nie dagewesen war. Ich tat so, als ob ich nichts ahnte.

Wie erwartet, nahm mich Arngrim beiseite und legte väterlich den Arm um meine Schultern.

›Du kennst meine Tochter Gedra noch gar nicht‹, sagte er beiläufig und führte mich zu einem Tisch neben dem Kamin. ›Sie ist diesen Frühling zu uns zurückgekehrt, Fenrir sei Dank! Ich habe sie vermisst.‹

Sie saß mit dem Rücken zu uns, das goldene Haar zu einem Netzwerk aus kunstvollen Zöpfen geflochten, in die allerlei Blüten und bunte Perlen eingewoben waren. Ein langes silbergraues Kleid trug sie und einen dünnen Schal. Um den Hals hatte sie eine silberne Kette geschlungen, geschmückt mit Edelsteinen. Bei aller Pracht sah ich immer noch das Mädchen in dem Lederanzug vor mir, mit den Henkelzöpfen und dem verschwitzten Gesicht. Ihre spöttische Stimme hörte ich, die dem jungen Eiskrieger im Wald gesagt hatte, er solle sich scheren, weil ihr Besseres bestimmt sei.

Als sie sich auf den Ruf ihres Vaters hin umdrehte, erbleichte sie, wie ich noch nie jemanden erbleichen gesehen hatte. Ihr Gesicht verlor jegliche Farbe.

›Gedra‹, sagte Arngrim und tätschelte ihr den Arm. ›Ich möchte dir Fürst Skarg vorstellen, von dem ich dir erzählt habe. Kümmere dich um ihn und sei nett! Tanzt doch, wenn ihr Lust habt! Ihr seid jung.‹

Mit einem verschmitzten Lächeln empfahl er sich.

›Hallo, Gedra‹, begrüßte ich sie, ›so rasch trifft man sich wieder.‹

Sie wandte das Gesicht von mir ab. Doch nicht für lange. Bald sprang sie auf und funkelte mich an.

›Wie kannst du mir das antun? Das ist der peinlichste Augenblick meines Lebens!‹

›Gedra, sei mir nicht böse. Kannst du keinen Spaß verstehen?‹

›Spaß? Das war kein Spaß, sondern eine Gemeinheit!‹

Ich nahm ihre Hand, die ich am frühen Morgen schon gedrückt hatte, und sah, dass sie sie nicht gewaschen hatte. Etwas Schmutz klebte daran, der in krassem Gegensatz zu ihrer sonst so säuberlich hergerichteten Erscheinung stand. Sie musste sich dagegen gewehrt haben, sie zu waschen. Jetzt fühlte ich mich niederträchtig.

›Verzeih mir! Ich wollte dich nicht beleidigen.‹

›Verdammter Mistkerl!‹, zischte sie. ›Ich will dich nie wieder sehen! Geh mir aus den Augen!‹

Sie raffte ihren Rock und eilte aus der Halle auf den Hof hinaus. Ich rannte ihr hinterher. Beim Brunnen holte ich sie ein. Ich musste sie festhalten, damit sie mir nicht entwischte.

›Es tut mir Leid.‹

›Es tut dir Leid? Den ganzen Nachmittag dachte ich nur an den dreckbeschmierten jungen Eiskrieger, den ich im Wald getroffen hatte. Ich überlegte, wie ich es meinem Vater wohl beibringen könnte, dass ich seinen edlen Fürsten Skarg doch nicht heiraten kann, weil ich mich Hals über Kopf in irgendeinen armen Kerl verliebt habe, von dem ich nicht einmal den Namen kenne! Mein Vater hätte mich aus dem Haus geworfen. Für verrückt hätte er mich erklärt. Aber es war mir gleich! Diesen Eiskrieger wollte ich haben. Den oder keinen!‹

›Du kannst ihn haben. Er ist hier.‹

›Ihr müsst herzlich über mich gelacht haben, du und dein Freund.‹

›Das war Keldar. Er ist mein Leibwächter. Du wirst ihn mögen.‹

›Ich mag ihn dafür, dass er dich in den Schlamm geworfen hat! Das kann er von mir aus jeden Tag machen.‹

Ich zog sie näher zu mir und wollte sie küssen, als sie mir eine schallende Ohrfeige verpasste.

›Lass mich in Ruhe!‹, schrie sie und eilte zurück ins Haus, um auf ihr Zimmer zu verschwinden.

Ich blickte ihr nach, während ich mir die Wange rieb. Sie hatte wahrhaftig das Gemüt ihres Vaters geerbt. Bedrückt schlenderte ich zurück in die Halle. Dort herrschte ausgelassene Stimmung. Alle vergnügten sich prächtig, nur ich nicht. Sogar Arngrim tanzte mit seiner Frau Gora. Er war bester Laune. Es wurde gesungen und gelacht und Geschichten wurden erzählt. Alle waren beschäftigt, und kaum einem fiel es auf, als ich mich früh zurückzog und mich schlafen legte.

In den nächsten Tagen gingen die Beratungen weiter. Wir fällten wichtige Entscheidungen. Der Stammesrat war sich einig wie selten zuvor, die alten Fehden schienen fürs Erste vergeben und vergessen. Eine Woche dauerte der Rat, und die ganze Zeit hielt ich Ausschau nach Gedra. Sie ließ sich nicht blicken. Anfangs dachte ich, sie schmolle, und hielt mich zurück, dann begann ich mir Sorgen zu machen. Arngrim schien verärgert, obwohl er sich nicht äußerte. Am zweitletzten Abend bat er mich zu sich, um mit mir unter vier Augen zu sprechen. Vorwurfsvoll schaute er mich an.

›Was ist zwischen dir und meiner Tochter vorgefallen?‹

Ich wusste nicht, wie ich es beschreiben sollte, und so erzählte ich ihm, was geschehen war. Erst wollte er mir kaum glauben, dann lachte er Tränen. Ein Stein schien ihm vom Herzen zu fallen.

›Sie wollte tatsächlich mit dir durchbrennen, als sie dich für einen einfachen Krieger hielt? Und sobald sie erfuhr, wer du wirklich bist, jagte sie dich davon? Das sieht ihr ähnlich. Verflucht noch mal! Gedra kann es auf den Tod nicht ausstehen, wenn man sich über sie lustig macht. Sie hat wahrhaftig das Gemüt ihrer Mutter geerbt. Jetzt verstehe ich, weshalb sie so verstört ist. Sie hat eine Laune, dass die Milch sauer wird.‹

›Was soll ich tun? Sie geht mir aus dem Weg.‹

›Ich rede mit ihr. Morgen Abend, beim Abschiedsfest, wird sie dabei sein, das verspreche ich dir.‹

Sie kam tatsächlich, angetan in einem blauen Kleid, in dem sie sich bewegte, als habe man sie in Eisen geschlagen. Blass und still war sie, dafür glitzerten ihre Augen umso angriffslustiger. Die meinen hätte sie mir am liebsten ausgekratzt. Ich traute mich kaum, sie anzusprechen. Als ich näher kam, ließ sie mich einfach stehen und rauschte davon. Jetzt wurde auch ich langsam wütend. So hübsch und feurig sie war: Was sollte ich mit einer Frau anfangen, die keinen Humor besitzt? Ich beschloss, dass sie mir den Buckel runterrutschen konnte.

Am nächsten Morgen reisten wir ab. Alle waren auf dem Hofplatz versammelt. Händeschütteln und Schulterklopfen. Als meine Reihe an Gedra kam, ließ *ich* sie stehen, wobei ich mich von allen anderen umso herzlicher verabschiedete. Sie sah aus, als hätte man einen Eimer kalten Wassers über ihr ausgeschüttet, was mir, wie ich gestehen muss, eine gewisse Befriedigung verschaffte.«

Wolf lachte auf.

»Eine harmonische Beziehung. Wie habt ihr danach doch noch zueinander gefunden?«

»Es dauerte ein ganzes Jahr, bevor wir uns wieder begegneten«, erzählte Skarg. »Ich hatte im Herbst nochmals in Glenik zu tun, aber ich legte keinen Wert darauf, sie zu treffen. Dann stand der nächste Stammesrat bevor. Arngrim bat mich, schon zwei Wochen früher zu kommen. Er erwartete Besuch von Herzog Lodur von Kech und wollte, dass ich dabei war. Es war ungewöhnlich, dass ein Statthalter von Kech freiwillig Arngrim beehrte. Wir fragten uns, was er im Schilde führte. Arngrim kannte Lodur und hielt ihn für ehrgeizig, skrupellos und verschlagen. Die Frage war bloß, in welche Richtung sein Ehrgeiz ging. Bald wurde klar, dass er sich gegen seinen Dienstherrn, Kaiser Alrich, auflehnte und sich ein eigenes Königreich verschaffen wollte. Dazu brauchte er Verbündete, waffenstarke Verbündete. Er sprach nicht offen von Krieg, aber es war klar, dass es darauf hinauslief. Ich hielt es für keinen guten Gedanken, ihn zu unterstützen. Aber Arngrim war begeistert. Er sah eine Möglichkeit, die Stadt Kech und das umliegende Gebiet ohne viel Blutvergießen dem Land Ardak einzuverleiben, denn Lodurs Pläne reichten weiter. Er wollte zurück in den Süden von Dahl und Kech lieber früher als später den Rücken kehren.

Nach ein paar Tagen reiste Lodur ab. Wir hatten ihm zugesichert, seine Vorschläge im Stammesrat zu besprechen, der diesmal wohl länger dauern würde als eine Woche. Ich brauchte Ruhe, um nachzudenken, und spazierte in den Wald. Am Rande eines Bachs ließ ich mich nieder, tauchte die Füße ein und fischte Kiesel heraus. Ich war so in Gedanken, dass ich sie nicht hörte, bis sie hinter mir stand: Gedra, gekleidet in ihren abgeschabten braunen Lederanzug. Ich grüßte sie und blickte sogleich wieder auf das vorbeiziehende Wasser. In eben jenem Moment beschäftigten mich wichtigere Dinge als mein Liebesleben.

Sie setzte sich neben mich. Wir sprachen kein Wort. Eine unangenehme Spannung lag in der Luft.

›Hör zu‹, sagte sie schließlich. ›Es tut mir Leid, was letztes Jahr geschehen ist.‹

Ich schaute sie an. Diese Entschuldigung musste sie unmenschliche Überwindung gekostet haben.

›Ich hatte mir das alles ganz anders vorgestellt‹, fuhr sie fort, ›ich dachte, es würde abenteuerlich und irgendwie geheimnisvoll sein, wenn ich meinen zukünftigen Mann kennen lerne. Wunderschön hatte ich es mir ausgemalt, in jeder Einzelheit.‹

›Unsere erste Begegnung war doch abenteuerlich und irgendwie geheimnisvoll.‹

›Zwei Männer, die sich im Schlamm suhlen? Ich weiß nicht.‹

›Das Leben ist nicht so, wie wir es uns ausdenken. Die Wirklichkeit ist kein Traum. Ich fand es gut, dass du mich zum ersten Mal nicht als Fürst getroffen hast, behängt mit Waffen und Rangabzeichen. Natürlich bin ich dieser Fürst, ich will dieser Fürst sein. Doch das ist nicht alles. Ich war froh, dich im Wald zu treffen, in diesem speckigen Lederzeug. Es hat mir mehr über dich verraten als dein Schmuck und deine schönen Kleider. Nein, Gedra, unsere erste Begegnung war ein Geschenk und kein Unglück. So hast du rechtzeitig gemerkt, dass ich nicht der Richtige für dich bin.‹

Seufzend umfing sie ihre Knie und senkte den Kopf.

›Als ich diesen jungen Eiskrieger im Wald sah, da wusste ich, dass es der Richtige ist. Nachher, als ich erfuhr, wer du bist, merkte ich, wie lächerlich ich mich gemacht hatte. Ich hatte vor dir angeben wollen mit meiner bevorstehenden Hochzeit mit einem Fürsten. Die Umstände waren einfach unmöglich!‹

›Nun, wenigstens wissen wir jetzt beide, woran wir sind. Du wünschst dir einen strahlenden Helden, der dich vor allem Schmerz und aller Trauer bewahrt und dir ein sorgenfreies Leben bietet. Dafür bin ich der Falsche …‹

›Das will ich nicht! Was denkst du eigentlich von mir?‹

›… wenn du allerdings doch an dem jungen Eiskrieger Gefallen finden solltest, den du im Wald getroffen hast, so ließe sich darüber reden.‹

›Reden?‹ Sie schlug mich. ›Du Mistkerl!‹

›Du hast mich beleidigt‹, erwiderte ich. ›Dabei hatte ich mich schon beinahe mit dem Gedanken angefreundet, dich zu heiraten.‹

Entgeistert gaffte sie mich an.

›Dann hast du es ernst gemeint, damals im Wald?‹

›Natürlich.‹

›Das glaube ich dir nicht.‹

Ich zog sie zu mir heran, und als ich sie diesmal küssen wollte, gab sie mir keine Ohrfeige.

›Das habe ich mir aber auch anders vorgestellt‹, sagte sie einige Zeit später.

Kurz bevor ich etwas Unüberlegtes erwidern konnte, lächelte sie mich an.

›Du hast Recht‹, flüsterte sie. ›Es ist viel besser als ein Traum.‹

Die nächsten Wochen waren wundervoll. Ich schwebte wie auf Wolken. Trotz der ernsten und langen Gespräche im Stammesrat fühlte ich mich unbeschwert und glücklich. Wann immer ich Zeit hatte, verbrachte ich sie mit Gedra. Endlich lernten wir uns kennen. Arngrim traute kaum seinen Augen.

›Wollt ihr mich in den Wahnsinn treiben?‹, fragte er mich eines Abends. ›Erst hasst ihr euch und sprecht kein Wort und nun hängt ihr wie die Kletten aneinander. Gedra ist wie ausgewechselt.‹

›Ich kann sie ganz gut leiden‹, erwiderte ich. ›Sie ist nicht so übel, wie ich zuerst dachte.‹

›Aha‹, meinte er. ›Darf ich ihr deine Worte ausrichten?‹

›Lieber nicht. Sonst erwürgt sie mich.‹

›Dann wird es also doch etwas mit der Hochzeit?‹, fragte er hoffnungsvoll.

›Warum denn immer gleich heiraten? Wir sind noch jung.‹

Arngrim packte mich am Kragen.

›Ich weiß alles über deine Frauengeschichten, Skarg!‹, brüllte er mich an. ›Meine Tochter wirst du heiraten oder die Finger von ihr lassen!‹

›Gut, gut‹, lenkte ich ein, ›dann heirate ich sie eben.‹

Ungläubig starrte er mich an. Er konnte es nicht fassen.

›Es ist beschlossen‹, verkündete er rasch, bevor ich es mir anders überlegte. ›Hiermit seid ihr verlobt. Die Hochzeit werden wir noch festsetzen.‹

Bestimmt hat sich Gedra ihre Verlobung auch ganz anders vorgestellt, abenteuerlicher und irgendwie geheimnisvoller. Aber so war es eben. Beinahe fürchtete ich, Gedra würde mich und Arngrim zusammen rauswerfen oder zurück zu ihrer Tante ziehen, um uns nie wieder zu begegnen, aber sie lachte bloß, als ich ihr von unserer bevorstehenden Hochzeit erzählte, und sie sah ziemlich glücklich dabei aus.«

»Das ist eine schöne Geschichte«, sagte Wolf. »Sie wartet bestimmt auf dich. Bei all dem Ärger, den sie mit dir hatte!«

»Nach so vielen Schwierigkeiten gibt man nicht so leicht auf. Ich freue mich schon jetzt, sie endlich wieder zu sehen.« Ein Lächeln erhellte sein Gesicht. »Was habt ihr für Zukunftspläne?«

»Ich werde nach Kech zurückkehren«, erwiderte Wolf. »Wir haben dasselbe Reiseziel.«

»In Kech befiehlt jetzt Fürst Arngrim.«

»Der ist auch nicht übler als des Kaisers Statthalter. Kech ist meine Heimat. Ich möchte meine Freunde auch gern wieder sehen.«

»Es wird nicht leicht sein, dorthin zu gelangen. Im Norden Dahls herrscht Krieg, seit die Eiskrieger die Stadt Kech eroberten. Kaiser Alrich hat seine Armee dort zusammengezogen. Eine lange und gefährliche Reise liegt vor uns.«

»Darüber können wir uns den Kopf zerbrechen, wenn es so weit ist. Was planst du, Doran?«

»Ich …«, krächzte sie und räusperte sich. »Ich werde den Schlüssel von Dahl in die kaiserlichen Schatzkammern zurückbringen. Deswegen bin ich schließlich hier.« Abrupt stand sie auf. »Entschuldigt mich«, sagte sie.

Ohne sich umzuwenden eilte sie aus dem Raum, rannte durch den Gang und hastete die Treppe hinauf. Sie kämpfte mit den Tränen. Wutentbrannt schluckte sie sie hinunter. Hinter sich hörte sie Gemurmel.

Eine Woge der Eifersucht durchströmte sie. Skargs Erzählung hatte sie gekränkt und auch ernüchtert. Er würde seine Braut niemals verlassen. Genausowenig wie sie ihn. Deutlicher hätte sie nicht erfahren können, woran sie war. Sie fühlte sich lächerlich.

Noch mehr als eine Woche saßen sie auf diesem Schiff fest, und Doran graute bei dem Gedanken, Skarg jeden Tag zu sehen. Mit der Seereise schien ein Abschnitt ihres Lebens zu enden, trotz des gelungenen Abenteuers in Bengzar eine unrühmliche und bittere Zeit. Ihr Herz wollte brechen, sie fortreißen in einer Flut von Schmerz. Eingeschlossen von ihren eigenen Ansichten und Meinungen, verharrte sie in ihren selbst entworfenen Hoffnungen. Spinnennetze in einem Turm aus Papier. Gefangen, eingekerkert war sie darin, als wäre er aus Erz gegossen.

Merkwürdigerweise konnte sie Gedra verstehen, die sich mit dem Lauf der Dinge nicht hatte anfreunden können. Auch sie, Doran, hatte sich oft vieles anders vorgestellt. Doch im Gegensatz zu Gedra hatte sich bei ihr nichts zum Guten gewendet. Ihre Träume waren zu Enttäuschungen geworden.

Die Sonne auf Deck blendete sie. Blinzelnd musste sie sich erst an das grelle Licht gewöhnen. Hitze schlug über ihr zusammen, aber sie spürte sie kaum. Taumelnd schritt sie über die Planken zur Reling, wo der Wind ihr Gesicht kühlte. Sie klammerte sich an das Geländer und schaute auf das Wasser. Tiefgrün war das Meer. Gischt schäumte, wo der Rumpf der *Rona* die Wogen durchschnitt.

Reglos verharrte sie dort, den Blick auf die See gerichtet. Mit niemandem wollte sie sprechen, niemanden sehen. Lichter tanzten auf den Wellen. Der Geruch von Salz stieg ihr in die Nase. Seit Anbeginn der

Zeiten war das Meer schon hier gewesen, lange bevor sie geboren war, und es würde noch hier sein, wenn sie selbst und alle, die sie kannte, vergangen waren und sich niemand mehr an ihre Geschichte erinnerte. Abertausende von Schiffen waren schon über diese Wogen gesegelt, unzählige Menschen hatten den Blick auf diese Fluten gerichtet, die auch sie, Doran, jetzt betrachtete, und genau wie sie waren jene von den Sorgen um ihr eigenes Schicksal erfüllt gewesen, das sie von einer Küste zur anderen trieb. Vergänglich waren ihre Schmerzen und Freuden, nicht mehr als ein Windhauch, der eine Welle kräuselte.

Doran war so in Gedanken versunken, dass sie sein Kommen nicht bemerkte, bis er neben ihr stand. Wind griff in Wolfs Haar und blies es ihm aus der Stirn. Er lehnte sich an die Reling. Grau wie Eisen waren seine Augen unter den dichten dunklen Brauen. Ernst sah er sie an und sagte kein Wort. Ein Gefühl der Erleichterung erfasste Doran, als falle eine schwere Last von ihr ab und als könne sie zum ersten Mal seit langem wieder klar denken. Sie schenkte ihm ein zaghaftes Lächeln. Er atmete auf, legte den Arm um ihre Schultern und blieb bei ihr, bis die Sonne im Meer versank.

◆ ◆ ◆

Xander wälzte sich in seiner Koje, drehte sich hin und her, ohne eine bequeme Stellung zu finden. Seufzend legte er sich auf den Bauch und vergrub das Gesicht im Kissen. Trotz seiner Erschöpfung hielt ihn Furcht vom Einschlafen ab. Seit Tagen hatte er sich nicht mehr richtig ausgeruht. Jenes Haus in Bengzar zog ihn im Traume unwiderstehlich an, und er wusste nicht, was er tun sollte, um sich dagegen zu wehren. Er wünschte, Lutz wäre hier.

Die Müdigkeit übermannte ihn und seine Lider fielen zu. Dunkelheit senkte sich herab. Er konnte sich seiner Ängste nicht mehr entsinnen. Ehe er sich versah, war er wiederum an dem Ort angelangt, den er vor allen anderen meiden wollte.

Friedvoll dämmerte der Garten im Mondschein, der die wuchernden Pflanzen mit fahlem Glanz umgab. Das allgegenwärtige Zirpen der Grillen dröhnte Xander in den Ohren. Der Klang betäubte ihn. Süßlich und schwer hing der Duft nach welken Blumen und gärenden Früchten in der Luft. Die Hitze trieb Xander den Schweiß auf die Stirn.

Benommen wandelte er auf dem schmalen Pfad aus zerbrochenen Steinplatten bis zum Zierbrunnen neben dem Birnbaum. Verzweigt reckten sich die Äste über ihm, er blickte in das dichte Blattwerk, das sich vor dem Sternenhimmel abhob.

Wunderschön erschien ihm der Garten, verwunschen, als sei hier einst die Zeit stehen geblieben, um diesen einen Moment auf ewig zu bewahren.

Wut packte Xander, als plötzlich Schritte ertönten, die ihn in seinen Betrachtungen störten. Niemand durfte ihn jetzt belästigen. Ihm allein gehörte dieser Augenblick der Seligkeit. Zornig drehte er sich um.

Eine Frau näherte sich auf dem Weg, verwundert schaute sie sich um. Xander stutzte. Er kannte sie. Jenes Gesicht mit der eindrucksvollen Nase hatte er schon mehr als einmal gesehen. Gleich einem Pelz bedeckte das kurze dunkle Haar ihren Kopf. Sie trug ein weites sandfarbenes Hemd und eine ebensolche Hose, in denen ihr schlanker Körper fast hager wirkte. Lonora. Die Leiterin der Schule von Marech Eldred und Lutz' Freundin.

»Verschwinde!«, fuhr Xander sie an. »Lass mich in Frieden!«

Sie rümpfte die Nase.

»Was ist das für ein grässlicher Ort? Mir wird übel.«

»Wie kannst du es wagen, so von dem Garten der Träume zu sprechen!«, empörte er sich.

Rasch trat sie zu ihm, packte und schüttelte ihn.

»Bist du noch zu retten?«, rief sie. »Komm zu dir!«

Er schlug ihre Hände weg.

»Geh fort! Du hast hier nichts verloren.«

Eingehend musterte sie die Umgebung, betrachtete das finstere Haus, das hinter ihnen emporragte, und den verwilderten Garten mit dem kleinen Zierbrunnen unter dem Birnbaum. Sie hielt sich den Magen, als wollte er sich ihr gleich umdrehen. Keuchend rang sie nach Luft.

Xander funkelte sie an. Ohne Vorwarnung verpasste Lonora ihm eine Ohrfeige. Er schrie auf, dann traf ihn schon ein weiterer Hieb. Schmerz durchzuckte ihn und ein Schleier schien sich von seinen Gedanken zu heben.

»Lonora«, stöhnte er. »Wo bin ich?«

»Das weiß ich auch nicht«, erwiderte sie. »Das ist dein Traum.«

»Farons Haus«, murmelte er. »Der Garten. Wir haben hier gewohnt, als wir in Bengzar waren.«

Lonora ging zu dem Birnbaum und tastete den Stamm ab.

»Ein Geist hat dich in seinen Bann geschlagen«, sagte sie. »Er ist hier. Ich kann ihn fühlen.«

Mit geschlossenen Augen streckte sie die Arme aus. Tief atmete sie ein. Xander beobachtete sie. Angst raubte ihm fast die Sinne.

»Zeig dich!«, befahl Lonora mit lauter Stimme.

Finsternis quoll aus der Erde gleich einem schwarzen Nebel, der seine dünnen Fühler nach ihnen ausstreckte. Die Dunkelheit kreiste um den Baum, strömte auf Lonora zu und hüllte sie ein. Sie erzitterte. Ein Lächeln ging über ihr Gesicht, dann klatschte sie in die Hände.

»Kehre zurück in dein eigenes Reich!«

Der Nebel stieg empor, verdüsterte den Sternenhimmel über ihnen und verschwand ohne eine Spur. Verdattert starrte Xander Lonora an.

»Was ...«, stammelte er. »Das war alles?«

»Geister besitzen nur so viel Macht über dich, wie du ihnen zugestehst«, antwortete sie. »Komm jetzt, ich muss mit dir reden!«

Eine Geste von ihr genügte, und sie befanden sich an einem ganz anderen Ort. Endlos erstreckte sich der weiße Sandstrand in die Ferne. In rhythmischem Wogen brandete das Meer an das Ufer, leckte schäumend über den Sand. Orangerote Wolken hingen an dem purpurnen Himmel, der angenehmes Zwielicht verströmte. Tiefer Friede lag über dem Land, der auch Xander erfasste und sein aufgewühltes Gemüt beruhigte.

»Wo sind wir?«, flüsterte er. »Es ist schön hier.«

»Dies ist mein Ort«, erwiderte Lonora. »Niemand wird uns hier stören. Hör mir nun gut zu! Lutz schickt mich.«

»Lutz. Wie geht es ihm? Wo seid ihr? Warum ist er nicht selbst gekommen?«

»Das spielt jetzt keine Rolle. Ich habe eine wichtige Nachricht für dich. Du und deine Freunde dürft nicht nach Kelrun reisen. Schaaraoch ist zurückgekehrt. Ihr müsst in Dahl anlegen und die Paralle in Sicherheit bringen.«

Xander schüttelte den Kopf.

»Das verstehe ich nicht. Was ist geschehen? Wir müssen meinen Bruder Haldur retten, er ist im Reich der Geister gefangen.«

»Haldur ist bei uns. All die Zeit war er gar nicht im Reich der Geister, sondern in unserer Welt. Es geht ihm gut, du brauchst dich nicht um ihn zu sorgen.«

»Aber ...«

Lonora erzählte Xander von den Ereignissen, nur ihre Festnahme verschwieg sie, auch sagte sie ihm nicht, dass sie und Lutz im Kerker des schwarzen Palastes eingesperrt waren. Aufmerksam hörte Xander ihr zu.

»Ich verstehe«, nickte er. »Wo werden wir uns wieder sehen?«

»Geh nach Angantur zur Schule Marech Eldreds und frage nach Morad. Merke dir den Namen gut. Ich werde mit ihm sprechen. Er wird sich um dich kümmern. Lutz und ich folgen dir, sobald wir können. Warte in Angantur auf uns!«

»Was ist mit Lutz? Wo ist er?«

»Wir sind im Augenblick unabkömmlich. So schnell wie möglich werden wir Kelrun verlassen.«

»Da stimmt doch etwas nicht! Was ist geschehen? Warum hat Lutz mich nicht selbst aufgesucht?«

»Mach dir keine Sorgen! Kümmere dich um die Paralle, damit nimmst du uns die schwerste Last von den Schultern.«

Widerwillig stimmte er zu. Freude durchströmte ihn, weil er erfahren hatte, dass Haldur wohlauf war. Zugleich betrübte ihn die Aussicht, nicht zu ihm und Lutz zu fahren, sondern in Angantur tatenlos zu warten.

Zärtlich strich ihm Lonora über das Haar.

»Leb wohl, junger Daimon. Gib auf dich und deine Freunde Acht. Lutz und ich verlassen uns auf dich.«

Sie hob die Hand zum Gruß, dann verschwand sie, und Xander blieb allein an dem weißen Strand zurück.

KAPITEL 14

Die Befreiung

Am Tage des nächsten Vollmonds sollte die Halle der Wahrheit wieder geöffnet werden. Gleichzeitig war ein großes Fest geplant, um die Rückkehr des verlorenen Königs zu feiern. Niemand in der Stadt redete mehr von etwas anderem. Zahllose Besucher strömten nach Kirgon, wo schon Schausteller, Akrobaten, Geschichtenerzähler, Musiker und Spaßmacher versammelt waren, die ihre Zelte auf dem Marktplatz aufgeschlagen hatten. An jeder Straßenecke hatten Bauern und fliegende Händler Stände aufgebaut. Süßes Brot boten sie feil, Früchte, klebriges Naschwerk und allerlei Kram: Halstücher, Kämme und Haarbürsten, Holzperlenketten und Kinderspielzeug leuchteten in den buntesten Farben.

»Alle Wege führen auf den Pfad.«

Herionsbuch der Weisheit, Psalm 2, ca. 1390 n. A. D.
Bibliothek der zeitgenössischen Kulte, Ereat, Reg. 523.E.

Der Galgen, an dem Schaaraochs Widersacher ihr Leben ausgehaucht hatten, war inzwischen abgebaut worden, das Podest stand immer noch in der Mitte des Platzes, nunmehr geschmückt von Blumengebinden und kunstvoll drapierten Stoffbahnen in den Nationalfarben Kelruns, Grün und Weiß. Es hieß, Schaaraoch werde persönlich erscheinen und sich mit einer Rede an sein Volk wenden. Danach waren Tanz und ein Festmahl angekündigt; man munkelte von gebratenen Ochsen am Spieß und von Spanferkeln, die vom Palast bestellt worden waren – ein Geschenk des Königs für seine Untertanen. Alle freuten sich darauf und zählten die Tage, bis es endlich so weit war.

»Ich werde noch verrückt in diesem Gewimmel«, knurrte Haldur.

Reneda ergriff seine Hand, um ihn in dem Gewühl nicht zu verlieren. Menschenmassen schoben sich an ihnen vorbei.

»Wo kommen all die Leute her?«, murmelte sie. »Vor zwei Wochen war die Stadt noch verwaist.«

»Die haben gehört, dass es morgen kostenlos zu essen gibt.«

»Deshalb dieser Aufmarsch?«

»Natürlich wollen sie auch Schaaraoch sehen und hören. Man ist gespannt, was er zu sagen hat. An Zuschauern dürfte es ihm morgen Abend nicht mangeln.«

Linker Hand buk eine Bäuerin Krapfen in einem Topf heißen Fettes aus. Ein junger Mann, der ihr wie aus dem Gesicht geschnitten glich, wendete die Krapfen in Zimtzucker und reichte sie weiter an die Kunden. Der Geruch von Öl hing in der Luft. Gegenüber zeigte ein Taschenspieler seine Künste, umringt von Schaulustigen. Mit flinken Fingern zauberte er Münzen hinter dem Ohr eines kleinen Mädchens hervor, die daraufhin weinend nach ihrer Mutter schrie. Die Leute lachten und klatschten Beifall. Er verbeugte sich anmutig, dann lag plötzlich eine Blume in seiner Hand, die er dem Kind schenkte. Geld regnete in den Hut, den er herumreichte.

»Zauberkräfte«, sagte Haldur. »Das könnten wir brauchen.«

Reneda grinste.

»Der Bursche ist bloß geschickt.«

»Mehr, als wir von uns behaupten können.«

Sie schnupperte.

»All diese Düfte machen mich hungrig. Dort drüben verkaufen sie Kräuterbrot mit Knoblauch.«

Zielsicher steuerte sie durch die Menge. Haldur rümpfte die Nase.

»Ich rieche es.«

Seltsamerweise mochte Reneda keine Süßigkeiten, dafür aß sie Unmengen von allem Salzigen. Auch liebte sie scharf gewürzte Gerichte, die jedoch hier, in Kelrun, selten zu bekommen waren. Sie erstand ein Brot und biss herzhaft hinein.

»Schmeckt gut«, schmatzte sie und bot Haldur einen Bissen an. Er lehnte dankend ab. Sie leckte sich die Finger.

Bisher hatten sie Glück gehabt und waren keinen anderen Jüngern aus Pyr begegnet. Jene hätten wohl bald herausgefunden, dass etwas mit ihnen nicht stimmte. Angeblich war die letzte Gruppe von Pilgern aus Pyr auf ungeklärte Weise spurlos verschwunden. Niemand wusste Näheres über ihr Schicksal. So schienen Haldur und Reneda derzeit die einzigen Vertreter des schwarzen Ordens zu sein. In der Stadt hielten sich viele Herionsjünger auf, die an ihren kobaltblauen Kutten zu erkennen waren, auch hatten sie schon mehrere Abordnungen aus Madares in ihren feuerroten Gewändern gesehen, und keiner der Andersgläubigen hatte das Wort an sie gerichtet.

Alle fieberten der Öffnung der Halle der Wahrheit entgegen, die für den kommenden Tag angekündigt war. Heute schon saßen Pilger vor dem Tor in den Palastmauern, das in die Halle führte. Mit gekreuzten Beinen hockten sie auf dem Boden, manche meditierten, andere wiederholten Gebete in eintönigem Singsang. Sie schienen entschlossen, die ganze Nacht dort auszuharren.

Reneda und Haldur hatten einen Rundgang durch die Innenstadt unternommen, dabei waren sie auch am Palast vorbeigekommen, dessen Pforten strenger denn je bewacht wurden. Haldur hatte an Lutz und Lonora gedacht, die in den Verliesen schmachteten, und dabei war ihm schlagartig bewusst geworden, wie aussichtslos jeder Befreiungsversuch war. Keine Armee vermochte diesen Palast zu erstürmen, geschweige denn zwei einsame Pilger. Er fragte sich, wie Schaaraoch es angestellt hatte, seine alte Heimstatt zurückzuerobern. In der Stadt ging das Gerücht um, er sei durch das unterirdische Labyrinth eingedrungen, und dies musste wohl auch so sein, denn von außen war die trutzige Feste uneinnehmbar. Glatt und fugenlos ragten die Mauern des riesenhaften Turmes empor, der sich in seinem oberen Drittel verengte und dann wiederum verbreiterte, um seine Kuppe wie einen Trichter in den Himmel zu recken.

Schmerzlich erinnerte sich Haldur an seine eigene Gefangenschaft im Kerker, die ihm unendlich lange her erschien. Damals hatte er mit Doran und Wolf eine Zelle geteilt. Er vermisste die beiden. Während ihres gemeinsam bestandenen Abenteuers waren sie zu engen Freunden geworden; oft dachte er an sie und fragte sich, was sie wohl gerade machten. Lutz hatte ihm erzählt, dass sie Akàra in den fernen Süden nachgereist waren, um die Paralle zurückzuholen. Ein wenig bedauerte er es, nicht dabei gewesen zu sein.

Inzwischen hatte Reneda ihr Knoblauchbrot vertilgt und wischte sich die fettigen Hände an ihrem Taschentuch ab. Vor ihnen mündete die enge Gasse in den Marktplatz. Sie schlenderten weiter und sahen wie so viele andere dem bunten Treiben zu. Betäubender Lärm schlug ihnen entgegen. Flötenspieler unterhielten die Zuhörer mit fröhlichen Weisen, wenige Schritte daneben stimmten Sänger und Trommler ihre Lieder an. Mit feurigem Blick und großen Gesten berichteten Geschichtenerzählerinnen von längst vergangenen Heldentaten und beschworen sagenumwobene Zeiten herauf. Andere boten Dienste als Wahrsagerinnen und Heilkundige an. Geschicklichkeitskünstler wirbelten Bälle und Stöcke umher, bis kein Auge mehr folgen konnte. Die Menschen lachten und staunten, und alle waren bester Dinge.

Warm schien die Abendsonne auf den Platz. Schon entbrannten die ersten Fackeln und Lampen, als die Schatten immer länger wurden. Lauer Wind setzte ein, und die königlichen Flaggen, die überall gehisst waren, flatterten in der sanften Brise.

Haldurs düstere Stimmung spottete der Ausgelassenheit der Menge. Je lustiger es zu- und herging, desto schlechter fühlte er sich. In den letzten Tagen hatten sich Reneda und er ein paar Mal gestritten. Sie wollte, dass er sie zum Schrein der Wahrheit begleitete. Er brachte es nicht über sich. Allein bei dem Gedanken war er wie gelähmt. Er wusste nicht, woran es lag. Schreckliches hatte er in der Halle erlebt, doch dies erklärte nicht seine unüberwindbare Furcht. In seinem Leben hatte er schon mehr als eine Schlacht bestritten. Gleichsam sein Innerstes bäumte sich dagegen auf, vor den Schrein zu treten, als erwarte ihn dort Schlimmeres als der Tod.

◆ ◆ ◆

Am nächsten Morgen standen sie früh auf. Auch in dieser Nacht hatte Haldur kaum ein Auge zugetan. Geplagt von düsteren Ahnungen, war er noch rastloser gewesen als sonst und hatte wach auf dem Bett gelegen, während Reneda neben ihm geschlafen hatte. Seine Gedanken zogen Kreise.

Schweigend sah er zu, wie Reneda sich wusch und anzog. Verborgen unter ihrer Kutte hängte sie das Schwert um, den Dolch schnallte sie an ihren Unterarm. Sie bürstete sich das Haar und band es im Nacken zusammen.

»Ich gehe jetzt«, verkündete sie. »Ich möchte dabei sein, wenn die Halle geöffnet wird.«

»Ich komme mit dir«, erwiderte Haldur.

»Wie bitte?« Reneda staunte. »Aber du sagtest doch …«

»Ja«, nickte er und schwang die Beine aus dem Bett. »Das sagte ich.« Er taumelte. Schwindel überkam ihn. Reneda stützte ihn.

»Du hast wieder nicht geschlafen!«

»Ich bin hellwach.«

»Was ist nur los mit dir? Ich mache mir Sorgen.«

»Das brauchst du nicht. Es geht mir gut.«

»Vielleicht solltest du wirklich besser hier bleiben.«

»Nein.« Er schüttelte den Kopf. »Ich lasse dich nicht im Stich.«

Nah trat er zu Reneda und streichelte ihre Wange.

»Wahrscheinlich willst du mir immer noch nicht erzählen, was du vorhast«, sagte er.

»Vertrau mir«, antwortete sie.

Haldur zog sie an sich und küsste sie.

»Die Halle der Wahrheit«, murmelte er eine Weile später, »man sagt, dass Gläubige dort Antworten erhalten. Ich fand nur Fragen.«

»Du bist auch kein Gläubiger«, schmunzelte Reneda, dann wurde sie ernst. »Ich bin froh, wenn ich diese Kutte wieder ablegen kann. Es fühlt sich einfach nicht richtig an, sie zu tragen.«

»Vermisst du dein Priesterinnengewand?«

»Ehrlich gesagt, ja. Auch meine Heimat fehlt mir sehr. Auf dieser Reise ist mir klar geworden, wie schön Ereat ist. An keinem anderen Ort möchte ich leben.«

Traurig dachte Haldur daran, dass Reneda ihn verlassen würde, sobald sie ihren Auftrag erfüllt hatte. Dies konnte schon heute geschehen.

»Was ist mit dir?«, fragte sie.

»Nichts.«

Ebenso wie Reneda legte er die Waffen an. Unter der wallenden Kutte waren sie nicht zu erkennen. Er trat an das Fenster und blickte hinaus auf den engen Hinterhof der Herberge. Kein Mensch war zu sehen. Kisten voll leerer Flaschen stapelten sich an der Wand.

»Meine Freunde sitzen im Kerker fest, und ich habe nicht die leiseste Ahnung, wie ich ihnen helfen könnte. Meine einzige Hoffnung ist, dass Schaaraoch Lutz und Lonora am Leben lässt, um sie als Geiseln zu verwenden. Das hat er schon früher mit Gefangenen gemacht. Für Äneas und seine Kameraden sieht es allerdings schlecht aus. Ich wage mir gar nicht vorzustellen, was Schaaraoch ihnen antun wird. Wenn wir nur etwas unternehmen könnten! Dieses Ende hat Äneas nicht verdient.«

»Jetzt suchen wir den Schrein auf«, erwiderte Lonora. »Er steht in den Verliesen unterhalb des Palastes, wie du mir erzählt hast. Vielleicht bringen wir dort etwas in Erfahrung.«

»Das bezweifle ich!«

Sie legte ihm die Hand auf die Schulter. Zärtlich glitten ihre Finger über seinen Arm. Plötzliche Furcht beschattete ihr Gesicht.

»Gib auf dich Acht, Haldur!«, sagte sie leise.

Fragend blickte er sie an. Sie rückte das Schwert zurecht und wandte sich zum Gehen.

»Komm!«

Schweigend frühstückten sie in der Herberge, wo sie zu dieser Tageszeit außer einem Händler und zwei Bierkutschern die einzigen Gäste waren, dann machten sie sich auf den Weg.

Im Laufe des Vormittags erreichten sie den schwarzen Palast und reihten sich unter die wartenden Pilger ein, die nach Glaubensrichtungen geordnet in kleinen und größeren Gruppen ausharrten. Argwöhnische Blicke flogen zwischen den Jüngern hin und her.

Vor den Toren hielten Soldaten Wache, die darauf achteten, dass kein Streit entbrannte. Ein Heiligtum wie der Schrein der Wahrheit entfachte die Gemüter, denn jede Religion erhob den alleinigen Anspruch auf ihn. So belächelten, verachteten oder hassten die Pilger sich untereinander und bezichtigten sich gegenseitig des Unglaubens, ja der Ketzerei. Die Gläubigen verbreiteten gern Gerüchte über ihre Brüder und Schwestern anderer Gesinnung, denen man entnehmen konnte, dass diesen keine Schandtat fremd war.

Wohlweislich war nur einer religiösen Gruppierung auf einmal der Zutritt zum Schrein gestattet. In der Halle in den Verliesen des Palastes standen Tag und Nacht zwölf Keren auf Posten; vor den Toren sorgten Soldaten für Ruhe und Ordnung. Ein Zeremonienmeister entschied darüber, wer wann Einlass erhielt.

Bei ihm meldeten sich Haldur und Reneda an. Die Hände vor der Brust gefaltet, verneigten sie sich vor dem großen dürren Mann in der prunkvollen Robe. Das königliche Wappen schmückte dessen grünen Samtmantel. Dünne weiße Haarsträhnen klebten vereinzelt auf seinem Kopf. Sein strenges Gesicht war schweißbedeckt. Er nickte nur und hieß sie zu warten.

Die Öffnung der Halle der Wahrheit war für diesen Nachmittag angekündigt worden, und natürlich wollte jeder der Erste sein, der die heilige Stätte betrat.

Reneda suchte sich einen schattigen Platz am Rande der Palastmauer und setzte sich auf den Boden; Haldur ließ sich neben ihr nieder. Sie sahen dem Kommen der Pilger zu. Immer mehr strömten zum Palast.

In ihrer Nähe unterhielt sich eine Gruppe von Herionsjüngern. Ein junger Mann mit langem blondem Haar drehte sich nach ihnen um. Seine Augen glitzerten herausfordernd.

»Bettelmönche aus Pyr!«, rief er und zeigte mit dem Finger auf sie. »Sieh, Bruder, ihr Weg war weiter als unserer und sie beklagen sich nicht.«

Gehässig schnaubte sein Kamerad.

»Die beklagen sich nie, das gehört zu ihrem Gelübde. Was sie sich dabei denken, ist natürlich eine andere Sache. Wir sind wenigstens ehrlich.«

Er legte den Arm um die Schultern seines Freundes und flüsterte ihm ins Ohr. Der lachte hell auf und warf ihnen einen belustigten Blick zu. Nachdem Haldur und Reneda keine Regung zeigten, wurde es ihm langweilig und er wandte sich ab.

Haldur spürte, wie der Schweiß ihm über den Körper strömte. Sogar seine Hände waren feucht. Das lag nicht nur an der Hitze.

Glutvoll brannte die Sonne am strahlend blauen Himmel. Leiser Wind wehte. Ein vollkommener Sommertag für ein Fest, wie er schöner nicht sein konnte.

Patrouillen von Soldaten marschierten vorbei, die bunte Bänder und Blumen an ihre Lanzen und Schwerter gebunden hatten. Vergnügt plauderten sie. Viele waren unterwegs zum Marktplatz, wo heute Abend Schaaraochs Rede stattfinden sollte. Wichtige Vorbereitungen mussten getroffen werden, die Umgebung galt es abzusichern, und die Tribüne, wo Schaaraoch und sein Hofstaat sich aufhalten würden, war sorgsam abzuriegeln. Gleichzeitig bot sich dadurch den Soldaten die willkommene Gelegenheit, einen kleinen Vorgeschmack auf das bevorstehende Fest zu erhalten, denn die Gasthöfe waren geöffnet, und auch auf dem Markt flossen schon seit dem frühen Morgen Bier und Wein in Strömen.

Nur ein paar Pechvögel mussten auf ihren Posten im Palast und an den Stadttoren verbleiben, die anderen feierten.

An Rigans Söldnerarmee hatten sich die königlichen Truppen mittlerweile gewöhnt. Immerhin war Rigan nun ihr aller General. Die wenigsten weinten dem toten Netan eine Träne nach, und jene taten es nicht in der Öffentlichkeit. Der König war zurückgekehrt, und sein Wort war Gesetz. Rigan war sein Günstling, so stellte man sich eben gut mit ihm.

Heimlich fluchten die Soldaten über ihre Söldnerkameraden, die sich als neue Herren aufspielten, doch kaum einer wagte es, seinen Groll laut kundzutun. Zu viele hatten ihr Leben verloren, als Schaaraoch den Palast einnahm, und manche noch danach. Unbarmherzig war die Armee nach möglichen Unruhestiftern durchkämmt und gesäubert worden. Schaaraoch war entschlossen, jeden auch nur vorstellbaren Aufruhr bereits im Keim zu ersticken.

Hauptmann der Keren war nun Belial. Äneas' einst treueste Gefährten waren tot: sein Stellvertreter Attis und Lodur, der ehemalige Herzog von Kech. Hedrich und Andor, die bei der Schlacht in der Halle der

Wahrheit dabei gewesen waren. Nergal, der Waffenmeister, und sein Freund Laran, der Lanzenkämpfer. Lang war die Reihe der Gefallenen. Die einstmals hundertzwanzig Mann starke Truppe war auf die Hälfte geschrumpft. Von Äneas' Schicksal war nichts Näheres bekannt. Alle wussten, dass er gefangen genommen worden war, doch nicht, was ihn erwartete, falls er überhaupt noch lebte.

Der Wind erstarb und drückende Schwüle senkte sich herab. Haldur saß wie auf glühenden Kohlen. Schmerzhaft zog sich ihm der Magen zusammen. Er zitterte am ganzen Leibe und hoffte, dass es niemandem auffiel. Rastlos schweiften seine Blicke umher. Die Pilger rückten im schwindenden Schatten zusammen, während sie geduldig auf die Öffnung der Halle warteten. Kaum einer beachtete Reneda und Haldur.

»Du bist so blass«, flüsterte sie.

»Mir ist furchtbar übel«, stöhnte er. »Frag mich nicht, warum.«

Sie ergriff seine Hand. Haldurs Finger waren kalt und schweißnass.

»Atme langsam und tief«, empfahl sie ihm.

Haldur versuchte es.

»Ich glaube ich muss mich übergeben.«

»Lieber nicht!«

Er keuchte.

»Beruhige dich! Wir haben es bald geschafft.« Sie zeigte zu den Toren. »Sieh doch! Sie fangen an.«

Die schweren eisernen Pforten schwangen auf. Im Eingang stand der Zeremonienmeister und wehrte der Pilgermassen, die auf ihn eindrangen. Mit erhobenen Armen brachte er die Menge zum Schweigen und hielt eine feierliche Rede.

Reneda hörte nicht hin. Sorgenvoll musterte sie Haldur, der sich gepeinigt krümmte. Es schien ihm beständig schlechter zu gehen. Fiebrig glommen seine Augen in dem kreideweißen Gesicht. Er rang nach Luft. Reneda zückte die Feldflasche voll Wasser, die sie in weiser Voraussicht mitgenommen hatten, und gab ihm zu trinken. Den kleinsten Schluck würgte er hinunter, als drohte er daran zu ersticken. Sie benetzte ein Taschentuch und tupfte ihm damit den Nacken und die Stirn ab.

»Ich kann mich nicht mehr rühren. Mir drehen sich die Eingeweide herum.« Röchelnd hustete er. »Der Palast«, stieß er hervor. »Es ist wegen dieser Halle. Der Schrein. Ich fühle ihn.«

Warnend legte Reneda den Finger an die Lippen. Der Zeremonienmeister ragte vor ihnen auf.

»Willkommen, Pilger aus Pyr!«, sagte er, dann fiel sein Blick auf

Haldur, und er wich unwillkürlich einen Schritt zurück. »Was ist mit ihm? Er sieht krank aus.«

»Mein Bruder ist die Hitze nicht gewohnt«, erwiderte Reneda. »In unserer Heimat ist es sehr viel kälter als hier.«

»Vielleicht kommt ihr besser ein andermal wieder …«

»Nein!«, unterbrach ihn Reneda. »Verzeiht! Wir haben so lange auf diesen Tag gewartet. Es ist unser Herzenswunsch, den Schrein zu besuchen. Verwehrt ihn uns nicht.«

»Na gut. Aber es dauert noch eine Weile, bevor ich euch einlassen kann. Die Jünger Herions sind vor euch an der Reihe, dann die Abgesandten aus Nagonda und die Pilger von Madares.«

»Wir haben Zeit.«

Ernst nickte er ihnen zu, dann ging er weiter zu einer Gruppe von Feueranbetern, die als Einzige in der prallen Sonne verweilten. Sie konnten nicht verstehen, was er mit ihnen sprach.

Reneda legte den Arm um Haldur. Er schien kaum mehr wahrzunehmen, was um sie herum geschah. Sein Blick war in unbekannte Weiten gerichtet. Unbeirrt gab sie ihm zu trinken und versuchte, seine Haut zu kühlen.

Die Sonne kletterte über den höchsten Punkt, nur noch ein schmaler Streifen Schatten verblieb am Rande der Mauer. Jünger drängelten sich vor den Toren, begierig darauf, in die Kühle und Dunkelheit der Verliese zu treten. Schon waren die Ersten über die breite Treppe in die Tiefe gestiegen. Sie ließen sich Zeit mit ihrer Huldigung; die Nächsten wurden allmählich ungeduldig.

Endlich kamen die Pilger wieder ans Tageslicht, die Gesichter verklärt von unnennbarem Wunder. Entrückt lächelten sie, als wüssten sie nun die Lösung aller Rätsel, und betrachteten fast mitleidig ihre Nachfolger, die wohl den gleich Ort aufsuchen, doch niemals ihr Erlebnis teilen konnten.

Langsam und stetig schritten die Besichtigungen voran. Nicht mehr als ein Dutzend Pilger gleichzeitig erhielten Zutritt zur Halle. Die Sonne wanderte. Haldur und Reneda verlagerten ihren Standort, bis sie wieder im Schatten saßen. Erschöpft tastete sich Haldur an der Mauer entlang, dann sank er nieder.

»Wie geht es dir?«, fragte Reneda.

Als Antwort kniff er die Augen zusammen.

Die nächste Gruppe Herionsjünger verschwand durch das Tor. So ging es schleppend weiter, während der Nachmittag verfloss. Der Zeremonienmeister hatte Haldur und Reneda warten lassen, da sie nur zu zweit waren, und nahm zuerst diejenigen Pilger an die Reihe, deren Glaubensrichtungen am meisten Besucher stellten.

Als man ihnen endlich Einlass gewährte, färbte schon das Abendrot das Firmament. Die müden Soldaten würdigten sie kaum eines Blickes und schienen im Geiste schon Dienstschluss zu feiern. Nur zwei von ihnen waren geblieben, ihre Kameraden hatten sich bereits zurückgezogen. Die Masse der Wartenden hatte sich stark gelichtet. Ein paar wenige, zuweilen seltsam anmutende Gestalten lungerten noch herum, die keiner bekannten Religion angehörten.

Reneda stützte Haldur. Jeder Schritt kostete ihn Anstrengung. Durch das äußere Tor gelangten sie in einen Gang, an dessen Ende sich eine geschlossene Pforte befand. Sie gingen hinein und machten sie hinter sich zu. Das Tageslicht erlosch. Eine breite Treppe führte weit hinab in eine ausgedehnte Halle, in der ewige Nacht herrschte. Kühle umfing sie, als sie die Stufen hinunterstiegen.

In der Halle zogen sich lange Reihen grauer Pfeiler scheinbar endlos in die Finsternis, die Decke des Saales verblieb im Dunkel. Eine Reihe glühender Kohlenbecken auf hohen Ständern und Fackeln an den Säulen erhellten den Weg zu einem Tor am entfernten Ende, dessen zwei Flügel mit seltsamen Schriftzeichen und Symbolen bedeckt waren. Davor hielten ein Dutzend Keren Wache. Jeder stand vor einem Pfeiler, sechs auf beiden Seiten. Sie regten sich nicht. Ihre schwarzen Rüstungen glänzten im Fackelschein, unstet tanzte das Licht auf ihren eisernen Masken.

Haldur fror. Eine Flut von Erinnerungen suchte ihn heim, und es schien ihm, als wäre es erst gestern gewesen, seit er hier mit seinen Freunden gegen Schaaraoch gekämpft hatte. Damals hatte auch er eine jener schwarzen Rüstungen getragen. Dort drüben hatte er gestanden, rechts vom Tor, hinter dem sich der Schrein befand.

Ungeduldig zupfte Reneda ihn am Ärmel.

»Komm!«, wisperte sie.

Hitze und Kälte zugleich schüttelten Haldur. Er glaubte zu verbrennen, dann fror er, dass ihm die Zähne klapperten. Eine Kraft toste in ihm, die ihn bis zum Bersten anspannte. Quälend fühlte er, wie etwas von ihm Besitz ergriff, dessen er sich nicht erwehren konnte. Furcht erfüllte ihn. Er wollte etwas sagen und brachte keinen Ton heraus. Wie im Traume wandelte er neben Reneda durch die Halle und sah sich gleichsam selbst dabei zu.

Eine Ohnmacht drohte ihn zu umfangen. Er taumelte, dann schwanden plötzlich Übelkeit und Schwäche. Mit jedem Schritt gewann er an

Stärke. Ein Gefühl ungeahnten Glücks ergriff ihn. Er nahm seine Umgebung wahr, als könne er durch sie hindurchsehen. Alle Furcht fiel von ihm ab.

Die Keren schreckten ihn nicht. Bemitleidenswert erschienen sie ihm. Der Schrein der Wahrheit jagte ihm keine Angst ein, im Gegenteil, er wurde unwiderstehlich davon angezogen.

Nun bemerkte er, dass Reneda ihn verwundert anstarrte. Zuversichtlich nickte er ihr zu. Daraufhin wurde sie noch bestürzter.

Sie durften sich nichts anmerken lassen. Schweigend schritten sie zwischen den Keren hindurch zu dem verzierten Tor. Haldur stieß einen der Flügel auf und trat hinein. Sie schlossen das Tor hinter sich.

Staunend sah Reneda sich um. Sie befanden sich in einem quadratischen Saal. Darin erhob sich ein steinernes Podest, das über fünf Stufen hinauf zu einem schwarzen Steinblock führte. Das Licht der Fackeln spiegelte sich in dessen glatter Oberfläche. Der Schrein der Wahrheit. Vor dem Podest war der Boden abgewetzt von den unzähligen Pilgern, die hier schon gekniet und in stiller Andacht gebetet hatten.

Den Blick starr geradeaus gerichtet, erklomm Haldur die Stufen. Leise rief Reneda nach ihm. Er schien sie nicht zu hören. In sich versunken stand er vor dem Schrein. Er hob den Kopf, dabei atmete er heftig. Ein Zittern ging durch seinen Körper. Am Fuße der Treppe verharrte Reneda und beobachtete gebannt das Geschehen.

Haldur legte die Hände auf den Steinblock. Er zuckte zusammen und krümmte sich. Sein Mund öffnete sich zu einem lautlosen Schrei.

Reneda stellte sicher, dass niemand hereinkam. Sie holte das Schwert unter ihrer Kutte hervor. In die andere Hand nahm sie den Dolch.

In dem schwarzen Quader flackerte ein Licht auf, es blitzte, verschwand und kehrte gleich darauf zurück. Heller strahlte es nun und breitete sich aus, bis der ganze Block von einem flirrenden Schein erfüllt war, der aus unzähligen Lichtpunkten bestand.

Nun schien Haldur wieder zu sich zu kommen. Entsetzt starrte er in das bläuliche Leuchten. Er fiel auf die Knie.

»Nein!«, stöhnte er.

Hilfe suchend blickte er sich nach Reneda um. Sie wachte vor dem Tor.

»Erfüll deine Aufgabe!«, rief sie.

»Was?«

»Tu es einfach!«

Als gehorche er einem fremden Willen, streckte er die Hände nach dem Schrein aus. Seine Finger verschwanden in dessen durchlässig gewordener Masse. Schmerz raste durch seine Glieder. Alle Kraft, die er in sich trug, strömte mit einem Mal aus ihm heraus. Einen Augenblick lang glaubte er zu zerreißen, dann umfing ihn Nacht.

Im Geiste sah er eine rote Halle und erinnerte sich. Die Priesterinnen hatten ihm die Macht der vier Schreine verliehen, damit er sie zum fünften trug. Angefüllt hatten sie ihn wie ein leeres Gefäß und ihn ausgeschickt als ihren Gesandten.

Das Gesicht der Hohepriesterin tauchte vor ihm auf. Eindringlich sprach sie mit ihm. »Du bist unsere einzige Hoffnung«, sagte sie.

Ein ohrenbetäubendes Krachen ertönte. Unter der Erschütterung bebte die Erde. Haldur wurde zurückgeschleudert, fiel über die Stufen und blieb am Fuße des Podests liegen.

Der Schrein war erloschen. Ein langer Riss zog sich durch den schwarzen Steinblock, der ihn von einem Ende zum anderen spaltete.

Reneda holte die Halskette unter ihrer Kutte hervor und küsste dankbar deren Anhänger. Das Wappen Ereats war in das Medaillon geprägt. Dasselbe Schutzamulett trug auch Haldur, und Reneda betete darum, dass es ihn vor Schaden bewahrt hatte, wie es die Priesterinnen ihr versprochen hatten. Mehr als gefährlich war seine Aufgabe gewesen. Das Mindeste, was sie für ihn tun konnten, war dafür zu sorgen, dass er am Leben blieb.

Schnell rannte Reneda zu ihm und kauerte sich neben ihm nieder. Er atmete noch. Bis auf ein paar Kratzer und Prellungen konnte sie keine Verletzungen an ihm entdecken. Sanft schlug sie ihn auf die Wange.

»Haldur! Wach auf! Wir müssen von hier verschwinden!«

Er rührte sich nicht. Sie horchte, ob sich jemand näherte. Drückende Stille herrschte. Rasch packte sie Haldur unter den Achseln und schleifte ihn hinter eine Säule, wo man ihn nicht sogleich entdecken konnte, dann ging sie zum Tor und öffnete es einen Spalt breit. Vorsichtig spähte sie in die Halle hinaus und erstarrte.

Die zwölf Keren, die dort Wache gehalten hatten, lagen alle verkrümmt am Boden. Nicht einer regte sich. Über die breite Treppe am entfernten Ende des Raumes eilten die beiden Soldaten herbei, angeführt vom Zeremonienmeister. Reneda schlüpfte durch das Tor und zog es hinter sich zu. Den Dolch steckte sie in den Ärmel, das Schwert verbarg sie hinter dem Rücken.

»Helft mir!«, flehte sie, während sie den Männern entgegenschritt.

»Was, zum Donnerwetter, ist hier los?«, bellte der Zeremonienmeister. »Wir haben einen Knall gehört.«

»Ich weiß nicht, was geschehen ist«, jammerte Reneda. »Mein Bruder und ich haben gebetet, als plötzlich …«

Im Bruchteil eines Atemzugs zückte sie die Waffen. Bevor sie sich zur Wehr setzen konnten, tötete Reneda mit gezielten Hieben die beiden Soldaten. Der Zeremonienmeister schrie auf und stolperte davon. Reneda holte ihn ein und schnitt ihm die Kehle durch. Sie hielt nicht inne und sprang zwei Stufen auf einmal nehmend die Treppe hinauf.

Sonnenlicht blendete sie, als sie nach draußen trat. Dort warteten immer noch einige Pilger.

»Kommt morgen wieder!«, rief sie ihnen zu. »Für heute ist die Halle der Wahrheit geschlossen.«

Einige wollten erfahren, was der Lärm zu bedeuten habe, den sie vorhin vernommen hatten.

»Eine Säule ist zerbrochen und eingestürzt«, erklärte Reneda. »Deshalb muss zuerst aufgeräumt werden. Es ist zu eurer eigenen Sicherheit.«

Murrend trollten sich die Jünger. Reneda verriegelte das Tor und hastete in die Halle zurück. Als Erstes sah sie nach, wie es Haldur ging. Er war immer noch ohnmächtig. Ratlos kratzte sie sich am Kopf.

Sie besann sich auf Lutz und Lonora, die im Kerker saßen. Die Gefängnisse befanden sich ganz in der Nähe, wie Haldur ihr beschrieben hatte. Sie musste es wagen. So eine Gelegenheit kehrte nicht wieder. Der größte Teil der Palastgarde war in der Innenstadt versammelt, wo heute das Fest von Schaaraochs Wiederkehr gefeiert wurde. Die Keren schienen durch die Zerstörung des Schreins vernichtet worden zu sein, als hätte man unsichtbare Fäden durchschnitten, an denen sie gehangen hatten. Dadurch waren die Verliese fast unbewacht.

Entschlossen machte sich Reneda auf den Weg. Am Ende der Halle fand sie den Eingang in den Palast. Fest packte sie das Heft des Schwerts und des Dolches. Das Herz hämmerte ihr in der Brust.

Lautlos trat sie durch das Tor und gelangte in einen lang gezogenen Raum, in dessen Mitte ein Tisch mit vier Stühlen stand. Niemand saß darauf. Zellentüren säumten die Seitenwände. In Augenhöhe waren Sichtluken darin angebracht, hinter denen rötliches Licht schimmerte. Seltsame Geräusche ertönten, ein Scharren, dann folgte ein klagendes Heulen. Unwillkürlich schauderte Reneda.

Linker Hand führte eine Treppe in ein oberes Stockwerk. Von dort erklangen Schritte und Stimmen. Reneda drückte sich an die Wand. Drei Soldaten kamen die Stufen herab. Sie sprachen über das Fest und ärgerten sich darüber, dass sie nicht daran teilnehmen durften. Wüste Flüche erschallten.

Reneda packte den Ersten von ihnen am Kragen und schleuderte ihn weg. Er prallte gegen eine Zellentür und setzte sich auf den Hosenboden. Ihre Klingen blitzten auf. Den nächsten Soldaten tötete sie mit einem Stich ins Herz. Sein Kamerad ließ sich nicht so leicht überrumpeln. Er kreuzte das Schwert mit ihr und hieb wütend auf sie ein. Mittlerweile rappelte sich der Erste wieder hoch und zückte ebenfalls die Waffe. Aus dem Augenwinkel sah Reneda, wie er zu ihr stürzte. Rasch musste sie den Kampf entscheiden. Sie versetzte ihrem Gegner einen Fußtritt; er streifte sie mit dem Schwert, schlitzte ihre Kutte auf und schlug ihr eine blutende Wunde über der Brust. Währenddessen erwischte sie seinen Freund mit dem Dolch. Ein roter Strich zog sich über seinen Hals. Er reckte die Hände danach und kippte auf die Knie.

Für einen kurzen Augenblick war sein Kamerad abgelenkt. Reneda nutzte die Gelegenheit und trat ihm zwischen die Beine. Stöhnend knickte er ein. Sie hieb ihm das Schwert über den Schädel. Er erschlaffte und sackte in sich zusammen. Sie war sicher, dass die Soldaten wirklich tot waren.

Am Gürtel des einen hing ein Schlüsselbund, den sie an sich nahm, dann rannte sie die Treppe hinauf. Mit ein wenig Glück waren dies heute die einzigen Wachen in den Verliesen gewesen.

Im Gang, der sich der Treppe anschloss, entdeckte sie niemanden. Gitter waren in regelmäßigen Abständen in den Boden eingelassen, unter denen ebenfalls jenes rötliche Licht schimmerte, das sie bei den Zellen gesehen hatte. Beim ersten Gitter blickte sie hinunter und tat es nicht wieder.

Gefängnistüren mit verschlossenen Sichtluken säumten auf beiden Seiten den Gang. Reneda öffnete jede Einzelne davon. Fieberhaft suchte sie. Ihr blieb wenig Zeit.

Endlich wurde sie fündig. In einer Kammer zu ihrer Linken lag eine Gestalt auf der Pritsche. Unter der Wolldecke schaute ein kurzer grauer Haarschopf hervor. Ein rasselndes Schnarchen erklang. Reneda versuchte die Schlüssel. Lautlos fluchend steckte sie einen nach dem anderen ins Schloss, bis sie den passenden fand. Klackend schob sich der Bolzen zurück. Außen waren zwei weitere Eisenriegel angebracht, die Reneda öffnete. Mit einem heiseren Knarren schwang die Tür auf. Währenddessen schlummerte der Zelleninsasse friedlich weiter, als könnte kein Donnerschlag ihn wecken.

Ungeduldig trat Reneda gegen die Pritsche. Ein mürrisches Brummen ertönte und Lutz' Kopf tauchte unter der Decke auf. Schlaftrunken blinzelte er, dann riss er die Augen auf und schnellte hoch.

»Reneda!«

»Los!«, rief sie. »Raus hier! Wo ist deine Freundin?«

»Ich weiß es nicht. Sie …«

Schon war Reneda weg und suchte weiter die Zellen ab. Wenige Schritte entfernt fand sie Lonora. Sie saß auf der Pritsche. Die Hände im Schoß verschränkt, blickte sie bang zur Tür. Sobald sie Reneda entdeckte, sprang sie ihr entgegen. Überraschung raubte ihr die Worte.

»Ich …«, stammelte sie. »Du …? Wo ist …?«

»Hier ist er«, keuchte Reneda und packte Lutz am Ärmel. »Los jetzt! Kommt schon! Wollt ihr hier Wurzeln schlagen?«

Verblüfft hasteten sie hinter Reneda den Gang entlang. Lonora starrte auf die blutigen Waffen in deren Hand. Über der Brust war Renedas Kutte zerrissen und entblößte eine klaffende Wunde. Schweiß stand ihr auf der Stirn. Ihr Blick duldete kein Zögern.

»Warte!«, rief Lutz.

Widerwillig blieb Reneda stehen.

»Wir müssen Äneas suchen«, sagte Lutz. »Er ist hier irgendwo. Wir dürfen ihn nicht zurücklassen.«

Reneda schüttelte den Kopf.

»Selbst wenn wir ihn hier finden, er wird tot sein wie die anderen.«

»Was?«

»Der Schrein der Wahrheit ist zerstört und hat alle Keren mit sich genommen.«

»Was?«, wiederholte Lutz fassungslos.

»Ich erkläre es euch später. Wir haben jetzt keine Zeit. Kommt endlich!«

Sie eilten über die Treppe in das Untergeschoss mit den Zellen der Fieberopfer. Reneda ging voraus zum Tor in die Halle der Wahrheit. Lutz blieb zurück. Er schritt die lange Reihe der vergitterten Türen ab und spähte in jedes Gefängnis hinein. Lonora gesellte sich zu ihm. Reneda kehrte um und rannte ihnen hinterher.

»Beeilt euch!«, zischte sie.

»Hier!«, flüsterte Lutz.

Er war am Ende des Saales angelangt, wo die meisten Zellen unbewohnt waren.

»Schnell! Gib mir die Schlüssel!«

Reneda reichte ihm den Bund. Bald hatte Lutz den richtigen Schlüssel gefunden und sperrte die Zelle auf. Beißender Gestank schlug ihnen entgegen. Lonora bedeckte sich Nase und Mund; Reneda wich zurück. Lutz verzog keine Miene. Er ging hinein.

Im dämmrigen Licht erkannte er undeutlich zwei Gestalten. Eine lag verkrümmt auf dem Boden, die andere kauerte vor der Wand. Beide waren angekettet. Dicke Eisenmanschetten um Hand- und Fußgelenke fesselten sie. Sie trugen die Rüstungen von Keren, oder was davon noch übrig war. In Fetzen hingen die Kleider, verkrustet von Schmutz und Blut.

Lutz drehte den Gefangenen am Boden vorsichtig auf den Rücken. Dickes blondes Haar umrahmte sein Gesicht, das selbst jetzt, mit allen Schwellungen und Wunden, die es verunstalteten, noch so aussah wie das eines Jungen. Lutz hob seine Augenlider.

»Das ist Ion«, sagte er. »Er ist tot.«

Zögernd trat Lonora in die Zelle. Reneda blieb vor der Tür stehen, spähte umher und horchte, ob sich jemand näherte.

»Was ist mit ihm geschehen?«, wisperte Lonora.

»Den haben sie zu Tode geprügelt«, erklärte Reneda nach einem einzigen Blick auf Ion.

Tränen rannen Lonora über die Wangen. Lutz ging zu dem zweiten Gefangenen, der vor der Mauer saß, die Knie an die Brust gezogen. Er hielt den Kopf gesenkt. Sachte drückte Lutz ihn zurück und starrte in ein Antlitz, das er kaum mehr wiedererkannte. Schmutzige Haarsträhnen hingen in die bleiche Stirn. Er war noch übler zugerichtet als Ion.

»Äneas!«, rief Lutz.

Die in sich zusammengesunkene Gestalt zuckte unmerklich. Sie hielten den Atem an. Die Zeit stand still, jeder Moment eine Ewigkeit. Er sah sie an.

»Seine Augen«, sagte Lonora.

Tatsächlich war der spiegelnde Glanz aus ihnen verschwunden, der alle Keren zeichnete. Blau wie der Himmel waren sie.

»Äneas!«, beschwor ihn Lutz. »Du bist kein Keren mehr. Der Schrein der Wahrheit ist zerstört. Komm mit uns!«

Er fasste ihn unter dem Arm, um ihm hochzuhelfen. Äneas' Brust hob sich, als er den Atem einsog. Er stieß ihn nicht mehr aus. Von selbst verließ der Hauch seinen Leib, und seine Augen erschauten namenlose Fernen.

Lonora krümmte sich. Lutz weinte.

»Ich bitte euch!«, drängte Reneda. »Wir müssen gehen. Ihr könnt ihm nicht helfen.«

Blind und taub stolperten sie durch den Saal, geführt von Reneda, die sie in die Halle der Wahrheit zu Haldur brachte. Er war immer noch ohnmächtig. Sie kauerte sich neben ihm nieder.

»Haldur! Stirb mir nicht!«

Verzweiflung überkam sie. Sie wusste nicht mehr weiter. Lutz und Lonora musste sie in Sicherheit bringen und Haldur, der zwischen Leben und Tod schwebte. Durch eine Stadt, in der es von Soldaten wimmelte, die vielleicht längst erfahren hatten, dass etwas beim Palast nicht stimmte und eben hierher stürmten. Gegen eine ganze Truppe war sie machtlos.

Eine Hand legte sich ihr auf die Schulter. Mit Tränen in den Augen drehte sie sich um. Lutz ragte hinter ihr auf.

»Lass mich nach ihm sehen«, sagte er.

Ruhig untersuchte er Haldur. Reneda schleppte sich zu dem Podest, auf dem der Schrein der Wahrheit thronte, und setzte sich auf die Stufen. Wenige Schritte entfernt stand Lonora, die den zerborstenen Steinblock betrachtete. Sie gesellte sich zu Reneda.

»Sorge dich nicht! Wir kommen hier heil heraus. Lutz und ich sind Daimonen.«

Aus der Halle erklang ein Poltern. Sie horchten auf. Jemand hämmerte gegen das Tor, das am Ende der breiten Treppe aus dem Palast führte. Reneda hatte es von innen verriegelt.

»Jetzt ist es so weit«, flüsterte sie. »Wir waren viel zu lange hier unten.«

Das Schwert und den Dolch von sich gereckt, marschierte sie los, um sich den Feinden entgegenzustellen. Lonora hielt sie zurück.

»Willst du allein gegen dutzende von Soldaten kämpfen?«

»Wenn es sein muss«, erwiderte Reneda.

Ein klagendes Stöhnen ertönte, und Haldur stemmte sich hoch. Er schüttelte sich. Reneda rannte zu ihm, packte ihn und drückte ihn an sich. Er ächzte.

»Was ist geschehen?«

Sein Blick fiel auf den Schrein und er erbleichte.

»Verfluchte Scheiße«, murmelte er.

»Wir kriegen Besuch«, sagte Lutz.

Das Außentor hielt stand, doch aus den Verliesen erschallten nun Rufe. Lutz und Lonora blickten sich an. Sie nickte und beantwortete damit seine unausgesprochene Frage.

»Hört gut zu«, erklärte Lutz. »Wie werden einen alten Daimonkniff anwenden, um zu fliehen. Ihr braucht nichts anderes zu tun, als nahe bei uns zu bleiben. Reneda, du gehst mit Lonora. Haldur kommt mit mir. Weicht nicht von unserer Seite!«

Er legte sich Haldurs Arm um die Schultern und stützte ihn. Lonora fasste Reneda um die Hüfte. Diese reckte das Schwert von sich. Sanft ergriff Lonora ihre Hand und drückte sie herunter.

»Kein Geräusch«, wisperte sie, »und keine Berührung mit den Soldaten! Wir sind unsichtbar für sie. Doch sie können uns hören und fühlen, wenn wir sie anfassen.«

»Was soll das heißen?«, fragte Reneda. »Wollt ihr damit andeuten, dass wir einfach hier heraus spazieren, und niemand kann uns sehen?«

Mit einem Nicken deutete Lutz in Richtung der Treppe, die ins Freie führte.

»Wir gehen dort entlang.«

»Die Soldaten!«

»Die sind jetzt in den Verliesen. Der Weg ist einfacher, als den halben Palast zu durchqueren.«

»Sie werden es bemerken, wenn das Tor sich öffnet«, wandte Lonora ein.

»Dann sind wir schon weg.«

»Na schön. Wir versuchen es.«

Sie legte den Finger an die Lippen.

»Still jetzt! Sie kommen.«

Haldur und Reneda froren. In der Halle erklangen schnelle Schritte. Jemand brüllte Befehle. Kurze Zeit später strömten Soldaten zu ihnen herein, die den Schrein der Wahrheit umkreisten. Sie spähten in jeden Winkel. Reneda und Haldur getrauten sich kaum mehr zu atmen. Die Soldaten schienen sie tatsächlich nicht zu sehen. Flink wich Lutz zwei von ihnen aus, die beinahe in sie prallten. Haldur folgte seinen Bewegungen.

Der Hauptmann der Truppe starrte entgeistert den zerbrochenen Schrein an.

»Wie sollen wir das dem König erklären?«, seufzte er. »Ausgerechnet heute!« Traurig schüttelte er den Kopf. »Fasst die Schweine, die das getan haben!«, trieb er seine Leute an. »Sie können noch nicht weit sein.«

Atemlos rannte ein Soldat herbei.

»Die Zelle der Verräter ist offen!«, verkündete er.

»Und?«, fragte der Hauptmann.

»Sie sind beide tot. Genauso wie die anderen Keren. Im ganzen Palast sind sie umgefallen.«

Ein Knurren entrang sich dem Hauptmann. Er fletschte die Zähne und murmelte Unverständliches.

»Sucht weiter!«, bellte er.

Langsam bewegten sich Lonora und Lutz auf die Treppe zu. Reneda und Haldur klammerten sich an sie. Geschmeidig gingen sie den Soldaten aus dem Weg, die überall umherschwärmten, und erklommen unbemerkt die Stufen. So leise wie möglich entriegelte Reneda das Tor. Dennoch erklang ein Scharren, als sie den Balken zurückschob, und der schwere Riegel klackte. Sie hielten inne und horchten.

Aus der Halle starrte ein Soldat zu ihnen herauf. Sie warteten, bis er sich entfernt hatte, dann schwangen sie einen der Torflügel einen Spalt breit auf. Schnell schlüpften sie hinaus und machten sofort die Pforte hinter sich zu. Der kurze Gang durch die Außenmauern des Palastes erstreckte sich vor ihnen. An dessen Ende, beim zweiten Tor, standen Wachtposten. Eben drehten diese sich um und blickten zu ihnen herüber.

Sie verharrten stockstill. Reneda lauschte dem Hämmern ihres Herzens. Es schlug so heftig, dass sie glaubte, man könne es hören. Lonora zog sie vorwärts. Sie folgte Lutz, der vor ihnen den Gang durchquerte. Lautlos huschte er mit Haldur zwischen den Wächtern hindurch. Schweiß überströmte Reneda. Der Griff ihres Schwertes wurde immer schlüpfriger. Sie hätte es einstecken sollen. Krampfhaft drückte sie es an sich, damit es ihr nicht entglitt. Mit Entsetzen sah sie nun, wie Blut von der Klinge rann, genau in dem Moment, als sie an den Wachen vorbeigingen. Sie biss sich auf die Lippen.

Dröhnend laut erschien ihr das Tropfen des Blutes, das dunkel auf das Pflaster fiel, um als dünner roter Streifen durch den Staub zu fließen. Grell rann es auf die Stiefel des Soldaten zu, ein Bote seiner toten Kameraden, die gleichsam nach ihm riefen.

Er zuckte nicht mit der Wimper. Argwöhnisch schweiften seine Blicke hierhin und dorthin, doch nicht zu Boden. Mit einem Ruck zerrte Lonora Reneda voran, dann waren sie auf der Straße vor dem Palast und liefen zügig weiter. Still murmelte Reneda Dankgebete an ihre Göttin.

◆ ◆ ◆

Die Menge tobte. Strahlende Gesichter reckten sich in das Abendrot. Jubel brach aus. Mit sichtlichem Wohlgefühl sonnte sich Schaaraoch im tosenden Beifall.

Einsam stand er auf dem Podest inmitten des Marktplatzes, obwohl ihn all seine Vertrauten umringten. Ihm allein galt die Huldigung der Massen.

Die Menschen, die sich dicht gedrängt vor ihm scharten, klatschten und schrien ihre Begeisterung heraus. Er war ihr König, so wie er es immer gewesen war. Aus dem Nichts hatte er dieses Reich geschaffen und das Volk von dem Joch einfältiger Fürsten befreit, die es geknechtet und ausgebeutet hatten. In seinem Land herrschten Recht und Gesetz, zum Wohle aller.

Seinen Namen brüllten sie, wieder und wieder, als vermöge allein dessen Klang das Schicksal selbst zu beschwören.

»Genug der langen Rede!«, rief er. »Nun lasst uns feiern!«

Freudengeheul erschallte. Die Leute juchzten und sangen. Wie von unsichtbaren Mächten gelenkt, strömten sie zu den Ständen, wo Bier ausgeschenkt und gebratenes Fleisch verteilt wurde.

Schaaraoch drehte sich zu Rigan um, der ein paar Schritte entfernt rechts hinter ihm stand. Neben ihm waren seine Hauptleute versammelt: Oberst Vana, in ein enges grün-weißes Samtkleid gewandet, der zum Hauptmann aufgestiegene Leutnant Jinela und andere Offiziere in ihren neuen königlichen Uniformen. Ein Lächeln ging über Schaaraochs Gesicht. Rigan verneigte sich vor ihm und klatschte ihm nochmals Beifall.

Gegenüber warteten die neuen Stadtverwalter in ihren festlichen Roben. Sie verbeugten sich ebenfalls. Mit einer Geste bedeutete ihnen Schaaraoch, an den Tischen Platz zu nehmen, die auf dem Podest aufgestellt waren. Beladen mit Platten und Krügen eilten Diener umher, die sich um das Wohl der Ehrengäste kümmerten.

Die reichsten Händler der Stadt hatte Schaaraoch eingeladen sowie die Vertreter der wichtigsten Religionen, sodass sich eine bunte Gesellschaft auf der Tribüne tummelte. Davor hielten zahlreiche Soldaten Wache, deren Aufgabe es war, das Volk in seinen Schranken zu halten.

Unbeschreibliche Massen waren erschienen, mehr als der Marktplatz aufnehmen konnte. Bis in die kleinste Gasse drängten sich die Menschen. Jeder wollte einen Blick auf Schaaraoch erhaschen.

Vom vermeintlichen Tode war der König auferstanden und hatte den ihm rechtmäßigen Platz wieder eingenommen. Man munkelte von unglaublichen Abenteuern, die er erlebt hatte. Herausforderungen, die so überwältigend und niederschmetternd waren, dass nur ein Mann wie Schaaraoch sie bestehen konnte. Die Bürger von Kelrun liebten ihn.

Hinter der Festbühne standen zwei in schwarze Rüstungen gewandete Gestalten, die ebenfalls Schaaraochs Rede gelauscht hatten. Trotz der Hitze hatten sie die Kapuzen ihrer Mäntel über die Köpfe gezogen. Die Soldaten gingen ihnen sorgsam aus dem Wege. Besonders vor dem

Großen ängstigten sie sich, dessen Eisenmaske keine Öffnungen besaß: Belial, Hauptmann der Keren. Sein Kamerad Juma leistete ihm Gesellschaft.

Schaaraoch saß mit dem Rücken zu ihnen am Kopfende der langen Tafel, wo die auserwähltesten der auserwählten Gäste mit ihm speisten. Blumengebinde und Girlanden schmückten den Tisch. Schaaraoch hob sein Glas und prostete den Anwesenden zu. Diese taten es ihm gleich. Ein bärtiger Mann zu seiner Rechten erhob sich und brüllte mit lauter Stimme:

»Lang lebe der König!«

Dasselbe riefen nun auch die anderen Gäste. Wohlwollend nickte Schaaraoch ihnen zu und trank darauf, als er plötzlich zusammenzuckte. Er krümmte sich vor Schmerz. Das Glas entglitt ihm.

»Herr!«, schrie der Bärtige.

Der König rang nach Luft, dann schien es ihm wieder besser zu gehen. Er winkte ab und richtete sich auf, als sei nichts gewesen.

Misstrauisch schweiften Schaaraochs Blicke umher. Für einen kurzen Moment hatte er eine Erschütterung verspürt, ein dumpfes Beben. Gleichzeitig hatte ihn ein Stich durchbohrt, bei dem ihm fast das Herz stehen blieb. Nun war der Schmerz vorüber, doch er fühlte sich seltsam geschwächt. Kaum einen klaren Gedanken konnte er fassen.

Ein Soldat rannte herbei.

»Herr! Die Keren!«, stammelte er erschrocken.

Schaaraoch wandte sich um und blickte zu Belial und Juma. Sie lagen am Boden. Wie betäubt ging er zu ihnen und kauerte sich neben ihnen nieder. Er streifte Juma die Maske ab. Seine Züge waren im Todeskrampf erstarrt. Belial lebte noch. Unmerklich hob und senkte sich seine Brust. Schaaraoch zog auch ihm die Eisenmaske aus und musterte ihn forschend. Kalkweiß war Belials Gesicht. Seine Augenlider flatterten und schließlich schlug er sie auf. Blinzelnd blickte er in das Licht.

»Die Sonne«, wisperte er. »Ich kann sie sehen.«

Staunend betrachtete Schaaraoch seine Augen, aus denen der silberne Glanz verschwunden war. Braun waren sie, durchsetzt mit goldenen Sprenkeln.

Hart packte Belial Schaaraochs Arm und zog ihn zu sich heran.

»Herr, sagt mir meinen wahren Namen«, flehte er. »Ich sterbe.«

Gelassen löste Schaaraoch Belials Finger von seiner Jacke.

»Dein Name ist Belial«, erwiderte er.

Gepeinigt bäumte dieser sich auf.

»Ich muss wissen, wer ich einst war.«

Nun beugte sich Schaaraoch zu ihm herab. So leise, dass niemand sonst es hören konnte, flüsterte er ihm ins Ohr: »Du warst ein verfluchtes Ärgernis für mich, als du noch lebtest. Umso bessere Dienste hast du mir als Keren geleistet. Behalte dies in deinem Geiste.«

Belial kniff die Augen zusammen. Eine Träne sickerte darunter hervor, und als sie ihm noch über die Wange lief, erschlaffte sein Leib.

Inzwischen hatte sich Rigan zu ihnen gesellt.

»Schick sofort deine Leute aus!«, befahl ihm Schaaraoch. »Sie sollen den Palast abriegeln. Zuerst die Halle der Wahrheit; dort sind Eindringlinge. Beeil dich!«

Sofort gehorchte Rigan. Schaaraoch winkte nach den Soldaten.

»Schafft die Toten weg! Wir wollen das Fest nicht stören.«

Danach rief er seine Leibgarde zu sich.

»Begleitet mich in den Palast.«

Nachdenklich blickte er in die Ferne. Die Garde bahnte für ihn einen Weg durch die Menge. Beifall brandete auf. Die Menschen zogen die Hüte vor ihm, klatschten und jubelten.

KAPITEL 15

Aufbruch

Erschöpft saßen sie auf den moosbewachsenen Felsen vor der kleinen Höhle. Am Fuß der Berge hatten sie ihr Lager aufgeschlagen. Wald erstreckte sich um sie, soweit die Blicke reichten. Dunkel ragten die Tannen und Fichten in den dunstigen Himmel. Der Abend nahte. Drückende Schwüle herrschte.

Lutz betrachtete die grauen Wolken, die sich über ihnen ballten.

»Ein Gewitter zieht herauf«, sagte er.

»Darüber bin ich nicht traurig«, brummte Haldur. »Die Luft ist zum Schneiden dick.«

Er lockerte sein Hemd, das ihm verschwitzt am Leibe klebte. Wenigstens mussten sie die schweren Kutten nicht mehr tragen, die sie in Kirgon angehabt hatten. Ihre Tage als Pilger von Pyr waren vorüber.

»Wer gleicht uns? Das sind wenige, und die sind alle tot.«
Ardakischer Trinkspruch.

Reneda legte Holz nach. Die dürren Scheite gaben kaum Rauch ab, sodass sie es gewagt hatten, ein Feuer zu entfachen.

Lustlos kaute Lonora an einem Stück trockenen Brotes. Schatten lagen unter ihren Augen. Sie war zum Umfallen müde. Vor drei Tagen hatten sie Kirgon verlassen und waren in die Wälder geflohen. Sie eilten voran, so rasch sie konnten. Nachdem sie mit viel Glück aus dem Palast entkommen waren, hatten Haldur und Reneda ihre Pferde und die Ausrüstung geholt. Gleich darauf waren sie aus der Stadt geflüchtet. In dem Durcheinander von Schaaraochs Willkommensfest waren sie niemandem aufgefallen.

Inzwischen hatte Schaaraoch Lutz' und Lonoras Fehlen längst bemerkt. Auch die Tatsache, dass zwei Jünger aus Pyr die letzten Besucher der Halle der Wahrheit gewesen waren, drang bald genug an seine Ohren. Mit Sicherheit hatte er seine Häscher nach ihnen ausgeschickt. Sie mieden alle Straßen und Ortschaften. In den Wäldern hatten sie Aussicht zu entkommen. Beständig hatte Lutz ihre Spuren verwischt, so wie es nur ein Daimon vermochte. Keiner konnte ihnen folgen.

Haldur trank Wasser aus der Feldflasche. Der Magen knurrte ihm. Sie hatten fast nichts mehr zu essen.

»Was habt ihr jetzt vor?«, fragte er.

»Lonora und ich schlagen uns nach Erkbad durch«, erwiderte Lutz. »Dort nehmen wir ein Schiff und segeln nach Angantur.«

»Bestimmt lässt Schaaraoch den Hafen überwachen.«

Ein mattes Lächeln ging über Lutz' Gesicht.

»Keine Sorge, uns fällt schon etwas ein.«

»Vielleicht wäre der Landweg sicherer«, meinte Haldur.

»Wohl kaum. Die Überquerung der Schirberge ist Zeit raubend und beschwerlich. Außerdem sind nirgendwo sonst so viele Soldaten stationiert; dort verläuft die Grenze zu Dahl.«

Er streckte die Hand nach der Feldflasche aus und Haldur reichte sie ihm. Lutz trank, dann wischte er sich den Mund ab.

»Was hast *du* für Pläne? Wirst du uns begleiten?«

Ratlos zuckte Haldur die Schultern. Er hatte noch gar nicht darüber nachgedacht, wohin er wollte. Gern würde er seinen Bruder Xander wieder sehen und auch seine anderen Freunde.

Verblüfft starrte Reneda ihn an.

»Ich dachte, du reitest mit mir zurück nach Ereat! Du wirst mich doch nicht verlassen?«

»Wie?«, stammelte Haldur. »Aber ich dachte, du wollest mich verlassen.«

»Wie kommst du denn darauf?«

»Ich …«, stieß er hervor und sammelte seinen Atem. »Was soll ich sagen? Du bist eine Priesterin und ich ein ehemaliger Söldner, der seinen Dienst aufgegeben hat. Was soll ich denn in Ereat?«

»Bist du noch bei Trost? Der Gesandte muss in seine Heimat zurückkehren. Im Tempel erwarten ihn Ruhm und Ehre, wie es ihm gebührt.«

Vergeblich rang Haldur nach Worten. Lutz grinste. Reneda hatte ihm die Geschichte des unfreiwilligen Gesandten erzählt.

»Worauf wartest du noch?«, schmunzelte er. »Geh nach Ereat und lass dich feiern.«

Verdutzt hockte Haldur vor dem Feuer und blickte in die Flammen. Er dachte nach. Entgegengesetzte Wege taten sich vor ihm auf, und er musste sich für einen entscheiden. Er sehnte sich nach Xander und seinen alten Freunden. Andererseits wollte er am liebsten bei Reneda bleiben. Eine gefahrvolle Reise lag vor ihr; der Rückweg nach Ereat führte durch ganz Kelrun. In der gegenwärtigen Lage durfte er sie nicht im Stich lassen. Natürlich konnte Reneda auf sich selbst Acht geben, trotzdem war es sicherer, zu zweit zu reisen denn allein.

Donner grollte. Finstere Wolken schluckten das Tageslicht. In der Ferne zuckte ein Blitz, und wieder krachte es, als berste der Himmel. Schon fielen die ersten Tropfen, warm und schwer platschten sie auf Fels und Wald.

Lonora und Lutz sprangen auf. Sie zogen sich in die Höhle zurück, wo sie ihre Schlafsäcke ausgebreitet hatten. Haldur und Reneda blieben draußen.

Den Kopf in den Nacken gelegt, ließ sich Haldur den Regen auf das Gesicht fallen. Die Abkühlung tat ihm wohl. Nach einer Weile merkte er, dass sich Reneda neben ihn setzte.

Schniefend rieb sich Haldur die Nase am Handrücken.

»Welch große Taten haben wir vollbracht! Unbekümmert sitzt Schaaraoch auf seinem Thron. Wir konnten ihn nicht besiegen.«

»Du hast den Schrein der Wahrheit zerstört«, erwiderte sie.

Ein bitteres Lachen entrang sich ihm.

»Du hast es von Anfang an gewusst, nicht wahr? Ich erinnere mich an alles, was in Ereat geschehen ist. Die Priesterinnen haben mich zu ihrem Gesandten gemacht, und du warst dazu abkommandiert, mich zu bewachen. Das war dein geheimnisvoller Auftrag.«

»Das ist nicht wahr! Meine Aufgabe war es, dich zu beschützen.«

»Warum hast du mir nichts gesagt? Weshalb haben die Priesterinnen mir verschwiegen, was sie mir antaten? Haltet ihr mich alle für einen Dummkopf?«

Besorgt blickte Reneda ihn an.

»Wir wollten, dass du am Leben bleibst! Niemand kann mit einer Macht umgehen, wie sie dir anvertraut wurde. Erzähl mir bloß nicht, du hättest nicht versucht, sie anzuwenden! Das übersteigt die Willenskraft eines jeden Menschen. Nur dein Vergessen hat dich und andere vor dem Tode bewahrt.«

Sie umschlang die Beine mit den Armen und drückte ihr Kinn an die Knie. Regen prasselte auf sie nieder. Zischend fielen die Tropfen in das Feuer, dessen Glut allmählich erlosch.

»Du hast Recht«, sagte sie, »wir konnten Schaaraoch nicht besiegen. Aber wir haben ihm die wichtigste Quelle seiner Macht geraubt. Der

Schrein musste zerstört werden, denn durch ihn hätte Schaaraoch alles vernichten können, was für uns wertvoll ist. Es war eine Frage von Leben und Tod, ihn aufzuhalten.

Nun ist Schaaraoch nur noch ein Tyrann, wie es viele andere gibt, die unerbittlich über ihr zusammengestohlenes Land herrschen. Es ist nicht die Aufgabe der Priesterinnen Ereats, ihren Nachbarn vorzuschreiben, wer ihr König zu sein hat. Vielleicht wird ihn sein eigenes Volk eines Tages stürzen, oder ein anderer, noch grausamerer Tyrann wird ihn vom Thron stoßen. Es ist sein Schicksal und nicht das unsere.«

Haldur betrachtete ihr nasses Gesicht. Ihre Augen glänzten. Er vermochte nicht zu sagen, ob es Tränen oder Regentropfen waren, die ihr über die Wangen liefen.

»Ich wollte auch, dass du lebst«, flüsterte sie, »mehr als irgendetwas sonst auf dieser Welt.«

Schweigend umarmte Haldur sie und zog sie an sich, und so saßen sie im Regen vor dem qualmenden Feuer, dessen Rauch vom Wind zerrissen wurde.

»Ein schönes Paar«, murmelte Lonora. »Die zwei gehören zusammen.«

Aus der Höhle beobachtete sie die beiden Gestalten, die eng umschlungen vor dem erlöschenden Feuer verweilten, als merkten sie nicht, dass es in Strömen goss.

Neben Lutz saß sie auf dem Schlafsack, den Rücken an die Wand gelehnt. Er kaute am Stil seiner kalten Pfeife. Der Tabak war ihm ausgegangen.

»Xander wird enttäuscht sein, wenn Haldur nicht mit uns kommt«, sagte Lonora.

»Er wird ihn wieder sehen, dessen bin ich mir sicher«, erwiderte Lutz. »Haldur wird uns besuchen oder wir ihn. Die Welt ist klein, und Wege, die auseinander gehen, treffen sich wieder.«

»Mit ein wenig Glück gelangen wir heil nach Angantur, wo Xander auf uns wartet. Die Geschichte ist gut für uns ausgegangen, doch ich kann mich nicht darüber freuen. Schaaraoch lebt und herrscht über sein Reich, als wäre nie etwas geschehen.«

»Er hat den Schrein verloren.«

Ein Schatten umwölkte Lonoras Stirn.

»Ich kann Äneas nicht vergessen. Im Geiste sehe ich ihn vor mir in dieser blutbesudelten Zelle. Unauslöschlich hat sich das Bild mir eingeprägt. Das waren nicht nur Prügel, die ihn so zugerichtet haben.«

Sie kniff die Augen zusammen. Tränen sickerten unter ihren Wimpern hervor und rannen ihr über die Wangen.

»Er war ein großer König. Für eine kurze Zeit.«

»Ich weiß«, nickte Lutz.

»Es ist einfach nicht recht, dass Schaaraoch straflos davonkommt!«, empörte sich Lonora. »Das darf nicht sein! Ein Narr, wer behauptet, das Leben sei gerecht!«

Lutz legte den Arm um ihre Schultern und drückte sie an sich.

»Mit der Zerstörung des Schreins sind nicht nur die Keren gestorben, auch die fünf Paralle haben ihre Macht eingebüßt. Ohne den Schrein erfüllen sie keinen Zweck mehr, und Schaaraoch hat keinen Grund, sie zu suchen. Nun sind sie bloß noch Relikte einer vergessenen Zeit. Schmuckstücke ohne Sinn. Schaaraoch mag über Kelrun herrschen und in seinen Verliesen nach verborgenen Schätzen wühlen, so lange es ihm beliebt. Wie viel Schaden kann er schon damit anrichten?«

Traurig lehnte sich Lonora an Lutz. Sie lauschte dem Trommeln des Regens, in dem das Feuer seinen letzten Atemzug aushauchte. Der Wald rauschte im Tosen von Wind und Wasser.

»Die Liebe macht alles ganz«, sagte Lutz. »Klaffende Risse fügt sie zusammen und überwindet die Zeiten selbst, um zu retten, was verloren schien. Ein Narr, wer behauptet, das Leben sei ohne Hoffnung.«

Entrückt blickte Lonora in die Dunkelheit, die sich langsam über das Land senkte, und vermeinte einen Ruf wahrzunehmen, der tief in ihr widerhallte. Sie hatten überlebt. Allein dafür konnten sie dankbar sein.

Plötzlich lächelte Lutz.

»Erinnerst du dich an die Wanderung, die wir gemeinsam unternahmen? Du hattest dir den Knöchel verstaucht, und wir mussten umkehren. Später sagte ich dir, ich wünschte, wir könnten unsere Reise fortsetzen.« Er grinste. »Nun hat sich mein Wunsch auf wundersame Weise von selbst erfüllt. Ja, mehr noch, dies ist eine längere Wanderung, als ich mir erträumte.«

Lonora schaute ihn an. Dann, nach einer Weile, erwiderte sie sein Lachen.

◆ ◆ ◆

Hoch wie Häuserwände türmten sich die Kisten in den schweren Metallgestellen. In langen Reihen zogen sich die Stapel dahin, bildeten Mauern und Gänge gleich dem Innern eines Bauwerks. Ein Labyrinth im Labyrinth.

Die Halle war so groß, dass sich die Wände immer noch seinen Blicken entzogen, wie viele Gänge er auch durchquerte. Auf den Kisten befanden sich Schriftzeichen und Symbole, verwischt vom Alter. Dicker Staub verkleidete den Raum in mattes Grau.

Schaaraoch lehnte das Brecheisen an ein Regal, die Öllampe stellte er auf den Boden. Ächzend wuchtete er eine Kiste herunter, dann eine zweite. Mit dem Eisen brach er sie auf.

In dem größeren Behältnis entdeckte er wiederum die gleichen Gegenstände, die er zuvor schon gefunden hatte. Luftdicht verschweißt in ihren Verpackungen, lagen sie einzeln versiegelt in einer öligen Schmiere. Andere dieser Art hatte er schon vor Jahren entdeckt, doch sie waren von Rost zerfressen gewesen. Jene in den Kisten befanden sich jedoch in erstaunlich gutem Zustand.

Er öffnete eine Verpackung und holte den Inhalt heraus. Seine Finger glitten über die fettige Oberfläche des schwarzen Rohres, das auf einer Seite in einem Kolben endete. Ein Stück davor ragte ein Griff nach unten, der glatte Vertiefungen aufwies, um der Hand Halt zu bieten. Daneben war ein halbrunder Bügel am Schaft befestigt, in dessen Mitte sich ein kleiner Hebel befand. Dieser war eingebuchtet, um ihn leichter mit dem Finger bedienen zu können.

In der anderen Kiste befanden sich die immer gleichen schwarzen Schachteln, gut eine Hand breit. Ihre Machart passte zu den Rohrgeräten, sie schienen zusammenzugehören. Die Schachteln waren aus einem Stück gefertigt und innen hohl bis auf eine Art gespannte Feder, die sich über die ganze Länge im Zickzack hinzog. In einer abgesonderten Verpackung lagen dieselben Kassetten, diese waren mit kleinen Metallzylindern gefüllt, die sich in deren Öffnung fügten, gehalten von der Feder.

Neugierig drückte Schaaraoch eine Metallkapsel heraus. Sie hatte einen runden Boden mit einer kleinen Vertiefung, oben lief sie in einer Spitze zu, die aus einer anderen Legierung gefertigt war als die Hülse. Die Zylinder waren zu schwer, um hohl zu sein, doch zu leicht für massives Metall. Demnach mussten sie einen anderen Stoff beinhalten.

Mit der Fingerkuppe rieb er über die Spitze, dann schob er die Kapsel wieder zurück. Nun versuchte er herauszufinden, wie die Kassette zu dem Rohrgerät passte. Bald fand er die richtige Vertiefung, wo sie mit einem leisen Schnappen fest einrastete.

Der Kolben schien der Form nach dazu zu dienen, ihn an die Schulter zu pressen, die Hand gehörte an den Griff, der Finger an den Hebel. Seitlich am Schaft neben dem Rohr lag ein Knopf, der sich hin und her bewegen ließ. Oben an dem Gerät war eine Art Zielvorrichtung angebracht.

Schaaraoch wusste, dass er eine Waffe vor sich hatte. Das hatte er schon bei dem ersten dieser Geräte gemerkt, das er entdeckt hatte. Jenes war rettungslos zerstört gewesen, doch diese, die luftdicht verschlossen im Öl lagerten, weckten Hoffnung.

Er schulterte das Rohr, nahm Brecheisen und Lampe an sich und machte sich auf den Rückweg in den Palast. Die seltsamen Hinterlassenschaften der vergessenen Ahnen, die das Labyrinth erbaut hatten, gemahnten zur Vorsicht. Ein anderer sollte sich für ihn an der Waffe versuchen; Rigans Leute kamen da gelegen. Um ihre Wirkungen zu erproben, leisteten die Fieberopfer gute Dienste.

Erinnerungen überfielen ihn, als er durch die Gänge schritt. Sein halbes Leben hatte er damit zugebracht, nach Relikten der Vergangenheit zu suchen. Er besann sich auf seine Tage in Angantur, damals ein junger Mann. Zusammen mit Lutz hatte er die Archive durchstöbert. Beide hatten sie jenes Feuer des Wissensdurstes gefühlt – auf den Spuren vergessener Geheimnisse, die in eine verlorene Welt wiesen.

Entdecker waren sie gewesen, voller Begeisterung und Mut. Er sah Lutz vor sich, groß und hager, ein schlaksiger Bursche, dessen Arme und Beine etwas zu lang geraten waren, um geschickt zu sein. Dieser wirre Haarbusch, den er nicht schnitt, und das vornehme Gesicht und Gebahren, die ewig seine adlige Herkunft verrieten, wie sehr er sich auch mühte, ein Schüler zu sein wie andere.

Aufregende Zeiten hatten sie zusammen verlebt. Im Geiste tauchte die alte Bibliothek der Schule Angans vor Schaaraoch auf, und als blickte er durch ein Glas in die Vergangenheit, konnte er sich selbst und Lutz betrachten, die sich über den mit Büchern beladenen Tisch beugten. Nacht herrschte. Ein paar Kerzenstummel verbreiteten schummriges Licht. Lutz hatte den Hausmeister bestochen, damit sie länger hier bleiben durften.

An jenem Tag fanden sie die Schriftrollen, die von den Parallen berichteten.

Jahrzehnte waren seither vergangen. Unzählige Menschen waren in den Strom der Ereignisse gerissen worden, und das Angesicht der Welt hatte sich verändert.

Schaaraoch erreichte die Stahltür, die das riesige Lager verschloss. Das Brecheisen ließ er beim Eingang zurück und zog die Pforte hinter sich zu. Die Lampe in der einen, die schwarze Waffe in der anderen, ging er weiter in die Dunkelheit.